Didaskalia.

Blätter für Geist, Gemüth und Publizität.

Nro. 271. Donnerstag, den 1. October 1846.

Der Bauherr.

Historische Novelle von Anton Langer.

(Fortsetzung.)

Die Züge des Marquis nahmen einen Ausdruck furchtbarer Strenge an, den man nur selten bei ihm sah, durch welchen er aber eine gewisse Herrschaft über diese verwegenen Gesellen erlangt hatte; mit stolzem Tone sprach er: „Was kümmert's Dich, Narr! Ich denke, Du wirst bezahlt, und mithin hast Du nichts zu thun, als zu schweigen und Deine Schuldigkeit zu thun."

„Je nun, wie Ihr meint," sagte der Zigeuner, und trat in den Haufen zurück.

„Hört nun weiter," fuhr der Marquis fort, „wie wir es machen, daß nicht zu eilig Hülfe kommt. Alle Zugänge zur Burg haben wir berücksichtigt. Vom Heumarkt her über die Augustiner und St. Dorothea haben wir durch vertraute Freunde bewirkt, daß der Kanal, der sich mitten unter der Straße hinzieht, in der Nacht einstürzt. Bemerken es die herenfliegenden Feuerspritzen aus dem Kärntnerviertel, so müssen sie umkehren, bemerken sie es nicht, so stürzen sie mit Roß und Mann hinein, und das wäre im Grunde noch besser. Bei der Herrengasse und Schauflucken lassen wir in später Nacht zwei mit schweren Kisten beladene Wagen gegen einander rennen und umstürzen, dadurch wird der Weg für die Spritzen aus dem Schottenviertel gleichfalls gesperrt, und es wird viel Zeit kosten, bis diese Hemmnisse auf die Seite geschafft sind. So bleibt die Zufuhr vom Kohlmarkt her allein offen, und auf dieser wird ein so heilloses Gewirre, eine so furchtbare Unordnung entstehen, daß unser Plan eher dadurch gefördert als gehindert werden soll. Den Befehl in der Burg hat Scomparini; ich verlasse mich auf Dich, mein Bursche, 's ist keiner, der den rothen Hahn besser auf ein Dach setzt als Du, und ich hoffe, daß ich heute Ehre mit Dir aufheben werde."

Die Augen des Mordbrenners funkelten von wilder Freude, und er rief: „Hei! wie freut es mich, das niederbrennen zu können, was jener Bursche gebaut hat, der mich in die Donau geschleudert; wohl bekomm' es, Meister Vogelsang, wir reden noch ein Wort zusammen."

„Ich selbst," fuhr der Marquis fort, „behalte mir den Oberbefehl in der Stadt vor, und nehme mein Hauptquartier am Graben im Freisingerhof *). Dort bin ich im Herzen des Unternehmens und kann schnell überall seyn, wo meine Gegenwart Noth thut. Zugleich habt Ihr hier etwas, wodurch Euch, da Ihr nicht alle die Stadt genau kennt, Eure Arbeit sehr erleichtert wird."

Und der Marquis theilte unter die Mordbrenner sehr fein gezeichnete Plane der Stadt Wien, auf denen jedes Haus bemerkt, jeder auffallende Umstand angegeben, und der Posten jedes einzelnen sammt seinem Namen stand. Auch Ascher Ben Israel erhielt einen solchen Plan und legte ihn auf den Kasten, während Jean d'Auvers fortfuhr: „Aus diesen Planen könnt Ihr sehen, an welchem Ort Jeder von uns steht, und wisset ihn im Falle der Noth zu finden. Jetzt geht, 's ist zehn Uhr und die Nacht ist dunkel; vertheilt Euch rasch, und hütet Euch, das geringste Aufsehen zu erregen; für den Fall, daß durch irgend ein unvorhergesehenes Ereigniß unser Anschlag mißglücken sollte, treffen wir uns auf dem verabredeten Punkte in Guntramsdorf auf dem Hofe des Herrn Lanoy de Rosamberre. Auf Eure Posten, Bursche; seyd rasch und entschlossen, Ihr wißt, daß wir für treue Dienste gut zahlen."

Schweigend entfernten sich, Nachtgespenstern gleich, die finstern Gesellen dieses niederträchtigen Frevels. Ascher begleitete sie, während er ihnen zuflüsterte: „Vergeßt nicht, Ihr Herren, so Ihr heute gute Beute macht, einzusprechen bei mir; ich kaufe Alles, Alles, und will bei Euch keinen Profit nehmen, so wahr ich ehrlich bin. Was es sey, güldene Spangen, Perlen, Edelgestein, Kleider, ich kaufe Alles, und Ihr sollt Eure Freude haben an den blanken Gulden; gute Nacht!" und hinter den Fortschleichenden die Thüre zuschlagend, murmelte er: „ja, bringt mir nur zu kaufen, ihr breitköpfigen Tölpel, ich will ein Geschäftes mich Euch machen, daß Euch die Augen übergehen."

Dann ging der Marquis, während Scomparini seinen Mantel umhing, mit verschränkten Armen auf und nieder, und sprach zu dem Welschen: „Es wäre fatal, wenn dieser langüberlegte Anschlag mißglückte; es würde mich bei Louvois um alle Reputation bringen; und nun wiederhole ich Dir nochmal meinen wichtigsten Auftrag. Im Archive, das sich in der kaiserlichen Burg befindet, liegt im dritten Schranke rechts eine Urkunde Fasciculus XII, litera C, wenn Du diese herausholst aus den Flammen, so ist unser beider Glück gemacht, Oberst-Rang und tausend Livres sind uns gewiß. Ich würde sie selbst holen, aber erstens kenne ich mich in jenen verteakten Gängen und Winkeln nicht so gut aus, wie Du, und bis ich mich hinfände, wäre vielleicht das ganze Archiv verbrannt, zweitens muß ich den Plan gegen die Stadt selbst leiten, und drittens bist Du ein wahrer Salamander und badest Dich in Flammen, wie sich ein Anderer in Wasser badet. Also willst Du mir die Urkunde bringen?"

„Verlaßt Euch darauf," sagte Scomparini, „und thut mir nur den Gefallen, das Haus meines Ex-Schwiegervaters, des Rathsherrn, zuerst anzuzünden."

„Soll geschehen, mein Bursche," schmunzelte der Marquis, sich die Hände reibend, „es geht Alles prächtig, man wird glauben, die Urkunde sey mitverbrannt, und so hat Niemand den geringsten Verdacht. Endlich stehen wir am Ziele unserer Bestrebungen; wir sind lange genug herumgelungert in der Welt, und wenn ich mich auch mit dem Marquistitel schmückte, so habe ich

*) Der heutige Trattnerhof, oder vielmehr an der Stelle desselben, auf der obern Seite.

es doch nie vergessen, daß ich der Sohn des ehrlichen Schusters Colar zu Rouen bin; aber jetzt verlasse Dich darauf, mein wackerer Scomparini, unser Waizen blüht."

Und vertraulich klopfte der Herr Marquis den Italiener auf die Achsel, dann hängte auch er den weiten Regenmantel um; beide Herren untersuchten ihre Pistolen und ihre Degen. Der Jude Ascher leuchtete ihnen höflich die Treppe hinab, und entließ sie mit einem demüthigen: „Gute Nacht." Und die beiden Spießgesellen begaben sich in die dunkle Nacht hinaus, in der Brust einen niederträchtigen Frevel, eine unerhörte That tragend, die nichts weniger bezweckte, als eine der schönsten Städte der Christenheit, die fünfzehn Jahre später das Abendland rettete, in Schutt und Asche zu legen.

Nachdem Ascher alle seine Gäste auf diese Art entlassen hatte, begab er sich wieder hinauf in das obere Stockwerk seines Hauses und sah über die Donau hinüber nach der Stadt, die in Dunkel gehüllt schlummernd da lag. „Wie wäre es denn," sagte der Jude, als er so mit verschränkten Armen zum Fenster hinaus, hinüber nach der Stadt starrte, „wie wäre es denn, wenn man nur diesen Herren, die sich für ganz sicher halten, einen Strich durch die Rechnung machte und den ganzen Plan dem hochlöblichen Magistrate anzeigte? Es wäre ein schönes Stück Geld dabei zu verdienen. Je nun, 's ist doch nicht rathsam; denn wenn auch wirklich die Obrigkeit keine Kenntniß davon nähme, was durch die letzten zehn Jahre in meinem Hause vorgegangen, so könnte mir einer von den Spitzbuben, der vielleicht zufällig entkäme, meinen Judasdienst mit einem Dolchstoß lohnen, und so mag Alles bleiben wie's ist. Gute Nacht, Stadt! Ich gehe schlafen, wenn Du brennst, werden mich die Sturmglocken schon wekken, also gute Nacht, alte Fabiana!"

(Fortsetzung folgt.)

Lieder. *)

1.

Es dämmerte kühl der junge Tag,
Ein sterbender Held am Ufer lag;
Eh' der letzte Tropfen Blutes entflossen,
Schrieb traurig er für die treuen Genossen
  Ein Lebewohl in den leichten Sand
  Mit zerbrochenem Schwert in erstarrender Hand.
  Der letzte Laut, der der Brust sich entwand,
  Das letzte Wort, das er schrieb auf den Strand,
    War: Freiheit!

Und als die Nacht über's Meer hinzog,
Seemöve um den Helden flog,
Der dort für die Freiheit kämpfend gefallen,
Und ließ ein Todtenlied erschallen.
  Und was er geschrieben in schwindender Gluth,
  Bedeckte vor Abend die wogende Fluth;
  So schwand der Name, das Leben voll Muth
  Des Helden, der sank für sein heiligstes Gut,
    Für Freiheit!

*) Aus: „Abende in Griechenland. Gedicht von Thomas Moore. Aus dem Englischen übersetzt von G. C. Dieffenbach. Darmstadt, Verlag von L. Pabst."

2.

Aus jener Höhle stillen Hallen
Sah ich zwei Bäche niederwallen,
  Der eine, der Erinn'rung lichte Quelle,
  Der andre des Vergessens kalte Welle.

„O Liebe, sagt' ich wohlgemuth,
Als tief ich trank aus Lethe's Fluth,
  „In diesen Fluß versenkt sey all' mein Sorgen,
  „Mein Leid verschwunden, wie der Traum am Morgen."

Verschwunden Alles, — Freud' und Schmerz!
O solche Pein erträgt kein Herz!
  Schnell beugt' ich zum Erinn'rungsstrom mich nieder
  Und trank, — und das Verlorne kehrte wieder.

Ich sprach: „O Liebe! welch' Loos auch mein,
„Laß meine Seele treu dir seyn!
  „Eh' ich vergessen mag dein selig Glück,
  „Kehr' all mein Leid in dieses Herz zurück!"

Fragmente aus Volney's Ruinen.

(Von Wilh. Wagner.)

Wir haben in frühern Nummern unseres Blattes aus dem hier genannten Buche mehrere Fragmente mitgetheilt. Es wird unsern Lesern noch erinnerlich seyn, daß der Verfasser auf den Trümmern von Palmyra verweilt und dort der Größe versunkener Herrlichkeit und verschwundener Macht gedenkt.

Während er in ernste Betrachtungen versunken ist, erscheint ihm ein Genius oder Wesen höherer Art und enthüllt vor seinem geistigen Auge, was sonst den Blicken der Sterblichen verborgen ist. Der Genius belehrt seinen Schützling über die Geschicke der kommenden und verschwindenden Völker, und da dieser die Gottheit anklagt, daß sie so viel Schönes und Großes untergehen ließ, so erwiedert er ihm, daß nicht die Ungerechtigkeit der Götter an jenem Verfall schuld sey, sondern der Menschen Thorheit und Verblendung, ihre Feigheit und Schwäche, ihre Leidenschaft und ihr verkehrtes Treiben; er erzählt ihm, daß Tyrannei und Herrschsucht, Egoismus und Habgier, Haß und Befehdung, blutige Eroberungskriege und Zwiespalt der Parteien alles Unheil in die Welt gebracht hätten, was er ihm durch die Geschichte aller Völker beweis't. Hierauf entrollt er ein neues Bild vor seinem Jünger und führt ihn in jene denkwürdige Zeit des letzten Decenniums des vorigen Jahrhunderts, wo die europäischen Völker zum freieren Leben erwachten und wo eine neue Aera begann, wo auf dem Marsfelde eine große Versammlung gehalten und das Gesetzbuch der Freiheit, Gleichheit und Gerechtigkeit gestiftet wurde. Der Verfasser nimmt an, daß damals bei jener Versammlung Repräsentanten aller Nationen zugegen waren und daß Beschlüsse gefaßt wurden, welche den Unterdrückten Freude, aber den Tyrannen Schrecken bereiteten. Diese, welche sich nun ihrer alten Privilegien beraubt sahen, suchten die Priesterschaft gegen das Volk in Bewegung zu setzen und es glauben zu machen, daß seine Religion und sein Glaube in Gefahr seyen und daß die politische Neuerung ihm Verderben bringen würde. Die neuen Gesetzgeber des Volkes waren den Tyrannen und Priestern gegenüber in nicht geringer Verlegenheit und mußten befürchten, ihr schönes Werk durch die Ränke der schlauen Gegner wieder zerstört zu sehen. Da schlugen sie eine abermalige große Versammlung und Berathung aller Völker vor, auf welcher auch die wichtigen Fragen der Religion und des Glaubens zur Erörterung und Entscheidung gebracht werden sollten. Das Bild einer solchen großartigen Völkerversammlung entrollt sich nun auf das Machtgebot des Genius den Blicken unseres Verfassers, den wir jetzt wieder selber reden lassen wollen:

Ein erstaunungswürdiger Anblick — erzählt Volney — stellte sich jetzt meinen Augen dar. Alles, was die Erde von Völkern aus den verschiedenen Welttheilen und Himmelsstrichen besitzt, strömte herbei, um an der grossen Berathung Theil zu nehmen. Es war ein Congreß der buntesten Art und Menschen in allen Trachten, allen Farben und allen Gesichtszügen sah man erscheinen. Von einer Seite gewahrte ich den Europäer mit seinem fest anschließenden Kleide, seinem runden Hute und dem glatt geschornen Kinn, von der andern den Asiaten, im schleppenden Gewande, mit langem Bart, mit kahl geschornem Haupte und rundem Turban; hier sah ich den Afrikaner mit schwarzen krausen Haaren, mit schwarzer Haut, den Leib mit Streifen von weißem und blauem Tuch umgürtet, mit Arm und Halsbändern von Korallen, von Muschelschalen und Glas geschmückt, dort die Bewohner des Nordens, in Thierfelle gehüllt, den Lappländer mit spitzer Kappe und Schneeschuhen, den Samojeden mit übel riechendem Athem, den Tungusen mit seiner Hörnermütze und seinen Götzenbildern am Halse, den Jakuten mit punktirtem Gesicht, den Kalmucken mit glatter Nase und kleinen Augen. Weiter kamen die Chinesen, mit seidenen Gewändern und herabhängenden Flechten, die Japanesen mit vermischtem Blut, die langohrigen Malaien, mit einem Ring durch die Nase und einer sonderbaren Kopfbedeckung von Palmblättern, und endlich die tätowirten Bewohner der australischen Inseln. Der Anblick so vieler Varietäten derselben Gattung, so vieler Erfindungen desselben Verstandes, so vieler Abstufungen der Kleidung, so vieler Physiognomien erregte bei mir mancherlei Gedanken und Empfindungen. Ich betrachtete mit Erstaunen diese Farbenscala, welche durch das Inkarnat zum Hellbraunen, dann wieder zum Gelben, zum Olivenfarbigen, Bleifarbigen, Kupferfarbigen und endlich bis zum Pechschwarzen hinlief. Ich sah den rosenfarbigen Bewohner von Caschemir neben dem verbrannten von Hindostan, den Georgier neben dem Tataren, den Neger neben der indianischen Rothhaut, und so dachte ich nach über die so ganz verschiedenartigen Wirkungen des heißen oder des kalten Klima's, des hoch oder des niedrig gelegenen, des sumpfigen oder des trockenen Bodens; ich verglich den zwergmäßigen Einwohner der Polar-Gegenden mit dem hochgewachsenen der mittleren Zonen; den schmächtigen Araber mit dem dicken Holländer; den schlanken Griechen mit dem kurzen Samojeden; das fette Wollenhaar des Negers mit dem goldgelockten des Dänen; das glatte Gesicht und die kleinen Augen des Kalmucken mit dem ovalen und schön geformten des Cirkassiers. Ferner stellte ich den seidenen Gewändern des Chinesen, den kunstreichen Stoffen des Europäers und dem kostbaren Pelzwerk des Sibiriers die Zeuge von Baumrinden, die Geflechte von Binsen, von Blättern und Federn, womit sich die wilden Völker bekleiden, entgegen. Bald rief das seltsame Gemälde dieser Menschenmassen mir die fruchtbaren Ufer des Nils und Euphrats zurück, wo nach Regen oder Ueberschwemmung eine üppige Vegetation aufsprieß't, bald erinnerte mich das Murmeln und Fluthen der Volkshaufen an die unzähligen Schwärme von Heuschrecken, die im Frühling die Ebenen von Hauran bedecken. Bei dem Anblick so vieler verständigen, aber verschiedenartig denkenden Wesen überdachte ich die Menge von Gedanken und Meinungen, die in diesem Raume zusammengedrängt waren und die Masse von verschiedenartigen Empfindungen, Begehrungen und Leidenschaften, welche in diesen Menschen wohnen mußten. Welche Mannichfaltigkeit, welche Gegensätze, welches Chaos und dabei auch wieder welche Einheit in den Grundformen! Mein Erstaunen hatte den Gipfel erreicht, als die Gesetzgeber Stille geboten und also sprachen:

„Bewohner der Erde, eine freie Nation richtet an Euch Worte der Freiheit und der Gerechtigkeit; sie bietet Euch sichere Pfänder ihrer guten Absicht und ihrer Erfahrung dar. Sie hat den Quellen der Uebel und Mißstände in der menschlichen Gesellschaft nachgeforscht und gefunden, daß diese aus den Vorurtheilen und aus der Unwissenheit früherer Jahrhunderte stammen und sich von Geschlecht zu Geschlecht fortgepflanzt und erhalten haben. Diese freie Nation hat nun die alten Uebel entfernt und den alten Druck vernichtet; sie ist zurückgegangen zu den Quellen der Wahrheit und der menschlichen Erkenntniß und hat gefunden, daß in der Ordnung der Welt und in der Einrichtung der menschlichen Natur ewige und feste Gesetze vorhanden sind, die wir nur zu erkennen und anzuwenden brauchen, um frei und glücklich zu werden. Erhebt Eure Blicke zum Himmel und zur Sonne, die Euch beleuchtet, und richtet sie dann auf die mütterliche Erde, die Euch ernährt! Ihr Alle habt dieselben Kräfte des Geistes und des Körpers und somit auch dieselben Ansprüche auf den Genuß dessen, was Himmel und Erde bieten; Ihr Alle seyd gleich vor der Natur, vor ihrem Schöpfer und vor Eurer Vernunft. Da Ihr nun Alle gleich seyd, so steht es auch Keinem zu, sich über den Andern erheben und ihn bevormunden zu wollen, und wir müssen daher jede Tyrannei, jeden Geistesdruck und jede Ungerechtigkeit verbannen, wir müssen in Frieden und in Eintracht leben, als Brüder und als Kinder eines gemeinschaftlichen Vaters. Wir wollen eine große, eine hohe und mächtige Verbrüderung ausmachen und nur Ein Gesetzbuch anerkennen, das der Vernunft, nur Ein Gesetz, das der Natur, nur Einen Thron, den der Gerechtigkeit, und nur Einen Adler, den der Eintracht!"

Hier schwiegen die Gesetzgeber und auf ihre Rede folgte ein unermeßliches Freudengeschrei; alle Völker ließen den weiten Raum von den Worten — Freiheit, Gleichheit und Eintracht — ertönen. Es war ein unbeschreiblicher Jubel und eine hohe Lust.

(Fortsetzung folgt.)

Mannichfaltigkeiten.

„Der Italiener," sagt Willkomm in seinen „römischen Nächten," — „sucht in den Theatern nur Unterhaltung, und betrachtet sie als Versammlungsorte, an welchen man sich über Tagesneuigkeiten ausspricht, Geschäfte abschließt und Intriguen ausspinnt. Die Kunst ist nur dazu da, um all' diesen Dingen ein angenehmes Lüstre zu geben. Das Publikum hat gar nichts dagegen, eine und dieselbe Oper, ein und dasselbe Ballet zwanzig und mehrere Male hintereinander aufführen zu sehen, selbst dann, wenn sie schlecht sind. Der Italiener schwatzt und unterhält sich im Theater, ohne den Leuten auf der Bühne die geringste Aufmerksamkeit zu schenken. Er sieht häufig gar nicht hin, sondern kehrt der Bühne den Rücken zu. Vernimmt er aber die ersten Takte einer Arie, die ihm zusagt — und man kann annehmen, daß fast Alle gleichen Geschmack in dieser Beziehung haben, — so geht ein lautes Zischen durch das Haus, Alles setzt sich und zeigt der Bühne ein ernstes Gesicht; tiefes Schweigen sinkt plötzlich auf die versammelte Menge; kein Athemzug wird gehört, kein Lispeln und Räuspern stört die auffallende Andacht. Mit dem Schlusse der besagten Arie bricht dann der tobendste Beifallssturm los, das Pochen, Klatschen und Beifallsrufen will nicht endigen; die Sänger und Sängerinnen müssen drei, vier, fünf Mal ihr Kompliment machen, und, hat sich das Publikum endlich beruhigt, die beliebte Arie noch ein Mal singen. Dieselbe feierliche Ruhe und geisterhafte Aufmerksamkeit herrscht auch jetzt wieder unter der Versammlung, bis die letzte Passage anhebt. Da läßt sich eine summende, die nämliche Melodie anklingende Stimme hören, sogleich summt und brummt das ganze Haus den letzten Passus, Kopf und Hände bewegend, mit, und am Schlusse tobt sich das Entzücken eben so lebhaft aus, wie bei'm ersten Male. — Diese Sitte geht durch ganz Italien und erreicht nur in Rom, noch mehr in Neapel, ihren Höhepunkt."

(**Wichtige Entdeckung — Surrogat für Mehl.**) Dem „Stuttg. Beob." schreibt man aus Heidenheim, 23. Sept.: „Der hiesige Papierfabrikant **Völter** sen. beschäftigte sich schon längere Zeit damit, statt der theuren Haderlumpen einen wohlfeileren Stoff zur Fabrikation des endlosen Papiers aufzufinden, was ihm auch wirklich gelungen seyn soll. Bei diesen Versuchen kam er auf die Entdeckung, daß dieser Stoff auch zur Brodbereitung benutzt werden kann. Die Versuche fielen äußerst gelungen aus und lieferten ein ganz weißes, schmackhaftes Brod, wovon das Pfund auf 2 kr. zu stehen kommt. Er nahm die Hälfte von gewöhnlichem Mehl und die andere Hälfte von seinem Stoff wovon das Pfund nur auf 1/2 kr. zu stehen kommt. Dieser Stoff sey überall leicht zu haben. Gestern reis'te er mit Extrapost nach Stuttgart, um beim Ministerium Schlayer sein Fabrikat vorzuzeigen.

Dieser Tage fuhr ein Graf von Prsib nach seinen Gütern. Auf der nächsten Station drängt sich ein anständig gekleideter Mann an den Wagen heran und bittet, sich die originelle Structur desselben betrachten zu dürfen. Der Graf erklärte sehr freundlich die mannichfachen Vorzüge des Wagens, worauf sich der Fremde entfernt. Als der Graf eine Station weiter war, bemerkte er, daß der Wagen doch nicht so ganz vorzüglich sey, besonders was die Schrauben betrifft, welche die Koffer festhielten, denn die letzteren waren verschwunden.

Kürzlich ist bei den Eisengußwaarenfabrikanten Reid u. Komp. in England eine eiserne, wie man vernimmt, für Westindien bestimmte Kirche, die so construirt ist, daß sie schwimmen kann vom Stappel gelaufen. Die Konstruction dieser Schiffkirche soll höchst sehenswerth seyn. Sie ist unten platt und ohne Kiel. Während das Hintertheil Viereck ist, hat das Vordertheil die gewöhnliche Form. In der Mitte des Kirchensaales befindet sich die Kanzel. Die Kirche ist mit Fenstern, Gallerien, Säulen und einer Sakristei versehen. Vor derselben befindet sich ein 18 Fuß langer und 8 Fuß breiter Vorplatz.

Korrespondenz.

Maestricht, 17. Sept.

Gestern gegen 4 Uhr Nachmittags fand in hiesiger Stadt eine ergreifende Feierlichkeit statt. Das Limburger Jägerbataillon hatte sich auf dem Paradeplatze versammelt; der Major **Landolt**, Commandant dieses Bataillons, verlas den königlichen Beschluß, welcher dem Lieutenant **Eberhard** *) die Insignien eines Ritters von dem Orden der Eichenkrone verleiht zur Belohnung für seine aufopfernde Todesverachtung, von der dieser Offizier einen Beweis lieferte, indem er einen Korporal, welcher auf dem Punkte stand, zu ertrinken, das Leben rettete. Darauf heftete der Major die glorreichen Insignien auf die Brust des neuernannten Ritters und umarmte und küßte ihn, während die Truppen durch wiederholtes Vivatrufen den lebhaften Antheil bekundeten, welchen sie an der Freude eines so allgemein geachteten und geliebten Offiziers nahmen.

*) Dieser Offizier ist der Sohn des königl. preuß. Regierungsrathes **Eberhard**, dessen Wittwe in Diez an der Lahn wohnt, und gegenwärtigen Bericht haben wir der Luxemburger Zeitung entnommen

Höchst a. M., 26. Sept.

Von allen Seiten wird Ihnen die Bildung neuer Sang- und Turnvereine gemeldet. Es freut mich deshalb, Ihnen auch von hier aus Einiges in dieser Beziehung berichten zu können. Schon vor mehreren Jahren bestand ein Gesangverein, der sich einigemal auflös'te, nachher aber immer wieder constituirte. So konnte die Sache nie recht gedeihen, mochten auch die Productionen selbst von Kennern Beifall ernten; denn es fehlte die rechte Begeisterung, das Gefühl, daß der Einzelne sich der Gesammtheit unterordnen muß und seine liebe Persönlichkeit nicht an die Spitze stellen darf, sowie auch alle Kleinstädterei, die leider noch zu arg in unseren Provinzialstädten grassirt, in einem Gesangverein nicht aufkommen soll. „Seyd einig!" kann man diesen Vereinen nicht oft genug zurufen, „denn in der Einigkeit liegt Alles." Dasselbe möchten wir auch dem neuesten Gesangverein, der sich unter der tüchtigen Leitung des Hrn. Lehrer **Weil** gebildet hat, zu beherzigen geben, wiewohl zwar bis jetzt sich noch kein verderblicher Einfluß darin gezeigt hat. Wir wünschen ihm ein ferneres kräftiges Blühen und Gedeihen und zu der Harmonie des Gesanges auch die der Gesinnung. — Da die Stadt den Schülern der hiesigen Realschule einen hübschen Turnapparat angeschafft hat, so wäre es wirklich an der Zeit, wenn sich neben oder aus dem Gesangverein noch ein **Turnverein** bildete. Wie uns dünkt, so haben die jungen Leute hier viel Lust und Eifer für diese edle Kunst und es bedürfte blos eines kräftigen Impulses, um einen solchen Verein bald in's Leben zu rufen. Die Realschule würde gewiß gern die Mitbenutzung ihres Turnapparats gestatten. Die Zöglinge derselben turnen mit sichtlicher Liebe und einige darunter recht brav. Man muß es unserer Regierung Dank wissen, daß sie nicht allein für die geistige, sondern auch für die körperliche Ausbildung der Jugend alles Mögliche thut. In ersterer Beziehung hat sie auch hier glänzend gesorgt, indem sie die schon seit ungefähr 15 Jahren bestehende Privatanstalt des Hrn. **Eichhoff**, die derselbe mit großen Aufopferungen aus reiner Liebe zur Sache geführt und aus der viele tüchtige Schüler hervorgingen, mit der Realschule vereinigte und Hrn. Eichhoff zum ersten Lehrer an derselben ernannte. Hrn. Eichhoff's anerkannte Verdienste, seine ehrenwerthe Persönlichkeit, sowie seine vorzüglichen Kenntnisse sind Bürge, daß sich die Realschule zu Höchst zu dieser Vereinigung nur Glück wünschen kann. An die Stelle des vor einiger Zeit abgegangenen Reallehrers Hrn. **Schiebler** kam als zweiter Reallehrer Hr. **Müller** hieher. Dieser talentvolle junge Mann, der erst Philologie studirte, später von der Regierung zum Zweck seiner Ausbildung in den Realwissenschaften nach Karlsruhe geschickt wurde, verbindet mit einer sehr gediegenen und gründlichen philologischen Bildung eine seltene mathematische und naturwissenschaftliche. Seine unverdrossene Thätigkeit, seine strenge Ordnung, sein liebevolles Entgegenkommen verfehlt nicht, in den jugendlichen Gemüthern Liebe für den Lehrer und die von ihm behandelten Lehrgegenstände zu erwecken. So lange Hr. Eichhoff die alten Sprachen, Hr. Müller die Realwissenschaften lehrt, wird die Höchster Realschule immer mehr aufblühen und ein nicht geringes Scherflein zur Bildung und Intelligenz unseres Volkes beitragen.

Bad Homburg, 27. Sept.

Wenn der Monat September sich zu Ende neigt, pflegen gewöhnlich die Badeberichte aufzuhören, aber in diesem von der Natur so vorzugsweise begünstigten Sommer scheinen sich alle Bäder eines längeren Besuchs zu erfreuen, und so ist es namentlich an schönen Sonntagen, wo die Fremden aus der Umgegend die Zahl der anwesenden Gäste vermehren, noch immer sehr lebhaft hier, und die Table d'hotes der verschiedenen Gasthöfe, so wie die Fünfuhrtafel im Kursaale sind noch zahlreich besucht. Die Jagd hat nun begonnen und zieht viele Liebhaber des edeln Waidwerks hieher, auch für die Wintersaison, die in diesem Jahre sehr brillant zu werden verspricht, da die Bälle, Konzerte 2c. fortdauern, sind viele Wohnungen gemiethet. Des Abends bietet der große Kursaal ein freundliches Bild; das Orchester spielt neben den neuesten Opernpiecen auch Walzer, Polka's 2c., den Kurgästen ist es erlaubt nach Belieben zu tanzen, und so herrscht oft laute und ungezwungene Fröhlichkeit bis an den späten Abend.

Theater-Anzeige.

Mittwoch 30. Sept. **Gottsched und Gellert**, Charakter-Lustspiel in 5 Abth., von Heinrich Laube.

Donnerstag, 1. Oct. **Marie**, oder: die Regimentstochter, komische Oper in 2 Abth., Musik von Donizetti. (Gastrolle) Marie: Fräul. **Jenny Lind**, königl. schwedische Hofopernsängerin. Mit aufgehobenem Abonnement und erhöhten Eingangspreisen.

Redakteur J. L. Heller. — Druck und Verlag von Heller und Rohm.

Didaskalia.

Blätter für Geist, Gemüth und Publizität.

Nro. 272. Freitag, den 2. October 1846.

Der Bauherr.

Historische Novelle von Anton Langer.

(Fortsetzung.)

Eine höhnische Fratze ziehend, trat Ascher vom Fenster zurück und begab sich hinab in's Erdgeschoß; nachdem er die Lampe durch einen Schirm gedeckt, legte er sich angekleidet, wie er war, auf das alte Ruhebett, und entschlummerte nach wenigen Augenblicken. Auch das Laster hat seinen Schlaf, und unpsychologisch ist die Ansicht, daß des Bösen Schlummer von schrecklichen Träumen immer gequält werde. Dieser Mann, der im Verbrechen ergraut, sich mit der Hoffnung niedergelegt hatte, daß ihn jene Lärmglocken wecken sollten, die den Brand seiner Vaterstadt verkündeten, dieser Mann schlummerte so ruhig, wie ein Kind, welches, nachdem es sich müde gespielt, lächelnd auf dem Arme der liebevollen Mutter einnickt.

Er wurde jedoch, nachdem er ein paar Stunden geschlummert, nicht durch die Sturmglocken, sondern durch ein leises Zupfen am Kaftan geweckt. Rasch schlug er die Augen auf. Jener Judenjunge, den wir zu Anfange dieser Erzählung kennen gelernt haben, und der inzwischen zu einem schlanken, schmächtigen Burschen herangewachsen war, stand vor ihm.

„Was soll's," fragte der Jude, indem er sich hastig von seinem Ruhebette erhob.

„Verzeiht, Meister, daß ich Euch wecke, aber mich dünkt, es sey nicht alles richtig," sagte der Bursche, indem er voll Besorgniß den alten Mann ansah.

„Nicht richtig? Wie so? Was giebts?" fragte der Jude rasch hinter einander.

„Ihr wißt," fuhr der Bursche fort, „daß ich nicht schlafen kann, sondern mich Nachts herumtreibe im Garten und Laboratorium oder im Talmud lese. So that ich auch vorhin, und als ich an das Gartenpförtchen gelangte, höre ich Gemurmel und Waffengeklirre; schnell spähe ich durch's Schlüsselloch und sehe, daß draußen Alles von Bewaffneten wimmelt. Finstere Herren in schwarzen Mänteln und Rathsperrücken theilten Jedem seinen Posten zu; das ganze Haus ist umstellt, und darum Meister, eilte ich, Euch zu wecken und zu fragen, was zu thun sey."

Der alte Jude sprach kein Wort, aber seine Zähne schlugen klappernd aneinander. Er raffte sich auf und stieg wieder hinan in's obere Stockwerk, der Bursche folgte ihm auf der Ferse, wie der Hund dem Herrn. Der Jude deckte vorsichtig die Lampe mit der Hand und sah hinaus. Es war so, wie der Diener gesagt hatte, die Straße war voll von Bewaffneten und Dienern des Gerichtes. Es schien, als ob sie jetzt erst mit ihren Anstalten zur Umzingelung des Hauses fertig geworden wären, denn die tiefe Stille, die sie bisher beobachtet hatten, und das geheimnißvolle Dunkel wurde plötzlich auf die grellste Weise gestört durch den Schimmer roth aufflammender Fackeln und durch ein lautes Pochen am Thore, während eine rauhe Stimme Einlaß begehrte im Namen des Magistrates.

'S ist also Ernst," sagte der Jude, sein Gesicht verhüllend, „'s ist Alles verrathen, und sie kommen, um mich zu holen, mich, den Unterstandgeber der Mordbrenner."

„Im Namen des Gerichtes!" donnerte die Stimme wieder, und stärkere Schläge erschütterten das Thor. „Geh' Isak," sagte der Jude zu seinem Diener mit plötzlicher Entschlossenheit, „geh' und lasse die Herren ein. Widerstand ist unmöglich, und das Verstecken würde uns auch nichts helfen, man würde uns auch zu bald finden. Also ist's besser, es komme, was da muß. Sie sollen staunen, die Männer aus Moab und Philistäa, geh' Isak, lasse die Herren herein."

„Was sinnst Du, Meister?" fragte der Bursche, indem er einen düstern, forschenden Blick auf des Juden ingrimmig verzerrtes Antlitz warf, „was willst Du thun?"

„Das kümmert Dich nichts, leid thut es mir übrigens, daß wir unser ganzes Pulver weggegeben haben. Ich könnte, wie Elias, in Feuer zum Himmel fahren, und auf feurigem Mantel die Herren vom Magistrate mitnehmen."

Zum dritten Male ertönte die Stimme und donnerten heftige Schläge gegen das Thor, diesmal verstärkt von den Kolbenstößen der Rumorwache.

„Gehe, Isak," sagte der Jude nachdrücklich, „lasse sie herein, retten kann ich mich nicht mehr; Du aber kannst kühn behaupten, daß Du von Allem nichts weißt. Geh' und öffne, sonst schlagen sie uns noch das Thor in Trümmer."

Schweigend ging der Diener hinab, zu öffnen.

„S' ist also aus, das Spiel, das ich gespielt habe," sagte Ascher zu sich selbst, nachdem sich Isak entfernt hatte, „je nun, ich bin alt geworden genug. Und soll ich jetzt meine alten Knochen vom Henker zerbrechen lassen oder am Scheiterhaufen winselnd sterben? Genug, Ihr Herren vom Magistrat, ich kann Euch zuvorkommen." Und nach diesen Worten trat er rasch zum Schranke, öffnete, nahm eine Phiole mit dunkelrother Flüssigkeit heraus, und trank sie rasch aus.

„Es ist geschehen," sagte er schaudernd, und sank auf das Ruhebett, „nur wenige Minuten habe ich noch zu leben. Wie süß dieß Gift schmeckt; es wird mir nicht viel Schmerzen verursachen. Und er lehnte sein Haupt nieder auf den Polster und sah mit düsterem Auge nach der Thüre; bald ward diese geöffnet und die Diener des Gerichtes, mit Partisan und Muskete, an ihrer Spitze der Rathsherr Preinhuber und Meister Vogelsang, sammt andern Beamten des Magistrates, drangen herein. Der Rathsherr rief dem auf dem Ruhebette Liegenden zu: „Im Namen des löblichen Magistrates der Stadt Wien, Jude Ascher Ben Israel, Du bist unser Gefangener."

„Und wessen beschuldigt Ihr mich," fragte Ascher, sich halb aufrichtend.

„Des Hochverrathes," zürnte der Rathsherr, „Du sollst Deiner Strafe nicht entgehen."

„Doch, doch, werther Rathsherr," sagte der Jude, indeß ein grimmiges Lächeln seine Züge verzerrte, „ich werde der Strafe entgehen; meine Gifte wirken schnell, und ich habe eine gute Dosis davon im Leibe."

Bestürzt sahen sich die Diener der Gerechtigkeit an, während der Jude mit immer matter werdender Stimme fortfuhr: „In meinen Adern schleicht der Tod, und mein Gebein verdorrt unheilbar, und weil gerade Ihr gekommen, Herr Preinhuber, um mich zu fahn, so will ich Euch für diese Gefälligkeit ein Stückchen erzählen aus früherer Zeit. Es war vor vier und zwanzig Jahren, als mein Weib nach Neutra gereist, zu ihrer Mutter, und mir ihr einzig Kind zurückließ; lang blieb sie fort, und das Kind, unser Liebling, starb, während die Mutter ferne. Sollte ich nun dem Weibe, das ohnehin in Neutra dem Tode der eigenen Mutter beigewohnt, auch den Schmerz bereiten, daß sie bei ihrer Rückkunft ihren Liebling todt fände. Ich wußte ein Mittel dafür. Als ich eines Tages am Donau-Ufer herumging, sah ich eine Magd mit einem Kinde von gleichem Alter und ähnlichen Zügen, wie die meiner Lea. Durch Schrecken, Drohung und einen fürchterlichen Eid jagte ich der Magd das Kind ab; zu Hause mußte sie sagen, daß die Kleine ertrunken sey, indeß sie bei mir erzogen wurde; mein Weib kam zurück und ahnte nicht den Betrug und herzte und küßte das Kind, als wäre es ihr eigenes. Ich aber faßte nie Zuneigung zu dem fremden Mädchen, aus der Gojim verhaßtem Stamme, und d'rum habe ich auch, als mein Weib gestorben war, den Eindringling fortgeschaft aus meinem Hause. Und so hört es denn, mein werther Rathsherr, der Ihr so dienstbeflissen mich zu fangen eiltet: Jenes Kind, das ich geraubt, das in meinem Hause erzogen, für mein eigenes galt, ist Euer Kind, Eure Tochter Margarethe und gegenwärtig Favorite im Harem eines türkischen Pascha's."

(Fortsetzung folgt.)

Fragmente aus Volney's Ruinen.

(Von Wilh. Wagner.)

(Fortsetzung.)

Auf diese Bewegung der Freude und des Beifalls folgte bald eine andere ganz verschiedener Art. Die Gottesgelehrten reizten das Volk auf und es entstand zuerst ein Murmeln und dann ein Geräusch, welches immer stärker wurde und durch die Massen hinlief und zu einem allgemeinen Aufruhr ward. Die von den Priestern Aufgereizten äußerten ausschließende Ansprüche und verlangten den Vorzug für ihr Gesetzbuch und ihre Meinung. Die Einen sagten zu den Andern: „Unsere Priester haben Recht und jene Gesetzgeber haben uns nur durch schöne Worte irre leiten wollen. Wir allein besitzen die Wahrheit und die Vernunft, wir allein haben das wahre Gesetz und die wahre Richtschnur des Guten, wir allein sind das von Gott auserkorene und einzig geliebte Volk, wir allein haben in unserem Glauben die Mittel zur Vollkommenheit und den Weg, der allein zum ewigen Heil führt. Die Andern sind verblendet und täuschen sich selber, und ihre Götter sind falsch." Der Aufruhr wuchs immer mehr und wurde bald so stürmisch, daß die Gesetzgeber Mühe hatten, ihn zu beschwichtigen, worauf sie alsdann wiederum also sprachen: „Völker, wohin treibt Euch Eure Leidenschaft und wohin soll dieser Zwiespalt führen? Seit Jahrhunderten ist die Erde ein Kampfplatz, und es sind Ströme von Blut auf ihr vergossen worden. Welche Wirkung haben diese Kämpfe und diese Streitigkeiten hervorgebracht, und wozu ist so viel Blut, wozu sind so viel Thränen geflossen? Wenn der Räuber den Schwächeren unterwarf, hatte er ihn dadurch eines Besseren überzeugt, und hatte er der Wahrheit oder nur der rohen Uebermacht den Sieg verschafft? O Ihr Völker, hört doch die Stimme der Vernunft und gebt die alten Vorurtheile auf! Wenn zwei Familien unter Euch in Streitigkeit gerathen, so wählen diese einen Schiedsrichter, damit er entscheide, und so wollen auch wir es halten, damit wir unserer selbst würdig seyen. Eure Priester mögen die Gründe ihres Glaubens vorbringen und mögen beweisen, ob und warum derselbe besser sey als ein anderer; sie mögen ihr Gesetz und ihre Religion klar und deutlich aus einander setzen, und wir wollen dann sehen, ob und worin sie recht haben. Wir wollen eine feierliche Prüfung der Wahrheit anstellen, und kein System, keine angenommene Offenbarung soll entscheiden, sondern einzig und allein die Stimme der Vernunft." So sprachen die Gesetzgeber.

Nachdem die Völker Beifall gespendet hatten, fuhren die Gesetzgeber fort: „Um in unsern Untersuchungen mit Ruhe und Ordnung verfahren und zu einem Ziele gelangen zu können, so wollen wir auf dem Platze um den Altar des Friedens und der Eintracht einen geräumigen Halbzirkel offen lassen, und jedes Religionssystem, jede Sekte soll hier seine Fahne aufpflanzen. Die Oberhäupter und Gottesgelehrten, und hinter diesen ihre Anhänger, sollen sich um ihre Fahnen versammeln." Der Halbkreis wurde hierauf gezeichnet und bald sah man eine Menge von Fahnen in allen Gestalten und Farben, so daß es einem Hafen glich, auf dessen Schiffen man an Festtagen eine bunte Masse von Wimpeln aller Nationen flattern sieht. Bei diesem Anblick wendete ich mich erstaunt zu dem Genius und sagte: „Ich habe geglaubt" — sprach ich — „die Erde sey nur in acht oder zehn Religionen getheilt, und doch verzweifle ich an der Möglichkeit einer Glaubensvereinigung. Jetzt, da ich Hunderte und selbst Tausende von Fahnen und Fähnlein gewahre, wie könnte ich da Einheit und Eintracht hoffen? Auch kommen noch immer neue hinzu, und wenn ich nicht irre, so sind sie zur gegenseitigen Duldung und zur friedlichen Vereinigung wenig geneigt. Mir bangt und ich fürchte, daß diese Versammlung eine stürmische werden wird." Nachdem die Gruppen sich endlich geordnet hatten, daß man sie besser übersehen konnte, begann der Genius seine Erklärungen und sprach zu mir: „Diese Gruppen hier unter den grünen Fahnen mit einem Halbmonde, einer Binde und einem Säbel sind die Anhänger des großen Propheten aus Arabien. Sie glauben an Einen Gott, ohne zu wissen, was er ist. An die Worte eines Propheten glauben, ohne dessen Sprache zu verstehen, in eine Wüste gehen und sich dort einem Gotte näher zu glauben, der doch überall gegenwärtig ist, seine Hände mit Wasser waschen und doch des Blutvergießens sich nicht enthalten, am Tag fasten und des Nachts essen, von seinem Gute reiches Almosen geben und zugleich auch das Gut der Andern rauben und diese unterdrücken, das sind Vorschriften, welche in der Lehre des Propheten ihre Begründung finden, und wer diese Lehre nicht anerkennt, der ist verworfen, der wird verdammt und mit Feuer und Schwert verfolgt. Ein gütiger Gott, der Urheber alles Lebens und der Spender aller guten Gaben, soll diese Gesetze des Hasses und der Unterdrückung gegeben haben; er soll sie für die ganze Welt bestimmt, wiewohl nur Einem Menschen offenbart haben; sie sollen von Ewigkeit herstammen, wiewohl er sie erst spät bekannt gemacht hat; sie sollen für alle Fälle genügen und sind in einem Buche enthalten, welches unfehlbar seyn und alle Zweifel lösen soll, und doch ist dieses Buch so voll von Undeutlichkeiten und von Widersprüchen, daß man sie schon bei Lebzeiten des Verfassers nicht gehörig zu erklären und zu enträthseln wußte, und seine in ihren Meinungen verschiedenen Anhänger haben sich in entgegengesetzte und feindliche Parteien getheilt. Die Eine behauptet, daß Ali sein wahrer Nachfolger sey und die Andere ist für Omar und Abubeker; diese verwirft die Ewigkeit des Korans, jene die Nothwendigkeit der Reinigungen und der Gebete. Der Karmathe verwirft die Wallfahrten nach Medina und erlaubt den Wein, der Hakamite predigt die Seelenwanderung, und so geht es fort in allerlei Ansichten und Spaltungen bis zu zwei und siebenzig Sekten, deren Fahnen Du dort zählen kannst. Jede derselben ist eine erbitterte Feindin der Andern, und jede glaubt einzig und allein im Besitz der reinen Lehre zu seyn, und diese Religion, die sich auf die Offenbarung eines allgütigen Vaters stützt, hat seit Jahrhunderten Verfolgungen geübt und die Fackel des Krieges und der Zwietracht unter die Völker geschleudert, hat Barmherzigkeit im Munde geführt und Unbarmherzigkeit durch die That bewiesen. Jene dort, welche Du an den weißen Turbanen, weiten Gewändern und langen Rosenkränzen erkennst, sind die Imans, die Mellah's, die Mufti's und die Derwische mit spitzer Mütze und die Santon's mit fliegenden Haaren. Siehe, wie sie wegen des Glaubens unter einander streiten und ihre Uneinigkeit über die leichten oder schweren Befleckungen, über die Materie und Form der Reinigungen, über die Eigenschaften und Vollkommenheiten Gottes, über die bösen und guten Engel, über Tod und Auferstehung, über die Brücke, die nicht breiter ist als ein Haar, über die Strafen der Hölle und die Freuden des Paradieses; diese Uneinigkeit beginnt und will kein Ende nehmen, denn ein Jeder glaubt sich im Rechte und hält sich für besser als der Andere.

„Die zweite Gruppe mit Kreuzen auf den weißen Fahnen sind die Anhänger Jesu. Sie erkennen, gleich jenen, einen und denselben Gott an, den allmächtigen Schöpfer Himmels und der Erde, gründen ihren Glauben auf dieselben Bücher, nehmen, gleich jenen, einen ersten Menschen an, glauben an den Sündenfall, an Himmel und Hölle, und doch verabscheuen sie einander und nennen einander Ungläubige. Der große Streit zwischen beiden besteht hauptsächlich darin, daß die Christen ihren einzigen Gott in drei Personen, welche wiederum Eins seyn sollen, getheilt haben, was sie das Geheimniß der Dreifaltigkeit nennen; sie fügen hinzu, daß dieses Wesen, welches die Welt geschaffen hat und erfüllt, sich in den Körper eines Menschen eingeschränkt, menschliche Organe und irdische Beschränkungen angenommen hat, ohne deßwegen minder göttlich zu seyn. Die Muselmänner verwerfen dies, weil sie es nicht begreifen, obwohl sie in ihrer Religion Vieles haben, was noch unbegreiflicher ist. Ich unterlasse es, Dir den christlichen Glauben und seine Mysterien weiter aus einander zu setzen, da er Dir genugsam bekannt ist. Von der andern Seite sind die Christen unter sich selbst wieder vielfach gespaltet und vielfach uneinig, und die Zwistigkeiten derselben sind um so hartnäckiger und bedauerlicher, als die Gegenstände, um welche es sich handelt, den Sinnen und dem menschlichen Verstande unerreichbar, unbegreiflich und unmöglich zu erweisen sind. Die Meinungen einer jeden Partei haben nur Willkür und Scheingründe zur Basis. Sie stimmen überein, daß die vorgebliche Verwandlung der Gottheit in einen Menschen ein Räthsel ist und streiten dennoch über die Vermischung oder Unterscheidung beider Willen, beider Naturen, über die Verwandlung der Substanz, über die wahre oder vermeinte Gegenwart, über die Art der Fleischwerdung u. s. w. Daher jene Menge von Sekten und Parteien unter ihnen, von welchen Hunderte schon untergegangen sind und Hunderte noch bestehen, deren Fahnen und Fähnlein Du dort flattern siehst. Die erste und größte der Fahnen ist die des heiligen Vaters in Rom. Sie ist umgeben von Priestern und Würdenträgern aller Art, von einem bunten Gemisch violetter, rother, weißer, brauner und schwarzer Gewänder, von Häuptern und Konjuren, mit kurzen oder geschornen Haaren, von rothen Hüten und viereckigen Mützen, von Trachten und Zuschnitten aller Art. Der Papst hat seine Unfehlbarkeit und Oberherrschaft zum Grundsatze gemacht und sein geistliches Regiment auch auf weltliche Dinge ausgedehnt; er hat Königen und Fürsten Gesetze vorgeschrieben und sie mit dem Bannfluch belegt. Zu seiner Rechten siehst Du den griechischen Patriarchen, welcher gleiche Rechte in Ansprüche nimmt und sie gegen die Kirche des Occident behauptet, welcher er das höhere Alter der seinigen im Orient entgegenstellt. Zur Linken sind die Fahnen von zwei Neuerern, von Luther und Calvin, welche der Oberherrschaft des römischen Papstes sich entzogen und neue Kirchen gebildet haben, deren Grundsätze und Glaubensbekenntnisse Dir ebenfalls bekannt sind. Hinter ihnen folgen die kleineren Sekten, Nestorianer, Jakobiten, Bilderstürmer, Wiedertäufer, Presbyterianer, Wiklefiten, Osiandristen, Manichäer, Pietisten, Adamiten, Quintisten, Quäker und wie sie sonst alle noch heißen mögen, lauter getrennte Elemente, die einander verfolgen, wenn sie stark sind, und einander dulden, wenn sie schwach sind; die einander hassen und verfolgen, obgleich sie Alle an denselben Gott der Liebe glauben, und die nichts anders gemeinschaftlich haben als ihre wechselseitige Uneinigkeit; die endlich Alle von den Freuden des Himmels predigen und sich unter einander die Ruhe und die Freuden ihres irdischen Daseyns verbitten."

(Fortsetzung folgt.)

Mannichfaltigkeiten.

(Paris, 18. Sept.) Die französischen Journale berichten uns einen Zug ächt künstlerischen Benehmens zwischen Direktor und Schauspieler, den wir, deutschen Bühnenleitern und Darstellern zur Nachahmung, hier mitzutheilen nicht umhin können. Im Gymnase-Theater wird bekanntlich das effectvolle Drama: „Clarisse Harlowe" mit außerordentlichem Glücke gegeben und hat bereits ununterbrochen vierzig Vorstellungen erlebt; zu diesem glänzenden Erfolg trug aber nicht nur das interessante und ergreifende Stück selbst, so wie die ausgezeichnete Darstellung der unvergleichlichen Rose Chéri als Clarisse, sondern wesentlich auch der Umstand bei, daß alle, selbst die unbedeutendsten Rollen von den ersten Künstlern besetzt sind. So erscheint auch am Schlusse des Stückes, wo Clarisse im Wahnsinn gestorben ist, ein Oberst Morden, der nichts zu sagen hat als: „Graf Lovelac! ich bin Oberst Morden!" Beide ziehen hierauf und mit dem Duelle fällt der Vorhang. Der Direktor, Hr. Montigny, und die Verfasser wünschten, daß ein bedeutender Schauspieler diese kleine Rolle von sechs Worten übernehme, damit die Schlußwirkung des Stückes nicht verdorben oder doch geschwächt werde. Der Direktor schrieb daher Hrn. Montdidier, einem ausgezeichneten Schauspieler, der erste Charakterrollen spielt, bat ihn, die kleine Rolle zu übernehmen und bot ihm hiefür ein außergewöhnliches Spielhonorar von 50 Francs für jede Aufführung. Hr. Montdidier antwortete, er sey engagirt, um zum Gelingen des Ganzen beizutragen, man könne nicht lauter gute Rollen spielen, er werde daher den Oberst Morden mit Vergnügen übernehmen, verzichte jedoch auf das angebotene Spielhonorar, da er nur seine Schuldigkeit thue. Das Stück ging in die Scene und der Schluß wirkte durch Montdidier's Auftreten außerordentlich. Am Abende der zwanzigsten Vorstellung kam Montdidier Abends in sein Ankleidezimmer und fand auf seinem Tische eine sehr werthvolle goldne Cylinder-Repetiruhr, die ein Schreiben des Direktor Montigny ihn als ein Andenken anzunehmen bat; allein wie groß war sein Erstaunen, als er am andern Tage beim Aufziehen der Uhr im hintern Gehäusdeckel eine Banknote von 1000 Francs fand. — Dasselbe Geschenk wiederholte sich gestern bei der vierzigsten Vorstellung, nur war es diesesmal eine schwere goldne Tabatière, die unter dem feinsten Spaniol die 1000 Francs Banknoten verbarg. Das Benehmen des Direktors wie des Künstlers sind gleich lobenswerth und zeigen, daß die französische Artigkeit und Delicatesse nicht ohne Grund sprüchwörtlich geworden ist. Nebenbei aber, nicht um die Generosität eines Theater-Direktors gleichsam zu rechtfertigen, darf wohl bemerkt werden, daß Clarisse Harlowe bis jetzt schon über 120,000 Francs brutto eingebracht hat und wenigstens noch sechzig Vorstellungen erleben wird.

Bei dem immer höher steigenden Strome der Auswanderung nach den Vereinigten Staaten von Nordamerika machte sich das Bedürfniß guter, zweckmäßiger Handbücher für Auswanderer, aus welchen sie alle für ihr folgenschweres Vorhaben nöthige Belehrung schöpfen können, natürlich immer fühlbarer, und wir besitzen daher auch seit längerer Zeit mehr oder minder ausführliche und empfehlenswerthe Rathgeber für Auswanderer, worunter die von Bromme und Grund rühmlich zu erwähnen sind. In der neuesten Zeit ist ihre Zahl durch das so eben in zweiter Auflage (die erste wurde binnen wenigen Monaten vergriffen) in der Baumgärtner'schen Buchhandlung zu Leipzig erschienene „Auswanderungsbuch, oder Führer und Rathgeber bei der Auswanderung nach Nordamerika und Texas" vermehrt worden. Dieses Buch, dessen Verfasser, der durch seine beiden landwirthschaftlichen Zeitschriften rc. ehrenvoll bekannte Moritz Beyer, selbst zwei Jahre in Nordamerika zugebracht und dasselbe nach allen Richtungen bereist hat, enthält in gedrängter Kürze alle nöthige Belehrung in Bezug auf Ueberfahrt, Ankunft und Ansiedelung nebst einer vollständigen Schilderung des geographischen, politischen und geselligen Zustandes der Vereinigten Staaten und verdient daher an alle Auswanderungslustige und sich für Auswanderung Interessirende eine Empfehlung, die durch die schöne Ausstattung und den billigen Preis des Buches noch wesentlich unterstützt wird.

In dem vor sechzehn Jahren in Meißen bei Fr. Wilh. Goedsche erschienenen „Musikalischen Gesellschafter" von Joh. Fr. Hauser befinden sich unter vielen Anekdoten und Charakterzügen über ausgezeichnete Musiker unter andern auch mehrere von Mozart, von welchen wir einige, welche minder bekannt sind, hier mittheilen. — Als Mozart auf seiner Reise nach Italien eine zweite Oper „Lucio Silla" zu Mailand schrieb, war die damals berühmte Primadonna Buonsolazzi für die Stagione del carnevale engagirt. Diese befremdete es sehr, daß man einem solchen Jünglinge, wie Mozart damals war, den Auftrag geben konnte, für sie zu schreiben. Sie äußerte sich daher mit gnädiger Herablassung gegen den jungen Tonsetzer, er möge ihr vor Allem seine Gedanken in Betreff ihrer Arien und Scenen mittheilen, damit sie allenfalls durch ihren Gesang die Schwächen der Composition verdecken könne. Der 16jährige Mozart, über diesen Hochmuth im Geheim ärgerlich, versprach ihr jedoch mit vieler Zuvorkommenheit, ihrem Wunsche zu entsprechen. Wenige Tage nachher kam Mozart in die Opernprobe, und legte der Sängerin die erste Arie, welche er für sie componirt, mit der bescheidenen Bemerkung vor, sie möge verzeihen, daß er es gewagt, dieses Tonstück schon fertig ihrem Urtheile zu unterbreiten. Buonsolazzi aber, welche eine eben so scharfsinnige als hochmüthige Künstlerin war, hatte nicht sobald diese Arie durchgesehen, als sie auch schon ihren Werth erkannte und durch schmeichelhaftes Lob ihre frühere Aeußerung wieder gut zu machen sich bemühte. Der junge Componist jedoch, ohne aus seiner Rolle zu fallen, zog nunmehr mit derselben Bescheidenheit, mit der er ihr früher seine Composition überreicht hatte, ein zweites Manuscript aus der Tasche, indem er mit lächelnder Miene sagt: Er habe hier noch eine zweite Arie für sie componirt für den Fall, daß ihr die erste nicht ganz zusage; sollte ihr jedoch auch diese nicht gefallen, so hätte er auch noch eine dritte in Bereitschaft, welche ihr zu Gebote stände. Ueberrascht von dieser räthselhaften Leichtigkeit des Producirens bei solcher Tiefe der Auffassung und Vollendung der Form, wünschte nun die Sängerin alle drei zu singen, und sie wurden demnach auch von ihr mit großem Beifalle vorgetragen und galten als Meisterstücke dramatischer Composition. Sigra. Buonsolazzi aber soll in der Folge nichts mehr gegen die Jugend des Componisten „Lucio Silla's" eingewendet haben.

(Hannover, 26. Sept.) Von Hrn. Dr. C. L. Grotefend hieselbst ist Leibnizens „Ermahnung an die Teutsche, ihren Verstand und Sprache besser zu üben, samt beigefügten Vorschlag einer Teutschgesinnten Gesellschaft", aus den Handschriften der königlichen Bibliothek zu Hannover herausgegeben, und der am 24. d. M. zu Frankfurt a. M. eröffneten Versammlung für deutsche Sprache, deutsche Geschichte, deutsches Recht, gewidmet.

Korrespondenz.

Seligenstadt, 26. Sept.

Am 23. verschied nach kurzem Krankenlager der großh. Oberforstmeister Gottlieb v. Nordeck zur Rabenau, Commandeur des großh. Ludewigs-Ordens, Senior des v. Rabenauischen Hauses, Aeltester der hiesigen Staatsdiener, seit 1807 Bewohner unserer Stadt. Ein Mann des zeitgemäßen Fortschritts und eine lange Reihe von Jahren Mitglied der zweiten Ständekammer des Großherzogthums, wußte er sich die Hochachtung und Verehrung seiner Collegen in hohem Grade, in seinem Dienste die vollständigste Anerkennung seines Werthes von Seiten seiner Vorgesetzten zu erwerben. Er war ein Ehrenmann im wahrsten und vollsten Sinne des Wortes. Wie er, fern vom Ahnenstolz, in jedem Menschen dessen Menschenwürde achtend, gegen Jedermann leutselig und herablassend war, so war er seinen Hausgenossen ein gütiger Vater, seinen Untergebenen ein liebevoller Freund, der die strengen Formen des Dienstes stets zu mildern suchte, seinen Mitbeamten ein wahrer Mentor. Gegen die Armen war er der stille Helfer in Noth und Bedrängniß, der rücksichtsvollste Wohlthäter, der seine Linke nicht wissen ließ, was die Rechte that. Wie dies Alles anerkannt wurde, zeigte seine heutige Beerdigung. Im Leben einfach und prunklos, wünschte er, daß sein Leib ohne alles Gepränge der Erde übergeben werde. Dies konnte aber seine Untergebenen, seine Mitbeamten, die hiesige katholische Geistlichkeit, den Ortsvorstand und sämmtliche Bewohner der Stadt, ohne Unterschied des religiösen Bekenntnisses, nicht abhalten, seiner Leiche zur Ruhestätte zu folgen. Die allgemeinste und wärmste Theilnahme und Trauer gaben den Beweis, daß man einen Ehrenmann zu Grabe geleite. Friede und Ruhe seiner Asche!

Unterliederbach bei Höchst, 30. Sept.

Auch bei uns hat sich unlängst einer jener bedauerlichen Unfälle zugetragen, deren öftere Wiederholung, trotz aller öffentlichen Warnungen, lediglich der Unvorsichtigkeit zugeschrieben werden muß. Ein hiesiger Ortsangehöriger wollte in einer nahgelegenen Grube Kies holen und wagte sich, alle Ermahnungen überhörend und unter augenscheinlicher Lebensgefahr, zu tief in dieselbe hinein. Kaum hatte er seine Arbeit begonnen, als die überhängenden Massen herabstürzten und ihn bedeckten. Nur einer eiligen Hülfe gelang es, dem Verschütteten das Leben zu retten, ohne jedoch einen doppelten Beinbruch abwenden zu können. — Zu Erfreulicherem übergehend, bemerke ich, daß bis nächsten Sonntag unser jährliches Kirchweihfest stattfindet, das besonders bei den Einwohnern unserer großen Nachbarstadt in Gunst steht und von ihnen stets zahlreich besucht wird. Auch dieses Jahr zählen wir auf viele Gäste von dorther und es haben bereits unsere Wirthe alle Anstalten zu einem würdigen Empfang getroffen. Namentlich hat Hr. Wagner im „Nassauer Hof" seine wohlbekannten gastlichen Räume mit allem Erforderlichen ausgestattet und Küche und Keller in einen achtunggebietenden Zustand gesetzt. Möge unser spätes ländliches Fest, das wohl den Schluß der Sommervergnügungen bildet, von einem heiteren Himmel begünstigt seyn!

Theater-Anzeige.

Donnerstag, 1. Oct. Marie, oder: die Regimentstochter, komische Oper in 2 Abth., Musik von Donizetti. (Gastrolle) Marie: Fräul. Jenny Lind, königl. schwedische Hofopernsängerin. Mit aufgehobenem Abonnement und erhöhten Eingangspreisen.

Freitag, 2. Oct. Ein deutscher Krieger, Schauspiel in 3 Abth., von Bauernfeld.

Redakteur: J. L. Heller. — Druck und Verlag von Heller und Rohm.

Didaskalia.

Blätter für Geist, Gemüth und Publizität.

Nro. 273. Samstag den 3. October 1846.

Der Bauherr.

Historische Novelle von Anton Langer.

(Fortsetzung.)

Die Züge des Juden, in die bereits der Tod mit kalter Hand seine leserliche Schrift schrieb, flammten bei den letzten Worten auf von Rachelust und tückischer Schadenfreude, schaudernd sahen die Bewaffneten auf den Mann, der selbst im Tode noch seines Herzens ingrimmige Bosheit beibehielt; aber der Rathsherr hob die Rechte feierlich gegen Himmel und rief mit lauter Stimme: „Gelobt sey Gott, der da vereitelt die Anschläge der Bösen und zu Schanden macht die Plane der Feinde. Jenes Kind, das Du geraubt, ist entflohen den Krallen der Sünde, dem Harem des Pascha, und durch Gottes wunderbare Fügung heute wieder in mein Haus zurückgekehrt."

Der Jude krümmte sich auf seinem Lager; es war schwer zu sagen, ob vor Körperschmerz oder vor Wuth über seine vereitelte Rache, dabei stieß er jenen eigenthümlichen, unbeschreibbaren Klageton aus, der den Orientalen in ihrem höchsten Schmerze eigen ist, und der Schweiß des Todes trat auf seine Stirne.

„Schafft Hülfe!" rief Meister Vogelsang, „wir müssen ihn um jeden Preis retten, seine Erhaltung ist zu wichtig, gegen Gift muß es ein Gegengift geben."

„Es giebt keines," sagte der Jude dumpf, „'s liegt eine im Friedhof von St. Stephan, die von drei Tropfen in voller Jugendkraft getödtet wurde. —"

„Bianca Neri?" fragte Vogelsang in schaudernder Ahnung.

„Sie ist's," sagte Ascher, und sein Körper begann krampfhaft zu zittern, „meine alten Knochen werden bald todt geschüttelt seyn. Fort, geht fort, laßt mich allein sterben, aber nein, bleibt hier. Ich mag nicht einsam verenden, 's ist zu schauerlich. Bleibt, ihr Leute, bei einem alten Manne, der nicht Weib noch Kind hat, ihm die Augen zuzudrücken. Sie werden in der Stadt auch ohne Euch fertig werden; also bleibt hier, 's kann nicht lange mehr dauern, —" und er fuhr mit den Händen konvulsivisch in der Luft herum, als ob er einen Gegenstand, sich anzuhalten, suchte.

Mit schweigendem Entsetzen sahen die Männer, die oft genug schauerlich ernsten Auftritten beigewohnt hatten, dem allmähligen Weitergreifen des Giftes zu, das sich langsam bis hinan zum Herzen fraß. Es war eine furchtbare Scene. Diese kahle Stube, angefüllt mit Bewaffneten, von deren blanken Panzern das rothe Licht der Fackeln unheimlich abprallte; die bärtigen Gesichter, die schweigend auf den alten Mann hinstarrten, der ein Bild des Jammers, auf dem Ruhebette zuckend sich krümmte und wand, während er dumpf winselte und sprach: „Gott Israels! ich hätte nicht geglaubt, daß es so schmerzt. Warum habe ich's nicht so bereitet, daß zuerst der Wahnsinn kommt, dann der Tod; aber 's ist so besser, viel besser; bis zum letzten Augenblicke werde ich wissen, was ich thue und rede. Weh! Gott Israels! Wasser, aus Barmherzigkeit, Ihr Herren!"

Auf einen Wink des Rathsherrn brachte man Wasser, der Jude griff gierig nach dem Kruge, aber er war zu schwach, ihn zu halten, und der kühlende Trank mußte ihm eingeflößt werden; es schien, als ob von der Wirkung des Giftes jedes Glied einzeln sterbe, und nur das Gehirn, des Geistes wahrscheinlicher Sitz, am spätesten davon angegriffen würde. Mit Schauer wendete sich der Rathsherr von dem entsetzlichen Schauspiele ab. „Durchsucht das ganze Haus," rief er seinen Begleitern zu; „wen Ihr immer erspäht, den greift ohne Ausnahme; was von Papieren sich vorfindet, wird untersucht und versiegelt, und die sämmtlichen Habseligkeiten in Beschlag genommen."

Ingrimmig blickte der Jude bei diesen Worten auf den Rathsherrn, denn selbst im Tode verläugnete sich sein schmutziger Geiz nicht. „Meine Thaler und Dukaten," murrte er in den Bart, „mein mühsam erworbenes Geld und Gut soll fallen in die Hände der Gojim; möge sie dafür Samael, der Fürst der Nacht, in seine Faust bekommen."

Ein Bewaffneter trat heran und überreichte dem Rathsherrn ein Blatt; es war jener Plan, den der Jude von Jean d'Auvers erhalten, und worauf der Posten und das Verhalten jedes Einzelnen von der Mordbrennerbande genau angegeben war. Kaum hatte der Rathsherr einen flüchtigen Blick hineingeworfen, als er voll Bestürzung ausrief: „Heiliger Gott, so ist es dennoch Ernst, Wien soll angezündet werden, und zwar, wie ich hier sehe, soll dies bald geschehen!"

„Ja, warum seyd Ihr denn sonst gekommen gegen mich?" fragte der Jude, aufhorchend.

„Wir sind gekommen, um Dich wegen Hochverrath und crimen laesae majestatis zu greifen, da Du fremde Spione und Unterhändler in Deinem Hause beherbergt, auch sonst noch absonderlicher Verbrechen Dich schuldig gemacht."

„So!" sagte Ascher, und murmelte leise vor sich hin: „Es ist also nicht Alles verrathen; sie wissen nicht, daß die Stadt heute noch in Flammen aufgehen soll; gut, da kann ich mich ja rächen für meine armen Dukaten, wenn ich sie so lange als möglich aufhalte."

„Was murmelst Du, Jude?" fragte Vogelsang, aufmerksam werdend.

„Weiß ich doch selbst nicht, was ich rede," sagte Ascher; schon begann sein Körper sich den letzten Stadien des Lebens zu nähern; sein Antlitz war leichenblaß, Tropfen kalten Schweißes perlten um Stirn und Schläfe, blaue Flecken wurden auf der Haut sichtbar, auch die Lippen umspielte jenes unheimliche Blau, der Vorbote des Todes, und der ganze Körper zitterte unaufhörbar; nichts desto weniger behielt er bis zum letzten Augenblicke den Gebrauch seiner Sinne und der Sprache. „S' ist aus, Ihr Herren," sagte er, „aber bevor ich sterbe, möchte ich doch noch eines wissen. Habt Ihr die ganze Rumorwache mitgenommen, um mich zu fangen?"

„So ist's," sprach der Rathsherr.

„Daran habt Ihr nicht gut gethan; vielleicht könnte man sie in der Stadt besser brauchen. — Horch, was ist das?" unterbrach er sich plötzlich selbst, und wendete die letzte Kraft an, um sich aufzurichten und zu horchen; dasselbe thaten die Andern. — Die Glocke von St. Stephan schlug rasch an, zugleich flog ein rother Schein über die Donau drüben auf und stieg riesig wachsend empor zum Himmel.

„Es brennt!" rief der Rathsherr.

„Ja, in der Burg," ächzte der Jude. „Das ist mein Grabgeläute, meine Todtenfeier. Ha, das ist der Tod; ich komme!" er sank zurück und röchelte ein paar Mal, dann streckte sich der ganze Körper schauernd lange aus und — der Jude war todt.

„Fort!" schrie der Rathsherr, „jeder Augenblick Zögerung ist Gefahr; wir müssen in die Stadt."

Und rasch stürzte er mit seinen Begleitern zum Hause hinaus, während der blutige Schein über die Stadt immer größer und lichter wurde, daß man die weißen, hellen Flammen darin zucken sah, alle Glocken der Stadt in das Geläute von St. Stephan einstimmten, und die Lärmkanonen von den Wällen krachten.

(Fortsetzung folgt.)

Fragmente aus Volney's Ruinen.

(Von Wilh. Wagner.)

(Fortsetzung.)

Jetzt sah ich eine andere hyazinthfarbene Fahne, um welche Menschen von allen europäischen und asiatischen Trachten versammelt waren. Der Genius sprach: „Erkennst Du dieses Glaubensbekenntniß nicht? Es sind die Kinder Mosis, die unter allen Völkern zerstreut leben, von den meisten verfolgt und von den wenigsten geduldet werden. Sie haben den Schein der Eintracht beibehalten, weil sie weder Zeit noch Kraft hatten, zu streiten, und haben nicht verfolgt, weil sie selber verfolgt wurden. Sobald sie aber ihre Grundsätze gegen einander stellen, so wirst Du sehen, daß auch sie nicht einig sind, sondern sich besonders in zwei Hauptsekten theilen, die Saduzäer und die Pharisäer."

Jetzt zeigte mir der Schutzgeist eine andere Gruppe, in weißen Kleidern, verschleiert und um eine rosenrothe Fahne geschaart, auf welcher eine in zwei Hemisphären getheilte Erdkugel, halb schwarz und halb weiß, abgebildet war. Er sprach: „Hier siehst Du die Anhänger des Zoroaster, die wenigen Ueberreste eines ehemals zahlreichen und mächtigen Volkes. Jetzt sind sie, gleich den Juden, unter andere Völker zerstreut, werden verfolgt, halten aber ohne Widerspruch an den Lehren ihres alten und durch den Glauben der Väter ihnen ehrwürdig gewordenen Propheten. Sobald aber der Mobed versammelt ist, beginnt auch der Streit über das gute und böse Prinzip, über die Kämpfe des Ormuzd, des Gottes des Lichtes, gegen Ahriman, den Gott der Finsterniß, über den wirklichen und den bildlichen Sinn dieser Götter, über die guten und bösen Geister, über den Cultus des Feuers und der Elemente, über die Befleckungen und Reinigungen, über die Auferstehung ob des Körpers oder ob nur der Seele allein, über die Erneuerung der jetzigen Welt und über die Beschaffenheit derjenigen, welche an ihre Stelle treten sollen. Die Parsen theilen sich in viele Sekten, welche um so zahlreicher sind, als bei der Zertheilung der Familien diese die Sitten und Gebräuche und die Denkungsart anderer Völkerstämme, unter denen sie leben, angenommen haben.

„Neben den Anhängern des Zoroaster siehst Du andere Gruppen mit azurblauen Fahnen, auf denen riesige Figuren mit zwei-, drei- und vierfachen Körpern abgebildet sind mit Löwen-, wilden Schwein- und Elephantköpfen, mit Fisch- und Schildkrötenschwänzen rc.; es sind die Standarten der indischen Sekten, welche ihre Götter in den Thieren finden und die Seelen ihrer Verwandten in dem Gewürme und in den Insekten versteckt glauben. Diese Menschen begründen Stiftungen für Raubvögel, Schlangen, Ratten, welchen sie allen möglichen Schutz gewähren, während sie dagegen ihren Nebenmenschen verabscheuen und verfolgen. Sie reinigen sich mit Kuhmist und glauben sich durch die Berührung eines Menschen zu beflecken; sie tragen ein Netz vor dem Munde, aus Furcht, eine Mücke zu verschlucken, in welcher die Seele eines Menschen stecken könnte, aber den Paria lassen sie Hungers sterben. Sie glauben zwar an dieselben Götter, theilen sich aber darum nicht minder in verschiedene feindliche Sekten. Diese erste, welche ganz isolirt bei Seite steht, ist die des Brama, der, obwohl er Gott und Schöpfer, dennoch so herabgekommen ist, daß er dem Lingam zum Fußgestelle dienen muß, und sich mit etwas Wasser begnügt, welches der Bramine ihm alle Morgen zuwirft, indem er ein trocknes Loblied dazu anstimmt. Die zweite Fahne mit dem rothen Geier ist die des Wischnu. Er ist zwar Gott, der Erhalter, hat aber dennoch, nach der alten Sage, einen Theil seines Lebens mit Zerstörungen und Uebelthaten zugebracht. Betrachte ihn unter den abschreckenden Gestalten eines Ebers und Löwen, wie er menschliche Eingeweide zerreißt, oder unter derjenigen eines Pferdes, mit dem Säbel ausgerüstet, um die gegenwärtige Generation zu zerstören, die Gasterei auszulöschen, die Erde zu erschüttern und die große Schlange ein Feuer ausspeien zu lassen, welches alle Weltkörper zerstören soll. Die dritte Fahne deutet auf den Gott Schiwen, welcher ebenfalls ein Zerstörer und ein Erzeuger zugleich ist. Gerade er zählt die meisten Anhänger, obgleich er der Abscheulichste von Allen ist; er verachtet die andern und ist stolz auf seine Vorzüge; seine Anhänger verehren Keuschheit und Schamhaftigkeit, während sie das unzüchtige Bild des Lingams öffentlich mit Blumen krönen und mit Milch und Honig besprengen. Hinter ihnen sehen wir noch eine Masse von verschiedenen Fahnen, welche den Verwandten dieser drei Hauptgötter angehören und nicht minder ihr Leben mit Zerstörungen und wechselseitiger Befehdung zugebracht haben, in welcher Weise ihre Anhänger es ihnen nachmachen. Diese Götter sollen allmächtig seyn und die ganze Welt erfüllen, und nichts desto weniger lassen sie sich von einem Braminen in einen Tempel oder gar in ein Gefäß bannen, damit dieser nach Willkür mit ihnen schalte und ihre Gunst nach Gutdünken an die blinde Masse verkaufe.

„Weiter hinaus erblickst Du wiederum eine Masse anderer Fahnen, welche auf gelbem Grunde verschiedenartige Abzeichen tragen. Sie gehören wiederum einem gemeinschaftlichen Gotte an, der unter allerlei Namen bei vielen Völkern des Orients verehrt wird. Der Chinese verehrt ihn in seinem Fo, der Japanese in seinem Budso, der Cyplonese in seinem Bedhu oder Budha, der Laonese in seinem Chekia, der Peguaner in seinem Phta, der Siamese in seinem Sommona Kodom, der Tibetaner in seinem Budd und La, und so viele Namen dieser Gott auch trägt, so erzählen sie doch überall dieselben Geschichten von ihm, in welchen sein bußfertiges Leben, sein Fasten, seine Verrichtungen als Versöhner und Vermittler, der Haß eines ihm feindlichen Gottes, ihre Kämpfe und sein Sieg, den Hauptinhalt bilden. Die Anhänger dieses Gottes, obwohl über das Wesen desselben einig, sind es dagegen keineswegs über die Mittel, ihm zu gefallen, und sie streiten über den Ritus, über die Dogmen und über die innere und äußere Lehre. Hier predigt der japanesische Bonze im gelben Gewande und mit dem kahl geschornen Haupte die Unsterblichkeit der Seele, ihre Wanderung durch verschiedene Körper, und dort der Sintoist, indem er ihre von den Sinnen getrennte Existenz läugnet, ein anderes System behauptend, daß die Seele mit den leiblichen Organen unzertrennlich verbunden sey und ohne diese gar nicht bestehen könne, daß sie mit dem Körper zu seyn aufhöre, sowie der Ton mit dem Instrumente. Hier der Siamese mit den abgeschorenen Augenwimpern empfiehlt Almosen, Opfer und Sühnung, und glaubt dabei an ein blindes Geschick und an einen unabwendbaren Fatalismus, und dort sucht der Schüler des Confuzius sein Schicksal in den Sternen oder in anderen ganz zufälligen Dingen zu lesen. Dort weiter siehst Du ein von Priestern in gelben Gewändern umgebenes Kind und den großen Lama, welchen der Tibetaner verehrt. Willst Du Deine Blicke noch weiter schweifen lassen, so kommst Du zu den Standarten von Völkerstämmen, die auf einer noch niedrigeren Stufe der Cultur stehen, als die bereits genannten, und ich würde kaum zu Ende kommen, wenn ich sie alle Dir hernennen und über ihren Glauben Dir berichten wollte. Hier die Tartarenhorden, welche in der Gestalt von allerlei vierfüßigen Thieren, Vögeln und Insekten, das gute und das böse Prinzip anbeten und in völlige Abgötterei verfallen sind; dort endlich die schwarzen Bewohner von Afrika mit ihrem Fetischdienst, und die rohen Kamtschadalen, welche der Meinung sind, daß die ganze Welt so häßlich sey, wie die ihrige, und daß es überall so schlecht gehe, wie bei ihnen, und welche sich unter ihrem Gotte einen alten Mann vorstellen, der auf seinem Schlitten auf die Fuchs- und Rennthierjagd fährt und dabei ganz gemächlich aus einer großen Pfeife raucht. Die Masse noch vieler heidnischen Völker, welche von der Gottheit theils noch schlechtere, theils noch verworrenere Begriffe haben und auf einer ganz niedrigen Stufe der Bildung stehen, die sie fast dem Thiere gleich macht, ist unzählbar, und ich will Deine Geduld mit so traurigen Bildern nicht ermüden. Wie es übrigens auch noch mit ihrem abgötterischen Glauben bestellt seyn mag, so freuen sie sich doch Alle, jeglicher in seiner Weise, ihres Daseyns und genießen die Gaben der Natur, welche dem Einen reichlich und dem Andern ärmlich gespendet, aber Keinen vergessen, Keinen verstoßen oder verworfen hat. Ueberall ist die Natur groß und erhaben, und Alles ist gut, wie es aus ihren Händen kommt, aber unter den Händen der Menschen ist es klein und entartet, und mit Trauer und Schmerz wendet der Blick sich ab von dem verworrenen Chaos ihres unseligen Treibens und ihrer ewigen Bekämpfung, worin sie einander als Feinde und Vertilger, sich selber verderbend, entgegenstehen."

(Schluß folgt.)

Stuttgarter Festlichkeiten.

(Stuttgart, 29. Sept. — Corresp.) Eine geordnete, systematische, durchaus ins Einzelne gehende Beschreibung der heute zu Ende gegangenen Festlichkeiten verlangen Sie nicht, ich beabsichtige auch gar nicht, Ihnen eine solche zu geben, sondern hebe eben aus, was mir am Bemerkenswerthesten dünkt. Daß bei der Beleuchtung am Abend des 25. Se. Majestät sich ziemlich lange in Civilkleidern auf dem Schloßplatze unter dem Volke ergangen hat, habe ich Ihnen (glaube ich) schon gemeldet. Der König ward jedoch einige Male erkannt und verlor sich alsdann schnell unter der Menge. Am 26. war das Fest-Theater das interessanteste. Dieses war zum Erdrücken voll und die königliche Familie sah sich mit lang anhaltenden Freuden- und Hochrufen empfangen, während das Orchester das „Heil unserm König Heil!" anstimmte. Dingelstedt's Prolog gefiel allgemein; derselbe ist weit über alle Erwartung freisinnig gehalten, wiewohl er die bei solchen Anlässen üblichen persönlichen Huldigungen der Kronprinzessin, an welche er gerichtet ist, nicht aus den Augen verliert. Die Sprache ist jedoch edel und nirgends niedrige Speichelleckerei, die bei F. Dingelstedt auch sehr übel angebracht wäre. Auber's „Fensee" war mit einem ungemeinen Aufwande von Pracht und Vollendung an Costümen, Decorationen und Maschinerie zur Aufführung gebracht; es ist darin Alles übertroffen, was in dieser Hinsicht bis jetzt in Stuttgart gesehen worden. Gropius, der die Dekorationen gemacht, war damit selbst aus Berlin gekommen, und hatte das dahin Bezügliche geleitet. Balletmeister Fanzl leistete in den eingelegten Tänzen durch sinnreiches und geschmackvolles Arrangement alles Mögliche. Am andern Tage, dem Geburtsfeste des Königs, wurde daher die Oper wiederholt gegeben, und zwar, wie den Tag zuvor, bei festlich beleuchtetem Hause mit der eigens hiezu getroffenen Einrichtung in Vermehrung von Gaslichtern an den Gallerien. — Gestern folgte das alljährlich am 28. Sept. stattfindende Centralfest des landwirthschaftlichen Vereins, gemeinhin Volksfest genannt, wozu stets eine Menge Menschen aus dem ganzen Lande zusammenströmt, auch Abgeordnete der verschiedenen landwirthschaftlichen Bezirks-Vereine aus allen Theilen des Landes erscheinen. So stark wie diesmal war jedoch dieses Fest noch nie besucht. Gewiß der zwanzigste Theil der Bevölkerung des Königreichs war hier auf einem großausgedehnten Wiesenplatze am Neckar auf Cannstatter Gemarkung beisammen. Das bunteste Gewimmel, so weit das Auge reicht. Ein großer Kreis von etwa 4000 Fuß im Umfang ist mit Schaugerüsten u. s. w. umgeben, das neugierige Volk aufzunehmen; innerhalb derselben das königliche Zelt mit Herren und Damen von Hofe. Außerhalb, nach Cannstatt zu, Bretterhütten und Buden mit Wirthschaften, Gauklern, Seiltänzern, Glücksspielen, Stände mit Waaren aller Art. Es ist ein äußerst buntes und belebtes immerwechselndes Bild. Die ganze königl. Familie, der ganze Hof in Galla, wohnt diesem Feste, der Vertheilung und Schaustellung von ausgezeichneten Pferden, Rind- und anderem Vieh, ausgezeichneter technischer und Natur-Produkte des Gewerbfleißes und der Landwirthschaft an; Mastklettern und Pferderennen bieten ein pikantes Divertissement. An diesem Tage ist allgemeiner Geschäftsstillstand in Stuttgart, Cannstatt und Gegend, und Knecht und Magd sind dienstfrei. — Der 29. Sept. verändert dieses Bild wieder in etwas. Der Hof erscheint abermals auf dem Platze, aber nicht in Galla und Dienstracht; Alles in Civil. Die hohen Herren, die gestern Zuschauer waren, sind heute meist selbst thätig. Es ist das Pferderennen des unter der Protektion Sr. Maj. des Königs stehenden Wettrenn-Vereins, dessen Mitglieder meist dem Adel oder reichen Privatstande angehören. Das Gewimmel auf dem Platze immer noch stark, doch etwas gewählter, weniger Landleute, weniger dienstbare Geister, aber an Städtern selbst fast Alles, was laufen kann. Die ausgesetzten Preise sind meist sehr bedeutend. Pferde aus den Privatgestüten des Königs, Vollblut, rennen zuerst, um unter sich zu stechen, aber ohne um Preise zu concurriren. Am meisten Aufmerksamkeit erregt jedesmal das Rennen im Trabe und das mit Hindernissen. — Alle diese Festtage waren vom herrlichsten Wetter begünstigt.

Vortrag des Justizraths Buchner in Darmstadt

in

der Generalversammlung des Zweigvereins der Gustav-Adolf-Stiftung in Darmstadt und Bessungen, am 28. September 1846.

Zunächst, meine Herren, wende ich mich zu der von Hrn. Hofprediger Dr. Zimmermann öffentlich abgegebenen Erklärung. Diese Erklärung stand in der großh. hess. Zeitung; sie ging späterhin in die Oberpostamts-Zeitung über. Ich habe nichts gegen diese Appellation an die Oeffentlichkeit im weitesten Umfange einzuwenden, aber sie legt Jedem, welcher der entgegengesetzten Ansicht ist, die Pflicht auf, ebenfalls seine Meinung über die Sache zu sagen.

Hr. Hofprediger Zimmermann geht in seiner Erklärung auf das Jahr 1843 und auf die in diesem Jahre zu Frankfurt a. M. abgehaltene

Generalversammlung zurück, in welcher die Statuten des Gesammtvereins festgestellt wurden. Er sagt, es sey damals die ausdrückliche Bestimmung vorgeschlagen worden: „sectirerische oder separatistische Gemeinden sind von der Unterstützung ausgeschlossen.“ Meine Herren, dieser Vorschlag stammte von den Hauptvereinen zu Dresden, zu Leipzig und dem Hrn. Hofprediger Zimmermann. Aber die Versammlung ging nicht darauf ein und die Bemerkung, daß wenn der Zusatz, welcher lutherische, reformirte und unirte Gemeinden als die zu Unterstützenden bezeichne, eine Stelle finde, jene Bestimmung völlig überflüssig erscheine, ging nur vom Hrn. Pfarrer Schrader und nicht von der Versammlung aus. Jedenfalls aber bestreite ich, daß, weil in §. 2 der Statuten die Gemeinden, welche die Wirksamkeit des Vereins umfassen soll, näher bestimmt wurden, nun deßhalb auch der Verein selbst nur aus den Mitgliedern solcher näher bezeichneten Gemeinden bestehen und seine Hauptversammlung aus den Mitgliedern solcher Gemeinden beschickt werden müsse. Diese Auslegung widerspräche dem deutlichen Wortlaute, indem §. 1 im Allgemeinen nur von Gliedern der evangelisch-protestantischen Kirche als möglichen Mitgliedern des Gustav-Adolf-Vereins, also vom Subject spricht, während §. 2 die Gegenstände der Wirksamkeit des Vereins, also das Object, näher bezeichnet. Diese Auslegung widerspräche aber auch der in die Augen springenden Wahrheit, daß ein Gesetz hinsichtlich der zu Unterstützenden sehr leicht andere und strengere Anforderungen mache, als hinsichtlich der zu freier Unterstützung sich Vereinigenden. Unter diesen Umständen hat der Rückschluß des Hrn. Hofpredigers Zimmermann von §. 2 auf §. 1 der Gesammtstatuten durchaus keinen Werth, und es ist nicht gesagt, daß die Mitglieder des Vereins ebenfalls entweder Lutheraner, Reformirte, Unirte oder Waldenser seyn müßten. Vielmehr begreifen die Worte des §. 1: „Glieder der evangelisch-protestantischen Kirche“ offenbar Alle, welche auf dem allgemeinsten Grund und Boden des Evangeliums und des Protestantismus ihre Stelle genommen haben. Jedes positivere Auffassen der Bezeichnung Kirche führt selbst beim besten Willen, sich davon fern zu halten, zu dogmatischen Fragen und Spaltungen, und also zu etwas der Hauptaufgabe des Vereins: einem Liebeswerke, sehr Entgegengesetzten. Diese Ansicht, welche gewiß Alles für sich hat, was Humanität und Toleranz, fortgeschrittene Bildung und edlere Zeitrichtung in Anspruch nehmen, fußt aber auch noch sehr deutlich in der Geschichte der Statuten des Gustav-Adolf-Vereins. Bei der Berathung der Statuten nämlich in Frankfurt a. M. erklärte der Probst Nielsen aus Schleswig, er wünsche die Sache des Vereins auch zur Herzenssache für alle Protestanten gemacht und darum etwas an die Spitze gestellt, was Alle auffordere, heereinzukommen, ein laut sprechendes Panier, unter dem sich Alle, die ein Herz hätten für die evangelische Kirche, sammeln könnten. In Begleitung von diesen Worten machte Hr. Nielsen dann seinen Antrag auf Redaction des §. 1 der Statuten, der Billigung fand. Und dieser so warm und wahrhaft universell empfangene §. 1 sollte nun durch's Herbeiziehen eines späteren, einen ganz andern Gegenstand behandelnden §. in seinem Sinn entstellt werden?

Meine Herren, ich glaube, daß meine Ansicht noch mehr Ihren Beifall gewinnt, wenn ich Sie darauf aufmerksam mache, wie ihr verehrlicher Vorstand den §. 1 der Gesammtstatuten bisher auslegte. M. H. Er nahm römische Katholiken, Deutschkatholiken und Israeliten zu Mitgliedern des Vereins auf. Vielleicht sagen einige von Ihnen: „Nun, die durften Beiträge bezahlen; Alles zum Ruhm und zum Nutzen des Gustav-Adolf-Vereins und seiner lutherischen, reformirten, unirten und waldensischen Schützlinge.“ Aber nein, meine Herren, sie durften nicht blos Beiträge bezahlen, vielmehr hatten sie nach §. 3 und 7 der Statuten unseres Zweigvereins das Recht der activen und passiven Wahl und konnte darnach möglicher Weise sich zutragen, daß römische Katholiken, Deutschkatholiken und Israeliten nicht blos Mitglieder des Vorstandes, sondern auch durch denselben zu Deputirten der Hauptversammlung gewählt wurden. Meine Herren, ich halte für unwahrscheinlich daß dies geschieht, ich gebe sogar zu, daß es seine Inconvenienzen hätte, aber ich habe Ihnen nur die strenge Consequenz des Thuns Ihres Vorstandes nach der einen Seite gezeichnet, während das Thun eines Mitglieds dieses Vorstandes so ganz nach der andern Seite sich gewendet hat.

(Schluß folgt.)

Korrespondenz.

Mannheim, 25. Sept.

Wenn man auf der Main-Neckar-Eisenbahn noch nicht ganz orientirt ist, so erlebt man bisweilen Täuschungen, wie ich sie erst vor einigen Tagen erfahren habe. Auf meiner Reise aus dem Norden zu Frankfurt a. M. angekommen, wo ich mehrere vergnügte Tage verlebte, machte ich von dem lockenden neuen Transportmittel bei der Weiterreise zunächst in der Absicht Gebrauch, zu Langen auszusteigen und dort bei Dr. B., meinem alten Freunde, einige frohe Stunden zuzubringen. Es blieb jedoch bei meinem bloßen Vorsatze, da ich bei meiner Ankunft in dem Bahnhofe zu Langen zu meiner nicht geringen Ueberraschung bemerkte, daß dieser Ort fast eine halbe Stunde seitwärts entfernt liegt und für eine Transporteinrichtung zur Beförderung von Personen und Reisegepäck dahin in keiner Weise gesorgt ist. Mein Entschluß war bald gefaßt, ich ließ Langen links liegen, nahm ein Billet nach Darmstadt und sah mich in 15 Minuten in Mitte des Bahnhofes daselbst versetzt, der mit seinen schönen Gebäuden einen herrlichen Anblick darbietet. Derselbe gehört ohne Zweifel zu den schönsten, die man in Deutschland sehen kann; er ist ein wahrer Genuß für das Auge. Aber nicht allein für ästhetischen, sondern auch für physischen Genuß findet man da gesorgt, denn es lachte mir beim Aussteigen eine Restauration entgegen, die mit ihren preiswürdigen Gaben an Speisen und Getränken meine Erwartungen vollkommen befriedigte. Nachdem ich bei dieser Gelegenheit auch die geschmackvollen, großartigen Gebäude im inneren Bahnhofe überblickt hatte, trat ich in das Rheinthor, wo mir die große, breite Rheinstraße mit ihrer himmelstrebenden Ludwigssäule und das stattliche Residenzschloß, welches den Prospect schließt, gewaltig imponirte. Da mir zur Fortsetzung der Reise bis zum nächsten Bahnzuge sieben Stunden Zeit blieben, so konnte mir ein wie hingezaubertes Gasthaus, das „Hotel Köhler“ (gleich rechts neben dem Rheinthor), nicht erwünschter seyn. Ich übergab daselbst meinen Reisesack, sicherte mir ein Couvert für Mittag und trat eine Wanderung durch die Stadt an, bei welcher ich unter anderen auch das Museum, die Bildergallerie und das Naturaliencabinet besuchte, wo die unterschiedlichen Sammlungen von Gegenständen der Natur und Kunst mich lebhaft interessirten. An der sehr besetzten Table d'hote fand ich mehrere interessante Reisende, und auch den freundlichen Wirth der Bahnhof-Restauration, Hrn. Köhler, dem das Hotel gehört wieder. Auch hier fand ich Alles gut und billig und eilte, begleitet von meinem gefälligen, etwas beleibten, aber doch sehr flinken Wirth (der mir noch eine köstliche Traube zusteckte) in den Bahnhof und Wagen; aber kaum hatte ich die letzte Beere verzehrt, als ich mich zwischen Himmel und Erde auf dem Viaduct bei Eberstadt befand. Schade, daß der Zug sich so bald wieder in Bewegung setzte, denn von da aus genießt man eine reizende Aussicht nach allen Richtungen, sowohl in die Niederungen des Rheins mit seinen Fernen, als nach den belaubten Bergen links mit seinen Burgruinen. Der Zug flog dahin, neue Abwechselungen bietend, und wir waren bald in dem Bahnhofe von Bensheim. Kaum stand der Zug still als auch sogleich eine freundliche hübsche Hebe mit allerhand Getränken an die Wagen trat und Andere, ihr folgend, kalte Speisen, Kuchen, Torten und andere Leckereien in den gefälligsten Formen offerirten. Ich benutzte die Gunst des Augenblicks, obschon bedauernd, nicht länger in dieser reizenden Umgebung bleiben und mein Glück versuchen zu können — Achtung! marsch! erscholl es, fort brauste die immer durstige Locomotive und hielt erst wieder still, als Papa Frank, bemoos'ten Hauptes, Gasthalter zum „halben Mond“ in Heppenheim, mich freundlich bewillkommte. Mir ging das Herz auf, als ich der fröhlichen Stunden gedachte, die wir so oft von Heidelberg aus bei diesem Biedermann und seinem Weine verbrachten. Sein Haus ist noch dasselbe und die Einkehrenden werden es mit Zufriedenheit wieder verlassen. Ich schied von dem wackeren Manne mit dem Versprechen, mich zur Zeit der Weinlese noch einmal auf Heppenheims Fluren einzufinden und auf den Zinnen der Starkenburg, nach akademischer Gewohnheit, dem gütigen Gotte des Weinstocks ein feuriges Dankopfer zu bringen.

Berichtigung.

In der gestrigen Didaskalia, Spalte 6, Zeile 16 von oben lies statt „verbitten“ — verbittern.

Theater-Anzeige.

Freitag, 2. Oct. Ein deutscher Krieger, Schauspiel in 3 Abth., von Bauernfeld.

Samstag, 3. Oct. Marie, oder: die Regimentstochter, komische Oper in 2 Abth., Musik von Donizetti. (Gastrolle) Marie: Fräul. Jenny Lind, königl. schwedische Hofopernsängerin. Mit aufgehobenem Abonnement und erhöhten Eingangspreisen.

Redakteur: J. L. Heller. — Druck und Verlag von Heller und Rohm.

Didaskalia.

Blätter für Geist, Gemüth und Publizität.

Nro. 274. Sonntag, den 4. October 1846.

Die Weintrauben.

(Von Ludwig Hub.)

Sonnenkinder, reich an Süße,
Die ein selt'ner Herbst uns beut,
An euch richtet seine Grüße
Frohbewegt der Dichter heut'!
Bergt ihr doch in schlichter Hülle
Jenen edlen Göttersaft,
Der mit wunderbarer Kraft
Uns Begeist'rung schenkt in Fülle.

Die ihr dunkelblau und golden
Heiter uns entgegen lacht
Wie kaum je noch, euch, ihr Holden,
Sey ein Loblied dargebracht!
Lang' nicht sahen Hermann's Söhne
Euch in der Vollkommenheit;
Denn, ihr Zarten, ihr gedeiht
Selten nur, wie alles Schöne.

Wo's an Licht und Wärme fehlet,
Da ist eu're Heimath nicht
Und der Geist, der euch beseelet,
Strebt mit Allgewalt zum Licht;
Unverhüllt gibt er des Zechers
Innerste Gedanken kund.
Ja, die Wahrheit wohnt im Grund
Eines weingefüllten Bechers.

Diesem Jahr gefiel's, zu bieten
Euch den wärmsten Sonnenstrahl;
Endlich nach so vielen Nieten
Kam der große Preis einmal.
Solchen reichen Herbst erleben
Uns're Winzer wohl nicht mehr,
Darum sollen Lob und Ehr'
Sie dem sechsundvierz'ger geben!

Ach, sie harrten lange, lange,
Leere Fässer gab es viel
Und den Armen ward es bange
Bei dem undankbaren Spiel.
Da erscheint ein Herbst voll Segen,
Gram und Kummer sind entfloh'n
Und es wird ein süßer Lohn
Ihnen, die den Weinstock pflegen.

Wie ihr uns, vom Rebenlaube
Karg verhüllt, entgegen winkt!
Wie den milden Saft der Traube
Hoffnungsvoll der Kranke trinkt!
Mögen es die Götter fügen,
Daß ihr auch den Dulder heilt,
Der in Dürkheim leidend weilt,
Jordan mit den Kerkerzügen!

Ihr in Nassau's schönem Gaue,
An der Mosel, an der Haardt
Und in Franken, gold'ne, blaue,
Alle seyd ihr würz'ger Art!
Und von eu'rem Saft zu schließen
Auf den sechsundvierz'ger Wein,
Muß es wahrer Nektar seyn,
Der euch diesmal wird entfließen.

Ja, ihr bergt in eu'rer Schaale
Einen Trank voll Kraft und Geist,
Den, perlt er einst im Pokale,
Hochentzückt der Trinker preist.
Wie viel frohe Lieder werden
Tönen, von ihm angeregt!
Waffen schenkt er, den ihr hegt,
Wider Sorgen und Beschwerden.

Oftmals mög' er uns befeuern!
Wenn ihm nur kein Wucher naht,
Uns den edlen zu vertheuern,
Wie er's mit der Brodfrucht that!
Will man uns vom Faß verdrängen,
Geht's mit Wein, wie mit dem Korn,
Dann erwacht des Dichters Zorn,
Kündend sich in Strafgesängen.

Der Bauherr.

Historische Novelle von Anton Langer.

(Fortsetzung.)

14. Der Brand.

Die Stille der Nacht, die sich über das alte Wien herabgesenkt hatte, war auf eine schauerliche Weise unterbrochen worden. In einem der untersten Gemächer brannte noch ein einziges trübes Licht, im höchsten Theil, in den Sparren aber der neuen oder Leopoldinischen Burg zuckte plötzlich ein heller, rother Lichtstrahl auf, und im nächsten Augenblicke züngelte schon die Flamme zu einem der Dachfenster heraus, und leckte gierig am Holzwerke hinauf und hinunter, welches wie Stroh, wie Zunder das Feuer auffing, daß es leise knisternd weiter flog. Das ist der gräßlichste Moment eines nächtlichen Brandes. Wer je Gelegenheit hatte zuerst in stiller, dunkler Nacht ein Feuer zu entdecken, der wird es wissen, daß man vor Entsetzen wie gelähmt stehen bleibt, das uns der rothe Brand wie ein Dämon, gegen den wir vergebens ankämpfen, entgegen tritt, und uns fast die Zunge fesselt, daß wir sie vergebens zu bewegen suchen, zum lauten Hülferuf. So ging es dem Glöckner von St. Michael, der, nichts Arges ahnend, halb zwischen Schlaf und Wachen, weil es eben die Gewohnheit mit sich brachte, zum kleinen Thurmfenster hinaus lugte und den rothen Hahn auf der kaiserlichen Burg sitzen sah. Einen Augenblick war er so betäubt, daß er sich nicht zu rathen, noch zu helfen wußte, im nächsten Momente aber stürzte er, wie wahnsinnig, in die Glockenstube und begann mit aller Macht den Glockenstrang anzuziehen, daß es lauthin schallte über die schlummernde Stadt. Wenige Minuten darauf begann auch die große Glocke von St. Stephan mit schweren, langen Schlägen die Luft zu erschüttern; es folgten die Schotten und St. Peter, bald stimmten auch die übrigen Kirchen ein, und selbst die Vorstädte läuteten Sturm und die Dörfer in der Runde um Wien gaben das Feuerzeichen und stürmten die schlummernden Bewohner heraus zur schleunigen Hülfe. Erschrocken waren die Wiener Bürger aufgefahren, als sie das Nothzeichen vernommen, aber rasch und entschlossen rüsteten sie sich und eilten auf die bestimmten Plätze. Es war eine furchtbare Scene. Von Minute zu Minute krachten die Lärmkanonen, unablässig rasselte die Feuertrommel; hierhin, dorthin drängte der Menschenhaufe, Fackeln wehten, Rosse wieherten, Flüche schallten; kräftige Männer brachen sich Bahn durchs Volksgewühl, um zur Rettung zu eilen; Wagen mit Wasser flogen herbei, und instinktmäßig wich die drängende Menge vor den schnaubenden Rossen. Es war alle jene Verwirrung, die wir noch heut zu Tage schauen, wenn irgendwo ein großer Brand ausbricht, noch vermehrt durch die damaligen Zeitumstände, in denen an eine regelmäßige Feuerordnung nicht zu denken, obwohl zu wiederholten Malen in dieser Beziehung Gesetze gegeben worden waren. Mit einem Male verbreitete sich auch im Volke das Gerücht, das Feuer sey angelegt, dunkle Sagen von Juden und Türken, die es gethan haben sollten, gingen von Mund zu Munde; ganz Wien sollte brennen, hieß es; der Schrecken wurde dadurch auf's höchste gesteigert, und mißtrauisch betrachtete der Nachbar den Nachbar beim Scheine der zahlreichen Fackeln, welche die Nacht in einen unheimlichen, grellrothen Tag verwandelten. Während nun die Furchtsamen nach Hause eilten, um zusammen zu packen und, wenn das Gerücht von einem allgemeinen Brande wahr wäre, zu retten, was zu retten sey, drängten die Muthigen, unter ihnen die Bürger alle, vorwärts nach der Burg. Bereits stand diese ganz in Flammen, aber mit dem Dache zugleich brannte das erste Stockwerk, denn an einem Reparaturgerüste war die Flamme bis zu diesem herabgestiegen, und so loderten jetzt zwei Feuerzeilen parallel über einander; klirrend zersprangen die Fenster, durch den Dampf und Rauch flogen manchmal wie Leuchtkugeln ganze Feuerballen und rothglühende Rinnen hingen an den Mauern herab, während vom Dache geschmolzenes Blei wie ein Strom quoll. Bereits sah man die Flamme hie und da im Innern der Gemächer vorwärts lecken, und die Tapeten gaben den gierigen Funken gerne Raum und loderten wie Stroh auf. Dazwischen rannten händeringende, jammernde Gestalten, die mit Rettung beschäftigt waren; keuchende Hofbediente im Nachtkleide, Zofe und Hartschier im buntem Gemenge retteten sich selbst und was zu retten sonst noch war; in das Fluchen und Brüllen der Feuermänner, in die hastigen, rücksichtslosen Kommandowörter mischte sich das Kreischen der Weiber und jenes dumpfe Getöse, welches durch eine große, eifrig sprechende Volksmasse erzeugt wird; Einzelne stürzten sich in die Flammen, um die schlaftrunkenen Inwohner zu retten; thätig arbeiteten die herbeigeeilten Soldaten; ihre Küraße blitzten im Lichte des Brandes, unaufhörlich flog der Wasserstrahl nach den bedrängten Stellen, aber im Augenblicke war er in der ungeheuern Gluth zu Dampf zerstoben, und unaufhaltsam rückte die Flamme weiter. Nur jener gewaltige Thurm, der an der Stelle des heutigen Schweizerhofes stand, verwehrte mit seinen riesigen, aus Quadern gethürmten Mauern der Gluth das Weitergreifen, und dunkel gegen das Feuermeer sich abzeichnend, stand er da wie eine finstre, Halt gebietende Riesenhand, über die hinaus der Brand sich nimmer erstrecken sollte.

Auf seinem Posten am Freisinger Hofe stand Jean d'Auvers und beobachtete mit sichtbarem Wohlbehagen den Fortgang des Feuers. Es war jedoch sonderbar, daß dieser Mann, der so leicht vor keinem Frevel zurückschauderte, heute vor Jedem erschrack, der ihn scharf in's Auge faßte. Ein Mal, als man eben aus dem nächsten Brunnen einen Wasserwagen füllte, faßte ihn ein stämmiger Kerl am Arme und rief ihm barsch zu: „Ei Herr, was steht Ihr müßig, greift zu und legt Hand an, wenn Ihr ein Ehrenmann und gut kaiserlich seyd!" Und der Herr Marquis stellte sich augenblicklich, um keinen Verdacht zu erregen, an die Pumpe und arbeitete wacker mit.

Eben, als er im eifrigsten Pumpen begriffen war, bemerkte er beim Scheine einer Pechfackel ein bekanntes Gesicht. Es war Isak, der Junge des Juden Ascher Ben Israel, der, durch das Volksgewühl sich schleichend, sorgsam nach allen Seiten spähte, gleichsam, als ob er Jemand suche. Der edle Sohn des Schusters von Rouen hatte ihn kaum erblickt, so reichte er den Pumpenschwengel seinem Nachbar und sprach: „Seyd so gut, Freund, und arbeitet einen Augenblick für mich; ich habe ein solches Gebreste in den Gliedern, daß ich umfallen würde vor Mattigkeit, so Ihr mich nicht ablöst und ich mich stärken kann mit einem Glase Wein."

„Na, so geht nur," brummte der Nachbar, ein baumstarker Handlanger, und griff nach dem Pumpenschwengel, „Euch sieht man's auch an, daß Ihr der Arbeit nicht gewohnt seyd. Geht nur, ich hoffe aber, daß Ihr wieder zurückkommt, so Ihr ein ehrlicher Kerl seyd."

„Auf jeden Fall," sagte der Herr Marquis, und stürzte in's Gedränge. Schnell hatte er den Judenjungen erreicht, und ihn beim Kragen fassend, raunte er ihm in's Ohr: „Hat Dich die Neugierde hereingetrieben, Spitzbube, oder ist sonst etwas Absonderliches vorgefallen?"

Isak wandte sich um, und als der Marquis sein bleiches verstörtes Gesicht in der Nähe sah, ahnte er gleich, daß nicht Alles gut stehe, und fuhr mechanisch mit der Hand nach dem Hals, während der Junge versetzte: „Ach Herr Marquis, Alles ist verloren, hier ist's gefährlich, so kommt an einen abgelegneren Ort, daß ich Euch's sage."

Schnell zog der Marquis den Burschen fort in einen abgelegenen Winkel des Schlossergäßchens; dort fragte er: „Nun schnell, was giebt's?"

„Die Rumorwache ist gekommen," berichtete Isak, „und die Herren des Rathes mit Bewaffneten und Bürgeraufgebot, sie haben unser Haus dergestalt umzingelt, daß auch nicht eine Maus unbemerkt hätte heraus kommen können; als dies mein armer Herr merkte, mochte er wohl einsehen, daß nun nichts anderes mehr für ihn zu thun sey, als zu sterben. Da nahm er eines von den wunderbaren Giften, in deren Bereitung er Meister war, und als die Herren vom Rathe eindrangen, fanden sie einen Sterbenden."

(Fortsetzung folgt.)

Fragmente aus Volney's Ruinen.

(Von Wilh. Wagner.)

(Schluß.)

Nachdem die verschiedenen Gruppen Platz genommen hatten und auf den Lärm der Massen Ruhe gefolgt war, nahmen die Gesetzgeber das Wort und sprachen: „Ihr Oberhäupter und Lehrer der Völker, Ihr seht, wie seither die verschiedenen Völker verschiedenen Systemen gefolgt sind. Jedes Volk glaubt auf der Bahn der Wahrheit zu gehen; da aber die Wahrheit nur Eine seyn kann und Eure Meinungen darüber verschieden sind, so kann doch nur Eine derselben die rechte seyn. Wo aber so viele Menschen irren können, wer wollte da behaupten, daß er allein nicht irre? Wir wollen daher Alle die Wahrheit suchen, als ob Keiner sie besäße, und bei unseren Spaltungen und Verschiedenheiten der Ansicht wollen wir duldsam und friedfertig seyn. Bis auf den heutigen Tag haben die Meinungen, welche durch Zufall entstanden und ohne weitere Untersuchung angenommen worden sind, oder welche sich von Geschlecht zu Geschlecht stillschweigend fortgeerbt haben, ihre Herrschaft durch Gewohnheit behauptet. Sind Sie wirklich gegründet, so ist es Zeit, ihnen den Stempel der Gewißheit aufzudrücken; wir wollen prüfen und forschen, um Dasjenige beizubehalten, was durch die Beistimmung von Allen anerkannt werden wird."

Der Reihe nach kam nun das Wort an die vordere Fahne zur Linken, und die Oberhäupter derselben sprachen: „Es steht nicht zu bezweifeln, daß unsere Lehre die einzig wahre und heilbringende ist, denn erstens hat Gott selbst sie offenbaret." — „So auch die unsrige!" — riefen alle Fahnen zugleich — „Niemand darf daran zweifeln." Aber die Gesetzgeber erwiederten, daß sie wenigstens dargelegt werden müsse, damit man die Gründe kennen lerne. Die erste Fahne rief: „Unsere Lehre ist durch eine Menge von Thatsachen erwiesen, durch Todten-Erweckungen, durch ausgetrocknete Ströme und versetzte Berge, durch Wunder aller Art u. s. w." Die Andern behaupteten von ihrer Religion dasselbe und Jeder fing an, von der Seinigen die wunderlichsten und sonderbarsten Dinge zu erzählen. Hierauf verlangten die Gesetzgeber den Beweis durch lebende Zeugen, aber es wurde ihnen erwiedert, daß die Thatsachen alt und die Zeugen längst gestorben seyen. Die Anhänger der verschiedenen Religionen beriefen sich alsdann auf ihre Märtyrer, welche für den Glauben gestorben seyen und denselben mit ihrem Blute besiegelt hätten; sie fügten hinzu, daß sie heute noch bereit seyen, dasselbe zu thun und für ihre Ueberzeugung zu sterben; Einige fingen sogar an, sich den Körper zu zerfleischen und allerlei Qualen aufzuerlegen, worauf aber die Gesetzgeber sagten: „Laßt das, denn wenn Ihr durch Auferlegung von Qualen beweisen wolltet, daß zweimalzwei vier wäre, so würde diese Wahrheit dadurch nicht gewinnen, und wolltet Ihr dadurch beweisen, daß es fünf wären, so würde man es darum doch nicht für wahr halten können. Eure Ueberzeugung ist eine persönliche und hat nur wenig Geltung, da sie im Wesen der Sache nichts verändert. Es müssen sich jedenfalls Viele unter Euch betrügen, und wenn sie sich dennoch für überzeugt halten, was beweis't alsdann die Ueberzeugung des Menschen? Wenn der Irrthum seine Märtyrer findet, wo ist denn das Zeichen der Wahrheit, und wenn auch die bösen Geister Wunder wirken können, wo bleibt denn der Sieg der Guten? Keiner von uns hat volle Gewißheit über Dasjenige, was heute geschieht oder gestern geschehen ist, wie könnten wir daher eine solche Gewißheit für Dinge in Anspruch nehmen wollen, die sich vor Jahrhunderten oder gar vor Jahrtausenden zugetragen haben? Die Gesetze der Natur sind unwandelbar, aber unser Geist ist dem Irrthum unterworfen. Es ist dem ganzen Menschengeschlechte leichter, sich zu betrügen, als nur eines Sonnenstäubchens Natur vollkommen zu ergründen." Hierauf erwiederte ein Gottesgelehrter: „Ihr mögt Recht haben und ich will zugeben, daß wir durch Beweise, die auf unsicheren Thatsachen beruhen, zu keinem Ziele gelangen würden. Wir wollen daher nur solche gelten lassen, die auf Vernunftgründen beruhen, und nur diese sollen entscheiden."

Hierauf begannen die verschiedenen Parteien, ihre Gründe geltend zu machen und Dasjenige vorzubringen, was sie zur Unterstützung ihrer Religions-Systeme für wesentlich und förderlich hielten. Aber auch hier konnten sie zu keiner Uebereinkunft gelangen, und was die Einen für unbezweifelt und des vollen Glaubens würdig hielten, das verwarfen die Andern. Muhamedaner, Christen und Juden stritten über das höhere Alter und über den höheren Werth ihrer Religionen, während die Anhänger des Zoroaster ihnen allen überlegen zu seyn vorgaben. Die Zänkereien nahmen kein Ende, und die Gesetzgeber sahen sich daher genöthigt, das Wort zu ergreifen und Ruhe zu gebieten. Sie sprachen: „Ihr Lehrer der Völker, Ihr seyd erschienen, um die Wahrheit aufzusuchen, und Jeder von Euch hat anfänglich unbedingten Glauben gefordert. Später seyd Ihr dahin übereingekommen, Eure Gründe auszutauschen und Euch über die Streitpunkte zu verständigen. Ihr habt Thatsachen angeführt; da aber jede Religion, jede Sekte so gut als die andere ihre Wunder und ihre Märtyrer zu haben vorgibt, da jede ihre gültigen Zeugnisse zu besitzen glaubt und bereit ist, diese mit Gut und Blut zu besiegeln, so konnte die Wagschale weder zum Vortheile des Einen noch zu dem des Andern ausschlagen, und die Sache mußte unentschieden bleiben. Wir sind hierauf von den historischen Beweisen zu den Vernunftgründen übergegangen, aber dieselben Argumente ließen sich auf ganz verschiedene Lehrsätze anwenden, und dieselben Behauptungen wurden gleich willkürlich auf dieselbe Weise vorgetragen und verworfen. Es hat sich nichts erweisen lassen, und die Zusammenstellung und Vergleichung Eurer Sätze hat sogar noch größere Schwierigkeiten erregt; denn mitten durch diese scheinbaren oder zufälligen Verschiedenheiten hat ihre Enthüllung Euch einen ähnlichen Grund, einen gemeinschaftlichen Plan gezeigt. Jeder hat sich für den ächten Erfinder und für den treuen Aufbewahrer der reinen Lehre erklärt und die Andern des Betruges und des Plagiats beschuldigt, und so ist die schwierige Frage im Betreff der Uebertragung der Religions-Ideen von Volk zu Volk entstanden. So sind wir endlich auf Grundlagen gekommen, welche den Sinnen unerreichbar sind und für uns in nebelgrauer Ferne liegen, so daß wir eingestehen müssen, nur die Echo's unserer Vorfahren zu seyn, und auf Treu und Glauben hinzunehmen, was diese uns überliefert haben. Auf solche Art wird das ganze Gebäude dieser Religions-Meinungen ein sehr verworrenes historisches und metaphysisches Problem, und wir müssen auf anderem Wege eine Lösung der Streitfragen versuchen. Weil alle diese Meinungen, so seltsam und so verworren sie auch sind, einen Ursprung haben müssen, sowie die Ideen, selbst die abstraktesten, ein physisches Urbild in der Natur haben, so kommt es darauf an, zu dieser Quelle hinaufzusteigen, um dieses Urbild zu entdecken, oder mit andern Worten, zu erforschen, woher in der Seele des Menschen diese so verworrenen Ideen von der Gottheit, von allen unkörperlichen Wesen, von Belohnung und Bestrafung jenseits u. s. w. entstanden sind. Sind also Menschen unter Euch vorhanden, welche über den Ursprung und die Grundbegriffe der verschiedenen Religionen und über deren Fortgang oder Rückschritt nachgedacht und in den Büchern der Geschichte eben so sehr geforscht haben, als in denen der Philosophie, so mögen sie hervortreten, damit wir nochmals versuchen, ob wir einige Ordnung in dieses Chaos bringen und der Wahrheit etwas näher rücken können." So sprachen die Gesetzgeber, und der von ihnen gemachte Vorschlag wurde angenommen, worauf neue Debatten über den Ursprung und die Kindheit der Religionsbegriffe begannen, welchen Volney die nun folgenden Capitel seines gehaltreichen Buches gewidmet hat.

Mannichfaltigkeiten.

(Ein Witz von Dobritz.) Ein Knabe von Dobritz hatte bei Gelegenheit eines Streites den Sohn eines hohen Staatsbeamten gehörig durchgeprügelt. Wuthentbrannt eilte der Vater des Geschlagenen zu Dobritz. „Ihr ungezogener Junge,“ hub er hier an, „hat meinen Carl mißhandelt, und ich muß darauf bestehen, daß Sie ihn auf der Stelle exemplarisch bestrafen.“ — „Gut!“ erwiderte Dobritz, „wenn sich die Sache so verhält, wie Sie erzählen, soll der Junge seiner gerechten Strafe nicht entgehen. Ich werde ihn nicht zum Mittagstische und hungrig in die Schule gehen lassen.“ — „Diese Strafe steht in keinem Verhältnisse zu seinem Vergehen,“ fuhr der aufgeblasene Staatsdiener fort, „zudem will ich Zeuge der Bestrafung seyn, und verlange deshalb, daß sie zur Stelle vollzogen werde.“ — „Zur Stelle?“ fragte Dobritz weiter; „auch das soll geschehen, nur werden Sie mir in diesem Fall erlauben, daß ich mich vorher genau erkundige, ob sich die Sache auch wirklich so verhält, wie Sie angeben.“ Er ließ hierauf seinen Sohn kommen und fragte ihn mit möglichst affektirter Aufgebrachtheit, ob es wahr sey, daß er den Sohn des Hrn. X. geschlagen habe? — „Ja!“ antwortete dieser unerschrocken. — „So!“ sagte Dobritz mit dem ganzen Vorrath der Vaterwürde, über den er zu gebieten vermochte — „so! — Nun; so bist Du hiermit feierlichst von mir enterbt! — Sind Sie zufrieden mit dieser Strafe, Hr. X.“ — (Wer die ungeordneten Finanzverhältnisse von Dobritz kennt, wird es begreiflich finden, daß durch diesen lustigen Einfall selbst der Zorn des Hrn. X entwaffnet wurde.) (Ulm. Schnellp.)

Die vierte Lieferung (S. 351 — 454) der von Pfarrer Sollhard zu Dortelweil herausgegebenen Predigt-Parallelen, Pfingst-, Trinitatis- und Erntefest umfassend, ist vor kurzem erschienen. In der nächstfolgenden fünften, welche den eigentlichen Text des Werkes schließt, werden auch an passender Stelle die meisten der bei Luther's diesjähriger Todtenfeier in allen Gegenden Deutschlands im Druck erschienenen Kanzelvorträge ihre Stelle erhalten.

(Hamburg, 27. Sept.) Heute fand bei für die späte Jahreszeit nicht ungünstigem Wetter die Alster-Regatta statt. Das lebhafte Interesse, welches die Regatta schon bei ihrem ersten Entstehen erregte, hat sich jedes Jahr gesteigert und auch dieses Jahr eine sehr große Menge von Zuschauern hinausgelockt, die theils auf der Tribüne und der Uhlenhorst, theils in Böten auf der Alster und an den Ufern derselben versammelt waren. Es fanden sieben verschiedene Wettrudern statt. Einen sehr angenehmen Eindruck machte die Ordnung, welche überall herrschte, eine Folge der sehr umsichtigen Anordnung der Comité's.

Vortrag des Justizraths Buchner in Darmstadt

in

der Generalversammlung des Zweigvereins der Gustav Adolf-Stiftung in Darmstadt und Bessungen, am 28. September 1846.

(Schluß.)

Hr. Hofprediger Zimmermann schilderte im Verlaufe seiner Erklärung mehrere Versuche, welche von ihm gemacht wurden, Hrn. Rupp zu vermögen, bei der Hauptversammlung nicht als Deputirter zu erscheinen oder von derselben sich wieder weg zu verfügen. Meine Herren, ganz abgesehen von der voraussichtlichen Erfolglosigkeit und der sonstigen Mißlichkeit dieser Versuche, kann ich sie auch sonst nicht billigen. Denn diese Erscheinungen in unserer protestantischen Kirche, diese welthistorischen Erscheinungen, sollten und mußten auch officiell zur Kenntniß des Gustav-Adolf-Vereins kommen und er mußte eine ausgesprochene Stellung dazu einnehmen, und wenn nicht der Name Rupp, so hätten andere Namen später oder früher doch dieselbe Nothwendigkeit herbeigeführt.

Es ist schon von einem Mitgliede des verehrlichen Vorstandes, Hrn. Rentner C. C. Hoffmann, öffentlich darauf aufmerksam gemacht worden, daß die Hauptversammlung in Berlin die eigene Ansicht (die eigene Stellung) des Hrn. Dr. Rupp gar nicht hätte in Anschlag bringen dürfen, „da er als Abgeordneter eines anerkannten Hauptvereins erschien und dieser in der Person seines Abgeordneten geachtet werden mußte.“ Und gewiß hat auch diese Ansicht Alles für sich. Die Hauptversammlung mußte sich auf die Frage beschränken: „Ist Dr. Rupp durch Vollmacht eines anerkannten Hauptvereins gehörig legitimirt?“ Die Hauptversammlung hatte dies zu wahren, sonst nichts, und indem sie sich darüber hinaus begab, trat sie auf einen schwankenden Boden. Außerdem, wenn die Hauptversammlung das Recht in Anspruch nähme, zu prüfen, ob ein Deputirter der evangelisch-protestantischen Kirche in einem bestimmten Sinn angehörte, so dürfte sie am Ende auch hinsichtlich aller Vereinsmitglieder, weil auf ihnen die Wahl der Deputirten beruht, dasselbe thun. Wie übrigens der Aussteller einer Urkunde am besten über deren Sinn Auskunft zu geben vermag, so mußte auch der Dr. Rupp, wenn etwas darauf ankam, am besten sagen können, ob er noch Glied der evangelisch-protestantischen Kirche sey. Und er hat es, nach der Erklärung des Hrn. Hofpredigers Zimmermann, gethan. Er sagte: „er sey nicht ausgeschieden aus der allgemeinen evangelisch-protestantischen Kirche, sondern nur aus der preußischen Consistorial- oder Landeskirche.“ Hr. Hofprediger Zimmermann äußerte sich in seiner Erklärung günstig über Hrn. Dr. Rupp. Er sey, sagte er von ihm, ihm immer als ein „Ehrenmann“ geschildert worden. Aber warum glaubte er da nicht diesem Ehrenmanne, warum ließ er den von ihm aufgestellten Unterschied nicht zu, warum stellte er sich außerhalb der Einwirkung des Umstandes, daß vor ihm 14 Preußen für und nur 7 Preußen gegen Hrn. Rupp gestimmt hatten, warum vergegenwärtigte er sich nicht die Unmöglichkeit, möglicher Weise mehr als 38 verschiedene sogenannte Landeskirchen und ob man ihnen angehöre, einer Prüfung zu unterwerfen, warum erinnerte er sich nicht der Statuten unseres Zweigvereins, in welchen das Wort Kirche auch nicht einmal vorkommt, warum erinnerte er sich nicht, daß die Hauptversammlung des Gustav-Adolf-Vereins keine Sitzung eines Gerichts ist, sondern daß sie mehr die Natur eines großen nationalen Körpers hat, welcher nicht den Geist einem Buchstaben opfert, den man so und so auslegen könnte, warum dachte er nicht daran, daß, wie er selbst in seiner neulichen Erklärung gesagt, er in seinem Aufrufe vom 31. Oct. 1841 auch die Secten im Auge hatte, und warum kehrte er nicht in diesem Augenblicke zu jener seiner Intuition zurück, warum endlich fragte er sich nicht: Was halten wohl deine Auftraggeber von der Sache und wie denkt man am Rhein, in der lichten Heimath, davon?

M. H. Ich wollte mit diesem Vortrage keine Anklage gegen Hrn. Hofprediger Zimmermann erheben und eben so glaube ich, mich in demselben von Persönlichkeiten ferne gehalten zu haben. Dabei erkenne ich mit Aufrichtigkeit die vielen Verdienste an, welche Hr. Hofprediger Dr. Zimmermann um den Gustav-Adolf-Verein hat, aber nach Lage der Sache glaubte ich auch nicht anders sprechen zu dürfen.

M. H. Ich unterstütze den Antrag des Hrn. C. C. Hoffmann. *)

*) Dieser lautete: „Mein Antrag geht dahin: „der Verein wolle erklären: daß er die Abstimmung des hessischen Abgeordneten Hrn. Hofpredigers Dr. Zimmermann für die Nichtannahme des Hrn. Dr. Rupp bei der Central-Versammlung in Berlin nicht als in seinem Sinn geschehen erkenne, daß er im Gegentheil Rupp's Zulassungsrecht als Abgeordneten des Königsberger Hauptvereins als begründet erachte und gegen dessen Ausschließung protestire. Er bittet, diesen Protest nicht allein dem Vorstand des gr. hess. Hauptvereins und dem Vorstand des deutschen Centralvereins bekannt werden zu lassen, sondern auch denselben durch die gr. hess. Zeitung zu veröffentlichen.“ — Der Antrag wurde nach lebhaften Discussionen mit 49 gegen 31 Stimmen angenommen.

Theater-Anzeige.

Samstag, 3. Oct. Marie, oder: die Regimentstochter, komische Oper in 2 Abth., Musik von Donizetti. (Gastrolle) Marie: Fräul. Jenny Lind, königl. schwedische Hofopernsängerin. Mit aufgehobenem Abonnement und erhöhten Eingangspreisen.

Sonntag, 4. Oct. Der Weltumsegler wider Willen, abenteuerliche Posse mit Gesang in vier Bildern von Räder, Musik von Cantal.

Redakteur: J. K. Heller. — Druck und Verlag von Heller und Rohm.

Didaskalia.

Blätter für Geist, Gemüth und Publizität.

Nro. 275. Montag, den 5. October 1846.

Der Bauherr.

Historische Novelle von Anton Langer.

(Fortsetzung.)

„Donner und Blitz!" sagte der Marquis, „der alte Ascher hat wie ein Mann gehandelt, ich hätte das der alten Judenseele gar nicht angesehen; nun weiter!"

„In der Verwirrung, die über den unvermutheten Selbstmord herrschte, fand ich Gelegenheit zu entkommen, und ich eilte, um Euch zu finden. Wahrscheinlich kommen sie jetzt schon nach; aber ich habe Euren Posten, die ich auf der Straße fand, die Mähre berichtet; sie antworteten, daß Ihr ihnen für einen solchen Fall schon einen Rettungsplatz, eine Zuflucht bestimmt hättet, und haben sämmtlich Reißaus genommen."

„Teufel!" sagte der Marquis, „es bleibt für uns auch nichts anderes zu thun übrig, wenn die Sache doch ein Mal verrathen ist. Die Hauptsache ist denn doch, daß mir Ecompartoj die Urkunde bringt, und er mag sehen, wie er damit fertig wird. Sage mein Bursche," wandte er sich an Isak, „willst Du in unsere Dienste treten, Du scheinst mir ein entschlossener Kerl zu seyn, und solche haben wir nie zu viel; die Hand her, wenn's Dir recht ist!"

Isak schlug ein, und der Marquis zog ihn rasch fort; die wenigen Posten, die noch nicht wußten, daß der Anschlag mißglückt sey, wurden rasch von den Beiden unterrichtet und zogen sich augenblicklich zurück. Ueber Hals und Kopf eilten sie die Thore zu gewinnen, und obwohl diese in der Regel gesperrt waren, so blieben sie doch während dieser schrecklichen Nacht, in welcher mit jedem Augenblicke fast Hülfe aus den Vorstädten herein kam, offen, und so war es möglich, daß in der allgemeinen Verwirrung die Mordbrenner-Bande bis auf einige wenige, die sich in Kellern und andern Schlupfwinkeln verkrochen, glücklich entkam und auf der Straße gegen Guntramsdorf sich flüchtete.

Inzwischen eilte der Haufe von Bewaffneten, die unter des Rathsherrn Preinhuber Befehl zur Habhaftwerdung des Juden ausgezogen waren, im Sturschritte nach der Stadt zurück. Der Rathsherr wollte nach dem in Aschers Hause vorgefundenen Plane die einzelnen Posten der Mordbrenner-Bande, die sich am Wege finden mußten, aufheben lassen, allein Vogelsang gab ihm den richtigen Rath, keine Zeit zu verlieren, sondern unverzüglich nach der Burg zu eilen, dort würde man offenbar die Rädelsführer finden. Den Herren war es einleuchtend, rüstig marschirten sie weiter, als sie über den Graben an Preinhubers Hause vorbeizogen, sahen sie am Fenster zwei weibliche händeringende Gestalten. Schnell entsendete Vogelsang einen Knecht, um sie zu beruhigen Dann aber ging es wieder vorwärts, und in wenig Augenblicken erreichten sie den Burgplatz.

Der Brand war langsam aber unaufhaltbar seinen Gang gegangen. Bereits brannte die ganze Leopoldinische Burg, und da man die Unmöglichkeit einsah, dem Feuer durch Löschen Einhalt zu thun, so beschränkte man sich darauf, die Gärten und Gartenhäuser zu demoliren, welche in der Gegend des heutigen Amalienhofes standen und zum Lustgarten für den Hof dienten. Die schönsten Bäume, die prächtigsten Pavillons wurden unerbittlich umgehauen, damit sie das Feuer nicht weiter in die Stadt verbreiten sollten; auf der andern Seite gebot jener flammenfeste Thurm, der wie ein steinerner Wächter zum Schutze der alten Burg da stand, dem Brande von selbst Einhalt.

An die Stelle der ersten Aufgeregtheit war eine allgemeine Kleinmüthigkeit gefolgt. Kaum vermochte der neuangekommene Haufe des Rathsherrn die Leute zur frischen Thätigkeit anzuspornen; nichts desto weniger griffen sie noch ein Mal zum Löscheimer und legten wacker Hand an, wenn auch ihre Bemühungen nicht den geringsten Erfolg hatten. In diesem Augenblicke fuhr aus jenem Theile der Burg, welcher noch unversehrt war, nämlich vom obern Ende nächst dem Cyllierhofe, (auch die Rudolphsburg genannt), ein eigenthümlicher Prachtwagen, vor dem die Menge ehrfurchtsvoll auswich. Die bleiche bekümmerte Frau, welche darinnen saß, war Margaretha Theresia, Tochter Philipps IV. von Spanien, Kaiser Leopolds Gemahlin. Mit inniger Theilnahme hingen die Blicke des Volkes an der bleichen schönen Frau, die tödtlich erschreckt, kaum ihrer Sinne mächtig war. Ihr zur Seite ritt Kaiser Leopold selbst; auch er war mächtig bleich, und der krampfhaft zusammengekniffene Mund verrieth die Bewegung, die in seinem Innern vorging. Er war hoch und stattlich anzusehen, als er so auf dem schnaubenden Rosse saß, und von Zeit zu Zeit einen wehmüthigen Blick hinüberwarf auf die Burg, die er gebaut, die sein Lieblingssitz geworden, aber er faßte sich männlich, und geleitete standhaft den Wagen seiner Gemahlin bis in die alte Burg; auch der Bürgermeister Holzer und eine Schaar Trabanten eskortirte den Wagen; kaum aber war die kaiserliche Frau in Sicherheit, so kehrten sie auch wieder auf den Burgplatz zurück.

Ehrerbietig drängte sich die Menge um den Kaiser, daß dieser gerührt von der Theilnahme seines Volkes sprach: „Ich danke Euch, Kinder, für Euren guten Willen, aber die Burg ist nicht mehr zu retten; so laßt sie in Gottesnamen brennen und schützt die Nebengebäude."

In diesem Augenblicke stürzte ein todtenblasser Trabant herbei und rief wehklagend, daß die Kaiserin Mutter und die Prinzessinnen Eleonore und Anna Josepha noch in der brennenden Burg wären.

„Herr Jesus, sey uns gnädig!" rief der Kaiser, und war wie der Blitz vom Pferde herunter. Der Bürgermeister hielt ihn. „Ew. Majestät!" rief er erschreckt, „um Gotteswillen, der Trakt, den die durchlauchtigste Frau bewohnt, steht in hellen Flammen."

„Nun," rief der Kaiser, sich stolz losmachend, „und ist es

darum nicht meine Pflicht, meine Mutter und meine Schwestern zu retten. Leitern herbei, wir müssen hinein!"

Aber die Seinigen hielten den großherzigen Kaiser zurück, und im Nu hatte sich eine Schaar von Freiwilligen gebildet, welche versprachen, mit Gefahr ihres Lebens die Bedrohten zu retten. Aus ihrer Mitte trat Meister Vogelsang mit bescheidenem Anstande vor den Kaiser und sprach: „Ew. Majestät, ich habe eine große Schuld gut zu machen und ich will es thun. Ich kenne jene Gänge genau, so wie die gesammte Burg, da ich selbst den Plan dazu geschaffen, und so gehe ich mit Gott, und will entweder die durchlauchtigsten Frauen retten, oder in den Flammen mein Grab finden."

Im Augenblicke waren Leitern, Haken und Brecheisen zur Hand; eine kleine, aber auserlesene Schaar entschlossener Männer, unter ihnen auch der alte Konrad, drängten sich um den muthigen Baumeister, welcher mit Umsicht seine Befehle ertheilte. Mit ängstlicher Neugierde folgte das Volk allen Bewegungen, denn bereits hatte sich die Kunde von der Gefahr verbreitet, in welcher die geliebte Kaiserin schwebte, und ein dumpfes Schweigen trat ein, als die kleine Schaar, Vogelsang an ihrer Spitze, durch die bereits brennenden Thüren eintrat, während ein Feuerregen sie von allen Seiten umstob, und der dunkel aufqualmende Dampf die kühnen Eindringlinge zu ersticken drohte.

(Fortsetzung folgt.)

Dahlmann's Zeitansichten.

Die „Mainzer Zeitung" brachte letzter Tage ein Schreiben Professor Dahlmann's, das über mancherlei Verhältnisse so klare und richtige Ansichten enthält, daß wir nicht umhin können, dasselbe nachträglich hier mitzutheilen. Bekanntlich war Dahlmann zur Mitwirkung an der neu zu begründenden „Deutschen Zeitung" aufgefordert worden; er hat aber jede Betheiligung daran durch nachstehendes Schreiben abgelehnt:

„An die verehrten Herren Unterzeichner des Zeitungs-Programmes vom 27. Juni dieses Jahres. Ihre gütige Aufforderung, mir von Hrn. Prof. Lohbauer kürzlich überbracht, hat mich auf das wiederholte Studium Ihres Programmes und so auf drei Bedenken geführt, die ich Ihnen in aller Aufrichtigkeit mittheilen will.

Erstens. Ihre Zeitung will Freundin der Regierung seyn, daher zunächst Gegnerin der Opposition. Wenn Sie nun unter Opposition umwälzende Bestrebungen und vornehmlich solche, die es im Prinzip sind, verstanden wissen wollen, so kann jeder Wohlgesinnte das nur preisen; allein ich hoffe, die „Deutsche Zeitung" werde auch Freundin genug der deutschen Regierungen seyn, um ihren Rathgebern in allen Fällen zu opponiren, wo diese selbst dahin gerathen, zu Recht Bestehendes zu vernichten und dadurch den Glauben an den Bestand der deutschen Staatsordnungen zu untergraben. Unter Bestehendem wird ja auch sicherlich nicht blos verstanden seyn, was am 27. Juni d. J. bestand, sondern Alles, was, wenn Recht und Treue und die wesentliche Wohlfahrt des Ganzen gefördert werden soll, bei uns genesen, oder, wenn unterdrückt, zum Wiederauferstehen gerufen werden muß. Erlauben Sie mir, zur Vermeidung jedes Mißverständnisses auf bestimmte Lebensfälle einzugehen. Wären 1822, als die gewiß bescheidenen Bitten der Holsteiner an den deutschen Bundestag kamen, diese zur Beachtung gelangt, so stände ein anerkannter Grund des Rechtes in dieser wichtigen Sache fest, und der König von Dänemark befände sich nicht heute in der traurigen Alternative, entweder das Recht der Schleswig-Holsteiner oder die Liebe der Dänen zum Opfer bringen zu müssen. Noch schwerer wiegt die hannover'sche Frage; denn wenn mich nicht Alles trügt, so wird der künftige Geschichtschreiber Deutschlands sagen müssen: die weite Verbreitung des Unglaubens an eine friedliche Entwickelung unserer deutschen Zukunft, welcher Unglaube den Ausländern, die unser Vaterland besuchen, einen so unheilverkündenden Eindruck macht, datire sich von der Entscheidung, welche über diese Frage gefallen ist. Eine Verfassung von unzweifelhaft gesetzlichem Ursprung, beschirmt durch unzweifelhafte Bestimmungen der Wiener Schlußakte, hätte nicht fallen müssen, wie sie gefallen ist. Wie ich mir die „Deutsche Zeitung" denke, würde sie, damals schon bestehend, den deutschen Regierungen, welche keine allgemeinen Stände besitzen, gerathen haben, das bestehende Recht überall zu ehren, auch das mißfällige, und eben dadurch vor aller Welt Augen ein hohes Beispiel der Gerechtigkeit aufzustellen; die „Deutsche Zeitung" würde den verderblichen Lehren der politischen Wochenblätter widerstanden haben. Ich will es nicht verhehlen, daß ich jede beruhigende Auskunft über diese wichtige Aufgabe in Ihrem Programme vermisse. Darüber darf keine Ungewißheit herrschen, ob die „Deutsche Zeitung" die s. g. konstitutionellen Staaten als an sich löblich verfaßt betrachtet, ich meine: ob sie das konstitutionelle Prinzip mit voller Billigkeit anerkennt und allein dessen Mißbrauch tadelt. Erklärt sie sich gegen das Prinzip, so wird sie nun und nimmermehr eine „Deutsche Zeitung" werden; ihr Titel wird ihre Verurtheilung seyn.

Zweitens. Das Programm stellt sich auf die Seite des positiven Christenthums und spricht die Ueberzeugung aus, daß fortan die letzten und höchsten Fragen des menschlichen Gemüthes nach Gott und göttlichen Dingen nicht mehr theoretisch durch die Philosophie, vielmehr durch die lebendige Theologie entschieden werden sollen. Ich will nicht untersuchen, ob die Seelenkräfte, welche den Menschen in Wissenschaft und Kunst bewegen, sich das Recht der Mitentscheidung über die höchsten Fragen der Menschheit werden absprechen lassen; allein lassen Sie mich es nur gestehen, daß mich, zumal bei dem Hinblicke auf die Mehrzahl der Unterzeichner, dieses starke Hervortreten des theologischen Elementes neben so geringer Entwickelung des politischen nicht wenig befremdet hat. An dieses Befremden knüpft sich bei mir einige Sorge. Es bedarf wohl, was mich angeht, nicht erst der Versicherung, daß ich mich nicht auf die Seite Derer stelle, welche in der Verachtung des Glaubens unserer Väter die wahre Weihe der Kraft erblicken; wo ich auf meinem Lebenswege ächte Religiosität angetroffen habe, da bin ich mit Bewunderung und Erbauung stehen geblieben. Es ist mir das, muß ich hinzufügen, nicht gar häufig geschehen; wo es aber der Fall war, da ward ich stets an Platon's Philosophen erinnert, welche nur ungern und fast gezwungen sich mit Staatsgeschäften zu schaffen machten, so sehr liebten diese Religiösen, sich von dem Weltgetümmel und seinen theuer bezahlten Freuden in die Stille des eigenen Gemüthes zurückzuziehen; und gleichwohl habe ich nirgend duldsamere Gemüther als unter den wahrhaft Religiösen gefunden. Allein in einem völligen Gegensatze zu dieser Innerlichkeit sehe ich die Kirchlichen des neuesten Stempels auftreten; ihnen kann es nirgend zu bewegt und unruhig seyn, kein noch so hoher und gebietender Stand in dieser rauschenden Weltlichkeit, den sie nicht einzunehmen willig und beeifert wären. Ich gestehe, daß mich manchmal ein Grauen ergreift, sehe ich solch ein Gefallen an allem bunten äußerlichen Gelingen mit dem Gewande strengster Kirchlichkeit geschmückt, und wie dann von der anderen Seite eine leichtfertige Zunge mit den Worten: „Das ist Einer von den Frommen" Alles abzuthun glaubt. Mit Einem Worte, ich fürchte, daß das letzte Menschenalter die lange Liste der Gebrechen unserer bürgerlichen Gesellschaft mit zwei Lastern der schlimmsten Art vermehrt hat, mit Heuchelei und Leichtfertigkeit in Glaubenssachen. Sicherlich wird die „Deutsche Zeitung" den Weg der Verketzerung nicht gehen wollen; allein ich läugne nicht, daß ich auch selbst den äußeren Anschein vermieden wünschte, als sey die Absicht, hier ein Zeitungsblatt von starker theologischer Färbung zu gründen. Wenn die aufregenden Fragen der Gegenwart mit sittlichem Ernste, und ich darf sagen, mit jener religiösen Scheu besprochen werden, welche ächter Wissenschaftlichkeit stets zur Seite geht, so, meine ich, ist ein Großes, bisher noch Unerreichtes geschehen; ein Eingehen in dogmatische Zwiste und Ausgleichungen, so wünschenswerth letztere seyn mögen, würde, fürchte ich, unter den Mitarbeitern, deren Mehrzahl zu den Unausgeglichenen gehören wird, einen Hader erregen, der gefährlich auf die sonstige Haltung des Blattes zurückwirken möchte. Gibt es leider ein deutsches Walhalla, in welchem Martin Luther nicht gefunden wird, so darf es doch im Jahre 1846 keine deutsche Zeitung geben, bei welcher ein Justus Möser, ein Lessing nicht getrost eintreten dürfte, ohne am Thore um sein theologisches Glaubensbekenntniß befragt zu werden. Auch sind die neuerlichen Spaltungen in beiden Kirchen, so weit nicht politische Unzufriedenheit hinter ihnen lauert, gerade ja aus dem allzu eifrigen Trachten, die Gläubigkeit durch äußere Maßregeln zu vermehren, hervorgegangen. An dem Gefallen aber, welches unsere Jugend an den kirchlichen Neuerungen findet, tragen wieder die neumodisch Altkirchlichen die Hauptschuld, welche die Irrlehre verbreiten, ein guter Christ und ein Freund politischer Freiheit seyn, sey ein Widerspruch. Johann Jakob Moser trug mehr lebendiges Christenthum und, wenn es einmal so heißen soll, mehr lebendige Theologie in sich, als irgend ein mir bekannter Staatsmann der Gegenwart, und hat sie bewährt in grausamen Bedrängnissen; allein wenn es auf die Rechte der Unterthanen ankam, so fragte er bei dem lebendigen Staatsrechte nach und nahm sich wohl in Acht, durch gleißnerische Fiktionen die hohe Stellung des Herrschers bis zur Göttlichkeit hinaufzuschrauben.

Endlich drittens. Ich halte es für eine gefährliche Maßregel, eine katholische Politik einer protestantischen in der Art, wie es jetzt im preußischen Staate geschehen soll, in zwei verschiedenen Zeitungen erklärt gegenüber zu stellen. Wo die Mitglieder beider Kirchen auf deutschem Boden untermischt wohnen, da gestaltet sich allmählig aus dem Zusammenleben wie von selber eine Gesinnung wechselseitiger Duldung und Anerkennung, welche darum nicht minder christlich seyn dürfte, weil sie weniger scharf konfessionell ist. Hat die Durchbildung dieses Verhältnisses durch bekannte Ereignisse Störung erlitten, so darf man es doch den Provinzialständen des Rheinlandes zum Ruhme nachsagen, daß die Eintracht ihrer Berathung niemals durch die kirchliche Trennung gefährdet ward. Die Werkung aber, welche nunmehr diesen Dingen gegeben werden soll, bedroht uns mit einer Flamme, welche leichter zu entzünden als zu löschen seyn wird. Ich habe mich in Bezug auf diesen Punkt ausführlicher gegen Hrn. Prof. Lohbauer ausgesprochen; auf die „Deutsche Zeitung“ für sich hat er keinen Bezug. Wenn ich nun auf obenbestehende Bemerkungen den Wunsch baue, daß die „Deutsche Zeitung“ in einer öffentlichen, ihrem Erscheinen vorangehenden Erklärung ihr politisch-publizistisches Glaubensbekenntniß entwickelter und ohne Rückhalt aussprechen möge, so werden Sie hierin keine Anmaßung, sondern nur die Absicht erkennen, zu einem wichtigen Unternehmen, welches ohne großen Nachtheil für die öffentliche Wohlfahrt nicht mißlingen kann, nach dem geringen Maße meiner Kräfte den Weg bahnen zu helfen. In schwierigen Zeiten soll man vor allen Dingen sich selber treu bleiben, und es wäre von meiner Seite ein unverzeihlicher Leichtsinn, mich durch eine Zusage an ein Unternehmen zu binden, über dessen Grundrichtung ich noch im Dunkeln bin.

Bonn, 6. August 1846. **Dahlmann.**“

Mannichfaltigkeiten.

Der selige Dr. Ernst Zimmermann in Darmstadt, Begründer der allgemeinen Kirchenzeitung und Bruder des zeitigen Redakteurs derselben, Dr. K. Zimmermann, sagt in der Vorrede zu der von ihm vor 20 Jahren herausgegebenen Predigtsammlung „zum Besten der neuen evangel. Gemeinde in Mühlhausen“ unter andern Folgendes: „Nicht blos glänzen hier die Namen der meisten berühmten Kanzelredner unserer Zeit, sondern man findet auch die Muster der verschiedensten Predigtformen, die Anhänger der abweichendsten theologischen Systeme in dieser Sammlung vereinigt. Man hat eben hiervon Störung für erbauungsuchende Gemüther befürchtet. Täuscht mich aber mein eigenes Gefühl nicht, so ist diese Besorgniß ungegründet. Hoch über jeder Form des Lehrsystems oder der Lehrweise waltet der Eine christliche Geist, und den wird man, denke ich, in keiner der hier gelieferten Predigten vermissen. Im Gegentheil war es mir eine äußerst erfreuliche Wahrnehmung, hier von neuem die Wahrheit bestätigt zu sehen, wie der Streit zwischen Supernaturalismus, Rationalismus, Mysticismus, und wie die Lehr- und Glaubensformen alle heißen mögen, sich eigentlich nur auf dem Gebiete des Wissens und der Wissenschaft bewegt. Im Reiche des Glaubens und des **kirchlichen Lebens** gelten sie alle nichts, da will Jeder, ist er nur sonst ein tüchtiger Mann, blos das Eine, das Heilige und Ewige, das Noth thut. Erschrecke man doch also nicht ob dieser Verschiedenheit der Formen und der Meinungen; bleibt doch der Geist einer und derselbe. — —“ (Elberf. Z.)

(**Berlin**, 27. Sept.) Man bemüht sich hier von vielen Seiten, das zu entrichtende Geld für das **Entree zur Kunstausstellung** ganz abzuschaffen und, wie in Paris, einem Jeden den freien Zutritt zu gestatten, der in einem anständigen Anzuge erscheint. Die bei der Ausstellung entstehenden Fracht- und sonstigen Kosten sollen künftig aus der Staatskasse bestritten werden.

(**Leipzig**, 28. Sept.) Das jetzt auch hier so oft gehörte **holsteiner Nationallied**, auch kurzweg Holsteinlied genannt, ist neuerlich hier und in Berlin gedruckt erschienen. In dem nicht sehr correcten Abdrucke, welcher mit dem Druckorte „Leipzig“ dem Referenten vorliegt, heißt es auf dem Titel, daß das Lied zuerst in Würzburg gesungen und von Chemnitz sey. Das ist unrichtig. Das Lied wurde in seiner ursprünglichen Gestalt von dem Kreis-Justizrath Dr. Straß zu Berlin im Jahre 1844 gedichtet und zu dem damaligen Liederfeste nach Schleswig gesendet, wohin er eingeladen war, aber wegen Unwohlseyn sich nicht begeben konnte. Der Advokat Chemnitz modificirte das Lied, und der Musikdirektor Bellmann zu Schleswig, Mitglied der Akademie der Musik zu Stockholm, componirte es, worauf es bei dem Gesangfeste zu Schleswig schon im Jahre 1844 von einem äußerst zahlreichen Sängerchor gesungen und nach einem dem Referenten zu Gesicht gekommenen Briefe mit Begeisterung aufgenommen wurde. Der Text ist mehrfach corrumpirt, ursprünglich aber am richtigsten in einem schönen Abdrucke, die Doppeleiche (Schleswig und Holstein) als Vignette, mit der musikalischen Begleitung bei Bruhn in Schleswig erschienen. Dem Vernehmen nach wird jetzt eine neue Ausgabe mit beiden ältern Texten und einem verbesserten, sowie mit den Noten, herauskommen.

Der Maler Lessing wandert bekanntlich aus dem „Staate der Intelligenz“ aus, um einem Rufe nach Frankfurt zu folgen. **Die Gränzboten**, welche dies in seiner Art bedeutende Ereigniß in einem besondern Artikel besprechen, bemerken, daß vor allem die Hintenansetzung, welche Lessing bei Gelegenheit der Bestellung vaterländischer Werke an ausländische Maler (de Biefve erhielt den Auftrag zu einem Cyklus von Gemälden aus der brandenburgisch-preußischen Geschichte) erfahren, den Künstler zu jenem Schritte bewogen. Nach jenem Aufsatze scheinen selbst persönliche Kabalen gegen Lessing an hoher Stelle thätig gewesen zu seyn, denen persönlich entgegenzutreten der Künstler verschmähte. Man will nämlich von Berlin erfahren haben, daß des Königs Majestät schon vor längerer Zeit **drei Aufträge** an Lessing ergeben ließ, die dieser, wie es in der Berliner Nachricht geheißen, „wegen Überhäufter Arbeiten" abgelehnt habe. „Wir wissen nun aus sicherster Quelle (setzt der Berichterstatter hinzu), daß Lessing von diesen Bestellungen niemals etwas erfahren hat, und sind begierig, nähere Aufklärung über diesen Punkt zu erhalten."

In einem oberschlesischen Städtchen unterbrach dieser Tage bei einem Feste ein Jude die Predigt des Rabbiners mit den Worten: „Das ist ja Alles dummes Zeug, und dergleichen habe ich schon vor vielen Jahren gehört." Gegen den Frevler ist sogleich die fiscalische Untersuchung eingeleitet worden, und er wird sich wahrscheinlich auf einige Monate an eine sitzende Lebensweise gewöhnen müssen.

(Frankfurt.) Wir sind ermächtigt, zur öffentlichen Kenntniß zu bringen, daß Fräul. Lind sich auf die uneigennützigste Weise bereit erklärt hat, zum Vortheil der Pensions Anstalt ein Mal aufzutreten. Die Vorstellung zu diesem Zwecke wird Freitag den 9. d. M. stattfinden. Fräul. Lind hat sich durch diese Bereitwilligkeit gerechten Anspruch auf Dank erworben, indem sie einer Anstalt, welche sich nur selten einer andern Unterstützung zu erfreuen hat, als der gewöhnlichen durch das Theater-Institut, eine gewiß ansehnliche Zubuße verschaffen wird. Möge das Publikum bei dieser Vorstellung sich recht zahlreich betheiligen, um dadurch das wohlthätige Werk der Fräul. Lind bestens zu unterstützen.

Literatur.

Die sieben letzten Kurfürsten von Mainz und ihre Zeit. Mainz, 1846. Von Prof. K. Müller, eigener Verlag.

Der Verfasser eröffnet in diesem interessanten Buche einen Bildersaal, welcher der Beachtung in vielen Beziehungen würdig ist. Belehrende und ergötzliche Zeitbilder, individuelle Charakterzüge, physiologische Entwickelungen bieten ein reichhaltiges Material zur Kenntniß der geschilderten Zeit-Epochen und der in ihnen handelnden Menschen. Hierbei hat der Verfasser nicht nur die besten Quellen benutzt und unter einander verglichen, sondern auch seine Forschungen mit Freimüthigkeit dargelegt. Diese Bilder von Licht und Schatten, von Wahrheit und Lüge, von Recht und Anmaßung, von humaner Bestrebung und niederem Egoismus, von Kraft und Schwäche finden sich eingewoben zwischen die wichtigsten Reichs- und Staatsactionen der Reformation, des dreißig- und des siebenjährigen Krieges, der Besetzung von Mainz durch Spanier, Schweden, Franzosen bis zum vollen Ausbruche der französischen Revolution. Es ist nicht zu verkennen, daß außerdem der Verfasser von dem Geiste eines die Dunkelmänner bekämpfenden Fortschrittes durchdrungen ist und so wäre in unserer Zeit betrübender Wirren diesem Werke die möglichste Ausbreitung zu wünschen, um so mehr, als es nicht nur von localem Interesse für Mainz, sondern von allgemeinem und weiter ausgreifendem ist. Der Verfasser, welchem dieser Band zu beengt war, um alles gesammelte Material unterzubringen, stellt eine Fortsetzung in Aussicht, zu deren Bearbeitung wir ihn aufmuntern zu dürfen glauben. In der Ueberzeugung, daß dieses Buch eben so zur Belehrung, als zur anziehenden Unterhaltung beitragen wird, empfehlen wir es den Freunden der Geschichte und der biographischen Charakteristik. Druck und Papier sind gut und der Preis billig.

Korrespondenz.

Mannheim, 28. Sept.

Die ungarischen Instrumentalsänger haben auch hier ein Konzert gegeben, welches durch das Außergewöhnliche ihrer Leistungen Anerkennung gefunden hat. Der Vortrag der Quartette dieser Künstler wurde einstimmig für sehr gelungen und durch Kraft und Präcision ausgezeichnet erklärt, so wie man auch das Originelle ihrer Nachahmung der verschiedenartigen Instruments zu würdigen nicht unterließ. Ganz besonders gefiel die schöne Ausführung der Variationen über Themata's aus der Cenerentola mit Orchesterbegleitung und Trompetenstimme, executirt von Hrn. Zörer. Die ungarischen Instrumentalsänger begeben sich von hier nach Karlsruhe und Stuttgart und wir halten es um so mehr für unsere Pflicht, über den günstigen Erfolg ihres hiesigen Konzertes zu berichten, als sie mit ihren wackern Kunstleistungen eine rühmliche Anspruchlosigkeit verbinden und verdienen, überall freundliche Aufnahme zu finden.

Düsseldorf, 31. Sept.

Mehrere Zeitungen zeigten jüngst die Berufung des Bildhauers Jerichau an unsere Kunstschule als gewiß an, obwohl bis heute noch nichts Officielles darüber verlautet ist. Es läßt sich nicht läugnen, daß diese Berufung für unsere Stadt von Wichtigkeit seyn würde und einen in Deutschland noch wenig gepflegten Kunstzweig zur reicheren Ausbildung bringen könnte. Eben so verlautet nichts Näheres über das Ausscheiden des Hrn. v. Schadow, welches öfter in Journalen als bevorstehend besprochen wurde. Gewiß wäre der Academie, die nun ziemlich entblöß't dasteht, ein jugendlicher Oberleiter, wenigstens ein rüstiger, talentvoller, vielseitiger Lehrkünstler zu wünschen, indem zwar tüchtige Lehrer vorhanden sind, die dem Schüler das Malen, was man so malen heißt, beibringen können, aber keiner, der denselben beim Entwurf von Kunstwerken behülflich seyn könnte, der da nicht von der drückendsten Einseitigkeit befangen wäre, wenn wir das Fach der Landschaft ausnehmen, für welches eine ausgezeichnete Schule vorwaltet. Gerüchte bestimmten früher den Maler Hermann Stilke, den geistreichen Schmücker der Bilderhalle von Stolzenfels, als den Künstler, welcher von oben bestimmt sey, unserer historischen Kunstschule neue Bedeutung zu geben, wozu dieser Meister auch in hohem Grade die Befähigung besitzt. Da er aber jetzt nach Vollendung seines Kunstwerkes von Koblenz nach München gezogen, so scheint auch diese Hoffnung sich nicht erfüllen zu wollen, wenigstens noch in's weite Feld geschoben zu seyn.

Museum.

Der erste Museumsabend des Wintersemesters 1846/47 ist vorläufig auf den 23. Oktober festgesetzt. Den verehrten Mitgliedern und Abonnenten wird zur Kenntniß gebracht, daß im Laufe des Halbjahrs durch die Sorge des Herrn Kapellmeisters Guhr (Mitvorstand der Anstalt) die berühmtesten und beliebtesten Beethoven'schen Symphonien neben großen Musikwerken lebender Meister zur Aufführung kommen. Auch werden, wie früher, literarhistorische Abhandlungen und gewählte Poesieen in reicher Mannichfaltigkeit abwechseln. Diejenigen Personen, welche sich als Mitglieder oder Abonnenten des Museums wollen einzeichnen lassen, werden gebeten, Hrn. Jacob Krebs, Mainzergasse, davon zu benachrichtigen. Die seit mehreren Jahren getroffene Einrichtung, daß durchaus keine Freikarten mehr ausgegeben werden, wohl aber Eintrittskarten, für das ganze Semester jetzt schon zu 11 fl., und für einzelne Abende künftig zu 1 fl. 30 kr. zu haben sind, soll fortbestehen.

Frankfurt a. M., den 2. Oktober 1846.

Theater-Anzeige.

Sonntag, 4. Oct. Der Weltumsegler wider Willen, abenteuerliche Posse mit Gesang in vier Bildern von Räder, Musik von Cantal.

Montag, 5. Oct. Die Nachtwandlerin, Oper in 3 Abth., Musik von Bellini. (Gastrolle) Amine: Fräul. Jenny Lind, königl. schwedische Hofopernsängerin. Mit aufgehobenem Abonnement und erhöhten Eingangspreisen.

Redakteur: J. L. Heller. — Druck und Verlag von Heller und Rohm.

Didaskalia.

Blätter für Geist, Gemüth und Publizität.

Nro. 276. Dienstag, den 6. October 1846.

Der Bauherr.

Historische Novelle von Anton Langer.

(Fortsetzung.)

15. Der Retter.

Durch einen jener sonderbaren Umstände, die nur Derjenige begreifen kann, der sich selbst einmal in einer solchen Verwirrung befand, war es geschehen, daß die Kaiserin Eleonore sammt den beiden Prinzessinnen in der brennenden Burg zurückblieb. Als die Damen, welche im Innersten der Gemächer schliefen, endlich erwachten, hatte das Feuer schon einen bedeutenden Grad erreicht. Daß man sie nicht früher weckte, kam wohl daher, daß die fromme Frau für sich und ihre beiden jüngsten Kinder keine Kammerfrau zum Entkleiden in Anspruch nahm, sondern mit ächtem christlich demüthigem Sinne selbst diese Dienste verrichtete; vom männlichen Dienstpersonale wagte sich aber Niemand in die kaiserlichen Schlafgemächer. Kaum recht angekleidet, die wichtigsten Familien-Kleinodien unter'm Arm, eilten die drei erschreckten Damen hinaus, um sich über die sogenannte Gesandtenstiege zu retten; aber schon schlugen ihnen hier die Flammen entgegen; langsam sanken die Stufen ein, und entsetzt flüchteten sie zurück; noch versuchten sie es auf ein paar andern Seiten, aber überall leckte ihnen drohend die rothe Flamme, oder schlug ihnen dicker erstickender Dampf entgegen, daß sie bestürzt wieder umkehrten und die Unmöglichkeit einsahen, hinabzukommen.

Einen wehmüthigen Blick warf die Kaiserin Eleonore auf die beiden geliebten Kinder, ergriff sie an der Hand und führte sie schweigend zurück in das Schlafgemach; dort hing ein prachtvolles Crucifix von Gold, eine Arbeit Benvenuto Cellinis, welches die Kaiserin aus Mantua mitgebracht hatte. „Muth, meine Kinder," sagte die hohe Frau, „sie werden uns bald vermissen und uns dann augenblicklich Rettung bringen; kommt an mein Herz und seyd ruhig; Euer Bruder wird bald hier seyn und uns zu holen kommen."

Es war ein rührendes Bild. Diese hohe kaiserliche Frau, noch jetzt von außerordentlicher Schönheit, welche aufrecht stehend mit zum Himmel erhobenen Blicken, die beiden lieblichen, zitternden Jungfrauen an das mütterliche Herz drückte und über ihnen das Crucifix, glühend im Scheine des Brandes, der mit rothem Lichte zum Fenster hereinleuchtete. Von unten vernahm man das Gebrülle der Volksmenge, welches doppelt abstach gegen die schauerliche Stille, die ringsumher herrschte, und nur von Zeit zu Zeit unterbrochen wurde, wenn ein brennender Balken in Splitter zerkrachte oder ein Fenster klirrend in Scherben sprang.

Die älteste der beiden Prinzessinnen, wie ihre Mutter Eleonore geheißen, und zwei Jahre darauf an den König Michael von Polen, später aber an den heldenmüthigen Herzog Karl Leopold von Lothringen vermählt, hob das schöne Haupt, und die Kaiserin erst ansehend, sagte sie: „Mutter, es könnte geschehen, daß wir hier alle drei zu Grunde gingen."

Erschreckt blickte Eleonore auf die Prinzessin, und die jüngere Tochter, Anna Josepha, die später an Johann Wilhelm, Pfalzgraf zu Neuburg, vermählt ward, zärtlich an sich ziehend, sagte sie, während sie dem Lieblinge schmeichelnd die blonden Locken streichelte: „Nein, nein, Kinder, 's ist durchaus keine Gefahr für uns, der Retter wird da seyn, ehe wir's denken; auch glaube ich nicht, daß das Feuer bis zu uns her dringen wird."

Der ängstliche Blick, den sie jedoch bei diesen Worten durch die Reihen der Gemächer warf, an deren obern Ende bereits die Flammen an Tapete und Teppich aufloderten, schien ihre Worte Lügen zu strafen; aber mit all' jener Sorgfalt, die nur einem Mutterherzen eigen ist, suchte sie die drohende Gefahr vor ihren Töchtern zu verbergen und heiter zu scheinen, während die ingrimmigste Angst ihre Seele verzehrte. Die Prinzessin Anna weinte leise, sich an die Mutter schmiegend, aber Eleonore hatte viel von jenem kaiserlichen Stolze, der die Frauen dieses Hauses auszeichnete. „Weine nicht," sagte sie zu der Schwester, „weine nicht, Anna, die Rettung kann noch immer kommen, und wenn auch nicht, sey's denn, wie Gott will; wir haben wie Christinnen gelebt, wir werden als gute Christinnen zu sterben wissen, obwohl es denn doch ein entsetzlicher Tod wäre."

Ein leiser Schauer durchbebte bei diesen Worten ihren zarten Körper; diese gräßliche Todesart müßte selbst einen starken Mann erschüttern, um wie viel mehr die weiche Seele der kaiserlichen Jungfrau. Es schien, als ob erst jetzt der Kaiserin das Entsetzliche, die Größe der Gefahr klar geworden wäre, und herzzerreißend war der schmerzliche Blick, den sie auf ihre Kinder warf. Näher und näher rückte die Gefahr, schon war die Flamme nur mehr drei Gemächer weit, prasselnd zersprangen kostbare Vasen und Uhren, Balken schmetterten nieder und wirbelten Staub und Rauch auf; eine ungeheure Hitze drückte lastend auf die Bedrängten, daß die tödliche Angst noch vermehrt wurde durch die glühheiße Luft, die sich beklemmend auf sie niedersenkte; ein unausstehlicher Brandgeruch von den Stoffen, die in der Flamme aufgingen, durchqualmte das Gemach, und dichter und dichter zog sich jener erstickende, feine Rauch herein, der einen großen Brand zu begleiten pflegt.

„Mutter, liebe Mutter!" sagte die weiche Anna, indem sie liebevoll die kaiserliche Frau umklammerte, „wir werden hier wohl sterben müssen, und ich danke Gott, daß es bei Dir und mit Dir geschehen kann."

„Ist denn kein Ausweg möglich, laßt uns nochmal Alles aufbieten," sagte die muthige ältere Schwester; noch ein Mal versuchten es die Frauen; aber selbst die Fenster des Gemaches, in welchem sie sich befanden, gingen in einen kleinen tiefen Hof, dessen Boden lichterloh brannte von hinabgestürzten Balken und Sparren.

Die Hitze war unerträglich, denn das Feuer hatte bereits das nächste Gemach erreicht, und in wenig Minuten mußte es hereindringen mit der rothen gierig lechzenden Zunge. Da, in der höchsten verzweifelnden Angst, ergreift die kaiserliche Mutter die beiden Prinzessinnen an der Hand, wirft sich mit ihnen vor das Christusbild nieder, das wehmüthig ernst auf sie herabblickte, und die Füße des Gekreuzigten umklammernd, betet sie mit lauter Stimme: „Mein Herr und Gott! Du, der auf die Welt gekommen, damit ende das Leiden der Menschheit; sieh herab auf das Leiden einer Mutter; Du, der am Kreuze noch für seine Mutter liebend sorgte, wirst den Stoßseufzer, den ein verzweifelndes Mutterherz zu Dir sendet, gnädig hören. Es ist nicht meine Rettung, um die ich bitte; ich bin alt genug, und, wenn Du es befiehlst, so lege ich gerne dies Leben ab, das Du mir gegeben, und empfehle meinen Geist in Deine Hände; aber um dieser, meiner Kinder willen, mein Herr und Gott, sende uns Hülfe und Rettung, und ich gelobe Dir, o Gekreuzigter, einen Orden zu stiften, zu Ehren der Erhöhung Deines Kreuzes, der Deinem Dienst geweiht seyn soll immerdar; mein Herr und Gott! erbarme Dich unser, und rette uns aus unserer Noth und Bedrängniß. Amen!"

Bei den letzten Worten richtete sich die Mutter auf von den Knieen und unwillkürlich folgten die beiden Prinzessinnen. Es schien, als ob ein Getöse, ein Rufen näher komme, nicht durch die Gemächer, denn dort brannte das Feuer immer wilder und wilder fort und steckte bereits seine rothglühenden Schlangenköpfe zur Thüre hinein; es war außerhalb; durch die Mauer hindurch kam das Rufen, es war eine kräftige Männerstimme, die laut erschallte, und das Prasseln des Feuers übertönte. Deutlich vernahmen die Bedrängten, denen die Noth die Sinne geschärft hatte, wie der Retter rief: „He hollah! hier herauf! um Gotteswillen! ehe es zu spät wird. Wir sind da, wir kommen, um zu retten! gebt Antwort um aller Heiligen willen!"

Mit lauter Stimme, mit einer ungeheuren Anstrengung, daß die Brust ihr zu zerspringen drohte, rief die Kaiserin: „Hierher, Freunde, hierher! Wir sind hier, zu Hülfe, zu Hülfe!"

„Gelobt sey Jesus Christus!" erschallte die Stimme des Retters, und im nächsten Augenblicke donnerten Hammerschläge gegen die Mauer; auf den Knieen lagen die drei kaiserlichen Damen und dankten Gott für ihre Rettung; schon war ein Loch in die Mauer geschlagen, und tröstend schallte die Stimme der Helfer hindurch; im Nu fiel Stein auf Stein, und eine Oeffnung, groß genug, daß ein Mensch hindurch konnte, ließ die Retter ein. Vogelsang mit dem alten Konrad und noch ein paar rüstigen Gesellen, mit versengten Haaren und verbrannter Haut, drangen herein, triefend von Schweiß.

„Schnell, um Gotteswillen," rief der Baumeister, „wir haben keine Zeit zu verlieren; nur eine einzige Stiege ist noch unversehrt, und auch die kann der Brand im nächsten Augenblicke erreichen."

(Schluß folgt.)

Ueber ein neues Volksbedrängniß.

In der in Darmstadt erscheinenden Zeitschrift „das Vaterland" lies't man Folgendes aus der Provinz Starkenburg: „Mit dem theuren Brod geht noch ein anderer böser Umstand in unserer Provinz Hand in Hand, und ich mache, ob ich gleich wenig Hoffnung der Abhülfe sehe, hier aufmerksam auf denselben. Es ist dies die Schwierigkeit für den Mann vom Lande, gegen gerichtliche Hypothek Geld geliehen zu bekommen. Und selbst wenn die vorgezeigte Taxation noch so gut ist, die regelmäßige Antwort von Leuten, welche öffentlichen Kassen vorstehen oder selbst ansehnliche Kassen haben, besteht seit mehreren Monaten in einem Achselzucken und den Worten: „ich hab' kein Geld." Gründe braucht ein solcher Mann nicht anzuführen, warum er kein Geld in Kasse hat, auch genügt die Thatsache vollkommen. Indessen, da nicht anzunehmen ist, daß sich die Kapitalstöcke selbst vermindert haben, so müssen wohl dieselben nach andern Seiten hin verwendet worden seyn. Und das ist auch allen Anzeigen nach der Fall. Besonders aufzehrend verhielt sich da wohl das großh. hess. Eisenbahnanlehen und die deßhalb von den Behörden ergriffenen Maßregeln. Unter diesen letzteren verstehe ich, daß den Kirchenkästen und milden Stiftungen die Betheiligung ihrer Kassen bei dem Eisenbahnanlehen amtlich empfohlen ward. Dadurch wurden um so mehr viele Capitalien dem Geldmarkte entzogen und voraussichtlich für lange Jahre gefesselt, als den Rechnern und überwachenden Behörden in Folge einer solchen Einrichtung viele Mühe und Verantwortlichkeit gespart ist. Eine andere außerordentliche Gelegenheit der jetzigen Zeit, sein Geld und zwar vortheilhafter anzulegen, als es der gewöhnliche Gang der Dinge mit sich bringt, sind die vielen in Folge der Auswanderungen stattfindenden Güterverkäufe, wo dann besonders Capitalisten die ausstehenden und nach und nach in Terminen abzutragenden Güterkaufschillinge von dem Güterverkäufer für eine Bauschsumme an sich bringen. Rechnet man nun noch hinzu den gegenwärtigen niedrigen Stand der Staatspapiere und überhaupt der Effecten au porteur, und in Folge davon den Anreiz, Geld in dieselben zu stecken, während allerdings die Anlegung eines Vermögens oder eines Theils desselben auf dem Lande gegen gerichtliche Hypothek, insbesondere auf prompte Zinsenzahlung keineswegs rechnen läßt, so ist wohl die gedachte Erscheinung, wie ich glaube, hinlänglich erklärt. Demungeachtet bleibt nichts desto weniger ihr Nachtheil für den ohnedies schon so bedrängten Mann von mittlern und geringern Vermögensumständen auf dem Lande zurück. (Denn der Reiche wird nur in sehr seltenen Fällen Geld leihen und erhält es dann auch ohne Schwierigkeit, während dem Armen die Voraussetzung des Gütereinsatzes völlig dazu fehlt.) Er wird aufgehalten in Tilgung seiner Verbindlichkeiten, wenn er selbst gegen gute Hypothek kein Geld geliehen bekommen kann, die Klagekosten gegen ihn mehren sich, es kommen Auspfändungen, zwangsweise Versteigerungen seines gleichfalls eben im Mißwerth befindlichen Viehes, Gänge, Reisen und ansehnliche Makelgebühren hinzu. Und wenn nur diese Mühe immer endlich eine Frucht hätte! Als begleitende Calamität muß da angeführt werden, daß die benachbarten größern Städte weniger geneigt als früher scheinen, Geld in das Großherzogthum Hessen zu leihen. Warum? weiß ich nicht; vielleicht wirkt ein Theil der angeführten Umstände dabei mit. Möglich auch, daß einzelne Bewohner solcher Städte im Großherzogthum Hessen Verluste hatten, die besondern Umständen zuzuschreiben waren und die sie nun dem Ganzen entfremden. Besonders von Frankfurtern mag dies gelten. Aber auch von Heidelberg und Mannheim wurde mir dieser Tage versichert, als es sich darum handelte, gegen einige gute Taxationen aus Oberabtsteinach Zusagen zu erhalten: man leihe von dort ins Großherzogthum Hessen kein Geld. Durch diese Sachlage werden nun die Anleiher gezwungen, von dem seit einer Reihe von Jahren üblichen Zinsfuße zu 4 1/2 pro Cent abzugehen und 5 pro Cent zu bieten. Aber auch dafür hält es jetzt schwer, Geld zu bekommen. — Und nun, wie abhelfen? Durch eine Landescreditcasse! Nassau hat bekanntlich eine solche, und mit ein Zweck bei ihrer Errichtung war die betreffende Beihülfe mit Geldvorschüssen gegen mäßige Zinsen. Indessen hat sie doch keinen bedeutenden Umfang, obgleich, soll einmal das patriarchalische System gelten, sehr gut auch verlangt werden kann, daß der Staat seinen Bürgern gegen Deckungsmittel zu Geld verhelfe. Will man jedoch auf keine solche Creditkasse eingehen (und ich gestehe, daß sie Manches gegen sich hat), so thue man doch so wenig als möglich von Seiten des Staats, einen bereits vorhandenen mißlichen Umstand, nämlich die furchtbare Schuldenlast, die auf dem mittleren und geringen Landmann ruht, noch dadurch mißlicher und gefährlicher zu machen, daß man das Geld, das sonst zu seiner Disposition wäre, nach andern Seiten hin zu geben veranlaßt oder nöthigt. (Zu den Nöthigungen gehört die Verpflichtung, Dienstcaution baar oder in Staatspapieren zu stellen.) Lieber mag die Staatskasse unter ungünstigeren Bedingungen ein Staatsanlehen aufnehmen, die Staatskasse, zu deren Bedürfnissen sämmtliche Steuerpflichtige beizutragen verpflichtet sind. Fallen übrigens die Staatspapiere noch bedeutender, dann erwächst auch daraus den Anleihern vom Lande eine neue Hoffnung.

Mannichfaltigkeiten.

Der Münchener Verein gegen Thierquälerei veröffentlicht einen Bericht über seine Thätigkeit und seine Erfolge nach seinem nun vierjährigen Bestehen. Nicht mehr ein Verein für München, sondern für fast ganz Europa, anerkannt von allen Regierungen und geistlichen und weltlichen Autoritäten, sind seine Grundsätze in den Schulen und im Volke verbreitet, in landesherrliche Verordnungen aufgenommen und Vereine nach seinem Vorbilde gegründet worden; so der in Linz mit 2000 Mitgliedern; der in Hannover, der sich selbst einen Sohn des Münchener Vereins nennt. In Tirol und Vorarlberg sind die Münchener Vereinsschriften vom Gubernium vertheilt worden, und der illyrische Verein zählt 2000 Mitglieder. In Sachsen-Koburg-Gotha sind die Doppeljoche verboten worden. In Paris hat sich ein Verein nach den Grundsätzen der Muttergesellschaft in München gebildet. Der Verein in Baden, erst vor kurzem gegründet, macht rasche Fortschritte, so der in Altenburg und Hohenzollern-Sigmaringen. Der Magistrat in Wien hat die Münchener Vereinsschriften in den Schulen und sonst vertheilen lassen, und der Magistrat in Stuttgart dem Vereine 40 fl. mit Dank für seine Schriften übersendet, wie auch viele auswärtige Bankierhäuser und bekannte Personen mit namhaften Beiträgen demselben beigetreten sind.

Die neueste Modenzeitung Nro. 38 bringt eine gewiß vielen unserer theuren Leserinnen sehr willkommene Pariser Mode. Bisher mußte eine elegante Dame sich gerade halten und die Schultern einziehen, und die Mutter hatte oft ihre Noth damit. Nach der neuesten Mode lassen die anmuthigsten Damen den Körper bequem zusammensinken, den Kopf nach vorn hängen und die Schultern vorstehen. In großen Zirkeln soll das äußerst ehrwürdig aussehen.

Von einer seltsamen Insektenschlacht berichtet ein in Hereford (England) erscheinendes Blatt: Am 18. d. Nachmittags besichtigte in der Nachbarschaft jener Stadt ein achtbarer Farmer seine Schafheerden auf der Weide, als plötzlich ein summendes Geräusch in der Luft seine Aufmerksamkeit erregte. Als er näher zusah, erblickte er zahllose Bienenschwärme, welche von allen Seiten herbeiflogen und ganz in seiner Nähe einen Kampf begannen, der nicht eher aufhörte, als bis Tausende von Todten den Platz bedeckten. Viele hundert Neugierige besuchten später das Schlachtfeld und man erkannte in den todten Insekten die unter dem Namen „wilde oder Erdbienen" bekannte Gattung. Die Ursache dieser seltsamen Erscheinung konnte natürlich Niemand angeben.

Die Leser unseres Blattes sind Ende vorigen Jahres auf das damals in dritter Auflage erschienene beliebte und bekannte „Eisenbahn-Reisebuch von Emil Bürger" aufmerksam gemacht worden und schon liegt ein bedeutender Nachtrag zu diesem Werkchen vor uns, der allein acht Bogen ökonomisch gesetzten Textes mit vier neuen Karten enthält; in der That ein selbstredender Beweis, wie emsig und aufmerksam Verfasser und Verleger sind, sich des reichhaltigen, von Tag zu Tag in so erfreulichem Grade wachsenden Stoffes bemächtigend, ihr Werk auch ferner in der Gunst des Publikums zu erhalten.

(Karlsruhe, 27. Sept.) Unsere Gewerbe- und Industrie-Ausstellung erfreut sich fortwährend eines ungewöhnlich zahlreichen Besuchs. Nicht blos hiesige Einwohner aller Stände kommen täglich in großer Anzahl, sondern selbst aus den entferntern Landestheilen, aus dem Unter- und Oberland, sehen wir manche Besucher, welche sich an den zahlreichen und tüchtigen Arbeiten des Landes erfreuen. Der Nutzen solcher Ausstellungen zeigt sich recht anschaulich. Der tüchtige Gewerbsmann wird bekannter, und das Publikum muß nothwendig zu der Ueberzeugung kommen, daß Gewerbe und Industrie bei uns im raschen Fortschreiten begriffen sind, und wir nicht blos in Bezug auf die gewöhnlichen Bedürfnisse, sondern auch in Bezug auf die Luxusgegenstände von dem Auslande nicht abhängig zu seyn brauchen, sobald wir selbst nur ernstlich wollen.

Für nächstes Jahr können die Vereins-Versammlungen interessanter werden. Der brittische Gelehrten-Congreß hat feierlich beschlossen, daß auch Damen Mitglieder seyn und an den Verhandlungen Theil nehmen können, natürlich aktiv.

Lied. *)

Wie unter treuer Mutterhut
Das Kind in süßem Schlummer ruht
Mit selig lächelndem Gesicht, —
So liegen rings in stiller Nacht,
Von tausend Sternen treu bewacht,
Die Fluren da im Silberlicht.

Der Nachtwind wehet über Meereswogen
Leis bebend, wie ein sterbender Gesang,
Und heimlich Flüstern kommt heraufgezogen,
Wie lieber Stimmen längst entschwund'ner Klang.
O Jugend, Liebe! ihr seligen Stunden
Voll Glanz, o wie schnell seyd ihr hingeschwunden!

Du lichter Strahl, du winkst aus Himmelsweiten,
Wie eines Engels Stab in reiner Gluth,
Als wolltest du zu einem Land uns leiten,
Das schweigend in der Fluthen Tiefe ruht. —
Dort leuchtet schöner wohl, als Zea's Thal,
Ein Zauberland, umspielt von lichtem Strahl,
Wo Alle, die auf Erden schmerzvoll weinen,
Zu frohem Lächeln wieder sich vereinen!

Korrespondenz.

Vom Neckar, im Sept.

Der Einsender des in der D. A. Z. erschienenen, in Ihr geschätztes Blatt (erste Journal-Beilage zu Nro. 265) aufgenommenen Artikels: „Hannover, 10. Sept." scheint mit den Sicherheitspolizei-Anstalten außerhalb Hannover nicht besonders vertraut zu seyn, sonst würde er die Herausgabe eines solchen Polizeiblattes durch die Residenz-Polizei-Direktion in Hannover als ein für alle übrigen deutschen Staaten nachahmungswerthes Unternehmen nicht empfohlen haben. Wer im Gebiete der Sicherheitspflege nur einigermaßen sich umgesehen hat, muß wissen, daß

*) Aus: „Abende in Griechenland. Gedicht von Thomas Moore. Aus dem Englischen übersetzt von G. E. Dieffenbach. Darmstadt, Verlag von L. Pabst."

für das Königreich Preußen die seit 1830 in Berlin erscheinenden „Merker'schen Mittheilungen zur Beförderung der Sicherheitspflege" Dasjenige sind, was das erst im October d. J. in Hannover herauskommende Polizeiblatt werden soll, so wie, daß im Großherzogthum Baden und im Königreich Würtemberg ein sogenanntes „Fahndungsblatt", im Königreich Bayern mehrere „Spähebiätter", in Bern ein „Allgemeines Signalement für die Schweiz", in Innsbruck ein „Polizeiblatt für Tyrol und Vorarlberg", im Kurfürstenthum Hessen „Polizeiliche Nachrichten" und in Gotha ein „Allgemeiner Polizei-Anzeiger" allwöchentlich erscheint, und daß namentlich der letztere zu den interessantesten und nützlichsten Erscheinungen im Gebiete der polizeilichen Literatur gehört. Wir halten es bei dieser Gelegenheit für unsere Pflicht, auf das sechste Heft des Publizisten hinzuweisen, worin bezüglich des Gothaer Allg. Polizei-Anzeigers Folgendes gesagt ist: „Der Allg. Polizei-Anzeiger enthält Mittheilungen über die in sicherheitspolizeilicher Beziehung in Deutschland und in den angränzenden Staaten vorkommenden bemerkenswerthesten Gegenstände mit Angabe der verfolgten oder verdächtigen Personen und ihrer Signalements, und gewährt jedem executiven Polizeibeamten eine nützliche Hülfe bei Ausübung seiner Functionen. Die Redaction des Allgem. Polizei Anzeigers hat sich zur Aufgabe gestellt, das Practische der executiven Polizei zu befördern. Kürze und Bestimmtheit des Ausdrucks in ihren Bezeichnungen sind lobend anzuerkennen, da diese sich dadurch um so leichter dem Gedächtnisse des Polizeibeamten einprägen. Die allseitige Korrespondenz, die der in der Polizeiwelt sehr geachtete Verfasser angeknüpft, das bereits zehnjährige Bestehen des Polizei-Anzeigers und die günstige Lage des Orts, an dem derselbe erscheint, haben ihm schon eine ausgedehnte Theilnahme verschafft und lassen ihm fortwährend die interessantesten Mittheilungen aus dem Gebiete der Sicherheitspflege, sowohl aus ganz Deutschland, als den Nachbarstaaten zukommen. Es sollte dieses Werk eigentlich keinem executiven Polizeibeamten fehlen, da er durch stete Benutzung desselben sich fortwährend in genauer Kenntniß des leider noch in großer Menge bestehenden Diebs- und Gauner-Gesindels erhalten und dadurch für die allgemeine Sicherheit am nützlichsten mitwirken kann rc."

Freiburg im Breisgau, Anfangs Oct.

Mit dem Beginne dieses Monats ist in der Redaction der hiesigen („Freiburger") Zeitung ein Wechsel vor sich gegangen, indem an die Stelle des bisherigen Redacteur Prof. Dr. Wörl der Privatdocent Dr. Krönlein von Gießen getreten ist. Die Zeitung, welche unter der Autorität der städtischen und Regierungsbehörden erscheint und früher die einzige hier erscheinende politische Zeitung war, hat jetzt die radicale „Oberrheinische" und die ultramontane „Süddeutsche" als Rivale neben sich. Sie hat ihre Aufgabe in der letzten Zeit nicht sonderlich glücklich zu lösen gewußt und namentlich von Seiten der „Oberrheinischen", unter der Redaction des talentvollen Stehle, vielfachen Abbruch erlitten. Wir werden sehen, ob es Hrn. Dr. Krönlein gelingen wird, ihr einen erneuten Aufschwung zu geben. Die erste Nummer spricht sich über die zu befolgende Tendenz in einem leitenden Artikel aus dessen Summe in folgenden Worten zusammen gefaßt wird: „Will man diesen (vorher charakterisirten) Standpunkt, welcher uns für die Gegenwart der rechte zu seyn dünkt, einen gemäßigt liberalen, oder einen gemäßigt conservativen oder einen doctrinären, oder sonstwie nennen, so mag ihn Jeder, welcher nun einmal in derlei Dingen ohne Parteinamen nicht auskommen kann, bezeichnen, wie er will. Wir finden darin mehr eine breite Basis der Betrachtung, als einen Parteistandpunkt, eine Basis, die weit genug angelegt ist, ohne allzu große Aengstlichkeit selbst einer gewissen Verschiedenheit der Auffassungsweisen Raum zu geben, wenn sie sich nur selbstbewußt, gediegen und würdig darzustellen wissen. Ob damit zugleich hie und da eine Vermittelung entgegengesetzter Richtungen mehr und mehr angebahnt werden könne, muß der Erfolg lehren, wobei es hoffentlich unsere Schuld nicht seyn wird, falls dies nicht ganz nach Wunsch gelingen sollte." Vielfach macht sich auch hier, wie anderwärts das Bedürfniß nach einer Vermittlung und Versöhnung der Parteien geltend, deren ungemessenes Treiben nicht selten mehr verdirbt, als gutmacht, und es wäre nur zu wünschen, daß das Blatt fortan dem Vorsatz getreu die angegebene Richtung männlich-fest, unbekümmert um die Extravaganzen auf Seiten der Rechten oder Linken verfolgte. Dann erst, so dünkt uns, wird es ihm gelingen können, sich in dem Publikum so einzuwurzeln, wie es die vermittelnde Richtung verdient.

Darmstadt, 2. Oct.

Wir erfreuten uns seit langer Zeit sowohl in hiesiger Stadt als in der Umgegend einer ungestörten öffentlichen Sicherheit, die erst vor Kurzem eine Unterbrechung erlitt durch einen Raubanfall, der auf zwei Einwohner aus Seeheim, ihrer Aussage nach, bei ihrer Heimkehr aus hiesiger Stadt in dem Eberstädter Walde zur Abendzeit gemacht wurde. Sie wehrten sich ihrer Haut, so gut sie konnten, und kamen nicht ohne blaue Male davon. Als muthmaßliche Veranlassung dieses Raubangriffs unterstellt man eine von jenen beiden Personen hierher gemachte Weinlieferung und die Absicht der Räuber, sich den Kaufpreis anzueignen, welcher jedoch von den Käufern schon Tags zuvor bezogen worden war. — Ein Mann von hier soll, wie er erzählt, auf dem Wege von hier nach Traysa, in dem Walde, einem ähnlichen Anfalle ausgesetzt gewesen seyn, jedoch ohne dabei den Kürzeren zu ziehen, indem er den verwegenen Strauchdieb durch einen Messerschnitt im Gesicht gehörig gezeichnet haben will. — Gestern Nachmittags hatten die Bewohner der Grafenstraße den tragikomischen Anblick, daß ein zehnjähriger Schulknabe in Mitte dieser Straße plötzlich versank und kaum noch mit dem Kopfe aus der Versenkung hervorragte. Nicht ohne Mühe brachte man den Kleinen, der sehr erschrocken und blaß wie die Wand war, aus dem Kanalloch wieder hervor, welches wie andere ähnliche nur mit Brettern zugelegt ist. Auf das Bedürfniß einer festeren Bedeckung der Kanalöffnungen scheint übrigens dieser Vorfall von selbst hinzuweisen. — Freunde einer schönen Aussicht besteigen in den jetzigen freundlichen Herbsttagen öfter die Ludwigssäule, wäre es auch blos in der Absicht, die Bewegung der Züge auf der Eisenbahn zu beobachten, welche von dieser Höhe herab einen überaus anziehenden Anblick darbieten sollen. Gestern hatten Se. großh. Hoh. der Prinz Karl von Hessen und J. k. Hoh. die Prinzessin Karl sich hinauf begeben. — Dem Vernehmen nach soll es höchsten Ortes entschieden worden seyn, daß außerhalb der Stadt, in der Umgebung des Bahnhofs, keine gewerblichen Anlagen gemacht werden dürfen. Man ist damit in hiesiger Bürgerschaft sehr zufrieden. — Eine andere Tagesfrage: das polizeiliche Verbot des Tabakrauchens ist jedoch noch in der Schwebe und man schmeichelt sich mit der Hoffnung, daß dieselbe im Sinne des Fortschritts (man erlaube mir diese Redensart), d. h. durch Emancipation der Tabakspfeife von der Polizeigewalt, demnächst werde entschieden werden. Was man vernünftiger Weise nicht wohl verbieten kann, sollte doch billigerweise erlaubt seyn. Die hierher kommenden Fremden haben sich schon öfter über ein Verbot gewundert, bisweilen auch in harten Ausdrücken beschwert, dessen Grund sie nicht einsehen können. Ueberdies ist die Tabakspfeife ein wichtiges Instrument zur Vermehrung der Zolleinnahmen, und schon aus financieller Rücksicht sollte dasselbe zu den privilegirtesten Hebeln der Industrie gehören. — Am vorigen Dienstag wurde das von Hrn. H. Börnstein aus dem Französischen übersetzte Lustspiel: „Mein Mann geht aus" auf der hiesigen Bühne zum Erstenmale gegeben. Die Darstellung war im Allgemeinen befriedigend, mitunter sehr gut. Besetzt waren die Rollen durch die HH. Wisthaler (Maurice), Becker (Bertholin), Peters (Gosthenes), Pirscher (Beauchamp), Dieffenbacher (Lucenay), Nöl (Monigiron), Dornewas (Baptiste) und Michel d. ä. (Joseph). Ich habe sämmtliche Rollen mit ihrer Besetzung namhaft gemacht, damit Sie die Haupt- und Seitenkräfte unseres Lustspiels daraus ersehen mögen. Hr. Becker, obschon in dem tragischen Fach zunächst thätig, hat gleichwohl für das Lustspiel ein entschiedenes Talent, wie wir schon vielfältig zu bemerken Gelegenheit hatten. Jene Uebersicht ist übrigens noch durch die Herren Kronfeld und Birnstill zu ergänzen, die auch im komischen Fache, und in diesem ganz besonders, an ihrer Stelle sind. Zum Schlusse der Vorstellung ward das vom Hrn. Balletmeister Tescher componirte reizende Ballet-Divertissement: „das Feenreich" mit allgemeinem Beifalle gegeben. Mit verhältnißmäßig geringen Mitteln hat der für seine Kunst ungetheilt lebende und mit rastlosem Eifer wirkende Hr. Tescher sich das Verdienst erworben, auf hiesiger Bühne ein hübsches Ballet zu gründen, welches, theils selbstständig, theils als Opernschmuck, zur Verschönerung der Theaterabende viel beiträgt und für die Folge, bei demselben beharrlichen Streben des Meisters und seiner Eleven, das Corps de ballet noch vollkommener zu werden verspricht.

Theater-Anzeige.

Montag, 5 Oct. Die Nachtwandlerin, Oper in 3 Abth., Musik von Bellini. (Gastrolle) Amine: Fräul. Jenny Lind, königl. schwedische Hofopernsängerin. Mit aufgehobenem Abonnement und erhöhten Eingangspreisen.

Dienstag, 6. Oct. Er muß auf's Land, Lustspiel in 3 Abth., nach Bayard und de Balli, von W. Friedrich.

Redakteur: J. L. Heller. — Druck und Verlag von Heller und Rohm.

Didaskalia.

Blätter für Geist, Gemüth und Publizität.

Nro. 277. Mittwoch, den 7. October 1846.

Der Bauherr.

Historische Novelle von Anton Langer.

(Schluß.)

Kaiserin Eleonore war keines Wortes mächtig; schweigend reichte sie ihrem Retter die Hand, die er ehrerbietig küßte, während er auf's neue zum schleunigsten Aufbruch mahnte. Es war in der That die höchste Zeit, denn das Feuer brannte schon beinahe unter ihren Füßen. Aber die Kraft, welche die kaiserlichen Damen in der größten Gefahr behauptet hatten, verließ sie bei'm Bewußtseyn der Sicherheit und Rettung. Sie brachen zusammen wie Rohr, und mußten sich auf die Arme ihrer Retter stützen. Und hier konnte man wieder recht jene treue innige Liebe, jene felsenfeste Anhänglichkeit sehen, mit der das österreichische Volk an seinen Herrschern hängt; jenes kostbare Kleinod, um welches alle Fürsten der Erde Habsburgs Stamm mit Recht beneiden mögen. Diese rauhen Männer, nur gewohnt, den Hammer und das Beil zu führen, unterstützten die ermatteten Damen mit einer Sorgfalt, mit einer Zärtlichkeit, wie sie etwa ein Sohn gegen seine Mutter hegt; mehr getragen, als geführt wurden die Kaiserin und die Prinzessinnen; sorgfältig räumten die Voranschreitenden Schutt und brennende Balken aus dem Wege, daß ja nicht die geringste Verletzung die geliebten Personen bedrohe; der alte Konrad weinte wie ein Kind, und jeder Hofherr, aufgewachsen im Dienste und bekannt mit Allem, was Ehrfurcht und Etikette verlangt, hätte erstaunen müssen über die zarte Aufmerksamkeit und Sorgfalt, mit welcher die Männer aus den untersten Klassen des Volkes die Mutter und die Schwestern ihres Kaisers aus den Flammen der langsam in Trümmer sinkenden Burg führten.

Die Gemächer, durch welche sie nun ihren Rückzug antraten und durch welche auch die Retter heran gekommen waren, befanden sich, obwohl bereits von den Flammen angegriffen, doch noch in einem Zustande, daß man sie durchschreiten konnte. So schnell es nur immer möglich war, eilte die kleine Schaar durch sie hindurch und erreichte in wenig Augenblicken den Burgplatz. Tief aufathmend begrüßten die Geretteten die frische kalte Nachtluft, und laut jubelnd empfing das Volk die geliebte, kaiserliche Wittwe.

Kaiser Leopold umarmte seine Mutter, und sein Blick suchte den wackern Mann, der drei ihm so theure Leben gerettet hatte. Allein dieser war verschwunden. Einige behaupteten, sie hätten ihn in die brennende Burg zurückkehren gesehen, und so war es auch. Michael Vogelsang hatte auf dem Rückzuge aus den Flammen etwas erblickt, was seine Seele mit wildem Grimm erfüllte; kaum wußte er also die Kaiserin in Sicherheit, so sprang er wieder, drei Stufen auf ein Mal nehmend, die Treppen hinauf und durch den bereits Feuer fangenden Gang, der zum Archive führte. Denn dort war es, wo er mitten in den Flammen, salamanderartig, eine Gestalt erblickt hatte, die eine grimmige Wuth in seiner Seele wach rief. Es war Scomparini, der Mordbrenner, den er erschaut hatte, der aus ihm unbekannten Gründen, wie ein Feuerteufel hier mitten in den Flammen hauste, und er gelobte es sich mit einem fürchterlichen Eidschwur, daß er sich selbst und das Vaterland an dem italienischen Mordbrenner rächen, oder selbst darüber zu Grunde gehen wollte.

Er eilte durch die Gänge, die schauerlich öde vom Widerschein der Flammen erhellt waren, und erreichte in wenig Minuten das Archiv; weit offen stand die Thüre, und er betrat schweigend das hohe Gewölbe, das die Flamme noch nicht erreicht hatte, obwohl die Gluth bereits durch die Eisenstäbe der Fenster hereinleckte und der auf den Platz hinausgehende Balcon in lichten Flammen stand, daß die Funken in's Archiv hereinstoben.

Der Italiener kniete auf dem Marmorboden vor einem mit alterthümlichem Schnitzwerk überladenen Schrank; die Thüre desselben war aufgesprengt, und eifrig suchend wühlte Scomparini in den staubigen Akten, die zu hunderten den alten Schrank füllten.

Schweigend trat Vogelsang näher; er hörte, indem er sich mit verschränkten Armen hinter den Mordbrenner stellte, wie dieser vor sich hinmurmelte: „Verdammte Geschichte, kann ich denn diese verwünschte Urkunde nicht finden; diese elenden Flammen leuchten so schlecht, und die Tinte, mit der diese Lumpen beschmiert sind, ist so blaß und welk."

Und auf's neue die Akten durchwühlend, fuhr er fort: „Hier ist neun, hier zehn, hier elf, Triumph! hier ist's, fasciculus duodecimus, litera C. Hab' ich dich endlich ein Mal, verwelkter Wisch; bin wirklich froh, daß ich's endlich gefunden habe, denn die Hitze kommt auf unangenehme Weise näher, und obwohl ich recht gut in der Hitze aushalten kann, so glaube ich doch, meine Stunde ist bereits gekommen."

In diesem Augenblick legte sich eine Hand auf seine Schulter und eine dumpfe Stimme sprach: „Deine Stunde ist gekommen, Mordbrenner!"

Zum Tode erschreckt, fuhr der Welsche empor, und sein Blick traf den finstern, racheglühenden Blick Meister Vogelsangs; aber auch in Scomparini erwachten bei'm Anblicke des Verhaßten alle Gefühle von Zorn und Rache; er griff wüthend in den Busen und schleuderte ein dreischneidiges Stilet nach dem Meister; aber an dem Ohre desselben zischte der Dolch vorbei und bohrte sich tief in das Holz eines alten Schrankes.

„So hast Du Dich Deiner letzten Waffe beraubt," rief Vogelsang, und stürzte auf den Welschen los. „Wir haben eine alte Rechnung mit einander abzumachen und ich hoffe, wir werden heute mit einander fertig."

„Ich bin's zufrieden," rief der Welsche, und empfing festen Fußes seinen Gegner. Und nun begann der entsetzlichste Kampf. Wenn auch Scomparini an Körperkraft dem Bauherrn weit nachstand, so besaß er doch eine unglaubliche Gewandtheit und Schlauheit, und wußte die geringste Unvorsichtigkeit seines Gegners zu benützen.

In der schauerlichen Oede, die in dem hohen Saale, inmitten der prasselnden Flamme herrschte, rangen die zwei Männer wie erbitterte Löwen; Jeder sah, daß es hier das Leben gelte, und bot das Aeußerste auf, um nicht zu unterliegen; aber endlich erlahmte die Kraft Scomparini's. Vogelsang hatte ihn an der Kehle gefaßt und schleppte ihn, wie der Wolf ein Lamm, nach dem brennenden Balcone; unter demselben hatte sich durch stürzende Balken eine Art Scheiterhaufen gebildet, der riesig zum Himmel hinanloderte; entsetzt sah das Volk unten den Meister mit seinem Opfer auf dem brennenden Balcon erscheinen; Vogelsang donnerte dem sich verzweifelnd Wehrenden zu: „Hier, Mordbrenner, empfange den wohlverdienten Lohn und stirb in den Flammen, die Du angefacht!“ Und mit einem gewaltigen Wurfe schleuderte er den Mordbrenner mitten in die Gluth, die prasselnd über seinem Haupte zusammenschlug.

Schaudernd blickte der Meister dem Fallenden nach; dann aber eilte er rasch und mit Lebensgefahr zurück, denn bereits hatten die Flammen auch diese Gänge erreicht; dessen ungeachtet gelangte er, abgesehen von einigen Brandwunden und Contusionen, nach wenig Augenblicken auf den Burgplatz, an welchem ihn der laute Jubel des Volks empfing. „Seht, der ist's,“ riefen sie, „der die Kaiserin gerettet hat.“

Kaiser Leopold, der noch immer mitten unter dem Volke hielt, während seine Gemahlin bereits nach Ebreichsdorf und die Kaiserin Mutter sammt den Prinzessinnen in die Favorite geflüchtet hatten, ließ den jungen Mann heran rufen; bescheiden näherte sich dieser dem Kaiser.

„Du bist ein wackerer Mann,“ sagte Leopold I., ihn auf die Schultern klopfend, „und hast Dir heute große Verdienste um uns und unser Haus erworben.“

„Ich danke Gott,“ sagte Vogelsang, „daß es mir vergönnt war, eine alte Schuld, vielleicht wenigstens zum Theile, zu sühnen.“

„Wie ist das zu verstehen?“ fragte Leopold.

„Es ist mein Schwiegersohn,“ erklärte der Rathsherr Preinhuber, „Michael Vogelsang, derselbe, für den Ew. Majestät einst die Begnadigung unterzeichnet haben.“

„Ja, Ew. Majestät,“ sagte Vogelsang wehmüthig, „zu dem Baue, der hier eben in Trümmer sinkt, habe ich den Grund gelegt.“

„Wir erinnern uns,“ sagte der Kaiser, „nun kränkt Euch nicht. Errare humanum est, und was Du gefehlt hast, das hast Du durch Dein wackeres Verhalten als kaiserlicher Soldat wieder gut gemacht. Für das Verdienst, das Du Dir aber heute erworben, müssen wir Dich besonders belohnen, und so empfange dieses Zeichen unserer kaiserlichen Gnade.“ Und vom eigenen Halse nahm Kaiser Leopold I. das goldene Kettlein und hing es unter dem Jauchzen des Volkes um den Nacken des wackern Meisters. — —

Hier endet das Manuscript des „Beitgebers“ aus dem „Ratzenstadl.“ Für jene Leser aber, welche am Schlusse gerne Details wissen wollen, erlaube ich mir, noch Folgendes beizufügen. Die Leopoldinische Burg brannte bis acht Uhr Morgens auf den Grund nieder. Kaiserin Eleonore stiftete zum Andenken ihrer Rettung in Folge des Gelübdes, das sie in der Noth gethan, den Orden der Kreuzerhöhung. Vom Marquis Jean d'Auvers weiß ich nichts weiter zu sagen. Als aber im J. 1670 Prag in Brand gesteckt und vier von den Mordbrennern ergriffen, ihren Frevel mit dem Leben büßten, da befand sich unter ihnen auch, wie die Prozeßakten ausweisen, ein gewisser Jean, ein Schustersohn aus Rouen, und ich vermuthe demnach mit vieler Wahrscheinlichkeit, daß der Hingerichtete Niemand anders war, als der sehr ehrenwerthe Marquis Jean d'Auvers. Am Piedestale der Säule, rechts am Eingange des Schweizerhofes, ist der Spruch: SI DEVS PRO NOBIS, QVIS CONTRA NOS! wie schon am Anfange bemerkt, wirklich eingegraben; Meister Vogelsang hat also wahrscheinlich noch nachträglich den Worten seines alten, treuen Konrads Gehör gegeben. In den Klosterbüchern der Karmeliterinnen kommt einige Jahre später der Name Margarethe Preinhuber vor, oder nach dem Klosternamen soror Apollonia. In einer alten Relation, die mir über die Türkenbelagerung im Jahre 1683 in die Hände gekommen, heißt es: „Am 17. Augusti hat der Türk in der Frühe der Stadt mit Karthaunen und andern Tormentis arg zugesetzt, auch um 9 Uhr unter gräulichem Spectacul zum Sturm auf die Gonzaga-Bastei gerannt. Wobei Herr Michael Vogelsang, der Stadt wohlbestallter Baumeister, seinen Schwiegervater, den Rathsherrn Preinhuber, so ein Greis von achtzig Jahren war, nichts destoweniger aber gar männiglich gegen den Erbfeind stund, aus den Händen der Ungläubigen Heiden salvirt und gerettet hat.“ Aus diesen Worten schließe ich, daß Meister Vogelsang wirklich der Gemahl der schönen Dorothea geworden sey.

Der Pestalozzi-Verein in Frankfurt.

Bereits ist ein halbes Jahr verflossen seit dem Gedächtnißtage des edlen Mannes, dem man auch hier durch Gründung eines dauernden Denkmals eine würdige Feier bereitet hat. Das Geschlecht unserer Tage ist der Begeisterung durch Rede und Schrift in ungewöhnlichem Maße zugänglich; Ideen sind es, an Personen oder Ereignisse sich knüpfend, welche das innerste Lebensprinzip der Völker bilden. Die Zahl Derer, welche mehr oder minder außer dem Bereich dieser geistigen Lebenskräfte stehen, hat sich gegen frühere Zeiten gewiß wesentlich vermindert. Das ist ein erfreuliches Zeichen der Zeit. Gleichwohl frägt man nicht selten: sind jene Ideen auch wirklich lebenschaffende Kräfte? sind es nicht oft bloße Ideale, Träume, patriotische Phantasieen, fromme Wünsche? Allein wir möchten mit der Frage entgegnen: Treten uns nicht auf allen Wegen neue Schöpfungen entgegen oder ringen nach Gestaltung, in Staat und Kirche, in Wissenschaft und Schule, in Verkehr und socialem Leben? Wenn aber einzelne unter diesen zahlreichen Hervorbringungen eines reichen Bodens, anfangs rasch emporschießend, bald ins Stocken gerathen und zu keiner rechten Blüthe und Kraft gedeihen, so ist das freilich ein Beweis, entweder daß ihnen überhaupt ein kräftiger Lebenskeim fehlt, oder daß sie von andern allzu nah aufschießenden Gewächsen beeinträchtigt werden. Befürchtungen der Art hat man auch bei dem Pestalozzi-Verein, wenigstens dem hier sich bildenden geäußert. Ob grade jetzt in unserm hiesigen Gemeinwesen der rechte Zeitpunkt, ob ein entschiedenes Bedürfniß für die beabsichtigte Stiftung vorhanden sey, dies wurde stark in Zweifel gezogen. Allein der Verein hat sich wirklich gebildet und auch bereits seine Wirksamkeit begonnen. Wenn aber die Zahl der Theilnehmer noch nicht groß und darum die Gränze der Wirksamkeit noch eng gesteckt ist, so zweifeln wir nicht, das Vertrauen auf den göttlichen Segen, der keinem guten Werke fehlt, und auf die Empfänglichkeit der Zeit für Alles, was mit vereinter Kraft zum Wohle des Ganzen geschaffen werden soll, wird sich gewiß immer mehr rechtfertigen, sobald die Zwecke des Vereines nur erst einmal in weiteren Kreisen bekannt sind und man sich allgemein klar geworden ist über diesen Zweck, über die Stellung eines solchen Vereines zu den anderweitigen Stiftungen helfender Liebe, wie sie unsere Stadt so zahlreich aufzuweisen hat.

Der Pestalozzi-Verein hat sich zur Hauptaufgabe die Pflege und Erziehung hülfloser, insbesondere sittlich gefährdeter und verwahrlos'ter Kinder und zwar ohne Unterschied des religiösen Bekenntnisses gestellt. Sein Wirkungskreis unterscheidet sich wesentlich von dem des Waisenhauses, dessen Name die Beschränkung auf eine besondere, allerdings die zahlreichste Klasse verlassener Kinder ausspricht, und wenn hier und da ausnahmsweise auch andere Kinder Aufnahme finden, welche in schlimmerem Sinne verwaff't sind, als den man gewöhnlich mit dem Worte verbindet, so sind das eben Ausnahmen, gegen welche sich die Anstalt aus natürlichen Gründen, nicht bloß finanziellen, sondern auch inneren, das Wohl der Zöglinge betreffenden, immer sträubt. **Kleinkinderschulen**, deren das letzte Jahrzehnt mehrere bei uns ins Leben gerufen hat, dienen zur Beaufsichtigung und ersten Beschäftigung kleiner Kinder, deren häusliche Verhältnisse eine dauernde Aufsicht der Aeltern nicht zulassen; sie sind außer der Sorge für die leibliche Wohlfahrt auch ein wirksames Mittel, der Verwahrlosung des kindlichen Gemüthes in den ersten Lebensjahren vorzubeugen. Wer verkennt ihren großen Segen? Bei dem Pestalozzi-Vereine handelt es sich aber um Kinder, die über die Alterssphäre dieser wohlthätigen Anstalten meist hinaus sind. Oeffentliche Schulen aber reichen hier nicht aus; was in solchen Fällen noth thut, ist ein geordnetes Familienleben, der heilsam bildende, durch keine Schule zu ersetzende Einfluß eines frommen, sittlichen Hauswesens. Aber gibt es denn in unserem kleinen an Mitteln zur Förderung der Jugendbildung so reichen Gemeinwesen der Kinder so viele, deren Familienzustand so ungünstig ist, daß sich deßhalb die Gesammtheit auf irgend eine Weise ihrer anzunehmen hätte? Gibt es viele durch Mangel und Noth, durch Zwiespalt und Rohheit der Aeltern zerrüttete Hauswesen, in deren dumpfer Atmosphäre die junge Generation sich durchaus nicht gesund und kräftig entwickeln könnte, weßhalb es eine heilige Pflicht wäre für Alle, die helfen können, die jungen Gewächse in einen besseren Boden zu verpflanzen? Wir wollen uns Glück wünschen, wenn die Zahl solcher Familien, in denen nicht bloß die bitterste Noth, sondern hauptsächlich ein von jedem religiösen Leben abgewendeter Sinn wie ein öder, unfruchtbarer Boden wirken, in dem nichts Gutes fröhlich gedeihen kann, weniger bedeutend ist als in andern großen Städten und deren Nähe. Günstige Verhältnisse mancher Art, gewiß aber auch der hervorstechend wohlthätige Sinn einer zahlreichen, bemittelten Bevölkerung wirken da zusammen. Allein vorhanden sind solche beklagenswerthe Familien auch hier; wer sich näher um solche Wohnungen des Elends umthun will, der wird nur zu viele traurige Erfahrungen machen. In kurzer Zeit wurden dem neuentstandenen Vereine mehrere bekannt, wo Hülfe, möglichst schnelle Hülfe dringend noth that. Da war eine Mutter, die ihr Kind körperlich und geistig vernachlässigend, oft ohne Nahrung zu Hause einschloß, während sie dem Verdienste nachging; das arme Geschöpf erschien ihrem erkälteten Gemüthe als eine Bürde, durch welche sie an freier Bewegung gehemmt, ihr Erwerb nur gehindert werde. Eine andere Mutter, einst durch Geburt dem hiesigen Gemeinwesen angehörend, aber lange aus ihm geschieden, fern von dem kranken Manne, zwar unterstützt, aber bei weitem nicht genügend, durch die Noth in ihrer Seele getrübt und verbittert, ist ganz außer Stande für die Erziehung von fünf Kindern, darunter zwei wilde, an Unthätigkeit und Unordnung schon gewöhnten Knaben, auch nur einigermaßen mit Erfolg zu sorgen, selbst wenn ihr alle Mittel zum leiblichen Unterhalt ganz nach Bedürfniß zuflößen. Wie soll da geholfen werden? Durch Privatwohlthätigkeit? Auf diesem Wege geschieht gewiß Vieles. Allein es gilt hier nicht bloß Herbeischaffung der nöthigen Mittel, die Hülflosen irgendwo unterzubringen; die Hauptsache ist vielmehr Leitung und Beaufsichtigung der Erziehung solcher Kinder. Wie selten aber kann dies durch Einzelne, auch bei der besten Gesinnung mit Nachdruck und Erfolg geschehen. Und was besonders zu beachten ist, etwas Zusammenhängendes, Großes, etwas einigermaßen Erschöpfendes wird so nie zu Stande kommen. Auch der Staat kann in vielen Fällen nicht helfen. Freuen wir uns, wenn die Anstalten zur Bildung der Gesammtheit, die öffentlichen Schulen insbesondere mit liebevollem Sinne, den Forderungen einer vorangeschrittenen, viel fordernden Zeit gemäß von ihm eingerichtet sind, wenn er wohlthätige Anstalten nach Kräften unterstützt, wenn er auch solche Bestrebungen, wie sie hier in Rede stehen, mittelbar und unmittelbar fördert! So werden wir denn auf die Bildung vereinzelter Kräfte, auf die Bildung von Vereinen geführt, auf die freie, aus liebevoller Gesinnung entspringende, sich selbst leitende Thätigkeit der Bürger eines Gemeinwesens. Und wahrlich, das Feld, welches sich der neue Verein zur Hauptaufgabe seiner Wirksamkeit auserlesen, ist aller Beachtung werth. Gehört doch die Frage über den Pauperismus zu den ernstesten unserer Zeit. Mit der zunehmenden Bevölkerung wächst die Menge der ganz Besitzlosen. Eins von den Mitteln, dem Uebel gründlich abzuhelfen, ist aber gewiß die Bildung von Vereinen, welche sich die Erziehung derjenigen Kinder angelegen seyn lassen, die durch die Einflüsse einer bittern, wenn auch keineswegs nothwendig, doch leicht zur Entsittlichung führenden Armuth, der Verwahrlosung Preis gegeben sind. Denn die Armuth an und für sich ist es nicht, die für Staaten und Cultur bedrohlich werden könnte. Das Gefährliche ist die Entsittlichung, nicht selten das traurige Gefolge der Armuth, und insbesondere der Verarmung; die Entsittlichung, die sich in gänzlicher Gleichgültigkeit gegen religiöse und sittliche Ideen, in heillosem Zwiespalt der Familien, in verderblicher Verwirrung der Begriffe von Recht und Unrecht, in unverholener Hinneigung zu List und Betrug kund geben. Sie ist zu fürchten und zumal, da sie auf das heranwachsende Geschlecht von unseliger Wirkung seyn muß. In solcher Atmosphäre wachsen Unglückliche auf, die mit der sittlichen Ordnung der Dinge im geheimen und gar leicht auch in offenem Kriege stehn. Hier gilt es also die junge Generation zu wahren. Das erstrebt der Pestalozzi-Verein. Freilich eine schwere Aufgabe, schwer in mehrfachem Bezuge.

(Schluß folgt.)

Mannichfaltigkeiten.

(**Bad Homburg, 1. Okt.**) Unsere Badeliste wird noch immer ausgegeben und nennt in der jüngsten Woche namentlich Engländer und Franzosen, die hier zu überwintern gedenken. Unter den Gästen von Auszeichnung, die noch zur Kur hier weilen, nenne ich Ihnen den berühmten Maler Philipp **van Prèe**, Direktor der Gemäldegallerie in Brüssel, bekannt wegen seiner ausgezeichneten Darstellung von Frauengestalten, und den belgischen Maler **Donny**, der auch bei Ihnen durch sein schönes Gemälde im Städel'schen Institute bekannt ist. Derselbe hat gegenwärtig zwei neuere herrliche Bilder hier, von denen eines die goldene Preismedaille in Brüssel erhalten hat, und es wäre im Interesse des kunstsinnigen Frankfurts zu wünschen, daß er aufgefordert würde, diese Gemälde ebenfalls im Städel'schen Institute auszustellen, wo sie neben Bildern von **De Biefve**, **Gennisson**, **Dejonghe** und Anderen einen würdigen Platz einnehmen würden. —

Der bekannte Kupferstecher **C. F. Grünewald** in Darmstadt hat sich in neuester Zeit viel mit dramatischen Arbeiten beschäftigt und zwar nicht ohne Erfolg. Eine Posse: „Der Herzog von Bordeaux", ist auf den Bühnen zu Darmstadt, Nürnberg u. a. mit Beifall aufgeführt worden. Gegenwärtig liegen zwei neue Stücke gedruckt vor: „Der Diamantschmuck", Lustspiel nach dem englischen Roman Morley Ernstein von James, und: „Lea", Drama nach der beliebten Novelle von W. Hauff: Jud Süß. Wir wünschen, daß diese Produktionen, von denen besonders die letztere reich an Effekten ist, auf der Bühne Glück machen mögen.

(**Kiel, 1. Okt.**) Wie berichtet und allgemein bekannt, machte die Naturforschergesellschaft von hier aus auf Einladung des Herzogs von Augustenburg eine Tour nach Gravenstein, um ein Frühstück daselbst einzunehmen. Dies geschah an einem Sonntag, und zwar deßhalb an einem solchen Tage, weil das der einzige Tag war, an dem das Dampfschiff zur Disposition der Gesellschaft gestellt werden konnte. Dies hat dem Ober-Consistorialrath Harms ein Aergerniß bereitet, so daß er sich nicht abhalten ließ, am letzten Sonntage dieser Tour von der Kanzel herab speziell zu erwähnen. Hr. Dr. Harms predigte nämlich über die abusus in der katholischen Religion, ging darauf über zu den Mißbräuchen in der lutherischen Religion, und als er auf sein Lieblingsthema kam, auf die Entweihung des Sabbaths, sprach er sich noch speziell über jene Tour der 250 Naturforscher aus. Der Redner beschuldigte sie eines Mangels an Glauben. Wenn dieses nun als ein richtiges Urtheil wohl im Allgemeinen angesehen werden könnte, so finde ich es doch höchst unstatthaft, es von der Kanzel herab auszusprechen.

Literatur.

Die in unserer Sprache gebräuchlichen **Fremdwörter** zum Hausgebrauche für Jedermann, auch für Schulen, von Carl **Venator**. Fünfte, vermehrte und verbesserte Auflage. Darmstadt, 1846. Verlag von L. Pabst. 36 Octavbogen, 1 fl. 12 kr.

Die Fremdwörter haben in fast jeder Periode unserer Sprache mächtigen Einfluß ausgeübt. Noch heute kann man ohne Kenntniß derselben die wenigsten Schriften lesen und verstehen; in Zeitungen, Flugschriften u. s. w., wo die Tagesfragen abgehandelt werden, ist ihre Anzahl oft so groß, daß man überall auf Schwierigkeiten stößt, wenn man sie nicht zu erklären weiß. Gleichwohl behandeln unsere sämmtlichen Schulen diesen Theil des deutschen Wortschatzes nicht mit der erforderlichen Sorgfalt. In Gymnasien und Lyceen glaubt man dies durch den Unterricht im Griechischen und Lateinischen, in Real- und Gewerbschulen durch das Französische, Englische und Italienische ersparen zu können, weil die meisten Fremdwörter in jenen Sprachen wurzeln. Aber wie viele derselben haben mit der Zeit ganz eigenthümliche Bedeutung angenommen, oder gehören in keine jener Sprachen! Ein Fremdwörterbuch „zum Hausgebrauch für Jedermann" wird daher immer willkommen seyn, wenn es vollständig und billig ist. Diese Eigenschaften rühmen wir an dem von **Venator**, das seit zehn Jahren fünf Auflagen erlebt und mit jeder an Brauchbarkeit, Reichhaltigkeit und Bestimmtheit zunimmt. Man wird nicht leicht ein Fremdwort darin vermissen, welches im täglichen Leben uns vorkommt. Zugleich sind mythologische Namen und Personen kurz erklärt und bei jedem Wort steht die Aussprache in der Parenthese; Letzteres halten wir wirklich für allzu gewissenhaft, denn nur bei solchen, die ganz anders gesprochen, als geschrieben werden, dürfte ein Zusatz nöthig seyn. Sonst wissen wir an diesem schon in mehreren Tausend Exemplaren verbreiteten Werke nichts auszustellen und können es auf das Beste in dieser neuen Auflage empfehlen, die sicher nicht die letzte bleiben wird. Die Ausstattung ist gut, der Druck besonders deutlich. R.

Korrespondenz.

Gießen, 3. Oct.

Vorgestern ereignete sich auf einer der hiesigen Bleichen ein Unglücksfall, dessen traurige Folgen nur durch die schnelle Hülfe des Sohnes des Bleichers noch abgewendet wurde. Eine arme Bauersfrau nämlich, welche für hiesige Leute mit Wäsche auf der Bleiche beschäftigt war, fiel, indem sie mit zwei Gießkannen zugleich Wasser schöpfen wollte, durch das Gewicht derselben niedergedrückt, in die Lahn und war nach kurzen vergeblichen Anstrengungen, wieder heraus zu kommen, so erschöpft, daß sie sogleich untersank. Niemand in der Nähe bemerkte dies, nur auf der an dem jenseitigen Ufer gelegenen Bleiche sahen einige Leute die Unglückliche mit dem Wasser kämpfen und dann untersinken. Sie schrieen nach Hülfe und sogleich springt der Sohn des Bleichers, **Wilhelm Hensler**, herbei. Ein einziger Blick sagt ihm, daß hier schnelle Hülfe Noth thue und ohne weiteres Besinnen stürzt er sich in's Wasser, taucht unter und bringt nach einigen Secunden die schon Halbtodte, sie an dem Rücken fassend, an die Oberfläche. Mit herkulischer Kraft rudert er mit ihr an's Ufer (und dieser Ausdruck wird nicht zu stark seyn, wenn man die schwere, unbehülfliche Tracht der Landleute hiesiger Gegend und weiter berücksichtigt, daß die Gerettete in den letzten Monaten ihrer Schwangerschaft ging) und bringt sie hier mit Hülfe seines kranken Vaters, welcher auf das Hülfegeschrei auch herbeigeeilt war, und noch einer dritten Person an's Ufer. Unter dem Beistand eines schnell herbeigeholten Arztes ward die Gerettete nun wieder völlig in's Leben zurückgebracht. Bemerkenswerth ist, daß der genannte Wilhelm Hensler im verflossenen Sommer schon einmal auf ähnliche Weise eine hiesige Bürgerswittwe aus dem Wasser rettete, welche ohnfehlbar eben so wie die oben Genannte in den Fluthen der Lahn ihr Grab gefunden haben würde, wenn nicht der edle Retter sein eigenes Leben der größten Gefahr ausgesetzt hätte. — Das eigene Bewußtseyn dieser schönen Thaten und die Dankesthränen der Geretteten mögen sein schönster Lohn seyn! C. R.

Geographischer Verein.

Vorlesungen während des Winters 1846/47.

Da über den bisherigen Hörsaal für die Vorlesungen des geographischen Vereins, welchen derselbe durch die Güte des physikalischen Vereins und der naturforschenden Gesellschaft seit acht Jahren zu benutzen in Stand gesetzt war, für diesen Winter anderweitig verfügt worden ist und die Anzeige dieses Beschlusses erst ganz kurz vor dem bestimmten Anfange der Vorlesungen gemacht wurde, so daß es dem Vorstande nicht möglich war, die nöthigen Vorkehrungen für ein neues Local zu treffen, so werden die Vorlesungen des Vereins vorerst in dem eigenen Locale desselben, im alten Senckenbergischen Stiftsgebäude, **jeden Mittwoch** zu den gewohnten Stunden, **Abends von 7 — 8 Uhr**, stattfinden. Der erste Vortrag wird nächsten Mittwoch den 7. October von Hrn. Dr. **Bögner** gehalten, aus dessen demnächst im Druck erscheinenden Werke:

„Ueber **Erdbeben**, mit besonderer Beziehung der Erschütterungen „im mittleren Deutschland, ihre Gleichzeitigkeit oder Aufeinander„folge mit vulkanischen Erscheinungen in entfernten Ländern; nebst „Vorzeigung einer Karte, den Verbreitungsbezirk des Erdbebens „vom 29. Juli 1846 darstellend."

Die regelmäßigen Vorlesungen des Hrn. Dr. **Girlcker** beginnen Mittwoch den 21. October. Derselbe wird in einer Reihe von Vorträgen: **Schleswig-Holstein** (zum Theil nach eigener Anschauung, zum Theile nach dem eben erschienenen Werke von Kohl) behandeln, und daran den Ueberblick einiger anderer wenig bekannten und in diesem Augenblicke merkwürdigen Länder, z. B. Mexico (nach Mühlenpfordt), **Siebenbürgen** (nach de Gerando), und, wenn es die Zeit erlaubt, auch Ungarn (nach Kohl), und eine Einleitung zur Charakteristik der europäischen Völker knüpfen.

Außerdem finden im Laufe des Winters in dem Locale des geogr. Vereins noch folgende Vorträge statt:

1) Von Hrn. Dr. **Harold Bagge**: über **Aegypten**, als Ergebniß seiner Reise dahin.

2) Von Hrn. Candidat **Fester**: über **Belgien**, nach einem persönlichen längeren Aufenthalte daselbst.

3) Von Hrn. Dr. Ed. **Heyden**: über die neuesten Entdeckungen im Gebiete der Erdkunde überhaupt.

Nichtmitglieder und Damen, welche diesen Vorlesungen beizuwohnen wünschen, können in der Schmerber'schen Buchhandlung Eintrittskarten erhalten.

Der Eingang in das Local ist hinter der Schlimmmauer, nahe an der großen Eschenheimerstraße, rechts im Hofe des Senckenbergischen Stiftsgebäudes die dritte Thüre.

Der Vorstand des Frankfurter geogr. Vereins.

Theater-Anzeige.

Dienstag, 6. Oct. **Egmont**, Trauerspiel in 5 Abth., von Göthe. Die zur Handlung gehörige Musik ist von L. van Beethoven.

Mittwoch, 7. Oct. **Die Vestalin**, große Oper in 3 Abth., Musik von Spontini. (Letzte Gastrolle) Julie: Fräul. **Jenny Lind**, königl. schwedische Hofopernsängerin. Mit aufgehobenem Abonnement und erhöhten Eingangspreisen.

Redakteur: J. L. Heller. — Druck und Verlag von Heller und Rohm.

Didaskalia.

Blätter für Geist, Gemüth und Publizität.

Nro. 278. Donnerstag, den 8. October 1846.

Prinzeß Tarakanoff.

Eine Erzählung, nach französischen Memoiren bearbeitet von Hans von G . . . .

I.

In einem durch mehrere Kerzen hell erleuchteten Zimmer war Fürst Radziwill, eine imponirende Erscheinung, mit dem Lesen eines Paquets Briefe beschäftigt. Manchmal legte er diese Briefe nieder, und sein Auge haftete dann sinnend auf dem Bildniß Johann Sobiesky's, welches ihm gegenüber hing. —

Nachdem der Fürst so sinnend eine Zeit lang gesessen, klingelte er, und befahl dem mit einer tiefen Verbeugung eintretenden Kammerdiener, den im Vorzimmer harrenden Michael Polschinsky hereinzuführen.

Als der Diener das Gemach verlassen, ging Radziwill nachdenkend im Zimmer auf und nieder. „Michael ist gescheut, ein eifriger Anhänger meiner Partei, ob ich ihm traue — es sey gewagt." Er vernahm Schritte im Nebenzimmer, und als Michael Polschinsky eintrat, stand der Fürst an einem Spiegeltisch, die Linke ruhte auf diesem, und seine durchdringenden Blicke hafteten auf dem Eingetretenen. Dieser, ein Mann von höchstens 28 Jahren, war groß und wohl gebaut, in seinen Zügen lag Festigkeit. Seine hohe Stirne, die scharf gebogene Nase, die dunkeln, blitzenden Augen machten das Ensemble eines Gesichtes aus, das ohne Bedenken schön genannt werden konnte.

Radziwill kannte Michael als einen Mann, der geeignet war, ein gefahrvolles Unternehmen glücklich zu Ende zu bringen, deshalb säumte der Fürst auch nicht, ihn mit einem Auftrage zu entsenden, der von großer Wichtigkeit für ihn war.

Nachdem Michael dem Fürsten unverbrüchliches Stillschweigen gelobt hatte, machte ihn Radziwill mit den näheren Details seines Auftrags bekannt.

„Eine junge Dame von hohem Stande, die seit einiger Zeit in meinem Hause weilt, wünscht mit ihrer Begleiterin, ihrer Amme, Rom als künftigen Aufenthaltsort zu nehmen.

„Sie ist aus Petersburg entflohen, weil sie nicht länger unter der Herrschaft Katharinens zu leben vermochte. Von Rußland aus wird ihr nachgestellt, Sie werden begreifen, daß Vorsicht nöthig ist, um sie unbemerkt nach Rom zu bringen.

„Sie sollen die Dame, die eine Dienerin, die ihre Amme war, mit sich führt, begleiten, und in Rom der Beschützer der Jugend des Fräuleins seyn. In diesem Paquet finden Sie Wechsel auf die verschiedenen großen Städte, die Sie passiren, eben so Empfehlungsschreiben an einflußreiche Personen Roms.

„Uebermorgen werden Sie abreisen. Ihr Aufenthalt in Rom kann lange dauern; ich empfehle Ihnen Wachsamkeit und die größte Aufmerksamkeit für die Ihrer Obhut anvertrauten Dame."

Michael Polschinsky war ehrgeizig, und da er trotz dem, daß er mit mannichfachen Kenntnissen ausgerüstet, nicht auf die Art war befördert worden, wie er es glaubte zu verdienen, so gab er sehr gerne den Aufforderungen Radziwill's nach, da ihm dieser außer reiche Geldbelohnungen noch andere ansehnliche Vortheile versprach, wenn er den ihm gewordenen Auftrag glücklich ausgeführt habe. Er verließ den Fürsten, nochmals von diesem an sein Versprechen erinnert, vorsichtig zu seyn.

Radziwill stand damals mit an der Spitze der Conföderation von Litthauen; ein Theil der polnischen Nation hatte große Hoffnungen auf ihn gesetzt, und so war es auch natürlich, daß Polschinsky sich gern dem Fürsten bereitwillig zeigte.

II.

Polen befand sich zu dieser Zeit in dem Zustande der größten Anarchie. Radziwill nährte im Geheimen den Wunsch, König von Polen zu werden. Er war aufgebracht, daß Katharina so ungescheut die Rechte Polens mit Füßen trat.

Die Kaiserin Elisabeth hatte aus einer morganatischen Ehe drei Kinder, das jüngste dieser Kinder war eine Tochter. In dieser Tochter glaubte Radziwill ein Mittel gefunden zu haben, die Unterdrückung Katharinens einst rächen zu können.

Im Geheimen schmeichelte er sich wohl auch, einst mit ihr den Thron zu theilen, den er sie besteigen lassen wollte.

Radziwill hatte Mittel gefunden, die Personen, denen die Aufsicht über die junge Prinzeß Tarakanoff übertragen war, zu gewinnen, hatte sie nach Polen entführt, und Michael sollte sie nach Rom bringen. Dieses gelang auch vollkommen, und nach einiger Zeit reis'te Radziwill ebenfalls nach Rom, hier immer in der Nähe Kathinka's bleibend.

Kathinka Tarakanoff haßte Katharina, die ihr stets mit Geringschätzung und Härte gegenüber getreten war. Als Radziwill sie aus Petersburg entführte, sah sie nur ihren Retter in ihm, und war ihm dankbar ergeben. Damals, 1769, war sie 15 Jahre alt; mit kindlicher Liebe hing sie am Fürsten, der ihr jetzt ja Alles war.

Auf der langen Reise nach Rom hatte Michael der Prinzeß die größte Aufmerksamkeit erwiesen; er war immer emsig besorgt, alle nur mögliche Annehmlichkeiten seiner Schutzbefohlenen zu verschaffen.

Anfangs hatte Kathinka diese Aufmerksamkeit ziemlich gleichgültig hingenommen, ja ihn sogar mit einiger Geringschätzung behandelt.

In Rom aber ging eine große Veränderung mit Kathinka vor, sie, die sonst immer heiter und unbefangen, war jetzt still und in sich gekehrt.

Oft, wenn sie sich unbemerkt wähnte, haftete ihr Blick auf dem schönen Polen, der seinerseits auch nicht gleichgültig gegen seine Schutzbefohlene geblieben war. Immer befangen in Kathinka's Nähe, konnte er doch nicht scheiden, wenn er ungestört ihr schönes dunkles, tiefblickendes Auge, ihr schwarzes Haar, so wie ihre niedliche Figur bewundern konnte.

Radziwill war selbst in Rom angekommen, und Michael sah daher mit banger Besorgniß den Tag kommen, an welchem er von Kathinka scheiden mußte.

Eines Tages ward Polschinsky zum Fürsten gerufen, und dieser eröffnete ihm, daß, da sein Auftrag jetzt ausgeführt sey, er wieder nach Polen zurückreisen müsse. „Ich bin mit der Ausführung des Ihnen gewordenen Auftrags zufrieden, und wünsche nur, daß Sie es ebenfalls mit den Beweisen meiner Erkenntlichkeit seyn werden." Mit diesen Worten übergab er Polschinsky ein Pequet, welches dieser zaudernd hinnahm. — Man nahm Abschied von einander, und Michael ging jetzt gedankenvoll seinem Zimmer zu.

Jetzt erst ward ihm klar, daß er Kathinka liebe, liebe mit der ganzen Fülle seines Gemüths. Und er sollte scheiden. — Dennoch blieb ihm nichts übrig, als den Anordnungen Radziwill's zu gehorchen, da er wohl wußte, daß eine Nichtbefolgung derselben für ihn nur von unangenehmen Folgen seyn könne.

Er mußte nun, um zu seinen Zimmern zu gelangen, an Kathinka's Wohnung vorüber. Er befand sich in der größten Aufregung, er blieb stehen, es drängte ihn hin, zu ihr, die er verlassen sollte. Sein Herz bestürmte ihn, Abschied zu nehmen von der, die er so innig liebte, und sein Verstand, die Schöne zu meiden, von der er sich sagen mußte, daß, in ihren Besitz zu kommen, für ihn mit unendlichen Schwierigkeiten verknüpft sey.

(Fortsetzung folgt.)

Der Pestalozzi-Verein in Frankfurt.

(Schluß.)

Um von dem Unverstande der Aeltern gar nicht zu reden, die in manchen Fällen wohl gar nicht dazu vermocht werden können, ihre Kinder der Obhut und Sorge eines Vereines anzuvertrauen, so sind, wenn die Sache in größerem Maßstab ausgeführt werden soll, bedeutende materielle und geistige Kräfte erforderlich. Das Ziel, auf welches ein solcher Verein hinarbeiten muß, ist die Gründung eines Hauses, ähnlich dem sogenannten rauhen Hause bei Hamburg, dessen segensreiche Wirksamkeit allgemein anerkannt ist. Da sollten die Verlassenen, Verwilderten in ein wohlgeordnetes Familienleben Aufnahme finden, dessen Mittelpunkt ein würdiger, mit Liebe nicht minder als mit Einsicht begabter Hausvater wäre, der die Hülflosen als seine eigenen Kinder betrachtete und in dem Leben mit ihnen und für sie seinen hohen Beruf fände; eine Anstalt, in welcher der strenge Ernst des Gesetzes mit der Liebe, welche der innerste Geist des Familienlebens ist, gepaart wäre, so daß die oft schon rohen, verwilderten Gemüther zur Ordnung, zur Achtung des Gesetzes, zur Arbeitsamkeit geführt, zugleich ihnen aber auch das Bewußtseyn einer treu für sie sorgenden Liebe gegeben würde, ohne welches ein Menschenherz sich nicht voll und rein entfalten kann; eine Stätte, an welcher vor allem Andern Das, woran solche junge Seelen oft am meisten darben, nämlich wahre Frömmigkeit nicht bloß durch Unterricht und gemeinsame Andacht, sondern auch durch die ganze Ordnung und Haltung des Hauses angeregt und genährt würde. Die ganze Thätigkeit einer solchen Anstalt stünde aber unter der obersten Leitung und Aufsicht des Vereines, welcher durch seinen Vorstand oder auch durch andere dazu besonders befähigte und geneigte Mitglieder in unmittelbar bestehendem Verkehr mit derselben wäre. Das ist die schöne Aufgabe, die im Auge zu behalten ist. Die Schwierigkeit, sie zu lösen, liegt offenbar nicht bloß in den Geldmitteln, sondern auch in den geistigen Kräften, den Persönlichkeiten, die gewiß nicht so leicht zu finden sind. Die genannte Anstalt bei Hamburg ist ein schönes Vorbild. In noch größerem Maßstabe gibt uns Würtemberg ein Beispiel, was die Bürger eines Staates, die zum Bewußtseyn gekommen sind, daß es heilige Pflicht sey, für die unglücklichste Klasse unter allen minder begünstigten Kindern des Gemeinwesens und insbesondere für ihr geistiges und sittliches Gedeihen Sorge zu tragen, mit vereinter Kraft zu schaffen vermögen. Das kleine Land hat jetzt zweiundzwanzig solcher Rettungsanstalten, wie sie genannt werden, in welchen am Ende des vorletzten Jahres 1061 Kinder gepflegt und in christlichem Sinn erzogen wurden. Mit Ehrfurcht erkennen wir den Eifer und die Liebe aller Derer, die in der Stille und öffentlich an diesem Werke ächter Humanität thätig sind. Man lese darüber den höchst interessanten, genauen Bericht von Völter: „Geschichte und Statistik der Rettungsanstalten für arme verwahrlos'te Kinder in Würtemberg." Sollte nun in unserm mit Mitteln verhältnißmäßig reicher ausgestatteten Gemeinwesen nicht auch für dieses Bedürfniß, welches, wenn man es nur einmal erkennt, gewiß unter die dringendsten gerechnet wird, bald Abhülfe geschafft werden können? Zunächst kann die Wirksamkeit des Pestalozzi-Vereins sich freilich nur auf beschränktere Weise kund geben. So lange die Mittel fehlen, eine selbstständige Anstalt zu gründen, sucht er für die Verlassenen, deren er sich annimmt, ein Unterkommen in einer wohlgesinnten Familie und hält es dabei für seine heilige Pflicht, über die Pflege und Behandlung des Kindes nicht bloß in körperlicher, sondern ganz vorzugsweise in geistiger Hinsicht durch einzelne seiner Mitglieder eine treue, liebevolle Aufsicht zu führen, die Pflegeältern in ihrer Behandlung des Kindes zu leiten und zu unterstützen. Bei mehreren Kindern ist dieser Weg schon betreten. Und bereits haben sich unter den Mitgliedern des Vereins einige Lehrer, ohne irgend eine Aufforderung von außen, bereit erklärt, neben ihren Beiträgen noch weiterhin die Beaufsichtigung einzelner solcher Kinder, die einer Familie zur Pflege und Erziehung übergeben sind, zu übernehmen und für ihre geistige und sittliche Entwickelung nach Kräften thätig zu seyn. Wahrlich, das verdient die rühmlichste Anerkennung und zeugt von dem reinen Eifer dieser Männer für die Zwecke des Vereines, dem sie sich angeschlossen, den sie mit begründet haben.

In manchen Fällen wird es für den Verein vorerst auch eine erwünschte Auskunft seyn, verlassene Kinder, falls sich hier am Orte nicht auf entsprechende Weise für sie sorgen läßt (und wie Vieles muß sich vereinigen, um den Absichten des Vereins zu entsprechen, vor Allem ein rechtlicher, frommer Sinn, Uneigennützigkeit und auch ein gewisser Grad von Bildung, der zur richtigen Behandlung halb oder ganz verwilderter jugendlicher Seelen unerläßlich ist) in eine der bestehenden Anstalten auswärts, besonders in Würtemberg zu bringen. Auch in solcher Weise hat der hiesige Pestalozzi-Verein bereits Schritte gethan. Mögen nun die Kräfte desselben recht bald erstarken, daß er in größerem Style wirksam, den Bedürfnissen, die sich ihm bemerklich machen, in vollerem Maße genügen, daß er eine selbstständige Anstalt gründen und zum Segen des Gemeinwesens mit treuer Liebe und besonnenem Ernste leiten könne. Und wer wollte dazu nicht seine Gabe freudig darbringen? Wird es doch allgemein als eine Pflicht anerkannt, zu der zwar Niemand auf gesetzlichem Wege gezwungen werden, von der sich aber nur der Unedle, der in Eigennutz Untergegangene lossagen könne, als eine Pflicht des Einzelnen gegen die Gesammtheit, als eine Pflicht aller Derjenigen, welche Gott mit Mitteln, größeren oder geringeren, ausgestattet hat, einen Theil dessen, was ein günstigeres Geschick ihnen als Eigenthum zugesprochen hat, zum Wohle Derjenigen zu verwenden, denen Nichts zu Theil geworden ist. Und wer möchte da lieber sein Schärflein in vereinzeltem unsichern Streben darbringen, ungewiß, ob es auf wirksame Weise verwendet, und wenn auch im Einzelnen noch so ansehnlich, von irgend belangreichem Erfolge sey, als sich einem größeren Ganzen anschließen, wodurch seine Gabe einen dreifachen Werth erhält, weil sie, mit vielen andern vereinigt, ein bedeutsames Ganzes bildet und unter umsichtiger Leitung große Erfolge erzielen kann. Wir sind überzeugt, so vielfacher Anlaß zu Betheiligung bei gemeinnützigen Anstalten der verschiedensten Art in unserer Zeit und insbesondere hier in Frankfurt auch seyn mögen, so häufig der Wohlhabende oder nur nicht ganz Unbemittelte in dem Falle ist, seinen edeln Sinn zu bethätigen, so wird es doch dem neuen Vereine unter allen Ständen nicht an Freunden fehlen, welche durch kleinere oder größere Gaben, und nicht minder, sofern es in ihrem Bereiche liegt, durch persönliche Thätigkeit für seine Zwecke ihn der Bedeutsamkeit und Stellung, die ihm gebührt, mit liebevollem Eifer entgegenführen werden.

Die neuen Parks in Manchester.

Während sich in Berlin das Streben immer mehr kund gibt, die weiten leeren Räume, die es bisher innerhalb seiner Mauern barg, mit neuen Häusermassen auszufüllen, und man sogar damit umzugehen scheint, von den wenigen freien Plätzen, die sich noch im Mittelpunkte der Stadt befinden, einzelne, wie z. B. den Petriplatz, der öffentlichen Benutzung zu entziehen, hat man in England die sowohl aus gesundheitlichen als aus moralischen Rücksichten vorgeschriebene Nothwendigkeit begriffen, es den Bewohnern großer Städte möglich zu machen, in nicht zu weiter Entfernung von ihrem Wohnhause eine frischere Luft einzuathmen und sich an dem Anblick der Natur zu ergötzen. In London war dieses zum Theil schon längst durch die vielen Squares erreicht, denen man aber in jüngster Zeit einen ganz neuen, sehr geräumigen Park hinzugefügt hat, der den Namen Victoria führt und der Bevölkerung der nördlichen Distrikte dieser Riesenstadt dieselben Dienste leisten soll, die der St. James-, Regent's- und Hyde-Park den begünstigten Einwohnern des aristokratischen West-End gewähren. Auch in der räucherigen Fabrikstadt Manchester hat die öffentliche Meinung sich dieses Gegenstandes mit Eifer bemächtigt, und im Laufe des Jahres 1845 wurde eine Summe von 24 000 Pfd. Sterl. (über 150 000 Thlr.) auf den Ankauf mehrerer in der Nähe gelegenen Strecken Landes verwendet, die man jetzt in schöne Garten-Anlagen umzuwandeln beschäftigt ist. Es werden daraus drei Parks gebildet, die resp. eine, zwei und anderthalb englische Meilen vom Mittelpunkte der Stadt (der Börse) liegen und wovon jeder 20 — 32 Acres Land *) in sich schließt. Der erste, „Peel-Park" genannt, zu welchem der damalige Premierminister 1000 Pfd. aus seinen Privatmitteln beisteuerte, besitzt einige hübsche Parterre's mit exotischen Pflanzen, einen zum Scheibenschießen bestimmten Raum, eine breite Allee für Equipagen und ein „Gymnasium" oder einen Turnplatz. Weniger elegant ist der „Philips-Park" eingerichtet, der seinen Namen von dem vieljährigen Parlamentsmitgliede für Manchester, Hrn. Mark Philips, hat und in der Nähe eines von der ärmsten Volksklasse bewohnten Stadttheils liegt, aber auch hier fehlt es nicht an Kegelbahnen, Spielplätzen und dergleichen, wo sich die durch jahrelanges Sitzen in den Fabrik-Werkstätten verkrüppelten Arbeiter eine heilsame Bewegung machen können. Der „Königin-Park" verspricht hingegen ein Sammelplatz für den fashionablen Theil der Bevölkerung zu werden und ist mit herrlichen Gruppen schöner hoher Bäume, terrassenförmigen Rosengängen und einem kleinen, spiegelhellen See ausgestattet, in dessen Busen zwei weidenbeschattete Miniatur-Inselchen ruhen. Binnen kurzem hofft man, sämmtliche Anlagen so weit zu vollenden, um sie dem Publikum öffnen zu können, und die ersprießliche Wirkung, die ihre Benutzung auf die Gesundheit und das Wohlergehen aller Stände, besonders aber der untersten, äußern muß, wird ohne Zweifel die auf deren Herstellung verwendeten Kosten reichlich aufwiegen. (Mag. f. d. Lit. d. Ausl.)

*) 1 engl. Acre = 3844 preuß. Morgen.

Mannichfaltigkeiten.

Ein Nachbar von Gräfenberg fängt an, dem berühmten Wasser-Doktor Priesnitz gefährlich zu werden. In dem angränzenden Dorfe Lindewiese hat nämlich ein Landmann bereits mehrere Kranke damit geheilt, daß er ihnen nichts Anderes als trockene Semmel zu essen gab und sie dabei Tage lang den größten Durst ausstehen ließ, bis er ihnen endlich erlaubte, Wein zu trinken, wobei ihnen dieser originelle Arzt, Namens Schrott, treulich beistand. Unter den vielen, von allen Aerzten aufgegebenen Kranken, die bei Priesnitz ihre Heilung versuchten, finden sich doch manche, denen diese Kur zu lange dauert, und von diesen gehen manche zu dem benachbarten Schrott über, um auch noch nach diesem Strohhalm zu haschen.

(Alles aus Patriotismus.) Ein Amerikaner wurde von seinen Freunden zur Rede gestellt, warum er so viel trinke, und ermahnt, er solle sich dieser verderblichen Neigung doch nicht so hingeben. „Was Neigung!" rief er pathetisch, „Neigung! Seht' mal! Glaubt Ihr, ich trinke aus Neigung? Ist mir nie eingefallen! Ich trinke aus Patriotismus. Hr, sagt mal, was erhält den Staat? Taxen und Abgaben. Nun denn, mit jedem Tropfen Schnapps, der über meine Lippen fließt, zahle ich eine Taxe, mit jedem Gläschen Liqueur, das in meine Kehle hinabgleitet, vermehre ich die Einnahmen des Staates und befestige daher dessen Existenz. Das ist der Grund, warum ich trinke. Nicht meine Neigung. Folgte ich meiner Neigung, so tränke ich Buttermilch oder Wasser, wie Ihr unpatriotischen Kerle. Aber ich bin nicht wie Ihr, ich denke nicht an mich allein, ich denke an das Ganze, dessen Glied ich bin, und darum thue ich meinen Neigungen Gewalt an, darum verläugne ich mich selbst und — trinke. Und jetzt wagt es mir, mein Trinken noch einmal vorzuwerfen!"

Auf dem Gesangfest zu Weißenfels hat sich der alte Jahn, der als Ehrengast erschienen war, des von Delbrück angetasteten Arndt'schen Liedes: „Was ist des Deutschen Vaterland", verdientermaßen angenommen. Neulich, sagte er, hat ein Querkopf, der alle Glieder in der Quere hat, das allgesungene „Was ist des Deutschen Vaterland?" schlecht gemacht. Er hat Arndt vorgeworfen: das Lied habe keinen richtigen Anfang; aber Arndt hat zur rechten Zeit angefangen, und das gilt und entscheidet. Wer darf über ein Volkslied richten als das Volk allein? Wer aber sind in diesem Fall des Volks Vertreter, Anwalte und Geschworne, wenn nicht die Gesangvereine? Wollt Ihr nicht eine Zuschrift an Arndt erlassen? Ganz einfach des Inhalts: Wir haben früher „Was ist des Deutschen Vaterland" gesungen, haben es noch heute unter unaussprechlichem Beifall mit Jubel und Zujauchzen der versammelten Menge vorgetragen, und werden es fortwährend singen." Der Vorschlag ist durchgegangen.

Der „Breslauer Beobachter" erzählt folgende Anekdote: „Vor ungefähr vierzehn Tagen fuhr ein sehr dicker Herr auf der märkischen Eisenbahn von Bunzlau nach Breslau zurück. Das Schicksal hatte ihn in ein Coupé placirt, wo eine dicke Dame auf der einen, eine dünne Dame mit verschiedenen Pappschachteln auf der andern Seite ihn so in die Enge trieben, daß er kaum zu athmen vermochte. Während der Fahrt entspann sich ein Gespräch, in dessen Verlauf die Damen fragten, mit wem sie das Vergnügen zu reisen hätten. „Ich bin der Scharfrichter aus Parchwitz", erwiderte der Dicke, „und habe in Guhrau einen armen Sünder abgethan, der seinen Vater, seine Mutter und alle seine Geschwister umgebracht hat." Diese Worte machten eine unbeschreibliche Wirkung auf die beiden Damen, sacht rückten sie auseinander, der Dicke gewann mehr und mehr Terrain, und als er fortfuhr, von den gräulichen Gesichtern zu erzählen, die der Delinquent geschnitten, bevor er den Kopf verloren, da wurde der Raum zwischen ihm und den Damen immer größer, und unser dicke Herr kam vergnügt über den bequemen Platz, den er dadurch errungen, wohlbehalten in Breslau an, und freuete sich bei einer Kuffe Bairisch über die gelungene List."

Auf dem Kirchhofe zu Bonn hat man dem Professor Hermes jetzt ein sehr hübsches Monument gesetzt, bestehend aus einem großen schwarzen Marmorblock, so groß wie das Grab, in schildförmiger Rundung abgeschliffen, mit den wenigen Worten: „Georg Hermes, geboren den 22. April 1775, gestorben den 26. Mai 1831" versehen. Wer das Monument gesetzt, war nicht zu erfahren, aber wahrscheinlich seine Schüler, die Vertreter seiner Geistesrichtung, die Professoren Braun und Achterfeld.

Die Schnellpressen sind schon wieder nicht mehr schnell genug. Ein Engländer, Hill, hat eine Handpresse erfunden, mit der ein Mann in einer Stunde 1500 Abdrücke macht.

(Zürich. — Besteigung des Titlis.) Die erste Reise in die hohe Alpenregion wurde in diesem Sommer von Hrn. Wilhelm Rose aus Berlin unternommen. Derselbe bestieg am 4. Juli den Titlis, begleitet von dem bekannten Führer Imfanger aus Engelberg und seinem Sohn. Um 1 Uhr Morgens wurde die Wanderung beim hellsten Mondschein angetreten, und der Weg über die Gletscherpartie in 2½ Stunden nicht ohne Beschwerde zurückgelegt. Der Firn war sehr weich und die Reisenden waren genöthigt, sich durch Stricke mit einander zu verbinden. Um 9½ Uhr erreichten sie den höchsten Punkt; die Fahne, welche Hr. Laue und sein Begleiter im September vergangenen Jahres aufstellten, war noch vorhanden; Hr. Rose brachte die Hälfte derselben nach Zürich, und befestigte den andern Theil von neuem. Die Temperatur war auf der Spitze sehr mild und wurde von Hrn. Rose auf 12 bis 14° R. geschätzt; die Luft war ausgezeichnet klar und es konnten selbst entfernte Gegenstände, wie z. B. das Haus auf dem Rigi mit unbewaffnetem Auge erkannt werden. Hr. Rose trat, nachdem er eine Stunde auf der Spitze verweilt, die Rückreise an, die, obschon etwas langsam, weil der Firn noch mehr von seiner Festigkeit verloren, doch glücklich von statten ging. Um 4½ Uhr kamen unsere rüstigen Bergbesteiger wieder wohlgemuth in Engelberg an.

Korrespondenz.

Stuttgart, 6. Oct.

Auf das Geräusch der Festlichkeiten folgt jetzt das Knallen der Freudenschüsse und des Feuerwerks, welches unsere lustigen Herbstschützen jedes Jahr zur Zeit der Weinlese dem Gott Bachus opfern. Hat auch auf Stuttgart's Höhen die Weinlese noch nicht allgemein begonnen, so ertönt doch den ganzen Tag im Thale von einem Ende zum andern fast ununterbrochenes Schießen. In vielen Gegenden unseres Landes ist mit der Lese schon allgemein begonnen worden, an einigen Orten ist sie sogar schon vorüber; hier aber sind es vorerst nur Lustherbste, die abgehalten werden in Gärten an Weinlauben und Ranken und in Privatweingärten, wo weniger auf den Wein, als auf die Freude des Lesens, Trinken, Schießen, Feuerwerkabbrennen, Tanzen u. dgl. gesehen wird. Diese Herbstfeier aber gerade sind es, welche den meisten Lärm machen; denn der Winzer selbst verpufft am wenigsten und sieht nur auf den Ertrag. Uebrigens soll nächsten Mittwoch auch hier der allgemeine Herbsttag eingeläutet und dann mit der Lese allenthalben begonnen werden. Hier ist der Ertrag im Ganzen ziemlich reich, in vielen Lagen sehr reich und nur an ganz wenigen niederen Lagen, wo einiger Frühjahrsfrost Schaden angerichtet hat, ein guter Mittelertrag, so weit es die Quantität betrifft; in der Qualität aber ist er überall vorzüglich. An den meisten Orten heißt es, die Güte erreiche die von 1834 oder übertreffe sie noch; im würtembergischen Tauberthal aber, wo der berühmte Markelsheimer wächst, wird behauptet, daß der diesjährige Wein an Güte alle Jahrgänge dieses Jahrhunderts, selbst den 1811r übertreffe, dagegen dort der Ertrag der Quantität nach nicht reich sey. Die Preise sind bis jetzt ziemlich hoch. Selbst auf der Alb bei Metzingen und Reutlingen, wo der Wein nur in ganz günstigen Jahren vollkommen reif und trinkbar wird, stehen die Preise über 30 bis 33 fl. pr. würtemb. Eimer von 160 würt. Maß; hier herum Mittelsorten 40 — 44, gute 60 — 80, in den besten Gegenden des Unterlandes ebenso, und die feineren Sorten werden bis auf 120 — 150 fl. und noch theuerer zu stehen kommen. Es werden durch den Herbstertrag immerhin 3 — 4 Millionen Gulden in Umlauf kommen. — Mit unserer Eisenbahn ist abermals ein Aufschub erfolgt. Der Betrieb der Strecken von hier nach Cannstadt und Ludwigsburg sollte am 1. d. Mts. beginnen, ist aber verschoben worden. Die Bahn ist zwar fertig. Probefahrten fanden statt, aber einestheils ist der hiesige Bahnhof noch nicht so weit, um einen befriedigenden und ungehinderten Betrieb hoffen zu dürfen; anderntheils heißt es, wolle man auch die Cannstadter Strecke nicht eröffnen, ehe die Schienen des Doppelgeleises gelegt seyen, da hier ein sehr bedeutender Localverkehr stattfindet. Es dürfte jedenfalls die Hälfte, wo nicht der ganze Monat noch darauf gehen, ehe an allgemeine Fahrten zu denken ist. Mittlerweile wird auch die Strecke von Eßlingen bis Plochingen nahezu vollendet und wohl dann auch dieses Jahr noch im Betrieb gesetzt werden. Die Schienen sind meist schon gelegt und nur an einigen Stellen fehlt es noch. Zu Eßlingen wird an der Keßler'schen Maschinenwerkstätte unausgesetzt gearbeitet und der Bau ist so beschleunigt worden, daß ein Theil der Arbeiter der Werkstätte schon untergebracht werden konnte und bereits thätig ist. Mit der Reparaturen-Werkstätte, welche der Staat dort errichtet, geht es gleichfalls rasch. — Die Mißstimmung gegen Baden wegen der dortigen Kammervoten über den Anschluß oder vielmehr Nichtanschluß geht immer Crescendo, je mehr unsere eigenen Bahnen vorrücken und es wird in einem unserer gelesensten Localblätter bereits der Vorschlag gemacht, einen Verein unter dem würtembergischen Handelsstande zu bilden, welcher bezweckt, die badische Eisenbahn gar nicht mehr für Waaren, die nach Würtemberg bestimmt sind, zu benutzen, was, consequent durchgeführt, der badischen Eisenbahnkasse gewiß großen Ausfall verursachte. Auch soll hiernach gar kein Gut mehr durch die Hände badischer Speditoure gehen, damit der badische Handelsstand selbst bei seiner Regierung und Kammer auf den Anschluß dringe.

Frankfurt a. M., 3. Oct.

Die neue Turnhalle naht ihrer Vollendung und zeigt schon jetzt in ihren Umrissen, daß die Erfordernisse der schönen Form, wie der Zweckmäßigkeit in ihr vereinigt sind. Wenn man überhaupt einen Blick wirft auf die Erfolge, welche unser junger Verein für körperliche Ausbildung der Jugend, unterstützt von der Freigebigkeit der Staatsbehörden, bereits errungen hat, so kann man sich dessen nur freuen. Ist freilich seine, unserer Stadt zur Zierde gereichende und dabei zugleich wahrhaft wohlthätige Stiftung annoch mit einer nicht unbeträchtlichen Kapitalschuld belastet, da außer einer anonym eingesandten Summe von 100 fl. bis jetzt nur Geschenke von geringerem Belange dafür eingegangen sind, so verspricht man sich doch auch in dieser Beziehung ein förderliches Einschreiten unserer wohlhabenderen Mitbürger, wenn einmal das Werk in seiner ganzen Ausdehnung vollendet dastehen wird. Inzwischen nehmen die Turnübungen der Knaben, Mädchen und jungen Leute ihren guten Fortgang; und wenn gleich dabei nicht jener Enthusiasmus bei jeder Veranlassung an's Licht tritt, wie er sonst hier und da heimisch ist, so darf man doch aus der immer, wenn gleich nur allmälig zunehmenden Zahl der Turner schließen, daß es wenigstens an innerer Wärme für die Sache und an Nachhaltigkeit dafür nicht fehlt. Bei solchen Grundlagen, deren sich insbesondere auch die hiesige Turngemeinde (worunter die erwachsenen Turner zu verstehen sind) erfreut, erwarten wir insbesondere von der Bildung einer Turner-Spritzen-Compagnie, die jetzt im Werk seyn soll, die günstigsten Resultate.

Theater-Anzeige.

Mittwoch, 7. Oct. Die Vestalin, große Oper in 3 Abth., Musik von Spontini. (Letzte Gastrolle) Julie: Fräul. Jenny Lind, königl. schwedische Hofopernsängerin. Mit aufgehobenem Abonnement und erhöhten Eingangspreisen.

Redakteur J. L. Heller. — Druck und Verlag von Heller und Rohm.

Didaskalia.

Blätter für Geist, Gemüth und Publizität.

Nro. 279. Freitag, den 9. October 1846.

Prinzeß Tarakanoff.

Eine Erzählung, nach französischen Memoiren bearbeitet von Hans von G.........

(Fortsetzung.)

Schon wollte Polschinsky am Zimmer vorbei, da öffnete sich die Thür und Kathinka stand erröthend vor ihm. „Ich komme," begann er plötzlich ermuthigt, und trat in's Gemach ein, „um Abschied von Ihnen zu nehmen, ich gehe noch morgen in mein Vaterland zurück."

„Sie gehen, und warum so bald, warum können Sie nicht bleiben?" entgegnete Kathinka.

„Prinzeß, so fordert's der Wille des Fürsten, ich bin ihm vielen Dank schuldig, ich muß gehorchen. Ich scheide, leben Sie wohl, vergessen Sie den armen Michael nicht, das ist Alles, worum ich bitte;" er ergriff die Rechte Kathinka's und drückte sie an seine Brust.

Kathinka's Hand mußte fühlen, in welcher stürmischen Bewegung Michael war, denn auch ihr theilte sich eine süße Unruhe mit, und ein schönes Roth goß sich über ihre lieblichen Züge aus. Sie versuchte ihre Hand zu befreien, was ihr auch nach einiger Mühe gelang. „Lebt wohl," begann sie, und machte Miene, das Zimmer zu verlassen, doch jetzt erwachte sein ganzes Feuer wieder, er stürzte auf Kathinka zu. „Nein," begann er, „ich lasse Euch nicht;" knieend gestand er ihr, daß er sie liebe, und daß ihr Bildniß mit nie zu verwischenden Zügen in sein Inneres eingegraben sey. Erröthend hatte Kathinka ihr Haupt von dem Knieenden gewandt, der wieder ihre Rechte haltend, diese mit unzähligen Küssen bedeckte.

„Wenn uns Jemand so überraschte, Michael, um Gottes Willen, laßt mich, bedenkt, daß wir uns nie angehören können, — schont meiner — steht auf."

Michael gehorchte, und trat, ernst und trübe vor sich hin blickend, zurück.

„Ich danke Euch," sprach Kathinka, „und nun lebt wohl und laßt uns scheiden." Innig gerührt ward Michael durch den unbeschreiblich süßen wehmüthigen Ton, der in Kathinka's Stimme lag, und der ihn so ganz erkennen ließ, was in dem Innern der zarten Jungfrau vorging. Er rang innerlich nach Fassung, schon ging er der Thüre zu, da wandte er sich noch ein Mal nach der Geliebten seines Herzens, sie stand weinend da, ihre Blicke hatten noch auf dem Scheidenden geruht.

Wie sich Michael so wandte und ihr einen Blick, in dem Liebe und tiefer Schmerz lag, zusandte, da war es aus mit ihrer Fassung. Michael näherte sich, legte seinen Arm um ihre schlanke Taille und drückte einen feurigen Kuß auf ihre nun nicht mehr widerstrebenden Lippen.

Ihre ganze Kraft zusammennehmend, suchte sich Kathinka aus Michaels umschlingenden Armen loszureißen, sandte ihm einen letzten innigen Blick nach und entfloh in das Nebenzimmer; hier überließ sie sich ganz ihren Gefühlen, weinend sank sie auf einen Divan.

Michael sah sich allein, er verließ das Zimmer, in dem er selige Minuten verlebt hatte, und eilte seinem Gemache zu. — Er warf sich in einen Lehnstuhl und schrieb einige Zeilen an Kathinka, in welchen er, von ihr Abschied nehmend, sein unglückliches Geschick beklagte.

Noch des andern Tags schied er von Rom, welches sein Theuerstes barg, was er hienieden besaß, und eilte in langen Tagreisen dem heimischen Norden zu. Er liebte, und liebte unglücklich, gewiß das Herbste, was dem Erdensohne widerfahren kann. Was giebt es Traurigeres, als ein Wesen so recht innig zu lieben, und es nicht besitzen zu können, weil die Verhältnisse, in denen wir leben, dem entgegen sind! — Ein stiller Kummer wird sich unserer bemächtigen, und des Lebens Freude wird für uns verloren seyn. Thörichter Wahn! Wer da glaubt, die Zeit heile diesen Kummer, der ist im großen Irrthum; man empfindet wahre Liebe nur ein Mal im Leben. Vergessen wir den Gegenstand unserer Liebe, verschwindet diese edelste der Leidenschaften für ein ehedem geliebtes Wesen in unserm Innern, so ist dies nur ein Beweis, daß das, was wir empfanden, nicht wahre, reine Liebe war.

Radziwill war der sorgende, schützende Genius, der um Kathinka's Leben waltete. Doch seine nie ermüdende Sorgfalt, Kathinka das Leben zu versüßen, vermochte nicht, die Wolken des Kummers, die sich auf ihre schöne Stirne gelagert hatten, zu verscheuchen. Sonst floß ihr Leben in Rom ziemlich einförmig dahin, Tage, Monate und Jahre vergingen, ohne daß die Ruhe der Prinzeß gestört worden wäre. Doch bald sollten die Tage herber Prüfung für sie beginnen und großes Unglück über sie hereinbrechen.

IV.

Anders hatten sich die Dinge während dieser Zeit in Polen gestaltet. Fürst Repnin, der mit seinem stolzen Uebermuth alle Polen, selbst die eifrigsten Anhänger Katharinens, tief beleidigt hatte, wurde abgerufen, und an seine Stelle kam Fürst Wolkonsky, welcher sich vergebens bemühte, die Gegenkonföderation zu Stande zu bringen, die schon Fürst Gallizin in einem Manifest in Anregung gebracht hatte. Die Kaiserin sah die Gefahr recht gut ein, die für sie entstünde, wenn alle Polen sich gegen sie vereinigen sollten, doch davor schützte sie weit weniger die Tapferkeit ihrer Generale und die Künste ihrer Minister, als die Schwäche und Unaufmerksamkeit des Hofs Ludwig XV. Dieser Hof brauchte nur zu wollen und die Konföderation von Bar ward allgemein, die Pforte wäre kräftig unterstützt werden, und Polen behauptete vielleicht noch lange seine Stelle unter den Mächten Europa's. Um nämlich zu bewirken, daß ganz Polen der Konföderation von Bar beiträte, verlangte der eben so geschickte als beredte General Mokronosky vom Herzog von Choiseul zwei Millionen Subsidien, die Anerkennung des Grafen Wilhcorsky als Gesandter der Konföderation und die Absendung eines Bevollmächtigten an diese, wegen zweckmäßiger Verwendung der Subsidien.

Herzog von Choiseul billigte diesen Plan, allein er wurde bald durch den Wiener Hof davon abgelenkt, der wahrscheinlich schon damals seine geheimen Absichten hatte, wie es dann später die Theilung von Polen erwies.

In Begleitung des General Bibikoff zog der Prinz Heinrich von Preußen in Petersburg ein, und stieg in einem Palast ab, den man für ihn zubereitet hatte, und woselbst er vom Minister Penin empfangen wurde. — Bei seinem Einzug donnerten die Kanonen, überhaupt wurden ihm Ehren erwiesen, wie sie nur einem regierenden Fürsten zukommen. — Der Prinz war von seinem Bruder mit geheimen Instruktionen versehen, an den kaiserlichen Hof nach Petersburg gesandt worden, um aber den wahren Zweck dieser Reise verbergen zu können, wurde eine Reise zu des Prinzen Schwester nach Stockholm vorgeschützt. In Stockholm erklärte der Prinz, über Dänemark wieder nach Preußen zurückgehen zu wollen. Er erhielt jedoch in Stockholm Einladung, nach Petersburg zu gehen, und so gab er den Wünschen Katharina's nach, und sein Besuch schien vor der Welt blos eine Gefälligkeit gegen Katharina zu seyn. Fest reihte sich an Fest während des Aufenthalts des Prinzen in Petersburg. Die Abende brachte Heinrich von Preußen jedoch meist in vertraulicher Unterredung mit der Kaiserin in der sogenannten Einsiedelei zu. Der so benannte Flügel des Palastes enthielt alles, was der feinste Luxus Prächtiges und Geschmackvolles aufzuweisen hatte. — Durch eine Gallerie, geziert mit der zu Paris angekauften Krozall'schen Gemäldesammlung, gelangte man in geschmackvoll geschmückte Säle, worinnen auf tables de confidence von verschiedener Größe gespeis't ward. Kein Bedienter betrat diese Räume, man klopfte auf den Boden, augenblicklich erschienen Tafeln, besetzt mit den feinsten Genüssen. Dicht neben diesen Gemächern lag der Wintergarten; unter Alleen von grünenden Bäumen, umgeben von Rosen, Hyazinthen und reifenden Pfirsichen wandelte Katharina und ihr Hof. Hier ward die Theilung Polens entschieden. Schon früher hatte man, indem man auf Polen hinwies, gleichsam Oesterreich und Preußen darauf aufmerksam gemacht, daß hier für die Vergrößerung der russischen Macht sich jene Mächte Schadloshaltung verschaffen könnten.

Obschon nun Maria Theresia sich den Plänen über die Theilung Polens entgegen zeigte, so sah doch der auch als Diplomat so gewandte Prinz Heinrich die Dispositionen Josephs II. und seines Ministers Kaunitz so sicher voraus, daß er handelte, als wäre der russische Hof in allen Punkten mit Oesterreich übereingekommen.

Prinz Heinrich äußerte sein Bedenken der Kaiserin in Betreff Englands, Frankreichs und der Pforte, von denen er wohl wisse, daß sie mächtig genug wären, Traktaten Respekt zu verschaffen, deren Garantien sie übernommen. Aber diese Mächte waren damals so leicht zu hintergehen oder so gleichgültig gegen das Schicksal anderer Nationen, daß die Kaiserin dem Prinzen auf sein Bedenken entgegnete: „Ich, königliche Hoheit, werde die Türken in Furcht halten, England schmeicheln. Sie, mein Prinz, sorgen Oesterreich zu gewinnen, daß es Frankreich einschläfere." — Mit Katharina bestimmte er die Bedingungen der Theilung Polens und den Umfang des Gebiets, das jeder der theilnehmenden Mächte sich zueignen sollte. Der Traktat selbst ward zwei Jahr später unterzeichnet (1772 im Februar). Prinz Heinrich reis'te mit Geschenken und Ehrenbezeugungen überhäuft nach Berlin zurück.

(Fortsetzung folgt.)

Ein Brief von Blasedow an seine Söhne.

(Aus Blasedow und seine Söhne von Karl Gutzkow. Frankfurt a. M. Literarische Anstalt [J. Rütten]. 1845.)

Seinen das Vaterhaus verlassenden Söhnen gibt Vater Blasedow einen Brief als Rathgeber und Führer auf der anzutretenden Lebenskreise mit. Darin heißt es:

„Meine Söhne!

„Der Augenblick ist da, wo ihr für mich, wie die Schöpfung für Gott, zeugen sollt. Die goldnen Hörner oder die Eselsohren, die ihr an euren Häuptern tragen werdet, wird man mir aufsetzen. Bedenkt das und macht mir Ehre! Ich erzog euch zuvörderst zur Freiheit. Gemeine Gefühle ließ ich in euren Gemüthern nie überwuchern: Unkraut werden sie noch immer zeitigen; aber es wird nicht höher wachsen, als die Palmen und Cedern, zu welchen ich den Samen in den Libanon eurer Zukunft pflanzte. Ihr seyd frei; ich lehrte euch nur, daß außer euch noch Millionen Menschen in der Welt wären. Das war genug, mehr durftet ihr nicht wissen, um diese Millionen mit stolzem, sich zur Gleichheit vermessenden Auge anzublicken. Ihr hörtet aus meinem Munde nicht früher von Grafen, Präsidenten, Ministern sprechen, als von Menschen. Ihr wißt nichts von den Unterschieden der Stände. D'rum werdet ihr mit keckem und ächt vornehmem Muthe auftreten. Ihr werdet nicht zittern, wenn ihr in das Vorzimmer eines Mächtigen berufen werdet, ihr werdet euch vorher keine Fragen und Antworten einüben, ihr werdet, wenn ihr sprecht, die Nachsätze der Perioden nicht im Halse stecken behalten; ihr seyd frei, seyd meine, seyd die Söhne Blasedow's."

„Daß ihr ein Herz haben werdet, hoff' ich zu Gott, zu eurer Mutter und zu manchem Kummer, den ich nicht hindern konnte, daß er durch die Ehestandsgardinen zu eurem Ohre dränge. Kinder erfahren vom Leben meist nur Das, wofür sie Gott den Eltern als Trost geschenkt hat. Sie haben ein scharfes Auge für die Witterungen, die auf den Stirnhorizonten der Eltern heraufziehen. Und, wo ihr nicht deutlich sehen konntet, da, weiß ich, lauschtet ihr — genug, ihr habt empfinden gelernt, wenn ihr auch noch keinen Namen für eure Gefühle habt. Es ist besser, ihr gebt dem Armen schnell ein Stück Brod, eh' ihr euch besinnt, ob das Mitleid heißt, was euch dazu treibt. Kinder, wär es von mir nicht zu künstlich, ich würd' euch zurufen: Seyd ewig natürlich!"

„Was ihr gelernt habt, vorstellen, sein und werden sollt, davon red' ich nicht: denn es ist in euch gepflanzt, euer Herz muß euch dies selber sagen. Jeder von euch hat einen hohen Beruf; Jeder hat, wenn einmal doch der Mantel Christi zertheilt werden soll, einen Rockschooß davon. Euer Wissen ist Stückwerk, aber nicht Alles sind nur Lücken. Einiges habt ihr schon vollständig und, wenn ihr Neues sammelt, wißt ihr, wo ihr's anlegt. Worauf es beim Lernen ankömmt, ist das Fach, wo hinein man sein Wissen legt. Wer ein Ziel für sein Leben weiß, bearbeitet schnell das rohe Material, das er empfängt, und paßt es in die Fugen ein, wo er es brauchen kann. Ich hab' euch in die Karten blicken lassen, mit welchen ich euch gegen das Leben ausspielen wollte. Ich bin nicht eitel, aber stolz darauf, daß ich ein neues pädagogisches System entdeckt habe, das System der unmittelbaren Prädestination. Indem ich euch für bestimmte Fächer erzog, wußtet ihr, wo ihr euren Henkel ansetzen solltet an die Dinge, um sie zu fassen. Und verließet ihr gar die Bahn, die ich euch vorzeichnete (was ich jedoch für's Erste euch noch verbiete), so habt ihr doch schon eine Consequenz des Lebens mit Ernst durchgemacht und werdet euch um so schneller in einen andern Beruf finden können, wie Ströme sich wohl mit Leichtigkeit ein neues Bett graben, aber nicht Seen. Ein Oekonom wird leichter ein Staatsmann, als ein

Student in's Blaue hinein; ein Geistlicher wird eher ein Schauspieler, als ein Kunst-Eleve im Allgemeinen; ja, wie oft geschieht es nicht, daß man, wie auf dem Billard ein Stoß nach Nordost eine Wirkung auf Südost hervorbringt, auch im Leben erst durch Carambolage zu seiner Bestimmung kommt!"

Lied.

Wenn ich in meinem Lebensbuche
Die schon gefühlten Freuden all',
Die Stunden meiner Wonne suche,
So finde ich sie ohne Zahl.
Viel Tausend seh' ich da entfaltet,
Als Blüthen sinnig ausgedrückt,
Die, kaum zur Blume umgestaltet,
Der Sturm mit rauher Hand geknickt;
Und forsch' ich dann auf jeder Seite,
Was meines Glückes Quelle sey,
So find' ich, daß mir jede Freude
In Dir allein entsprossen sey.

Und zähl' ich all' die trüben Stunden,
Die Leiden und die Sorgen all',
Die ich im Leben schon empfunden —
Unendlich ist auch ihre Zahl.
Auch hier seh' ich viel tausend Flecken
Ganz ohne Farbe, ohne Licht,
Und meines Herzens Nacht erhellen
Die Strahlen leiser Hoffnung nicht.
Und würd' ich jetzt auch wieder fragen:
Was ist die Quelle meiner Pein? —
All' meine Thränen, meine Klagen,
Geliebte — gelten Dir allein!

Jenny Lind in Frankfurt a. M.

(Zweiter Artikel.)

Bei der Erscheinung hervorragender Talente und außergewöhnlicher Leistungen im Bereiche der Kunst pflegt man sich in Streit einzulassen, ob solche einzig in ihrer Art seyen und ob sie alles Vorhergegangene an Glanz und Größe überragen; es wiederholt sich alsdann das alte Thema, ob Schiller oder Göthe, Mozart oder Beethoven größer seyen. Diese Kämpfe werden gewöhnlich mit Erbitterung geführt, führen aber zu keinem Resultate. Das wahre Verhältniß besteht einzig und allein darin, daß nichts Menschliches vollkommen ist und daß der eine Künstler durch diese, der andere durch jene Vorzüge glänzt und daß jeder derselben Eigenthümlichkeiten besitzt, die ein anderer nicht hat. So ist jede Künstlergröße immer eine relative und das Ueber- oder Unterordnen derselben zu andern beruht auf einseitiger Beurtheilung. Ist doch die Meisterin und das Vorbild aller Poesie und Schönheit, die Natur, selber so mannichfaltig, warum sollte es die Schülerin, die Kunst, nicht auch seyn? In vielen Farben bricht und spiegelt sich das Licht der Sonne, und welche dieser Farben ist die schönste? Wir sollen jeden Dichter und Künstler in seiner Eigenthümlichkeit aufzufassen und zu beurtheilen suchen und wir werden alsdann die rechte Ansicht über ihn gewinnen. Dieser Maßstab ist nicht neu, sondern sogar sehr bekannt, wird aber nichtsdestoweniger nur selten angewendet. Wenn wir mit ihm die Größe der gepriesenen Gesangskönigin des Tages, der Jenny Lind, messen, so werden wir die Extreme vermeiden und ihr Talent würdigen, ohne es als den Culminationspunkt und als den Inbegriff alles Schönen zu überschätzen. Andere vor ihr haben Treffliches geleistet, Andere nach ihr werden dasselbe thun; — warum sollten wir die schwedische Nachtigall als den einzigen Wandervogel bezeichnen? Die eigenthümlichen Vorzüge der Jenny Lind haben wir in früheren Berichten genügend hervorgehoben. Was ihre Kunstgebilde besonders auszeichnet, ist, wie schon gesagt, die harmonische Einheit und Abrundung derselben und das Liebenswürdige, man darf sagen Jungfräuliche ihrer ganzen Erscheinung. Fern von Effecthascherei und von der Absicht, durch Theaterkunstgriffe verblüffen und überraschen zu wollen, frei von Koketterie mit dem Publikum, strebt sie vor Allem nach Natur und Wahrheit und gibt daher in ihren Darstellungen ein schönes Ganzes, um so anziehender, als es einfach und unverkünstelt, um so liebenswürdiger, als es unabsichtlich ist. Zwischen dem Zuviel und Zuwenig weiß sie stets glücklich zu vermitteln und auf eine solche Vermittelung kommt es eben gerade am meisten an. Diesem richtigen Schönheitsgefühle, dieser Anmuth und Anspruchlosigkeit, dieser sinnigen Weihe verdankt Jenny Lind ihre Erfolge. Ihre Leistungen sind nicht sowohl großartig und imposant, als vielmehr wohlthuend-anregend und herzgewinnend, weshalb auch, wie schon bemerkt worden, nur das Lyrische ihr eigentlicher Genre ist und weshalb sie als Amine mehr hervorragt, wie als Norma. Sie vermag elegisch zu rühren, aber weniger, tragisch zu erschüttern. Wie ausgezeichnet Jenny Lind als Sängerin ist, geht daraus hervor, daß sie mit keineswegs großartigen Stimmmitteln dennoch so viel leistet. Die mittlere Tonlage ist wenig kräftig und dabei bedeckt und umflort, aber die höheren Töne sind glockenrein und von einer ungemein lieblichen Klangfarbe. Diese nicht großen Mittel — andere Sängerinnen haben solche in höherem Maße besessen — weiß sie meisterhaft zu gebrauchen, und durch kunstgerechte Vertheilung und Oekonomie versteht sie immer und überall auszureichen. Auch Sängerinnen von größerer Bravour haben wir gehört, welche aber gerade dadurch sich nicht selten überboten und den schönen Eindruck geschwächt haben. Jenny Lind versteht sich darauf, den rechten Moment zu benutzen und die ästhetischen Ruhepunkte mit denen der poetischen Aufregung im gehörigen Verhältniß zu halten. Nachdem schon so viel über diese Künstlerin gesprochen und gedruckt worden ist, halten wir es für überflüssig, in eine detaillirte Besprechung nochmals einzugehen. Neu für uns war ihre Marie in der Regimentstochter und auch in dieser Parthie hat sie die bereits gerühmten Vorzüge glänzend bewährt, besonders im zweiten Akte, wo sie die große Scene am Clavier in höchster Vollendung der dramatischen Auffassung und in höchster Meisterschaft der technischen Virtuosität und dabei mit ungemein viel Anmuth und liebenswürdiger Naivetät so ausführt, daß sie wohl nichts mehr zu wünschen übrig läßt und ihr Auditorium wahrhaft enthusiasmirt. — Trotz der mehr als verdoppelten Eintrittspreise ist der Andrang zu diesen Gastdarstellungen noch immer groß genug, um das Haus zu füllen, wozu der Besuch der wohlhabenden Kunstfreunde aus unsern Nachbarstädten, Wiesbaden, Mainz, Darmstadt, Offenbach, Hanau und aus noch weiterem Umkreise sein Contingent stellt. Die Gewalt eines durch Verdienst und nicht minder durch ein Zusammentreffen von glücklichen Umständen berühmt gewordenen Namens ist so mächtig, daß man ihm nicht zu widerstehen vermag, am wenigsten in unsern stillen Friedenszeiten, wo man von keinen andern Siegen und Eroberungen hört, als von denen einer ruhmgekrönten Sängerin. Die Welt muß immer etwas anzustaunen haben, und sind es nicht Schlachten und Kanonendonner, so begnügt sie sich mit neuen Opern, mit Trillern und Rouladen. Wir können es der Fräul. Lind nicht verargen, wenn sie der Gunst ihres Glückssternes vertraut und sich für einen Abend ihres Göttergesanges Tausend Gulden (so viel erhält sie hier) bezahlen läßt. Jeder hat Recht, soviel zu nehmen, als ihm die Andern geben. Geht es so fort, so wird man am Ende noch die großen Sängerinnen für jede Rolle mit einem Rittergut oder gar mit einer Provinz belohnen. Wir wollen den Enthusiasmus für die Kunst nicht verwirfen, wünschen aber, daß er auch bei andern und vielleicht noch erheblicheren Veranlassungen eben so groß und feurig seyn möge. Für einen Theater-Abend spendet unsere wohlhabende Bevölkerung an der Theater-Casse mit der liebenswürdigsten Bereitwilligkeit mehrere Tausend Gulden und bedankt sich, so zu sagen, noch für die Gnade, ein Billet und einen guten Platz erhalten zu haben; — dagegen sind Wochen und Monate erforderlich, um für einen gemeinnützigen und wohlthätigen Zweck, für eine humane Bestrebung, für das Monument eines großen Mannes, für eine Mozartstiftung u. A. eine gleiche Summe aufzutreiben. Im Uebrigen ist der Anblick einer derartigen Theater-Begeisterung in unsern Tagen der Geldnoth und des Proletariates eben nicht sonderlich erquicklich, und man darf den Komödienzettel und die Brodtaxe nicht neben einander legen. Doch das sind Dinge, die nun einmal nicht zu ändern sind, und ob wie sie berühren oder oi nicht, es werden die Leute sich darum nicht weniger drängen, um zur steilen Höhe der Theaterpforte hinan zu stürmen, wenn solche der sehnsüchtig harrenden Masse geöffnet wird. W.

Mannichfaltigkeiten.

(Muthmaßliche Witterung im October.) I. Erst noch abwechselnd und zu Regen geneigt, doch mit Wärmezunahme bis 4., Nebel, dann heller und warm am 5., 6., Regen am 7. bis 9., meist heiter und warm vom 10. bis 16. II. Wärme nimmt ab, Regen und stürmisch vom 17. bis 21., Reif, dann wärmer und heiter am 23., 24., trüb und Regen am 25., 26., wobei rauh, leicht bis Gefrierpunkt und Schneeflocken, am 27. bis 29. wärmer mit Nebel, 30., 31. wieder rauher und Regen. Zuerst meist trocken und mild bis warm; dann aber auch regnerisch und rauh.

Der neue, noch ungetaufte Planet ist nun auf mehreren Sternwarten gefunden und als Planet anerkannt worden. Seine Auffindung ist ein Triumph des menschlichen Geistes. Man hatte lange Störungen in dem Laufe des Uranus bemerkt und wußte nicht, woher diese kamen. Endlich kommt Einer auf den Gedanken, das könne nur von einem noch entfernteren Planeten herkommen. Le Verrier berechnet kühn aus den Störungen den Ort wo ein Planet seyn könne und müsse; man sucht und der berechnete Planet findet sich wirklich an seinem gehörigen Platz.

Die Oder-Zeitung enthält eine Warnung vor dem Gubitz'schen Volkskalender. Schwerlich kann es eine bessere Empfehlung desselben geben!

Die Berliner Zeitung enthält folgende „Anfrage eines Verzweifelnden":

Ihr preis't im Oberton
Die deutsche Nation. —
Erlaubt mir nur den Einwand:
Ist denn Charpie noch Leinwand?

Korrespondenz.

Vom Main, im Sept.

In Mitte des politischen und religiösen Parteigezänkes unserer Zeit, welches an Umfang und Tiefe täglich noch zu gewinnen scheint, ist es für den ruhigen Beobachter der Begebenheiten der Vergangenheit und Gegenwart ein wahrhaft wohlthuendes Gefühl, wenn er sich aus der Gährung und den Wirren der Zeit hinüber flüchten kann in das abgeschlossene Gebiet der Geschichte vergangener Jahrhunderte, betrachtend die Entwickelung der damaligen Ereignisse in ihrem ursächlichen Zusammenhange und in ihren Wirkungen auf die nachfolgenden Zeiten. Zu diesem Zwecke hat man eben nicht nöthig, dem Entwickelungsgange eines weltherrschenden Volkes, wie z. B. der Römer, zu folgen; man braucht blos eine gut geschriebene Particulargeschichte zur Hand zu nehmen, um mittelst derselben, die doch ohne allgemeinere Beziehungen nicht gedacht werden kann, ungefähr das Nämliche, wiewohl auf einem minder glänzenden Wege, zu erreichen. Immer aber wird eine vaterländische Geschichte der Art, weil in ihr das Leben der Gegenwart wurzelt, vor allen andern ähnlichen Geschichtwerken den Vorzug verdienen. Davon ausgegangen und überzeugt, daß das Studium der Geschichte für die Gegenwart, wie für die Zukunft von hoher Bedeutung ist, indem die Herrscher, wie die Beherrschten daraus ihre gegenseitigen Rechte und Verbindlichkeiten kennen lernen können, gereicht es uns zum besonderen Vergnügen das von Dr. Friedrich Rehm herausgegebene „Handbuch der Geschichte beider Hessen", wovon bis jetzt zwei Bände erschienen (Marburg und Leipzig, bei N. G. Elwert: 1r Bd. 1842, 2r Bd. 1846), als ein Werk bezeichnen zu können, welches einerseits, wie von dem rühmlichst bekannten Hrn. Verfasser nicht anders zu erwarten, das unverkennbare Gepräge fleißiger und gründlicher historischer Forschung trägt, andrerseits aber durch gefällige Darstellung sich auszeichnet und den Geschichtfreunden daher mit Recht empfohlen werden kann. Mit Ausschließung von unsicheren Sagen und andern nicht gehörig documentirten historischen Nachrichten hat der Hr. Verf. bei seiner Darstellung sich auf das Gebiet der objectiven Geschichte beschränkt, wodurch er einestheils der historischen Wahrheit einen Dienst geleistet, anderntheils aber durch Entfernung alles Ungehörigen sein Werk um so anziehender und lesbarer gemacht hat. Eine gut geschriebene Geschichte ist ein Commentar der Gegenwart, vollkommen geeignet, uns die Erscheinungen derselben auf politischem und kirchlichem Gebiete in dem rechten Lichte und in der richtigen Beziehung zu der Vergangenheit zu zeigen. Erst dadurch erhält das historische Studium seinen wahren Werth, seine eigentliche Bedeutung; und wir müssen bekennen, indem wir das mehrerwähnte Geschichtwerk in Gedanken noch einmal durchlaufen, daß es dem kritischen Fleiße des Hrn. Rehm gelungen, den Schatz der historischen Ueberlieferungen zu einem lebensvollen Ganzen zu verarbeiten, welches besonders gegen die neuere Zeit hin an Ausführlichkeit und an Interesse gewinnt. Dies gilt insbesondere von dem Zeitalter Philipp's des Großmüthigen, welches der Verf. mit größerer Ausführlichkeit abgehandelt hat. Wir möchten den desfallsigen Abschnitt des Buches allen Denen zur aufmerksamen Lectüre empfehlen, welche sich für die kirchlichen Bewegungen der Gegenwart interessiren. Wie damals das Reformationsprinzip umgestaltend auf die Kirche, verbessernd auf die bürgerliche Ordnung wirkte, so dürfte es auch in unseren Tagen seine Bestimmung nicht verfehlen, trotz der großen Hindernisse, welche weltliche Gewalt, ihren eigentlichen Beruf verkennend, seiner weiteren Entfaltung im Leben entgegen setzt. — In dem zweiten Bande ist die Geschichte beider Hessen bis zur Mitte des siebenzehnten Jahrhunderts fortgeführt. Mit Interesse sehen wir der Vollendung des Werks entgegen, welches wir als eine Bereicherung der vaterländischen Geschichtkunde betrachten zu dürfen glauben.

Dr. D.

Theater-Anzeige.

Donnerstag, 8. Oct. Der Sohn der Wildniß, romantisches Schauspiel in 5 Abth., von Fr. Halm.

Freitag, 9. Oct. (Zum Vortheil der Pensions-Anstalt und unter gütiger Mitwirkung der Fräul. Jenny Lind, königl. schwedische Hofopernsängerin): Marie, oder: Die Regimentstochter, komische Oper in 2 Abth., Musik von Donizetti. Marie: Fräul. Jenny Lind. Im zweiten Act: Schwedische Lieder, gesungen von Fräul. Jenny Lind. Mit aufgehobenem Abonnement und erhöhten Eingangspreisen.

Redakteur: J. L. Heller. — Druck und Verlag von Heller und Rohm.

Didaskalia.

Blätter für Geist, Gemüth und Publizität.

Nro. 280. Samstag den 10. October 1846.

Prinzeß Tarakanoff.

Eine Erzählung, nach französischen Memoiren bearbeitet von Hans von S.........

(Fortsetzung.)

IV.

So standen die Sachen damals in Rußland, der Krieg wüthete an der türkischen Gränze, doch während Katharinens Armeen die Türken in die Enge trieben und ihre Flotte auf dem schwarzen Meer siegte, entwarf sie einen Plan, der ihres großen Geistes würdig war.

Ueberhaupt war Katharina II. eine Regentin, die Rußlands Macht und Ansehen unglaublich hob, was besonders zu einer Zeit, wo die meisten andern Staaten sanken, hervorgehoben zu werden verdient.

Sie gab Rußland ein Gesetzbuch, und strebte dahin, auch Bildung und höhere Wissenschaft in ihren Staaten zu haben.

Alle Genies wußte sie an sich zu ziehen, was übrigens leicht war, da nirgends weniger als in Rußland nach Sittlichkeit gefragt wurde.

Mag sie sonst schwache Seiten genug gehabt haben, mochte sie immerhin dem Heil des Ganzen das Heil des Einzelnen aufopfern, immerhin war sie eine große Regentin.

Katharina beschloß, die Türken bis in die Inseln Griechenlands anzugreifen. Sie, die Alleinherrscherin, beschloß, die Freiheit in jenen reizenden Gegenden zu beschützen und daselbst eine Republik zu gründen, auch Joseph den Zweiten suchte sie später zu bewegen, diesen Plan zu unterstützen, allein er blieb demungeachtet unausgeführt.

Die Griechen waren durch geheime Abgesandte zum Aufstande vorbereitet. Dieses ehemals so stolze, jetzt so sehr herabgesunkene Volk, sah den Russen als Befreiern entgegen, und so wie die russische Flotte das Vorgebirge von Tenares umschifft hatte, glaubte sich der ganze Archipelagus in Freiheit. Die Mainotten griffen zu den Waffen, ihre Nachbarn folgten nach, und in mehreren Inseln entstand ein schreckliches Blutbad. Doch was vermochte die kleine Zahl der Griechen gegen die mit Uebermacht heranrückenden Türken. Die Säbel der Janitscharen raubten mehreren Tausenden dieser Unglücklichen das Leben. Trauriger Wahn, in denen sich die Griechen damals befanden! Hätten sie sich auch mit russischer Hülfe von dem türkischen Joch befreit, was hätte ihrer dann geharrt!

V.

Durch die Meerenge von Gibraltar lief die starke russische Flotte in das mittelländische Meer ein, sie stand unter dem Oberbefehl O's, unter welchem wieder Spiridoff, Elphingston und Greyg kommandirten.

Es war an einem schönen milden Abend im Frühjahr 1770, als diese Flotte sich dem Hafen von Livorno näherte.

Auf der schönen Fregatte Swetoslow, die zugleich das Admiralschiff Elphingstons war, stand, in Gedanken verloren, ein junger Schiffslieutenant an eine Kanone gelehnt. Seine Blicke hafteten auf der in der Ferne liegenden Stadt. Ruhig lag das Meer vor ihm, in seinem Innern aber war's bewegt, er sollte ja die Braut, seine zärtlich geliebte Anna, wiedersehen! In die Tasche seiner Uniform greifend, holte er eine Schreibtafel hervor, öffnete sie, und nahm mehrere Briefe, so wie das Portrait seiner Anna heraus. Er durchflog die Liebe athmenden Zeilen seiner Braut, und sinnend haftete dann sein Auge auf den lieblichen Zügen des kleinen Bildes. Lange mochte er so dagestanden haben, als plötzlich sich eine Hand auf seine Schulter legte. Erschrocken drehte er sich um, und Elphingston stand vor ihm.

„Darf man fragen, wessen Züge das Bild darstellt, in dessen Anschauen Lieutenant Dugdale so ganz vertieft ist.“

Eine dunkle Röthe überzog das jugendlich hübsche Gesicht des Lieutenants, und schnell wollte er das Portrait verbergen, doch Elphingston hinderte ihn daran. „Haben es nicht nöthig, lieber Dugdale, ich kenne gar wohl die lieblichen Züge und die schönen gefährlichen Augen meiner wilden Nichte Anna Dyk, zeigen Sie nur her, ich will mich auch an dem hübschen Gesichtchen der kleinen Anna weiden.“

Mit diesen Worten nahm er Dugdale das Bild, und seine Blicke ruhten lange mit Wohlgefallen darauf; „wie sie meiner guten Schwester so ähnlich sieht, ganz die Züge meiner lieben Charlotte; da, Herr Eifersüchtiger, nehmen Sie es hin, und bewahren Sie es sorgsam.“ Er gab Dugdale das Bild zurück. „Wir bleiben ein paar Tage vor Livorno,“ fuhr er fort, „und da ich selbst meine Schwester besuchen will, so wird wohl mein Lieutenant nichts einzuwenden haben, wenn ich ihm befehle, mich dahin zu begleiten.“ Wohlwollend lächelnd und freundlich grüßend schied der Admiral, Dugdale mit seinen Gedanken vorläufig allein lassend.

Sinnend blieb Dugdale auf dem Verdeck bis es dunkelte, bis der Mond hinter Wolken hervor trat. Aus seinem Brüten weckte ihn wieder die Stimme Elphingstons. „Ich sehe,“ begann dieser, „mein Lieutenant ist, was man so eigentlich einen verliebten Träumer nennt!“ Wäre es heller gewesen, so hätte er bemerken können, wie Dugdale erröthete. „Ach, junger Freund,“ fuhr er fort, „auch ich liebte, liebte mit der Gluth des Jünglings eine mir ewig theure Jungfrau. Das Geschick versagte mir ihre Hand. Die eigensinnige Laune eines Vaters war einer Verbindung entgegen, die mich hätte glücklich machen müssen. — Noch immer steht die Liebliche vor mir. Ich bin alt und grau geworden, aber meine Liebe blieb sich gleich bis zu dieser Stunde. — Sie wählte einen Andern; was ich litt, als ich dies erfuhr, können Sie sich denken, doch Jahre linderten den Schmerz, und ich lernte vergessen, wenigstens ihre Augenblicke. Aber wenn ich in der Erinnerung klaren Spiegel ihr

Bild sehe, dann bricht der alte Schmerz mit erneuerter Kraft aus." Elphingston schwieg, lange starrte er vor sich hin. Er erhob sich. „Lieutenant Dugdale," fuhr er fort, „die Nacht ist schön, wir trinken ein Glas Punsch zusammen." Dugdale, der sich durch diese Artigkeit seines Chefs angenehm berührt fühlte, nahm mit Ehrerbietung und Dank die Einladung seines Kommandeurs an; er fühlte ausserdem ein grosses Zutrauen und eine Art von Mitgefühl zu einem Manne, der, von dem Eindruck des Augenblicks hingerissen, noch vor ein paar Minuten so offen gegen ihn gewesen war. Sie hatten einige Zeit dagesessen, als die Töne einer einfachen herrlichen Musik an ihr Ohr schlugen. Die große Fläche des Mittelmeers lag vor ihnen, es war völlig Nacht geworden, leise plätscherten die Wellen an des Schiffes Seiten, und in der Ferne versilberte der Mond die Fluthen der See. — Auf dem Schiff war's ruhig, selbst die Wachen schienen in das Anschauen des Meeres verloren. Elphingston wie Dugdale schienen von diesem Schauspiele hingerissen. Einen Augenblick stockte das Gespräch, ferner und ferner erklang die Musik, die Töne verloren sich in dem leisen Wehen des Windes. Sie schienen vom St. Eelasi, dem Admiralschiff Spiridoff's herzukommen. Elphingston hatte, an ein Geschütz gelehnt, mit verschränkten Armen in das Weite geschaut. Als er sich wieder zu Dugdale wandte, wischte er sich eine Zähre weg, die seine gefurchten Wangen benetzt hatte. — Die Unterhaltung der Beiden wurde jetzt lebendiger, sie drehte sich meist um die Geschichte der Völker, die die Küsten dieses Meers bewohnten. „Es ist, als spräche das Rauschen des Wassers," sagte der Admiral. „Von den Wellen dieses Gewässers getragen, fuhr Richard Löwenberz dem heiligen Lande zu. Rom und Karthago führten hier Kriege. Griechenlands Flotte focht hier heldenmüthig, dieses Meer regt eine Welt voll Erinnerungen in mir auf. Herrliches Meer, mit deinen dunkelblauen klaren Fluthen, bespülst die Küsten, deren Vorzeit wie Gegenwart meist eine glänzende ist. Zwar Manches ist dahingegangen, die Tage des Ruhmes für Rom und Griechenland sind vorbei, aber das Tosen der Brandung erzählt dem aufmerksam Lauschenden jene herrlichen Thaten, die die Bewohner dieser einst vollbrachten. Und diese warmen Winde aus dem Süden, die den Spiegel des Meeres bewegen, die den weißlichen Schaum auf den Spitzen der leise sich kräuselnden Wellen hervorbringen, theilen sie uns nicht Kunde von Afrika mit, von dem Welttheil, dessen Söhne einst Künste und Wissenschaften nach Spaniens Gefilde verpflanzten. Ach, es liegt ein unendlicher Zauber darin, sich auf den Wellen eines Wassers zu schaukeln, das Zeuge so großer Ereignisse gewesen." Es war schon spät geworden, der Admiral erhob sich und ging, wie Dugdale, um die Ruhe zu suchen.

Dugdale wie Elphingston waren in russische Dienste getreten. Damals suchte man namentlich Engländer zum Seedienste zu nehmen, und es fanden sich auch viele, die, getrieben von dem Wunsche, ihr Glück zu machen, ihr Heil unter Rußlands Flagge suchten. Indeß war Dugdale wie sein Kommandeur Elphingston des Dienstes, in dem sie standen, herzlich müde, weil sie sahen, daß unwissende rohe Günstlinge bei fast jeder Gelegenheit ihnen vorgezogen wurden. Dazu kam noch, daß sie gezwungen waren, mit wahrhaft barbarischer Strenge über Menschen zu gebieten, die, von rohen Leidenschaften geleitet, nur dann ihre Pflicht und Schuldigkeit thaten, wenn sie wußten, daß die eiserne Zuchtruthe der Disziplin sie dazu nöthigte. Außerdem haßten diese Russen die Ausländer bitter, da ihnen die Einsicht fehlte, zu verstehen, daß gerade diese es meistens waren, die sie zu Ruhm und Siegen führten.

Am andern Morgen donnerten die Kanonen von den Schiffen herunter, man befand sich Angesichts des Hafens von Livorno. Dugdale ward durch diese Schüsse geweckt. Schnell warf er sich in die Kleider, und eilte auf das Verdeck, es galt ja den Ort zu sehen, der seine Anna barg.

Bald, nachdem das Frühstück eingenommen war, fuhr Elphingston in Begleitung Dugdale's dem Admiralschiff zu, um sich für die Zeit, in welcher die Flotte hier vor Anker lag, Urlaub zu nehmen, welcher ihm dann auch gnädig gewährt ward. Elphingston war immer innerlich ergrimmt, wenn er bittend vor D. erscheinen mußte. — Indeß er mußte sich in die Verhältnisse fügen, und ewig konnte ja auch dieses nicht währen.

(Fortsetzung folgt.)

Mittermaier's Rede auf der Frankfurter Versammlung.

Wenn ein Franzose ein Rechtsgeschäft habe, so nehme er sein Gesetzbuch zur Hand, suche darin und finde die erforderliche Belehrung. So gut werde es den Bürgern der meisten deutschen Staaten nicht. Da müsse vor allen Dingen ein Advocat befragt werden. Und dieser („lassen Sie uns ehrlich mit einander seyn", warf der Redner hier mit vieler komischer Wirkung dazwischen) — der Advocat, wenn es um den Ausgang eines Rechtsstreites sich handle, müsse gestehen: das weiß ich nicht, das hängt davon ab, ob der Referent in Berlin studirt hat, oder in Jena, oder in Heidelberg; auch davon, ob er den Tag Champagner getrunken hat oder nicht, und dergleichen. So sey es denn mit den Rechtsgelehrten heutzutage wie mit den Augurn zur Zeit des Cicero: sie können einander nicht ansehen, ohne zu lachen. Und doch, nicht lachen müßten sie, sondern betrübt seyn über sich selber, betrübt über die kläglichen Folgen eines so unnatürlichen Zustandes. Oder ob es kein unnatürlicher Zustand sey, wenn einem Volk ein fremdes Recht aufgedrängt werde? Das Recht sey das Kleid des Volkes: das römische Recht sey für das deutsche Volk ein fremdes Gewand. Wie sehr auch dies Recht dem römischen Volk, seinen Gewohnheiten, seinen Bedürfnissen möchte angepaßt gewesen seyn (und der Redner wies höchst interessante Einzelnheiten aus dem heutigen italienischen Volksleben nach, in welchem auf überraschende Weise der eine oder der andere Spruch des römischen Rechts noch immer anklingt), so könne das doch nichts weniger seyn als ein Empfehlungsbrief für die Einführung derselben Grundsätze unter ganz anderen Umständen. Dazu komme noch ein Unterschied von höchst wesentlicher Bedeutung. Das römische Recht sey das Werk der Juristen; aufgeprägt sey ihm der Charakter seines Ursprungs, der Charakter der bewundernswerthen Consequenz, der unerbittlichen Logik. Das deutsche Recht dagegen, das Recht unserer Vorfahren, sey aus dem Volk hervorgegangen, sein Grundsatz sey der der Billigkeit, wie es denn überall die sichtbare Spur trage einer nahen und ungetrübten Beziehung zu den Verhältnissen des Volkslebens. Möge man doch einmal deutsches Familienleben vergleichen mit italienischem, noch mehr, möge man den Geist des deutschen Familienlebens vergleichen mit den Satzungen des römischen Rechtes, und ein tiefeinschneidender, ein beklagenswerther Contrast werde sich herausstellen. Der Redner eröffnete nun eine Reihe lebender Bilder, in welchen die Frau als das Opfer der strengen, jedem natürlichen Gefühl widerstrebenden Consequenzen eines fremden Rechts erschien. Den anwesenden Frauen mochte etwas bedenklich zu Sinne werden, als der Redner sein Vorhaben ankündigte und sofort ausführte, vorzugsweise aus dem Kreise der ehelichen Verhältnisse seine Beispiele zu wählen. Der Redner aber zog sich nicht allein mit gewohnter Meisterschaft aus der Sache — mit einem die Anwesenheit der Frauen ignorirenden und ihnen doch huldigenden Takt, welchem die Frauen ihrerseits die vollste Anerkennung zollten — sondern er hatte die doppelte Genugthuung, daß die ununterbrochene Zustimmung der Männer ihn begleitete, während er die sittliche Präsumtion zu Gunsten der Frauen in allen den Fällen lehrte, in welchen die römischen Juristen zu Gunsten der Männer die rechtliche Präsumtion unbedingt und unbescben eintreten lassen. Da wir nicht nach der Uhr gesehen, so wissen wir nicht anzugeben, wie lange M. gesprochen haben mag. Am Schluß aber resumirte er: Das sey nun unsere hohe Weisheit, dies unser Recht; eine Weisheit, durch welche unser Volk vielfach getäuscht werde, und nach dem natürlichen Rechtssinn und dem Maßstab des wirklichen Lebens beurtheilt, nur allzu häufig ein Unrecht. O, wenn der Kaiser, der über dem Stuhl des Präsidenten in ritterlicher Erscheinung sich darstelle, wenn Kaiser Max heute und in dieser Stunde lebend unter uns treten könnte, er, dem man so oft die Absicht unterlege, römisches Recht der deutschen Nation aufzunöthigen, er würde die Juristen zausen über der Arbeit, die sie gemacht. Den Geist des letzten Ritters unter den Kaisern, den ächten Geist deutscher Nation zu befragen, zu beschwören, wenn man nur die rechte Zauberformel anwenden wolle, sey noch nicht zu spät. Wenn's Ernst sey, möge man ihn rufen den lautern Geist eines nationalen Rechtes, ihn rufen und befragen: er werde der Nation Rede stehen. (Lang anhaltender Beifall)

Nekrolog.

Das „Elberf. Kreisbl." enthält eine längere Mittheilung über den unlängst verstorbenen, höchst verdienstvollen und namentlich allen deutschen Pädagogen gewiß nicht unbekannten Regierungs- und Schulrath von Türk zu Potsdam; wir entnehmen derselben Nachstehendes:

Oeffentlichen Blättern zufolge starb den 31. Juli l. J. der Hr. Regierungs- und Schulrath von Türk zu Potsdam, ein Mann, welcher, da er in seinem Leben und Wirken außerordentlich viel Gutes gestiftet, nicht nur hier eine ehrenwerthe Erwähnung verdient, sondern auch zur Nachfolge für uns in gesegnetem Andenken in Zukunft sollte erhalten werden. Es ist auffallend, daß unter seinen vielen Freunden, die er auch in der Rheinprovinz hatte, noch Keiner biographische Notizen von diesem edlen Manne uns mitgetheilt hat. Referent, der ebenfalls das Glück hatte, unter seine Freunde zu gehören, glaubt dem Verklärten einen kleinen Tribut der Dankbarkeit zu bringen, wenn er in diesem vielgelesenen Blatte Einiges von allgemeinem Interesse dieses seltenen Mannes veröffentlicht. Aus dem Wenigen, was hier mitgetheilt wird — und zwar von ihm selbst, wird Jedem einleuchten, daß ein einzelner Mann von Kopf und Herz — unter begünstigenden Umständen — durch in's Leben gerufene Vereine — Viel, sehr Viel vermag. Hr. von Türk verbreitete in seinem Wirkungskreise Glück und Segen rund um sich her und zum Theil auch in die Ferne.

Er war ein Mann von gesunder Beurtheilungskraft und tief gegründeter Religiosität — Gott im Geiste und in der Wahrheit verehrend, sich festhaltend am Geiste des Evangeliums, der lebendig macht und nicht am Buchstaben, der tödtet; und doch war er dabei gegen Andersdenkende sehr tolerant und human — umfassend alle Menschen mit Liebe ohne Unterschied der Confession. Sein Hauptgrundsatz, den er stets vor Augen hatte und unermüdet befolgte, war der Spruch, die Ermahnung des Apostels (Gal. 6. 9): „Lasset uns Gutes thun und nicht müde werden; denn ärnten werden wir auch zu seiner Zeit". Ihn jammerte besonders des armen, nothleidenden Volkes, dem er — nach Muße — mit unaufhörlicher Liebe seine Kräfte widmete. Er war Vater der Wittwen und Waisen und rief für diese viele und großartige Wohlthätigkeits-Anstalten in's Leben. Unter diesen werden genannt und in Bezug auf ihre Wirksamkeit besprochen:

1) Stiftung einer Schullehrer-Wittwenkasse zu Sorau;
2) Schwimm-Anstalt zu Potsdam;
3) Die Friedensgesellschaft (ein Verein zur Unterstützung talentvoller junger Leute, die sich dem Studium oder der Kunst widmen);
4) Versorgungs-Anstalt für verwaiste Kinder;
5) Der Seidenbau-Verein, und
6) Zwei Kleinkinder-Bewahrungsanstalten.

Diese sämmtlichen Institute hat der Verstorbene vor seinem Hinscheiden, sowohl seinen zahlreichen persönlichen Freunden wie auch allen Menschenfreunden überhaupt, auf eine eben so herzliche als rührende Weise empfohlen. Möge der Segen des Himmels auf ihnen ruhen, sowie das Andenken dieses Biedermannes stets in dankbarer Erinnerung bleiben wird.

Mannichfaltigkeiten.

Professor Forchhammer sprach in Kiel über die Eigenthümlichkeiten des Meerwassers und seine Strömungen. Der Salzgehalt des Meerwassers sey am stärksten in den tropischen Zonen und zwar des mitten zwischen den Kontinenten. Gegen die Pole und gegen das Land nehme der Gehalt successive ab. Gegen das Land, weil fortwährend süßes Wasser dem Meere zuströme. Gegen die Pole, wegen der sehr großen Wasserverdampfung in der tropischen Zone. Das salzfreie Wasser steige in den Tropen empor, falle als Regen in den Polgegenden nieder und fließe wieder zurück zum Aequator. Die Polarströme wären also physisch nothwendig. Ein um die Erde laufender Aequatorialstrom theile sich, wenn er auf den Kontinent stoße, in einen nördlichen und südlichen; und so entständen tropische Ströme zwischen den Meridianen. Im Atlantischen Meere habe man einen völlig entwickelten tropischen und Polarstrom, in welchen der nothwendige Unterschied an Salzgehalt nachgewiesen werden könne. Durch diese Meerströmungen erlitte das Klima, und namentlich das von Europa, eine merkliche Abweichung von dem astronomischen Klima. Das europäische Klima würde durch die Strömungen sehr gemildert. Unsere Nebel, besonders die unserer Meeresküsten wären das Resultat davon. Das Klima des westlichen Europa's wäre nicht von jeher so gewesen wie jetzt. Ein Strom ginge durch den Kanal und verursache hier jetzt ein milderes Klima. Früher, als England und Frankreich noch zusammengehangen hatten (welches sich durch die Gleichartigkeit der gegenüberstehenden Gebirgsformation beweisen lasse), hätte jene Strömung um Schottland gehen müssen, hätte sich also den arktischen Regionen genähert, bevor sie zu uns gekommen, so daß das Klima damals ein ganz anderes hätte seyn müssen. Jener Durchbruch sey in historischen Zeiten geschehen. Die Flußmündungen am Kanal und an der Nordsee hätten früher eine andere Richtung gehabt, als jetzt. Dieselben sind immer mehr nach Süden und Westen gerückt, als Folge der nach dem Durchbruch veränderten Fluthrichtung. Ferner könne die Marsch sich nur bei ruhigem Meere bilden. Die breiteste Marsch sey diesseits des Kanals in Holland, werde allmählig schmäler und höre auf der Höhe der Insel Sylt ganz auf. Das könne nicht möglich seyn, wenn Frankreich und England nicht verbunden gewesen wären. Die Marsch ruhe auf untermeerischen Wäldern, die das Resultat einer Senkung seyn müßten; diese müßte vor dem Durchbruche vorhergehen. Unmittelbar an den Küsten bemerke man noch Grabhügel, so daß also das Land vor dem Durchbruche bewohnt gewesen. Auch wären Spuren einer etwa 40 Fuß hohen Fluth an der Westküste wahrzunehmen; überdies bewiesen einzelne Nachrichten über die cimbrische Fluth den späteren Durchbruch. Das nördliche Europa steige fortwährend aus dem Meere mehr empor. Die große russische Ebene zwischen dem weißen Meere und dem finnischen Meerbusen sey mit arktischen Muscheln bedeckt; überdies wären mehrere große Landseen in jenen Ebenen, woraus man mit Recht auf eine Wasserverbindung des Nordmeeres mit der Ostsee schließen könne. Dort konnte also früher ein Polarstrom eindringen; ein zweiter Grund des früder kälteren Klima's. Eine abermalige Veränderung des Klima's im entgegengesetzten Sinne wäre zu befürchten, wenn etwa die Landenge von Panama durchbrochen würde. Dann würde der tropische Strom durch diese Enge gehen und nicht mehr, aus dem Meerbusen von Mexiko zurückkehrend, unsere Küsten berühren. Es würde allmählig kälter und kälter werden und wir würden ein Klima erhalten wie jetzt Labrador.

Mit Vergnügen heißen wir auch in diesem Jahre wieder das „Buch für Winterabende, von Honek (Hannover bei Kius)" willkommen. Vortheilhaft, wie immer, zeichnet es sich vor den übrigen Kalendern, Weihnachts- und Neujahrsbüchelchen aus, welche dem Städter und Landmann abgedroschene Kriegsgeschichten, Anekdoten und anderes Lesefutter bringen, was nur die Zeit füllt, aber keine Frucht zurückläßt. Das Buch für Winterabende ist ein Buch für Alle, ein wirkliches Volksbuch, das anregt, belehrt, unterhält und vorzugsweise darauf hinzielt, Bürger zu bilden, bürgerliche Gesinnung und Bestrebung zu fördern. Der neue Jahrgang für 1847 enthält eine kleine Reihe artiger Erzählungen, die sich durch ihre natürliche Färbung vortheilhaft auszeichnen, von dem liebenswürdigen Dichter Nicol, Honek und Anderen, Gedichte und sonstiges Unterhaltende. Was ihn aber besonders auszeichnet, ist ein trefflicher Aufsatz des Herausgebers über den Badischen Landtag, ein anderer über die Gemeindeverhältnisse, über die Gesetzgebung von Buchner, die Stader Petition für Oeffentlichkeit und Mündlichkeit, über die Dampfschifffahrt von Andrée. Das Buch hat sich schon einen großen Lesekreis gebildet; es ist zu wünschen, daß es noch weitere Verbreitung finde und die gehaltlose Lektüre, die sich noch immer unter der Firma von Almanachen und Kalendern viel zu breit macht, immer mehr verdränge. Die beigegebenen artistischen Beilagen sind dem Preise des Buches angemessen.

Haben wir einen strengen Winter zu erwarten? Nur die Erfahrung kann darauf eine Antwort geben. Es bieten sich zur Vergleichung acht Jahre mit heißen Sommern dar, welche auch für das Ueberzeugniß günstig waren, nämlich 1780, 1802 1807, 1811, 1822, 1826, 1834, 1842. Diese alle haben wenig Tage mit Schnee, nur drei sind namhaft kalt, doch bei weitem nicht so kalt, als der Winter 1845, die übrigen fünf sind nicht kälter als der Winter 1844, besonders gehört der Winter 1835, welchem der diesjährige am ähnlichsten werden dürfte, zu den milden, wenn er auch früher als gewöhnlich eintreten sollte. — Warum sollte er auch allzu strenge werden? Ist ja doch die Erdwärme durch den heißen Sommer von entgegengesetzter Rechwirkung, und hat das Hochgebirge viel mehr Schnee verloren als sonst, was eben so gegen den Pol hin der Fall seyn muß. Daß die Zugvögel sich früher entfernten als sonst, hat seinen Grund nicht in ihrer Voraussicht eines strengen Winters, sondern der früheren Erstarkung der Jungen für ihre Reise; eben so ist es mit der früheren Reife des Holzes der Bäume und Sträucher.

Karlsruhe. Stieffel.

Man hat wohl in neuerer Zeit viel von enormen Schriftstellerhonoraren gehört. Lord Byron bekam für einen Gesang seines „Childe Harold" 2500 Pfd. Sterl., Louis Blanc für sein größeres Werk über die Jahre 1830 bis 1840 eine halbe Million Francs u. s. f. Auch Zeitschriften zahlen ihren Mitarbeitern mitunter hohe Summen. Das Alles verschwindet aber gegen den Ehrensold, welchen der weiland Begründer und Herausgeber der „Münchener Landbötin", Dr. Müller, jahrelang seinem Tagesneuigkeiten-Kolporteur entrichtete: dieser bekam jeden Morgen, wenn er seinen Rapport brachte — eine Tasse Kaffee und für zwei Kreuzer Brod!

(Beil. z. Mannh.-Journ.)

Frankfurt, 7. Oct.

Man muß der hiesigen israelitischen Gemeinde die Gerechtigkeit widerfahren lassen, daß sie redlich bemüht ist ihre religiösen und kirchlichen Einrichtungen zeitgemäß zu verbessern. Es ist hiebei das Verdienst, welches sich Hr. Rabbiner Stein um diese Verbesserungen erwirbt, rühmlich anzuerkennen. So wurde der Gottesdienst am verflossenen Versöhnungstage gutentheils in deutscher Sprache auf würdige Weise vollzogen und durch die vorzüglichen Predigten des Rabbiners sehr gehoben.

An dem neulichen jüdischen Feste erklärte nun Hr. Rabbiner Stein von der Kanzel herab, daß die sogenannten zweiten Feiertage (deren die Juden in diesem Monate allein drei haben) durchaus ohne Werth und Bedeutung und wie als Werktage zu betrachten wären. Wer die jüdische Religionsgeschichte nicht kennt, für den war es interessant, zu hören, wie diese bei den Juden entstanden sind, da das alte Testament bekanntlich für jedes Fest nur einen Tag bestimmt. Es war nämlich in Zeiten der Unwissenheit der Neumond nur durch die Betrachtung desselben am Firmament auszumitteln. Wenn der Mondwechsel eintrat, so wurden auf den Bergen in Palästina Feuer, gleichsam als telegraphische Zeichen, angezündet, um das ganze Volk davon in Kenntniß zu setzen. Aber es gab damals schon Spötter (die Kuthäer), die sich einen Spaß daraus machten, solche Feuer, den frommen Juden zum Schabernack, muthwillig anzuzünden und sie so in ihrer Zeitberechnung irre zu machen. Da wurde denn das Feuer durch Boten ersetzt, die überall hineilten, nicht um große Staatsereignisse, sondern um kurz und gut mitzutheilen: der Mond hat sich blicken lassen. Das ging natürlich nicht so schnell wie früher mit dem Feuer und da fingen denn die vorsichtigen Juden außerhalb Palästina's (erst gegen das Ende der zweiten Tempelperiode) an, zwei Tage zu feiern, um den rechten nicht zu verfehlen. Später, als man allgemein verstand, die Zeiten astronomisch zu berechnen, fiel nun freilich dieser Grund weg, aber die weisen Talmudisten meinten, wie viele christliche Theologen auch: Zu viel wäre immer besser als zu wenig. Ein Warum wußten sie leicht aufzufinden, um es beim Alten, d. h. wie oft in Religionssachen beim Neuen zu lassen. Es könnten, sagten sie, die Juden, die damals allerdings Verfolgungen genug ausgesetzt waren, wohl gar die astronomischen Berechnungen wieder vergessen, und so solle man es lieber in Gottes Namen bei den zwei Tagen lassen. Heutzutage nun, wo solche Verfolgungen für die Juden nicht mehr zu fürchten sind, und auch die Buchdruckerei den Juden wie den Christen sichere Garantie gegen den Rückfall in die Barbarei gewährt, ist es doch in der That albern, solche Gründe noch auf die so veränderten Verhältnisse der Zeit anwendbar zu erklären. Es kamen denn mehrere Rabbiner, wozu auch Dr. Stein gehört, zu Breslau überein: diese veraltete Einrichtung abzustellen und die Feier der (jüd.) Feste auf einen Tag zu beschränken. Es war erfreulich, zu hören, wie derselbe die Handwerker, Geschäftsleute u. s. f. aufforderte, diese Tage doch der Arbeit zu widmen und nur die eigentlichen (mosaischen) Festtage zu feiern. Noch erfreulicher war es, daß er ganz unumwunden aussprach: es könnten sich die Rabbiner durchaus keine hierarchische Gewalt beilegen. Sie hätten keineswegs das Recht, zu lösen und zu binden. Ihre Aufgabe wäre, als Organe der Zeit und ihrer Gemeinden, als Lehrer des Volks und der Religion auszusprechen, was die Zeit verlange, was der Gemeinde fromme und was der Religion zur Förderung gereiche, dabei aber erinnerte, daß die früheren Lehrer auch nur in demselben Falle gewesen seyen. Er fügte hinzu, daß, um Spaltungen in der Gemeinde zu verhüten und die Schwachen zu schonen, die Synagoge auch an den abgeschafften Festtagen geöffnet seyn werde. Wir können diese zugleich entschiedene und milde Weise, alte Mißbräuche abzustellen nur billigen und hören mit Vergnügen, daß sie auch in anderen israelitischen Gemeinden beliebt worden.

Theater-Anzeige.

Freitag, 9. Oct. Der Wollmarkt, Lustspiel in 4 Abth., von Clauren.

Samstag, 10. Oct. (Zum Vortheil der Pensions-Anstalt und unter gütiger Mitwirkung der Fräul. Jenny Lind, königl. schwedische Hofopernsängerin): Marie, oder: Die Regimentstochter, komische Oper in 2 Abth., Musik von Donizetti. Marie: Fräul. Jenny Lind. Im zweiten Act: Schwedische Lieder, gesungen von Fräul. Jenny Lind. Mit aufgehobenem Abonnement und erhöhten Eingangspreisen.

Redakteur: J. L. Heller. — Druck und Verlag von Heller und Rohm.

Didaskalia.

Blätter für Geist, Gemüth und Publizität.

Nro. 281. Sonntag, den 11. October 1846.

Prinzeß Tarakanoff.

Eine Erzählung, nach französischen Memoiren bearbeitet von Hans von S........

(Fortsetzung.)

VI.

Eine Stunde darauf flog eine Schaluppe wie ein Pfeil dem Ufer zu. Als dieselbe am Ziele angekommen war, stieg Elphingston und Dugdale aus derselben, und beide gingen jetzt schnellen Schrittes, von einem Führer geleitet, der Wohnung des englischen Konsuls Dyk zu. Hier wußte man die Gäste erwartet haben, denn schon vom Fenster aus wurden die Ankömmlinge begrüßt. Man trat in das Haus ein, Dugdale wäre lieber geflogen, indeß er mußte dem sich durchaus nicht übereilenden Chef folgen. Die Schwester ging dem Bruder entgegen. Da beide sich lange nicht gesehen, bewillkommten sie sich herzlich; Dugdale sah sich verwundert nach Anna um, er glaubte von ihr begrüßt zu werden, doch war nirgends von ihr eine Spur zu sehen. Mit Herzlichkeit bewillkommnete er die Mutter seiner Braut, man war in's Zimmer eingetreten, schon wollte er nach Anna fragen, als plötzlich ein paar weiche Hände ihm die Augen zudrückten. Er sollte rathen, doch wie wäre es möglich gewesen, daß er nicht sogleich die niedlichen Hände Anna's erkannt hätte? Es war jetzt Freude im Hause des Konsuls, und Alles bemühte sich, den Gästen die wenigen Tage, die sie am Lande zubringen konnten, angenehm zu machen. Doch die Zeit eilt, und immer näher rückte die Stunde des Abschieds.

Den Abend vor der Abreise saßen Anna und Dugdale traulich neben einander und unterhielten sich von der Vergangenheit Freuden und Leiden, so wie die Zukunft mit lieblichen Bildern auszuschmücken. — Anna, die an ihrem Vaterlande mit Begeisterung hing, konnte es Dugdale bei aller Liebe, die sie für ihn fühlte, nie vergeben, daß er England den Rücken gekehrt und zu den Russen gezogen sey.

Ueber diesen Punkt hatte Dugdale schon öfter mit seiner lieblichen Braut im Zwist gestanden. Auch heute machte ihm Anna Vorwürfe darüber und bat ihn, den Dienst zu verlassen. „Denn das sage ich Dir, lieber Williams, nach dem kalten Rußland, dahin gehe ich nimmer; mir wird immer Angst, wenn ich diese wilden Menschen hier sehe, und dann erst dort; nein, nicht wahr, Du verläßt den Dienst und ziehst mit mir nach Englands grünenden Wiesen?"

Die kleine Anna hatte ihrem Williams aus der Seele gesprochen; Niemand war des russischen Dienstes müder wie er, dennoch war er aufmerksam und unermüdlich, und die Flotte Ihrer russischen Majestät konnte nicht leicht einen thätigeren, tapfereren Lieutenant aufweisen, als Williams Dugdale. — Er schlang seinen Arm um die Liebliche und drückte einen Kuß auf ihre Rosenlippen. „Wie sollt ich Deinen Wünschen nicht nachgeben," begann er darauf, „glaube mir, nie würde ich diesen Dienst aufgesucht haben, hätte mich nicht gleichsam das Schicksal dazu gezwungen. Du weißt, ich war ein wilder Knabe, der manchen dummen Streich ausgeführt hat. Der Vater war wohl zu nachgiebig gegen mich. Früh trat ich ziemlich selbstständig in's Leben. Ich war im älterlichen Hause eines glänzenden Lebens gewohnt; ohne daß ich es wußte, änderten sich plötzlich die Verhältnisse meiner Aeltern. Im Taumel lebte ich fort, befriedigte in ziemlich leichtsinniger Weise eine Menge von Bedürfnissen, die ich vielleicht zu früh kennen gelernt hatte. Ich machte Schulden, mein guter Vater bezahlte, so viel er konnte, deckte mir jedoch plötzlich seine Lage auf. Da stand ich nun wie aus den Wolken gefallen, auf ein Mal einsehend, daß ich arm, gänzlich arm war. Es war hart. — Ich habe ein lebhaftes Temperament, meine Phantasie, in immerwährender Thätigkeit, ließ mir nie Ruh noch Rast, so kam es, daß ich leichtsinnig dahin lebte, mich eigentlich mit meinem wirklichen Leben nicht beschäftigte. Immer verwickelter wurden daher meine Verhältnisse; endlich schränkte ich mich ein, aber vielleicht zu spät, ich vermochte nicht, mit dem Wenigen, was ich hatte, auszukommen, und meine Lage ward eine sehr unangenehme. Die Welt ärgerte mich, die meisten Menschen legten einen falschen Maßstab an meine Handlungsweise, Niemand gab sich die Mühe zu erforschen, wie das Alles so gekommen, nur kalt und lieblos tadelte man mich. Eine Menge andere Thorheiten bürdete man dem armen Williams auf, bald sollte er das, bald dies gethan haben. Ich kann's nicht läugnen, ich war damals wüthend auf jene Klatschgesellschaften des alten Nestes Whitecastle. Immer noch sehe ich die alten Frau Basen vor mir, wie sie mit ihren stechenden Augen alle Diejenigen verfolgten, die das Unglück hatten, in ihre Nähe zu kommen. Das war ein Geplapper, wenn so mehrere dieser Klatschschwestern versammelt waren, und ein Geklirre mit den Tassen, daß man sein eignes Wort nicht hören konnte. Alle diese Klatsch-, Kaffee- und Thee-Gesellschaften sollte man als gefährlich verbieten. Obschon ich mich im Grunde nicht weiter über die alten Schnatterliesen nicht ärgerte, so bereiteten mir doch ihre oft völlig grundlosen Geschichten, die sie sich erzählten, Kummer. Am Ende waren doch Einige, die thöricht genug waren, Geschichten Glauben beizumessen, denen der Stempel der Lüge und Bosheit aufgeprägt war. — Es ist kaum zu begreifen, wie es möglich ist, wie Leute, die sich einbilden, zu den gebildeten Ständen zu gehören, so unverständig über die Handlungen Anderer aburtheilen können, ohne ihre Entschuldigungen anzuhören. Da werden Sachen verdreht, Zusätze gemacht und die unbedeutendste Kleinigkeit wird im Munde dieser Verläumder eine abscheuliche, nicht zu verzeihende Handlung. Griffen sie in ihre eigene Brust, dächten sie an ihre eigene Thaten, oder könnten ihnen diese jedesmal vorgehalten werden — die Lästerzungen schwiegen. Schon wenn man in die Nähe Whitecastle's kömmt, hört man ein dumpfes Gebrause, ich glaube immer, es käme vom dahinrauschenden Wasser her, dem ist aber nicht so, es ist das Geplapper der klatschenden Kaffeeschwestern. Doch was hilft mein Aerger über sie, gebessert werden sie nicht, und daß man viel Worte über sie verliert, sind sie nicht werth.

„Ach, ich durchlebte einst trübe Stunden, oft war mir das Leben eine Last, ich sehnte mich nach Ruhe im Grabe, glaubte meines Lebens Glück gestört. Da lernte ich Dich, liebe Anna, kennen, immer Dich im Auge behaltend, handelte ich jetzt, und wenn ich Anfangs keine Aussichten hatte, Dich zu besitzen, so zweifelte ich doch nie an der Möglichkeit! — Deine gute Mutter verstand mich, sie traute mir auch Gutes zu. Ihr vertraute ich mich, und sie nahm mir nicht alle Hoffnung. In einer vertrauten Stunde theilte sie Deinem so hitzigen Vater ihre Pläne mit, er mußte damals gut gestimmt seyn, er gab seine Einwilligung, jedoch wollte er sehen, daß ich auch Vernünftiges zu leisten im Stande wäre. Da lebte ich wieder neu auf, ich suchte Ruhm und Ehre, und unter Rußlands Fahnen hoffte ich dies zu finden. Jetzt haben sich die Verhältnisse glücklicher gestaltet, und sey fest überzeugt, wenn dieser Feldzug beendet, wenn ich lebend Dich wiedersehe, dann sage ich gerne einem Dienste Valet, der für mich nichts Reizendes mehr hat."

Anna war selig dies zu hören, ein Kuß belohnte Williams, und froh schieden jetzt Beide.

Alle hatten den frohen, immer heitern Williams lieb gewonnen, und der alte Dyk war so recht trübe gestimmt, als die Stunde des Abschieds nahte. Sie kam heran, Elphingston schied, die weinende Anna ermahnend, seinem Lieutenant das Herz nicht so schwer zu machen; „die Expedition ist bald beendet," fügte er hinzu, „und dann hat Dugdale vielleicht das Glück, länger in Eurer Mitte zu wohnen, darum kurz, gebt Euch noch einen Kuß, und dann scheidet von einander, bis eine glückliche Stunde Euch wieder zusammenführt." „Gott nehme Dich in seinen Schutz," sprach der alte Dyk zu Dugdale, als dieser endlich Abschied von seiner untröstlichen Anna genommen. Er drückte Williams die Hand und trennte sich von denen, die jetzt dem Hafen zu eilten, und die seinem Herzen so nahe standen.

Lange sah Anna noch ihrem Willams nach, auch dieser wandte sich noch öfter, freundlich Derjenigen winkend, der ganz anzugehören ja das einzige Ziel seiner Wünsche war.

Als Anna ihren Williams nicht mehr sehen konnte, brach sie in Thränen aus, sie fürchtete, den auf immer zu verlieren, der ihrem Herzen so theuer war. „Und wofür," fragte sie sich, „vielleicht fällt er im Dienste eines Landes, das nicht sein Vaterland, dessen Wohl und Wehe ihm eigentlich gleichgültig seyn mußte." Doch so herbe auch augenblicklich der Schmerz über die Trennung war, so milderte er sich doch bald, als sie in der Erinnerung selig dahingebrachter Stunden sich verlor, sie sah diese gleichsam in ihrem Innern leise zurückgekehrt, und nun gab sie auch wieder der Hoffnung Raum, Den bald ganz zu besitzen, den sie so unbegränzt liebte.

Anna und ihre Aeltern führten ein glückliches Leben unter dem milden Himmel Italiens, dennoch sehnten sie sich in die Heimath zurück; hiezu kam noch, daß der alte Dyk, der seine Launen hatte, sich durchaus nicht mit den Italienern befreunden konnte. Die Familie wollte noch Rom besuchen, dort einen längeren Aufenthalt nehmen, und dann mit Dugdale dem Vaterlande zueilen; um dies zu können, war der alte Dyk Willens, die Regierung um Enthebung von seinem Posten zu bitten.

(Fortsetzung folgt.)

F. C. Schlosser's Weltgeschichte für das deutsche Volk.

(Frankfurt a. M. F. Varrentrapp's Verlag. (Ph. Krebs.)

Die deutsche Literatur hatte bis jetzt unter ihren populär gewordenen Werken zwei verschiedene Bearbeitungen der Weltgeschichte aufzuweisen, nämlich die von Becker, welche später von Woltmann fortgesetzt wurde und die von Rotteck. Beide Werke hatten ihre Vorzüge und fanden darum eine rasche und vielseitige Anerkennung. Becker hatte in einer sehr geeigneten Weise für die Jugend zu erzählen gewußt und Rotteck, tief ergriffen von der Erniedrigung des deutschen Volkes zur Zeit der französischen Herrschaft, suchte durch Wort und Schrift dasselbe zu ermuthigen und zu heben. Daher seine glänzende Darstellung, die rednerische Berechnung und der Mangel an tiefer Auffassung des eigentlichen Charakters der verschiedenen Zeiten und Nationen in Bezug auf ihr inneres geistiges Leben. Den Freunden der Geschichte, welche sich mit oberflächlichen Angaben nicht begnügen, sondern das Entstehen, die innere Entwickelung der Verhältnisse und Zustände der Völker vorgeführt haben wollen, war mit diesen beiden Werken nicht gedient; das beweis't vor Allem das Interesse, welches sich vielfach kundgab, als sich der gefeierte Schlosser dazu verstand, seine auf tiefem Quellenstudium beruhende, fast alle Zeiträume umfassende Forschungen, welche meist nur für die Gelehrten bestimmt und zu diesem Endzweck auch herausgegeben waren, zum Gemeingut der deutschen Nation zu machen, um die Aufklärung, welche für den wahren Fortschritt nur die Geschichte bietet, mehr und mehr zu verbreiten. Was Schlosser in diesem Gebiete des Wissens geleistet hat, wird ein zweiter Gelehrter schwerlich aufweisen können; aber seine Resultate beruhen nicht blos in dem weiten Umfange und der Gediegenheit seiner Forschungen, sondern auch in seinem Charakter. Er hat die Geschichte nur ihrer selbst wegen geliebt, durchforscht und geschrieben, nie um eines anderen Zweckes willen; daher diese Gehalt, seine Geradheit, diese in unseren Tagen so selten gewordene Freimüthigkeit, die zuweilen an das Derbe streift, und diese Sicherheit in seinem Urtheile. Nichts konnte ihn und kann ihn noch davon abbringen, was er als wahr erkannt, auszusprechen; das Lob war ihm stets so gleichgültig als der Tadel; was so oft die Menschen bestimmt und manchen schweigsam macht, Titel und Ehren, haben seine Gesinnungen nicht geändert.

Von seiner „Weltgeschichte für das deutsche Volk", welche unter seiner sorgsamen Ueberwachung ein achtbarer, durch seine Schriften bekannter Gelehrter, Dr. Kriegk, aus den früher erschienenen größeren Werken des Verfassers zusammenstellt, ist der 5. Band bereits erschienen. Die vier ersten Bände behandeln das Alterthum so vortrefflich, daß man mit ihnen kein anderes Werk vergleichen kann. Ueberall sieht man sich unbemerkt in das geistige Leben der Alten hineingeführt, und denkt und handelt mit ihnen, und fühlt die Nothwendigkeit in jeder Veränderung ihrer politischen und sittlichen Zustände. Sprächen nicht die Urtheile der großen deutschen Philologen Wolf und Hermann, der geistreiche von Hammer-Purgstall und Andere für die große Meisterschaft Schlossers, die Klarheit und Umsicht, die harmonische Rundung, die stete Verbindung des innern und äußern Lebens, die gewaltige Beherrschung des Stoffes, die lehrreichen Vergleichungen verschiedener, oft sehr entfernter Zeiten und Verhältnisse und die Fülle trefflicher Gedanken würden ihm Anerkennung auch in den Augen des ungelehrten Publikums verschaffen.

Der 5. Band behandelt die Anfänge des Mittelalters und die Zeit der Karolinger. Die Ausstattung desselben durch die Verlagshandlung entspricht seinem Inhalte; außerdem ist es in jeder Beziehung das billigste Geschichtswerk, denn die vorliegenden 5 Bände, 168 Bogen, kosten nur fl. 7. 30 kr., der Bogen also noch nicht einmal 3 kr.

G.

Mannichfaltigkeiten.

(Braunschweig, 5. Okt. — Explodirende Baumwolle.) Vollkommen unabhängig von Schönbein und Böttger, auf eine Beobachtung von Pelouze fußend, die mein Lehrbuch der Chemie auf Seite 136 im ersten Bande enthält, ist es mir gelungen, eine explodirende Baumwolle darzustellen, welche, nach den damit vorgenommenen Versuchen, in der That ganz geeignet erscheint, das Schießpulver zu ersetzen. Um die Resultate wichtiger Entdeckungen so schnell, als es zu wünschen, auf die höchste Stufe der Vollkommenheit zu bringen, scheint es mir nothwendig, dieselben sofort der Oeffentlichkeit zu übergeben, damit viele Andere sich mit denselben beschäftigen können. Ich verschmähe es deßhalb, die von mir gemachte höchst interessante Entdeckung, deren Folgen im Augenblicke gar nicht abzusehen sind, zu verkaufen oder patentiren zu lassen, und bringe sie hiermit zur allgemeinen Benutzung des Publikums. Zur Darstellung der explosiven Baumwolle wird gewöhnliche, gut gereinigte Baumwolle ungefähr eine halbe Minute lang in höchst concentrirte Salpetersäure getaucht (die Säure, welche ich benutze, ist durch Destillation von zehn Theilen getrockneten Salpeters und sechs Theilen Vitriolöl bereitet), dann sofort in oft zu erneuerndes Wasser gebracht, um sie darin von der anhängenden Säure völlig zu befreien, wobei Sorge zu tragen, daß die fester zusammenhängenden Theilchen gehörig entwirret werden, und hierauf stark getrocknet. Das explosive Präparat ist dann fertig. Die Wirkungen desselben erregen Staunen bei Jedem, der sie sieht. Die kleinste Menge desselben explodirt, wenn sie auf einem Ambos mit dem Hammer geschlagen wird, wie Knallquecksilber; mit einem glimmenden Körper entzündet, brennt es wie Schießpulver ab; und im Gewehre leistet es, in weit kleinerer Gewichtsmenge, vollkommen Das, was Schießpulver leistet. Man wendet die explosive Baumwolle genau so an, wie Schießpulver. Man macht aus derselben einen Pfropf, stößt diesen in den Lauf, setzt einen Papierpfropf und dann die Kugel auf. Die Explosion des Zündhütchens bringt die Baumwolle zum Explodiren. Ohne Ausnahme sind Alle, welche den von mir angestellten Versuchen beigewohnt haben, auf das Vollständigste befriedigt worden, kein Aber hat sich hören lassen. Das unten gegebene Zeugniß ausgezeichneter, mit dem Gewehre vertrauter Männer mag meine Aussagen unterstützen. Indem ich nun diese wichtige Entdeckung gleichzeitig Deutschland, Frankreich, England, Rußland, Amerika, überhaupt der allgemeinsten Benutzung übergebe, wünsche ich, daß dieselbe recht bald auf die höchste Stufe der Vollkommenheit gebracht werden möge, und hoffe ich vertrauungsvoll, daß die höchsten und hohen Souveraine und Regierungen geruhen werden, mir Das zu geben, was ich als Chemiker ein Aequivalent nennen will. Die geehrten Redaktionen inländischer und ausländischer Zeitschriften werden mich durch Verbreitung dieses Aufsatzes sehr verpflichten. Braunschweig, 5. Okt. 1846. Dr. Otto, Medicinal-Assessor und Professor der Chemie. Zeugniß: „Gestern, am 4. Oktober, haben wir den ersten Versuchen mit explodirender Baumwolle im hiesigen Laboratorio beigewohnt, heute von den vollkommen befriedigenden Resultaten mit Schießgewehr und scharfer Ladung uns überzeugt. Braunschweig, 5. Okt. 1846. Hartig, Dr., Forstrath. A. v. Schwarzkoppen, Ober-Förster.“

In dem 11. Bande seiner Memoiren spricht Casanova von dem als Schriftsteller und Staatsmanne ausgezeichneten Grafen Don Rodrigo Campomanes und bemerkt unter Anderm Folgendes: „Campomanes besonders war es, der dem Grafen Aranda alle Data gegen die Jesuiten zusammengebracht und es diesem möglich gemacht hatte, die ganze Sippschaft an Einem Tage aus Spanien zu verjagen. Dieser Campomanes schielte, der Graf Aranda schielte auch und der General der Jesuiten gleichfalls; ich lachte bei Tische über den Krieg dieser drei Schielenden gegen einander, von denen natürlich der Eine den beiden Andern hatte erliegen müssen. — Er (Campomanes) war der Verfasser aller kleinen Druckschriften, welche seit Kurzem gegen die Corporationen und Stiftungen erschienen waren.“ — Campomanes, setzt Einsender dieses hinzu, war einer der edelsten, gelehrtesten und patriotischsten Spanier, welche die neuere Geschichte kennt. Wäre es ihm gelungen, die großen Ideen alle zu verwirklichen, welche der Zustand der spanischen Nation ihm einflößte, so würde sein Vaterland auf eine vorher nie gekannte Höhe von Gewerbfleiß, Handel und Wohlstand gelangt seyn. In seiner trefflichen Schrift: „Ueber die Einführung der bürgerlichen Industrie in Spanien“, die auch in das Deutsche übersetzt wurde, lernen wir ihn als einen ausgezeichneten Mann kennen, der die Mängel und Gebrechen seines Vaterlandes gründlich kannte und ihnen durch praktische Vorschläge abzuhelfen bemüht war. D.

Nach einem Schreiben aus London hat ein deutscher Naturforscher, Namens Gerner, in der Bai von Neufundland zwei neue Arten mehlreicher Knollenpflanzen entdeckt, welche so viel zu versprechen scheinen als die wilden Kartoffeln, die einst von Sir Walter Raleigh von Virginien nach Europa gebracht wurden als erste Exemplare der Frucht, welche jetzt ein fast unentbehrliches Bedürfniß für unsern Continent geworden ist, so daß ihr zweijähriges Mißrathen allwärts Besorgnisse verbreitet. Die neu aufgefundenen Knollenpflanzen sind kleiner als unsere gewöhnlichen Kartoffeln, sehen aber sonst ganz wie diese aus; das Innere ist vollkommen weiß und soll den Geschmack und Geruch unserer Kartoffeln haben. Wir behalten uns auf morgen nähere Mittheilungen über diesen hochwichtigen Fund vor.

(Breslau, 3. Okt.) Seit der Anwesenheit Sr. Maj. des Königs in der hiesigen Provinz haben die öffentlichen Blätter überall Zeugniß von den Beweisen der Liebe und Anhänglichkeit gegeben, mit welchen Se. Majestät der König von allen Ständen, von allen Seiten begrüßt worden ist. Um so mehr muß es empören, inmitten aller dieser verehrenden Liebe und Anhänglichkeit ein Verbrechen begehen zu sehen, zu dessen Verübung ein wirklich bis auf's höchste getriebener Grad der Frechheit gehört. Es ist dies der in Zobten begangene Diebstahl an einer Sr. Maj. dem Könige zugehörigen Uhr. Als nämlich am 27. v. M. Nachmittags Se. Maj. den hiesigen Ort verlassen und sich nach Zobten begeben und den Berg bestiegen hatte, wurde aus dem Leibwagen des Königs auf eine unbegreifliche Art eine goldene Uhr gestohlen. Dieselbe ist eine goldne Cylinder-Repetir-Uhr, nicht in neuster, flacher und dünner Form, sondern schon etwas älterer Façon, ziemlich groß und stark, auf der Rückseite gerippt oder guillochirt, mit einem ovalen Schilde, auf welchem sich der Name: Fréderic Guillaume gravirt findet. Dieser Namenszug ist jedoch durch den langen Gebrauch schon sehr verwischt. Das Zifferblatt ist weiß, mit arabischen Ziffern; die Zeiger sind von Gold. An der Uhr befand sich eine goldne Kette, nicht ganz fein, aber auch nicht sehr stark, mit rundem Schloß in Tonnenform. An derselben Kette war ein gewöhnlicher messingner Uhrschlüssel befestigt. Die Uhr, ein Geschenk der Stände von Neuenburg und Valendis, war, wie man vernimmt, Sr. Maj. dem König sehr werth, und die Kette ein theures Familien-Andenken. Auf die Wiederbeschaffung ist eine Belohnung von zwanzig Friedrichsd'or ausgesetzt.

(Bresl. Anz.)

In Paris baut man einen riesenhaften Wintergarten, und er ist beinahe vollendet. Das große Gewächshaus allein, das ganz aus Eisen und Glas gebaut ist, bedeckt einen Raum von 5000 Klaftern, und zweitausend Personen können hier in aller Bequemlichkeit unter hunderttausend Gewächsen promeniren, welche das Merkwürdigste und Schönste bieten, was das Pflanzenreich besitzt.

Fast alle bekannten Bühnendichter haben für die lebendigere Wintersaison Stücke vom Stapel gelassen oder doch ihr Erscheinen in Aussicht gestellt. Von Gutzkow wird erwartet: „Uriel Acosta", von Laube ein Schauspiel, das provisorisch den Titel: „Schwabenstreiche" führt; Freitag hat seine „Valentine" vollendet und Prutz und Hebbel sind mit neuen Produktionen angesagt. An Fabrikarbeit wird auch kein Mangel seyn. Die Birch hat ein militairisches Drama in vier Akten vollendet: „Graf von Waltron" betitelt, Töpfer aus dem Romane: „Heinrich Burckhard" der Frau Therese von Bacheracht „eine vornehme Dame" zugeschnitten und Räder eine Posse: „Graf Buckskin" zusammengeflickt.

Korrespondenz.

Kapellen, 4. Oct.

Unter den Kleinoden unserer Burg Stolzenfels sind jüngst wieder mehrere Krüge, Humpen und Kannen, einige von riesiger Gestalt, aufgestellt worden, welche im Auftrage des königlichen Besitzers in Mettlach in den Töpfereien von Villeroy und Boch verfertigt worden. Die Modelle zu diesen Gefäßen sind von den ersten deutschen Bildhauern im gothischen Style entworfen; die Arbeit ist so schön, daß sie, wenn sie die der besten mittelalterlichen Arbeiten nicht übertrifft, doch denselben wohl gleich kommt und zeigt, daß der nationale Geschmack doch im Leben wohl durchdringen wird, indem er auch nun in den untergeordneten Kunstrichtungen vorwaltet und hier das Verbildete und Gemeine zu verdrängen beginnt.

Bensberg, 3. Oct.

Unser Männergesangverein feierte in verwichener Woche ein großes Fest, indem er den als rüstigen Volksvorkämpfer bekannten Schulmann M. Gladbach als Mitglied aufnahm und demselben eine feierliche Einführung bereitete, eine Auszeichnung, welche in unserem ganzen Kreise, im ganzen Regierungsbezirke allgemein gebilligt wird.

Braubach, 4. Oct.

Seit gestern hat die Weinlese hier, wie drüben im Preußischen, begonnen und ist diesesmal in jeder Hinsicht eine heitere und fröhliche zu nennen, indem sie die Mühen und Sorgen der Winzer in reichem Maße belohnt und dieses Jahr einen Wein liefert, welcher vortrefflicher als der elfer Jahrgang werden dürfte. Auch wird die Fülle des Weines von den Winzern gepriesen, indem die letzten Regentage den Saft außerordentlich gemehrt haben.

Mainz, 8. Oct.

In der verflossenen Woche gewann unser Theater einigen Reiz durch die optischen Lichtbilder, welche Hr. Prof. J. Besch aus Wien auf demselben darstellte. Er hat im Ganzen drei Vorstellungen gegeben, und wird heute auf besonderes Verlangen seine Bilder noch einmal produziren. Dieselben zeichnen sich, sowohl was die Landschaften, als auch die architektonischen Darstellungen betrifft, durch Naturwahrheit und eine treue, bis in's Kleinste gehende Durchführung aus und bieten einen Genuß, der mit dem Angenehmen zugleich auch das Belehrende verbindet. Wie wir hören, wird Hr. Bosch auch Ihre Stadt besuchen, und Sie werden demnach Gelegenheit haben, sich selbst von der Vortrefflichkeit seiner Leistungen zu überzeugen. — Ueber unser Theater läßt sich im Augenblick nur so viel sagen, daß es dem Direktor noch nicht gelingen wollte, mit den Leistungen der neuengagirten Bühnenmitglieder den Beifall des Publikums zu ernten. Der Abstand zwischen den jetzigen Darstellungen und denen des vorigen Jahres (sowohl in der Oper, wie im Schauspiel) ist so groß, daß man beim besten Willen nicht darüber sprechen kann, ohne in die unangenehmsten Persönlichkeiten zu verfallen.

Wiesbaden, Ende Sept.

Erlauben Sie mir, den in Ihrem geehrten Blatte erschienenen Berichten über unsere erste Gewerbausstellung noch einen hinzuzufügen, der sich nur auf Thatsachen stützt und Lob oder Tadel Andern überläßt. — Betrachten wir die Ausstellung nur als eine Verkaufshalle, so ergibt sich, daß unseren Gewerben unmittelbar, theils durch die Ankäufe während der 40 Tage, theils durch die Verloosung, die runde Summe von 9000 fl. zugeflossen ist. Weit größer und folgenreicher ist übrigens der unmittelbare Nutzen, einestheils in Hinsicht der größeren Achtung, welche unsere Gewerbe im In- und Auslande erlangt haben, anderntheils in Hinsicht der erfreulichen Bestellungen, die direct bei den Fabrikanten gemacht wurden. So z. B. an Möbeln aus Wiesbaden für Holland und England, an steinernen Brunnenröhren bei Gebrüder Knödgen zu Höhr, aus Montabaur nach Amsterdam und zwar auf die große Wegstrecke von 24 Stunden; an Usinger Wollenwaaren ꝛc. nach Köln und der Schweiz. Da haben wir das Ziel, nach dem wir so lange strebten und die Vermittlung zwischen dem Producenten im Hinterlande und dem Großhandel theils durch die jährlichen Ausstellungen, theils durch die das ganze Jahr hindurch geöffnete Industriehalle in der Colonnade dahier. Wiesbaden ist besucht von Fremden aller Art und ist also der geeignetste Ort für diese Vermittlung, der sich denken läßt; aber wer kommt in das Hinterland? Wir haben erreicht, wornach wir seit Jahren gestrebt; wir sehen die glückliche Zeit herannahen, wo in armen Theilen unseres Landes der Hunger keine armen Kinder und die Arbeitslosigkeit nicht mehr Schaaren von Männern und Weibern zur Schande Deutschlands in die Fremde treibt.

Frankfurt a. M.

Wer in unserer Stadt ein Konzert zu besuchen gedenkt, der hat nicht zu besorgen, wegen eines Platzes in Verlegenheit zu gerathen; denn hier geht es stiller und friedlicher zu als bei dem Gastspiele einer Lind. Von finanziellen Vortheilen der Konzertgeber ist kaum die Rede mehr und es würden die Konzerte ganz aufhören, wenn es den Virtuosen nicht Bedürfniß wäre, ihre Namen und ihre Leistungen von Zeit zu Zeit in's Gedächtniß des Publikums zurückzurufen. Auch bedürfen sie mitunter der wohlthuenden Sonne des Beifalls, um zu weiterem Streben ermuntert und einigermaßen für die Entbehrung anderer Anerkennung entschädigt zu werden. Das Konzert des Hrn. und der Mad. Szepanowski war im Verhältniß zu andern gut besucht. Das ausgezeichnete Guitarrespiel des Hrn. Szepanowski ist in diesen Blättern schon früher besprochen worden und wurde auch heute sehr beifällig aufgenommen. Neu und anziehend für die Kunstfreunde war eine Composition (Duo für Clavier und Violoncelle) des Hrn. Aguilar. Dieser ausgezeichnete Pianist und Tonsetzer, ein Schüler von Schnyder von Wartensee, verfolgt in seinen Compositionen eine ernste Kunstrichtung und seine Arbeiten tragen nicht nur das Gepräge eines selbstständigen Talentes, sondern auch gründlicher Studien. Dies gilt besonders von dem hier genannten Duo, welches sich durch gediegene Haltung, gefälligen Melodienfluß und geschmackvolle Behandlung der Details auszeichnet. Auch Hr. Eliason trug eine neue Composition (Air varié pour Violon) vor, welche den besten Arbeiten desselben beizuzählen ist und gleich der des Hrn. Aguilar die gewöhnliche Oberflächlichkeit vermeidet und den höheren Anforderungen der Konzert-Composition sich anschließt. Beide Künstler hatten sich des einstimmigsten Beifalles zu erfreuen und bewährten ihren bereits wohlbegründeten Ruf, wobei der Wunsch geäußert wurde, die genannten neuen Compositionen demnächst wiederholt zu sehen. — Hr. Ed. Reichenbain, welcher unlängst in dem Konzerte von Demunk in dem großen Trio von Beethoven (D dur) so ausgezeichnet mitgewirkt hatte, accompagnirte auch heute die Composition von Eliason auf eine eben so geschmackvolle, als präcise und ausdrucksvolle Weise.

Berichtigungen.

In der gestrigen Didaskalia, Sp. 8, Zeile 11 statt „Bedrutung" l. Bedeutung und statt „und wie" und nur. — Z. 15 statt „Betrachtung" l. Beobachtung. — Z. 7 von unten statt „dabei aber erinnerte" l. Dabei erinnerte er aber.

Theater-Anzeige.

Samstag, 10. Oct. (Zum Vortheil der Pensions-Anstalt und unter gütiger Mitwirkung der Fräul. Jenny Lind, königl. schwedische Hofopernsängerin): Marie, oder: Die Regimentstochter, komische Oper in 3 Abth., Musik von Donizetti. Marie: Fräul. Jenny Lind. Im zweiten Act: Schwedische Lieder, gesungen von Fräul. Jenny Lind. Mit aufgehobenem Abonnement und erhöhten Eingangspreisen.

Sonntag, 11. Oct. Die Musketiere der Königin, romantische Oper in 3 Abth., nach dem Französischen des St. Georges, von C. Gollmick, Musik von Halevy.

Redakteur: J. L. Heller. — Druck und Verlag von Heller und Rohm.

Didaskalia.

Blätter für Geist, Gemüth und Publizität.

Nro. 282. Montag, den 12. October 1846.

Prinzeß Tarakanoff.

Eine Erzählung, nach französischen Memoiren bearbeitet von Hans von S.........

(Fortsetzung.)

VII.

Michael Polschinsky hatte Rom verlassen und war in sein Vaterland zurückgekehrt. Radziwill's Dankbarkeit hatte ihn reich belohnt, auch hatte er durch den Einfluß dieses Fürsten einen einträglichen Posten erhalten.

Polens Lage ward immer verwickelter, und die Polen hatten wohl Ursache, sich dem herbsten Schmerz über diese unglücklichen Verhältnisse hinzugeben.

Radziwill's Güter waren eingezogen worden, im Allgemeinen erklärte man sich dies dadurch, daß er bei der Konföderation von Bar betheiligt war. Doch Michael ahnte eine noch nähere Ursache des Benehmens Rußlands gegen seinen Beschützer. Er vermuthete nicht ohne bange Besorgniß, daß Kathinka mit die Ursache sey. Wie erstaunte er aber, als er nach längerer Zeit hörte, daß der Fürst seine Güter wieder erhalten, so wie daß er auf der Reise nach Polen begriffen sey.

In der That kam der Fürst kurz darnach in Polen an, ohne Kathinka, und Michael nahm sich nun vor, nach Rom in die Arme seiner heißgeliebten und nun verlassenen Kathinka zu eilen.

Zu all' dem Unglück, von welchem damals Polen heimgesucht wurde, kam noch, daß die Pest namentlich an den Gränzen wüthete. Dies gebrauchte man denn als Vorwand, um Armeen in diejenigen Provinzen zu legen, die den betreffenden Monarchen am vortheilhaftesten gelegen waren. Von Joseph II glaubte man damals, er würde der Konföderation von Bar zu Hülfe kommen, es verband ihn auch wirklich sein letzter Vertrag, sich mit den Türken gegen die Russen zu vereinigen; doch war sein Plan ganz von diesem verschieden.

Die fremden Armeen verbreiteten sich nach und nach über ganz Polen, und agirten gemeinschaftlich gegen die Konföderirten, welche sich bald zerstreuten. Der größte Theil ging nach Hause, und die Uebrigen gingen, um fremden Nationen ihr Leid zu klagen.

Nun waren die Augen Europa's auf Polen gerichtet, dessen Unabhängigkeit durch die Verträge zwischen den drei Mächten gesichert war.

Man frogte beständig nach dem Gegenstand der Unterhandlungen, die diese drei Mächte unausgesetzt beschäftigten.

Der kaiserlich österreichische Gesandte war der erste, der dem König von Polen und dem Senat den Petersburger Vertrag bekannt machte, der russische und preußische Gesandte übergab fast zu gleicher Zeit die dahin gehörigen Erklärungen. Die des russischen Gesandten zeichnet sich namentlich durch eine sehr gerade, wohlmeinende Sprache aus, und es dürfte nicht uninteressant seyn, diese hier in wortgetreuer Uebersetzung folgen zu lassen:

„Die benachbarten Mächte Polens sind so oft in die Unruhen verwickelt worden, die durch Erledigungen des polnischen Königsthrons zu entstehen pflegten, daß sie sich in dieser Hinsicht genöthigt gesehen haben, sich der Angelegenheiten des Staates ernstlich anzunehmen, als durch den Tod König August's III. der Thron abermals erledigt wurde. — Aus diesem Grund, und um den traurigen Folgen der Zwistigkeiten vorzubeugen, die diese letztere Thronerledigung veranlassen könnte, ist der Petersburger Hof bemüht gewesen, die Gesinnungen der Nation zu Gunsten eines Thronbewerbers zu vereinigen, der des Throns so würdig, als für seine Nation, und die benachbarten Mächte annehmlich schien. Zugleich hat sich auch gedachter Hof bemüht, mehrere Mißbräuche, die sich in die Verfassung dieses Reichs eingeschlichen hatten, abzustellen. — Der Berliner Hof hat die Maßregeln seiner Alliirten unterstützt, und der Wiener Hof, der seinerseits an dem Erfolg so lobenswürdiger Endzwecke ebenfalls Theil zu nehmen beschlossen hatte, hat, um der Gefahr auszuweichen, durch seine Einmischung in die innern Angelegenheiten Polens vielleicht nur noch die Verwirrung zu vermehren, für dienlich erachtet, die Neutralität zu ergreifen, und dieses nicht nur in Hinsicht auf Polen, sondern auch in Hinsicht auf den Krieg zwischen Rußland und der ottomanischen Pforte, den jenes zur Folge hatte.

Von diesen getroffenen Maßregeln hat man mit Wohlgefallen, als Folgen, die freie und gesetzmäßige Wahl des gegenwärtig regierenden Königs Stanislaus August, und mehrere andere nützliche Veranstaltungen bemerkt. Alles schien Polen und seinen Nachbarn eine dauerhafte Ruhe zu verkündigen. Allein eben als man von der Lage der Dinge mit Recht Alles zu hoffen Ursache hatte, zerstörte unglücklicher Weise der Geist der Zwietracht, der sich eines Theils der Nation bemächtigte, alle diese Hoffnungen in einem Augenblicke, die Bürger griffen gegen einander zu den Waffen. Parteisüchtige usurpirten die gesetzliche Macht. Sie mißbrauchten sie, den Gesetzen, der guten Ordnung und der öffentlichen Sicherheit zum Trotz. — Gerechtigkeitspflege, Polizei, Handel, Ackerbau, alles wurde vernichtet. Schon bemerken die benachbarten Mächte in den an Polen gränzenden Gegenden die traurigen Folgen dieser Ereignisse. Sie sahen sich schon seit langem zu den kostspieligsten Vorkehrungen genöthigt, um nur die Ruhe in ihren eigenen Gränzen zu sichern, und der Gefahr ausgesetzt, die Freundschaft und das gute Vernehmen, das bisher unter ihnen bestand, gestört zu sehen. — Nichts ist demnach dringend nothwendiger, als schnelle Hülfe gegen so viele Uebel, deren traurige Rückwirkung die Staaten schon jetzt empfinden.

So viele Gründe vom größten Gewicht verstatten Sr. königl. Majestät, dem Könige von Preußen, Ihro Majestät der Kaiserin Königin von Ungarn und Böhmen, und Ihro kaiserliche Majestät, Selbstherrscherin aller Reussen, nicht länger anzustehen, in einer so bedenklichen Lage einen entscheidenden Entschluß zu fassen. — Diese Mächte haben unter sich beschlossen, ohne Zeitverlust gemeinschaftlich dahin zu arbeiten, die Ruhe und gute Ordnung in Polen wieder herzustellen, und die alte Verfassung dieses Staates, nebst den Freiheiten der Nation dauerhaft zu gründen.

Allein indem sie jetzt die Auflösung dieses Reichs, vermöge der unter ihnen gegenwärtig bestehenden Freundschaft und guten Vernehmens zu verhindern suchen, wobei sie nicht mit Recht auf einen gleichen Erfolg rechnen können, können sie die gerechten Ansprüche, die sie auf mehrere Besitzungen der Republik zu machen haben, unmöglich der ungewissen Entscheidung des Zufalls überlassen. Sie haben deßhalb unter sich beschlossen und festgesetzt, ihre alten Rechte und gegründeten Ansprüche zu gleicher Zeit geltend zu machen, welche jede derselben zu seiner Zeit gehörigen Orts darzuthun bereit seyn wird.

Es werden demnach, nachdem sich Se. Majestät der König von Preußen, Ihro Majestät die Kaiserin Königin von Ungarn und Böhmen, und Ihro kaiserl. Majestät, Selbstherrscherin aller Reussen, ihre Ansprüche gegenseitig mitgetheilt, und darüber vereinigt haben, gedachte Mächte auf eine Ausgleichung Bedacht nehmen, die diesen Ansprüchen angemessen seyn wird, und sich deßhalb in wirklichen Besitz derjenigen Provinzen Polens setzen, die am geschicktesten seyn werden, künftighin unter ihnen eine mehr natürliche und sichere Gränze zu bestimmen.

Jede der drei genannten Mächte behält sich vor, einen Theilungsvergleich zu arrangiren, wodurch Ihre Majestäten auf alle Rechte, Ansprüche und Forderungen Verzicht leisten, welche außer diesen noch auf die Besitzungen und Unterthanen der Republik gethan werden könnten.

Warschau, den 2. September 1772.

Unterzeichnet: Stackelberg."

Die über diese Handlungsweise aufgebrachten Polen schrieen über Ungerechtigkeit, und verlangten von den Mächten, die den Olivaer Vertrag garantirt hatten, sich in's Mittel zu schlagen. Durch diesen Vertrag nämlich wurde die Integrität Polens gesichert, und man betrachtete ihn lange Zeit als die Magnacharta des Nordens. Einige Mächte widersetzten sich, dies blieb jedoch fruchtlos, und die theilenden Mächte verlangten durch einen Reichstag die feierliche Abtretung der Provinzen! Mehrere Mitglieder machten, nachdem der Beitritt zu den Theilungs-Verträgen entschieden war, dem König bittere Vorwürfe über das Unglück ihres Vaterlands, die dieser anfänglich mit Sanftmuth beantwortete. Doch bald sah er, daß seine Güte sie nur noch kühner und ungerechter mache. In der Aufwallung des Zorns stand er auf, warf seinen Hut auf den Boden und sagte ziemlich stolz:

„Meine Herren, ich bin müde, Sie länger anzuhören. Die Theilung unseres unglücklichen Vaterlandes ist die Folge Ihres Ehrgeizes, Ihrer Uneinigkeiten, Ihres innerlichen Zwistes. Ihr Unglück haben Sie einzig nur sich selbst zuzuschreiben. Und wenn ich nicht mehr Land behalte, als dieser Hut bedecken kann, so bleibe ich doch in den Augen Europa's Ihr rechtmäßiger, obschon unglücklicher König."

Dieser unglückliche König konnte es nicht hindern, daß die ohnehin mißliche Regierungsform Polens noch gefährlicher gemacht wurde, und Rußlands Gesandter, der überaus schlaue Stackelberg, wußte es durch allerlei Maßregeln auch dahin zu bringen, daß die neue Regierungsform, deren Urheber die drei Mächte waren, trotz ihrer Mängel, von den Polen angenommen wurde. Einige dieser Artikel mögen hier kurz folgen:

1) Polen bleibt auf ewige Zeiten ein Wahlreich, und alle Erbfolge für immer unerlaubt.

2) Da Ausländer, die sich um den Thron bewerben, sehr oft zu Zwiespalt und Unruhe Veranlassung gegeben haben, so sollen sie in Zukunft gänzlich davon ausgeschlossen seyn. Es wird hiermit als Grundgesetz festgestellt, daß nur ein geborner Pole vom Adel zum König von Polen gewählt werden dürfe.

3) Die Regierungsform Polens ist und bleibt auf ewige Zeiten frei, unabhängig und republikanisch! u. s. w.

Durch dieses Gesetz blieb das sächsische Haus und andere auswärtige Fürsten, die die Integrität des noch übrigen Stückes von Polen hätten erhalten können, vom polnischen Throne ausgeschlossen. Das liberum veto nebst andern gefährlichen Privilegien des Adels wurde dadurch wieder hergestellt, und folglich erhielten auch die unaufhörlichen Unordnungen wieder ihren freien Lauf.

Potschwsky, auch aufgebracht über die Art und Weise, wie man mit seinem Vaterlande umging, verließ, schon nachdem die Erklärungen der drei Mächte in Betreff der Theilung Polens bekannt wurde, jetzt um so lieber sein Vaterland, setzte sein Vermögen in Papiere um und ging dem Süden zu.

(Fortsetzung folgt.)

Eine englische Jagdpartie.

Man liest in dem Berliner Magazin für die Lit. d. Ausl. nachstehendes: Herr Viardot, der Gemahl der jetzt wieder in unserer Mitte weilenden Madame Viardot-Garcia, der uns durch seine Jagd-Kunstreisen in den verschiedenen Ländern Europa's schon öfter unterhalten hat, giebt uns neuerdings wieder einen Bericht über eine solche Partie, und zwar in England. Da denkt man nun natürlich bald an die großen famosen Fox-huntings, wo die Noblemen einer Gesellschaft mit Hunderten von Rossen und Meuten im rasenden steeple-chase über Hecken, Gräben und Flüsse hinweg galoppiren, um günstigen Falles ein Füchslein zu forciren, schlimmen Falles aber so und so viel edle Rosse und selbst Menschenleben auf dem Platze zu lassen — aber nein! diesmal nichts hiervon. — Herr Viardot ist nicht so glücklich, uns eine solche wilde verwegene Jagd schildern zu können; — dafür giebt er uns eine Beschreibung eines höchst zahmen und ungefährlichen Vergnügens, das man in diesem Lande der schroffen Gegensätze ebenfalls mit dem Namen „Jagd" beehrt hat und dessen Theilnehmer zu seyn, für einen leidenschaftlichen französischen Waidmann keine leichte Prüfung war. Indeß hatte Herr Viardot schon früher zur Vorbreitung manches englische Geduldpröbchen zu bestehen gehabt. Schon der Anblick der Landschaften, welche sich auf seiner Eisenbahnfahrt durch den größten Theil Englands vor seinen Blicken entwickelten, machte den Anfang dazu. Sonderbar — denn wer hätte nicht des schönen Albions grüne Fluren rühmen hören? In der That, gesteht auch unser Jäger, gibt es kaum etwas Angenehmeres, als den ersten Eindruck dieses frischen dunkeln Blaugrüns, das sich in langen Teppichen am Boden hingießt oder in endlosen Alleen in den Horizont verliert. Allein — England hat wenig Wald, weil es seine riesigen Steinkohlenwälder unter der Erde hat; es hat ferner mehr Weiden als Getraidefelder, weil seine Bewohner mehr Fleisch als Brod essen; daher immer nur Wiesen und Hecken und wieder Wiesen, und immer ein welliger Hügelboden, der weder Ebene noch Gebirge ist, und immer wieder Schaaf- und Rinderheerden, dieselben Gruppen, dieselben Farben; — dies wird endlich eintönig, langweilig, selbst traurig! — Nicht besser ging es ihm im häuslichen Leben der Engländer; die gastfreundliche Aufnahme, die er auf dem Landgute des Grafen Hereford fand, vermochte nicht die tödtliche Langweile zu mildern, die das englische Familienleben in seiner strengen gesetzmäßigen Gleichförmigkeit bei ihm hervorbrachte. So gewissenhaft der Engländer sich dieser selbst unterwirft, eben so unnachsichtig verlangt er ihre Befolgung auch vom fremden Gaste. Herr Viardot

z. B. genießt keinen Thee zum Frühstück; das Erstaunen darüber ist so groß, daß man ganz vergißt, ihm etwas Anderes an dessen Stelle anzubieten. Dafür erscheinen wieder die jungen Damen des Hauses bei schneidendem Herbstwetter im weißen Ballkostüm bei der Mittagstafel, ungeachtet ihre frostblauen und von der Gänsehaut bedeckten Arme verrathen, was sie bei dieser leichten Kleidung zu leiden haben; und diese tragen sie nicht etwa blos ihren Gästen zu Ehren — nein, alle Tage, auch wenn ihr Vater allein zu Hause wäre — denn so ist es einmal Sitte! Bei Tische dann stets die bestimmte Ordnung der Plätze, der Schüsseln, der Reihenfolge; dann zu bestimmten Stunden bestimmte Promenaden in bestimmten Alleen, in einem bestimmten langsamen Schritte — man denkt unwillkürlich an frische Luft schöpfende Sträflinge! Kurz — ruft unser verzweifelter Franzose — ganz England mit seiner ascetischen Unterwürfigkeit unter das Gesetz des Herkommens ist nichts als ein weites Kloster, jedes Haus darin eine Zelle, wo man unabänderlich zu denselben Stunden dieselben Dinge in derselben Weise thut — ja, nicht genug! denn es geschieht nicht blos von den Ordensbrüdern selbst, wie in Klöstern, sondern auch jeder Fremde, der Englands Boden betritt, muß nolens volens das Ordensgelübde ablegen. Unkenntniß der Sitte entschuldigt dort nicht; wollte Jemand sich einfallen lassen, hutabnehmend auf der Straße zu grüßen oder bei Tafel seine Fische mit dem Messer zu berühren: er wäre ein ungebildeter Mensch, ein ungeschliffener Bauer!

Endlich kam zum Glücke der ersehnte Tag der Jagderöffnung, in England der 1. September. O Tag der Freiheit! „Ich dachte,“ erzählt Herr Viardot, „mindestens mit Tagesanbruch aufzubrechen und mit der vollen Nacht erst wiederzukommen. Die Sitte aber wollte es anders — wir mußten erst mit den Damen den Thee nehmen, zur gewöhnlichen Zeit des Diners aber schon wieder zurück seyn und im schwarzen Frack und weißer Cravatte bei Tafel erscheinen. Da blieb denn für die ganze Jagdpartie, mit Einschluß zweier Toiletten, gerade nur die Zeit zwischen einer Mahlzeit und der anderen übrig. Endlich brachen wir, unser vier Jäger, gegen Mittag auf, mit einem einzigen an der Leine gehaltenen Wachtelhunde, aber ein „Pointer“, wie ich ihn in meinem ganzen Jägerleben nicht gesehen, ein Wunder an Schönheit und Dressur! Nun sind in England, wie bekannt, die meisten Fluren in so und so viele kleine, wohlumzäunte Gehege abgetheilt, um auf diese Weise Hüter für die Pferde, Schaafe, Rinder rc. zu ersparen. Da kann man natürlich nicht wie in unseren freien offenen Ebenen jagen, wo man schlimmsten Falls einmal durch eine Dornenhecke mit Gefahr der Kleider und der Haut durchzubrechen hat; das wäre dort unschicklich! Dort geht es folgendermaßen zu: Wir gingen erst, die Hände in den Taschen, über Politik, Literatur, Agrikultur-Vereine rc. plaudernd, die schmalen wohlgehaltenen Zaunwege entlang. An einer Barrière angelangt, die man mit dem Schlüssel öffnen mußte, ließ man den Pedro allein in das Gehege hinein, der es mit wunderbarer Geschicklichkeit durchspürte; kehrte er unverrichteter Sache, wie Noah's Taube, zurück, so wurde ein anderes Gehege geöffnet; immer aber nur solche, von denen die Frucht schon eingebracht war (was am 1. September beiläufig bei wenigen der Fall war) und wo es dann natürlich auch am wenigsten Wild gab. Traf sich endlich ein Flug Hühner, so witterte sie der wackere Pedro schon auf 30 Schritte weit und machte Halt — wir traten darauf langsam, bedächtig, Einer nach dem Anderen ins Gehege stellten uns in gleicher Entfernung in Linie auf und schritten auf das Wild zu. Beim ersten Flügelschlag eines Rebhuhn, beim ersten Schusse wirft sich Pedro platt auf den Boden — denn apportiren hieße die übrigen Vögel verscheuchen und wäre in England ein großer Fehler bei einem Hunde. Die anderen Jäger aber stehen nach dem Schusse wie vom Donner gerührt, fest angewurzelt an ihrem Platze und rühren sich nicht, bis der Andere wieder in aller Gemächlichkeit, wie bei einer Charge au douze temps im preußischen Exercitium, seine Gewehr geladen hat. Dann ging es wieder gemessenen Schritts in Linie vorwärts, bis der ganze Flug zerstreut war. Ich meinerseits sah zu und verstand nichts von diesem so ruhigen, disziplinarischen Vergnügen. Und so ging es drei sterbenslange Stunden hindurch. Man denke sich, die Stunden der Jagd, für mich, sterbenslang, und dies am Tage der Eröffnung!

„Endlich kamen wir an ein freies offenes Saatfeld, ohne Hecken und Gräben; ich athmete auf, wie ein Vogel, der aus dem Käfig kommt. Aber ach! bittere Täuschung! Zuerst wurde mein Liebling Pedro fortgeschickt und durch einen anderen Hund ersetzt, der für die Jagd im Freien abgerichtet war. Und nun ging es wieder in geregelter Schlachtordnung, im Prozessionsschritt vorwärts; bei jedem Schusse jedes Einzelnen wurde Halt gemacht u. s. w. Da suchte ich mich denn endlich durch einige geschickte Manöver ans Ende der Linie zu bringen, entfernte mich mehr und mehr von meinem Nachbar, wie ein Komet aus dem Planetensystem, worin ich wider meinen Willen graviren sollte, und — ich war frei! frei! Gott sey Dank! — Jetzt blicke ich um mich, um so bald als möglich von meiner Freiheit Gebrauch zu machen, erspähe ein großes Bohnenfeld mitten unter den Stoppeln, stürze rasch darauf zu und — husch! da fliegt ein großer Fasan unter meinen Füßen auf und entfaltet sein goldenes Gefieder an der Sonne — ich lege an, ziele, drücke — No! schreit da plötzlich eine grobe Stimme in mein Ohr, während eine derbe Hand meinen Arm faßt — ich drehe mich nach der unhöflichen Biene um, die mich so ungelegen gestochen — und erblicke den Jagdhüter meines Gastfreundes, den er augenscheinlich abgeschickt hatte, um den Deserteur einzuholen. Da er sich indeß in respektabler Entfernung hielt, so faßte ich mich bald wieder und setzte meinen Weg fort — kaum war ich aber im Begriff, auf einen zweiten Hahn anzulegen, als ein zweites No! ertönte, und zwar bei aller Hochachtung mit so viel Ruhe und Gemessenheit, daß ich erkannte, er handle im direkten höheren Auftrage. Ich ließ also meinen Kopf voll Ergebung hängen, entlud mein Gewehr und kehrte zur Gesellschaft zurück, um die Ursache dieses constitutionellen Veto zu vernehmen: „Am 1. September“, hieß es, „schießen wir nur Rebhühner, am 1. Oktober Fasanen, am 1. November Haasen — so ist es Sitte!“

So berauben sich die Engländer, um ihre Rangscheidungen von den Menschen auch auf die Thiere des Feldes zu übertragen, des größten Reizes, den die Jagd darbieten kann, der Abwechselung und der Ueberraschung! Und diese Regeln werden, wie alle anderen, sobald sie einmal Regel sind, bei ihnen so unbeugsam, daß es einem gütigen, zuvorkommenden, gastfreundlichen Manne nicht einmal in den Sinn kommt, bei seinem Gaste einmal eine Ausnahme zu machen und ihm den 1. September zu erlauben, einen Fasan zu schießen, da er doch am 1. Oktober nicht mehr anwesend seyn würde!

Und so scheidet Herr Viardot von seiner verunglückten Jagdpartie und von England mit den Worten: „England ist ein Land, das man sehen, aber nicht bewohnen, fast in Allem bewundern, in Wenigem nur nachahmen muß, wo man Vieles lernen, aber nirgends sich vergnügen kann!“

Mannichfaltigkeiten.

Aus Linz am Rhein berichtet man uns vom 7. October: Unsere Weinlese ist jetzt überall in vollem Gange, unsere Gasthöfe sind mit Fremden angefüllt und der Herbst-Ertrag läßt an Fülle und Güte des Produktes nichts zu wünschen übrig. Das seit so vielen Jahren fast unterdrückte Herbstleben ist in dem heurigen so gesegneten Weinjahre wieder aufgetaucht und Gesang und Frohsinn herrscht überall unter den Winzern. Ein schönes, von der hiesigen Bürger-Gesellschaft „Erholung“ ausgehendes Winzerfest wird daher die diesjährige Weinlese krönen. Dem Vernehmen nach wird am Sonntag den 11. Oktober die Burg Okenfels, deren Umgebung sich dieses

Jahr durch eine besonders reiche und vorzügliche Crescenz auszeichnet, mit bengalischem Feuer erleuchtet und von da aus ein Festzug von Winzern und Winzerinnen mit Musik und Gesang und Begleitung von Fackelschein in die Stadt ziehen. Möge diese ländliche Feier unseren zahlreichen Herbstgästen eine angenehme Rückerinnerung an Linz und seine Herbstfreuden werden.

Den vielen Freunden des (ächten) Champagners die angenehme Nachricht, daß der diesjährige Ertrag an Trauben in der Champagne ein beispielloser ist; die ältesten Winzer können sich keines so gesegneten Jahres erinnern und selbst der berühmte Kometenjahrgang wird in allen Beziehungen übertroffen. — Aus allen Weinländern kommen gleichgünstige Nachrichten und nur die Gegend um Bordeaux soll wenig erzeugt haben.

Literatur.

Hiob. Practische Philosophie, oder Darstellung der im Buche Hiob obwaltenden Ideen, nebst wortgetreuer rythmisch-gegliederter Uebersetzung und fortlaufendem Commentar von Dr. Moritz Löwenstein.

Das Buch Hiob, diese älteste Theodicee, ist vielleicht die merkwürdigste Schrift des alten Testaments. Es ist eine von ächt poetischem Geiste durchdrungene Anklage und Rechtfertigung des Weltenlaufs und der Gottheit, die ihn leitet. Sprache und Ansicht sind von denen in den anderen alttestamentarischen Schriften in mancher Beziehung verschieden. Es weht darin ein anderer, aber nicht minder erhabener und dichterischer Geist. Darum hat dasselbe auch die Aufmerksamkeit aller bedeutenden Exegeten nicht nur, sondern aller Freunde des Schönen in hohem Grade erregt, und die vorliegende Schrift ist ein empfehlenswerther Beitrag zu der reichen Literatur über diese älteste Gotteslehre. Hr. Dr. Löwenstein hat gründliche Forschungen angestellt und bekundet in der Behandlung seines Stoffes einen Fleiß und ein Talent, von welchen sehr zu wünschen ist, daß sie Anerkennung finden und den Hrn. Verfasser in den Stand setzen mögen, sich ferner mit Liebe und Erfolg Arbeiten und Studien hingeben zu können, welche nicht ohne Nutzen für die orientalische Literatur bleiben würden. Wir empfehlen das Buch nicht nur den Männern vom Fache, sondern allen Denen, welche Belehrung und Erbauung lieber in den reichen Fundgruben des Orients, als in den künstlicheren und darum oft weniger ansprechenden Erzeugnissen der neuesten Zeit suchen.

****

Korrespondenz.

Darmstadt, 7. Oct.

In der Bergstraße hat die Weinlese bereits begonnen, und zwar zu Bensheim seit Anfang dieser Woche, wo zuerst eine Auslese der reifsten Trauben vorgenommen, späterhin aber wieder fortgefahren werden soll, vorausgesetzt jedoch, daß die Witterung keine beschleunigten Vorkehrungen nöthig macht. Zu Guntersblum hat die Lese heute ihren Anfang genommen. Auch dort wird ihr Erträgniß ergiebig in die Keller fallen und den Winzern für ihre diesjährigen Mühen und Kosten eine entsprechende Entschädigung gewähren. Trotz der mehrjährigen Mißernten lagert in Guntersblum noch manches gute Stück Wein aus früheren Jahren, worauf wir aufmerksam zu machen uns erlauben. Der Guntersblumer, in so weit wir ihn kennen, entbehrt lieber das Geld als den selbstgezogenen Wein, und er würde es in der That für eine Beeinträchtigung des wohlbegründeten Rufes seiner weinerzeugenden Gemarkung halten, wenn er den Fremden in einen Keller mit leeren Fässern führen wollte. — Unsere Stadt hat bekanntlich mehr Ruf durch ihre Spargeln (ältere Reisewerke sprechen viel davon), als durch ihre selbstproducirten Weine, und doch hat diesen Herbst auch hier die Kelter ihren Beitrag zu dem Haustrunk genügsamer Trinker geliefert. Einem vergnügten Winter glaubt man unter diesen Umständen überall entgegen sehen zu dürfen, da der neue Wein als Federweis seine berauschende Kraft schon hinlänglich bewährt haben soll. — Unser Mozart-Verein gab am vorigen Donnerstag in dem Saale des Gasthauses zur Traube eine sehr anziehende Abendunterhaltung, in welcher nicht allein die Chöre, sondern auch die übrigen Musikstücke vorzüglich executirt wurden. Die Melodie von Schleswig-Holsteins Fahnenlied klang so tief in die Zeitgeschichte hinein, daß das Echo von der Ostsee Strand zu uns herüber zu tönen schien. — Der zu Seligenstadt neu constituirten evangelischen Gemeinde ist von den dortigen Israeliten ein Abendmahlkelch verehrt worden. Wie wir vernehmen, so hat das großh. Oberconsistorium die Annahme dieses schönen Geschenks mit Wohlgefallen bewilligt. Allerdings thäten die unterschiedlichen Religionsparteien besser, ruhig und friedlich neben einander zu leben und sich gegenseitig wohlmeinend zu unterstützen, als in leeres Religionsgezänke sich zu verwickeln und über Dinge absprechend zu urtheilen, welche dem menschlichen Geiste ewig verborgen bleiben werden. Hätten z. B. bei der Berliner General-Versammlung des Gustav-Adolph-Vereins die rein practischen Humanitätszwecke, wegen deren er in's Leben gerufen wurde, mehr gegolten als die abweichenden Glaubensansichten eines Einzelnen, so würde man den Dr. Rupp nicht ausgeschlossen haben. Zank und Streit ist aber das alte Uebel der christlichen Kirche, an welchem sie fast in allen Jahrhunderten mehr oder weniger gelitten hat.

Mainz, 5. Oct.

Wer bei den Versammlungen deutscher Realschuldirektoren und Lehrer gegenwärtig war, oder die Berichte darüber in öffentlichen Blättern lies't und sich für zeitgemäße, tüchtige Schulbildung interessirt, wird mit Freude daran denken, welche gute Gelegenheit, eine solche zu erlangen, jetzt der deutschen Jugend gegeben ist, insbesondere wenn Principien Geltung erhalten, wie sie die Mehrheit oder vielmehr die Gesammtheit der anwesenden Lehrer dieser gewiß erfolgreichen Versammlung vertrat und durch verschiedene Mitglieder derselben: den Herren Ledebur, Kletke, Loof, Gräfe, Vogel, Schacht, Röder, Kapf, Curtmann, Dielitz, Bach, Herrig, Louis, König, Hauschild, Otto, Kruse, Schuhmacher u. A., öffentlich ausgesprochen worden ist. Eine Unterrichtsweise in dem Sinn, wie sie bei den vorgekommenen und besprochenen Fächern in Antrag gebracht wurde, wird nicht allein in der Richtung des Nützlichen und Schönen tüchtige Vorbildung für den künftigen Lebensberuf erzielen, sie wird auch nationale Gesinnung heben und befördern und zugleich dem Staat tüchtige Bürger erziehen. Der Werth und die Nothwendigkeit einer solchen Erziehung und Bildung wird jetzt allgemein gefühlt. Die Binger Herren des Stadtraths, welche die Versammlung beim Schluß der Sitzungen freundlich zum Besuch ihrer Stadt einluden und die fremden Gäste mit den Gaben der diesjährigen Weinlese gastlich bewirtheten, haben den Wunsch ausgesprochen, für die Folge möchte die Versammlung auch einmal bei ihnen statt finden, und dadurch gewiß ein anzuerkennendes Interesse für die Bestrebungen der deutschen Realschullehrer an den Tag gelegt.

Aus Rheinhessen, im Oct.

Am 10 d. M. beginnt die Weinlese in Algesheim, und wird fünf Tage dauern. Seit Menschengedenken erinnert man sich keines Herbstes, wo die Reben so reich an Trauben und die Beeren so ausgezeichnet am Geschmack waren. Der aus den Rießlingtrauben zu erzielende Rothwein muß, nach den Beeren zu schließen, das feinste Aroma haben; eben so zeichnen sich die sogenannten Kleinberger, auf Lettenboden wachsend, durch eine vorzügliche Süße aus. Kenner behaupten, die besten Lagen des Algesheimer überträfen noch bei weitem den rothen Ingelheimer. Es haben sich bereits zahlreiche Käufer angemeldet, um sowohl die Trauben auf dem Stock, als auch insbesondere den Most zu kaufen. Der Stand der Preise, so weit er sich bis jetzt beurtheilen läßt, ist sehr befriedigend. Bei der Theurung des Geldes, die jetzt wahrhaft auf allen Geldmärkten, d. h. auf den Börsen, obwaltet, ist es um so bemerkenswerther, daß das diesjährige Wachsthum dessenungeachtet bereits so viele und so bereitwillige Liebhaber zu guten Preisen gefunden. Es erklärt sich dieses aus den früheren Mißjahren und zumeist aus der Vortrefflichkeit des heurigen Erzeugnisses. Im Jahre 1811 erschien jener große Komet, der dem berühmten Weine seinen Namen gab; in diesem Jahre, wo zwei neue Planeten entdeckt wurden, könnte man das herrliche Erzeugniß einen Planetenwein nennen, der jenen Kometenwein noch weit überbietet.

Theater-Anzeige.

Sonntag, 11. Oct. Die Musketiere der Königin, romantische Oper in 3 Abth., nach dem Französischen des St. Georges, von C. Gollmick, Musik von Halevy.

Redakteur J. L. Heller. — Druck und Verlag von Heller und Rohm.

Didaskalia.

Blätter für Geist, Gemüth und Publizität.

Nro. 283. Dienstag, den 13. October 1846.

Prinzeß Tarakanoff.

Eine Erzählung, nach französischen Memoiren bearbeitet von Hans von S.........

(Fortsetzung.)

VIII.

Einige Zeit, nachdem Dugdale das Haus Dyk's verlassen hatte, trat dieser und seine Familie die Reise nach Rom an. Die Schönheiten dieser Weltstadt wurden auch von ihnen bewundert und angestaunt. Anna und ihre Mutter machten sehr häufig Spaziergänge in den Umgebungen Roms, eben so wurden die schönen Kirchen von ihnen häufig besucht.

An einem Abende, als Anna mit ihrer Mutter im Dom St. Peters wandelten, fiel ihnen eine andächtig betende Jungfrau auf. Sie kniete vor dem Bilde einer Madonna, ihre schönen Augen ruhten auf dem Gemälde. In ihren Zügen lag ein unendlicher Kummer.

Diese Dame erregte die Neugierde der Beiden um so mehr, als noch öfter, sowohl hier als an andern Orten, sie dieselbe begegneten. Endlich fragten sie den Besitzer des Hauses, in welchem sie wohnten, und erfuhren von diesem, es sey eine vornehme Russin, die früher in einer sehr glänzenden Lage hier unter dem Schutz eines polnischen Fürsten, ihres Pflegevaters, gelebt habe. Seit einiger Zeit sey dieser jedoch abgereist, und dieselbe befinde sich in eben nicht sehr angenehmen Verhältnissen mit einer alten Dienerin, zwar mangle es ihr nicht an Geld, aber sie schiene doch sehr unglücklich zu seyn.

Wie dieser Italiener erzählt, so war es in der That. Radziwill hatte sie verlassen, nachdem er ihr eine nicht unbedeutende Summe zum ferneren Lebensunterhalt überwiesen hatte. Er hatte Verhältnisse von höchster Wichtigkeit vorgeschützt, die seine Anwesenheit in Polen dringend nöthig machen sollten.

Der verehrte Leser weiß auch bereits, daß dem wirklich so war. Man hatte nicht allein in Petersburg den Umstand, daß er Mitglied der Konföderation von Bar war, benutzt, um des Fürsten Güter, Silberzeug rc. in Beschlag zu nehmen, sondern auch die Entführungsgeschichte der Tochter der Kaiserin Elisabeth benutzt, um einen gegründeten Vorwand hiezu zu haben. Später war dem Fürsten, als er in Polen angekommen, angetragen worden, seine Pflegetochter, denn zu dieser hatte er Kathinka gemacht, an Rußland auszuliefern, hiefür wolle man ihm seine Besitzungen wieder überlassen. Radziwill schlug diesen Antrag, als seiner ganz unwürdig, aus, doch beging er später die Schwachheit zu versprechen, sich von nun an nicht mehr um die Prinzeß zu bekümmern. Unter dieser Bedingung verzieh ihm Katharina, und er erhielt, mit Ausnahme seiner werthvollen Bibliothek, seine Besitzthümer wieder.

Anna und ihre Mutter machten die Bekanntschaft der schönen Verlassenen, und fortan war diese beinahe immer im Hause des Consuls. Dieser nahm sich ihrer an mit Rath und That, und Kathinka sah jetzt beruhigter in die Zukunft. So verging in ziemlich einförmiger Weise ein Monat nach dem andern. Kathinka's Mittel fingen an abzunehmen, und sie wußte nicht das Ende abzusehen. Ihre liebenswürdige Freundin Anna versuchte alles Mögliche, sie aufzuheitern, aber wenn Kathinka in ihrer Einsamkeit war, gab sie sich dem herbsten Kummer hin. Sie war ohne ihre Schuld das Werkzeug eines ehrsüchtigen Mannes geworden, welches dieser gewissenlos, als er sah, daß er seine Pläne nicht durchsetzen konnte, bei Seite geworfen hatte. Dies fühlte Kathinka, oft sehnte sie sich in eine ungestörte Einsamkeit, ferne von dem Getümmel der Welt, Michaels dachte sie dann liebevoll und wünschte sehnlichst, sie möchte ihn wiedersehen. Sie ahnte nicht, daß das bald geschehen würde.

IX.

Die russische Flotte unter O. und die türkische unter Hassan Kapadan Pascha trafen sich in der Meerenge zwischen Scio und Natolien. Das Zusammentreffen war blutig, die Seeleute beider Flotten fochten tapfer. Hassan stellte sich mit seinem Admiralschiff „die Sultanin" dem Admiral Spiridoff entgegen, der sich auf dem „Estafi" befand. Man enterte, und es entspann sich ein Kampf, der mit beispielloser Wuth geführt wurde. Auf beiden Schiffen regnete es Kugeln und Granaten. Da fing das türkische Schiff Feuer, man versuchte das russische Schiff loszumachen, doch es gelang nicht. Immer weiter griff das Feuer um sich; die Kommandeurs der andern Schiffe, bestürzt über diesen fürchterlichen Brand, hörten auf Augenblicke auf zu streiten. Jede Minute befürchtete man die Explosion der Pulverkammern auf den brennenden Fahrzeugen. Da ertönte ein donnerähnliches Gekrache, und beide Schiffe flogen gemeinschaftlich in die Luft, das Meer mit ihren dampfenden Trümmern bedeckend. Nur die Admirale und einige andere Offiziere entgingen dem schrecklichen Tode. Der Kampf wurde wieder begonnen und mit vermehrter Wuth fortgesetzt, bis die Nacht mit ihrem Schatten die Streitenden trennte. Nun begingen die Türken die Unvorsichtigkeit, in die enge und sandige Bai von Tschesme einzulaufen, einige ihrer Schiffe strandeten. Auf dem Swetoslaw Diga bemerkte man diesen Fehler, und Elphingston sagte lächelnd zu seinen Offizieren: „Diesen Türken will ich eine Barriere vor ihren Teich legen und ein Feuerwerk anzünden, wie ein ähnliches noch nicht da gewesen ist."

Noch in der Nacht legte sich Elphingston vor den Eingang der Bai, und hielt Kriegsrath mit seinen Offizieren und den Kommandeuren der Schiffe, die unter seinem Befehl standen. Das Resultat dieser Verhandlung war folgendes: „Drei Brander unter dem Kommando Dugdale's, gedeckt durch Contreadmiral Greig, sollten sich der türkischen Flotte nähern und diese in Brand stecken." Am andern Tage gegen Mitternacht fuhr Dugdale ab, um sein Wagstück auszuführen. Elphingston hatte ihn zum Abschied umarmt, und freudig ging Dugdale in den Kampf. Je näher er mit seinen Brandern den türkischen Schiffen kam, je erregter wurden die russischen Matrosen. „Dem Ersten, der wankt," donnerte er ihnen zu, „jage ich eine Kugel durch's Hirn, und nun vorwärts." Doch die Russen schienen von allem Muthe verlassen zu seyn, sie sahen ihrem gewissen Tode entgegen, und einige derselben machten schon Anstalten in's Wasser zu springen und sich durch die Flucht zu retten, doch Dugdale hinderte sie. Während dieser Zeit hatte Greig mehrere türkische Schiffe in ein Gefecht verwikkelt. Dugdale befestigte nun eigenhändig einen Brander an ein türkisches Schiff, am ganzen Leibe verbrannt, warf er sich in die See und erreichte schwimmend die russische Flotte wieder.

Nun begann der fürchterlichste Brand, ein Schiff nach dem andern flog in die Luft, in des Meeres klaren Fluthen spiegelten sich die Flammen, die aufgehende Sonne beleuchtete die Trümmer einer schönen Flotte. Weit davon entfernt, den Flammen Einhalt zu thun, war die türkische Mannschaft nur auf ihre Rettung bedacht gewesen, theils suchten sie ihr Heil im Schwimmen, theils erreichten sie in Schaluppen das Land. Diese Menschen aber zerstreuten sich in die umliegenden Gegenden und übten hier Gräuelthaten aus, deren nur so rohe Menschen als Türken fähig sind.

Am andern Tage waren mehrere Offiziere um das Krankenbette eines Kameraden versammelt, der besinnungslos den fürchterlichsten Schmerzen, die ihn peinigten, zu unterliegen drohte. Beinahe am ganzen Körper war dieser Unglückliche mit Brandwunden bedeckt. Elphingston's Blicke hafteten mit inniger Theilnahme auf dem Kranken, der ein Beispiel seltenen Heldenmuths gegeben hatte. Von Allen geliebt, fürchteten Alle, daß Dugdale, denn dieser war es, unterliegen würde. Die verschiedenen Offiziere rief der Dienst ab, und bald war der Admiral allein bei dem Kranken, dessen Brust sich jetzt fieberhaft hob und senkte. Er öffnete den Mund zum Sprechen, und Anna war das erste Wort, welches seinen Lippen entfloh. Der Arzt verordnete Ruhe und das Vermeiden aller geistigen Aufregung. Elphingston verließ den Kranken. Mit unermüdlicher Sorgfalt wachte der Arzt an dem Krankenlager Dugdale's, und hatte dann auch bald das Vergnügen zu sehen, daß sich des Patienten Befinden täglich besserte. Selbst D. versäumte nicht, sich nach dem Befinden Dugdale's erkundigen zu lassen, und trug zugleich Elphingston auf, dem Lieutenant zu wissen zu thun, daß sein ausgezeichnetes Benehmen am Tage der Schlacht der Kaiserin gemeldet werden würde. Dennoch war Dugdale trübe gestimmt, er sehnte sich nach seiner Braut, und äußerte auch offen seinem Chef den Wunsch, die Flotte verlassen zu können. Dieser gab ihm nicht Unrecht, rieth ihm jedoch, noch einige Zeit zu warten.

Um wieder auf die Türken zu kommen, so waren diese durch die Nachbarschaft eines solchen Feindes gar sehr beunruhigt, um so mehr, da in mehreren Theilen des Reichs Rebellion ausgebrochen war.

Vielleicht gab es nie eine Unternehmung in einem entfernten Meere, die so glücklich von statten ging, als die russische an der Küste von Kleinasien. Hätten die Russen ihre Siege und ihre Macht zu benutzen verstanden, so war Syrien und Egypten für die Pforte verloren.

(Fortsetzung folgt.)

Erzherzog Karl von Oesterreich.

Mehrmals schon haben wir über die Fortsetzung des Werkes dieses Namens, welches den wackern Ed. Duller zum Verfasser hat, berichtet. Die tüchtige vaterländische Gesinnung, mit der ein weltgeschichtliches Leben und eine weltgeschichtliche Zeit mit Kunde und Geschick darin ihre Auffassung erhalten, fand bereits ihre Erwährung. Indem wir also die neusterschienenen Lieferungen des Werkes (die 12te bis 15te) hier anzeigen und unsre Freude darüber ausdrücken, daß, während das Sinnvolle und Zweckmäßige der Illustrationen sich gleich geblieben sind, die Sauberkeit und Schönheit ihres Abdruckes sich erhöht haben, theilen wir eine Stelle aus dem letzterschienenen Doppelheft zur Bestätigung bereits früher und nun wiederholt gefällten Urtheils über das Werk mit.

„Schon öfter im Verlaufe des Feldzugs von 1799 war die Gesundheit des Erzherzogs Karl so bedroht gewesen, daß man im Publikum und in öffentlichen Blättern von seinem bevorstehenden Abgang vom Kommando sprach und sogar bereits seinen Nachfolger bezeichnete. Nunmehr traf dieser Fall ein, nachdem zur größeren Erschütterung seiner schon beim Beginn des Feldzugs noch nicht völlig wiedergestärkten, und während desselben durch alle Mühen und Strapatzen fort und fort noch mehr angegriffenen Gesundheit auch unverdiente Kränkungen noch wesentlich beigetragen haben mochten; Letzteres begreift sich, wenn man lies't, daß sein Leiden ein nervöses war. Man rieth ihm, die Bäder in Pyrmont zu gebrauchen. Er bat deßhalb um seine Enthebung vom Kommando und erhielt dieselbe. Das letztere wurde dem Feldzeugmeister Baron Kray anvertraut, welcher sich damals in Anbetracht des Glückes, das ihm in Italien zur Seite stand, von Seiten des Hofes, wie des Publikums, glänzender Ovationen zu erfreuen hatte. — — Der Mann, der es in Deutschland am besten wußte, am tiefsten fühlte, der sein Leben, der die volle Macht seines Geistes so oft dafür eingesetzt, Erzherzog Karl, schied am 17. März 1800 von der Armee, aber in der festen Absicht, wo er auch sey und welcher Wirkungskreis ihm auch beschieden werde, immer ganz nur dem Vaterlande anzugehören. Sein Abschied von der Armee, die er so oft zu Siegen geführt, in welcher jeder Brave ihn, den Feldherrn, als Vater ehrte, war ergreifend. Sie wußte wohl, was sie in ihm verlor. Von jeher war sein Privatvermögen die Kasse der Offiziere, der Gemeinen gewesen, und als sich dasselbe, durch die reiche Erbschaft, welche ihm nach dem Tode seiner Tante, der Erzherzogin Maria Christina zufiel, beträchtlich vermehrte, fand er hierin nur einen willkommenen Anlaß, dem Drange seines Herzens folgen zu können, um seine Soldaten zu unterstützen. Er wußte, was es heißt: Soldat seyn; welche Mühen und Entbehrungen, wie viele Dornen, schärfer als Wunden, in den Beruf verflochten sind, über dem das gemeinsame Ziel wie ein hoher leuchtender Stern schwebt; er wußte es, der selbst alle diese Mühen und Entbehrungen getheilt hatte; der auf einem Felde, wo es auch eine Gleichheit gilt, die: das Leben auf's Spiel zu setzen für eine Idee, für einen Befehl, — den Menschen nur als Menschen gesehen und in allen Gräueln, die der unvermeidliche Theil des Krieges sind, das schönste Erbtheil, die Menschlichkeit, bewahrt hatte. Mit dem Zauber, den sein Geist, sein Name, seine Siegesgewohnheit übten, war dies ein ebenso gewaltiger, der der Humanität, der ihn populär machte. Das flog von Mund zu Mund, von Herz zu Herz, wenn er, ohne daß er mit seiner Freigebigkeit prunken, ohne daß er damit die Zungen beschäftigen, die Herzen gewinnen wollte, jedem Sergeanten, der zum Offizier befördert wurde und dem es an Mitteln sich zu equipiren fehlte, ein Geschenk von 25 Dukaten, wenn er armen Offizieren eine Zulage von zehn Gulden gab, wenn er aus seinem Vermögen für Herbeischaffung von Fleisch, Wein, Branntwein u. dgl., für die braven Truppen sorgte, die sonst während eines harten Winters in ausgesogenen Landstrichen Mangel gelitten hätten. Als am 17. März 1800 der letzte Generalbefehl des Erzherzogs vor den versammelten Truppen verlesen wurde, konnte der damit beauftragte Adjutant des Generalstabs vor Thränen die Ordre kaum zu Ende lesen; die ältesten Grenadire, die dem Tode so oft freudig-unerschrocken entgegen gegangen, um die Ehre zu gewinnen, vermochten vor diesem Schmerz nicht die gewöhnlichen Evolutionen zu machen; die Flinten fielen ihnen aus den Händen, nach Beendigung der Verlesung wurde sogleich abgezogen, ohne die bei der täglichen Parade üblichen Manöver zu machen, und Offiziere wie Gemeine überließen sich dann ihrem Schmerz, daß der Vater des Heeres schied. Der Erzherzog gab bei seinem Abschiede noch den armen Offizieren die Zusicherung, daß er ihnen, so lange der gegenwärtige Krieg dauere, die bisherige Zulage bezahlen lassen werde. Damals wünschte wohl mehr als Ein Herz: „Auf Wiedersehen!" Und Karl selbst, wenn auch leidend und tief gekränkt, ersehnte nicht minder ein Wiedersehen, wenn es die Rettung des Vaterlandes gelte; dafür kämpfen, war für ihn ein Genesen!

Aus gleichzeitigen Berichten wissen wir, daß die Rückreise des Erzherzogs von der Armee nach Wien, wohin er sich zunächst begab, über Günzburg und Augsburg ein wahrer Triumphzug war; daß, wo man seine Durchreise erwartete, Alles herbeiströmte, um den Retter Deutschlands zu begrüßen. Beim Himmel: ein gutes Volk, das deutsche! denn es ist dankbar aus vollem Herzen gegen jede redliche Pflichterfüllung; und eine Kraft zu hoffen und eine Ausdauer im Hoffen hat es, die man oft belächelt hat und die dennoch schön ist, weil sie von seiner Jugendlichkeit zeugt, die durch so viel hundertjährige Geschicke, welche sich vereinigten, es alt zu machen, noch nicht gebrochen werden konnte. Lächelt immerhin über's Hoffen! In allem Hoffen liegt ein Muth; nur der ist verloren, der verzweifelt!

Erzherzog Karl kam, nachdem er in St. Pölten den ehrwürdigen Lehrer seiner Jugend, den Bischof Hohenwart, begrüßt, bei ihm übernachtet und zu Mittag gespeist hatte, am 30. März in Wien an, wo er sich jedoch nur kurze Zeit aufhielt. Wie sehr seine Gesundheit damals erschüttert war, beweist der Umstand, daß damals zwölf der bedeutendsten Aerzte Wiens zu einer Berathung über sein Leiden zusammentraten; sie gaben jedoch die beste Hoffnung der Wiederherstellung. Der Erzherzog verließ Wien, wie gesagt, schon nach ein paar Tagen, um sich nach Prag zu begeben."

(Vaterl.)

Deutsche, Engländer, Franzosen, Italiener und Spanier.

In Paris erschien vor mehreren Jahren ein mit Holzschnitten verzierter Bogen auf einer Seite bedruckt, der das Leben und die Sitten der Nationen von Europa enthielt. Hören wir die Quintessenz der Urtheile der Franzosen über sich und ihre Nachbarn.

In der Religion ist der Deutsche ungläubig, geht aber zuweilen mit dem größten Gebetbuche in die Kirche, der Engländer ist devot, der Franzose eifrig, der Italiener voll Ceremonien, der Spanier bigott.

Im Worthalten: Der Deutsche treu, der Engländer sicher, der Franzose leichtsinnig, der Italiener listig, der Spanier betrügerisch.

Im Rathgeben: Der Deutsche langsam, der Engländer entschlossen, der Franzose übereilt, der Italiener fein, der Spanier verwahrt sich durch Cautelen.

Von Gestalt ist der Deutsche groß, der Engländer wohl gewachsen, der Franzose wohl aussehend (de belle mine), der Italiener mittelmäßig, der Spanier zum Erschrecken.

In der Kleidung ist der Deutsche ärmlich, der Engländer prächtig, der Franzose veränderlich, der Italiener lumpicht, der Spanier bescheiden.

In der Liebe: Der Deutsche versteht nicht, zu lieben (!), der Engländer liebt hier und da ein wenig, der Franzose überall, der Italiener weiß, wie man lieben muß, und der Spanier liebt wirklich.

In Sitten: Der Deutsche bäuerisch, der Engländer grausam, der Franzose gewandt, der Italiener höflich, der Spanier stolz.

Im Bewahren eines Geheimnisses: Der Deutsche vergißt, was man ihm sagt, der Engländer verschweigt, was er sagen, und sagt, was er verschweigen sollte, der Franzose plaudert Alles aus, der Italiener spricht kein Wort, der Spanier ist sehr geheimnißvoll.

Die Eitelkeit: Der Deutsche prahlt wenig, der Engländer verachtet Alles, der Franzose rühmt Alles (?), der Italiener schätzt das Geringe gering, der Spanier rühmt nur sich selbst

In Beleidigungen und Wohlthaten: Der Deutsche thut weder Gutes noch Böses, der Engländer Beides ohne Ursache, der Franzose vergißt Beides, der Italiener ist schnell zum Wohlthun, aber rachsüchtig, der Spanier gegen Beides gleichgültig.

Im Essen und Trinken: Der Deutsche ein Trunkenbold, der Engländer ein Leckermaul, der Franzose delicat, der Italiener mäßig, der Spanier knauserig.

Im Gespräch: Der Deutsche redet wenig und schlecht, aber schreibt gut, der Engländer redet schlecht, schreibt aber auch gut, der Franzose spricht und schreibt gut, der Italiener redet gut, schreibt viel und gut, der Spanier redet und schreibt wenig, aber gut.

In der Art, sich zu präsentiren: Der Deutsche sieht aus wie ein Damian, der Engländer gleicht weder einem Narren, noch einem Weisen, der Franzose ist étourdi, der Italiener klug, sieht aber aus wie ein Narr, bei dem Spanier ist es umgekehrt.

In Gesetzen: Die deutschen Gesetze sind so so, der Engländer hat schlechte Gesetze, beobachtet sie aber gut, der Franzose hat gute Gesetze, befolgt sie aber schlecht, der Italiener und Spanier haben auch gute Gesetze; jener befolgt sie nachläßig, dieser streng.

Die Weiber sind in Deutschland Hausfrauen, in England Königinnen, in Frankreich Damen, in Italien Gefangene und in Spanien Sclavinnen.

Muthig ist der Deutsche wie ein Bär, der Engländer wie ein Löwe, der Franzose wie ein Adler, der Italiener wie ein Fuchs und der Spanier wie ein Elephant.

In den Wissenschaften ist der Deutsche ein Pedant, der Engländer ein Philosoph, der Franzose weiß von Allem ein wenig, der Italiener ist ein Professor und der Spanier ein tiefer Denker.

Endlich (hört!) die Ehemänner sind in Deutschland Herren (?!), in England Knechte, in Frankreich Gefährten, in Italien Schüler und in Spanien Tyrannen.

Man sieht, daß wir Deutsche uns eigentlich am wenigsten zu beklagen haben, und wenn der Verfasser nur die abscheuliche Verläumdung weggelassen, daß wir nicht zu lieben verständen, und so in den Tag hinein behauptet hätte, daß wir als Ehemänner Herren wären, so könnten wir mit unserer Charakteristik leidiglich zufrieden seyn.

Mannichfaltigkeiten.

Man liest in dem Beiblatte zur Weser-Zeitung die nachstehenden Bemerkungen, welche Manchem etwas hart erscheinen mögen, gewiß aber unwiderleglich wahr sind. Es heißt dort: „In letzterer Zeit sind kaum drei bis vier Unterhaltungsschriften erschienen, welche geeignet wären, auch nur dem Lesehrißhunger des Publikums für den bevorstehenden Winter empfohlen zu werden, eines Publikums, welches, je länger wir es ohne heimische und stattliche Hervorbringung lassen, desto gewisser dem Geschmacke des Auslandes vollends verfällt. Ist es uns denn überhaupt erlaubt, darüber zu klagen, daß Schriftsteller wie Eugen Sue und Alexander Dumas, wie James und Ainsworth in Deutschland mit Begierde verschlungen werden, da wir uns auch nicht einmal die Mühe nehmen, dem Bedürfnisse spannender Unterhaltung, dem sie in hohem Grade entsprechen, von Weitem entgegen zu kommen? Es ist in ihnen eine Kunst der Gestaltung, eine Geschicklichkeit der Anlage und Durchführung der Erzählung zu fesselnder und erfolgreicher Wirkung, eine Tüchtigkeit und ein Reichthum des Schaffens, der unser ganzes Studium, unseren lebhaftesten Wetteifer hervorrufen sollte, anstatt daß wir scheinbar stolz und dennoch neidisch, dabei aber träg und kalt auf ihre Vorzüge, wie wenn es Untugenden wären, blicken. Die Franzosen gliedern ihre Werke fein und berechnen sie mit tiefer Kenntniß der Neigungen; die Engländer hauchen in jedem ihrer Romane ein Stück ihres reichen, frischen Lebens aus. Was geben wir? Was geben oft auch die besten unter uns? Wie Ungenießbares häufig und stets wie viel zu wenig, um dem Leseverlangen des belesensten Volkes der Erde zu genügen? Auch wenn wir rüstig, fruchtbar und in der Kunst Spannungen zu erregen den Franzosen gleich erfahren wären, würden unsere Erzeugnisse nicht ausreichen für fünf Wintermonate und fünftausend deutsche Provinzialstädte. Die Fremden würden immer in stärkster Mitbewerbung zu uns stehen. Wie sich jedoch die heutigen Verhältnisse stellen, beherrschen sie die belletristische Neigung unseres Vaterlandes, indem sie ihr fast allein ergiebigen und dankbaren Stoff bieten.

Bei Gelegenheit einer Anzeige der dritten Auflage der trefflichen Dorfgeschichten von **Berthold Auerbach** macht ein Ref. des Beiblattes der Weser-Zeitung folgende sehr wahre Bemerkung: Billige Ausgaben überhaupt, wenn sie **gute** Bücher zu verhältnißmäßig niedrigen Preisen bieten, sind eine sehr sichere Unternehmung. An die theuern Werke, die für vier, fünf Thaler wenige weitläufig gesetzte Bände bieten, geht selbst die Kauflust der Leihbibliothekare nicht unbedenklich heran. Die deutschen Klassiker, die bestberufensten Uebersetzungen des Fremden sind für wenige Groschen das Bändchen zu haben, und doch verlangt man vom Publikum, daß es einen neuen Roman von Willibald Alexis mit einem Louisd'or eine zweitheilige Novelle von Sternberg, Storch oder Stifter mit einem Dukaten bezahlen soll! Viel besser kommen die Verleger auf ihre Rechnung und der Schriftsteller zu einem ansehnlichen Honorar, wenn ihre besseren Schriften in großen Auflagen und zu geringem Preisansatze erscheinen.

Von Dickens („Boz") erscheint vom 1. October an ein neuer Roman in zwanzig Monatslieferungen unter dem seltsamen Titel: „Geschäfte mit der Firma Dombey u. C. en gros, en détail und zur Ausfuhr."

Laut einer Mittheilung in der englischen Zeitschrift „Athenäum", hat ein griechischer Physiolog, Namens Eseltja, der Akademie der Wissenschaften in Paris die Anzeige gemacht, daß es ihm gelungen sey, mit Hülfe elektrischen Lichtes durch den menschlichen Körper zu sehen; er will auf diese Weise das Vorhandenseyn tief in den Eingeweiden verborgener Krankheiten erkannt, die Operationen der Verdauung und des Blutlaufs verfolgt, endlich auch die Nerven in Bewegung gesehen haben. Hr. Eseltja hat dieser merkwürdigen Entdeckung den Namen „Anthroposcope" gegeben.

Am Abend des 5. d. ereignete sich im Gasthof zum Rößli in Marthalen, Bezirk Andelfingen im Kant. Zürich, folgender unglückliche Vorfall. In dem Gasthofe befanden sich einige Gäste. Als einer von denselben vom Wirth noch mehr „Sauser" verlangte, erklärte dieser, er wage es nicht mehr, in den Keller zu gehen, denn die Ausdünstung des Sausers sey zu stark. Ein anwesender Küfer Sp. glaubte, es wagen zu dürfen, noch in den Keller hinunter zu gehen. Zwei andere Gäste, die Lehrer G. und E., folgten dem Küfer bis auf die Treppe, wo sie bald hörten, daß Küfer Sp. den Hahn eines Fasses gedreht, daß aber der Wein aus dem Faß in den Keller hinausströmte. Als die beiden Lehrer sich hierauf in den Keller hinunter begaben, fanden sie Sp. besinnungslos am Boden liegen. Der eine von den beiden Lehrern, E., fiel auch bald besinnungslos zu Boden, während es dem andern gelang, sich noch aus dem Keller zu flüchten und Hülfe herbeizurufen. Schnell eilte der Wirth in den Keller, aber auch diesem wurde das gleiche Schicksal zu Theil wie dem Küfer und dem Lehrer E. Hierauf wurde im Dorfe Lärm gemacht und es eilten schnell Leute zur Hülfe herbei. Nach großer Anstrengung gelang es, die benannten Personen aus dem Keller zu retten. Unter diesen befand sich auch die Tochter des Wirths, von welcher man nicht recht weiß, wie sie in den Keller gekommen ist. Während es durch angewendete ärztliche Hülfe gelang, die 3 Männer wieder in's Leben zurückzurufen — blieben dagegen bei der Tochter alle diesfälligen Versuche leider erfolglos: **Dieselbe war im Keller erstickt!** — Dieser Vorfall mahnt dringend zur Vorsicht.

Korrespondenz.

Von der Bergstraße, 9. Oct.

In der neuen Würzb. Ztg., Nro. 277, wird in einem Aufsatz über die Versammlung deutscher Wein- und Obstproducenten zu Heilbronn mit einer Art von Triumph berichtet, daß die Chemiker und Theoretiker bei Gelegenheit der **Frage über Weinverfälschung** eine vollständige Niederlage erlitten hätten. Diese Erscheinung ließ sich nicht anders erwarten, wenn man die große Anzahl von reinen Praktikern jenen der Theoretikern gegenüber betrachtet. Die Abstimmung über einen Gegenstand, über den man nicht einig werden konnte, mußte zum Nachtheil der Theoretiker ausfallen, da einem großen Theil der Praktiker die Vorkenntnisse fehlen, um über eine Sache zu urtheilen, bei der ein eingewurzeltes Vorurtheil Gründen gegenüber steht. Dieselbe zeigt aber auch, wie wünschenswerth es wäre, daß es den Praktikern gefallen möge, sich wenigstens im Bereiche ihres Geschäftes die nöthigen chemischen Kenntnisse anzueignen. Die Behauptung der Chemiker und mehrerer rationeller Praktiker ging dahin, daß ein Zusatz von Zucker zu geringen Mostsorten, und zwar in solcher Menge, daß diese den in guten Mostsorten gefundenen Mengen von Zucker gleich komme, keine Verfälschung, sondern eine Verbesserung derselben und der daraus erzielten Weine sey, indem die sehr verschiedene Menge des Zuckers im Moste hauptsächlich die Güte solcher Weine bedinge, die sich nicht durch besonderes Arom auszeichnen, während die Mengenverhältnisse der übrigen Bestandtheile nur zwischen sehr engen Gränzen schwanken. Der Hauptgrund, den die Praktiker dieser Behauptung entgegensetzten, war, daß wenn man diesen Zusatz **nicht für Verfälschung erkläre**, der Weinschmiererei die Thore geöffnet seyen. Ob dieser Grund die Behauptung der Chemiker und Theoretiker logisch widerlegt, möge jeder Unbefangene beurtheilen. Jeder Zusatz eines nicht im Weine enthaltenen Stoffes, wie z. B. der aromatischen Substanzen, selbst der des Alkohols, zu unseren deutschen Weinen, da es noch nicht hinlänglich erwiesen sey, in welchem Zustand dieser im Wein enthalten ist, wurde ohne weitere Discussion als Verfälschung zurückgewiesen, selbst der Zusatz des Zuckers in excessiver Menge aber nach der Gährung, wie er in Frankreich häufig vorkommt, als unzulässig anerkannt. Die nach jenem Aufsatz unendlich erscheinenden Gränzen der Weinschmiererei wurden daher gerade durch die Chemiker und Theoretiker viel enger und genauer gezogen, als dies die Praxis der Weinhändler und Küfer so häufig zu thun pflegt. Aus Unkenntniß der Verhältnisse und Furcht vor Mißbrauch verwirft aber lieber die wissenschaftliche Praxis jede Unterscheidung zwischen rationeller Weinverbesserung und Weinschmiererei, und möchte dadurch jeden Fortschritt in der Kultur hemmen, während nur eine ausgedehntere Kenntniß der chemischen Natur des Mostes und Weines allein vor Weinschmiererei und Betrug zu schützen vermag. Sehr zu bedauern ist es daher, wenn man von Seiten der Praktiker eine Wissenschaft mit Hohn von sich stößt, deren Wichtigkeit bei der Weinbereitung man bis jetzt noch nicht zu ahnen scheint, obgleich man bereits manche Frucht ihrer Forschungen in einer rationelleren Weinbehandlung genießt.

Dr. L. v. B.

Berichtigung.

In der gestrigen Didaskalia ist der Uebersetzer des Hiob irrig Dr. Moritz Löwenstein statt **Löwenthal** genannt.

Redakteur: J. L. Heller. — Druck und Verlag von Heller und Rohm.

Didaskalia.

Blätter für Geist, Gemüth und Publizität.

Nro. 284. Mittwoch, den 14. October 1846.

Prinzeß Tarakanoff.

Eine Erzählung, nach französischen Memoiren bearbeitet von Hans von G........

(Fortsetzung.)

X.

An den grünenden Gestaden von Paros lag die russische Flotte vor Anker, von hier aus konnten sie leicht das ganze griechische Meer beherrschen. — Es war ein kühler, schöner Abend. In ihrer ganzen Pracht ging die Sonne unter, das Meer mit ihrem letzten Strahlen vergoldend.

An diesem Abend war's auf den russischen Schiffen sehr lebendig, die Signalflaggen flogen auf und nieder, und von den verschiedenen Schiffen her bewegten sich Schaluppen, mit Offizieren besetzt, nach dem Admiralschiff D's.

Auf dem Deck dieses Schiffs stand in großer Uniform ein Mann von imponirender Figur. Er mochte einst schön gewesen seyn, jedoch war sein Gesicht durch eine große Narbe entstellt. Es lag ein ungemeiner Stolz in den Zügen dieses Mannes, seine Augen in beständiger Bewegung, hatten etwas Lauerndes, wodurch sie eben keinen angenehmen Eindruck auf Denjenigen machten, der sich den Blicken derselben aussetzen mußte. Es war D., ein Mann, der sich zu den höchsten Ehrenstellen emporgeschwungen hatte. Er war stolz und übermüthig, dabei unvorsichtig.

Als D. seine Offiziere um sich versammelt sah, machte er ihnen mit kurzen Worten bekannt, daß er nach Petersburg abreisen würde. „Ich werde nicht unterlassen," schloß er, „die Ausdauer und den Muth anzupreisen, den Sie Alle unter meinen Befehlen bewiesen haben. Es unterliegt keinem Zweifel, daß die verschiedenen Zweige des Dienstes mit gewohnter Pünktlichkeit während meiner Abwesenheit ausgeführt werden. Meine Herren, leben Sie wohl; ich denke binnen einiger Zeit wieder hier zu seyn, um eine Expedition zu Ende zu führen, die so ruhmvoll für die Flotte Ihrer Majestät begonnen worden ist." Er grüßte gnädig die um ihn stehenden Offiziere und ging seiner Kajütte zu, gefolgt von mehreren Oberoffizieren der Flotte. Eben so schnell, wie die hier versammelten Offiziere gekommen waren, schieden sie auch wieder, innerlich froh, auf einige Zeit von D. erlös't zu seyn.

„Es ist doch sonderbar," sagte Elphingston zu sich selber, „mit welcher Kühnheit dieser Mann spricht, der sich nie um den Dienst kümmert, und von diesem wenig versteht. Dennoch preis't er Pünktlichkeit an, als ob durch seine Anwesenheit diese so sehr gefördert worden wäre. Verwünschter Dienst, in den mich mein Schicksal geführt hat, täglich Zeuge seyn zu müssen, wie diese russischen Oberoffiziere selbst gegen die ihnen zunächst stehenden nur mit Hochmuth umzugehen verstehen; was kann es Härteres für einen denkenden Menschen geben." Diesen und ähnlichen Gedanken nachhängend, fuhr Elphingston seinem Swetoslaw zu.

Am andern Morgen, als kaum der Tag graute, verließ D. unter dem Donner der Kanonen die Station, um sich nach St. Petersburg zu begeben, — hier wollte er den Ruhm seiner Siege genießen, und auch neue Unterstützung holen zur Fortsetzung seiner oder vielmehr der Kaiserin Unternehmungen im Archipel. Mit seinem Erscheinen in der nordischen Residenz begann eine Reihe von Feierlichkeiten, deren Held er war.

In den glänzenden Räumen des Lustschlosses Opargko-Feld war Hofball. Durch unzählige Kerzen waren die kaiserlich eingerichteten Gemächer beleuchtet. Alle Notabilitäten des Hofes waren hier versammelt. Die Damen in russischer Nationaltracht waren mit Diamanten überladen, und die Herren erschienen in den prächtigsten Uniformen. Der Luxus Asiens schien sich mit dem Europa's vereinigt zu haben, um die Sinne derer zu blenden, die solche Pracht nicht gewohnt waren.

An dem Ende einer langen Gallerie, die durch kolossale Vasen, riesige Candelaber und ausgezeichnete Gemälde geziert war, stand D., geschmückt mit dem Großkreuz des Georgen-Ordens, welches er erst an diesem Tage erhalten, mit der Kaiserin im eifrigen Gespräch begriffen. D. schilderte mit lebhaften Farben die Verhältnisse im Orient. „Ich glaube Ew. kaiserlichen Majestät nicht zu viel zu versprechen, aber mit den entsprechenden Mitteln mache ich mich anheischig, Griechenland zu erobern, Egypten der türkischen Herrschaft zu entreißen, eben so die Fahrt durch die Dardanellen frei zu machen; ich glaube mit 10 Millionen Rubel diese Dinge in's Werk setzen zu können."

„Wir bewilligen 20 Millionen, und überlassen Ihnen, D., ganz die Anordnungen in Betreff dieser Unternehmung, auch sprechen wir Sie im Voraus von aller Verantwortung frei. Das Nähere im Staatsrath. Sie werden bald nach dem Archipel abgehen, auf Ihrer Reise berühren Sie Italien, das Land der Künste, wir ertheilen dem Sieger von Tschesme den Auftrag, diese in den Annalen unserer Geschichte ewig denkwürdige Schlacht in sechs großen Gemälden dort fertigen zu lassen. Wir hoffen, daß diese Stücke gut ausfallen werden. Sie sollen dazu dienen, diese ewig denkwürdige Schlacht immerdauernd vor die Augen zu führen." Die Kaiserin reichte D. die Hand zum Kuß, nickte freundlich mit dem Kopf, hierdurch ihrem Admiral das Zeichen gebend, daß er entlassen sey.

D. entfernte sich, und war bald mitten im Gewühl der Hofwelt, von der er mit der größten Höflichkeit begrüßt wurde, die er, wenn er gerade dazu aufgelegt war, auch zu bemerken geruhte. —

Drei Stunden war getanzt worden, da ertönte der Donner der Kanonen und gab das Zeichen zum Aufhören des Tanzes. Man begab sich an's Fenster, um das prächtige Feuerwerk anzusehen. Erst gegen Morgen war das Fest beendet, dem noch viele andere nicht minder prächtigere folgten.

Kurz vor seiner Abreise (1772) ward er zur Kaiserin beschieben. Zur festgesetzten Zeit erschien D., nach nicht lange hatte er im Vorzimmer geharrt, als ein Kammerherr der Kaiserin ihm mittheilte, daß Allerhöchstdieselbe ihn zu empfangen wünsche.

Mit gewohnter Huld empfing ihn die Kaiserin. „Wir haben Euch rufen lassen, Alexis D., einestheils um Euch eine Gnade zu erweisen, anderntheils aber, um Euch noch Aufträge von Wichtigkeit zu geben. Zur Erinnerung des Sieges, den Ihr bei Tschesme errungen habt, verleihen wir Euch den Titel Tschesmensky, den Ihr hinführo Eurem Namen beizufügen habt.“ D. küßte knieend die ihm dargebotene Rechte der Kaiserin, und sprach seinen unterthänigsten Dank aus. Auf Befehl der Kaiserin erhob sich D. und hatte eine lange Unterredung mit derselben. „Ihr erinnert Euch der Prinzeß Tarakanoff, die wir mit mütterlicher Sorgfalt hier erziehen ließen. Die Thörichte hat meine Liebe verkannt und den Einflüsterungen eines Fremden Gehör gegeben, der sie zur Flucht verleitet hat. Gegenwärtig lebt sie in Rom. Es wird keine große Mühe machen, dieselbe, ohne Aufsehen zu erregen, auf eins Eurer Schiffe zu bringen, dann werdet Ihr sie wohlbewacht anher abliefern lassen, wo dann weiter über sie verfügt werden wird. Geht klug zu Werk, das Mädchen hat sich schwerer Verbrechen schuldig gemacht und sich hierdurch meine ganze Ungnade zugezogen.“

Nachdem noch mehrere Angelegenheiten von geringerer Wichtigkeit abgehandelt worden waren, schied unter tiefen Verbeugungen D. Kurze Zeit nach dieser Audienz verließ er St. Petersburg, um sich über Wien und Italien nach dem Archipel zu begeben.

(Schluß folgt.)

Schießbaumwolle.

(Bremen, 9. October.) Manche Erfindung ist ihren Grundprinzipien nach oft lange bekannt und bleibt doch ein verborgener Schatz, bis ein glücklicher Zufall oder Spekulation ihn ans Licht bringt. So ging es auch mit der explodirenden Baumwolle, von welcher so manche Zeitungsberichte uns erzählten. Herr Professor Schönbein machte ihre Wirkung bekannt, aber nicht ihre Bereitungsweise. Gewiß wurden manche Chemiker veranlaßt, über ihre Bildung nachzudenken und Versuche anzustellen. Herr Professor Böttger in Frankfurt, der bei der hiesigen Versammlung der Naturforscher außer anderen interessanten Dingen auch Kupferstichähnliche Probedrücke und geätzte Glasplatten vorzeigte, das bei dieser, Hyalographie benannten Erfindung befolgte Verfahren aber geheim hielt, scheint sehr bald zu glücklichen Resultaten gekommen zu seyn und sucht mit Herrn Schönbein gemeinschaftlich Nutzen von dieser Erfindung zu ziehen. Anders dachte Herr Professor Otto in Braunschweig, der unbezweifelt durch Spekulation die Bereitungsweise der explosiven Baumwolle fand, wie die Hinweisung auf eine Stelle seines Lehrbuches darthut. Diese lautet Bd. II. S. 76 (Ausgabe von 1840): „Die concentrirteste Salpetersäure übt auf gewisse organische Substanzen, z. B. auf Holzfaser und Stärkemehl, eine kurze Zeit hindurch keine heftige Wirkung aus, sondern verbindet sich mit derselben und bildet eigenthümliche Verbindungen. Eine zu diesem Versuche sehr gut geeignete Säure verschafft man sich durch Destillation von 100 Theilen Salpeter mit nicht mehr als 60 Theilen des stärksten Vitriolöls. Taucht man Papier eine Minute lang in eine solche Säure und wäscht es dann mit Wasser, so findet man, daß es etwas aufgequollen und fast so zäh wie Pergament geworden ist, nach dem Trocknen zeigt es sich sehr entzündlich, es fängt schon bei 180° C. Feuer und verbrennt ohne Geruch nach salpetriger Säure.“ So ist nun die Darstellung dieser Schießbaumwolle kein Geheimniß mehr, sondern ein Gemeingut Aller, und wir wollen Herrn Otto recht viele anerkennende und werthvolle Aequivalente für seine ächt wissenschaftliche Gesinnung wünschen. Seine Bekanntmachung veranlaßte auch in unseren Mauern vielseitige Besprechung dieses Gegenstandes und Herr Apotheker Kindt hat gleich gestern Abend im Museum explodirende Baumwolle vorgezeigt, die im äußern Ansehen sich von gewöhnlicher Baumwolle nicht unterschied. Mit glimmendem Zunder berührt, explodirte sie heftig, ohne, wenn sie auf weißem Papier gelegen hatte, einen Fleck zurückzulassen, oder schmerzhaftes Gefühl in der Hand zu erregen, wenn sie auf solcher entzündet wurde. Ein paar Flocken, ungefähr 3 Gran schwer, wurden in ein Pistol geladen und ein Papierpfropf aufgesetzt. Sie explodirten, durch ein Zündhütchen entzündet, mit Knall. Etwas derselben zu einem Kügelchen zusammengeballt, verpuffte, wenn es auf eiserner Unterlage von kräftigem Hammerschlage getroffen wurde. Ueber die Bereitung dieser Baumwolle theilte der Vorzeiger derselben mit, daß es ihm für den Augenblick an Salpetersäure von solcher Concentration, wie Herr Professor Otto sie benutzt habe, gefehlt hätte, die Anwendung einer etwas weniger concentrirten Säure aber keine explodirende Baumwolle liefere, und selbst zwölfstündige Einwirkung derselben, oder Unterstützung dieses Einflusses durch Wärme, keine günstigen Resultate gab. Er habe, um seine Versuche nicht auszusetzen, bis die concentrirtere Salpetersäure fertig geworden wäre, eine dieser Concentration gleiche Wirkung zu erlangen gesucht, indem er ein Maßtheil seiner Salpetersäure von 1 426 spec. Gewicht mit zwei Maßtheilen rauchendem Vitriolöl gemengt und mit diesem Gemenge die vorgezeigte Schießbaumwolle hergestellt. Dies Verfahren sey indeß keinesweges vortheilhaft, weil leicht Verkohlung der Baumwolle unter Umherspritzen der Säure veranlaßt werde. Ueberdies empfahl er Vorsicht bei den Versuchen, besonders auch wegen der sehr lästigen Säuredämpfe. (Brem. Ztg.)

Außer den bekannten Chemikern Schönbein und Böttger will — wie wir so eben aus No. 281 der Didaskalia ersehen — ein dritter Chemiker, Prof. Otto in Braunschweig, die Schießwolle ebenfalls ganz selbstständig producirt haben, was jedoch durchaus nicht einzuräumen ist, indem das Produkt, welches Letzterer dafür ausgiebt und was beiläufig gesagt, zu praktischen Zwecken in nur einigermaßen großer Quantität auf eine ökonomische Weise darzustellen, (wegen der fast momentan zerstörend auf die Baumwollenfaser einwirkenden concentrirten Salpetersäure) nach Otto's Anleitung ganz unmöglich ist, zwar gewisse Eigenschaften zeigt, die denen der Schießwolle, welche ich durch Autopsie kenne, gleichen, indeß doch nichts anderes ist, als dasjenige Produkt, auf welches Pelouze bereits vor Jahren schon aufmerksam gemacht, bei Gelegenheit der Veröffentlichung seiner Arbeit über das Xyloidin*), von welchem er speciell anführt, daß es bei einer Temperatur von 180° Cels. Feuer fange (Schönbein's und Böttger's Schießwolle entzündet sich erst bei der Schmelztemperatur des Zinnes, nämlich bei + 228° Cels.) und ohne Rückstand und mit vieler Lebhaftigkeit verbrenne. „Diese Eigenschaft“, fährt derselbe fort, „hat zu einer Erfahrung geführt, welche einige Anwendung in der Artillerie finden könnte. Das Papier und die Gewebe, welche auf diese Weise mit Salpetersäure behandelt worden sind, verdanken ihre neuen Eigenschaften dem Xyloidin, welches sie bedeckt.“

Der Laie nennt dieses Ereigniß, diese (Schönbein-Böttger'sche) Entdeckung einer und derselben Substanz von Zweien zu fast derselben Zeit, sonder- und wunderbar, eben weil er diese Entdeckung oder vielmehr Erzeugung nicht als ein nothwendiges Resultat der Entwickelung der chemischen Wissenschaft erkennt. Aber man blicke hin auf die Entwickelung der Chemie — und wir werden erkennen, daß bestimmte Zeiten sich im Wesentlichen durch bestimmte Tendenzen charakterisiren. Ja, werfen wir einen Blick auf die Geschichte der Chemie, so werden wir alsbald finden, daß ganz ähnliche Erscheinungen, wie die obige, stattgefunden. So ist es bekannt, daß Priestley am 1. August 1774 den in Verbindung

*) Vergl. Pharmaceut. Centralblatt, Jahrg. 1838, S. [illegible]

mit dem Stickstoff unserer Atmosphäre constituirenden Sauerstoff entdeckte, und daß Scheele ein Jahr später, ohne von Priestley's Entdeckung Kenntniß zu haben, denselben Stoff darstellte. Es ist uns ferner aus der Geschichte der Chemie bekannt, daß Stromeyer und Hermann im Jahr 1817 fast gleichzeitig einen und denselben Körper, das Cadmium-Metall, entdeckten; daß ein anderer Körper, das Chrom, 1797 von Vauquelin, und fast zu derselben Zeit auch von Klaproth entdeckt wurde, u. s. w. So gewiß nun diese Substanzen, diese Elemente offenbar werden mußten, eben weil in dem Menschen — als der vollendeten Naturstufe, aus welchem daher das ideale Prinzip des Daseyns zum freien Geiste in sich zurückgeht — ein unendlicher Trieb nach dem Erkennen der Natur u. s. w. hervortritt: so gewiß auch mußte das Schießpulver, ja, die explosive Baumwolle, in die Existenz treten, indem der Geist so lange keine Befriedigung hat, als ihm noch Untersuchungen bevorstehen, so lange der Chemiker noch Prozesse einzuleiten, d. h. das Verhalten aller Körper zu einander, was eben der Zweck der Chemie ist, noch zu erforschen hat; denn die Erkenntniß, und zwar die absolute, ist ja das Ziel, nach welchem das Universum strebt. Alle gemachten Entdeckungen, Erfahrungen und die hieraus abgeleiteten Theorien sind das nothwendige Resultat des sich unaufhörlich fortentwickelnden allgemeinen Weltgeistes. Dieses gilt also sowohl von den verschiedenen naturwissenschaftlichen Arbeiten oder Ansichten, als den unterschiedenen Philosophemen der Philosophen. Wäre z. B. nicht der bestimmte Hegel gewesen, welcher die Natur als die Idee oder den Geist im außersichseyenden Daseyn erkannt hätte, so irgend eine andere Individualität. Und wäre es nicht der bestimmte Liebig gewesen, welcher die Agriculturchemie in der bekannten Weise bearbeitet hätte, so würde solches durch ein anderes Individuum geschehen seyn, weil der Weltgeist stets von Stufe zu Stufe geht. Und existirten jene zwei Chemiker, Böttger und Schönbein, nicht, (denn von dem dritten kann keine Rede seyn), durch welche die explosive Baumwolle in die Erscheinung gesetzt worden, es würde diese wahrlich dennoch erschienen seyn oder noch erscheinen! Nur diese zwei Chemiker haben hinsichtlich dieser Entdeckung sich gleichen unsterblichen Ruhm erworben, während Professor Otto, indem er sich durch die bereits offenkundig gewordenen Schritte in diese bereits gemachte Erfindung gleichsam einzudrängen bemüht ist, sich vor ganz Deutschland selbst sein Urtheil spricht. Dr. Seubel.

Mannichfaltigkeiten.

Der „Docteur noir", der in Paris so viel Glück machte, ist nach W. Friedrichs Bearbeitung unter dem Titel: „Cäsar, der Mulatte" am 26. September zum ersten Male in Hamburg gegeben worden und hat der dortigen Neuen Zeitung Veranlassung zu folgendem Urtheile geboten: „Von der Romantik in diesem Stücke darf man sich keinen zu großen Begriff machen; einige gelbe und mehrere schwarze Gesichter, diverse Rettungen und ein sehr wildbewegtes Meer sind noch keine Romantik und von der Poesie ist nichts zu finden. Ein Mulatte, der Doktor ist, ohne promovirt zu haben, der alle Menschen curirt und kaum lesen kann, liebt die Gräfin und heirathet sie. Darum handelt es sich im Stücke. Die Handlung spinnt sich langsam fort, und weil sie romantisch seyn soll, war die Intrigue überflüssig. Das Stück hat indeß sehr gefallen."

Alle 35 Jahre soll die gleiche Witterung eintreten. Die Köln. Ztg. macht darauf aufmerksam, daß sich diese alte Regel auch durch den Gang der diesjährigen Witterung fast zu bestätigen scheint, da dieselbe dem Witterungslaufe des Jahres 1811, besonders hinsichtlich der Temperatur während des Sommer-Trimesters, ähnlich ist, wo in dem damaligen heißen Sommer der Stand des Thermometers, wie auch in dem letztvergangenen Sommer, nicht selten 26 bis 28° R. erreichte, dem aber ein früher und strenger Winter folgte, der somit auch in diesem Jahre, wenn jene Beobachtung sich ferner bestätigen sollte, zu erwarten steht.

(Das Strafarbeitshaus zu München.) In der zweiten Sitzung der Gesellschaft für Gefängnißreform zu Frankfurt am 29. Sept. machte Welcker darauf aufmerksam, daß man bis jetzt nur Stimmen für das pennsylvanische System vernommen, und daß es der Unpartheilichkeit wegen wünschenswerth wäre, auch über andere Systeme, namentlich das des Hrn. Obermayer, Aufschluß zu erhalten. Von mehreren Seiten dazu aufgefordert, nahm Obermayer das Wort, aber nur um zu erklären, daß er über sein eigenes Werk nicht wohl urtheilen könne. Er begnügte sich zu bemerken, daß er die absolute Absperrung als eine Grausamkeit betrachte, und seinen Zweck vorzugsweise durch Humanität zu erreichen suche. Hr. v. Closen sprach entschieden gegen alle Härte, die bei Behandlung der Gefangenen mittelst öffentlicher Arbeiten, besondere Kleidung, Züchtigung rc. geübt werde, und hob die Resultate hervor, welche durch Obermayer im Strafarbeitshause zu München erreicht worden. Aber freilich müsse man zur Leitung solcher Anstalten die geeigneten Männer finden; ohne diese würden die schönsten Gebäude nichts helfen. Mittermaier bestätigte die schönen Erfolge von Obermayer's Leitung. Aber Obermayer's System, bemerkte er, ist Obermayer selbst, sein imponirendes und dabei doch humanes Betragen, sein überall spähendes Auge, welches den Sträflingen Achtung und Scheu einflößt. Suringar: Obermayer hat solche Erfolge erreichen können, weil er Direktor ist und unumschränkt in seiner Anstalt zu gebieten hat. Bei einem Brande, erzählte er, wo Militärhülfe nicht bei der Hand und ein Ausbruch der Sträflinge zu fürchten war, führte O. seine 200 Gefangenen an die Brandstätte, und rief ihnen zu: „Nun, Kinder, löscht das Feuer!" Und sie löschten und kehrten in ihr Gefängniß zurück. Aber es giebt nicht überall Männer wie Obermayer.

(Berlin.) Am Montag Abend um 11 Uhr hatte sich der Sohn eines hiesigen Bürgers auf der Potsdamer Eisenbahn den Tod geben wollen. Durch die an den Lokomotiven getroffene Vorrichtung bei Seite geworfen, wurde ihm ein Arm und eine Seite zermalmt. Der solcherart Verstümmelte wurde sofort nach der Charité gebracht. — Wenn diese Vorrichtung an den Lokomotiven auch nicht direkt ihren Zweck erfüllt, so wird es indirekt der Fall seyn, weil sie Selbstmörder veranlassen wird, den Tod auf eine für sie minder schmerzhafte und für Andere weniger gefährliche Weise zu suchen.

Der Courrier français kündigt einen Tendenzroman: „Die Raubvögel" an. Es soll Absicht seyn, darin die modernen Geldsäcke, Börsen- und Eisenbahn-, Korn- und ähnliche Speculanten nach der Natur zu zeichnen.

Der Philosoph Hobbes sagte in Bezug auf einen Bücherwurm oder Buchverschlinger: „Hätte ich so viel Bücher gelesen wie NN., so wäre ich bestimmt eben so dumm wie er."

Korrespondenz.

Stuttgart, 11. Oct.

Der Herbst ist bei uns in vollem Gange und bringt ungemeines Leben nicht blos in unsere Stadt, sondern auch in deren ganzen Umgebung. Der Verkauf geht allenthalben rasch und zu sehr bedeutenden Preisen; man glaubte, die allgemein fühlbare Geldklemme werde nachtheilig auf den Verkauf einwirken und namentlich die Preise drücken. Es ist dies jedoch nicht der Fall, denn der Verkauf geht im ganzen Lande über alle Erwartung schnell und die Preise sind in beständigem Steigen begriffen. Man glaubte hier, für geringe Sorten, insofern dieses Jahr überhaupt von geringeren Sorten die Rede seyn kann, nicht über 40 fl. zu lösen, bis jetzt aber sind keine Käufe unter 48 fl. für den württemb. Eimer abgeschlossen worden, gestern und heute sogar nicht unter 56 und 60 fl., wogegen die Preise bei den besseren Sorten bereits bis und über 100 fl. gehen. — Nachdem unsere Festlichkeiten längst vorüber, die Verzierungen von Straßen und Häusern wieder verschwunden sind und die hohen und fremden Gäste uns verlassen haben, zanken sich nachträglich der großh. bad. Hoftheatermaschinist und Decorateur Crabathi und ein hiesiger Baumeister in unseren Localblättern herum. Dieser Crabathi hatte nämlich, rühriger und besonnener als unsere etwas bedächtigen Schwaben, dadurch, daß er bei Zeiten, schon vor 4 — 5 Monaten mit guten Empfehlungen und fertigen Zeichnungen hierher kam und sich überall persönlich umthat, nicht nur fast alle sehr bedeutenden Hofgeschäfte in Decorationen erhalten, sondern auch andere vornehmere Privaten, den Minister des Auswärtigen und alle Gesandten, einen Theil der Decorationen und Beleuchtung im maurischen Bad u. s. w., und dadurch natürlich den Neid vieler hiesigen Geschäftsleute sich zugezogen. Nicht zu verkennen ist, daß er wohl mit Schuld war, daß so bedeutende Decorationen ausgeführt wurden, und da er sämmtliche Arbeiten durch hiesige Handwerksleute und Arbeiter ausführen ließ, so hat er, wenn er Hiesigen auch etwas entzog, doch auf der andern Seite ihnen wieder Vieles verschafft. Sey dem, wie ihm wolle, der Neid war rege, seine Arbeiten wurden von vielen Seiten getadelt und namentlich darin angegriffen, daß ihnen der höhere Kunstwerth abgehe und die architectonische Richtigkeit; allein sie waren auf den Effect des Augenblicks berechnet und bewährten sich wenigstens dadurch, daß sie in Verbindung mit der Illumination des Schloßplatzes sich brillant ausnahmen. Durch eine Aeußerung in seinem Abschied fand sich ein hiesiger Baumeister nun, der seine Ideen benützt haben sollte, gekränkt und daraus entsprang ein etwas burlesker Federkrieg, worin jedoch der hier ohnedies nicht beliebte Baumeister Föhr den Kürzeren zog, da er nicht gehörig sattelfest auf den Kampfplatz trat; das Publikum aber ergötzt sich darüber und lacht. — Seit einigen Tagen schreckte uns zweimal die Sturmglocke auf; es brannte in Scheuern auf Dorfschaften in der Nähe; das eine Mal soll das Herbstschießen, das andere Mal Braten von Kartoffeln im Freien in der Nähe einer Scheuer Schuld am Unglück gewesen seyn. — Nächsten Dienstag findet große solenne Einweihungsfahrt der Eisenbahn von hier nach Ludwigsburg und Eßlingen statt, wobei die angesehensten Bürger der vier Städte Stuttgart, Ludwigsburg, Cannstatt und Eßlingen sich gegenseitig begrüßen und hier zu einem Gastmahl vereinen. Der Betrieb beginnt mit dem 15. d. Mts.

Darmstadt, 11. Oct.

Jenny Lind ist heute Mittag hier angekommen und in dem Gasthause zur Traube abgestiegen. Zur Feier ihrer Anwesenheit in unserer Mitte wird heute in dem großh. Hoftheater die Oper „Fidelio“, von Beethoven, aufgeführt werden. Sie soll die Vorstellung dieser Oper gewünscht haben, hauptsächlich aus dem Grunde, um unsere erste treffliche Opernsängerin, Mad. Pirscher, hören zu können. Nach dem Theater erwartet den geschätzten Gast ein zweiter solenner Willkomm, und zwar durch eine Serenade, welche ihr von einer Anzahl ihrer hiesigen Verehrer gebracht werden soll. Wenn diese vorüber ist, wenn die berühmte Jenny mit Enthusiasmus harangnirt worden, wenn sie, erschöpft von den Huldigungen des Abends, gedankt hat: erst dann wird es ihr möglich seyn, sich hinter die Gardinen zurückziehen und im Schlafe von den neuen Triumphen der kommenden Tage glückselig träumen zu können. Uebermorgen (Dienstag) wird sie nämlich zum ersten Male in der Nachtwandlerin als Amine auftreten. Sie gibt überhaupt hier drei Gastrollen und soll für jede, wie man mit Bestimmtheit versichert, ein Honorar von tausend Gulden erhalten. Dagegen sind aber auch die Preise der Logen und anderen Theaterplätze bedeutend erhöht worden. (Sperrsitz 3 fl., Parket 1 fl. 24 kr., Parterre 1 fl. rc.) Bei Bestimmung dieser außerordentlichen Preise scheint man besonders auf den zahlreichen Besuch auswärtiger Kunstfreunde gezählt zu haben. Es ist möglich, daß sie kommen, es könnte aber auch leicht der Fall seyn, daß sie sich nicht so zahlreich einfänden, als zur Besetzung aller Plätze erforderlich ist. Doch wir wollen das Beste hoffen und unserer vielfach in Anspruch genommenen Theaterkasse die erfreulichsten pecuniären Erfolge wünschen. — Wäre die gefeierte Jenny um einen Tag früher gekommen, so hätte sie gestern einer Abendunterhaltung des Gesangvereines „Harmonie“, im Saale des Darmstädter Hofs, beiwohnen können. Die Chöre, Lieder und andere Musikstücke, welche den unterhaltenden Abend ausfüllten, zeigten einestheils von den guten Studien der mitwirkenden Dilettanten, anderentheils aber auch von den Verdiensten ihres Instructors, des Hrn. C. Spamer, von dessen Compositionstalent auch bei dieser Soirée wieder mehreres Schöne zum Vorschein kam. Die von Spamer componirte Oper „Libussa“ hat schon vor Jahr und Tag hier aufgeführt werden sollen; allein, wie es gewöhnlich zu gehen pflegt, einheimische Talente, wenn sie nicht zu einer gewissen Coterie gehören, wo der Fidelbogen als Scepter gehandhabt wird, werden selten nach Verdienst gewürdigt, und wenn ihnen diese Ehre etwa zu Theil werden sollte, so ruhen sie gemeiniglich schon 10 bis 20 Jahre im Grabe. Alsdann ist man vielleicht auch großmüthig und edel genug gestimmt, dem verdienstvollen Verblichenen einen Denkstein oder gar ein glänzendes Monument zu setzen. Das ist so die alte deutsche Weise. C'est tout comme chez nous.

Wicker bei Hochheim, 11. Oct.

Die hiesige Weinlese begann am 7. d. Mts. Schon von ferne hört man das laute Jubeln und Jauchzen der schönen Winzerinnen und frohen Winzer, und betritt man unsere paradiesischen Rebenhügel, so verweilt das Auge mit vielem Vergnügen auf der emsigen Rührigkeit der reinlichen Leser. In der That gibt es aber auch keine angenehmere Beschäftigung, als bei sonnigem Wetter, dessen wir uns jetzt erfreuen, den Segen der kräftigen Weinstöcke einzusammeln. Dieser Segen ist in Beziehung auf Quantität und Qualität ein reichlicher; denn jeder Weinproducent spricht freudig: „Wir erhalten mehr Wein, wie wir hofften.“ Und was die Süße, Güte, Schwere und Annehmlichkeiten des 1846er betrifft, so ist er wohl das beste Kind, das Bachus bis jetzt uns im neunzehnten Jahrhundert gebracht hat. Bachus feiert daher in Wahrheit sein hundertjähriges Jubiläum. Denn 1746 gab es einen herrlich guten Wein, von welchem im Herbste das Stück — 7½ Ohm — für 840 fl. verkauft wurde. Bachus hielt in den darauf folgenden Jahren treffliche Nachfestlichkeiten; denn der Wein des Jahres 1747 war delicat; der 1748 extra gut und kostbar; der des Jahres 1749 ebenfalls extra gut, man sagte damals, es wäre ein königlicher Wein; der 1750er war dem 1748er gleich. Gefiel es Bachus, diese Nachfeier in den Jahren 1847, 48, 49 und 1850 zu halten, so würde er alle seine Freunde und Verehrer höchlich erfreuen.

H—t.

Geschichtliche Vorlesungen.

Die 24 geschichtlichen Vorträge des Unterzeichneten über

den Zeitraum der letztverflossenen hundert Jahre,

in welchen das biographische Element vorwalten wird, beginnen

Montag den 19. October, Abends 7 Uhr,

und werden von da an wöchentlich um dieselbe Zeit statt finden. Der Hörsaal befindet sich: Große Gallengasse, im Hause der Gesellschaft „Karl zum aufgehenden Licht“, E, 5, im Hofe links. — Die Liste mit den bereits erfolgten Unterzeichnungen kann in der Schmerber'schen, Hermann'schen, Sauerländer'schen oder Jäger'schen Buchhandlung in Einsicht genommen werden. Der gesammte Eintrittspreis beträgt für eine Person 4 fl., für zwei Personen 7 fl. und für drei Personen 9 fl. — Diejenigen Damen und Herren, welche gegenwärtig über ihre Winterabende noch nicht frei verfügen können, belieben in einer der obigen Buchhandlungen für jede der ersten Vorlesungen Einzelkarten à 30 kr. zu entnehmen, deren Betrag bei später erfolgendem Abonnement in Abzug gebracht werden wird.

1. Vorlesung: Einleitende Betrachtungen — Maria Theresia.

Frankfurt a. M., 12. Oct. 1846. Dr. Heyden (E, 28).

Theater-Anzeige.

Dienstag, 13. Oct. Die Räuber, Schauspiel in 5 Abth., von Fr. v. Schiller.

Redakteur J. P. Heller. — Druck und Verlag von Heller und Rohm.

Didaskalia.

Blätter für Geist, Gemüth und Publizität.

Nro. 285. Donnerstag, den 15. October 1846.

Prinzeß Tarakanoff.

Eine Erzählung, nach französischen Memoiren bearbeitet von Hans von G........

(Schluß.)

XI.

Die Division der russischen Flotte, die von Elphingston kommandirt wurde, kam nach Livorno zurück; Dugdale, der ziemlich hergestellt war, befand sich auf dem St. Eftafi. Er erhielt zur Herstellung seiner Gesundheit einen längeren Urlaub, welchen er natürlich dazu benutzte, zu seiner Braut zu eilen. Ehe er jedoch nach Rom abreis'te, hielt er sich noch einige Zeit in Livorno auf. O. war aus Petersburg zurückgekehrt, und hatte sich an den berühmten Hackert gewandt, um ihn um die Ausführung der sechs von der Kaiserin gewünschten Gemälde zu bitten. Hackert entgegnete, daß dies namentlich in Bezug auf die brennenden Schiffe seine Schwierigkeiten habe, da er noch nie Zeuge gewesen, wie ein Schiff gebrannt oder gar in die Luft geflogen sey.

„Das sind Nebensachen," entgegnete O.; „noch morgen werde ich Ihnen das Vergnügen machen." Hackert gab zwar zu bedenken, daß dies doch für die Rhede gefährlich werden könnte.

Das Projekt O's wurde auch kaum bekannt, als die englischen Schiffer hiergegen Protestation einlegten, und so sah sich O. genöthigt, den Großherzog von Toskana um Erlaubniß zu bitten. Die Regierung dieses Staats bewilligte es, jedoch mit dem Beding, daß es wenigstens sechs englische Meilen von Livorno statt finden müsse. Die alte Fregatte ward mit dem gehörigen Pulver versehen, die Kanonen entfernt, und statt dessen hölzerne starke Röhren mit Pulver geladen. Eine ungeheure Menge von Menschen hatte sich zum Anschauen des Brandes versammelt.

Das Feuer begann in den oberen Theilen. Es spielte gleichsam in den Spieren am Segelwerk und an der Takelage hin, ehe alle diese Gegenstände, so wie die übrigen Materialien des Schiffs in hellen Flammen standen. Die hölzernen Kanonen fingen Feuer und entluden sich krachend. Es bildeten sich feurige Wolken vom Schiff aus, große Feuersäulen stiegen auf. Dicke Rauchwolken überdeckten das Feuer. Alle mögliche Trümmer flogen in der Luft herum. Jetzt stieg eine schwarze Rauchsäule empor, umgeben von einer blutrothen Flamme, auch diese verschwand zuletzt, und nur diese Flammenmassen schwebten über dem brennenden Schiffe.

Nun hatte Hackert ein Modell gehabt, welches in seiner Art so einzig dastand, und der gewandte Pinsel dieses Malers verstand es meisterhaft, diese Scenen auf die Leinwand zu zaubern.

Dugdale sah während seines Aufenthalts in Livorno öfter einen Italiener, dessen gemeine Züge ihm auffielen, in der Umgebung O's. Auf Befragen, wer dieses wäre, erfuhr er, daß es ein Neapolitaner sey, der sich Ribas nenne und kürzlich wegen gewisser Umtriebe Neapel habe verlassen müssen. Diesen Menschen hatte sich O. auserkoren, um der Prinzeß Tarakanoff eine Falle zu legen. Die Folge wird lehren, wie gewandt dieser Mensch seine Aufträge ausführte.

Als Dugdale in Rom angekommen war, lernte er im Hause seiner Schwiegereltern die liebenswürdige Prinzeß kennen, das ganze Auftreten derselben gefiel ihm so wohl, daß er es in jeder Beziehung billigte, daß Dyk sich ihrer so lebhaft annahm, als es ihre unangenehme Lage nöthig machte. Doch Dyk und seine Familie verließen Rom, und die Prinzeß war leider nicht zu bewegen, mit ihnen nach Livorno zu gehen. Die beiden Freundinnen schieden schweren Herzens, versprachen sich jedoch, in immerwährendem Briefwechsel zu bleiben.

XII.

Einige Zeit war nach der Abreise Dyks und seiner Familie vergangen, die Noth fing an, die Prinzeß hart zu bedrängen, da erschien eines Tags ein Offizier bei ihr, der sich sehr angelegentlich nach ihren Verhältnissen erkundigte. Nichts Böses ahnend, theilte sie diesem zutrauensvoll ihre Lage mit. — Mit tiefer Unterthänigkeit nahte er sich der Prinzeß. „Glauben Sie mir, meine Gnädigste," begann er eines Tags, „daß blos der Wunsch, Ihnen persönlich meine Ehrfurcht bezeugen zu können, mich zu Ihnen führt. Ihr seltsames Schicksal, Ihre jetzige unbequeme Lage interessirt mich wie alle meine Mitbürger." Er schien gerührt, und mit den demüthigsten Worten bot er ihr Unterstützung an, was konnte Kathinka wohl thun, als diese anzunehmen. Sie hielt ihn jetzt für ihren Retter, den der Himmel gesandt hatte, ihrer unglücklichen Lage ein Ende zu machen. Immer mehr befestigte sich Ribas, denn dieser war der Offizier, in dem Zutrauen der Prinzeß.

Er suchte den Ehrgeiz Kathinka's immer mehr anzureizen, malte ihr eine glänzende Zukunft mit glühenden Farben vor, bestärkte sie in dem Glauben, daß sie zu großen Dingen, und selbst dazu bestimmt sey, den Thron zu besteigen, beseitigte alle ihre Einwendungen und Zweifel, und kam so weit, daß er ihre Einwilligung erhielt, mit ihm Rom zu verlassen und sich nach Livorno zu begeben, wo er sie ihrer Bestimmung näher bringen und mit einem hochgestellten Manne in direkten Rapport setzen würde.

Um diese Zeit nun kam Polschinsky in Rom an; die Prinzeß war schon nach Livorno abgereis't. Polschinsky's Schrecken war groß, als er diese Nachricht erfuhr. Er eilte ihr nach. In Livorno sah er die Prinzeß mit der größten Ehrerbietung behandelt, alles schien in dieser Stadt bemüht, ihr die größte Aufmerksamkeit zu bezeugen. Sie war im Hause Dyk's abgestiegen, und Polschinsky war hierdurch einigermaßen beruhigt, da er hierin eine Art von Sicherheit für Kathinka sah. Indeß traute Michael doch nicht ganz. Eines Abends ging er träumend im Hafen von Livorno spazieren, es war schon dämmerig, und nur mit vieler Mühe erkannte er eine von den zwei Personen, die im eifrigen

Gespräch begriffen, ebenfalls hier lustwandelten, den Admiral Grafen D. Leise folgte nun Michael, und vernahm hier theilweise einen Plan auf die Sicherheit seiner von ihm so heißgeliebten Kathinka.

Dieser Anschlag war kein Anderer, als der, die Prinzessin unter einem schicklichen Vorwande auf ein in dem Hafen liegendes Schiff zu locken, sich alsdann ihrer Person zu bemächtigen und sie nach der nordischen Hauptstadt bringen zu lassen. Unverzüglich wendete sich Michael in Gemeinschaft mit Dyk an den englischen Consul, welcher sich bereit erklärte, ihm seine Hülfe angedeihen zu lassen und Alles zu versuchen, um die drohende Gefahr von Kathinka abzuwenden. Der Thätigkeit Michaels und seiner Freunde gelang es auch in vollem Maße. Die böswilligen Anschläge auf die Sicherheit Kathinka's wurden vereitelt, und sie selber gelangte zur Einsicht, daß man ihren Ehrgeiz hatte mißbrauchen wollen, um sie zu verderben. Unter solchen Umständen sah Ribas seine Plane vereitelt und sich selber gezwungen, Livorno zu verlassen. Kathinka schloß sich jetzt mit dem vollsten Vertrauen ihrem Freunde und Retter Michael an, und beide verfügten sich bald hierauf nach Genua, wo ihre Freunde Dyk und Dugdale sie erwarteten.

Jahre waren seit der Zeit verflossen. Es war an einem herrlichen Abend im Monat Juli. In dem schönen Garten eines eleganten Landhauses in der Nähe von Liverpool war eine Gesellschaft um den Theetisch versammelt. Der alte Dyk saß neben seiner Gattin, zu deren Füßen zwei kleine Kinder spielten, die öfter mit liebenden Blicken zu ihren Eltern hinübersahen, Dugdale saß an der Seite seiner reizenden Anna, und auch Kathinka war mit ihrem Michael zugegen. Der Knabe mit dem röthlichen Haare war Dugdale's und Anna's Sohn, während das kleine hübsche schwarzgelockte Mädchen die Tochter Kathinka's und Michaels war. Diese Familien genossen hier der ungestörtesten Ruhe. Kathinka hatte allen ehrgeizigen Plänen entsagt und hing mit unendlicher Liebe an ihrem Gatten. Alle behandelten aber mit der größten Aufmerksamkeit einen Mann, dessen Haare schon grau geworden, und der an der Seite einer kleinen Matrone saß, deren Züge deutlich zeigten, daß sie einst hübsch gewesen, und deren große schöne Augen noch immer in jugendlichem Feuer leuchteten. Es war Elphingston mit seiner Gattin. Noch spät hatte ihn das Schicksal mit seiner so heiß geliebten Anna North vereinigt.

Als Elphingston nach England zurückkam, fand er sie als Wittwe wieder. Ihre erste Ehe war kinderlos geblieben, und Anna North nun völlig unabhängig. Von der Treue des vielgeliebten Mannes gerührt, reichte sie ihm freudig ihre Hand.

Entdeckung wilder Kartoffelarten.

Der Allgemeinen Ztg. wird aus London, 1. Oct. geschrieben: Die Kartoffelkrankheit breitet sich in Amerika eben so aus wie in Europa und hat dort den natürlichen Wunsch geweckt, die wildwachsende Kartoffel aufzufinden, um mit ihr den Samen zu erneuern, aber bis jetzt hat man sie umsonst gesucht. Dagegen scheint ein deutscher Geolog, Namens Gesner, auf Prince-Edwards-Insel (in der Bay von Neufundland) zwei neue Arten eßbarer Knollenpflanzen gefunden zu haben, welche vielleicht die Kartoffel ersetzen könnten. Hr. A. Gesner hat dem Secretär der k. Ackerbaugesellschaft jener Insel geschrieben, daß er sich bei seiner geologischen Untersuchung der Insel alle Mühe gegeben habe, die eßbaren Wurzeln zu entdecken, von denen früher die Indianer gelebt hätten. Mit Hülfe von zwei intelligenten Micmac-Indiern fand er zwei Arten mehlhaltenderer Knollen, „die ihrem Aussehen nach so viel versprechen, als die wilden Kartoffeln, welche Sir W. Raleigh aus Virginien nach Irland brachte, und von denen unsere Kartoffel abstammt.“ Er verspricht, sobald seine gegenwärtigen Geschäfte vollbracht seyen, seine Untersuchung fortzusetzen, nimmt sich vor, inzwischen Proben der Knollen an Ackerbaugesellschaften in Nordamerika und England zu schicken, und hat er schon einige Landbesitzer auf Prince-Edwards-Insel in den Stand gesetzt, Versuche damit zu machen. Hier folgt der Auszug aus seinem Brief, so weit er die Knollen betrifft. „Die ersten, die ich fand, wuchsen auf Hog Insel in der Bay von Richmond; die Indianer nennen diese Art Mukquasete. Wir fanden sie am 3. August. Die Stengel waren verwelkt, so daß ich mir keine deutliche Vorstellung von ihnen in ihrem grünen Zustand machen kann, die Knollen waren vollkommen reif, sie wuchsen in einem Wald von harten Holzarten, einen Zoll unter der Erde, die mit einer Schichte verfaulter Blätter bedeckt war; der Ort, wo sie aufwuchsen, ist völlig beschattet, aber die Erde gut und der Platz der Wärme ausgesetzt. Sie finden sich auch in andern Theilen von Prince-Edwards-Insel, aber sie sind selten und eine ganze indianische Familie konnte mir nur mit Mühe ein Schoppenmaß füllen. Im Allgemeinen sind sie nicht größer als eine Kirsche, aber einzelne sind beträchtlich größer; sie sehen ganz wie gewöhnliche Kartoffel aus und haben namentlich die eigenthümlichen Einschnitte, die man Augen nennt. Die Haut des Knollens ist rostbraun, das Innere ist vollkommen weiß und hat den Geschmack und Geruch unserer Kartoffel; die Indianer sagen, daß man sie trocken oder feucht sehr lange aufbewahren könne. Sie sind sehr mehlreich und enthalten viel Stärke, welche der ähnlich ist, die man aus Waizen erhält; wenn man sie trocknet, schrumpfen sie etwas zusammen, quellen aber in warmem Wasser sogleich wieder auf; sie bieten ein vortreffliches Nahrungsmittel und sind bei den Indianern sehr beliebt, so daß diese jeden Stock sogleich ausgraben, den sie finden. Die Pflanze ist sehr nahrhaft und gesund und würde wahrscheinlich bei guter Cultur einen großen Ertrag liefern. Die andere Art der wildwachsenden mehlreichen Knollen wird weit häufiger angetroffen, als die erste; die Indianer nennen sie Sangabaa. Ich fand sie auf verschiedenen Inseln in der Bay von Richmond, am häufigsten in dem untern Theil der Sandhügel der Fischinsel. Ihre Lieblingslage scheinen die untersten Theile der Sandhügel, welche die Lagunen an der Küste hin bilden und wo die Pflanze von verfaulten Seegräsern und Schnecken befruchtet wird; man findet sie mitten unter Gras und Unkraut, und sie bedecken oft eine beträchtliche Strecke. Das Blatt gleicht dem der Kartoffel, der Stengel dem eines kleinen Weinstocks, die Knollen liegen zwei Zoll unter der Erde, sind einförmig und hängen wie Glasperlen, die auf eine Schnur aufgereiht sind, durch ein starkes Band zusammen. Sie sind schwarzbraun und sehen im Allgemeinen auch der Kartoffel gleich, sind trocken, mehlreich und sehr nahrhaft. Sie werden von den Indianern gegessen und haben viele vom Hungertod gerettet, wenn schlechtes Wetter sie auf den kleinen Inseln zurückhielt, aber sie werden für weniger schmackhaft, als die Mukquasete angesehen. Die Indianer haben sich viele Mühe gegeben, die Existenz dieser Pflanzen den Weißen unbekannt zu halten, und man kann sich ihre Erhaltung auf den Inseln nur durch die Abwesenheit von wilden Thieren auf diesen einsamen Flecken erklären, da der Racoon, der Woodchuck und das Stachelschwein sie gierig fressen. Die Pflanze kommt leicht fort und die Knollen, die im Winter im Boden bleiben, schießen im Frühjahr in frischen Stengeln auf. Diese Art fand ich am 12. Aug., die Blüthen waren verschwunden und der Same schien ausgefallen zu seyn, aber die Knollen waren noch nicht reif. Ich habe jedoch einige gegessen und fand sie trocken, mehlig und angenehm im Geschmack.“ Ob nun eine dieser Knollenpflanzen die langgesuchte wilde Kartoffel sey oder nicht, so wäre zu wünschen, daß sich deutsche Ackerbaugesellschaften und Anstalten an Hrn. Gesner wendeten, um Samen davon zu erhalten und Versuche damit zu machen. Es ist kaum einem Zweifel unterworfen, daß bei sorgfältiger Cultur die Knollen größer und ergiebiger werden, wie es in allen ähnlichen Fällen gegangen ist, und das Klima von Prince-Edwards-Insel (46 Gr. nördlicher Breite) ist der Art, daß kein Theil von Deutschland zu kalt für eine dort wild vorkommende Pflanze seyn würde.

Aus der Champagne.

Durch die Gefälligkeit eines Bekannten ist uns der nachstehende Brief zur Veröffentlichung erstattet worden. Derselbe ist geschrieben von einem so eben die Champagne bereisenden Frankfurter und macht dem hiesigen Freunde folgende Mittheilung:

„Ich habe Dir, lieber Freund, schon manches über meine Reisen in Frankreich geschrieben und da ich nun auch unlängst in der Champagne gewesen, um einen Jugendfreund zu besuchen, so fühle ich mich gedrungen, Dir über dieses interessante Land einige Mittheilungen zu machen, die um so mehr für Dich von Interesse seyn werden, als Du ein Liebhaber und Kenner seiner vortrefflichen Weine bist. Ich kam gerade zu der Weinlese, wo man dem Fremden wenig bieten kann, weil Jedermann beschäftigt ist. Auch sind die Orte der Champagne ohnehin meist klein, und nur in der Ruhezeit d. h. in der Zeit, wo keine Weinlese ist und keine Versendungen zu machen sind, finden die geselligen Vergnügungen statt. Gerne ging ich daher auf den Vorschlag meines Freundes ein, ihn auf seinen Rundreisen durch das Land zu begleiten, um ihm beim Einkauf der Weine behülflich zu seyn. Wir besuchten die besten Plätze, wie: Bouzy, Verzenay, Ay, Avis, Cramant u. a. m. und fanden da meist die Autoritäten der Champagne, wie: Moet, Montebello, Cliquot, Jacquesson, Mumm, Lambry, Heidermann, Herdzik, Giesler, Ruynard und Andere versammelt.

Man macht sich eine ganz irrige Vorstellung, wenn man glaubt, die Champagner Häuser seyen alle Propriétairs. Nur wenige besitzen einige Weinberge, wie z. B. Cliquot in Bouzy und neuerdings Jacquesson. Dieses ist auch sehr erklärlich; denn wer könnte die unermeßlichen Capitalien aufbringen, um zugleich Champagnerfabrikant und Eigenthümer zu seyn. Die Hauptbesitzer sind Bauern, von so ärmlichem Aussehen, daß, wenn man einem bei uns auf der Straße begegnete, man ihm ein Almosen unaufgefordert geben würde. Dabei sind sie wenig gebildete Menschen, die den übrigen Feldbau vernachläßigen und alle ihre Kräfte einzig auf den Weinbau verwenden. Sie leben sehr ärmlich, kennen keinen Genuß, als den, Geld, welches sie auch reichlich besitzen, zu verdienen, trinken selten nur schlechten Wein, und alles Geld, was sie für ihre Trauben lösen, vergraben sie in ihren Häusern, um gelegentlich neue Weinberge zu kaufen. Es giebt Weinbauern, welche ein Vermögen von hundertausend Franken und weit mehr besitzen.

Bouzy ist ein unbedeutender Ort mit ohngefähr 300 Morgen Weinbergen und erzeugt dieses Jahr ohngefähr 3000 Faß. Jedes Faß nun zu circa 270 Bouteillen gerechnet, macht eine Einnahme von 1,800,000 Francs, alles in baaren Fünffrankstücken. Die Art, wie die Einkäufe gemacht werden, ist folgende: Man kauft dem Bauern seine Trauben am Stocke ab; sie werden dann in das nächste Dorf geliefert, wo man sie mißt, d. h., man schüttet sie in kleine Bütten, die man Caque nennt, eine solche Caque hält ohngefähr 100 Litres, welche je nach Lage und Güte mit 80 bis 90 Francs bezahlt werden. Eine andere Art des Einkaufs ist die, daß man dem Bauer seine bereits gebrochenen Trauben, welche in Körben zierlich dastehen, per Faß abkauft, ihm für ein Faß (270 Bouteillen) Most vor dem Abstiche, je nach Qualität, 300 bis 560 Francs bezahlt und so den frisch gepreßten Most von dem Pressoir (Kelter) in Empfang nimmt.

Die Kelterung geschieht auf folgende Weise: Die Trauben werden in das Pressoir geschüttet und gepreßt. Man macht gewöhnlich 5 bis 6 Serres oder Pressen — die Weinhändler nehmen aber nur die vier ersten Pressen — die folgenden zwei anderen bleiben dem Verkäufer und geben den gewöhnlichen Landwein. Auf diese Weise kannst Du Dir denken, daß für die Champagnerweine nur das Beste oder der Vorlauf genommen wird, daher der Wein auch theuer zu stehen kommt.

Wenn man die heurigen Weine calculirt und annimmt, daß alle Einkäufe baar bezahlt werden müssen, daß die Weine noch bedeutend Schmutz abstoßen, erst im Jahre 1848 versandt werden können, auch manchmal in der Bouteille 20 bis 30 pCt. Bruch geben, die Fabrikation überhaupt große Kosten verursacht (denn eine jede Flasche geht wohl vierzigmal durch die Hand), ferner der Verkauf der Weine durch Reisende und Agenten sehr kostspielig wird, das Geld manchmal erst nach zwölf Monaten eingeht, so wird man leicht einsehen, daß den Champagnerfabriken für die nächsten Jahre wenig Gewinn zu Theil werden wird.

Ay, wo ich wohne, ist nur ein kleines Städtchen, erzeugt aber circa 20.000 Faß sehr vorzüglicher Weine, ohngefähr 500.000 Bouteillen. Es giebt sehr reiche Leute hier und in den ersten Familien herrscht viel Bildung und große Gastfreundschaft. Die Lage von Ay ist schön, es wird die Eisenstraße von Paris nach Strasburg bald vollendet seyn, welches der Champagne von bedeutendem Nutzen seyn wird.

Wohlstand herrscht hier im ganzen Lande, und es giebt fast keine Bettler.

Einen eigenthümlichen Anblick gewährt es, daß die Arbeiter alle auf Eseln reiten. Man sieht Männer und Frauen auf diese Weise vorüberziehen; zwei Körbe, worin die Trauben transportirt werden, hängen an dem Sattel. Abends kommen die Vignerons (Winzer) aus den Weinbergen singend zurück und viele hunderte bivouakiren auf den Straßen und lassen ihre Thiere auf den nahen Wiesen frei herumlaufen, um ihr Futter zu suchen.

Hier hast Du also ein kleines Bild meiner Anschauungen.

Was die diesjährige Weinlese betrifft, so war sie eine höchst erfreuliche, da auch hier in der gepriesenen Champagne die edle Gottesgabe in seltener Vorzüglichkeit und Reichhaltigkeit gerathen ist und die Weinbergbesitzer eine vollkommen gesegnete Erndte halten. Wir dürfen einem köstlichen 1846er entgegensehen und ich behalte mir unterdessen nähere Details über meine Wanderung durch diesen schönen Theil von Frankreich auf mündlich vor. Bis dahin lebe wohl."

Mannichfaltigkeiten.

Im Laufe des vorigen Monats starb zu Hospich der Hr. General und Brigadier in Croatien, Karl Bossard; zur Leichenfeierlichkeit waren 2 Bataillone Liccaner-Grenz-Regiments ausgerückt. Herr Oberstlieutenant Markus Sertig kommandirte das 1. Bataillon. Eben hatte er das Kommandowort: „Präsentirt!" ausgerufen, als er den Degen sinken ließ und Miene machte, vom Pferd zu sinken. Man sprang hiezu, doch man fand ihn schon entseelt. Ein Schlagfluß machte seinem Leben ein Ende. — Hr. Hauptmann Mestrovic bestieg sogleich dasselbe Pferd und commandirte: „Schultert!" Diese Scene brachte den seltsamsten Eindruck hervor; auf der einen Seite trug man die Leiche des Generals hinaus und auf der andern die des Oberstlieutenants vom Paradeplatz in das Quartier. Merkwürdig bleibt es immer, daß der würdige Hr. Oberstlieutenant ein Commandowort, welches eine militärische Ehrenbezeugung anordnet, als sein letztes über die Lippen brachte. Ein passenderes Wort hat wohl ein ehrenvoller Krieger in seiner Sterbestunde noch nicht ausgesprochen.

Ueber Hillebrand's Werk „Die deutsche National-Literatur seit Lessing bis auf die Gegenwart" bemerkt die Beilage zur

Weser-Zeitung: Dies gehaltvolle Werk bietet zwar keine neuen Entdeckungen dar, erweckt aber dennoch wegen des außerordentlichen Fleißes und der geistreichen Bewältigung einer so umfassenden Aufgabe unser dankbares Staunen. Herr Hillebrand hat in der That die große Masse der literarischen Veröffentlichungen seit Lessing durch Selbstnachlesen zu überwinden gesucht und er ist mit Gewissenhaftigkeit und Treue bis auf die jüngsten Erscheinungen und Schriftsteller fortgegangen, so daß in seinem Werke weder die Personen des jungen Deutschlands, noch was er die „eigentlichen Poeten der Gegenwart" nennt, nämlich die Lyriker und Romanschriftsteller der noch gültigen und kaum begonnenen Epoche vermißt werden. Das Buch füllt drei Bände, wovon der dritte über vierzig Bogen. Dem Vortrage und Studium deutscher Literaturgeschichte gewährt es nicht nur breiten, sondern bis auf einige Härten und Abneigungen des Verfassers, wie z. B. gegen das junge Deutschland, auch sichern Anhalt.

(Darmstadt, 11. October.) In dem Augenblicke, wo in den meisten deutschen Ländern von Seiten der Regierungen Frucht zur Linderung der Noth aus den Ostseeländern bezogen wird, macht man im Interesse der Landleute darauf aufmerksam, daß diese Früchte vor der Versendung meist in Backöfen getrocknet werden, was die Folge hat, daß die Frucht sich gut hält und namentlich gegen Insekten, Kornmilben 2c. geschützt ist. Die so zubereitete Frucht eignet sich ganz vorzüglich zum Nahrungsmittel, dagegen hat sie häufig durch dieses Verfahren die Keimkraft verloren und kann darum selten als Saatfrucht gebraucht werden. Um zu erfahren, ob eine Quantität, die man zur Ansaat bestimmen will, trotzdem dazu tauglich ist, räth man daher, vorher damit die Keimprobe zu machen; hierdurch kann man in wenigen Tagen sich von ihrer Keimkraft überzeugen und sich vor Schaden bewahren, der dadurch entstehen würde, daß man Frucht, deren Keimkraft getödtet ist, zum Säen benutzte. — Man bittet die verehrlichen Zeitungsredactionen, diese auf Erfahrung gegründete Bemerkung im Interesse des Ackerbaues durch ihre Blätter zur allgemeinen Kenntniß zu bringen.

Ernst Emil Hoffmann.

(Köln, 4. October.) Seit einigen Tagen erregen hier zwei Riesenkessel, welche von Seraing in Belgien nach Pesth gehen, unsere Aufmerksamkeit. Man wollte sie um Köln herumfahren, was aber nicht ging, und sie mußten durch Köln selbst transportirt werden. Um dies möglich zu machen, hat man sie abladen und das Pflaster des Ehrenthores aufreißen müssen, damit man eine tiefere Fahrbahn erlangte, weil sie sonst nicht durch das Thor zu bringen waren. Die Rheinbrücke war zur Ueberfahrt zu schwach, denn jeder einzelne Kessel wiegt mit seiner Karre 400 Ctr., weßhalb sie einzeln auf zusammengekoppelten Fahrzeugen über den Rhein gesetzt wurden. Die Fuhrleute müssen große Umwege machen, damit sie möglichst wenige Schwierigkeiten finden. Wie es heißt, gehen sie durch Sachsen über Prag und Wien. Jeder Wagen ist mit 8 kräftigen Pferden bespannt und 16 Pferde mußten dieselben auf die Werfthöhe fahren. Wahrscheinlich sind auch die Brücken-Durchlässe auf dem Donau-Main-Canal zu eng, weil sonst wohl der Transport auf diesem Canal gewählt worden wäre.

Die kolossale Reiterstatue vom Herzog von Wellington ist im Atelier des Bildhauers Wyatt jetzt endlich fertig. Sie wurde in mehreren Stücken gegossen, die jetzt zusammengefügt sind und ein Ganzes von 27 Fuß Höhe bilden, das 40 Tonnen (80,000 Pfd.) wiegt. Das Pferd steht in ruhiger Haltung da und der Herzog in das bis auf die Sporen getreu nachgebildete Kostume gekleidet, welches er in der Schlacht von Waterloo trug, ist dargestellt, wie er gerade ein Teleskop in der rechten Hand ausgestreckt hält. Das im Arsenal zu Woolwich erbaute Fuhrwerk, welches diese gewaltige Metallmasse nach Hydepark-corner bringen soll, wiegt mit seinen massiven Rädern, die zwölf Fuß im Durchmesser halten, zehn Tonnen, und 30 bis 40 Pferde werden erforderlich seyn, um die Statue an ihren Bestimmungsort zu schaffen.

Korrespondenz.

Niederingelheim, 11. Oct.

Gestern Abend war ein großer Theil der hiesigen Bevölkerung in freudiger Bewegung, um dem seit fünf Jahren in unserer Mitte wohnenden Hrn. De Roock (Plantagen-Besitzer auf Java) den Ausdruck eines fast allgemein gefühlten Dankes darzubringen. An diesem Manne, welcher überhaupt in humaner Weise von seinen Glücksgütern Gebrauch macht, fanden in verflossener Woche diejenigen hiesigen Weinproducenten, welche ihr Gewächs wegen mangelnder Einrichtung, unzureichender Quantität und Geldbedürfniß nicht selbst lagern können, von dem Augenblick an, als hiesige und benachbarte Speculanten anfingen, den von Anfang an gangbaren Preis herabzudrücken, einen bereitwilligen Abnehmer. Es war interessant, am dritten Herbsttage vor den Kellern, welche nebst den nöthigen Fässern Hrn. De Roock, der ganz aus dem Stegreif ein Geschäft machen sollte, wozu sonst mannichfaltige Vorbereitungen erforderlich sind, zur Disposition gestellt wurden, das Gedränge Derer zu sehen, welche gekommen waren, um den Segen ihres Herbstes dem Manne zu überliefern, der sich freundlich geneigt zeigte, denselben alsbald in klingende Münze zu verwandeln. So kamen durch ihn allein 10,000 fl. — 50 fl. per Ohm für den nach der Gährung zu gewinnenden Most — in die Hände derjenigen hiesigen Einwohner, welche großentheils bald daran denken müssen, sich die nöthigen Brodfrüchte zu verschaffen. Ein wohlthuendes Schauspiel war es, und gewiß auch dem Wohlthäter ein befriedigender Lohn, als die jubelnde Menge, von einer Reihe Fackelträger geführt, nach der Wohnung des Gefeierten zog, um ihm unter Musikstücken und Gesängen — für deren angemessene Ausführung hier die erforderlichen Bedingungen vorhanden sind — und unter Freudenschüssen und aufsteigenden Raketen, die lebhaftesten Lebehochs zu bringen. Möge das köstliche Jahresproduct auch dem Manne, der es, ohne auf Gewinn zu rechnen, aus der ersten Hand in Empfang nahm, sich so verwerthen — und wir zweifeln nicht daran — daß er auch darin eine Aufmunterung findet, in gleicher Weise wie im Jahr 1842 und jetzt, auch in der Zukunft, wenigstens in den Jahren, welche einen besonders haltbaren Wein versprechen, der hiesigen Gemeinde zu nützen. Hoffentlich wird er zu diesem Zweck die ihm noch abgehenden Einrichtungen herstellen, welche ihn gegen Verlust sichern können. — Noch muß eines Fortschrittes von allgemeiner und tieferer Bedeutung in unserer Gemeinde erwähnt werden. Es ist dies unser seit einem Jahr bestehender und von den Aermsten benutzter Volksleseverein, welchen wir blos unserem Hrn. Decan Georgi zu verdanken haben, indem derselbe Anfangs durch seine eigenen gemeinnützigen Bücher bei den Bürgern die Lust zum Lesen erweckte, später dem Verein ein Geschenk mit einem Theil derselben machte und nun die Auswahl der neuen Bücher mit vieler Umsicht leitet. So wie dieser ehrwürdige Geistliche, fern von theologischen Streitigkeiten, durch die h. Schrift die wahre Aufklärung für das practische Leben befördert und veredelnd auf die Gesinnungen und Handlungen seiner Pfarrkinder wirkt, wovon die Folgen sind eine Fruchtbarkeit an guten Werken und Friede und Eintracht unter den hiesigen verschiedenen Confessionen; eben so wird auch der durch ihn in's Leben getretene Volksleseverein an seinen späteren Früchten als ein wohlthätiger erkannt werden, weil derselbe, gleich dem Gesangverein, der für den besonderen Lebensberuf bestimmten Zeit keinen Abbruch thut, sondern die müßige oder bisher gar schlecht angewandte Zeit zur intelligenten und moralischen Bildung benutzen soll, damit die jungen Bürger mit der gewonnenen Einsicht und Kraft noch rüstiger in ihrem Berufe einem äußern und innern Glücke entgegen gehen. Heil jedem Dörfchen, das nur zwei solcher edlen Männer unter seinen Bewohnern hat!

Redakteur: J. L. Heller. — Druck und Verlag von Heller und Rohm.

Didaskalia.

Blätter für Geist, Gemüth und Publizität.

Nro. 286. Freitag, den 16. October 1846.

Das Pfarrhaus.

Novelle von Maximilian Reck.

1.

Ein milder Juliabend hatte seinen Frieden über das freundliche Dörfchen Lintflur ausgebreitet. Die drückende Schwüle des Nachmittags war durch einen Gewitterregen abgekühlt; auf Blumen und Blättern glänzten die durchsichtigen Regentropfen wie Diamanten im Widerscheine der scheidenden Abendsonne und erfüllten die Luft mit den köstlichsten Wohlgerüchen. Das Geklingel der heimkehrenden Heerde vereinte sich mit dem Läuten der Abendglocke, die mit ernsten und weichen Tönen die Dörfler zum frommen Gebete einlud.

In dem hübschen zierlichen Garten des Pfarrhauses, das recht altersgrau und ehrwürdig zwischen einem Kranze grüner Linden hervorschaute, saß in einer duftenden Jasminlaube die neunzehnjährige Anna, des Pfarrers einzige Tochter. Das reizende Köpfchen, von reichen dunklen Locken umspielt, ruhte nachdenkend in der kleinen zierlichen Hand, ein schmerzliches Lächeln spielte um die blühenden feingeschnittenen Lippen, und die großen Thränen, die sich aus ihren blauen, seelenvollen Augen hervorstahlen, waren ernste Zeugen, daß auch in diesem kindlichen Herzen der Schmerz sich schon Wohnung geschlagen habe. Manchmal preßte sie die zarte Rechte gegen die Brust, als wolle sie dadurch den zu lauten Schlag ihres Herzens hemmen oder den Sturm in ihrem Innern beschwichtigen, dann schüttelte sie langsam und träumerisch, wie verneinend, das Haupt und murmelte leise vor sich hin: „Gott, mein Gott, was soll aus mir werden! Ich sehe keine Hoffnung, keine Möglichkeit von Glück vor mir, und dennoch kann und wird dieses Herz nie vergessen lernen!“ Und leise, mit warmer Innigkeit, flüsterte sie nun mehrmals den Namen: „Eduard,“ und so oft er über ihre Lippen glitt, flog für einen Augenblick ein Lächeln des Glücks über ihre Züge, die sich schnell wieder verdüsterten.

So sehr war Anna in Gedanken vertieft, daß sie das Kommen ihres Vaters nicht bemerkte, der schon lange an dem Eingange der Laube stand und mit lächelndem Blicke auf das theure Kind schaute. Wer den Pfarrer zum erstenmale sah mit seinen freundlichen und doch ernsten Zügen, mit dem Blicke des reinsten Wohlwollens und der herzlichsten Theilnahme, diese edle Gestalt, gebeugt und zugleich verschönt durch den Ausdruck eines edel getragenen Schmerzes, wer seine einfache und doch ergreifende Rede vernahm, mußte bald erkennen, daß die Religion, deren Diener er war, mit seinem ganzen Wesen eins geworden, und sein Aeußeres nichts sey als der Abglanz einer durch ungeschminkte wahre Liebe und ächte Frömmigkeit verklärten Seele. Gleich fern von eitlem, vermessenem Hochmuth, der auf den fehlenden Bruder verachtend herabsieht, wie von jener fanatischen, abgeschmackten Demuth, die alles Gute in unserer Natur läugnet, und dadurch nicht nur jedes edlere Streben vernichtet, sondern auch das Gefühl unserer Menschenwürde herabwürdigt, ohne blinden zelotischen Glaubenseifer, aber mit der wärmsten Ueberzeugung an den Grundwahrheiten der Kirche hängend, war sein ganzes Leben Ein Beweis, daß in ihm das Christenthum nicht kaltes todtes Wort geblieben sey, sondern in einer ununterbrochenen Reihe frommer Handlungen Kraft und Leben gewonnen habe.

Pfarrer Werner hatte in seinem Leben manchen schweren Kampf durchgekämpft, ehe er zu jenem Frieden der Seele gekommen war, den die Stürme des Geschickes wohl einen Augenblick trüben, nicht aber dauernd erschüttern können. Er hatte früh schon seine Eltern verloren, die ihm kein Vermögen hinterließen, und nur seinem Fleiße, einer tadellosen Aufführung und fremden Wohlthaten dankte er es, daß er seine Studien vollenden und sich eine ehrenwerthe Stellung erwerben konnte. Als Vikar hatte er die Tochter eines alten Geistlichen, dessen Stelle er zuweilen vertrat, kennen und lieben gelernt; aber lange lächelte ihm auch hier das Glück nicht, da er zu stolz und zu edel war, durch Verstellung und elende Heuchelei eine Anstellung erhalten zu wollen. So mußte er bei der Richtung, welcher die meisten Mitglieder der höheren Kirchenstellen folgten, sich manchen jüngeren und unwürdigen Kandidaten vorziehen sehen, der ehrlos genug war, um des lieben Brodes willen den Pietisten zu spielen; aber er blieb heiter und zufrieden, und erfüllte seine Pflichten nur um so treuer. Endlich nach sechzehnjähriger Ausdauer erhielt er eine Stellung, die ihm erlaubte, die Geliebte als Gattin heimzuführen, der er unerschütterlich die Treue des Herzens bewahrt hatte. Zum erstenmal schien nun das Glück ihm strahlen zu wollen; aber dieser Strahl war flüchtig, wie jener, mit dem die scheidende Abendsonne die Erde noch abschiednehmend verklärt. Kaum vier Jahre lebte er in dem edelsten innigsten Vereine mit der Geliebten, da ging sie heim, und von seinem ganzen Glücke blieb ihm nichts, als eine schmerzlich süße Erinnerung und die kleine Anna, das einzige Kind, welches ihm die geliebte Gattin geschenkt hatte. Auf diese trug er nun die ganze unerschöpfliche Liebe seines reichen Herzens über, in ihr lebte ihm das Weib seiner Liebe fort, durch Anna fühlte er sich in steter Gemeinschaft mit der Heimgegangenen; denn ihr Geist mußte ja segnend über dem geliebten Haupte des Wesens wachen, welches ihr das Theuerste auf Erden gewesen, und welches sie so früh und hülflos hatte zurücklassen müssen.

Werner fühlte wohl, wie unendlich schwierig es sey, die Erziehung eines jungen Mädchens allein, ohne mütterliche Hülfe zu leiten; dennoch wollte er das geliebte Kind nicht fremden Händen anvertrauen. Seine Erziehungsprinzipen waren die einfachsten von der Welt; er war der Ansicht, daß die ganze schwere Kunst der Erziehung darin liege, dem Verstande, dem Herzen und der Phantasie ihre Rechte zu geben, ohne eines von ihnen vorherrschend das andere ganz unterdrücken zu lassen. Er theilte die Ueberzeugung eines unserer besten Schriftsteller, daß das Weib nicht zur Tugend erzogen werden dürfe, sondern daß jedes Streben sich dahin richten müsse, es in dem angebornen, natürlichen Zustande seiner Reinheit und Unschuld zu erhalten. Die Unschuld eines Weibes ist schon da, wohin alle Sittlichkeit und Tugend erst führen soll: die Reinheit zu lieben und zu wollen mit Allem, was in ihr ist.

Was dem Pfarrer als wesentlich erschien, war die Kräftigung des Herzens seiner Tochter zu würdiger und muthiger Ertragung der Schmerzen, mit denen das Leben selten einen Sterblichen verschont. Und mit diesen Grundsätzen ging er muthig und hoffend an das Werk, welches ihm so vollständig gelang, daß Anna in dem Alter, in welchem sie vom Kinde zur Jungfrau überging, das liebenswürdigste und beste Mädchen war, das man nur finden konnte. Die wissenschaftliche Bildung des Mädchens war dem Pfarrer um so leichter geworden, als er seit früher Jugend seine Mußestunden mit dem Studium von Sprachen und schönen Wissenschaften ausgefüllt, und sich in seinem langjährigen Berufe als Hofmeister jene Gewandtheit des Lehrens angeeignet hatte, welche das Lernen so sehr erleichtert. Auch zeigte Anna überraschendes Talent und eine so schnelle Auffassungsgabe, daß die Erwerbung dieser Kenntnisse für sie mehr Spiel als Anstrengung war. Obgleich sich das Mädchen in angeborner Poesie jener geistigen Beschäftigung mit sichtbarer Vorliebe hingab, hatte sie sich doch auch alle häuslichen und weiblichen Kenntnisse vollkommen angeeignet, und führte in ihrem sechzehnten Jahre schon ganz allein das ziemlich bedeutende Hauswesen ihres Vaters.

Nur eines machte dem Vater schwere Sorgen. Frühzeitig entwickelte sich in dem Kinde jene glühende, schwärmerische Innigkeit, jenes Bedürfniß, zu lieben und geliebt zu werden, das so oft die Klippe wird, an der das Lebensschiff der Menschen strandet. Wohl erkannte der Pfarrer, daß Anna dieses Gefühl von ihm und der heimgegangenen Mutter als Erbtheil erhalten hatte; aber wie viele schwere Tage des Kummers waren nicht ihnen selbst daraus entsprungen? Wenn er daran dachte, zitterte er für das Lebensglück des geliebten Kindes, und bat Gott recht innig, das Herz der Tochter vor einer Neigung zu bewahren, deren Gegenstand dieses reinen, liebevollen Herzens unwürdig oder in Verhältnissen sey, welche eine Erfüllung daraus hervorgehender Wünsche unmöglich machten. Werner war von allen Vorurtheilen so frei, sein ganzes Leben so anspruchslos und einfach, daß ihm nie einfallen konnte, das Lebensglück Anna's etwa an äußere glänzende Umstände oder Reichthum knüpfen zu wollen. Er wußte aus Erfahrung, daß das höchste Glück nur in einfacher bescheidener Häuslichkeit, in einem zufriedenen Herzen und vor Allem in inniger, hingebender Liebe zu finden sey.

(Fortsetzung folgt.)

Wohin die ausschließliche Bevorzugung des Geldes führt.

Unter dieser Rubrik bringt Maltens neueste Weltkunde einen Auszug aus Peter Leroux „le monde actuel", welchem wir nachstehendes Bruchstück entnehmen:

„Blicke ich auf meine Knabenjahre zurück: welche Verschiedenheit zwischen damals und jetzt! Damals die stoische Republik, jetzt die gewinnsüchtige Börse, mit ihren Bundesgenossen, den starren Geldsäcken. Habe ich denn schon so lange gelebt wie Methusalem? Fünfzig Sommer liegen noch nicht hinter mir, d. h. zwischen den großen Waffenthaten unserer Väter und den Geldthaten reicher Barquiers. Ist es möglich, in so kurzer Zeit so tief zu sinken ....

Der Convent kämpfte am Tage meiner Geburt entschieden gegen den britischen Schachergeist an. In begeisterter Rede warnte Saint-Just alle Völker der Erde vor dem neuen Karthago. Und jetzt — jetzt ist Frankreich karthagenisirt. Der Schachergeist lenkt das Staatsruder, oder wie man sehr richtig sagt, er leitet die Geschäfte (les affaires). Wer hätte vor fünfzig Jahren, oder selbst unter Napoleon und der Restauration glauben mögen, daß man unter Regierung nichts weiter verstehen werde, als Geschäfte und Geschäftemacherei? Leider ist es so weit gekommen; es darf uns also nicht mehr wundern, daß Alles, selbst die Benennung der Dinge, sich verändert hat.

In London warf ich einen prüfenden Blick auf die Regierung. Sie ist nicht in Westminster, nicht in St. James. Inmitten der unansehnlichen Häusermasse, welche man die Stadt (City) nennt, erhebt sich ein plumpes, schmutziges Gebäude: die Bank, das Allerheiligste der Börse, das Dorado der Spekulation. Ist die Börse ein Tempel, warum soll die Bank nicht ihr Allerheiligstes seyn?...

Tretet ein in dies Heiligthum, betrachtet die vielen stummen Menschen, die hier Geld wiegen. Gleich reißenden Thieren in einer Menagerie, sind sie von Eisengittern umschlossen. Sie geben mit hohen Geldhaufen um, wie die Steinklopfer auf den Landstraßen mit Steinhaufen. Tag um Tag wiegen sie Gold, prüfen sie Banknoten durch Vergrößerungsgläser. Ist es denn unumgänglich nothwendig zum Heile des Staats, daß diese 200 Männer nichts anderes denken und nichts anderes thun, als Goldstücke wiegen und Papiergeld betrachten? Nothwendig? Gewiß. Denn wer weiß nicht, daß es Englands Seele ist, die hier in der Gestalt von Guineen und Banknoten ein- und ausgeht und es vor Allem darum zu thun ist, daß diese Seele des stolzen Albion nicht verfälscht werde. Denn alles klingende und Papiergeld, das hier von den Bankangestellten sorgsam geprüft wird, kehrt in den täglichen Kreislauf der Geschäfte zurück und wird das bewegende Element aller moralischen, geistigen und körperlichen Thätigkeit des britischen Volkes.

Es giebt Leute, die in der Arbeit der Erzeugung, unter dem Zepter des Geldes, die friedlichste, heilbringendste aller Staatseinrichtungen erblicken. Ich frage sie, diese klugen Seher: „Woher kommt es, daß in allen großen Städten Altenglands von drei Einwohnern je einer elend im öffentlichen Krankenhause stirbt, daß in diesem England und in dem schönen Frankreich wenigstens ein Fünftel der Bevölkerung am Hungertuche nagt und im größten Elend verkommt? ..."

O, ihr klugen Seher, begreift ihr denn nicht den tiefen Sinn der Alten, bei denen der Gott des Handels und des Geldes, Merkur, zugleich der Gott des Wuchers, des Betrugs und des Diebstahls war? Blickt um euch und sehet, ob, was im Alterthum wahr gewesen, nicht noch immer wahr ist? Fragt euch doch, was die Bank sey und die Leute, die darin wirthschaften? Ihr nennt sie Priester Merkurs, Männer des Friedens, kleine Heilige, die nichts Böses thun, weil sie Gold wiegen und Papiergeld untersuchen. Das Gold: was ist es für sie? Ein gelbes Metall, das sich leicht glänzend machen läßt und das zum Münzkönig wie geschaffen ist; die Sonne aller Erze. Nicht wahr, die Erfindung des neuen Judäa, Papiergeld und Wechsel, des erstern Erzeuger, scheinen euch minder heilig. Dennoch ruft ihr anbetend: „Wie groß, wie herrlich, wie wundervoll! was der Menschengeist nicht Alles zu ersinnen vermag!"

O, ihr Wackern! habt ihr denn eure Augen, um nicht zu sehen? Guckt dem Zeitgeist doch einmal scharf in die Karten. Wo ihr Frieden seht, ist heller Krieg. Auf der ganzen Erde wird unaufhörlich gerungen und gekämpft; gerungen und gekämpft um Geld und Geldeswerth. Versteht ihr das Summen und Schnauben nicht, das längs den Pfeilern der Börse empor dröhnt, versteht ihr nicht das dumpfe Echo, das die mit unsäglicher Qual belastete Erde deckt? Die Börse scheint euch eine menschenfreundliche Kasse zur Beförderung der Arbeit und des gesellschaftlichen Verkehrs, oder sie scheint euch ein merkwürdiges Geldmuseum. Aber der albornirte Mensch, der nur irgend Geschäfte zu machen versteht, kann euch sagen, wozu die Bank dient. Er kann euch sagen, daß man jetzt mit Papiergeld erwirkt, was früher nur durch den Donner der Schlachten erzielt werden konnte.

Die Bank, wie England sie begreift, und wie andere nach ihm sie begreifen, ist das Zeughaus unserer Zeit. Hier läßt man seine Streitkräfte aufstellen und hält Musterung darüber. Das Schlachtfeld ist überall, wo gearbeitet wird; denn überall, wo der Mensch, unterstützt von der Natur, etwas hervorbringt, tritt der Geldmann auf. Er ist es, der von Allem den größten Vortheil bezieht, weil er den Umstand benutzt, daß ohne Stoff und Werkzeug nichts hervorgebracht werden kann, und daß zur Anschaffung des Werkzeuges und Stoffes Geld gehört. Er bietet dies Geld, indem er dem Erzeuger und Arbeiter einen um so höhern Zins von dem geliehenen Gelde abnimmt, je größer die Noth der Arbeiter und die im Lande herrschende Willkür ist.

Von der Themse bis zum Ganges dient jenes Gold, das die Automaten der Bank wiegen, zu der furchtbarsten Waffe, weil mit ihrer Hülfe 300,000 oder 400,000 Geldmänner von Allem, was Natursegen und Menschenfleiß hervorbringen, das Beste ausschließlich sich zueignen. Das Gesammterbe der Menschheit wuchert in ihren Händen, vermehrt sich in ihren Händen zu unglaublichen Summen, während der karge Lohn, den sie ihren Unterworfenen zugestehen, den 28 Millionen Briten und Irländern und den 125 Millionen unterjochten Sclaven in Indien und anderwärts, nimmer steigt, sondern kaum so weit hinreicht, um diesem zahllosen Geschlechte von Parias ihr elendes Leben zu erhalten und nicht gar zu früh es ins Gras beißen zu lassen.

Schweigt, o schweigt von den blutigen Metzeleien, welche das Schwert unter Feudaltyrannei angerichtet. Gold und Papiergeld, dies Schild und dies Schwert unserer neuen Feudaltyrannen, führt durch Zins und Wucher, welche jetzt die frühere Ländereroberung ersetzen, alle Erzeuger, mithin die Mehrheit aller Lebenden, zu einer Sclaverei zurück, die, vertreten durch Gold und Papier, bei weitem drückender und entehrender ist, als die frühere Sclaverei, weil wir darin in einen Zustand uns versetzt finden, wo Verheerungen jeder Art, wo Jammer und Elend, wo Schmerz und Schändung des Heiligsten auf Erden, nämlich der Menschheit selbst, an der Tagesordnung sind."

Herbstlied für 1846.

Ihr Zecher, herbei, es gibt was zu naschen!
Auf, leeret die alten, die staubigen Flaschen
Und füllt sie mit sechsundvierziger Wein!
Schon flüstern die festgebannten Geister
Des Weines in Fässern dem prüfenden Meister:
Was heuer wir spenden, ist edel und fein!

Geharrt habt ihr lang', ihr lechzenden Zecher,
Auf solch' einen Wein im funkelnden Becher,
Es fehlte den Zeiten ein Feuerwein!
Für uns're Zeit ein Wein voll von Leben,
Voll von Feuer und Kraft, wie geistiges Streben,
Wie ein strahlender, glühender Sonnenschein.

Nun ist er, wie wir es gewünscht, gerathen,
Und Arme, Reiche, auch die zierlichen Gnaden,
Sie können trinken am sprudelnden Faß.
Sie können, Jeder, für ihre Ehren,
Die Becher sich füllen und dann wieder leeren
Und Lebehoch bringen dem goldenen Naß.

Wie werden die Geister im Kopfe hausen!
Die Lieder des Volkes, sie werden erbrausen
Die Lieder vom herrlichen Vaterland!
Ja, jauchzet dem Land, dem deutschen, schönen,
Und laßt durch Gesänge dasselbe uns krönen
Und singen, was unsere Seele empfand!

Und Allem, was dieses Jahr uns geboren
Im sonnigen Tanze der wandelnden Horen:
Dem Großen und Schönen sey freudig gedacht!
Dem menschlichen Geist, der zu den Sonnen
Die Bahnen des Wissens lenkt und in Wonnen
Erleuchtet der Erde dunkele Nacht!

So lebet empor bei herbstlichen Freuden,
Vergesset des Lebens Schmerzen und Leiden
Und jauchzet froh Deutschlands glühendem Wein!
Des Rheins, der Mosel, des Maines Trauben,
Neckars köstlichem Saft von des Wartberges Lauben,
Aber schenkt auch dem herbstlichen Sänger ein!

Ernst Herold.

Novitäten und Curiosa im Gebiete der Tonkunst.

Flotow schüttelt seine Opern aus dem Aermel, denn abermals ist in Paris eine neue mit dem sonderbaren Titel: L'âme en peine mit vielem Beifall aufgenommen worden. Die Musik soll graciös und melodisch und die Seele des Componisten bei der Arbeit durchaus nicht en peine gewesen seyn. — „Meeresstille und glückliche Fahrt" von C. L. Fischer (Musikdirektor in Würzburg), diese herrliche Cantate für Männerchor und Orchester, macht eine sehr glückliche Fahrt auf den Gangeswogen deutscher Singvereine (ihr letzter Ankerplatz war das große Sängerfest in Brüssel am 24. Sept.) und ist so eben in Partitur, Stimmen und Klavierauszug bei Schott in Mainz erschienen. — Hector Berlioz schreibt eine Musik zu Göthe's Faust. Weßhalb? Besitzen wir nicht die Oper Faust von Spohr? Will Berlioz die Göthe'sche Dichtung dadurch anziehender machen, oder uns von der Dichtung abziehen? Lasse man doch Jedem das Seine. Aber die Musik mengt sich heutzutage in Alles. Am Ende liefert man noch zu den Monumenten unserer Dichter musikalische Commentare. — Briefe aus Wien („Neue Zeitschrift für Musik" vom Sept. d. J.) melden unter vielerlei Klagen, daß Hr. Pokorny fortwährend zwar die neuesten Opern bringe, aber dieselbe mit Mitgliedern dritten Ranges besetze. Ungeschminkt urtheilt der Korrespondent über die Sänger Ditt, Gebrer, Rade, und über die Sängerinnen Aste und Eder. „Die Musketiere" mit Uebersetzung von Kupelwieser sind unter solchen Auspicien durchgefallen. — Bei dem Musikfest in Birmingham betrug — nach dem Bericht der Times — die Einnahme nach Abzug der Kosten 11.500 Pfund (80 500 Thaler). So viel bringen deutsche Konzerte nicht ein. — Wohin es Hunderte von Componisten ex professo mit aller Gewalt nicht bringen, nämlich populär zu werden, dahin hat es Wilhelm Speyer gebracht, denn seine Lieder werden auf den Straßen geträllert und gepfiffen und die „Rheinsehnsucht", die „Trompeter" u. a. als Parademärsche gemacht. — Bei dem letzten Schaffhauser Sängerfest waren viele Häuser geschmückt. Unter andern hatte ein Schneider einen Geisbock, der eine große Lyra hielt, angebracht, mit der Unterschrift: „Nicht immer schneidet und näht der Schneider, er singt auch auf der Töne Leiter." — Die Wüste-Symphonie von David ist im Aachener Theater im Costüme aufgeführt worden; 40 Statisten und 2 Kameele von Pappendeckel (ohne die Solostimmen) figurirten darin und das Publikum applaudirte dazu. — Zur Jahresfeier der Inauguration des Beethoven-Monumentes zu Bonn hat Professor Breidenstein (Mit-Direktor des Festes) eine actenmäßige Darstellung dieses Ereignisses, der Wahrheit zu Ehren und den Festgenossen zur Erinnerung herausgegeben. Alles und Jedes, was auf dieses Fest Bezug hat, ist mit Sachkenntniß geschildert und wird, zu einem eleganten Heft vereinigt, jedem Musikfreunde und musikalischen Historiker eine lehrreiche Gabe seyn. Vor dem Titel befindet sich in feinem Stahlstich die Abbildung des Monumentes. Das Buch, groß Quart-Format und steif brochirt, ist erschienen in Commission bei J. Habicht, Bonn 1846. — Im südlichen Amerika wirft man den Künstlern jetzt statt Bouquets baares Geld an den Kopf. Kürzlich wurde eine Tänzerin mit einem Regen von Six-Pences und Schillings empfangen. So ein Beifall kann tödten. — Von neuen deutschen Opern ist Folgendes zu bemerken: „Zaire", von dem Herzog zu Sachsen-Coburg-Gotha, ist kürzlich in Coburg mit allgemeinem Beifall gegeben worden und die Kritik nennt den Componisten dieser frischen und schwungvollen Melodien einen reichbegabten Geist. Die drei deutschen Opern, welche jedes Jahr auf Befehl Sr. Maj. des Königs von Preußen auf dem Berliner Hoftheater gegeben werden müssen, sind für dieses Jahr: „Wilhelm von Oranien" von Carl Eckert, Lortzing's „Waffenschmied" und „die beiden Prinzen" von Heinrich Esser. Letztere hat das Glück, den beiden andern vorauszugehen und am 15. Oct. zur Geburtsfeier des Monarchen als Festoper gegeben zu werden. Gegeben ist diese Oper bereits in München, Braunschweig und Mainz und angenommen in Stuttgart, Karlsruhe, Frankfurt a. M., Linz und Wien (Theater a. d. Wien). Unser Conradin Kreutzer ist auch nicht untergegangen im Lethe; denn er taucht plötzlich mit drei neuen Opern zugleich auf. Die erste, „der Edelknecht", hat in Gratz am 18. Sept. und dann öfter hintereinander großes Glück gemacht. Die zweite, „die Hochländerin" (mit Text von Berndt v. Guseck) wird unter des Componisten Leitung im November in Hamburg aufgeführt, und die Partitur der dritten, „Aurelia" (mit Buch von Sollmick), wird Kreutzer der Frankfurter Direction einsenden. Des Componisten jüngere Tochter soll eine vorzügliche Sängerin seyn.

Mannichfaltigkeiten.

(Madame Viardot-Garcia.) Am 5. Okt. ist diese mit Recht wegen ihres Gesanges sowohl als wegen ihres Darstellungstalents gefeierte Primadonna zum erstenmale in der italienischen Oper des Königsstädtischen Theaters in Berlin aufgetreten. Sie gab die „Amina" in Bellini's vielgesungener „Somnambula", und wiewohl Vielen noch das Bild dieser Rolle, wie sie die schwedische Nachtigall aufgefaßt, im Gedächtniß war, erwarb sie sich doch einen nicht minder lebhaften Beifall, als ihn jemals Dlle. Lind gefunden. Wenn diese die schlafwandelnde Bäuerin idealisirt und daraus eine ätherische Gestalt macht, so giebt uns Madame Viardot das einfache italienische Landmädchen wieder mit aller ihrer Hingebung und ihrem natürlichen Liebreiz. Ihren Gesang möchten wir weniger italienisch und fiorirt, als deutsch und empfindungsreich nennen. Dagegen war das dreimal auf stürmisches Verlangen des Publikums von ihr gesungene Schluß-Rondo das wir auch schon im Konzerte von ihr gehört, ganz von der Gluth des italienischen Himmels erfüllt, dem sie, obwohl nicht unter ihm geboren, doch mehr anzugehören schien, als die sämmtlichen italienischen Sänger, die an diesem Abend mit ihr wirkten.

(Mag. f. d. Lit. d. Ausl.)

(Breslau, 8. Okt.) Man meldet aus Ratibor vom 6. Oktober. Der türkische Gesandte, der vier Tage in Ratibor verweilte, machte sich am Abende der Illumination den absonderlichen Spaß, aus den Fenstern seiner Wohnung unter die auf der Straße wogende Menge 75 Thaler zu werfen, um welche viel heiße Kämpfe sich entspannen und von denen ein Viergroschenstück nebst blutiger Nase davon zu tragen gar Mancher das Glück hatte. Ob es zur nationalen Eigenthümlichkeit der Moslims gehört, das Geld im eigentlichen Sinne zum Fenster hinauszuwerfen? Uebrigens zählen bei uns derartige Vergnügen unter die verbotenen.

Das Eisenbahnwesen auf Cuba nimmt einen raschen Aufschwung, wenn auch folgende Angabe, die das „Morning Chronicle" einer Havannazeitung entlehnt, etwas übertrieben seyn sollte: „Die Insel ist ungefähr 700 englische Meilen lang und gegen 90 breit. Bis jetzt dem Verkehr eröffnet sind ungefähr 800 englische Meilen Schienenweg. Vom 1. Juli 1845 bis dahin 1846 waren 1 405,234 Passagiere auf den verschiedenen Linien gefahren und die Einnahme davon betrug gegen 2 Millionen Thaler, die Einnahme vom Gütertransport aber 2,375,000 Thlr. Das in Eisenbahnen auf Cuba angelegte Capital mag sich im Ganzen auf 20 Mill. Pfd. Sterl. belaufen. Zwei sehr lange Linien haben ihre Ausgangspunkte vor der Stadt Havanna, zwei andere vor St. Jago, gegenüber der Insel Jamaica."

Korrespondenz.

Darmstadt, 13. Oct.

Beethoven's Oper „Fidelio" wurde vorgestern auf unserer Bühne mit allem Glanze der Darstellung gegeben. Fräul. Jenny Lind war zugegen, und ihre Anwesenheit schien auf Alle, die im Orchester oder auf der Bühne beschäftigt waren, einen mächtigen Einfluß zu üben, der für die Oper im Ganzen, wie in ihren interessantesten Partien, höchst fruchtbringend war. Sehr gefiel Mad. Pirscher, als Leonore, und Hr. Kreuzer, als Florestan, welche Rolle von diesem neuen Mitgliede unserer Bühne sowohl in Gesang als Spiel sehr vorzüglich gegeben wurde. Tief ergriffen von der Macht der Musik und des Gesanges, der auch in den Herren Döring, Kühnle, Reichel und Cramolini, wie auch in Fräul. Neukäufler, würdig personifizirt war, saß die liebenswürdige Jenny in ihrer Loge, ganz Auge und Ohr, hingerissen von dem Zauber der Beethoven'schen Muse, welche nur sie bis in ihre tiefsten Tiefen zu fühlen und zu verstehen schien. Wahr ist es, diese Oper hat ergreifende Momente, unter denen z. B. der Chor der Gefangenen selbst minder empfängliche Gemüther stark zu rühren vermag. Kann es befremden, daß Thränen der Bewunderung und innigsten Rührung erglänzten an dem schönen und sanften Augenpaar unserer Jenny, welche für und durch die Kunst lebt und von ihr eine erhabene Mission erhalten hat? Für heute Abend, wo sie als Amine in der Nachtwandlerin auftreten wird, sind die Theaterplätze, als Logen und Sperrsitze, schon vergeben, und nur für Parterre und die beiden Gallerien wird heute Abend an der Kasse der Nachfrage noch einigermaßen Genüge geleistet werden können. Viele Fremde sind schon hier angekommen oder werden noch am heutigen Nachmittage bis zur Eröffnung der Oper erwartet, da z. B. in dem Gasthause zur Traube allein Bestellungen aus Mannheim, Heidelberg, Frankfurt, Bingen, Köln, Gießen ꝛc. eingelaufen sind. In erwähntes Gasthaus wurden nicht weniger als 61 Theaterzettel für die heutige Oper abgeliefert. Fräul. Lind wird nächsten Freitag in der Norma und den Sonntag darauf in der Regimentstochter auftreten und damit ihr hiesiges Gastspiel beschließen.

Theater-Anzeige.

Donnerstag, 15. Oct. Der Postillon von Lonjumeau, komische Oper in 2 Abth. und 3 Acten, nach Leuven und Brunswick, übersetzt von Friederike Ellmenreich, Musik von Adam.

Samstag, 17. Oct. (Zum Erstenmale): Der Vetter, Lustspiel in 3 Abth., von Benedix. Vorher geht: Die Geschwister, Schauspiel in einem Act, von Göthe.

Redakteur: J. L. Heller. — Druck und Verlag von Heller und Rohm.

Didaskalia.

Blätter für Geist, Gemüth und Publizität.

Nro. 287. | Samstag den 17. October | 1846.

Das Pfarrhaus.

Novelle von Maximilian Reck.

(Fortsetzung.)

Der Pfarrer war einfachen, geselligen Freuden nicht abgeneigt; deshalb war sein Haus oft der Sammelplatz der benachbarten Gutsbesitzer und seiner Amtsbrüder, und unter den Kindern derselben fand die kleine Anna muntere Spielgefährten. Am innigsten schloß sie sich schon in frühester Jugend an Marie, die Tochter des Pfarrer Wellner, der auch Werners engster und vertrautester Freund war, und dessen Pfarre kaum eine halbe Stunde von Lindflur entfernt lag. Marie war in gleichem Alter mit Anna, munter und lebhaft, und als Kind schon so gerade und entschlossen, daß man oft glaubte, einen verkleideten Knaben in dem Mädchen vor sich zu haben. Im jungfräulichen Alter verwandelte sich dieser Grundzug ihres Charakters in ernste entschiedene Festigkeit, und obwohl Mariens Herz nicht weniger glühend und innig schlug, als das Anna's, so wirkte doch ihre klare besonnene Ruhe auf das weichere und schüchterne Gemüth der letzteren recht vortheilhaft ein, wenn auch Anna oft dadurch verletzt wurde und die Freundin dann der Kälte und Härte anklagte, was sie später wieder mit bitteren Thränen bereuete. Die beiden jungen und schönen Mädchen, die, wenn es nur irgend ihre häuslichen Geschäfte erlaubten, fast immer beisammen waren, bildeten einen so kräftigen Anziehungspunkt für die benachbarten jüngeren Geistlichen und Gutsbesitzer, daß das Haus des Pfarrers fast immer Besucher aufzuweisen hatte. Der eifrigste unter diesen war der junge vierundzwanzigjährige Baron von Barnheim, der durch den Tod seines Vaters erst kürzlich zur Uebernahme seiner Güter von großen Reisen zurückgerufen worden war, und, ganz unabhängig, ein Auge auf Marien geworfen zu haben schien. Er war meistens von dem jungen Kandidaten Meinhold begleitet, welcher als Erzieher seiner jüngeren Brüder bei ihm auf einem nahen Gute lebte. Beide Männer waren wie in ihrem Innern, so auch im Aeußeren verschieden. Barnheim, eine hohe, schlanke und doch kräftige Figur mit dunklen Haaren und blitzenden Augen verrieth Kraft und Männlichkeit bei jedem Schritte, und in seinem entschiedenen, gewandten Benehmen den vollendeten Weltmann. Von Natur edel, mit reichen Talenten begabt, seiner guten Eigenschaften sich bewußt, doch ohne Selbstüberschätzung, wäre seine Erscheinung fast eine vollendete gewesen, hätte nicht das Gift des socialen Lebens der großen Welt auch in seinem Herzen sich schon eingeschlichen. Ein Mädchen, erzogen in den Kreisen der soi-disante haute volée, hätte sich durch sein Aeußeres täuschen lassen, nicht so diese einfachen, unverdorbenen Landmädchen. Als beide Herren nach einem Besuche im Pfarrhause sich gegen Abend entfernt hatten, nahm Anna den Arm Mariens und forderte sie zu einem Spaziergange im Garten auf. Sie gingen eine Zeitlang schweigend auf und nieder, endlich nahm Anna das Wort und sagte ernst:

„Sage mir doch offen, liebe Marie, was Du von dem Baron hältst.“

„Das ist eine schwierige Frage, liebe Anna,“ entgegnete Marie. „Hierüber bin ich mit mir selbst nicht im Klaren.“

„Und doch scheint es mir, als ob diese Frage für Dich nicht ohne Bedeutung seyn könne,“ fuhr Anna fort. „Der Baron liebt Dich.“

„Ich will Dir, meine Schwester, nicht verhehlen,“ erwiederte Marie nach kurzem Schweigen und leicht erröthend, „ich will Dir nicht verhehlen, daß es auch mir scheint, als sey ich Barnheim nicht gleichgültig. Aber ob dieses Gefühl Liebe sey ..... Laß mich offen reden, Du weißt, daß ich nicht überspannt bin; aber doch habe ich mir die Liebe stets anders gedacht. Sie schien mir ein stilles Heiligthum, das, fremden Blicken unzugänglich, nicht durch prunkenden Wortschwall entweiht werden darf, eine zarte Sinnblüthe, die, vor äußerer Berührung zitternd, den lieblichen Kelch verschließt und verwelkt. Mich, liebe Anna, kann die Weise, mit der der Baron seine Neigung an den Tag legt, nicht erwärmen, nur verletzen. Es scheint mir fast, als ob der Baron selbst mich und unser Geschlecht nicht genug achte, und uns für eitel und oberflächlich genug hält, um an der Ostentation, mit der er sich giebt, Freude zu finden. Sieh' dagegen, mit welcher stummen Verehrung Meinhold Dich betrachtet, wie er erröthet, wenn er Dich anspricht und ....“

„Sey doch still,“ fiel Anna ein. „Am Ende bildest Du Dir gar ein, der Kandidat sey in mich verliebt. Dies,“ fuhr sie ernster fort, „würde mir sehr leid thun; denn, aufrichtig gesagt, ich würde seine Liebe nie erwiedern können. Doch genug von diesen Dingen, komm' in das Haus und laß uns Musik machen; Du weißt ja, wie unsere Väter sie lieben.“

Und die beiden Mädchen sprangen munter und singend in das Haus, und hatten schnell das Gespräch vergessen, das sie noch eben mit solchem Ernste geführt. Ihre Herzen waren noch frei; der Liebe mächtiges Gefühl hatte noch keine Gewalt über sie.

Dem scharfen Blicke des Pfarrers war weder die Neigung des Barons für Marien entgangen, noch die Liebe des Kandidaten für seine Tochter. Er hatte deshalb mit Mariens Vater sich besprochen, und Beide waren der Ansicht, daß man sich darauf beschränken müsse, den Lauf dieser Angelegenheit zu beobachten, ohne für den Augenblick zu interveniren. Die jungen Männer waren beide achtungswerth; denn hatte der Baron auch unter dem Einflusse der großen Welt einigermaßen die ursprüngliche Strenge seiner Ansichten verloren, war — wie Marie richtig bemerkt hatte — sein Glaube an ihr Geschlecht durch viele Vorfälle, deren Zeuge er gewesen, wankend geworden, so hatte er in seiner eigenen Handlungsweise doch stets die höchste Sittlichkeit und Reinheit sich bewahrt, und sowohl sein edles, redliches Gemüth, als sein zartes

Ehrgefühl würden ihm nie erlaubt haben, sein Wort durch eine Lüge zu beflecken oder irgend ein Unrecht zu begehen. Daher konnte sein Umgang den Mädchen, die ohnedem die jungen Leute nur in Gesellschaft ihrer Väter sahen, nicht gefährlich seyn. Werner war der festen Ueberzeugung, daß die Liebe zu der edlen reinen Marie die ungünstigen Eindrücke des high-life bald in dem Herzen des Barons verwischen würde, und daß man ihm das Lebensglück des Mädchens freudig anvertrauen könne, wenn sie seine Liebe zu entgegnen vermöge. Zwar war der Baron aus einer der ältesten adeligen Familien des Landes; aber dies konnte schon darum keinen Einfluß auf eine Verbindung mit Marien haben, weil seine Mutter selbst eine Bürgerliche, eben so wie sein verstorbener Vater frei von aristokratischen Vorurtheilen geblieben, und in diesem Sinne seine Erziehung geleitet hatten. Bei ihren häufigen Besuchen im Pfarrhause hatte Frau von Barnheim die Liebe ihres Sohnes zu Marien mit sichtlicher Freude wahrgenommen, und dies offen gegen die beiden Geistlichen ausgesprochen; aber auch sie war der Ansicht, daß man hier sich jedes Einflusses enthalten und die Entwickelung ganz dem Herzen der jungen Leute überlassen müsse. In der That hatte Werner nicht Unrecht gehabt; die Liebe zu Marien veredelte den Baron immer mehr, die Gewohnheiten, die er von seinen Reisen angenommen, und die schroff und unangenehm der einfachen Lebensweise im Pfarrhause entgegentraten, verloren sich nach und nach, und je mehr er zu der edlen Natürlichkeit und Einfachheit seines Wesens zurückkehrte, je mehr und inniger wurde ihm die Neigung Mariens, genährt durch die mütterliche Herzlichkeit, mit der seine Mutter sich des Mädchens annahm, das gleich Anna, früh schon die Mutter verloren hatte und sich durch dies liebevolle Entgegenkommen der alten Baronin wohlthuend berührt fühlte.

(Fortsetzung folgt.)

Tizian's Wohnhaus*).

Nach einer Wallfahrt durch die Kirchen und Paläste Venedigs und nachdem wir mit stets erneuertem Entzücken Tizian's „Darreichung im Tempel" und seine „Himmelfahrt Mariä" angestaunt hatten, beschlossen wir, unseren Aufenthalt in der Lagunenstadt durch einen Besuch in dem Hause zu krönen, wo der große alte Meister fünfzig Jahre, die Hälfte seines langen Lebens, wohnte und mit Aretino und Sansovino, Bembo und Bernardo Tasso lebte und liebte, mit ihnen lachte und trank, mit schönen Venezianerinnen schmollte, ihre Reize unsterblich machte und dann — starb! . . .

Tizian wohnte nicht im Palazzo Barberigo, wie Manche vermuthet haben, und er ist auch dort nicht gestorben. Vor seiner ersten Reise nach Bologna hielt er sich in einem engen und geräuschvollen Theile Venedigs auf — in der Calle Gallipoli, nahe bei San Toma; auch Giorgione's Wohnung befand sich in derselben Nachbarschaft, aber an einem offenen Platze, der St. Sylvesterkirche gegenüber. Die Lokalität, wo Tizian domizilirt war, mag wohl noch denselben Anblick darbieten wie im sechzehnten Jahrhundert, denn der Umfang Venedigs hat sich seitdem nicht verändert, obgleich es manche andere Wechsel erfahren hat — erst in vermehrter Pracht aufschießend und dann in langsamem Verfall dahinschwindend. In jener Gasse — denn eine solche ist sie — führte er viele Jahre lang ein einfaches und arbeitsames Leben. Die Hauptquelle seines Einkommens war damals sein Gehalt als Staatsmaler, in welchem Amte er seinem Lehrer Gian Bellini folgte. Als jedoch seine königlichen Gönner ihn mit Reichthümern überhäuften, verlegte er sein Atelier nach einem geräumigeren Lokal in einem zwar entfernten, aber schönen Theile der Stadt, und, ohne verschwenderisch zu seyn, bewies er, daß er seinen Erwerb auf eine Art anzuwenden wisse, die ihm selbst zur Ehre und Anderen zur Freude gereiche.

Es ist unerklärlich, wie eine Stätte, die mit so vielen für Venedig theuren Erinnerungen verknüpft ist, im Laufe zweier Jahrhunderte dergestalt in Vergessenheit gerathen konnte, daß wir Mühe hatten, sie aufzufinden. Die Anweisung, die man uns gab, lautete folgendermaßen: Nella contrada di S. Canciano, in luogo appellato Biri-Grande, nel campo Rotto, sopra la palude o canale ch'è in faccia all' isola di Murano, dove ora stanno innalzate le Fondamente Nuove. Umständlich genug, wie es scheinen möchte, und dennoch konnte unser Gondolier sich hier nicht zurechtfinden, obgleich er zu den intelligenteren Mitgliedern seines Standes gehörte. Wir fuhren durch eine Menge Kanäle und wanderten längs der Fondamente Nuove, einem herrlichen steinernen Quai, der das nördliche Ufer dieses Stadttheils einschließt. Von der Schönheit des Anblicks gefesselt, den die mit hin- und herschiffenden Gondeln bedeckte und von der untergehenden Sonne beleuchtete Lagune darbot, deren leichter Schaum ein erfrischender Lufthauch uns entgegentrieb, vergaßen wir mitunter den Zweck, der uns hierher geführt hatte, um unsere Forschungen jedesmal mit erhöhtem Enthusiasmus zu erneuern, indem wir uns in schmalen Gassen vertieften, die netzartig die Zwischenräume der Kanäle durchschneiden und in seltsame Winkel und Labyrinthe drangen, die man sehen muß, um Venedig in allen seinen merkwürdigen pittoresken Eigenthümlichkeiten kennen zu lernen.

Wir befanden uns jetzt in San Canciano, nahe der Jesuitenkirche, und waren mithin dicht bei der uns angedeuteten Stelle — aber noch immer schien sie uns zu entgehen. Endlich blickte aus einem vermoderten, scheibenlosen Fenster ein junges Mädchen hervor, wie ein Tizianisches Portrait in seinem alten Rahmen, jung, frisch, mit flammenglühenden Wangen, wallenden Locken und großen schwarzen Augen alla Veneziana — und nach einem lachenden Blick auf die verlegenen Fremden erbot sie sich, uns nach der Casa di Tiziano im Campo Rotto zu geleiten. Wir schwankten einen Augenblick, unschlüssig, ob wir uns auf diese extemporisirte Führerin verlassen durften, da die Nachbarschaft zu Tizian's Zeiten eben keines guten Rufes genoß und sie noch immer von Personen bewohnt schien, delli quali è bello il tacere (von denen es besser ist, zu schweigen); aber einer aus unserer Gesellschaft schwor mit ritterlicher Wärme, daß solche Augen uns nicht täuschen könnten, und bestand darauf, daß wir uns ihrer Leitung anvertrauen sollten. Er hatte Recht: nachdem wir noch einige dumpfe, schmale Gänge durchschritten hatten, kamen wir zu dem Platze und dem Gebäude, das wir suchten.

Der Theil des Hauses, der auf den Campo Rotto hinausgeht, ist in eine gemeine Schenke verwandelt worden, die sich mit dem Namen: Trattaria di Tiziano brüstet und unter deren laubbedeckten Portal eine Anzahl von Männern und Weibern sich gütlich that. Die andere Hälfte, die noch immer an einen kleinen Garten — den dilettevole giardino di Messer Tiziano — stößt, ist an mehrere Familien vermiethet, und die Mauer trägt noch einige Spuren der Freskomalereien, mit denen sie einst geziert war. Ein lachender, wüster, halbbetrunkener Gondolier, mit einer keck von der Seite aufgestülpten schwarzen Mütze und einem Gesichte, auf dem man seine Bereitschaft zu jedem möglichen Schwank lesen konnte, stellte sich uns als Cicerone vor und ein alter Schuhmacher oder Schneider machte mit ernster Höflichkeit die Honneurs. Wir traten durch ein kleines Thor in den Garten und stiegen eine steinerne Treppe hinauf zu einem alterthümlichen Portal, von einem Weinstocke beschattet, den man vor kurzem seiner saftigen Trauben beraubt hatte und der jetzt in wilden, nachlässigen Guirlanden die zerborstenen Säulen und Balustraden umrankte. Von diesem Eingange führten noch einige steinerne Stufen zu den Hauptgemächern. Alles war hier schmutzig, öde und verfallen. Das Zimmer, welches

*) Aus Mrs. Jameson's Art and Literature. London, 1846.

einst zur Werkstätte Tizian's diente, muß früher äußerst schön und von so geräumigem Umfange gewesen seyn, um die größten Bilder — wie z. B. das für Philipp II. gemalte „Abendmahl" — enthalten zu können; jetzt aber, wo es durch bretterne Verschläge in mehrere kleine Quartier abgetheilt ist, bleibt nur ein Stück davon in seinem ehemaligen Zustande übrig, dessen Höhe und Dimensionen einen sonderbaren Kontrast gegen das ärmliche Aeußere der Bewohner bilden. Vor etwa vierzig Jahren erblickte man auf der Decke dieses Zimmers noch eine herrliche Gruppe von tanzenden Liebesgöttern; aber einer der Miethsleute, ein gewisser Messer Francesko Breve wurde unglücklicher Weise von einem Reinlichkeits-Paroxysmus ergriffen und ließ die Decke weiß anstreichen; als man ihn über seinen Irrthum aufklärte, riß er sie nieder und bemühte sich, den Kalk abzuschaben, um das Gemälde verkaufen zu können. Man weiß nicht, was seitdem aus der mißhandelten Reliquie geworden ist . . .

In solche Hände war die Wohnstätte Tizian's gefallen! Der kleine, schlecht bestellte Garten, der sich einst bis zum Ufer erstreckte und die Aussicht über die Lagunen bis nach Murano beherrschte, ist jetzt von hohen Gebäuden eingeschlossen, die ihm ein dumpfes, freudenloses Ansehen gegeben haben. Der Eindruck, den diese ganze Scene auf uns hervorbrachte, war ein höchst trauriger, und keine Erinnerungen an die Vergangenheit, keine Bilder der Schönheit und des Ruhmes konnten uns mit der prosaischen Nüchternheit der Gegenwart versöhnen.

Explodirende Baumwolle.

(Bad Homburg v. d. H., 14. Okt.) Die Böttger-Schönbein'sche explodirende Baumwolle habe ich nach vielseitigen Versuchen in einem Zustande dargestellt, welcher keinen Zweifel übrig läßt, daß mein Präparat vollkommen dasselbe ist, welches die Herren Professoren Schönbein und Böttger geliefert haben. Die Verbrennungs- und Schießversuche mit der von mir bereiteten explodirenden Baumwolle, welche ich in Gegenwart von Offizieren, Forstbeamten und Chemikern angestellt habe, sind vollkommen befriedigend und eclatant, namentlich bei dem Scheibenschießen, ausgefallen. Bei einer Distance von 120 Gängen durchdrang die Kugel in vollkommen gerader Richtung drei Bohlen, welche nicht gesplittert wurden, sondern das Loch, welches die Kugel bewirkte, erschien gleichsam wie durchbohrt; die Abfeuerung mit Zündhütchen verursachte bei Anwendung von Büchsen, die in dieser Entfernung, mit Schießpulver geladen, beträchtlich stoßen, durchaus keinen Anschlag. Der Lauf blieb vollkommen rein, wird auch nicht im geringsten angegriffen. Die Schießversuche wurden mit circa 5 bis 6 Gran angestellt. Nicht allein ich selbst, sondern mehrere Männer von Fach haben den Versuchen des Herrn Böttger und den meinigen beigewohnt und nicht im mindesten einen Unterschied zwischen dessen und dem meinigen Präparat gefunden, insbesondere was die weiße Farbe, äußerst lockere Beschaffenheit, das Entflammen mit einem glimmenden Körper und die vollkommene blitzschnelle Verbrennung auf Papier oder auf der Hand, ohne Entzündung oder Verkohlung des Papiers, ohne schädliche Einwirkung auf die Unterlage, ohne Hinterlassung eines Rückstandes, Rauches oder sonstiger belästigen der Gasarten anbelangt. Auch fand die Verbrennung der explodirenden Baumwolle unmittelbar über Schießpulver, ohne dasselbe zu entzünden, statt, wohl aber entzündete letzteres die Baumwolle. Weder von Salpetersäure noch von Kalilauge verliert das Präparat, nachdem es mit Wasser wiederum ausgewaschen und getrocknet ist, seine erwähnte explodirende Kraft und Eigenschaft.

Durch Schlag explodirt die Baumwolle nicht. Kurz, in chemischen und physikalischen Eigenschaften war kein Unterschied zwischen der von mir nach meinem, unabhängig von den Herren Böttger und Schönbein, erfundenen Verfahren dargestellten explodirenden Baumwolle und der der genannten Herren wahrzunehmen.

Die Bereitungsweise eignet sich besser zur fabrikmäßigen Darstellung, als zur Darstellung im Kleinen und ist äußerst billig.

Zugleich projektire ich ein Verfahren zur Entzündung dieses explodirenden Präparats, welches nicht allein das Schießpulver, sondern auch die Zündhütchen vollkommen deplacirt und ich zweifele nicht an dessen vollständigem Gelingen.

Schließlich bemerke ich jedoch noch, daß ich wiederholte Versuche nach Angabe des Herrn Professor Otto, „Eintauchen der Baumwolle in concentrirte, aus 100 Theilen Salpeter und 60 Theilen Schwefelsäure bereitete Salpetersäure rc.", angestellt habe und jeder Versuch mir nicht ein dem erwähnten Präparate entsprechendes, im Gegentheil sehr unbefriedigendes Resultat gegeben hat, welches noch viele Andere, welche sich mit diesem Gegenstand befaßt haben, ebenfalls gefunden haben werden.

Dr. J. Hoffmann, Apotheker.

(Leipzig, 13. Okt.) Gestern Nachmittag wurden im hiesigen Schützenhaus und, wie zu bemerken, bei sehr nassem Wetter, wiederholte Versuche über die Wirkung von explosiver Baumwolle, welche im chemischen Laboratorium der Universität nach dem Verfahren des Dr. Knop bereitet war, aus Gewehren verschiedenen Kalibers im Beiseyn von Sachkundigen angestellt. Militairgewehre gaben, mit 40 Gran dieser Baumwolle geladen, einen sehr scharfen Schuß auf 100 Schritt; geringere Ladungen von 14 und 20 Gran erwiesen sich unzulänglich. Die gewöhnliche Ladung Schießpulver für dieselben ist circa 130 Gran. Aus einer Büchse, die für gewöhnlich eine Pulverladung von einigen 30 Gran verlangt, ward mittels einer Ladung von 20 Gran Baumwolle die Kugel in der Entfernung von 190 Schritt durch die Scheibe und drei zollstarke Tannenbretter getrieben. Aus einem doppelten Jagdgewehre ward mit Schroten und 35 Gran Baumwollladung auf 70 Schritt nach der Versicherung des Zielers, Hrn. Wolf, eben so scharf geschossen, als mit 48 Gran Schießpulver auf blos 50 Schritt. Als allgemeine Wahrnehmung ist die außerordentliche Verminderung des Rückstoßes im Vergleiche zu dem bei Schießpulverladung anzuführen. Natürlich sind alle diese Versuche nur als vorläufige zu betrachten, da die Ermittelung gewisser einzelner Verhältnisse vorhergegangen seyn muß, um später vielleicht planmäßiger experimentiren zu können.

(Bernburg, 11. Okt.) Die in den Zeitungen veröffentlichte Notiz über zuerst von den DDr. Böttger und Schönbein gemachte Erfindung explodirender Baumwolle regte mich zu verschiedenen Versuchen an über die Darstellung. Damit noch beschäftigt, erschien in dieser Zeitung die ehrenhafte Veröffentlichung des Hrn. Medicinalassessors und Professors Dr. Otto in Braunschweig. Sofort suchte ich nach einem andern, noch wohlfeileren Stoffe als die Baumwolle, und habe solchen auch glücklich in feinen Hobelspänen und Sägespänen, zumal weicher Holzarten, gefunden welche, wenn sie mit rauchender Salpetersäure übergossen und hernach ausgewaschen und getrocknet werden, ebenfalls die explodirenden Eigenschaften besitzen, sich leicht entzünden, im Feuergewehre und bei Steinsprengungen das Schießpulver ersetzen. Eine weitere Darlegung behalte ich mir vor, bin auch gern bereit, allen sich dafür Interessirenden weitere Berichte über Anfertigung, die eben keine Schwierigkeit hat, zu geben. Das so wohlfeile, fast überall zu erlangende Material giebt der Anwendung eine größere Wichtigkeit.

Dr. L. F. Bley,

Medizinalrath und Apotheker, Oberdirektor des Apothekervereins im Norddeutschland.

(Deutsche Allg. Ztg.)

Mannichfaltigkeiten.

Eine theure englische Sprach-Lection. Der Komiker Hoffmann vom Variétés-Theater in Paris gab vor Kurzem in Havre eine Reihe von Gastrollen, welche ungemeinen Beifall erhielten. Dieser Schauspieler, der auf die geringsten Details der Physiognomie und des Costumes immer große Aufmerksamkeit verwendet, ist ein besonders glücklicher Darsteller englischer Sonderlinge. In Havre, in welcher Stadt eine ganze Engländer-Colonie ist, machte er besonders in solchen Rollen Furore. Dieses Talent verschaffte dem Künstler die Ehre eines seltsamen Besuchs. Er spielte in der Posse: „Les Trois Dimanches" einen Engländer. Das Publikum war enthusiasmirt; aber vorzüglich schien ein im Parterre sitzender Brite dem wirksamen Spiel des Komikers Geschmack abzugewinnen, denn er rief fast unaufhörlich: Ho! very well! Der Künstler ward durch diese Beifallsäußerung geschmeichelt und er fühlte sich freudig überrascht, als nach beendetem Stücke der Gentleman aus dem Parterre vor der Ankleide-Loge erschien und um die Erlaubniß bat, ihm über seine ausgezeichnete Darstellung sein Compliment machen zu dürfen. Diese Erlaubniß wurde natürlich mit der größten Bereitwilligkeit ertheilt. Nach den ersten Begrüßungen und Complimenten erlaubte sich der Engländer einige Bemerkungen hinsichtlich der Aussprache einiger englischen Wörter, welche in der Rolle eingestreut sind. Endlich nahm Hoffmann unter den Versicherungen seiner Dankbarkeit von dem Gentleman Abschied und spielte in dem letzten Stücke. Erst am Ende des Schauspiels und als er seine eigenen Kleider wieder anlegte bemerkte er, daß man ihm seine Börse und seine goldene Uhr gestohlen hatte. Außer dem Engländer war Niemand in der Ankleide-Loge gewesen. Der Schauspieler begab sich in den Gasthof, den „Mylord" ihm genannt hatte; man wußte nichts von ihm. Ob der englische Sprachmeister ein aus England herübergekommener Glücksritter oder ein auf einer Kunstreise befindlicher Pariser Gauner war, ist noch unentschieden.

In Innsbruck hat der Schauspieler B., der Theaterkritiken in ein auswärtiges Blatt geliefert hatte, durch eine polizeiliche Hausfuchung aber als deren Verfasser erkannt und vom Publikum dafür ausgezischt wurde, aus Verzweiflung über sein Mißgeschick zuerst seine Geliebte und dann sich selbst getödtet.

Korrespondenz.

Lyon, 10. Oct.

Die Schwestern Milanollo sind, glücklich vor Beginn der Genfer Kanonade aus Rousseau's Vaterstadt entrilt, seit einigen Tagen hier. Der hiesige Theaterdirekter ist ein feiner Handelsmann und verlangt für seinen Saal unendlich viel. Da müssen nun die guten Dingerchen in einem kleinen, durch architectonischen Zierrathen überladenen und deshalb acustisch unbrauchbaren Saale beginnen. Es ist aber zu hoffen, sie werden sich den großen Theatersaal durch ihr bezauberndes Spiel erobern. Die stolze Stolz aus Paris war gleichfalls vor einigen Tagen hier und auf vier Abende für die bescheidene Summe von 10.000 Francs engagirt. Hätte die Direktion die gewöhnlichen Preise beibehalten, so hätte die Stolz Lorbeeren geerntet. Aber für den doppelten Eingangspreis wollte auch Jedermann doppelte Lungen und die hohe „Note", welche, wie man sagt, in Paris ein kleiner Chorist für Mad. Stolz aus den Coulissen zu schreien die wohlbezahlte Gefälligkeit hatte. Nach dem zweiten Abend bat man die Sängerin, da die Direktion an ihrem Talent nicht zum Märtyrer werden könne, wie ihre Töne, so ihre Forderungen herabzustimmen. Die Gefeierte oder Gepfefferte schien darauf einzugehen, nahm aber in Abendstille Extrapost und ging ab. Seitdem hört man in den Cafés und andern Cirkeln ein Gemunkel, aus dem ich nur die Worte: „Verehrer, Sammetkleider, Geschenk, angenommen, abgeblitzt" verstanden. Arme Märtyrin der Kunst! — Unser deutscher Gesangverein „Cäcilie", unter der Direktion des Handlungs-Commis Däschner aus Karlsruhe, geht ruhigen Sanges fort. Felix Mendelssohn hat sich in einem liebenswürdigen Schreiben sehr bereit erklärt, dem Vereine ein von einem Frankfurter Dichter verfaßtes Bundeslied zu componiren. Man hofft, wenn der verehrte und mit Arbeiten überladene Tonsetzer für dieses Blüthchen einen Augenblick gewinnt, mit dem Bundesliede das nächste Cäcilienkonzert im November eröffnen zu können.

Darmstadt, 14. Oct.

In der gestrigen Oper: „die Nachtwandlerin" hat Fräul. Lind, als Amine, mit außerordentlichem Beifalle gesungen. Einheimische und Fremde waren entzückt durch den Zauber ihrer Töne, welche für das Gefühl Alles, für die Beschreibung Nichts sind. Die Kunst findet nur ihr volles Echo in gleichgestimmten Gemüthern, welche die Gunst des Augenblicks mit ihr zusammenführte. Wer dieses Glückes entbehrte, kann durch keine, wenn auch noch so glänzende Beschreibung befriedigt werden. Nur die Bemerkung sey uns noch erlaubt, daß es Vielen geschienen, daß Fräul. Lind die Amine noch viel schöner und vollendeter gesungen als im Herbste v. J., wo sie zum ersten Male auf hiesiger Bühne gastirte. Die gestrige Einnahme der Theaterkasse soll gegen 2000 fl. betragen haben. Groß war die Zahl der Fremden, welche sich aus den benachbarten Städten und selbst aus weiter Ferne eingefunden hatten. In dem Gasthause zur Traube war kein Zimmer mehr frei; eine Anzahl Equipagen hatten daselbst keine Aufnahme mehr finden können. Eben so waren der Darmstädter Hof, der Hessische Hof und das Hotel Köhler vollständig besetzt. Wir erinnern uns nicht, daß einst Henriette Sonntag, als sie im November 1847 hier mehrere Triumphe feierte, so viele Fremde herbei gezogen habe. Ist man Zeuge gewesen von solchen bewundernswürdigen Erfolgen künstlerischer Darstellung, so denkt man unwillkührlich an Schiller's bekannte Bemerkung: „Ueberall, wo die Kunst fiel, ist sie durch die Künstler gefallen." — Nach ihrem ersten Debüt ist Fräul. Lind eine zweitägige Rast vergönnt, welche sie der häuslichen Ruhe und dem stillen Umgange mit den Musen widmen zu wollen scheint. Heute Vormittag z. B. besuchte sie die großh. Bildergallerie und regte durch ihre unerwartete Anwesenheit noch ein anderes Kunstinteresse an, welches den Besuchenden äußerst erwünscht war. Die vielen, zum Theil sehr bizarren Gemälde der altdeutschen Schule, welche den Spiritualismus des Christenthumes in kläglicher Weise darstellen und welche gegen die heitere und geniale Kunst der alten Griechen einen äußerst trübseligen Gegensatz bilden, — diese Gattung von Gemälden, wo die gebenedeiten Gesichter und die Abtödtung des Fleisches die Grundidee bilden, schienen die mit der heiteren Kunst der Gegenwart lebenden und mit ihr innig verschwisterten Jenny Lind eben nicht sonderlich anzusprechen. Andere denken und fühlen vielleicht darin übereinstimmend mit ihr, wollen es aber, aus falsch verstandener Pietät gegen den Leichnam des Mittelalters, nicht frank und frei bekennen, um nicht Gefahr zu laufen, gegen einen gewissen Modeton anzustoßen und für roh, oder wohl gar für irreligiös gehalten zu werden. Poesie und Malerei des Mittelalters erklären und bedingen sich wechselseitig: wer mit jener sich bekannt gemacht, wird wissen, was er von dieser zu halten und zu urtheilen hat. — In der großh. Gemäldegallerie ist gegenwärtig ein in Oel gemaltes, sehenswerthes Porträt von Landgraf Ludwig V. ausgestellt, welches Hr. Hofmaler Eyp für Se. k. Hoh. den Erbgroßherzog gemalt hat. — Schon seit mehreren Wochen befindet sich Hr. Meier aus Zürich hier, und zwar in der Absicht, von Darmstadt und der Gegend ein Panorama zu entwerfen. Als Standpunkt hat derselbe die Gallerie der Ludwigsäule gewählt, welche, wegen der weiten Fernsicht, die man von da in die Runde genießt, für ein Gemälde der Art ganz besonders geeignet ist.

Mainz, 14. Oct.

Seit verflossenem Montage ist die hiesige Actien-Bäckerei, an deren Spitze jedoch, den öffentlichen Anzeigen zufolge, nur Hr. Bauer steht, eröffnet worden und liefert ein äußerst schmackhaftes Brod, und zwar um einen Kreuzer billiger als der von den Bäckern letzten Samstag auf die nächsten acht Tage festgesetzte Brodpreis. Die Theilnahme, die dieses zeitgemäße Etablissement bei dem Publikum findet, ist außerordentlich und namentlich haben ansehnlichere Gewerbtreibende, die einen großen Hausstand haben, gleich bedeutende, feste Bestellungen gemacht und dadurch dem ohnehin soliden Unternehmen eine noch festere Grundlage gegeben. Die äußere Einrichtung des Etablissements ist durchaus practisch und wir können aus eigener Anschauung versichern, daß wir bisher selten eine so bequeme und zweckmäßig eingerichtete Bäckerei sahen. Unsere Herren Bäcker machen gute Miene zum bösen Spiel und das ist unstreitig das Klügste, was sie thun können. Vor mehreren Wochen zeigte die städtische Behörde im hiesigen Wochenblatt die polizeiliche Beschlagnahme von 163 Laiben Brod an, die theils zu schlecht, theils zu leicht waren; dieser Act der Gerechtigkeit hat doch einige Wirkung gehabt, denn man hört seitdem nichts wieder von zu schlechtem und zu leichtem Brode.

Redakteur: J. L. Heller. — Druck und Verlag von Heller und Rohm

Didaskalia.

Blätter für Geist, Gemüth und Publizität.

Nro. 288. Sonntag, den 18. October 1846.

Am Feste aller Deutschen.

18. October 1846.

Im Grabe ruhen sie fast All',
Die einst vor fernen Tagen,
Umtönt von der Geschütze Schall,
Die Leipz'ger Schlacht geschlagen;
Ja, viele von den Kämpfern sind
Schon in die Gruft gestiegen:
Freund Hain, dem Keiner hier entrinnt,
Ihm mußten sie erliegen.

Ein neu' Geschlecht hat an der Stell'
Des alten Platz genommen;
Ihm lacht bis jetzt der Himmel hell,
Kein Wetter scheint zu kommen.
Nach heißem Kampf ward lange Ruh'
Dem Vaterland beschieden;
Es nimmt an äußerm Wohlstand zu,
Beschirmt vom holden Frieden.

Das bleibt nicht so auf ew'ge Zeit;
Denn früher oder später
Ruft Mars die Enkel in den Streit,
So wie vordem die Väter.
D'rum, deutsche Jugend, nimmermehr
Laß deine Waffen rosten!
Kommt's Wetter nicht von Westen her,
Dann kommt's vielleicht von Osten.

Laß, naht entscheidend das Geschick,
Das Schwert dir nicht entwinden
Und einen großen Augenblick
Auch rüst'ge Männer finden!
Dann schütze du mit kräft'ger Hand,
Wie du's gelobt in Liedern,
Das große deutsche Vaterland
Selbst in den kleinsten Gliedern!

Ludwig Hub.

Das Pfarrhaus.

Novelle von Maximilian Reck.

(Fortsetzung.)

Dagegen schien das Verhältniß Meinholds zu Anna eine entgegengesetzte Richtung nehmen zu wollen. Seit jenem Tage, an welchem Marie die Freundin auf die Neigung des Kandidaten für sie aufmerksam gemacht hatte, war diese zurückhaltender und ernster gegen ihn geworden, und Meinhold fühlte das veränderte Benehmen des Mädchens so sehr, daß er noch schüchterner und befangener wurde, und dadurch in Anna's Augen eben nicht gewann. Fragte sich Anna selbst, was ihr an dem Kandidaten nicht gefalle, so mußte sie sich gestehen, daß es eben seine zu große Schüchternheit und Befangenheit war, die ihn in ihren Augen fast unmännlich erscheinen ließ, und die durch das Benehmen des Barons um so schärfer hervortrat. Wie alle weicheren und furchtsamen Naturen fühlte sie das Bedürfniß, sich an ein kräftiges und kühneres Wesen anzuschließen; sie war sich bewußt, daß sie allein und ohne Stütze kaum stark genug sey, den Stürmen des Lebens in das Auge zu sehen, und daß sie eines Führers bedürfe, dessen Schutz sie furchtlos und vertrauend sich hingeben könne. Zu rein und zu gut, um auch nur entfernt daran zu denken, daß die Liebe des Barons sie glücklich machen könne, den sie fast als den Verlobten der Schwester und Freundin anzusehen sich gewöhnt hatte, verhehlte sie sich doch nicht, daß er ihrem Ideale weit näher stehe, als der Kandidat es je könne.

Ein zufälliges Ereigniß blieb auf diese Ansicht nicht ohne Einfluß, und schien plötzlich die ganze Lage der Dinge zu ändern. An einem heißen Sommernachmittage war der Kandidat mit seinen Zöglingen wie gewöhnlich an den eine Stunde entfernten Strom gegangen, um zu baden. Der eine der Knaben hatte sich zu weit gewagt, der Strudel hatte ihn erfaßt, und schon war er nahe daran, zu verschwinden, als Meinhold die Gefahr bemerkte, sich ihm nachstürzte und mit Lebensgefahr ihn rettete. Der Schreck und die Todesangst hatte dem Knaben ein leichtes Fieber zugezogen, so daß die edle That sich nicht verbergen ließ. Zwar suchte er selbst bescheiden den eignen Edelmuth zu schwächen, indem er sich die Schuld an der Gefahr seines Zöglings beimaß, aber aus den Erzählungen der beiden andern Brüder ging so klar seine Unschuld und die Gewißheit hervor, daß nur die verwegene Unbesonnenheit des Knaben den Vorfall veranlaßt hatte, ehe Meinhold ihn daran hatte hindern können, daß der Baron, der seine Geschwister mit der wärmsten Zärtlichkeit liebte, den Retter des Bruders mit der dankbarsten Innigkeit umfing und ihm mit dem Brudernamen und der Versicherung ewiger unwandelbarer Freundschaft den schönsten Lohn verlieh. Noch am Abend brachte er und seine glückliche Mutter den Widerstrebenden nach dem Pfarrhause, und die herzlichsten Glückwünsche der Geistlichen, der warme Händedruck der beiden Mädchen, die Liebe und Hochachtung, mit der Alle ihn umgaben, wie das Bewußtseyn des durch ihn geretteten Menschenlebens, hoben seinen Muth und sein Selbstvertrauen und gaben seiner Haltung einen Ernst und eine Festigkeit, durch die er unendlich gewann. Von diesem Augenblicke an fühlte Anna eine schwesterliche Neigung zu ihm, die sie vielleicht selbst überschätzte; denn als der Baron an seinem Verlobungstage mit Marien dem Kandidaten eine Pfarrstelle auf seinen Gütern verlieh, und zugleich für den Freund um ihre Hand warb, gab sie ohne Widerstreben, ja mit einem Gefühle von Glück, ihr Jawort, das der Vater freudig bestätigte.

So schienen denn die Verhältnisse im Pfarrhause einer friedlichen glücklichen Lösung entgegenzugehen, als plötzlich einer jener Zufälle, die sich gleich einem Meteor an unserem Lebenshimmel zeigen, dem Geschicke der Bewohner dieses so friedlichen Hauses eine andere Wendung gab.

Wir bitten den Leser, mit uns ungefähr zwei Jahre vor jenem Abende zurückzugehen, an welchem wir die schöne Anna so traurig und nachdenkend im Garten des Pfarrhauses trafen.

2.

An einem stürmischen Aprilabende des Jahres 1832 kam auf schweißtriefendem Pferde ein Postillon in das Dörfchen Lindflur gesprengt. Der Himmel war von schwarzen Wolken umzogen, stürmisch pfiffen die Winde durch die entlaubten Bäume und um den altergrauen Kirchthurm, und prasselnd schlugen die großen Regentropfen gegen die festgeschlossenen Fensterläden, hinter welche die Dörfler sich in das wohldurchwärmte Gemach zurückgezogen hatten, wo sie sich heute bei dem Unwetter noch einmal so behaglich als sonst fühlten.

Die Hausväter saßen gemüthlich, die kurzen Pfeifenstümmeln im Munde, auf der Bank hinter dem ungeheuren Kachelofen — in der Volkssprache Hölle genannt, — die Mägde am schnurrenden Spinnrade, während die älteren Jungen und die Knechte entweder schnitzelten oder an den Geräthschaften besserten und die Mutter strickend oder ein Liedchen summend, mit glücklichen und besorgten Blicken an dem Lager des kleinen Lieblings saß und mit dem Fuße auf der Wiege ihn in Schlaf schaukelte.

In manchem Hause wurden wohl auch lustige Schnurren oder schaurige Gespenstergeschichten erzählt, und wenn dann draußen die Hunde einen Vorübergehenden anbellten, oder die alte Kukuksuhr im Winkel zu dumpfen Schlägen ausholte, bebte wohl manche furchtsame Dirne schauernd zusammen und wurde dann von ihren muthigeren Gefährtinnen und den Knechten weidlich geneckt und ausgelacht.

Der Reiter hielt, da im Orte weder eine Gutsherrschaft, noch eine Schenke war, vor dem Pfarrhause, sprang vom Pferde, nach wenigen Schlägen an die Hausthüre wurde diese geöffnet, und der Pfarrer selbst erschien mit Licht in der Hausflur, um sich nach der Ursache des so späten Besuches zu erkundigen. Die Veranlassung desselben war folgende:

In der ungefähr eine halbe Stunde entfernten Waldschlucht hatte der Sturm einzelne der stärksten Bäume niedergerissen und einen derselben quer über die Straße geworfen. Der Postillon, welcher — bereits nach Sonnenuntergang — mit einem Reisenden durch diese Schlucht kam, konnte bei der dichten Finsterniß nichts erkennen, und so kam es, daß die Pferde über den Stumpf des Baumes stürzten und den Wagen umwarfen. Der Fremde, der nach der Aussage des Postillons ihn unaufhörlich zur Eile angetrieben hatte, war entweder schwer verwundet oder durch den Sturz betäubt, leblos von ihm aus dem Wagen gezogen worden, und da er denselben, trotz aller angewandten Bemühungen, nicht in das Leben zu rufen vermochte, so hatte er schnell ausgespannt und war in wenigen Minuten in das Dorf gesprengt, um Hülfe zu holen.

Der Pfarrer ließ augenblicklich Hebzeug und Kienfackeln herbeibringen, und begab sich selbst mit seinen Leuten und dem Postillon nach der Schlucht, indessen Anna auf den Wunsch ihres Vaters das Gastzimmer in Bereitschaft setzen ließ. Man fand den Fremden noch immer leblos, und brachte ihn so schnell als möglich, in Begleitung des Pfarrers, auf einer Tragbahre in das Pfarrhaus, während die Bauern den Wagen aufrichteten und, da die Achse gebrochen war, langsam in das Dorf nachführeten.

Schon in der Schlucht hatte sich bei dem Scheine der Laterne gezeigt, daß der Fremde heftig aus einer Stirnwunde blute, bei näherer Untersuchung im Pfarrhause ergab sich, daß diese Wunde nicht durch den Sturz des Wagens veranlaßt seyn konnte, sondern vielmehr die Folge eines Säbelhiebes war, der quer über die Stirn lief. Durch den Fall hatte sich der Verband gelöst und die heftige Blutung, wie die Betäubung, hatten die Ohnmacht herbeigeführt. Zwar kam der Fremde bald wieder zu sich, doch hielt das heftigste Fieber seine Sinne gefangen. In diesem Delirium entschlüpften ihm einige Worte, die er öfter mit der größten Heftigkeit wiederholte: „Polen .... Kathinka .... Flucht ....“, und obwohl Werner einen deutlichen Zusammenhang in denselben natürlich nicht finden konnte, so war ihm doch klar, daß der Fremde einer jener Unglücklichen sey, die sich von Thatenlust und jugendlicher Schwärmerei hatten hinreißen lassen, den Versuch des polnischen Volkes, seine Ketten zu zerbrechen, zu theilen. Zwar verhehlte sich der Pfarrer nicht, daß er sich vielleicht einer Gefahr aussetze, wenn er seinen Schützling aufnehme, aber dieser Gedanke hatte auf sein edles männliches Gemüth nicht den mindesten Einfluß, um so weniger, als die Hülflosigkeit des Kranken jeden Schutz zur heiligen Pflicht machte. Während einer seiner Leute nach dem Arzte in das eine starke Stunde entfernte Städtchen gesandt wurde, hatte Werner den Fremden zu Bette gebracht und schickte sich an, die Nacht bei ihm zuzubringen.

(Fortsetzung folgt.)

Zur Begrüßung des 1846r.

Verstattet mir, meine Freunde, daß ich den Moment, der uns hier versammelt hat, und den würdigen Gegenstand, dem es gilt, freudig begrüße. In die hochgewölbten Hallen dieses weiten Kellerraumes haben wir das erste Faß unseres neuen Weines hereingebracht, begleitet von unsern Segenswünschen. Unsere Freude ist gerecht; denn die Mühen und Arbeiten des Winzers werden nur selten belohnt. Er pflanzt und pflegt eines der edelsten Erzeugnisse der Natur; aber das Edelste gedeiht auch am seltensten, während das Gemeine üppig wuchert. Wie in der Natur, so auch unter den Menschen! Wie viele Herrscher werden geboren und mit dem Purpur geschmückt, bis ein großer und wahrhaft edler Fürst den Thron besteigt, ein Fürst, der den schönen Bau der Volksbeglückung weiter fördert und durch weise Einrichtungen und humane Gesetze ein Vater und Beglücker seiner Unterthanen wird! Wie viele Männer arbeiten in den Schachten der Wissenschaft, bis Einer kommt, der reiche Goldminen entdeckt und deren Schätze zu Tage bringt und wie Viele stellen Lehrsätze und Systeme auf, bis Einer neue Bahnen der Forschung bricht und neue Sterne in die alte Nacht leuchten läßt! Wie viele Dichter und Künstler geben nur angelernte Formen wieder und wiederholen nur, was Andere schon geboten haben, bis Einer erscheint, dem die Muse schon an der Wiege gelächelt und den sein Genius auserkoren hat, die Menschen durch erhabene Gebilde zu begeistern, zu entzücken und über die niederen Schranken des irdischen Lebens emporzuheben! Jedes Jahr bringt Gutes und Nützliches, aber das Vortreffliche ist kaum den Jahrzehnten und oft nur den Jahrhunderten vorbehalten. Weil dies nun so selten ist, darum wird es mit Recht bewundert und gepriesen und darum wollen auch wir das edle Rebengewächs festlich empfangen.

Edler Wein und Genie haben außer ihrer Seltenheit noch Manches gemeinschaftlich. Die Entwickelung von beiden ist mit brausender Gährung verbunden. Beim edlen Weine findet man diese ganz natürlich, aber beim Genie sucht man sie zu hemmen. Der feurige Jüngling, wenn er einmal aus den gewohnten Schranken heraustritt, wird als ein gefährlicher Kopf verlästert und den ungestümen Flug seiner Gedanken sucht man gewaltsam niederzuziehen. Warum sind die Menschen hier so unduldsam und beachten nicht, daß ein kräftiger Geist, gleich einem edeln Weine, auch einmal überschäumen muß. Köstlich sind beide, wenn sie ausgegohren und sich zur vollen Blüthe ihres geistigen Lebens entwickelt haben. Dann ist der Verkehr mit ihnen beseligend; sie erwärmen uns mit ihrem Feuer, lassen ihre Begeisterung in uns überströmen, umgeben uns mit ihren Idealen, sind mild und kräftig zugleich und lassen uns die irdischen Sorgen vergessen. Nach dieser schönen Blüthezeit werden sie nicht selten herb und verlieren ihre Lieblichkeit; sie bewahren zwar noch immer ihre geistige Kraft, werden aber oft abstoßend und unfreundlich. Ein edler Wein ist für seinen Besitzer stets erfreulich, aber das Genie macht diesen nur selten glücklich. Neid und Mißgunst, Verkennung und Verlästerung pflegen das Genie zu begleiten und erst nach langen Kämpfen, häufig erst dann, wann es die dornenvolle Laufbahn vollendet hat, wird es anerkannt. Großen Meistern, Künstlern und Dichtern setzt man nach ihrem Tod Monumente und während ihres Lebens läßt man sie darben. So geschieht es nicht nur in unserm lieben Vaterlande, sondern überall. Doch mag uns die Erfahrung trösten, daß nicht verloren geht, was sie Edles und Schönes erstrebt haben.

Wie auch die Zeiten und der Geschmack sich geändert haben, die Verehrung für dich, du köstlicher Rebensaft, ist immer dieselbe geblieben, und wie schon die Völker des Alterthums deinem Gotte Altäre erbauten und deine Pokale mit Blumen bekränzten, so huldigt man dir auch heute noch. Solcher Verehrung bist du auch würdig, und was wären ohne Dich unsere kleinen und großen Feste, denen du erst den wahren Glanz verleih'st! Der Genuß deines edeln Saftes erfreut unser Herz, giebt den Gedanken einen höheren Schwung und begeistert uns für alles Gute und Schöne. Wenn wir im traulichen Familienkreise die Gläser erklingen lassen, wie sind wir dann so zärtliche Väter und so würdige Vorsteher unserer häuslichen Gemeinde; wenn wir dem scheidenden Freunde beim vollen Becher ein Lebehoch bringen, oder wenn wir bei ihm unserer holden Geliebten gedenken, wie schwärmen wir da für die unwandelbare Dauer der Freundschaft und Liebe, die durchs ganze Leben und noch über's Grab hinaus bestehen soll; wenn wir bei einem Festmahle unsere Freudenlieder ertönen lassen und den Gefühlen unseres Herzens in schönen Toasten Worte leihen, wie erglühen wir da für Freiheit und Vaterland, für Duldung und Humanität. Schade nur, daß diese schönen Entschlüsse, diese frommen Wünsche, diese patriotischen Begeisterungen, diese humanen Tendenzen so selten zur Ausführung gelangen und daß diese Blüthen unserer Ideale so bald wieder verwelken! Von dir, du köstlicher Rebensaft dieses Jahres, erwartet man, daß du die besten deiner Vorgänger an Kraft und Feuer übertreffen werdest; aber deinen Vorzügen würdest du die Krone aufsetzen, wenn es dir gelänge, jene edeln Entschließungen so zu stärken, daß sie zur That würden. Könntest du so kräftig werden, um alles Gemeine und Schlechte, um Neid und Habsucht, um Intoleranz und kleinliche Gehässigkeit, um Feindschaft und Zwiespalt aus der Welt zu verdrängen, dann erst wollte ich dich wahrhaft preisen. Doch ich glaube an Wunder nicht und beschränke darum meine Wünsche.

So geht nun, ihr Tropfen des edeln Nektars, alles Gemeine und Unedle ausstoßend, eurer Vollendung entgegen! Ihr habt die schöne Bestimmung, Freude zu spenden und glückliche Stunden zu bereiten. Dem Dichter werdet ihr zu manchem Liede begeistern und dem ernsten Manne die ermattende Kraft beleben, dem Jubelgreis die seligen Tage der Jugend zurückrufen und dem in weiter Ferne Verweilenden die trauten Bilder der Heimath. Bei unsern frohen Gelagen und festlichen Zusammenkünften werdet ihr unentbehrlich seyn und unsere Herzen für den Genuß des Augenblicks empfänglich machen. So möge es geschehen und dazu gebe der Himmel, seinen Segen! Der Ruhm eurer Jahreszahl werde dem der gleich euch Auserwählten beigeschrieben und mit freudigem Danke genannt, so lange noch ein Tropfen eurer köstlichen Flüssigkeit übrig seyn wird! Ein Lebehoch, meine Freunde, auf unsern edlen 1846r, daß er ein Sorgenbrecher und Freudenspender seyn und noch lange bleiben möge!

M.

Mannichfaltigkeiten.

In der lithograph. Anstalt von Ed. Gust. May in Frankfurt a. M. ist so eben das Portrait von Wilh. Speyer, nach einem Gemälde von Rustige, auf Stein gezeichnet von Schertle, erschienen. Es empfiehlt sich durch Aehnlichkeit, fleißige Ausführung und sorgfältigen Druck. Den zahlreichen hiesigen und auswärtigen Freunden und Bekannten des durch viele Compositionen, namentlich aber durch seine trefflichen, weitverbreiteten und volksthümlich gewordenen Lieder und Gesangs-Quartette mit Recht geschätzten und talentvollen Tonsetzer wird das hier zur Anzeige gebrachte Blatt willkommen seyn.

Bei L. Papst in Darmstadt ist erschienen: Wegweiser durch die nächsten Umgebungen von Darmstadt und nach den schönsten Punkten des Odenwaldes und der Bergstraße, von Ludwig. Mit Plan und Karte. — Mit Herausgabe dieses Büchleins wird dem Titel desselben entsprochen. Ausführliche statistische und historische Notizen, oder gar poetische Schilderungen der vielen Naturschönheiten, lagen außer dem Plane desselben; doch wird in gedrängter Kürze dem Reisenden Alles angedeutet, was er zum Behufe ländlicher Ausflüge zu wissen nöthig hat. Der kleine Wegweiser ist nicht dickleibig, kostet nur wenig und wird demnach den immer zahlreicher werdenden Touristen willkommen seyn.

Die bekannte Mad. Weiß hat mit den 40 Kindern, welche ihr Ballet bilden, Schiffbruch gelitten, nicht im figürlichen, sondern im buchstäblichen Sinne des Wortes. Das Dampfboot Great-Britain, auf welchem sie sich nach Amerika eingeschifft hatte, ist nämlich an der englischen Küste gescheitert. Der Brief eines Mitreisenden bestätigt dies. Die Kleinen wurden indeß alle glücklich gerettet und lagerten auf dem Strande um Mad. Weiß gruppirt, die, wie Niobe, mit verhülltem Haupte in ihrer Mitte saß. Eine Gutsbesitzerin der Umgegend, Lady Montgomery, ließ die armen erfrorenen Kinder in ihrer Dorfschule einquartieren. Der Brief fügt hinzu, daß Mad. Weiß durch diesen Schiffbruch bedeutenden Schaden erleidet. Die ganze Garderobe, Musik u. s. w. ist wahrscheinlich ruinirt, und die Speculation mit Amerika fehl geschlagen, da die Kinder schwerlich mehr auf ein Schiff zu bringen seyn werden. Nach Frankreich darf Mad. Weiß nicht mehr, und in Deutschland dürfte ihrer auch nicht der beste Empfang harren; auch hat sie durch ihre Prozesse mit Hrn. Lumley und andern englischen Theaterdirektoren in der letzten Zeit ihres Aufenthaltes in England ansehnliche Verluste erlitten.

(Ueber die Krankheit der Kartoffeln.) In einem Schreiben aus Amerika vom 5. Sept. 1846 heißt es: „Ich habe in deutschen Zeitungen gelesen, daß die Krankheit der Kartoffeln in meinem Vaterlande, in Deutschland, so überhand genommen hat, daß sie Besorgniß erweckend geworden ist und die Oeconomen ängstlich der Ernte dieses Hauptnahrungszweiges entgegen sehen. Auch hier (Staat Ohio) trifft man hin und wieder Kartoffelnkranke an und ein hiesiger Farmer (Deconom) machte folgenden gelungenen Versuch, dieser Krankheit zu begegnen, welchen ich euch mittheilen will. Er sagte in einem öffentlichen Blatte: Ich mähete das Kraut meiner Kartoffeln, die etwa halb oder zwei Drittheil ausgewachsen waren, auf der Hälfte meines Grundstückes, gänzlich ab und das Resultat war erstaunlich. Die Kartoffeln, deren Kraut stehen geblieben war, fingen stark an, zu faulen, da hingegen unter denjenigen, deren Kraut auf demselben Acker ich abgemähet hatte, nicht eine faule gefunden wurde, ja dieselben beinahe noch einmal so groß und dick waren. Kommt mein Brief nicht zu spät und könnt ihr den Versuch noch machen, so gelingt es euch vielleicht, eure ganze Kartoffelernte zu retten.

(Wesel.) Am 28. v. M., Abends gegen 8 Uhr, fand man auf der Chaussee zwischen Wesel und Schermbeck unweit Peddenberg ein neugebornes todtes Kind, das in verschiedene Bekleidungs-Gegenstände eingehüllt war, welche offenbar nur auf ein Frauenzimmer aus höheren Ständen schließen ließen. Nachdem das hiesige Gericht hiervon Anzeige erhalten und die gerichtliche Obduction ergeben hatte, daß das Kind entweder durch Schlagen mit dem Kopfe an einen harten Gegenstand oder durch Fall gegen einen solchen ermordet worden, wurden, in Verbindung mit der hiesigen Polizei, sofort die geeigneten Nachforschungen nach den Urhebern des Verbrechens angestellt. Dem Polizeicommissär v. W. gelang es, Umstände zu ermitteln, welche mit dem Verbrechen in unmittelbarer Berührung stehen. Nach diesen Ermittelungen steht es nämlich fest, daß das Kind am gedachten Abend in dem hintern Cabriolet eines mit vier Postpferden bespannten herrschaftlichen Wagens, der von Schermbeck nach Wesel gefahren ist, geboren und aus diesem Cabriolet auf die Chaussee geworfen worden seyn muß, wodurch das Kind die tödtliche Verletzung am Schädel erhalten hatte. Die Spur der grausamen Mutter, einer Kammerjungfer, und ihres muthmaßlichen Theilnehmers, eines Bedienten des Besitzers des Wagens, wurde hier in einem Hotel erforscht, das sie bereits bei der Ermittelung mit der Herrschaft verlassen hatten, und in welchem übrigens auf die That sprechende unverkennbare Merkmale zurückgeblieben waren. Hoffentlich wird es dem Arme der Justiz gelingen, diese in fremde Regionen geeilten Unmenschen zu fahnden, um sie der gerechten Bestrafung überliefern zu können.

Die von dem irländischen Bildhauer Hogan in Rom gearbeitete Statue Daniel O'Connels, ist nach einer zweimonatlichen Ueberfahrt von Civitavecchia am 21. September in Dublin angekommen. Der kräftige Anwalt Irlands ist dabei als römischer Tribun kostumirt, in der Stellung, wie er die um ihn versammelte Menge haranguirt. Die acht Schuh hohe Statue ist von carrarischem Marmor. Die Aehnlichkeit des Bildwerkes ist sprechend, und die Arbeit eine der schönsten und interessantesten unter den in Irland befindlichen Kunstwerken. Diese Statue sollte ungesäumt im großen Börsensaal zu Dublin aufgestellt werden.

Die Wespenstiche sind oft, selbst auf der Oberfläche des Körpers, sehr schwer, und um so schwerer, wenn sie im Innern des Körpers fühlbar werden. Kürzlich starb ein Taglöhner in der Gemeinde Saint-Quentin, welcher eine Wespe in einem Glase Aepfelwein verschluckt hatte, nach langem Leiden an den Folgen der Verletzungen, welche dieses gefährliche Insekt im Magen hervorgebracht hatte.

(Solothurn, 6. Oct.) Dem Vernehmen nach berieth sich der Regierungsrath in seiner gestrigen Sitzung über die Maßnahmen, welche gegen die zwei Boxer, Herren Postdirektor Zeltner und Finanzsecretär Wirz-Staud, zu treffen seyen: ob man ihnen des öffentlich gegebenen Skandals wegen einen Wischer geben, oder gar sie von einander spannen wolle. Es soll viel und bedauerlich über den Vorfall dieser ersten Staatsdiener gesprochen worden seyn. Endlich sey man dann rätig geworden, in die Sache nicht einzutreten und es den beiden Herren zu überlassen, ob sie miteinander zufrieden seyen oder bei nächster Gelegenheit einen zweiten derartigen Act aufführen wollen. Natürlich wird von dieser Debatte nichts zu Protokoll genommen worden seyn.

(Wien.) Als kürzlich die Vorstellung der im Hofoperntheater so beliebt gewordenen „Musketiere der Königin" stattfinden sollte, wurde sie wegen Hindernissen, die wider Vermuthen plötzlich eingetreten seyn sollten, abgesetzt. Der Baßsänger F. war wegen unberichtigt gebliebener Wechselschulden verhaftet worden; die Gläubiger hatten gerade einen solchen Tag abgewartet, wo F. Abends unentbehrlich und eine ergiebige Einnahme zu hoffen war. Sie dachten, der Administrator Balochino werde wohl den Betrag wenigstens zum Theile decken. Allein dieser ging auf ihre Berechnungen nicht ein und ließ die Vorstellung absagen. Der Abend kam heran; die Equipagen mit hohen und höchsten Herrschaften fuhren vor; murrende Gruppen bildeten sich vor dem Theaterthore und der gebeugte Feldwebel war bemüßigt, die fatale Hindernißgeschichte unzählige Male zu berichten. Balochino soll dem Vernehmen nach zu einer Geldbuße von 500 fl. K. M. verurtheilt worden seyn, weil keine Piece zum Ersatz vorbereitet war, und dies seinen Verpflichtungen zuwiderläuft.

Korrespondenz.

Darmstadt, 15. Oct.

Auch hier ist die Schießbaumwolle bereits präparirt worden, und zwar durch Hrn. Hofapotheker Dr. Martini, der bei seinen Versuchen zugleich nachgewiesen hat, daß die Baumwolle entbehrlich und statt ihrer gereinigtes Werg, welches dieselben Dienste leistet, genommen werden kann. Beide Stoffe, gehörig präparirt, gaben bei den angestellten Schießversuchen ganz gleiche Resultate. Bei einer mit grobem Schrot geladenen Flinte war die Wirkung des Schusses von der Art, daß derselbe auf eine Entfernung von 35 Schritten durch eine anderthalb Zoll dicke Kellerthüre drang. Weitere Versuche werden sofort angestellt werden. Es scheint kaum noch einem Zweifel zu unterliegen, daß das neue chemische Präparat für viele technische Zwecke, und außerdem auch im Krieg, besonders beim Festungskrieg und auf der See, mit Nutzen verwendet werden kann. Das Verdienst der Erfindung wird aber wohl Jedermann dem Hrn. Prof. Schönbein zu Basel bereitwillig einräumen wollen. Er war es, der diese chemische Aufgabe sich zuerst stellte und sie glücklich löste. Ihm gehört sowohl der Gedanke, als die That. Das Nacherfinden ist nur ein Verdienst von untergeordnetem Range, weshalb seine Mitbewerber ihm bescheiden den Lorbeerkranz überlassen und sich nur mit einem Zweiglein desselben begnügen sollten. — Die hochgepriesene Künstlerin Jenny Lind empfing gestern hier den Besuch eines jungen Landsmannes, der hier als Schreiner arbeitet, und der von Jugend auf in Stockholm ihr nächster Nachbar gewesen war. Er wurde nicht allein sehr freundlich von ihr empfangen, sondern auch mit einem hübschen Geschenk entlassen. Der junge Mann, der ein geschickter Arbeiter ist, war ganz glücklich, die jugendlichen Erinnerungen bei seiner ehemaligen Nachbarin so treu, und auf eine für ihn so ehrenvolle Weise, bewahrt zu sehen.

Theater-Anzeige.

Samstag, 17. Oct. **Der alte Magister,** Schauspiel in 4 Abth., von Roderich Benedix.

Sonntag, 18. Oct. **Titus,** große Oper in 2 Abth., Musik von Mozart.

Redakteur: J. L. Heller. — Druck und Verlag von Heller und Rohm.

Didaskalia.

Blätter für Geist, Gemüth und Publizität.

Nro. 289. Dienstag, den 20. October 1846.

Das Pfarrhaus.

Novelle von Maximilian Ned.

(Fortsetzung.)

Die Brieftasche des Fremden, welche der Pfarrer zu öffnen sich nicht nur berufen, sondern sogar verbunden hielt, um alle nachtheiligen Folgen desto kräftiger von dem Schützlinge seines Hauses abwenden zu können, enthielt außer einer bedeutenden Summe in Banknoten nichts, als einen vor wenigen Tagen ausgestellten, vollkommen formgemäßen und gültigen Paß, unter dem Namen Eduard Wahl zur Reise an den Rhein, von dem Polizeipräsidium Berlin ausgefertigt. Dieser Paß mußte natürlich von dem größten Nutzen seyn, obwohl Werner überzeugt war, daß der in demselben enthaltene Name nur fingirt sey. In diesem Glauben fand er sich durch den Siegelring bestärkt, den der Kranke am Finger trug, und der mit einem adeligen Wappen geziert war. Eben so trug eine Chatoulle, die wohl die übrigen Papiere des Fremden enthalten mochte, die Freiherrnkrone, und unter derselben die Chiffre C. v. W.

Alle übrigen Gegenstände, wie die Reisekalesche, waren noch ganz neu, und ungebraucht, und brachten den Pfarrer auf den Gedanken, daß der Fremde sich wohl durch die Flucht mit Zurücklassung seines Eigenthums gerettet und durch Vermittlung von Freunden in den Besitz des Passes und der nöthigen Reisemittel gekommen sey. Er hielt es daher für das Beste, alle Effekten, welche sich mit dem im Passe enthaltenen Namen nicht gut vereinigen ließen, unter seinen Verschluß zu nehmen, und sah nun mit Ruhe den kommenden Ereignissen entgegen. Werner, der jedem Unglücklichen mit dem wärmsten Mitleid und der herzlichsten Liebe sich hingab, fühlte sich durch die ganze Erscheinung des Fremden doppelt angezogen. Von mittlerem Wuchse, aber zugleich fein und doch kräftig gebaut, konnte Eduard Wahl — so wollen wir den Kranken für jetzt nennen — allem Anscheine nach das vierundzwanzigste Lebensjahr kaum überschritten haben. Die Züge seines Gesichtes, wenn auch jetzt durch wilde Fieberphantasieen entstellt, verriethen in lichteren Momenten eben so viel Gutmüthigkeit als Kühnheit und Muth, und das Gepräge dieser letzteren Eigenschaften wurde durch die schwarze Binde, welche seine Stirnwunde umschlang, für den Augenblick noch kräftiger hervorgehoben.

Nach einigen Stunden kam der Arzt mit dem ausgesandten Boten zurück. Er erklärte, nachdem er die Wunde untersucht, daß bei sorgfältiger Pflege nichts zu befürchten und das Fieber nur in Folge der Wunde eingetreten sey. Der Pfarrer, der genau mit dem Arzte befreundet war, hielt es der Wunde wegen für das Gerathenste, ihm seine Vermuthungen in Betreff des Kranken mitzutheilen und sein Schweigen zu erbitten, was jener um so bereitwilliger gelobte, als er die allgemeine Theilnahme, welche damals in halb Europa den muthigen Streitern jenes unglücklichen Krieges geschenkt wurde, selbst empfand, und dieselbe nun im vollsten Maße auf seinen Patienten übertrug.

So vergingen die nächsten Tage ohne besondere Ereignisse in treuer Pflege des Gastes, in welche sich außer Anna und Marien auch der Baron und Reinhold mit dem Pfarrer theilten. Den beiden jungen Männern war Eduards Krankenzimmer sogar bald ein Ort der Freude und des Glückes geworden; denn hier hatten sie Gelegenheit, die Geliebten mit dem höchsten Zauber geschmückt zu sehen, der sich an dem Krankenbette in jedem edlen Weibe so glänzend entfaltet und alle ihre Reize durch den höchsten einer frommen Weiblichkeit noch erhöht. Und doch sollte gerade dieses Krankenzimmer einem von ihnen zum Grabe aller Lebenshoffnungen und alles Lebensglückes werden!

Schon am ersten Abende, als Eduard blutend und leblos in das Pfarhaus gebracht worden war, hatten seine bleichen edlen Züge auf Anna einen unauslöschlichen Eindruck hervorgebracht. Würde die von so abenteuerlichen Umständen begleitete Begebenheit an dem Herzen manchen schwärmerischen jungen Mädchens nicht spurlos vorübergegangen seyn, so mußte Anna doppelt dadurch ergriffen werden, weil das tiefste Mitleid, mit welchem sie den Kranken pflegte, zugleich ihr Gefühl erregte, während das Bild dieser noch nach dem Falle edler Männlichkeit ihre Phantasie in Bewegung setzte. Das Mädchen war zu rein und unschuldig, um in diesen Empfindungen das kleinste Unrecht sehen zu können; ihr kam selbst nicht der leiseste Gedanke, daß sie durch dasselbe die Rechte und Ansprüche verletze, welche allein ihr Bräutigam an ihr Herz zu machen habe. Und eben durch diese Unbefangenheit, mit der sie sich einem Gefühle überließ, das sie selbst nur für warme und herzliche Theilnahme an dem Leiden des Gastes hielt, gewann sein Bild immer mehr Raum in ihrem Herzen, während sie, zum Bewußtseyn ihrer Schwäche gelangt, gewiß mit der ganzen Kraft ihrer reinen Seele gegen jede, auch die leiseste Empfindung gekämpft haben würde, die mit ihrer Pflicht gegen Reinhold sich nicht vereinigen ließ.

Als die Kraft des Fiebers sich gebrochen und Eduard seine Besinnung wieder erlangt hatte, war er erstaunt, sich in ganz fremden Umgebungen zu finden. Er selbst wußte sich nur dunkel des Vorfalles in jener Nacht zu erinnern, der ihn hieher gebracht hatte, und im ersten Augenblicke konnte er den Ausdruck einer gewissen Aengstlichkeit und Unruhe nicht verbergen. Als ihm jedoch der Pfarrer die ganze Begebenheit mittheilte, als er ihm mit edler männlicher Offenheit selbst seine Vermuthungen über seine nächste Vergangenheit nicht verbarg, und die Maßregeln, die er in dieser Ueberzeugung getroffen hatte, da fühlte Eduard, daß er sein Geschick, welches ihn hieher geführt habe, nur segnen und den Edelmuth dieser würdigen Familie nur durch die höchste Offenheit zu lohnen vermöge. Allein Werner selbst bat ihn, für jetzt noch eine Erzählung zu unterlassen, die durch Gemüthsaufregung seinen Gesundheitszustand nur verschlimmern konnte, um so mehr, als der Arzt selbst die höchste Ruhe empfohlen hatte. In der That mußte Eduard Schweres erduldet haben, denn auch jetzt fühlte er sich zwar geistig heiterer und gesunder als seit langer Zeit, aber seine physische Schwäche war so groß, daß er noch Wochen lang an das Krankenlager gefesselt war. Dennoch empfand er diese Unannehmlichkeit wenig; denn Jedes im Hause beeiferte sich, ihm seinen Zustand durch Theilnahme und einige Herzlichkeit vergessen zu machen, so daß der verletzende Gedanke, als könne er den Bewohnern des Pfarrhauses eine Last seyn, bald in seiner Seele schwand. Besonders hatte er sich mit dem Baron befreundet; denn beide Männer hatten, wie in ihrer äußeren Erscheinung, so auch in ihrer Denkweise und ihren Ansichten ungemein viel Aehnlichkeit. Auch die beiden Mädchen brachten mit Werner den größten Theil ihrer freien Zeit in seinem Zimmer zu, und am Abend war dann der ganze Kreis um ihn versammelt, und unter ernsten und munteren Gesprächen ging die Zeit leicht und angenehm vorüber. Die vielseitige Bildung Eduards, seine tiefe und geistreiche Lebensanschauung und die unendliche Gutmüthigkeit, die aus jedem seiner Worte sprach, gewannen ihm eben so die Liebe Aller, als sie sich geistig zu ihm gezogen fühlten. Besonders hatte Anna seit Eduards Anwesenheit sich auffallend verändert. Sonst munter und fröhlich, wenn auch nie ausgelassen, war sie jetzt still und ernst, und wenn sie mit ihrer vollen, sanften Stimme an seinem Bette vorlas, schien jedes Wort durch die Auffassung und den Ausdruck, den sie ihm lieh, eine andere höhere Bedeutung zu gewinnen. Fiel ihr Blick auf Eduard und begegnete dem seinigen, dann überzog sich ihr Gesicht mit Purpur, ihr Auge senkte sich wie bittend, und sie stockte und konnte nicht weiter lesen. Dem Auge einer Mutter würden diese Symptome der Liebe nicht entgangen seyn; dem sonst so scharfsinnigen Vater blieben sie verborgen. Aber der scharfe weibliche Blick Mariens ließ sich nicht täuschen; sie erkannte die Gefahr, aber sie begriff auch, daß es kein Mittel gebe, ihr entgegen zu wirken. Längst schon war ihr klar geworden, daß das Gefühl Anna's für ihren Bräutigam nicht Liebe, sondern höchstens schwesterliche Neigung sey, und sie zitterte für die Zukunft der Freundin. Sie, welche von frühster Jugend Anna kannte, so oft die Vertraute ihrer Ansichten, ihrer Gefühle geworden war, sie hatte vom ersten Augenblicke an eine finstere Ahnung gehabt, daß die Verbindung der Schwester mit Reinhold sie nie glücklich machen könne, weil sie ihrer ganzen Individualität geradezu entgegen war, weil Reinhold außer einem guten redlichen Herzen keine der Eigenschaften besaß, mit welchen Anna das Ideal ihres Herzens geschmückt hatte. Jene Rettung des Knaben, welche den Grund zu der Täuschung gelegt hatte, in welcher Anna ihr Jawort gegeben, war vielleicht mehr das Werk einer edlen augenblicklichen Regung, als eines festen männlichen Muthes gewesen, und wenn der junge Geistliche auch in seiner äußeren Erscheinung eine Zeit lang nach dieser That etwas mehr Selbstvertrauen und Männlichkeit zeigte, so fiel er doch bald wieder in jenen Anschein von Muthlosigkeit, Befangenheit und fast weiblicher Schüchternheit zurück, der ihm nicht bloß in den Augen der Braut, sondern in denen jedes Mädchens ungünstig werden mußte.

(Fortsetzung folgt.)

Ergänzende Randglosse zu den „Fragmenten aus Volneys Ruinen“ in No. 271 — 274 d. Bl.

Einen Augenblick schwieg der Genius, sein Blick überflog noch einmal die Menge aller Religionspartheien der Erde; doch plötzlich, als habe er gefunden, was er suchte, fuhr er mit freudiger Bewegung fort: „Siehe dort am äußersten Ende der Christenparthei noch eine Fahne, sie naht eben erst; auf weißem Grunde das Kreuz des Glaubens, der Anker der Hoffnung und über beiden die Fackel der Liebe, umschlungen von dem Palmenzweige des Friedens. Nicht durch ehrwürdiges Alterthum ist diese Fahne geweiht, aber du siehest auch keine Blutflecken darauf und keine Thränen, keine Spuren von Brandmalen; das ist die jüngste Parthei, welche der ewig rege Geist des Christenthums in Deutschland geboren hat. Sie nennt sich nach ihrem Vaterlande und nach der Kirche, aus welcher sie hervorgegangen. — Wenn ich auf die Zahl nur Rücksicht nähme, so würde ich dich auf diese kleine Schaar gar nicht besonders aufmerksam machen; allein die Grundsätze sind es, welche diese merkwürdig und bedeutsam machen, Grundsätze, durch welche der religiöse Friede der Völker in der Zukunft wirklich möglich wird.“ — Wie? rief ich, haben diese etwa den rechten Glauben? — „Mit Nichten“, sprach der Genius lächelnd; „du solltest aus dem Bisherigen schon erkannt haben: den rechten Glauben hat kein Mensch auf Erden, also auch die Deutschkatholiken nicht. Wer den rechten Glauben hätte, müßte irrthumslos, d. h. ein Gott seyn und nicht ein Mensch. Wisse, mein Freund: der Mensch ist nicht dazu geboren, daß er die Wahrheit besitze, sondern daß er sie suche. Im Besitze der Wahrheit können nur die Götter glücklich seyn, der Mensch im Suchen. Das ist es aber, was diese neueste Parthei (wenn sie anders noch eine Parthei zu nennen ist) bedeutsam macht, daß sie weiß und zum erstenmale öffentlich bekennt, daß Niemand behaupten dürfe, den rechten Glauben allein zu haben, daß sie daher Niemand um seines Glaubens willen verdammt, daß sie nicht zu bekehren, sondern zu belehren strebt; daß sie, anerkennend die Berechtigung, ja die Nothwendigkeit verschiedenen Glaubens unter den Menschen, mehr die Liebe als den Glauben zum Bande der Vereinigung wählt, und durch die weltversöhnende Liebe zu vereinigen strebt, was der Völker trennende Glaube entzweit hat. — Ich muß dir gestehen,“ fuhr der Genius nach kurzem Schweigen mit freudestrahlendem Auge fort, „ich hoffe von dieser neusten religiösen Erscheinung viel. Es ist schon ein großer Fortschritt zum rechten Glauben, wenn man nur erkannt hat, daß Niemand den rechten Glauben habe und haben könne.

„Socrates, der große griechische Weise, meinte, daß er von dem Orakel darum für den weisesten aller Griechen erklärt sey, weil er wisse, daß er nichts wisse, d. h., weil er die Mängel seines und alles menschlichen Wissens erkannt habe und daher frei sey von dem thörichten Wissensdünkel der Sophisten. So ist es auch mit dem Glauben. Diejenigen, welche am dreistesten behaupten, den rechten Glauben zu haben, haben ihn am wenigsten, und Diejenigen, welche die meiste Verdammungssucht haben, haben die wenigste Religion. Diejenigen, welche sich an ihrem Glaubensbekenntnisse erkennen wollen, sind am weitesten entfernt von Christus, welcher seine Schüler daran erkennen will, so sie sich untereinander lieben. So ist der Fortschritt in der Erkenntniß des Glaubens zugleich ein Fortschritt zum Frieden unter den Völkern. Denn der Wahn von einem allein rechten, allein seligmachenden Glauben, welcher bisher mehr oder minder alle Religionspartheien beherrscht hat, war der unseligste von Allen auf Erden. Mit Blut und Thränen hat er seine Spuren eingeschrieben in die Geschichte der Völker. Die große Gottesfamilie der Menschheit war anfangs, als die Kinder noch alle unmündig waren, von diesem Wahne frei. Sie brachten in kindlichfrommer Scheu der Gottheit, welche ihrem ahnenden Gedanken erst aufgegangen war, Opfer dar, und der Eine verdammte den Andern nicht, wenn er etwa andere Gebräuche dabei beobachtete. In dem wilden Knabenalter der Menschheit aber entwickelte sich die große Familienunart, daß Jeder behauptete, der vom Vater Bevorzugte, der allein Berechtigte zu seyn; und diese Unart pflanzte sich im rohen Jünglingsalter der Menschheit fort, trotz der belehrenden Worte des einzigwahren Gottessohnes, daß Alle eines Vaters gleichgeliebte Kinder seyen. Siehe, darum freue ich mich, bei den mannbar und verständig gewordenen Kindern zum erstenmale das öffentliche Bekenntniß zu hören, daß der Unterschied des Glaubens keinen Unterschied in der Liebe des Vaters begründen könne, wenn der Glaube nur wirkliche Ueberzeugung und durch Liebe thätig ist; darum freue ich mich, daß diese nun endlich den Glauben mehr im Herzen suchen, als in Büchern, daß sie die Seligkeit nicht mehr in Formeln und Glaubenssätzen suchen wollen, sondern in einem Gott und Menschen wohlgefälligen Leben. — Laß' dich nicht irre machen in dem, was ich sage," fuhr der Genius fort, „wenn du auch bei diesen Einige erblickest, welche weder ihr Jahrhundert, noch den guten Geist ihrer Sache begriffen zu haben scheinen; indem sie wiederum sich sondern und eine selbsteigene Fahne aufzupflanzen suchen, indem sie wiederum ihre Brüder des Leipziger Bekenntnisses als „Irrende" verdammen. Du siehst, sie machen mit ihren neuen Bannbullen kein Glück mehr, selbst bei der eignen Gemeinde, welche sich dem Lichte des Jahrhunderts nicht entziehen kann. Ihre neuen Satzungen und Dogmen, ihr neues Buchstabenwesen wird verwehen vor dem Geiste der Zukunft wie Spreu vor dem Winde. Die Bekenner des Leipziger Bekenntnisses haben zwar auch ihren Glauben in einem kurzen Bekenntnisse dem Buchstaben anvertraut und dieses ist unvollkommen wie alles Menschenwerk, allein es ist dieses das erste christliche Bekenntniß, welches nichts weiter seyn will als der Glaubensausdruck der gegenwärtigen Gemeinde, welches weder die Erkenntniß der Gegenwart, noch die der Zukunft an unwandelbare Sätze binden will. Daher ist dieses Bekenntniß eine Wahrheit, weil es den Keim fortschreitender Entwickelung, wie alles Lebendige, in sich trägt und dem in der Menschheit waltenden Gottesgeiste kein Hinderniß in den Weg legt. Dort siehest du also keine symbolischen Eide und keine Beschwörungsformulare, weil es ein Frevel gegen die Wahrheit ist, ihr freies Leben in der Menschheit durch Eide binden zu wollen. Dort siehest du auch keine bevorzugten Priester, sondern Lehrer, welche sich nur durch das ihnen übertragene Amt von den Uebrigen unterscheiden. — Kurz, ich sage dir: ich hoffe etwas Großes von dieser kleinen Parthei; denn daß dieselbe einst bedeutend werden wird, siehest du schon daraus, daß so Viele, welche dieser Fahne nicht namentlich zugehören, dennoch beifällig ihr zu winken, so sehr auch die Männer des Buchstabens sie herabzuziehen suchen. Tausende hören hier dasjenige öffentlich aussprechen, was sie längst schon still im Herzen gedacht haben." —

So sprach der Genius und schwieg. Da ertönte durch den Raum des Himmels wie Posaunenhall: „Glaubet, was ihr glauben könnt, bis euch bess're Einsicht wird; aber lebet wie ihr leben sollt und wie ich euch ins Herz geschrieben; nur daran will ich erkennen, daß ihr meine Kinder seyd, so ihr euch unter einander liebet." Und alles Volk sank betend nieder. Amen, Amen, sprachen die Völker; der Himmel der dunkeln Zukunft öffnete sich, der Engel des Friedens stieg hernieder und der Sonnenstrahl der ewigen Liebe erwärmte die Völker.

Darmstadt, 3. October 1846. H.

Mannichfaltigkeiten.

(**Paris.**) Unsere Theaterfreunde sind in Bestürzung. Dem. Rachel, die letzte Stütze der sinkenden Tragödie, hat ihre Entlassung eingegeben, weil das Comité des Theatre-français den Beschluß gefaßt hat, ihr während des zur Herstellung ihrer Gesundheit nöthigen mehrmonatlichen Urlaubs ihren Gehalt zu entziehen. Dem. Rachel bezieht einen Gehalt von 42,000 Francs jährlich, ferner ein Spielhonorar von 250 Francs und endlich, wie alle Societaires des Theatre-français, ihren verhältnißmäßigen Antheil an dem reinen Gewinne. Es gibt nun freilich herzlose Statistiker, die mit der Feder in der Hand nachrechnen: Dem. Rachel habe im Jahre 1845 nur 34 mal gespielt, so daß jeder Abend auf 1235 Francs und mit dem Spielhonorar auf 1485 Francs gekommen, und es noch sehr die Frage sey, ob ihr Auftreten um so viel mehr über die gewöhnliche Einnahme eingetragen habe. Allein Dem. Rachel, die wie Ludwig XIV. sagt: „Das Theater-français bin ich!" wollte sich keinen Abzug gefallen lassen und hat kurzweg ihre Entlassung eingeschickt. Nach den Bestimmungen des aus Moskau datirten Napoleonischen Theaterreglements, das noch immer in voller Wirksamkeit besteht, wird eine solche Entlassung nur gültig, wenn das betreffende Mitglied sie 6 Monate nach Einschickung des ersten Gesuches wiederholt. Hierdurch sollten Uebereilungen und unbesonnene Aufwallungen, wie sie im Künstlerleben wohl häufig vorkommen, verhindert und der ersten dramatischen Kunstanstalt Frankreichs talentvolle Mitglieder so lange als möglich erhalten werden. Das Comité hat nun nach Rücksprache mit dem Minister des Innern die Demission der Dem. Rachel vorläufig angenommen und sie auf den reglementsmäßigen Termin von 6 Monaten als Entscheidungsfrist verwiesen. Inzwischen haben sich die Journale der Angelegenheit bemächtigt, und während die einen in dem Abgange der Rachel den sicheren Untergang des Theater-français sehen, gratuliren die anderen demselben, daß es auf dem heilbringenden Wege sey, sich einer theueren Schauspielerin zu entledigen, die, unersättlich in ihren Ansprüchen, nur ein beschränktes Repertoir von zehn bis zwölf Rollen besitze und dem Theater durchaus keinen reellen Nutzen bringe. Jules Janin gehört zu den Kämpfern für die Rachel; aber er, sowie die anderen Tragöromanen, die nach dem Abgange der Rachel den Untergang der Welt prophezeien, vergessen, daß Niemand auf dieser Erde unentbehrlich und unersetzlich ist. Wahrscheinlich wird jedoch dieses Mal die Sache nicht bis zum Aeußersten getrieben werden, und, da Dem. Rachel das Theater-français eben so gut braucht, als das Theater-français die tragische Künstlerin, ein Vergleich mit beiderseitigen Concessionen den Zwist enden.

(**Moderner Sklavenhandel.**) In den Proletariats-Distrikten Londons, zwischen Spitalfields und Bethnal-Green, findet zweimal die Woche von 6 — 7 Uhr ein Kindermarkt statt, wie Leon Faucher in seinem Werke über Englands sociale und kommerzielle Institutionen erzählt. Die kleinen Sklaven von acht bis neun Jahren werden von ihren Aeltern zu Markte gebracht, um dort vermiethet zu werden. Das Kind wird dem Miether gegen geringen Lohn auf 12 — 15 Stunden völlig leibeigen; die Kinder der Armen sind in den Augen der Aeltern Lohnmaschinen, Mittel zum Erwerb. Diese Opfer der Dienstbarkeit sind, wie Faucher behauptet, elender als die kleinen Fabrikarbeiter, weil kein Gesetz sich ihrer annimmt und die Arbeitszeit nach dem Alter beschränkt, wie bei jenen. Es finden sich auf dem Markte oft 300 kleine Arbeiter, oft auch nur 50 — 60, je nachdem die Handelsverhältnisse steigen oder fallen. Faucher meint, es könne etwas Aehnliches nur in London geschehen; der Markt von Bethnal-Green sey nur mit den Basars zu vergleichen, wo Sklaven feilgeboten würden, und doch müsse man bis in das rohe Herz von Afrika zurückgehen, um Völker aufzufinden, bei denen die Sklaven von ihren eigenen Aeltern zu Markte gebracht werden. — Es giebt auch Arme unter den sogenannten höheren Ständen; sind doch unzählige Beamte Proletarier, besitzlose Handarbeiter, die viele Kinder haben; aber es ist merkwürdig, wie bei ihnen gerade das gegensätzliche Prinzip herrscht, wie sie sich für ihre Kinder aufopfern, selbst darben, um sie in Luxusgewohnheiten zu verweichlichen, anstatt sie die Entbehrungen der Armuth ertragen zu lehren, die nun einmal das traurige Erdtheil der meisten Erdenbürger sind und bleiben werden, trotz aller wohlgemeinten Utopien der Socialisten und Kommunisten.

(**Berlin.**) Ein sehr charakteristisches Beispiel für den sittlichen Standpunkt unseres Volks erzählen die „Beiträge" folgendermaßen: Bei den Einsegnungen ist es in einigen Berliner Kirchen Sitte, daß die Kinder am Schlusse der feierlichen Handlung dem Geistlichen oder dem Küster ein in Papier gewickeltes Geldgeschenk überreichen. Bei einer der in diesen Tagen stattgehabten Einseghungen ergab es sich, daß in mehreren der in erwähnter Weise überreichten Papiere nicht Geldstücke, sondern Zahlpfennige und sogar Bonbons enthalten waren. Es gewähren Thatsachen der in Rede stehenden Art einen traurigen Beleg für die Entartung, welche in unserem Zeitalter zuweilen schon in ganz jugendlichen Gemüthern und selbst in den feierlichsten Momenten des Lebens herrscht.

(Murrhard im Königr. Würtemberg, 12. Oct.) Am gestrigen Sonntag kam eine Menge unserer Filialisten in die Kirche hieher, so daß manche Häuser auf den Filialen fast ganz leer standen; ähnlich war es auch in dem eine Stunde entfernten kleinen Weiler Wolfenbrück, in welchem die Häuser ziemlich weit von einander entfernt sind. Im Hause des vormaligen Schultheißen Schieber war die Hausfrau, 56 Jahre alt, allein zu Hause und hatte sich eingeschlossen. Als sie während der Abwesenheit der Ihrigen die Hausthüre öffnete, um ihren Schweinen Futter zu bringen, wurde sie von zwei Männern, die ihr Gesicht mit Ruß geschwärzt hatten, überfallen, zurückgedrängt, am Halse ergriffen, um ihr einen Hülferuf unmöglich zu machen, und sofort wurde die Hausthüre von innen geschlossen. Sie schleppten die Frau die Treppe hinauf, warfen sie zu Boden und verlangten von ihr den Schlüssel zum Gelde. Die Frau raffte sich aber wieder in die Höhe, sprang in die Stube, und es gelang ihr, einen Hülferuf auszustoßen. Ein Mann mit einem Knaben ging gerade am Hause vorüber, hörte den Schrei, blieb stehen und sah am Hause herauf. Da es aber wieder stille geworden, weil die zwei Räuber ihr Schlachtopfer schnell wieder am Halse gepackt und auf's neue zu Boden geworfen, so ging der Mann unbesorgt seines Weges. Da die Frau standhaft den Schlüssel zum Geld verweigerte, so ergriff der eine der Räuber eine an der Wand hängende geladene Flinte, spannte den Hahn und setzte sie ihr auf die Brust; der andere aber bemächtigte sich mit Gewalt des Schlüssels zum Gelde, den die Unglückliche in der Rocktasche verwahrt hatte, mißhandelte sie dabei auf die roheste Weise und gab ihr mehrere lebensgefährliche Tritte auf den Unterleib. Während der Eine die Frau bewachte, schloß der Andere einen Kasten auf, aus welchem er 600 fl. hinwegnahm, in einer Commode fanden sich ebenfalls 600 fl. Es waren diese 1200 fl. ein Theil des Heirathsguts der beiden Töchter des Hauses, die sich kürzlich verheirathet haben. In Folge der erlittenen Mißhandlung sank die Frau in Ohnmacht, während welcher sich die Räuber mit dem Geld entfernten, ohne von den Bewohnern der Nachbarhäuser bemerkt zu werden. Als der Hausherr mit den Seinigen von der Kirche zurückkam, fand man die Frau noch im Zustande der Bewußtlosigkeit auf dem Boden liegend; doch brachte man sie endlich wieder zum Bewußtseyn, und nun erst erfuhr man den Verlauf der Sache und den großen Verlust. Die Frau ist dem Tode nahe. Die Räuber, so bekannt sie auch mit den Verhältnissen dieser Familie gewesen zu seyn scheinen, waren der Frau völlig fremd, und sie wurden von Niemand im Weiler bemerkt.

(Berlin, 13. Oct.) In einem Garten vor dem Prenzlauer Thore fand man vor einigen Tagen beim Graben einer Grube ein ziemlich noch ganz erhaltenes menschliches Gerippe, 2 Ordenskreuze und ein Geldstück, so wie einige fast ganz zerstörte Uniformsknöpfe und eine Flintenkugel. Es hat den Anschein, als lägen diese Gebeine schon eine sehr lange Reihe von Jahren an diesem Orte.

(Dresden.) Sehr fleißig arbeitet das recitirende Schauspiel und acht Tage nach dem „Meister und seine Gesellen“ sahen wir schon wieder zum ersten Male „Anna von Oesterreich“, Intriguenstück in 6 Acten, nach dem Roman des Alex. Dumas von Charlotte Birch-Pfeiffer. Mag man über diese Verfasserin sagen, was man wolle, eine gewisse Geschicklichkeit in Bearbeitung solcher Stoffe für Bühnendarstellung kann man ihr nicht abstreiten, und sie hat diese auch bei dem vorliegenden wieder bewiesen. Das Stück hat offenbar gefallen, und wenn eine strenge Kritik auch freilich zahlreiche Fehler und Inconsequenzen darin zu rügen finden wird, so kann sie ihm doch ein rasches Fortschreiten, eine Reihe interessanter Scenen und eine gute Vorlage für einzelne Charakterisirungen nicht abstreiten. Dauerndes Leben wird es freilich nicht haben, aber wie selten werden jetzt den Bühnen Werke geboten, die mit Enthusiasmus aufgenommen werden, und bei denen er nach Jahr und Tag noch derselbe geblieben ist. Um so etwas zu finden, muß man nur in das classische Repertoire zurückgehen. Wann aber werden auch viele hochgepriesene neuere Erscheinungen sich solchen Ruhmes zu erfreuen haben?

Korrespondenz.

Wiesbaden, im Oct.

Es gereicht mir zur Freude, beim Herannahen der langen Abende auf die erneuerte Thätigkeit aufmerksam machen zu können, die sich in der Werkstätte des rühmlichst bekannten Hrn. Friedrich Benkler, des Erfinders der seinen Namen führenden Lampen, bekundet. Dieser unternehmende Geschäftsmann hat, von dem Ungemach, in welches ihn ein gehässiger Prozeß in Folge seiner Erfindung gestürzt hatte, vollkommen befreit, alle Ursache, unsere erste Gewerbausstellung und die vortheilhafte Wirkung der Industriehalle zu preisen. Diese beiden Anstalten haben seinem Geschäft einen neuen Aufschwung gegeben und viele Bestellungen seiner eleganten Lampen nach den entferntesten Gegenden, sogar nach England und Rußland bewirkt. Möchte diese Nachricht das falsche Gerücht widerlegen, als sey durch jenen schlimmen Prozeß das Geschäft zurückgegangen oder wenigstens in seiner Entfaltung gehemmt worden!

Frankfurt a. M.

Da wir in der laufenden Woche die in öffentlichen Blättern vielbesprochenen Lichtbilder des Hrn. Bosch aus Wien auch hier zur Anschauung gebracht haben werden, so machen wir vorläufig auf dieselben aufmerksam. Laut Berichten aus Wiesbaden und Mainz, wo Hr. Bosch Vorstellungen gegeben, sind dessen Leistungen ausgezeichnet und die Farbenpracht und Naturtreue dieser optischen Darstellungen sollen nichts zu wünschen übrig lassen. Besonders gerühmt werden die Ansichten des Murauer Kirchganges, die afrikanische Löwenjagd nach Horace Vernet, Venedig und eine Schweizerlandschaft bei Mondbeleuchtung mit überraschendem Uebergange zur Tageshelle. Näheres über Ort und Zeit der genannten Vorstellungen wird bekannt gemacht werden.

Museum.

Vorgekommener Hindernisse wegen tritt die Nothwendigkeit ein, die Wiedereröffnung des Museums, welche am 23. October stattfinden sollte, auf

Freitag, den 6. November

anzuberaumen.

Frankfurt a. M., den 19. October 1846.

Theater-Anzeige.

Montag, 19. Oct. (Zum Erstenmale): Der Vetter, Lustspiel in 3 Abth., von R. Benedix. Hierauf: Optische Lichtbilder, von Joh. Bosch aus Wien.

Dienstag, 20. Oct. Alessandro Stradella, Oper in 3 Abth., Musik von Flotow.

Redakteur: J. L. Heller. — Druck und Verlag von Heller und Rohm.

Didaskalia.

Blätter für Geist, Gemüth und Publizität.

Nro. 290. Mittwoch, den 21. October 1846.

Das Pfarrhaus.

Novelle von Maximilian Reck.

(Fortsetzung.)

Marie war überzeugt, — was auch wirklich der Fall war — daß Anna den Zustand ihres Herzens nicht kenne, ja nicht einmal ahne; sie war eben so fest überzeugt, daß keine Macht der Welt die Freundin von dem abhalten würde, was sie für ihre Pflicht hielt. Aber diese Pflicht, die Anna gebot, ihrer Liebe für Eduard zu entsagen und Reinhold das gegebene Wort zu lösen, mußte ein Herz brechen, das nicht geschaffen war, solchen Stürmen zu trotzen.

Für den Augenblick glaubte Marie nichts in der Sache thun zu können; denn jeder Versuch, Anna über ihre Lage aufzuklären, mußte den Frieden des Hauses stören, ohne Nutzen bringen zu können. Wie sie Reinhold kannte, hielt sie ihn einer leidenschaftlichen, nur mit dem Tode endenden Liebe im eigentlichen Sinne dieses Wortes nicht fähig, und sie war überzeugt, daß der Verlust von Anna's Hand ihm zwar einigen Schmerz bereiten, aber ihn nicht unglücklich für das ganze Leben machen würde, wie Anna es werden mußte, wenn sie sein Weib wurde. Eduard war so weit hergestellt, daß er bereits das Zimmer verlassen und an dem Arme eines seiner Freunde im Garten spazieren gehen konnte; Marie wollte daher abwarten, bis die versprochene Mittheilung seines Lebens und seiner Schicksale sie in den Stand setze, zu beurtheilen, ob Hoffnung vorhanden sey, daß er Anna angehören könne. War dies der Fall, so wollte sie ihren Bräutigam in das Geheimniß ziehen und mit aller Kraft dahin arbeiten, daß Reinhold Ansprüche aufgab, die weder ihn selbst unter diesen Verhältnissen glücklich machen, noch das Glück und den Frieden Aller begründen konnten; wo nicht, so schien es ihr besser, Anna in dem Unbewußtseyn ihrer Gefühle zu lassen, und durch eine Erklärung dem Kampf nicht noch schwerer zu machen.

Auch Eduard war für die liebliche Anna nicht kalt geblieben. Schon in den wildesten Fieberphantasieen war ihre Erscheinung ihm die eines Engels gewesen, und ihr Blick hatte die ängstlichen Gestalten, die seine kranke Einbildungskraft beschäftigten, verscheucht und ihm Ruhe und Frieden gebracht. Aber später, als er das tiefe reiche Gemüth, ihr frommes reines Herz und ihren edlen gebildeten Sinn erkannte, da fühlte er, daß er Anna liebe, daß er sie ewig lieben werde. Alle schönen Träume, alle freundlichen Hoffnungen einer glücklichen Zukunft erschlossen sich in junger Blüthe in seiner gebeugten Seele; er wurde wieder heiter und glücklich. Es giebt eine Sprache, zu deren Verständniß es keiner Worte bedarf; es ist die Sprache des ahnenden Herzens, in der zwei Wesen sich mit dem leisen Geisterkusse der Liebe umschlingen. In Eduards Herzen war diese Liebe zum Bewußtseyn gekommen; Anna's Blick, das Beben ihrer Stimme, ihr Erröthen hatten ihm gesagt, daß sie ihn liebe. Ein Gefühl, das ahnungslos und ihr selbst unbewußt schon in den geheimsten Tiefen ihrer Seele glühte, war in ihm zur Klarheit gekommen und erfüllte seine Brust mit der höchsten Seligkeit. Um so furchtbarer und heftiger war seine Verzweiflung, als er erfuhr, daß Anna Reinholds Braut sey. So war das Geschick, das ihn bis hieher rastlos und unablässig verfolgt hatte, noch nicht versöhnt; ein zweites blühendes Opfer mußte ihm fallen; denn wie Marie, war auch Eduard überzeugt, daß ein so weiches, glühendes Herz unter den Qualen einer unglücklichen Liebe brechen und verbluten werde. Zu stolz und zu edel, als daß es ihm hätte in den Sinn kommen können, Anna ihren Pflichten gegen den Bräutigam untreu zu machen, war er augenblicklich entschlossen, seine Liebe in sich zu verschließen und mit aller Kraft über sich zu wachen, daß kein Blick, kein Wort von ihm den Gefühlen der Geliebten neue Nahrung geben könne. Mit Freuden würde er den ganzen Jammer dieser Entsagung getragen, das ganze Unglück eines solchen Verlustes auf sein Haupt gelegt haben, hätte er nur die leiseste Hoffnung hegen können, Anna den Frieden ihrer Seele zu erhalten und sie an Reinholds Seite glücklich zu wissen.

Sobald er im Stande war, sein Lager zu verlassen, schrieb er an seine Tante, die mütterliche Freundin seiner Jugend, die ihn, der früh zur Doppelwaise geworden, erzogen hatte. Er verhehlte ihr weder die Lage der Dinge, noch das unselige Geheimniß seiner Liebe; er theilte ihr seine innigste Ueberzeugung mit, daß sowohl er als Anna durch diese Entsagung unglücklich werden mußten, aber er sprach zugleich seinen unerschütterlichen Entschluß aus, den Gesetzen der Pflicht und Ehre zu genügen, wenn die Erfüllung derselben auch muthlos war, und bat deshalb die Tante, ihm umgehend zu schreiben, um durch ihren Brief einen Vorwand zur augenblicklichen Abreise zu erhalten. Nach ungefähr vierzehn Tagen erhielt er Antwort. Seine Tante gab ihm die freudige Nachricht, daß in Beziehung auf seinen früheren unbesonnenen Schritt glücklicherweise keine weiteren Folgen für ihn zu fürchten seyen und er ungefährdet in das Vaterland zurückkehren könne. Doch bat sie ihn, nicht auf's neue unüberlegt zu handeln. Sie selbst versprach, in den nächsten Tagen zu kommen, um ihn abzuholen und die Verhältnisse durch eigene Anschauung kennen zu lernen, da, wie sie schrieb, nach ihrer Ansicht noch nicht Alles verloren sey.

Als Eduard diesen Brief empfing, wollte fast eine leise Hoffnung von Glück sich ihm schmeichelnd nahen. Von Jugend auf daran gewöhnt, aus den Händen der Tante nur Gutes zu empfangen, schien sie auch jetzt der Schutzgeist seiner Liebe werden zu wollen. Aber er bewachte sich selbst nur desto strenger, um — wie auch das Loos fallen mochte — sich keinen Vorwurf machen zu müssen. Als am Abende der ganze Kreis der Freunde im Garten traulich beisammen war, nahm er das Wort und sagte: „Ich glaube kaum, daß wir während meines kurzen Hierseyns noch einmal sämmtlich versammelt seyn werden wie heute, wo kein Glied unseres lieben Kreises fehlt. Da nun meine Gesundheit stark genug ist, um von der Aufregung, in welche die Erzählung meiner Lebensschicksale mich versetzen möchte, keine nachtheiligen Folgen fürchten zu müssen, und der Brief meiner Tante mich in Kenntniß setzt, daß sie in den nächsten Tagen kommen wird, um mich selbst abzuholen, so will ich, wenn Sie, meine Freunde, Ihre Einwilligung geben, mein längst gegebenes Versprechen lösen."

Der Pfarrer war der Erste, der seinem jüngeren Freunde antwortete, um ihn zu versichern, daß er, bevor er vollkommen hergestellt sey, nicht an die Abreise denken dürfe; der Baron drückte ihm schweigend die Hand und sein Auge suchte das seiner Braut, die in diesem Augenblick einsah, daß die Liebe Eduards zu Anna ihrem Verlobten kein Geheimniß sey, und daß er wie sie in seinem Pflichtgefühle den Grund der Entfernung erkannte. So gewann Eduard unendlich in der Achtung Beider, und Jedes von ihnen gelobte sich schweigend, Alles zu versuchen, um das Glück des Freundes und Anna's auf irgend eine Weise zu retten.

Anna hatte bei Eduards Erwähnung seiner Abreise ihre Bewegung nicht verbergen, ihre Thränen nicht zurückhalten können; in diesem Augenblick zerriß, wie durch einen Blitzstrahl, der Schleier, der ihr selbst die Gefühle des eigenen Herzens verborgen hatte. In dem Momente, in welchem sie nahe daran war, ihn auf immer zu verlieren, war sie sich bewußt, daß sie Eduard mit der ganzen Kraft ihrer Seele liebe, und dieses Gefühl war so mächtig und überwiegend, daß es für einen Augenblick selbst die Erinnerung an ihr Verhältniß zu Meinhold verbannte. Die Aufmerksamkeit, mit der sie der Erzählung von Eduards Schicksalen folgte, ließ sie in dem Augenblicke nicht zu sich selbst kommen, weßhalb sie auch gefaßter und ruhiger blieb, als dies sonst der Fall gewesen seyn möchte.

(Fortsetzung folgt.)

Ernst Eiselen.*)

Vierzehn junge Bursche, deren wenige älter als achtzehn Jahre, einer sogar nur sechzehn Jahre zählte, wanderten am 18. Februar 1813 aus Berlin nach Breslau, in dem Augenblick, als gegen die herumschwärmenden Kosacken von der französischen Besatzung deren Stadtthore gesperrt waren. Unsere Leute, alle Turner von Jahn's Turnplatze, eilten diesem ihrem Lehrer nach, der an der Spitze des Volksaufstandes gegen Napoleon war. Mit ihnen befand sich Ernst Eiselen, ein kleiner, muskelkräftiger, energischer, aber leider kränklicher Jüngling. In seinen besten Entwickelungsjahren hatte ihn ein Fieber befallen, das unbesonnene Aerzte, nach damaliger Mode, mit großen Dosen Arsenik beseitigten, leider aber in ein dauerndes Siechthum verwandelten. Eiselen's Vorstudien zum Bergbau (sein Vater war Oberbergrath und Schriftsteller vom Fach) wurden durch den Aufruf unterbrochen, seine kriegerische Laufbahn im Lützow'schen Corps schon im Beginnen durch andauernde Kränklichkeit. Jahn mit seinem überall wachen Auge sah bei Fortsetzung des Feldlebens eine baldige Auflösung seines Schülers voraus, erwählte deßhalb den Frühinvaliden zu seinem Vertreter auf dem damals noch einzeln stehenden Berliner Turnplatze und stellte ihn in eigner Person im April desselben Jahres den zurückgebliebenen Turnern als solchen vor. Seitdem war unser Eiselen auch nach Beendigung des Krieges der redliche und treue Gehülfe Jahn's, führte eine bei wachsender Turnerzahl nöthige festere Ordnung ein, stand an der Spitze des Turnrathes, der sich mit schulgerechter Durcharbeitung der einzelnen Turnübungen befaßte, leitete mit der größten Gewissenhaftigkeit und Ausdauer die Winterübungen auf Fecht- und Schwingsaal, vereinfachte mit einem seltenen technischen Blicke Turngeräth und Turnzeug und legte die Ergebnisse seiner Erfahrungen und Versuche in dem bekannten: „Die deutsche Turnkunst von F. J. und E. Eiselen" nieder. Eiselen war Jahns nothwendige Ergänzung. Durch höhern Befehl wurden im Jahre 1819 sämmtliche Turnplätze geschlossen. Eiselen, der sich nebenher zum Lehrer in der Mathematik und Geographie gebildet, setzte in mehreren Privat-Anstalten auf dem Fecht- und Schwingsaal, später auf einem Privatturnplatz, der ihm gehörte, das beschränkte aber nicht untergehende Werk fort. Seine kleinen Schriften über das Hiebfechten, über Hantelübungen, über die Einrichtung der Turnplätze, beweisen zur Genüge, wieviel ihm das Technische der Turnkunst verdankt. Und dennoch war Eiselen seit 1813 in dem Zustande, von dem es im Kirchenliede heißt:

„Es kann vor Nacht schon anders werden
Als es am frühen Morgen war;
Den einen Fuß hab' ich auf Erden,
Den andern auf der Todtenbahr."

Schon 1817 schrieb mir der seel. Fries, der Jenaer Philosoph: „Laßt Euren Eiselen nicht reisen, wenn Ihr nicht seine schon nahe Auflösung beschleunigen wollt." Mit jedem Jahr wurde sein Mund zahnloser, seine Augen stumpfer. Seine ersten Arbeiten konnten nur mit Mühe geschrieben, seine letzten nur dictirt werden. Dampf, kaltes Wasser, Seebäder (er ist ja vor wenigen Wochen in Swinemünde gestorben), Alles verwandte er, verbunden mit der strengsten Diät, um seinen Körper zu erhalten. Die preußische Regierung glaubte bei Wiederaufnahme der Turnübungen in Stadt und Land einem so gebrechlichen Manne nicht die Oberleitung dieses neuen Unterrichtszweiges übertragen zu dürfen und that daran Recht. Vielleicht aber hätte ihm doch eine gewisse Mitwirkung dabei gehören sollen, eben so sehr und vielleicht noch mehr als dem greisen Jahn, der nach bösen Zeitläuften sich freudig sagen muß, daß jeder wahre Gedanke, trotz allseitigster Störung, in's Leben treten muß.

Ihr jungen Turner! Ein alter Schüler Jahn's seit 1809, sein Freund, sein Waffenbruder, sein Freud- und Leidgenosse bittet, wenn von dem Wiederbeleben der Jugend die Rede ist, auch den Eiselen nicht zu vergessen! Ausdauer beim redlichen Werk, Fortleben unter frischem Jugendtummeln trotz größter Hinfälligkeit beweiset deutsches Herz; ein edles deutsches Herz hatte Eiselen!

*) Man verwechsele diesen nicht mit seinem Bruder, dem Professor der Staatswirthschaft, der in seinem Schriftlein: „Geschichte des Lützow'schen Corps" dem greisen Jahn so muckische Hiebe versetzt.

Alte und neue Wirthshausschilder.

(Aus Auerbach's „Gevattersmann.")

Vor Zeiten, wenn man an einem Amts- oder Markttage in die Stadt gekommen und

Man in sich geht und denkt,
Wo man einen guten trinkt,

ist man eben geraden Wegs oder auch krummen Wegs, wie nun die Straße war, in den Bären, ins Lamm, in den Ochsen, ins weiße oder schwarze Roß gegangen und hat da mit Essen und Trinken Leib und Seele wieder zusammengehalten. Warum nur die Wirthshäuser die Thiernamen hatten? Kann seyn, weil die Menschen sich gar viel von den Thieren nähren, hat man sie zu Wirthshausschildern genommen, oder auch weil sie Jedem dienen, der sie an sich bringen kann. Jetzt ist das anders, jetzt sind wir Alle hoffähig, wir speisen und trinken bei Hof und die ganze adelige Ahnenprobe besteht darin, daß wir so und so viel kupferne oder silberne Regentenköpfe in die Tasche stecken. Der Bär heißt jetzt: Russischer Hof; der Greif: Hof von Holland oder auch englischer Hof und das Lamm: deutscher Hof. Wie der goldene Ochse heißen sollte, läßt sich errathen. Vor Zeiten hat ein Wirthshausschild seinen Arm weit in die Gasse hineingestreckt, als ob es zuwinken wollte: Komm ein! Jetzt sind nur Tafeln an das Haus genagelt und darauf steht's französisch und englisch, daß man Alles lernen kann; aus Gnade und Barmherzigkeit heißt's bisweilen auch noch deutsch, aber selten. Ein Deutscher gilt daheim nichts, dafür gilt er aber draußen noch — ein bischen weniger. So ein reisender Engländer hat's gut in Deutschland, in den Gasthöfen und an den wirklichen Höfen freut man sich, ihn zu bedienen, hier wie dort freuen sich die Lohnbedienten, zu zeigen, wie gut sie englisch sprechen, und selbst die Polizei ist liebenswürdig gegen sie. In allen Gegenden Deutschlands französelts und englisirts. Statt: bayerischer Hof, russischer Hof, polnischer Hof, brandenburger Hof, berliner Hof, heißt es viel vornehmer: Hotel de Bawihre, Hotel de Rüssi, Hotel de Polonch, Hotel de Brahndbuhr, Hotel de Berleng. Am Rhein sind sie Victoriatoll. Es ist schade, daß die Königin von England nicht Gretel heißt, Hotel Gretel wäre doch auch schön und nobel. Dieweil nun die Höfe erschöpft sind und man sogar einen europäischen Hof und einen Welthof (Hotel de Lüniwehr erfunden hat, so lassen sich's auch die Herren Wirthe — oder wie sie jetzt heißen, Proprietär's — gefallen, daß ihr eigner Name mit großen goldenen Buchstaben am Hause prangt. Man findet nun Hotel Melchior, Hotel Balthes. Es ist eine närrische Welt, die deutsche Welt; man muß darüber lachen, wenn man sich nicht ärgern will.

Mannichfaltigkeiten.

(Zweibrücken, 14. Oct.) Die unlängst in der Didaskalia weitläufig besprochene Verwechselung eines Frankfurter Lotterielooses, durch welche Heinrich Beck von Edesheim um nicht weniger als 48,000 Gulden geprellt werden sollte, kam nun auch vor dem Appellationsgerichte der Pfalz zur Verhandlung. Das Gericht erster Instanz in Landau hatte nämlich die Beschuldigten David Kahn, Joseph Kahn und Heinrich Scharf, Handelsleute in Essingen, als nicht überwiesen, freigesprochen, und die königl. Staatsbehörde das Rechtsmittel der Berufung ergriffen. — In den Sitzungen vom 7., 8., 9. und 10. October erschienen 26 Belastungs- und 27 Entlastungszeugen. Unter den vernommenen Zeugen befanden sich mehrere früher nicht ausgemittelte, welche die Beschuldigten David und Joseph Kahn dermaßen belasteten, daß, trotz aller Bemühung der Anwälte Glas und Culmann, das Urtheil erster Instanz aufrecht zu erhalten, nur ein mit demselben im Widerspruche stehendes Erkenntniß in Beziehung auf ihre Clienten erfolgen konnte. Jeder, welcher den während 4 Tagen fortgesetzten, von dem Präsidenten Hrn. v. Schnellenbühel mit großer Klarheit, Würde und Humanität geleiteten Verhandlungen folgte, mußte zur vollen Ueberzeugung gelangen, daß die beiden Kahn sich der ihnen zur Last gelegten Prellerei schuldig gemacht haben. Am 14. Oct., nachdem der jüngere Kahn eingestanden hatte, ohne Vorwissen seines Vaters, den Heinrich Beck in einer von der bisherigen Beschuldigung gänzlich abweichenden Weise betrogen zu haben, erfolgte der Spruch des Appellationsgerichts, wodurch David Kahn des in Art. 405 des Strafgesetzbuches vorgesehenen Vergehens der Prellerei, und dessen Vater Joseph Kahn der wissentlichen Theilnahme an diesem Vergehen schuldig erklärt sind. Jeder derselben wurde zu einer Gefängnißstrafe von 3 Jahren, zu einer Geldbuße von 50 Gulden und beide zu den sie betreffenden Kosten der Procedur verurtheilt. Auch wurden die Verurtheilten während der Dauer von 5 Jahren, von Erstehung der Strafe an, der im Art. 42 des Strafgesetzbuches bezeichneten bürgerlichen Rechte verlustig erklärt und die Restitution der mit Beschlag belegten Gelder und Effekten an wen Rechtens (?) verordnet. Endlich ist die von der königl. Staatsbehörde gegen den nicht hinreichend überführten Heinrich Scharf eingelegte Berufung verworfen und derselbe sonach in Freiheit gesetzt worden. Da von Seiten der königl. Lottoadministration auf die gewonnenen Gelder Beschlag gelegt ist, so wird die Auslieferung derselben wohl Gegenstand weiterer Rechtsverhandlungen werden. (K. Z.)

(Edle Denkungsart eines Eckenstehers.) Vor einiger Zeit fiel ein ärmlich gekleideter Mensch auf der Straße um und bekam die Krämpfe. Bald versammelten sich Neugierige um diese traurige Scene. Da trat ein elegant gekleideter Herr mit einem dicken saubern Spazierstock dazu, und indem er damit auf den Leidenden zeigte, sagte er in diktatorischem Tone: „So schafft doch diesen Unglücklichen in irgend eine Hausflur.“ „Andersch nich, als wenn Sie dabei sind“, sagte darauf ein Eckensteher, „denn Unser eens hat keene Stimme in einem fremden Hause, is aber een feiner Herr dabei, der een Wort spricht, so is det jleich ein ander Ding!“ „Das will ich wohl thun“, sagte der feine Herr, und in seinem Beiseyn wurde der Leidende in die nächste Hausflur gebracht, woselbst es von Seiten des eben anwesenden Hauswirths erlaubt wurde, daß der Kranke bis zu seinem Besserwerden hier liegen dürfe. Jetzt aber wandte sich der Eckensteher an den dicken Herrn und sagte: „Nu, mein bester Herr, bitt' ick mir vier Groschen aus!“ Der Herr, verblüfft, machte Miene, mit einigen vornehm hingeworfenen Worten sich, wie man zu sagen pflegt, zu drücken. Der nervige Sonnenbruder aber hielt ihn fest, wies' auf das Aermelschild hin und sagte: „Mein Herr, Sie sehen doch, wer ick bin! Sie haben gütigst befohlen und — ick habe jehorcht und — det macht vier Jroschen preußisch Kurant!“ Der dicke Mann wollte sich nun doch nach solcher Anrede keine Blöße geben und gab, um das Gelächter der Menge durch seine Großmuth zu beschwichtigen, dem Eckensteher statt des geforderten Betrags sechs Groschen Kurant. Dieser dankte, und der Herr wollte gehen. „Ne, mein Herr“, fuhr der Eckensteher fort, „jehen können Sie noch nich, Sie müssen noch'n Ogenblick verweilen, um seh'n, wie det Stücke weiter spielt!“ Hierauf reichte er dem Kranken, der unterdessen zu sich gekommen war, die sechs Groschen mit den Worten: „Seh' Mal, armer Menschenbruder, det schenkt Dich een Eckensteher, nu wollen wir Mal sehen, was die Andern duhn werden!“ Diese unerwartete Wendung der Sache ward von einem lauten Jubel begrüßt und es folgten nunmehr Unterstützungen von allen Seiten, zu denen der dicke Herr, der gleichsam zu einem andern Sinne elektrisiret worden, noch zwei Groschen beitrug und der Arme erfreute sich einer reichen Gabe.

Ueber die bereits in vielen Blättern rühmlichst besprochene und besonders von Viehoff hoch gestellte, neu erschienene Monjé'sche Uebersetzung von Homer's Ilias (Frankfurt a. M. bei J. D. Sauerländer 1846) hat sich das „Vaterland“ folgendermaßen vernehmen lassen: „Nicht ohne gegründete Bedenken blickt die Kritik auf eine neue Uebersetzung der Ilias in unsere Muttersprache. Um so mehr findet sie sich überrascht, und ihr Mißtrauen gegen eine solche entwaffnet, wenn sie die vorliegende prüft, deren Verfasser sich die Aufgabe gestellt hat, „die kindliche Einfalt Homer's auch für ungelehrte Leser treu nachzuahmen, und alles Fremdartige, wozu auch jedes unverstreckte Geltendmachen der wissenschaftlichen Apparate gehören würde, sorgfältig zu vermeiden“, ein Streben, worin allerdings durchaus kein Hinderniß liegt, „den Reinertrag der gelehrten Forschung wissenschaftlich zu benützen.“ Hr. Monjé hat sich als Leser seiner Uebersetzung zunächst solche gedacht, die auch ohne tiefere Kenntniß der griechischen Sprache das Bedürfniß fühlen, Geist und Gemüth an den edelsten Dichtungen des hellenischen Alterthums zu erquicken, allgemein Gebildete beider Geschlechter, besonders auch die reifere Jugend, deren Unterrichtsgang bei dem immer stärkeren Hervortreten moderner Bildungselemente die Erlernung des Griechischen entweder ganz ausschließt, oder nur in unzureichendem Maße zuläßt." Und in der That, er hat solchen Lesern einen großen, sehr schätzenswerthen Dienst erwiesen. Aber nicht blos diesen allein. Auch die Männer der Wissenschaft werden den Grundsatz zu würdigen wissen, welcher Hrn. Monjé leitete: „daß der Uebersetzer nicht geringere Verpflichtungen gegen die Muttersprache hat, als gegen die Sprache des Originals." Diesem Grundsatz verdanket denn die Muttersprache ein Werk, welches wir in diesen den Interessen des Vaterlandes gewidmeten Blättern gern als ein im hohen Grad gelungenes, ja musterhaftes anerkennen."

(Hanau, 18. Oct.) Gestern Nachmittag wurde auf der Dörnigheimer Jagd von mehreren Schützen verschiedenes Wild mittelst Schießbaumwolle, welche in dem Laboratorium der hiesigen Realschule dargestellt war, mit dem allerbesten Erfolg erlegt. Das getroffene Wild blieb sämmtlich im Feuer liegen. Spätere Versuche, bei denen die Schrote auf Eichenholz abgefeuert wurden, zeugten ebenfalls von der großen Gewalt, wie leichten und raschen Entzündbarkeit des explosiven Präparates. Der Knall ist im Verhältniß einer, gleiche Gewalt habenden, Pulverladung viel geringer, und der rückwirkende Stoß des Gewehres wegen des raschen Abbrennens fast Null. — Zu bedauern ist, daß das Präparat nach der hier angewandten, wie den bekannt gemachten Darstellungsweisen noch zu theuer kommt, als daß es schon eine allgemeinere und verbreitetere Anwendung finden könnte.

Wislicen und die freie Gemeinde sagen in ihrer Trennung von der Kirche: Ueber den Symbolen steht die Bibel, über der Bibel der Geist der Wahrheit! Das klingt ganz gut. Mein Nachbar fragt nur, wo der zu finden sey, nicht der Wislicen, sondern der Geist.

(Dorfz.)

(Frankfurt a. M.) Obgleich in Frankfurt wohnend, wo sich der Miterfinder der Schießbaumwolle, Hr. Professor Dr. Böttger, aufhält, mußten wir doch sehr bedauern, mit dessen Präparat noch keine Versuche anstellen zu können; wir wissen es daher Hrn. W. Wollweber, Verwalter der Ohlenschlager'schen Apotheke, um so mehr Dank, daß er uns am 18. Oktober Morgens auf dem Oberforsthause Gelegenheit gab, die Eigenschaften und Wirkungen dieses neuen Präparats mit denen des Schießpulvers vergleichen zu können. Die Schießbaumwolle war von Hrn. Wollweber nach der Angabe von Prof. Otto mit einigen Modifikationen bereitet, welche Bereitungsart derselbe den sich dafür näher Interessirenden bereitwilligst mittheilte. Der Erfolg war folgender: 5—10 Gran leisteten nicht das gewünschte Resultat, wohl aber hatten 15 — 20 Gran, je nach der Vortrefflichkeit der Büchse, dieselbe Wirkung, als 80 Gran Schießpulver in einer Distanz von 120 Schritt. Dieses Präparat leistet demnach nicht Das, was das Schönbein-Böttger'sche leisten soll.

Korrespondenz.

Darmstadt, 16. Oct.

Die „explodirende Baumwolle" spielt jetzt eine bedeutende Rolle in den Blättern, um sie vielleicht später im Leben zu spielen. Wir wollen keinem der vielen Erfinder seinen Ruhm streitig machen, aber unwillkürlich wird man doch an das „Ei des Columbus" erinnert. Kaum aber ist die explodirende Baumwolle geboren, so wird sie selbst schon wieder explodirt durch Sägespäne; noch probater und noch billiger. Das heißt Fortschritt. Es wird also in Deutschland an Explosionen für die Folge nicht fehlen und vielleicht Manches fallen, was längst keinen Schuß Pulver mehr werth ist. Nachdem das Mittelalter sein Pulver nun verschossen hat, werden hoffentlich manche mittelalterliche Gedanken und Bestrebungen nach und nach auch verrauchen. Doch nachdem man so Vieles erfunden, bleibt der Stein der Weisen, den das Mittelalter auch gesucht hat, noch immer ungefunden und während allenthalben und auch hier lichtfreundliche Bewegungen sich gezeigt haben, brennen unsere Straßenlaternen nach gewohnter alter Weise düster fort. Fräul. Lind aber spielt wie in den Blättern, so auch auf dem Theater bei uns jetzt ihre Rolle. Natürlich mit ungeheurem Beifall. Wer die nicht gehört hat, kann gar nicht mehr mitsprechen in gebildeter Gesellschaft. Es sollen nun auch noch die Gastwirthe ihr ein Ständchen zugedacht haben aus purer Dankbarkeit. Die vielen Fremden, welche der Herbstgesang der schwedischen Nachtigall herbeigelockt hat, werden dabei helfen, indem sie, diesem Glanzsterne folgend, den Glanz des Geldes ganz zu vergessen scheinen und sich von der herrschenden Geldnoth gar nicht berührt fühlen.

Albig bei Alzey, 18. Oct.

Manchen Lesern Ihres verbreiteten Journals wird es nicht uninteressant seyn, von einer Naturerscheinung in Kenntniß gesetzt zu werden, die mich gestern Abend auf der Kaiserstraße überraschte. Ich befand mich nach 6 Uhr auf derselben eine Stunde vor Alzey, von Mainz aus gerechnet, als mich plötzlich ein gelber Lichtschein umgab; meine geblendeten Augen suchten unwillkürlich nach der Ursache dieser unerwarteten Beleuchtung und gewahrten in einer scheinbaren Höhe von 60 Fuß in senkrechter Richtung über mir eine glänzende Kugel von 3 Zoll Durchmesser, die sich quer über die Landstraße nach Osten in einem Bogen abwärts senkte, einen Schweif von einigen Fuß nach sich ziehend; ihre Farbe war Anfangs bläulich strahlend und wurde bald weniger durchdringend gelb; ihre Größe nahm ab in dem Maße, in welchem sie sich fortbewegte, bis sie endlich spurlos verschwand; sie mochte einen Raum von scheinbar 50 Schritten durchlaufen haben. Die ganze Erscheinung dauerte keine volle Minute und machte einen höchst eigenthümlichen Eindruck auf mich; ein Schauer durchrieselte mich von der Fußsohle bis zum Scheitel, als ich bei dem Halbdunkel der Dämmerung mich so ganz unerwartet mitten in einen gelbbeleuchteten Kreis versetzt und also aus meinen einsamen Betrachtungen aufgeschreckt fand. — Den Naturforschern bleibe es überlassen, diese Erscheinung zu erklären, welche viele Aehnlichkeit mit derjenigen besitzt, die ich im letzten Juni bei Homburg v. d. Höhe zu beobachten Gelegenheit hatte und wovon mehremal in Ihrem Journal die Rede war. Nur die Bemerkung, daß die Witterung gestern ziemlich warm, ja schwül war und die Luft mit wässerigen Dünsten angefüllt schien.

Ein Freund der Natur.

Geographischer Verein.

Vorlesungen während des Winters 1846 — 1847.

Mittwoch, 21. Oct., Abends von 7 — 8 Uhr. Hr. Dr. Stricker: Ueber Schleswig-Holstein, zum Theil nach eigener Anschauung, zum Theil nach dem eben erschienenen Werke von Kohl. — Diejenigen, welche, ohne Mitglieder des Vereins zu seyn, den Vorlesungen beizuwohnen wünschen, wollen in der Schmerber'schen Buchhandlung Eintrittskarten in Empfang nehmen, deren Preis festgesetzt ist: für Erwachsene, Herren oder Damen auf fl. 5; für junge Leute auf fl. 3; für Damen, deren mehrere aus einer Familie die Vorlesungen besuchen, auf je fl. 3½. — Das Local ist im alten Senckenbergischen Stiftsgebäude, Eingang hinter der Schlimmmauer, nahe an der gr. Eschenheimer Straße, im Hofe rechts die dritte Thüre. Frankfurt a. M., 14. Oct. 1846.

Der Vorstand des geogr. Vereins.

Theater-Anzeige.

Dienstag, 20. Oct. Alessandro Stradella, Oper in 3 Abth., Musik von Flotow.

Mittwoch, 21. Oct. Die Geschwister, Schauspiel in einem Act, von Göthe. Hierauf (neu einstudirt): Die Helden, Lustspiel in einem Act, von Marsano. Zum Schluß: Optische Lichtbilder, von Joh. Bosch aus Wien.

Redakteur: J. L. Heller. — Druck und Verlag von Heller und Rohm.

Didaskalia.

Blätter für Geist, Gemüth und Publizität.

Nro. 291. Donnerstag, den 22. October 1846.

Das Pfarrhaus.

Novelle von Maximilian Reck.

(Fortsetzung.)

3.

„Schon mein erster Eintritt in's Leben," begann Eduard, „war durch ein schmerzliches Ereigniß bezeichnet: meine Mutter starb kurz nach meiner Geburt. Mein Vater nahm das Anerbieten der Schwester meiner Mutter, mich zu sich zu nehmen, um so lieber an, als mein Anblick ihm nur stets die Erinnerung an den traurigen Verlust zurückrief, und weil er bei den steten kriegerischen Bewegungen jener Zeit meistens im Felde lag, und mich daher den Händen von Miethlingen hätte überlassen müssen. Auch ihn verlor ich schon im fünften Jahre; er blieb 1812 bei dem Rückzuge der großen Armee aus Rußland, in welchem Feldzuge er ein h . . . . . Regiment befehligte. So wurde ich von frühester Jugend an daran gewöhnt, in meiner Tante eine Mutter zu sehen, und ich fühlte den Verlust der Aeltern gar nicht, da die würdige Frau, selbst Wittwe und kinderlos, mich mit wahrer mütterlicher Liebe umschloß. Sie allein leitete meine erste Erziehung, und es ist fast wunderbar, welche Macht die sanfte stille Frau über mich den wilden, ausgelassenen Knaben, gewonnen hatte: ein Blick, ein leiser Vorwurf aus ihrem Munde war für mich die härteste Strafe und konnte mich augenblicklich bändigen.

„Erst in meinem neunten Jahre erhielt ich einen Hofmeister, der übrigens mehr dazu bestimmt war, meine wissenschaftliche Bildung zu leiten, als über meine Erziehung zu wachen. Ich lebte fast in beständigem Kriege mit ihm; denn jedes Aufwallen jugendlichen Muthwillens und kindlichen Frohsinns schien dem noch jungen aber pedantischen Manne ein strafwürdiger Uebermuth. Meine Tante hatte mich mit Liebe erzogen; es war ihr nie eingefallen, mich zu einem Kopfhänger machen zu wollen; ihr ganzes Erziehungssystem bestand darin, der schon früh gereiften jugendlichen Kraft eine edle Richtung zu geben und mich mit warmer Liebe für alles Gute und meine Nebenmenschen zu erfüllen. Schon als Knabe hatte ich ein feines, leicht zu verletzendes Ehrgefühl, ein Erbtheil meines Vaters, an den Tag gelegt, und während meine Tante auf dasselbe ihre Erziehung richtete, war es meinem Hofmeister stets ein Gräuel, und er verfehlte nicht, mir diesen „verwerflichen Stolz", als die höchste Sünde gegen Gott, vorzustellen und mir wohl zehnmal des Tages in seinem näselnden Predigtone vorzusagen, daß gar nichts Gutes in uns sey, und daß wir nur durch die größte Demuth den Himmel versöhnen könnten.

„Gewiß hätte meine wahrhaft fromme und vernünftige Tante den Mißgriff, der bei der Wahl meines Hofmeisters begangen worden war, bald abgestellt; doch brachte ein Vorfall diese Angelegenheit noch viel schneller zu Ende. Eines Nachmittags hatte derselbe mir wegen eines leichten Versehens befohlen, zur Strafe in eine Ecke zu knieen. Mein ganzes Gefühl empörte sich gegen diese Erniedrigung; doch blieb ich noch ruhig genug, um Erlassung der Strafe zu bitten, und erst dann, als er meine Bitte mit harten Worten abschlug, widersetzte ich mich offen und erklärte ihm, daß ich mich niemals einer so schmählichen Demüthigung unterwerfen werde. Da ließ er von seiner Hitze sich hinreißen, nach mir schlagen zu wollen; aber kaum hatte er den Arm erhoben, als ich zur Seite sprang, mit von Wuth erstickter Stimme und das nächste Messer ergreifend, ihm zurief, daß ich ihn tödten würde, wenn er mich anrühre. Weinend sprang ich zu meiner Tante und erzählte ihr noch halb athemlos, was geschehen sey. Obgleich sie mein Benehmen mißbilligte, konnte sie doch auch das System des Terrorismus meines Hofmeisters nicht gut heißen, und derselbe verließ schon am andern Tage mit Sack und Pack unser Haus.

„Meine Tante mochte durch diesen Vorfall erkannt haben, daß es nun doch Zeit sey, mir eine vernünftige männliche Erziehung geben zu lassen, und nach einigen Wochen wurde ich nach S. geschickt, um dort das Gymnasium zu besuchen; meine Wohnung war bei einem alten Professor, der bald meine Liebe in so hohem Grade gewann, daß ich mich wie zu Hause fühlte.

„So vergingen meine Studienjahre froh und glücklich, und im neunzehnten Jahre bezog ich die Universität. Nach zweijährigem Aufenthalte in Tübingen ging ich nach Leipzig. Zwar hatte ich wenige Neigung zum Rechtsstudium, und vorherrschenden Hang zum Militärleben; dennoch gab ich mich dem ersteren hin und tröstete mich mit dem Gedanken, daß es mir bei der Verwaltung der großen älterlichen Güter von großem Nutzen seyn werde, da ich mit dem Erbe derselben zugleich einen schwierigen Prozeß überkam.

„Noch heute erinnere ich mich mit Freuden an meine Universitätsjahre. Mit welch' stolzen Hoffnungen sahen wir Jünglinge in das Leben, wie thatkräftig schlug jedes Herz für eine große Zukunft, für welche wir in unserer Phantasie eine neue goldene Aera hervorzauberten, wie warm und begeistert schwärmten wir für Vaterland und Liebe. Zwar blieb unser akademisches Leben nicht frei von jugendlichen Thorheiten, zwar überließen wir uns freudig jedem schwellenden sehnsüchtigen Pulsschlage eines kräftigen Daseyns, aber keine gemeinen niedrigen Freuden entweihten — mit Ausnahme Weniger — unser besseres Selbst, keine schmähliche Ausschweifung schwächte unsere Kräfte, die wir im stillen Schwure den heiligen Interessen des Vaterlandes und der Menschheit geweiht hatten. Es war der Geist der Zeit, der uns emporhielt, jener heilige Geist, der damals mit seinem Flügelschlage das alte, in dumpfen Schlaf versunkene Europa erweckte und ihm eine neue strahlende Morgenröthe verhieß. Auch in unsern innersten Herzen fand jene Bewegung, hervorgegangen aus dem tiefsten Leben der Völker, den wärmsten Anklang; aber mit klarem besonnenen Geiste suchten wir das Uebel in seinen Keimen, in den krankhaften sittenlosen geselligen Zuständen, und gelobten in treuem Bunde, dieses

Uebel mit aller Macht zu bekämpfen. Da kamen die Julitage des Jahres 1830 herbei, und der Stoß, der Frankreich in seinen Grundfesten erschütterte, bebte in immer heftigeren Zuckungen durch ganz Europa fort. Wie manche reiche Kraft, wie manches edle Herz, gewiß von dem besten, reinsten Willen beseelt, ging zu Grunde, weil es, die Zustände und Bedürfnisse der Zeit verkennend, sich unseligen Tendenzen zuwandte, die nimmer zum Guten führen konnten! Die meisten Bewegungen jener Periode sind kaum zu rechtfertigen, und nur aus der mißleiteten Unwissenheit der niedersten Klassen und der überspannten Schwärmerei einiger unerfahrnen Jünglinge hervorgegangen."

(Fortsetzung folgt.)

Anbau des Bodens ohne Dünger. *)

Während die Menschen oder der Erdboden verhungert, die Bevölkerung täglich auf eine bedrohende Weise steigt — seit 25 Jahren um die Hälfte, in weiteren 25 um mehr als das Doppelte —, so daß die best angebauten Gegenden Mangel an Nahrung leiden, und diese aus andern Welttheilen befriedigen müssen, liegen in vielen Staaten Deutschlands unermeßliche Strecken, mitunter des besten Bodens, unangebaut; in Großbritanien noch 30 Millionen Acres, in Frankreich 7 Millionen Hectares, in Holland 4 Millionen Hectares (16 Millionen Morgen oder 2/3 der Erdoberfläche.) In England bedroht die Einfuhr — bei den bestehenden großen, auf die alten Preise berechneten Lasten — die Pächter zu erdrücken.

Bei allen diesen Verhältnissen bemühen sich Unwissenheit, Neid und Arglist einzelner unlauterer Interessen eine Hülfe zu vernichten, deren Daseyn materiell und positiv in aller Form im Laufe von achtzehn Jahren immer mehr bestätigt wurde. — Ein Blick auf die vielen Urkunden aus Deutschland, Holland, Belgien, Frankreich und England und viele öffentliche Blätter rc. gibt davon genügende Ueberzeugung.

Hier sich mit eiteln Bedenklichkeiten die Wahrheit der Sache wegklügeln zu wollen, Dasjenige, was Tausende der achtbarsten Männer in so vielen Staaten mit Augen gesehen, mit Händen gefühlt haben, und was mit Zahlen mathematisch bestimmt dasteht, dies ist albern oder boshaft.

Wäre man auf meine redlichen und uneigennützigen Anerbietungen eingegangen, so hätte man voriges und dieses Jahr überall gesunde und eine größere Menge von Kartoffeln zu essen gehabt. Meine Kartoffeln sind in Deutschland, Belgien, Frankreich und England frei von der Krankheit geblieben.

Es könnte noch die Frage bleiben:

„Hat ein anderes Verfahren dasselbe oder mehr geleistet?"

Dies kann bestimmt widersprochen werden.

Wer hat, wie eidlich bezeugt ist, im Flugsande aus einem Stück durchschnittlich 10 Stengel mit 25 Kartoffeln, 3 Malter Waizen und 4 Malter Roggen vom Morgen (16 und 21 Hectoliter auf dem Hectare) und die andern Pflanzen hervorgebracht? Auf mittlerem Boden Hafer mit 30 und 40 Aehren, Gerste 30 40 bis 75, Waizen 30, 40 und 69 Aehren, Mais 8, 10 bis 20 Kolben, Kartoffeln 6 und 8 Fuß hoch mit 40, 60 und mehr Knollen, weißen Klee 4—5' hoch, rother 5—6', Luzern 6—8' hoch, Mangold (römischer Kohl) 10—11', Raigras 1ster Schnitt 7' 2ter Schnitt 6', Hopfen drei Jahre nach der Zubereitung 40—45 Fuß hoch rc.

Die Kraft der Mittel geht so weit, daß sie selbst bisher im Pflanzenreiche ganz unbekannte Erscheinungen hervorgebracht hat. Die Blätter von Luzern, Radiesen, Rüben, Fuchsia's rc. sind sandrund, diejenigen vom weißen Klee über einen Zoll im Durchmesser, Centifolien bekommen Samen u. s. w.

Die Pflanzen sind nicht allein üppiger; Früchte, Körner, Gemüse, Blumen rc. weit größer, schmackhafter und reicher am Wesentlichen, welches Letztere hauptsächlich sehr oft durch Dünger ganz zerstört wird.

Glaube, lieber Leser, die Welt ist eine sonderbare Welt; oft weiß man nicht, ob man lächeln oder zürnen soll.

Bis zu meinem Auftreten findet man in allen landwirthschaftlichen Schriften viele Seufzer und Wünsche nach einem Ersatzmittel für Dünger, das auch eben so viel kosten dürfe. Niemand hat die Kühnheit, nur den Wunsch auszusprechen, daß es mehr leisten soll. Ich leiste mehr, viel mehr, Dinge, die bisher im Pflanzenreich unbekannt waren — beweise dieses in aller Form und biete nebstdem die Sache unentgeltlich auf Probe an —, und zum Lohn dafür verübt man gegen mich Alles, was Gehässigkeit nur ersinnen kann. Betrachte man ferner die Verminderung der bisherigen ungeheuren Kosten oder Arbeiten? Denn, wenn ein Bauer wirklich den Dünger besitzt, so hat er ein Pferd eine ganze Woche nöthig, um solchen auf einen Morgen zu bringen, während bei mir die Zubereitung des Samens für den Morgen nur ungefähr fünf Groschen kommt, und diese zubereitete oder gedüngte Saatfrucht auf den Pflug gelegt werden kann und man dabei viel sicherer eine reichere Ernte erwarten darf.

Die Vorzüge meiner Entdeckung waren auch im Anfange jedem Unbefangenen leicht faßlich, und als der erste Artikel in der Didaskalia Nro. 304 vom 31. Dez. 1841 erschien, war allgemein eine freudige Volksbewegung, die sich lange erhielt, bis endlich die Feinde alles Guten durch Unwahrheiten in Irrthümer aller Art führten, die nun seit fünf Jahren durch immer glänzendere Resultate widerlegt sind. Von meinem Wissen ist hier nicht der Ort zu reden, allein auf meine Werke kann ich mich kühn berufen.

Die Behandlung beruht nicht blos auf 18jährigen Erfahrungen, sondern auch auf festen Prinzipien und geprüften Natur-Ansichten, die ein System bilden, welches all' die finsteren Theorien sammt den Guano- und Ammoniac-Händlern rc. hinsichtlich der Wirkungen und der Kosten vernichtet, so daß künftig kein anderes System in der Welt bestehen wird.

Um den genannten Uebeln und Widersprüchen zu begegnen, will ich, wenn ich redlichen Anklang finde, meine Entdeckung möglichst bald durch den Druck bekannt machen.

Ich wünsche zu diesem Behufe, man möge durch die Ortsbehörden freiwillige Beiträge sammeln und den Erfolg in frankirten Briefen mir hierher anzeigen. Die Aufträge werden nach der Reihenfolge eingeschrieben und ausgeführt.

Zur besseren Begegnung von Mißbräuchen wird das Werk in drei Abtheilungen und zu drei Zeiten erscheinen, und wo möglich durch Patente geschützt, nämlich:

1. Abtheilung. Gerste, Roggen und Waizen und Abdruck der Urkunden über die Resultate vom Jahre 1829 bis jetzt aus Deutschland, Holland, Belgien, Frankreich und England.
2. Abtheilung. Frühjahrssaaten des Ackerbaues.
3. Abtheilung. Gartenbau, Bäume, Gemüse, Blumen rc.

Ergibt sich, daß man ohne Engherzigkeit zu Werke geht, so werde ich in Kürze den Druck veranstalten und gegen Einsendung eines preußischen Thalers an ein aufzugebendes solides Haus ein Exemplar sofort absenden. Hierüber und über die Zeit der Erscheinung wird noch Näheres bekannt gemacht. Sammler erhalten auf zehn Exemplare ein Freiexemplar.

Es war mir niemals verborgen, welche Stadien ich durchgehen mußte, um einer Entdeckung von dieser Bedeutung, die alle gesellschaftlichen Verhältnisse umwandeln muß, den Weg zu bahnen und meine philantropischen Ansichten in Ausführung zu bringen. Oft

*) Um die Aufnahme der gegenwärtigen Erklärung sind wir von Hrn. Franz Bickes in London ersucht worden, und glauben, demselben die Erfüllung seines Gesuches nicht verweigern zu dürfen.

Die Red.

fühlte ich, daß mehr Muth dazu gehört, als auf dem Schlachtfelde erfordert wird.

Indem jetzt in meine Subscription eine Veränderung kommt, so bitte ich meine Herren Agenten, mir zu berichten, wie sie darin zu wirken geneigt sind, und versichere dieselben, daß sie in ihren Interessen für bisherige Leistungen nicht verkürzt werden sollen.

London, im September 1846.

29 New Bridge Street Black Friars,
Franz Bickes.

Schießbaumwolle.

Ueber den Artikel des Hrn. Dr. Geubel über Schießbaumwolle in Nro. 284 der Did. erlaube ich mir Folgendes zu bemerken:

Die Bereitungsweise der von den Herren Prof. Schönbein und Prof. Böttger entdeckten Schießbaumwolle ist bis jetzt noch ein strenges Geheimniß der beiden Herren. Es ist deßhalb noch gar nicht zu entscheiden, ob die Entdeckung des Hrn. Prof. Otto mit der der beiden ersteren Herren identisch ist, und ob dieselbe durch die Veröffentlichung ihres Entdeckers der Nutznießung der beiden andern im Wege stehe. Die Entdeckung der explodirenden Eigenschaft der metamorphosirten Baumwolle ist nur dem Hrn. Prof. Schönbein aus Basel zuzuschreiben; Hr. Prof. Böttger ist auch nie als Entdecker aufgetreten, sondern er hat gleich, nach Auffindung der Bearbeitungsweise frei und offen erklärt, daß er durch die Entdeckung des Hrn. Prof. Schönbein dazu veranlaßt worden sey, und daß er in Zeit von ein und einem halben Tag schon die richtige Behandlungsweise der Baumwolle aufgefunden habe. Daß sich nun die beiden Herren zu einer gemeinsamen Nutznießung dieser für's praktische Leben vielleicht sehr wichtigen Entdeckung vereinigt haben, ist durchaus kein evidenter Beweis, daß beide zugleich die Entdecker seyen, weßhalb die angeführten, für den Laien als Beweise dienenden Beispiele des Hrn. Dr. Geubel für diesmal nicht anzuwenden sind.

Ferner behauptet Hr. Dr. Geubel, daß die bekannten Chemiker Schönbein und Böttger ein ganz anderes Präparat producirt haben, als ein dritter (wahrscheinlich weniger bekannt seyn sollender) Chemiker, Prof. Otto von Braunschweig, indem er das Präparat der Ersteren durch Autopsie kenne. Ist dieses der Fall, so steht die von Prof. Otto gemachte, auf Pelouze's Beobachtung fußende Entdeckung ganz isolirt da, und ist demnach durch Schönbein und Böttger darauf aufmerksam gemacht worden. Ich glaube jedoch, daß Otto's Präparat mit der explodirenden Baumwolle identisch ist, indem die Eigenschaften der beiden ganz übereinstimmen und das von Pelouze angeführte Xyloidin gar keine explodirende Eigenschaft besitzt. Ob nun die Bereitungsweise dieselbe sey, das wird die zukünftige Veröffentlichung von Schönbein und Böttger entscheiden.

B.

Mannichfaltigkeiten.

(Frankfurt a. M.) Ein gewiß nicht unbedeutendes Ereigniß für hiesige Kunstfreunde ist die vom Städel'schen Institute gemachte Acquisition des großen Bildes von Moritz von Schwind, den „Sängerkrieg auf der Wartburg" vorstellend. Dieser geniale Künstler verschmäht es, den großen Haufen durch den jetzt in der Malerkunst oft gebrauchten Knalleffekt und durch Sujets, die Zeittendenzen berühren, anziehen zu wollen, seine genialen Kompositionen und großartig dargestellten Karaktere wollen vielmehr öfter betrachtet seyn, um verstanden und gehörig gewürdigt zu werden. — Unsere Absicht ist daher für jetzt nur, das kunstliebende Publikum aufzufodern, diesem nicht durch Farbenglanz bestechenden Kunstwerk mehr Aufmerksamkeit zu schenken, und behalten uns eine detaillirte Kritik darüber auf später vor. — Im Gegensatze zu M. v. Schwind's Gemälde gefällt bei'm ersten Anblick das Bild von „Rafael und die Fornarina" gemalt von de Bièfve, läßt aber den Beschauer sehr bald kalt, und drängt ihm die Frage auf: warum dieses Genre-Sujet in so großem Format? so viel Lärm um nichts? — Besser als dieser Niederländer versteht es unser Landsmann Oppenheimer, den guten Geschmack der alten Niederländer in seinen die gehörige Größe nicht überschreitenden Genrebildern uns zu zeigen. Sein jetzt ausgestelltes Bildchen „Großvatersegen in einer polnischen Synagoge" ist zart empfunden und meisterhaft gemalt. — In dem von demselben Künstler ausgestellten Portrait eines Offiziers in fremder Uniform erkennen wir den schönen Sprößling eines unserer achtbaren im Süden weilenden Mitbürgers. — Eine große italienische Landschaft von Fries, obzwar etwas unruhig in Haltung, ist jedoch sehr saftig und gut gemalt, und erinnert viel in der Auffassung an den zu früh verstorbenen Ernst Fries. — Eine vorzügliche Beachtung verdient noch „der sterbende Mönch" von Schmitt in Rotterdam, in technischer Hinsicht eins der ausgezeichnetsten Gemälde neuerer Zeit. Es sind Köpfe und Hände auf diesem Bilde, die von den berühmtesten Malern nicht besser gemacht werden konnten. Schade, daß der Gegenstand dieses Bildes nicht für jeden Kunstfreund ein wünschenswerther ist. Das stete Bemühen der Administration des Städel'schen Instituts, dem Publikum immer Neues und Gutes vorzuführen und den Geschmack zu bilden, muß jeden Kunstfreund mit Dank erfüllen, und es wäre sehr zu bedauern, wenn das Gerücht sich bestätigte, daß Lessing, trotz seiner Zusage, in Düsseldorf bleiben und nicht hierher kommen wolle.

J. P.

(Mannheim, 16. Okt.) Eine Verfügung des hiesigen Stadtamts legt den HH. Hammer, Mathy und v. Struve, desgleichen dem Hrn. Scholl, welche diesen Winter wissenschaftliche Vorträge halten wollten, (letzterer, um einer Familie aufzuhelfen, welche durch Verfolgung brodlos geworden war), die Verpflichtung auf, zuvörderst die Erlaubniß von Seiten großh. Ministeriums des Innern hierzu nachzuweisen.

Das preußische General-Postamt gibt ein geheimes Post-Amtsblatt heraus, das an alle Postämter abgegeben wird, dem Publikum aber vorenthalten bleibt.

Korrespondenz.

Coburg, im Oct.

Der Bau der deutschen Eisenbahnschienen-Fabrik zu Neuhaus, an dem sich zum größeren Theile englische, dänische und hanoverische Capitalisten betheiligt haben, wird mit der angestrengtesten und bis jetzt erfolgreichsten Thätigkeit betrieben, indem der ungeheuere Schmelzofen seiner Vollendung entgegen geht und einige andere Hauptgebäude bereits unter Dach stehen, während das Material zu dem beinahe eine Viertelstunde im Umfange habenden Netzwerke in ungeheueren Massen von allen Gegenden herbeigeschafft wird. Es drängt sich daher bei Jedem, der diese großartigen Anlagen in Augenschein nimmt, die Frage auf, ob sich das Unternehmen auch rentiren werde, ob also die Gesellschaft im Stande seyn wird, eben so billig und solide als England und Belgien den Centner Schienen zu liefern, und, dieses angenommen, ob der Bedarf in Deutschland in Zukunft, wenn also die größten Schienenwege vollendet sind, von der Art ist, daß die 500 Schienen, auf deren täglicher Production das Werk berechnet ist, auch wirklich zur Ausbesserung oder zu Anlage von Nebenbahnen nöthig sind. In ersterer Beziehung möchte wohl die Einführung der Korngesetze und die Beschaffenheit der zur Fabrication zu verwendenden Eisensteine von Bedeutung seyn, und das Augenmerk der Actionäre auf sich ziehen. Was aber dagegen die zweite Frage anbelangt, so käme es lediglich hierbei nur darauf an, nachzuweisen, daß sämmtliche Schienenwege in Deutschland, incl. Oesterreich, sowohl die bereits vollendeten, als die bereits im Bau begriffenen die Summe von 10,095,000 nöthig hatten, denn so viel Schienen würde die Fabrik in 10 Jahren produciren, und in diesem Zeitraum erneuert sich ja, wie bekannt ist, jedes Schienengeleise. Unsere Eisenbahnverhältnisse sind gegenwärtig in ein solches Chaos verwickelt, daß es schwer ist sich in demselben zurecht zu finden; denn nach allen Richtungen hin wird nivellirt, und dabei übersieht man von meiningen'scher Seite den naturgemäßen Weg, der von jeher die Verbindung zwischen dem Main und der Werra gebildet hat, nämlich die Linie von Coburg über Rodach nach Hildburghausen. Die meiningen'sche Regierung beabsichtigt nämlich, daß die Bahn von Coburg über Schelkau und Eisfeld nach Hildburghausen gebaut werde, also unmittelbar am Fuße des Thüringerwaldes vorbei, und glaubt dadurch eine bedeutende Rentabilität für dieselbe zu erzeugen, indem auf diese Weise die Bewohner dieser Gebirgsgegend natürlich von der Eisenbahn Gebrauch machen und ihre Producte auf derselben versenden würden, während sie auf der andern Seite durch dieselbe die Erzeugnisse des Flachlandes erhielten. Obgleich nun diese Behauptung richtig ist, so schließt sie aber doch nicht aus, daß dieselben Verhältnisse eintreten würden, wenn die Bahn die Richtung über Rodach nach Hildburghausen erhielte, denn die Bewohner der inneren Theile Südthüringens müßten ja doch immer ihre Producte auf der Achse nach den Stationspunkten Schelkau und Eisfeld senden, um dagegen andere Gegenstände von da auf dieselbe Weise wieder einzuladen, und der einzige Nutzen würde eben nur darin bestehen, daß sie statt ihre Umladungen in Coburg oder Hildburghausen zu vollziehen, dieselben in dem drei bis vier Stunden näheren Eisfeld oder Schelkau stattfinden lassen könnten. Der Vortheil aber, der den unmittelbar an der Eisenbahn gelegenen Punkten erwachsen würde, bestände eben darin, daß sie Stapelplätze würden und sich dadurch eines regeren Verkehres zu erfreuen hätten. Und wegen dieser beiden Vortheile, von denen aber nur der letztere der Feder der Kritik vollkommen Stand hält, will man eine Eisenbahn bauen, welche wegen der größeren geographischen Länge, sodann wegen der ungeheuren baulichen Hindernisse und zuletzt aus dem Grunde, weil sie im Winter wegen des sehr starken Schneefalles und der häufigen Windwehen sehr oft entweder gar nicht oder doch wenigstens nur mit großem Kostenaufwande befahren werden kann, einen Mehrausfall von einigen Millionen erforderte! Denn daß für die Production und Consumtion Südthüringens überhaupt (denn Nordthüringen ist an die Leipzig-Frankfurter Bahn gewiesen) eine Eisenbahn dieselben Wirkungen hervorbringt, mag sie nun 3 oder 4 Stunden näher oder entfernter von den südlichen Ausläufern des Thüringerwaldes hinlaufen, ist nicht in Abrede zu stellen, und es fragt sich daher nur, ob die beiden Umstände, daß nämlich erstens dadurch die beiden Städte Eisfeld und Schelkau einen größeren Nutzen als Stapelplätze sowohl, als auch weil sie eben ihre eigenen Fabrikate unmittelbar sofort mit Dampf verschicken können, ohne dieselben erst nach dem entfernteren Coburg oder Hildburghausen per Achse zu senden, und zweitens, daß die übrigen Bewohner von Südthüringen ihre Umladungen nicht in den beiden eben erwähnten Städten, sondern in dem näheren Eisfeld oder Schelkau vollziehen können, im Stande sind, diesen Mehrausfall zu decken und Capitalisten zu Actienzeichnungen zu bewegen? Die Antwort hierauf ist: Nein; denn die Bahn wird von Thüringen eben so stark benutzt werden, mag sie über Rodach oder Schelkau gehen, und wenn also für die Bahn, resp. die Actionäre, der Nutzen ein gleich großer ist, mag die Richtung so oder anders laufen, (und nur für einzelne Städte oder Gegenden ein Nachtheil entsteht) während die Kosten viel bedeutender sind, wenn die eine von den beiden Bahnen gebaut wird, so wird natürlicher Weise jeder vernünftige Capitalist nur dann Actien zeichnen, wenn die weniger kostspielige, aber gleich rentable Linie eingeschlagen wird, da der Nutzen, den Dritte dadurch haben, daß die bei weitem kostspieligere Bahn gebaut wird, ihn natürlich nicht interessiren kann.

Vom Taunus, 18. Oct.

Ueber die von der Abenddämmerung umfangenen Zinnen Ihrer schönen Mainstadt blitzten zahllose Raketen empor und boten mir bei meinem Heimgange auf der Höchst-Homburger Straße gestern Abend einen freundlichen Mitgenuß des Festes, dessen Vorfeier jene Feuerzeichen der Umgegend verkündeten. Verschiedene Gedanken über dieses „Fest aller Deutschen" stiegen, gleich diesen Leuchtkugeln, in meiner Brust auf. Der neueste Festdichter hatte es also gebannt, und doch ist es hier nur Frankfurt, das den großen Tag noch würdig begeht, eingedenk seiner welthistorischen Bedeutung. Die Flammensäule, die sonst von des Feldbergs Spitze weithin leuchtete und die Herzen zur Feier jenes Tags entzündete, war heute nicht zu sehen, wie ich sie als Knabe zu erblicken gewohnt war. Auch die unzähligen Strohfackeln und Strohfeuer, die von der Schuljugend sonst auf der weiten Wiesenfläche unterhalb Oberursel angezündet wurden, waren diesmal nur spärlich zu sehen und nur einzelne Freudenstimmen ließen sich hier vernehmen, wo sonst ein weittönendes Jubelgeschrei die abendliche Stille verscheuchte. Da plötzlich, als müsse sie die Menschheit vertreten, die wohl nur die theure Zeit heuer so begeisterungslos macht, bot die Natur ein Meteor, eine Leuchtkugel, so schön, wie keine als Freudenzeichen heute am abendlichen Himmel aufgeglänzt war. Eben nämlich trat ich in das Dorf Weißkirchen ein, als auf einmal eine ungewöhnliche Helle mein Auge empor zog, und ich gewahrte nun in der Richtung von NW. nach SO. ein electrisches Feuer, das die Form eines jener Papierdrachen hatte, wie die Knaben sie steigen lassen. Anfangs in schiefer Linie aufschwebend, mit einem langen Schweife versehen, dann horizontal fortschießend und mit einem Feuerregen endend, dauerte das Meteor einige Secunden. Im Dorfe lief man zusammen und es hieß: „Ein feuriger Drache! Ein feuriger Drache!" Daß man sich in ängstlichen Glossen ergoß, was derselbe werde zu bedeuten haben, brauche ich nicht zu erwähnen. Das Volk läßt sich einmal seinen Aberglauben nicht nehmen. Das aber will ich anführen, daß ein ländlicher Witzkopf, so ein rechter Weißkircher Spottvogel, wie sie hier in der Gegend sprüchwörtlich heißen, die Bemerkung machte, das sey der feurige Drache, der die Kornwucherer holen wolle, deren wir leider auch am Taunus nicht wenige zählen, und möchte dazu „Amen!" sagen.

Herdorn im Herzogth. Nassau, 17. Oct.

Heute Abend um 6 1/2 Uhr bemerkte man am Himmel eine sehr große Feuerkugel. Sie fuhr aus einer Höhe von ungefähr 60 Grad im Süden in gerader Linie nach einem Punkt etwa 30 Grad hoch nach Süd-Ost. Ihr sehr helles, weißes, grünlich-schimmerndes Licht verlor sich in der Farbe glühender Kohlen. Ungefähr 10 Minuten später vernahm man aus derselben Gegend her das Getöse fernen Donners, und zwei Beobachter der Erscheinung glaubten eine dem Getöse entsprechende, wellenförmige Luft- und Erderschütterung zu spüren. *)

Neudorf im Rheingau, 19. Oct.

Die Traubenlese ist in vollem Gang, hier und da auch schon beendet. Die Quantität fällt an verschiedenen Orten verschieden aus. So beklagt sich z. B. ein naher Nachbarort, daß ihm der Sonnenbrand an der Menge sehr geschadet habe im Vergleich zu Neudorf. Die Qualität dürfte jedoch im gesammten Rheingau seit Noah ihres Gleichen nicht gehabt haben. Niemanden wird es denken, daß in irgend einem gesegneten Jahre die Rieslinge früher gezeitigt wären als die Frühtrauben — Oestricher, Ruländer rc. — was sich Anno 1846 auf eine erstaunenswürdige Art ereignet hat und wahrscheinlich dem Umstand zuzuschreiben ist, daß die Rieslingstöcke wegen ihres tiefgehenden Wurzelwerks eher der afrikanischen Hitze Trotz bieten konnten, als die flacher wurzelnden Frühtrauben. Im Ganzen genommen kann man von der diesjährigen Erescenz sagen, daß sie auch den übertriebensten Hoffnungen entspricht und besonders die Qualität eine weltgeschichtliche Berühmtheit erlangen wird. Kapitalisten können ihr Geld nicht besser anlegen, als durch Ankauf eines solchen Gewächses, welches mit Recht Cabinetswein genannt werden kann, gleich bisher dem berühmten Schloß-Johannisberger, der mit vielen Tausenden von Gulden per Stück bezahlt wurde. Schließlich bemerke ich noch, daß man dahier in manchen Weinbergen zweimal herbsten kann, indem der s. g. Nachwuchs vollständig zur Reife gelangt ist. Der Zweifler komme und sehe!

---

*) Weitere Berichte aus Darmstadt, von der Bergstraße und aus Mainz bestätigen es, daß das Meteor unter einem donnerähnlichen, die ganze Atmosphäre erschütternden Getöse verschwand.

Theater-Anzeige.

Mittwoch, 21. Oct. Die Geschwister, Schauspiel in einem Act, von Göthe. Hierauf (neu einstudirt): Die Helden, Lustspiel in einem Act, von Mariano. Zum Schluß: Optische Lichtbilder, von Joh. Bosch aus Wien.

Donnerstag, 22. Oct. Des Teufels Antheil, komische Oper in 3 Abth., nach dem Französischen von C. Gollmick, Musik von Auber.

Redakteur: J. L. Heller. — Druck und Verlag von Heller und Rohm.

Didaskalia.

Blätter für Geist, Gemüth und Publizität.

Nro. 292. Freitag, den 23. October 1846.

Nachklänge vom 18. October 1846.

(Von Wilh. Wagner.)

Dreißig Jahre sind vergangen,
Seit in unsrer Vaterstadt
Man den Neubau der Verfassung
Feierlich beschworen hat;
Frei geworden von dem Drucke
Fremder Herrschaft war das Land
Und die Freiheit wohnte wieder
Auch bei uns am Mainesstrand.

Jener Zeiten zu gedenken,
Feiern wir den Freudentag;
Glockenton, Kanonendonner
Weithin es verkünden mag.
Höher schlagen alle Herzen;
Denn der Welterob'rer fiel,
Der mit dem Geschick der Völker
Trieb ein blutig Würfelspiel.

Schöner Tag, auch diesmal warst du
Von der Bürgerlust durchtönt
Und der milde Strahl der Sonne
Hatte Alles rings verschönt;
Lustig flatterten die Fahnen
Unter lautem Trommelklang,
Und des Volkes bunte Masse
Wogte Platz und Straß' entlang.

Als der Abend nun hernieder
Mit dem langen Schatten stieg,
Als der Donner der Kanonen
Und der Ruf der Glocken schwieg,
Eilten Alle nach dem Hause
Mit dem goth'schen Hallen-Raum
Und der Römerberg, der weite,
Faßte die Beschauer kaum.

Bei dem sechsten Glockenschlage
Deckte plötzlich sich die Nacht,
Und ein Adler, glanzumflossen,
Strahlte in verklärter Pracht.
Seine weiten Schwingen glühten,
Seine Krallen, seine Kron';
Einem stolzen Sonnenkinde
Glich der Lüfte freier Sohn.

Tausendstimm'ger Jubel grüßte
Ihn, der in dem Wappenschild
Uns'rer Stadt als der Verkünder
Alter Bürgerfreiheit gilt,
Ihn, deß Sinnbild uns're Väter
Seit Jahrhunderten geehrt,
Ihn, der oft nach schweren Kämpfen
Als ein Sieger sich bewährt.

Stolzer Aar, gleich deinen Brüdern
Streb' auch du empor zum Licht!
Will man deinen Flug dir hemmen,
Kühner Streiter, duld' es nicht!
Immer heller muß es tagen,
Immer freier rege dich!
Jene, die im Dunkeln lauern,
Sie bekämpfe männiglich!

Licht und Freiheit sey die Losung!
Sie zu fördern jederzeit
Seyd auch hier in uns'rer Mainstadt,
Wack're Bürger, stets bereit!
Schließt euch an dem großen Bunde,
Der die Welt verjüngen soll;
Bei der Arglist eurer Feinde
Bleib' besonn'nen Muthes voll!

Ja, auch diesmal hat die Freude
Unser Bürgerfest verschönt,
Und der Adler, glanzumflossen,
War von Jubelruf umtönt.
So bewahrt die ernste Mahnung,
Die im Strahlenbilde lag!
Immer siegender entfalte
Sich der Freiheit schöner Tag!

Das Pfarrhaus.

Novelle von Maximilian Reck.

(Fortsetzung.)

„Aber eine Bewegung war groß und denkwürdig, die des polnischen Volkes.

„Welchen Eindruck diese Schilderhebung der Polen auf uns machte, ist begreiflich. Von wem war die erste kühne That ausgegangen, als von jenen hundert und sechzig Jünglingen der Militärschule in Lazienki unter Anführung des heldenmüthigen Lieutenants Peter Wysocki, die sich mit kühner Todesverachtung auf drei Regimenter alter, im Felde ergrauter Soldaten geworfen und dadurch das Gelingen des Aufstandes gesichert hatten. Als wir in den öffentlichen Blättern jene heroische That lasen, erfüllte ehrfurchtsvolle Bewunderung und heiße Thatenlust uns die Seele, und unwillkürlich erinnerten wir uns der Worte Alexanders des Großen: „Mein Vater hatte in meinem Alter die Welt erobert, und ich — ich habe noch nichts gethan!“

„So erwachte in Vielen von uns der Entschluß, die trockenen Pandekten bei Seite zu werfen und zu dem Schwerte zu greifen, um den Befreiungskampf Polens mitzukämpfen, und wenn auch — wenigstens bei den Unbemittelteren — leise Bedenken hervortraten, da wir die Gesinnungen unserer Regierungen nicht kannten, so schwanden dieselben bald, um so mehr, da aus allen Gauen junge Leute nach Polen zogen. Der Enthusiasmus war so groß, daß die Reicheren von uns ärmeren Kameraden die Mittel zur Ausstattung und Bewaffnung boten. Ich selbst ordnete meine Angelegenheiten flüchtig, sagte meiner Tante schriftlich lebewohl und übergab ihr die Verwaltung meiner Güter. Zehn Tage später traf ich in Warschau ein. Die Stadt war ganz in den Händen der Polen; denn schon am Morgen des 30. November hatte Großfürst Constantin, dem es gelungen war, bei dem Angriffe der Verschwornen aus seinem Wohnsitze Belvedere zu Fuß zu entkommen und in die Kaserne seiner Garde-Kavalerie zu flüchten, den Abzug seines Korps angeordnet. Am 4. Dezember eilte der Großfürst mit seinem Korps aus seiner bisherigen Stellung bei dem Dorfe Mokotow längs der Weichsel nach Pulawy, wo er diesen Fluß passirte, und endlich am 12. bei Brzesc Litewski die russische Gränze erreichte.

„Begeisterung durchglühte die Herzen der Polen, und mit freudigem Muthe sah Jeder dem Kampfe gegen die russischen Armeen entgegen.

„Durch die Bekanntschaften, welche wir in Leipzig mit vielen jungen Polen aus den ersten Familien geschlossen hatten, wurden ich und die Universitätsfreunde schnell in Warschau bekannt. Man nahm uns mit Wärme und Herzlichkeit auf, und da wir bis zur Bildung der Truppenabtheilungen uns in der Hauptstadt aufzuhalten gezwungen waren, fanden wir leicht Zutritt in den besten Häusern. Die neue Stellung, in der wir uns bewegten, die Begeisterung, welche uns durchglühte, die unserne Aussicht auf männliche That, die Hoffnung auf Ruhm, selbst die Möglichkeit eines frühen Todes auf dem Felde der Ehre, alle diese Empfindungen steigerten in uns jede Lebenskraft. Unter den jungen Männern wurden Freundschaften auf Leben und Tod geschlossen, die vielleicht bald in der Stunde der Gefahr durch ernste Proben besiegelt werden sollten; aber auch manches zartere innigere Verhältniß entfaltete sich rasch zu den schönsten Blüthen. In Polen ist die Sitte ohnedem ungezwungener und freier, als bei uns; um so mehr mußte ein Augenblick, wie der gegenwärtige, in welchem jede Leidenschaft bei der allgemeinen Erregung der Gefühle sich leichter und schneller entwickeln konnte, die ersten Wallungen manches jungen liebeglühenden Herzens begünstigen. Es giebt vielleicht nichts Reizenderes und Verlockenderes, als diese jungen lebhaften Polinnen mit der fast südlichen Gluth und der freien Ungezwungenheit, mit der sie sich dem Eindrucke ihres Gefühls hingeben. Ueber alle Convenienzen sich hinaussetzend, leidenschaftlich, der Gefahr trotzend, entflammen sie die Sinne im höchsten Grad und werden unwiderstehlich, wenn sie die Gluth ihres Innern unter dem heiligen Schleier reiner, schüchterner Weiblichkeit verbergen.

„Unter allen Cirkeln der polnischen Hauptstadt zog mich der im Hause des Grafen L. am meisten an. Der junge Graf, der einzige Sohn des Hauses, den ich schon lange von Leipzig aus kannte, hatte mich bei den Aeltern eingeführt, und war mir bald durch die innigste Freundschaft verbunden. Sein Vater, schon hoch bejahrt, aber eine noch kräftige Heldengestalt, voll schwärmerischer Begeisterung für das theure Vaterland, fest entschlossen, selbst noch mit in den Krieg zu ziehen, besaß in eben so hohem Grade meine Ehrfurcht, als ein anderes wärmeres Gefühl mich zu der einzigen Tochter des Hauses hinzog.

„Schon bei meinem ersten Besuche hatte Kathinka mich mit der höchsten Bewunderung ihrer Schönheit erfüllt. Eine hohe junonische Gestalt, mit dunklen reichen Locken um das ovale, bleiche Gesicht vom reinsten griechischen Profile, war der erste Eindruck, den ihre Erscheinung machte, fast gebietend. Wenn auch aus dem Blitzen ihres schwarzen Auges, aus einem kaum merklichen Zuge um den feingeschnittenen, kleinen Mund Stolz und Kälte zu sprechen schienen, so schwand dieser Wahn doch bald, wenn sie mit der glühendsten Begeisterung von ihrem Vaterlande sprach, das die ganze Liebe ihres Herzens ungetheilt und allein auf sich gezogen zu haben schien.

„Am reizendsten war Kathinka, wenn sie sich nach solchen Gesprächen erröthend und innig an die Brust des Vaters schmiegte, der lächelnd das theure Kind liebkos'te. Dann setzte sie sich manchmal an den Flügel und sang mit voller glockenreiner Stimme das herrliche Nationallied der Polen: „Jeszcze Polska nie zginela *)“ mit so hinreißendem Ausdruck, daß wir Männer uns die Hände fester drückten und mit heißem Sehnen den Augenblick herbeiwünschten, in welchem der stille Schwur die Weihe durch das Schwert erhalten sollte.

„Bald war meine Liebe zu Kathinka ihrem Bruder Ladislas kein Geheimniß; in einer traulichen Stunde öffnete ich ihm mein Herz und bat um sein Wort bei dem Vater, wenn es mir gelingen sollte, die Gegenliebe des Mädchens zu gewinnen. Mit freudigem Handschlag sagte Ladislas zu, und die schönsten Hoffnungen füllten meine Brust. Als ich am andern Tage Abends das Haus der Geliebten aufsuchte, begrüßte mich der alte Graf herzlicher als gewöhnlich, und ließ mich bald unter einem Vorwande mit Kathinka allein. Verlegen standen wir einander gegenüber, aber bald faßte ich mich, und obwohl mir das Herz höher und ängstlicher schlug in dem Augenblick, der für mein Leben so entscheidend werden sollte, hatte ich doch den Muth, Kathinka meine Liebe zu gestehen. Eine höhere Gluth färbte ihre Wangen, einige Augenblicke blieb sie stumm, dann nahm sie meine beiden Hände in die ihrigen und blickte mir lange fragend in das Auge.

„Eduard,“ sagte sie mit leiser, bebender Stimme, „haben Sie auch bedacht, was sich in diesem Momente entscheiden soll. Wir kennen uns so kurz; wird das Gefühl, das Sie mir jetzt weihen, auch für das Leben ausreichen? Oder täuschen Sie sich selbst und werden dann vielleicht einst klar sehen und bereuen? Prüfen Sie wohl,“ fuhr sie ernster fort, „unser beider Glück hängt an dieser entscheidenden Minute; jede Täuschung würde Sie, würde mich unendlich unglücklich machen. Ich fühle es zu gut; meines Herzens erste Liebe wird auch meine Letzte seyn.“

„Kathinka,“ erwiederte ich, kaum mehr meiner mächtig, „treue Liebe bis in den Tod!“ Und sie sank an meine Brust, meine glühenden Lippen berührten die ihrigen. Die Geliebte war mein.

„Freudig gab uns der alte Graf seinen Segen. „Kinder,“ sagte er lächelnd und weich, „der Augenblick ist ernst, flüchtig das Glück. Darum soll schon der morgende Tag Euch ewig und unauflöslich verbinden. Du, mein Sohn, wirst freudiger für unsere Sache kämpfen, wenn Du für den eigenen Heerd, für die Heimath Deines Weibes streitest. Und raubt Dir, meine Kathinka, der unerbittliche Tod den Gatten, bleibt er in dem Kampfe für eine heilige Sache, dann wird die Erinnerung an das Glück weniger Tage Dir doch ein Lichtstrahl in Deinem tiefen Schmerze seyn.“ Wir sanken vor dem ehrwürdigen Greise auf die Kniee, er segnete uns und zog uns dann innig an seine Brust.“

*) Noch ist Polen nicht verloren.

(Fortsetzung folgt.)

Die Großzimmerer in New-York.

So eben erhalten wir (meldet das Mainzer Unterhaltungsblatt) die New-Yorker Schnellpost vom 17. September mit folgender höchst betrübender Nachricht, welche wir heute ohne Kommentar hier vorlegen, hoffend, daß dieser Fall künftigen Unternehmungen solcher Art zur Warnung und Beherzigung dienen werde. Die Schnellpost meldet:

„Einwanderer aus dem Darmstädtischen — ihre trostlose Lose. — Im vergangenen Juni theilten wir aus der „Allgemeinen Zeitung“ mit, daß „der vermögliche Theil der Einwohner des nächst Darmstadt gelegenen ansehnlichen Dorfes Großzimmern, zu dem Entschlusse gekommen sey, sich der Proletarier der Gemeinde, die ein gutes Drittheil derselben bilden, in Masse zu entledigen; sie hätten demnach eine Summe von etlichen und vierzigtausend Gulden zusammengeschossen, um damit ihre armen Mitbürger an die Küste von Nordamerika „abzusetzen.“ — Gerade vor dem Schlusse des Blattes hören wir, daß die erste Sendung dieser, aus der Heimath verwiesenen Proletarier, hier eingetroffen ist. Man hat ihnen Wort gehalten und sie „abgesetzt“, ohne sich um ihr ferneres Schicksal anders zu kümmern, als daß man ihnen, wir wissen nicht, ob per Kopf, oder jedem Erwachsenen drei Schill. auszahlte, worin ihr ganzes Vermögen besteht, da die Reise zwar für sie bezahlt, ihnen aber kein Geld in die Hand gegeben wurde. Sie sind, wie man uns sagt — zu genaueren Erkundigungen fehlt uns die Zeit — ohne Rath und ohne Führer, und sollen auf dem Schiffe, das sie hierher brachte, auf das Schmählichste behandelt, aus demselben bei der Ankunft hier förmlich ausgetrieben und gezwungen worden seyn, die erste Nacht im Freien zuzubringen, was eine polizeiliche Einschreitung gegen den Kapitän herbeigeführt habe. Es sollen arbeitskräftige und gewöhnte Männer seyn. Wir hoffen, daß die unglückliche Lage dieser armen, verlassenen Leute, von Seiten der Behörden, wie unserer Landsleute, die möglichste Berücksichtigung und Theilnahme finden wird.

„Die heutige (16.) „Evening Post“ bringt folgende Notiz, die sich ohne Zweifel auf diese Einwanderer bezieht: „Gestern Nachmittag traf das Schiff Atlas mit ohngefähr 200 deutschen Passagieren aus Liverpool hier ein. Es legte an dem Dock am Fuße von Dover Str. an, und der Steuermann (mate) zwang die Passagiere, an's Land zu gehen, ohne daß sie ein Haus, wohin zu gehen, einen Platz, der ihnen Obdach gewährte, gehabt hätten. Hierüber ward nach dem „Station House“ der vierten Ward Bericht gegeben, und Kapitän Smith begab sich nach dem Dock, wo er gegen hundert Männer, Weiber und Kinder vorfand, ohne Betten oder Decken zusammengepfercht. Mehrere von ihnen waren sehr leidend und unfähig, ohne großen Nachtheil für ihre Gesundheit solches Ungemach zu ertragen. Gegen fünfzig derselben sandte der Kapitän sogleich nach dem „Station House“, wo man geeignete Fürsorge für sie traf. Sie sagen, daß sie in den drei letzten Tagen nichts zu essen bekommen haben!! — Wenn diese Angaben sich bestätigen, werden hoffentlich die Schuldigen strenger Ahndung und verdienter Verachtung nicht entgehen.“ —

Georg Gandenberger in Darmstadt und Kemperley, Agent der niederländischen Dampfschifffahrts-Gesellschaft in London, sollen die Großzimmerer über Rotterdam, London und Liverpool mit vollständiger Verköstigung bis New-York übernommen haben. Uebrigens brauchen wir hierbei wohl nicht zu bemerken, daß dieser Fall nicht im Allgemeinen diejenigen Unternehmer der Auswanderungs-Beförderung, welche gewissenhaft die Bedingung der Schifffahrtsverträge mit den Auswanderern erfüllen, verdächtigen kann.

Wanderungen aus meinem Gefängnisse am Ende des Sommers und im Herbst 1839

von

Dr. Sylvester Jordan, Professor in Marburg.

(Frankfurt a. M. Johann Valentin Meidinger. 1847.)

Jedem, welcher nur einigen Antheil an den öffentlichen Angelegenheiten nimmt, ist der Name des genannten Verfassers genugsam bekannt, dessen Freisprechung als ein freudiges Ereigniß begrüßt worden ist.

Mit jenem Tage ward zugleich das Manuscript erwähnten Werkes aus einer 5jährigen Haft befreit; denn wie man aus der Vorrede ersehen kann, ward es im Febr. 1841 dem Verfasser auf Befehl des Untersuchungsrichters weggenommen, und blieb mit Beschlag belegt bis zu Jordan's Freisprechung.

Lieber Leser, es ist nicht die Absicht des Verfassers, Dir ein kunstreich zusammengefügtes, in allen seinen Theilen ästhetisch wohlconstruirtes, auf unerschütterliche Felsen philosophischer Wahrheit überall basirtes, und in jeder Hinsicht vollendetes Ganzes zu bieten; er will Dir vielmehr, wie er selbst sagt, ein Quodlibet von Gedanken, Erörterungen, Erfahrungen und Empfindungen in poetischem und prosaischem Gewand vorlegen, welche Dein Herz zur Theilnahme anregen, Deinen Geist unterhalten, belehren und zu eignem Nachdenken ermuntern sollen, und indem er dies thut, gibt er sich selbst.

Vielleicht vermuthest Du aber auf jeder Seite von Kerkerluft angeweht und von Klageliedern umseufzt zu werden? Dann irrst Du. Der Verfasser gibt sich Dir ganz so, wie er während seiner Freiheit sich zeigte, nicht jammernd oder an den Gittern seines Gefängnisses zerrend, sondern fest und freudig auf den Herrn der Heerschaaren vertrauend, der da Alles wieder zum Guten lenken werde. So siehst Du ihn, wenn auch oft wehmüthig gestimmt, doch nicht selten heiter und scherzend; und wenn sich hier und da auch ein Wort der Bitterkeit geltend macht, was ihm wahrlich nicht übel zu nehmen, so bleiben doch die Grundtöne des Ganzen, tiefe Gemüthlichkeit und ein stets reges Streben, zum Besten der Menschheit zu wirken, überall vorherrschend. Es treten Dir außerdem ganz dieselben Grundsätze entgegen, die er so oft in der Ständekammer, im akademischen Senat, im Hörsaal und im geselligen Kreise aufstellte und vertheidigte.

So aber geschieht es, daß Dich „die Wanderungen aus meinem Gefängnisse“ mit einem höchst werthvollen Schatz der geistreichsten und scharfsinnigsten Abhandlungen über die verschiedenartigsten und wichtigsten Zeit- und Lebensfragen unserer Tage bereichern. Es sind diese Abhandlungen um so werthvoller, als sie (eingekleidet in Gespräche zwischen dem Gefangenen und Faust's Mephistopheles) an erzählte Begebenheiten sich anknüpfend, populär gehalten, und darum für Leser jeden Standes und Geschlechts anziehend und faßlich sind. Und wenn es darum doch nicht überflüssig seyn dürfte, den weniger geübten Leser zu warnen, daß er den scharfsinnigen Sophismen Satans nicht allzu viel Vertrauen schenkt, so würde es dagegen höchst unnöthig seyn, darauf aufmerksam zu machen, wie durch die auf bloßer Bosheit beruhende Wahrheitsliebe des Teufels, manche Verderbniß unserer heutigen Zustände enthält, mancher schmähliche Mißbrauch gegeißelt, manches häßliche Vorurtheil an den Pranger gestellt wird.

Solltest Du aber, dem eine so reiche Gabe dargeboten wird, hier und da vielleicht einmal die feilende Hand des gegenwärtig siechen Verfassers vermissen und finden, dies oder jenes wäre besser weggeblieben, so werde nicht unzufrieden, denn dies Buch würde aufhören Das zu seyn, was es seyn soll, wenn es nicht geblieben wäre, was es ist.

Mannichfaltigkeiten.

In der Didaskalia vom 18. Oct. ist eine Notiz von Darmstadt aus über die von Hrn. Hofapotheker Dr. Martini verfertigte Schießbaumwolle eine kleine Unrichtigkeit untergelaufen, die jedem routinirten Jäger als eine Aufschneiderei erscheinen könnte, nämlich: daß mit besagtem Präparat eine Kellerthür mit Schroten durchschossen worden sey. Dies vermag, ist das Holz gesund, kein Schrotschuß. Der wahre Thatbestand ist, daß sie, wie bei einer Pulverladung eingedrungen sind. Nach heutigen Versuchen, durch Hrn. Büchsenmacher Delp mit Büchsen angestellt, zeigten 8 Gran Schießbaumwolle auf eine Entfernung von 80 Gängen nach der Scheibe dieselbe Wirkung, wie 44 Gran Pulver. Mit 10 Gran Baumwolle wurde auf 120 Gängen ins Schwarz geschossen. Mit 10 Gran Ladung wurde auf 60 Schritten eine Kugel um eine Pariser Linie tiefer in eine eichene Diehle geschlagen, als mit einer Ladung von 44 Gran Pulver. Das Präparat des Hrn. Dr. Martini ist jetzt nach eigener Methode verfertigt, indem er bereits seit acht Tagen die Otto'sche Verfahrungsart verlassen hat. Morgen, den 19., sollen mit Artilleriegeschützen, unter Aufsicht des Herrn Obristen Sandenberger, weitere Versuche angestellt werden.

(Karlsruhe, 16. Okt.) Dahier in Karlsruhe kracht es jetzt in allen Ecken, Alles will schießen und explodiren! Während dem man sich in halb Europa über die Bereitung der Schießbaumwolle noch den Kopf zerbricht, und mit der Salpetersäure vergebens die Finger verbrennt, bestehet die Schießbaumwolle dahier schon als Handelsartikel, und ist bei Materialist Maag käuflich zu haben. Er bringt, seiner Angabe nach, die Baumwolle zu jedem beliebigen Grad der möglichen Stärke, wie es zum Gebrauch für das kleine Gewehr, für das Geschütz oder zum Sprengen erforderlich ist, und je nach dem Stärke-Grad braucht er alsdann nur 1/60 bis 1/20 des Gewichtes der Pulverladung zu gleichem Effekt. Da, wie schon bemerkt, dieses Schießmittel weder die Waffe durch einen Rückstand beschmutzt, noch bei dem Verbrennen Rauch giebt, so ist es von hoher Wichtigkeit für den Krieg, und besonders vortheilhaft für die Vertheidigung von Kasematten, denn bisher war es eine der Fortifikation nicht lösbare Aufgabe, den erstickenden Dampf abzuwenden, welcher bei dem Geschützfeuer mit Pulverladung die Räume erfüllt.

(Danzig, 16. Okt.) Am vorigen Sonntag wurde in einer der hiesigen katholischen Kirchen ein Paar getraut. Während der Prediger den Bräutigam fragte, ob er gesonnen sey, seiner verlobten Braut ewige Treue zu schwören? trat aus den Zuschauern ein Frauenzimmer mit einem Kinde hervor. Ein ergreifender Auftritt! Das unglückliche Frauenzimmer wurde als Ruhestörerin in die Sakristei gebracht und wird zu dem Unglück noch ihre Strafe empfangen. Die Trauung hatte ihren Fortgang.

(Guter Handel.) War ein Bäuerchen in der Stadt im Wirthshause und wurde von vielen Gästen, die zugegen waren, geneckt und gefoppt. Endlich sagte das Bäuerchen: Ich mache doch einen guten Handel mit euch. — Wie so? fragen Alle. — Ihr habt an mir Einen Narren, und ich habe an Euch mehr als ein Dutzend.

(Würzburg, 9. Oct.) Nun sage man noch ferner, die Kartoffeln seyen bei uns in diesem Jahre nicht gerathen. Dekorom Leimich hat gestern von seinem Besitzthume auf dem Gießhügel eine Anzahl wahrer Riesenkartoffeln eingeheimst. Eine einzige derselben reicht für den bescheidenen Mittagstisch einer nicht allzu zahlreichen Familie hin, da fünf dieser Kartoffeln bei einer Länge von 9'' und einem Durchmesser von circa 4'' zusammen 8½ bayerische Pfunde wiegen.

Korrespondenz.

Jena, 18. Oct.

Der heutige Tag ward hier wieder, wie vor'm Jahre, von den Schützen, den alten Kriegern, der studirenden Jugend und den Knaben im Verein gefeiert. Aber es schlossen sich diesmal auch die Bürger an. Es ist dies wieder ein erfreuliches Zeichen, wie die höheren Interessen und namentlich das allgemeine vaterländische Interesse immer mehr in diesem Stande Raum gewinnt, wovon wir schon mehrere Beweise in unserer Stadt haben. Dahin gehören die Gründung des Gustav Adolph-Vereins, die mit einer Geldsammlung verbundene Adresse an die Deutsch-Katholiken, die dreihundertjährige Todesfeier Luthers, die Adresse an die Schleswig-Holsteiner, was Alles von den Bürgern ausging. Es ist dies ein erfreuliches und bedeutungsvolles Zeichen! Denn die Gelehrten mögen unsere Angelegenheiten noch so tief zu erörtern suchen, sie mögen noch so gründliche und kräftige Adressen machen und sie mit ihren berühmten Namen schmücken, die studirenden Jünglinge mögen noch so stolz und kühn auftreten, es ist dies Alles vergebens, wenn nicht aus dem (vorzugsweise so genannten) Volke, im Gegensatze zu den Gelehrten und dem Adel, aus der Mitte Derer, die das Leben aus der ersten Hand empfangen, namentlich der Handwerker, ein allgemeines vaterländisches und politisches Interesse lebendig herauswächst. — Am Morgen des Festtages zogen die oben Genannten feierlich in die Kirche, wo der Superintendent Schwarz eine Predigt hielt, die wahrhaft erbaute und erhob. Es war Kraft und Feuer in dieser Rede und der Redner verdiente das Hoch, was ihm wegen derselben Nachmittags auf dem Markte von dem Schützenhauptmann gebracht wurde. Der Geist des 18. Octobers, welcher, wie der Redner selbst meinte, segensreich fortwirkt bis auf den heutigen Tag und auch das jüngste Lebenszeichen deutschen Geistes: die Theilnahme an der schleswig-holsteinischen Sache hervorgebracht hat, dieser Geist übte auch auf ihn — den Redner — seine wunderbare Gewalt. Nur wenn der Prediger aus der Fülle der Gegenwart heraus auf die Gegenwart zu wirken versteht, nur dann ist sein Amt und Wirken noch an der Zeit! — Nach der Kirche sang man auf dem Markte das Kraftlied Arndt's, was in politischer Beziehung das ist, was in religiöser Luther's „Eine feste Burg ist unser Gott": „Was ist des Deutschen Vaterland", und die erhobene Stimmung, welche durch die Kirche hervorgebracht war, vermehrte mächtig seinen Eindruck. — Nachmittags begingen die Knaben das Fest auf dem Turnplatz, die Schützen durch ein Sternschießen auf der Rasenmühle, wo sich auch die andern Einwohner Jena's in großer Menge freudig zusammen fanden. Abends brannten auf allen Bergen Freudenfeuer, das Hauptfeuer auf der Rasenmühle. Lieder wurden gesungen und Reden gehalten, aber vor Allem that sich die Sympathie für Schleswig-Holstein auf mannichfache und lebendige Weise kund. Solche Feste können nicht ohne Wirkung vorübergehen, so sehr dies auch der kalte Verstand in seiner Trivialität bezweifelt, weil er die Macht des Gemüthes nicht kennt und die Tiefe des menschlichen Wesens nicht zu fassen vermag. Denn auch der Gemeinste und Verwirrteste empfängt bei solchen Gelegenheiten unbewußt edle Eindrücke, und kein Eindruck ist verloren im menschlichen Wesen; sie verbinden sich mit andern ähnlichen und veredeln unbemerkt die Gesinnung. Alle Aufklärungen und Belehrungen des Volkes helfen nichts, wenn nicht in demselben Grade, wie diese auf den Verstand wirken, auch auf das Gemüth gewirkt wird. Und das thun denn vorzüglich solche Feste. Sie sind auch ein treffliches Mittel, um eine wahrhaft innerliche Annäherung der Stände zu befördern, ohne die alles Streben einseitig bleibt, und dazu ist auch die lebendige Theilnahme der Gelehrten an solchen Festen nothwendig.

A. R. Schmid.

Theater-Anzeige.

Donnerstag, 22. Oct. Des Teufels Antheil, komische Oper in 3 Abth., nach dem Französischen von C. Gollmick, Musik von Auber.

Freitag, 23. Oct. Der verwunschene Prinz, Schwank in 3 Abth., von J. v. Plötz. Hierauf: Erste Abtheilung: Optische Lichtbilder. Zweite Abtheilung: Komische Spiegelbilder aus dem Leben, von Joh. Bosch aus Wien.

Redakteur: J. L. Heller. — Druck und Verlag von Heller und Rohm.

Didaskalia.

Blätter für Geist, Gemüth und Publizität.

Nro. 293. Samstag den 24. October 1846.

Das Pfarrhaus.

Novelle von Maximilian Reck.

(Fortsetzung.)

„Schon am folgenden Tage wiederholten wir den Schwur der Treue am Altare, und die reinste Seligkeit zog unseren Blick von den ernsten Ereignissen des äußeren Lebens ab; wir vergaßen fast, daß der nächste Tag schon mit rauher Hand unser Glück vernichten konnte.

„So war der Februar des J. 1831 herangekommen, und die Kriegsoperationen nahmen ihren Anfang. Schon im Januar hatten die Russen eine Armee von 180,000 Mann mit beinahe 400 Geschützen an den Gränzen Polens auf einer Linie von 60 Meilen unter den Befehlen von fünf Generalen zusammengezogen; der Feldmarschall Diebitsch führte den Oberbefehl. Da der Kaiser den Befehl gegeben, den polnischen Aufstand mit einem einzigen Schlage zu unterdrücken, so lag es in dem Plane des Feldherrn, das Schicksal der Polen durch seine überlegene Macht in einer einzigen Hauptschlacht zu entscheiden, die, wie sich vermuthen ließ, mit dem Ruin der polnischen Armee enden mußte, und dann Warschau mit Sturm zu nehmen. Er glaubte Polen mit dem Verluste der Hauptstadt verloren.

„So sehr ich früher mit heißem Verlangen dem Kampfe entgegengesehen hatte, so ungelegen — ich muß dies offen gestehen — kam es mir jetzt. Mit den süßesten Banden an das Leben gebunden, konnte keine Veränderung der Umstände mir mehr Seligkeit bringen, als ich besaß, wohl aber leicht mein ganzes Glück vernichten. Was meine Sorge am meisten erhöhte, war der Umstand, daß mein Weib um keinen Preis sich abhalten ließ, mir in das Feld zu folgen. Wie viele andere polnische Frauen und Mädchen, die sich der Pflege der Verwundeten widmeten, oder selbst Antheil am Gefechte nahmen, wollte sie jede Gefahr mit dem Gatten theilen, und obwohl ich sie beschwor, diesen Gedanken aufzugeben, obwohl ich zur Erreichung dieses Zweckes mich selbst an ihren Vater wandte, blieb dennoch Alles fruchtlos. Die Gefechte von Dobre und Grochow waren glücklich und siegreich für uns vorübergegangen; durch einen fünftägigen Waffenstillstand, welchen der polnische Oberfeldherr dem russischen General Witt auf dessen Ansuchen bewilligt hatte, wollte man sich auf beiden Seiten für die Hauptschlacht erholen, die unausbleiblich war. Am Vorabend des 25. Februars, jenes Tages, an welchem die mörderische Schlacht bei Grochow den hohen Ruf polnischer Tapferkeit mit neuen Lorbeern schmückte, wurde ich mit einer Abtheilung Lanciers auf Vorposten detachirt. Das Terrain war für einen Ueberfall des Feindes nur allzugünstig, und trotz der strengen Wachsamkeit wurden wir auch plötzlich von einer russischen Jäger-Abtheilung überfallen, die sich im Walde in Tirailleur-Ordnung aufgelöst hatte, und uns mit einem mörderischen Feuer begrüßte. Da wir zu Pferde nicht in das dichte Gestrüpp eindringen konnten, so blieb uns nichts übrig, als uns auf den Hauptposten zurückzuziehen; doch auch dies konnte nicht ohne großen Verlust geschehen.

„Plötzlich fühlte ich einen jähen Schmerz in der Brust und sank besinnungslos vom Pferde. Die Kameraden, die mich für todt hielten und im Momente auch nicht daran denken konnten, ihre Verwundeten mit zurückzunehmen, zogen sich langsam und fechtend zurück. Als die frische kalte Morgenluft mir die Besinnung zurück gab und ich Kraft genug hatte, mich zu erheben, fühlte ich, daß etwas wie ein menschlicher Körper über mir lag. Aber denken Sie sich meine furchtbare Qual, meine Verzweiflung, als ich in dem Leichnam — mein Weib, meine Kathinka erkannte. Drei Kugeln hatten sie durchbohrt.

„Als ich zwei Monate später aus der langen tiefen Nacht erwachte, in welchem meine Sinne so lange gefangen lagen, fand ich mich im Hause meines Schwiegervaters in Warschau. Auf mein dringendes, verzweifelndes Flehen erzählte er mir Folgendes:

„An jenem Abende, an welchem meine Gefährten zum Regimente zurückgekommen waren, hatte Kathinka, die mich vergebens unter ihnen suchte, noch in der Nacht sich nach dem Orte des Gefechtes aufgemacht, ohne sich zurückhalten zu lassen. Ihr Bruder, der am Morgen die Nachricht von meinem vermeintlichen Tode und ihrem Verschwinden erhielt, eilte mit einigen Leuten seiner Abtheilung dem Platze des Vorpostengefechtes zu und fand Kathinka über mich gebeugt und todt. Unter ihr lag blutgefärbt mein Säbel und der Leichnam eines russischen Jägers, der wahrscheinlich sich ihr feindlich genähert und von ihr niedergemacht worden war.

„Ladislas ließ die Leiche der Schwester zurückbringen und in Warschau beerdigen. Ich wurde in das Haus meines Schwiegervaters gebracht. Meine Wunde war leicht; aber das heftigste Nervenfieber ließ an meinem Aufkommen zweifeln.

„Aber noch ein tiefer unheilbarer Schmerz hatte den Greis getroffen, sein Sohn war an demselben Tage in der Schlacht von Grochow geblieben. Ganz verwaist stand er nun im Leben; nur ein Trost war ihm geblieben, der ihn empor hielt: Seine Kinder waren für das heil'ge Polen gefallen! Stumm reichten wir uns die männliche Rechte, kein Laut kam über unsere Lippen, wir hatten keine Thräne.

„Bei Ostrolenka fiel auch der Vater; nur wenige Wochen hatte er die Kinder seines Herzens überlebt. Ich war schon so weit, daß bei der dumpfen Gleichgültigkeit meiner Seele mich kein Tod kaum berührte; nur ein Gedanke erfüllte mich durch und durch: ich wollte sterben, um mit der Geliebten vereint zu seyn. Mit wahrer Verachtung suchte ich den Tod in jedem Kampfe; aber während Tausende fielen, blieb er mir fern. Nur im Gefechte, wenn ich mit dem blitzenden Säbel Verderben in die Reihe der Feinde trug, war es mir wohl, nur da vergaß ich in wilder Freude meine Leiden.

„Warschau fiel; tödtlich getroffen sank der polnische Adler in den Staub.

„Obgleich die Hauptstadt in den Händen des Feindes war, hatte ich dennoch beschlossen, ehe ich Polen verließ, noch einmal das Grab meines Weibes zu besuchen und von allen den Orten Abschied zu nehmen, an welchen ich einst die glücklichsten Tage meines Lebens hingebracht hatte. Ich führte meinen Entschluß auch wirklich aus; aber trotz aller Vorsicht wurde ich erkannt und gefangen. Vom November bis Ende März dieses Jahres war ich in den Händen der Russen in den Kerkern von Warschau. Wäre ich in das Innere von Rußland geschleppt worden, so hätte es keine Möglichkeit der Rettung mehr gegeben, so aber gelang es einem alten Diener des gräflichen Hauses, der mein verstorbenes Weib schon als Kind auf den Armen gewiegt hatte und sie mit treuer schmerzlicher Anhänglichkeit beweinte, durch Gold meine Wächter zu bestechen. Er hatte glücklicherweise um meine Ankunft gewußt und unablässig an meiner Befreiung gearbeitet. Mit Gold und Waffen versehen, erreichte ich unter tausend Gefahren die preußisch-polnische Gränze; erst an dieser wurde ich von zwei Gränzsoldaten angegriffen und schwer an der Brust verwundet. Dennoch, nachdem ich einen derselben niedergeschossen, entkam ich. In Berlin, wo ich mich nur kurze Zeit aufhalten konnte, verschafften mir meine Freunde einen Paß unter anderem Namen; ein Wagen wurde gekauft, und da ich meine Chatoulle mit den wichtigsten Dokumenten und Briefen dort einem Freunde zurückgelassen hatte, ehe ich nach Polen ging, so kam ich auch schnell wieder in den Besitz dieser für meine Zukunft wichtigen Papiere. Ich eilte dem Gute meiner Tante am Rheine zu, und wäre nicht mein Wagen hier in der Nähe Ihres friedlichen Dorfes gebrochen, so hätte ich das Asyl wohl längst erreicht. Aber nur segnen kann ich einen Zufall, der mich Sie kennen lehrte; denn wenn mein Herz genesen kann, so hat es hier seine Heilung gefunden; wohin mich auch das Leben führt, immer wird mich der Friede dieses stillen Hauses begleiten, und nie wird die Hoffnung einer glücklichen Zukunft mich verlassen, wenn ich hoffen darf, daß Ihr Andenken, Ihre Erinnerung mich auf meinem Lebenspfade begleitet."

Eduard von Wahlberg — wir nennen unseren Freund von nun an bei seinem wahren Namen — bot Allen gerührt die Hand; die Männer schlossen ihn bewegt und herzlich in die Arme; aber als Anna's Hand in der seinigen lag, als er ihr leises Zittern fühlte, und ein flüchtiger aber inniger Blick aus ihrem Auge dem seinigen begegnete, da schlug ihm das Herz wieder kräftiger und froher; er fühlte, daß er — geliebt sey.

(Fortsetzung folgt.)

Der Mileschauer, oder Donnersberg im böhmischen Mittelgebirg und der Feldberg im Taunus.

(Eine Parallele.)

Wie wir dazu kommen, zwischen jenen Höhepunkten eine Vergleichung anzustellen? Je nun, wir wollen an dem Mileschauer, der ein Haus, und zwar ein recht wohnliches hat, zeigen, wie der Feldberg, der, wie die Leser aus hiesiger Gegend wohl wissen, noch kein Haus hat, vielleicht ein solches bekommen kann. Die Aussichten, bald aus den bis jetzt eingegangenen Geldbeiträgen auf dem Feldberg ein gastliches Obdach erstehen zu sehen, sind in der That recht trübe geworden. Die Zeiten sind schlimm, die Ansprüche für näher liegende Bedürfnisse werden immer größer, das Homburger Comité hat sich in Erwartung einer besseren Zukunft, und zwar ohne die bei ihm seiner Zeit für das Unternehmen unterzeichneten Beiträge einzuziehen, vorläufig aufgelös't. Die ganze, der Frankfurter Sparkasse anvertraute Geldkraft beläuft sich auf etwa 1500 fl. Unter solchen Umständen ist innerhalb der Commission für Erbauung eines Hauses auf dem Feldberge schon mehrmals der Antrag gestellt worden, entweder ein tragbares einfaches Holzhaus, das man im Winter abschlagen würde, oder auf den Gipfelpunkt des Berges ein steinernes Belvedere, welches in seinem Innern etwa fünfundzwanzig Personen, wenn auch kein Nachtlager, doch Schutz gegen einbrechende Unwetter zu gewähren vermöchte, zu erbauen. Der Antragsteller ging von der Ansicht aus, daß an einen Bau letzterer Art, der jedenfalls auf vermehrten Besuch des Berges nicht ganz ohne Einfluß bleiben könnte, sich ein Wirthschaftsunternehmen für Privatrechnung von selbst anschließen und damit der ursprüngliche Zweck wenigstens mittelbar erreicht werden würde. Die Mehrheit dagegen will sich auf eine derartige Verwendung des vorhandenen Fonds nicht einlassen und hofft noch immer, es werde sich Gelegenheit finden, das Ziel auf direktere Weise zu erreichen. Da leuchtet uns denn der Milleschauer als glänzendes Beispiel vor. Dort hat der durch die Noth angefachte Unternehmungsgeist eines Mannes eine Schöpfung hervorgerufen, die jetzt dem Stifter wie den Besuchern des Berges zu gleich großem Nutzen wie zu besonderer Annehmlichkeit gereicht. Weber erzählt über die Ausführung seines Entschlusses unter Anderem Folgendes:

„Ich kam hinauf, sah die himmlische Uebersicht und bemerkte auch, daß wirklich der Berg besucht werden müsse, weil ich alldort mehrere Papiere fand, worin etwas Speise hinaufgetragen und allda verzehrt worden ist. Diese Wahrnehmung machte mir Muth, etwas hier vorzunehmen, wenn ich nur die Erlaubniß des Herrn Grafen Lezan und die Mittel dazu hätte. Ich ging also zuerst, mir die Erlaubniß zu erbitten, und mein gnädiger Herr Graf willigte in diese meine Bitte. Als ich dieses erbeten hatte, lieh ich mir einige Stücke Werkzeug, ging hinauf und fing mit Thränen im Auge und in Gottes Namen an zu arbeiten. Das Erste mußte doch ein Ort seyn, wo ich Etwas zum Erfrischen unterbringen konnte. Ich machte mich zuerst an einen Keller, und indem ich einen Tag gearbeitet, hörte ich in der Nähe sprechen. Ich kroch aus dem Dickicht hervor und sah drei Herren, welche ich grüßte und die mich starr ansahen, weil ich doch nicht als der freundlichste Mann mochte ausgesehen haben. Ich trat näher zu ihnen und sie fragten mich, was ich da machte. Ich erklärte ihnen meine beabsichtigte Unternehmung, und sie bestärkten und beeiferten meinen Plan und wünschten auch sogleich von mir etwas zur Erfrischung. Leider aber hatte ich nichts als etwas trockenes Brod und eine Flasche mit Wasser, welches zu meiner Stärkung gehörte. Ich nahm mir den Muth, ihnen solches vorzureichen; sie genossen Jeder einen Bissen Brod und einen Trunk Wasser, meinend, es sey doch Etwas, sahen sich noch ein wenig um, beschenkten mich mit einem Gulden Münze und gingen. Ich arbeitete bis auf den Abend getrost fort und ging muthig nach Wellemin, wo ich meinem Weibe und meinen Kindern die erhaltene Gabe vorwies, um ihnen Muth zu machen, welches auch glücklich wirkte. Den folgenden Tag nahm ich daher Weib und Kinder zu Hülfe, trug sogleich Brod, Butter und einige Flaschen Bier hinauf, verbarg Alles auf den Abend in die Steinklüfte, und suchte es immer am Tage wieder hervor, um es, im Falle Jemand käme, zu haben und damit dienen zu können. Ich wartete nicht lange, so kamen hie und da Mehrere, wünschten Verschiedenes, und ich behalf mich, so viel ich konnte. Nach und nach baute ich eine Hütte von Laubästen, fütterte sie mit Moos aus, um die Zugluft abzuhalten und errichtete Mooslager für jene Gäste, welche hier auf dem Milleschauer zu übernachten wünschten. Die erwähnte Laubhütte bot aber gegen Regen und Wetter wenig Schutz. Ich baute daher eine zweite, immer noch zu kleine Hütte von Stroh, und sie war kaum fertig, so blieben wirklich schon vom 14. zum 15. Juli 1825 einige Herren über Nacht. Ich baute nun noch eine Hütte, und zwar von Stein und Moos. Sie war schon etwas bequemer, aber leider noch zu wenig, weil sich der Besuch vermehrte. Ich arbeitete daher, was meine Kräfte und die Zeit mir zuließen, besonders weil ich die Zufriedenheit der Herren Gäste und meine bessere Umstände einsah, mit heiterer Aussicht in die Zukunft blickte u. s. w."

Wenn nun solches in Böhmen geschehen konnte, so fragen wir billig: sollte denn unsere Gegend keinen Mann besitzen, der im Stande wäre, auf dem Feldberge Aehnliches zu unternehmen? Gibt es hier zu Land nicht etwa Familien genug, denen es bei dem besten Willen an einem zureichenden Erwerb gebricht? Ist etwa der Feldberg höher oder unwirthlicher als der Milleschauer Donnersberg? Liegen nicht auch hier Orte wie Frankfurt, Hom- burg, Soden und Wiesbaden in der Nähe, um dem Wirthschafter eine hinreichende Frequenz zu sichern? Es bedarf wahrlich keiner besonderen Verstandesschärfe, um einzusehen, daß unser Feldberg die Elemente des Gedeihens einer Wirthschaft in reichem Maße bietet. Ein Mann, der hier Hand ans Werk legte, der sich als treu und thätig bewährte, würde nicht verlassen dastehen. Eine bei nächstjährigem Feldbergfeste zu seinen Gunsten zu veranstaltende Geldsammlung würde einen Beitrag zu seinen ersten Auslagen ergeben. Der Erfolg, im Kleinen einmal erprobt, würde ohne Zweifel später durch die Verwendung der von der Commission für Erbauung eines Hauses auf dem Feldberge gesammelten Geldmittel zum Bau eines festeren Obdaches dauernd gesichert werden. Darum schließen wir mit dem Wunsche, es möchten die obigen Andeutungen für die Orte, welche in der Nähe des Feldberges liegen, nicht verloren seyn und mit dem Zuruf: Frisch gewagt, ist halb gewonnen!

A. R.

Die Spinnstube für 1847.

Der Volkskalender ist in der modernsten Literatur des Vaterlandes ein Moment, dem jeder aufrichtige Beobachter seine Theilnahme nicht versagen wird. Er gehört in die Kategorie der Volksschriften und hat sich im Einverständniß mit diesen eine neue Sprache gebildet, die zwar arm an Perioden, aber reich an Bildern, unbekannt mit oratorischen Effecten, aber auch frei von Bombast ist.

Der Volkskalender bezweckt Volksveredlung. Ob diese auf eine so ausschließlich tendentiöse Art bezweckt wird, wie es die letzten Jahrgänge von Gubitz, Nieritz und Auerbach versuchen, oder ob die Nation an ihre Wortführer nicht auch Fragen aufzuwerfen habe, die außer dem Bereich der sogenannten Zeittendenzen liegen, das lassen wir dahin gestellt seyn, indem wir uns begnügen, es unserem Publikum zu ernster Erwägung vorzulegen; zugleich aber auf einen Volkskalender aufmerksam zu machen, der sich bis jetzt auf's rühmlichste frei gehalten hat von allem Tendentiösen und Conventionellen; dessen Volksmoral ein Pantheon ist, und der, wo er Mängel rügt, weder Preußen noch Oesterreich im Auge hat, weil ja das deutsche Vaterland größer ist, als diese. Es ist die Spinnstube, herausgegeben von W. O. von Horn (Frankfurt a. M. bei J. D. Sauerländer). Sie steht in diesen Beziehungen neben allen Volksbüchern einzig in ihrer Art da. Der Verfasser, der sich durch seinen „Friedel", „die Nacht von Bingen" rc. ein warmes Plätzchen im Herzen des Volkes erobert hat, ist bekannt dafür, daß er nicht allein die kräftige, reiche und naive Sprache des Volkes vollkommen bemeistert, sondern auch seinen aus dem eigenthümlichen Leben der Nation gegriffenen Stoff mit einem Humor würzt, der von Jedem, reich oder arm, alt oder jung, willkommen geheißen wird. Was die Ausstattung des heurigen Jahrganges belangt, so ist hier auf das Vielseitigste gesorgt. Neben überall in den Text eingedruckten Holzschnitten, die sämmtlich von anerkannten Künstlern angefertigt wurden, bringt die Spinnstube einen Stahlstich nach einem berühmten Gemälde von Dielmann, und eine meisterhaft gelungene Randzeichnung zu dem ächt deutschen Kernliede Rückert's: „Die drei Gesellen."

Wie zu erwarten steht, wird die Spinnstube, zumal ihr Preis auf nur 45 kr. festgesetzt ist, in allen Gauen und bei allen Ständen Deutschlands gerechte Anerkennung finden.

J. D.

Die optischen Lichtbilder des Hrn. Bosch aus Wien.

Immer Neues! — ist heutigen Tages die allgemeine Losung und muß auch die einer thätigen Theater-Direktion seyn. Kaum haben die lieblichen Töne einer Jenny Lind aufgehört, unser begierig lauschendes Ohr zu entzücken, kaum sind die originellen Weisen der ungarischen Instrumental-Sänger verklungen, so erscheint schon wieder etwas Anderes, um das Auge des Beschauers zu erfreuen. Es sind dies die optischen Lichtbilder des Hrn. Bosch aus Wien, die erst neuerlich in unsern Nachbarstädten Mainz und Wiesbaden so großen Beifall gefunden haben. Auch in Frankfurt am Main machen sie Sensation und haben bereits zweimal bei gut besetztem Hause die ungetheilteste Anerkennung gewonnen. Es liegt in diesen überraschenden Darstellungen aus dem Gebiete der Optik ein eigenthümlicher Reiz, und sie regen die Phantasie des Beschauers dermaßen an, daß er sich wie von Zauberkräften, wie von anmuthigen Traumbildern oder wie von den Luftgebilden der Fata morgana berührt und umschwebt glaubt. Alles ist leicht und zart, wie Lufthauch, gestaltet sich leicht und verschwindet eben so, prangt aber zugleich in dem lebhaftesten Farbenschmelz, und zeigt sich in einer Naturwahrheit, die man nur bewundern kann. Wald- und Bergpartihien, Kirchen und Paläste, hochgewölbte Hallen und zerfallene Burgruinen, Städte-Ansichten und malerische Fernsichten tauchen, gleichsam von den Wogen der sie begleitenden Tonfluth emporgetragen, eben so magisch auf, als sie auf fast unbegreifliche Weise wieder enteilen. Der Zuschauer macht, ohne seinen Standpunkt zu verlassen, eine in den mannichfaltigsten Bildern wechselnde Reise, wobei er in eine Illusion versetzt wird, welche derjenigen, bei der Lesung eines schönen Mährchens aus Tausend und Einer Nacht am besten zu vergleichen wäre. Außer der Naturtreue, der kunstgerechten Perspektive und der Farbenpracht dieser Bilder sind auch die anziehenden Details, Staffagen und die frappanten Effekte von Licht und Schatten sehr zu rühmen, und die seltene Kunstfertigkeit ihres Meisters wird Niemand in Abrede stellen können. Die Bilder erscheinen ganz im Vordergrund der Bühne, in allen Theilen vollkommen und deutlich und in der Größe unserer Theater-Dekorationen. Auf welche Weise sie Hr. Bosch zur Anschauung und zu so viel Harmonie und Abrundung zu bringen versteht, wissen wir nicht; so viel aber können wir sagen, daß sie gewiß Jeden anziehen und wohl Keinen unbefriedigt lassen werden, weil sie nach Ursache und Wirkung sich vor ähnlichen Vorstellungen höchst vortheilhaft auszeichnen. Da unser Publikum an ihnen Vergnügen findet und ihnen reichlichen Beifall spendet, so wird Hr. Bosch, wie wir so eben vernehmen, noch einige Vorstellungen geben, auf welche hinzuweisen wir nicht unterlassen dürfen, da man allem Werthvollen die verdiente Aufmerksamkeit schuldig ist.

Den Erfindern der explodirenden Baumwolle.

Schönbein hat das Verdienst.
Böttger theilt den Verdienst.
Otto behält sein Verdienst.
Den Uebrigen fehlt das Verdienst.

Korrespondenz.

Stuttgart, 20. Oct.

Ein Raubmord, der in diesen Tagen hier durch eine Verkettung merkwürdiger Umstände begangen worden, bildet jetzt hier fast ausschießlich den Gegenstand des Tagesgesprächs, nachdem die Erzählung des schauderhaften Raubmordes, den der Schwäb. Merkur vor wenigen Tagen aus Murnhard gemeldet, kaum erst verklungen ist. Ueber die Sache erfahre ich aus verläßiger Quelle Folgendes: Ein Bauernknecht brachte vor mehreren Tagen einen Koffer hieher und gab ihn einem Bierwirth zur Aufbewahrung, empfahl ihm solchen aber sehr, da er mehreres Geld enthalte. Das scheue, ängstliche Wesen des Knechts kam dem Wirth indeß verdächtig vor und, an den Murnharder Raubmord denkend, benachrichtigte er die Polizei davon. Diese verhaftete den Menschen, durchsuchte den Koffer und forderte den Eigenthümer auf, sich über den rechtmäßigen Besitz des Inhalts auszuweisen. Jetzt gestand der Bursche, er habe das Geld von einem Weingärtner in Cannstatt, welcher vor einigen Tagen einen Einbruch begangen, wobei er aber nicht mitgewirkt, sondern nur Wache gestanden habe, damit Jener nicht erwischt werde. Die Verhaftung des Weingärtners führte bald zu weiteren Geständnissen. Es geschah gerade an dem Tage, wo eine alte Wittwe von mehr als 70 Jahren begraben werden sollte, welche in ihrem Hause unten an der Treppe todt gefunden worden war und deren Tod man einem Sturz die Treppe herab zugeschrieben hatte. Diese alte Frau war eine höchst seltsame Person. Sie bewohnte ganz allein ein armseliges Häuschen in einer abgelegenen Gasse, wo sie Niemand zu sich ließ, als ihre Katzen. Man schrieb ihr ein Vermögen von etwa 16 — 18 000 fl. zu, das sie durch Wucher und Zusammenscharren stets noch vermehrte. Einige Tage hatte sie Niemand gesehen, was indeß Anfangs nicht auffiel, da sie sich sehr zurückgezogen hielt und sogar ihre schlechten Fensterscheiben mit alten Lappen verhängte, damit man nicht zu ihr in ihre Wohnung sehe. Endlich fiel ihr Nichterscheinen auf, Andere behaupten, Gänse, die sie mästete, hätten ein so entsetzliches Geschrei erhoben, daß es aufgefallen, kurz, ein Verwandter drang mit Hülfe der Obrigkeit ein und fand sie todt am Fuß der Treppe, wie es schien oder wie man Anfangs glaubte durch einen Sturz von der Treppe getödtet. Beim Nachsuchen fand man zwar im Hause einige Unordnung, allein diese stimmte mit ihrem ganzen Wesen überein und da weit über alle Erwartung viel baares Geld, in Strohsäcken, alten Lumpen, Kochhäfen und allen Orten versteckt, aufgefunden wurde, (man spricht von vielen Tausend Gulden), so dachte kein Mensch an ein Verbrechen. Erst das Geständniß des Weingärtners ergab, daß dieser von hinten durch den Kellerhals in's Haus gestiegen war und die Alte erdrosselt hatte. Damit man es nicht gewahren solle schleppte er sie hernach die Treppe herab, verwundete sie am Kopfe und so glaubte man an ihren Tod durch einen Treppensturz. Er nahm von ihrem Geld, was er gerade habhaft werden konnte, scheint indeß nicht an alle die Schlupfwinkel gedacht zu haben, welche die Alte zur Bergung ihres Schatzes, ihres theuern Mammons, sich erlesen, und so blieb das Meiste den entfernten Seitenverwandten ungeschmälert.

Darmstadt, 19. Oct.

Die „große Woche" ist hier nun vorüber: Jenny Lind hat dreimal gesungen, 8000 fl. netto erhalten und ist heute Nachmittag recht vergnügt zum Thor hinausgefahren. Wir haben sie gesehen als „Amine", dann als „Norma" und gestern in der „Regimentstochter." Letztere Oper, schon längst einheimisch auf der hiesigen Bühne und gut empfohlen durch die künstlerischen Leistungen der Mad. Pirscher, die in dieser Rolle wirklich ausgezeichnet ist, schien auch unserem schwedischen Gast zuzusagen, so daß es an Beifallszeichen nicht fehlte. Kunstkenner, welche umsichtig prüfen und weit entfernt sind, sich bei Abgebung ihres Urtheils durch den Enthusiasmus der Menge hinreißen zu lassen, lassen zwar ihrem Gesange und Spiel volle Gerechtigkeit widerfahren, ohne jedoch zu verkennen, daß sie auch ihre ziemlich deutlich hervortretenden Schwächen habe, welche besonders in den tiefen und in den Mitteltönen zu suchen seyen. Was dagegen ihre Höhe anlange, so sey sie in dieser Beziehung ausgezeichnet und verdiene alles Lob. Wir können in diesem Urtheil nur Wahrheit und Unparteilichkeit erkennen und setzen noch hinzu, daß ihr theatralisches Talent ihrem musikalischen öfter zur Unterlage und Stütze dient, wenn die Stimme in den erwähnten Tonlagen nicht ganz auszureichen scheint. — Bei Aufführung der Nachtwandlerin nahm die Theaterkasse nicht 2000 fl., wie Ihnen geschrieben worden, sondern nur 1500 fl. ein, trotz der sehr erhöheten Eintrittspreise. Die Norma aber zog schon etwas mehr an, da 1700 fl. eingenommen wurden. Die Vorstellung der gestrigen Oper dagegen, als an einem Sonntage gegeben und von vielen Fremden besucht, soll die Einnahme bis zu dem bisher hier unerhörten Maximum von 2100 fl. gesteigert haben. Doch hört man auch diese Angabe, als übertrieben, in Zweifel ziehen. Genug, die Theaterkasse hat gute Geschäfte gemacht, und unsere Herren Gastwirthe werden mit den übrigen in der belobten „großen Woche" nicht weniger zufrieden seyn. Die Industrie hat auch ihre Wünsche und Bedürfnisse, so gut wie die Kunst, und wenn diese auf jene wohlthätig zurückwirkt, so kann man sich darüber nur freuen. — Man hat zwar schon öfter tadelnd des beschränkten Repertoirs der Jenny Lind erwähnt; allein so lange sie mit demselben finanzielle Resultate, wie die oben angegebenen, zu Tage fördert, so scheinen sich ihr keine triftigen Beweggründe darzubieten, sich über den glänzenden Flitterstaat und Klingklang der modernen Oper zu erheben. Da ihr gewöhnlich von Kunstenthusiasten mit einer Art Idolatrie gehuldigt wird, die öfter an das Abenteuerliche und Lächerliche gränzt, so scheint es kaum befremdlich, daß sie jenes überwiegende Selbstgefühl zu besitzen scheint, welches hochgestimmten Seelen eigen zu seyn pflegt. Bei der Probe in der Norma soll sie dies, einiger Zuhörer wegen, unverholen zu erkennen gegeben haben. Der Kunst des Malers scheint ihre eben nicht an das Ideale gränzende Physiognomie bis jetzt unerreichbar gewesen zu seyn; denn bis jetzt haben wir kein Porträt von ihr gesehen, welchem das Verdienst der Aehnlichkeit zuerkannt werden könnte.

Hochheim, 15. Oct.

Die fröhliche, von der schönsten Witterung begünstigte Weinlese hat hier die alten Winzervolksfeste wieder hervorgerufen und auch den alterthümlichen Gebrauch des Pritschens wieder aufgeweckt. Unter Anderen umringten die Winzerinnen auch einige preußische Offiziere von Distinction, die sich wegen ihrer gespannten Tracht nicht gut widersetzen konnten und auf's feierlichste unter Jungfrauenhänden der Pritsche anheimfielen.

Frankfurt, 22. Oct.

Unter zahlreichem, ehrenvollem Geleite wurden heute die irdischen Ueberreste eines Mannes zu Grabe getragen, der sich durch die Tugenden, die ihn im Leben zierten, ein bleibendes Andenken in vielen Herzen gestiftet hat. Der hiesige Banquier Jakob Hirsch Kann, einer der angesehensten Männer der israelitischen Gemeinde, der im bürgerlichen Leben allgemein geachtet, den weitverbreiteten, wohlverdienten Ruf der strengsten Redlichkeit und Zuverlässigkeit in allen Zeitveränderungen bewährt hatte, ist am 19. d. in einem Alter von 68 Jahren, nach mehrmonatlichem Krankenlager in das bessere Leben übergegangen. Unter wenig günstigen äußeren Verhältnissen herangewachsen, war der Verblichene durch eigene Thätigkeit und den Segen der Vorsehung zum Besitze eines bedeutenden Vermögens gelangt, von dem er auch in hohem Maße denjenigen Gebrauch machte, der dem Reichthume allein den wahren Werth und ächten Glanz verleiht. Seine religiöse Denkungsart, wie sein gefühlvolles Herz lehrte ihn besonders die schöne Tugend edler Wohlthätigkeit üben, bei welcher er mit wahrhaft frommem Sinne sich von jeder intoleranten Rücksicht auf Unterschiede des Glaubens ferne hielt. In hochherziger Weise trug er bereitwillig und freigiebig zu mildthätigen Werken bei, und zeigte sich sein Eifer für das Gute unermüdet bei allen Anlässen, so oft auch seine bekannte Menschenfreundlichkeit in Anspruch genommen und von Vielen, die es sich zur Pflicht machen, der verlassenen Armuth durch Rath und Verwendung beizustehen, erprobt wurde. Diejenigen, welche ihm im Leben nahe standen, freuten sich der steten Regsamkeit seines Geistes, dessen Frische und Jugendlichkeit er noch im Alter bewahrt hatte. Eine zahlreiche, geachtete Familie, deren glückliches Haupt er war, betrauert in ihm den zärtlich-liebenden Vater. — Ruhe seiner Asche, ewiger Friede seiner Seele!

Theater-Anzeige.

Freitag, 23. Oct. Der verwunschene Prinz, Schwank in 3 Abth., von J. v. Plötz. Hierauf: Erste Abtheilung: Optische Lichtbilder. Zweite Abtheilung: Komische Spiegelbilder aus dem Leben, von Joh. Bosch aus Wien.

Samstag, 24 Oct. (Zum Erstenmale wiederholt): Der Vetter, Lustspiel in 3 Abth., von Benedix. Vorher geht: Fritz, Ziethen und Schwerin, dramatische Scene in einem Act, von L. Schneider.

Sonntag, 25 Oct. Norma, große Oper in 2 Abth., Musik von Bellini. (Gastrolle) Norma: Fräul. Emilie Walter, k. k. Hofopern- und k. würtemb. Kammer-Sängerin.

Redakteur J. K. Heller. — Druck und Verlag von Heller und Rahm.

Didaskalia.

Blätter für Geist, Gemüth und Publizität.

Nro. 294. Sonntag, den 28. October [illegible].

Das Pfarrhaus.

Novelle von Maximilian Reck.

(Fortsetzung.)

4.

Zwei Tage später kam Eduards Tante an. Ueber den Frühling des Lebens hinaus, hatte sie doch jenen Ausdruck von Schönheit behalten, welcher das Gepräge einer edlen Seele ist. Eine milde edle Weiblichkeit strahlte aus ihrem ganzen Wesen und nahm schon bei'm ersten Anblick für sie ein. Mit liebevoller Innigkeit, aber zugleich mit schmerzlicher Theilnahme an dem Geschicke Eduards, das ihr schon aus seinem Briefe bekannt war, schloß sie ihn in die Arme.

Eduard hatte in diesen Tagen einen schweren Kampf mit sich selbst gekämpft; aber er war als Sieger daraus hervorgegangen. Nicht nur sein strenges Pflichtgefühl hielt ihn ab, irgend einen Schritt gegen die Verbindung Meinholds mit Anna zu thun; noch ein anderes Gefühl bestärkte ihn in diesem Entschlusse; er fühlte, daß er mit seinen eigenen Empfindungen nicht im Klaren sey. Seine Liebe für Anna schien ihm Verrath an der heimgegangenen Gattin; er machte sich Vorwürfe darüber, daß er für ein anderes Weib ein Gefühl hege, das nur Kathinka gehören sollte. Dann wechselten in seinen lebhaften Träumen die Bilder Anna's und Kathinka's, sie lächelten ihm beide zu und reichten ihm die Hand, beide schienen ihm gleich theuer. Und wenn er erwachte, fragte er sich, ob er nicht ein Verbrechen an Anna begehe, daß seine Liebe getheilt sey, daß er Kathinka nicht vergessen könne.

Gewiß hätte Eduard den Schmerz um sein Weib unter anderen Umständen kaum überlebt. Aber die Krankheit, das heftige Fieber, dem er gleich nach ihrem Tode zur Beute geworden, hatte die Gewalt dieses Schmerzes gebrochen und ihn in milde Wehmuth verwandelt. Auch waren in einem kurzen Zeitraum Ereignisse an ihm vorübergegangen, die bei'm gewöhnlichen Lauf der Dinge die Frist langer Jahre umfassen; er war aus schweren Krisen jugendlich und neu gekräftigt hervorgegangen, und sein tiefes Gemüth bedurfte der Liebe nach seinem Verluste mehr als je. Gewiß hatte auch die größere Empfänglichkeit des Gemüths, die in jeder Krankheit hervortritt, dazu beitragen müssen, die reizende kindliche Erscheinung Anna's noch mehr zu beleben und ihr einen innigeren Platz in seinem Herzen zu sichern.

Wäre Anna auch nicht Meinhold's Braut gewesen, so hätte Eduard sich doch kaum entschlossen, sich ihr in diesem Augenblicke mehr zu nähern. Er war zu gewissenhaft, ihr ein Gefühl bieten zu wollen, das er in eigner Täuschung für getheilt hielt, während doch in der Wirklichkeit sein Herz nur für sie schlug, mit aller Gluth einer Empfindung, die nur Lebenden gehören kann, wenn auch eine heilige Erinnerung die Todten in unserer Seele verklärt. Gewiß hätte Anna, wenn sie in die Tiefen seines Herzens hätte blicken können, ihn um dieser Erinnerung willen noch mehr geliebt; sein Gefühl für die Todte wäre der Lebenden die beste Bürgschaft für sein treues edles Herz gewesen.

Als Eduard mit seiner mütterlichen Freundin allein war, sprach er offen seinen Wunsch aus, in den nächsten Tagen abzureisen. Seine Tante begriff wohl, daß die Erfüllung dieses Wunsches für den Augenblick das Zweckmäßigste sey, und so wurde dann der dritte Tag zur Abreise bestimmt. Während dessen waren von allen Seiten Verbindungen unter dem Kreise des Pfarrhauses zu Stande gekommen, die keinen andern Zweck hatten, als das Verhältniß Anna's zu Meinhold zu lösen. Maria hatte sich schnell an Eduards Tante angeschlossen und gegen diese mit ihrer gewöhnlichen Offenheit und Festigkeit erklärt, daß sie die feste Ueberzeugung habe, die Freundin werde mit dem jungen Geistlichen unglücklich werden, und daß sie daher diese Verbindung um keinen Preis zugeben werde. Da sie und ihr Bräutigam die Ueberzeugung hatten, daß Meinhold, wenn auch schmerzlich berührt, doch nicht unglücklich durch die Lösung dieses Bandes würde, ja daß er selbst zu edel sey, um auf Kosten von Anna's Lebensglück das seinige gründen zu wollen, so hätte Marie gewiß sich schon jetzt hinreißen lassen, diesem die Augen zu öffnen und sein Zurücktreten zu verlangen, wenn nicht Barnheim sie davon abgehalten hätte, der wohl begriff, daß bei der ängstlichen zarten Gewissenhaftigkeit Anna's dieser Schritt nur mit der äußersten Vorsicht geschehen dürfe.

Eduard und der Baron hatten sich so innig befreundet, Beide waren von so hoher gegenseitiger Achtung durchdrungen, daß der Erstere keinen Anstand nahm, dem Freunde offen sein Gefühl für Anna zu gestehen. Innig überzeugt, daß Barnheims Entscheidung eine würdige und gewissenhafte seyn werde, hatte Eduard ihn gebeten, sich offen und ohne Schonung auszusprechen, er hatte ihm den ganzen Zustand seines Herzens enthüllt, seine eigene Vorwürfe und die leisen Zweifel nicht verborgen, ob er — selbst bei äußerer glücklicher Lösung — Anna glücklich machen werde, da er niemals die liebevolle Erinnerung an Kathinka aus seinem Herzen verdrängen könne. Ueber diese Zweifel beruhigte der Baron Eduard bald; aber eben so wie dieser war er der Ansicht, daß, wenn auch seine Liebe nicht zu verdammen sey, dennoch die Ehre dem Freunde verbiete, Anna dieses Gefühl zu gestehen, so lange sie die Braut eines Andern sey. Die Abreise Eduards schien ihm daher eben so nothwendig als ehrenhaft. Barnheim versprach und gelobte, über seinem Glücke mit aller Freundschaft zu wachen, er sprach die Hoffnung aus, daß Anna's Bräutigam den Seelenzustand der Verlobten bemerken werde und müsse, und daß dann von seinem Pflichtgefühle ein freiwilliges Zurücktreten zu erwarten sey. Sollte dies nicht der Fall seyn, so hielt der Baron — auch ohne Freundschaft für Eduard — es für Pflicht, Meinhold über ein Verhältniß aufzuklären, zu dessen Knüpfung er in dem Irrthume mitgewirkt hatte, Anna liebe den Kandidaten. So hofften beide Männer eine günstige Entwicklung dieser für das Glück und den Frieden vieler Menschen so wichtigen Angelegenheit.

Und Anna? — Seit jenem Abend, an welchem sie bei der Erwähnung von Eduards naher Abreise klar in dem eigenen Herzen gelesen, war ihr ganzes Wesen verändert. Mit dem Bewußtseyn, daß sie Wahlheim liebe, daß sie ihn liebe mit der ganzen Kraft ihres Herzens, war auch der bitterste verzweiflungsvollste Schmerz ihr Loos geworden. Bleich, ernst, stumm ging das sonst so fröhliche Mädchen umher; sie zog sich von dem Umgange mit den Freunden zurück, aber plötzlich kam ihr wieder der Gedanke, daß sie ihn nun bald nicht mehr sehen, daß er auf immer von ihr scheiden werde, dann eilte sie in das Wohngemach herab, und wenn ihr Blick auf ihn fiel, konnte sie die heißen Thränen nicht zurückhalten, und sie verbarg sich auf ihr Zimmer, wo sie auf den Knieen Gott in heißem Gebete anflehte, sie zu sich zu nehmen, ehe die Liebe über die Pflicht siege.

(Schluß folgt.)

Wem hat das große Loos gehört?

(Vergl. Nro. 237 und 238 d. Bl.)

** (Zweibrücken, 21. Oct. — Corresp.) An dem Appellationsgerichte der Pfalz zu Zweibrücken ward während vier vollen Tagen (7. bis 10. October) die Beschuldigung gegen die beiden Kahn, Vater und Sohn, und den Untercollecteur Heinrich Scharff von Essingen auf's neue und vollständigste in öffentlicher Verhandlung geprüft, da die k. Staatsbehörde gegen das freisprechende Urtheil des Landauer Zuchtpolizeigerichtes, den drei Beschuldigten gegenüber, die Berufung ergriffen hatte. Wegen der Wichtigkeit der Sache, der Widersprüche der Zeugen unter sich und der Schwierigkeit, das erstrichterliche Urtheil, das sich wesentlich auf die mündlichen Erklärungen der Zeugen und die größere oder geringere Sicherheit in ihren Angaben stützte, ohne wiederholte Zeugenvernehmung gehörig prüfen zu können, waren die hauptsächlichsten Zeugen persönlich vor das k. Appellationsgericht wiederum vorgeladen worden, denen eine fast gleiche Anzahl Entlastungs-Zeugen von den Beschuldigten gegenübergestellt wurde.

Nachdem von einem der k. Appellationsgerichtsräthe als Referenten öffentlich umständlicher Bericht über den Gegenstand der Beschuldigung, die durch die Voruntersuchung erbrachten Beweismomente, die Verhandlung in erster Instanz und deren Ergebnisse erstattet worden war, ward unter der Leitung des unlängst ernannten k. Appellationsgerichts-Präsidenten, Hrn. v. Schnellenbühel, zur Vernehmung der Zeugen selbst geschritten. Die Hauptfrage, über welche Gewißheit zu erlangen nöthig schien, war die, auch von dem ersten Richter seinem freisprechenden Urtheile als entscheidend und höchst wesentlich zu Grunde gelegte: Ob nämlich durch Zeugen mit Bestimmtheit festgestellt sey oder ausgemittelt werden könne, welches Loos sich in der Couverte befunden habe, die der junge Kahn am 26. März dem Schwiegervater des angeblich geprellten Beck, dem alten Glaser, mitgegeben, und das am 21. April sich der nämliche Kahn von Beck gegen 45 fl. ausliefern ließ, mit den Worten, das sey nun das rechte Loos, ohne das er den Gewinnst in Frankfurt nicht wieder erlangen könne. — War das Loos in der Couverte wirklich $^{2}/_{4}$ von 16,274, 6ter Klasse 109ter Ziehung, so war natürlich Beck wirklich um das Trefferloos und damit um die 48,400 fl. geprellt worden; konnte hingegen keine Gewißheit hierüber erlangt werden, so wäre es allerdings möglich gewesen, daß durch ein Spiel des Zufalls, absichtliche Verwechselung oder wie immer, Beck statt der von ihm gespielten Nummer 16,274 zur Zeit der Ziehung 6ter Klasse eine andere in Händen gehabt habe, etwa (nach Angabe des jungen Kahn) 17,624 mit $^{2}/_{8}$, wofür ihm auch nur der entsprechende Antheil an dem auf letztere Nummer gefallenen 100 fl. gebührt hätte; in diesem Falle hätte dann Joseph Kahn allerdings schon vor dem 21. April das Trefferloos besitzen können, wornach die Freisprechung der Beschuldigten unumgänglich und damit auch der Gewinn dem Vater Kahn nicht zu entziehen war. — Bezüglich dieses Hauptpunktes (des objectiven Thatbestandes) hatte nun das Zuchtpolizeigericht in Landau constatirt: „Es habe sich keine bestimmte Zeugen-Aussage über das in der Couverte enthalten gewesene Loos ergeben“, welcher Umstand im Zusammenhalte mit den Zeugen-Aussagen über den Besitz eines halben Originallooses bei Vater Kahn, das Ein Zeuge bestimmt als 16,274 bezeichnete, mit Nothwendigkeit die Freisprechung herbeiführte. — Vor dem Appellationsgerichte aber gestaltete sich dieser Punkt sofort ganz zum Nachtheil der Beschuldigten; Beck und seine Ehefrau nicht blos, auch der Schwiegervater Glaser und ein neu ausgemittelter Zeuge, Namens Hermann, ferner ein Zeuge Namens Belz versicherten nun auf's bestimmteste und wiederholt, gelesen zu haben 16,274 und zwar 6ter Klasse! Den größten Eindruck schien namentlich der Zeuge Glaser zu machen, ein 72jähriger Greis mit einnehmendem und achtungswerthem Aeußern; dieser versicherte, er habe sich an dem Abende, als ihm der junge Kahn in Essingen ein Loos in einem Umschlage zur Ueberlieferung an seinen Schwiegersohn Beck in Edesheim übergeben (am 26. März), unterwegs, am Ried, hingesetzt, seine Brille herausgenommen und das Loos genau betrachtet, es sey 16,274 in zwei Vierteln zur 6ten Klasse gewesen. Zeuge Hermann erklärte, Beck habe ihm, als er am Ostersamstage eine Zahlung von Beck zu erhalten hatte, einen Lotteriezettel gegeben, den er nur solle wechseln lassen, der sey so gut wie baar Geld; durch diesen Scherz veranlaßt, habe er das Loos näher betrachtet, und, wenn er schon nicht Ziffern zusammen lesen und als Zahlen aussprechen könne, so habe er doch so viel gelesen, daß oben stund 6ter Klasse, 109te Ziehung und daß die Zahl unten anfing mit 16... Kaum weniger bestimmt sprach sich Zeuge Belz aus, der auch 6te Klasse und Nro. 16,274 in zwei Vierteln bei Beck gelesen zu haben behauptete. — Auffallend blieb nur, daß jetzt erst mit solcher Bestimmtheit dieser wichtige Punkt bezeugt wurde, was diese Zeugen damit zu erklären suchten, daß sie früher nicht so genau gefragt, auch in der öffentlichen Sitzung zu Landau theils verwirrt, theils durch die Vertheidiger unterbrochen und irre gemacht (!!) worden seyen. Die aus Frankfurt unter Geleitsbrief erschienenen Belastungs-Zeugen Julius Stiebel und dessen Commis Fabricius erklärten sich theils im Allgemeinen über die Einrichtung der Frankfurter Stadtlotterie, über die Absendung der Ziehungslisten an die Untercollecteure, wornach die vierzehnte Ziehungsliste mit dem auf 17,624 gefallenen Gewinnste von 100 fl. allerdings am Tage der Prellerei, 21. April, sich in des jungen Kahn Händen hätte befinden können, theils ward durch ihre mündliche Aussage festgestellt, daß David Kahn direkt keine Loose von Gustav Stiebel bezogen und daß nur $^{3}/_{8}$ der Nummer 17,624 in die Scharff'sche Collecte nach Essingen direkt gekommen seyen. Angesichts dieser Zeugenaussagen behauptete David Kahn auch nicht mehr, Loose von Gustav Stiebel empfangen zu haben, gab vielmehr zu, Untercollecteur des Scharff gewesen zu seyn, den er nur bisher habe verschonen wollen wegen des bestehenden Verbotes, und mit dem er, wegen des einmal vermutheten Complottes, allen Zusammenhang abzulehnen für gut befunden habe. Auch habe Beck, wie nun nicht mehr bestritten werden könne, $^{1}/_{2}$ von 16,274 gespielt; allein in der Eile durch Verwechselung sey in das Couvert die Nummer 17,624 gekommen, mit $^{2}/_{8}$, was er, David Kahn, erst bei der Ausbezahlung der 45 fl. bemerkt habe; da Beck zwei Viertel gespielt und bezahlt habe, so habe er ihm auch nicht 22 fl. 30 kr., sondern 45 fl. ausbezahlt. Dies neue Vertheidigungssystem schien offenbar durch den Augenblick erpreßt, nachdem das frühere, als hätte Beck $^{2}/_{8}$ von 17,624 durch die ganze 109te Ziehung gespielt und auch nur 22 fl. 30 kr. von David Kahn empfangen, nicht mehr haltbar war. Die Stellung des Beschuldigten hatte hierdurch auch nicht gewonnen.

Auffallend bleibt nur der Widerspruch der Entlastungszeugen mit den Hauptzeugen. Carl Weiß bestund darauf, bei dem Vater Kahn nach Ostern die Nummer 16,274 gesehen zu haben, auf welche dieser seine Hoffnung gesetzt hätte, da die Haupttreffer noch lägen; gleiche Erwartungen und Andeutungen hatte Vater Kahn öfter kund gegeben, immer auf sein halb Originalloos anspielend. Eben so ward wiederholt ausgesagt, wie derselbe gleich Mittags, nach der Ankunft des Zeugen Fabricius in Landau, geäußert hatte, er glaube, sein Loos habe gewonnen, er müsse zu Haus nur noch nachsehen. Ein Zeuge, Schuhmacher Oppenheimer, der während der Verhandlung in erster Instanz auf der Wanderschaft gewesen wäre, befand sich im Zimmer Kahn's, als dieser ankam, in seinem Portefeuille nachsah und es als richtig bestätigte, er sey der Gewinner — und dies gegen drei Uhr, während Beck erst nach sechs Uhr um das Loos geprellt worden seyn will. Eben so verbreitete sich am nämlichen Nachmittage in Essingen und unter den Arbeitern auf nahe liegenden Güterstücken das Gerücht, Jokpel habe das große Loos gewonnen. Ein anderer Entlastungszeuge, der (christliche) Schullehrer Becker aus Essingen, erklärte, vom Beck wenige Tage nach dem Vorfall im Gespräch die Aeußerung vernommen zu haben, er habe den letzten Zettel noch gar nicht gehabt, besitze aber einen Brief des jungen Kahn, der ihm den Beweis verschaffen werde. Beck confrontirt, widersprach, eine solche Aeußerung gegen Becker gemacht zu haben, von welcher auch dieser in erster Instanz keine Erwähnung gethan hatte; damals sey er, Becker, nur flüchtig vernommen worden und habe auch gar nicht gewußt, was die Vertheidigung durch ihn constatiren lassen wollte.

(Fortsetzung folgt.)

Mannichfaltigkeiten.

Mit Vergnügen machen wir auf eine von der Verlagshandlung von Johann André in Offenbach a. M. sehr elegant ausgestattete neue Gesangcomposition des regierenden Hrn. Fürsten von Hohenzollern-Sigmaringen aufmerksam, welche das bekannte Lied der Thekla im Wallenstein von Schiller: „Der Eichwald brauset" für eine Singstimme mit Klavierbegleitung behandelt. Gehört es auch an und für sich schon zu den nicht leichten Aufgaben, die inhaltschweren Dichtungen Schillers in das freundliche Gewand des anspruchlosen Liedes zu kleiden, so dürfen wir doch der lyrischen Behandlung der erwähnten Composition unsere Anerkennung nicht versagen, zumal sie für eine Sopranstimme sehr dankbar geschrieben ist. — Wir können bei dieser Gelegenheit nicht umhin, des nach vielen Seiten hin sich verbreitenden, uneigennützigen Strebens des hohen Gönners und Beförderers der edlen Tonkunst hier rühmlicher Erwähnung zu thun, der, selbst Kenner und ausübender Künstler, eine treffliche Hofkapelle unterhält, und gewiß bei Allen, welche die Ehre hatten, seine persönliche Bekanntschaft zu machen, die dankbarste und freundlichste Erinnerung hinterließ.

(Ehrenbezeigung.) Se. Maj. der König von Würtemberg haben geruhet der Guttenberg'schen Buchdruckerei in Stuttgart (technischer Vorsteher Heinrich Reiß) als Beweis höchst Seiner Zufriedenheit, und als ein Merkmal der Anerkennung der verdienstlichen Leistungen im Fache der Typographie, für das Hochdemselben überreichte Werk: „Stuttgarts romantische Umgebungen. Ein Führer für Fremde und ein Gedenkbuch für Würtemberger. Von J. E. Hartmann", dessen Widmung Se. Majestät allergnädigst gestatteten, die große goldene Medaille für Kunst und Wissenschaft zu ertheilen.

Der von Dr. Gall in Berlin zuerst aufgefundene neue Planet hat die bisherigen Gränzen unseres Sonnensystems beinahe um das Doppelte erweitert. Zwar ist es noch nicht möglich, seine Entfernung von der Sonne und seine Umlaufzeit aus Beobachtungen zu bestimmen, aber nach dem allgemeinen Gesetze, dem die Planeten unseres Sonnensystems unterworfen sind, läßt sich bereits ungefähr angeben, daß seine mittlere Entfernung von der Sonne etwa 776 Millionen Meilen (d. h. 38mal so viel als der Abstand der Erde von der Sonne), seine Umlaufzeit um die Sonne (sein Jahr) etwa 240 bis 242 unserer Jahre betragen muß. In seiner ungeheuren Bahn um die Sonne bewegt er sich etwa 6½ Mal langsamer als die Erde in der ihrigen; man glaube aber ja nicht, daß dieses ein absolut sehr bedeutender Grad von Langsamkeit sey; denn sie reicht noch hin, um ihn täglich etwa 55 600 Meilen vorwärts zu bewegen, während die Erde 361 400 Meilen täglich zurücklegt. Das Sonnenlicht und die Sonnenwärme ist auf ihm 1400 Mal schwächer als bei uns, so daß der Mittag dort kaum die Helle einer mondlosen sternenhellen Mitternacht bei uns haben dürfte, in dem heißesten Sommer jenes Planeten aber unsere Erde mit Allem, was d'ran und d'rauf ist, augenblicklich in einen Eisklumpen sich verwandeln müßte. Das Licht der Sonne braucht 5 Stunden Zeit, um zu ihm zu gelangen (in 7½ Min. erreicht es bereits die Erde), der Schall aber, welcher stündlich um 163 Meilen sich fortpflanzt, würde 543 Jahre, ein Dampfwagen, welcher täglich 200 Meilen zurücklegte, würde 10 623 Jahre zu dieser Reise verwenden müssen, so daß Adam, wenn er sich bei seiner Schöpfung auf einen solchen Wagen gesetzt hätte, jetzt erst wenig über die Hälfte des Weges hinter sich haben würde. Die Sonne erscheint, von dort aus gesehen, unter einem Winkel von 49'', d. h. gerade eben so groß, wie uns Jupiter erscheint, wenn er uns am nächsten steht. Dagegen sieht der Beobachter auf dem neuen Planeten die größte Entfernung der Erde von der Sonne (mehr als 20 Mill. Meilen) noch nicht so groß, wie uns der Durchmesser der Sonne oder des Vollmonds erscheint.

(München, 20. Okt.) Am 17. und 18. waren wir von einem Sirocco heimgesucht. Prof. Gruithuisen gibt heute über dieses Phänomen folgende Erläuterungen: „Schon am 16. Nachmittags trübte sich der Himmel und zeigte blos neblichte Wolken; dieses dauerte die Nacht und den 17. fort, wobei die Temperatur immerfort stieg. Aber um 3 Uhr Nachmittags kam stürmisch ein warmer Wind (17° Reaum.) aus Südost daher und dauerte in seiner Heftigkeit bis zum Sonnenuntergang; leiser ging er die ganze Nacht, während sich die Temperatur hob; denn am 18. Morgens halb 4 Uhr war sie 18°, sank aber um 5 Uhr auf 17° und um 6 Uhr Morgens auf 15° herab, und noch immer war der Südwind nur leise. Aber um 10 Uhr 45 Minuten Morgens kam ein stürmischer Windstoß aus Südost und nachher einer aus Südsüdost, wehte dann aber minder stark fort, und die Temperatur war 20°, und um 12½ Uhr war sie bis 23° gestiegen. Nachmittags halb 3 Uhr fing aus Westen ein stürmischer Wind mit sinkender Temperatur an, der allmählig über Süden umgewendet hatte, und hatte schon 18°, während um 2 Uhr das Thermometer noch 20° zeigte. Nun verdünnte sich der höhenrauchige Nebel; gegen Sonnenuntergang verdünnten sich auch die Nebelwolken, und bis Abends 8 Uhr schienen die Sterne wieder. Der Sirocco hat also am 17. Nachmittags 3 Uhr angefangen und am 18. Nachmittags zwischen 2 und 3 Uhr geendet. Um 9 Uhr Abends war schon die Temperatur bis 10° herabgekommen. Der Barometerstand, der am 16. Morgens 9 Uhr eine Tiefe von 312,5 Linien erreichte, hob sich bis 18. Abends nach 3 Uhr nur bis 316,6 Linien. Dieser Sirocco kam Anfangs aus der arabischen Wüste, gegen sein Ende schien er aber aus der lybischen zu kommen."

Korrespondenz.

Kassel, im Oct.

In dieser friedlich-hungrigen Zeit sah es hier wahrhaft kriegerisch aus. Regimenter von tausend Mann mit klingendem Spiel durchzogen die Stadt mit straßenlangem Gefolge von Bagage- und Munitionswagen. Ein großes Feldlager in der Nähe unserer Residenz, fremde Generale, Revuen, Manöver mit Luftfeuerwerken und kulinarischen Vergnügungen ließen kaum die Verzweiflung und Noth des armen Mannes ahnen. Doch schon Berthold Schwarz zu Ehren mußte dies Alles noch einmal geschehen, da Schönbein die ganze Poesie des Krieges durch seine Baumwolle vernichtet hat, und somit unserer ganzen Heeresmacht noch einmal die Freude zu Theil wurde, Pulver gerochen zu haben, dessen sich künftig Niemand wird rühmen können. — Die Calamität unserer Eisenbahnangelegenheiten wird hier mit wahrer patriotischer Hingebung ertragen, wie auch das Sinken der Course von Tag zu Tag tiefere Wunden schlägt. Der Gedanke, daß Kassel wie ein Phönix neu erstehen, geistige, materielle und sociale Verhältnisse sich verkehren und ein neues Leben sich gestalten müsse, erhebt jeden Einzelnen über den traurigen Gang des Ganzen. Den 3. November soll endlich eine General-Versammlung der Actionäre der Friedrich-Wilhelms-Nordbahn abgehalten werden. Der erschienene Rechenschaftsbericht documentirt die Sachkenntniß, Umsicht und den besten Willen der Direktion um so mehr, als in dem veranschlagten Actiencapital von acht Millionen Thaler nicht nur die ursprünglich projectirte Bahn von der sächsischen zur westphälisch-preußischen Gränze, sondern auch noch eine ganz neue innere Zweigbahn von Hofgeismar nach Carlshafen ausgeführt wird, die wegen des Bremer Güterverkehrs von großer Bedeutung ist und somit verwirklicht, was Landgraf Carl von Hessen einst befürchtete: Mündens commerziellen Verkehr nach Kassel zu leiten. Es ist aber vor Allen der belgische Ober-Ingenieur Splengard, dem die Actionäre, so wie die Bewohner von Kassel zu hohem Danke verpflichtet sind, indem er, ganz abweichend von früheren kurhessischen Projecten, die Bahn mit etwa 2 Fuldabrücken gegen 10 und mit 3 Tunnels gegen 7 construirte, eine Höhenlage durchzusetzen vermochte, wodurch jede Gefahr der Ueberschwemmung beseitigt und die Vergrößerung der Stadt nach der schönsten und gesundesten Seite hin für alle Zeiten gesichert ist. Ein Hauptgegenstand für die Actionäre bleibt aber die Frage: was soll geschehen, wenn, wie es unzweifelhaft erscheint, die Fortsetzung der Bahn preußischer Seits noch länger beanstandet wird? — Ohne dieselbe endet sie quasi in der Wüste Sahara und wird kaum so viel aufbringen, als zu der Verwaltung nothwendig ist. In dieser Befürchtung circulirt dann auch schon jetzt unter den hiesigen Actionären eine Petition an die Direktion, welche sich bei hoher Staatsregierung dahin verwenden soll, daß solche geneigt seyn möge: bis zu vollständiger Benutzung der Bahn in ihrer ganzen ursprünglichen Ausdehnung von Osten nach Westen einen festen Zins zu gewähren, indem die jetzigen 4°/₀ wegfallen, sobald die hessische Bahnstrecke vollendet seyn wird. — So wie einst der Jordan'sche Prozeß, so erregt jetzt der Ausgang der Appellation des Hofraths Murhard wegen des in dem Welcker'schen Staatslexicon enthaltenen Artikels „Staatsgerichtshöfe" große Sensation bei dem gebildeten Theile des Publikums. Die gegen denselben eingeleitete Untersuchung bei dem Landgericht, das hierauf erfolgte Urtheil des kurf. Obergerichts sind bekannt. Nun kommt es darauf an wie in höchster Instanz die Bestimmung des § 7 des in Kurhessen durch Regierungsausschreiben vom 22. November 1819 publizirten Bundesbeschlusses — wonach Niemand zur Verantwortung gezogen werden kann, wenn zu dem Druck einer Schrift das Imprimatur der zuständigen Censurbehörde irgend eines deutschen Bundesstaates ertheilt worden ist — mit der Untersuchung und stattgehabten Verurtheilung in Einklang gebracht werden kann.

(Schluß folgt.)

Naumburg, im Oct.

Lange hat man bei Winzern und Weinbergsbesitzern keine so freundlichen Gesichter gesehen als in diesem Herbst. Die Menge und Güte des Weines macht alle Herzen froh. Der Traubenhang in Bergen, nicht in der ausgezeichnetsten Lage, ist mit 500 und mehr Thalern bezahlt worden. Händler kommen weit und breit und schließen Käufe ab, welche eben so vortheilhaft für sie als für die Producenten sind. Eben so ergiebig wie die Weinernte ist, war auch die diesjährige Gurkenernte. In dem nahen Dorfe Grochlitz stand täglich Wagen an Wagen, welche solche Früchte luden und sie nach allen Gegenden hin verfuhren. Die Menge der Gurken war so groß, daß sie zuletzt Niemand mehr haben mochte. Auf dem Markte in Naumburg und in Weißenfels sind sie in hohen Haufen aufgethürmt und für zwei Pfennige das Schock verkauft worden. Diese so aufgehäuften Gurken haben oft tagelang gelegen, und weil sich zuletzt keine Käufer mehr gefunden haben, die Gurken auch Niemand hat geschenkt nehmen wollen, so sind zuweilen ganze Wagen voll in die Saale gefahren worden. Die ältesten Leute wissen sich keines so gesegneten Gurkenjahres zu erinnern.

Kostheim, 19. Oct.

So wie an andern Orten, wurde auch uns hiesigen Orts ein reicher und guter Herbst zu Theil. Die Kostheimer Weinberge haben bekanntlich ihre Lage am Hochheimer Berg und der größte Theil dieses Berges, welcher sich von Hochheim nach Kastel hinzieht, gehört der Kostheimer Gemarkung an; darum haben auch die hiesigen Bergweine mit dem Hochheimer so viel Gleiches und einige Weinproducenten verkaufen sie stets für Hochheimer, obschon es für das steigende Ansehen der Kostheimer Weins besser wäre und also gemeinnütziger, ihn mit seinem eigenen Namen zu nennen. Um eine bessere Qualität zu erzielen, ward erst die Lese begonnen und eine sorgfältige Auslese angeordnet, als die Fäulniß der Trauben allgemein war. Dieser reiche, alle Herzen erfreuende Herbst veranlaßte einige hiesige Gutsbesitzer, gemeinschaftlich eine kleine Festlichkeit zu veranstalten. Viele Gäste, von den Festgebern dazu eingeladen, fanden sich in einem Weinberge ein, von welchem aus sich die herrlichste Aussicht nach Mainz und dem obern Rhein darbietet, und auf einem danebenliegenden Kleeacker winkten reichbesetzte Tafeln mit Wein und Trauben, während eine Gesellschaft von Musikern, auf einem hohen Leiterwagen gruppirt, die anziehendsten Musikstücke dazu spielten. Als nun bei so köstlichem Genuß die Heiterkeit sich immer mehr steigerte, begann ein munteres Tanzen und endete erst, als der Schleier der überraschenden Dämmerung die Augen der Tänzer umhüllte. Beim festlichen Einzug in's Dorf brachte man dem Hrn. Bürgermeister Schollmayer ein feueriges Lebehoch, auch dem Hrn. Adjunct Hohmann, und in dem geschmackvoll decorirten Saal des schwarzen Adlers endete unter vielen Toasten ein Fest, dem hoffnungsvollen 1846r zu Ehren, das gewiß in der Erinnerung der Theilnehmer einen schönen Nachklang zurücklassen wird.

C. G.

Wicker bei Hochheim, 21. Oct.

Unsere Weinlese ist nun beendigt und hat ein sehr befriedigendes Resultat geliefert. Die Preise der kleineren Quantitäten des 1846r, welche bereits verkauft, sind schön; größere und gefüllte Quantitäten werden gewiß noch theuerer bezahlt werden, zumal der 1846r ein vorzügliches, ein köstliches Kind ist, und Ausgezeichnetes und Seltenes — so denken alle Weinproducenten — auch gut bezahlt werden muß. Möchte Bachus unserer auch 1847 gütlich gedenken und erwägen, daß hier zur Erziehung seiner Kinder Alles aufgeboten, jedes Opfer gerne gebracht wird. — Die Wintersaat unserer schönen Gemarkung steht gar erfreulich und berechtigt zu schöner Hoffnung. — Die Kartoffeln fallen reichlich aus, was bei ihrer Gesundheit und Güte zur Ersparung des Brodes, das immer noch nach dem Wucher schmeckt, sehr gut ist.

H—ch.

Frankfurt a. M.

Nächsten Freitag den 30. d. M. wird der vierzehnjährige Pianist Alfred Jaell aus Triest im Saale des Hauses Mozart ein Konzert geben. Musikalische Zeitschriften sprechen sich sehr vortheilhaft über denselben aus. Der Wiener „Wanderer" sagt: „Derselbe ist eine außerordentliche Erscheinung; diese Kraft der linken Hand, diese Reinheit in den combinirtesten Bravourpassagen, die Eleganz des Anschlages, mit der seltensten Ausdauer gepaart und diese geglättete Sauberkeit in Allem — es ist wirklich überraschend. Er trägt die schwierigsten Piecen von Döhler, List, Thalberg, Moscheles und Meyer mit spielender Leichtigkeit, mit Grazie und so fern von aller forcirten Gefühlsmacherei vor, daß man an eine geistige Inspiration dieser kleinen Künstlernatur glauben muß." In ähnlicher Weise äußern sich viele andere Blätter aus Mailand, Venedig, Wien, Stuttgart, Salzburg, Köln und aus dem Haag, wo Alfred Jaell Konzerte gegeben und lebhafte Anerkennung gefunden hat. Näheres über sein hiesiges Konzert wird durch die Programme bekannt gemacht werden.

Theater-Anzeige.

Samstag, 24. Oct. (Zum Erstenmale wiederholt): Der Vetter, Lustspiel in 3 Abth., von Benedix. Vorher geht: Fritz, Ziethen und Schwerin, dramatische Scene in einem Act, von L. Schneider.

Sonntag, 25. Oct. Wilhelm Tell, große Oper in 4 Abth., Musik von Rossini.

Redakteur J. P. Heller. — Druck und Verlag von Heller und Rohm.

Didaskalia.

Blätter für Geist, Gemüth und Publizität.

Nro. 295. Montag, den 26. October 1846.

Das Pfarrhaus.

Novelle von Maximilian Rock.

(Schluß.)

Wer je den Schmerz empfunden, von Wesen, die uns theurer sind, als selbst das Leben, unter ähnlichen Verhältnissen Abschied zu nehmen, der wird den Jammer und die Qualen des Mädchens begreifen, die ihr Herz durchzuckten, als der Morgen von Eduards Abreise herangekommen war. Unter bitteren Thränen hatte Anna die Nacht durchrungen; jeder Glockenschlag schnitt ihr in die Seele, weil er den furchtbaren Augenblick des Scheidens näher brachte. Aber als der Morgen dämmerte, als der Reisewagen gepackt wurde, hatte ihre Verzweiflung den höchsten Grad erreicht. Kaum hatte sie Kraft genug, zum Frühstück herabzukommen, das zum letztenmal alle Glieder des eng befreundeten Kreises um den traulichen Tisch versammelte. Endlich war der gefürchtete Moment gekommen. Wortlos umschlossen Alle die geliebten Scheidenden; auch der ehrwürdige Pfarrer konnte die Thränen nicht verbergen; er hatte den jungen Mann, der so lange ein Gast seines Hauses gewesen, so innig lieb gewonnen, daß auch ihm die Trennung recht schwer fiel. Zuletzt näherte Eduard sich Anna. Bleich und ergriffen nahm er ihre Hand zwischen die seinen, große Thränen fielen über sein männliches Gesicht; leise und flüchtig berührten seine Lippen die ihrigen, aber in einem langen innigen Blicke sagten sie sich glühender, als Worte es vermochten: „Treue, ewige Liebe!“ Noch ein Druck der Hand, und fort rollte der Wagen. Anna sank bewußtlos in Mariens Arme.

In den nächsten Tagen konnte sie ihr Lager nicht verlassen; treu pflegte sie die Freundin, der sie in diesen schweren Leidenstagen die innersten Tiefen ihres Herzens erschloß. Aber entschieden wies Anna jeden Trost, auch die leiseste Hoffnung zurück.

„Ich liebe Eduard,“ sagte sie weich und schmerzlich; „ich liebe ihn mehr als mein Leben, und ich weiß kaum, ob ich seinen Verlust ertragen werde. Aber nie werde ich mir untreu werden, nie die Pflichten vergessen, die ich gegen Reinhold habe. Wird auch mein Herz Eduard ewig gehören, so will ich doch mit aller Macht gegen eine Liebe kämpfen, die unter diesen Umständen Sünde ist. Und wenn Gott mein heißes Flehen nicht erhört, wenn er meine Leiden nicht endet und mich zu sich nimmt, so will ich mich demüthig seinem Willen unterwerfen und dem Gatten durch Treue und Entsagung ein Gefühl zu ersetzen suchen, das ihm mein Herz versagt.“

Aber der junge Geistliche hatte längst geahnt, was in Anna's Herzen vorging; er war fest entschlossen, das Opfer nicht anzunehmen, das sie ihm bringen wollte. Wenn er keine Schritte vor Eduards Abreise that, so lag dies einzig und allein darin, daß er wie Alle überzeugt war, seine Braut würde sonst nur entschiedener in ihrem Entschlusse bestärkt werden, Eduard zu entsagen. Zwar läugnete er sich nicht, daß mit Anna's Verlust ihm manche schöne Hoffnung zu Grabe getragen werde, aber er war zu edel, um sein Glück durch das ihre erkaufen zu wollen.

Schon am andern Morgen kam er mit dem Baron zu Anna's Vater und gab ihm sein Wort zurück. Nach längerer Berathung fanden die drei Männer es für das Beste, für jetzt Anna noch nichts von Reinholds Rücktritt mitzutheilen. Während der junge Geistliche mit seinem bisherigen Zögling auf Reisen in das Ausland ging, wollte Marie Anna allmählig mit dem Gedanken von seinem Zurücktreten zu versöhnen suchen, und auf diese Weise sollte die Zeit mit ihrer heilenden Kraft den Frieden und das Glück wiederbringen, die so lange schirmend bei diesen tugendhaften Menschen gewohnt hatten.

Die Abreise ihres Bräutigams wirkte in der That beruhigend und günstig auf Anna ein. Die zarte Schonung, mit der man ihre Verbindung mit Reinhold, die nach früherer Verabredung nach Eduards Abreise, zugleich mit jener des Barons und Mariens hatte vollzogen werden sollen, berührte sie wohlthätig, und obwohl sie den Grund dieser Verzögerung ahnte, so widersetzte sie sich doch um so weniger, als Barnheim dieselbe wie ein Opfer von ihr erbeten hatte, und weil sie hoffte, ihre Gefühle wenigstens so weit zu bekämpfen, daß sie ohne Widerstreben ihre Pflicht erfüllen werde. Aber hierin täuschte sie sich. Jede Nachricht, die sie von Eduard erhielt, regte die nur matt unterdrückten Empfindungen auf's neue auf, und Anna erkannte mit tiefem Schmerze, daß die Zeit diese Wunde nie heilen werde. Da sie nicht glaubte, daß auch ihr Verlobter den Zustand ihres Herzens kenne, so berührten seine zurückhaltenden und gezwungenen Briefe um so unangenehmer, obwohl sie andererseits froh war, seine Neigung leidenschaftsloser zu wissen. Sie hoffte, daß er dadurch weniger den Mangel einer innigeren Liebe empfinden und durch ihre ruhige treue Pflichterfüllung glücklich werden würde. So waren beinahe zwei Jahre vergangen, und Reinhold sollte zurückkehren. Bei diesem Gedanken erwachte ihr Schmerz neuer und heftiger, und ohne die innige Zärtlichkeit ihres Vaters und ihrer Umgebung wäre sie ihm gewiß erlegen.

Wir kehren nun zu jenem Zeitpunkte zurück, in welchem wir Anna in schmerzlichen Erinnerungen an den Geliebten in der Jasminlaube des Pfarrgartens verließen.

Als Anna das Auge aufschlug und die Anwesenheit ihres Vaters bemerkte, flog sie ihm entgegen und verbarg ihre verweinten Augen an seiner Brust.

„Schon wieder so traurig, mein geliebtes Kind,“ sagte Werner mild und freundlich. „Und doch bringe ich Dir eine gute, frohe Nachricht.“

„Eine frohe Nachricht? — Mir . . . .“, entgegnete das Mädchen, und schüttelte ungläubig das reizende Köpfchen.

Der Pfarrer trat einige Schritte zurück und — Eduard stand vor der Geliebten. Unwillkürlich und lautlos lagen sie sich in den Armen. Anna hatte Alles vergessen in dem Augenblicke, in welchem sie nach so langer Trennung an der Brust des so schmerzlich beweinten Geliebten lag.

„Anna, meine Anna,“ sagte Eduard, zuerst sich fassend, „nun soll uns nichts mehr trennen. Aber liebst Du mich auch?“

„Ich habe Dich immer geliebt, Eduard!“ sagte Anna in süßer Vergessenheit; aber plötzlich kehrte die Besinnung zurück, und erbleichend riß sich das Mädchen aus seinen Armen.

Da trat Meinhold in die Laube, an seiner Hand ein freundliches, hübsches Mädchen.

„Ich muß mich schwerer Untreue anklagen,“ sagte er, Anna's Hand ergreifend und lächelnd; „denn in der Fremde habe ich mein Herz nicht bewahrt, und stehe nun vor Dir, meiner verlobten Braut, während ich hier meiner kleinen Luise gleichfalls Herz und Hand verpfändet. Aber,“ fuhr er, vor Anna auf die Kniee sinkend, mit scherzhafter Demuth fort, „ich hoffe, Du wirst barmherzig seyn und mir verzeihen, um so mehr, als ich Dir einen Stellvertreter bringe, der über meine Untreue nichts weniger als böse ist.“

Jetzt erst begriff Anna ihr ganzes Glück; nun durfte sie Eduard gehören und an seiner Seite Ersatz für alle Leiden finden. Als nach wenigen Monaten durch die Thäler des Neckars die Böller tönten und der Jubel der Winzer von Berg zu Berg hallte, führte Eduard die Geliebte als Gattin in das Schloß seiner Väter. Sie vergiebt ihm gern seine Erinnerung an Kathinka, und wenn sie jährlich den Vater besuchen, der sich nicht entschließen konnte, seine Gemeinde zu verlassen, und dann der ganze Kreis der Freunde wie ehemals versammelt ist, dann giebt es kein friedlicheres, glücklicheres Völkchen in der Welt, als die Bewohner des — Pfarrhauses.

Wem hat das große Loos gehört?

(Fortsetzung.)

Den zuversichtlichen, bestimmten, klaren Aussagen der Hauptbelastungszeugen gegenüber machten diese Entlastungszeugen sichtlich nur geringen Eindruck, weil Das, was sie angaben, minder präcis, in's Einzelne gehend und mit unerschütterlicher Festigkeit geäußert ward. Das Gefühl dieses überwältigenden Mehr von Beweis auf Seiten der Anschuldigung hatte merklich auch die zwei Hauptbeschuldigten, Kahn Vater und Sohn, ergriffen und entmuthigt. Die Lage Scharff's war dieselbe geblieben, wie in erster Instanz, und seine Freisprechung unterlag geringeren Zweifeln.

In einem durch Bündigkeit und ineinandergreifende Zusammenstellung aller wesentlichen Punkte ausgezeichneten Vortrage entwickelte der k. Staatsprokurator, Hr. Hilgard, die Anschuldigung, welche nach seiner Ansicht gegen die drei Appellaten vollständig begründet sey; auch Scharff sey einer schuldbaren Theilnahme überführt; denn er habe wohl wissen müssen, daß das Loos im Besitze des Vater Kahn eigentlich dem Beck gehöre; die von ihm oder den Seinigen entfernten Listen hätten ihm dies zeigen müssen, und seine Mitreise nach Frankfurt, die Größe des ihm von Kahn angeblich gemachten Geschenkes von 1700 fl., seine Lügen und Widersprüche ließen in ihm mit Sicherheit einen Mitschuldigen erblicken. Was das in Beschlag genommene Geld, circa 12 000 fl., anlange, so habe die k. bayerische General-Lotto-Administration Beschlag darauf gelegt, um dessen Confiscation, auf den Grund der Gesetze über das Verbot, in ausländischen Lotterien zu spielen, durch die competenten Gerichte zu erwirken; es könne also die Restitution nur an wen Rechtens verordnet werden, (d. h. an Beck, wenn die Lotto-Administration die Confiscation nicht durchsetzt, im entgegengesetzten Falle dagegen an letztere.)

Der Vertheidiger des Hauptbeschuldigten Dav. Kahn, Adv. Glaß aus Landau, bemühte sich mit einem einer besseren Sache würdigen Eifer für dessen Freisprechung; namentlich wies derselbe darauf hin, daß die von den Hauptzeugen nunmehr gemachten Zusätze oder bestimmteren Erklärungen der Anschuldigung nicht mehr Gewicht verleihen könnten, als die minder präcisen Aussagen der nämlichen Zeugen vor dem ersten Richter hatten; der Gedanke und die Ueberzeugung dieser Zeugen, daß Beck geprellt worden sey, erweitere und stärke von Tag zu Tag ihr Gedächtniß, und so wären sie unter dem Einflusse einer vorherrschenden Idee, bezüglich unwillkürlich, bemüht, das, was bisher zweifelhaft gewesen, durch ihre auf Selbsttäuschung beruhenden Depositionen über allen Zweifel zu erheben. Gerade der Umstand, daß die entgegenstehenden Zeugen im Einzelnen und in Nebenpunkten minder bestimmt und zuversichtlich seyen, spreche für ihre Wahrhaftigkeit und Glaubwürdigkeit auf's vortheilhafteste. Hiezu kommen das Benehmen Joseph Kahn's; wie hätte sich dieser schon vorher als den Gewinner angeben können, wo doch vom geringsten Zufall das Gelingen der beabsichtigten Prellerei abhing? Wie hätte er, der gewandte und erfahrene Geschäftsmann, so blind sich der Polizei überantworten können, während es ihm so leicht war, eine Zeit lang seinen Gewinnst zu verheimlichen oder seine Heimath auf kürzere oder längere Zeit zu meiden?? — Advokat Culmann, als Vertheidiger des Vaters Kahn, suchte namentlich nachzuweisen, daß dessen vermuthete Theilnahme an der Prellerei nur dann eine strafbare Mitschuld begründe, wenn sie wissentlich (sciemment) statt hatte; wo liege aber der Beweis, daß der Vater eines erwachsenen und gewandten Sohnes nothwendig um eine allenfallsige Prellerei wisse, wenn in dessen, eines Untercollecteurs, Besitze sich einmal ein Treffersloos befinde? — Für den dritten Beschuldigten Scharff hob Anwalt Gulden in einem eben so gründlichen wie überzeugenden Vortrage hervor, daß seine Mitwissenschaft um den Erwerb des Looses nicht nachgewiesen, eine etwaige Ahnung oder Vermuthung aber noch lange keine Mitwissenschaft sey; daß ihn sein Interesse wegen der stipulirten Prozente nothwendig nach Frankfurt zur Hauptcollecte geführt habe; endlich daß als strafbarer Theilhaber einer Prellerei Scharff sich wahrlich nicht mit 1700 fl. werde abfinden lassen, was nur $3^1/_2$ % des Gewinnes mache. Die Folge der Freisprechung des Scharff sey aber nothwendig, daß ihm nicht nur seine von Stiebel empfangene Provision mit 1069 fl., sondern auch die von Kahn empfangenen 1700 fl. zurückgegeben werden müßten.

Hierauf vertagte der Appelhof den Urtheils-Ausspruch auf den 14. Oktober. Wie derselbe in der Hauptsache bezüglich des jungen Kahn erkennen werde, schien wohl Niemanden zweifelhaft; auch für den Vater Kahn hegten selbst seine Freunde nur geringe Hoffnung, und selbst bezüglich des mindest Gravirten, Scharff, war ein freisprechendes Urtheil zwar wahrscheinlich, aber nicht über allen Zweifel gesichert.

Zwischen dem Schluß der Debatten und dem Urtheilsspruche selbst ereignete sich ein außergewöhnlicher Vorgang, der möglicherweise auf das Schicksal des Vaters Kahn und vielleicht sogar auf das des jungen Kahn von günstigem Erfolge seyn mochte, der aber in allen Fällen von juristischem und psychologischem Interesse ist. Es besuchte nämlich Tags nach geschlossenen Verhandlungen der Vertheidiger des jungen Kahn, dessen Functionen vollständig beendigt schienen, seinen Clienten nochmals im Gefängnisse, theils aus Mitgefühl für das ihm und seinem Vater, einem bejahrten, unbemittelten, von einer Frau und acht Kindern beweinten Manne, unverkennbar bevorstehende Schicksal, theils um endlich durch eine vertrauliche, nach so vielfachen Anstrengungen wohl zu erwartende offene Mittheilung manchen Zweifel über den wirklichen Hergang sich erklären zu lassen, sohin aus Interesse an der Sache als einem verwickelten und nie ganz klar gewordenen Vorgangs. Diesem Wunsche zu entsprechen, und da der Prozeß bis auf die Urtheils-Verkündigung beendiget, sohin weder etwas zu gewinnen, noch etwas zu verlieren war, eröffnete nun David Kohn in einer Weise, die dem Vertheidiger das Gepräge der vollen Wahrheit an sich zu tragen schien, und in Gegenwart der beiden andern Beschuldigten, wie es wirklich hergegangen sey. Er habe sich nämlich, während Beck in der 108ten Ziehung spielte, überzeugt, daß derselbe von der Lotterie gar nichts verstehe, namentlich nichts von der Klassen-Eintheilung, der Art und den Perioden der Ziehung, und daß Beck überhaupt ein beschränkter Kopf sey. Von dieser Wahrnehmung Vortheil ziehend, habe er es unternommen, bei der 109ten Ziehung das sechste Loos dem Beck vorzuenthalten und besonders zu verkaufen. Zu dem Ende habe er dem Beck die Loose immer erst, nachdem die betreffende Klasse gezogen gewesen, übergeben, also die ausgespielten Zettel; was er dem Glaser am 26. März in dem Couverte übergeben habe, sey das Loos 5ter Klasse gewesen, die damals bereits gezogen war; deßhalb habe er auch sich so sehr beeilt, dem Glaser das Loos mitzugeben, und als er es nicht mitnehmen wollte, gleichsam aufzunöthigen, da bereits die Ziehung der 6ten Klasse beginnen sollte, sohin eine Entdeckung der List durch Beck zu befürchten stand, wenn derselbe noch nicht einmal den 5ten Zettel gehabt hätte. Um diese Entdeckung nicht herbeizuführen, habe er auch nicht selbst zu Beck gehen wollen, sondern ihm das Loos in einem Umschlage zugeschickt.

(Schluß folgt.)

Mannichfaltigkeiten.

Die Karlsruher Zeitung erzählt, daß bereits im Jahre 1808 ein durch München reisender persischer Gesandter mit explodirender Baumwolle, die er aus Persien mitgebracht, seine Tabakspfeife angezündet habe. (!)

(Hamburg, 6. Oktober.) Eben schickt die Gas-Anstalt der Herren Malam und Comp. den deutschen Einwohnern die Rechnungen über die in ihren Häusern eingerichteten Lampenapparate zu; auf diesen Rechnungen sind 30 bis 40 verschiedene Posten in englischer Sprache aufgeführt; die Empfänger verstehen davon nichts. Das Einzige, was ihnen klar ist, sind die bedeutenden Summen, welche in Zahlen ausgedrückt unter der englischen Spezifikation summirt sind. Viele Leute sollen übrigens die Rechnungen an die Kompagnie zurückgeschickt haben mit der Bemerkung, daß sie deutsche Rechnungen verlangen, wo sie deutsches Geld zahlen sollen.

Alldieweil es vielen Leuten ein Geheimniß ist, was denn eigentlich die Philosophie ist, so belehrt uns nun ein Professor der Philosophie über dieselbe. Herr Professor Windischmann sagt nämlich: „Die Philosophie ist wesentlich nichts anderes, als das streng in einem Zusammenhange fortschreitende Zusichselbstkommen, sowie nicht minder das auf diese Weise verfahrende Zusichselbstbringen und dann das Beisichselbstbeharren der im bloßen sinnlichen und fleischlichen Leben außer sich seyenden und — wie es sich am Ziele findet — außersichgekommenen und zu jenem Abgrunde des Lebens herabgesunkenen Vernunft!“ — Nun also, meine Herren, was ist denn eigentlich die Philosophie?

(München, 21. Oct.) Das so eben erschienene k. Regierungsblatt Nro. 34 enthält eine allerhöchste Verordnung „die Errichtung eines Konservatoriums für Musik in München betreffend“, wodurch einem in mehrfacher Beziehung längst gefühlten Bedürfniß abgeholfen wird. Dieses Konservatorium wird für eine Staatsanstalt erklärt und als Dotation werden ihm die eingehenden Honorare und der jedesmal im Staatsbudget bestimmte Zuschuß angewiesen. In letzterer Beziehung sey bemerkt, daß dieser Zuschuß bereits im Budget der laufenden Finanzperiode mit 5000 fl. jährlich vorgesehen ist.

Der vorjährige Rektor der Berliner Universität, Professor Trendelenburg, hat sich veranlaßt gesehen, in seiner lateinischen Abschiedsrede am 15. Oct. d. J. von der „Unmäßigkeit im Biertrinken“ bei Studenten zu sprechen.

Zur Beurtheilung der explodirenden Baumwolle gibt der Kieler Professor Himly in der Hamburger Börsenhalle kein günstiges Gutachten. „Eine ersprießliche Verwendung für Geschütze spricht er der Erfindung ab, denn, bemerkt er, erstens entzündet sich nitrificirte Baumwolle bei einer sehr viel niedrigeren Temperatur als Schießpulver, und man wird daher bei weitem nicht so viel Schüsse hinter einander aus demselben Geschütze geben können, als bei Pulverladungen. Ein Mangel, der schon bei letzteren sehr fühlbar ist. Zweitens erzeugt sich bei der Verbrennung eine bedeutende Menge Wasser. Drittens ist die Explosivkraft den Versuchen und der Berechnung nach bedeutend geringer als beim Schießpulver. Ich glaube, man bleibt vorläufig beim Alten.“

Auf dem königl. Theater in Berlin soll in diesem Winter außer Gutzkow's Trauerspiel: „Acosta“ und Laube's Drama: „Die Karlsschüler“ (Schiller erscheint darin bis zur Flucht nach der ersten mit Jubel aufgenommenen Nachricht von dem Erfolg der „Räuber“ in Mannheim) ein aus dem Dänischen übersetztes Stück, ein reizendes dramatisches Idyll von Heinrich Hertz: „König René's Tochter“ zur Aufführung gelangen — kein Knallstück, kein Bühnenrausch, sondern ein ächt poetisches Produkt. Als neue Opern sind den Berlinern für dieses Jahr „Die beiden Prinzen“ von Esser, „Wilhelm von Oranien“ von Eckard und „Der Waffenschmied von Worms“ von Lortzing versprochen, also drei Werke deutscher Tonsetzer!

(Leipzig, 20. Oct.) Gestern eröffnete unser Theater seine Winterabonnementsvorstellungen mit Friedrich Hebbel's „Maria Magdalena“, bürgerliches Trauerspiel in drei Akten. Voll der freudigsten Ueberraschung haben wir zu berichten, daß das Werk Hebbel's einen außerordentlichen Erfolg davongetragen und durch diese Probe unwiderleglich bewiesen hat, welch' eines gewaltigen Eindrucks es fähig ist, sobald es in allseitig gesicherter Darstellung und vor einem gebildeten Publikum auf die Bühne tritt.

(Dresden, 19. Oct.) Die von mehreren Blättern gegebene Nachricht, daß Gutzkow's „Uriel Acosta“ von hiesigem Hoftheater nicht angenommen wäre, ist gänzlich ungegründet. Das genannte Drama ist mit einigen leichten Modificationen definitiv zur Darstellung bestimmt und wird in der zweiten Hälfte des Novembers auf hiesigem Repertoire hervortreten.

Essers Oper: „Die beiden Prinzen“ hat auf der Berliner Hofbühne Glück gemacht. Sie wurde am 15. Oktober zur Geburtsfeier Sr. Majestät des Königs gegeben und günstig aufgenommen. Ungeachtet es bei'm königl. Hoftheater in Berlin die Sitte erheischt, daß der fungirende Regisseur erscheint, um im Namen des Hervorgerufenen zu danken, so setzte es diesmal das Publikum doch durch, daß Hr. Esser nach dem zweiten Akt mit Fräul. Tuczek und Hrn. Mantius und am Schlusse mit sämmtlichen Sängern persönlich erscheinen mußte. Es freut uns, berichten zu können, daß es einem deutschen Komponisten gelingt, die vielen Schwierigkeiten zu besiegen, die gewöhnlich seiner Laufbahn im Wege stehen.

(München, 20. Okt.) Das wasserdichte Papier, welches von Schönbein erfunden, und wegen seiner wasserfesten und pergamentartigen Eigenschaften besonders gerühmt wurde, hat hier auch Dr. C. Arendts dargestellt, obwohl die Bereitungsart von Seite Schönbeins noch geheim gehalten wird.

Literatur.

Illustrirter Kalender für 1847. Leipzig, Verlags-Buchhandlung von J. J. Weber.

Wie bekannt, hat sich in der neuesten Zeit eine förmliche Umgestaltung des alt-herkömmlichen Kalenderwesens ergeben und die Kalender nach dem Muster und Vorbild des hinkenden Boten fangen selbst bei den untersten Ständen unbeliebt zu werden und sich zu verlieren an. Man will heutigen Tages nicht nur einen andern und der fortschreitenden Aufklärung entsprechenden Inhalt, sondern auch ein gefälligeres und geschmackvolles Aeußere. So sind eine Menge von Volks-Kalender entstanden, die mit einander nach Inhalt und Form wetteifern und jedenfalls als ein Fortschritt auf dem Gebiete der Volks-Literatur zu betrachten sind. Der hier angezeigte illustrirte Kalender, aus der großartigen und vielseitig thätigen Verlagshandlung von J. J. Weber in Leipzig hervorgegangen, nimmt durch die Reichhaltigkeit des in ihm enthaltenen Materials, so wie durch die Eleganz der Ausstattung eine der ersten Stellen ein und hat bereits einen weiten Leserkreis gewonnen. Der vorliegende für 1847 ist gleich dem früheren ein Jahrbuch der Ereignisse, Bestrebungen und Fortschritte im Völkerleben und im Gebiete der Wissenschaften Künste und Gewerbe und zerfällt außerdem in eine Menge von Unterabtheilungen und einzelnen Abschnitten, deren detaillirte Aufzählung zu weit führen würde. Für alle Stände und Klassen der Gesellschaft wird hier Etwas geboten und zeitgeschichtliche, statistische, gewerbliche, ökonomische literarische und andere Notizen wechseln mit mannigfaltigem Unterhaltungsstoffe ab, so daß Jeder in demselben Etwas finden und Keiner leer ausgehen wird. Als Wegweiser und Hülfsbuch nach allen Seiten hin ist dieser Kalender besonders zu empfehlen; außerdem gewähren die vielen und mannigfaltigen Holzschnitte, welche den sehr schönen Druck illustriren, viel Interesse und machen diesen Kalender zu einer Prachtausgabe seines Genre's. Berechnet man die starke Bogenzahl und die in jeder Hinsicht befriedigende Ausstattung, so erscheint der Preis von fl. 1 12 kr verhältnißmäßig äußerst billig und nur bei massenhaftem Absatz kann die Verlagshandlung zu einigem Aequivalent gelangen, worauf sie allerdings verdienten Anspruch zu machen hat. Indem wir somit den neuen Jahrgang dieses Kalenders zur Anzeige bringen, glauben wir denselben der Beachtung aller Stände bestens empfehlen zu dürfen.

Korrespondenz.

Kassel, im Oct.

(Schluß.)

Die gegenwärtige Kunstausstellung bietet des Schönen so Vieles dar, daß man mehrere Tage braucht, um sämmtliche Bilder zu besehen; denn es haben dieses Mal die ausgezeichnetsten Künstler Deutschlands und des Auslandes Zusendungen gemacht. Es sind alle Fächer ruhmvoll vertreten; doch ist die Landschaft vorherrschend und der geringste Theil gehört der Geschichte an. Unter der letzteren Gattung befindet sich ein Bild, welches der 740 Nummern zählende Catalog nicht enthält. Es zieht vorzugsweise die Aufmerksamkeit aller Beschauenden an und Jeder fragt endlich: von welcher Hand rührt dieses schöne Kunstwerk her? Mit Stolz und Freude bezeichnen wir es als das Meisterstück unseres Professors Müller, des Bruders des rühmlichst bekannten Landschafters, von dem wir hoffentlich auch noch während dieser Ausstellung mit etwas Trefflichem überrascht werden. Der ausgeführte Gegenstand stellt König August von Frankreich in dem Augenblick dar, als ihm durch seine Geistlichkeit der päpstliche Befehl überreicht wird, sich von der Gräfin Meran zu trennen. Das Bild wird bei der folgenden künstlerischen Beurtheilung mit den besten Werken in Concurrenz treten, und wir erwähnen hier nur noch aus Patriotismus der schönen Landschaft des hiesigen Malers Dallwig (jetzt in München) mit dem Bedauern, daß unser Emden, Nahl und Wenderoth diesmal nichts eingeliefert haben. — Die Ernennung des Oberhofmarschalls v. Herringen zum General-Intendanten des Hoftheaters läßt auf große Veränderungen desselben schließen, die mit Recht erwartet werden dürfen, wenn der alte Glanz desselben, der während der letzten Jahre zu erlöschen schien, noch gerettet werden soll. Es ist eine wichtige und schwere Aufgabe für den genannten Herrn; doch wird er dieselbe gewiß zu lösen im Stande seyn, wenn er selbstständig sich vertraut und Einflüsterungen von außen kein Gehör verleiht. Zunächst sollen im Schauspiel die offenen Fächer durch tüchtige Mitglieder besetzt und zunächst einer tragischen und jugendlichen Liebhaberin, so wie einem feinen Komiker entgegengesehen werden. Die Oper kränkelt namentlich am Tenor, was wir freilich mit vielen andern Bühnen gemein haben. Eine Fräul. Burchard aus Stettin trat als Norma auf und erwarb sich vielen Beifall; sie singt zuerst nun die Donna Anna und hiernach erst wird von Abschluß eines Engagements die Rede seyn können. Das Repertoire der Oper vermochte noch immer mit anderen zu concurriren; das des Schauspiels bringt zwar Novitäten, aber unbedeutende, nichtssagende Uebersetzungen, was wohl seinen Grund in der mangelhaften Besetzung der Fächer finden mag. — Seit längerer Zeit hält sich der bekannte Improvisator Bäsmann hier auf, der zwar noch keine öffentliche Vorstellung gegeben hat, in verschiedenen Privatgesellschaften aber die ihm übergegebenen Thema's überraschend löste und sich dadurch allgemeinen Beifall erwarb.

Aus der Wetterau, im Oct.

In einzelnen Bezirken unserer Wetterau haben einige Bürgermeister, als Ortspolizeibeamten, in ihren resp. Gemeinden das übliche jährliche Kirchweihfest nicht gestattet, welche Maßregel, auf erhobene Reclamationen, auffallender Weise auch die kreisräthliche Bestätigung erhalten haben soll. Gründe für dieses Verfahren sind uns nicht bekannt, wohl aber die Unzufriedenheit vieler Ortseinwohner und junger Leute, welchen die wenigen im Allgemeinen zum Frohsinn und zur Freude bestimmten Tage in Trauer über jene Maßregel umgewandelt worden sind. Fragen wir nach den Zwecken, welche durch diese neuerfundene Curatel erreicht werden sollen, so kann — so lange nicht im Allgemeinen jenes Freudenfest suspendirt und jedes Wirthshaus geschlossen wird — kein einziger mit haltbaren Gründen vorgeschoben werden; es sey denn der, daß für Einzelne — freilich auf Kosten der Selbstständigkeit der Ortsbürger — die Depense, welche Kirchweihe-Gäste veranlassen könnten, erspart worden wäre. Fragen wir dagegen nach den Nachtheilen, welche durch eine solche moderne Curatel erzeugt werden, so bestehen diese, unter vielen anderen, hauptsächlich darin, daß die jungen Leute aus solchen bevormundeten Orten die Lustbarkeiten und Kirchweihen anderer benachbarter Orte besuchen, ihr Geld also außerhalb ihres Ortes verzehren, ja, durch die hinzugekommenen Grillen mehr verzehren, als sie unaufgeregt verzehrt haben würden; — daß sie an fremden Orten leichter in Streitigkeiten gerathen und sich große Nachtheile dadurch zuziehen können; — daß den Wirthen, welche oft schon sich mit Wein- und Eßwaaren versehen hatten und die ihre Bestandgelder fast nur ausschließlich von den Einkünften bei dem Kirchweihfest (welches ihre Ernte bildet) bezahlen, gegen Recht und Billigkeit ein bedeutender Schaden zugefügt wird, u. s. w. Es wäre uns erwünscht, die Gründe zu jener Maßregel öffentlich zu vernehmen, um sie dann gehörig würdigen und nachweisen zu können, daß ein solcher, in die bürgerlichen Rechte verletzend eingreifender Bürgermeister-Absolutismus mit dem loyalen Regiment unserer höheren und höchsten Staatsbehörden und überhaupt mit unserer auf Humanität beruhenden Gesetzgebung nicht wohl im Einklang zu bringen ist.

Geschichtliche Vorlesung.

Zweite Vorlesung; Montag, 26. Oct., Abends 7 Uhr:

Kurze Wiederholung des Inhalts der bereits gehaltenen ersten Vorlesung — Maria Theresia: Fortsetzung und Schluß.

Eintrittskarten erhält man in der Herrmann'schen, Jäger'schen, Sauerländer'schen oder Schmerber'schen Buchhandlung. Dr. Heyden (K 28).

Theater-Anzeige.

Sonntag, 25. Oct. Wilhelm Tell, große Oper in 4 Abth., Musik von Rossini.

Montag, 26. Oct. Der Vetter, Lustspiel in 3 Abth., von Benedix. Hierauf: Erste Abtheilung: Optische Lichtbilder. Zweite Abtheilung: Komische Spiegelbilder aus dem Leben, von Joh. Bosch aus Wien.

Redakteur J. F. Heller. — Druck und Verlag von Heller und Rohm.

Didaskalia.

Blätter für Geist, Gemüth und Publizität.

Nro. 296. Dienstag, den 27. October 1846.

Ein Tag auf der See.

Aus der Beschreibung meiner Reise nach Brasilien. Von Adolf Ebeling.

„O Wieg', aus der die Sonnen steigen:
o heiliges Meer!
„O Grab, in das die Sonnen neigen:
o heiliges Meer!"

Rückert.

Der Ostpassat war günstig und anhaltend, wie selten; so viel Segel das Schiff tragen konnte, waren beigesetzt, wir eilten, oder flogen vielmehr, unserm Ziele: **Brasilien** zu.

Der achte September war schön, wie die vorhergehenden Tage; unter uns das unermeßliche, sanft bewegte Meer, über uns das wolkenlose Blau und die sengende Tropensonne. Nur der Wind war schon gegen Morgen um weniges schwächer geworden; am Abend spürten wir seine Abnahme noch mehr. Die Sonne ging still und groß unter, ohne weitere Farbenpracht, als ihr eigener lichtweisser Glanz, das sicherste Zeichen eines gleich heitern Himmels für den folgenden Tag. Die Venus glänzte noch lange im Westen, wie ein kleiner Mond, einzelne Sterne tauchten hervor, dann mehrere, und endlich blitzte und flammte über uns das tiefblaue Gewölbe in seiner ganzen südlichen Pracht. Das Schiff zog leuchtende Furchen, es schien, als schimmerten aus der Meerestiefe tausend und abertausend Sterne herauf, der Himmel spiegelte sich mit seinen unzähligen Lichtern in der klaren Fluth, überall, wohin man sah, ob hinauf, ob hinunter, derselbe herrliche Anblick. Auf dem Verdeck selbst war es ruhig und leer, wie immer um diese Zeit; die Mannschaft war schlafen gegangen bis auf wenige Matrosen, die vorn am Bugspriet sich zusammengesetzt hatten und sich vielleicht erzählten von ihren Abenteuern oder ihrer Heimath; am Steuer stand schweigend und fast unbeweglich eine dunkle Gestalt, schwach erhellt von dem Lampenschimmer der Bussolen. Aus der erleuchteten Kajüte tönte munteres Gespräch und Gläserklingen herauf; ich hörte, wie sie anstießen und auf baldige glückliche Ankunft tranken. Ich ging auf dem Hinterdeck auf und ab, meine Gedanken schweiften hinüber in die nordische Heimath, ich gedachte der fernen Lieben und inniger als sonst, denn heute war der Geburtstag meiner Mutter. Manches Bild aus der Vergangenheit trat vor meine Seele; ich verglich meine jetzige Umgebung mit dem lärmenden Treiben meiner Vaterstadt, die ich vor wenig Monaten verlassen: dort Tag und Nacht umgeben von dem betäubenden Geräusch eines Welthandelsplatzes, und hier schon seit mehr denn vierzig Tagen mit wenig Genossen auf dem ernsten, endlosen Ocean. Aber diese Ruhe that mir wohl; ich hatte sie früher vergeblich gesucht. Der Steuermann trat auf's Verdeck, warf die Logmaschine in's Wasser und notirte die wenigen Striche, dann verschwand er wieder im Innern des Schiffes. Die Nacht war ungewöhnlich lau, ich beschloß deshalb, auf dem Verdeck in meiner Hangmatte zu übernachten, und band zu dem Ende die Schnüre an den Quermast des hintern Segels. Alsdann machte ich noch einige Gänge, mir war, als sey ich das einzig lebende Wesen auf der weiten Wasseröde, denn der Scherz in der Kajüte war auch nach und nach verstummt, am Vordertheil des Schiffes saßen die Matrosen regungslos, sie schienen entschlummert, denn das überwachende Auge des Bootsmannes fehlte und war auch überflüssig in dieser ruhigen Nacht. So lehnte ich mich denn halb wachend, halb träumend an den großen Mast, und meine Augen verfolgten die Richtung unsers Schiffes, und mein Geist gewahrte Palmenwälder und Orangenbäume voll Glanz und Duft.

Da hörte ich plötzlich eine bekannte Stimme von oben herab meinen Namen rufen; ich fuhr auf, sah empor, und mein kleiner Fritz, den ich längst in seiner Koje eingeschlafen glaubte, wiederholte vom ersten Mastkorb aus seinen Zuruf. „So hab' ich mich doch nicht geirrt," fügte er vergnügt hinzu, „schon den ganzen Abend schien mir's so, aber ich wußt' es nicht gewiß, daher sagt' ich's auch den Andern nicht, aber nun bin ich sicher." — „Was in aller Welt machst Du da oben um Mitternacht, Junge, und was willst Du denn eigentlich?" — „Belieben Sie nur heraufzukommen," fuhr er eifrig fort, „so werden Sie sich gleich überzeugen, daß der Fritz auch zu etwas zu gebrauchen ist." Ich schwang mich rasch in das Tauwerk und stand nach wenig Sekunden an der Seite meines kleinen Nachtwandlers. Der aber wies mit ausgestreckter Hand und leuchtenden Augen über die See in nordwestlicher Richtung, und mit nicht geringem Erstaunen gewahrte ich, noch dazu in gar nicht übergroßer Entfernung, die leichten Umrisse eines stattlichen Schiffes. „Aber nun lassen Sie mir auch das Vergnügen, die Faulen da unten zu wecken," rief der Kleine, und schrie dann aus vollen Kräften das vorgeschriebene: „Ship in lee!" in alle vier Weltgegenden auf das Verdeck hinunter. Ich muß hier durch die Bemerkung stören, daß es auf allen Schiffen eine Sache des Ehrgeizes ist, ein Fahrzeug zu entdecken und der Erste mit dieser wichtigen Kunde zu seyn. Also: „Ship in lee!" rief er nochmals und zum dritten Male, freilich unnöthig, denn schon bei dem ersten Zuruf war Alles erwacht und auf den Beinen; so sehr ist der Seemann an rasches Gehorchen und Thun gewöhnt. Ich war wieder hinabgestiegen und begegnete dem Capitain, der, mit dem Fernrohr in der Hand, schlaftrunken in seliger Weinlaune auf mich zukam: „Sie verdienen eine Flasche vom Besten für ihre Entdeckung," rief er mir zu, „Sie sind ja ein zweiter Kolumbus, wo ich alter Praktikus mit den Uebrigen geschlafen, da beschämen Sie uns Alle durch Ihre Wachsamkeit." — „Dießmal gebührt die Ehre nicht mir, sondern dem kleinen Fritz," entgegnete ich, „Sie wissen, Herr Capitain, daß ich immer sagte, der Junge sey zu gebrauchen." — „Hat's brav gemacht, soll schon seinen Lohn finden," sagte der Schiffsherr; richtete alsdann seinen Tubus und fixirte den fraglichen Gegenstand. „Ein schönes Schiff, ein Engländer, wie es scheint," murmelte er nach einer Weile, „aber wie er dahin kommt, noch dazu bei diesem Wind, kann ich nicht begreifen." — „Seht," rief Fritz, der in geringer Entfernung von uns stand, „seht, er hat uns auch schon bemerkt, er hißt eine Laterne am Fockmast auf." — „Er pfuscht mir noch immer in's Handwerk," lachte der Capitain und überzeugte sich alsbald von der Wahrheit des Gesagten. Ich konnte mit meinen ungewehrten Augen hier vom Verdeck aus noch immer nicht mehr erkennen, als ein weißes Gewölk, auf dessen Spitze ein röthlicher Stern stand; der Steuermann versicherte, er sähe ohne Fernrohr bereits Masten und Rumpf des Schiffes. Der Horizont war in jener Gegend von dem Nachschimmer der untergegangenen Sonne weißlich erhellt, und erleichterte so die Beobachtung ungemein. Auch an unserm Fockmast wurde eine große Laterne mit blauem Licht ausgehängt, ich nahm den Tubus zur Hand und bemerkte nun deutlich, wie sich das Licht des fremden Schiffes auf und nieder bewegte. Wir thaten ein Gleiches: ein Zeichen gegenseitiger Erkennung und Verständigung. Der Wind war merkwürdiger Weise um ein Bedeutendes mehr südwestlich abgefallen, auch etwas stärker geworden, als vorher. Es war, als wolle der Himmel selbst uns zu näherer Bekanntschaft mit dem Fremdling verhelfen. Diesem schien es um ein Gleiches zu thun zu seyn, denn er benutzte, wenn auch lavirend, den immer frischer blasenden Wind geschickt und mit gutem Erfolg. Sehr interessant war der jedesmalige Augenblick, wo unser neuer Reisegefährte wendete, man konnte deutlich die drehende Bewegung bemerken. Ueberhaupt traten die Umrisse schon nach Verlauf einer halben Stunde bei weitem klarer hervor. An Schlaf war natürlich nicht zu denken, es war Mitternacht, die Wache wurde abgelöst, aber die abgelöste Mannschaft begab sich nicht hinunter, sondern blieb oben und vertheilte sich in die Mastkörbe, um besser sehen zu können.

(Fortsetzung folgt.)

Wem hat das große Loos gehört?

(Schluß.)

Das auf diese Weise erübrigte 6te Loos, dessen Glück natürlich nicht geahndet ward, suchte er zuerst in Landau zu verkaufen, was ihm nicht gelang, da es in Viertel eingetheilt war, deren Absatz schwieriger ist, als der der Achtel. Er habe es dann seinem Vater, der öfter nach Gelegenheit einzelne Klassenloose gekauft habe, angeboten, der es auch für 18 fl. ihm abgenommen habe unter der Bedingung, noch 18 fl. nachzuzahlen, wenn es mit einem Gewinnste herauskommen sollte. Die Speculation hiebei sey die gewesen, bei dem die Regel bildenden Durchfallen des Looses doch durch den doppelten Verkauf 18 fl. zu profitiren; sollte das Loos, das erst in der vorhergehenden Ziehung herausgekommen war, unerwarteter Weise wieder herauskommen und zwar mit einem einfachen Gewinne von 45 fl., so hätte er diesen Gewinn wohl dem Beck ausbezahlt, um nicht wegen einer geringen Summe sich in Verlegenheiten zu stürzen, zumal er fast nichts verloren hätte, mittelst der von seinem Vater bezogenen 36 fl. Sollte aber das Loos unverhoffter Weise mit einem bedeutenden Gewinne herauskommen, so wäre eben Beck auf irgend eine Weise abzuspeisen gewesen, z. B. das Loos sey nicht angekommen, verwechselt worden oder dergl. — So habe sein Vater in der That den Original-Zettel nach Ostern verschiedenen Bekannten zeigen können, denn er und Niemand sonst habe ihn besessen; deßhalb konnte er sich gleich als den Gewinner ankündigen, und auch beim Einkassiren und Heimkehren mit der Zuversicht und Sicherheit verfahren, die außerdem an Verrücktheit gegränzt hätte. Daher habe auch Beck zu Schullehrer Becker mit Wahrheit gesagt, den letzten Zettel habe er noch gar nicht gehabt. — Am 21. April nun, zwischen 5 und 6 von Neustadt nach Hause kommend, während der Vater in der Synagoge gewesen, habe er (David Kahn) von seinen Schwestern erfahren, der Vater habe einen großen Treffer gewonnen. Wohl wissend, daß dies mit dem Loose, das dem Beck gehört hätte, sich begeben habe, sey in ihm in der Ueberraschung der Gedanke entsprungen, den Beck um den Beweis zu bringen, daß ihm eigentlich das Glücksloos gebührt hätte, und so sich selbst vor Strafe, dem Vater aber den Gewinn zu sichern. Er sey daher nach Edesheim geeilt, um dem Beck die fünf Loose abzunehmen, unter der Vorspiegelung, er habe wieder 45 fl. gewonnen; die Ehefrau Beck's habe zuerst die Loose der vier ersten Klassen herbeigebracht; er habe aber natürlich auch nicht das fünfte Loos in den Händen Beck's zurücklassen dürfen, und um auch dies zu erlangen, gesagt: Das rechte Loos fehle noch. — Diese Vorspiegelung, als hätte Beck ein Trefferloos überhaupt gehabt, habe ihn, seine Verwandten und Freunde in der Meinung bestärkt, das zuletzt noch herbeigebrachte Loos im Umschlage sey das 6te Loos gewesen, demnach seyen die andern an Zahl auch nicht vier, sondern fünf gewesen. In dieser Idee, welche er durch seine List in ihnen erzeugt habe, behaupteten sie nunmehr, selbst gelesen zu haben: 6te Klasse, was doch in der That 5te Klasse gewesen sey. — Demnach sey der Vater unschuldig, ja er sey sogar erst durch die Verhaftung in Mannheim inne geworden, daß Beck eigentlich das 6te Loos durch seinen Sohn hätte erhalten sollen. — Weder Vater noch Sohn hätten diesen wahren Sachverhalt bisher angeben können; der Sohn um deßwillen nicht, weil er damit eine raffinirte Betrügerei zugestanden und überdies möglicherweise veranlaßt hätte, daß Beck den Gewinnst von seinem Vater reclamire und dessen Herausgabe gerichtlich erwirke; der Vater aber hätte bisher die Wahrheit aus diesen beiden Gründen ebenfalls nicht angegeben, vielmehr behauptet, er habe sein Loos von Scharff gekauft (denn dann konnte es nicht das von seinem Sohn dem Beck vorenthaltene Loos seyn), und er habe diese Nummer durch die ganze Ziehung gespielt, weil dann Beck diese Nummer nicht gespielt, also auch der eigentliche Gewinner seyn konnte.

Diese, nicht freiwillig, sondern auf Befragen, zu einer Zeit, wo an der Entscheidung der Sache nichts mehr zu ändern war, gemachten Angaben schienen dem Vertheidiger sowohl an sich, als durch Thränen und Betheurungen der Beschuldigten, namentlich durch die rührende Selbstanklage des Sohnes, seinen Vater durch seine übertriebene Vorsicht in Abnahme der Beweisdocumente, nämlich der fünf Zettel bei Beck, ins Unglück gebracht zu haben, vollständig glaubwürdig und mit den Zeugen-Aussagen, bis auf den Punkt der 5 oder 6 Loose, in überraschender Uebereinstimmung. War aber diese Erklärung der Wahrheit entsprechend, so konnte der Vater Kahn nicht verurtheilt werden und ihm gebührte sogar als Käufer des 6ten Looses der ganze Gewinn; ja es blieb zweifelhaft, ob jenes Vorenthalten und Weiterverkaufen des 6ten Looses eine Prellerei im gesetzlichen Sinne sey, oder bloß den Beck zu einer (an sich unzulässigen) Civilklage gegen den jungen Kahn berechtige.

Wider den ursprünglichen Willen der Beschuldigten, welche in der Erklärung einer Seitens des Sohns so vorbedachten und künstlich angelegten Betrügerei eine Verschlimmerung ihrer Lage besorgten, hielt es der Vertheidiger nunmehr für seine Pflicht, diesen Sachverhalt zur Kenntniß des Gerichtshofs zu bringen, damit mindestens Ein Unschuldiger, der Vater Kahn, noch gerettet werden möge. Allein die Verhandlung war geschlossen, die Functionen eines Untersuchungsrichters bestehen nach vollendeter Voruntersuchung und geschlossenen Debatten ohnehin nicht, am wenigsten am Appellationsgerichte; es schien daher der einzige Ausweg, daß David Kahn seine Schuld durch Darstellung des wahren Sachverhaltes eingestehe und die Unschuld seines Vaters und des Scharff an den Tag lege. In Form eines Schreibens an den Hrn. Präsidenten geschah dies denn auch Tags darauf und die drei Vertheidiger reichten eine kleine Denkschrift hiezu ein, bezüglich der Entstehung dieses Geständnisses und seiner innern Glaubwürdigkeit gegenüber dem immer noch, ohne diese Erklärung, bestandenen Dunkel.

Die Zweifel, ob auf diesen nachträglichen Vorgang hin das k. Appellationsgericht die Beschuldigten nochmals hören und das Geständniß aus ihrem Munde wiederholt vernehmen wolle, und ob letzteres dann dem Gerichte glaubwürdig erscheinen und auf das Urtheil von Einfluß seyn werde — schwanden, als am bestimmten Tage der Herr Appellationsgerichts-Präsident mit der sofortigen Ablesung des Urtheils begann, die nahezu 3/4 Stunden währte. Die Beschuldigten David und Joseph Kahn wurden für überführt erklärt, Ersterer der Prellerei, Letzterer der wissentlichen Mithülfe bei Einleitung und Vollendung des Vergehens und demnach beide zu einer Gefängnißstrafe von drei Jahren, einer Geldbuße von 50 fl. und der (ziemlich bedeutenden) Kosten verurtheilt; auch wurden dieselben auf die Dauer von fünf Jahren nach Art. 42 C. pénal interdizirt (des Rechtes, Geschworner, Vormund, Expert, Zeuge u. s. f. zu seyn, verlustig erklärt). Scharff ward als nicht überführt freigesprochen. — Bezüglich des nachträglichen Geständnisses erkannte der Gerichtshof, dasselbe sey nur eine neue Lüge, die keinen Glauben verdiene, und nur dahin zwecke, wenigstens den Vater Kahn und das Geld zu retten; auch ward die Aufnahme des Geständnisses im Gefängnisse als eine unbefugte Einmischung in die richterlichen Amtszuständigkeiten gerügt (obwohl weder die Form eines Protokolls vorlag, noch überhaupt der Name eines Anwaltes darin vorkam, vielmehr es nur eine vom Beschuldigten selbst an den Präsidenten gerichtete Zuschrift war). — Die Restitution des mit Beschlag belegten Geldes, ward an wen Rechtens verordnet, so daß nunmehr zwischen der Lotto-Administration, Beck und Scharff (welcher die von Stiebel erhaltenen 1069 fl. und die von Kahn erhaltenen 1700 fl. reclamirt) der Rechtsstreit hierüber erst zu erledigen bleibt.

Bezüglich der von Kahn in Frankfurt bei Rothschild und Weiller deponirten 36,000 fl. wird wohl erst durch die Frankfurter Gerichte entschieden werden müssen, welche dann selbstständig zu prüfen haben werden, ob das freisprechende Urtheil des Landauer Zuchtpolizeigerichtes oder das appellationsgerichtliche Urtheil, beziehungsweise die letzte Erklärung des Kahn dem wahren Sachverhalte entspreche und wer daher auf jene deponirten Gelder begründeten Anspruch habe.

Mannichfaltigkeiten.

(Eines Mannes Haus ist seine Burg.) Diesen alten Rechtsspruch der Engländer erläutert William Pitt, einer ihrer größten Staatsmänner, dahin: Nach den Gesetzen unseres Landes steht fest: „des Mannes Haus ist seine Burg“, nicht daß es umhegt wäre mit Wall und Schanze, es mag eine ärmliche Hütte seyn, mit Stroh gedeckt, jeder Sturm des Himmels mag es umbrausen, aber es darf kein Mensch, selbst der König nicht, in dasselbe eindringen.

(Tabak, ein pestilenzialisches Kraut.) Für 7½ Ngr. sind in Grimma unter diesem Titel „zeitgemäße Warnungen an Jung und Alt von einem praktischen Arzte und Chemiker“ erschienen, worin die „unausbleiblichen verderblichen Folgen des vielen Tabakrauchens überzeugend nachgewiesen“ werden. Jetzt sind die Tabakspflanzer, Fabrikanten, Händler u. s. w. — — verloren!

Als Kuriosum sey erwähnt, auf welche originelle Weise jetzt einige Wirthe in Berlin an öffentlichen Orten mit Erfolg Polizei machen. Findet sich eine zweideutige Dame ein, so tritt der Kellner mit Verbeugung an sie heran, und übergiebt ein zierliches Billet, worauf mit Goldschrift Folgendes gedruckt ist: Sie werden ersucht, für die Folge das Lokal zu meiden, widrigenfalls Sie sich einer unbedingten Zurückweisung aussetzen würden. Unterzeichnet ist: der Wirth.

Die Allg. Z. enthält gegenwärtig interessante Berichte aus China. Der Korrespondent gibt folgende Beschreibung von dem Hunde- und Katzen-Markte in Boston. Hunde und Katzen gehören in China zu den werthvollsten Braten, und besonders scheinen die Katzen geschätzt zu seyn. Ein Chinese, der ein gekauftes Miezkätzchen prüft, ob es auch fein fett ist, gäbe ein gar hübsches Genrebild. Unter den Hunden scheint man besonders auf die jungen Werth zu legen; daneben sind Schlangen und Ratten, diese hübsch abgehäutet, Frösche und anderes Gewürm beliebt, und werden fortwährend feil geboten. Der Europäer, zumal wenn er manchmal bei einem Chinesen zu Mittag zu essen hat, geht mit wahrem Abscheu vorüber.

In der großen Oper zu Paris wird „Robert Bruce“ von Rossini in Scene gesetzt. — Im Vaudeville wird J. J. Rousseau's „Neue Heloise“ als Drama in drei Akten von Delaporte gegeben.

Der Dresdener Turnverein zählt jetzt an 1200 Mitglieder, die meistens dem Bürgerstande angehören, da, wie die Köln. Ztg. bemerkt, den Adel die Furcht vor Befleckung seines Stammbaumes, die Beamten aber die Furcht vor der entferntesten Möglichkeit politischer Umtriebe von jeder Theilnahme ausschließt. Kaum wird es eine zweite Stadt in Deutschland geben, wo die Schroffheit und die Ausschließlichkeit zwischen den Ständen auch dem oberflächlichen Beobachter so schnell in die Augen fällt.

Der Dr. Dahlen, welcher von der Königin Elisabeth als Gesandter auf eine Friedens-Negociation zwischen England und Spanien geschickt wurde, befand sich bei einer Präliminar-Conferenz bei dem spanischen Gesandten. Die Frage war: in welcher Sprache unterhandelt werden sollte? In französischer, gab der Spanier spottend zur Antwort: denn Ihre Königin führt ja den Titel Königin von Frankreich. „Da unterhandeln wir lieber in hebräischer Sprache“, erwiederte der Doctor schnell, „denn Ihr Souverain nennt sich ja König von Jerusalem.“ (Vaterl.)

(Aus dem Siegthale.) Während der diesjährigen vierzehntägigen Frühjahrsübung des 3. Bataillon des 28. Landwehr-Regiments ereignete sich folgender Vorfall: Der Wehrmann Johann Becker aus Hoppengarten an der Sieg, in der Bürgermeisterei Dattenfeld, lag während der erwähnten Uebungszeit in der Warth im Quartier und obgleich dieser Ort vom Wohnorte des rc. Becker vier und eine halbe Stunde entfernt ist, ging derselbe dennoch zweimal nach erhaltener Löhnung und nach beendigten Uebungsstunden in der Nacht nach Hause, um seiner Frau und seinen Kindern für die erhaltene Löhnung Brod zu kaufen, und kehrte so schnell zu seinem Bataillon zurück, daß er jede Uebung am folgenden Tage mitmachte und nicht vermißt wurde. Er legte also jedes Mal nach den Uebungsstunden 9 Stunden in der Nacht zurück. Ist dies ein seltenes Beispiel von Männertreue (die Flitterwochen waren längst vorüber), so gibt es zugleich einen Maßstab für die damals und jetzt noch herrschende Noth an der Sieg, wobei bemerkt werden muß, daß der rc. Becker noch nicht zu der ärmsten Klasse gehört.

Prof. Schönbein aus Basel gibt im Schw. Merkur eine aus London datirte öffentliche Erklärung ab, wonach er allein der ursprüngliche Erfinder der Schießbaumwolle ist. Nachdem aber nun einmal das Columbus-Ei gefunden ist, wird es natürlich überall nachgeahmt, und man könnte am Ende so viele Erfinder herausbekommen, als es Chemiker und Apotheker gibt.

Bereits zeigt sich auch auf der neuen Eisenbahn von Berlin nach Hamburg der segensreiche Einfluß der Eisenbahnen auf die Cultur, namentlich die Ausbildung des Geschmacks. Die berühmten Delikatessenhandlungen in Hamburg und die Austernkeller werden jetzt von den ästhetischen Berlinern schaarenweise besucht, und Seefische, Rindfleisch (Pöckelfleisch) und dergleichen werden in großer Menge nach Berlin geholt; was wird das erst werden, wenn die Bahn ganz fertig ist. Von Berlin dagegen sagen die Hamburger, bekämen sie nichts als märkische Rübchen, Krebse u. s. w.

(Cusel, 20. Oct.) Schon seit einigen Wochen wird hier behauptet, daß durch eine zweimal vorgekommene Verwechslung bei Bereitung eines Arzneimittels in der Apotheke zwei Kinder umgekommen seyen. Leider bestätigt sich diese Sage. Der jetzige Besitzer der Apotheke, der dieselbe vor noch nicht langer Zeit erst antrat, wäre indessen, wie behauptet wird, wahrscheinlich unschuldig. Ob aber dem früheren Besitzer irgend eine Vernachlässigung deßfalls nachgewiesen werden kann, weiß man noch keineswegs. Die eingeleitete gerichtliche Untersuchung wird das Nähere sehr bald herausstellen.

Korrespondenz.

Weimar, 19. Oct.

Zu Ettersburg erlag in diesen Tagen die Frau Gräfin v. Redern, Oberhofmeisterin der Frau Erbgroßherzogin, dem Nervenfieber. Ihr Leichnam wird, wie es heißt, nach dem Haag übergesiedelt werden. Die Verstorbene war eine große Wohlthäterin der Armen, welche sich nicht scheute, sie in ihren niedern Hütten persönlich aufzusuchen und ihnen in Zeiten der Noth ein Engel des Trostes und der Hülfe zu seyn. Mehr Freude als den Armen selbst machte ihr zu Weihnachten die Verabreichung reicher Geschenke an Kinder unbemittelter Eltern, wofür sie aber auch wie eine Mutter verehrt wurde. Ihr unerwartetes Dahinscheiden mag daher für Viele eine Quelle namenlosen Schmerzes seyn; ihr Andenken aber wird in dankbaren Herzen fortleben. — Geibel's „König Roderich" ist hier vor kurzem zum Erstenmale über die Bühne gegangen, hat aber im Allgemeinen durchaus nicht angesprochen. Obschon in einzelnen Scenen der mit Poesie begabte Dichter nicht zu verkennen ist, so war die Disposition und die Durchführung des Stücks doch gänzlich verfehlt und ermangelte deshalb aller dramatischen Wirkung. Das darstellende Personal bot alle Kräfte auf, um die Aufmerksamkeit des Publikums zu fesseln, was aber nicht immer gelingen wollte. Besser dagegen gefiel Bellini's bekannte Oper: „die Nachtwandlerin." Indessen darf man dreist behaupten, daß dieses Singspiel an Reiz bedeutend verloren hat, seitdem die gefeierte Jenny Lind darin als Amine hier geglänzt hat. Dem. Agthe sang und spielte zwar recht gut, aber sie selbst mag wohl fühlen, wie schwer es ist, zwischen ihren Leistungen und denen der Dem. Lind einen Maßstab anlegen zu wollen. Hr. Götze schien diesmal nicht besonders disponirt zu seyn. Lortzing's „Wildschütz" hat, wie immer, so auch diesmal gefallen und dürfte noch oftmals zur Aufführung kommen. Auch „Marie Anne, ein Weib aus dem Volke" verfehlte seine Wirkung nicht. Mad. Stör gab die Titelrolle mit vielem Kraftaufwand und bewegte sich stets in den Gränzen der Natürlichkeit. Das Haus war nur wenig gefüllt.

Darmstadt, 22. Oct.

Das von Dr. Boucherie schon vor mehreren Jahren erfundene Verfahren der Färbung von lebendigem Holze am Stamme hat sich seither in der Praxis immer mehr bewährt und ist für die in Holz arbeitenden Gewerbe von einem um so größerem Belang, als die dadurch erlangten künstlich gefärbten Hölzer, sowohl in der Farbe, als in der Zeichnung, verschieden ausfallen, je nach der Beschaffenheit der Holzart, welche man zur Imprägnirung mit einer gegebenen Flüssigkeit verwendete. Die hiesige Centralbehörde des großh. hess. Gewerbvereins erhielt kürzlich eine Partie solcher auf dem Stamme mittelst essigsaurem Eisen gefärbter Hölzer aus der Fabrik von Henrich zu Warschau, welche sämmtlich sehr schön ausgefallen sind, und — wie der Augenschein lehrt — zu Tischen, Kommoden und andern Möbeln sehr zweckmäßig verwendet werden können. Zur Färbung des lebendigen Holzes eignen sich besonders die weicheren Holzarten, als Vogelbeerbaum, Erle, Birnbaum, Kastanie, Haselnußbaum, Weißbuche, Birke, Weißrüstern und Weißdorn. Die hierher gesandten Warschauer Fabrikate bestehen aus diesen Holzarten und sind ausnehmend schön ausgefallen. Wir haben hier wieder den interessanten Fall, daß die Natur die Kunst in ihren Bemühungen unterstützt und gleichsam für sie die Stelle vertritt, wie dies z. B. bei der mechanischen Verfertigung der Lichtbilder geschieht. So viel uns bekannt, so war Boucherie's Verfahren ursprünglich darauf gerichtet, das Holz durch Imprägnirung von Flüssigkeiten gegen die Einwirkung der Fäulniß zu schützen. Bei seinen desfallsigen Experimenten ergab sich das vorerwähnte Resultat, welches für mancherlei technologische Zwecke von besonderem Interesse ist. — Sicheren Nachrichten aus der bayerischen Rheinpfalz zufolge, wird dort der neue Wein im Preise so hoch gehalten, daß der Kauflust dadurch kein Vorschub gethan wird. Zu Dürkheim an der Haardt z. B. wird für das Fuder 250 fl., und zu Wachenheim gar 280 fl. gefordert. Vor so hohen Preisen weichen die Käufer meist zurück, günstigere Handelsconjuncturen erwartend. Man ist auch allgemein der Ansicht, daß die Preise sich auf ihrer jetzigen Höhe nicht erhalten können, sondern in der Folge heruntergehen müßten. Hin und wieder sollen sie wirklich jetzt schon gefallen seyn.

Lauterbach, 21. Oct.

Es wird in unseren Tagen so viel von Aufklärung und Humanität gesprochen, daß man beinahe glauben sollte, beide seyen ein Gemeingut der Gesellschaft und fänden in allen Klassen die gebührende Anerkennung. Leider findet aber öfter das Gegentheil statt, wie wir erst kürzlich hier erlebten, als ein unbescholtener, gebildeter Mann, mit dem unsere angesehensten Bürger schon seit Jahren Umgang pflegen, für nicht casinofähig erklärt wurde. Man raunte sich mit mitleidigem Achselzucken in die Ohren: wenn die Weiber jetzt schon solche Machinationen gegen den besseren Geist unserer Zeit durchzuführen vermögen, was werden sie dann erst thun, wenn sie ihre Emancipation vollständig erlangt haben werden? Dann dürfte den Männern nichts anders übrig bleiben, als sich gutwillig an den Spinnrocken zu setzen und die weiße Küchenschürze vorzubinden. Unser neues Casino hat durch diesen bedauerlichen, das hiesige gesellige Treiben hinlänglich charakterisirenden Vorfall einen ziemlich veränderten, stark in's Aschgraue spielenden Anstrich erhalten, und da in demselben für die Dauer der Wintersaison auch Theater gespielt werden soll, so möchten wir wohlmeinend rathen, zunächst mit Kotzebue's „deutschen Kleinstädtern" zu beginnen und mit Stücken ähnlichen Inhalts, die für unsere Kulturzustände passen, künftig fortzufahren.

Rödelheim, 26. Oct.

Bei der in verflossener Woche dahier stattgehabten Gemeinderathswahl hat die hiesige Einwohnerschaft ihre vorurtheilsfreie Gesinnung in lobenswerther Weise bethätigt, indem sie neben andern tüchtigen Männern auch den israelitischen Bürger Hrn. J. H. May mit einer großen Stimmenzahl zu ihrem Vertreter gewählt hat. Hr. J. H. May, Präses des isr. Gemeindevorstandes, hat durch eine langjährige, pflichtgetreue Verwaltung mehrerer öffentlicher Ehrenämter, die sowohl christliche, wie jüdische Interessen berühren, sich dieses beide Theile ehrende Zutrauen erworben und bereits früher den Beweis geliefert, daß er bei aller Anhänglichkeit an den Glauben seiner Väter doch auch dem Wohle seiner christlichen Mitbürger die wärmste Theilnahme zuwendet. Der Bestätigung der Wahl von Seiten unserer erleuchteten Staatsregierung kann mit Gewißheit entgegengesehen werden.

Geographischer Verein.

Durch die Gefälligkeit des Hrn. Dr. med. Lucä sind wir in den Stand gesetzt, vom nächstem Mittwoch (den 28. Oct.) an unsere bereits begonnenen Vorlesungen während dieses Winters im früheren Locale (dem Hörsaale der Senckenbergischen naturforschenden Gesellschaft und des physikalischen Vereins) weiter fortsetzen zu lassen.

Der Vorstand des geogr. Vereins.

Theater-Anzeige.

Montag, 26. Oct. Der Vetter, Lustspiel in 3 Abth., von Benedix. Hierauf: Erste Abtheilung: Optische Lichtbilder. Zweite Abtheilung: Komische Spiegelbilder aus dem Leben, von Joh. Bosch aus Wien.

Dienstag, 27. Oct. Norma, große Oper in 3 Abth., Musik Bellini. (Gastrolle) Norma: Fräul. Emilie Walter, k. k. Hofopern- und k. würtemb. Kammer-Sängerin.

Redakteur J. F. Heller. — Druck und Verlag von Heller und Rohm.

Didaskalia.

Blätter für Geist, Gemüth und Publizität.

Nro. 297. Mittwoch, den 28. October 1846.

Requiescat! *)

Von Ferdinand Freiligrath.

Wer den wucht'gen Hammer schwingt;
Wer im Felde mäht die Aehren;
Wer in's Mark der Erde dringt,
Weib und Kinder zu ernähren;
Wer stroman den Nachen zieht;
Wer bei Woll' und Werg und Flachse
Hinterm Webestuhl sich müht,
Daß sein blonder Junge wachse: —

Jedem Ehre, Jedem Preis!
Ehre jeder Hand voll Schwielen!
Ehre jedem Tropfen Schweiß,
Der in Hütten fällt und Mühlen!
Ehre jeder nassen Stirn
Hinterm Pfluge! — Doch auch Dessen,
Der mit Schädel und mit Hirn
Hungernd pflügt, sey nicht vergessen!

Ob in enger Bücherei
Dunst und Moder ihn umstäube;
Ob er Sclav' der Messe sey,
Lieder oder Dramen schreibe;
Ob er um verruchten Lohn
Fremden Ungeschmack vertire;
Ob er in gelehrter Frohn
Griechisch und Latein dreire: —

Er auch ist ein Proletar!
Ihm auch heißt es: „Darbe! sorge!“
Ihm auch bleicht das dunkle Haar,
Ihn auch hetzt in's Grab die Sorge!
Mit dem Zwange, mit der Noth
Wie die Andern muß er ringen,
Und der Kinder Schrei nach Brod
Lähmt auch ihm die freien Schwingen.

Manchen hab' ich so gekannt!
Nach den Wolken flog sein Streben! —
Tief im Staube von der Hand
In den Mund doch mußt' er leben!
Eingepfercht und eingedornt,
Aechzt' er zwischen Thür' und Angel;
Der Bedarf hat ihn gespornt,
Und gepeitscht hat ihn der Mangel.

Also schrieb er Blatt auf Blatt,
Bleich und mit verhärmten Wangen,
Während draußen Blum' und Blatt
Sich im Morgenwinde schwangen.
Nachtigall und Drossel schlug,
Lerche sang und Habicht kreis'te: —
Er hing über seinem Buch,
Tagelöhner mit dem Geiste!

Dennoch, ob sein Herz auch schrie,
Blieb er tapfer, blieb ergeben?
„Dieses auch ist Poesie,
Denn es ist das Menschenleben!“
Und wenn gar der Muth ihm sank,
Hielt er fest sich an dem Einen:
„Meine Ehre wahrt' ich blank!
Was ich thu', ist für die Meinen!“

Endlich ließ ihn doch die Kraft!
Aus sein Ringen, aus sein Schaffen!
Nur zuweilen, fieberhaft,
Konnt' er noch empor sich raffen!
Nachts oft von der Muse Kuß
Fühlt' er seine Schläfe pochen;
Frei dann flog der Genius,
Den des Tages Drang gebrochen!

Lang' jetzt ruht er unterm Rain,
Drauf im Gras die Winde wühlen;
Ohne Kreuz und ohne Stein
Schläft er aus auf seinen Pfühlen.
Nothgeweinten Angesichts
Irrt sein Weib und irrt sein Samen —
Bettlerkinder erben nichts,
Als des Vaters reinen Namen!

Ruhm und Ehre jedem Fleiß!
Ehre jeder Hand voll Schwielen!
Ehre jedem Tropfen Schweiß,
Der in Hütten fällt und Mühlen!

*) Unter den Taschenbüchern behauptet das rheinische, herausgegeben von Dräxler-Manfred (Frankfurt, bei Sauerländer), fortwährend nach der Brockhaus'schen „Urania“ den ansehnlichsten Platz. Die Köln. Ztg. gibt das obige schöne und tief empfundene Gedicht als Probe aus dem eben erschienenen Jahrgange 1847, der mit Beiträgen von Zschokke, Betty Paoli, J. Rank, E. M. Arndt, Simrock, Wessenberg und Anderen geschmückt ist und in seinem „Miniatur-Salon“ acht vortreffliche Stahlstiche nach ausgezeichneten neueren Malern enthält.

Ehre jeder nassen Stirn
Hinterm Pfluge! — Doch auch Dessen,
Der mit Schädel und mit Hirn
Hungernd pflügt, sey nicht vergessen!

Ein Tag auf der See.

Aus der Beschreibung meiner Reise nach Brasilien. Von Adolf Ebeling.

(Fortsetzung.)

Wir wichen von unserer vorgeschriebenen Richtung ab, ließen alle Segel stehen und steuerten auf den neuen Reisekameraden los. Der Capitain ließ Wein herauf bringen, und wir stießen an auf die glückliche neue Bekanntschaft. Auch Fritz wurde nicht vergessen; sein Herr reichte ihm eigenhändig ein gefülltes Glas. „Aber Du mußt auch einen hübschen Spruch ausbringen," riefen ihm Mehrere zu; er lachte, nahm den Wein, hob ihn in die Höhe und sagte: „Nun, so sollen Sie leben, und der da drüben auch; kommt er als Feind, findet er volle Kanonen, kommt er als Freund, findet er volle Flaschen!" Wir lachten über unsern gewandten Improvisator und erschöpften uns nun in allerlei Muthmaßungen, wer wohl der Fremde seyn könne. Die Zeit verging rasch; dann und wann standen wir auf und sahen hinüber zu dem immer näher kommenden Schiffe. Man konnte deutlich und immer deutlicher die einzelnen Theile erkennen, es war ein Dreimaster, lag vor vollen Segeln, selbst alle Leesegel waren beigesetzt, was für ein Landsmann es aber sey, wußten wir nicht. Eine Flagge war nicht aufgezogen, man hätte sie überdem nicht genau sehen können. Wir mußten uns bis zum nahen Morgen gedulden. Der Capitain aber war fest entschlossen, das Schiff anzurufen, und in üblicher Weise die Längengrade mit demselben zu wechseln, woran uns zumal viel liegen mußte, weil man selbst bei der genauesten Berechnung sich auf einer langen Reise immer um 20 — 30 Meilen versehen kann. Zu dem Ende begab er sich mit dem Obersteuermann hinab, wo sie die Resultate der letzten Tage zusammentrugen und auch wohl, so schien es mir wenigstens, sich ernsthaft über den vorliegenden Fall beriethen. Ich selbst blieb oben, hüllte mich in meinen Mantel, denn die Morgenluft ist zwischen den Wendekreisen schädlich und erkältend, und setzte mich so, daß ich den räthselhaften Nachbar im Auge behalten konnte. Der weiße Schimmer, da wo der Himmel das Meer berührte, zog sich merklich immer weiter nach Osten, und wurde dort bald zu einer stärkeren Helle. Mich überwältigte dennoch der Schlaf. Der spät genossene Wein hatte mich sammt dem ganzen nächtlichen Abenteuer aufgeregt. Mir träumte von Seeräubern, von Kampf und Mord; unser Schiff wollte versinken, eine Hand faßte mich, ich erwachte. Der Capitain stand vor mir. „Sie wollen nachholen, was sie erst versäumt," sagte er, „aber ich darf's nicht leiden, daß Sie die erste Begrüßung des fremden Gesellen versäumen." Ich sah umher, der östliche Horizont lag in hellem Glanz, ein schwacher röthlicher Schimmer darüber, keine Wolken, nur hie und da vom Meer aufsteigende Nebel. Das vielbesprochene Schiff lag schon sehr nahe zur Rechten, in seiner weißen Segelpracht und seinen schlanken Umrissen ein schöner Anblick. Noch mehr aber ward ich überrascht, als ich am Hintertheil des Schiffes die Hamburger Flagge sah, es wehte mich an wie ein heimathliches Grüßen. Auch wir hatten die unserige aufgezogen: den Schlüssel im roth und weißen Felde. Der Fremde hatte uns bereits erkannt; ein schlanker Mann ließ sich auf einer Erhöhung des Hinterdecks sehen, wir sahen deutlich, wie er mit seinem Strohhut winkte. Der Wind war wieder bedeutend schwächer geworden, aber immer noch stark genug, uns einander näher zu bringen. Unser Nachbar fiel um einige Striche vom Wind ab und kehrte uns seine Vorderseite zu, er fuhr wirklich mit vollen Segeln auf uns los. Ich begab mich nach vorn, um das interessante Schauspiel bequemer sehen zu können; kaum dort angelangt, bemerkte ich, wie sich am Vordertheil des fremden Schiffes plötzlich eine weiße Rauchmasse bildete, und ehe ich zur Erklärung kam: Blitz und Knall. Ich gestehe, daß ich erschrocken zurückfuhr, weil mir der Umstand nicht bekannt war, den ich hier ebenfalls dem Nichtkundigen erkläre, daß wenn sich auf der See zwei Schiffe begegnen, und eins eine nähere Mittheilung wünscht, (im Fall natürlich das Wetter eine solche zuläßt), dies am Bugspriet eine Kanone löst. Ich sah auch gleich darauf von unserer Seite das Zeichen der Gewährung, nämlich unsere Flagge auf und nieder gehen. Es wurden jetzt von beiden Theilen alle möglichen Anstrengungen gemacht, uns so nahe zu kommen, wie irgend möglich, es hielt schwer, denn der Wind ward immer schwächer, wechselte alle Augenblick seine Richtung, was dem erfahrnen Seemann die Annäherung einer Windstille verkündet. Und dennoch gelang es uns, indem wir jeden kleinen, neu erwachenden Windstoß benutzten, dem Schiffe bis auf ungefähr 200 Schritt nahe zu kommen. Unsere ganze Mannschaft, der Capitain an der Spitze, stand auf dem Verdeck neugierig zusammengedrängt, Einige hingen an den Raaen oder im Tauwerk, drüben sahen wir ein Gleiches. Unser Capitain rief nun durch sein Sprachrohr, man hätte auch ohne dies sich verständigen können, die üblichen Grüße hinüber und zwar gleich in deutscher Sprache, weil es ja unser Landsmann war; dieselben wurden gleich freundlich erwiedert und dann die gewöhnlichen Fragen und Antworten getauscht, wie Name und Bestimmungsort, vor Allem die Längergrade u. s. w. Es war die Luise von der Hamburger Rhede, ein noch ganz neues, prächtiges Schiff, einem bekannten dortigen Hause angehörend. Als nun die Unterhaltung zu Ende war, klang der Abschiedsgruß und der Wunsch: „glückliche Reise!" ungemein spaßhaft, denn es war mittlerweile völlige Windstille eingetreten und die aufgegangene Sonne, die wir in der allgemeinen Spannung vielleicht zum ersten Male gar nicht bemerkt hatten, warf ihre schrägen Strahlen über die unendliche krystallgrüne Spiegelfläche des Meers, das nur noch an einigen Stellen in sanften Schwingungen leis aufathmete und nach und nach gänzlich ruhte. Aber eben diese letzte Bewegung hatte uns noch mehr einander genähert, so daß, für Seefahrer gewiß ein seltner Fall, kaum fünfzig Schritte zwischen uns lagen. Die Segel beider Schiffe hingen schlaff an den Masten herunter, die See erschien wie eine hell polirte Metallplatte, und unsere Fahrzeuge wie angenagelt auf derselben.

(Fortsetzung folgt.)

Hessische Auswanderer in New-York.

Vom Mittelrheine, 23. October.

Das neueste Wochenblatt der in New-York erscheinenden „Deutschen Schnellpost" liefert über die im letzten August aus Großzimmern ausgewanderten armen Gemeindeglieder einen Bericht, der in einem gelesenen deutschen Blatte wiedergegeben werden muß, damit die großherzoglich hessische Regierung über die Wahrheit der betreffenden Angaben eine Untersuchung anstellen zu lassen veranlaßt werden möge. Amerika darf für uns kein Grab seyn, auf dessen Stummheit sich bauen ließe. Der Correspondent der „Deutschen Schnellpost" nennt als seine Gewährsmänner zwei der Vertriebenen: Johann Ohmann und Heinrich Brücher, welche bereit seyn, ihre Aussagen zu beschwören.

Dieser Bericht lautet:

Die Zeiten wurden schlecht in Großzimmern. Die vorjährigen Aernten waren ungünstig, und die diesjährigen drohten, abermals fehlzuschlagen. Die Aussichten auf die Zukunft waren trübe. Nun hörte man seit längerer Zeit Vieles über Auswanderung nach Amerika, und der Gegenstand hatte oft schon Stoff zu Unterhaltungen und Berathungen gegeben, als am Samstage vor Ostern der Gemeinde-Diener in Großzimmern, auf Befehl des Bürgermeisters, mit der Schelle im Orte herumging und die Bewohner auf's Rathhaus beschied. Dort war der Kirchenvorsteher D., der an der Stelle seines Vaters als Bürgermeister fungirte, und der Bevollmächtigte K., und die'e erklärten der versammelten Menge daß man sie berufen, um sich mit ihr hinsichtlich ihrer Lage und ihrer Zukunft zu berathen. Die Herren entwarfen zuerst ein Bild von dem Zustande der Dinge in Großzimmern und bemühten sich, darzuthun, daß derselbe nur immer schlimmer werden würde, wenn nicht dem Allen drohenden Unheile auf energische Wei'e vorgebeugt werde. Sie erwähnten demnächst, wie der Gegenstand schon seit längerer Zeit ihre Aufmerksamkeit in Anspruch genommen habe und wie sie zur Ueberzeugung gekommen seyen, daß nur durch Verminderung der Bevölkerung — durch Auswanderung — allgemeines Elend vermieden werden könnte. Sie hätten zu diesem Zwecke schon vor längerer Zeit sich mit dem darmstädtischen Consul in Amerika in Correspondenz gesetzt, und sie wären nun befähigt, allen Denen, die auswandern wollten, dies unter höchst befriedigenden Bedingungen und Aussichten möglich zu machen. Die Gemeinde nämlich sey bereit, die sämmtlichen Reise- und Ueberfahrtskosten, Passagegeld sowohl als Beköstigung, zu bezahlen, so daß die Auswanderer selbst dazu keinen Kreuzer beizutragen haben würden; und es sey ferner die Vorkehrung getroffen, daß bei ihrer Ankunft in Amerika ein Bevollmächtigter der Gemeinde sie in Empfang nehme, für ihr Unterkommen sorge und ihnen passende Arbeit verschaffe.

So sprach der Ortsvorstand, und seine Worte wurden später von dem Kreisrathe des Kreises Dieburg als wahr verbürgt und bestätigt. „Geht nur, Ihr Leute" — sagte dieser, als er gefragt wurde —, „geht getrost fort; für Euch ist gesorgt. Das Ministerium hat sich für Euch verwandt und Euretwegen mit dem Consul in Amerika correspondirt; der wird sich Euer annehmen."

Die Proletarier fühlten ihr Elend und mußten einräumen, daß das Bild, welches man von ihrer Zukunft entworfen — blieben sie in Großzimmern —, getreu gezeichnet war. Sie glaubten den Darstellungen und Versprechungen der Behörde in Betreff ihrer Aufnahme und Unterstützung in Amerika, und es ist also nicht zu wundern, daß sie sich ohne große Ueberwindung zur Auswanderung entschlossen. Die Meisten gingen sehr lockend darauf ein, denn sie bot ihnen ja eine frohe, sorgenfreie Zukunft; Einige zögerten und wünschten, über mehrere Details beruhigt zu werden. Sie sprachen von ihren kleinen Habseligkeiten, Hausgeräth &c.; jedoch diese Schwierigkeiten wurden leicht beseitigt. „Was wollt Ihr mit Euren alten Stühlen und Bänken?" hieß es, „Ihr findet Alles, was Ihr braucht, in Amerika. Hausgeräth, Häuser, Land, selbst Geld soll Euch bei Eurer Ankunft in der neuen Heimath angewiesen werden. Ihr könnt dort eine kleine Colonie bilden, und in wenigen Jahren werdet Ihr in einer besseren Lage seyn, als wir, die wir zurückbleiben." Einstimmig war darauf der Beschluß, den Vorschlag des Ortsvorstandes dankend anzunehmen. Alle Proletarier stimmten für die Auswanderung nach Amerika.

Die Vorbereitungen zur Reise waren bald beendigt, denn die Auswanderer hatten gar wenig in Ordnung zu bringen. Johann Obmann z. B. war zehn Gulden Hauszins schuldig; er gab sein Mobiliarvermögen in Zahlung, welches man ihm zu sechs Gulden anschlug, und die fehlenden vier Gulden mußte er auf andere Weise herbeischaffen. Seine Reisegefährten saldirten ihre Rechnungen ebenfalls, so gut sie konnten, und in ein paar Wochen waren Alle reisefertig.

Inzwischen hatte der Ortsvorstand einen Contract mit dem Kaufmanne Sandenberger in Darmstadt abgeschlossen, wodurch sich dieser verpflichtete, 500 bis 700 Personen von Gernsheim nach Baltimore zu befördern, und zwar für den Preis von 71 Gulden für Erwachsene und 56 Gulden für Kinder von 1 bis 12 Jahren. Säuglinge unter 1 Jahre sollten umsonst mitgehen. Bei diesem Contract wurden die Emigranten nicht zu Rathe gezogen. Die'e hatten einmal ihre Zustimmung zur Auswanderung gegeben und mußten sich nun gefallen lassen, wie man über sie verfügte.

Laut § 8 des Beförderungs-Contractes sollte die Einschiffung in Gernsheim zwischen dem 1. und 15. August geschehen, und diesem gemäß verließ der erste Transport, wobei Joh. Obmann, Großzimmern am 31. Juli, Nachmittags 5 Uhr, und der zweite, wobei Heinrich Brücher, um dieselbe Stunde am 7. August, und beide kamen am folgenden Morgen gegen 2 Uhr in Gernsheim an, wo sie sofort nach dem eben von Mannheim eingetroffenen Dampfboote geführt wurden. Hier hatten sie einen Vorgeschmack von den Trübsalen, die ihrer harrten. „Wenn man so sein Vaterland aus Armuth auf immer verläßt, so hat man im Anfange keinen großen Appetit zum Essen", sagte mir Obmann. Dennoch hatten Einige, namentlich die kleinen Kinder, Hunger nach der siebenstündigen nächtlichen Fahrt und verlangten Frühstück. Dafür aber war nicht gesorgt; am Bord des Dampfschiffes war weiter nichts, als Brod und Flußwasser; von Vorbereitungen zum freundlichen Empfange der Leute, der ihnen den Abschied von der Heimath hätte erleichtern können, war nicht die Rede. Die Mütter jammerten nach ein Bißchen Milch für ihre Kleinen, oder nach einer Tasse Kaffee, oder nach irgend etwas Warmem — nichts von Allem war zu haben! Diese Rücksichtslosigkeit empörte die Leute. Sie drohten, umkehren und nach Großzimmern zurückgehen zu wollen, wenn man sie nicht menschlicher behandle. Man entschuldigte sich so gut man konnte, und wußte die Herzensschweren zu befriedigen, die sich denn auch bald wie die Schafe an Bord führen ließen und stromabwärts fuhren. Den ersten Transport begleitete der Gemeinderath G. bis Rotterdam, den zweiten der Gemeinderath J. B. bis London, und so lange diese Herren zugegen waren, ging Alles so ziemlich, obwohl der Transport unter J. B. schon auf dem Rheine viel leiden, an den Ruheplätzen unter freiem Himmel schlafen und sich mit der ärmlichsten Kost begnügen mußte.

Im Beförderungs-Contracte mit dem Kaufmanne S. heißt es, daß die Seereise nach Baltimore „zu Rotterdam oder Antwerpen auf soliden, gekupferten Dreimaster-Schiffen" werde angetreten werden. In Rotterdam angekommen, hieß es, man habe, im Interesse der Auswanderer, diesen Paragraphen dahin abgeändert, daß die Einschiffung nach Amerika nicht in einem Hafen des Continents, sondern von Liverpool aus, und zwar von dort nach New-York statthaben solle, daß man in New-York bessere Vorkehrungen für das Fortkommen der Auswanderer habe treffen können, als in Baltimore und daß bereits ein Bote von New-York in Liverpool ihrer harre, der sie dort in Empfang zu nehmen und nach New-York zu begleiten wünsche. Dies waren die letzten Worte des Gemeinderathes G. an seine lieben Landsleute und gewesenen Nachbarn, und diese gingen nun unter Leitung eines Bevollmächtigten des Kaufmannes S., Namens Grill, weiter von Rotterdam über London nach Liverpool, wo bereits mit dem Correspondenten des amerikanischen Schiffes „Atlas" eine Uebereinkunft wegen der Ueberfahrt nach New-York getroffen war, laut welcher dasselbe für Passage und Beköstigung zwei Pfund und neun Schilling Sterling für den Kopf bekam. Der Transport unter Joh. B. war für das Schiff „Sardinia" zu ähnlichen Bedingungen engagirt, und für eine kleine Anzahl der Leute hatte man Raum an Bord des „Montezuma" besprochen.

Jetzt waren die Auswanderer im fremden Lande, und nun machte man wenig Umstände mit ihnen. Sie wurden wie das liebe Vieh durch die Straßen und an Bord geführt, und hier gab der besagte Bevollmächtigte Grill den meisten der Familienväter — nicht allen — einen Wechsel, wie er es nannte, auf New-York, ging aber dabei sehr geheimnißvoll zu Werke, sagte Jedem, um's Himmels Willen vorsichtig mit dem Papiere zu seyn, es gleich sorgsam wegzupacken, damit Niemand es sehe, und es nicht wieder herauszunehmen, bis er in New-York angekommen. Es gelang ihm, den Auswanderern eine hohe Meinung von dem Werth des Papieres beizubringen. Sie folgten seiner Weisung und legten es als ein kostbares Kleinod bei Seite.

Aber der Bote von New-York, den ihnen der Gemeinderath G. versprochen, der sie in Liverpool empfangen und sie nach New-York begleiten sollte, war nicht da. Es war am Bord Niemand, der Deutsch und Englisch verstand, außer einem deutschen Juden aus London, der aber mit dieser Auswanderung nichts zu thun hatte. Dieser diente als Dolmetscher; jedoch wie seine Uebertragung der Wünsche und Klagen der Passagiere aufgenommen wurde, läßt sich aus dem Umstande schließen, daß ihre Wünsche nie befriedigt, ihren Klagen oft größere Entbehrungen und empörende Behandlung folgten.

Es ist noch einige Hoffnung vorhanden, daß das Verfahren der Schiffsmannschaft einer gerichtlichen Untersuchung unterworfen werden wird, und ich will deßhalb noch nicht ausführlich darüber sprechen; nur Einen Vorfall will ich herausheben und ihn den Mitgliedern des Ortsvorstandes in Großzimmern und dem Kreisrathe in Dieburg, so wie auch dem Kaufmanne G. und namentlich deren Frauen, wenn diese Mütter sind, zur Beachtung an's Herz legen, damit sie wenigstens hören, wenn auch nicht fühlen, welche Folgen ihr rücksichtsloses Verfahren gegen die armen Nachbarn gehabt hat. Die Tochter rechtlicher Eltern, ein ehrbares Mädchen, mußte sich den viehischen Lüsten eines Matrosen preisgeben, und die arme Mutter mußte es dulden. Das brutale Verfahren der Schiffsmannschaft wurde theilweise dadurch hervorgerufen, daß diese die Auswanderer nicht nur als Arme, sondern als Vagabunden, als Sträflinge betrachtete, welche keine Rücksicht verdienten. Wer der Schiffsmannschaft diesen Begriff von dem Charakter der Leute beigebracht, weiß man noch nicht; daß aber dafür der Gemeinderath in Großzimmern verantwortlich ist, liegt am Tage.

Sämmtliche erwähnte Schiffe kamen im Laufe voriger Woche hier an, und brachten im Ganzen 615 Passagiere. Diese hofften, jetzt alle Trübsale überstanden zu haben, und sahen sich nun nach dem Bevollmächtigten der großzimmern'schen Gemeinde um, der sie hier empfangen, ihnen Wohnung, Hausgeräth, Speise und Trank, Geld und Arbeit geben sollte. Jedoch es kam Niemand! Sie zogen die ihnen in Liverpool gegebenen Wechsel heraus und fanden, daß sie auf Hrn. Speier gezogen waren, der sie bei Vorzeigung prompt einlös'te, von sonstiger Unterstützung aber nichts wußte; er hatte von Niemanden Auftrag erhalten, irgend etwas Anderes zu thun, als jene Wechsel zu bezahlen. Diese beliefen sich, soweit sie von jenen 615 Passagieren bis dahin vorgezeigt wurden, auf 8484. 12 Cent., also auf nicht ganz neunundsiebenzig Cents per Kopf, und das war ihr ganzes zeitliches Vermögen! Sie suchten demnächst den darmstädtischen Consul, und hofften, von ihm den versprochenen Schutz und Beistand zu bekommen. Jedoch auch er wußte von nichts; er hatte nie ein Wort vom großzimmer'schen Ortvorstande, noch vom Kreisrathe in Dieburg, noch vom großherzoglichen Ministerium über diese Auswanderung gehört, und hatte also natürlich weder Mittel noch Befugniß, als darmstädtischer Consul sich ihrer anzunehmen. Alles, was man den Leuten von einer Correspondenz, von einer Uebereinkunft mit ihm oder irgend Jemand in New-York mitgetheilt und heilig versichert hatte, erwies sich als unwahr. Der Gemeinderath in Großzimmern und der Kreisrath in Dieburg sind Lügen gestraft, die von vorn herein nur Einen Zweck im Auge hatten, nämlich den, sich der Proletarier zu entledigen, gleichviel, durch welche Mittel und auf welche Weise, und durchaus unbekümmert um deren Zukunft. Und was den Abscheu vergrößert, ist das Factum, daß die Gemeinde durch das Fortschicken der Proletarier nicht nur sich eine mögliche zukünftige Last vom Halse geladen und den Vereinigten Staaten aufgebürdet, sondern dadurch ein großes Eigenthum sich zugesichert hat.

Die Gemeinde Großzimmern nämlich besitzt ausgedehnte Gemeindegüter, liegende Gründe, woran Alle, Reiche sowohl als Arme, gleiche Ansprüche haben. Als nun die Zeiten schlecht wurden und keine nahe Besserung in Aussicht stand, da sprachen die Armen von einer Theilung dieser Güter, so daß Jeder seinen Antheil möge selbst bearbeiten und sich wenigstens Brodkorn möge verschaffen können. Dieses Ansinnen gefiel dem vermöglichen Theile der Gemeinde gar nicht. Die Gemeindegüter waren zu werthvoll, um sie auf diese Weise zu zerstückeln; viel vortheilhafter war es, dieselben — sich zu reserviren, und deßhalb sprach man von Auswanderung, und veranstaltete diese, statt einer Theilung der Gemeindegüter. Man glaube also nicht, daß die Gemeinde durch Bezahlung der Transportkosten ihrer Proletarier ein pecuniäres Opfer brachte; im Gegentheile, diese gaben durch Entsagung ihrer Ansprüche auf die Gemeindegüter mehr als ein Aequivalent für den dem Kaufmanne G. bezahlten Passagepreis.

Die Passagiere des „Atlas" kamen am Montage den 14. d. M., die Passagiere der „Sardinia" am 18. an. Jene wurden am folgenden Nachmittage an's Land gesetzt. Zerlumpt, schmutzig, krank, verhungert lagen sie da, als die Nacht heran kam, und verzweifelnd schrieen sie nach Hülfe. Da führte der Himmel einen der Polizeibeamten vom 2. Ward, Melchior Friedrich Behrle, gegen Mitternacht in die Nähe der Unglücklichen. Er hörte das Jammergeschrei, und überzeugte sich bald von der schrecklichen Ursache. Er griff in die Tasche, kaufte Brod und heißen Kaffee und sorgte demnächst für Obdach; und die Armen erkennen mit Thränen im Auge, daß Behrle Manche von ihnen vom Hungertode rettete. Am Mittwoch wurden sie sämmtlich nach dem Armenhause gebracht, wo sie sich noch befinden. Die Passagiere der „Sardinia" sind noch am Bord. Man beabsichtigt, sie nach dem Innern zu schicken.

(Köln. Ztg.)

Mannichfaltigkeiten.

Vor einigen Tagen starb, auf einer Reise zu ihrer Tochter begriffen, die pensionirte Hofschauspielerin Mad. Schröck, früher Mad. Fleck, welche 50 Jahre hindurch an der Berliner Hofbühne gewirkt und vor etwa 3 Jahren das hierauf bezügliche Jubelfest gefeiert hatte. Namentlich in der Zeit, in welcher sie mit dem berühmten Schauspieler Fleck verheirathet war, gehörte sie zu den ersten Bühnenkünstlerinnen Deutschlands.

Frankfurt a. M.

Hr. Dr. med. G. Lucä will mit dem nächsten Sonntag, Morgens von 11 bis 12 Uhr, seine Wintervorlesungen „über die körperliche und geistige Natur und Entwickelung des Menschen und dessen Verbreitung über die Erde" beginnen, wenn sich bis dahin eine hinreichende Anzahl von Zuhörern gemeldet haben wird. Wir glauben, manchem unserer Mitbürger einen Gefallen zu erzeigen, wenn wir ihn auf diese Vorlesungen aufmerksam machen, da die bisherigen Vorträge zu den besten Erwartungen berechtigen.

Theater-Anzeige.

Dienstag, 27. Oct. Norma, große Oper in 3 Abth., Musik von Bellini. (Gastrolle) Norma: Fräul. Emilie Walter, k. k. Hofopern- und k. würtemb. Kammer-Sängerin.

Mittwoch, 28. Oct. Der Sohn auf Reisen, Lustspiel in 2 Abth., von Feldmann. Hierauf: Erste Abtheilung: Optische Lichtbilder. Zweite Abtheilung: Komische Spiegelbilder aus dem Leben, von Joh. Bosch aus Wien.

Redakteur: J. L. Heller. — Druck und Verlag von Heller und Rohm.

Didaskalia.

Blätter für Geist, Gemüth und Publizität.

Nro. 298 | Donnerstag, den 29. October | 1846.

Ein Tag auf der See.

Aus der Beschreibung meiner Reise nach Brasilien. Von Adolf Ebeling.

(Fortsetzung.)

Ich näherte mich lachend dem Capitain: „Wie unhöflich sind Sie," sagte ich, „die Louise wünscht Ihnen glückliche Reise, Ihre Audienz ist also zu Ende, aber Sie machen keine Miene, sich zu empfehlen." — „Daß Sie noch spotten mögen," erwiederte er mit komischer Traurigkeit, „so nahe dem Ziel und meine Berechnungen waren so richtig; was ist jetzt zu machen?" — „Was zu machen ist," rief ich muthwillig, „ich denke, wir laden uns bei der Louise zum Frühstück ein!" — „Da sieht man, daß Sie Poet sind," entgegnete er rasch, „so etwas ist ja unerhört; ein Besuch auf offener See!" — „Es ist Manches unerhört," sagte ich, „z. B. auch, daß der jüngste Schiffsjunge der Erste ist, der ein fremdes Schiff . . . ." — „Schon gut, schon gut," unterbrach mich der Capitain, „Sie haben Recht, es ist bös streiten mit gelehrten Herren." Ich aber stellte mich auf eine der Wassertonnen und rief hinüber: „Heda, Capitain, auf ein Wort!" Der Gerufene erschien: ein freundlicher, schön zu nennender Mann, in den besten Jahren. „Wie ist Ihr Kaffee?" Er sah mich anfangs verwundert an, dann rief er lachend: „Vom Besten, ich pflückte ihn selbst vor kaum acht Tagen; wollen Sie uns die Ehre schenken zu einer Tasse? Sie sind Alle auf's schönste eingeladen! So lang' ich die See befahre," fügte er hinzu, „ist mir ein so seltsamer Fall nicht vorgekommen, wir thäten fürwahr Unrecht, wenn wir nicht die Gelegenheit zu näherer Bekanntschaft benutzten. Nicht wahr, Kollege, was halten Sie von unserm Plan," rief er unserem hinzugetretenen Capitain zu; „ich sende Ihnen meine Schaluppe, der Kaffee wartet auf Sie, er soll Ihnen überdies von schöner Hand kredenzt werden." — „Von schöner Hand?" sagte ich neugierig; „darf man wissen, wer . . . ." — „Kommen Sie selbst und sehen Sie mit eigenen Augen," unterbrach mich der freundliche Mann; „ich gehe, die nöthigen Befehle zu geben zu würdigem Empfang so besonderer Gäste. Also auf Wiedersehn!" Damit begab er sich in die Kajüte hinunter. Mein Capitain sah mich groß an, und nach langer Pause sagte er: „Meinetwegen, junger Freund, ich bin mit von der Parthie, aber die Verantwortung ist die Ihrige, wenn sich urplötzlich ein Wind erhebt und das Schiff ohne Capitain in Fernambucco ankommt. Uebrigens," setzte er hinzu, „haben wir das nicht zu befürchten, denn allem Anschein nach scheint die Windstille leider anhaltend zu werden. Zum Ueberfluß werde ich die Wachen in den Mastkörben vertheilen." Somit war denn die Ausführung dieses originellen Planes beschlossen, und wir eilten hinab, um in gehöriger Toilette unsern Besuch abzustatten. Man mag mich auslachen oder nicht, mir ist's gleich, aber ich muß gestehen, daß mir während des Ankleidens immer die Worte in den Ohren klangen: er soll Ihnen von schöner Hand kredenzt werden. Und so will ich auch ferner beichten, daß ich wirklich etwas mehr Sorgfalt als gewöhnlich auf meinen Anzug verwendete, so daß der längst fertige Capitain mich ungeduldig mahnte: „So kommen Sie doch, erst können Sie die Zeit nicht erwarten, und jetzt zögern Sie und putzen sich, als sollte der Besuch einer Prinzessin gelten." — „Besser ist immer besser," erwiederte ich, „man kann nicht wissen." Als wir auf's Verdeck stiegen, sahen wir vom fremden Schiffe bereits ein wohlbemanntes Boot auf uns zukommen; noch einige taktmäßige Ruderschläge und es lag uns zur Seite. Wir ließen die Leiter hinab und stiegen ein, und zwar: der Capitain, unser brasilianischer Doktor, dessen ich heute unhöflicher Weise noch gar nicht erwähnte, ob er gleich den lebhaftesten Antheil an allem Vorgefallenen genommen, dann der Obersteuermann und ich. Auf meine Bitte wurde auch noch der kleine Fritz mitgenommen, dem wir, wie ich meinte, am Ende denn doch den ganzen Spaß zu verdanken hätten. Wir flogen rasch über die kleine Wasserstrecke, die uns von unserm Gastfreund trennte, und nach wenig Minuten bewillkommte uns dieser bereits auf das herzlichste. „So etwas hätt' ich mir nie träumen lassen," fuhr er fort, „wie's doch oft wunderbar im Leben geht, und nicht allein auf dem Lande, sondern auch auf dem Wasser. Aber wie und wann wurden Sie unserer zuerst ansichtig?" fragte er mich. Ich erzählte die Erlebnisse der letzten Nacht, und vergaß natürlich nicht, unserm Wirthe den kleinen Helden vorzustellen. „Ei, ei," rief dieser, „da muß er heut' Abend mit meiner Nichte den Ball eröffnen, den ich meinen lieben Gästen zu Ehren veranstalten will denn Louise war bei uns die Erste, welche den Nachbarn entdeckte!" Und sich an unsern Capitain wendend, sagte er lächelnd: „So haben wir Beide gleichen Schmerz zu tragen; der meinige ist fast noch größer, denn mich hat ein Mädchen beschämt; aber kommen Sie," rief er uns Allen zu, „wir wollen den Schmerz ertränken und zwar zuerst im Kaffee, der längst kalt geworden seyn muß. Wir begaben uns in die Kajüte hinab; diese entsprach völlig der äußern Pracht des Schiffes. Man glaubte wirklich in einem geräumigen Gesellschaftszimmer auf dem Continent zu seyn, und doch ward man wieder durch so manches Interessante in der Umgebung an die See und an fremde Länder gemahnt. Unser Wirth stellte uns hier seinen Neffen vor, und bemerkte bei der Gelegenheit etwa Folgendes: Dies sey der Sohn seines Bruders, des Schiffseigerthümers in Hamburg. Der Letztere habe seine Kochter Louise an ihrem achtzehnten Geburtstage gebeten, bei seinem neuerbauten Schiffe Pathenstelle zu vertreten. Dies doppelte Fest wäre im vorigen Jahr hier an Bord, und zwar auf der Elbe vor Hamburg feierlich begangen, aber die Pathin hätte sich gleich nach Beendigung der Ceremonie ausgebeten, ihren Täufling nicht verlassen zu dürfen, und bei ihrem Vater um die Erlaubniß nachgesucht zur Mitreise nach Brasilien. „Ich selbst," fuhr der Erzähler fort, „redete meinem Bruder zu, ihr diesen Wunsch zu erfüllen, und dieser willigte dann endlich nach mancherlei Bedenken ein, unter der Bedingung, daß sein ältester Sohn die Schwester begleiten solle. So verhält sich die Sache," schloß er seinen Bericht, „ich habe an Beiden, namentlich an dem Mädchen, eine gute Acquisition gemacht, denn sie sind fleißig und geschäftig, als wollten sie den Schiffsdienst erlernen." Der Bruder mischte sich nun in's Gespräch, und erzählte mir, wie seine Schwester bereits gestern Nachmittag beständig mit dem Fernrohre umhergesehen habe, ob, wie sie sagte, keine Bekannte in der Nähe wären. So habe sie denn auch plötzlich einen weißen Punkt entdeckt den aber die Uebrigen noch lange für eine Wolke gehalten, bis es sich endlich gezeigt, daß sie Recht gehabt hätte. Bei diesen Worten öffnete sich eine Seitenthür und die Erwartete trat herein Eine liebliche Erscheinung, fast zu zart für all' die Mühen und Beschwerlichkeiten, die immer mit einer größern Seereise verbunden sind. Ein einfaches weißes Kleid war ihr ganzer Anzug, ihr reiches blondes Haar fiel kunstlos über den Nacken hinab, Hals und Antlitz hatte die unerbittliche Tropensonne stark gebräunt. Sie begrüßte uns stumm, sprach hierauf einige entschuldigende Worte zu ihrem Oheim, und wir setzten uns an den einladenden Frühstückstisch. „Nun, wie schmeckt der Kaffee, junger Freund," fragte mich scherzend der Wirth. „Vorzüglich," antwortete ich „und selbst gepflückt?" setzte ich verwundert hinzu. „Meine Nichte und ich, doch lassen Sie sich nur von dem Fräulein erzählen. Louise, da ist ein Landsmann von Dir, Ihr müßt Euch ja kennen." Wir wechselten hierauf unsere Namen und es stellte sich heraus, daß wir uns bereits vor einigen Jahren auf einer Landparthie in der Umgegend unserer Vaterstadt kennen gelernt hatten. Ich hatte das damals noch jüngere Mädchen längst vergessen, mein Erstaunen war aber nicht geringer, sie hier unter der Linie, noch dazu bei einer so seltsamen Gelegenheit wiederzusehen. All' die alten heimathlichen Erinnerungen erwachten in mir mächtiger denn je, und statt von Brasilien und dem zunächst Liegenden zu sprechen, unterhielten wir uns von unsern nordischen Freunden und Bekannten. Der Jungfernstieg mit seiner Alster, die Elbe mit ihren Schiffen, Blankenese, Cuxhafen und Gott weiß was Alles, zog lebendig an uns vorüber. Obgleich ich's gleich erst vor einigen Monaten verlassen, so war mir's doch plötzlich so neu, so anziehend, daß ich mich nicht davon losmachen konnte. Auch ihres Bruders erinnerte ich mich, die Bekanntschaft wurde auf das herzlichste erneuert.

(Fortsetzung folgt.)

Die Lutherbilder von Schwerdgeburth.

In der Gegenwart, die aus abstracten Theorien und Formeln heraus immer entschiedener auf die unmittelbare, lebendige Anschauung hindrängt, scheint die erleichterte Vervielfältigung von bildlichen Darstellungen ein eben so wichtiges Bildungsmittel, als es die Presse bisher war, werden zu wollen. In der That erspart eine treue Abbildung lange Beschreibungen, die doch meistens die Phantasie nicht zu bestimmten Vorstellungen zu zwingen vermögen, und ein bildliches Kunstwerk sagt oft mehr als ein ganzes Buch. In diesem Sinne verdienen die Lutherbilder, die der fleißige und talentvolle Schwerdgeburth herausgibt, nicht nur in künstlerischer, sondern eben so sehr wo nicht mehr in volksbildender Beziehung volle Anerkennung. Daß Luther gegenwärtig dem deutschen Volke wieder nahe gerückt werde, daß es an seiner markigen Gestalt wahre Größe von wohlfeiler Berühmtheit unterscheiden lerne, und in ihm ein Urbild des deutschen Charakters, des gläubigen Muthes, des heiligen Zornes, der der Liebe entflammt, der gemüthvollen Innigkeit und der nach Freiheit ringenden Geisteskraft gewinne und sich an demselben erbaue, muß Jeder wünschen, der weiß, wie der Muth und die Fähigkeit zum geschichtlichen Fortschritt aus den geschichtlichen Erinnerungen des Volkes vorzugsweise seine Lebenskraft zieht. Was Luther anbelangt, so trifft das Unternehmen Schwerdgeburth's, ihn bildlich dem deutschen Volke vorzuführen, mit literarischen Arbeiten, die den deutschen Reformator zum Vorwurf haben, auf eine auffallende und gewiß nicht zufällige Weise zusammen. Es liegen uns von Schwerdgeburth bis jetzt drei Lutherbilder vor, die einen Fortschritt im Leben und in der Persönlichkeit Luther's nach ihren verschiedenen Seiten zur Anschauung bringen. Das erste Bild stellt Luther's Ankunft auf der Wartburg dar, und wir sehen auf demselben in Haltung, Ausdruck und Kleidung den Mönch, der nicht ohne die gewaltigsten inneren Kämpfe, deren Spuren im bleichen Antlitz liegen, sich von den Anschauungen und Vorurtheilen, in denen die Zeit befangen war, losringen konnte, und der plötzlich durch die Macht der Ereignisse aus seiner stillen Klause in das große öffentliche Leben hinausgestellt, den Gottesberuf, Schöpfer einer neuen Zeit zu werden, zu fühlen beginnt, aber durch dieses Gefühl, das noch nicht zum klaren, sichern Bewußtseyn geworden ist in den Tiefen seines Wesens geängstigt und erschüttert wird. Daß der Künstler diesen Ausdruck des ängstigenden Vorgefühls einer geschichtlichen Bestimmung, und nicht die innere Sicherheit und entschlossene Festigkeit des späteren Luthers in seiner Erscheinung aufprägte, zeugt von einem innigen Verständniß des Entwickelungsganges, den Luther genommen hat. — Auf dem zweiten Bilde sehen wir Luther in der friedlichen und genügsamen Stille des häuslichen Glücks, in einem durch die Frömmigkeit verklärten Familienleben. Der Ausdruck innerer Kämpfe und Zweifel ist verschwunden, und der gewaltige und zornige Kämpfer gegen die zur Lüge gewordene Kirche erscheint im Kreise seiner Familie und seiner Freunde, den Christabend feiernd, zwar ernst, aber mild und glücklich. Wir sehen in dieser Darstellung gleichsam die Frucht des großen Kampfes, dem Luther sich unterzogen hatte, die Frömmigkeit, welche das Leben weiht und verklärt, und sich nicht in Unnatur und Heuchelei von ihm abschließt. — Auf dem dritten Bilde steht Luther am Ziele seiner Laufbahn; er ist im Begriff nach Mansfeld abzureisen und nimmt von seiner Familie und seinen Freunden Abschied. Hier erscheint er wie ein Seher, der in die Vergangenheit zurück und hinaus in die Zukunft blickt. Daß Gott ihn zu seinem Werke berufen und daß er es vollendet, diese über alle Zweifel erhabene, heilige und freudige Ueberzeugung steht in Blick und Zügen geschrieben, und die Sorge und Ahnung, die aus ihnen sprechen, gelten nur der Zukunft des Vaterlandes, der nahenden schweren Zeit, die er voraussieht. Auf diese Weise tritt uns Luther als der mit dem Mönchthum zerfallene, seiner großen Bestimmung entgegengehende Mönch, als der fromme und glückliche Familienvater, und als der geschichtliche Mann, der am Ziele seiner Laufbahn nicht an sich, sondern an die Zukunft, die er eingeleitet und hervorgerufen, denkt, entgegen. Auf den beiden letzten Bildern sehen wir auch Melanchthon, mit diesen milden und klugen Zügen, die der Schmerz wie die Freude nur verklären kann, und Luther's sorgliche Hausfrau, Katharina. — Ohne uns über den künstlerischen Werth der drei Bilder aussprechen zu wollen, müssen wir doch noch die fleißige und zarte Ausführung und ansprechende Gruppirung, die sie auszeichnet, rühmen und wünschen, daß sie Vielen, wie uns, Freude machen und Frucht tragen mögen.

Dr. E. Anhalt.

Die Hartkopf'schen galvanisirten Bleche.

Die Blechfabrik von R. und E. Hartkopf in Solingen hat die neue französische Methode: Eisenbleche mit Zink zu überziehen, um durch die galvanische Wirkung jede Oxydation zu vermeiden, bei uns einheimisch gemacht, und da die Zeitungsberichte über die besondere Haltbarkeit dieser Bleche höchst günstig ausgefallen sind, so sah ich mich veranlaßt, folgende Versuche mit Blechproben anzustellen. Drei ganz gleiche Blechstücke von beiläufig 4 Zoll Quadrat verglich ich erst genau, um mich ihres Zustandes zu überzeugen, namentlich an den Stellen, wo im Abschnitte oder Bruch die Eisen-Oberfläche ganz unbedeckt war. Ich vergrub sodann in diesem Winter das eine Blech etwa 3 Zoll unter die Ackerkrume ganz, das zweite zur Hälfte, so daß die andere Hälfte aus dem Boden frei hervorsah, und bewahrte das dritte in einem trocknen geheizten Raum. Die im Freien befindlichen Bleche ließ ich drei Monat dem Schnee und strengsten Froste, wie allen Witterungs-Wechseln in diesem Frühjahre ausgesetzt. Nach den drei Monaten verglich ich die Bleche wieder ganz genau und es fand sich, daß keins von ihnen gelitten hatte, an keinem zeigte sich eine Oxydation, der Bruch des Eisens war unverändert, und es hat mithin die galvanische Wirkung allerdings stattgefunden, welche in Aussicht gestellt wurde. Dies war an verzinnten Blechen sehr deutlich zu erkennen, welche zum Vergleich ganz auf dieselbe Weise gleichzeitig behandelt wurden, und an denen Berrostung sich sehr deutlich zeigte. Unbedenklich sind mithin die neuen Bleche ein ganz vorzügliches Bedachungsmaterial, und dies um so mehr, als sie mit großer Leichtigkeit eine Festigkeit verbinden, die das Zinkblech nicht haben kann, das ohnehin bei einer Feuersbrunst, wie wir am Opernhause zu Berlin sahen, verbrannte, und das Feuer verbreiten half, was beim galvanischen Eisenblech unmöglich ist. Im Großen sind hier bereits Versuche mit dieser Bedachung, die eigenthümlicher Art ist, angestellt worden, z. B. auf der einen städtischen Gas-Fabrik und auf dem eben neu eingedeckten Heerig'schen Hause auf dem Hausvogteiplatz, wo sich Jeder von den Vortheilen überzeugen kann, da der Besitzer mit großer Bereitwilligkeit die Besichtigung gestattet. Ebenso habe ich in meinem Hause damit ein kleines Dach belegen und einen Balken beschlagen lassen, um die Abnutzung durch das Betreten kennen zu lernen, die Jedem, der sich für Verbesserungen interessirt, zur Ansicht und Beobachtung freistehen. Im Interesse meiner bauenden Mitbürger halt ich es für Pflicht, diese Erfahrungen und Versuche zu veröffentlichen, da allem Anscheine nach, wegen der größeren Billigkeit und Dauerhaftigkeit, sich eine wesentliche Oeconomie bei Anwendung der Hartkopf'schen Bleche herausstellen wird.

Berlin, im August 1846. Blesson.

Mannichfaltigkeiten.

(Frankfurt a. M.) Hr. Bosch aus Wien wird heute auf der Frankfurter Bühne seine optischen Lichtbilder in einer fünften Vorstellung produziren. Diese Wiederholungen liefern den besten Beweis, mit welcher freundlichen Theilnahme unser Publikum diese in der That sehr anziehenden Kunstleistungen, deren Eigenthümlichkeit und Schönheit wir bereits besprochen haben, aufnimmt. Zahlreicher Besuch, lebhafter Beifall und Hervorrufung sind geeignet, den eben so wackern als anspruchslosen Künstler aufzumuntern, und der Bericht über die von ihm hier erzielten günstigen Erfolge möge ihm bei seinen weitern Wanderungen zur Empfehlung dienen. — Die bereits drei Mal wiederholte Novität von R. Benedix: „Der Vetter", hat eine entschieden günstige Aufnahme gefunden, welche man ihr um so weniger mißgönnen wird, als unsere Zeit so arm an erfolgreich producirenden Bühnendichtern, aber so überreich an kritisirenden Federhelden ist, die ganz vortrefflich wissen, wie es gemacht werden soll, dabei aber leider selber gar nichts machen können.

„Der Vormund im Kurfürstenthum Hessen. Eine Anleitung zur gesetzmäßigen Verwaltung der Angelegenheiten der Pflegebefohlenen. Herausgegeben von G. Habndorf. Kassel 1846. Vorwort und Einleitung 8 S. Abhandlung selbst 88 S. Preis 10 Sgr." — Indem wir das größere Publikum, namentlich in Kurhessen, auf dieses nützliche, in einer recht klaren und verständlichen Sprache geschriebene Büchlein aufmerksam machen, glauben wir demselben einen nicht unerheblichen Dienst zu leisten. Denn Jeder, der nur irgend einmal mit vormundschaftlichen Geschäften sich befassen mußte, kennt die vielfachen Unannehmlichkeiten und Nachtheile, die aus Unkunde, Versehen rc. in materieller und anderer Hinsicht für den Betheiligten entstehen. Daher kann eine Anleitung wie die vorliegende, die ganz practisch und ihrem Zweck entsprechend ist, nur willkommen geheißen werden.

In den früheren Zeiten, wo die Studirenden auf Hochschulen sich sehr oft nur durch Rohheit der Sitten auszuzeichnen pflegten, wurde in einer Gesellschaft von Professoren einer Universität viel über diesen Gegenstand gesprochen, und einer der Anwesenden meinte, wenn die Studenten mehr in Damengesellschaften gezogen würden, so würden ihre rohen Sitten nach und nach sich wohl abschleifen. „Ei, gehorsamer Diener, Herr College!" erwiederte ein anderer Professor, „dafür will ich mich höflich bedanken, denn weder meine Frau noch meine Töchter sind Wetzsteine."

Eine in Eßlingen in den Tagen vom 7. bis 9. October stattgehabte Versammlung von Taubstummenlehrern und Freunden des Taubstummen-Unterrichts aus Preußen, Sachsen, Bayern, Würtemberg, Frankfurt und der Schweiz, in welcher die Erfahrungen der verschiedenen Taubstummen-Anstalten gegenseitig ausgetauscht wurden, hat für das künftige Jahr eine zweite Zusammenkunft nach Frankfurt a. M. verabredet.

Ein Kunstkenner (Dr. Förster?), welcher seine Reise von München nach Frankfurt in der allgemeinen Zeitung mittheilt und dabei von Wandgemälden in Reutlingen, Kunstschätzen in Karlsruhe und den schönen Bahnhäusern Rühmliches erzählt, — kömmt Abends mit der Eisenbahn nach Freiburg und fragt einen Mitreisenden nach einem der genanntesten Gasthöfe. Dieser empfiehlt ihm den Storchen, fügt aber bei: „Freilich ist der Storch ein liberales Wirthshaus, ich weiß nicht" — — (nun lassen wir den Kunstkenner weiter erzählen). „Das wäre für mich", antwortete ich, „keinesfalls ein Hinderniß; aber diese Eigenschaft bei einem Wirthshause ist mir neu; sonst bezeichnet man sie als vornehm, mittel, gering, theuer, wohlfeil, gut, schlecht rc., was ist denn liberal bei einem Wirthshaus?" Nun erklärte mir der Reisende, daß da die Bildnisse von Itzstein, Hecker, Zittel, Mathy u. a. freisinnigen Abgeordneten im Zimmer aufgehängt wären und solche Leute am liebsten da einkehrten, die der politischen Richtung derselben folgten, und darum sey das Wirthshaus liberal. Ich ging hierauf ohne weitere Sorge mit meinem Führer und bedauerte nur, bloß die Bildnisse der genannten Männer und nicht sie selbst anzutreffen, muß aber dem Wirthshaus zum Storchen zum Ruhme nachsagen, daß seine Liberalität seinen übrigen rühmlichen Wirthshauseigenschaften nicht den mindesten Abbruch thut, sondern daß es sehr gut und billig ist und wünsche den andern Städten im deutschen Reiche recht viele solche liberale Häuser mit und ohne Schenkgerechtigkeit." Mit diesem Zeugnisse des Kunstkenners der allgemeinen Zeitung wollen wir dem reisenden Publikum den Storchen in Freiburg, welcher auch im Winter da bleibt, bestens empfohlen haben. (Rundschau.)

Die mehrerwähnte Emancipirte, Mad. Aston, hat unter dem Titel: „Meine Emancipation" ein Buch veröffentlicht, worin sie ihre Schicksale, ihre Kämpfe mit den polizeilichen Mächten Berlins u. s. f. nicht ohne Interesse erzählt. In demselben veröffentlicht sie auch ihr Gespräch mit dem Minister von Bodelschwingh über die Begriffe von Frivolität und Atheismus.

(Ettlingen, 25. Okt.) Wir haben gestern Abend ein schauerliches Unglück hier erlebt. Möge es zur Warnung dienen! Ein Dienstmädchen, etwa 20 Jahre alt, hat eine Quantität Frucht zur Mühle gebracht, und sollte, wie es bei uns üblich ist, während die Frucht gemahlen wurde, anwesend seyn. Gegend Abend waren die Gehülfen des Müllers auf kurze Zeit weggegangen, und das Mädchen wollte ohne Zweifel nach dem Mahlgang sehen und ging an den sogenannten Königsstock. Etwas zu nahe hinzugekommen, faßte der in rascher Bewegung sich umdrehende Königsstock das Kleid des Mädchens, das sogleich selbst an dem Körper so erfaßt wurde, daß sich dieser gleichsam um den Stock wickelte. Im Augenblick, ein einziger Schrei wurde noch laut, war das Rückenmark aus einander gerissen und das Mädchen todt. Der schnell herbeigekommene Müllergeselle stellte das Rad, und der alsbald gerufene Physikus konnte den Körper nur mit Mühe von dem Königsstock abnehmen, nachdem Kleider und Haare abgeschnitten worden. Es war ein wahrhaft schauerlicher Anblick, und beweis't dies Unglück wiederholt, wie die geringste Sorglosigkeit zum Verderben werden kann.

Das bekannte Schloß Arenenberg in der Schweiz, nicht unberühmt durch den Aufenthalt Louis Bonaparte's daselbst und die daran geknüpften diplomatischen Händel, ist von Frau von Oven (Charlotte von Hagn) angekauft. Sonderbarer Wechsel! Arenenberg war bekanntlich das freudenlose Asyl der Königin Hortense.

Korrespondenz.

Mainz, 26 Oct.

Man spricht hier stark davon, daß bis zum nächsten Jahre die Gas-Beleuchtung allgemein hier eingeführt werden soll, was für unsere Straßen-Beleuchtung besonders wünschenswerth seyn würde, da dieselbe schwerlich geeignet erscheinen dürfte, als Muster gepriesen zu werden. Unser neuer Stadttheil, der Käßrich (der Westend von Mainz), ist ohne alle Beleuchtung und lediglich auf Mondlicht angewiesen; sollte etwa diese Einrichtung für die ganze Stadt gewünscht werden, so ist dieselbe sehr billig herzustellen und gewährt noch sonstige Annehmlichkeiten, wovon sich jeder Liebhaber des Abends zur Genüge überzeugen kann. Sonderbarer Weise sind die Bewohner unseres Westend mit dieser Beleuchtungs-Weise sehr unzufrieden und haben deshalb bei dem Gemeinderath aus purer Bescheidenheit um eine einzige gewöhnliche Mainzer Laterne gebeten, was aber von dieser Behörde abgelehnt wurde, in Erwägung, daß in Folge einer Uebereinkunft mit den Bauten-Unternehmern die Pflasterung und Beleuchtung Seitens der Stadt erst dann einzutreten habe, wann dieser Stadttheil zur Hälfte vollendet seyn würde. Wer nun die Beleuchtung zu übernehmen hat, ob Hans oder Kunz, das bleibt sich ganz gleich; man glaubt übrigens die bescheidene Bemerkung nicht unterdrücken zu können, daß die Polizeibehörde für den Schutz der Bewohner zu sorgen hat, daß dies ihr erster Beruf ist und daß schon die Sittlichkeit die Beleuchtung dringend erheischt; das Zweckmäßigste und Einfachste wäre demnach, die städtische Behörde von Amtswegen zur sofortigen Beleuchtung anzuhalten, und wäre es alsdann Sache der Stadt wenn sie sich im Rechte glaubt, ihren Regreß weiter zu suchen.

Aus der bayerischen Pfalz, 26. Oct.

Der Landauer Eilbote bringt heute zur Anzeige, daß in seiner Expedition zu sehen sind: reife Birnen, als Zweitfrucht in diesem Jahre von denselben Bäumen, und ist dieses durch Bürgermeisterämter bestätigt. In vielen früheren Jahren wurde die erste Frucht nicht so reif, als diese zweite ist, wovon sich Referent überzeugt hat. Zwei Dickrüben, jede 19 Pfund schwer, eine Traminertraube, auf einer Hälfte von rother, auf der andern von weißer Farbe, sind ebenfalls vor der George'schen Behausung zur Besichtigung aufgestellt, so wie Kartoffeln, worüber gedachtes Blatt Folgendes enthält: „Eine neue Gattung vorzüglich guter und großer Kartoffeln ist am Expeditionsschalter des Eilboten zu sehen; 10 — 30 Stück befinden sich gewöhnlich an Einem Stocke und geben einen mäßigen Korb voll." Auch Drake wird verbessert. Es ist diese unentbehrliche Frucht etwas besser noch ausgefallen, als man erwartet hat, namentlich im leichteren Boden des Gebirges, wo die Kartoffeln vollkommen wieder gesund sind und dem Riesengespenste der eingekeimten, sich fortpflanzenden Seuche tüchtig zu Leibe gehen. Rüben und Gemüse sind billig, aber die Butter steht hoch, und unsere Bäcker behaupten auch, den Brodpreis nicht fallen lassen zu können. Der Waizen ist bedeutend vor der Sperre nach Frankreich ausgewandert. Der neue Wein, durch die ungewöhnliche Traubenbeerengröße in ungehoffter großer Quantität vorhanden, hat trotz seiner ausgezeichneten Güte nur den niedrigen Preis von 115 — 160 fl; die Preise der noch edleren Haardtweine sollen im Verhältnisse für die Weinbergbesitzer noch unerfreulicher seyn. Das Geld ist rar und das Brod theuer.

Frankfurt a. M., im Oct.

Wir lesen in Nro. 30 und 31 der Frankfurter „Gemeinnützigen Chronik": „Betrachtungen über die errichtete Anstalt zur Muster- und Verkaufs-Ausstellung von einer Gesellschaft Gewerktreibender", auf welche wir im Interesse des Gewerbstandes um so mehr aufmerksam machen zu müssen glauben, als diese Betrachtungen das Für und das vermeintliche Wider einer solchen Anstalt mit Gründlichkeit und Unparteilichkeit prüft und den Nutzen derselben unwidersprechlich darthut. Wir sagen das „vermeintliche" Wider, denn es darf dem Denkenden nicht entgehen, daß alles gegen eine solche Anstalt Vorgebrachte dem Wesen derselben gänzlich fremd ist. Was ist der Zweck einer solchen Anstalt? Trennung des Kaufmännischen nach der einen Richtung vom Technischen des Gewerbes. Die Gewerbproduction als solche steht zwischen dem Handel und der Consumtion; sie kauft die Rohstoffe zur Verarbeitung und diese Umformung ist ihr Zweck. In der Erreichung des Zweckes aber hat eine Thätigkeit ihr Ende erreicht. Nun soll der Gewerbtreibende nochmals und zwar ein neues, seiner Thätigkeit an sich fremdes Geschäft, den Absatz seiner Producte, beginnen. Er soll Producent und Kaufmann, nicht etwa für einzelne große Massen, sondern für jedes einzelne Erzeugniß seiner Thätigkeit insbesondere seyn. Welchen Zeit- und Kostenaufwand, welche besondere Richtung der intellectuellen Kräfte, die der Vervollkommnung der Gewerbe geradezu entgegengesetzt sind, eine solche Vereinigung erzwingt braucht nicht hervorgehoben zu werden. Daher kommt es, daß mancher Gehülfe seinen Meister überflügelt, weil dieser Krämer seyn muß und an die Vervollkommnung seines Geschäftes nicht denken kann. Darum macht die fortschreitende Entwickelung der Gewerbe, welche die Theilung der Arbeit hervorgerufen, auch diese Trennung nothwendig, wenn die Gewerbe kräftig gedeihen sollen. Der Gewerbsmann sey Käufer seines Rohstoffes, denn dessen Beschaffenheit und Güte muß er am besten zu beurtheilen wissen, aber nicht Verkäufer seines Productes; dies Geschäft übernehme ein Anderer. Wende man nicht ein, daß durch die Berührung mit dem Publikum der Gewerbsmann dessen Geschmack besser kennen lerne. Den Geschmack leitet die Mode, die Zweckmäßigkeit und Güte des Productes aber bestimmt der Gebrauch; diesen muß er kennen, die wissenschaftlichen und technischen Fortschritte, sein eigenes Nachdenken müssen ihm Mittel an die Hand geben, die größte Zweckmäßigkeit mit Güte und Schönheit der Producte zu vereinigen, wodurch auch allein eine vernünftige Leitung des Geschmackes errungen werden kann. Dies Alles kann der Gewerbsmann, so wie jeder Andere nur, wenn er seine Thätigkeit zu einem Zweck, zum Betrieb seines Gewerbes im ganzen Sinn des Wortes, nicht zu trennen gezwungen ist. Wir empfehlen Allen, die in's Einzelne über diesen hochwichtigen Gegenstand gehen wollen, jene oben angeführten „Betrachtungen" und schließen die unsrigen mit dem Wunsche, daß Egoismus einer wahren Selbstliebe, die unzertrennlich mit dem allgemeinen Wohle ist, immer mehr weichen und dem Guten den Eingang verschaffen möge.

Theater-Anzeige.

Mittwoch, 28. Oct. Die Schwäbin, Lustspiel in einem Act, von J. F. Castelli. Hierauf folgt: Der Sohn auf Reisen, Lustspiel in 2 Abth., von Feldmann. Zum Schluß: Optische Lichtbilder, von Joh. Bosch aus Wien.

Redakteur J. L. Heller. — Druck und Verlag von Heller und Rohm.

Didaskalia.

Blätter für Geist, Gemüth und Publizität.

Nro. 299. Freitag, den 30. October 1846.

Ein Tag auf der See.

Aus der Beschreibung meiner Reise nach Brasilien. Von Adolf Ebeling.

(Fortsetzung.)

Die beiden Schiffsherren waren nach eingenommenem Frühstück in eine kleine Seitenkajüte gegangen und theilten sich dort bei Seekarten und Tabellen ihre Berechnungen und Erfahrungen mit. Das Geschwisterpaar unterhielt mich auf das Anmuthigste von dem gelobten Lande, das sie vor kaum acht Tagen verlassen, und dem wir seit vielen Wochen zusteuerten. Auch sie waren in Fernambucco und Bahia gewesen, und erzählten viel von der prächtigen und doch wieder so verschiedenen Lage beider Städte. Auch hatten sie meine Verwandten in Bahia kennen gelernt und rühmten mir den freundlichen Empfang bei den lieben Leuten. Ein Papagei, der nach Futter rief, unterbrach uns. Louise zeigte mir ihre Vögel und Affen, die auf den niedlichsten Gestellen im Zimmer umher standen, und die ich bis jetzt gar nicht bemerkt hatte. Ueberhaupt waren die Wände umher auf das geschmackvollste verziert, man sah eine weibliche, ordnende Hand. Ueber dem Spiegel hingen die prächtigsten Federn zu Fliegenwedeln zusammengebunden, fremde kaktusartige Topfgewächse mit flammenden Blumen standen auf kleinen Tischen in den Ecken des Saales, und bei ihnen schöne, nie gesehene Früchte, von denen ich nur Ananas und Orangen erkannte. Ich glaubte mich wirklich in ein brasilianisches Landhaus versetzt; durch große, hellpolirte Spiegelscheiben fiel das Licht von oben herein, mit demselben auch einige neugierige Sonnenstrahlen, aber ein grünseidener Vorhang verwehrte ihnen alsbald den Eintritt und verbreitete in dem reizenden Gemach ein wunderbares Halbdunkel. Unser Wirth trat herein, von seinem neuen Freunde gefolgt. „Sie bleiben doch bei uns zu Tische?" sagte er verbindlich. „Sie müssen wissen, daß wir noch nicht lange auf der See sind, und also noch mit Allem dem versehen, was Sie längst entbehren. Zugleich werden Sie meiner Nichte Gelegenheit geben, ihre Kochkunst zu zeigen; ich hoffe, Sie schlagen mir's nicht ab." Mit Freuden nahmen wir die weitere Einladung an, mein Capitain freilich mit etwas bedenklicher Miene. Wir begaben uns nun auf das Verdeck, um eine größere Besichtigung des ganzen Schiffes vorzunehmen. Oben fanden wir ein Sonnenzelt aufgeschlagen, so daß wir, ohne von der Hitze belästigt zu werden, uns der Aussicht freuen konnten. Unser Schiff lag sehr nahe in gleicher Richtung mit der Louise. Von der langen Reise sah es allerdings weniger stattlich aus, auch war es bei weitem kleiner, aber deswegen auch in manchen Theilen leichter und zierlicher gebaut. Kein Luftzug, auch nicht der allergeringste, ging über die spiegelglatte Wasserfläche, kein Wölkchen war zu sehen, das Blau des Himmels schien dunkler und zugleich glänzender, als sonst. Ich konnte mich in Gedanken nicht erwehren den jetzigen Zustand der See mit demjenigen zu vergleichen, wenn ein gefährlicher Sturm den Schiffern Schrecken und Gefahr bringt.

„Sie kennen das Meer noch nicht, lieber Freund," sagte der Arzt, „ich kann davon entsetzliche Geschichten erzählen." — „Aber nicht jetzt," fiel ihm Louise rasch in's Wort, „wozu uns vor der Zeit ängstigen; wir werden's noch Alle erfahren," setzte sie bedeutend hinzu. Wir begaben uns nach dem Vordertheil des Schiffes. Ueberall die musterhafteste Ordnung, die Seile, das Tauwerk und alle Geräthschaften neu und glänzend von Sauberkeit. Die Segel, wie aus Schnee gewebt, blendeten unsere Augen; die Masten waren hell polirt, die Mastkörbe mit ihrem grünen Geländer, die schwarzen Strickleitern, die unzähligen, nach allen Richtungen hin sich kreuzenden Taue, Alles bot uns ein Bild des schönsten Ebenmaßes. Wir begaben uns hinunter in den mittlern Raum oder in das sogenannte Zwischendeck. Nach hinten sahen wir die verschiedenen kleinen Schlafkabinette für Passagiere, die aber diesmal leer standen, schon weil die Frequenz von Amerika nach Europa bei weitem nicht so bedeutend ist, als umgekehrt. In diesem Raum standen auch an den Seiten des Schiffes entlang die Kanonen, zwölf an der Zahl, auch eine seltene Erscheinung für Kauffahrer, die in der Regel nur oben auf dem Verdeck ein paar Mörser führen zu Signalen. Ich wunderte mich auch nicht wenig darüber; aber der Capitain sagte mir: „Wir haben auch einen großen Schatz an Bord, der gesichert seyn will;" damit wies er auf seine Nichte. Ich konnte dem nur beipflichten; aber das Fräulein, wahrscheinlich um unserm Gespräch ein Ende zu machen, wandte sich an ihren Oheim und bat um die Erfüllung einer Bitte, die immer bis zur nächsten Windstille hinausgeschoben war. „Du hast Recht, Kind," sagte der Capitain, und gab dem neben ihm stehenden Steuermann einige Befehle. Sogleich wurden große Luken vor der einen Kanonenreihe hinuntergelassen, und zwar so, daß die herabgelassenen Planken eine Art Balkon auf das Meer hinaus bildeten. Das Wasser stand dicht darunter, so daß man ohne Gefahr vor Schwindel vortreten durfte. Einige herbeigerufene Matrosen luden alsbald eine Kanone, und zwar mit einer tüchtigen Kugel, hierauf ward dieselbe bis an den Rand des Wassers hingeschoben, wir zogen uns etwas zurück; der Capitain richtete die Mündung auf die Meeresfläche, ergriff die Lunte, legte sie ruhig auf das Zündloch, und mit lautem Knall fuhr die Kugel zischend heraus. Wir bemerkten deutlich, obgleich das ganze Schauspiel wenig Sekunden dauerte, wie dieselbe dicht vor uns auf das Wasser schlug, wieder abprallte, in einiger Entfernung von neuem die Fläche berührte, wieder weiter geschnellt wurde, und so immer fort, bis sie sich in der Ferne des Horizontes verlor. Es war ein höchst interessanter Anblick. Später wurden zwei Kanonen geladen und schnell hintereinander abgeschossen, so daß wir das Schauspiel doppelt genossen. Dann ließ der Capitain den Zugang zu dem untern eigentlichen Raum öffnen, ein Mann stieg mit einer Laterne hinunter, wir sahen ihm nach, wie er über die großen Kisten wegkletterte und sich immer weiter und weiter entfernte. Das Licht in der Laterne schimmerte endlich nur noch wie ein kleiner Stern; wir mußten gestehen, ich zumal, nie ein größeres Schiff gesehen zu haben.

Ueber diese angenehme Besichtigung und über die Betrachtung und Erklärung so mancher anderer Gegenstände, die unsere Aufmerksamkeit in Anspruch nahmen, war unvermerkt der Vormittag verflossen. Auf dem Verdeck angekommen, fanden wir daselbst schon die Mittagstafel gedeckt. Wir konnten die Fürsorge des Fräuleins nicht genug loben, und als nun vollends im Verlauf der Mahlzeit einige beliebte Hamburger Gerichte kamen, wollte der Frohsinn kein Ende nehmen. Zum Nachtisch, den vorzüglich die noch ganz frischen brasilischen Früchte verherrlichten, holte unser liebenswürdiger Wirth einige Flaschen Champagner, und als unsere Gläser gefüllt waren, ließ er die „Aurora" leben und seine lieben Gäste. Unser Capitain erwiederte den Toast auf das freundlichste, und als die Reihe der Gesundheiten an mich kam, ließ ich es mir nicht nehmen, nochmals das Wohl der „herrlichen Louise, der Pathin, wie des Täuflings" auszubringen. Nach beendigter Tafel bat ich im Namen unseres Schiffes den Gastgeber um die Ehre, den Nachmittagskaffee bei uns einzunehmen. Dies wurde bereitwillig zugesagt; ich fuhr deshalb mit unserm Arzt hinüber, während die übrige Gesellschaft sich in die Kajüte zurückzog, theils einen kurzen Mittagsschlummer zu halten, oder auch bei der Cigarre ein Stündchen zu plaudern. Auf unserm Schiffe angekommen, that ich mit meinem Freunde das Möglichste, um unsere Wirthe würdig zu empfangen. Unsere Leute hatten schon Vormittags, wie es immer bei Windstille zu geschehen pflegt, das Verdeck auf das ämsigste gescheuert, und der Untersteuermann hatte, weil er, wie er mir sagte, den Besuch voraus gesehen, bereits alles Umherliegende bei Seite schaffen lassen, so daß unsere „Aurora", trotz ihrer langen Reise, ganz manierlich aussah. Ich begab mich in die Kajüte und suchte da mit dem Doktor alle möglichen Flaggen hervor, von denen auf größeren Schiffen für Feste und Feierlichkeiten aller Art stets eine bedeutende Anzahl vorräthig ist, namentlich die in neuerer Zeit so beliebten langen Wimpel, deren Ende in's Wasser taucht, wenn sie von der höchsten Mastspitze herabwehen; und nachdem wir Alles wohl geordnet und unsere ganze Mannschaft wohl instruirt hatten, lößte ich einen Böller; wie vorauszusehen war, kam auf unserm Nachbar Alles eiligst auf's Verdeck, und in demselben Augenblick gingen unter dem einhalligen, weithinschallenden Ruf: „Louise hoch!" alle Flaggen, Fahnen und Wimpel in die Luft. Der Anblick muß schön gewesen seyn, denn sie klatschten drüben in die Hände und riefen ein Mal über das andere: Bravo! Bravo! Leider fehlte der Wind, um nun mit den bunten Tüchern sein flatterndes Spiel zu treiben, allein die Menge und die Vorsorge unserer Matrosen, die auch die querlaufenden Taue damit geschmückt hatten, ersetzte dies so ziemlich. Nach kurzer Zeit kamen unsere Freunde an Bord. „Sie sind ein Tausendkünstler," rief mir der Onkel schon vom Boot aus zu, „wir sitzen ganz ruhig unten bei einem Glas Madeira, auf ein Mal hören wir einen Schuß, wir fahren zusammen, eilen hinauf und gewahren nun die schöne Ueberraschung." Als wir uns auf das Niederdeck begaben, sagte mein Capitain in spaßhaftem Zorn: „Nun, Sie machen da gute Sachen, aber ich muß mir heut' schon Alles gefallen lassen, auch fragen Sie mich ja nicht einmal vorher." — „Sie kommen noch viel zu früh mit Ihrer Predigt," erwiderte ich, „denn ich habe noch etwas ganz Anderes in petto." „Nun meinetwegen," antwortete er, „wenn wir nur morgen wieder Wind bekommen, denn so lieb mir unsere neue Bekanntschaft ist, so können wir doch unmöglich dieselbe hier auf dem atlantischen Ocean unter der Linie fortsetzen. Sie freilich," dabei lachte er vor sich hin, „möchten am Ende gern hier Hütten bauen, nicht wahr, ich hab's errathen?" — „Wie Sie doch reden mögen," entgegnete ich verlegen, und mußte mir doch im Innern gestehen, daß ich an nichts weniger, als an einen baldigen Abschied gedacht.

(Schluß folgt.)

Schlechte Zeiten!

„Schlechte Zeiten!" Das ist das Schlagwort der Zeit. Wohin man kommt, wo man geht und steht, schallt und wiederhallt diese Losung. Bleiche Gesichter, auf denen geschrieben steht: „Keine Arbeit und kein Brod", blicken mich an; — es ist eine furchtbare Frage, die aus tausend hohlen Augen starrt, eine Frage, die uns Allen einst noch eine Antwort abzwingen kann, wie wir sie jetzt nicht ahnen. Aber stehen diese blassen Gesichter vor uns und starren sie uns an, — was thun wir? Achselzuckend sprechen wir die zwei Worte: „Schlechte Zeiten!" und gehen vorüber, und dünken uns dabei wohl noch die besten Christen von der Welt zu seyn. Mich däucht aber, ich sähe Christum selbst, den heiligen Meister, wie er, ein bleiches, von Hunger abgezehrtes Kind an der Hand führend, an unseren Pforten pocht, wie er Einlaß begehrt, und wie wir ihm mit den kahlen, kalten Worten: „Schlechte Zeiten!" den Einlaß verweigern; er verhüllt sein Antlitz; er weint und geht weiter, es sind göttliche Thränen, die der Menschensohn weint, und eure Augen bleiben trocken, und eure Herzen bleiben Eis, und eure Lippen finden noch immer kein anderes Wort als das von den „schlechten Zeiten?" O sähet ihr, wie so mild und doch so scharfdurchdringend in all der göttlichen Milde der Meister euch bis ins Herz hineinblickt! mir graut bei dieser eurer Ausflucht: „schlechte Zeiten!"

Was nennt ihr „schlechte Zeiten?" Ihr jammert über die erhöhten Preise aller Lebensbedürfnisse, bei derselben Einnahme wie sie früher war, ja bei mitunter bedeutend verminderter Einnahme! Der Segen Gottes lacht uns entgegen. Unredliche Künste, durch welche Wenige sich bereichern, um Viele entbehren zu lernen, — ja, sie werden getrieben, wer kann es läugnen, die Regierungen suchen zu steuern, soweit sie können, ohne die gesetzliche Freiheit des Einzelnen zu beschränken, die Communen beginnen, aus ihrer Lethargie aufgeschreckt, zu handeln. Das Alles ist wahr. Und doch — wenn wir um uns blicken, wo sind die „schlechten Zeiten?" Sie müssen sich doch kundgeben im bittersten Entbehren der nothwendigsten Bedürfnisse? in einer Herrschaft des Ernstes, der Sorge, der Trauer, wo sonst laute Lebensfreudigkeit gewaltet, im öden Schweigen Derer, die sonst gejauchzt? Im Verzichtenmüssen auf Genuß, Mode, Luxus? —

Nun, laßt uns darnach suchen!

Der Eisenbahnpfiff gellt. Wie wogt und drängt die Menge nach dem Bahnhof! Wohin eilt sie? Haben all die Menschen Geschäfte auswärts zu besorgen? Der Herbsttag ist schön; die Bergstraße lockt. Mann, Weib und Kind steigt in den Wagen, der Zug saust dahin, — — mich dünkts wie ein Menschenleben, das sich versaust und verbraust, das lustig verdampft gleich der Rauchsäule aus dem wandernden Schlot. Wer früher nie daran gedacht, fährt jetzt lustig dahin, sich selbst betrügend, als koste das Alles nichts; er rechnet nach Groschen, und die Summe überrascht ihn in Gulden. Man kehrt ein und kehrt heim, man hat sich vergnügt; was hat man gethan? Man ist geflogen, man hat gegessen und getrunken, und ist zurückgeflogen, und fortgeflogen ist auch der Gedanke an Noth, und dennoch, kommt sie am andern Tage wieder vor euch, so sagt ihr, euch entschuldigend und achselzuckend: „Schlechte Zeiten!"

Ihr verwünscht die Kornwucherer! Aber freilich: Man ist vor acht Tagen bei der Familie „so und so" zum Kaffe geladen worden, und man muß sie also wieder zum Kaffee laden. Zum Kaffee gehört Kuchen, gehört Torte, gehört süßer Wein. Brod, davon der Laib 23 Kreuzer kostet, gehört nicht dazu, auch das blasse Gesicht draußen vorm Fenster nicht! Ein Kaffee, ein Thee könnte eine Familie eine Woche lang ernähren. Doch... „es sind schlechte Zeiten!"

Freilich: man hat eine Frau, und vier heirathsfähige Töchter, und einen Sohn, der studirt oder studirt hat. Die Besoldung beträgt 800 Gulden, wenns hoch kommt tausend. Die Töchter können doch nicht in Kattunkleidern einhergehen, sie müssen doch dem Stand des Vaters Ehre machen. Sie müssen Pariser Shawls, sie müssen Sammetmantillen haben und der Sohn muß doch auch seine Jugend genießen. Er würde sich ja auslachen lassen müssen, wenn er nichts mitmachte! Was würde man von den Eltern denken, wenn er nicht weiße Glacehandschuhe trüge, wenn er sich bei einer Reitparthie ausschlösse, wenn er diesem Conzert, diesem Ball, diesem Festessen nicht beiwohnte? Es geht nicht anders; man muß seinem „Stand" schon ein kleines Opfer bringen, und wären's auch Schulden. Die Handwerksleute mit den Rechnungen können warten; denn .... es sind schlechte Zeiten!

Man hat die schlechten Zeiten vor ein paar Tagen in einer großen Stadt Mitteldeutschlands gesucht, so ließ ich mir erzählen, und man will sie in einem Kommentar der Brodtaxe gefunden haben. Es war — der Theaterzettel! Die armen Menschen, die unglücklichen, die für fünf Gulden nicht einen Logenplatz haben können! Schlechte Zeiten!

Das sind freilich „schlechte Zeiten!" Ja es ist eine schlechte Zeit, die Zeit, in der man alle Schuld auf die Zeit schiebt, und nichts thut, um die Zeit besser zu machen. Die Zeiten sind nie schlecht, die Menschen sind's, wenn sie dem Schein, dem elenden Schein das ganze Sein opfern.

Werdet selbst besser, und die Zeiten werden auch besser werden. Werdet vernünftiger und ihr werdet besser! Emancipirt euch von den eingebildeten Bedürfnissen und ihr werdet genug haben, um die wirklichen zu stillen! Wenn Scham über euren Leichtsinn, über eure Thorheit eure Wangen röthet, dann wird Freude die blassen Wangen eurer Brüder wieder röthen, die jetzt mit Kummer dem Winter entgegensehen. (Vaterland.)

Mannichfaltigkeiten.

Nordmann sagt in seinem unlängst erschienenen Taschenbuch: „Der Deutsche schreibe vor Allem deutsch — seine Prosa sey stark wie die Eiche, die dem Sturm trotzt; schlank und hochgewipfelt wie die Tanne, die himmelanstrebt; — wir brauchen keine Treibhauspflanzen — natürliche und nicht künstliche Wärme muß Knospen und Zweige hervortreiben — Sonnenschein, Regen und Frost der Heimath muß sie heimsuchen — die Strahlen der Heimath müssen durch ihr Laub brechen, und der Schnee der Heimath muß auf ihren Aesten lasten. Man trägt dem fremden Verdienst sklavisch die Schleppe nach — und das heimische Verdienst nagt am Hungertuch; — daher mag es kommen, daß der deutsche Schriftsteller unsicher und schwankend auf eignem Boden steht; — er sieht, wie mit verschwenderischem Lob ein auswärtig Geistesprodukt bewillkommt wird, während er, wenn er selbst mit vollen Händen kommt, von der Laune eines überreizten Publikums abhängig ist, das an jedem Gedanken mäkelt, ob er auch so rein klinge wie französisches Kleingedankengeld, ob er auch die pikante Rundschrift trage wie die englische Münze. — Dem deutschen Schriftsteller stehen nur drei Wege offen: wahnsinnig zu werden — zu verhungern — oder, wenn er eine starke, kräftige Natur mitbringt, zornig der großen Masse des Publikums den Rücken zu kehren und für Wenige zu schaffen, die gutgesinnt mit ganzem Herzen an Deutschland hängen."

(Lommatzsch, 23. October.) Zur Warnung für alle Schießlustige, welche etwa ebenfalls Versuche mit der neu erfundenen Schießwolle anstellen möchten, berichten wir kürzlich folgenden Vorfall. Ein hiesiger, mit dem Schießgewehr wohlvertrauter Bürger hatte aus der Apotheke zu Meißen derartige Baumwolle zu sechs Schuß sich kommen lassen, welche er auch schon in sechs Portionen abgetheilt erhielt. Man ladete eine Doppel- (Jagd) Flinte, und die beiden ersten Schüsse, welche die Schrotkörner allerdings weiter forttrugen, als dies mit demselben Gewehr früher beim Schießpulver gewöhnlich war, gingen glücklich von statten. Beim dritten Schuß jedoch, wozu die Ladung von derselben Person mit der möglichsten Sorgfalt und Kraft aufgesetzt worden war, zersprang das Doppelgewehr in mehrere Stücke mit der größten Gewalt, so daß man mehrere Theile desselben, namentlich ein Schloß, trotz des eifrigsten Suchens nicht wieder fand, die übrigen aber in bedeutender Entfernung. Der Schütze verdankte seine Rettung nur dem Umstand, daß er das Gewehr auffallend kurz hielt.

In Mainz wird Ludwig Kalisch's Lustspiel: „Die Wage der Gerechtigkeit" zur Aufführung vorbereitet. Wir haben diese dramatische Novität zwar noch nicht gelesen, kennen aber den geistreichen und mit frischem Humor reichlich begabten Verfasser aus seinen früheren Schriften von einer so vortheilhaften Seite, daß wir dazu berechtigt sind, auch von seinem ersten dramatischen Versuche Gehaltvolles und Gediegenes zu erwarten.

(Breslau, 18. Oct.) Vor kurzem kam zu einem unserer Mitbürger, dem früheren Kämmerer, Stadtrath Heller, welcher bereits sein 50jähriges Bürgerjubiläum gefeiert hat, ein Herr und fragte ihn, ob er sich wohl noch eines Studenten erinnere, dem er in den Kriegsjahren von 1813 aus großer Bedrängniß geholfen, indem er ihm 14 Tage lang freie Wohnung und Kost gewährt, ohne im weiter zu kennen? Der Greis erinnerte sich nur noch dunkel des Vorfalls. Der unbekannte Herr entgegnete hierauf, daß er jener Student und jetzt Minister des Innern sey. Dem Ueberraschten sagte Hr. von Bodelschwingh mit dem Ausdruck inniger Dankbarkeit, daß er jetzt allerdings in einer Lage sey, in welcher er keiner Unterstützung bedürfe: sollte er jedoch einmal des Ministers Hülfe bedürfen, so möge er sich nur getrost an ihn wenden, er stehe ihm mit allen Kräften zu Diensten.

M. G. Saphir hält in seiner jüngsten humoristischen Vorlesung folgenden „Ausverkauf von Witzen:" In der Ehe beweis't der Mann Alles und behauptet nichts, die Frau beweis't nichts und behauptet Alles. — Was für ein Kartenspiel liebt eine Wittwe, die schon drei Männer hatte? Das Whistspiel, sie sucht einen vierten Mann. — Inwieferne sind sich unsere jetzigen Jünglinge und ein Degen ähnlich? Beide glänzen dadurch, daß sie stets ungezogen bleiben. — Warum trinken die Männer blos außer dem Hause, und haben nie einen Rausch zu Hause? Weil sie sich fürchten, ihre Frau doppelt zu sehen. — Warum sagt man, wenn Jemand stolpert: „Hier liegt ein Musikant begraben?" Weil die Musikanten jetzt dadurch begraben sind, daß man keinen Schritt mehr gehen kann, ohne über einen Musikanten zu stolpern.

Der Obermedicinalrath Froriep in Weimar hat ein neues Mittel entdeckt, die Gefangenen ohne Anwendung des so kostspieligen Zellensystems von einander zu trennen, nämlich durch die Isolirung der Sinne. Er läßt jedem Sträfling eine lederne Kappe aufsetzen, wodurch ihm bald der Gehörsinn, bald der Gesichtssinn, bald sogar die Sprache entzogen werden kann, derart, daß es in der ganzen Anstalt nichts als temporäre Taube, Blinde und Stumme gibt. Die Entwicklung seines Systems ist manchmal so höchst komisch, daß man sich trotz allen Ernstes eines Lächelns nicht erwehren kann. So z. B. schlägt er, für den Fall, daß Schweigsamkeit angeordnet wäre, ganz ernsthaft vor, den Gefangenen mittelst Heftpflaster oder sogenannter englischer Pflaster den Mund zu verkleben!! — Grausam in jeder Beziehung ist die Anlegung des Apparates, wodurch der Gefangene eines oder des andern Sinnes beraubt wird! Man sieht, wie gerade die Philantropen vielleicht mit den besten Absichten oft die gräßlichsten Foltern in Vorschlag bringen!

Was die Industrie leisten kann, hat dieser Tage eine Stickerin in Brüssel bewiesen. Die Königin der Belgier wollte ihrer künftigen Schwägerin, der Infantin Luise von Spanien und deren Schwester, Königin Isabella, ein Hochzeitsgeschenk aus belgischen Landeserzeugnissen machen. Zu diesem Zwecke bestellte sie bei der Putzmacherin Pieron 80 Dutzend Taschentücher. Alle sollten nach einem gegebenen Muster das spanische Wappen, umgeben von dem Orden des goldenen Vließes und darüber die Königskrone mit noch verschiedenen anderen Verzierungen von Blumen und Arabesken in Brüsseler Kanten tragen. Nach zwölf Tagen schon lieferte Mlle. Pieron ihre 80 Dutzend Tücher ab, und man hat in Brabanter Spitzen, Brüsseler Kanten und Batiststickerei nie etwas Vollkommeneres gesehen, so daß die Arbeiten in Brüssel öffentlich ausgestellt wurden und allgemeine Bewunderung erregten.

(**Wien**, 22. Oct.) Unserem ganzen Mahlmühlen-Systeme droht eine wünschenswerthe Veränderung. Bekanntlich sind unsere Müller die Monopolisten der Bäcker und Letztere ganz in ihren Händen. Nun ist aus Newyork ein Erfinder einer Maschine, Namens Leo Wolf, eingetroffen, welcher um das Privilegium einer **Maschinenmühle** ansucht, die in jeder Hinsicht den kühnsten Anforderungen entsprechen und die bewunderungswürdigsten Resultate zur Folge haben soll. Er hat die Versuche zuerst im Kleinen beim Fürsten Metternich und vorgestern im Großen in dem k. Münzgebäude in Gegenwart einer Commission von Sachkundigen und der Hofräthe der Hofkammer gemacht und das Erstaunen aller Anwesenden erregt. Gußeisen, Granitsteine und alle Metallgattungen wurden in Minuten zum feinsten Staub zermalmt und die ganze Versammlung war mehr als überrascht.

Vor kurzem wurde erzählt, wie am Rhein Eltern, die nach Amerika auswanderten, ihre Kinder zurückließen. Ein ähnlicher Fall von Unbarmherzigkeit hat sich jüngst in Bremen ereignet, wo die Eltern, weil ihnen 25 Gulden an dem Ueberfahrtsgelde fehlten, ihren 11- bis 12jährigen Sohn zurückließen und demselben empfahlen, in die Heimath zurückzukehren, bis sie ihm das Reisegeld schicken würden! Der weinende Knabe, Johannes Wagner aus Steinberg in Kurhessen, konnte durch keine Thränen sein Geschick ändern und mußte mit 5 Gulden in der Tasche die 100 Stunden lange Reise antreten. Ohne daß sich die Lohnfuhrleute seiner angenommen hätten, würde er schwerlich durchgekommen seyn. Eben so erging es einem drei Jahr älteren Burschen einer anderen Familie, und der kleine Johannes erzählt, daß Eltern ein Kind absichtlich in der Nacht todtgelegen hätten, um für einen Kopf das Ueberfahrgeld zu ersparen.

(**Kunstnotiz.**) Den Freunden gediegener Musik wird es angenehm seyn, zu erfahren, daß in dem Freitag den 30. d. M. stattfindenden Konzerte des 13jährigen Pianisten **Alfred Jaell** das schöne Trio für Pianoforte, Violin und Cello (D moll) von Mendelssohn-Bartholdy durch die Herren **Wolff**, **Elsner** und **A. Jaell** zur Ausführung gelangen wird. Weiter bringt das Programm mehrere brillante Konzertstücke von Thalberg, L. von Meyer u. A., gespielt von dem jungen Virtuosen. Auch die Herren **André** und **Aguilar** und Mad. **Riehl** werden mitwirken. Durch gute Auswahl und Abwechslung der Stücke steht den Freunden der Tonkunst ein anziehender Abend in Aussicht.

Korrespondenz.

Berleburg, im Oct.

Allen den bekannten und unbekannten, nahen und fernen Wohlthätern, welche unsere evangelische Gemeinde auf Veranlassung des von dem Unterzeichneten herausgegebenen Schriftchens: „Aus dem Leben Casimirs, weil. reg. Grafen von Sayn-Wittgenstein-Berleburg“ so wohlwollend und freigebig zum Neubau einer Kirche unterstützt haben, würde ich schon längst unsern Dank öffentlich ausgesprochen haben, wenn ich nicht immer gehofft hätte, damit die Nachricht von dem endlichen Anfang dieses Kirchenbaues verbinden zu können. Allein noch immer, nachdem die circa 3000 Seelen zählende Gemeinde bereits 18 Jahre lang ihren Gottesdienst in einer nur 400 Personen fassenden Begräbnißkapelle hält, ist es uns nicht bekannt, wann wir das Ziel unserer Wünsche erreichen werden, ja wir müssen gefaßt seyn, noch Jahre lang warten zu müssen, wenn nur die Aufsparung von Zinsen uns diesem Ziele näher bringen soll. Indeß ist schon mancher unserer Wohlthäter gestorben, die fliehende Zeit mahnt, das Wort des Dankes auszusprechen, auch wenn noch nicht die Absicht der Geber erreicht werden konnte, und — wie jeder Dank zugleich eine Veranlassung neuer Hülfe, wo sie Noth thut, ist — so knüpft sich hieran auch die Hoffnung, die Bitte: in einer Zeit wo jene helfende Liebe, die nimmer ermüdet, so geschäftig geworden ist, den Genossen des Glaubens, die in der Zerstreuung und in der Ferne leben, Kirchen zu bauen und Gottesdienste zu geben, da werden auch wir, Arme und Einsame dieser Gebirgsgegend, nicht übersehen werden. Von der 1600 Exemplare starken Auflage des Schriftchens, durch dessen Anschaffung Allen, die uns helfen wollen, eine Gelegenheit dargeboten ist, ist bis jetzt kaum der dritte Theil verkauft. Nachdem durch dessen Erlös die Druckkosten gedeckt sind, so wird nunmehr der Verkauf der andern zwei Drittel der Auflage erst einen reinen Gewinn abwerfen. Für die bis jetzt verkauften Exemplare ist ein Betrag von 941 Rthlr. 22 Sgr. ct. subscribirt, wovon jedoch 372 Rthlr. 15 Sgr. erst bei Beginn des Baues zahlbar sind. Von der wirklichen Einnahme ad 572 Rthlr. 7 Sgr. sind bezahlt:

1) Auf die Druck-, Buchbinder- und Versendungs-Kosten zu 218 Rthlr. 1 Sgr. 2 pf. . . . . 186 Rthlr. 19 Sgr. 1 pf.

2) Zu dem Titelkupfer, Porto und Auslagen 38 „ 7 „ 9 „

3) Baar an die Kirchenkasse . . 351 „ 7 „ 9 „

571 Rthlr. 27 Sgr. 1 pf.

Auch der Inhalt des Büchleins hat bei recht Vielen eine freundliche Aufnahme gefunden. Das Rheinwald'sche Repertorium für theol. Literatur (Bd. XLV., Heft 2. S. 114 ꝛc.), Tholuck's liter. Anzeiger (1844, Nr. 40), Bark's Christenbote (1842, Nro. 44), die Monatsschrift für die ev. Kirche ꝛc. von Dr. Nitzsch und Dr. Sack (Jahrg. 1844, Bd. I., S 260 ꝛc.) und andere Zeitschriften haben demselben eine beifällige Aufmerksamkeit geschenkt. So hegt der Verf. daher die Hoffnung, durch dieses kleine Bild aus der Geschichte seiner Vaterstadt den Bedürfnissen derselben noch manchen wohlwollenden Helfer zu erwecken. Außer der Kirche entbehrt sie nicht blos ein zweites Pfarrhaus, sondern auch ein Hospital und Waisenhaus, welche Gebäude im Brand von 1825 eingeäschert und nicht wieder erbaut worden sind. — Unmittelbar an den Verfasser gerichtete Bestellungen sind portofrei unter Kreuzband und versehen mit der Aufschrift: „Pfarrer Winckel's Schrift zum Besten des Neubau's der Kirche zu Berleburg laut Ordre vom 2. Nov. 1842 frei.“ Der Ladenpreis von 15 Sgr. fällt dann, unverkürzt durch den den Buchhandlungen gebührenden Rabatt, auf welchen die Herren Buchhändler Kozler in Siegen und Bädeker in Elberfeld, durch welche das 12 Bogen starke Schriftchen ebenfalls bezogen werden kann, gütigen Verzicht leisten wollen, unserem Baufonds ganz zu. Auch durch die Verlagshandlung des Hrn. H. L. Brönner zu Frankfurt a. M. kann das Buch auf diesem Platz bezogen werden.

Fr. W. **Winckel**, zw. Pfarrer.

Theater-Anzeige.

Donnerstag, 29. Oct. **Der Weltumsegler wider Willen**, abenteuerliche Posse mit Tanz und Gesang in 4 Bildern, frei bearbeitet nach dem Französischen von G. Räder, Musik von Cantal.

Samstag, 31. Oct. **Die Montecchi und Capuleti**, große Oper in 4 Abth., Musik von Bellini. (Gastrolle) Romeo: Fräul. **Emilie Walter**, k. k. österreich. Hofopern- und k. würtemb. Kammer-Sängerin.

Redakteur: J. L. Heller. — Druck und Verlag von Heller und Rohm.

Didaskalia.

Blätter für Geist, Gemüth und Publizität.

Nro. 300. Samstag den 31. October 1846.

Ein Tag auf der See.

Aus der Beschreibung meiner Reise nach Brasilien. Von Adolf Ebeling.

(Schluß.)

Unsere Gäste, die der Doktor mittlerweile auf dem Schiffe herumgeführt, traten wieder zu uns, und ein allgemeines Gespräch war bald begonnen. Der Kaffee ward auf dem Verdeck genossen, und der Capitain der Louise bemerkte scherzend, daß derselbe doch auf der Aurora nicht so gar schlecht wäre, wie er heute morgen geglaubt. „Jetzt ist das auch etwas Anderes," erwiederte ich, „es kommt Alles auf die Gesellschaft an." Hierauf wandte sich der Arzt gegen unsere Gäste, mit der Anfrage, ob sie unserer Schiffsmannschaft wohl gestatteten, eins ihrer Lieder zur Bewillkommnung zu singen. Man war sehr erfreut darüber; unsere Leute näherten sich auf einen Wink des Obersteuermanns und bildeten um uns einen Halbkreis. Sie hatten ihre betheerte Schiffskleidung abgelegt und sich in Putz geworfen; sie sahen gut aus in ihren rothen und blauen Hemden und weißen Beinkleidern; ihre Strohhüte hielten sie in den Händen. Sie begannen hierauf ein wechselstimmiges recht hübsches Lied. Der Inhalt ist mir nicht mehr gegenwärtig, es war eins von den vielen Liedern, die man auf der See täglich hört, aber auch dort hören muß, um ihren wunderbaren Eindruck zu empfinden. So auf dem Festlande nachgesungen oder gar nachgeschrieben, verlieren sie allen Reiz. Als sie zu Ende waren, begann plötzlich, wie ein nachklingendes Echo, auf der Louise ein antwortender Gesang, auch unsern Leuten war jenes Lied bekannt, und so bildete sich ein doppelter Sängerchor, der uns geraume Zeit ungemein ergötzte „Aber mit trockener Kehle singt es sich schlecht," bemerkte unser Gast, und wand sich an unsern Capitain mit den Worten: „Sie werden Ihren Leuten doch erlauben, mein Bester, meinen Wein zu versuchen?" und befahl seinen Matrosen, die unten im Boote sich befanden, ein halb Dutzend Flaschen herüberzuholen. „Nicht anders, als wenn Ihre Mannschaft den meinigen probiren darf," war die Antwort. So wurde dann die gegenseitige Beschenkung ausgeführt. Auch kamen, wie wir bemerkten, hie und da ein paar Matrosen der Louise zu den unserigen zum Besuch und umgekehrt; und so wurde die Fröhlichkeit allgemein.

Die Sonne war schon längst über unsere Häupter weggezogen, es ging stark gegen Abend, denn bekanntlich ist fast immer Tag- und Nachtgleiche zwischen den Wendekreisen. Unser Capitain hatte es sich nicht nehmen lassen, nach besten Kräften, wie er sagte, für seine Gäste ein Abendessen zu bereiten, und von diesen erhielten wir frische Zitronen, Orangen und Pomeranzen zu Punsch und Limonade. Fische, erst diesen Morgen gefangen, so delikat, wie man sie nur auf dem Meere findet, waren unstreitig das Beste auf unserer sonst so einfachen Tafel; denn, wie schon erwähnt, gegen Ende einer großen Reise sind gewöhnlich die Speisen sehr auf den eigentlichen Schiffsproviant reduzirt. Die freundlichste, gemüthlichste und zugleich allseitigste Unterhaltung war übrigens die beste Würze der Abendmahlzeit. Nach derselben, als schon die Sonne sich stark ihrem Untergange zuneigte, that Fräulein Louise den Vorschlag, eine kleine Strecke in das Meer hineinzufahren, um beide Schiffe auch in einiger Entfernung und zwar zugleich liegen zu sehen. Da noch immer nicht der geringste Luftzug zu bemerken und deshalb auch keine Gefahr vorhanden war, wurde der Vorschlag bereitwillig aufgenommen, von mir nun vollends mit tausend Freuden, denn für den Plan, den ich bereits seit diesen Nachmittag mit mir umhertrug, war mir dies sehr willkommen. Mein Freund, der Arzt, erbot sich, mir hülfreiche Hand zu leisten, und blieb zu dem Ende an Bord zurück. Wir Uebrigen stiegen alsbald in das geräumige Boot. Die Mannschaft bestand zur Hälfte aus Matrosen der Louise und aus den unsrigen; sie ruderten uns langsam in östlicher Richtung in die offene See hinein. Ungefähr in Schußweite von den Schiffen machten wir Halt. Wir sahen nun vor uns die beiden stattlichen Fahrzeuge, mit ihrem Bugspriet einander zugeneigt, hinter ihnen den untergehenden Sonnenball in röthlicher Gluth. Wir konnten aber durch die fast zauberhafte Beleuchtung unterstützt, die Schiffe in allen ihren Umrissen auf das Genaueste erkennen, in den Mastkörben beider war die lustige Mannschaft vertheilt, in einzelnen Tönen wehte ihr Singen zu uns herüber. Sonst um uns her ein tiefes, heiliges Schweigen, erhebend und groß! Wir sprachen wenig oder nichts. Immer prächtiger färbte sich der Abendhimmel, der Spiegel unter uns strahlte den Glanz zurück, wir selbst waren mit magischem Schimmer übergossen. Ich werde den Abend nie vergessen; ein seliges Lächeln schwebte auf allen Gesichtern. „Wie schön, wie göttlich schön," flüsterte Louise, und drückte ihrem Bruder innig die Hand; der faßte die meinige, und so saßen wir da wie fromme Geschwister, andächtig und doch so froh und vergnügt. Die Sonne sank tiefer, die feurige Kugel berührte den Spiegel des Meers, aus dem Wasser glühte eine zweite Sonne herauf, über die weißen Segel der Schiffe zog ein röthliches Licht. „Kinder," sagte der Capitain der Louise, „es mahnt von drüben fast wie ein Gebet;" er nahm den Hut ab, wir Alle folgten seinem Beispiel; ein heiliger Schauer flog durch unsere Seele: die Sonne war versunken. — Noch zitterte das Abendroth über die Fluth und flammte am Himmel, aber nur auf wenige Minuten, denn die Nacht sank in ihrem sterngestickten Mantel, wie immer in den Tropenregionen, ohne Dämmerung auf das Meer herab. Unsere Ruderer wollten sich schon zum Heimweg anschicken, noch einen letzten Blick warfen wir auf die befreundeten Schiffe, da plötzlich schien es, als sey das Abendroth nochmals wieder aufgelebt, denn beide Fahrzeuge erhellte ein dunkelrother Schein, erst matt, dann stärker und immer stärker, so daß die Gluth in's Wasser hinab und am Himmel hinaufglänzte. Während die Andern, stumm vor Erstaunen, dem eben so unerwarteten, wie schönen Schauspiele zusahen, bemerkte ich, wie ein

Boot von unserm Schiffe abstieß und sich zwischen der Aurora und Louise postirte. In demselben Augenblicke rauschten auch schon die Raketen in die Luft. „Um Gotteswillen, was ist das," rief der Onkel, und an mich gewendet, fragte er: „Sind Sie am Ende auch hier wieder der Tausendkünstler?" — „Ich bin überrascht wie Sie," entgegnete ich, aber mein Capitain stieß mich in die Seite und raunte mir zu: „Sie machen da gute Streiche, ich glaube, Sie sprengen noch unser ganzes Schiff in die Luft blos der Louise zu Ehren." — „Welcher Louise?" fragte ich leise mit unterdrücktem Lachen. „Ach, gehn Sie," erwiederte er; „aber gestehen muß man, es nimmt sich prächtig aus." Und er hatte vollkommen Recht; mein Doktor that seine Schuldigkeit. Das Feuerwerk war sehr gut vertheilt. An den beiden Spiegeln der Schiffe, die uns zugekehrt waren, sprühten Feuerräder ihre Strahlengarben weit hinein in das Dunkel der Nacht. Leuchtkugeln stiegen aus dem Boote in die Höhe und zerplatzten oben geräuschlos in tausend silberblitzende Sterne, die ihre ewigen Brüder am Himmel durch ihren Glanz beschämten, sie sanken sanft nieder, und erloschen im Sinken. Einige Raketen fuhren über die ruhige Wasserfläche und versanken dicht vor unserm Boote, wieder andere zischten durch die Fluth und stiegen dann empor, um nochmals zu fallen und zu erlöschen. Und dies Alles in doppelter Pracht, denn klar warf das Meer die nächtliche Scene spiegelnd zurück. Noch ein Mal sammelte die unsichtbar ordnende Hand die verschiedenen Flammen, Lichter und Strahlen mit verstärkter Kraft in eine sprühende Feuermasse, die riesengroß und hell aufloderte; dann sank Alles, wie auf einen Zauberschlag, hinein in die dunkle, schweigende Stille. „Mir kommt das Ganze vor wie ein Mährchen aus tausend und einer Nacht," sagte Louise, „nie erinnere ich mich, etwas Aehnliches gesehen zu haben." — „Der heutige Tag hat mich ganz jung gemacht," fuhr ihr Oheim fort, „und ich," sagte der Neffe, „lasse für den 9. September ein eigenes Heft frei in meinem Journal. Langsam ruderten uns die Matrosen an die Schiffe zurück, unsere Freunde begleiteten uns zuerst an das unsere. „Wir brauchen keinen Abschied zu nehmen," sagte der Capitain der Louise, „denn der morgende Tag wird uns wieder vereinen." — „Ich wage dies zu unserm größten Bedauern zu bezweifeln;" erwiderte hierauf der hinzugetretene Doktor, „ein leiser Luftzug spielt bereits mit unsern Flaggen und die Sonne ging Wind verheißend unter." — „Potz Blitz, Sie haben Recht," rief unser Capitain, nachdem er sich umgesehen. Das Fräulein stand bei Seite und lehnte über den Bord des Schiffes; ich näherte mich ihr und sagte: „Vernehmen Sie so eben die traurige Botschaft? Was sonst dem Schiffer in der Windstille als Erlösungswort klingt, das weckt jetzt in mir Trauer und Wehmuth." Sie antwortete nicht. „Werden Sie mir meine Heimath grüßen?" fuhr ich fort. „O gewiß, auf das herzlichste," sagte sie rasch, „und nehmen Sie auch meinen Dank für Ihre Güte und Sorgfalt." — „Gedenken Sie manchmal des heutigen Tages," begann ich von neuem, „auch in unserm lauten, lärmenden Hamburg." „Wie könnt' ich vergessen," entgegnete sie, bei diesen Worten trat ihr Oheim mit seinem Neffen zu uns. Wir boten uns das herzlichste Lebewohl; „aber nun ist's auch Zeit," sagte er, „der Wind ist nahe." Wirklich spürte man schon ein kühles Wehen. Sie fuhren davon. Ich sah ihre Schattengestalten am andern Schiffe emporschweben, dann verschwanden sie. Unsere Flaggen wurden eingezogen, die Segel gerichtet, man spürte deutlich die Annäherung des Windes, und bereits eine leise schwankende Bewegung unseres Schiffes. „Es war wirklich die höchste Zeit," begann der Capitain, da tönte es zu uns von der Louise herüber: „Lebt wohl! Glückliche Reise! Gott behüte Euch! Lebt tausendmal wohl!" Ich meinte ihre Stimme zu unterscheiden; wir riefen ein Gleiches zurück. Schon durch die Dunkelheit schienen wir weiter von einander entfernt. Der Wind ward mit jeder Viertelstunde stärker, er schwellte unsere Segel und entführte uns langsam von unsern Freunden. Wieder erschien an dem Mast der Louise die rothblinkende Laterne, auch wir zogen die unsrige auf; ich lehnte mich wie vor 24 Stunden an den Mast, aber nicht nach Osten, sondern nach Westen blickend, und mit wie verschiedenen Empfindungen, denn gestern. Wir entfernten uns zusehends immer mehr. Noch sah ich die duftigen Umrisse der Louise, mir war, als sähe ich auf dem Hinterdeck ein weißes Tuch wehen, vielleicht war sie im Nachtgewande hinausgetreten, um noch ein Mal einen Blick zu uns hinüber zu werfen; auch diese Erscheinung, ob Traum, ob Wirklichkeit, verschwand, der Wind blies frisch und lebendig in unsere Segel, das Schiff rauschte sanft durch die schweigende Nacht, die Sterne blitzten freundlich, wie immer, herunter, und in meiner Seele glänzte eine schöne Erinnerung und ein noch schöneres Hoffen.

Rheinisches Taschenbuch,

herausgegeben von Dräxler-Manfred. Frankfurt a. M. bei J. D. Sauerländer.

Ein neuer Jahrgang dieses beliebten Taschenbuches (1847) liegt vor uns und seine geschmackvolle Ausstattung empfiehlt ihn zur Festgabe. Das rheinische Taschenbuch entspricht seinem Namen, da es rheinische Kunst, Poesie und Literatur besonders berücksichtigt, so wie auch das Leben und Treiben in den Rheinlanden zu schildern sucht. Zuvörderst begegnen wir der Fortsetzung des bekannten, werthvollen Miniatur-Salons, auf welchen auch diesmal wieder die größte Sorgfalt verwendet worden ist. Nach einem schönen Portrait von Eduard Steinle folgen sehr gelungene Stahlstiche nach Bildern von H. Rustige, K. Begas, J. J. Eeckhout, A. Riedel, L. Pilliet, M. Oppenheim und E. Michold. Wenn wir die freundlichen Bilder dieses Miniatur-Salons und deren künstlerische Ausführung mit Vergnügen betrachten, so erfreut uns nicht minder der ihnen zur Erklärung beigegebene Text. Dieser ist eben so belehrend als lebendig, schildert theils in kurzen Umrissen die Entwickelung der Künstler und charakterisirt theils deren Strebungen; hier ist keine lange, unnöthige Wortmacherei und Gespreiztheit nach der Mode des Tages, sondern in wenig Worten viel Sinn und in einfacher Rede viel Bedeutung. So unscheinbar dieser kleiner Kommentar Manchem vorkommen möchte, so könnte er doch vielen unserer hochfahrenden und schwülstigen Kunstkritiker zum Vorbilde, wie sie es besser machen sollen, dienen. — Wenden wir uns nun zum rheinischen Dichter-Salon! Dieser liefert abermals den Beweis, wie selten wahrhaft schöne und bedeutungsvolle Dichtungen sind. Es mag übertrieben scheinen und ist doch wahr, daß unter tausend Gedichten, welche durch den Preßbengel zu Tage gefördert werden, sich kaum zwei oder drei ächte Edelsteine befinden; die andern alle sind, wenn auch mehr oder minder gut geschliffen, dennoch falsch. F. Freiligrath's vortreffliches „Requiescat" ist hier der ächte Stein, den man nach fünfzig Jahren noch eben so glänzend sehen wird wie heute. — E. M. Arndt beweis't in zwei Gedichten, daß er alt geworden. Hier könnte Prof. Delbrück seinen Scharfsinn passender üben, als er es unlängst gethan hat. — Eine Stadtgeschichte von Helmine von Chezy gehört zu den unerquicklichen Dichtungen, die man nur ein Mal und nicht wieder lies't. Eine Kindesmörderin, edel, aber verführt, hält am Hochgerichte einen rührenden Sermon und wird dann nach dem Jenseits durch die Hand des Nachrichters befördert.

Sie schwieg und ging zum Tode ein,
Jed' Angesicht war bleich,
Zum Himmel flog die Seele rein,
In's ew'ge Freudenreich.
Manch' heiß Gebet auf ihrer Gruft
Bracht' späte Reu' ihr dar —
Dort schwebt ihr Geist im Nebelduft,
Warnt einsam Liebespaar.

Eine schöne Moral und zugleich auch die Lösung des Räthsels, wie man im Himmel und auf der Erde zu gleicher Zeit seyn kann. Das war nicht schön gestrickt von unserer Dichterin. Ueberhaupt steht es Frauen nicht gut, wenn sie derartige Stoffe von Verführung und Kindesmord besingen. Gibt es doch der für das Gemüth wohlthuenderen so viele andere! — Louise v. G. bringt einen Lebensabschnitt, zu weinerlich, um viel interessiren zu können. — Der ausgewanderte Schmied von N. Ganzhorn ist eine gesunde und kräftige Natur, deren Manneswort Einem wohl thut, — und auch die Stoffe von K. Geib darf mit Anerkennung genannt werden. — Die Meermaid von Louise von Plönnies, — solche mondscheinduftige Meermaidspoesieen können ihre Leser zählen. Diese Gattung hat sich längst überlebt und paßt nicht mehr in das Zeitalter der Dampfmaschinen unter kräftigerer Geistesregung. Das Gedicht beginnt:

Ich stand am Rand der Inselwand
Und schaute hinab in die Fluth,
Die blau und klar umschimmert war
Von der Sonne sinkender Gluth.

Diese Reime wären klassisch, wenn die Dichterin statt blau auch noch baar oder so etwas der Art gesagt hätte. Ist man einmal im Reimen, so reime man auch gründlich! — Maria, von W. Smets und Ketzel's Tod von K. Simrock bilden durch eine Laune des Zufalls oder vielmehr der alphabetischen Ordnung, die sie neben einander gestellt hat, einen fast bizarren Kontrast. — Die noch übrigen Dichtungen tragen gute Namen, sind aber von geringer Bedeutung.

Wenden wir uns nun von den Reimen zur Novelle. Hier glauben wir den Preis dem gemüthlichen W. O. von Horn zuerkennen zu müssen. Seine rheinische Dorfgeschichte „Aus der Schmiede" ist eine wahre Herzensgeschichte und ein reines Idyll. Wie naturfrisch, wie voll Leben und Wahrheit ist hier Alles! So etwas wird nicht hinter dem Ofen ausgeheckt, noch von unseren blasirten Toilettenschriftstellern ersonnen, sondern man muß es erlebt und empfunden haben, da draußen im kühlen Waldesschatten oder auf mitschauender Bergeshöhe, unter dem ländlichen Hüttendach und den stillen Leiden und Freuden seiner Bewohner, unter dem Hollunderstrauch, der an der Kirchhofmauer steht oder unter dem fröhlichen Jubel der Tanzenden beim Kirchweihfeste. Solche Geschichten werden mit dem Herzen und für die Herzen geschrieben und bedürfen keiner löschpapiernen Lobreden. Sie erweitern bei der trauten Lampe den engen Raum der Stube, lassen Frühlingssonnenschein und Maiengrün hinein blinken, füllen das Auge mit Thränen der Freude und des Schmerzes, begleiten uns lange mit harmonischem Nachklang durch das lärmende Gewoge der nüchternen Alltäglichkeit und lassen uns die heilige Blüthe der Liebe und Treue auch da finden und verehren, wo man sie gewöhnlich nicht sucht. W. O. von Horn hat jenen Dank gewonnen, der zu tief empfunden wird, um viel Worte machen zu können. Seine Novelle oder vielmehr einfache Dorfgeschichte würde allein hinreichen, um diesem Taschenbuche freundliche Aufnahme zu verschaffen. Doch bringen auch Andere gut Geschriebenes, besonders H. Zschokke, der trefflich zu erzählen weiß. Andere wieder wie J. Rank und Wilh. Müller, sind in der Wahl des Stoffes minder glücklich gewesen, wenn sie auch Darstellungstalent besitzen. Jene Erzählungen, in welchen eine schwüle, drückende Luft weht und die uns die Nacht- und Kehrseite des menschlichen Lebens und des zerrissenen Herzens vorführen, mögen ihre Verdienste haben aber sie erquicken nicht, und wenn man sie zu Ende gelesen hat, so ist man verstimmt und verdrießlich. Besser ist's, wenn der Dichter uns erheitert und erhebt, als wenn er uns belastet und zu Boden drückt! Möge dies Taschenbuch freundliche Aufnahme finden! W.

Mannichfaltigkeiten.

Dem Lenker eines Fiakers passirte das merkwürdige Schicksal, daß sein der Tage Last und Hitze müdes Pferd durchging. Ohne den Zügel anzuziehen, saß er erstaunt da. Die Dame aber, welche sich in dem Fiaker befand, wurde ängstlich und rief: „Um Gotteswillen, lassen Sie mich heraus!" — „Bleiben Sie ruhig sitzen!" erwiederte der phlegmatische Kutscher, „ick kenne mein Pferd besser, det is nischt als Verstellung."

(Aus Westphalen.) Einzelne unserer Fabrikherren beabsichtigen mit der Zahlung der Wochenlöhne an ihre Fabrikarbeiter eine Aenderung vorzunehmen. Ueberall zahlte man dieselben bisher am Sonnabend aus, woher es denn kam, daß sehr Viele am Sonntag das am Sonnabend empfangene Geld verjubelten, so daß für die arme Familie für die übrigen Wochentage nichts übrig blieb, die sich genöthigt sah, Schulden zu machen, wodurch bei dem geringsten Anlaß, die eine ungewöhnliche Ausgabe erforderte, die größte Armuth eintrat. Um dem Uebel in etwas vorzubeugen, wollen nun einzelne Fabrikbesitzer versuchsweise nach einem Vorschlage des Journals des österr. Lloyd die Löhne am Montage auszahlen. Für die Familien, die nicht Haus zu halten wissen, halten wir es für einen großen Vortheil; auch wird diese Maßregel ein sehr probates Mittel gegen das unmäßige Branntweintrinken seyn, da nur der Sonntag der Tag ist, wo ihnen gemächlich Zeit und Muße dazu bleibt, welche sie denn auch gehörig benutzen.

Benedict's neueste Oper: „Die Kreuzfahrer", oder: „Der Alte vom Berge", ist in London während der letzten Saison nicht weniger als sechzig Mal binnen drei Monaten auf dem Drurylanetheater gegeben worden. Bis zur Drehorgel ist das Werk gekommen, und seit Weber's „Freischütz" hat keine im Volke solche Eroberungen gemacht. Schilling in Stuttgart hat eine deutsche Uebersetzung gefertigt, so daß den deutschen Bühnen Gelegenheit gegeben ist, dies Werk eines deutschen Künstlers auch in Deutschland heimisch zu machen.

In Norwich ist ein Schulknabe, welcher sein eigener Großvater ist. Die Sache verhält sich also: Eine Wittwe wohnte mit ihrer Stieftochter, und ein Mann mit seinem Sohne bei einander. Die Wittwe heirathete den Sohn und die Tochter den alten Mann. Die Wittwe wurde demnach die Mutter des Vaters ihres Mannes und folglich auch die Großmutter ihres eigenen Mannes. Aus dieser Ehe entsprang ein Sohn, dessen Mutter also auch seine Urgroßmutter war. Da nun der Sohn einer Urgroßmutter entweder Großvater oder Großoheim seyn muß, so war dieser Knabe sein eigener Großvater. (Als Räthselspiel zu benutzen.)

(Ein colossaler Druckfehler.) Als Beethoven's Adelaide zuerst mit Text gedruckt erschien, las man darüber statt „Sanft mit Nachdruck" — Sauft mit Nachdruck.

Der Allg. Preuß. Ztg. wird aus Madrid geschrieben, daß die Infantin Marie Luise fast gar nicht französisch, der Herzog von Montpensier, ihr Gemahl, fast gar nicht spanisch spreche und daher Beide eines Dollmetschers bedürften, um sich zu unterhalten.

Korrespondenz.

Kassel, 24 Oct.

Wie man weiß, haben mit dem 13. Oct. in der Nähe hiesiger Stadt die Erdarbeiten zu der Eisenbahn von hier nach Frankfurt ihren Anfang genommen; auf welche Stelle aber der Bahnhof kommen wird, ist dagegen noch unbekannt, vielleicht auch unentschieden, welches jedoch kein Hinderniß am Fortbau und der Richtung der Bahn, vielmehr sehr heilsam für die so wichtige Sache ist, weil bis dahin die Gründe für oder wider die bestehenden, sehr verschiedenartigen Ansichten sich eher aufklären und sodann richtiger zu beurtheilen seyn werden. So z. B. wünschen und glauben Betheiligte, daß für die Kasseler-Frankfurter Bahn und für die Friedrich-Wilhelms-Nordbahn nur ein einziger Bahnhof dahier nöthig sey und die Verwaltung unter eine einzige Oberstaats-Generaldirektion gestellt werde, während Andere diese Vereinigung sehr mißlich und unräthlich halten, weil alsdann die des Tages so vielmal ab- und zugehenden Züge zweier Bahnen, welche an ein und derselben Anfahrtsstelle anhalten sollen, die Sicherheit des Publikums — wie die Erfahrung lehre — sehr gefährden würden. Und wenn die zweifelsohne sehr frequentirt werdende hannöversche Bahn etwa auch noch in diesen Gesammtbahnhof einlaufen solle, so ist es klar, daß dann absonderlich viel Unglück entstehen kann. Man spricht viel von der am 3. k. M. hier abzuhaltenden Generalversammlung der Actionäre der Friedrich-Wilhelms-Nordbahn. Bei dem Bau dieser Bahn befinden sich viele Ausländer als Officianten, bei der Staatseisenbahn dagegen dergleichen nur unter den im Staatsdienstgesetz vorgemerkten Einschränkungen. Die Erdarbeiten für beide Bahnen sind bislang meistens in den Händen ausländischer Unternehmer, wovon wieder einige die übernommene Baustrecke mit bedeutendem Gewinn für sich an dritte Personen abgetreten haben. Die Kostenanschläge sollen übrigens weit über den Offerten geblieben seyn. Seit einiger Zeit sind Commissäre eines bekannten Banquierhauses hier, welche Contracte wegen Lieferung von englischem Eisenbahnmaterial für die Kasseler-Frankfurter Bahn abschließen wollen. Es ist jedoch eine offizielle Einladung von der Staatseisenbahndirektion an das Publikum, Lieferungsgebote einzureichen, bis jetzt noch nirgends erfolgt.

Wiesbaden, 26. Oct.

Wie der Unbefangene nicht verkennen wird, daß die Wohlfahrt unseres Landes überhaupt in der neueren Zeit in hohem Grade zugenommen, eben so gewiß ist es auch, daß diese Wahrnehmung vorzugsweise in unserer Stadt ihre Bestätigung findet. Eine Reihe von Verbesserungen des materiellen, wie des geistigen Wohls, Anstalten zur Förderung der Künste und Wissenschaften, zur Hebung der Landwirthschaft und des Gewerbwesens, so wie zur Realisirung sonstiger Humanitätszwecke sind in neuerer Zeit entstanden. Solcherlei Einrichtungen verdanken wir zum großen Theile dem erleuchteten Sinne unserer fortwährend für das Wohl des Landes besorgten Staatsregierung und der in ihrem Geiste handelnden Behörden. Aber auch den edlen Gesinnungen und Bemühungen mehrerer Privaten, unterstützt durch Gemeinsinn und einträchtiges Zusammenwirken der Uebrigen, sind wir in vielen Beziehungen zum Danke verpflichtet. Ein solches nützliches Institut beabsichtigt eben das hiesige Theaterorchester in's Leben zu rufen und zwar durch Begründung eines Orchester-Unterstützungsfonds für die Wittwen und Waisen seiner Mitglieder. Es kann denselben nur zur Ehre gereichen, wenn wir sehen, wie ihr Sinn nicht blos darauf gerichtet ist, den Augenblick zu genießen, ihren Erwerb und mit der Zeit Alles, was sie besitzen, selbst zu verzehren, wie sie vielmehr, auch der Zukunft gedenkend, in löblicher Sorge für Frau und Kinder, es sich zur Angelegenheit machen, daß nach ihrem Tode ihren Familien alsdann ein kleines Sümmchen zu Theil werde, bestimmt als Beisteuer zu unvermeidlichen größeren Ausgaben, zur Aushülfe in Verlegenheits- oder wirklichen Nothfällen und dergleichen zu dienen. In Anerkennung des edlen, gemeinnützigen Zwecks einer solchen Anstalt hat sich dieselbe bereits der Unterstützung unseres allverehrten erhabenen Landesherrn, so wie der höheren Beamten unserer Stadt zu erfreuen gehabt und wir zweifeln nicht, daß auch die übrigen Mitglieder des Beamtenstandes, so wie das gebildete Publikum überhaupt dem gegebenen Beispiele gerne folgen wird. Eine günstige Gelegenheit dazu wird sich dadurch darbieten, daß zum Besten des neuen Instituts im Laufe des Winters auf Subscription zwei große Vocal- und Instrumental-Konzerte statt finden sollen, welchen, an sich schon anziehend genug, aber ihrer schönen Bestimmung wegen eine möglichst allgemeine Theilnahme recht sehr zu wünschen ist.

Gladbach (bergisch), 25. Oct.

Die belgischen Gesangfeste werden hier am Rheine mit jedem Tage populärer, leider aber auch schon allenthalben von Industrierittern ausgebeutet. So trat hier ein Tuchfabrikant, welcher weder singt, noch musizirt, noch sonst ein Kunstfreund ist, einige Tage vor dem December in den hiesigen, ziemlich renommirten Gesangverein, um dadurch mit seiner Musterkarte frei nach Brüssel reisen zu dürfen und seine Waaren gehörig anbringen zu können. Es wäre zu wünschen, daß alle rheinischen Gesangvereine Sorge trügen, daß solche Unterschleife nicht stattfinden könnten und daß nach der vielbesprochenen Kölner Gastfreundschaftsmanifestation die belgische nicht so schnöde mißbraucht würde.

Usingen, im Oct.

Wenn ich früher die Ueberzeugung wiederholt ausgesprochen habe, daß nicht allein die Stadt, sondern auch das Amt Usingen in Hinsicht der Intelligenz, des Unternehmungsgeistes und des Gemeinsinnes um ein halbes Jahrhundert gegen andere deutsche Gegenden zurückgeblieben sey, und anstatt dieser Tugenden ein bedauerlicher Schlendrian und Starrkrampf den Fortschritt hemme, so glaube ich jetzt mit eben so gutem Gewissen das Gegentheil behaupten zu dürfen. Es ist in der That eben so überraschend, als erfreulich, mit welchem an Begeisterung gränzenden Eifer diese Gegend jetzt den geistigen und materiellen Verbesserungen zugethan ist und welches lebhafte Interesse sie den Bestrebungen des nassauischen Gewerbvereins widmet. Es scheint fast, als sey Wiesbaden erst durch diesen lebenskräftigen Bund tausend intelligenter Landesbewohner recht eigentlich die Hauptstadt unseres Landes geworden. Wenn wir diese aufblühende Stadt früher nur als den Sitz unserer Regierung betrachteten, so belebt uns jetzt die Hoffnung, sie zum Emporium unserer Gewerbe, zum Stapelplatze der mannigfaltigen Erzeugnisse unseres Gewerbfleißes emporstreben zu sehen. Die großartige Bestimmung der einer bedeutenden Raumerweiterung bedürfenden Industriehalle zu Wiesbaden wird außer dem gewerbfleißigen Amt Weilburg im ganzen Lande vielleicht niegends besser erkannt, als von den Künstlern, Handwerkern und Fabrikanten unseres Amtes. Durch den raschen Waarenabsatz der Industriehalle angefeuert, sind wir auch nicht saumselig, beständig Waaren dahin zu liefern und gleichsam andern Aemtern mit gutem Beispiel voranzugehen. Abgesehen von eleganten Tischlerarbeiten und Pianos, sind daselbst folgende Artikel aus unserem Amte in großen Quantitäten und in allen Sorten anzutreffen: 1) Wollwaaren, z. B. Strümpfe, wollene Wämser, Unterhosen, Gamaschen rc.; 2) Filzschuhe von jeder Größe; 3) Filzreitdecken; 4) Stroharbeiten mannigfaltigster Art als: Strohmatten, Strohsohlen, Strohhüte für Herren und Frauenzimmer; 5) Putzmacherarbeiten. Es kann nicht ausbleiben, daß bei uns bald noch andere Industriezweige aufleben, da die Noth jene Mutter der Erfindung, uns antreibt, auf neue Erwerbsmittel zu sinnen. Der erste Schritt ist geschehen und wir blicken mit den besten Hoffnungen in die Zukunft!

Guntersblum in Rheinhessen, 26. Oct.

Unsere letzte Traube ist eingeherbstet. Auch hier, wie anderorts, sah in diesem Jahr der Producent, bezüglich der Quantität, seine kühnsten Erwartungen übertroffen, denn der Weinstock zeigte sich für die vielen Kosten, Mühen und Arbeiten, welche man in den letzten Mißjahren an ihn verschwendete, wieder dankbar und gab in reichlichem Maß zurück für Das, was man ihm zugewendet. Bezüglich der Qualität darf der Producent auf ein edles und feuriges Product hoffen, indem die Rießlingstraube hier immer noch die vorherrschende ist und, wie allbekannt, dieselbe in guten Jahrgängen das feinste Product liefert. In den letzten zehn Jahren näherte man sich beim Anlegen von Weinbergen mehr den fremden Traubensorten, wie: Oesterreicher, Ruländer und Traminer, von welcher letzterer Sorte einige Weinbergsbesitzer in den vorzüglichsten Lagen, wo die sogenannte Rost eine besondere Erwähnung verdient, schöne Anlagen besitzen und durch ein längeres Hängenlassen der Trauben gewiß ein edles Product gewinnen werden.

Theater-Anzeige.

Samstag, 31. Oct. Die Montecchi und Capuleti, große Oper in 4 Abth., Musik von Bellini. (Gastrolle) Romeo: Fräul. Emilie Walter, k. k. österreich. Hofopern- und k. würtemb. Kammer-Sängerin.

Redakteur: J. F. Heller. — Druck und Verlag von Heller und Rohm.

Didaskalia.

Blätter für Geist, Gemüth und Publizität.

Nro. 301. Sonntag, den 1. November 1846.

Im Keller.

Hier in dem tiefsten Kellergrund
Lehn' ernst ich an der Mauer,
Die Lagerfässer liegen rund
In Finsterniß, in grauer,
Indeß aus ihrem off'nen Spund
Viel selt'ne Töne brausen;
Das Sprudeln, Zischen, Brausen
Die tiefe Seele übermannt,
Mich fest an diese Stelle bannt.

Was dunkel vor dem Blicke lag,
Wird schon der Seele helle,
Lebendig wie durch Zauberschlag
Gleicht's einer Wunderquelle;
Das Nachtgemurmel steigt an Tag,
Es singen lauter, dreister,
Im Faß verschloss'ne Geister,
Besprechen sich im heil'gen Reih'n,
Wahrsagen kühn aus ihrem Wein!

Sie singen von erhöhter Gluth,
So alle Welt durchdrungen,
Die rascher treibt das Menschenblut,
Die sprüht in Feuerzungen;
Des Volkes Führern höhern Muth
Verleiht, zu kühnem Handeln,
Daß sie erleuchtend wandeln
Des Rechtes und der Wahrheit Bahn,
Bekämpfend rings verjährten Wahn!

Sie künden: wie des Ernstes Geist
Will tief im Volke gähren,
Wie er es hin zu Thaten reißt,
Sich handelnd zu bewähren;
Ihr Ton den neuen Tag verheißt,
Der vor dem trägen Brüten
Uns Alle will behüten,
In Fürst und Volk schon flammt und glüht,
Zu Einem Ziel verbunden zieht.

Sie singen: wie lebend'ge Lieb'
Will in den Herzen walten,
Die in dem lebensfrischen Trieb,
Wie im vergang'nen Alten,
Manch' ewig Wunder niederschrieb;
Die, reich an Sitt' und Züchten,
So wie an edeln Früchten,
Dem Hause manch' ein edles Pfand
Und Helden gibt dem Vaterland.

Sie singen, wie die alte Nacht
Muß vor dem Lichte weichen,
Nicht in des Tages Morgenpracht
Kann schnöd' herüberreichen,
Wie all' ihr Trug zusammenkracht,
Wie sie die schaurig-engen
Verließe alle sprengen,
Die lang gefesselt unsern Sinn,
Wie Freiheit unser Hochgewinn.

Ja, singt, ihr Geister, frei und wahr,
Und stürzet alle Lüge,
Durchwallt der Völker volle Schaar,
Daß rings nur Himmelflüge,
Durch euch geboten, wunderbar!
Spornt uns zu kühnem Lodern,
Gewähren oder Fodern!
Auf, aus dem Keller, Zauberbann,
Auf, durch das Volk zum Himmel an!

Wilh. von Waldbrühl.

Lit. D. *)

Novelle, mitgetheilt von A. Stätter.

Als die Revolutionstribulale im Jahre 1793 errichtet wurden, war Herr Duportail einer der ersten, welche auf die Listen der zu ergreifenden und zu richtenden Verdächtigen gesetzt wurden. Es lag mehr als ein Grund zur Proscription gegen ihn vor: er war bei den Pächtereien angestellt, reich, geistvoll, unvorsichtig und so übermüthig, wie es gar leicht ein Glückskind ist. Es war ihm bisher Alles nach Wunsch gegangen: seit drei Jahren mit einer Spanierin verheirathet, die er aus den westindischen Colonien nach Frankreich mitgebracht hatte, mit einer reichen, schönen, liebenden und resoluten Frau, die ihm zwei holde Kinder gab, lebte er, wie man zu sagen pflegt, wie Gott in Frankreich, als die Revolution ausbrach und ihn überraschte, wie so manchen arglosen Freund des Bestehenden.

Noch zu rechter Zeit von Männern gewarnt, die besser unterrichtet waren, und ihn für einen unvorsichtigen, doch keineswegs

*) Aus der Wiener Allg. Theater-Zeitung.

blinden Royalisten hielten, verließ Duportail seine Wohnung noch glücklich vor der Ankunft der Revolutionsagenten, und fand bei seinem frühern Bedienten in einer der Vorstädte ein Versteck.

An demselben Abend noch besuchte ihn seine Frau, die er in Folge des Besuchs von den Pikenmännern als Bild des Schreckens wiederzusehen fürchtete, doch die ruhig und gefaßt auftrat, und nach der ersten herzlichen Begrüßung entschlossen erklärte:

„Wir müssen fort. Hier in der Nähe hält morgen der Wagen. Wir gehen zu unsern Eltern nach Bordeaux, von wo wir leicht nach Westindien entkommen.“

Die muthige Frau hatte im Verlaufe des Tages das Geld und die Kostbarkeiten des Hauses zusammengerafft, die dringendsten Angelegenheiten geordnet, und Alles zur schleunigen Flucht vorbereitet.

Duportail küßte sein heroisches Weib, und konnte sich doch nicht entschließen, Paris so schnell zu verlassen. Deshalb meinte er, seine Frau sey zu besorgt, man könne ihm ja nichts vorwerfen, der Sturm werde schon vorübergehen, und was die meisten damaligen Royalisten zu denken und zu sagen pflegten. Aber seine Frau sah weiter, und setzte ihm so lange zu, bis er versprach, morgen mit ihr und den Kindern abreisen zu wollen.

Indeß kaum war seine Frau wieder fort, als die Leute, in deren Wohnung er sich verbarg, erzählten, an den Barrieren würden alle Wagen, welche die Hauptstadt verließen, genau untersucht, und es sey auf diese Weise schon eine Menge Adeliger, die auswandern wollten, verhaftet worden. Seine Frau hatte ihm zwei Pässe mitgebracht; dennoch war seine Angst nicht gehoben. Die ganze Nacht träumte er von der Gefahr an der Barriere; schrecklicher als Alles aber schien es ihm, wenn er vor den Augen seiner Frau oder diese seinetwegen mit ihm verhaftet würde. Ohnehin konnte sich ja diese Wagendurchsuchung in allen Städten wiederholen; welche Höllenqual!

Am andern Morgen eilte er zur verabredeten Stunde zu dem Wagen, setzte seiner Frau in Hast seine Gründe auseinander und bat sie, mit den Kindern ruhig die Reise fortzusetzen; zu Fuß komme er leichter durch die Barriere, und werde dann Postpferde oder ein Reitpferd nehmen, um sie unterwegs einzuholen, oder in Bordeaux wieder mit ihr zusammen zu treffen.

Frau Duportail brach in Thränen aus, beschwor ihren Mann, ihr zu folgen, bat ihn dann, auf der Hut zu seyn, und fuhr trostlos allein mit ihren Kindern ab.

An der Barriere wurde der Wagen in der That angehalten und der Schlag auf beiden Seiten geöffnet. Grause Köpfe mit rothen Freiheitsmützen kamen zum Vorschein.

„Ein Frauenzimmer!“ brummte der eine Revisor.

„Wer bist Du?“ fragte der Andere.

Frau Duportail zeigte ihren Paß.

„Passirt!“

Die Pferde wurden angetrieben, und den Reisenden wurde das Herz leichter.

Dieses erste Glück schien eine gute Vorbedeutung zu seyn; ohnehin hielt die Frau ihren Mann für muthiger und gewandter, als er war, denn in solchen Momenten verlieren nicht selten die in geordneten Verhältnissen routinirtesten Leute den Kopf. Jeden Augenblick glaubte sie hinter ihrem Wagen, der zum Glück im Rücken ein kleines Glasfenster hatte, einen Reiter galoppiren zu hören, doch stets war ihre Aussicht vergebens. An diesem Fenster die Straße beobachten, ihre beiden Kinder schaukeln und Plane für die Zukunft machen, das war ihre ganze Reisebeschäftigung.

In Tours hoffte sie sicher Nachricht von ihrem Manne zu erhalten; sie that zu dem Zwecke sogar auf der Post einen gefährlichen Schritt — Alles umsonst!

„Er muß mich bereits überholt haben!“ dachte sie, und reis'te weiter.

In Poitiers erkundigte sie sich in dem Gasthofe, in dem ihr Mann schon öfter eingekehrt war. Ein Reiter, so hörte sie vom Kellner, sey vorbeigesprengt und habe ganz wie Herr Duportail ausgesehen, doch lasse sich dies nicht mit Gewißheit sagen. Die arme Frau stieg sofort wieder in den Wagen, und dachte: Nach Bordeaux, Dort harrt er meiner gewiß schon längst.

In Bordeaux fuhr sie sogleich zu ihres Mannes Vater, und hörte, daß sich derselbe gleichfalls verborgen halte; dennoch gelangte sie endlich zu ihm.

„Mein Mann? Mein Mann?“ rief sie ihrem Schwiegervater engegen.

„Sie wissen noch nicht? . . . Er ist verhaftet!“

„Wo?“

„In Paris; am 9. Oktober.“

Am 9. Oktober war sie Morgens gerade von Paris abgereis't. Sie erblaßte, drehte sich aber auf der Stelle um und rief:

„Aber er ist doch noch am Leben?“

„So Gott will! Doch jeder Tag bringt neue Hinrichtungen.“

„So lassen Sie die Pferde vor dem Wagen, oder besorgen Sie mir rasch andere. Ich weiß meine Kinder hier in Sicherheit; ich muß meinen Mann retten!“

Trotz aller Gegenvorstellungen von Seiten ihrer Verwandten, blieb die entschlossene Frau bei ihrem Vorsatze, und ließ sich nur so lange in Bordeaux aufhalten, bis ihr Schwiegervater ihr einen Brief an ein einflußreiches Conventsmitglied, einen Freund des damaligen Justizministers Danton, verschafft hatte.

Ihre Kinder unter ihrer Schwiegereltern Obhut zurücklassend, kehrte Frau Duportail nach Paris zurück.

Acht Tage waren bereits seit ihres Mannes Verhaftung vergangen: was konnte damals in Zeit einer Woche vorgehen! In Paris angelangt, bot die geängstigte Frau zunächst Alles auf, um sich über ihres Gatten Schicksal Gewißheit zu verschaffen. Der Name Duportail war auf den Todeslisten, welche täglich in den Straßen der Hauptstadt ausgerufen wurden, noch nicht vorgekommen, eben so wenig in den Prozessen vor den Revolutionstribunalen; ihr Mann war demnach noch am Leben. Aber die Proceduren folgten einander Schlag auf Schlag, und die Guillotine arbeitete jeden Morgen.

Frau Duportail eilte deshalb zu dem Deputirten der Gironde mit dem Briefe, der das Conventsmitglied beschwor, sich bei Danton zur Rettung des genannten Verhafteten zu verwenden.

Der Girondist war nicht zu Hause, wenigstens behauptete dies eine alte Hexe, welche als Höllenhund die Thüre bewachte.

„So werde ich ihn erwarten,“ antwortete Frau Duportail.

„Das steht Dir frei; doch wo?“

„Hier,“ entgegnete die arme Bittstellerin, welche sich durch die hämische Art der Alten verletzt fühlte.

„Unter freiem Himmel? Du mußt eine wüthende Aristokratin seyn; dies Geschmeiß ist zu Allem fähig. Unsere Deputirten hätten viel zu thun, wenn sie alle Nachteulen solchen Gelichters vorlassen wollten!“

Frau Duportail fühlte, was dies „unter freiem Himmel“ sagen sollte, um so mehr, weil der Hof, auf dem sie stand, mit Koth bedeckt war. Denn es regnete bereits seit Tagesanbruch unaufhörlich. Ihre Schuhe und Strümpfe waren durchnäßt; der Reiseanzug, den sie noch trug, war beschmutzt und in Unordnung; ihr Herz zerrissen.

Während Frau Duportail überlegte, ob sie warten oder wiederkommen sollte, trat aus dem Hinterhause ein Mann, der eine Rolle Papier gegen den Regen zu verbergen suchte, und ausgehen zu wollen schien.

„He!“ rief jetzt die Alte, „ich war im Irrthume, Aristokratin!“

Frau Duportail erkannte auf den ersten Blick den Girondisten, den sie suchte, trat ihm auf der Schwelle entgegen und überreichte ihm den Brief. Der Deputirte sah in den Brief, dann der Bittstellerin in's Gesicht, brummte etwas von Mangel an Zeit, wurde jedoch, als er das Schreiben zu Ende gelesen, höflicher, und bat die Bürgerin, ihm zu folgen.

(Fortsetzung folgt.)

Die Schießbaumwolle, eine Humoreske.

(Von Dr. Heinrich Bihr.)

So wäre es also doch wahr, was ich vernommen habe — noch bebt mir von der grausen Kunde das Gebein, noch zittert vor Schrecken mir das Herz im Busen — es wär' also wahr, was aus Fama's Posaune im ganzen Land erschallt, auch du, sanftmüthige Tochter des Südens, weichherzige Baumwolle, unter friedseligen Pflanzengeschwistern im indischen Vaterlande herangewachsen, auch du hast dich vom revolutionären Zeitgeist verführen lassen, ein Werkzeug des Krieges und des Mordes zu werden? Ist's nicht an dem Unheil genug, was in graulichem Bunde die wilden Brüder, der Schwefel und der Salpeter, in Verbindung mit deiner rußigen Schwester, der entarteten Kohle, stiften; mußt auch du dich verleiten lassen, Schrecken und Verwirrung in einer Welt zu verbreiten, die ohnehin schon zerrüttet genug ist? Auf wen wird man sich jetzt noch verlassen können, wenn man dir nicht mehr trauen darf? Denn wer bürgt uns dafür, daß nicht auch die dumme Schafswolle und das priesterheilige Linnen gleichfalls rebellisch werden, und in aufbrausendem Zorne uns den anschmiegenden Gehorsam kündigen? Kaum wird es noch erlaubt seyn, Zahnschmerzen zu haben, oder an der Rose zu leiden, wenn selbst die hülfsbeflissene Baumwolle Tod und Verrath im Busen hegt! —

Gewiß, man hat dich nicht zu einem solchen Zwecke in deiner Jugend gepflegt und erzogen! Wahrlich, es stünde dir weit besser, du webtest Strümpfe für die Armen und Kleider für die Nackten. Und wenn deine plötzliche Erregbarkeit dich zu hitzigen Uebereilungen treibt, so kühle dein feuriges Blut durch Reisen ins Ausland, und geh' als Missionärin der Menschlichkeit etwa nach der russischen Gränze oder nach Irland.

Wer hätte sich so etwas vor kurzem auch nur träumen lassen, so natürlich und nothwendig die Erfindung auch dermalen scheint. Auch wird sich nicht leicht Jemand darüber freuen, als Diejenigen allenfalls, welche das Schießpulver nicht erfunden haben, denn von ihnen ist nunmehr die Schande abgewälzt und auf jene übertragen, welche so ungeschickt waren, die Schießbaumwolle nicht erfinden zu können, was ja kinderleicht ist.

Was die Folgen dieser Erfindung betrifft, so liegen sie vollends auf flacher Hand. Man bedarf von jetzt an keines schwerfälligen Geschützes mehr: jede Baumwollenstaude ist eine Kanone, jeder Webstuhl ein Vierundzwanzigpfündner und jede Spinnmaschine eine Höllenmaschine! Künftig wird man nur mit Baumwolle auf die Jagd gehen, und nur baumwollene Kriege führen. O glückliche Zukunft, wo das eiserne Zeitalter endlich in sich geht, und sich zur weichen Baumwolle mildert! Dann wird auch das altergraue Schießpulver sich zur Ruhe begeben, und die junge Baumwolle das Kriegsportefeuille annehmen.

Ihr aber, ihr Hasen und Rehe, ihr Kaninchen und Hirsche, und wie die scheuen Feld- und Waldvertreter alle heißen, die ihr zur gemeinsamen Besprechung eurer Angelegenheiten Versammlungen hieltet und Adressen entwarfet, ihr könnt ganz ruhig nur wieder nach Hause gehen: was geht auch euch der Wechsel der Gewalten an? Auf euch wird nun einmal gezielt, sey es mit Schießpulver, sey es mit Baumwolle. Da ihr, gleich dem grünlich-goldnen Frühlingswürmchen, keine Seele habt, so ist euer Tod, wenn die Himmlischen ihn beschlossen haben, im einen Falle so wenig wie im anderen. Wenn aber das friedliche Volk der Wälder sich bloß verbluten soll, so ist die geschmeidige Baumwolle weder mehr noch minder gefährlich als das ungestüme Schießpulver.

Fürwahr, es verdient die aufmerksamste Beachtung und die tiefste Beherzigung, zu sehen, wie das wilde Zerstörungsprincip vom fühllosen Steinreich sich bis zur friedlichen Pflanzenwelt verbreitet. Wie lange wird es noch dauern, bis auch das Thierreich als schuldloses Opfer fällt, und sich die Schöpfung zum Untergange neigt! Deuten denn nicht die offenbarsten Anzeichen darauf hin, daß im Umschwunge der Jahre die müde Erde zu ihrem Ursprunge zurückkehrt? Prophezeit die Explosion der Baumwolle es denn nicht deutlich genug, daß wir dem Ende der Welt nahe sind? Denn wie die Erde, nach der Meinung der Geologen, aus dem luftförmigen Zustande sich allmählig verdichtete und fest wurde, so wird sie nach und nach durch die Dampf- und Explosionsmittel wieder in den gasförmigen Zustand zurückkehren.

Wenn aber nun die Dampfkugel der Erde sich zu einer lichten Feuerkugel entzündet, wenn der Genius unseres Planeten als flammender Gasadler emporlodert, dann wird der erhabene Herr der Heerschaaren eine glänzende Läuterung vornehmen, und der Verrath und der Krieg, das Schießgewehr und die Hungersnoth, in spurlose Vergessenheit sinken. Der Asche entsteigt mit siegendem Fittig ein neuer Phönix, und der Kreislauf der Dinge fängt wieder von vorne an.

Mannichfaltigkeiten.

(Mainz, 26. Okt.) Unser Herbst scheint reich an meteorischen und anderen Lufterscheinungen werden zu wollen. Kaum haben die Zeitungen den Flug und das Zerplatzen eines hellleuchtenden Aerolithen, der gleichzeitig an weit von einander entlegenen Orten gesehen worden, der also in sehr bedeutender Höhe seinen Weg verfolgen mußte, gemeldet, als schon wieder ein anderes ähnliches Meteor gestern Abend um $5^{3}/_{4}$ Uhr, mithin noch vor dem eigentlichen Anbruche der Nacht, in und bei Mainz gesehen wurde. Es kam von Nordost und zog gegen Südwest. Jenseits der Stadt, unfern des Dorfes Zahlbach, zersprang es mit einem Knalle, dem eines Kanonenschusses nicht unähnlich, und sank unmittelbar darauf in mehreren großen feurigen Brocken, umgeben von einem Feuerregen, zu Boden. Wo es diesen berührt haben mag, ist bis jetzt noch nicht ermittelt. Die Zeit des bekannten starken Sternschnuppenschießen ist nahe. Entweder sind nun die in den letzten Nächten bemerkten Meteore Vorläufer des ebengedachten Phänomens, oder der Termin desselben tritt in diesem Jahre beschleunigter ein, als gewöhnlich. Es läßt sich voraussehen, daß Erscheinungen dieser Art, welche sich immer häufiger wiederholen, oder die jetzt mehr als früher aufgezeichnet und zur Oeffentlichkeit gebracht werden, bald einen neuen Zweig der Wissenschaft, den man den positiv-ärolitischen nennt, heranbilden werden.

(Vom Mittelrhein, 26. Oct.) Der neue Wein hat bereits mehrere Opfer hinweggenommen. In Mainz ist ein junges Mädchen, aus einer angesehenen Familie, in weniger als zehn Stunden nach dem Genuß einer gewissen Menge süßen Mostes, die nicht eine Maß überstiegen haben soll, gestorben. Daß dieser plötzliche Todesfall keiner anderen Ursache, als der eben angedeuteten, zuzuschreiben sey, wird durch das Visum repertum der Aerzte bescheinigt. Ein ähnlicher Fall hat sich in dem Dorfe Büdesheim, bei Bingen, ereignet, jedoch nicht durch Most, sondern durch sogenannten federweißen Wein. Zur Erinnerung an dieses Ereigniß, wird der Scharlachberger 1846ger, nach dem Verstorbenen, Heinrich genannt werden. In Bingen nennt man ihn Michel, obgleich Derjenige, dessen Namen der Wein trägt, den

Ruhm seiner Verewigung nicht mit dem Leben bezahlt hat, sondern mit einigen Paroxismen davongekommen ist.

(Der rothe Strich.) Ein Fremder fragte in Wien: „Was bedeutet denn der dicke, rothe Strich über dem fünften Stock jenes Hauses?“ — Wiener: „Das ist das Zeichen, wie weit im Jahre 1830 bei der großen Ueberschwemmung der Donau das Wasser gestiegen ist.“ — Fremder: „So hoch kann das Wasser unmöglich gestiegen seyn, sonst wäre ja ganz Wien untergegangen.“ — Wiener: „Schauens, der Strich war eigentlich nur hier an der Parterre-Wohnung, die Gassenjungen haben ihn aber alle Augenblicke fortgewischt, und da hat denn der neue Hauswirth, den Buben zum Possen, daß sie ihren Muthwillen nicht mehr ausüben können, den Strich über dem fünften Stock anbringen lassen.“

Wir haben bereits mehrmals das riesenhafte Telescop des Lord Rosse erwähnt und müssen nun nachtragen, daß in den letzten drei Monaten zahlreiche Beobachtungen damit angestellt worden sind. Namentlich wendete man die Aufmerksamkeit dem uns zunächst stehenden Himmelskörper, dem Monde, zu. „Er sah“, berichtet Dr. Scoresby, „wie eine Kugel von geschmolzenem Silber aus und jeder Gegenstand darauf, der eine Größe von hundert Ellen hatte, war vollkommen deutlich zu erkennen. Gebäude also von der Größe des Münsters in York würden deutlich erkannt worden seyn, wenn sich dergleichen im Monde befänden. Aber es zeigte sich durchaus nichts der Art, eben so wenig konnte man Wasser oder eine Atmosphäre entdecken. Dagegen sah man sehr viele erloschene Vulkane mehrere (englische) Meilen breit; durch einen derselben führte eine ununterbrochene 150 Meilen lange Linie so gerade wie eine Eisenbahn. Im Allgemeinen gewährte der Mond den Anblick eines ungeheuren Trümmerhaufens und weit und breit um die Vulkane her lagen Felsenstücke, die von den feuerspeienden Bergen wohl umhergestreut worden waren. — Man hofft bald den Mond so daguerreotypiren zu können, wie er sich durch dieses Telescop zeigt; bisher war dies nicht möglich, weil er bekanntlich nicht still steht. Jetzt aber hat man eine Vorrichtung erfunden, welche dem Telescop eine jener des Mondes entsprechende Bewegung gibt.

(Nürnberg, im Okt.) Der Holzhandel hat durch den Ludwigskanal einen großen Umschwung erhalten, und erstreckt sich jetzt auf Gegenden, deren Wälder aus Mangel an Absatz und wegen der Höhe der Transportkosten nicht ausgebeutet werden konnten. Der Holzreichthum im bayerischen Walde ist so groß, daß die vielen dort seit langer Zeit bestehenden Glasfabriken ihren Bedarf mit dem abgestandenen Holze und den sogenannten Windfällen decken können.

(München, 27. Okt.) Jenny Lind wird nächsten Sonnabend im großen Saale des königl. Odeons ein Konzert geben, in welchem sie die allerwärts mit so großem Beifall aufgenommenen schwedischen Nationallieder vortragen wird. Von hier geht die Gefeierte nach Wien, wo sie gegen ein Honorar von 45,000 fl. Münz zu einem 3monatlichen Gastspiel engagirt ist.

Korrespondenz.

Stuttgart, 28. Okt.

Das interessante Schauspiel, auf welches man schon so lange gespannt war und welches den Schlußstein der aus Anlaß der Vermählung unseres Kronprinzen veranstalteten Festlichkeiten bilden sollte — das Carousel im königl. Reithause — ist nun vorüber, und ich muß gestehen, es hat meine Erwartungen nicht nur vollkommen befriedigt, sondern noch bei weitem übertroffen, wiewohl mir das voriges Jahr gelegentlich der Vermählung der Prinzessin Catharina mit dem Prinzen Friedrich abgehaltene Carroussel noch lebhaft im Gedächtniß stand. Mit Austheilung der Eintrittskarten wurde ziemlich liberal verfahren, wenn gleich, wie natürlich, nicht alle Ansuchen befriedigt werden konnten. Die Zahl der Zuschauer mag immerhin 14 — 1500 betragen haben. Unter denselben bemerkte man außer dem König und denjenigen Mitgliedern der königl. Familie, die nicht selbst bei der Aufführung thätig waren, den Herzog von Leuchtenberg, den Kronprinzen von Schweden und seinen Bruder Gustav, so wie den Herzog Bernhard von Sachsen-Weimar. Man sah hinter einer lieblichen Damenreihe bunte Uniformen der verschiedensten Art, selbst russische, österreichische, bayerische und badische. Das sehr schöne und zweckmäßig in Form eines Oblongums gebaute Reithaus war geschmackvoll decorirt und die Beleuchtung wirklich feenartig; an 1500 Flammen brannten in dem Innern desselben. Für die Rennbahn war in den letzten Tagen in der Eile noch die Gasbeleuchtung eingerichtet und erstmals in Anwendung gebracht worden. Das Sujet war dasselbe wie voriges Jahr, wozu Dingelstedt sein Gedicht: „Abendland und Morgenland“ machte, nur war der Ausführung eine breitere Basis gegeben und Alles, wo möglich, noch glänzender und prachtvoller eingerichtet. Wieder war es also ein Graf von Würtemberg, der auf einem Kreuzzug im Morgenland die frohe Kunde von der Vermählung eines Vetters erhält und zur frohen Feier derselben dem Fürst der Wüste Waffenstillstand anbieten und ihn zu friedlichem Turnier- und Festspiel einladen läßt. Der Geladene nimmt dies an und so ziehen beide Theile in die aufgeschlagenen Lager am Fuße des Libanon. Die erlauchtesten Namen glänzen unter den handelnden Personen. Das christliche Lager bietet unter andern adeligen Geschlechtern: den Kronprinzen von Würtemberg (als Turnierherr, Graf von Würtemberg), den Grafen Wilhelm von Würtemberg (als Ritter von Lichtenstein), den Prinzen Felix von Hohenlohe, die Grafen von Scheeler, von Salm, von Degenfeld und Henkel von Donnersmark; die Freiherren v. Taubenheim (Oberststallmeister und bekannt als trefflicher Reiter, so wie durch seine Reise in den Orient), v. Berlichingen, v. Hügel, v. Maucler, v. Seckendorff, v. Reischach, v. Ellrichshausen, v. Maffenbach, v. Valois u. s. w. Auf Seiten der Sarazenen bemerkten wir: den Herzog Paul von Würtemberg (bekannt durch seine Reisen nach Asien, Afrika und Amerika) als Fürst der Wüste, Prinz Friedrich von Würtemberg, Neffe und Schwiegersohn des Königs, die Prinzen H. von Sachsen-Weimar, Hugo und Friedrich von Hohenlohe-Oehringen, die Grafen v. Neipperg (Schwiegersohn des Königs), v. Beroldingen und v. Geronsfeld; die tüchtigen Reiter Stallmeister v. Hamel und Obristlieutenant v. Silberhorn. Auch Hofrath Hackländer, der mit Baron Taubenheim die Reise in den Orient machte und jetzt Privatsecretär des Kronprinzen ist, war im muselmännischen Lager und gilt in Beziehung auf's Scenische als intellectueller Leiter des Ganzen. Im christlichen Lager waren diesmal auch Damen zu schauen, welche zu Pferd erschienen an der Seite ihrer Ritter; darunter bemerkten wir: die Gräfin Wilhelm von Würtemberg (geborne Prinzessin von Leuchtenberg), Freifrau v. Taubenheim (geb. Gräfin v. Würtemberg), die Gräfinnen Scheeler, Joner und Dillen. — Die Ausführung der verschiedenen Touren zu Pferd, Kampfspiele, Kopfstechen, des Turnirens, Carracolirens des einzelnen und des Vorrückens und Kämpfens in Masse, der Quadrillen und anderen Tänze und Touren zu Pferd geschah mit einer Präcision, Sicherheit und Gewandtheit, welche eben so sehr die große Geschicklichkeit der Reiter und Reiterinnen, als die vortreffliche Dressur der Pferde (meist von schönster und edelster Race) bekundeten. Morgen wird das Schauspiel zum Besten der hiesigen Stadtarmen bei hohen Eintrittspreisen von 3 und 2 fl. wiederholt.

Theater-Anzeige.

Samstag, 31. Oct. Die Montecchi und Capuleti, große Oper in 4 Abth., nach dem Italienischen von Fr. Ellmenreich. (Gastrolle) Romeo: Fräul. Emilie Walter, k. k. österreich. Hofopern- und k. württemb. Kammersängerin.

Sonntag, 1. Nov. Stadt und Land, oder: Der Viehhändler aus Oberösterreich, Posse mit Gesang in 2 Abth., von F. Kaiser, Musik von A. Müller. Hierauf (zum Letztenmale): Optische Lichtbilder, von Joh. Bosch aus Wien.

Redacteur: J. L. Heller. — Druck und Verlag von Heller und Rohm.

Didaskalia.

Blätter für Geist, Gemüth und Publizität.

Nro. 302. | Montag, den 2. November | 1846.

Lit. D.

Novelle, mitgetheilt von A. Stätter.

(Fortsetzung.)

Im Zimmer des Girondisten herrschte die Unordnung eines genialen, vielbeschäftigten und lebenslustigen Junggesellen, doch war die Einrichtung elegant und noch ganz in der Mode der Vorrevolutionszeit. Ueber den Gemälderahmen prangten noch Wappenschilder; eins dieser Bilder stellte einen kirchlichen Gegenstand dar; andere waren Schlachtstücke, auf denen noch Könige und Prinzen figurirten. Nur vom Schreibtische und den Stühlen hatte die Neuzeit bereits in Zeitungen und Broschüren aller Art, in Reden, Akten u. s. w. Besitz genommen.

Der Deputirte warf von dem einen Sessel die Papiere zu Boden, und bat die Bürgerin, Platz zu nehmen.

„Der Bürger Danton," bemerkte er, sich an den Schreibtisch setzend, „ist, wenn ich nicht irre, zur Zeit auf dem Lande. Ich gebe ihm einen Brief, den sie ihm jedoch selber übergeben müssen, wenn er Erfolg haben soll."

„Aber wann ist er zurück?"

„In einigen Tagen."

„Aber jeder Verzug . . ."

Sie wollte hinzusetzen: jeder Verzug ist gefährlich, denn die Guillotine ruht nicht; doch der Girondist zuckte die Achseln und fing an zu schreiben.

„Vielleicht ist Bürger Danton auch schon morgen zurück," unterbrach sich der Deputirte, als er sah, daß der Frau die Thränen über die Wangen rollten.

Mit bangem Muthe folgte die unglückliche Frau der raschen Feder des Girondisten, welcher während des Schreibens ein fast unheimliches Gesicht machte.

„Hier, Bürgerin!" begann der Deputirte, den Brief zusiegelnd. „Mein Freund wird mit mir zufrieden seyn. Wenigstens thue ich mein Möglichstes, und dies von Herzen gern."

So redend, reichte er Frau Duportail den Brief an Danton, nahm seinen Hut und setzte hinzu:

„Entschuldigen Sie meine Eile, ich muß in die Sitzung."

Die arme Bittstellerin erhob sich und fragte mit dumpfer Stimme:

„Aber glauben Sie denn, daß sich Bürger Danton erweichen und Gnade ergehen lassen wird?"

„Ich zweifle nicht daran. Danton hat ein gutes Herz und ist Frauen gern gefällig. Aber deßhalb noch ein Mal, überreichen sie den Brief eigenhändig."

So gingen sie die Treppe hinab. Auf dem Hofe zog das Conventsmitglied noch ein Mal den Hut und eilte mit raschen Schritten fort. Kaum im Stande, sich aufrecht zu erhalten, schwankte die arme Frau auf die Straße hinaus, ohne zu wissen, wohin sie sich wenden solle. Sie mochte eine Weile fast bewußtlos dem Strome der Menschen gefolgt seyn, als sie durch den Ruf eines zerlumpten Mannes aufgeschreckt wurde:

. . . . Sind durch die Nationaljustiz verurtheilt worden die nachbenannten schändlichen Verschwörer, welche noch heutigen Tages . . . .

Frau Duportail kannte diesen Ruf, schaudernd drängte sie sich an den Ausrufer, der ihr für ein Geldstück eine gedruckte Liste einhändigte und weiter ging. An der Stelle wie festgebannt, las die Gequälte den schmutzigen Fetzen, auf welchem in großen Buchstaben Namen, Stand und Alter der Verurtheilten verzeichnet waren; der Name Duportail befand sich nicht auf der ersten Seite der Liste. Mit zitternder Hand drehte sie das Papier um: auch hier war der Name nicht zu finden. Ihr Mann lebte also noch, heute wenigstens; doch wer konnte für den nächsten Morgen stehen?

Wie die Unglückliche den Rest des Tages zubrachte, bedarf keiner Schilderung. Sie suchte sich über den Gang der Proceduren zu unterrichten, über das Gefängniß, in welchem ihr Mann sitze, und über die Möglichkeit, ihn zu sehen, Näheres zu erfahren; doch das ganze Ergebniß ihrer Schritte bestand in der Gewißheit, daß ihr Mann im Gefängniß des Oratoriums sitze, und daß sie nicht zu ihm gelassen werden dürfe.

Am andern Morgen machte sie sich zu Danton auf den Weg. Sie kam zu früh, der Bürger Justizminister schlief noch. Die Thürsteher wiesen die arme Frau mit jener Derbheit ab, die damals für ächten Patriotismus galt. Als sie später wieder anfragte, lautete die Antwort, der Bürger Justizminister sey ausgefahren.

„Wohin?"

„Nach Auteuil."

Sie erkundigte sich, ob sie ihn wohl dort sprechen könne? Schallendes Gelächter und die höhnische Vertröstung, morgen sey auch ein Tag.

Was war zu thun? Der Tag verging ihr unter Todesqualen, und doch mußte sie sich gedulden. Sie las die Zeitungen; es war ihr, als müsse ihr hier ein Wink über ihres Mannes Schicksal oder zu dessen Rettung werden. Vergebliches Bemühen. Sie versuchte noch ein Mal, zu ihrem Manne zu gelangen, gleichfalls ohne Erfolg.

Am andern Morgen kleidete sich Frau Duportail nach einer unter Todesschauern durchwachten Nacht so um, daß sie von den Thürstehern nicht wieder erkannt werde. Die nämliche Grobheit von Seiten des dienenden Personals; dieselbe Erfolglosigkeit. Der Bürger Justizminister, hieß es, arbeite in seinem Bureaux und dürfe durchaus nicht gestört werden.

Frau Duportail wartete hierauf vier endlos lange Stunden in einer benachbarten Weinschenke, in welcher die Wirthin bald merkte, daß es der schönen blassen Frau nur um ein Ruheplätzchen zu thun sey, und sie deshalb mitleidig in ihr Stübchen führte.

Der Tag neigte sich, die Unglückliche war so erschöpft, daß sie nur mit Mühe aufstehen konnte. Endlich raffte sie sich auf, sagte der gutherzigen Wirthsfrau ihren Dank, und kehrte mit dem verzweifelten Entschlusse zum Hotel des Justizministers zurück, Danton zu sprechen, es gehe wie es wolle.

Die Dienerschaft wies sie auch diesmal wieder ab, doch sie zog ihren Brief hervor, und erklärte entschlossen:

„Der Brief ist vom Bürger R**, dem Conventsmitgliede, und muß sofort eigenhändig von mir übergeben werden.“

Man ließ sie endlich in den Hof, wo sie auf gut Glück die große steinerne Treppe hinaufging. Die entscheidende Stunde gab ihr Kraft.

Im Vorsaal ging es bunt durcheinander. Die Bedienten eilten hin und her, und hatten so vollauf zu schaffen, daß Frau Duportail ungehindert in ein Vorzimmer und aus diesem in ein anderes gelangte, in welchem wieder mehrere Bediente mit Messern und Gabeln, Tellern und Schüsseln und dergleichen Tafelgeschirr beschäftigt waren.

„Wer sind Sie? . . . Wohin wollen Sie?“ hörte Frau Duportail von mehreren Seiten fragen. Ohne Rede zu stehen, folgte sie dem einen Bedienten durch die halb offene Thüre, die in den Speisesaal führte.

Der Glanz der Kronleuchter, die Menge der Gäste und die Nähe des entscheidenden Augenblicks machten die entschlossene Frau plötzlich betroffen. Zugleich rief ihr ein Bedienter zu:

„Zurück! Ist das erlaubt? Warum läßt man sich nicht erst melden?“

Die arme Frau wurde von dem Bedienten bei'm Arm ergriffen, und, als sie sich sträubte, von mehreren dienstbaren Geistern in die Mitte genommen und hinaus gezerrt. Doch in demselben Momente erschien ein großer breitschulteriger Mann mit straff emporstehenden Haaren und einer Serviette im Knopfloche.

„He, was geht da vor?“ donnerte er.

„Bürger Minister, es ist eine Frau, die . . .“

„Nun gut, wenn's eine Frau ist, so seyd artig und laßt sie herein.“

Trotz seiner derben Stimme und plumpen Außenseite, machte der Bürger Justizminister den artigen Hausherrn und angenehmen Wirth, so daß die unglückliche Eindringlingin ein Herz faßte und ihm mit niedergeschlagenen Augen den Brief überreichte. Danton öffnete das Schreiben, sah hinein und sagte:

„Ah! Frau Duportail! . . . Mein Kollege hat mir schon davon erzählt. Wir wollen daran denken.“

„Sie wissen, wie dringlich die Sache ist,“ stammelte die Bittstellerin.

„Ja, ich weiß . . .“

Bei diesen Worten sah Danton die Frau mit seinen halb geschlossenen durchdringenden kleinen Augen, die in dem unförmlichen Gesichte fast ganz verloren gingen, an.

„Ein Wort von Ihrer Hand . . .“

„Schon gut, wir wollen sehen. Doch bleiben wir hier nicht in der Thüre stehen. Treten Sie näher. Ich habe nur einige vertraute Freunde zu Tische; eine liebenswürdige Frau ist nirgends zu viel.“

So redend, nahm er die Zitternde bei der Hand und führte sie zu der Tafel, wo ein Dutzend Männer die Augen auf sie richteten.

(Fortsetzung folgt.)

Glockentöne.*)

(Aus den Papieren eines alten Lehrers.)

Die äußeren Umgebungen üben einen größeren Einfluß auf unser Inneres aus, als man oft glaubt und als auch oft Der, welcher ihn empfangen hat, in der späteren Richtung seines Charakters, in seinen Neigungen und Bestrebungen nachzuweisen vermag. Nun ist es freilich nicht wohl möglich, Alles fern zu halten, was bei der Bildung der Jugend nachtheilig einwirken kann, und man könnte wohl behaupten, es sollte auch nicht seyn, damit dem Menschen nicht mancher Kampf, welcher zum Siege führt, erspart werde. So vermeide man wenigstens, was man kann. Es kömmt auch auf den Ort der Erziehung Vieles an. Darum sey die Schule hell, freundlich, geräumig, besonders auch reinlich, und der Lehrer auch in seinem Aeußern ein Vorbild dessen, wovon man mit Recht voraussetzen darf, daß er das Ideal davon in seinem Innern trage. Das kindliche Herz wendet sich gern dem Guten und Schönen zu, wenn es würdige Vorbilder hat. Das Gegentheil bildet doch nur die Ausnahmen von der Regel.

— Es ist ein Irrthum, welcher vormals sehr gangbar, und es auch jetzt hier und da noch ist, die Kinder darum früh in die Schule zu schicken, damit sie stille sitzen lernen. Huldigt der Lehrer diesem Irrthum mit, so versündigt er sich an den Kindern, sey es aus Bequemlichkeit, oder weil er keine bessere Meinung von der Kinderwelt hat. Gymnastik des Körpers wie des Geistes gedeihen bei diesem Prinzipe nicht.

— Eine von vielen Eltern unerkannte Sünde gegen die Lehrerwelt ist die, wenn sie in Gegenwart der Kinder nachtheilig von den Lehrern sprechen. Dadurch wird nicht nur die Achtung gegen die Person vermindert und das Gefühl der Dankbarkeit sehr lau gemacht, sondern auch die ehrfurchtsvolle Scheu vor dem Amte des Lehrers herabgesetzt. Der alte Schulmeister, welcher Friedrich dem Großen in das Angesicht erklärte, seine Schulbuben dürften schlechterdings nicht wissen, daß es außer ihm noch einen Höhern gebe, der ihnen in der Schule etwas zu befehlen habe, hatte wohl recht, wenn er damit die Lehrerauctorität aufrecht erhalten wollte. Wer diese herabsetzt, schadet seinen Kindern mehr, als wenn sie das Eine und das Andere nicht lernen.

— So lange die Erziehung in vielen Häusern nicht besser wird, ist es vergeblich, von der Schule glänzende Resultate zu erwarten. Der häusliche Herd ist es vor Allem, wo reine schöne Menschlichkeit genährt und gepflegt wird. Humanität ist jetzt ein sehr gangbares Wort; aber man verwechselt mit ihr oft das eben so ausländische „Civilisation“, die allerdings in steigender Progression zunimmt.

— Man verlangt von dem Lehrer zuviel, wenn man von ihm fordert, daß er für alle und jede Verirrung seiner Zöglinge verantwortlich seyn soll. Aber das wird mit Recht von ihm gefordert, daß er sich in seinem häuslichen wie in seinem öffentlichen Leben nichts zu Schulden kommen lasse, was seine Worte Lügen straft, oder einen Zweifel in die Ehrlichkeit seiner Gesinnung setzen läßt. Präceptoren können Alle seyn; aber die Uebung in der Gottseligkeit kann vorzüglich dem Lehrerstande nicht erlassen werden.

— Ohne das vorlaute Wesen der unreifen Jugend zu billigen, soll man ihr doch nicht alles und jedes Mitsprechen in der Gesellschaft verbieten, sie vielmehr auch zur Mittheilung ihrer Meinung über eine Sache, die nicht geradezu über ihrer Sphäre hinausliegt, auffordern. Mich dünkt, das mitunter allzu strenge Verfahren unserer Eltern, nach den Grundsätzen der alten Pädagogik, sey mit Schuld daran, daß so viele sonst Tüchtige und Begabte

*) Aus dem „Allg. Anz. d. D.“

da eine stumme Rolle spielen, wo man wohl gern ihr Urtheil vernähme.

— Es ist wohl wahr, was einmal unser Jean Paul bemerkt hat, daß in der Dorfschule manches Talent aus Mangel an Unterstützung verkümmere, dessen Ausbildung der Welt ein reiche Zinsen tragendes Capital geworden wäre. Aber man bedenke doch, daß die große achtbare Masse unserer Landbewohner auch tüchtiger Köpfe bedarf, um in ihrer Sphäre Gutes und Schönes zu bilden. Die göttliche Vorsehung stellt doch zuletzt Jeden an den Platz, wo er das Seine zum allgemeinen Wohle beitragen soll. Aber dankbar sollten es die höheren Stände anerkennen, daß die unteren und mittleren Volksklassen viele Talente geliefert haben, welche den verschiedensten Lebenskreisen Heil und Segen brachten.

— Es wird gewiß noch dahin kommen, sollten deßhalb auch erst noch bittere Erfahrungen gemacht werden, daß die Lehrer in Hinsicht des täglichen Brodes so gestellt werden, daß sie nicht genöthigt sind, auf anderem Wege, als auf dem des Amtes, nach Brod zu gehen, oder gar zu darben. So sollten aber wenigstens Die, welche vom Staate oder von der Kirche mit einem ausreichenden Einkommen bedacht sind, ihre Zeit und Kräfte nicht einem Berufe entziehen, welcher den ganzen Mann in Anspruch nimmt. Es wird dann wenigstens nicht überall das Nothwendige versäumt, und das bringt denn doch hier und da seine volle Frucht.

— Der Lehrer darf sein Wissen nie als ein vollendetes und abgeschlossenes betrachten, sonst geräth er in Gefahr, sich zu erschöpfen, und die Schüler kommen zu einem ausgetrockneten Brunnen. Dabei aber hüte er sich auch vor oberflächlicher Vielwisserei; sie verdirbt in Köpfen, die nicht ausgezeichnete Anlagen haben, die nothwendige Gründlichkeit und jene wohl zu empfehlende Stetigkeit, welche sich an das alte Bewährte hält, ohne das Neuere abzuweisen, wenn es das Bessere ist.

— Wenn es wahr ist, daß die frühesten guten Eindrücke die besten sind, so ist auch leicht zu beurtheilen, was von der Meinung Derer zu halten ist, welche die Bildung zur Religion bis dahin verschoben haben wollen, wenn der Verstand zur Reife gekommen ist. Wohl soll das Prüfen in seinen heiligsten Angelegenheiten dem Menschen nicht genommen werden, aber die Religion ist auch Sache des Gefühles, und dieses entfaltet seine Knospen früher zur Blüthe, als der Verstand. Ein Fingerzeig der Natur, den man nicht ungestraft verachtet. Fr. Weingart.

Mannichfaltigkeiten.

(Frankfurt a. M.) Aus öffentlichen Blättern ist bereits bekannt, daß dem verdienstvollen und mit Recht geschätzten Bildhauer, Hrn. Prof. Zwerger, von Seiten des Freiburger Comité's schon vor längerer Zeit der ehrenvolle Auftrag geworden, die Büste des gefeierten Rotteck's anzufertigen. Das Gypsmodell zu dieser Kolossalbüste, deren Größe auf den hohen Standpunkt, welchen sie einnehmen wird, berechnet ist, ist nun vollendet und soll dieser Tage nach München in die Gießerei des ausgezeichneten Müller, des Nachfolgers von Stiglmaier, abgehen. Um vielseitigen Wünschen zu entsprechen, hat Herr Prof. Zwerger eine Exposition seines Modells veranstaltet, welche vom 2.—5. d. M. in dessen Attelier im Städel'schen Kunstinstitute stattfinden wird, und zwar von 10 — 1 Uhr Vormittags. Indem wir die gewiß zahlreichen Verehrer des leider zu früh verstorbenen freisinnigen Volksvertreters, hochherzigen Patrioten und geistreichen Schriftstellers, sowie auch die Freunde der plastischen Kunst auf diese Ausstellung verweisen, bemerken wir zugleich, daß es nach dem Urtheile von Sachkennern und von Solchen, welche den verstorbenen Rotteck persönlich gekannt haben, Hrn. Prof. Zwerger gelungen ist, Aehnlichkeit mit künstlerischer Auffassung und Ausführung auf eine sehr befriedigende Weise zu vereinigen.

(Vom hessischen Rhein, im October.) Vor einigen Tagen war ich Zeuge einer herzzerreißenden Scene. Einer Familie, die nach Nordamerika auswandern wollte, wurde am Landungsplatze ihre sämmtliche Habseligkeit mit Beschlag belegt. Der Mann, in Verzweiflung, seine Existenz nicht fristen zu können in der alten Heimath, reiste weiter, die Frau, die nichts mehr hatte, als was sie am Leibe trug, verlor ihren Contrakt, und muß nun getrennt von ihrem Manne diesen Winter ihr Leben im Elend fristen. Dies Alles geschah einer Forderung von 54 fl. wegen; wegen dieser Forderung wurden 150 fl. baares Geld und sämmtliches Mobiliar mit Beschlag belegt. Es ist bereits ein Prozeß von Seiten der Agentur angeregt, die behauptet, daß der Vollzieher der Beschlagnahme gar nicht berechtigt gewesen, solche vorzunehmen, und daß dieselbe ohne die gesetzlichen Formen zu wahren, angenommen worden; und wir hoffen, da der Fall bereits zur gerichtlichen Kenntniß gekommen, daß wenn die Behauptung der Agentur wahr ist, die Behörden die Rechte der unglücklichen Auswanderer künftig schützen werden, um unsäglichem Elend in solchen Fällen vorzubeugen.

Der neue Generalpostmeister Schaper hat mittelst Zirkulars, d. d. Berlin 19. Okt., sämmtlichen Postanstalten angezeigt, daß er die Geschäfte seines neuen Amtes übernommen hat. In diesem Rundschreiben befindet sich unter Andern folgende bemerkenswerthe Stelle: „Ganz besonders muß ich die Herren Postbeamten ersuchen, sich stets gegenwärtig zu halten, daß die Postanstalten vorzugsweise dem Dienste des Publikums, der Hebung und Förderung des Verkehrs gewidmet sind, und daß, so wie auf der einen Seite Treue, Umsicht und Pünklichkeit unter den wesentlichen Eigenschaften eines guten Postbeamten nicht fehlen dürfen, eben so auf der andern eine aufmerksame, zuvorkommende und gefällige Behandlung des Publikums zu seinen unerläßlichen Pflichten gehört."

Man hat berechnet, daß wenn die Sterblichkeit auf der ganzen Erde so groß wäre, wie unter der englischen Besatzung in Jamaika, Bermuda, Hong-Kong, Madras, Bengalen und Ceylon, das gesammte Menschengeschlecht in einer Zeit von 11 Jahren ausgestorben seyn würde.

Um die nöthige Einheit des Orts in seinem Schauspiele Proserpine nicht zu verletzen, ließ Claveret das Theater in drei Stockwerke eintheilen. Unten war die Hölle, mitten Sizilien, oben der Olymp zu sehen.

Die Karlsr. Ztg. berichtet, der Zimmermeister John zu Ueberlingen habe ein ziemlich wohlfeiles Surrogat des Brodes in der als Unkraut allgemein bekannten Gras- oder Queckenwurzel (radix graminis v. triticum repens) gefunden. Dieselbe wird kleingeschnitten, gedörrt und gemahlen und das daraus gebackene Brod soll besonders durch Beimischung von einem Drittel Körnermehl wohlschmeckend werden.

Korrespondenz.

Jena, im Oct.

Ihrem Wunsche gemäß benutze ich einen freien Augenblick, der mir bei einem kurzen Aufenthalt in der Universitätsstadt Thüringens bleibt, einige Notizen über die neuesten Veränderungen an dieser altberühmten Hochschule niederzuschreiben. Wenn schon die kleine Stadt in den letztverflossenen zehn Jahren sehr erfreuliche Umgestaltungen und Verbesserungen erfahren hat, so scheint ein Gleiches der Akademie zu Theil geworden zu seyn. Nichts mehr von den früheren Nonchalancen, Schlafröcken u. s. w.! Ueberall Zeichen lebhaften Fortschrittes. Die theologische Facultät erfreut sich an Rückert, der bei den Studirenden vielen Beifall hat, eines regen und gewissenhaften Ersatzmannes, dessen Charakterfestigkeit allgemeine Anerkennung findet. Die Lücke, welche die juristische Facultät durch Franke's Berufung nach Göttingen erlitt, wird, wie ich höre, durch Fein gut ausgefüllt. Am ausgedehntesten aber ist die Reform der medicinischen Facultät, in welcher seit Stark's Tode Fortschritte jeder Art stattgefunden haben. Denn nicht allein die von Stark selbst vertretenen Fächer sind auf eine glückliche, den Anforderungen der Zeit entsprechende Weise vertheilt, sondern auch die vorbereitenden Wissenschaften tüchtigen Repräsentanten des gegenwärtigen Standes derselben übertragen. Zunächst hat das von den Professoren Schleiden und Schmid begründete physiologische Institut einem wesentlichen Bedürfnisse entsprochen, und wird, wie man meinte, den Medicin-Studirenden noch ersprießlicher werden, wenn Schleiden, dem allgemeinen Wunsch nachgebend, neben der Botanik auch die Physiologie zum Gegenstand seiner Vorträge machen wird. Schleiden habe ich leider nicht gesehen; er war in Kiel zur Versammlung der Naturforscher. Schmid, der auch über organische Chemie und Physik liest, soll ein wesentliches Complement für den vorgenannten bilden. Die Zoologie bleibt durch Voigt, die Anatomie und Physiologie durch Huschke, wie bisher, vertreten. Für die Medicin im engeren Sinne des Wortes ist neben Häser und Domrich, ein paar rüstigen jungen Männern, welche auch bei der Leitung des physiologischen Instituts sich betheiligt haben, an Professor Siebert ohne Zweifel eine glänzende Acquisition gemacht worden, wie mir namentlich von mehreren seiner Zuhörer, aber auch von vielen seiner Collegen versichert wurde, denn ihn persönlich kennen zu lernen war mir leider nicht gestattet, da er auf einer größeren Ferienreise abwesend war. Sein lebhafter Vortrag und seine geniale Darstellung wurde eben so wie sein Eifer und seine Energie bei Einrichtung und Direktion der medicinischen Klinik gerühmt. Ruhiger und stiller soll Professor Ried auftreten, aber desto gewinnender durch Tiefe und Gründlichkeit seiner Vorträge, wie durch Gewandtheit und Sicherheit in den chirurgischen Operationen. Die durch Munifizenz des Großherzogs von Weimar völlig neu eingerichteten, neben einander bestehenden medicinischen und chirurgischen Kliniken befinden sich bis jetzt in einem zwar erst vor 26 Jahren erbauten, sehr wohlgelegenen, aber für das Bedürfniß zu kleinen Krankenhause, doch soll Hoffnung vorhanden seyn, daß von dem nahe bevorstehenden Landtage ein neues, für den klinischen Unterricht passender gebautes Krankenhaus bewilligt werde. — Die freundschaftlichen Beziehungen, welche zwischen Ried und Siebert obwalten, sollen auch bereits zu dem Professor Martin, dem Direktor der, wie ich sah, sehr blühenden Gebäranstalt, eingetreten seyn, so daß dieser auch während der Ferienreise der vorgenannten die beiden Kliniken derselben leitete. In innigem Zusammenhang mit der Klinik im Entbindungshause steht die von Martin gegründete geburtshülfliche Poliklinik, welche ich als eine wichtige Ergänzung des in diesem Fache ungenügenden Hospitalunterrichtes bezeichnen muß. Neben den vorigen steht Professor Schömann, dessen Thätigkeit durch seine gleichzeitige Beschäftigung als Stadt- und Landphysikus sich vorzugsweise der gerichtlichen Medicin und medicinischen Polizei zuzuwenden scheint. Geheime Hofrath Kieser, welcher ebenfalls zur Zeit meiner Anwesenheit in Jena eine größere Reise gemacht hatte, steht jetzt der Irrenanstalt vor und soll eine Klinik für Psychiatrie zu halten beabsichtigen, ein Unternehmen, welches recht verdienstlich werden kann und von der ungeschwächten Strebsamkeit des Mannes zeugt. Meinen alten Lehrer, den geheimen Hofrath Succow, endlich, fand ich wenig verändert, in einer sorgenfreien Muße von den Lasten der früher verwalteten Aemter ausruhen. So hat sich die alma mater Jenensis, in der wir einst selbst den Anfang unserer Studien mit so viel Lust und Eifer machten, verjüngt und erneut, dem Zeitgeist zwar folgend, aber immer jenen kritisch-rationellen Standpunkt bewahrend, der sie von ihrer Stiftung an fort und fort ausgezeichnet hat.

B.

Nürnberg, Ende Okt.

In meinem letzten Berichte habe ich Sie mit den Kräften unserer Bühne bekannt gemacht. Das etwas vorschnelle Urtheil, welches ich mir über deren Leistungen erlaubt habe, war auf langjährige Bühnenkenntniß basirt und ich fand, daß es größtentheils ein richtiges war. Das wahre Talent kann sich auch in einer untergeordneten Rolle nicht verbergen und die Mittelmäßigkeit in der glänzendsten Partie höchstens einmal bestechen. Das wackere Streben unseres Direktors, immer das Beste und Neueste in möglichster Vollendung zur Aufführung zu bringen, findet endlich auch — und ich gestehe gegen meine Erwartung — bei unserm hartnäckigen Publikum Anklang, wenigstens bethätigt es diesen durch zahlreicheren Besuch. Neue Stücke der letzten Zeit waren: „Mein Mann geht aus", nach dem Französischen von Börnstein, das für die Lachmuskeln hinreichende Gelegenheit bietet und, nach französischer Manier, reich an pikanten Situationen ist. Es gefiel. Hr. Bürger (Durosel), Hr. Wisatzky (Bertholin), Frau Wisatzky (Amelie) und Fräul. Diemar (Frau Bertholin) fanden gebührenden Beifall. Dann: „Michel Bremond", ebenfalls von Börnstein, wie eben Börnsteins Name bei französischen Uebersetzungen stereotyp geworden ist. Die ersten Acte dieses Stückes haben bedeutende Längen, doch ist der dritte interessant genug, um nicht unbefriedigt zu lassen. Besonderen Succes hatte die neu in Scene gesetzte Oper „Stradella", die bereits in voriger Saison 8 — 10mal bei immer gesteigerter Theilnahme gegeben wurde, und jetzt dieselbe Aufnahme wieder fand. Direktor Röder hatte Alles aufgeboten zur würdigen Ausstattung der beliebten Oper; die Ballets und Arrangements waren durchaus neu und fanden so ungetheilten Beifall, daß die Direktion mit dem würdigen Repräsentanten des Stradella, Hrn. Eitel, am Schlusse gerufen wurde. Vorbereitet werden die „Musquetiere der Königin" von Halevy und „Waffenschmied" von Lortzing; im Schauspiel: „der Vetter" von Benedix und die „Tochter des Regenten." Die Vorstellungen an den vier vereinigten Theatern nehmen einen so regelmäßigen Fortgang, als sey die Sache schon seit Jahren im Gange und als besondere Seltenheit verdient bemerkt zu werden, daß bis jetzt noch nicht eine Repertoirveränderung stattfand, was bei der uns jetzt so benachbarten Hofbühne zu Coburg sich wöchentlich dreimal, folglich an jedem Spieltage, ereignet.

Offenbach, 28. Oct.

Es gehört zu den erfreulichen Erscheinungen des Tages, den Sinn für Edles und Schönes in allen Ständen geweckt zu sehen. Besonders ist es die Gesangskunst, der in neuerer Zeit fast Alles huldigt und die man in allen deutschen Gauen, ja selbst in entlegenen Orten, sorgsam pflegt. Wir hatten gestern das Vergnügen, in dem Schlosser'schen Etablissement dahier einen Gesangverein aus Frankfurt, „Liederzweig" genannt, unter der Direktion des Hrn. Rau, Lehrer in Bornheim, zu hören. Genannter Verein, an 60 Mann stark, leistet Vorzügliches; selbst die schwierigsten Compositionen wurden mit einer Gewandtheit und Präcision executirt, die die Zuhörer in Staunen versetzte. Von den Kraftchören wurden am besten gesungen: „Der deutsche Männergesang" von Speier, „Was ist so hehr wie etc." und von den getragenen Sachen der Abendchor aus dem Nachtlager: „Schon die Abendglocken" etc. — Mit der größten Bereitwilligkeit kamen auch die Sänger einer Einladung nach und brachten Hrn. Pfarrer Kerbler, der gerade hier anwesend war, einen Nachtgesang. Herzliche Worte des Dankes sprach Hr. Kerbler und das dreifache Lebehoch, das ihm nach seiner Rede gebracht wurde, möge ihm als Beweis dienen, wie sehr man noch für ihn und die gute Sache eingenommen ist.

Geschichtliche Vorlesung.

Dritte Vorlesung; Montag, 2. Nov., Abends 7 Uhr:

Friedrich's des Großen Jugendjahre.

Eintrittskarten erhält man in der Hermann'schen, Jäger'schen, Sauerländer'schen und Schmerber'schen Buchhandlung. Dr. Heyden.

Theater-Anzeige.

Sonntag, 1. Nov. Jacob und seine Söhne in Egypten, musikalisches Drama in 3 Abth., nach Alexander Duval, Musik von Mehul. Hierauf (zum Letztenmale): Optische Lichtbilder, von Joh. Bosch aus Wien.

Montag, 2. Nov. Zopf und Schwert, historisches Lustspiel in 5 Abth., von C. Gutzkow.

Redacteur: J. L. Heller. — Druck und Verlag von Heller und Rohm.

Didaskalia.

Blätter für Geist, Gemüth und Publizität.

Nro. 303. Dienstag, den 3. November 1846.

Lit. D.

Novelle, mitgetheilt von A. Stätter.

(Fortsetzung.)

„Ich stelle Ihnen lauter liebe Freunde vor, die sich freuen, Sie hier zu sehen!" begann Danton mit einer gewissen Galanterie, die mit seinen derben Manieren und der kolossalen Figur im seltsamen Widerspruch stand. Zugleich setzte er ihr einen Stuhl hin, den sie scheu an's Täfelwerk zurückschob.

„Werden Sie uns das Vergnügen machen, unser Gast zu seyn, wenn ich Sie darum bitte," fuhr der Justizminister fort.

Die junge Frau lehnte die Einladung mit einer Handbewegung ab. Mehrere Tischgenossen schienen durch die Erscheinung einer Dame belästigt zu seyn, und warfen ihr deshalb mürrische Seitenblicke zu; Andere sahen bald sie, bald den galanten Hauswirth spöttisch an und suchten alsdann das durch dies Intermezzo in Stocken gerathene Gespräch wieder in Schwung zu bringen. Es drehte sich um die Politik des Tages, und wurde bald mit jeder Minute ernster und stürmischer: man verhandelte bei Tafel wie im Convent. Nur Danton wandte sich von Zeit zu Zeit wieder an die Dame, die auf glühenden Kohlen saß, mit der Entschuldigung:

„Es thut mir leid . . . ich hoffte, Sie würden mit uns gespeis't haben . . . nehmen Sie doch!"

Dabei griff er jedes Mal mit der gewaltigen Hand rückwärts, und nahm dem Bedienten eine Flasche nach der andern ab, aus der er den Nachbarn einschenkte, denen er mit einem schwer nachzuahmenden Beispiele voranging: selten stand sein Glas leer, und stets trank er es in einem Zuge bis zur Nagelprobe aus. Hatte er sich so gestärkt, dann mischte er sich mit seiner Donnerstimme in die stürmische Debatte, so lange Alles überschreiend und beherrschend, bis er wieder zur Flasche griff. Sein Hauptopponent in der Disputation spielte dagegen den Ruhigen, Gemessenen, ja mitunter sogar Pathetischen. Wein und Disput erhitzten jedoch in Kurzem alle Köpfe; der Lärm stieg; die Ausdrücke wurden derber. Da rief endlich einer der Gäste, nach dem er sich durch wiederholtes Schlagen des Glases an die Flasche Luft gemacht hatte:

„Wie dem auch sey, so ist die Haupsache doch, daß wir uns vertragen als wahre Freunde und ächte Bürger des Vaterlandes, da wir ja Alle das Gute wollen. Darauf laßt uns anstoßen!"

„Daran erkenn' ich den eingefleischten Vermittler," rief Danton lachend. „Du gemahnst mich an den Tropf von Lamourette und würdest, wie Molière sagt, den Großtürken mit der Republik Venedig zusammenkuppeln. Aber stoßen wir dennoch an, da Dein Toast wenigstens ein Mittel zum Trinken ist!"

Alle erhoben sich.

„Danton hoch!" rief jetzt mit bittersüßer Stimme der frühere ingrimmige Opponent, ein katzenfreundliches, geschniegeltes und gebügeltes Männchen, im Vergleich zu dem kolossalen Justizminister.

„Danton hoch!" stimmten die andern Gäste ein.

„Frisch mit der Sprache heraus, und das Ding mit dem rechten Namen genannt!" fuhr ein Mann vom Ende der Tafel aus dazwischen: „Stoßt an auf die Republik!"

„Du hast recht, Levasseur!" entgegnete Danton. „Auf die Republik!"

Die Gläser läuteten; die Augen sprühten; nur der kleine Leisetreter zuckte höhnisch mit den Lippen. Da fiel Dantons Blick auf die Fremde, welche kaum zu athmen wagte, und in heller Weinlaune sich zu ihr wendend, rief er:

„Ah! schöne Frau, diesmal thun Sie uns Bescheid! Nippen Sie wenigstens; es ist ein ganz unschuldiger spanischer Wein..."

„Hm, hm," brummte jetzt einer der Zecher, als die Aufgeforderte wie eine Marmorstatue sitzen blieb, „die Bürgerin fürchtet weniger den Wein, als die ausgebrachte Gesundheit. Ich wette, sie trinkt nicht auf's Wohl der Nation mit uns."

Diese gefährliche Bemerkung gab der Unglücklichen ihre volle Geistesgegenwart wieder.

„Strafen Sie den Spötter Lügen," ermahnte Danton, „zeigen Sie, daß sie eine gute Patriotin und würdig sind, mit den angesehensten Convensmitgliedern anzustoßen!"

Frau Duportail erhob sich mit jener weiblichen Würde, die selbst dem ausgelassensten Zecher Achtung gebietet, nahm das Glas, das der Hausherr ihr mit schwankender Hand reichte, und trank auf's Wohl der Nation.

Stürmischer Jubel erfüllte den Saal.

„Ei was," begann jetzt der jüngste der Gäste mit dem sichtbaren Bestreben, dem politischen Gezänk ein Ende zu machen, „glaubt Ihr wirklich, man habe der Politik noch nicht Genüge geleistet, wenn man Morgens einige Dutzend Zeitungen gelesen, in der Conventssitzung war, die Clubsitzungen mitgemacht, und, wie ich, einige zwanzig Seiten über die Tagesereignisse geschrieben hat? Dürfen Leute, wie wir, nicht mit Archelaus sagen: Auf morgen die ernsten Arbeiten! In diesem Treiben geht das Leben im Fluge dahin, und die Jugendzeit ist entflohen, ehe man's ahnt. Und wer weiß, ob wir Zeit zu verlieren haben? Wir sind, ich wette, alle über die Kunst einig, mit der die Maillard gestern in der Oper sang. Hast Du sie gehört, Danton?"

„Ob ich sie gehört habe!? Die Haare stiegen mir wie Borsten in die Höhe. Es ist merkwürdig, wie mich die Musik packt. Aber, ich habe mich auch in jungen Jahren im Gesang versucht, und wäre gewiß kein übler Sänger geworden, doch: „Die Kraft, mit der ich sang, erschütterte die Wände!" —

Während die Gesellschaft bei diesem auf Dantons Stimme trefflich passenden Verse in schallendes Gelächter ausbrach, wandte sich der Justizminister mit der Frage an Frau Duportail:

„Nicht wahr, schöne Frau, man sieht es meiner derben Leibhaftigkeit nicht an, daß sie so reizbare Nerven birgt und . . . ein so weiches Herz. Sind Sie musikalisch?"

„Ein wenig; doch . . ."

„Ah, Sie singen? Sie singen! Bei einem so himmlischen Gesichte müssen Sie eine Stimme wie eine Göttin haben. Lassen Sie hören! . . . Uebrigens," fuhr Danton, sich zu den Gästen wendend, fort, „schützt uns dies vor Levasseurs tödtlichen Couplets, die uns sonst unfehlbar den Nachtisch verderben. Also eine Harfe herbei!"

Levasseur lachte laut auf, während Frau Duportail sich vergebens gegen das Ansinnen sträubte. Sie konnte kaum einen Ton hervorbringen, so betäubt war sie von dem Geschrei der Zecher und der Donnerstimme des Hausherrn. Aber es galt ihres Mannes Leben!

Die Harfe wurde gebracht, und Danton wiederholte sein Anliegen.

„Bitte, verschonen Sie mich!" wiederholte die arme Frau, welcher der Angstschweiß auf der Stirn stand.

„Sie wollen nicht?"

„Ich kann nicht."

„Ei, Sie schlagen mir die erste Bitte ab, mir?" fragte Danton gebieterisch.

Frau Duportail nahm die Harfe, und ließ die zitternden Finger über die Saiten gleiten; dann begann sie mit bebender, doch trefflich ausgebildeter wohltönender Stimme eine Romanze, die damals gerade Mode war. Die meisten Gäste blieben ziemlich kalt bei dem Gesange, und mochten an ganz andere Dinge denken; Danton dagegen stimmte bei mehreren Stellen brummend ein, wiegte sich behaglich auf dem Stuhle, und gerieth trinkend und zuhörend in immer lautere Ekstase.

Als die Romanze zu Ende war, klatschte Danton wie rasend Beifall; auch einige Andere stimmten ein, während einer der Gäste eine witzige Zweideutigkeit sagte, die von der Sängerin zum Glück nicht verstanden wurde, aber eine Art der Unterhaltung herbeiführte, die immer schrankenloser wurde.

(Schluß folgt.)

Der Auswanderer. *)

Die Orgel schweigt, die Kirch' ist aus,
Ade, du altes Gotteshaus!
Heut' segnet mich zum letztenmal
Mit frommer Stimme dein Choral.
Ja, sende mir nur deinen Segen
Noch zum Geleit auf meinen Wegen,
Ich brauch' ihn wohl — weit ist es ja
Von hier bis nach Amerika.

Kommt, Kinder, morgen geht es fort,
Nehmt Abschied noch vom Heimathort;
Andächtig geht von Haus zu Haus
Und dann in Gottes Feld hinaus.
Hier haben wir uns oft gemühet,
Seht, wie nun Alles grünt und blühet;
Den Segen heimst ein And'rer ein —
Das möcht' uns schier nichts Neues seyn.

So leb' denn wohl, du gutes Land,
Das ich gebaut mit meiner Hand!
So leb' denn wohl, du treues Feld,
Das ich so lange Jahr' bestellt!
Mögst du auch, wenn wir ferne wandern,
Gedeih'n und Früchte tragen Andern!
Leb' wohl, du Himmel treu und blau,
Schenk' meinen Feldern guten Thau!

Jetzt kommen wir zur Kirchhofsthür,
Da schaut ein schwarzes Kreuzlein für;
Da liegt sie freundlich eingehegt,
Die euch geboren und gepflegt,
Da liegt sie nun in deutscher Erden —
Ob wir so sanft wohl ruhen werden
Im fremden Land? — Doch Gott ist ja
Bei uns auch in Amerika.

Wohl hätt' ich nimmermehr geglaubt,
Ich trüg' so weit dies alte Haupt,
Wohl hofft' ich einst, an ihrer Seit'
Zu ruh'n von aller Müdigkeit —
So laßt uns denn zum Hügel treten
Und noch ein Vaterunser beten.
Schlaf' wohl, mein Weib, im Grabe dein,
In Frieden ruhe dein Gebein!

Ach Gott! Es ist kein kleiner Schmerz
Für so ein thöricht altes Herz,
Zu lassen Heimath, Feld und Haus,
Und in die weite Welt hinaus —
Still, Herz! fast wärst du übergeflossen,
Und hätt'st in Klagen dich ergossen —
Bist ja gestählt in Kampf und Noth,
Drum muthig fort in's Abendroth!

Ja, fort nach Abend, Kinder, kommt!
Wo uns're Müh' und Arbeit frommt;
Wo nicht, wenn unsern Schweiß wir sä'n,
Wir Noth und Kummer ernten geh'n;
Wo für die Faulen nicht die Garben,
Und für die Fleißigen das Darben —
Kommt! für die Fleiß'gen gibt es ja
Genug Brod in Amerika.

Dort schaut hinein in's Abendroth,
D'rin ist versunken uns're Noth;
Dort glänzt im Morgenlicht ein Strand,
Da blüht ein neues Vaterland,
Da thaut auf's Land der Freiheit Segen,
Daß alle Kräfte froh sich regen —
Wo wir auch seyen, Gott ist da,
Auf, Kinder, nach Amerika!

L. Pfau.

*) Aus dem Stuttgarter „Beobachter."

Eine fürchterliche Nacht.

In der Umgegend von Barraken, welche den europäischen Soldaten in Ostindien angewiesen werden, gibt es gewöhnlich eine Anzahl kleiner abgesonderter Zellen, worin auf Befehl des kommandirenden Offiziers diejenigen Soldaten, welche sich Ungebührlichkeiten haben zu Schulden kommen lassen, auf längere oder kürzere Zeit eingesperrt werden. In eine dieser Zellen zu Madras wurde bei einer gewissen Gelegenheit der arme Jock Hall, ein aus Edinburg oder Leith gebürtiger Schottländer, gesperrt.

Jock hatte sich betrunken und da er in diesem Zustande gefunden wurde, als die Stunde des Exercierens schlug, verurtheilte man ihn zu 8tägiger einsamer Einsperrung. Die Soldaten in Ostindien erhalten ihre Betten theilweise von der ostindischen Kompagnie geliefert und schaffen sich den Rest selbst an. Um diesen Theil seiner Hausausstattung kümmerte sich Hall jedoch sehr wenig, da er eines jener abgehärteten leichtsinnigen Geschöpfe war, auf die Entbehrungen und Drangsale keinen Eindruck zu machen scheinen. Ein harter Fußboden diente unserm Jock eben so gut wie ein weiches Daunenbett, und da er nie zögerte, das zu verkaufen, was er besaß, so kann man sich leicht einbilden, daß sein Schlafgeräth nicht besonders reichlich oder ausgewählt war. Er hatte ausgebreitet, so viel er davon besaß, und lag in einer der Nächte während seiner Strafzeit ausgestreckt darauf, als er plötzlich in seinen Gedanken über das Ungebührliche des allzuhäufigen Trinkens durch ein starkes Rasseln ganz in der Nähe und innerhalb der Zelle aufgescheucht wurde. In diesem Augenblick erinnerte er sich, daß er nicht, wie es hätte geschehen sollen, vor dem Schlafengehen ein Luftloch verstopfte, das auf gleicher Erde in der Zelle und auswärts an einem Felsen, worauf das Gebäude stand, angebracht war. Starker Verdacht über Das, was sich zugetragen, oder was sich noch zutragen werde, regte sich in Hall's Gemüth; aber er dachte auch, daß es nunmehr wahrscheinlich zu spät sey, noch irgend etwas Passendes zu thun, selbst wenn er in der Finsterniß das Loch finden und verstopfen könnte. Er blieb deßhalb still und ruhig liegen und hörte in ein oder zwei Minuten ganz dicht bei sich wieder ein Rasseln, dem die kalte schlüpfrige Berührung seines nackten Fußes durch eine Schlange folgte! Wer würde in einer solchen Lage nicht erschrocken seyn und um Hülfe gerufen haben? Jock nicht; er lag still wie ein Stein und schwieg, da er wußte, daß sein Geschrei von der fernen Wache nicht gehört werden würde. Hätte er mehr Bettzeug gehabt, so hätte er den Versuch machen können, sich durch dichte Einhüllung in dasselbe zu schützen, aber dies verbot sich von selbst. Er wußte, daß irgend eine Bewegung oder Berührung die Schlangen zum Bisse reizt, daß sie jedoch ohne diese Aufreizung nicht leicht verwunden. Jock lag fortwährend still und regungslos da, wie ein Baumstamm. Unterdeß kroch sein schrecklicher Schlafgefährte, der, wie er fühlte, von besonderer Größe seyn mußte, über seine Füße, Beine und obern Körpertheile, zuletzt sogar über sein Gesicht. Nichts als die erstaunenswertheste Nervenstärke und das Bewußtseyn, daß das geringste Zucken einer Muskel sein Todesurtheil unterschrieben haben würde, konnte den armen Kerl in den Stand setzen, diese furchtbare Probe zu bestehen. Eine ganze Stunde lang kroch das Thier über Jock's Körper und Gesicht hin und her, gleichsam als wollte es sich überzeugen, daß es seinerseits von dem daliegenden Gegenstande nichts zu fürchten habe. Endlich wählte es sich einen Platz in der Nähe seines Kopfes und legte sich im Gefühl der Sicherheit zur Ruhe. Aber diese Prüfung des armen Soldaten war noch nicht überstanden. Bis das Tageslicht anbrach, blieb er regungslos in seiner Lage auf dem Rücken ausgestreckt, ohne es zu wagen, auch nur ein Glied zu rühren, um seinen gefährlichen Nachbar nicht zu stören. Nie vielleicht wurde von einem sterblichen Menschen der Anbruch des Tages ängstlicher herbeigesehnt, als von Jock. Als es endlich Licht wurde, blickte er sich vorsichtig um, erhob sich geräuschlos und bewegte sich nach einem Winkel seiner Zelle, wo ein ziemlich großer Stein lag. Er bemächtigte sich desselben und sah sich nun nach dem Eindringlinge um. Da er die Schlange nicht erblicken konnte, so hielt er sich überzeugt, daß sie unter sein Kopfkissen gekrochen sey. Einen Zipfel desselben hob er gerade hoch genug auf, um des Geschöpfes Hals erblicken zu können. Jock drückte nun seine Kniee fest auf das Kissen, erlaubte jedoch der Schlange, ihren Kopf hervorzuwinden, den er mit seinem Steine zerschmetterte. Nach diesem Siege wagte der muthige Soldat zum ersten Male wieder frei zu athmen. Als die Frühstücksstunde kam, öffnete Jock, der jetzt, da Alles vorbei war, wenig mehr an die Sache dachte, die Thür, um die Schlange hinaus zu werfen. Der Offizier, welchem an diesem Tage die Pflicht oblag, die Zellen zu besuchen, machte die Runde und sah um die Zellthür Jock's einen Menschenhaufen stehen, welcher die Schlange besichtigte. Die Eingeborenen erklärten sie für eine der giftigen, deren Biß stets und augenblicklich tödtend ist. Als man dem Offizier erzählte, daß sie von einem Soldaten in der anstoßenden Zelle getödtet worden sey, ging er hinein und befragte das Nähere. „Wann fandest du aus, daß sich bei dir in der Zelle eine Schlange befand?" — „Gegen neun Uhr gestern Abend", entgegnete Jock. — „Warum riefst du die Wache nicht?" — „Ich dachte, die Wache würde mich nicht hören, und ich fürchtete, darauf zu treten, weshalb ich mich stille hielt." — „Aber du hättest gebissen werden können; wußtest du, daß du augenblicklich gestorben wärest?" — „Ich wußte es gut genug; aber die Leute sagen, daß sich Schlangen nicht mit Einem einlassen, wenn man sich mit ihnen nicht einläßt; deshalb ließ ich sie gehen, wie es ihr beliebte." — „Gut, mein Junge, ich glaube du thatst, was dabei das Beste war; aber unter Tausenden wird es kaum Einer zu thun im Stande seyn." — Die Geschichte verbreitete sich und kam auch zu den Ohren des Oberbefehlshabers, der wie der Offizier dachte, und Jock erhielt wegen seiner außerordentlichen Nervenstärke und Geistesgegenwart die Strafe erlassen. Später nahm er sich stets sorgfältig in Acht, wieder in solche Schlafgesellschaft zu gerathen.

Mannichfaltigkeiten.

(Paris.) Clarisse Harlowe ist und bleibt noch immer der Magnet der Theaterfreunde; sie hat bereits die fünfzigste Vorstellung erreicht, und die Einnahme sinkt nie unter 3000 Frcs. Eine Parodie und zwei Nachahmungen dieses Stückes werden bereits auf andern Theatern gegeben.

(Hamburg, 26. Oct.) Gestern feierten Handwerker ein Fest in unseren Mauern, das so recht zur Schande der guten Gesellschaft und zum Hohn der Sitten und selbst der Gesetze geduldet wird. Schon an dem Namen erkennt man, weß Schlages die Leute seyn müssen, die zu diesem Feste beisteuern; es heißt der Ochsenball. Derselbe wird alle Jahr auf der Tischlerherberge abgehalten. Der Herbergsvater sammelt lange Zeit vorher dazu in allen Tischlerwerkstätten, kauft einen großen, fetten Ochsen und verspielt denselben am Ballabend in drei Theilen: der Hälfte und zwei Vierteln. Wer den halben Ochsen gewinnt, ist der Ochsenkönig und muß die Gesellschaft tractiren. Die Letztere überläßt sich an diesem Abend der zügellosesten Wildheit und allen Ausschweifungen, zu denen ihr Mittel und Wege zu Gebote stehen. Am „vingt un-Tisch", zu dem sich die Arbeiter mit Flüchen und Rippenstößen einen Weg bahnen, wird förmlich Bank gehalten, und Mancher verspielt hier Hab und Gut. Auf der Hausflur hängt der geschlachtete Ochse, mit Blumen aufgeschmückt. Man irrt, wenn man meint, er würde hier verspeis't werden; das Fleisch dient nur dazu, den Leuten den Mund wässern zu machen. Die Gewinner verkaufen es an den Herbergsvater, und dieser treibt am andern Tage zum zweiten- und dritten Mal Wucher damit. Am ärgsten geht es auf dem Ochsenballe, im eigentlichen Tanzsaal her. Hier tanzen Männer mit Männern. Erst um Mitternacht wagt es die weibliche Prostitution, sich unter diese berauschte wahnsinnige Masse zu mischen, und nun erreicht das Fest den Höhepunkt seiner schamlosen Tobsucht. Die ganze Nacht wird saufend, tanzend, spielend durchjubelt, aber die Nachwehen sind in Jahr und Tag noch nicht verschmerzt. Und trotz der Stimmen, welche sogar aus dem Volke selbst warnend laut geworden sind, hat die sonst so scharfsichtige, sonst so moralische Polizei kein Auge für solchen Scandal. Wer in der Nachbarschaft der Tischlerherberge dem gestrigen Ochsenballe zugesehen hat, der kann nicht glauben, daß es der Hamburger Polizei Ernst ist mit Wahrung und Schutz der guten Sitten.

Je dickblütiger und schauerlicher eine Erzählung ist, desto mehr macht sie auf das gewöhnliche Publikum Eindruck. Wer sollte glauben, daß es möglich wäre, im Jahre 1846 noch folgende Schauer-Romane auszubieten, wie es gegenwärtig die Kößling'sche Buchhandlung in Leipzig thut. Man höre einmal die Titel: „Bronikowski, W., Leo der blutende Kosak, oder: Constanze und Cäsara, die Liebenden auf der Todtenbahre. Novelle aus dem letzten polnischen Aufstande von 1831. — Wolf der Verruchte, oder: der Teufel im Ritterpanzer. Ritter-, Räuber- und Geistergeschichte. — Cinthio, oder: Die gebesserten Ueberreste aus dem furchtbaren Bunde der verschworenen Brüder. Eine romantische Räuber- und Familien-Geschichte. — Maria von Blettenburg und und Friedrich von Schrekenstein, oder: Das Wiedersehen nach dem Tode verbindet zwei liebende Herzen und tilgt den Haß zweier mächtigen Familien. Eine furchtbare Ritter-, Räuber- und Geister-Geschichte. — Hans Schweinchen von Schweinhaus, oder: Die Verlobung unter der Erde zu Bolkenhain. Eine interessante Rittergeschichte." — Das sind Bücher-Titel!.

A. **Bock** bemerkt gelegentlich einer kritischen Anzeige von Karl Becks „Liedern vom armen Manne": „Keineswegs wünschen wir, daß sich die schöne Literatur in Proletarierpoesie auflöse. Allein auch diese Seite des menschlichen Ringens ist zur künstlerischen Vertretung berechtigt, und die Dichtung wird ein Beträchtliches beitragen können, jene Zustände erträglicher und menschlicher zu machen. Die Bettelbuben Murillos, die zahlreichen, oft sehr zerlumpten Bauern Wuwermanns und anderer Niederländer, das Gesindel Shakspeare's sind hoch über das Klägliche hinaus. Suchen wir diesen Humor im Leben auf und suchen ihn hineinzupflanzen. Der Schuster, der seine Melodie pfeift, der Matrose, der sein Lied singt, sind beneidenswerthe Leute. Es ist nur kopfhängerische Sentimentalität, die da beklagt, daß die Hände dieser Menschen rauh sind, und daß sie keine Glacehandschuhe tragen, Alles strebt in der menschlichen Gesellschaft, seine Lage zu verbessern, und dieses Streben muß genährt werden und darf kein hoffnungsloses bleiben. Im Uebrigen läßt sich nur Stufe nach Stufe erringen, und der einfache Menschenverstand verlangt nicht nach Sprüngen. Außerdem aber wird sich das Glück niemals sein Spiel in den menschlichen Dingen nehmen lassen.

Turenne, 12 Jahre alt, forderte einen Offizier zum Zweikampfe, weil er die Geschichte Alexanders des Großen, nach Quintus Curtius, für einen Roman erklärt hatte.

Korrespondenz.

Darmstadt, 28. Oct.

Das für unsere Bühne neue Lustspiel von L. Feldmann: „Ein Mädchen vom Theater" wurde gestern aufgeführt. Dieses Stück, welches die übertriebene Kunstschätzung persifflirt und sehr kenntliche Züge aus dem Leben einer bekannten reisenden Sängerin zu entlehnen scheint, ist ganz darauf berechnet, den phantastischen Kunstenthusiasmus von seiner lächerlichen Seite zu zeigen und die Thorheiten, zu denen er hinreißt, in das rechte Licht zu setzen. Für Manche war es zugleich ein Spiegel zur Selbstbeschauung bei dem Rückblick auf die lärmenden Theaterabende, die wir letzthin bei der Anwesenheit eines fremden Gastes verlebt hatten. Die Aufnahme, welche das neue Stück fand, war eine überaus günstige, da der Lachlust durch die Eigenthümlichkeit der Charaktere und durch die Art ihrer Auffassung von Seiten der Schauspieler viel Vorschub gethan wurde. Die Heldin des Lustspiels, die Sängerin Mathilde, wurde von Fräul. **Eppert** mit all der Gewandtheit, Zierlichkeit und Anmuth gegeben, welche man an ihr seit ihrem ersten hiesigen Auftreten gewöhnt ist. Hr. **Kronfeld**, als Herr von Toll, war sehr originell, wie auch Hr. **Birnstill** als Kapellmeister. Hr. **Steck** (Dotterweiß) und Mad. **Fischer** (Balbine) bewegten sich mit der größten Natürlichkeit in ihren Rollen; Hr. **Peters** (Leichtmuth) zeigte uns mit viel Wahrheit und ohne Uebertreibung den mit dem Schicksale zerfallenen Praktikanten, der, dem Staatsdienste den Rücken kehrend, sein Heil auf der Bühne versucht. Diese rhapsodischen Andeutungen mögen vorerst genügen. — Vor dem Beginn und am Schlusse des Stücks betrat Hr. A. **Lavigne** die Bühne und ließ sich auf der Oboe hören, und zwar mit solch einem glänzenden Erfolge, daß ihm zum öfteren auf das lebhafteste applaudirt wurde. Besonders war der „Kuhreigen", mit Orchesterbegleitung, von herrlicher Wirkung. Hr. Lavigne ist ein ausgezeichneter Meister auf seinem Instrument, und es freut uns, hinzufügen zu können, daß er hier als solcher die volleste Anerkennung gefunden hat.

Wiesbaden, 28. Oct.

Seit langer Zeit habe ich nicht das hiesige Theater mit größerer Befriedigung verlassen, als am gestrigen Abend, wo uns das Vergnügen zu Theil ward, Heinrich Laube's: „Gottsched und Gellert", Charakter-Lustspiel in 5 Acten, zu sehen. Nicht allein die Freunde der deutschen Literatur, nicht allein die Kenner der Geschichte unseres Vaterlandes, auch die Zeitungsleser und Theilnehmer an den Ereignissen der Gegenwart finden hier Anregung für Geist und Herz durch die überaus glücklich eingeflochtenen Beziehungen auf die Tagesgeschichte. Der Dichter ist hier ganz, was er seyn soll, das Herz und die Sprache seines Volkes. Wenn auch über dem Ganzen der Geist des wahren Lustspiels schwebt, so wechseln doch die ergötzlichsten Situationen und Scherze mit der tiefsinnigsten, zuweilen zu Thränen rührenden Feierlichkeit und dem hohen Ernst, gleichwie in den Lustspielen eines Lessing, die uns zugleich bilden und ergötzen. Welche schöne Charaktere weiß der Dichter den Possenreißern entgegen zu setzen, wie glücklich ist in Prinz Heinrich von Preußen wahre Fürsten- und Feldherrngröße, in Cato der Geist patriotisch fühlender, emporstrebender Jugend repräsentirt und, indem der gelehrte Hochmuth und die unpractische Anmaßung herzloser Gelehrsamkeit in Gottsched gegeißelt wird, wie meisterhaft tritt uns in dem unsterblichen Gellert das Bild deutscher Rechtschaffenheit und Biederkeit entgegen und wie entzückt es uns, diesen Mann von gränzenloser Popularität und untadeliger Reinheit das aussprechen zu hören, was in unseren Tagen die Ansicht des edelsten Theils unseres Volkes ist. Die Theilnahme und wir hoffen auch der Dank des Publikums hätten nicht seyn können, wie sie waren, wenn die Rollen nicht vortrefflich ausgetheilt gewesen wären und sicherlich ist es der schönste Lohn für den glücklichen Dichter und unsere ehrenwerthe Theaterdirektion, wenn wir um Wiederholung bitten und dem Gedichte die verdienten Triumphe auf allen deutschen Bühnen wünschen.

Röhnsal, 26. Oct.

Ein hiesiger Pulverfabrikant, welcher zugleich Chemiker ist, dessen Urtheil man wohl Vertrauen schenken darf, hat sich jetzt **gegen** die **Schießbaumwolle** erklärt, und zwar weil diese an Kraft dem Bechener Höllenpulver nicht gleich kommt und gerade wie dasselbe sich durch Schlag und Reibung entzündet, also zu jeder Versendung untauglich wird, wenn es auch durch seine sonstigen Eigenschaften zu empfehlen seyn würde. Wenn also keine neue Erfindungen zu den bereits gemachten hinzukommen dürften, würde das Anpreisen der neuen Schießkraft blos in einen blinden Lärm auslaufen.

Theater-Anzeige.

Montag, 2. Nov. **Zopf und Schwert**, historisches Lustspiel in 5 Abth., von C. Gutzkow.

Redacteur: J. L. Heller. — Druck und Verlag von Heller und Rohm.

Didaskalia.

Blätter für Geist, Gemüth und Publizität.

Nro. 304. | Mittwoch, den 4. November | 1846.

Lit. D.

Novelle, mitgetheilt von A. Stätter.

(Schluß)

Frau Duportail erhob sich, um Luft zu schöpfen, wie sie sagte.

„Gut, gut," brummte Danton, der den Wein gewaltig spürte, „sie soll im Nebenzimmer auf mich warten."

Ein Bedienter führte die arme Frau in ein geräumiges Zimmer, an dessen Wänden mehrere eichene Repositorien mit Büchern, Aktenballen und numerirten Pappschachteln standen. Das Zimmer war augenscheinlich das Arbeitskabinet des Bürgers Justizminister, denn in der Mitte desselben stand ein mächtiger Schreibtisch, der mit Papieren überladen war, und auf dem unter Andern ein Sacktuch und eine große Schnupftabakdose lag.

Nachdem Frau Duportail ihrem gequälten Herzen durch Thränen Luft gemacht und wieder Fassung errungen hatte, drängte sich ihr der Gedanke auf, wie oft von diesem Schreibtische schon Leben oder Tod ausgegangen sey, und wie viele Todesurtheile in jenen Aktenstößen und mit Buchstaben gezeichneten Pappeschachteln wohl noch verborgen seyen. Auch ihres geliebten Mannes Schicksal war in diesen Pandorabüchsen gewiß enthalten. Plötzlich fuhr sie schaudernd zusammen; denn in das chaotische Gewühl in dem Speisesaale, in das Gläserklingen, Singen, Lachen, Schreien und Rasen donnerte des Hausherrn Stimme hinein, gleich dem Brüllen des Löwen, der Blut geschmeckt hat. Die Gefolterte faltete die Hände, fiel auf die Knie und betete zu den Witzen, Flüchen und Trinksprüchen, die zu ihr herüberhallten.

Fast zwei Stunden lang mochte Frau Duportail bereits in dem Zimmer gewesen seyn; die einzige Wachskerze, die ihr zurückgelassen worden, war bereits tief herabgebrannt, als die Thüre aufging und der Bediente mit zwei Armleuchtern hereintrat.

„Der Herr Minister?" fragte Frau Duportail, sich erhebend.

„Er wird sogleich erscheinen," antwortete der Gefragte, stellte die Leuchter auf den Tisch und verschwand.

In demselben Momente wurde die entgegengesetzte Thüre hastig aufgerissen, und es erschien ein dunkler Körper auf der Schwelle, der mit den Händen um sich griff, weil ihm die Kniee schwankten und der Kopf zu schwer war. Mit Entsetzen erkannte die unglückliche Bittstellerin den Bürger Justizminister in dem Ungethüm, das jetzt fehltrat, und nur mit genauer Noth noch den geräumigen Sessel am Arbeitstische erreichte. In diesen hineinsinkend und mit Armen und Beinen zappelnd wie ein Fisch auf dem Trocknen, röchelte der Betrunkene, als ob er jeden Augenblick ersticken müsse.

Danton hatte bei'm Essen schon die Cravatte abgelegt, und jetzt das Hemd aufgerissen, so daß seine gewaltige Brust, welche wie eine Esse schnob, bloß war. Das Hemd war von Wein besudelt, eben so der Rock; das Haar sah aus wie die Borsten eines Stachelschweines. Als der Berauschte so eine Weile mit geschlossenen Augen und auf die Brust gesenktem Kopfe gesessen hatte, fuhr er plötzlich auf und brummte:

„Ah, Du da, Bürgerin?"

Bei dieser Anrede wurde Frau Duportail eiskalt vor Grauen und Ekel. Das Räthsel, das der Girondist ihr so angelegentlich empfohlen, den Brief in Person zu überreichen, wurde ihr jetzt mit Schrecken klar.

Nach einer Pause fing der Justizminister von neuem an zu stöhnen.

„Ha, mich trifft noch der Schlag . . . wenn mir Zeit gelassen wird! . . . Dies ewige Fressen und Saufen taugt nicht für meine Körperkonstitution . . . Den Tag über arbeiten wie ein Vieh und . . ."

Er ist so betrunken, daß er nicht einmal seinen Namen mehr schreiben kann, dachte Frau Duportail jetzt, und dieser Gedanke gab ihren Ideen sofort eine andere Richtung. Ihren Ekel niederkämpfend, trat sie Danton näher und sagte:

„Bürger Minister, Sie haben doch die Zusage, die Sie mir gaben, nicht vergessen?"

Der Angeredete breitete die Arme aus, erhob sich, sank aber sofort wieder in den krachenden Lehnstuhl zurück, und fragte:

„Hm, was willst Du?"

„Den Brief, den Sie schreiben wollten, das Begnadigungsschreiben, das Sie mir auf Empfehlung des Bürger R** versprochen haben; das Leben meines Mannes!"

„Schreiben? . . . Dummes Zeug! . . . Da braucht sein Name nur auf der Liste gestrichen oder vielmehr aus dem Kasten genommen zu werden."

„Aus welchem Kasten?" fragte Frau Duportail in Todesängsten.

„Ich ersticke! . . . Luft!"

Frau Duportail riß das Fenster auf, wagte jedoch nicht, dem Betrunkenen näher zu treten.

„Der Robespierre ist ein perfider Hund! . . ." stöhnte Danton. „Er trinkt nicht . . . säuft nur Blut! . . . Baptist, zieh' mir die Schuhe aus!"

„Den Kasten, sagen Sie mir den Kasten! . . ." rief Frau Duportail mit gefalteten Händen.

„Ei Dummkopf, hol' Dir ihn selbst herunter! Dort steht er." Den Arm ausstreckend, wies er auf das Repositorium hin, das unten voll Akten u. s. w. lag, und in den obersten Fächern eine Reihe von Pappeschachteln enthielt, welche mit Buchstaben gezeichnet waren.

Vor dem Repositorium stand eine Leiter, welche Frau Duportail jetzt auf den Wink leise bestieg, und dann fragte:

„Lit. A.?"

„Nimm mir die tolle Weinlaune nicht übel, schönes Kind. Der Robespierre ist des Teufels mit seinem Disputiren! . . .

Gut, daß Bürger N** Dich zu mir schickte; der ist noch ein ächter Girondist. Du singst wie eine Göttin, und bist schön wie ein Engel, sage ich Dir."

Frau Duportail stand athemlos, bis der Betrunkene wieder ruhiger wurde. Dann fragte sie:

„Lit. B?"

„Wie heißt er denn?"

„Duportail!"

„Duportail? Lit. A nichts, Lit. B auch nichts! Such doch unter Lit. D! . . . Wie dumm Du bist! Geh mit Deiner Lit. A! Du machst mich lachen, Kind!"

Er brach in ein schallendes Gelächter aus, bei welchem der Sessel krachte.

Endlich hatte Frau Duportail die Lit. D. herunter genommen, und sie trat mit demselben an's Licht. Das Repositorium enthielt die Angeklagten der politischen Verhafteten. Die Aktenstücke waren in die Pappekasten nach den Buchstaben geordnet, und wurden dem öffentlichen Ankläger nach der Reihenfolge übergeben, wie es den Comité's oder dem Justizminister gerade gefiel.

Der zweite Anklageakt, der im Kasten obenauf lag, und ihr deshalb in's Auge fiel, trug den Namen: Duportail.

Morgen also schon oder spätestens übermorgen sollte ihr Mann auf's Blutgerüst wandern. Rasch nahm sie das Aktenstück heraus, zerknitterte es und steckte es zu sich.

Aufathmend sah sie jetzt nach dem Justizminister, der im Sessel unbeweglich geworden war. Sie wollte ihm danken, bemerkte jedoch, daß er die Augen geschlossen hatte und eingeschlafen war.

Noch warf sie einen scheuen Blick auf das selbst im Rausche und Schlafe furchtbare Parteihaupt; dann schlüpfte sie leise aus dem Kabinet durch den Speisesaal, in welchem Grabesstille herrschte. Im Vorzimmer fand sie einen Bedienten, der gleichfalls seinen Rausch ausschlief, jedoch einen leisern Schlaf als sein Herr hatte, und erwachte.

„Baptist!" donnerte jetzt des Justizministers Stimme. Während Frau Duportail wie ein gescheuchtes Reh das Weite suchte, eilte der Bediente zu seinem Herrn, der ihm zurief:

„He, wo ist die Bürgerin?"

„So eben verläßt sie das Vorzimmer."

„So? Glückliche Reise! . . . Zieh' mich aus, und bringe mich zu Bette."

Baptist nahm den Justizminister bei'm Arm, lavirte ihn, gleich einem schwer beladenen Schiffe, in's Schlafzimmer, und brachte ihn in's Bett, aus welchem der Mann, der Frankreichs und Europa's Geschick damals in Händen hatte, mit Tagesanbruch sich erhob, um bis zur Tafelzeit wie ein Riese zu arbeiten, und dann wieder eben so kolossal zu schlemmen.

Frau Duportail hatte am folgenden Tag leichtes Spiel mit der Befreiung ihres Mannes. Bald befanden sich die Gatten auf der Reise nach Bordeaux, von welcher Stadt sie glücklich nach ihren westindischen Besitzungen entkamen. Erst während der Restauration kehrten sie nach Frankreich zurück.

Frau Duportail ist als dreiundsiebenzigjährige Matrone noch jetzt in Blois am Leben.

Die hessischen Auswanderer aus Großzimmern.

Unsere Unpartheilichkeit erfordert es, daß wir der nachstehenden Erklärung aus der „Großherzoglich hessischen Zeitung" auch eine Stelle in unserem Blatte anweisen. Wir freuen uns, daraus ersehen zu können, daß der Bericht der „New-Yorker Schnellpost", wenn auch vorerst noch nicht vollständig, seine Widerlegung findet, und erwarten von der Ehrenhaftigkeit unserer deutschen Nachbarn, daß ihr Verfahren, den unglücklichen Auswanderern gegenüber, vollständig zu Gunsten der Beamten und der Gemeinde in Großzimmern sich herausstellen werde:

„Umstadt, 28. Oct. Die aus der deutschen „Schnellpost" in die „Kölner Zeitung" und von da in die „Didaskalia" übergegangene Mittheilung über das angebliche traurige Schicksal Großzimmerer Auswanderer nach Nordamerika enthält einigen Beamten meines Amtsbezirks gegenüber schwere Beschuldigungen, die ohne Zweifel offizielle Widerlegung finden werden. Ich hatte Gelegenheit, dem Gang dieser Auswanderungsoperation von ihrem Beginnen an bis zur Ausführung genau folgen zu können, und fühle mich aufgefordert, lediglich im Interesse der Wahrheit und Gerechtigkeit von meinem unabhängigen und unbetheiligten Standpunkt aus mich darüber öffentlich auszusprechen. — Voraus glaube ich die Versicherung schicken zu müssen, daß die Persönlichkeiten der beiden mir amtlich bekannten Auswanderer Brücher und Obmann, auf deren angebliche Depositionen hin man keinen Anstand genommen hat, so schwere Verdächtigungen gegen Beamte, namentlich den als rechtlich und wohlmeinend in seinem Verwaltungsbezirk allgemein anerkannten und geschätzten Kreisrath Kritzler zu Dieburg, öffentlich auszusprechen, nichts weniger als zuverlässig sind.*) — Was das Project zu einer Auswanderung Großzimmerer Einwohner in Masse auf Gemeindekosten betrifft, so ist dies meines Wissens schon alt und ursprünglich der Gedanke eines jetzt noch lebenden sehr würdigen Geistlichen gewesen. Seit etwa sechs Jahren tauchte es neuerdings von Zeit zu Zeit wieder auf, und die gesteigerte Armuth der betreffenden Einwohnerklasse, verbunden mit dem Einfluß einiger Mißjahre, brachte es zur Reife und Ausführung. Allein wer diese Operation mit der deutschen Schnellpost als Austreibung der Proletarier schildert, macht sich einer großen Täuschung des Publikums schuldig; eine solche im strengen Wortsinn konnte es gesetzlich nicht seyn, es war aber auch keine solche in bildlichem Sinn. Die Initiative wurde nämlich von den Auswanderungslustigen lediglich selbst ergriffen. Angeregt von zweien aus ihrer Mitte, eben dem Brücher, welcher sich nun so wenig dankbar zeigt, und einem nachher nicht ausgewanderten Held, ging man den Ortsvorstand um die Wiederaufnahme und Ausführung des alten Plans dringend an und erlangte seine Zustimmung nicht ohne Schwierigkeiten und anfänglichen Widerspruch. Es ist daher eine reine Erdichtung, wenn Bürgermeister und Kreisrath der Vorwurf gemacht wird, durch falsche Vorspiegelungen zu diesem Schritt verlockt zu haben. Ich versichere, daß die Auswanderer wußten, einer zweifelhaften Zukunft gegenüber zu stehen, daß sie namentlich die Ueberzeugung mitnahmen, einem schweren Anfang entgegen zu gehen. Während ich mit der Ordnung ihrer Vermögens-Angelegenheiten beschäftigt war, fand ich nirgends sanguinische Aussichten und Erwartungen, wohl aber die Hoffnung begründet, daß man sich in Amerika mit rüstiger Kraft und ausdauernder Thätigkeit nach und nach eine bessere Existenz bereiten könne. Und in der That, diese Leute hatten nichts zu verlieren, sondern nur zu gewinnen, sie hinterließen größtentheils ihren Gläubigern das leere Nachsehen, sie sahen, besonders bei der jetzigen Theuerung, in ihrem Vaterland dem größten Elende entgegen, viele einer Lage, die sie mit

*) Auch wir hatten Gelegenheit, uns zu überzeugen, daß der großh. Kreisrath zu Dieburg, Hr. Kritzler, sich mit ganz besonderer Liebe, Wärme und Theilnahme der Sache der Auswanderer annahm und ihr diese fortwährend widmete. Es sind, wie wir vernehmen, demnächst officielle Erläuterungen über diesen in dem genannten Artikel jedenfalls sehr entstellten Gegenstand zu erwarten. Aber auch dieser verläufigen Entgegnung einer competenten Stimme werden gewiß die Blätter, welche zur Verbreitung jener Entstellungen beitrugen, im Interesse der Wahrheit und Unpartheilichkeit die Aufnahme nicht versagen. (Red. d. großh. h. Ztg.)

dem Gesetz in Conflict bringen, ihnen die Aussicht auf Untersuchungen und Gefängniß eröffnen mußte und ein großer Theil, welcher sich bisher vorzugsweise vom Waldfrevel schon ernährt hatte, war bereits der unabwendbaren, gesetzlichen Strafe verfallen. Daß sie Theil an großen Gemeingütern und die Befugniß, auf deren Theilung zu dringen, gehabt hätten, davon ist mir nichts bekannt. Die Gemeinde Großzimmern hat ein ansehnliches, aber untheilbares Vermögen, und bekannt ist, daß das Gemeinde-Vermögen nicht Vermögen der Einzelnen ist. Dagegen hat diese Gemeinde ein Kapital von 50—60,000 fl. für diese Auswanderer geopfert und ein solches Opfer muß Jahrzehnte den Zurückgebliebenen sehr fühlbar seyn, da die jährlichen Zinsen entweder auf dem Wege der Umlage erhoben werden oder an den Nutzungen des Gemeindevermögens abgehen. — Die häufigen Schwierigkeiten, welche sich bei Regelung der Debitverhältnisse der Auswanderer ergaben, bestimmten keinen von ihnen zum Rücktritt, vielmehr befestigten sie den Vorsatz, nicht im Vaterlande zu bleiben. Wo unüberwindliche Hindernisse vorzuliegen schienen, war ich mit Gesuchen um deren Beseitigung wahrhaft bestürmt, und noch sehr genau erinnerlich ist mir, daß mir namentlich einst jener Brücher, welcher bedeutend überschuldet und nur schwer von einer ihm angedrohten Confination zu retten war, mit der größten Bestimmtheit erklärte: „Herr Landrichter, wenn Sie mich nicht fortlassen, so gehe ich bei Nacht und Nebel fort und lasse Frau und Kinder der Gemeinde auf dem Hals!“ — So und nicht anders sind Brücher und seine Gefährten aus ihrem Vaterlande vertrieben worden! — Ueber ihre Schicksale vom Tage ihrer Abreise kann ich aus eigner Wahrnehmung nicht berichten, allein das fühle ich mich noch aufgefordert, hinzuzufügen, daß Hr. Kreisrath Kritzler fortwährend den wärmsten innigsten Antheil an ihnen genommen hat. Mit dieser Theilnahme läßt sich aber die Beschuldigung, daß er nicht mit allen ihm zu Gebot gestandenen Mitteln sich der Auswanderer angenommen haben soll, gewiß schwer in Einklang bringen. Endlich muß ich noch bemerken, daß nach dem glaubhaften Resultate von mir eingezogener Erkundigungen die Aufnahme, welche die Auswanderer in Gernsheim gefunden haben und ihre Verpflegung auf der Reise bis an das Meeresufer allen billigen und humanen Anforderungen vollkommen entsprach. — Ob und was an den angeblich erst später entstandenen Beschwerden Wahres und Begründetes ist, das wird die Zukunft lehren. Möge in dieser Beziehung das Publikum sein Urtheil billiger und gerechter Weise so lange suspendiren, bis die Wahrheit offiziell ermittelt ist. Vorläufig kann ich nur noch so viel versichern, daß ein bereits in Großzimmern eingetroffener, von mir eingesehener Brief einer gewissen ausgewanderten Elisabetha Stumpf von da weit günstiger lautet, als die Mittheilung der deutschen Schnellpost, ja, nichts zu wünschen übrig läßt! Reh, Landrichter.

Warnung!

Um Unglücksfällen vorzubeugen, die bei den vielen Versuchen mit der neuentdeckten Schießbaumwolle leicht stattfinden könnten, mache ich darauf aufmerksam, daß diese Baumwolle die böse Eigenschaft besitzt, durch Stoß und Reibung zu explodiren. Beim Laden eines Gewehres wurde dieselbe mittelst eines eisernen Ladstocks etwas rasch in den Lauf gebracht, wobei durch die geringe Reibung des Ladstocks an den inneren Seiten des Laufes die Baumwolle explodirte, und der Ladstock wie eine Kugel weit weggeschleudert wurde.

Glücklicherweise hatte das Gewehr eine solche Richtung, daß Niemand dadurch beschädigt wurde; auch hatte der Ladende den Stock nicht oben gefaßt, sondern an den Seiten, so daß er ihm, ohne die Hand zu verletzen, durch die Finger glitt. Dieser Vorfall, der glücklicherweise nichts als einen Schreck kostete, hätte sehr leicht den Verlust einer Hand oder eines Fingers zur Folge haben können.

Ich rathe daher allen Denen, welche mit dieser Baumwolle Versuche anstellen wollen, sich eines hölzernen Ladstocks zu bedienen, indem bei einem solchen das Explodiren weniger zu befürchten ist. Das Versenden dieser Baumwolle auf die gewöhnliche Beförderungsweise, wie es von Karlsruhe und andern Orten gegenwärtig geschieht, wäre von den Behörden auf jeden Fall streng zu verbieten.

Diese Baumwolle ist viel gefährlicher zu transportiren als das Schießpulver, indem letzteres blos vor Feuer, erstere aber noch vor jedem Stoß und jeder Reibung geschützt werden muß.

Ein anderer Uebelstand dieser Schießbaumwolle ist der, daß sie beim Verbrennen salpetrige Säuren entwickelt. Saugt man nämlich nach einem Schuß sogleich die in dem Lauf enthaltene Atmosphäre mit dem Mund aus, so spürt man einen stechend sauren, die Lunge zum Husten stark afficirenden Dampf, der ein befeuchtetes Lackmuspapier röthete und die Metalle mit der Zeit stark angreifen muß.

Die Baumwolle, deren ich mich bediente, war mit Salpetersäure dargestellt worden und von der anhängenden Säure völlig befreit, so daß sie weder auf Lackmus noch auf Georginen-(Dalia-) Papier vergirte. Da dieselbe wohl nichts anderes ist als ein salpetersaures Salz mit einer noch unbekannten organischen Base, so ist es auch sehr leicht erklärlich, daß sich neben Wasser, Stickgas und Kohlensäure auch Stickoxydgas bildet, welches durch den Sauerstoff der hinzutretenden Luft sich zu salpetriger Säure höher oxydirt. B.

Mannichfaltigkeiten.

(Reutlingen.) Kaum hörten wir von einer hier vorgefallenen blutigen That, so ist sie bereits durch eine neue, noch gräßlichere in den Hintergrund gedrängt. Verflossenen Dienstag Abend verließen M. Walz, Bauer, mit seinem Weibe, dessen Schwager aus Jettenberg und die Korbmacher Jos. Maier von Wannweil und Flammer von Dußlingen unsere Stadt unter heftigem Streit und Wortwechsel, der jedoch eine halbe Viertelstunde von hier, wo sich die Ersten von den Letztern getrennt hatten, sein Ende erreichte. Am Betzinger Rank fielen jedoch unversehens Mehrere über Walz und seinen Schwager her, und Ersterer fiel von einem mehrere Zoll tiefen Stich in den Hals getroffen, mit dem Ausrufe: O Weib, ich muß sterben! nieder und verschied in wenigen Minuten. Seinem Schwager wurde die Nase und Oberlippe gespalten, und ruht der Verdacht dieses Mordes und der Verletzung auf obengenannten Beiden, Maier und Flammer, welche noch in der Nacht festgenommen und am Morgen vor den Leichnam geführt wurden, um sie zum Geständniß zu bewegen; allein Jeder schob die Schuld auf den Andern, und bis jetzt hat Keiner sich als Thäter bekannt.

Die Nummer 43 des „Wochenblattes für das Transportwesen“ enthält einen beachtenswerthen Aufsatz über „Spedition der Zeitungen in Deutschland.“ In dem Augenblicke, wo die bestimmtesten Bestrebungen zur Erzielung einer Briefportoreform sich kund geben, ist es gewiß verdienstlich, daß die postalische Zeitschrift auch zu Gunsten der Journalistik ihre Stimme erhebt. Es wäre gewiß auch an der Zeit, daß über Berechnung der Speditionsgebühren von Seite der deutschen Postverwaltungen einheitliche Normen festgestellt und die zum Theil sehr hohen Taxen herabgesetzt würden.

Literatur.

Baden und der untere Schwarzwald im Großherzogthum Baden mit seinen Thälern und Gesundbrunnen. Von K. F. V. Jägerschmid, großh. badischem Oberforstrathe. Mit einer Karte. Karlsruhe, bei C. Macklot, 1846. 8. 384 S.

Die von dem Hrn. Verfasser beschriebene Gegend bietet in geographischer, naturhistorischer, geschichtlicher und statistischer Hinsicht so viel Interessantes und Merkwürdiges dar, daß es sich wohl der Mühe verlohnte, die Ergebnisse seiner selbsteigenen Wahrnehmungen und Untersuchungen, welche er auf seinen öfteren Dienstreisen in den unteren Schwarzwald zu machen Gelegenheit hatte, in ein geordnetes Ganzes zusammen zu stellen und durch den Druck der Oeffentlichkeit zu übergeben. Nur dadurch ist es ihm möglich geworden, seiner Schrift eine Vollständigkeit und Genauigkeit zu geben, welche bei statistisch-geographischen Werken, wenn sie Werth haben sollen, ein unerläßliches Erforderniß ist. Da besonders der Kurort Baden mit seiner Umgebung auch in antiquarischer Beziehung merkwürdig ist, da bekanntlich die Römer lange Zeit hindurch dort angesiedelt waren, so hat der Hr. Verf. ein Hauptaugenmerk darauf gerichtet, die römischen Alterthümer, welche sich dort vorfinden, mit in seine Darstellung zu ziehen und sohin dem geschichtlichen Element, das ihm bei Abfassung seiner Schrift vor Augen schwebte, einen höheren Grad von Vollständigkeit zu geben. Alle hierher gehörigen Denkmäler mit ihren Inschriften sind angegeben und näher beschrieben. In dem Verfolge seiner Beschreibung die Gegenwart stets an die Vergangenheit knüpfend, ist es dem Verf. gelungen, eine Schrift zu liefern, die als Reisehandbuch sehr brauchbar ist, und die wir allen Denen mit Recht empfehlen können, welche sich einem unterrichteten Wegweiser durch Baden und den unteren Schwarzwald anvertrauen wollen. Die beigegebene Karte ist sauber lithographirt und gibt einen klaren Ueberblick über die beschriebene Gegend.

Dr. D.

Korrespondenz.

Köln, 31. Oct.

Der triftigste Beweis, wie die Bureaukratie, bei der größten Rechtlichkeit und Energie der Oberbeamten, zuweilen sich irren kann, geht aus dem Leben des bekannten Schulmannes A. Gladbach hervor, welcher sich im verwichenen Jannar in den eisigen, angeschwollenen Obünwaldstorm stürzte, um das Leben eines Kindes zu retten, das leider schon ertrunken war, als der edle Mann es an's Land brachte. Jetzt hat nun der Arzt, welcher an dem ertrunkenen Kinde Wiederbelebungsversuche anstellte, eine Denkmünze erhalten, während Keiner des Mannes, welcher sein Leben wagte, mit einer Sylbe gedachte. — Der Wahlkampf der Großen scheint auch auf die Kleinen übergegangen zu seyn; gestern wenigstens geriethen die Kinder zweier hiesigen Schulen so aneinander, daß die kämpfenden Theile nur mit Mühe getrennt werden konnten und mehrere Knaben Gefahr liefen, lebensgefährlich verwundet zu werden.

Mühlheim am Rheine, 30. Oct.

Die Mißgriffe der Gesangvereine, allerlei reiselustige Nichtsänger auf die belgischen Musikfeste zu senden und so die Gastfreundschaft der Belgier zu verhöhnen, hat hier gerichtliche Untersuchungen nach sich gezogen, indem sogar zwei Beamten hiesigen Kreises ohne Urlaub als blinde Sänger in's Ausland fuhren und das Publikum in ihren Amtsstuben während meherer Tage zum Besten hielten.

Lauterbach, 28. Oct. — (Eingesf.)

Aufklärung und Humanität wird kein Unbefangener den Mitgliedern des hiesigen neuen Casino's abreden, der Gelegenheit hatte, den Geist zu erkennen, welcher dieselben beseelt. Ihr Zweck ist, sich in freundschaftlichem Umgang angenehm zu unterhalten und aufnahmsfähig jeder gebildete, unbescholtene Mann, ohne Rücksicht auf seine sonstige bürgerliche Stellung. So wie aber im gewöhnlichen Leben nicht Jeder mit dem Andern Umgang pflegen mag, so kann es auch kommen, daß Mancher den übrigen Mitgliedern des Casino's nicht angenehm ist, der vielleicht in einem andern Kreis andere Ansichten von seiner Persönlichkeit zu erwecken vermag. Die Neigungen lassen sich nicht in Fesseln schlagen; ein vernünftiger Mann wird daher auch von selbst sich bescheiden, daß er da keine Aufnahme suchen könne, wo man an seiner Gesellschaft kein Behagen findet. Schon aus diesen allgemeinen Gründen darf es denn nicht befremden, daß nicht Jeder da offene Aufnahme finde, wo er sie zu erlangen versucht. Treten aber nun noch individuelle Motive hinzu, deren Aufzählung, aus Schonung, dem größeren Publikum billig verschwiegen bleiben muß, dann sollte man die erhaltene Lehre ruhig benutzen und durch Ausfälle, wie sich solche der Verfasser des Inserats in Nro. 296 der Didaskalia erlaubt, die Aufmerksamkeit nicht noch mehr auf eine Angelegenheit hinlenken, der weit besser: Requiescat in pace zu wünschen wäre. Die hämischen Bemerkungen, die dort vorkommen, vermögen den wohlbekannten Verfasser nur noch öffentlich an den Pranger zu stellen, nicht die hochachtbaren Frauen und Jungfrauen des gedachten Vereins zu verletzen, die in der öffentlichen Meinung viel zu hoch stehen, um von Menschen dieses Calibers beleidigt werden zu können. Wer das schöne gesellige Verhältniß der Casinogesellschaft kennt, wer weiß, welches Band der Liebe und Freundschaft alle Theilhaber umschlingt, und die ungetheilte Achtung sieht, in der ein Verein, der auch der Armen gedenkt, bei seinen Mitbürgern steht, mit denen viele seiner Mitglieder auch in anderen Beziehungen verbunden sind, der wird gewiß dergleichen fade Witze, wie sie der erwähnte Verfasser zu machen beliebt, nur mit Indignation gelesen haben. Verdenken wird man es aber der Casinogesellschaft nicht, wenn sie Leute der Art nicht in ihren Verein wünscht, die eben nicht geeignet wären, die Erreichung des vorgesteckten Zieles zu bewirken, leicht aber denselben in die Kathegorie herabsetzen könnten, welche jener Artikel in der Didaskalia schon jetzt für ihn, wiewohl vergeblich, in's Leben rufen möchte.

Frankfurt a. M., 21. Oct.

Die literarische Anstalt dahier hat soeben ein Buch ausgegeben, welches vor Allem dem Rheinlande eine angenehme Ueberraschung bieten, aber auch von ganz Deutschland freudig begrüßt werden wird. Es ist dies das glänzend ausgestattete Gedicht von Wolfgang Müller (in Düsseldorf): „die Rheinfahrt, in 30 Gesängen." Was unser schönster Strom Poetisches und Großes bietet, ergießt sich hier in der schönsten, reichsten Form der Dichtkunst. Natur und Kunst, Geschichte und Sage, Menschen und Zustände — es ist ein wahrer Genientanz in reizend-harmonischer Fülle, ein in den reinsten Formen edel emporstrebender Bau, dessen einzelne Theile den Geist fesseln, indeß das Ganze in ruhiger, selbstbewußter Klarheit, dem besungenen Strome gleich, dahin strömt. Ueber dem ganzen Gedichte ruht der schöpferisch-freie Geist des Dichters, der es herrlich versteht, den scheinbar todten Gegenstand zum vollsten Leben der Gegenwart, zu allen Leiden und Freuden unserer Zeit zu erwecken. Unsere Literatur ist durch Müller's Rheinfahrt um ein klassisches Kunstwerk reicher, und sie muß dem trefflichen Dichter um so mehr danken, als wir grade in dieser Dichtungsart hinter andern Nationen, besonders den Engländern, weit zurück waren. Das schöne Buch von Müller wird nicht verfehlen, als eine freundliche Gabe unter Freunden und Freundinnen wahrer Poesie überall hochwillkommen zu seyn.

Wir ersuchen wiederholt alle geehrten Herren Einsender, mit welchen wir nicht in literarischer Verbindung stehen, um deutliche und leserliche Unterzeichnung ihrer Begleitschreiben, so wie um genaue Angabe ihres Wohnortes und Standes, damit für den Fall von Zurücksendungen oder von brieflichen Mittheilungen Collisionen und Irrungen vermieden werden können.

Die Red.

Theater-Anzeige.

Dienstag, 3. Nov. Der alte Magister, Schauspiel in 4 Abth., von Roderich Benedix. Hierauf: Die Helden, Lustspiel in einem Act, von Marsano.

Mittwoch, 4. Nov. Die Hugenotten, große Oper in 5 Abth., Musik von Meyerbeer. (Gastrollen) Margaretha: Fräul. Rummel, vom herzogl. Hoftheater zu Wiesbaden. Valentine: Fräul. Emilie Walter, k. k. österreich. Hofopern- und k. würtemb. Kammersängerin.

Redacteur: J. L. Heller. — Druck und Verlag von Heller und Rohm.

Didaskalia.

Blätter für Geist, Gemüth und Publizität.

Nro. 305. Donnerstag, den 5. November 1846.

Die Johannisburger Wildniß in Masuren.

Von M. Rosenheyn.

„Das ist ja wirklich ein Weg rein zum Verzagen langweilig!" rief ich meinem masurischen Bauern zu, der als Fuhrmann in einem offenen Wägelchen vor mir saß und zwei kleine rauhhaarige Pferdchen, trotz des tiefsandigen Weges, zu neuem Galopp antrieb. „Mit Recht heißt diese Johannisburger Forst*), die ich, Gott sey's geklagt, nun schon zwei Tage lang durchziehen muß, eure Wildniß."

„Leider ist's so, geehrter Herr!" entgegnete in einem polnischen Dialekte der gesprächige Fuhrmann, indem er sein Gesicht lächelnd zusammenzog. „Hinter uns, in den Bergen, sieht unser Masurenland anders aus, und wird dem Herrn auch gewiß mehr behagt haben. Dort zwischen den grünen Bergen und blauen Seen lebt sich's besser, als hier zwischen den dichten Fichtenstämmen. Aber diese Haide hat auch ihr Angenehmes, lieber Herr! Hier schleicht Abends der Wolf durch die Landschaft; hier trabt das riesige Elen im Tann; hier lauert der kluge Luchs in den Zweigen einer Fichte auf die Beute, während unter ihm der noch schlauere Bruder Rothpelz seinen Wegen nachgeht, und über den Wäldern hin durch die Wipfel der Bäume saust und schwirrt der stattliche Auerhahn, der stahlblaue Birkhahn und das Schilf- und Haselhuhn. Nachts aber tönt das traurige Gekrächz des Kranichs, und der Reiher segelt hoch in den Lüften."

„Aber von all' diesem Thierleben, das Du so malerisch zu schildern weißt," unterbrach ich ihn, „gewahrt man leider im Vorüberfahren nichts, und wenn man wochenlang hier herumirrt."

„Da habt Ihr Recht, Herr!" fuhr jener redselig fort, „todtenstill und sterbenseinsam ist solch' ein Wald. Mir ging's anfangs auch so, wie Ihnen nun; aber mit der Zeit gewöhnt man sich auch an Wildnisse." Er schwang pfeifend die Peitsche, und begann, nach einer kurzen Unterredung mit seinen beiden Katzen von Pferden, eine Art von Masurek laut zu singen.

Eine ganz eigenthümliche Stille herrscht in solch' einem Forste. Oben durch die Wipfel des Fichten- und Tannenmeeres geht selbst bei ruhigem Wetter ein ewig gleiches, gleich starkes und eintöniges Rauschen. Dazu wiegen sich stellweise die feinen weißen Birkenstämme; ihre feinen Blätter flüstern, als erzählten sie sich neugierig allerhand Geschichten. Aber dennoch bleibt der Grundton ein eigenthümlich breites einförmiges Rauschen, wie wir's in unsern deutschen, vielfach zerschnittenen und aus ungleichartigen Bäumen zusammengewachsenen Waldungen nicht kennen. Und dazwischen klingt nur noch das heisere Gepfeife des Wagens, dessen schlecht eingetheerte Räder in dem dürren Steppensande unheimlich melancholisch knarren.

Hier und da wird die eintönige Waldöde durch das Rothgrün eines moorigen Haidegrundes oder durch einen kleinen rauschenden See unterbrochen, dessen Fische fast den einzigen Nahrungszweig dieser armen Waldbewohner abgeben. Nur höchst selten taucht einmal ein kleines Haus oder deren ein paar, grau wie die Baumstämme, mit ganz kleinen Fensterlucken aus der Waldung hervor. Statt der Fensterscheiben gewahrt man nur hölzerne Schieber. Fast jedes ist ohne Schornstein, und man möchte glauben, es wäre die halboffene Thüre nur dem Rauche zum Wege eingebauen. Aus diesen ungeschlachten, viehstallähnlichen Gebäuden kriechen schlottrige Menschen hervor, mit langem fliegendem Haupthaar und zerzausten Bärten in grobe graue Küttel gehüllt oder auch blos in zerrissene Hemden gekleidet, und starren, mit furchtsam verstohlener Miene, Banditen ähnlich, den in dieses Waldmeer Verirrten befremdend an. Daneben stehen ihre Kinder nackt da, wie sie der liebe Gott geschaffen; selbst die Weiber tragen von Kleidungsstücken meistens auch weiter nichts als eine Schürze vorn um den Leib gebunden; Waldmenschen im wahren Sinne des Wortes, leibhaftige Jammerbilde der Noth und des Elends.

Solche Todteneinsamkeit erblickend, begreift man auch, warum die kleinen Pferdchen an den kleinen Wagen dieser masurischen Waldmenschen so eiligst vorübertraben, und warum die einzelnen Bauern, wenn sie durch diese Wildniß fahren, so laut singend vorbeijagen; — sie alle suchen nur eilends der einsamen Waldöde zu entfliehen und wieder unter Menschen zu kommen. Gott mag wissen, was diese Masuren verleitet hat, sich so einzeln und isolirt in dieser weiten Waldesfläche anzubauen, als fürchte Einer des Andern Berührung.

Unter den so eben geschilderten traurigen Umständen war mir denn die Gesprächigkeit meines masurischen Rosselenkers mehr als erwünscht. Er zeigte in Allem, was er sagte, einen seltenen Witz, und verrieth einen gewissen Grad von Bildung, wie ich ihn unter den Masuren sonst nie bemerkt hatte; ja, derselbe fiel mir, je länger wir mit einander plauderten, desto mehr auf. Ich gestand ihm diese meine Verwunderung über ihn ein, worauf er lachend den Kopf schüttelte und mir versicherte, das habe seine guten Gründe: sein Vater sey Küster in einer masurischen Stadt gewesen, ein studirter Küster, der aber viel Unglück im Leben gehabt habe, weshalb denn auch die Erziehung seines Sohnes eine sehr mangelhafte geblieben. Und nun begann er, zur Bewahrheitung des Gesagten, mir im besten Hochdeutsch kurz seine Lebensgeschichte zu erzählen.

„Nun aber erlaubt mir," fing er von neuem an, als er mit seiner Biographie, die des Komischen genug enthielt, zu Ende gekommen war, „daß ich ein Stückchen aus meiner Jugendzeit Ihnen noch vorerzählen darf, über das Sie recht herzlich lachen sollen: eine Taubengeschichte, aus welcher Sie ersehen kön-

*) Die Johannisburger Forst zieht sich längst der polnisch-ostpreußischen Gränze ununterbrochen 16 Meilen weit fort.

nen, wie man bei uns vor jenen 40 Jahren noch das heilige Pfingstfest feierte. Diese Geschichte, wie komisch sie Ihnen auch klingen wird, war von den traurigsten Folgen für mein Leben, und eben deshalb erzähl' ich sie Ihnen um so lieber."

(Schluß folgt.)

Turnergruß.

Ein Turnergruß ist Goldes werth,
Und süß ein Druck der Hand.
Er knüpfet wie Natur es lehrt,
Der deutschen Treue Band.

Gut Heil, Freund! sagt nicht nur der Mund,
Wenn es der Turner spricht;
Im Auge thut sein Herz sich kund
Und zeichnet sein Gesicht.

Das off'ne Lächeln sonder Trug,
Die Stirne, rein und frei,
Verkündet, schweigend, laut genug
Des Turners Brudertreu.

Wie Harfenton so lieblich klingt
Des Turners: Guten Tag!
Ein Du, das zu dem Herzen dringt,
Wie Nachtigallen Schlag.

Ein Turnergruß ist Goldeswerth
Und süß ein Druck der Hand.
Er knüpfet fest das Bruderband,
Wie die Natur es lehrt.

v. K.

Eine Pferde-Besprechung in Litthauen.

Ich befand mich mit einem alten Dragoner-Rittmeister zum Besuche auf einem Gute in Litthauen. Der Gutsherr ließ uns seine Rosse vorführen, Alles Trakehner Race. Eins derselben war dem Anscheine nach das vortrefflichste Thier, hatte jedoch einen Fehler und zwar den sehr widrigen: — Niemand konnte es reiten. Der Gutsherr war deßhalb bereits entschlossen, es dem Dorfvulkan zu übergeben, der neben seiner Schmiedeprofession die eines Vieharztes betrieb und auch die seltene Kunst verstand, mittels bloßen Einflüsterns Pferde zu bannen; diese Fähigkeit ist in Litthauen vielen Landleuten eigen und erinnert an die Lappländer, die in ähnlicher Weise ihre Rennthiere behandeln. — Nachdem der Rittmeister wohl eine Stunde lang sich vergebens abgemüht hatte, die Widerspenstigkeit des Thieres zu brechen, gab er es an den Hausherrn und dessen Reitknecht zurück. „So bleibt denn nichts übrig", sagte Letzterer, „als es zum Zauberschmied zu führen." — Auf unsern Wunsch, Augenzeuge der Wunderthat zu seyn, erbot sich der Gutsherr, uns ins Dorf zu geleiten. Der Stallknecht führte das störrige Thier, wir folgten. Bei unserer Ankunft im Dorfe mußte der Knecht anhalten. Der Gutsherr bestieg zu unserer Verwunderung das schnaubende Thier und sagte: „Nun geben Sie Acht, meine Herren!" Das Pferd erlaubte ihm, sich bügelfest zu machen. So wie er aber anfing, es vorwärts zu treiben, schien jede Muskel vor Wuth anzuschwellen. Das Pferd bäumte, schlug hinten aus, bockte und ließ mit einem Wort nichts unversucht, seinen Reiter abzuwerfen. Dieser, ein ausgezeichneter Reiter, saß zwar fest, fand aber seinen Sitz nicht besonders angenehm und wollte absteigen. Das erlaubte jedoch das Pferd nicht: es bäumte noch höher als früher und verrieth starke Lust sich überzuwerfen. In diesem Momente trat ein untersetzter, kräftiger Mann aus der Schmiede, auf die wir zugegangen waren, näherte sich dreist, und blieb, weiter nichts sagend als: „J, du Bestie!" dem Schauspiele ruhig zusehend, stehen. Der Stallknecht, böse über diese Saumseligkeit, schrie endlich: „Nun, Baluns, wie lange wird's? zischle schnell! er überschlägt sich sonst, sag' ich Dir." „Will der Herr es haben?" fragte der Schmied. „Nun freilich!" versetzte der Andere. Und kaum war's gesagt, so sprang der kleine Vulkan zu und hielt den Hals des widerspenstigen Thiers mit beiden Armen umfaßt. Das Pferd, solcher Liebkosung nicht gewohnt, stieg auf und hob den kleinen, stämmigen Mann in die Höhe. Dieser ließ sich nicht schrecken, hielt fest und brachte trotz seiner unbequemen Stellung den Mund an die Oeffnung von des Pferdes linkem Ohr. Seine Hände klammerten sich fest an des Thieres Halse, und was ich außerdem zu bemerken vermochte, war, daß er den Mund eben so fest auf's Ohr andrückte. Ohne weiteres wurde das Pferd weniger störrig. Es stand still, zitterte ein wenig, als wenn es friere und — sein eigensinniger Muth war gebrochen. — Diese Thatsache wird Jedem seltsam erscheinen, aber ich verbürge dieselbe als wahr, ohne jedoch die Erklärung des Wie und Wodurch angeben zu können. Das Pferd wurde durchaus fügsam. Ich habe später zu wiederholten Malen es reiten gesehen, und wünsche mir kein frommeres Thier, als dieses geworden war. Mr. Rn.

Mannichfaltigkeiten.

Von der bekannten und beifällig aufgenommenen Sammlung: „Männerlieder, alte und neue, für Freunde des mehrstimmigen Männergesanges. Herausgegeben von Wilhelm Greef (Essen, Druck und Verlag von G. D. Bädeker)", ist unlängst das zweite Heft erschienen. Es enthält in reichhaltiger Auswahl zweiundzwanzig ältere und neuere Compositionen von C. M. v. Weber, G. Reichardt, J. H. Stunz, F. W. Broner, Groos, F. Werner, C. Wilhelm, Wilh. Greef, A. G. Methfessel, Mozart u. A. Die volksthümliche Idee und die gute Zusammenstellung der hier gebotenen vierstimmigen Männergesänge haben ihre Würdigung gefunden und der Sammlung nicht nur Freunde, sondern auch zahlreiche Abnehmer gewonnen, da der Preis derselben (das Heft kostet nur 3 Sgr.) äußerst billig gestellt ist. Die neuen Stücke des zweiten Heftes 11, 13, 18 und 21 verdienen besondere Erwähnung. Eben so ist zu bemerken, daß Mendelssohn's schönes Volkslied: „Es ist bestimmt in Gottes Rath", ursprünglich nur für eine Stimme componirt, hier zum ersten Male in vierstimmiger Harmonirung von Wilh. Greef erscheint. Wir machen alle Gesangvereine auf diese ihnen gewiß willkommene Sammlung aufmerksam und empfehlen sie um so mehr, als die Billigkeit der Ausgabe auch wenig bemittelten Vereinen deren Anschaffung erleichtert.

(Wie das Spießbürgerthum witzig ist.) Darüber theilt das Mannh. Journ. in einem Artikel: „Das Spießbürgerthum" folgende Erfahrungen aus dem Alltagsleben mit: „Während der ächte Bürger allen seinen Mitbürgern, wie allen Menschen liebevoll und freundlich entgegentritt, so kennt der Spießbürger kein schöneres Vergnügen, als sich auf Kosten irgend eines seiner Mitbürger einen Spaß zu machen; die Verschiedenheit der Zunft, des Glaubens, der Heimath, der Sprache, kurz jede Abweichung von dem kleinen Ideenkreise, worin er sich selbst bewegt, bietet ihm Stoff zu seinen Neckereien. Der Spießbürger macht sich lustig über seine Mitbürger, weil sie Schneider, Schuster oder

Bäcker sind, weil sie eine andere Religion haben als er, und sucht sich bei diesen Spöttereien natürlich immer Denjenigen aus, welchen er für den Schwächsten hält, der ihm daher nicht gefährlich werden kann. Ein solcher Spießbürger glaubt witzig zu seyn, wenn er dem Schneider vom Bocke, dem Schuster vom Peche, dem Bäcker vom Kornwucher spricht. Der protestantische Spießbürger spricht dem katholischen von Kreuzköpfen, der katholische dem protestantischen vom Ketzer, beide dem Juden vom Schmul. Diese erbärmliche Sorte von Menschen bringt überallhin, wo sie sich zeigt, den Keim der Zwietracht und der Spaltung. Denn Niemand kann es leiden, daß sein Gewerbe, sein Glaube oder seine sonstigen Eigenthümlichkeiten verlacht werden. Um keinen Streit anzufangen, verschluckt man wohl Manches, allein man verläßt das Gesellschaftslokal mit bitteren Gefühlen, kömmt nicht zurück, oder in unfreundlicher und gereizter Stimmung. Der Spießbürger der Gesellschaft ist wesentlich ein Witzmacher, allein edle, ergötzliche Witze sind nie aus seinem Munde gekommen. Was er für Witze ausgeben möchte, sind Gemeinheiten. Gott behüte jede Gesellschaft vor solchen Spießbürgern! Doch der ächte Bürger wird mit denselben leicht fertig. Es kömmt nur darauf an, daß dieser ein- oder zwei Mal dem Spießbürger ruhig und ernst die Wahrheit sage, dann verstummen seine Gemeinheiten, und er zieht sich entweder zurück oder bessert sich. Denn oft ist das Spießbürgerthum nicht die Folge der tiefen innersten Natur des Menschen, sondern nur der schlechten Gesellschaft, in welcher er sich lange bewegt hat. Pflicht des ächten Bürgers ist es aber, sich nicht vor dem Spießbürger zurückzuziehen, ihm nicht das Feld einzuräumen, sondern ihm die Spitze zu bieten und ihn in die Schranken der Ordnung zurückzuweisen."

(Warschau.) In Folge der Umänderung der jüdischen Kleidung erblickt man hier gegenwärtig ganz sonderbare Gestaltungen. Viele Juden haben, um den Bart zu behalten, die russische National-Kleidung angenommen, und andere sich wenigstens einen starken Schnurr- und Backenbart zu erhalten gesucht.

Der Papst Pius IX. hat an der Uhr auf dem Monte-Cavallo die unbequeme italienische Stundenberechnung (bekanntlich von 1 bis 24) abschaffen lassen, und die genannte Uhr ist jetzt nach deutscher Art eingerichtet. Unter Napoleons Herrschaft hatte man die bei uns übliche Stundenberechnung ebenfalls eingeführt, allein im Jahr 1815 kehrte man zur italienischen Methode wieder zurück.

Die Cholera, welche in der Hauptstadt Persiens verflossenen Sommer so schreckliche Verheerungen anrichtete, hatte im Anfange Septembers aufgehört. Der Hof des Schah, die diplomatischen Missionen und die wohlhabenden Einwohner kehrten wieder in die Stadt zurück. Der zehnte Theil der Einwohner von Teheran ist durch die Seuche dahingerafft worden. Der jüngste Sohn des Schah befindet sich unter den Opfern. Die Mutter und die einzige Tochter des Monarchen, welche ebenfalls an der Cholera erkrankt waren, sind durch einen französischen Arzt gerettet worden. Sechs Prinzen und mehrere Prinzessinnen aus der Nachkommenschaft des Fethi-Ali-Schah, dann Mirza Abul Hassan Khan, der vormals persischer Gesandter in London war, ein anderer Minister des Schah, der Vezir des Kronprinzen, so wie mehrere angesehene Staatsbeamte und Generale sind gestorben. Von Teheran aus hat sich die Cholera nach allen Richtungen hin verbreitet, hat aber an Intensität bedeutend verloren, je weiter sie sich von dem Mittelpunkte entfernt hat, und man hofft, daß sie bei eintretender Kälte an der Gränze von Europa, wo sie sich hier und dort gezeigt hat, ganz verschwinden werde.

(Neue Mahnungs-Methode an abwesende Schuldner.) Im Verlaufe des verflossenen Winters hielt sich in Paris ein junger Amerikaner aus Albany auf, der, ungeachtet des angesehenen Standes seines Elternhauses, sich zu vielen unedlen Mitteln verleiten ließ, Credit zu erwerben, und dann mit Hinterlassung bedeutender Schulden in seine Heimath zurückzukehren. Einige seiner Gläubiger hatten die gerichtliche Hülfe gegen ihn angesucht, wegen der mangelhaften Schuldgesetze der Union aber nichts erzielt. Unter den so Verkürzten befindet sich auch ein Vaudeville-Dichter, der den gewissenlosen Schuldner von der Bühne aus nun mahnen will. Er schrieb nämlich ein auf den Geschmack der Nordamerikaner berechnetes Stück, worin des Flüchtlings Streiche in Paris mit grellen Farben geschildert sind, und läßt es im Vaudevilletheater aufführen. Sendet der so gemahnte Jüngling vier Monate nach der ersten Aufführung des Stückes, (welche im „Albany Advertiser" bereits mit großen Lettern angezeigt war) den schuldigen Betrag nicht ein, so wird das Stück nach Amerika expedirt werden, um sowohl in den Staaten von Orleans und Virginien in französischer Sprache als auch in den übrigen Staaten der Union in englischer Uebersetzung unter Bezeichnung des wahren Helden des Stückes aufgeführt zu werden.

In Gräfenberg war — wie man von dort erfährt — eine Art patriarchalischen Verhältnisses eingerissen. Die vornehmsten schlesischen, englischen, russischen und amerikanischen Damen mußten ohne Strümpfe und ungeschnürt ausgehen, ja selbst die Herren ginge ohne Strümpfe in Gesellschaft.

In London waren unlängst 7 bis 8000 Schneidergesellen ohne Arbeit!

Die „Gazette de Tribunaux" dringt darauf, daß die Polizei und Gensd'armerie auf Börsen-Speculanten, Kornwucherer und ähnliche Leute, die in betrüglicher Absicht falsche Gerüchte und Lügen verbreiten, eben so fahnde, wie auf Betrüger, Landstreicher, Taschendiebe ꝛc. Wir unterschreiben's!

Am 16. October starb in Wien Frau Anna Maria Löffler, alt Einhundertundsieben Jahre, an Altersschwäche.

Frankfurter Theater.

Es gehört aller Orten zu den gewöhnlichen Erscheinungen, daß ein großer Theil des das Theater besuchenden und auch des es nicht besuchenden Publikums mit den Leistungen desselben unzufrieden ist. Diese Unzufriedenen mögen nicht selten Ursache zur Klage haben; denn nicht nur wird von Seiten der Theaterdirektionen und der Intendanzen mancher Mißgriff gemacht und manchem Wunsche nicht entsprochen, sondern auch von Seiten der darstellenden Künstler wird nur selten ganz Entsprechendes geleistet. Schon Lessing hat gesagt, daß man eine in allen Theilen vollendete Bühnendarstellung in Utopien suchen müsse. Die großen Künstler sind selten und selbst die mittelmäßigen nicht häufig und wer sie mit Strenge beurtheilen will, dem kann es an Stoff zum Tadel nicht fehlen. Eben so verhält es sich mit den Dichtern, welche für die Bühne schreiben und unter welchen hervorragende Kräfte nur selten erscheinen. Dazu kommt noch, daß diese Dichter, wenn sie für das practische Theaterbedürfniß und für die Unterhaltung der Masse arbeiten, den höheren Forderungen der Aesthetik nicht genügen, und wenn sie nach der Anerkennung von dieser streben, alsdann dem größeren Publikum nur wenig zusagen. Bedenkt man ferner, wie verschiedenartig der Geschmack ist, wie verschiedenartig die Stimmungen und Verstimmungen der Zuschauer, wie die Anforderungen des Publikums sich von Jahr zu Jahr steigern, wie die Illusion und Anspruchlosigkeit immer seltener und der Geist der Verneinung und Kritelei immer häufiger werden, wie endlich auf Bühnen mittleren Ranges in allen Tonarten zu viel durcheinander gespielt werden muß, um in jeder Vorzügliches leisten zu können, — so wird man die gewöhnlichen Klagen über Theaterzustände erklärlich finden. Wie viele Hindernisse stellen sich außerdem im laufenden Tagesverkehr der Verwirklichung eines guten und mannichfaltigen Repertoire's entgegen, von denen wir nur auf Eins, auf die häufigen Störungen durch Unpäßlichkeiten oder Krankheiten der Mitglieder hinweisen wollen. In welche Verlegenheiten werden hierdurch fast täglich die Direktionen versetzt und wie oft ist hier die Abhülfe des Uebels unmöglich. Der Theaterbesucher kann freilich erwiedern, daß er für sein gutes Geld gute Vorstellungen zu verlangen und sich um das Wenn und Aber der Bühnenverwaltung nicht zu kümmern habe; er kann es sagen, aber er sollte auch billig genug seyn, eingetretene und unverschuldete Hindernisse zu berücksichtigen. Unsere hiesige Theaterdirektion befindet sich gegenwärtig in einer derartigen Verlegenheit und wer in jüngster Zeit die Bulletins unseres Komödienzettels gelesen hat, dem mußte die Antwort auf manche Frage ganz nahe liegen. Aber man sorge für anziehende Gäste und man suche die entstehenden Lücken schnell und gut auszufüllen! Allerdings, — aber dies ist leichter gesagt, als gethan.

Kann ich die Sänger aus der Erde stampfen?
Wächst mir ein Mime aus der flachen Hand?

Ohne den Lobredner unserer Theaterdirektion machen zu wollen, glauben wir es ihr doch schuldig zu seyn, sie da in Schutz zu nehmen, wo Störungen, wie durch die Erkrankung erster und unentbehrlicher Mitglieder ihr feindlich und hemmend in den Weg treten und wo bei aller Energie und beim besten Willen momentane Uebelstände nicht über Nacht beseitigt werden können. Nach solcher Beseitigung zu streben, liegt ja offenbar in ihrem Interesse, und wäre sie auch gegen den Beifall oder gegen die Klagen des Publikums gleichgültig, so ist sie es doch nicht gegen ihren eigenen Vortheil oder mit andern Worten gegen den der Kasse. Volle Häuser sind Niemanden lieber als ihr, und wenn die Theaterfreunde sich nicht angezogen fühlen, wem erwächs't daraus der größte Nachtheil. Wir dürfen daher nicht zweifeln, daß Alles gethan werden wird, um den gegenwärtig etwas gestörten Zustand des Repertoire's so viel als möglich wieder zu verbessern. Diese Aufgabe ist nicht leicht; denn wenn es, um nur von Sängerinnen zu reden, der vorzüglichen viele gäbe, würde man alsdann einer Jenny Lind tausend Gulden für den Abend bezahlt haben?

W.

Korrespondenz.

Weimar, 1. Nov.

In Naumburg starb unlängst in einem dortigen Hospital eine arme Frau, die im Leben viel gebettelt hatte. Nach ihrem Tode wurde die geringe Hinterlassenschaft, bestehend aus altem Gerölle, zum Besten des Hospitalfonds, auctionsmäßig verkauft. Ein armer Schuster, der sammt seiner Frau ebenfalls seinen Sitz im Hospital hatte, erstand für eine geringe Summe ein kleines Schränkchen. Weil es aber seine Frau an einen Ort gesetzt hatte, wo er es nicht leiden mochte, wurde er eines Tages ärgerlich und zerschlug es, welcher Operation viele alte Frauen als Zuschauer beiwohnten. Plötzlich entfährt dem Munde des Schusters ein lauter Schrei; denn nach einem kräftig geführten Schlage flattern eine Menge Kassenbillets um ihn herum. Es waren deren über 500 Thaler, welchen Betrag die frühere Eigenthümerin des Schrankes erbettelt und aufgespart hatte.

Hamm, 23. Oct.

Nachdem die neu erfundene explodirende Baumwolle jetzt beinahe zum Tagesgespräch geworden und so viel über deren außerordentliche Stärke und Vorzüge geredet wird, wurden auch heute hier Versuche damit angestellt, die aber noch viel zu wünschen übrig lassen. Einer meiner Freunde erhielt nämlich im Monat Juli a. c. von der in Basel erfundenen Baumwolle, womit in Istein bei Basel Schießversuche angestellt worden waren, und die 4 bis 6mal stärker wie Schießpulver seyn sollte. Solche war bisher an einem trockenen Ort aufbewahrt worden, hatte indeß beim Eröffnen von ihrer ursprünglichen gelblichen Farbe verloren, indem sie fast ganz weiß geworden. $2^1/_2$ Gran davon in eine Pulverprobmaschine eingeladen, die 20 Gran Jagdpulver faßt und damit bis 36 Grade treibt, blieben ohne Wirkung; 5 Gran Baumwolle hoben den Deckel um 4 Grade und 10 Gran um 9 Grade. Ein gleiches ungünstiges Resultat stellte sich beim Schießen mit dem Gewehre heraus. 6 Gran Schießbaumwolle brachten auf eine Entfernung von 40 Gängen die Kugel nicht an's Ziel. 14 Gran dagegen trieben die Kugel so stark an tannene Bretter, daß Vertiefungen von $1^1/_2$ à 2 Linien zurückblieben, ohne jedoch sitzen zu bleiben, währenddem 14 Gran gutes Jagdpulver die Kugel auf dieselbe Entfernung beinah 1 Zoll tief einschlingen und 24 Gran Pulver zwei tannene Bord durchdrangen. Mangel an explodirender Baumwolle (da die Herren Erfinder noch immer ein Geheimniß daraus machen) verhinderte größere Versuche; es scheint indeß, daß die Baumwolle durch die Länge der Zeit ihre explodirende Kraft verliert und somit, so wichtig auch die Erfindung an sich ist, dennoch im practischen Leben nicht gehörig benutzt werden könnte. Wünschenswerth wäre es übrigens, zu erfahren, wie anderweitige Versuche mit älterer Baumwolle ausgefallen sind und zu welchem Preis dieselbe herzustellen ist, um zu sehen, ob vielleicht ein sofortiger Gebrauch mit Nutzen gegen das Schießpulver anzurathen ist.

Darmstadt, 27. Oct.

Nachdem das Miasma des schwedischen Lindschwindels sich hier allmählig verzogen und nach dem Süden weiter verbreitet hat, sind die Gemüther auf das Niveau der gewöhnlichen Stimmung wieder zurückgekehrt und scheuen sich nicht, den ungleich nützlicheren Interessen des bürgerlichen Lebens die verdiente Aufmerksamkeit zu schenken. Unter diesen nimmt die schon vielbesprochene Erfindung der Schießbaumwolle keine unbedeutende Stelle ein, und das mit Recht, weil vorläufig noch gar nicht abzusehen, welche Reformen sie in der Art der Kriegsführung, ja selbst in Künsten und Gewerben, welche zu ihrem Betriebe große mechanische Kräfte bedürfen, veranlassen und herbeiführen kann. Ueber die Brauchbarkeit des neuen Schießmaterials auf der Jagd hat man auch hier schon Versuche mit dem besten Erfolge angestellt, da die schnellfüßigen Hasen in dem Feuer der Schießbaumwolle eben so gut stürzen als in dem Pulverdampf, der mit dem ihn begleitenden Knall der letzten Katastrophe des gehetzten Wildprets allerdings einen tragischeren Anstrich gibt. Der hiesige Materialist Hr. G. Liebig Sohn hat nach einem ganz einfachen Verfahren schon eine ziemliche Quantität der neuen Schießbaumwolle bereitet, welche er an Jäger und Schützen verkauft. Bei der heutigen Ausbreitung chemisch-wissenschaftlicher Bildung ist es übrigens zu verwundern, daß, nachdem Hr. Professor Schönbein zu Basel die wichtige Erfindung gemacht hatte, eine geraume Zeit verfloß, ehe Andere, außer Hrn. Böttger, hinter das Geheimniß kamen, indem doch jeder Anfänger der Chemie weiß, daß z. B. zur Erzeugung des fürchterlichen Knallsilbers und des Knallquecksilbers die Salpetersäure erforderlich ist, sohin auf diese Thatsache weitere Schlußfolgerungen gegründet werden konnten. Die Ursache mag vielleicht blos darin liegen, daß viele unserer geschicktesten Chemiker in Deutschland der Sache Anfangs nicht die Aufmerksamkeit schenkten, welche sie später in Anspruch zu nehmen schien. Neue Erfindungen werden öfter mit Mißtrauen und Geringschätzung aufgenommen, vermöge des conservativen Prinzips, welches den Staat, wie die Wissenschaft beherrscht, und in diesem Widerstreben der menschlichen Natur gegen das Neue und Bessere, so lange als es als solches noch nicht klar erkannt worden, liegt die Ursache, daß Erfindungen öfter nur mit Mühe in's Leben treten und daß die menschliche Gesellschaft erst spät davon Nutzen zieht. Der Wasserdampf, als bewegende Kraft zu Land und zu Wasser, liefert in dieser Beziehung eines der auffallendsten Beispiele, und wer sich dafür näher interessirt, den bitten wir, Arago's ausführliche und gediegene Abhandlung über die Erfindung der Dampfmaschine (in der zu Stuttgart erschienenen Uebersetzung seiner trefflichen naturwissenschaftlichen Aufsätze enthalten) darüber nachlesen zu wollen.

Theater-Anzeige.

Mittwoch, 4. Nov. Die Hugenotten, große Oper in 5 Abth., Musik von Meyerbeer. (Gastrollen) Margaretha: Fräul. Rummel, vom herzogl. Hoftheater zu Wiesbaden. Valentine: Fräul. Emilie Walter, k. k. österreichische Hofopern- und k. würtembergische Kammersängerin.

Donnerstag, 5. Nov. Marie-Anne, oder: Ein Weib aus dem Volke, dramatisches Gemälde aus dem Volksleben in 5 Acten, nebst einem Vorspiel: Der Hochzeitstag, nach Dennery und Mallian, deutsch von Dräxler-Manfred. (Gastrolle) Marie-Anne: Fräul. Quint, vom Königsstädter Theater zu Berlin.

Redacteur: J. L. Heller. — Druck und Verlag von Heller und Rohm.

Didaskalia.

Blätter für Geist, Gemüth und Publizität.

Nro. 306. | Freitag, den 6. November | 1846.

Die Johannisburger Wildniß in Masuren.

Von M. Rosenheyn.

(Schluß.)

„Sie wissen bereits," fuhr mein Fuhrmann fort, „ich war das einzige Kind meiner Aeltern, und im Kämpfen und Wettrennen mit der lieben Schuljugend war ich ein kräftiger Bursche von 11 Jahren geworden, mit einigen lateinischen Wörtern im Kopfe, aber mit viel mehr Aepfeln in der Tasche, die ich mir heimlich aus dem Garten des Pfarrers zu holen wußte. Man denke sich daher meinen Schreck, als mich dieser eines Morgens zu sich bescheiden ließ. Blaß und zitternd trat ich vor ihn hin, in der furchtbaren Gewißheit, mein Diebstahl sey entdeckt. Zu meiner größten Verwunderung trat er jedoch freundlich auf mich zu, klopfte mir die Backen und sprach: „Du bist ein verständiger Bursche, Johann, und wirst, wie ich hoffe, mich verstehen. Sieh, morgen ist Pfingsten, und da möcht' ich meine liebe Gemeinde gern übertaschen. Zu dem Ende hab' ich mir ein Paar schöne Tauben angeschafft und diese so abgerichtet, daß sie, wenn sie nur mich erblicken, sich vertraulich auf meine Schultern niederlassen. Diese Tauben nun will ich Dir geben, und wenn morgen die Gemeinde andächtig in der Kirche versammelt ist und auf meine Rede vom heiligen Geist lauscht, da schleiche Du mit den Tauben heimlich auf den Kirchthurm bis zur Lucke, die gerade über der Kanzel ist. Höre mir ja recht aufmerksam meine Predigt an, doch unbemerkt, mein Jannek*); bei den Worten aber: „die Taube, das Sinnbild des heiligen Geistes, kam herab und setzte sich auf die Schulter des frommen Mannes", da öffne ganz leise die Klappe der Lucke und gieb die Vögel frei; sie werden dann schon ihr Uebriges thun. Aber reinen Mund mußt Du mir halten, Hans; — verstehst Du? — kein Mensch darf weiter davon was wissen, weder jetzt noch später jemals. Wenn Du schweigst, Junge, so verspreche ich Dir einen großen Korb voll rothbackiger Aepfel; aber wenn Du plauderst" — (und hier erhob er furchtbar seine Stimme) — „dann sollst Du mir für all' die gestohlenen doppelt büßen, und Dein Vater, mein Küster, auch."

„Ich wurde leichenblaß vor Schreck. — „So wissen Sie Alles, Herr Pfarrer?" stöhnte ich mühsam hervor. „Um Gotteswillen."

„Er ließ mich nicht ausreden, sondern sprach: „Sey nur ruhig, Jannek! — es kommt nun Alles auf Dich an. Wenn Du schweigst, so bleiben wir gute Freunde." —

„In meiner Todesangst versprach ich Alles, was der Herr Pfarrer verlangte, und dankte meinem Herrgott, als ich das Pfarrhaus hinter mir hatte.

*) Jannek heißt polnisch: Hänschen.

„Der verhängnißvolle Pfingstmorgen kam. Eine unzählige Menschenmenge hatte sich zu dem heiligen Feste in der Kirche versammelt und horchte andächtig auf die überschwängliche Rede unseres Pfarrers. Leise hatte ich mich mit meinen beiden Tauben die enge hölzerne Treppe bis zum Kirchthurme heraufgeschlichen und saß schon eine Weile in der größten Erwartung an der Lucke. Der Pfarrer sprach über Dies und Jenes; es wollte gar kein Ende nehmen; aber die bezeichnete Stelle kam nicht. Drüben, vom Kirchthurme aus, lachten die Wiesen so frisch mich an; die Bäume schaukelten sich im kühlen Morgenwinde unter der weißen Blüthenlast, und die Lerchen blitzten wie Brandraketen durch die reine blaue Frühlingsluft. Die Predigt, die mir oben der liebe Gott hielt, dünkte mir viel schöner, als die da unten vom Pastor. Da stolzirte zu meinem Unglück noch Nachbars Lene über den Hof. Ich vergaß gänzlich, was ich dem heiligen Manne versprochen, und mit den Lerchen zugleich schwirrte meine Seele auf in den blauen Himmel, und wieder herab in Lenchens blaue Augen. In dem Augenblick vernahm ich von unten die Donnerstimme: „Und die Taube, das Sinnbild des heiligen Geistes, kam herab und setzte sich auf die Schulter des frommen Mannes."

„Ich stürzte zur Lucke hin. Da stand der Pastor und blickte begeistert nach oben, und schaute und schaute, und die ganze Gemeinde schaute mit ihm hinauf. Mir aber verging Hören und Sehen: denn die Tauben — — waren fort. Die Thüre des Käfigs, in welchem ich sie heraufgebracht hatte, war offen. Die klugen Thiere hatten das Weite gesucht. Mir blieb keine andere Wahl; den Angstschweiß auf der Stirne, klammerte ich mich an die offene Luckenthür und rief: „Ach, Herr Jemine, Herr Pfarrer, seyn Sie nicht böse: — die Tauben sind zum Teufel geflogen."

„Nun denken Sie sich das Entsetzen und die Verwirrung, lieber Herr, die diese Worte in der frommen Gemeinde hervorbrachten. „Das ist ja Küsters Jannek!" riefen endlich ein paar alte Weiber mir ganz verwundert zu, der ich noch immer blaß und verblüfft auf den bunten Knäuel zu meinen Füßen herabsah. Der Pfarrer aber stand da wie vernichtet. Wuth und Scham wechselten in seinem pausbackigen rothen Gesichte. Das heilige Buch war ihm entfallen; krampfhaft packte seine Hand den Rand der Kanzel, um vor Wuth nicht umzusinken.

„Ein schrecklicher Lärm brach nun los; selbst die Heiligkeit des Ortes vermochte das wüste Geschrei nicht einzuhalten. Der Pfarrer und ich kamen zugleich zur Besinnung. Leise schlich er von der Kanzel, leise ich von meinem Kirchthurme herab. Im Gange begegneten wir uns. Ein furchtbarer Blick und eine noch furchtbarere Ohrfeige waren die ersten Zeichen seines Zornes. Heulend kam ich nach Hause. Dort hatten schon geschäftige Zungen den ganzen Vorfall verrathen. Der Vater schalt mich nicht; vielmehr zuckte ein Lächeln bei meiner Erzählung um seine blassen Lippen;

aber die Mutter weinte und prophezeihte, dabei werde es nicht bleiben.

„Und wirklich, dabei blieb es nicht. Der Pfarrer legte die ganze Geschichte von den Tauben meinem Vater zur Last, der mich aus Rache zum Ungehorsam gezwungen, mich zum Diebstahl und hundert andern Schlechtigkeiten verleitet haben sollte. Und das Ende vom Lied war, daß mein guter Vater die Stelle verlor und sich endlich noch glücklich schätzen mußte, daß er später eine Anstellung als Dorfschulmeister unweit Johannisburg erhielt. Aber die Kraft seines Geistes war dadurch gelähmt worden. Noch einige Jahre gingen so kümmerlich dahin; dann trug man ihn hinaus auf den stillen Friedhof, und meine Mutter folgte ihm bald. So wurde ich in meinem fünfzehnten Jahre als Waise in's Leben hinausgestoßen. Man brachte mich in das Schullehrer-Seminar nach Königsberg, und wollte vier Jahre später mir eine Schulmeisterstelle im Litthauischen geben, aber ich fand's für gerathener, in mein Kirchdorf zurückzugehen und um Lenchens Hand anzuhalten, um derentwillen ja eigentlich das ganze Unglück über mich gekommen war. Und die gute Seele schlug ein und ward mein Weib, und brachte mir Haus, Hof und Stall mit ein, so daß ich als rechtschaffener Fuhrmann durch die Welt mich fahren kann, wie Sie sehen.

„Doch halt! da schimmert der Tag durch den Wald. Wir sind am Ende, ich mit meiner Geschichte, Sie mit der Johannisburger Wildniß: denn dort liegt die Stadt Willenberg."

Eine Rebellion im Keller.

(Von Joseph Schmölder.)

Vinum rhenense
Decus et gloria mensae.

Als ich unlängst beim brillanten Scheine des Gaslichts nachdenkend nach Hause schlich, hörte ich in der Mainzerstraße aus einem Kellergewölbe ein lebhaftes Gespräch, welches mich der Neuheit des Gegenstandes wegen anzog und zum ersten Male in meinem Leben zum Horcher an der Wand machte. Es war, wie ich vernahm, von unserm jüngsten Rheinlandssohne, dem 1846r die Rede; aber wie erstaunt war ich, als ein Faß Bordeaux wie ein Truthahn das Faß 1846r Hochheimer folgendermaßen apostrophirte: „Hören Sie, Herr 46r! Sie sind erst vierundzwanzig Stunden im Keller, und fangen einen solchen Scandal an, als ob Ihnen, Ihrer hohen Weisheit wegen, das Wort allein gebührte; dabei verbreiten Sie einen Geruch, welcher mir so auf die Nerven fällt, daß ich meinen Nachbar, den Herrn Arac aus Batavia bitten muß, mir einige Tropfen seiner stärkenden Substanz unter die Nase zu halten. Ich weiß auch gar nicht, welches Verdienst Ihnen das Recht gibt, so vorlaut zu seyn; denn, ich muß es Ihnen offen gestehen, ich sah Sie gestern in solch schmutzigem Gewand in unsere reine Gesellschaft eindringen, daß Sie mir Mitleid einflößten. Sie scheinen mir aber bis jetzt nur mit der allergemeinsten Hefe in Verbindung gewesen zu seyn. Sehen Sie einmal, in welch' stiller Bescheidenheit alle meine Collegen den Keller entlang liegen. Hören Sie solchen Spektakel von meinem Nachbar, dem Ungarwein, der doch im Husarenlande auf die Welt gekommen ist, oder vom Capwein, der wie weiland Odysseus ein Vielgewanderter ist, ohne jedoch dessen Verschmitztheit zu besitzen? Wahre Größe ist immer wahr und gradaus. Sie hören von uns Allen kein solch' ennuyantes Kauderwelsch, wie Sie es aus Ihrem engen Spundloch herausstoßen. Aber man sieht gleich: Jugend hat keine Tugend und Vorwitz hat keine Achtung vor dem Alter, besonders in unsern Tagen, wo die grüne Jugend dem grauen Alter Unterricht in der Weisheit zu geben nur allzu bereit ist." — — Kaum hatte der Bordeaux geendet, da fiel ein hämisches Stück Aepfelwein über den 46r her: „Ja, Herr, Sie brauchen sich noch breit zu machen! Wenn ich es, als Hochgeboren noch thäte! Indeß es fällt mir gar nicht ein, trotz meiner großen Verdienste um die Menschheit, wegen Verdünnung ihres Bluts, zumal in den jüngsten Zeiten bei dem starken Rückgang der Actien und Staatspapiere." — — Durch welche Constellation es nun gekommen seyn mag, daß auch ein Faß Märzbier im Keller lag weiß ich nicht; indeß ganz hinten von der Wand her stichelte es im bayrischen Dialekt und sprach: „Was wollen's, Herr 46r? Sie haben sich verlauten lassen, Sie wollten mir dies Jahr den Garaus machen? Das werden's wohl bleiben lassen. Sagen Sie das ja in München nicht, oder in London, wo die ganze Staatsverfassung auf mir ruht, und wo man gleich Revolutionen macht, wenn ich dem Volke theuerer werde, als ich schon bin. Fragen's mol einen Tabaksraucher, ob er 11r Wein oder Bier mag? Er wird sich wohl vor Euch Hoffahrtsnarren hüten; denn was hat er denn an Euch Gecken? Kaum hat er drei Schoppen von Euch im Magen, so steiget Ihr ihm in's Gehirn und verrücket durch euere Zanksucht und Widerspruch die ganze Haushaltung." — — Hier übernahm ein Faß Madeira die Fortsetzung der Rede und sprach: „Ja, Herr 1846r, ich war auch einmal jung und nicht ohne demagogische Schwäche, aber solchen Gährscandal, wie Sie, habe ich nicht getrieben. Wohl ließ ich mich in meiner Jugend ruhig auf's Stroh werfen und tüchtig austrocknen; dafür bin ich aber auch bei Hohen und Höchsten gern gesehen, und selbst die Allerhöchsten finden mich genießbra?" — — In diesem Augenblick war ein Fäßchen Lacrimae Christi aus seinem Sättelchen gehüpft, und gesträubt, wie ein kleines Hähnchen, auf das Faß 1846r gesprungen und krähte aus der Fistel: „Quousque tandem, Catilina, abutere patientia nostra." . . . . . . Aber da hielt es der bisher so philosophische 46r nicht aus; er schüttelte sich, die Lacrymae fielen auf den Boden, und wie der große rhetorische Athlete O'Connell, mit geballter Faust donnerte er seine Gegner an: „Was, Ihr Liliputer! soll ich Euch en bloc oder, wie Cromwell seinem langweiligen Parlament, stückweise die Meinung sagen? Was meinen Sie, Wichtigthuer, Herr Bordeaux, ich wäre in einem schmutzigen Gewande hier eingezogen? Wo haben Sie denn Ihren rothen Rock her? Haben Sie ihn nicht bei Rips und Raps verdient? Meinen Sie nicht, daß wenn die Bauern Sie sogleich auf die Kelter geworfen und ausgepreßt hätten, sie so weiß aussähen wie der Geist Banquos? Sie ließen sich aber vier Wochen auf den Rappen und Hülsen geduldig behandeln, und daher haben Sie Ihren rothen Rock. Im Vorbeigehen gesagt, sey nur bemerkt, daß wenn der Herr Capwein so weit hergereis't ist, ich vielleicht noch weiter hinreisen werde. Auch wäre ich nicht der erste Rheinwein, der in Calcutta oder in Macao an's Land gestiegen ist. Daß Sie nun gar, Herr Aepfelwein, Ihre zähe Stimme erheben, ist lächerlich. Von Ihren vielen Verdiensten um's menschliche Blut will ich kein Wort wissen; nur an Ein's will ich Sie erinnern und Sie werden beschämt und erniedrigt zu Boden sinken. Haben Sie nicht alles Unglück in die Welt gebracht? Hätte Adam nicht in den Apfel gebissen, wir hätten jetzt keine Aerzte und keine Todtengräber, keine jungen Wittwen und keine lachenden Erben und keine hinterlassenen Schriften und auch keinen Zoll. Unsere deutschen Schriftsteller und Künstler würden nicht in Gefahr stehen, Hungers zu sterben; die Langeweile wäre nicht tödtlich; die Schießbaumwolle wäre ein Kinderspiel, und über die Einführung der barmherzigen Schwestern würde man nicht so viel Worte verlieren und so viel Tinte vergießen. . . . . Mit Ihnen, Herr Bierjunker, mag ich nicht viel Worte machen. Sie schmecken nach Pech, Sie riechen nach Pech, und wenn man sich mit Ihnen einläßt, so bleibt man an Ihnen hängen. . . . . Daß aber Sie, Don Madeira, gegen mich auftreten, hat mich tief geschmerzt. Ehe ich ein Wort von Ihrer und von meiner Jugend spreche, sage ich Ihnen nur ins Ohr, daß die Pariser Chemiker aus Schiffstheer einen Madeira machen, der Ihnen gar nicht aus dem Wege geht. Meine Gähre aber und mein Bouquet macht kein Chaptal und kein Liebig nach. Wann ich ausgetobt haben werde — in acht Tagen ist mein Geist beruhigt — so halte ich noch so viel Phantasie und heitere Laune übrig, daß ich das Herz meiner Trinker erfreue; Sie aber, da Sie einmal in Ihrer Jugend vertrocknet und verdorrt sind, sind und bleiben ein Phlegmatiker all Ihr Leben lang, und ich möchte nicht darauf schwören, daß Sie nicht die größte Schuld am Spleen der Engländer tragen." So sprach der edle 46r, und das stolze Bewußtseyn seines Werthes stand ihm gut. Ich vernahm, wie er mächtiger aufbraus'te, und ich sah, wie vor seiner imponirenden Rede die Andern alle verstummten. „Du bist ein wackrer Junge, mein edler Rheinländer, und wenn Du so fortfährst, an Kraft und Geist zu wachsen, so wirst Du gewiß ein herrlicher Jüngling, ein vortrefflicher Mann werden und selbst im hohen Greisenalter noch Deine kräftige Natur bewahren. Glückauf und Gutheil! mein braver Junge, und über's Jahr wollen wir mehr mit einander reden." Ich schlich mich leise fort und kam nach Hause, wo ich auf meinem friedlichen Flaum über Das, was ich gehört hatte, noch lange dachte, bis Morpheus kam, der alle Gedanken beschwichtigt.

Mannichfaltigkeiten.

(Brüssel, 8. Oct.) Es stehen uns hier, wie es heißt, binnen kurzem neue Experimente hervor, um die Frage der Luftschifffahrt in das praktische Element zu geleiten. Werden diese neuen Versuche gelingen oder werden auch sie nur einen Fortschritt nach den bisherigen Entdeckungen bethätigen? Diese Fragen im Voraus zu beantworten, fehlt mir die wissenschaftliche Kenntniß oder auch die nöthige gelehrte Anmaßung. Hr. Jobard, einer der hiesigen oft aber in Utopia reisenden Industriegelehrten, verheißt in einem Blatte (dem „Observateur") den neuen Versuchen ein glänzendes Gelingen. Er nimmt die Sache im Voraus als entschieden an und fliegt auf dem Pegasus seiner Einbildungskraft bereits als Freihändler durch alle Lüfte und über alle Gränzen. Doch lassen wir Hrn. Jobard und den Scherz bei Seite und erläutern wir die Sache selbst. Ein hier ansässiger Besitzer einer großen Piano-Fabrik, Hr. Van Hecke, ein Mann von Bildung und erfinderischer Kopf, hat nämlich einen Luftwagen erfunden, für welche Erfindung er auch bereits in Paris ein Patent genommen. Die belgische Regierung hat zu den Versuchen ein Terrain in dem großen Eisenbahnhofe von Mecheln (Malmes) angewiesen, und Hr. Dr. Van Hecke behauptet, mit dem Barometer in der Hand und einem durch ihn erfundenen Steuerruderapparat seine Maschine auf und nieder und nach allen Richtungen, ohne Gefahr, von den Strömungen in der Luft fortgerissen zu werden, nach einem bestimmten Punkt hinleiten zu können. Gelingen diese Versuche mit der Van Hecke'schen Maschine auch nur theilweise, so wäre diese Sache eine große Erfindung, ein ungeheurer Fortschritt für die Handels- und politische Welt. Vor vielen Jahren wurde die Möglichkeit der Dampfschifffahrt auch als ein Hirngespinnst betrachtet, warum sollte der strebende Menschengeist nicht auch des luftigen Elementes Herr werden? Jobard behauptet im „Observateur", die Maschine Van Hecke's werde wie ein Fisch im Meere in den Winden und Lüften einherfahren; wir erwarten mit Spannung, wenn auch nicht mit ähnlicher Voraussicht, so herrliche Luftschlösser, wünschen jedoch einen guten Erfolg. Die Anzeige des Hrn. Jobard riecht allzusehr nach Charlatanismus und Uebertreibung. Bei wissenschaftlichen und gediegenen Männern sind solche Lockspeise-Artikel von übler Wirkung, denn oft sollen sie nur dazu dienen, um Actionäre für die Unternehmung herbei zu locken. Was uns betrifft, so werden wir jeden Fortschritt, den uns die Entdeckung des Hrn. Van Hecke bringen könnte, mit Freuden begrüßen, und werden deshalb auch in der französischen Presse gern die Oeffentlichkeit benutzen, um die Aufmerksamkeit auf den Apparat des Hrn. Van Hecke zu leiten. Warum sollte, was die Brüder Montgolfier und Robert, Zambecari, Pilatre des Rosiers, Romain, Robertson, Margak, Green und viele Andere in der Frage der Luftschiffahrt geleistet haben, nicht eine Stufenleiter zur Annäherung an die Lösung des gesuchten Problems seyn?

(Rh. u. M. Z.)

(München, 27. Okt.) Den gedruckten Protokollen des Landraths von Oberpfalz und Regensburg über seine Verhandlungen vom 1. bis 14. Okt. entnehmen wir folgende Stelle: Bei der Position „Schullehrer-Seminarium" erlaubte sich der Landrath folgende, die Seminarbildung betreffende, allerehrfurchtvollste Bemerkungen: ..... „b) Manchem aus dem Seminar tretenden Zögling klebt eine starke Portion linkischen, unbehülflichen oder auch rohen Wesens an, so daß Kultivirungen auch von dieser Seite und Anleitungen zur Beobachtung der Wohlanständigkeitsregeln nicht überflüssig erscheinen. Der Schullehrer will und soll dem gebildeten Stande angehören. c) Leider zeugen die Akten von den vielfachen sittlichen Verirrungen unsers jungen Lehrpersonals, welche nicht ohne schädlichen Einfluß auf die Schule bleiben. Der Mann religiösen Glaubens und innerer Gottesfurcht findet in sich die Kraft und Mittel, die menschliche Schwäche und die Gefahren der Welt zu besiegen. Darum soll der Schulkandidat schon frühzeitig mit gewissenhafter Sorgfalt zum gottseligen Leben angeleitet und durch vielseitige religiöse Uebungen im Geiste der Kirche zum praktischen Christenthume angewöhnt werden. Wem die Prämisse der innern Religiosität mangelt, wie kann Der nach dem königl. Willen eine fromme Jugend bilden? Niemand giebt, was er nicht hat. — Der Landrath ist übrigens weit entfernt, hiemit dem Schullehrer-Seminar Eichstädt eine Vernachlässigung des religiösen Moments in der Erziehung der Seminaristen zum Vorwurfe machen zu wollen, da gar manche dermal schwer zu beseitigende Verhältnisse sowohl vor als nach dem Seminarbesuche auf das religiöse Leben der Schulkandidaten nachtheilige Einflüsse äußern."

Der Korrespondent der Allg. Z. aus Canton theilt folgenden Speisezettel eines Essens mit, zu welchem er von einem alten, reichen Chinesen, Mandarin vom weißen Knopf, geladen war. Die ganze Anzahl der Gerichte, in Tassen und Schälchen servirt, betrug wohl 60 bis 70. Zuerst Capaunen, welche man aus Rücksicht auf die anwesenden Europäer auf den Tisch gestellt hatte, zugleich auch zu deren Troste — Brod, welches die Chinesen langsam auf ihre Teller schoben, zerschnitten und nach langem Kopfbrechen zu verzehren wußten. Dann kamen Tellerchen mit Salat, Krebsen, chinesischer Wurst, Fröschen, kleingeschnittenen Schinken, Hummer, gebratenem Fleisch; Alles in kleinen Stückchen, um es mit den Elfenbeinstäbchen essen zu können. Zu unserer Seite standen Tellerchen mit Mandel- und Kürbiskernen, darauf die Suppen. Die Königin aller Suppen, indische Vogelnester, ein kostbares Gericht, da jedes Nest etwa 10 Dollars kostet; wirklich sehr schmackhaft. Ferner Suppen von Entenfüßen, Taubeneiern, Erbsen, Rüben, Hühnern, jungen Bambusschößlingen. Darauf Thee, in chinesischer Weise, ohne Zucker und Milch, und sehr schwach. Wir hofften, daß dies das Ende wäre; aber es war nur erst die Hälfte! Nun kamen auf Schalen andere kostbare Speisen: zuerst Haifischflossen, eine große Delikatesse, welche zuweilen auch auf den Tafeln der Europäer erscheint; ferner Fischkiemen, Neunaugen, gerösteter Fisch, Stockfisch, Molusken, Krabben, Backwerk mit Schweinfleisch, Maccaroni, Fischklöschen, Entenragout. Endlich kam Dessert, abermals aus zwölf verschiedenen Schüsselchen bestehend." Daraus erfährt man wenigstens, daß wohl schwerlich Jemand ungesättigt von einem chinesischen Tische aufsteht, wenn man sich gleich der bei uns gewöhnlichen Messer und Gabeln nicht, sondern besonderer elfenbeinerner Eßstäbchen zum Speisen bedient.

Korrespondenz.

Weimar, 27. Oct.

Zu den festlichsten Tagen im Jahre gehörte bei uns sonst der 28. August (Göthe's Geburtstag) und der 3. September (der Geburtstag Carl August's). Diesmal fiel der 28. August in die Woche unseres Vogelschießens; er ging daher ganz still vorüber. Nur in der besuchtesten Restaurationsloge der Schießhausallee hatte ein hier beschäftigter ausländischer Literat daran gedacht, das Bildniß Göthe's an diesem Tage zu bekränzen, was die Folge hatte, daß dem Dichterfürsten in jenem geselligen Raume manche Libation dargebracht wurde. Die hiesige Erholungsgesellschaft feiert am 3. Sept. zugleich alljährlich ihren Stiftungstag; im Festsaale prangt da stets die Büste des unvergeßlichen Großherzogs Carl August in einer blumenreichen Nische, und es wird bei der Tafelfreude immer auch des großen Dahingeschiedenen in gebührender, obwohl nur stiller Verehrung gedacht. Unter den Toasten kam diesmal ganz unerwartet auch einer vor auf die deutschen Brüder in Schleswig-Holstein, der stark beklatscht wurde. Auch der 18. October findet übrigens hier bei Alt und Jung gewöhnlich lebhaften Anklang. Es fehlte auch diesmal nicht an Freudenschüssen rings um die Stadt her, noch an munteren Feuern auf den nahen Höhen; auch war der Garten der Erholung Abends schön erleuchtet. — In das Adressenwesen kann man sich aber hier durchaus nicht recht finden. Nach der Adresse an Zittel, welche zahlreiche Unterschriften zählte, sollte neuerlich auch eine nach Schleswig-Holstein abgehen, blieb aber wegen Censurschwierigkeiten zurück. Dagegen schießen von Zeit zu Zeit wie Pilze eine Menge mitunter eckelhaft lobhudelnder Nachrufsadressen in den Beilagen der hiesigen Zeitung auf, von der kürzlich die Dorfzeitung meldete, man habe in Hessen-Kassel die kühne Idee gehabt, sie zu verbieten. Dieses Adressenwesen oder vielmehr Unwesen ist bei uns zu einem wahren Mißbrauch geworden. Kein Amtmann, kein Pfarrer wird an einen andern Ort versetzt, ohne eine solche Zeitungslobrede; keiner dieser Herren stirbt, ohne eine solche Nachrufsberäucherung. In der That ein wahrer Jammer! Wie leicht ist ein eitler Geck oder ein feiler Schmeichler für dergleichen Inserate zu gewinnen! Es profitirt dabei Niemand als der gute Zeitungsverleger, der die Einrückungsgebühren für solche Salbadereien wohlgefällig einstreicht.

Frankfurt a. M., im Oct.

Die Direktion der Verkaufshalle auf der Braunfelsgallerie findet sich veranlaßt, zu erklären, daß sie an der Autorschaft des sonst wohlgemeinten Artikels in Nro. 298 der Didaskalia keinerlei Antheil hat. Sie thut dies um deswillen, weil jener Aufsatz Ideen ausdrückt, welchen man Absichten unterstellen könnte, deren die Direktion schon bezüchtigt und durch welche vielfach versucht wurde, Gewerbtreibende von dem Anschluß an diesseitige Anstalt abzuhalten, indem man vorgab, früher oder später würden Kaufleute sich des Unternehmens bemächtigen und die selbstständigen Handwerker alsdann zu gemeinen Lohnarbeitern herabsinken. So unsinnig auch diese Behauptung ist, wovon sich Jeder leicht durch die Statuten und Geschäftsbücher überzeugen kann, so fand sie doch hie und da Glauben und dieser Artikel würde, ohne Berichtigung unsererseits, sicher dazu gedient haben, diesen Glauben zu befestigen.

Es ist genugsam bekannt, daß für die einheimischen, so wie für die fremden und durchreisenden Virtuosen und Konzertgeber in unserer Mainstadt das goldene Zeitalter längst vorüber ist. Sehr wahr bemerkte unlängst ein Frankfurter Berichterstatter in der Allg. mus. Ztg. von J. C. Lobe: „Die uns besuchenden Virtuosen und Virtuosinnen des Auslandes, mit großen Erwartungen kommend, fühlen sich immer verletzt, wenn man ihnen wohlmeinend räth, von ihrer Konzertgeberlust abzustehen. Die Meisten achten nicht darauf, verwickeln sich in Collisionen, verlieren Zeit und Geld, kommen am Ende nicht einmal dazu, auch nur honoris causa in dem Zwischenact eines Töpfer'schen Lustspieles zu spielen, und müssen dann ärgerlich und beschämt wieder abreisen. Das haben tüchtige Männer hier erfahren müssen und es werden's noch manche erfahren, die nicht Raison annehmen und mit Gewalt durch eigenen Schaden klug werden wollen." Der große Saal des Weidenbusches wird nur selten noch zu Konzerten benutzt und auch die Theaterdirektion lehnt in den meisten Fällen die Anträge fremder Virtuosen ab, weil sie ihre Rechnung bei Konzerten nicht findet. Es würden die meisten Künstler abreisen müssen, ohne gehört worden zu seyn, wenn das Haus Mozart nicht wäre, dessen kunstsinniger und gefälliger Besitzer, Hr. Musikalienhändler C. A. André, mit uneigennütziger Bereitwilligkeit seinen schönen Musiksaal öfters herleiht. In diesen freundlichen und gastlichen Räumen finden die Herren Virtuosen eine Arena für ihre Kunstleistungen, wofür sie alle Ursache haben, Hrn. André ihren Dank auszudrücken. Dieser seinerseits sucht den Musikfreunden nur solche Konzertanten vorzuführen, welche der Beachtung würdig sind, und so hörten wir neuerlich auch den ausgezeichneten 13jährigen Pianisten Alfred Jäll aus Triest. Wenn auch in hiesiger Gegend bis jetzt noch wenig bekannt, hat er doch durch seine Kunstreisen in Oesterreich, Italien und Holland bereits Ruf erlangt und diesen auch hier bewährt. Er trug die schwierigsten Stücke von Thalberg, L. v. Meyer, Willmers, so wie auch eigene Compositionen nicht nur mit einer für sein Alter erstaunlichen Kraft und Bravour, sondern auch, was wir noch höher achten, mit Ausdruck und Geschmack vor. Man darf ihn schon jetzt mit Recht den bedeutenden Pianisten des Tages zur Seite stellen und bei seinem entschiedenen Talente und eifrigem Kunststreben berechtigt er zu noch immer schöneren Erwartungen. Es wurde dem jungen Virtuosen der lebhafteste Beifall gespendet. Hr. A. André, neuengagirtes Mitglied unserer Oper, sang zwei Lieder und besonders das erste derselben ausgezeichnet schön. Eine markige und ausdrucksvolle Baritonstimme, weich und kräftig zugleich, gute Gesangstudien und würdige Haltung des Vortrags sind hier nicht zu verkennen. Etwas mehr Sorgfalt und Deutlichkeit der Pronunciation möchten wir Hrn. A. André empfehlen. Er wird übrigens bei eifrigem Fortstreben seinen Weg zu machen nicht verfehlen.

Programm des Museums.

Am 6. November.

Simfonia Eroica von Beethoven.

Reden und Schweigen; zur Wiedereröffnung des Museums; von Herrn Dr. med. A. Clemens; vorgetragen von Herrn Breuer.

Ave Maria, Lied von Lindpaitner, gesungen von Fräul. Oswald.

Das Blümchen an der Quelle, Lied von Mühlbauer, componirt von Pentenrieder, gesungen von Fräul. Oswald.

Clavier-Fantasie über Themas aus Don Juan, vorgetragen von Hrn. Friedrich aus Berlin.

Tonleiter eines Männernamens, Gedicht von Saphir, gesprochen von Fräul. Hausmann.

Cronnan, aus Ossian, componirt von Schubert, gesungen von Hrn. Caspari.

Große Sonate von Beethoven (A-moll) für volles Orchester; bearbeitet von Hrn. Hofkapellmeister Rummel.

Der Anfang ist um halb 7 Uhr; der Saal (im Weidenbusche) wird um halb 6 Uhr geöffnet. — Alle Museumskarten sind persönlich; es wird Niemand ohne Eintrittskarte zugelassen; freie Gastkarten werden nicht ausgegeben. Karten für den Abend zu 1 fl. 30 kr. sind zu haben bei Hrn. Georg Krebs, Zeil, der Post gegenüber.

Theater-Anzeige.

Donnerstag, 6. Nov. Das Nachtlager in Granada, romantische Oper in 2 Abth., Musik von C. Kreutzer. (Gastrolle) Jäger: Dr. Meinhard, vom herzogl. Hoftheater zu Wiesbaden.

Samstag, 7. Nov. Marie-Anne, oder: Ein Weib aus dem Volke, dramatisches Gemälde aus dem Volksleben in 5 Acten, nebst einem Vorspiel: Der Hochzeitstag, nach Dennery und Mallian, deutsch von Dräxler-Manfred. (Gastrolle) Marie-Anne: Fräul. Quint, vom Königsstädter Theater zu Berlin.

Redacteur: J. L. Heller. — Druck und Verlag von Heller und Rohm.

Didaskalia.

Blätter für Geist, Gemüth und Publizität.

Nro 307. Samstag den 7. November 1846.

Geschichte eines Boudoirs.

Von ihm selbst erzählt.

I.

Ludwig XVI. Zeit.

Im Jahre 1760 legte man den ersten Stein zu dem Schlosse, wo ich zur Welt kam. Ein Diener Ludwig XV., der Baron von Chevert, wollte, der Hofintriguen müde, und nachdem er sich dreissig Jahre lang in Gefälligkeiten gegen seinen Herrn, den König, erschöpft hatte, endlich einmal sich selbst zu Gefallen leben.

Eines Tages beschloß er, zwei Dinge sich anzuschaffen: ein Haus und eine Frau, und um diese Staffel des Glückes zu erreichen, ließ er sich zwanzig Stunden von Versailles ein Schloß bauen, verließ den Hof und verheirathete sich. Ein junges Mädchen von vornehmer Abkunft, Marie von Mersoeur, vertauschte mit Freuden das bescheidene Kloster, in welchem sie erzogen worden, mit der prachtvollen Besitzung des Barons.

Marie war fünfzehn Jahre alt, hatte schöne blaue Augen, den Wuchs einer Nymphe und einen lebhaften, anziehenden Verstand, kurz, sie war reizend, und dieser Schatz sollte diesmal nicht dem Könige zu Theil werden! Man denke sich die überströmende Freude eines Menschen, der nie ein Goldstück besessen, und plötzlich Herr einer Goldmine wird! In dieser Lage war der Baron; es darf daher Niemand wundern, daß er vor lauter Glück den Kopf verlor und seine junge Frau, die schon von Haus aus ein verzogenes Kind war, sich sehr bald bewußt ward, daß sie Alles von ihm verlangen könne. Die eheliche Einsegnung sollte am 3. Mai 1770 in der Schloßkapelle statt finden. Die schöne Braut kam mit ihrem Gefolge gegen Mittag an; sie ward mit der größten Ceremonie empfangen, alle Vasallen standen unter den Waffen. . . . . . Jakob, der jüngste Gärtner, hatte acht Tage lang Blumengewinde verfertigt, um damit eine grüne Decke über den Weg zu bilden, den die junge Braut von dem Eingangsthor bis zum Saale zurückzulegen hatte, woselbst sie der um zwanzig Jahre jünger gewordene Baron erwartete.

Man begab sich zur Kapelle; die Gatten wurden unter dem Rufe: „Es lebe der Herr Baron! Es lebe die Frau Baronin!“ ehelich verbunden. Weiße Schärpen weheten von den Spitzen der vier Schloßthürme; das Wappen des Barons war mit bunten Fahnen verziert und an der Hauptpforte des Schlosses bewunderte man einen großen Schild, auf welchem mit goldenen Buchstaben die Worte glänzten: „Schloß des Barons von Chevert, der am 3. Mai 1760 den ersten Stein dazu legte.“

Die ersten Tage dieser Verbindung glichen allen ersten Tagen nach einer Heirath. Es war ein Austausch von Artigkeiten und Gefälligkeiten, es waren zahllose Zerstreuungen, Geschenke, die alle Augenblicke aus Paris anlangten; dann eine Reise nach Versailles, eine unvermeidliche Vorstellung bei Hofe, auf die übrigens der Baron gern Verzicht geleistet hätte, es war endlich ein Monat des Entzückens, der Betäubung, der Extase . . . . worauf man sich endlich in die Einsamkeit zurückzog.

Nun dachte man daran, die Besitzung in ihren Einzelnheiten zu besichtigen. Nach außen schien Alles prächtig; doch die junge Gebieterin schenkte den fruchtbaren Ebenen und herrlichen Waldungen wenig Aufmerksamkeit, freuete sich indeß über die Lilien und Rosen, welche die Luft umher mit ihrem Wohlgeruche erfüllten. Dann ging sie von Saal zu Saal, bewunderte Alles, rühmte den Geschmack der Verzierungen und die passende Eintheilung der Zimmer.

Namentlich hatte der Baumeister auf das mit weißem, golddurchwirkten Mousselin drappirte Schlafzimmer der Baronin vielen Fleiß und Geschmack verwendet. Nachdem aber die Baronin dem Architekten große Lobeserhebungen gemacht hatte, wurde sie plötzlich stille und traurig; sie blickte unruhig nach allen Seiten hin, als suchte sie Etwas. Der Baron wußte sich diese Veränderung nicht zu erklären, und suchte in den Augen seiner Gemahlin zu lesen, wie er einst in denen des Königs gelesen hatte. . . . . Der weniger ängstliche Baumeister wagte eine Frage:

„Haben die Frau Baronin etwas einzuwenden?“

„Wie mein Herr! Es fehlt ja meinem Apartement das wichtigste Zimmer . . . . ohne welches eine Frau meines Standes keine Besuche empfangen, sich nicht sammeln, nicht an Gott und die Welt denken, mit einem Wort, nicht leben kann! . . . . Diese Nachlässigkeit ist unverzeihlich!“

Die Baronin war sehr aufgeregt.

„Was giebt's? Was giebt's? Was fehlt hier?“ rief der Baron lebhaft. „Was hat man vergessen? . . .“

„Was man vergessen hat, Baron? Nichts, gewiß gar nichts, es lohnt sich nicht der Mühe, davon zu sprechen! . . . .“

„Herr,“ rief sie, sich an den Architekten wendend, „wo ist mein Boudoir?“

Der Architekt fuhr erschrocken zurück; der Baron war wie vernichtet. Beide sahen sich bedeutungsvoll an, und der Baron wagte als Gatte, die Bemerkung zu machen, daß ein Boudoir gerade nicht unumgänglich nothwendig, ja nicht einmal ohne Nachtheile und Gefahren sey.

Dieser unerwartete Widerstand bringt die Baronin in Zorn, sie bekommt Nervenanfälle, sie weint; der Baron bittet um Verzeihung, und macht dem ungeschickten Architekten, der sich nicht zu vertheidigen wagt, bittere Vorwürfe.

Die Baronin fährt fort zu jammern und zu seufzen; endlich befiehlt der Baron, um jeden Preis ein Boudoir herzustellen . . . . Man trennt sich, Einer mit dem Andern unzufrieden. — Am Abend will Mariens Gatte ihr die Hand küssen, sie weis't ihn zurück; er flüstert ihr einige süße Worte zu, sie antwortet nicht;

ihre traurige und unglückliche Miene spannt den Baron auf die Folter.

„Aha, wahrhaftig, das ist eines Königs Launenhaftigkeit!"

Am andern Morgen spazierte der Baron mit dem Baumeister umher, und dieser bestrebte sich vergeblich, ihn auf die reizendsten Aussichten im Parke, auf die verschiedenen geschickt angebrachten Bildsäulen, die entzückende Gruppen bildeten, aufmerksam zu machen. . . . Alle diese Wunderdinge ließen ihn kalt und gleichgültig, und er antwortete mürrisch:

„Aber, Herr, Sie haben das Boudoir vergessen!"

Der Künstler senkte den Kopf und vertiefte sich in neue Berechnungen.

Plötzlich erschien am Ausgange einer Allee die junge Baronin in vollem Laufe, die schönen kastanienbraunen Haare dem Winde überlassend. Sie schien fröhlich und heiter zu seyn, und der Baron glaubte aus dieser Veränderung schließen zu dürfen, daß sie ihre Laune vergessen.

„Alles geht gut," sagte er zu sich selbst, „so war es gerade auch bei'm Könige."

(Fortsetzung folgt.)

Die hessischen Auswanderer aus Großzimmern.

(Zweite amtliche Erwiderung.)

An die Redaktion des „Frankfurter Journals" (resp. „Didaskalia") ist nachstehendes Schreiben nebst einer beigefügten Darstellung über die Angelegenheiten der Auswanderer aus dem großh. hessischen Orte Großzimmern mit der Bitte um deren Aufnahme erfolgt, welchem Gesuch wir mit größter Bereitwilligkeit hiermit genügen:

„Sie nahmen in Ihren Nummern 292 und 297 Artikel auf, welche der „New-Yorker Schnellpost" entlehnt sind, und die Auswanderung aus Großzimmern besprechen.

In diesen Artikeln werden der großh. Kreisrath, der Ortsvorstand, der Unternehmer der Ueberschiffung u. s. w. in verschiedener Weise, jedoch sehr grav, beschuldigt. Wir können und wollen hierzu nicht schweigen und haben deßhalb eine Darstellung des Sachverhältnisses entworfen, welche wir Ihnen in der Anlage zusenden. Indem wir die Ueberzeugung hegen, daß diese Darstellung vollen Glauben finden wird, können wir nicht umhin, unser Erstaunen darüber auszudrücken, daß eine deutsche Zeitung im Stande war, solche Artikel, ohne irgend eine Garantie für deren Wahrheit, aufzunehmen. Entweder kann denselben nur eine hämische Absicht zu Grunde liegen (wie denn der Schlußsatz des, aus dem Mainzer Unterhaltungsblatte entlehnten Artikels in Nro. 292 allerdings einen Brodneid im Hintergrunde vermuthen läßt), oder die deutschen Zeitungen sind mystifizirt worden, ohne es zu bemerken. Daß sie es nicht bemerkt haben sollen, ist unbegreiflich.*) Es ist unsere Absicht nicht, Ihnen punktweise das Unwahrscheinliche, das Unglaubliche, ja das wahrhaft Abgeschmackte des Inhalts dieser Artikel hier nachzuweisen; allein Einiges wollen wir doch besonders hervorheben.

Die Artikel der amerikanischen Blätter sind verfaßt kurz nachdem die Schiffe in Amerika angekommen und die Passagiere an das Land gesetzt waren. Dies ergibt sich aus Nr. 292 Ihres Blattes. Der „New-Yorker Schnellpost" Gewährsmänner sind Johann Obmann und Heinrich Brücher. Diese beschweren sich hauptsächlich über die schlechte Behandlung auf den Schiffen, und darüber, daß sich in Amerika Niemand vorfand, der sich ihrer annahm, und ihnen Obdach, Nahrung u. s. w. reichte, und daß man ihnen die in dieser Beziehung gemachten Zusicherungen nicht gehalten habe. — Also kaum nachdem diese auf Gemeindekosten übersiedelten Leute an das Ufer getreten, beschweren sie sich und verdächtigen Behörden, Gemeinderath 2c. 2c. des Vaterlandes! Grund genug, um solche Klagen, wenigstens mit Vorsicht aufzunehmen! Um so mehr, als Johann Obmann selbst von sich sagt, daß er seine Mobilien im Vaterlande für 6 fl. an Zahlungsstatt gegeben habe, dieser also gewiß nichts durch den Wechsel der Heimath verloren hat. Wenn wir nun weiter bemerken, daß dieser Johann Obmann dahier ein ganz arbeitsscheuer Mensch war, daß er stets vagabundirte, das von seiner Familie schwer verdiente Geld durchbrachte, oft als Vagabund aufgegriffen und mit Gensd'armen nach Hause transportirt wurde, und daß er wegen Mein-Eid's drei Monate im Correctionshause gesessen, so werden seine Angaben und der Werth seines Erbietens zum Eide schon in das gehörige Licht gestellt seyn. Dieser Obmann beschwert sich, daß auf dem Dampfschiffe in Gernsheim nur Brod und Wasser zum Frühstücke gegeben wurde; er war empört (!), weil „am Bord des Dampfschiffes keine Vorbereitungen zum freundlichen Empfange der Leute, der ihnen den Abschied von der Heimath hätte erleichtern können" getroffen waren! — Also Triumphbogen erwartete Obmann? Klagen über schlechte Behandlung auf den Schiffen und über Gewaltthaten würden am besten bei den amerikanischen Gerichten vorgebracht worden seyn. Ist die Sache, wie Obmann und Brücher angeben, so muß ihnen dort Recht werden. Den Schiffsakkord haben sie in der Hand. Warum suchten sie dort nicht Gerechtigkeit, und warum verdächtigen sie die Behörden des Vaterlandes? Diese waren nicht vermögend, die Auswanderer auf den Schiffen unmittelbar gegen Rechtsverletzungen in Schutz zu nehmen. Ist wirklich, was wir nicht glauben, einem Mädchen Gewalt angethan worden, so ist es unbegreiflich, daß die große Zahl der „arbeitskräftigen" Menschen sich ihrer nicht schon auf dem Schiffe annahm. — Schande über Diejenigen, welche solches ruhig geschehen ließen! Und warum fordert diese „New-Yorker Schnellpost" nicht zunächst die Gerechtigkeit ihres Vaterlandes gegen Kapitän und Matrosen auf? warum verdächtigt sie die hiesigen Behörden? Wir können uns nur den einzigen Grund denken, daß ihr Streben mehr darauf gerichtet ist, ihre Spalten mit aufregenden Artikeln zu füllen, als Anderer sich wirksam anzunehmen. Wie gesagt, wir glauben nicht, daß ein solcher Exceß vorfiel, weil wir Grund haben, zu vermuthen, daß kein Theil es bis zu einer wirklichen Gewalt wird haben kommen lassen; allein wenn es vorkam, so ist dies ein Ereigniß, dem wenigstens wir und unsere Behörden (etwa durch eine Clausel im Schiffsvertrage?) nicht vorbeugen konnten.

*) Der Aufnahme jener Artikel aus der „New-Yorker Schnellpost" lag ebensowenig „eine hämische Absicht" von unserer Seite zu Grunde, als auch davon die Rede seyn kann, die deutschen Zeitungen seyen durch jene Artikel „mystificirt" worden, da doch genanntes Blatt ihre Gewährsmänner mit Namen nannte. Außer der Kölner Zeitung und unserem Blatte nahmen noch viele andere deutschen Zeitungen, besonders bayerische und norddeutsche, jene Darstellung der „Schnellpost" in ihre Spalten auf, ohne, wie natürlich, Garantie für deren Wahrheit zu besitzen, aber gewiß alle in dem besseren Vertrauen auf die Behörden von Großzimmern, daß aus einer nothwendig werdenden Erwiderung derselben die Sache sich wohl anders herausstellen, die Wahrheit an den Tag kommen und die harten Beschuldigungen gänzlich entkräftet würden, welche zwei gewissenlose Auswanderer auf amerikanischem Boden gegen sie schleuderten. Daß diese nun als Lügner dastehen, darüber drückten wir schon in einer frühern Nummer unseres Blattes unsere Freude aus. Daß jedoch die Wahrheit der Sachlage grade durch die von uns veranlaßte Aufnahme des New-Yorker Artikels an den Tag gekommen, ist gewiß, während im Unterlassungsfalle die öffentliche Erwiderung des Gemeinderaths zu Großzimmern wohl nicht erfolgt und dieser, wie viele andere Personen, in den Augen des größeren auswärtigen Publikums auf lange Zeit durch die lügenhafte Darstellung der New-Yorker Schnellpost compromittirt geblieben wäre. Die Red. d. Didaskalia.

Die amerikanische Schnellpost sagt: „Es ist noch einige Hoffnung vorhanden, daß das Verfahren der Schiffsmannschaft einer gerichtlichen Untersuchung unterworfen werden wird."

Wenn dieses der Fall, wenn nur „noch einige Hoffnung" vorhanden ist, daß solche Gewaltthaten, die sich so leicht erweislich machen lassen, mit Capitalstrafen belegt werden, dann hatte die Schnellpost weit mehr Grund, über Gesetzgeber, Staatsbehörde, Gesetze, Gerichte und Richter Amerika's ihre tiefste Verachtung auszusprechen, als ihr Veranlassung war, die Behörden Hessens zu verunglimpfen. Hier würde man Den, welcher eine solche „Hoffnung" äußerte, anspeien, weil ein solcher Mangel an Vertrauen zu der Gerechtigkeit nicht weniger verdient, und weil es uns an Gelegenheit gefehlt hat, für eine solche Niederträchtigkeit eine Strafe im Gesetze vorzusehen. Wir haben übrigens das Vertrauen zu den amerikanischen Behörden, daß wenn ein Verbrechen der Art vorgekommen seyn sollte, die Schuldigen der verdienten Strafe nicht entgehen werden.

Es liegen uns Briefe mehrerer unserer Auswanderer vor, in welchen sie das heitere Leben auf der Rheinreise, die gute Bewirthung in den Gasthäusern zu Rotterdam, und die reichliche Verköstigung auf den Seeschiffen schildern. Einer dieser Briefe schließt mit den Worten: „Ich wollte wünschen, der Johannes N. N. hätte das Brod, und Butter und Käse und Fleisch, was wir nicht haben essen können."

In diesen hier erwähnten Artikeln der Schnellpost können wir überhaupt nichts erblicken, als die Mißlaune von Taugenichtsen, welche weder hier noch dort arbeiten wollen, welche, auf ihre Armuth pochend, sorgenfreies Leben verlangen und in Amerika sich ein Eldorado vorstellten, und sehr überrascht waren, als sie hörten, daß auch in der neuen Welt der Ausspruch gelte: Im Schweiße Deines Angesichts sollst Du Dein Brod essen. Wer empfängt sonstige Auswanderer am Ufer und verschafft ihnen Unterkunft und Nahrung? Und mit welchem Rechte wollen Leute wie Obmann und Brücher ein solches verlangen?

Großzimmern, 2. Nov. 1846.

Der Bürgermeister: Dressel. Der Gemeinderath: Ernst Pulkmann. Balth. Breidenbach. Heinr. Brücher. Just Breidenbach. Phil. Dietrich. Ant. Angermeyer. Joh. Dressel. Joh. Breidenbach. Joh. Gans. Joh. Hottes. Peter Hottes.

Darstellung.

Großzimmern hatte unter seinen 3500 Einwohnern weit mehr ganz arme und gänzlich nahrungslose Leute, als nach Verhältniß irgend ein anderer Ort des Großherzogthums Hessen.

Die nächste Veranlassung dazu liegt in dem Umstande, daß Großzimmern früherhin unter drei Landesherrn vertheilt war, was die Aufnahme brodloser Ortsfremden sehr erleichterte. Dieses Mißverhältniß steigerte sich im Laufe der Zeit, und insbesondere wurde durch die Theuerung der letzten Jahre die Gemeinde so sehr in Anspruch genommen, daß eine Fortdauer dieses Zustandes für die Folge unmöglich erschien. Einwohner aus Großzimmern, welche sich in Amerika angesiedelt hatten, schilderten in Briefen ihren Verwandten und Bekannten ihren behaglichen Zustand in jenem Lande und regten schon dadurch bei sehr Vielen den Wunsch auf, ebenfalls sich dort nieder zu lassen. — Die Armen beklagten ihre Armuth, welche ihnen dieses Mittel, durch eigenen Fleiß sich Wohlstand zu erwerben, abschneide; und bestürmten endlich den Gemeinderath mit Bitten um Zuschuß aus der Gemeindekasse zur Ueberschiffung nach Amerika. „Wenn wir nur einmal dort sind, so wollen wir uns durch Fleiß schon weiter schaffen," hörte man bei jeder Gelegenheit sie äußern. Dadurch, und nur dadurch wurde der erste Gedanke zur Uebersiedelung der Armen auf Gemeindekosten hervorgerufen. Mitleid mit dem Zustande armer Mitbürger, welche allerdings auch bei ausdauerndem Fleiße, im Vaterland voraussichtlich nicht zu sorgenfreier Existenz gelangen konnten, war die erste Triebfeder. Auf der andern Seite erwog man allerdings, daß die sehr beträchtliche Ausgabe, welche der Gemeindekasse aufgebürdet würde, durch Ersparung der bedeutenden jährlichen Unterstützungen allmählig aufgewogen werden könne, und daß der zurückbleibenden Gemeinde auch in anderer Beziehung wesentlich genützt werde, weil die Menge brodloser und zum Theil arbeitsscheuer Leute und deren jährliche Vermehrung einen nachtheiligen Einfluß auf die Verhältnisse, namentlich die Moralität der Uebrigen haben mußte. —

Dies waren im Wesentlichen die Beweggründe, welche den Ortsvorstand bestimmten, der mehrfach und dringend an ihn gerichteten Bitte endlich nachzugeben, und die Darschießung der Mittel zur Uebersiedelung nach Amerika zu bewilligen. Ein Eigennutz, namentlich der Reicheren, hat nicht influirt, und konnte dieses um so weniger, als im Gemeinderathe die verschiedenen Gradationen des Besitzes repräsentirt werden.

(Schluß folgt.)

Mannichfaltigkeiten.

(Berlin, 25. Okt.) Man hat berechnet, daß für die im Bau begriffenen preußischen Eisenbahnen, deren Ausführung gesichert ist, bereits an 77½ Mill. Thaler bis Mitte dieses Monats eingezahlt waren, und daß binnen Jahresfrist für diese Bahnen gegen 21 Millionen einzuzahlen sind, wovon aber über 6½ Millionen nicht von den Aktionären, sondern auf dem Wege der Anleihe zusammengebracht werden, und wozu der Staat 1,150,000 Thaler hergiebt, so daß binnen Jahresfrist von den Aktionären nur gegen 13 Millionen aufzubringen seyn werden. Wie günstig dies auch scheint, so zweifeln wir doch, daß sich unsere Geldverhältnisse so bald bessern werden, wenn der Staat nicht mit einem Gesetz einschreitet, welches dem Treiben derjenigen Direktionen ein Ziel setzt, die mit aller Gewalt auch für Bahnen, die das Vertrauen der Aktionäre oder der Mehrzahl derselben nicht mehr haben, die ferneren Einzahlungen eintreiben wollen, ein Verfahren, wodurch Hunderte und Tausende vom Fondsmarkt zurückgeschreckt werden.

(Verlorne Sachen.) Die „Berliner Zeitung" bringt unter der Rubrik: „Gestohlene und verlorne Sachen", folgende Anfrage: „Emilie, hab' ich Ihr Vertrauen ganz verloren? finden wir uns nicht wieder am —r Teich? e...."

Kürzlich bemerkte Jemand in Betreff eines aus Bornirtheit lächerlich hochmüthigen Menschen: Der Kerl ist so aufgeblasen, daß man ihm nur eine Gondel unterschieben darf und er fliegt als Luftballon in die Höhe.

Im Hoftheater zu Haag wird eine große Oper von dem Componisten Vogel, betitelt: „Le Siège de Leyde" mit großer Sorgfalt und bedeutendem Kostenaufwande in die Scene gesetzt. Ein Dekorationsmaler ist auf Kosten des Königs nach Leyden gereis't, um verschiedene Ansichten dieser Stadt aufzunehmen, und die Kostüme werden genau nach Originalzeichnungen aus früheren Zeiten angefertigt. Das Libretto dieser Oper ist von dem bekannten französischen Schriftsteller Hippolyte Lucas.

(Elberfeld, im Oct.) In dem in unserer Nähe gelegenen Camen lebt bekanntlich die Tochter des Bürgermeisters Tscheck, von welcher die Zeitungen kürzlich berichteten, daß sie sich mit einem Mitgliede der französischen Deputirtenkammer verlobt hätte, was sich aber nicht bestätigte, sondern widerrufen wurde. Die Honoratioren dieser kleinen Stadt haben nun mit der Familie des Predigers, bei dem sie wohnt, den Umgang, so weit es irgend thunlich, aufgehoben, dem Mädchen verboten, sie zu besuchen und den eigenen Töchtern jede Gemeinschaft mit ihr untersagt. Ist dies nicht eine Philisterei, die in's Große geht? Das Mädchen konnte aber auch keinen unglücklicheren Gedanken fassen, als eine kleine Stadt Westphalens zu ihrem Aufenthalt zu wählen. Um ruhig und vergessen leben zu können, ziehe man nach einer großen Stadt, hier verharscht jede Narbe bald, jeder Tag bringt etwas Neues und das gestern Geschehene ist morgen schon vergessen, aber nicht in unsern kleinen Städten, dort ist die Tradition ewig, jeder Fehltritt erbt sich vom Großvater auf den Urenkel fort, wodurch denn Alles unverwischbar in dem Munde des Volkes fortlebt.

Korrespondenz.

Vom mittleren Neckar, Anfang Nov.

Noch ist es ka m ein Jahr, daß das erste Fragment würtembergischer Eisenbahn befahren wurde und erst seit ein paar Wochen ist eine Strecke eröffnet, welche den Betrieb eher der Mühe werth erscheinen läßt und schon hört man von allen Seiten Klagen, daß wegen bodenlos schlechter Beschaffenheit der Locomotiven, welche bereits ihren Dienst zu versagen anfangen, ja zum Theil gar nicht mehr brauchbar sind oder wenigstens bedeutender Reparaturen bedürfen, der Dienst nicht mit derjenigen Regelmäßigkeit und Pünktlichkeit versehen werde und versehen werden könne, welche man von einer Eisenbahn, insbesondere von einer in Administration des Staates stehenden, zu erwarten und zu verlangen berechtigt ist. Es wird in der Regel angenommen, daß eine Locomotive in acht Jahren ausgenutzt sey, daß sie aber so lange dienen müsse. Die aus Amerika hier angelangten drei Dampfwagen aber sind seit kaum einjährigem, nichts weniger als angestrengtem Dienst bereits unbrauchbar und wären nicht aus d r Keßler'schen Fabrik in Karlsruhe bessere Maschinen vorhanden, so riskirten wir von einem Tage zum andern, ganz auf's Trockene gesetzt zu werden und vielleicht an einem schönen Morgen eine Einstellung der Fahrten eintreten zu sehen. Die amerikanische Industrie hat sich dabei nicht auf's Glänzendste bewährt, so wenig als die amerikanische Redlichkeit. Denn der Kaufpreis für diese Maschinen ist bereits vollständig entrichtet, weil es, wie man wissen will, so begehrt wurde, und die schwäbische Gutmüthigkeit ging so weit, nicht einmal gehörige Garantie für die theuer erkauften Objekte sich stellen zu lassen, so daß der Staat das Nachsehen hat. Allerdings könnten die Stände mit vollem Recht diejenigen Herren, welche diese Angelegenheit zu besorgen hatten, für den dem Staat aus solcher Unvorsichtigkeit erwachsenen Schaden verantwortlich machen; allein man weiß ja, wie es zur Zeit noch allenthalben mit der ministeriellen Verantwortlichkeit in Deutschland bestellt ist, welche, wie so vieles Andere, zu den Dingen gehört, welche blos auf dem Papier, nicht aber in der Wirklichkeit bestehen. Das Widrigste bei der Geschichte ist und bleibt, daß, Dank diesen amerikanischen Dampfwagen, schon mehrmals der Fall vorkam, daß ein Zug unterwegs stecken blieb und man erst die Ankunft einer deutschen Succurs-Locomotive abwarten mußte, wie das erst am 2. Nov. auf der Ludwigsburger Linie geschah, wodurch ein Zug, der um halb sieben Uhr eintreffen sollte, erst um halb neun Uhr an den Ort seiner Bestimmung gelangte. — Was lobenswerthe Erwähnung verdient, ist, daß man bei uns in Würtemberg den Dampfwagen keine so unpassenden Namen beilegte, wie das in einigen Ländern, namentlich in Baden, bei Beginn der Eisenbahnfahrten der Fall war. Die unsrigen haben jetzt entweder die Namen einheimischer Flüsse oder Städte erhalten, als: Neckar, Enz, Fils, Stuttgart, Ludwigsburg, Eßlingen, Cannstadt. Vom nächsten Januar an werden alle Locomotiven für unsere Bahn im Lande selbst gebaut werden, indem bis dahin die mit bedeutender Staatsunterstützung und auf Actien errichtete Keßler'sche Maschinenfabrik zu Eßlingen, welche theilweise jetzt schon im Gange ist, vollständig in Thätigkeit kommen wird. — Die ganze nunmehr im Betrieb befindliche Bahnstrecke, nebst der Strecke von Eßlingen bis Plochingen, welche diesen Monat noch in Betrieb kommen wird, hat von Ludwigsburg bis Stuttgart und von da bis Plochingen eine Länge von 10 geographischen Stunden und 100 Fuß, die geogr. Stunde zu 13,000 Fuß gerechnet, also 130,100 Fuß; nämlich von Stuttgart nach Ludwigsburg mit drei Zwischenstationen 49,000 F. oder $3\frac{3}{4}$ St. und 250 F., und von Stuttgart nach Plochingen mit fünf Zwischenstationen 81,100 Fuß oder 6 Stunden und 3100 Fuß, zusammen also gerade 5 geogr. Meilen. Es kommen auf dieser kurzen Strecke bedeutende Steigungen vor; der Stuttgarter Bahnhof liegt z. B. 860' Fuß über der Meeresfläche; der $3\frac{3}{4}$ Stunden von da entfernte Ludwigsburger liegt 182 Fuß höher und es beträgt auf dieser Linie das stärkste Steigungs-Verhältniß 1:125; der Cannstatter, von Stuttgart nur eine Stunde entfernt, liegt $92\frac{1}{4}$ Fuß tiefer. Auf dieser Strecke befinden sich zwei Tunnels, der Prag- und der Rosensteintunnel, ersterer von 2900 und letzterer von 1270 Fuß Länge, und ein großer Viaduct über den Neckar bei Cannstatt.

Mainz, 3. Nov.

In Kurzem, wahrscheinlich in der nächsten Woche, wird ein neues Lustspiel: „Die Wage der Gerechtigkeit" von Lud. Kalisch auf unserer Bühne gegeben werden. Was man von dieser ersten dramatischen Arbeit des sonst bekannten Schriftstellers hört, läßt erwarten, daß dieselbe beifällig werde aufgenommen werden.

Darmstadt, im Oct.

Die rechnende und beobachtende Astronomie haben als treue Bundesgenossen schon manches Wunder bewirkt und die Sternkunde als Wissenschaft auf die bewundernswürdige Höhe erhoben, auf welcher wir sie gegenwärtig erblicken. Eben feiern beide wieder einen ihrer schönsten Triumphe, indem der als ausgezeichneter Astronom bekannte Hr. le Verrier zu Paris aus theoretischen Gründen das Daseyn eines bisher unbekannt gewesenen Planeten jenseits der Uranusbahn gefolgert, und Hr. v. Galle zu Berlin die Richtigkeit dieser mathematischen Schlußfolgerung durch unmittelbare Beobachtung nachgewiesen hat. Nunmehr sind die Gränzen der „ungeheuren Weltwüste" zwischen der äußersten Planetenbahn und den nächsten Fixsternen wieder etwas näher gerückt und es wäre in der That keine sehr gewagte Voraussetzung, wenn man aus analogen Gründen sich zu der Ansicht bekennen wollte, daß selbst noch jenseits der Bahn des neuesten Planeten, dessen Abstand von der Sonne man einer doppelten Uranusweite gleichschätzt, Weltkörper derselben Gattung ihre Kreise um die Sonne beschreiben und mit den schon längst bekannten zu einem und demselben System gehören. Es sey uns erlaubt, in dieser Beziehung eine ausgezeichnete Autorität, den berühmten Laplace, anzuführen, der gegen den Schluß seines bekannten Werkes: Exposition du Systeme du monde, die Bemerkung macht, daß in unserem Weltsysteme noch zahlreiche Entdeckungen zu machen seyen, und daß der mit seinen Satelliten neulich entdeckte Uranus (1781) die Existenz von einigen bis jetzt noch nicht beobachteten Planeten vermuthen lasse. Was Laplace vor länger als vierzig Jahren gleichsam prophezeien zu dürfen glaubte, ist nun durch die Erfahrung in der erfreulichsten Weise bestätigt worden. Erinnern wir uns dabei zugleich, daß die vier kleinen Planeten binnen Jahresfrist durch Entdeckung eines fünften, der Asträa, einen neuen Zuwachs erhielten.

Dr. D.

Theater-Anzeige.

Samstag, 7. Nov. Marie-Anne, oder: Ein Weib aus dem Volke, dramatisches Gemälde aus dem Volksleben in 5 Acten, nebst einem Vorspiel: Der Hochzeitstag, nach Dennery und Mallian, deutsch von Dräxler-Manfred. (Gastrolle) Marie-Anne: Fräul. Durnt, vom Königstädter Theater zu Berlin.

Montag, 9. Nov. (Zum Vortheil des Hrn. Reger und zum Erstenmale): Ein deutscher Leinweber, Schauspiel in 4 Abtheilungen, von Ludwig Stach und Friedrich Adami. — Mit aufgehobenem Abonnement.

Redacteur: J. L. Heller. — Druck und Verlag von Heller und Rohm.

Didaskalia.

Blätter für Geist, Gemüth und Publizität.

Nro 308. Sonntag, den 8. November 1846.

Geschichte eines Boudoirs.

Von ihm selbst erzählt.

(Fortsetzung.)

Sobald das schöne Kind bei'm Baron angelangt war, steckte es den Arm unter den des Gatten, und sagte mit einem bezaubernden Lächeln: „Baron, ich werde mein Boudoir haben, ich bin dessen gewiß, denn ich habe es gefunden. Kommt, kommt."

Und sie zog ihren Gemahl mit sich fort, der sanft und gehorsam, wie ein Höfling seinem Herrn, folgte.

Mit der Leichtigkeit einer Gazelle sprang Marie die Stufen ihres Apartements hinauf, stellte sich in die Mitte ihres Schlafzimmers, wie ein Krieger in die Mitte eines Platzes, wo er gesiegt, und sprach:

„Rathen Sie, Baron! Wo ist mein Boudoir?" Der Baron spähete neugierig rings herum, und schämte sich, nicht gleich sehen zu können, was seine Frau wünschte.

„Nun, so will ich es Ihnen zeigen, da Sie doch nicht errathen können." Sie hob eine Draperie von Mousselin in die Höhe und zeigte vermittelst eines in der Mauer befindlichen Loches auf ein schwarzes Gemach.

„Was ist das?" fragte der Baron den Architekten.

„Das ist der nördliche Thurm," erwiederte dieser, „ein Thurm vom größten Durchmesser."

„Gut," sagte der Baron stolz, „schaffen Sie schnell Arbeiter herbei, und bringen Sie hier das Boudoir an."

„O, ich bin außer mir vor Freude," rief Marie.

„Und ich bin glücklich, Ihnen angenehm seyn zu können," sagte der Baron, ihr die Hand küssend.

Mit Tagesanbruch schon erschütterten die Hämmer meine Mauern. Ich zittere noch, wenn ich an den Schrecken denke, den ich empfand, als ich glaubte, man wolle mich niederreißen, mich, den nördlichen Thurm, dessen Höhe den Adel meiner den entferntesten Zeiten angehörenden Abkunft bezeugen mußte. Meiner Furcht indeß folgte bald die Gewißheit, daß man meine Spitze nicht berühren, mich vielmehr verschonen werde. Mein Stolz erhob sich bei der Idee, daß ich nicht nur nach außen hin dem Adel als Kennzeichen, sondern auch im Innern der Schönheit als geheimer Zufluchtsort dienen werde. Groß war meine Freude, als ich sah, wie man mühevoll Löcher in meine gewaltigen Mauern schlug, um mir Licht zu verschaffen, dann eine Thüre, die zu einer geheimen Treppe, und eine andere, die in der schönen Baronin Schlafzimmer führte. Alle diese Vorbereitungen versprachen mir großen Ruhm, meine Hoffnungen dauerten bis zum ersten Besuche, den meine schöne Herrin mir machte.

Damit der Leser meiner Geschichte folgen könne, muß ich ihn mit meiner Lage bekannt machen. Ich will ihm demnach sagen, daß ich an dem nördlichen Ende des Schlosses mich erhob, und daß zu meinen Füßen ein breiter Graben, der den kleinen Park vom Walde trennte, sich hinzog. Dieser Graben erhielt sein Wasser von einer benachbarten Quelle, deren trauriges und eintöniges Gemurmel zur Melancholie einlud; das dichte Gehölz und die hohen Eichen, welche mich umgaben, unterhielten eine kalte Feuchtigkeit in meinen Mauern und verhinderten das Tageslicht, bis zu mir zu dringen, so daß ich trotz der Fenster, mit denen man mich begnadigt hatte, von einer entsetzlichen Düsterheit war. Meine schöne Herrin hatte befohlen, man solle, sobald ich im Stande sey sie zu empfangen, ihr Nachricht davon geben; sie erwartete den Augenblick, ihr Boudoir zu betreten, mit der Freude eines Kindes, welches, was es gewollt, bekommen soll, ohne sich von dem Grunde, der es wünschen ließ, Rechenschaft zu geben. Soeben hatte sie mit ihrem edlen Gatten das Frühstück, aus Kaffee mit Rahm bestehend, eingenommen. Sie ruhete in einem weichen Lehnstuhle und spielte mit ihrer zarten weißen Hand in ihren gelockten Haaren.

„Es ist bald Mittag," sagte sie zu ihrem Gemahle, „und noch meldet mir keiner .... Die Leute zeigen gar keinen Eifer mir zu gehorchen."

Kaum hatte sie diese Worte ausgesprochen, als schon der Baron die Glocke zog und mit herrischer Stimme den eintretenden Dienern zurief: „Seht sogleich nach, ob man den Befehlen der Frau Baronin Gehorsam geleistet hat."

„Wie gut sind Sie, mein theurer Baron, ich habe kaum Zeit, meinen Wunsch auszusprechen! Wie haben Sie diese Gewohnheit, gefällig zu seyn, erlangt?"

„Durch den König," entgegnete der Baron.

„Durch den König? Wie, hat der König sie erzogen? Wahrlich, dann haben Sie einen edlen Lehrer gehabt!"

Die Unterhaltung wurde durch die Ankunft des Architekten unterbrochen, der die Frau Baronin einlud, das Boudoir besichtigen zu wollen.

Sich erheben, den edlen Gemahl verlassen, und sich im vollen Lauf in's Schlafzimmer zu stürzen, war Eins.

„Ich werde also ein Boudoir haben!" rief sie. „Wie glücklich werde ich seyn!"

Sie sah mich schon in ihrer Freude ganz Rosa, ganz Gold, ganz Spiegel und Malerei mit einem blauen Himmel, um mich zu beleuchten, und hundert Kerzen, um den Himmel zu ersetzen. Mit einem Sprunge ist sie in meiner Thür und fällt fast über den Balken, der mich vom Schlafzimmer trennte. Die aus meinen Mauern strömende Kälte erfaßt sie; sie will Luft schöpfen und stellt sich an eins der zu Fenstern bestimmten Löcher; aber der am Fuße des Thurmes befindliche Graben erscheint ihr wie ein Abgrund; entsetzt prallt sie zurück; sie läßt ihre betrübten Augen über den Wald hinschweifen und erhebt sie noch betrübter gegen den Himmel, den sie nicht wahrnehmen kann. Von den Außengegenständen ermüdet, zieht sie sich zurück, um einen Blick auf mein Inneres zu werfen; aber scheußliche Insekten bedeckten meine Mauern, ihr Anblick verursacht ihr Ekel, daher verläßt sie mich schnell, indem sie dem Architekten ihr Mißfallen und ihren Abscheu zu erkennen giebt.

„Wie, Herr! Wollen Sie Ihren Scherz mit mir treiben? Oder bilden Sie sich ein, ich werde dieses abscheuliche Loch zu meinem Boudoir wählen? Warten Sie, ich werde mich bei'm Baron beklagen!“

Sie eilte noch rascher davon, als sie gekommen war. Der Künstler aber folgte ihr achtungsvoll, doch entschlossen, dem Baron den Plan mitzutheilen, der, vermittelst der Kunst, mich zu dem köstlichsten, entzückendsten Boudoir des Jahrhunderts umgestalten sollte.

Der Baron durfte nur einen Blick auf seine Frau werfen, um ihr Mißvergnügen zu erkennen, und als Marie ihren Verdruß ausgedrückt und erklärte, ihr Boudoir sey abscheulich, und sie werde eher das Schloß verlassen, als in diesem Gefängnisse wohnen, daß sie krank, daß sie unglücklich sey: da konnte der Baron sich nicht länger halten und eilte in das geächtete Asyl. Zum Glück verständigte er sich mit dem Architekten, der ihm bewieß, daß ich ein Wunderwerk werden könnte.

(Fortsetzung folgt.)

Die Weltmacht.

(Elberf. Kreisbl.)

Das Geld, das Geld —
Das Geld regiert die Welt,
Es ist der mächtigste Regent,
Wo's mangelt, da fällt's Regiment.

Das Geld, das Geld —
Gibt Anseh'n in der Welt;
Geehrt wird selbst sonst schlechtes Pack,
Wenn es nur Späne hat im Sack.

Das Geld, das Geld —
Macht schön in dieser Welt;
Auch wird der Grützkopf witzig, klug,
Hat er nur Louisd'or genug.

Verstand, Verstand —
Galt einst durch's ganze Land;
Jetzt ist er außer Cours gesetzt,
Ist er nicht stark mit Gold versetzt.

Das Geld, das Geld —
Macht Freunde in der Welt;
Doch, wo der Geldsack kehrt und wend't,
Da hat die Freundschaft bald ein End'.

Das Geld, das Geld —
Bahnt Wege durch die Welt;
Es öffnet sich das schwerste Thor,
Schlägt man mit güld'nem Hammer vor.

Das Geld, das Geld —
Ist ein gewalt'ger Held;
Wo diese Macht zu Felde zieht,
Traun, daß der Feind da bald entflieht.

Das Geld, das Geld —
Das adelt in der Welt;
Wie Manche wurden schon Herr von
Und hier gestempelt zum Baron.

Das Geld, das Geld —
Bestimmt in dieser Welt
Den Werth des Menschen auf ein Haar,
Kein Maßstab je hier sich'rer war.

Das Geld, das Geld —
Macht blind hier auf der Welt;
Der Goldsand ist ein wahres Gift,
Verdirbt die Augen, die er trifft.

Mit Geld, mit Geld —
Wird's Recht oftmals entstellt;
Geld rennt voran, Recht schleichet nach,
Geld macht das Recht oft krank und schwach.

Das Geld, das Geld —
Verbindet in der Welt;
Ist's Mädchen reich, kommt's bald zum Mann,
Sind sonst auch tausend Makel d'ran.

Mit Geld, mit Geld —
Ward's Aufgebot bestellt;
Doch da nur Geld das Bräutchen war,
So gab's ein schlechtes Ehepaar.

Das Geld, das Geld —
Ist Seel' der Handelswelt;
Kein Unternehmen kam zu Stand',
Wo diese Spannflechs' man nicht fand.

Viel Geld, viel Geld —
Hätt' gern die ganze Welt;
D'rum weiß ich, daß der Wunsch gefällt:
„Komm' zu uns Allen, König Geld!!“

Die hessischen Auswanderer aus Großzimmern.

(Zweite amtliche Erwiderung.)

(Schluß.)

Wenngleich Großzimmern ein nicht unbedeutendes Gemeinde-Vermögen hat, so ist doch kein Einwohner im Besitze irgend eines Allmendgrundstücks. Der ganze Genuß des Ortsbürgerrechts beschränkt sich auf den Bezug einer unbedeutenden jährlichen Holznutzung von 6 bis 7 Gulden Werthes. An eine Theilung des Gemeindevermögens ist, zumal solches zum größten Theile in Wald besteht, nie gedacht worden und kann nie gedacht werden. Erwägt man, daß die Gemeinde die zur Auswanderung verwendeten circa 50,000 fl. verzinsen und rückerstatten muß, so ergibt sich, daß durch die Zinszahlung der Gemeindekasse sogar ein jährliches nicht unbedeutendes Deficit erwächst. Kein einziger Einwohner wurde zur Auswanderung überredet. Alles, was der Artikel in Nro. 297 hierüber anführt, ist gänzlich erdichtet. Im Gegentheile suchte man solche, für welche ein Fortkommen hier zu hoffen war, von dem Unternehmen zurückzuhalten, indem man ihnen vorstellte, daß sie dort wie hier arbeiten müßten und indem einzelne Orts-Angehörige für längere Zeit ständige Arbeit zusicherten. Vielen Andern wurde das Gesuch um kostenfreie Uebersiedelung abgeschlagen. Unter diesen befand sich auch der in der „deutschen Schnellpost“ als Gewährsmann aufgeführte Heinrich Brücher. Er hatte so viele Schulden, daß er nicht entlassen werden konnte. Er bat, ja er drohte seinen Gläubigern, namentlich dem Johann Hiemenz zu Dieburg mit Feuer und Mord, wenn sie seinem Abzuge sich länger widersetzen würden. Und auch hier siegten Mitleid und Wohlwollen über alle andere Rücksichten. Die Gläubiger wurden zur Nachgiebigkeit bestimmt und der Gemeinderath bewilligte auch für ihn die Mittel.

Der Abschluß des Vertrags zur Ueberschiffung hatte große Schwierigkeiten, sowohl durch den bekannten in diesem Jahre eingetretenen Mangel an Schiffsgelegenheit, als auch die Theuerung der Lebensmittel. Endlich wurde er mit Kaufmann Gandenberger in Darmstadt abgeschlossen, welcher eine Caution von 10,000 fl. wegen dessen Erfüllung stellte.

In diesem Vertrage war auf alle Lebensbedürfnisse der Auswanderer auf's reichlichste Bedacht genommen, ja sogar Spital- und Armengeld, welches in Amerika zu entrichten ist, für sie bezahlt. Zur Bekleidung Vieler sowie zur Unterstützung bei ihrer Ankunft in New-York hatte der Gemeinderath noch außerdem circa 6000 fl. bewilligt. So weit nöthig wurden die Leute mit neuen Kleidern und Weißzeug versehen, und die Geldunterstützung in Wechseln auf New-York mitgegeben, eine Vorsicht, die gegen leichtsinniges Vergeuden auf der Reise schützen sollte. Nicht blos 79 Cents per Kopf, wie in Nro. 297 behauptet wird, sondern je nach Bedürfniß 10 bis 25 fl. per Familie betrug diese Unterstützung; gewiß genügend, um die nächsten Bedürfnisse bei der Ankunft zu bestreiten, zumal Alle noch mehr oder weniger Mittel aus der Heimath mitnahmen. Für mehr konnte man nicht sorgen, was auch in Amerika, einem Lande, wo jede Arbeit gut belohnt werden soll, nicht erforderlich war, da die Auswanderer gesunde und arbeitsfähige Leute waren. Die beiden Geistlichen des Orts unterließen nicht, in entsprechenden zu diesem Zweck eigens gehaltenen Vorträgen die Auswanderer auf die Wichtigkeit ihres Vorhabens und auf die Wechselfälle, die sich möglicherweise daran knüpften, aufmerksam zu machen, und Dank ihrer Fürsorge wurden zugleich viele Familien mit Bibeln versehen. Die Gemeinde stellte Wagen zum Transporte nach Gernsheim. Von hier ging die Reise per Dampfschiff, unter Begleitung eines Mitglieds des Gemeinderaths bis Rotterdam, und von dort über England. Anfangs war solche nach Baltimore beabsichtigt, was auf den Wunsch der Auswanderer geändert und New-York bestimmt wurde. Vor dem Einsteigen in Gernsheim wurden Alle durch die Freigebigkeit der sie Begleitenden auf's reichlichste mit Nahrungsmitteln versehen, und zwar so reichlich, daß Obmann von Gernsheim aus das ihm überflüssige Brod nach Großzimmern schickte. Dieser Ueberfluß veranlaßte, daß bei dem zweiten Transporte vorgezogen wurde, ein warmes Frühstück für Alle im Voraus zu bestellen, damit nicht Excesse vorfallen konnten.

Vor dem Abgange in Großzimmern las der großh. Kreisrath die von großh. Ministerium der auswärtigen Angelegenheiten erlassene Empfehlungsschreiben an die Consule zu Rotterdam, London und New-York, worin diese aufgefordert wurden, den Auswanderern allen möglichen Vorschub zu leisten, öffentlich vor. Die vorher schon bekannten Bedingungen des Schiffs-Accords wurden Allen wiederholt eröffnet, damit Jeder wisse, wo er im Nothfalle sich hinwenden solle, und was er zu fordern berechtigt sey. Jene Schreiben wurden dem Konrad Buchsbaum, welchen man für den Zuverlässigsten der Auswanderer hielt, eingehändigt. Abschriften des Schiffcontracts erhielten Viele, namentlich auch Johann Obmann und Heinrich Brücher. Eine Lüge ist, daß der Ortsvorstand versprochen, daß ein Bevollmächtigter der Gemeinde diese Auswanderer in Amerika erwarten und dort für ihr weiteres Fortkommen sorgen werde, sowie, daß der großh. Kreisrath dies bestätigt habe. Es sollte nicht mehr geleistet werden als kostenfreie Ueberfahrt. Mehr hatte Keiner verlangt oder auch nur erwartet. Es geschah dennoch mehr, indem man ihnen noch in New-York die oben erwähnte Unterstützung auszahlte. Sehr viele Menschen, welche bisher aus Deutschland auswanderten und auf ihre Kosten reisten, hatten nicht mehr, als gerade genügte, um die Ueberschiffung zu bestreiten.

Indem wir hiermit unser Verhalten vorgelegt haben, halten wir es für eine angenehme Pflicht, noch beizufügen, daß alle Behörden, namentlich der großh. Kreisrath sich möglichst bemüheten, für das Wohlergehen dieser Auswanderer zu sorgen, und daß eben diese Fürsorge sowie überhaupt die ganze Auswanderungs-Angelegenheit ihm und dem Gerichte unsägliche Mühe und Arbeit veranlaßte. (Folgen die Unterschriften, wie oben).

Die unterzeichneten Ortsgeistlichen von Großzimmern, welche der in Rede stehenden Auswanderung schon nach ihrem Standpunkte besonderes Interesse schenken mußten, haben von der obigen Darstellung Notiz genommen. Ihre Amtspflicht fordert sie auf, den Inhalt derselben in allen Theilen zu bestätigen, aber auch ihr tiefes Bedauern auszudrücken, daß diese Angelegenheit, bei welcher Ortsvorstand und Behörden nichts unterließen, was Menschlichkeit und Nächstenliebe gebot, so wie sie überhaupt nur von edlen Motiven geleitet wurde, Gegenstand von eben so unbegründeten als gehässigen Angriffen werden konnte.

Happel,
d. Z. Specialvicar der ev. Pfarrgemeinde Großzimmern.

Krebs,
Pfarrer der kath. Gemeinde.

Malerisches Album.

Wenn heutigen Tages in allen Blättern solche Bücher und Werke empfohlen werden, welche den praktischen Interessen gewidmet sind, gemeinnützig wirken und belehren, nothwendige Kenntnisse und Erfahrungen verbreiten, so verdienen dagegen auch diejenigen der Anpreisung, welche das Schöne fördern und dem guten Geschmack Vorschub leisten. Wem seine Mittel es erlauben, außer dem Nothwendigen auch das Angenehme, außer dem Nützlichen auch das Schöne zu besitzen, der wird den Werken der letzteren Art und den feinen Erzeugnissen des Kunstfleißes seine Beachtung nicht entziehen. Die lithographische Anstalt des Hrn. Dondorf in Frankfurt a. M. hat schon manches Schöne zu Tag gefördert und ein neues Unternehmen solcher Art liegt wieder vor uns. Es ist dies das malerische Album der vorzüglichsten Städte von Europa mit ihren berühmtesten Denkmälern, Bauten, Kirchen, Palästen, Brücken, öffentlichen Plätzen und Ansichten, sowie auch der berühmtesten Badeorte u. s. w. Dies mit größter Eleganz ausgestatttete und in seinen einzelnen Blättern vortrefflich ausgeführte Prachtwerk ist ganz geeignet, den Salons unserer Reichen zur Zierde zu dienen und den Freunden des Schönen einen wahren Kunstgenuß zu bereiten; es ist würdiger als manches Andere in jenen Prunkgemächern aufgelegt zu werden und wird gewiß jeden Beschauer erfreuen. Die vor uns liegenden Blätter zeigen uns Ansichten von Amsterdam, Paris, London, Wien, St. Petersburg, ferner von Heidelberg, Kreuznach, Wiesbaden, Baden-Baden, Aachen, Homburg und Frankfurt a. M. Die Ansichten der genannten Städte machen das Hauptbild, welches von den Ansichten der Einzelnheiten in Vignetten umgeben ist. So sehen wir auf dem Blatte Frankfurt, außer der Ansicht der Stadt, Bethmann's Ariadne, den Domplatz, das

Monument vor dem neuen Thore, den Kirchhof, den Römerberg, die Bibliothek, den Taunus-Bahnhof, das Städel'sche Kunstinstitut, die neue Börse, die Monumente von Göthe und Gutenberg und den Frankfurter Adler nebst Kaiserbildern. Bei der vorzüglich schönen Ausführung dieser Kunstblätter und bei dem großen Kostenaufwande, welcher mit dem Unternehmen verbunden war, halten wir es für Pflicht, auf dasselbe aufmerksam zu machen. Als Zimmerverzierung, als Bereicherung der Mappe von Kunstfreunden, als Festgabe ist dies malerische Album auf's beste zu empfehlen, und wir zweifeln nicht, daß es, wie alles Werthvolle, die verdiente Anerkennung finden wird.

Mannichfaltigkeiten.

Der „Ulmer Kronik" schreibt man aus München, 1. Nov. folgende gewichtige Wahrheit: „Jenny Lind ist unwohl; ein Augenleiden hielt sie ab, am gestrigen Abend zu singen und tausend Gulden dafür einzustreichen. Das ist eine kostspielige Krankheit, an der ein deutscher Dichter sobald nicht leiden wird. Ferdinand Freiligrath wandert, um nicht mit Frau und Kind hungern zu müssen, in das Comptoir eines Londoner Hauses, und Jenny Lind erhält für Einen Abend tausend Gulden. Das ist die Gerechtigkeit des deutschen Michel: er hat im stillen Kämmerlein, wenn ihn Niemand belauscht, zwar hundertmal mehr Freude an den melancholischen Nachtigallenklängen und selbst an den dröhnenden Freiheits- und Kriegsliedern seiner deutschen Dichter, als an den Trillerseufzern einer Gesangvirtuosin; aber die Mode verlangt, die Lind zu hören, und der Michel mit seiner Kammerdienerseele gehorcht Niemanden schneller als der Mode. Die Journalistik hat aber nicht den Muth, gegen die Mode anzukämpfen, und ist glücklich, wenn sie den Riemen um den Leib als Roß oder Eselin am Triumphwagen des Virtuosen mitziehen helfen darf.

In der neuesten Nummer der „Fliegenden Blätter" kann man figürlich sehen, wie — gleich mir, dem Einsender — zu Aschaffenburg die HH. Baron Beisele und sein Hofmeister Doktor Eisele um den Reise-Paß bestürmt werden. Weder in Würtemberg, noch in Baden, noch in Hessen, noch in Frankfurt, noch in Bayern wird man um den Paß befragt, nicht einmal wenn man übernachtet. — Aber in Aschaffenburg, in Aschaffenburg, wird der Paß selbst auf der bloßen Durchreise mit der Post abverlangt. Warum hier eine Ausnahme statt findet, hat selbst der Hr. Doktor Eisele nicht begreifen können. (Augsb. Abdz.)

Korrespondenz.

Gießen, 4. Nov.

Es dürfte den Lesern Ihres Blattes, welche sich für die durch Rupp's Ausschließung entstandene Bewegung im Gustav-Adolph-Verein interessiren und von den deßfallsigen Beschlüssen der verschiedenen Haupt- und Zweigvereine Nachricht erhalten haben, nicht unerwünscht seyn, auch die Gründe kennen zu lernen, auf welchen jene Beschlüsse beruhen. Ich theile Ihnen daher Dasjenige mit, was Prof. Dr. Credner Namens der 43 Antragsteller in der am 21. v. M. hier stattgehabten Versammlung des oberhessischen Zweigvereins der G.-A.-Stiftg. als Antragsbegründung vortrug: „Als wir vor etwa vier Jahren zur Bildung der Gustav-Adolph-Stiftung zusammen traten, war es der Geist der Liebe, der uns einte. Eingedenk des apostolischen Wortes, Galat. 6, 10: „Lasset uns Gutes thun an Jedermann, allermeist aber an des Glaubens Genossen", wollten wir ein Werk der Liebe aufbauen auf dem Grunde des evangelischen Protestantismus (§. 1 der Statuten). Wir hofften aber, daß uns der Bau gelingen würde, wenn wir, zufrieden mit dem Bekenntnisse des Haltens am evangelischen Protestantismus überhaupt, von den verschiedenen möglichen Auffassungsweisen der Einzelnen absähen. Maßgebend waren uns dafür die apostolischen Worte, Röm. 15, 7: „Nehmet euch untereinander auf, gleichwie Christus euch aufgenommen hat", und 1 Petr. 4, 8: „Habet unter einander eine brünstige Liebe, denn die Liebe decket auch der Sünden Menge." Damit war aber zugleich der Bildung sogenannter Secten von unserer Seite möglichst vorgebeugt. Secten, ein vager Begriff, entstehen entweder durch Selbstausschluß oder durch Ausgeschlossenwerden. Die sich selbst Ausschließenden stehen außer unserem Bereiche; dagegen wollen wir von unserer Seite keinen lieblosen Ausschluß irgend eines Einzelnen veranlassen, der da bekennt und bewährt, daß er fortwährend zum evangelisch-protestantischen Principe hält. Der Verein selbst ist dreifach gegliedert. Er besteht aus einem Gesammtvereine, der in Hauptvereine und Zweigvereine sich abtheilt. Der Gesammtverein, nur in den Hauptversammlungen thätig, entscheidet nach §. 8 der Statuten über die Anerkennung eines Vereins als Hauptverein. Dem Hauptvereine steht, nach §. 9, die Aufnahme und damit Anerkennung von Zweigvereinen zu, die nur im besonderen Falle mit dem Vorstande des Centralvereines sich in Verbindung setzen können. Die näheren Bestimmungen über seine innere Einrichtung sind nach §. 8 jedem einzelnen Vereine überlassen, sobald er die vollständige Verpflichtung der allgemeinen Statuten übernimmt. Die Aufnahme oder Nichtaufnahme der Einzelnen als Mitglieder ist eine solche innere Angelegenheit jedes einzelnen Vereins. Die innere Gliederung der Gustav-Adolph-Stiftung schreitet also von der Aufnahme der einzelnen Individuen durch den einzelnen Verein zur Anerkennung eines solchen Vereines als eines Zweigvereins durch den Hauptverein, und endlich zur Anerkennung des Hauptvereines als solchen durch den Gesammtverein fort, oder die einzelnen Vereine haben es mit den Individuen, die Hauptvereine mit den Zweigvereinen, und der Gesammtverein mit den Hauptvereinen zu thun, mit nur einem bereits angegebenen, in §. 9 besonders bemerkten möglichen Fall der Ausnahme. In der Aufrechterhaltung dieses Organismus und der Abwehr von Uebergriffen beruht die Frische und relative Selbstständigkeit der einzelnen Glieder, so wie das Leben und die freie Beweglichkeit des Ganzen. Der Vorstand eines Hauptvereines hat nach §. 10 das Recht, sich durch einen gehörig legitimirten Abgeordneten in den Hauptversammlungen vertreten zu lassen, welcher frei aus allen Mitgliedern des Gesammtvereins erwählt werden kann. Einen solchen Abgeordneten zurückzuweisen, hat die Hauptversammlung nach §. 25 kein Recht und keine Befugniß. Sie kann nach demselben nur über Anerkennung oder Nichtanerkennung eines Hauptvereins, nicht über Individuen entscheiden. Insofern nun Dr. Rupp aus Königsberg einem anerkannten Vereine als Mitglied angehört und von einem anerkannten Hauptvereine mit erforderlicher Legitimation als Abgeordneter zum Gesammtverein gesandt war, hatte dieser letztere Verein kein Recht der Ausschließung Rupp's, welcher Art auch immer sein dogmatischer Standpunkt seyn mag, über welchen wir uns hier nicht auszusprechen haben. Wir sehen uns daher zu der Erklärung veranlaßt, daß wir in der Ausschließung des Dr. Rupp in Königsberg durch den Centralvorstand und in den weiteren Folgerungen eine Ueberschreitung seiner statutenmäßigen Befugnisse, so wie eine unrichtige, zu enge Auslegung des §. 1 der allgemeinen Statuten des Centralvereines der Gustav-Adolph-Stiftung finden. Wir wünschen, daß diese Erklärung nicht nur dem Vorstande des Hauptvereins in Darmstadt mitgetheilt, sondern auch zur Kenntniß des Centralvorstandes gebracht werde." — Daß dieser Antrag von der entschiedenen Mehrheit angenommen wurde, ist schon früher im Frankf. Journal berichtet worden.

Theater-Anzeige.

Samstag, 7. Nov. Marie-Anne, oder: Ein Weib aus dem Volke, dramatisches Gemälde aus dem Volksleben in 3 Acten, nebst einem Vorspiel: Der Hochzeitstag, nach Dennery und Mallian, deutsch von Dräxler-Manfred. (Gastrolle) Marie-Anne: Fräul. Deinet, vom Königsstädter Theater zu Berlin.

Sonntag, 1. Nov. Stadt und Land, oder: Der Viehhändler aus Oberösterreich, Posse mit Gesang in 3 Abth., von F. Kaiser, Musik von A. Müller.

Montag, 9. Nov. (Zum Vortheil des Hrn. Reger und zum Erstenmale): Ein deutscher Leinweber, Schauspiel in 4 Abtheilungen, von Ludwig Storch und Friedrich Adami. — Mit aufgehobenem Abonnement.

Redakteur: J. L. Heller. — Druck und Verlag von Heller und Rohm.

Didaskalia.

Blätter für Geist, Gemüth und Publizität.

Nro 309. | Montag, den 9. November | 1846.

Geschichte eines Boudoirs.

Von ihm selbst erzählt.

(Fortsetzung.)

Während des Barons Abwesenheit blätterte Marie, um sich zu zerstreuen, in den Zeitungen. Mehrere Nachrichten interessirten sie, und als der Baron wieder in's Zimmer trat, fand er seine Gemahlin statt in Thränen oder in ungestümer Erwartung, ganz ruhig und heiterer Laune. „Ganz wie bei'm König," sagte der Baron zu sich selbst.

„Nun, meine Angebetete, Sie werden das köstlichste Boudoir erhalten, ich habe bereits die Befehle dazu ertheilt."

„Aha, desto besser," sagte das verwöhnte Kind, „denn ich habe aus den Zeitungen ersehen, daß wir prächtige Nachbarn erhalten, den Herzog d'Agenois und seinen Sohn, den Grafen Ferdinand; Sie wissen, Baron, den jungen Herrn, der bei meiner Präsentation bei Hofe zwei Menuettes mit mir tanzte. Sein Vater, der Herzog, hat die Besitzung geerbt, dessen Schloß sich jenseits des See's, der unsere Besitzungen trennt, erhebt, und ich werde entzückt, hier ein schönes Boudoir zu besitzen, um jene Herren, wenn sie mich besuchen, empfangen zu können. Das Boudoir der alten Herzogin muß schon ein sehr veraltetes Aussehen haben."

„Das Ihrige wird so frisch wie Ihre Lippe seyn," sagte der Baron entzückt, daß seine Frau ihre böse Laune verloren hatte.

Bald beschäftigten sich mehr wie hundert Arbeiter von innen und außen mit mir. Ich wurde weißer und heller. Unsere Eichen, deren Wipfel sich in die Wolken erhoben, wurden gefällt, damit die Sonne zu mir dringen könne. Eine Perspektive wurde angebracht, daß der Blick sich über die Landschaft ausdehnen konnte, und des Herzogs Schloß einen reizenden Gesichtspunkt gewährte. So trat ich denn aus meiner Dunkelheit heraus, und man konnte auf meine Wiedergeburt rechnen; indeß hatte ich einen ersten ungünstigen Eindruck gegen mich zu bekämpfen, und ich wagte nicht mehr an meinen zukünftigen Ruhm zu glauben. Namentlich wagte ich nicht zu hoffen, daß ich jemals meiner jungen Herrin jenen ausschließlichen Geschmack einflößen werde, den man für einen Gegenstand, der auf den ersten Blick gefallen hat, faßt; es ist dies eine Art oft grundloser Sympathie, die aber immer länger anhält, als ein vernünftiges Gefühl. Was liegt daran, zu wissen, warum man liebt, wenn man liebt? Man sagt sich ganz einfach: ich liebe das, es ist nicht gut, nicht schön, ich weiß es, aber ich liebe es, und mit diesem Worte glaubt man seinen Gedanken hinlänglich ausgedrückt und noch besser seine Gründe bewiesen zu haben. Man muß aber in solchem Falle auf den ersten Blick verführt worden seyn; ich hingegen hatte solchen Abscheu erregt! Wie konnte ich abnehmen, daß meine schwarzen Mauern unter den anzubringenden Verzierungen ganz verschwinden würden; daß ein Herz vor Freude schlagen würde, das von Entsetzen erfüllt war! Ich gestehe, ich war nicht ruhig. Indeß legte man meinen Befürchtungen durch so viel Luxus Stillschweigen auf, daß ich Vertrauen zu fassen begann.

Während meine schöne Herrin sich damit beschäftigte, Hirsche im Felde zu jagen oder Vögel in Schlingen zu fangen, die ihre Hand ihnen gelegt, verwandelten geschickte Künstler meine schwarze Decke in einen blauen Himmel, in welchem die Götter des Olymps ihre Wohnung aufschlugen. Diejenigen, die dort keinen Platz finden konnten, brachte man, mit Rosenguirlanden vermischt, in den Karniesen unter. Die sechs Seiten, die meinen Umkreis bildeten, wurden mit Spiegeln bedeckt, und darüber prächtige Gemälde angebracht, deren aus der Fabel entlehnte Gegenstände die Attribute der Venus und der Liebesgötter vervielfachten. Man konnte namentlich nichts Lieblicheres sehen, als das Bild, wo die junge Baronin im Kostüm einer Nymphe dargestellt war, die aus den Händen der Liebe reichen Schmuck erhielt, der sie noch schöner machen sollte. Ihr Lächeln war bezaubernd, ihre Augen belebten sich bei der Berührung eines Zephyrs, der über ihrem Haupte schwebte. Endlich vollendeten Draperien mit langen Goldfransen, vergoldete Sessel, die reichste Toilette, der niedlichste Schreibtisch, das eleganteste Betpult meine Vollkommenheit. Um dies Alles zu bewerkstelligen, waren nicht weniger als 20,000 Livres-Thaler ausgegeben worden.

Die Baronin wußte gar nicht, was sie Alles ersinnen sollte, um mir Ehre anzuthun. Der Baron, ein sinnreicher Improvisator, wollte, daß am Geburtstage der Baronin meine feierliche Einweihung statt finden solle. Man bestimmte demnach den 15. August 1770, um mich Groß und Klein zu zeigen. Alle Schloßbewohner auf zehn Meilen in der Runde wurden unter dem Vorwande, es sey der Baronin Geburtstag, eingeladen, während der wirkliche Grund war, des Barons Eitelkeit zu befriedigen. Es mußte doch sicherlich seiner Eigenliebe schmeicheln, an einem Tage seinen Reichthum, seine Freigebigkeit und eine schöne Frau zur Schau stellen zu können, und da er noch nie eine solche Gelegenheit gehabt hatte, so wäre es unklug gewesen, sie unbenutzt vorübergehen zu lassen. Als der Tag meiner Einweihung gekommen war, wurde mein Thurm von oben bis unten illuminirt, ich nahm durch meinen Glanz an Größe zu, ich schien ein Leuchtthurm, der dahingesetzt worden sey, um die ganze Umgegend zu beleuchten. Die Bewohner der Weiler knieten bei meinem Anblicke nieder und nannten mich den schönen, vornehmen Thurm. Dieser Beinamen, der von Mund zu Mund ging, erregte mir viele Eifersüchtige, meinem Herrn viele Neider und der Baronin viele Feinde. Die Weiber haben oft die Schwachheit, jede Frau zu hassen, die etwas besitzt, was sie nicht haben, sey es ein Band oder eine Krone, ein Boudoir, oder Personen, die sie darin empfangen. Was sagte man daher nicht Alles von dem Vermögen und dem Rufe des Barons, vom Boudoir, den Diamanten und schönen Augen der Baronin! .... Wenn man die Aeußerungen der Eingeladenen hörte, so hätte man glauben sollen, daß sie sich gekränkt fühlten, dem Feste beizuwohnen, und doch hätte der Geringste unter ihnen es als eine Beleidigung betrachtet, wenn sein Name auf der Liste gefehlt hätte. Daraus ist nun zu schließen, daß es für einen Hausherrn sehr schwer ist, alle seine Gäste zufrieden zu stellen; in einem solchen Falle aber ist er glücklicherweise der Erstgetäuschte: seine gute Laune läßt ihn rings umher Lächeln und Dank erblicken; ganz Wohlwollen für seine Gäste, glaubt er sie alle zu erfreuen, die Mühe und das Geld, das er zu ihrer Befriedigung ausgegeben, erlauben ihm nicht, ihren Lobeserhebungen zu mißtrauen, so daß, während Jeder sich über ihn lustig macht, er sich als Gegenstand einer begeisterten Hochachtung wähnt. — Von allen Vornehmen und Geringen, die dem Feste beiwohnten, müssen wir indeß zwei Personen ausnehmen, welche nicht zu den Unzufriedenen gehörten: ich sprach schon von einem Schlosse, dessen man am jenseitigen Ufer ansichtig wurde, und das von einem Herzog und seinem Sohne bewohnt wurde. Der Vater, ein zu ernster Hofmann und zu hoch gestellt, um einen Baron zu beneiden, zu reich, um nach dem Gelde zu fragen, was ein Fest kostet, und zu galant, um nicht als eine einfache Sache die einer schönen Frau bereitete Ueberraschung anzusehen; der Vater, sage ich, der Herzog d'Agenois, hatte Alles vortrefflich gefunden; der Sohn theilte seines Vaters Meinung und drückte ihm namentlich eifrig sein Entzücken über das köstliche Boudoir aus! „Bah!“ sagte der Herzog, „es ist ein vergoldeter Taubenschlag.“

„Der Herr Herzog werden aber zugeben, daß ein sehr schönes Täubchen in dem Schlage wohnt?“

„Das mag seyn; es ist aber ein wenig linkisch; indeß, wenn es der Baron öfters an den Hof führt, wird man es ausbilden.“

Ferdinand wurde ganz roth. Seit vierzehn Tagen war die schöne Baronin der Gegenstand seiner Träume und Gedanken. Zwei Wochen vor dem Feste hatte er dem Baron einen Besuch abgestattet, und dieser hatte nichts Eiligeres zu thun, als den Grafen Ferdinand seiner Gemahlin vorzustellen. Er erkannte alsbald in ihr seine schöne Tänzerin vom Hofballe. Aber um wie viel hübscher erschien ihm jetzt die junge Frau ohne Schminke und Puder. Wie reizend sah sie in ihrem Spitzenmantel aus, wie schön ihre kastanienbraune Haare, wie angenehm war der Rosenduft, der um sie her verbreitet war, im Vergleich zu dem Moschusgeruch der großen Damen bei Hofe!

Ihre kindliche Sprache, ihre halb bürgerlichen, halb vornehmen Manieren, ihre anspruchlose Artigkeit, alles dieß war Ferdinand so neu, daß es auf seine Sinne, seinen Geist, ja auf sein Herz großen Eindruck machte. Er verließ den Baron, nachdem er vier Stunden bei dessen Frau zugebracht, ganz entzückt und bezaubert.

An dem Abend des so belebten und so glänzenden Festes sah der junge Graf nur Einen seiner Aufmerksamkeit würdigen Gegenstand, und weihete sich ihm vom Anfang bis zu Ende. Marie empfing Ferdinands Huldigungen mit einiger Verlegenheit, aber ihre Rolle als Dame des Hauses, und die Aufmunterungen des Barons machten es ihr zum Gesetz, erfreut zu scheinen, und überdies fand sie an Niemand die Anmuth, die liebenswürdigen Manieren und die ausgezeichnete Galanterie, die sie an dem jungen Herrn bemerkte. Gegen Mitternacht dachte Jedermann an die Rückkehr; sobald die Baronin sich von den Damen frei sah, denen sie besondere Rücksichten schuldig gewesen, begab sie sich in ihre Zimmer, um ein wenig auszuruhen, während der Baron einige Herrn in die Treibhäuser führte, die er mit großen Kosten hatte erleuchten lassen. Ferdinands Vater, ein Freund der Botanik, war von der Gesellschaft, sein Sohn aber war allein zurückgeblieben, um am Fuße eines Thurmes die frische Nachtluft einzuahmen.

(Fortsetzung folgt.)

Ein Besuch bei E. M. Arndt.*)

„Wenn heut' ein Geist herniederstiege!“
Uhland.

Von den Abgeschiedenen zurück zu den Lebendigen! Hat doch das hergebrachter Maßen gültige Motto sich mir wiederum mit Gewalt aufgenöthigt: „Nur der Lebende hat Recht!“ Ist mir doch die Gleichgültigkeit der ruhig und geschäftig ihren Gang der Alltäglichkeit folgenden Jetztwelt an A. W. von Schlegel's Grabe auf's neue schroff und unerquicklich entgegengetreten und die Richtigkeit der Gegenwärtigkeitsphilosophie und ihrer durchschlagenden Consequenzen bei dem Andenken an die vergessenen großen Todten klar zu Tag gelegt worden. Laßt die Todten ihre Todten begraben! So ruft man mir überall entgegen. Nur der Augenblick hat Recht! D'rum zurück zu euren Lebendigen und zur Gegenwart!

In meinem Hotel fand ich Freunde und besonders einen berühmt gewordenen jungen Maler vor, eine liebe Erscheinung, die auf alle Art versuchte, mich durch Humor und Scherz zur Gegenwart zu bekehren. Endlich blieb mir nichts übrig, als mich zu ergeben und mich wiederum zur Gegenwart zu bekennen.

Ich beschloß deßhalb gleich, den Rest meines Tages, der für Excursionen in die Umgegend ungünstig erschien, zu Besuchen zu verwenden. Es war noch gerade eine Besuchstunde, und ich brannte vor Begier, Männern wie Dahlmann, Arndt, Simrock, Kinkel mich vorzustellen. A tout seigneur tout honneur! Dem wackern Sänger des „deutschen Vaterland“ und dem berühmten Historiographen der „englischen“ und „französischen Revolution“ gehört gebührlicher Maßen der Vortritt. Mit der Melodie des Arndt'schen Liedes, das in der That erschallt „so weit die deutsche Zunge klingt“, schritt ich aus meinem am Markt gelegenen Hotel, ging über den Münsterplatz, wo ich Beethovens Monument, das mit den ernstdurchfurchten, streng-genialischen Titanenzügen auf die Epigonenwelt versöhnt herniederblickt, pflichtschuldigst begrüßte, trat durch eine als Thor bezeichnete, etwas merveilleuse Eingangspforte ins Freie hinaus und schritt durch den uniformgemäß und steifleinen, wie mit dem Doctorhut unter'm Arm angelegten Universitätspark der Koblenzer-Straße zu, an deren Ende E. M. Arndt's Wohnung liegt. Mein Weg führte mich beim Hofrath Dahlmann vorbei, dem meine Aufwartung zu machen, ich bei meiner großen Verehrung für seine Person und volle Hochachtung für seine großen Verdienste um die vaterländische Geschichtschreibung mir nicht versagen konnte. Durch die Dienerschaft wurde mir jedoch gemeldet, daß der Professor die Germanisten-Versammlung in Frankfurt a. M. bezogen habe und später mit seiner Gemahlin einen Landaufenthalt in der bei Koblenz reizend gelegenen Laubach zu nehmen gedenke, um seine etwas leidende Gesundheit zu kräftigen. Ich hinterließ meine Karte und setzte mit den besten Wünschen für des trefflichen Mannes Wohlergehen meinen Weg zu E. M. Arndt fort.

Beinah am Ende der sogenannten Koblenzer-Straße liegt in einem Garten eine einfache, zweistöckige, gemüthlich aussehende Wohnung, die auf einer Seite villaartig an den Rhein, auf der andern Seite jedoch an einen einfach und schlicht hergerichteten Garten gränzt. Du drückst an die gastfrei nur angelehnte Gartenpforte und trittst in das Bereich des großen Mannes ein; überall umgibt dich Gemüthlichkeit und Einfachheit; wohin du blickst, wird dein Auge wohlgefällig ruhen, der kleinste Gegenstand wirkt wohlthuend auf dich ein, und Alles scheint dir das entzückende Geheimniß zuzurufen, daß du dich in der Wohnung eines deutschen Mannes befindest. Gerade so hatte ich mir E. M. Arndt's Wohnung gedacht: aus der engdrückenden Atmosphäre der Stadt-

*) Aus der „Düsseld. Ztg.“

straßen hinausgerückt ins Freie, angelehnt an die Ufer des schönen Rheinstroms, mit der schönsten Aussicht auf die Umgegend und besonders das nahegelegene Siebengebirge mit seiner reichen Staffage umliegender Städtchen und Dörfer. Durch die Gartenpforte eingetreten, schritt ich gerade auf das vorliegende Haus; ein junges Mädchen, wie ich später erfuhr, die einzige Tochter E. M. Arndt's, und eine ältliche Dame, des Professors Frau, waren bei meinem Eintritt im untern Hause beschäftigt und machten in sehr liebenswürdiger Weise die Honneurs desselben. Ich ward durch herzueilende Dienerschaft dem Professor gemeldet und bald in ein großes, helles, gemüthlich hergerichtetes Zimmer eingelassen.

Das Zimmer, welches Arndt's Arbeitsstube zu seyn schien, lag in einer Ecke des Hauses, so daß es von zwei Fensterreihen überhelles Licht erhielt und die herrlichste Aussicht auf das Siebengebirge verstattete. Auf den Tischen lagen Bücher, Karten, aufgeschlagene Folianten, Manuscripte umher, auf den Kommoden standen Büsten, Figuren und Zierrathe aller Art, an den Wänden hingen mehrere in Oel gemalte Portraits, unter denen ich das des Generals Gneisenau zu erkennen glaubte. Der am äußersten Zimmerende angebrachte Arbeitstisch war mit Büchern und Manuscripten bedeckt, und vor dem Sophasitz lag eine, wie es schien in Arbeit begriffene Abhandlung, die ganz mit Arndt's kräftiger Handschrift abgefaßt, vielfach corrigirt, durchstrichen, übergeschrieben und gefeilt zu seyn schien. Das Ganze trug das Gepräge einer angestrengten, aber sehr geordneten und wohlthuenden Thätigkeit.

„Seyen Sie mir herzlich willkommen!" ertönte eine volle, herzige Stimme, und E. M. Arndt stand vor mir. Ich machte meine Verbeugung und brachte die Gründe meines Besuchs vor, worauf mir der treffliche Mann mit der biedersten Freundlichkeit die Hand reichte und mich bat, neben ihm auf dem Sopha Platz zu nehmen. Arndt gehört zu den kräftigen Gestalten, die selbst im Alter sich noch das Feuer eines Jünglings bewahrt haben. Das Gesicht sieht noch voll und gesund geröthet aus, die Haare sind ehrbar gebleicht, aber noch stark und voll, der Kopf ist nach dem Kinn zu etwas länglich geformt, mit einer Nase, welche des ehrwürdigen Lavater Entzücken erregt haben würde, so gerade, stark und festen, unerschütterlichen Charakter bekundend, ist dieselbe geformt, das Auge strahlt von Freundlichkeit, Redseligkeit und herziger Gutmüthigkeit; die ganze Erscheinung zeigt Kraft und Stärke im edelsten Verein von Milde, Herz und Gemüth; alle deutschen Tugenden sind in ihr vereinigt: Kraft, Biederkeit, unerschütterliche Treue, Gemüth und Sinnigkeit, Milde und Gewogenheit, leicht erregbares Gefühl und Fähigkeit, mit Felsentreue zu lieben oder auch unerschütterlich zu hassen.

So ist E. M. Arndt eine Erscheinung, bei deren erstem Begegnen man sich wohl fühlt, alles Gezwungene, Bedrängtseyn fällt fort, man steht als Mensch dem mit den edelsten Gaben ausgestatteten Manne gegenüber und möchte ihm Alles so gerne vertrauen, Alles was Herz, Sinn, den Geist bewegt, man möchte niederknieen vor dieser Gestalt und mit hingebender Pietät Treue geloben dem Vaterlande, dem der edle Mann in der erhabensten Liebe sein Daseyn geweiht hat. Was wir gesprochen haben? Wir sprachen über eine Stunde lang von der Geschichte der Völker, wobei der Verfasser der trefflichen „vergleichenden Völkergeschichte" die tiefsten Urtheile fällte, wir sprachen auch über Natur- und Kunstschönheiten und schlossen mit einem Gespräch über die Jetztzeit und die zunächst liegenden Verhältnisse.

Arndt spricht sehr volltönig und in der Regel sehr laut, sein Organ ist umfassend und kräftig, wie seine Erscheinung; in der Hitze der Rede kann sich der würdige Mann mit Jünglingsfeuer in Ton und Gebärde über einem Gegenstande begeistern und mit unerschütterlicher Festigkeit seine Behauptung festhalten. Ich sah bei einem alten Manne nie eine solche unvergängliche Biegsamkeit des Geistes, solche Elasticität der Auffassung, solche Kräftigkeit, von Pathos und Rednerei entfernt liegende Begeisterung der Mittheilung. Ganz zuletzt sprach ich noch über seine Werke und bemerkte, daß dieselben in jetzigen schwierigen Zeitverhältnissen als Kräftigung der Deutschheit, der Nationalität, der Abweisung aller Ausländerei dem deutschen Jünglinge zum treuesten Hoffnungsanker geworden seyen, und daß dieselben in ihrer Sammlung „an und für die lieben Deutschen" bereits Gemeingut des deutschen Volkes seyen.

Von dem Liede: „Was ist des Deutschen Vaterland?" zu reden, vermied ich absichtlich, weil die Broschüre des Professors Delbrück, die bekanntlich mit philologischer Sonde sehr dürre und trocken das „Volkslied" analysirt hat, mir ins Gedächtniß kam und vielleicht zu einer unangenehmen Stimmung, die ich in diesem Augenblick um alle Welt nicht hervorrufen wollte, veranlaßt hätte.

Ich erhob mich und schied, von dem kräftigsten Händedruck und Scheidewort geleitet, um eine der schönsten Erinnerungen meines Lebens bereichert.

Beim Abschied empfahl mir Arndt eine kleine Schrift von ihm zur gelegentlichen Lectüre. Ich erwiederte: es solle das erste Buch seyn, das ich nach meiner Rückkehr zu Hause lesen würde. Ich habe Wort gehalten, das Buch liegt vor mir, und jedes Wort ruft mir wiederum die edle, ächt-deutsche Gestalt seines Verfassers ins Gedächtniß zurück. L. S—y.

Mannichfaltigkeiten.

(Eine Wochenschrift für Kinder.) Zur Belohnung für den Fleiß und die Artigkeit der wißbegierigen Kinderwelt kommt in der Buchhandlung von A. Bielefeld in Karlsruhe unter dem Titel: „Die Kinderwelt" eine Wochenschrift heraus, welche eine schöne Auswahl sinniger Erzählungen und Mährchen für Kinder darbietet, und, gebunden, für diese eins der passendsten Weihnachtsgaben bildet. Einer jeden, wöchentlich in einem halben Bogen erscheinenden Nummer dieser Kinder-Wochenschrift ist ein feines, schön illuminirtes, auf den Text der Erzählung sich beziehendes Bild beigegeben; der Preis eines Vierteljahrs beträgt 1 fl. 21 kr., wofür man Lehrern, Eltern und Vormündern diese „Kinderwelt" recht gut empfehlen kann.

(Berlin.) Ein modernes Kleidungsstück, ein wahres Meisterstück der Schneiderkunst, wurde bei einem vornehmen Diebe in Berlin vorgefunden. Ein Frack, oder wie man die Zusammensetzung nennen will, der sich mit geringer Mühe, oft durch einen Zug, in einen Ueberrock verwandeln ließ; selbst die Knöpfe daran bildeten Metamorphosenstücke, und auch der Kragen konnte mit einem Ruck von Tuch oder Sammt seyn. Das merkwürdige Kleidungsstück, ganz für ein Raritätenkabinet geeignet, war nach der Angabe des Diebes gefertigt, und dazu bestimmt, im Falle der Verfolgung durch plötzliche Umgestaltung irre zu leiten. Eine Menge heimlicher Taschen verlieh diesem Industrieerzeugnisse auch noch in anderer Beziehung einen hohen Werth für den Besitzer.

(Das Wunderkind.) Ein Vater ging mit seinem Kinde auf dem Glacis in Wien spazieren. „Das ist ja ein allerliebstes Büble", sagte ein Bekannter zum Vater, indem er dem Knaben die Locken streichelte. „Ja, schauen's Ew. Gnaden", erwiederte der Vater, „dies ist a Wunderkind". „Nun, wie so denn?" „Denken's sich, dies Kind ist schon zwei Jahre alt und spielt noch nit Violin."

Korrespondenz.

Aus dem Kinzigthale, 2. Nov.

Ein trauriger Vorfall hat sich am 26. v. M. wieder in unserem Kinzigthale ereignet, der in Aller Mund ist und wohl für Manchen die warnende Lehre enthalten dürfte, sich nicht von übereilter und ganz unüberlegter Handlungsweise hinreißen zu lassen, statt mit Einsicht und Umsicht zu Werke zu gehen. Nur wem die leztere Benehmungsweise eigen ist, wird sich im Leben daran gewöhnen, überall zwischen Wichtigkeit und Nichtwichtigkeit ꝛc. einen Unterschied zu machen. Einer der Polizei-Sergeanten in dem Städtchen Gelnhausen gewahrte, daß ein junger fremder Mensch einige Häuser besuchte, wovon er sich wahrscheinlich nichts Anderes denken mochte, als daß ein Handwerksbursche sich einige milde Gaben fordere. Als daher derselbe in ein anderes Haus ging, folgte unbemerkt der Polizei-Sergeant. Zeitig mochte jedoch Jener Diesen bemerkt haben; denn unvermuthet rannte er dem gerade in das Haus eintretenden Polizei-Sergeanten dergestalt entgegen, daß Letzterer zu Boden fiel, und Jener suchte sodann seine Entweichung so viel als möglich zu beschleunigen. Auf den Anruf des Polizei-Sergeanten fanden sich Einige (und zwar Gelnhäuser, während Andere unbekümmert vorüberzogen), welche nichts Wichtigeres zu thun glaubten, als den Entfliehenden auf das Aeußerste verfolgen zu helfen. Der Fremdling wadete dann durch die einen guten Büchsenschuß weit vorüberfließende Kinzig; aber hiermit nicht genug, auch einer der Verfolgenden lief dem Fliehenden auf das jenseitige (südliche) Ufer nach, so daß derselbe, als er noch eine weitere Strecke nach unten verfolgt worden, sich nicht anders retten zu können glaubte, als daß er nochmals die Kinzig, und zwar wieder nach dem andern Ufer hin, durchwade. Doch diesmal fand er seinen Tod. Zu sehr erhitzt, mochte ihn ein Schlagfluß getroffen haben. Alsbald von dem am ärgsten Verfolgenden selbst wieder mit eigener Lebensgefahr (da insbesondere der Fluß hier sehr tief war) an's Ufer gebracht, beschloß er augenblicklich mit einigen Zuckungen sein Leben. Der Unglückliche war, wie sich hernach herausstellte, ein Webergeselle aus Mitweida im Sächsischen, Namens Werner, den nur sein Ehrgefühl oder die Furcht vor den Folgen des Fechtens, wovon er vielleicht bereits den Vorgeschmack gehabt hat, zu so sehr gefährlichen Entweichungsversuchen anspornt. Lag es auch, die Sache von der günstigen Seite betrachtet, nicht in der Absicht der Verfolgenden, eine Parforcejagd auszuüben, so ist doch die That nicht grade eine sehr lobenswerthe. Da der Unglückliche in der Gemarkung der Gemeinde Roth seinen Tod gefunden hatte, so lag jener Gemeinde zunächst die Sorge für dessen Beerdigung ob, deren sie sich in sehr ehrenvoller Weise, wie besonders bemerkt zu werden verdient, entledigt haben soll. Auch an einer kernigen Begräbnißrede des betreffenden Hrn. Geistlichen soll es nicht gefehlt haben. Nur um Andern ein warnendes Beispiel zu geben, glaubte sich Einsender nicht unnütz zu beschäftigen wenn er diesem bedauerlichen Vorfalle eine weitere Verbreitung verschaffe.

Kastel, gegenüber Mainz, im Nov. (Eingesandt.)

Am 14. Oct. lezthin ist hier ein junger Mann zu Grabe getragen worden, dessen hoher sittlicher Werth, dessen bürgerliche Tüchtigkeit, dessen edles Benehmen unter allen Verhältnissen ihn zu einer Zierde unseres Städtchens machten. Wie sehr er von Allen geliebt und geachtet war, davon konnte sich Jeder am 14. Oct. überzeugen. Die ganze Bevölkerung der Stadt bildete seinen Leichenzug; keine Confession schloß sich aus; Katholiken, Protestanten, die ganze israelitische Gemeinde sah man der Leiche folgen und viele Leute meinten, eine solche Bestattung hätte man in Kastel noch nie erlebt. Wir reden nicht von dem Schmerze seiner Verwandten, von welchen ohnehin Einer in der jüngsten Zeit sonst noch Unerfreuliches erleben mußte; nein, für die ganze Stadt war es ein Trauertag. Gar Mancher, der dem jungen Manne, oder wenigstens seinen nächsten Verwandten, unfreundlich gesinnt gewesen, gar Mancher, der seine Stellung als ein Mittel angesehen, seine Abneigung gegen die Letzteren zu befriedigen, hat jetzt bitter jede Kränkung bereut, die dadurch dem edlen Verblichenen zu Theil geworden. Die Stadt aber bedauert tief den unersetzlichen Verlust eines so hoffnungsvollen Mannes, der nicht in Worten, sondern durch Handlungen bewies, welche Mitwirkung seine Mitbürger einst von ihm zum allgemeinen Wohl zu erwarten hatten. Friede seiner Asche — und Reue und Besserung Denen, die ihn beneideten!

Frankfurt a. M.

Hartig's rhetorische Uebungen.

Seit einem Jahre widmet der als Mensch und Künstler gleich achtungswürdige Hr. Hartig Zeit und Kräfte, die ihm seine Wirksamkeit an unserem Theater übrig läßt, dem Unterrichte im Tonlesen, im Recitiren memorirter Stücke unserer klassischen Prosaiker und Dichter und im extemporirten freien Vortrag. Der Erfolg seiner Bemühungen mit seinen nach Vorkenntnissen und Befähigung geordneten Schülern gibt derselbe, nach einer Anzahl von Privatstunden, in öffentlichen Wiederholungen, worin sowohl Einzelne, als auch Mehrere im Zusammenwirken, Beweise ihrer Fortschritte ablegen. Mehrere solcher Versammlungen, zu denen sich stets eine große Anzahl gebildeter Zuhörer und Zuhörerinnen, welche dazu die Einladungskarten empfangen, einfinden, haben schon die allgemeine Ueberzeugung von der Zweckmäßigkeit eines solchen, mehr aus Liebe zur Sache, als in Absicht auf Geldgewinn begonnenen Unternehmens befestigt, welche Hr. Hartig in seinen, von Sachkenntniß zeugenden, populären Einleitungsreden, die sich über das Formale und Materiale, über Methode und Inhalt seiner Uebungen auf das Umfassendste verbreiten, hinlänglich beleuchtet hat. — Nicht blos eine Unterhaltung in ernsterer Art, welche Jünglinge und junge Männer von in sittlicher und socialer Beziehung gefährlichen Zerstreuungen abzieht, gewähren diese Unterrichtsstunden und öffentlichen Uebungen, sondern, mit den schönsten, reinsten und gesinnungsvollsten Erzeugnissen unserer vaterländischen Schriftsteller älterer und neuerer Zeit sich beschäftigend, tragen sie auch zur Ausbildung des Geistes, zur sittlichen Kräftigung des Charakters, zur Mehrung und Berichtigung der nothwendigsten Kenntnisse in der deutschen Literatur und allgemeinen Geschichte, zur Veredlung des Geschmackes wesentlich bei. Erheischt aber auch nicht unsere Zeit, welche so große Forderungen stellt an die Bildung Solcher, die sich dem Geschäfts- und Gewerbstand widmen, daß sie die Fähigkeit sich aneignen, das klar Erkannte auch verständlich Jedem darzustellen, in richtiger Gedankenfolge und reinem Ausdruck schriftlich und mündlich ihre Ansichten zu entwickeln, nicht blos über Gegenstände ihres Faches, das an und für sich schon eine feste wissenschaftliche Begründung, sondern auch über Fragen allgemeiner Bildung und des öffentlichen Lebens und Interesses? Auch diese Fertigkeit wird am sichersten allein in solchen Uebungen gewonnen, wie sie Hr. Hartig mit seinen Schülern anstellt. Wir empfehlen daher sein Unternehmen einer recht zahlreichen Theilnahme und weisen die Interessenten an Hrn. Hartig, der ihnen Plan und Subscriptionsliste vorlegen und zur Besprechung wegen Privatstunden bereit seyn wird.

Nächsten Mittwoch den 11. Nov. d. Mts. wird Hr. Eliason, Mitglied des Frankfurter Orchesters, unter Mitwirkung mehrerer ausgezeichneter Künstler ein großes Vocal- und Instrumental-Konzert veranstalten. Hr. Eliason hat bei dieser Veranlassung so zahlreiche Subscribenten gefunden, daß er sich veranlaßt sieht, sein Konzert im Saale des Weidenbusches zu geben. Um dieser freundlichen Betheiligung zu entsprechen, hat der Konzertgeber dafür Sorge getragen, daß durch Reichhaltigkeit und gediegene Ausführung der Musikstücke den Freunden der Tonkunst ein genußreicher Abend bereitet werde. Bei der rühmlich bekannten Virtuosität des Hrn. Eliason bedarf es hier keiner weiteren Empfehlung und haben wir nur auf das dieser Tage erscheinende Programm zu verweisen.

Geschichtliche Vorlesung.

Vierte Vorlesung; Montag, 7. Nov., Abends 7 Uhr:

Die hervorragendsten und interessantesten Personen und Charaktere aus der Zeit von 1740 — 1756. Dr. Heyden.

Theater-Anzeige.

Sonntag, 8. Nov. Stadt und Land, oder: Der Viehhändler aus Oberösterreich, Posse mit Gesang in 2 Abth., von F. Kaiser, Musik von A. Müller.

Montag, 9. Nov. (Zum Vortheil des Hrn. Reger und zum Erstenmale): Ein deutscher Leinweber, Schauspiel in 4 Abtheilungen, von Ludwig Stark und Friedrich Adami. — Mit aufgehobenem Abonnement.

Redacteur: J. L. Heller. — Druck und Verlag von Heller und Rohm.

Didaskalia.

Blätter für Geist, Gemüth und Publizität.

№ 310. Dienstag, den 10. November 1846.

Geschichte eines Boudoirs.

Von ihm selbst erzählt.

(Fortsetzung.)

Die Thüre zur geheimen Treppe war offen, die Treppe selbst strahlte von Licht, und war mit Blumen geschmückt. Ferdinand stieg die Stufen hinauf und befand sich bald am Eingange des Boudoirs; er sah sich allein und konnte nun mit Muße alle Gegenstände, die in meinem Umfange enthalten waren, durchmustern. Das Portraitt Derjenigen, die einen so tiefen Eindruck auf ihn gemacht hatte, fesselte seine Aufmerksamkeit, es stellte, nach der Mode der Zeit, die Baronin als Nymphe halb nackt dar; mit Bedauern weilten Ferdinands Augen auf diesem Bilde, welches Marie in ihrem größten Reize brandmarkte: in ihrer kindlichen Schamhaftigkeit . . . „Sie achten jetzt nichts mehr, die heutigen Künstler," sagte er; „gewohnt, entehrte Frauen zu malen, entehren sie unschuldige. Gewiß war sie es nicht, die sich so darstellen lassen wollte."

Die Baronin erschien; ihr seidenes Kleid rauschte, als es an die Thüre streifte, und riß den jungen Grafen aus seinen Betrachtungen, um ihn in ein Meer von Entzücken zu stürzen; das Modell stand vor ihm, er konnte den Ausdruck dieser himmlischen Augen, die einfache und bescheidene Haltung, die elegante und keusche Toilette des Originals mit jenem Frauenportrait vergleichen, das durch die verdorbenen Sitten des Jahrhunderts entweiht worden war; er hatte seine Augen ohne Verwirrung auf die Copie gerichtet, vor dem Modell mußte er sie senken. Die Baronin war ganz erstaunt, den, der sie den ganzen Abend überall verfolgt hatte, noch da zu finden.

„Wie haben Sie, Herr Graf, in mein Boudoir gelangen können?"

„Ich fand die Thüre unten am Thurme offen."

„Noch um diese Stunde?"

„Sie scheinen mir zu zürnen, gnädige Frau, daß ich ohne Ihre Erlaubniß hier eingedrungen?"

„Nein, Herr Graf, im Gegentheil, ich fühle mich durch den Besuch, den Sie meinem Boudoir abzustatten beliebten, sehr geehrt, und bitte Sie, sich auf diesen Sessel ein wenig niederzulassen. Sie sind die erste Person, die sich darauf setzt, da ich es dem Baron selbst bisher nicht gestattet habe.

„Wirklich? Dieses Boudoir ist also der Ihnen allein geweihte Tempel, Madame?"

„O nein, aber bis heute hat außer mir noch Niemand das Boudoir betreten. Wie finden Sie es, Herr Graf?" fragte sie mit dem Lächeln eines Kindes, welches wünscht, daß man sein neues Spielzeug bewundere.

„Bezaubernd," entgegnete Ferdinand, die Blicke auf das Portrait der Baronin geheftet, „ja, Madame, entzückend, aber bei weitem weniger als Sie!"

„O welche Schmeichelei! Dieses Portrait ist weit schöner als ich; ich komme mir im Vergleich zu dieser herrlichen Frau nur wie ein Kind vor."

„Ja," sagte der Graf, „zwischen Ihnen und diesem Bilde ist ein Unterschied wie zwischen einem Engel und einer Hofdame?"

„Sehen Sie," sagte die Baronin sich erhebend, wahrscheinlich um nicht eine Vergleichung fortsetzen zu lassen, wobei ihre Bescheidenheit mehr zu verlieren, als ihre Koketterie zu gewinnen hatte, „sehen Sie, Herr Graf, von diesem Fenster aus kann man herrlich Ihr Schloß wahrnehmen. Wenn Sie diesen Abend den Thurm noch beleuchtet sehen könnten, so bin ich überzeugt, daß er eine herrliche Wirkung hervorbringen müßte."

Sie waren beide an's Fenster getreten.

„Ich zweifle nicht an dem Glücke," sagte Ferdinand, „das ich empfinden werde, wenn ich das Fenster Ihres Boudoirs erblicken werde. Dieser Theil Ihres Parkes scheint sehr einsam."

„Bevor man an mein Boudoir dachte," sagte die Baronin, „war dieser Thurm unter hundertjährigen Bäumen begraben. Wenn Sie wüßten, Herr Graf, welchen Schauder ich empfand, als ich zum erstenmal den Ort betrat; ich sehe noch seine feuchten und düstren Mauern, Entsetzen erfaßt mich noch, wenn ich daran denke; ich muß aber gestehen, daß er nicht mehr wieder zu erkennen ist: Feen können keine reizendere Verwandlungen bewirken."

„Wenn auch die Fee selbst nicht mitgewirkt hat," erwiederte der Graf, „so wußte sie doch die Künstler zu begeistern; und um Ihnen zu gefallen, Madame, muß Nichts unmöglich seyn."

„Der Baron hat es bewiesen," sagte sie, „denn er hat aus meinem Boudoir ein kleines Weltwunder gemacht."

„Sie sagten, Frau Baronin," begann Ferdinand wieder, sich ihr mehr nähernd, „man könne von diesem Fenster meines Vaters Schloß sehen?"

„So ist's, mit einem Augenglase könnte man sich guten Morgen sagen."

„Statt des Glases hat man Augen."

„Ich glaube nicht, daß die Augen genügen werden."

„Dann nimmt man das Herz zu Hülfe, und das Herz erräth."

„Mit einem Augenglase wird man sich noch weniger täuschen."

„Und ich schwöre Ihnen, daß ich mit Hülfe meiner Augen und meiner Erinnerungen besser sehen werde. Und wenn Sie mir versprechen wollen, sich morgen an's Fenster zu setzen, so werde ich Ihnen die Stunde nennen, in der Sie es gethan haben."

„Gut, ich verspreche es Ihnen, Herr Graf, aber Sie dürfen kein Augenglas zu Hülfe nehmen."

„Ich werde mich hüten, es würde Ihre Züge trüben, die rein und himmlisch, wie ich sie vor mir sehe, ewig meinem Gedächtnisse eingeprägt bleiben werden."

„Kommen Sie, Herr Graf," sagte die Baronin mit einer

Stimme, welche das ungestüme Klopfen ihres Herzens gegen ihren Willen zittern machte, „wir müssen in den Saal zurück, die Herren dürften ihre botanische Excursion beendigt haben."

„Wie, schon jetzt diesen reizenden Aufenthaltsort verlassen!" sagte Ferdinand.

„Es muß seyn. Ich werde bald wieder hieher zurückkehren, denn es ist auch mein Betzimmer. Sehen Sie einmal den schönen Betstuhl, den der Baron hat hineinsetzen lassen. Wenn ich des Morgens mein Fenster öffne, scheinen die Vögel ihren Gesang mit meiner schwachen Stimme zu vereinigen und mich einzuladen, meinen Geist wie ehema's zu sammeln, wenn sich meine Seele zu meinem Schöpfer erhob."

„Ehemals!" sagte der Graf erstaunt; „es giebt für Sie kein Ehemals mehr, Madame."

„Sie glauben, Herr Graf, daß ich erst seit heute lebe?"

„Ich wage es nicht zu denken, Madame, weil mich dies an ein Glück glauben ließe, welches zu hoffen mir nicht erlaubt ist."

„Welches?"

„Ich werde glauben, daß Sie heute zum erstenmale glücklich gewesen seyen, und dies würde zwischen mir und Ihnen eine Sympathie voraussetzen, die . . . ."

„Kommen Sie, Herr Graf, ich höre die Stimme meines Mannes und fürchte . . . ."

„Was fürchten Sie?"

„Daß er sich über meine Abwesenheit wundert."

In der That wartete alle Welt im Saale auf die Baronin, um Abschied von ihr zu nehmen; Jeder machte ihr ja nach seinem Geschmacke und Geiste ein Kompliment. Der Herzog küßte ihr die Hand, sein Sohn verbeugte sich tief, die Wagen fuhren ab, und bald war Alles still und finster, ausgenommen der Thurm, der bis zum halben Tage erleuchtet blieb.

Der Baron schlief ein, an sein Fest, an die zahlreichen Gäste, die er dabei empfangen, denkend; die Baronin, an eine einzige Person, die sich so eben entfernt hatte. Der Baron schlief fest, Marie schlummerte nur; sie ging mehreremale in der Nacht in ihr Boudoir. Als sie sich einen Augenblick an's Fenster gestellt hatte, bemerkte sie ein helles Licht, welches einen Punkt im Schlosse des Herzogs beleuchtete. Sobald der Tag angebrochen war, gedachte sie ihres Versprechens und verweilte eine Zeitlang am Fenster, um sicher zu seyn, daß sie gesehen werde; dann wollte sie, ihrer Gewohnheit nach, beten, aber diesmal besaß nicht Gott allein ihre Gedanken; ihre bisher von aller weltlichen Berührung freie Einbildungskraft hatte endlich den elektrischen Funken empfangen. Von einer bescheidenen jungen Frau, die nichts kannte, war sie zu einer reichen, betitelten übergegangen; sie begriff nun, daß Vermögen und Titel einer Frau das Privilegium geben, in Schutz zu nehmen und das Recht, Huldigungen zu empfangen. Einen ganzen Tag lang war sie der Gegenstand der Sorgfalt eines jungen Herrn gewesen, und so glaubte sie, ihre Bestimmung sey, sich anbeten zu lassen, und ward, ohne eitel zu seyn, von dem Werthe, welchen Vermögen und Zufall ihr verliehen, berauscht; ohne gerade kokett zu seyn, glaubte sie sich mit Recht ein Gegenstand der Bewunderung, und ließ sich in aller Unschuld von einem glänzenden Manne den Hof machen, der sie, ohne daß sie es merkte, in eine schuldvolle Intrigue hineinziehen sollte.

Was war die Ursache der Umwandlung meiner jungen Herrin? Ich, das Boudoir, das die Ursache zum Feste, die Ursache eines Tête-à-tête, die Ursache des Aussichtspunktes gewesen, den man im Park angebracht, um des Herzogs Schloß zu sehen, die Ursache der ersten Unvorsichtigkeit meiner Herrin, und die Ursache endlich aller Arten von Unglück! . . . . Ach! der Baron hätte besser gethan, mich unter meinen großen Bäumen zu lassen! Aber die Baronin mußte ein Boudoir haben! Eitelkeit der Eitelkeiten! Alles ist eitel!

(Fortsetzung folgt.)

Schuselka über die deutschen Juden.

In der bei Hoffmann und Campe in Hamburg in diesem Jahre erschienenen „deutschen Volkspolitik von Schuselka" befindet sich ein Aufsatz über die deutschen Juden, worin auch Diejenigen, welche sonst mit des Verfassers politischen Ansichten nicht oder nicht ganz einverstanden sind, viel Beherzigenswerthes finden werden. Einige Auszüge daraus werden unsere Leser in den Stand setzen, darüber zu urtheilen.

Das wirksamste Haupthinderniß der Judenerlösung, sagt unser Verfasser, liegt unstreitig blos in unsern christlichen Vorurtheilen und persönlichen Antipathien. Es gibt freisinnige Männer, welche es offen aussprechen, daß sie von unserer Ungerechtigkeit gegen die Juden vollkommen überzeugt sind, daß sie aber dessen ungeachtet durch ein gewisses Etwas, durch ein angeerbtes, ja angebornes Vorurtheil, durch eine unbezwingliche Abneigung verhindert seyen, für die gänzliche Aufhebung jener Ungerechtigkeit zu stimmen. Allein, wenn auch nicht geläugnet werden kann, daß in den jetzigen Volkszuständen der Juden noch Mancherlei vorkomme, was eine gewisse Abneigung erregen kann, und wenn es ferner nur allzu wahr ist, daß die mit der Muttermilch eingesogenen Vorurtheile das ganze Leben beherrschen, so ist es doch eben für diejenigen Freisinnigen, die wirklich von einem Vorurtheil, von einer Antipathie gegen das Judenthum und gegen die Juden besessen sind, um der allgemeinen Freiheit willen die dringendste Pflicht, für die Judenfreiheit zu wirken. Denn lassen wir persönliche, angeerbte Vorurtheile und Neigungen in politischen Dingen herrschen, so rechtfertigen wir dadurch die uns allen feindlichen Vorurtheile und Neigungen Derjenigen, die uns Alle beherrschen.

Es gibt freisinnige Volksmänner unter uns, die dem Prinzip nach das Recht der Juden auf staatsrechtliche Gleichstellung und Freiheit anerkennen, aber dennoch gegen die unversäumte und vollständige Durchführung dieses Prinzips stimmen, weil, wie sie sagen, die Juden für die Freiheit noch nicht reif seyen, sondern erst nach und nach durch stufenweise Concessionen herangebildet werden müßten. Buchstäblich dasselbe setzt eine gewisse Partei unserm eignen Freiheitsstreben entgegen. Sie ist zwar auch schon so weit gebracht, daß sie die staatsrechtliche Freiheit dem Prinzip nach nicht mehr negiren kann; aber sie ist gegen die unversäumte und vollständige Durchführung dieses Prinzips, weil, wie sie sagt, die Völker überhaupt und besonders die deutschen Völker für die Freiheit noch nicht reif seyen, sondern erst durch stufenweise Concessionen herangebildet werden müßten. Wagen wir es nun, über ein Volk, welches ein Theil unsers eigenen Volkes geworden ist, die Unmündigkeitserklärung auszusprechen, so ermächtigen wir dadurch diese Partei, dasselbe Urtheil über uns selbst zu fällen.

Was der geistreiche Verfasser ferner als Beweis der innern Nationalisirung der deutschen Juden, in Beziehung auf vaterländische, literarische und künstlerische Leistungen anführt, wie er zeigt, daß gerade ein Jude: Berthold Auerbach „unser eigentlich deutsches Urvolk in seinem innersten Wesen belauscht und erkannt hat", das ist vielleicht der interessanteste und überzeugendste Theil seines Aufsatzes. Es würde aber die Gränzen dieses Blattes überschreiten, daraus weitere Auszüge mitzutheilen, und verdient im Buche selbst nachgelesen zu werden.

Das Meteor vom 17. October d. J.

ist nach Zeitungs-Nachrichten an sehr vielen Orten der Rhein-, Main- und Lahngegenden gesehen worden. Keine dieser Nachrichten hat aber, so viel ich wenigstens weiß, Beobachtungen mitgetheilt, welche zu einer wissenschaftlichen Bestimmung der Bahn, namentlich zur Berechnung der Höhe desselben, die Mittel gewährten. Ganz vereinzelt steht deßhalb bis jetzt eine Beobachtung des Hrn. Dr. Casselmann zu Wiesbaden, welcher die scheinbare Bewegung als in einem größten Kreise erfolgend bezeichnet, der die scheinbaren Entfernungen von α Lyrae und ξ Aquilae einerseits und β Cygni bis α Aquilae andererseits halbirte, und sehr nahe an ϵ Delphini herging. Bei der Unmöglichkeit aber, aus dieser schätzbaren Beobachtung, so lange sie vereinzelt bleibt, nützliche Folgerungen zu ziehen, hat man Hr. Dr. Casselmann erlaubt, dieselbe zu veröffentlichen, mit der Aufforderung an Jeden, der eben im Besitz ähnlicher bestimmter Beobachtungs-Umstände wäre, dieselben ihm mitzutheilen, um daraus eine Berechnung unternehmen zu können. (Solche wissenschaftliche Angaben, in kurzgefaßten Zusammenstellungen, wird die Redaktion der Didaskalia gerne in ihrem Blatte mittheilen.)

Marburg, 4. Nov. 1846. Gerling.

Mannichfaltigkeiten.

(Posen, 3. Nov.) In der Stadt Konin war vor einiger Zeit ein christliches Mädchen verschwunden, und es hieß, das Kind sey von den Juden gestohlen und gemordet worden, worüber das gemeine Volk furchtbar aufgeregt wurde. Der Bürgermeister ließ die Juden schnell zusammenklopfen (in den meisten polnischen Städten werden die Juden durch drei Hammerschläge an die Thüren nach der Synagoge berufen), und befahl ihnen, das Opfer herauszugeben und den Dieb zu ermitteln. Die Straßen füllten sich mit bewoffnetem Pöbel; überall sah man Heugabeln und Knittel, und die Juden waren in der übelsten Lage. Gewiß wäre es auch zu unangenehmen Auftritten gekommen, wenn nicht ein Invaliden-Offizier mit 30 Veteranen mit scharfgeladenen Gewehren sich zum Schutz der geängsteten Juden auf dem Ring aufgestellt hätte. Dennoch wäre vielleicht der schrecklichste Kampf losgebrochen, wenn nicht ein Bauer unerwartet das Kind gebracht hätte, das er schlafend auf einer Wiese gefunden und dessen Angehörige er erst jetzt erfahren hatte. Die Scene hatte damit ein Ende, aber die Juden verlangen nun strenge Untersuchung; was wird aber dabei anders ermittelt werden, als daß die Leute in der Bildung und Aufklärung noch so weit zurück sind, daß sie solche Thorheiten glauben.

(Neu-Ruppin, 2. Nov.) Ein hiesiger protestantischer Prediger hat eine auffallend intolerante Gesinnung gegen die deutsch-katholische Gemeinde an den Tag gelegt, indem derselbe in Rücksicht des Umstandes, daß der hier erscheinende „gemeinnützige Anzeiger" in seinem wöchentlichen Kirchenzettel auch die Taufe eines deutsch-katholischen Kindes aufgeführt hat, diesem Blatte fortan die Liste der protestantischen actus min. entzieht, mit der Behauptung, daß die Dissidenten nicht auf den Kirchenzettel gehören.

In einer Recension über die Aufführung des „Hamlet" sagt die „Allg. Preuß. Ztg." sehr wahr: „Zu keinem der Shakespeare'schen Dramen hat der Deutsche ein so inniges Verhältniß, als zum „Hamlet": denn wenn sonst bei einer wahr gezeichneten Gestalt Dieser und Jener an sich selber denken muß, so erleben wir hier, daß eine ganze Nation sich getroffen fühlt, ihr eignes Temperament, ihre Weltanschauung wiederfindet und von dem Schicksal des Helden lernt, daß jener Ueberschuß an Geist, dem nicht das gleiche Maß der Thatkraft entspricht, zum Verderben gereicht."

Nach einem Berichte des Hrn. Klette in Emil Andre's neuer ökonomischer Zeitschrift ist die Indigopflanze in Dalmatien mit erwünschtem Erfolge akklimatisirt worden. Der verstorbene Gubernialrath und Kreishauptmann Heinrich Reha, der durch das Handlungshaus Jussuf in Triest Indigosamen aus Aegypten erhalten hatte, war der erste, welcher sich für dessen Anbau thätig interessirte. Eine Grundfläche von 1000 Quadratklaftern, mit 24 bis 100 Pfd. Indigosamen bebaut, gibt 3000 Pflanzen und diese im Durchschnitt 15 bis 16 Pfd. Indigofarbe.

In Wiesbaden hat sich herausgestellt, daß das von der Platte herabgeleitete Quellwasser frei von allen chemischen Bestandtheilen ist. Schweizer Fabrikanten wollen nun in Wiesbaden dieses Wasser benutzen, und Gobelins Tapeten, feine Kattune, farbige Seidenstoffe ꝛc. fabriciren.

Hoffmann von Fallersleben bietet wiederholt seine treffliche Bibliothek feil. Gebote unter 2000 Rthlr. werden nicht angenommen. Welche öffentliche Büchersammlung wird diesen Schatz erwerben?

(Spanische Censur.) Der größte Theil der spanischen Zeitungen besteht jetzt aus zwei Drittheil weißem Papier. So erschien kürzlich der „Expectator" in folgendem Zustand. Auf der ersten Seite stand: „alle treuen Spanier" und auf der zweiten, ganz unten: „unser glückliches Vaterland." Auf der dritten standen die Worte: „die Infantin durch ihre Heirath" und am Ende der letzten, vierten „in unserer nächsten Nummer."

In Elberfeld ist kürzlich eine „Kreuzigung" von Rubens entdeckt worden, sehr gut erhalten, mit 17 2—$2^1/_2$ Fuß hohen Figuren.

(Ansbach, 4. Nov.) Die königl. Regierung von Mittelfranken macht im Intelligenzblatt bekannt: Seine Majestät der König haben zu befehlen geruht, daß sämmtliche k. Regierungen beauftragt werden, in geeigneter Weise auf die Bildung von Unterstützungsvereinen (Vereine zur Herbeischaffung von Getreide) hinzuwirken, dieselben in jeder zulässigen Weise zu fördern und zu ermuntern, und ihre Einrichtung zu genehmigen.

Das „Neue Museum" in Marburg ist in Gefahr, ebenfalls aufgelöst zu werden. Das Ministerium ist nämlich mit der Conzession, die man ihm unaufgefordert bei der Reorganisirung des Institutes dadurch machte, daß man festsetzte, die studirenden und die nicht-studirenden Mitglieder sollten, jeder Theil abgesondert für sich und aus seiner Mitte, die Hälfte des Vorstandes wählen; damit ist das Ministerium noch nicht zufrieden, sondern es verlangt, daß die Studenten nur außerordentliche, nicht stimmfähige Mitglieder sollen seyn dürfen.

(Eßlingen.) Hr. Dr. Mauz hier macht den Vorschlag, die Kerne der Hagenbutten (der Früchte von Rosa canina) sorgfältig gereinigt als Thee, oder geröstet und gemahlen als Kaffee zu verwenden. Sowohl der Thee, insbesondere aber der Kaffee, sollen sehr angenehm zu genießen seyn.

(Von der ungarischen Gränze, 27. Okt.) Zu welch' sonderbaren Mitteln oft die ungarische Aemtergier greift, möge folgendes Beispiel beweisen. Ein Hr. v. D., vor langer Zeit einmal Stuhlrichter im Biharer Komitate, wo er ein Schrecken der Bauern war, denen er oft die Bastonade auf den Bauch geben ließ, dann bekannt wegen seines Uebertritts zur katholischen Kirche und durch seine stummberedte Vertretung des rottenborough Pukanecz auf dem letzten Landtage, sollizitirte vor kurzem bei der königl. ungarischen Hofkanzlei um eine untergeordnete Stelle. Unter den Gründen, welche er anführte, befand sich auch der, daß er es jederzeit für Pflicht gehalten habe, mißliebige Personen und Demagogen zu denunziren. Dies ist keine Uebertreibung, sondern ein getreues Zitat. Es versteht sich von selbst, wie die als hochsinnig bekannte Hofkanzlei ein derlei Gesuch aufgenommen.

(**Mittel, neuen Wein alt zu machen.**) Man gießt den jungen Wein in eine Flasche, welche früher alten Wein enthalten hat, läßt aber den Raum eines Trinkglases leer. Nachdem die Flasche sorgfältig verkorkt worden, taucht man sie bis an den Hals in heißes Wasser von 60 Grad Reaumür und läßt sie eine Stunde lang darin stehen. Wenn der Bodensatz des alten Weines sich dem jungen Weine mitgetheilt hat, schüttet man ihn in eine andere Flasche über und stopft ihn sorgfältig zu. Es ist dies das Mittel, welches die italienischen Weinhändler anwenden, um dem Jahresgewächse zehn bis zwölf Jahre Alter zu verleihen. „Das sogenannte Bouquet des auf diese Weise zubereiteten Weines ist derartig, daß die besten Kenner sich dadurch täuschen lassen", sagt das italienische Blatt, welchem wir diese Thatsache entlehnen.

Korrespondenz.

Mainz, 2. Nov.

Am Samstag hörten wir hier zum Erstenmale die so vielbesprochene Oper Lortzing's: „Der Waffenschmied von Worms", müssen indessen gestehen, daß solche, trotz einer guten Aufführung, das Publikum ziemlich kalt ließ. Am meisten sprachen an das Lied des Grafen im ersten Acte, das Duett zwischen dem Grafen und dem Waffenschmied im zweiten Acte, das Septett und das Lied des Waffenschmiedes im dritten Acte; indessen sind die Lieder, wenn auch mit anderem Text, längst im Munde des Volkes, und wir können solche als neu unmöglich anerkennen. In der gestern stattgehabten Aufführung der Zauberflöte gastirte Hr. Haas vom Josephstädter Theater in Wien als Sarastro mit günstigem Erfolge; Hr. Haas besitzt eine sehr schöne klangvolle Stimme, und fanden wir die Höhe besonders angenehm, während die Tiefe etwas zu wünschen übrig läßt. Bewährt sich dieser Sänger auch in andern Partien, so wäre einem fühlbaren Mangel bei unserer Oper abgeholfen und wir hätten wieder einen guten ersten Bassisten. Für die als Königin der Nacht zum letzten Male aufgetretene Fräul. Löw sehen wir im Laufe dieser Woche einer andern ersten Sängerin entgegen, und soll es uns freuen, wenn dieselbe im Stande ist, die im vorigen Jahre so sehr beliebte Mad. Mittermayr zu ersetzen; gelingt es der Direktion, das Publikum in dieser Beziehung zufrieden zu stellen, so ist allen vernünftigen Anforderungen an die Oper Genüge geleistet. Die Vorstellung der Zauberflöte befriedigte allgemein. Hr. Lehmann, welcher in letzterer Zeit als Masaniello, Alamir nnd Fra Diavolo ganz besonders excellirte, sang den Tamino mit gewohnter Sicherheit; Fräul. Welly war eine reizende Pamina, und es ist diese Dame der entschiedene Liebling des Publikums, dessen Gunst sie sich durch eine Reihe vorzüglicher Leistungen errungen hat; Hr. Brandes war als Papageno recht brav; derselbe verbindet mit einer sehr wohlklingenden Stimme ein recht gewandtes Spiel, und können wir der Direktion zu dieser Acquisition nur Glück wünschen. Die Chöre gingen vorzüglich nnd machten ihrem Direktor, Hrn. Schuffenhauer, alle Ehre. Auch das Orchester, welches dieses Jahr bei Beginn der Vorstellungen gar Manches zu wünschen übrig ließ, hat sich in neuerer Zeit wesentlich gebessert, und wird es den unermüdlichen Anstrengungen des Hrn. Kapellmeisters Müller sicher gelingen, demselben die früher genossene Gunst des Publikums neuerdings zuzuführen. — Nächsten Montag wird hier das neue Lustspiel von Ludwig Kalisch: „Die Wage der Gerechtigkeit" zum Erstenmale über die Scene gehen, und ist man im Publikum auf die Aufführung allgemein um so mehr gespannt, als der geniale Verfasser in unserer Mitte lebt und man von dessen entschiedenem Talente nur Vorzügliches erwarten kann. Bei dem großen Interesse, welches man hier an dem Verfasser nimmt und bei der hier möglichen vorzüglichen Besetzung dieses Lustspiels erwartet man ein außerordentlich volles Haus, und dürfte es daher gerathen seyn, sich bei Zeiten mit Billets vorzusehen.

Darmstadt, 3. Nov.

Zu den vielen musikalischen Vereinen, welche wir hier besitzen, ist seit Kurzem nun auch noch ein „Cäcilien-Verein" hinzugekommen, welcher die eigenthümliche Einrichtung hat, daß ein Frauenchor sich die Pflege des Gesanges vorzugsweise angelegen seyn läßt. Sein zweites Konzert gab der Cäcilienverein am vorigen Samstag in dem Saale des Gasthauses zur Traube. Dasselbe war sehr zahlreich besucht und die aufgeführten Gesänge, besonders die des Chors, schienen allgemein anzusprechen.

Langen, Ende Oct.

Wir leben in neuerer Zeit hier so ganz außer dem Bereich der Geschichte, daß wir beinahe an deren Stillstand glauben würden, wenn nicht die auf eine Entfernung von einer kleinen halben Stunde täglich an uns vorüber ziehenden Eisenbahnzüge uns in unserem nun so still gewordenen Orte an jene Zeit erinnerten, wo wir mit der Außenwelt in einer näheren und engeren Verkehrsverbindung standen. Unser ländliches Stillleben wurde jedoch zu Anfang dieses Monats auf eine für uns höchst erfreuliche Weise unterbrochen durch ein zu Ehren des großh. Landrichters Hrn. Schulz und seines 25jährigen thätigen Wirkens an der Spitze des hiesigen Landgerichts im Gasthause „zum Darmstädter Hof" veranstaltetes Festdiner von 100 Gedecken, an welchem der Gemeinderath von Langen, die Bürgermeister des Landgerichtsbezirks und die Geistlichen mit den Localbeamten Antheil nahmen. Am Morgen des für Hrn. Schulz so ehrenvollen Tages empfing derselbe zahlreiche Beglückwünschungen, unter andern auch die unseres Gemeinderaths, welcher ihm das Diplom als Ehrenbürger, in geschmackvoller äußerer Ausstattung, überreichte. — Unseren gewerblichen Localinteressen ist, wie schon bemerkt, die Eisenbahn nicht förderlich gewesen, im Gegentheil haben dieselben wesentlich darunter gelitten. Diesem Uebelstande möglichst abzuhelfen, oder ihn wenigstens doch minder fühlbar zu machen, ist dem Gewerbfleiß die schwierige Aufgabe gestellt, sich neue Bahnen zu brechen. So hat Hr. Frey, Eigenthümer des vorerwähnten Gasthauses, eine neue Bierbrauerei etablirt, welche als ein sehr zeitgemäßes Etablissement betrachtet wird. Wir werden sohin im künftigen Frühling auf eine hübsche Quantität guten Lagerbieres mehr zählen können, um so mehr, als der Unternehmer sich auf den rationellen Betrieb des Bierbrauens gehörig zu verstehen scheint.

Frankfurt a. M., 8. Nov. (Eingef.)

Die hiesige isr. Gemeinde verlor am 5. d. ihren durch Tugend, Frömmigkeit und immense rabbinische Gelehrsamkeit ausgezeichneten Rabbiner, Hrn. Salomon Trier, nach zweijährigem Leiden, im 90. Jahre seines Alters. Mit ihm ging der letzte Sprößling der alten Schule zu Grabe und die ächt-jüdische Gelehrsamkeit verlor eine ihrer besten Stämme. Seiner berühmten thalmudischen Kenntnisse wegen wurden ihm in seiner Jugend die bedeutendsten Rabbinatsstellen angetragen, die er aber aus Anhänglichkeit zu seiner Vaterstadt ausschlug und seinen bescheidenen Wirkungskreis in derselben den glänzendsten Anerbietungen bedeutenderer Gemeinden, wie London, Preßburg und Kassel (als Konsistorial-Rabbiner unter der westphälischen Regierung) vorzog. Mit kluger Umsicht und regem Eifer stand er 52 Jahre dem hiesigen Rabbinat vor und sein eifriges Streben ging dahin, Eintracht und Frieden inmitten der hereinbrechenden religiösen Stürme zu erhalten; als er jedoch im Jahre 1844 sich dieser Aufgabe nicht mehr gewachsen fühlte, legte er freiwillig und unter gänzlicher Verzichtleistung auf seinen Gehalt seine Stelle nieder. Ein dauerndes Monument gründete er sich durch Heranbildung vieler Rabbiner, die sich in seiner Schule die zu ihrem Berufe nothwendigen rabbinischen Kenntnisse erwarben. Die alte, einfache Sitte ehrend, untersagte er in seiner letztwilligen Verfügung jede Trauerrede und äußeres Gepränge bei seinem Leichenbegängnisse; die zahlreiche Menge, welche dem Leichenzug folgte, beurkundete jedoch genügend die Liebe und Achtung, die er über dem Grabe hinaus sich in den Herzen seiner Gemeinde erworben hat.

Theater-Anzeige.

Montag, 9. Nov. (Zum Vortheil des Hrn. Reger und zum Erstenmale): Ein deutscher Leinweber, Schauspiel in 4 Abtheilungen, von Ludwig Storch und Friedrich Adami. — Mit aufgehobenem Abonnement.

Dienstag, 10. Nov. Fidelio, große Oper in 3 Abth., Musik von Beethoven. (Gastrolle) Fidelio: Fräul. Emilie Walter, k. k. österreichische Hofopern- und k. würtembergische Kammersängerin.

Redacteur: J. L. Heller. — Druck und Verlag von Heller und Rohm.

Didaskalia.

Blätter für Geist, Gemüth und Publizität.

Nro 311. Mittwoch, den 11. November 1846.

Geschichte eines Boudoirs.

Von ihm selbst erzählt.

(Fortsetzung.)

II.

Die Revolutionszeit.

Die geehrten Leser werden begreifen, daß ein ganzes Liebes-Drama aus jener momentanen Unterhaltung am Geburtstage meiner Herrin und dem Tage meiner Einweihung entstanden ist.

Die Jahre folgten einander, und führten für die Existenz der Baronin nur diejenigen Veränderungen herbei, welche durch die An- oder Abwesenheit des Grafen Ferdinand bedingt waren. Ich muß indeß sagen, daß ich nun nicht mehr die Ursache zu glänzenden Festen ward. Nachdem ich Zeuge gewesen der kindlichen Freude meiner jungen Herrin, ihres Glückes, sich in den venetianischen Spiegeln zu bewundern, nachdem ich sie zu Gott hatte beten sehen, um ihm für die Gnade, mit der er sie überhäufte, zu danken, sah ich sie nun nachdenkend, vernahm ich ihre Seufzer, bemerkte ich, wie ihrer Heiterkeit eine sanfte Melancholie, dieser Melancholie Aufregung, und dieser wieder eine Art Wahnsinn folgte: nämlich der Wahnsinn der Leidenschaft, mit seinen Befürchtungen, Qualen, Thränen und falschen Freuden.

Diese junge, sanfte, unschuldige, reine Frau wurde in kurzer Zeit leidenschaftlich und schuldig .... Ich war Zeuge ihrer Kämpfe und ihrer Schwachheit; sie vertraute mir ihre Gewissensbisse und ihren Kummer. Wie oft betrachtete sie mich von allen Seiten, als klagte sie mich an, an ihrem Falle schuld zu seyn.

Ich zittere noch vor Aufwallung, als ich eines Morgens einen Lakai meiner Herrin in Reisekleidern eintreten sah; er öffnete mein Fenster und ging auf einen Wink der Baronin wieder fort. Diese hob geheimnißvoll eine Tafel des Parkettbodens in die Höhe, nahm die Briefe des Grafen Ferdinand, die da verborgen waren, hervor und entfernte sich, nachdem sie mir zum Lebewohl einen langen Seufzer zurückgelassen. Die Baronin begleitete damals ihren Gemahl nach Amerika, wo große Besitzungen des Barons Gegenwart nothwendig machten. Es war eine unheilvolle Reise für ihn, denn er verlor dort sein Leben .... Ich war nun lange Zeit verlassen. Meine schöne Draperien, meine Verzierungen und Malereien litten durch die geringe Sorgfalt, die mir erwiesen wurde.

Ich lebte in der Vergessenheit und Stille, als ich eines Tages rings um mich her Lärm vernahm und eine noch schöne, aber durch Schmerz gebeugte Frau in tiefer Trauer eintreten sah. Sie warf einen schnellen Blick auf meine Wände, die ihren Glanz verloren hatten. Sie seufzte, öffnete geräuschlos dasselbe Fenster, das sie so oft geöffnet hatte, hob traurig die Augen gen Himmel und befestigte einen schwarzen Schleier an die Stelle, wo so oft eine weiße Schärpe geweht hatte. Sie warf einen Schlüssel aus dem Fenster, schloß die inneren Läden und verschwand. Ich blieb einige Augenblicke in der Dunkelheit; bald aber vernahm ich Tritte auf den Stufen der kleinen Treppe.

Die goldne Thüre öffnete sich, und ein blasser Mann mit niedergeschlagener Miene trat ein; er stellte eine Blendlaterne, die er in der Hand hielt, auf einen Tisch und warf sich in einen Sessel. Seiner Brust entstiegen Seufzer, mit denen sich die Worte mischten:

„Verloren! Verloren! Und ich will noch leben? Ja, ja, leben, um Dich zu rächen! O, mein Vater! mein Vater! Die Räuber! sie haben Dich gemordet! Hier," sagte er, den Kopf erhebend und meine Mauern betrachtend, „ich hier, nach zehnjähriger Abwesenheit! O Marie, Marie! Du bist es, die einem armen Geächteten einen Zufluchtsort anbietest; Du willst mich vor meinen Feinden verbergen, mich retten. Du, die meinetwegen so viel geweint! Sie ist hier, und ich werde sie nicht sehen! Dies ist Dein Wille!"

Seit des Barons Tode war die Baronin nach Frankreich zurückgekehrt, und hatte sich auf ihren Landsitz begeben, woselbst sie in größter Zurückgezogenheit lebte. Einige Nonnen, die sie früher im Kloster gekannt und welche die öffentlichen Wirren beunruhigten, hatten sich zu ihr geflüchtet, und nun hoffte die Baronin, die es sich zur Pflicht gemacht, die Armen der Umgegend zu unterstützen, durch Reue und Buße ihre früheren Irrthümer wieder gut machen zu können. Als sie aber erfuhr, daß Ferdinands Vater hingerichtet, er selbst geächtet sey, da öffnete sich ihr Herz wieder allen vergangenen Schmerzen und tödtlicher Unruhe, sie beauftragte einen alten Diener, der alle ihre Geheimnisse kannte, die Spuren Ferdinands aufzusuchen und ihm den nördlichen Thurm als Zufluchtsort anzubieten. Ich war so lange Zeit geschlossen gewesen, daß ich keinen Verdacht erregen konnte, und man weiß, daß ich bei jener merkwürdigen Gelegenheit nur auf einige Minuten das Tageslicht erblickte, um ein Signal zu geben. Diesem Signal war die Ankunft des Grafen gefolgt. Von nun an wurde ich Tag und Nacht durch eine verhüllte Lampe erhellt. Der alte Diener, den ich zehn Jahre früher so oft gesehen hatte, wenn er meiner Herrin Liebesbotschaften brachte, kam mehrmals des Tages, Ferdinands Befehle einzuholen, und bald fand ein lebhafter Briefwechsel zwischen dem Grafen und meiner Herrin statt. Ich wünschte ihnen zu ihrer Beständigkeit in der Liebe Glück, als ich mich eines Tages überzeugte, daß weit entfernt, sich mit Liebesthorheiten abzugeben, sie sich einzig und allein mit Staatsangelegenheiten beschäftigten.

Sie hatten sich gegen die Feinde des Adels verschworen. Der alte Diener hatte sich in einen politischen Boten umgewandelt; er trug heimlich Botschaften des Grafen und der Baronin, empfing die Antworten und überbrachte sie mit dem Eifer, den man nur bei jenen guten Dienern antraf, die mit den Tugenden ihrer

Herrschaft und mit ihrem Unglück indentificirt, so wie ihres Glückes sich theilhaftig glaubten; dies war eine besondere Art Menschen, von denen man heutigen Tages nichts mehr weiß, wo die allgemeine Freiheit Stände und Aemter auf gleichen Fuß gesetzt hat, ohne sie vermischen, ohne die Einen erniedrigen, noch die Andern erheben zu können, vielmehr nur Mißklang und Uneinigkeit über sie gebracht hat. Einige Zeit verging für mich ohne andere Gäste als Ferdinand, dessen Briefe und Boten mich nicht zum Vertranten ihrer Gedanken machten, weil ihre Unterhaltung sehr lakonisch war. Der Graf sagte: „Bring' diesen Brief der Baronin, diesen dem Grafen Saint-Albain, diesen dem Marquis de Latour;" worauf der Diener durch ein Zeichen oder durch die sehr wenig erklärenden Worte: „Ja, Herr Graf," antwortete; so endigte die Unterhaltung. Hie und da jedoch vernahm ich gewisse Ausrufungen, die mich auf die Spur dessen, was Alle wünschten, brachte, z. B. „Wenn es uns gelänge! Wenn der Adel sich in Masse erhöbe! Wenn der König mehr Charakterfestigkeit zeigte!"

Endlich langte eines Tages der gute Diener ganz mit Schweiß bedeckt und in großer Aufregung an.

„Herr Graf," rief er, so laut, als die Klugheit es erlaubte, „sie werden Alle kommen, Alle nach Mitternacht, ich werde sie durch die geheime Thüre einführen."

„O, wahres Glück!" rief Ferdinand begeistert, „wir werden uns also sehen und verständigen!"

(Fortsetzung folgt.)

Des Grafen Kind.

(Eingesandt an den norddeutschen Musikverein von Adolf Ebeling.)

Die Liebe kam auf Schwingen,
Wie Lenzeshauch so lind,
Wenn sie zur Kirche gingen,
Der Graf mit seinem Kind. —
Ward zum Gebet gesungen,
Dann hat des Meßners Sohn
Die Glocke froh geschwungen,
Das hat gar schön geklungen
In lautem Freudenton!

Doch plötzlich ist gekommen
Ein Jüngling hoch zu Roß,
Hat sie zur Braut genommen
Dort in dem Grafenschloß. —
Er sah sie niemals wieder;
Bei ihrem Hochzeitmahl,
Da klang's wie Sterbelieder
Vom hohen Thurme nieder,
Ein Sturmwind zog durch's Thal!

In dem gebroch'nen Herzen
Ein gränzenloses Weh,
So warf er seine Schmerzen
Wohl in den tiefen See. —
Die Wellen sah man kreisen,
Er war mit Gott versöhnt;
Die Glocke hat in leisen,
In geisterhaften Weisen
Zur Nacht von selbst getönt!

Novitäten und Curiosa im Gebiete der Tonkunst.

Die italienischen Blätter preisen jetzt einen primo nomo, dessen hohe Tonlage nicht sein erstes Verdienst seyn soll. Dieser neue Opernillustrat heißt Carlo Livernani und ist ein Schüler Piacenti's. In Deutschland wird er sich wohl hören lassen, wenn er die Stimme verloren hat.... Emanuel Geibel hat für Mendelssohn die „Loreley" als Operntext gedichtet, und denselben im Kreise seiner Freunde (in Lübeck, seiner Vaterstadt) vorgelesen. Die Zuhörer bezeichneten das Gedicht als ganz vorzüglich. Sicherte aber ein solches Lob stets einen allgemeinen Succès, wir würden nie ein Opernfalliment erleben.... Von Arndt's Lied: „Was ist des Deutschen Vaterland?" ist eine illustrirte Ausgabe erschienen, wovon der König von Preußen 200 Exemplare an Volksschulen vertheilen ließ.... Der Municipalrath von Lyon hat einen Preis von 20,000 Frcs. für eine Oper ausgeschrieben. Das heißt encouragieren. Bei uns schreibt man billiger.... In Paris hofft man, Berlioz werde ein Nachfolger Habeneck's werden, d. h. Dirigent der großen Oper. Was Berlioz neuestes Werk betrifft, dem Fragmente aus Goethe's Faust zu Grunde liegen, so ist es bemerkenswerth, daß dessen (Berlioz) Schöpfergeist zuerst durch deutsche Tonwerke angeregt wurde, und er nun auch meistens Stoffe germanischen Ursprungs für seine Composition wählt.... Jenny Lind traf am 1. Nov. in Wien ein und erhält dort, laut öffentlichen Blättern, von Pokorny für vier Monate eine Gage von 100,000 Frcs. Ob wohl Marie von Marra darauf nicht eifersüchtig wird, die am Petersburger Hoftheater singt und für fünf Monate nur 60,000 Frcs. erhält? Wie doch die Künstlerinnen heutzutage gekränkt werden!... In London soll ein neues Opernhaus durch das Zusammentreten der Grisi, Persiani und Viardot-Garcia, und der Herren Mario, Tamburini, Ronconi, Salvi und Rovero zu Stande kommen.... Musard, der Pariser Strauß, gibt in Kroll's großartigem Saale in Berlin Konzerte und erhält für jeden Abend 1000 Frcs.... Franz Lißt ist im Begriff, von Wien aus nach Konstantinopel zu gehen, um Hrn. von Meyer den dort errungenen Lorbeer streitig zu machen, während dieser aus billiger Revanche über Wien nach Ungarn geht, um sich auch einen Säbel zu holen. Im Pesther „Spiegel" heißt es: Lißt heirathe eine schöne Ungarin. Daß derselbe bei seiner letzten Anwesenheit in Ungarn zum Oedenburger Gerichtsrath ernannt wurde, ist bekannt. (Einige Blätter setzen hinzu: Unsinn du siegst!)

Von neuen Musikalien sind folgende Ausgaben besonders empfehlungswürdig: Die Simrock'sche Ausgabe der Haydn'schen Simphonien zu zwei Händen, welche sich in jedes Musikfreundes Bibliothek befinden müßte. Von neuen Gesangcompositionen aber sind bei Schott in Mainz erschienen: Achtzehn Gesellschaftslieder in drei Heften mit Pianoforte-Begleitung von W. Speyer. Wer ein Freund der Geselligkeit ist und ins Leben greifende Wahrheiten im Gewande eines pikanten Humors liebt, der singe diese Lieder. Die Gedichte aus den: „Blätter und Trauben von J. N. Vogel" sind populär wie die Musik, welche die Probe schon als Manuscript bestanden. Die Kreisvignetten auf dem Titel sind die Kinder bizarrer und drolliger Erfindung, und alle drei Hefte tragen das Motto: „Wer nicht deutlich spricht, singe diese Lieder nicht." Goldene Worte, nicht blos für Gesellschaftslieder passend! Von unserm Meyerbeer sind erschienen zwei neue Lieder: „Die unsichtbare Schöne" und: „Auf dem Altan", nach dem Französischen von Rellstab. Das erste jedem Umfang zugänglich, leicht, naiv, abwechselnd in den Tempi, und etwas spitz in den Rythmen nach der Art des Meisters. Das zweite ist ein sangbares Amoroso für Sopran oder Tenor, gefällig und interessant. „Abels Tod" von dem ehrbaren Onslow ist eine dramatische und leidenschaftlich gehaltene Scene, ein Konzert- und Effect-Stück für eine Baßstimme, obgleich der Umfang vom großen A bis zum ersten gestrichenen F dem Bariton angehört. Auch mit Orchester zu haben. Von Louis Liebe sind für tiefe Bassisten zwei kräftig originelle Balladen zu empfehlen, betitelt: „Das Weinhaus zum Stieffel, in Bern 1602" und: „Grenadiers Leichtuch bei Elchingen". Von Liebe haben bis jetzt noch keine Compositionen durchgegriffen, aber der Anfang dazu verdient hiermit gemacht zu werden. „Die Loreley", von Emil Steinkühler, eine Romanze mit Piano-, Violoncell- und Clarinett-Begleitung, malt uns alle Situationen des schönen Gedichts von Seidler mit lebhafter Phantasie. Die Form geht weit über die Romanzenform hinaus, und es gehören zu dem korrekten Vortrag dieses Ensembles tüchtige Proben. Frei und exakt vorgetragen, muß diese Composition schöne Wirkungen hervorbringen. Endlich begrüßen wir nicht weniger als hundert Gesangübungen in zwei Heften von J. Conconi für eine Mittelstimme, leicht in beliebige Lagen zu transponiren. Diese Uebungen können solfeggirt und vocalisirt werden und haben den Zweck die Stimme zu entwickeln, festzuhalten, und den Geschmack zu bilden. Der Styl ist einfach und breit. Wer sich auf schwere und complicirte Uebungen vorbereiten will, oder den deutschen einfachen Gesang mehr liebt wie Bravour und Verzierungen, wird hier reichen Stoff finden.

An Meteorologen und Lichtbildner.

Die Daquerreotipisten und Photographen werden die Erfahrung gemacht haben, daß an manchen Tagen bei ganz hellem heiteren Himmel und hohem Sonnenstand die Darstellung von Lichtbildern unverhältnißmäßig langsam von statten ging, ohne daß man weder der Behandlungsweise der Platten, noch auch den darzustellenden Gegenständen die Ursache zuschreiben konnte; man wird dabei unwillkürlich daran erinnert, daß das Licht auf seinem Weg von der Sonne zur Erde Hindernisse treffen und Veränderungen erleiden könne, die es außer der nächsten Erdatmosphäre treffen. Zu dieser Ansicht wurde ich noch besonders hingewiesen, da ich am 9. und 10. August d. J. die Wirksamkeit des Lichtes so schwach fand, daß ich mehr als die doppelte Zeit zur Aufnahme eines Bildes gebrauchte, als sie mir wenige Tage vorher zu ganz gut ausgebildeten Bildern bei sonst gleicher Helligkeit der Atmosphäre nöthig war. Da nun bekanntermaßen am 10. Aug. pereotisch wiederkehrende Sternschnuppenschwärme seit Jahren beobachtet wurden, schien mir eine Einwirkung dieser Aërolithen nicht unmöglich, namentlich da die am 13. Mai v. J. auf Veranlassung des Professor A. Erman auf der Sternwarte in Neapel gemachten Beobachtungen zeigten, daß an diesem Tage dunkle Körper vor der Sonne vorüberzogen. Da nun in den bevorstehenden Tagen des 12.—14. November wiederum eine Periode eintritt, in der sich gewöhnlich Sternschnuppen in Menge zeigen, wäre es interessant, wenn mehrere Lichtbildner genau beobachteten, ob sie bei sonst gleichen Verhältnissen keine Schwächung des Lichtes wahrnehmen. Für die Meteorologie wäre die genaueste Ermittelung der Lichtstärke, besonders an den besagten Tagen, ohne Zweifel von Interesse; natürlich können hier nur viele Jahre lang fortgesetzte genaue Beobachtungen zu Resultaten führen. Zu wünschen wäre, daß die Mittel zur Messung der Lichtstärke so vervollkommt und vereinfacht würden, daß ihre Anwendung allgemein und sicher werden könne; daß eine Uebereinstimmung der Beobachtung möglich wäre und daß, so wie man nach Graden den Stand des Barometers und Thermometers für alle Welt verständlich bezeichnet, auch die Lichtstärke in die meteorologischen Beobachtungen aufgenommen werden könnte.

Frankfurt a. M. 8. Nov. 1846. F. C. Vogel.

Mannichfaltigkeiten.

(Köln, 5. Nov.) Unsere Assisen haben seit vorgestern begonnen. Das amtliche Verzeichniß weist diesmal 28 Straffälle nach, welche zur Aburtheilung kommen. Leider befinden sich darunter auch drei Anklagen wegen Mord, das übrige sind Diebstähle und andere Kriminalfälle, die in die Kathegorie der gewöhnlichen Verbrechen gehören. Das Vergehen, dessen der Kammergerichts-Assessor Oppenheim beschuldigt wird, ist unter der Rubrik: „Diebstahl und Vernichtung von Urkunden" aufgeführt und wird am 24. d. M. vorkommen. Voraussichtlich dürfte in diesem Prozesse so Manches zur Sprache kommen, was als Beitrag zur Sittengeschichte der höheren Stände zu betrachten seyn möchte, und wenn wir dabei auch auf der einen Seite bedauern, daß hier so manche Seite angeschlagen werden dürfte, die das Gefühl und die Herzen der Betheiligten durch das Preisgeben an die Oeffentlichkeit tief und unangenehm berühren muß, so macht es doch wieder einen außerordentlich wohlthätigen Eindruck und kann die Achtung vor den Gesetzen nur erhöhen, daß gerade in einem solchen Falle zu Gunsten des Reichen und Vornehmen, keine Beschränkung des öffentlichen Verfahrens gestattet wird. Dabei will ich auch beiläufig erwähnen, daß wir wahrscheinlich auch das Vergnügen haben werden, in eine nähere Ideenverbindung mit dem Kaiser Napoleon zu treten. Eine der Beschuldigten behauptet nämlich, die Tochter jenes großen Mannes zu seyn und gibt an, es sey ihr streng verboten, den Namen ihrer Mutter zu nennen. Zufällig hat sich aber diese Pseudo-Napoleonidin, welche als fahrende Prinzessin und im Inkognito einer Dienstmagd schon so ziemlich die halbe Welt durchstrichen hat, einer sehr unfürstlichen That zu Schulden kommen zu lassen; sie hat nämlich irgendwo lange Finger und in Folge dessen Bekanntschaft mit unserer Justiz gemacht. Welche Motive sie veranlaßten, zu so einer abenteuerlichen Lüge ihre Zuflucht zu nehmen, werden wir wohl im Laufe der Verhandlungen erfahren.

Thorwaldsen's Museum in Kopenhagen geht mit raschen Schritten seiner Vollendung entgegen, und es scheint keinem Zweifel zu unterliegen, daß es im nächsten Sommer geöffnet werden kann. Die Dekorationen im Innern sind fast vollendet, und zeigen in ihrer gelungenen Ausführung, daß die Künstler mit Interesse gearbeitet haben. Namentlich sind mehrere Gemächer, im Pompejanischen Styl mit Arabesken und Verzierungen dekorirt, von hinreißender Schönheit. An der dem Schlosse zugewandten Außenseite werden jetzt Frescomalereien in Cement ausgeführt, das Hineinbringen von Thorwaldsen's Arbeiten in das Museum darstellend. Die Malereien an der Seite nach dem Kanal werden Thorwaldsen's Ankunft in Kopenhagen und den ihm gebrachten Fackelzug behandeln.

(London, 3. Nov.) Der Artillerieoberst Chalmers hat so eben in Begleitung des Capitain Warner auf der Ostseite der Küste von Essex die geeigneten Marschgründe ausgesucht, wo, ohne daß Gefahr zu besorgen ist, nächster Tage umfassende Probeversuche, zu deren Kostendeckung die Regierung 1500 Pf. St. bewilligt hat, mit den vielbesprochenen Warner'schen Geschossen angestellt werden sollen. Der Erfinder und die Regierung haben sich dahin verständigt, daß dem Artillerie Inspektor, Oberst Dundas, die Ausführung der Experimente und die Entscheidung über den Werth der Erfindung übertragen werden soll. Wie es heißt, werden Prinz Albert, der Herzog von Wellington, der Generalfeldzeugmeister und eine Menge sachkundiger Offiziere den Versuchen beiwohnen, auf deren Ergebniß man höchst gespannt ist.

Schwedens Bevölkerung besteht nach den neuesten im Drucke erschienenen Populationstabellen über die Jahre 1841,

1842 und 1843 aus 3,237,180 Personen, nämlich 1,566,999 männlichen und 1,670,190 weiblichen Geschlechts, und hat einen Zuwachs von 98,293 Individuen erhalten.

(Augsburg.) Fräul. Jenny Lind wird in Folge veränderten Arrangements von München direkt nach Stuttgart gehen; nach dort vollendetem Gastspiel aber nach München zurückkehren und dann in Augsburg entweder eine Gastdarstellung im Theater oder ein Konzert geben.

Dem meteorologischen Monatsblatte „Zeus" von Professor Stieffel zufolge, soll die Witterung im Monat November im Allgemeinen in der ersten Hälfte abwechselnd, doch mehr gelind und trüb, in der zweiten kälter als gewöhnlich seyn.

Frankfurter Theater.

Stadt und Land. — Lichtbilder von Bosch. — Sängerinnen.

Während auf den Bühnen großer Städte neue Stücke, wenn sie beifällige Aufnahme finden, Wochen und Monate lang hinter einander gegeben und dadurch bis zur Vollendung eingeübt werden, beklagt man sich bei uns schon nach den paar ersten Wiederholungen und verlangt wiederum Neues. Aber der Billigdenkende wird es der Theaterdirektion nicht verübeln, wenn sie, welcher aus den Novitäten so viele Nieten zufallen, von den Treffern so viel als möglich Vortheil zu ziehen und ihre Kassenstücke zu exploitiren sucht. Ein Theaterinstitut kann, wie alle andern öffentlichen Anstalten, der materiellen Basis nicht entbehren und die practischen Lebensfragen nicht außer Acht lassen. — Die Kaiser'sche Posse: „Stadt und Land" ist in jüngster Zeit öfters wiederholt und meist bei zahlreichem Besuche gegeben worden. Sie darf als eine erheiternde und im guten Sinne des Wortes populäre Pieçe gerühmt werden, denn ihre Tendenz ist eine sittliche, ihre Charaktere sind drastisch, ihre Handlung schreitet rasch und ein frischer Humor belebt die Einzelheiten. Auch wird das Stück gut gegeben und treten die Darsteller der Hauptrollen, die Herren Meck, Grahn und Hassel und Fräul. Kratky, sehr wirksam hervor. Hr. Hassel ist ganz besonders ergötzlich und in seinen zeitgemäßen und pikanten Couplets so ergiebig, daß die Dacapo's und Hervorrufungen bei offener Scene gar kein Ende nehmen wollen, wogegen er jedesmal eine neue und treffende Pointe zu bringen weiß. Hr. Hassel ist, das muß man ihm lassen, ein Komiker, welcher sein Terrain kennt und sein Publikum zu amüsiren versteht.

Die optischen Lichtbilder des Hrn. Bosch aus Wien haben, wie bereits berichtet worden, sechs, jedesmal starkbesuchte Vorstellungen gehabt und sind bei der gegenwärtigen Krankheitskrisis erster Mitglieder sehr gelegen gekommen. Da Hr. Bosch seine Kunstreise von hier aus fortzusetzen gedenkt, so dürfen wir nach bester Ueberzeugung seine schönen Darstellungen weiter empfehlen. Sie gehören gewiß zu dem Vorzüglichsten, was in diesem Genre gesehen worden ist und übertreffen die Döbler'schen Bilder nicht nur an Reichhaltigkeit, sondern auch an Klarheit, Farbenfrische und Effect. Es gewährt einen wirklichen Genuß, dem magischen Erscheinen und Verschwinden dieser lieblichen Gebilde zu folgen und, wie vom Zauber des Phantasus getragen, diese malerischen und sonnig-heitern Landschaften, diese friedlichen, mondbeglänzten Schweizerthäler, diese hochgewölbten gothischen Dome und Säulenhallen, in welchen das architectonische Ebenmaß bis in's Detail ausgeführt ist, zu durchwandern und sich nach fernen Ländern und Städten als überraschter Beschauer versetzt zu sehen. Anmuthig ist diese Kunst, die uns so freundliche, aus Licht und Farben gezauberte Effecte vorzuführen und so lieblich zu täuschen vermag. Unser Publikum ist nicht leicht zu befriedigen und um so ehrenvoller ist für Hrn. Bosch die Anerkennung, die es ihm reichlich gespendet hat. Möge der bescheidene Künstler auch an andern Orten dieselbe und gewiß verdiente Würdigung finden!

Durch Unpäßlichkeiten von zwei unserer Sängerinnen sind Gastspiele nothwendig geworden. Solche Gastspiele pflegen gewöhnlich mißdeutet und mit übertriebener Opposition aufgenommen, mit einseitiger Strenge beurtheilt zu werden. Dies scheint besonders Fräul. Walter erfahren zu sollen. Ohne diese Sängerin zu überschätzen, dürfen wir doch ihre Valentine in den Hugenotten als eine mit Sicherheit, Bravour und, nicht ohne dramatische Lebendigkeit ausgeführte Partie bezeichnen, deren Eindruck jedoch durch das Unschöne der Mimik und namentlich der Mundbildung mitunter sehr gestört wurde, so wie auch manches Haschen nach Effect hätte wegfallen können. Wird Fräul. Walter bei ferneren Rollen diese Andeutungen beachten, so dürften die Vorzüge ihres Gesanges verdientere Würdigung finden. Auch schien die Opposition mehr dem, wie man annahm, improvisirten Gastspiele, als der Sängerin selber zu gelten.

Fräul. Rummel vom Hoftheater zu Wiesbaden sang die Margaretha. Diese Sängerin hat erst neuerlich in London und Brüssel die günstigsten Erfolge gehabt und ist als eine vorzügliche Repräsentantin der neueren italienischen Schule zu betrachten. Die Stimme ist zwar nicht großartig, aber von lieblicher Klangfarbe, leicht ansprechend und dadurch gerade für den colorirten Gesang sehr geeignet. Die Intonation ist rein, die Passagen sind geläufig und die Verzierungen geschmackvoll, obwohl theilweise etwas überladen, so daß wir hier mehr Einfachheit wünschen möchten. Fräul. Rummel ist in guter Schule gebildet und versteht die Vorzüge derselben auf eine rühmliche Weise geltend zu machen, wie dies die genannte Leistung genügend bewies. Da fernere Gastspiele voraussichtlich nothwendig seyn werden, so möchten wir ein weiteres Auftreten der Fräul. Rummel in solchem Falle für wünschenswerth halten. W.

Korrespondenz.

Kassel, 5. Nov.

Beim hiesigen Hoftheater sind in jüngster Zeit bedeutende Veränderungen vorgekommen. Die obere Leitung desselben ist einem General-Intendanten übertragen worden, von dessen Thätigkeit und Einsicht viel zu erwarten steht. Schon sind mehrere Gäste von anerkanntem Ruf hier eingetroffen, um die Lücken des Opern- und Schauspiel-Personals auszufüllen. Viele derselben werden noch erwartet und es ist nicht zu verkennen, daß eine Verbesserung des Personals beabsichtigt wird. In diesem Augenblicke gastirt auf der hiesigen Hofbühne Fräul. Schate vom Stadttheater in Elberfeld, und Referent hatte Gelegenheit, sie in der Rolle der Griseldis zu sehen. Fräul. Schate wußte bei Ausführung dieser Rolle als eine tüchtige Künstlerin — ohne jede Effecthascherei — ihre Aufgabe auf eine genügende Weise zu lösen. Ihre nächste Rolle wird die Marie in „Ein Weib aus dem Volke" seyn. Auch Fräul. Hoffmann vom Stadttheater zu Königsberg ist eine wackere Künstlerin, die in ihren bis jetzt gegebenen Rollen beifällig vom Publikum aufgenommen wurde. Der Anfang unserer neuen Theaterepoche scheint sich günstig gestalten zu wollen und wir wollen wünschen, stets nur Gutes davon berichten zu können.

Darmstadt, 8. Nov.

Der gestrige Tag vereinigte eine namhafte Anzahl hiesiger Bürger zu einem einfachen Festmahle im Gasthause zum Darmstädter Hofe. Es galt die Feier dem Geburtstage unseres Mitbürgers, des Hrn. Dr. Duller. Dr. Duller, in dem Kreise seiner zahlreichen Freunde und Bekannten als Mensch wegen seines biedern, ächt-humanen Charakters hochgeachtet und geliebt, ist als Schriftsteller in dem weitern Kreise des deutschen Vaterlandes eben so geschätzt und anerkannt. In keiner amtlichen oder geschäftlichen Beziehung stehend zu dem hiesigen Bürgerthum, hat er die Achtung und Liebe desselben sich erworben durch sein rastloses, kein Opfer scheuendes Wirken für vernünftigen Fortschritt. Die hiesige deutsch-katholische Gemeinde sieht in ihm den befähigten und sorgsamen Ordner und Leiter ihrer Angelegenheiten; so daß die Gemeinde nicht nur einer äußern Gemeinschaft, sondern einem Bunde der Herzen gleicht. Das humane und intelligente Bürgerthum der Gegenwart kennt seine Freunde; die gestrige Feier war nur ein freiwilliger und natürlicher Ausdruck der herrschenden Gesinnungen; ungezwungene Herzlichkeit und Frohsinn würzten das Mahl.

Theater-Anzeige.

Dienstag, 10. Nov. Zampa, oder: die Marmorbraut, große romantische Oper in 3 Abth., aus dem Französischen des Melesville, von Friedericke Ellmenreich, Musik von Herold.

Donnerstag, 12. Nov. Johannes Guttenberg, Original-Schauspiel in 3 Abth., von Charl. Birch-Pfeiffer.

Redakteur: J. L. Heller. — Druck und Verlag von Heller und Rohm.

Didaskalia.

Blätter für Geist, Gemüth und Publizität.

Nro 312. Donnerstag, den 12. November 1846.

Das Dienstbotenfest.

(Gefeiert zu Frankfurt a. M. den 8. Nov. 1846. *)

Geschmückt mit Blumen ist der heit're Saal,
Und festlich leuchten rings die klaren Flammen;
Versammelt ist das Volk in großer Zahl
Und Knecht' und Herr'n im schönen Raum beisammen.
Erhöhet sitzt der Preisvertheiler Schaar,
Der Stadt Erlies'ne nimmt das Auge wahr.
Merk' auf! Bald füllet Lust, gemischt mit Schmerz,
Dein theilnahmvolles Herz. —

Tritt vor, du treue Seel', du alter Knecht,
Der Einem Haus gedienet vierzig Jahre!
Dein Jubeltag erschien, heut' blüht dein Recht,
Und Ehre krönet deine greisen Haare.
Welch' edle Einfalt schmücket dies Gesicht!
Tritt kühn heran, und schäm' der Ehr' dich nicht!
Wir freu'n uns dein, und fügen dir mit Lust
Dies Zeichen an die Brust.

Denn drei Geschlechtern dientest du mit Fleiß,
Gingst spät zur Ruh' und warst früh' auf am Morgen;
Kein treues Weib hat dir versüßt den Schweiß,
Geglättet von der Stirne dir die Sorgen.
Das Glück, zu sitzen an dem eig'nen Herd,
Das stille Glück, es war dir nicht beschert,
Doch wurde fremdes Haus zum eig'nen dir,
Die Treu' ist deine Zier. —

Herbei, du gutes Herz, du treue Magd,
Die Einer Herrin diente dreißig Jahre,
Daß sich, die jede Tugend überragt,
Die Treu' in deinem Bild uns offenbare!
Geschmückt hat sie sich heut' im Kämmerlein,
Wohl aufgesetzt das Häubchen, weiß und fein;
Das ist ein Fest! wie tief sie's freuen mag!
Gott segn' ihr diesen Tag!

Erfahren hast du Manches in Geduld,
Du weintest manchmal, doch du lerntest schweigen;
Die fremden Kindlein zogst du auf in Huld,
Sie sind dir gut, als wären sie dein eigen.
Ist nie in stiller Lieb' dein Herz erglüht? —
Ach, alle Jugendträume sind verblüht! —
Wie Epheu schlangst die Arme du um's Haus,
In Treue hieltst du aus.

Komm' her, o Dienerin, die zwanzig Jahr'
In Pflicht und Treue wacker ausgehalten;
Dich ruft der Bräutigam nun zum Altar,
Und Gott wird über deine Zukunft walten!
Scheu tritt sie vor und doch vergnügten Blick's;
Sie macht, so gut es geh'n will, ihren Knix;
Manch' Lächeln zeigt sich, doch auch dort und da
Ich nasse Augen sah.

Brav warst du, freu' dich der Selbstständigkeit
Nachdem du fremdem Wort so lang' gehorchet,
Doch Fleiß und Treue wahre jederzeit
Und fürchte Gott, der väterlich dir sorget.
Nimm hin die kleine Gabe, die wir zoll'n,
Womit so Viele hier dich ehren woll'n,
Die sich, daß Fleiß und Treue werde kund,
Vereint zum schönen Bund.

Und du auch, junges Mägdlein, zehen Jahr'
Hast du gedient in Redlichkeit und Treue,
Geselle dich zu der Gepries'nen Schaar,
Doch streb', daß fürder sich dein Lob erneue!
Nimm dieses Blatt und eine Ehrengab'
Werf' Zinsen dir in unserm Schatze ab;
Doch schön're Zinsen trägt erfüllte Pflicht:
Gib Acht! versäum' sie nicht!

Da sitzen sie im Kreis, die Freud' ist groß!
Sie sind so glücklich! Herren sind sie heute;
Und Jedes blickt so selig in den Schooß
Auf's Ehrenzeugniß, dieses Tages Beute.
Da schweben heil'ge Töne durch den Kreis,
Und mir im Herzen regt Gebet sich leis';
Der seine Kinder liebet, Gott, ist da,
Ich fühl's, er ist uns nah!

*) Seit dem Jahre 1835 besteht bei uns das schöne „Institut zur Beförderung der Sittlichkeit und des Wohlverhaltens unter der hiesigen dienenden Klasse“, dessen Wirksamkeit besonders die jährlich im November stattfindende Preisvertheilung an würdige Dienstboten bildet, die sich durch Fleiß, Sittlichkeit und langjährige Dienste bei ein und derselben Herrschaft auszeichnen.

Geschichte eines Boudoirs.

Von ihm selbst erzählt.

(Fortsetzung.)

Eine krampfhafte Freude belebte den Grafen; er schwur für seinen König zu siegen oder zu sterben; seine Augen und Arme waren gen Himmel erhoben; in seinem ersten Entzücken fing er zu schreiben an, ich vernahm sein Schluchzen, ich sah seine Thränen auf's Papier fließen, auf welchem seine Feder dahinflog; er küßte den Brief, als wollte er denselben mit seiner Seele siegeln, und übergab ihn dem treuen Diener, indem er mit sehr bewegter Stimme sagte:

„Trage das zu Deiner Herrin, mein Freund."

Der Diener nahm die Botschaft, konnte indeß, trotz seines Respektes, seine Rührung nicht verbergen. Er sah den Grafen schüchtern an, und seufzte tief .... Ferdinand reichte ihm gütig die Hand; der Alte bückte sich zu dieser Hand nieder, die er für seinen König bewaffnet sah, bedeckte sie mit Thränen und küßte sie. Der Greis fühlte sich überaus glücklich, nie war er sich so groß vorgekommen.

Wirklich sah ich in der Nacht die kleine Pforte sich öffnen, und mehrere Männer stillschweigend eintreten. Ferdinand warf sich in ihre Arme; sie umarmten sich mit jenem Wonnegefühl, das Freunden, die sich für einander verloren glaubten, so natürlich ist. Sie fühlten sich glücklich, einander wiederzusehen, um ihre Leben für eine heilige Sache auf's Spiel zu setzen. Welch edle Herzen hatten diese Edelleute, die ihre Unvorsichtigkeit nicht sehen wollten, aus Besorgniß, sich furchtsam zu zeigen. Wie schön waren sie, als sie schwuren zu kämpfen, bis der Thron wieder aufgerichtet und der König gerettet sey .... Es waren die Märtyrer der Neuzeit, auch sie trieb ein religiöser Gedanke zum Handeln.

Ja, diese neuen Fanatiker, die ihre goldenen Säle gegen ein Bivouak oder Gefängniß vertauschen konnten, die im Elend die Formen des dem Reichthume eigenthümlichen guten Tones zu bewahren und, selbst wenn sie das Schaffot bestiegen, durch ihren bescheidenen Muth Achtung einzuflößen wußten, sie waren der Liebe und Verehrung würdig. Was mich am meisten überraschte, war eine Art Aufgeräumtheit, welche in den Versammlungen, denen ich beiwohnte, herrschte.

Auf ihre Siege vertrauend, wie auf ihren Muth, bildeten sie sich ein, das Volk sey durch ihre Bemühungen bereits unterworfen und der König wieder auf dem Throne; dann übernahm Jeder wieder seine Rolle bei Hof; man gab Feste in Versailles für den Adel und in Paris für das Volk; Nichts war für die Zukunft verändert. Während aber meine Besucher so viel Geist und Unvorsichtigkeit bei mir verschwendeten, lagerten außerhalb des Schlosses Kundschafter .... Die Baronin ward für verdächtig erklärt und nebst ihren Begleiterinnen eingezogen, um nach Paris transportirt zu werden.

Ich vernahm diese traurige Nachricht durch den alten Diener, der eines Morgens erschien und die Worte fallen ließ: „Alles ist verloren!" Er übergab dem Grafen einen Brief und entfernte sich auf der Stelle. Nie habe ich ihn wiedergesehen. —

Ferdinand warf schnell einen großen Mantel um und eilte durch die geheime Thüre, die er hinter sich verschloß, davon. Die Lampe erlosch von selbst, und ich blieb einige Zeit in tiefer Finsterniß.

Ach, wie theuer kam mich die Helle zu stehen, die mir bald wiedergegeben wurde. Die ganze Nacht hatte ich von außen Hammerschläge vernommen. Einige Momente darauf öffnete sich die kleine Pforte, ich erwartete den Grafen oder den alten Diener erscheinen zu sehen. — Es war ein Bauerlümmel, der zuerst eintrat; er trug eine graue Jacke, und eine breite Schärpe umgab seinen ungestalten Leib; ihm folgten einige Wachen, und endlich erschien eine Frau — es war eine Frau, die ihr altes Boudoir betrat — die Baronin.

Als man sie arretirte, war sie ohnmächtig geworden; daher hatte man beschlossen, um sie in gutem Zustande nach Paris liefern zu können, sie einige Zeit in ihrem Schlosse unter guter Bewachung und festen Riegeln als Gefangene zu lassen. Man warf einen Bund Stroh auf den Parketboden und stellte einen Wächter an den Fuß des Thurmes. Dieser Mann hatte auch den Auftrag, ihr die gemeinen Lebensmittel zu überbringen, die zu ihrer Nahrung bestimmt waren. Vergeblich bat die Baronin, ihr den alten Diener zur Bedienung zu überlassen; er war bereits zum Tode verurtheilt, und alle andere Schloßbewohner waren in die Gefängnisse abgeführt worden.

Außer dem für die edle Gefangene bestimmten Thurme war Alles den Bewohnern der Umgegend preisgegeben worden; man plünderte, zerstörte, verbrannte, und es bedurfte nicht dreier Tage, um kostbare Gegenstände zu vernichten, die Jahrhunderte alt waren. Tafeluhren, Silberzeug, Schmuck, Möbel, Spiegel und Gemälde wurden gestohlen, das Wappen des Barons und die Adelstitel überall vernichtet und verbrannt; — bald war das Schloß aller Zierrath beraubt und gleich einem Skelett auf sein Gerippe zurückgeführt, so daß es wie dieses Ekel und Abscheu einflößte.

Die Baronin hatte von diesen Verwüstungen keine Ahnung. Das Stillschweigen ihres Wächters stand mit der äußern Stille in Uebereinstimmung. Ganz ihren Hoffnungen sich hingebend, betete sie für ihren König, ihre Freunde und ihre Befreiung. Von der Hoffnung ging sie wieder zur Muthlosigkeit über, da sie aber im Grunde ihres Herzens auf einen heitern Himmel nach diesem über Frankreich losgebrochenen Sturme hoffte, so waren ihre Träume oft süß und ihr Erwachen heiter. Ferdinand beschäftigte hauptsächlich ihre Gedanken und beunruhigte sie, sie wußte nicht warum; sie zählte auf ihn, wenn er nicht umgekommen; bisweilen dachte sie wiederum mit Ergebung an seinen Tod; denn zu jener Zeit betrachtete man den Tod als das einzige Mittel, den Leiden zu entfliehen. So war in der Regel ihr Seelenzustand; jedoch sah ich sie auch wieder niedergedrückt und bittere Thränen auf dem elenden Strohlager vergießend. Hatte mich die arme Frau in ihrer Jugend nur darum zu haben gewählt, um sich einen verschwiegenen Vertrauten aller ihrer Gemüthsbewegungen zu verschaffen?

Eine Nacht war das nördliche Fenster offen geblieben; eine Fledermaus drang in's Gemach; das Geräusch ihrer Flügel, mit denen sie an die Wände schlug, erweckte die edle Gefangene; erschrocken sprang sie auf, da sie sich das Geräusch nicht sogleich erklären konnte, und näherte sich dem Fenster, als eben die Fledermaus hinausflog.

(Fortsetzung folgt.)

Die Gesellschaft zur Beförderung nützlicher Künste und deren Hülfswissenschaften.

Am 8. d. M. fand die jährliche Preisvertheilung an die Sonntag- und Gewerb-Schüler und an treue Dienstboten in der bekannten und üblichen Weise statt. Der Präsident der Gesellschaft, Hr. Dr. Wöhler, und die Herren Pfarrer Wehner und Schrader hielten Vorträge, in welchen theils Bericht erstattet wurde über die Resultate der betreffenden Vereins-Sectionen, theils allgemeine Betrachtungen angeknüpft wurden. Der Act der Preisvertheilung selber, welcher in Anwesenheit der wohlregierenden Herren Bürgermeister, des Präsidiums der Gesellschaft und eines äußerst zahlreichen, aus allen Ständen gemischten Publikums geschieht, hat für den Menschenfreund eben so viel Rührendes als

Erhebendes und verfehlte auch heute diesen schönen Eindruck nicht. Wie Viele mögen bei dieser Veranlassung an ihre eigenen, in der Fremde verweilenden Söhne oder an jene Jugendtage gedacht haben, wo sie selber rüstig, wißbegierig und wanderlustig die Welt durchzogen! Wie war es damals und wie ist es jetzt? Ist es besser geworden oder nicht, heller oder trüber? Ein weites Feld der Betrachtung! Wie werden dagegen die Eltern daheim sich freuen, wenn sie von ihren jetzt in unserer Stadt verweilenden und heute durch einen Preis belohnten Söhnen davon Kunde erhalten, und wie erhebend ist es, des Segens zu gedenken, welcher aus dieser der Jugend zu Theil gewordenen Belehrung erwachsen wird! Aehnliche Gedanken reihen sich an das heilsame Institut zur Versittlichung der Dienstboten, welches heutigen Tages um so wichtiger wird, als die Klagen über die Entsittlichung der unteren Volksklassen immer lauter ertönen. — Nach der Preisvertheilung folgte das übliche, auch diesmal zahlreich besuchte Festmahl, wobei die materiellen Genüsse durch geistige Zuthat von passenden Toasten erhöht und durch Musik und Gesang das Herz erfreut wurde. Als Hauptmoment der Toaste muß die durch den Präsidenten abermals angeregte Erweiterung der Lokalitäten der Gesellschaft hervorgehoben werden. War die Form solcher Anregung auch etwas herb und streng, so war sie doch nur gut gemeint und auf die Wahrheit des Bedürfnisses gegründet. Wir wollen uns mit der Erfahrung beruhigen, daß alles Gute und Schöne eben nur langsam gedeiht und daß man hier nicht nach Jahren, sondern nur nach Jahrzehnten messen darf, wobei aber die beharrlichen Ermahnungen und mitunter auch zürnenden Worte des alten Cato nichts schaden können. Unsere Zeit des gesteigerten Wirkens und der freieren Bewegung hat so viele Aufgaben zu lösen und ist so vielseitig der Kraft und dem Gelde nach in Anspruch genommen, daß Eins dem Andern oft im Wege steht und daß auch der beste Wille nur selten rasch zum Ziele führt. Wir theilen hierin die Hoffnung eines andern Redners, daß der gute Sinn und die Eintracht unserer Bürger und zahlreichen Mitglieder dieser Gesellschaft nicht ablassen werde, nach dem schönen Ziele zu streben. Die Gesellschaft zur Beförderung nützlicher Künste u. s. w. gleicht einem Baume, auf fruchtbarem Boden festgewurzelt, voll Lebenskraft und kerngesund, dessen Zukunft uns nicht bekümmern darf, wofern der Himmel fortfährt, ihm Schutz und Segen zu verleihen. Somit schließen wir diesen Bericht mit den schönen Worten eines Liedes von Dr. H. Hoffmann, welches abgesungen wurde. Sie lauten:

Freie Stadt, du reichbeglückte,
Blühen mög'st du immerdar!
Deine Söhne sollen bleiben
Frei und glücklich, deutsch und wahr!
Deinen Enkeln sey's gegeben,
Daß sie einstens, Hand in Hand,
Jubelnd singen mit den Andern:
Heil dem freien Vaterland!

W.

Mannichfaltigkeiten.

(Frankfurt a. M.) Die schön ausgestatteten Wandkalender für 1847 sind bereits wieder ausgegeben und drei derselben liegen vor uns. Ein größerer und ein kleinerer sind aus der C. Naumann'schen längst rühmlich bekannten Anstalt, der Eine in schwarz und der Andere in Farben gedruckt, beide aber eben so freundlich als geschmackvoll. Der Dritte, Druck von Karl Knatz in Frankfurt a. M., zeichnet sich durch seine höchst elegante Ausstattung und Farbenfrische ganz besonders aus, und darf den besten Leistungen dieser Art beigezählt werden. Diese Wandkalender sind wahre Zimmerzierden, und wecken in uns die Reiselust, indem sie uns die schönen Ansichten der benachbarten Städte vorführen, welchen wir durch die erleichterte Verbindung mittelst den Eisenbahnen und Dampfschiffen jetzt so nahe gebracht sind.

Die englischen Blätter erzählen ein schauderhaftes Seitenstück zu dem todtgepeitschten Husaren. Der Marinelieutenant Stury ließ einen Matrosen, weil er sich betrunken, einsperren, und zwar in den Kohlenbehälter des Schiffs. Der Unglückliche hatte weder Raum in dem scheußlichen Loche, noch andere Nahrung als die Kohlendünste. Und darin über einen Tag, von früh 7 bis Abends 8 Uhr, und draußen über 26 Grad Hitze. Als man ihn gegen Abend zum Appell aufrief, antwortete eine hohle Stimme wie aus dem Grabe, und als man ihn eine Stunde später freilassen wollte, war er todt. Der Lieutenant ist vom Kriegsgericht freigesprochen. Aber der Schrei der Empörung, der durch alle englischen Blätter geht, hat ihn verdammt.

(Verschiedene Fragen.) Technologische Frage. Was ist der beste Ausdruck für einen Menschen, der uns mit Briefen zur Last fällt? Briefbeschwerer. — Mechanische Frage. Wie würde man einen guten Weintrinker am passendsten tituliren? Flaschenzug. — Mathematische Frage. Neununddreißig Neununddreißigstel und doch kein Ganzes? Deutschland. — Wie heißt der Herr, vor dem wir Alle Präsentirt's Gewehr machen, nota bene wenn wir ein Gewehr haben? Der Regen. — Was ist für ein Unterschied zwischen einem Dichter und einem Baumeister? Der Baumeister ist dumm, wenn ihm etwas, und der Dichter, wenn ihm nichts einfällt. — Was ist für eine Aehnlichkeit zwischen Feldmessern und Reisenden? Sie fahren Beide am Besten, wenn sie gut visirt haben. (Regensb. Ztg.)

Auf dem Gottesacker in Halle ist jetzt ein Denkstein aufgerichtet, welcher die Grabstätte bezeichnet, in welcher der wackere Pfarrer König von Anderbeck seit den letzten Märztagen dieses Jahres von den Kämpfen eines vielbewegten Lebens ausruht. Freunde und Verehrer des Verstorbenen haben dieses Denkmal, welches in einem einfachen, mit kurzer Inschrift versehenen Steine besteht, unter Beihülfe der städtischen Behörden, von welchen auf die sonst üblichen Gebühren gänzlich verzichtet wurde, errichten lassen. Von Seiten derselben Behörden ist der Grabstätte Königs die Eigenschaft eines Erbbegräbnisses beigelegt und so auch dadurch der Erinnerung an den Verewigten die achtungsvollste Theilnahme bewiesen worden.

(Der Rest von Dr. Weidig's Reliquien.) Man wird sich nie täuschen, wenn man zur Linderung des Unglücks an das Herz des deutschen Volkes appellirt. Auch die Verehrer dieser werthvollen Reliquien haben sich nicht über die Theilnahme des Publikums zu beklagen, indem von den 2500 Exemplaren, welche in zwei Auflagen zum Besten der Wittwe, und da dieselbe bereits 1839 gestorben ist, nunmehr zum Besten der beiden Waisenkinder, Wilhelm und Amalie, erschienen sind, jetzt nur noch etwa 200 — 300 Exemplare bei den beiden Vormündern, Landrichter Hofmann zu Friedberg und Revierförster Weidig zu Homberg an der Ohm vorräthig sind. Diese Reliquien enthalten eine mit vieler Wahrheitsliebe und Mäßigung geschriebene Lebensgeschichte, welche aber das tragische Ende verschweigt; sodann 37 von Gervinus und Levin Schücking nach Verdienst gewürdigte Gedichte; drei Predigten und ein Nachwort. Der Preis ist 48 kr. Obgleich nun, wie verlautet, der würtembergische Volksschriftenverein, das Werkchen in einer großen Auflage abdrucken und verbreiten will, so wäre doch der schnelle Absatz dieser 200 — 300 Exemplare um so mehr zu wünschen, da Wilhelm Weidig in diesem Herbste die Universität bezogen hat.

Der Kriegsrath von Zürich hat Versuche mit der Schießbaumwolle anstellen lassen, welche keine durchaus günstigen Resultate geliefert haben. Die Versuche mit dem Stutzen auf 250 bis 1000 Fuß Entfernung haben bewiesen, daß seine Konstruktion die Anwendung der Baumwolle nicht erlaubt, weil der Schuß bei genau ganz gleicher Ladung nie eine gleiche Kraft und Sicherheit besitzt. Von mehr als 100 Schüssen hatten kaum zwei gleiche Stärke, und während mit Pulver auf 1000 Fuß die Scheibe sicher getroffen wurde, konnte einer der besten Schützen schon bei 250 Fuß mit der Baumwolle nicht mehr sicher schießen. Auch läßt die Ladung keine Verstärkung zu; nimmt man mehr als 8½ Gran, so geht ein Theil der Wolle unverbrannt aus dem Laufe. Etwas günstiger gestalteten sich die Versuche mit dem Mörser.

(Zwei Anekdoten aus Galizien.) „Was für ein Landsmann bist du?" frug ein Richter einen Angeklagten. „Ich war früher", sprach er, „ein Böhme, bin aber in Galizien ein Schwabe geworden." — „Und was für ein Landsmann bist du?" sprach der Richter zu einem Juden: „Herr, ich bin ein Schneider." Die Juden werden nämlich hier zu keiner Nation gerechnet.

(Aus Westphalen, 1. Nov.) „Geld ist ein mächtiger Hebel zur Anstrengung des menschlichen Scharfsinnes." In Erwägung dieses mächtigen Erfahrungssatzes ist von mehreren Stadtverordneten der Stadt Dorsten eine Prämie von 100 Louisd'or für Denjenigen ausgesetzt worden, der den Nachweis liefert, daß die Blutungen und sonstigen wunderbaren Erscheinungen an dem Körper der Clarissin Maria Therese Winter auf Betrug beruhen. Das wird einen seltsamen Wettkampf geben, der um so größere historische Bedeutsamkeit hat, als er durch die Vertreter der Bürgerschaft einer ganzen Stadt fast einstimmig veranlaßt ist. Was diese dazu bewogen hat, liegt auf der flachen Hand. Die ganze vernünftige, sogar ein Theil der katholischen Presse, sprach mit Unwillen über das Dorstener Wunderschauspiel, als eine Verhöhnung jeder Intelligenz und wahren Religiösität. Wegen ihres auf so auffallende Weise an den Tag gelegten Interesses für den Pater Goßler und die stigmatische Nonne mußten die Stadtverordneten der Stadt Dorsten sich dem öffentlichen Tadel preisgeben. Dieser ist nun auch hinlänglich über sie ergangen, und, um den Verdacht intellektueller Theilnahme an einem öffentlichen Religionsbetruge von sich abzulenken, bieten dieselben jetzt kühn dem 19. Jahrhundert die Wette an, daß in den Mauern Dorstens ein Wunder ohne die Zuthat der Menschen statthabe. Zwar ändert der erstaunliche Muth dieser Herren unsere Ueberzeugung von dem Werthe des wunderbaren Ereignisses nicht, wohl aber kann dieser Schritt viel dazu beitragen, den Glauben an eine wunderbare Einwirkung auf die Therese Winter bei dem niedern Theil der katholischen Bevölkerung zu befestigen. Es wäre daher sehr wünschenswerth, daß irgend ein Arzt — am besten auf Requisition der Regierung — eine sorgfältige Untersuchung vornähme und über das Resultat derselben der Oeffentlichkeit Bericht erstattete. Es ist immerhin möglich, daß kein Betrug vorliegt, daß die Blutungen, Nervenzufälle u. s. w. im natürlichen Zusammenhange mit einer abnormen Organisation stehen. Selbst bei dieser für die handelnden Personen günstigen Annahme würde doch deren Gebrauch von den vorliegenden Erscheinungen nicht im mindesten gerechtfertigt seyn, da es in Bezug auf die schädlichen Folgen am Ende auf Eins herauskömmt, ob der Zustand der Therese Winter künstlich herbeigeführt, oder der natürliche Zustand derselben dem Volke als ein außernatürliches, heiliges Ereigniß hingestellt wird. — Eben so erklärlich wie die Ausstellung einer Prämie Seitens der Stadtverordneten Dorstens ist noch ein 2ter Schritt, den dieses Collegium in der Sitzung vom 30. October berathen und beschlossen hat. Darnach wird sich nämlich die Stadtverordneten-Versammlung an Se. Excellenz den Minister und Oberpräsidenten der Provinz Westphalen, Flottwell, wenden, damit dieser in Gemeinschaft mit dem Oberpräsidenten der Rheinprovinz die Dorstener Stadtverordneten gegen derartige Angriffe, wie sie jüngst die Vossische und Barmer Zeitung enthielten, schütze. Diese Provocation auf den Schutz der Censur wird natürlich als ungesetzlich unberücksichtigt bleiben. Die der Dorstener Stadtverordneten-Versammlung ärgerlichen Zeitungsartikel enthielten nur derbe Wahrheiten, welche eben deßhalb tief ins Fleisch schneiden und unwiderlegbar sind. Nur darüber möchten wir uns wundern, daß nämlich der an der Spitze der Stadtverordneten-Versammlung stehende, in der juristischen Literatur rühmlich bekannte Gerichtsdirektor Evelt den vor seinen Augen vorgehenden Taktlosigkeiten nicht besser zu steuern vermag. (B. Z.)

Kotzebue's, des Bühnendichters, jüngster Sohn, Paul, ist Chef des Generalstabs des Fürsten Woronzow im Kaukasus.

In diesem Augenblick befinden sich in den wissenschaftlichen und Militär-Anstalten von Berlin und Potsdam elf Bojarensöhne aus der Moldau und Wallachei, zwei junge Siebenbürger, zwei Mexikaner und ein Aegyptier.

Im bernerischen Jura ist ein an Silber und Gold reichhaltiges Sandlager entdeckt worden; es sollen darüber nähere Untersuchungen veranstaltet werden.

Korrespondenz.

Aus der Provinz Starkenburg, 5. Nov.

Nach Nro. 43 der „Landwirthschaftlichen Zeitschrift" für unser Großherzogthum ist die Stelle des Präsidenten für die Provinz Starkenburg durch einen Ministerialbeamten wieder besetzt worden. Während die Mitglieder der Vereine von Rhein- und Oberhessen die Befugniß haben, ihre Präsidenten aus ihrer Mitte zu wählen, ist den Mitgliedern der Vereine von Starkenburg das Recht genommen. Ich möchte mir die Frage erlauben: warum? und diese Frage von Jemand beantwortet wissen, der im Stande ist, hierüber Aufschluß zu geben. Will man mir entgegnen, daß die Person des Präsidenten zugleich die Centralbehörde sämmtlicher Vereine bildet, wozu der Staatsregierung das Ernennungsrecht zusteht, so kann dies durchaus keinen Grund abgeben, den Mitgliedern dieser Provinz dadurch ihr Recht zu verkümmern. Wäre Mangel an fähigen Mitgliedern zu dieser Stelle, so würde sich nichts darüber sagen lassen; allein der Verein zählt sehr viele und tüchtige Mitglieder, wovon ich nur zwei besonders hervorragende, als die Herren geheime Oberfinanzrath Schenk und geheime Oberforstrath Zanniner, namhaft machen will, die seither für den Verein, ersterer als Vicepräsident und letzterer in manch anderer Beziehung, sehr wirksam waren. Hätte Präsidentenwahl stattgefunden, so würde die Wahl ohne allen Zweifel auf einen dieser Männer gefallen und der Verein gewiß eben so tüchtig repräsentirt worden seyn. Es soll hiermit durchaus Niemand zu nahe getreten werden; ich habe blos, im wohlverstandenen Interesse der Mitglieder des Vereins, dem ich anzugehören die Ehre habe, diesen Gegenstand öffentlich zur Sprache bringen und zugleich das Recht derselben für künftige Fälle wahren wollen.

Theater-Anzeige.

Donnerstag, 12. Nov. Johannes Guttenberg, Original-Schauspiel in 5 Abth., von Charl. Birch-Pfeiffer.

Redacteur: J. L. Heller. — Druck und Verlag von Heller und Rohm.

Didaskalia.

Blätter für Geist, Gemüth und Publizität.

Nro 313. | Freitag, den 13. November | 1846.

Geschichte eines Boudoirs.

Von ihm selbst erzählt.

(Fortsetzung.)

Die Sterne funkelten am Himmel, des Grafen Schloß trat wie ein weißes Gespenst unter dem Himmelsgewölbe hervor. Nichts störte die Ruhe dieser wunderbaren Nacht. Die Baronin hatte sich hinter die Eisenstangen ihres Boudoirfensters gestellt und vergaß in diesem Momente, daß ihr Boudoir ihr Gefängniß geworden sey. Die Ruhe der Natur war in ihr Herz hinabgestiegen. Sie dachte an vergangene Zeiten, und ihr Herz schlug noch laut vermöge der Kraft, die Frauen namentlich besitzen, den Widerschein einer Erinnerung lange Zeit, nachdem er verwischt seyn sollte, zu empfinden.

Ihre Einbildungskraft versetzte sie in die Zeit, wo von derselben Stelle, die sie jetzt einnahm, sie den Moment abpaßte, wo der Graf seine Rückkehr durch ein an eine Ecke des Schlosses angebrachtes Licht anzeigte. Ach, seit zehn Jahren war dieses Licht nicht angezündet worden! Der Graf war genöthigt gewesen, die Provinz zu verlassen, seinen Vater zum Heere zu folgen, und bei seiner Rückkehr sich gegen erbitterte Feinde zu vertheidigen; dann waren er und sein Vater in's Gefängniß geworfen worden, welches der Herzog nur verließ, um auf's Schaffot zu steigen und Ferdinand, um sich als Geächteter zu verbergen. Seit zehn Jahren hatte er seine Besitzung nicht betreten. Dies war vielleicht ein Grund, warum auch mich meine Herrin verlassen hatte. Aber in diesem Augenblicke, wo sie mich zu bewohnen gezwungen war, wo der Schlaf von ihr gewichen, hatte sie sich, wie ich schon gesagt, in Erinnerungen vertieft, die sie wie ein wohlthuender Traum erfreueten und in der Furcht die Täuschung zu zerstören, die für einen Moment sie ihre Leiden vergessen ließ, wagte sie nicht, sich von der Stelle zu rühren, noch die Blicke von dem Punkte abzuwenden, auf den sie gerichtet waren. Wie durch Zauber an ihren Platz gefesselt, glich sie einem jener todten Körper, die bei der leisesten Berührung in Staub zerfallen. Wolken, die in schnellem Zuge den Mond verhüllten, versetzten das Schloß in tiefe Finsterniß oder machten es den Augen sichtbar.

Eine Zeitlang blieb der Himmel dunkel, die Natur schien in Trauer. Die Baronin sah noch immer hinaus, obwohl sie nichts unterscheiden konnte. Aber, o Himmel! welch' ein Wunder zeigt sich ihr. Ein Licht wird sichtbar, sie erkennt die Stelle, ihre Einbildungskraft erhitzt sich; sie ergreift mit krampfhafter Bewegung die Fensterstangen; der Mond wird frei, sie kann nicht mehr zweifeln, sie sieht deutlich den schutzversprechenden Leuchtthurm. Es ist dasselbe Signal, das so oft ihr Herz laut sprechen machte. Da ist's, da ist's; es wird noch größer. O Himmel, er ist da! er ist da, der Mann, den sie so sehr geliebt, er ist gerettet und zeigt es ihr an, es ist kein Zweifel; dieses Licht konnte nur ihretwegen angezündet worden seyn! Ja, er denkt an sie, die Gefangene, und bald wird er sie retten, sie dem Orte entreißen, der beiden so theuer war.

Der Wächter indeß glaubte ein ungewöhnliches Geräusch im Thurme gehört zu haben; er kommt herauf. Marie wirft sich schnell auf ihr elendes Lager und stellt sich, als schliefe sie; der Wächter betrachtet, sie und will sich entfernen, da wacht die Baronin bestürzt auf .... „Sie haben mich erschreckt," sagte sie. „Was wollen Sie um diese Zeit? es ist noch nicht Tag. Geben Sie mir, ich bitte Sie, ein Glas Wasser, damit ich mich erhole." Und während der Wächter ihr einschenkt, steht Marie auf, hält sich ihr Schnupfstuch vor, ergreift das Glas und läßt es fallen, so daß es das Schnupfstuch durchnäßt. „Ach," sagte sie, „wie ungeschickt bin ich doch! Sehen Sie, wie naß mein Tuch ist, und doch habe ich so wenige! Seyen Sie doch so gut und befestigen sie es an die Fensterstäbe, aber so hoch wie möglich, damit es die Luft rascher durchwehe und es trocken werde; aber binden Sie es ja fest an." Der Mann gehorcht, und das weiße Tuch weht, den Winden ein Spiel, nun, wie ehemals, das beglückende Signal zu beantworten. Dieser Moment des Glückes machte viele Drangsale wett!

In der That hatte sich der Graf gerettet, und sein erster Gedanke war, Marien zu Hülfe zu kommen. Er wußte, daß die Baronin im Thurme gefangen gehalten wurde; er versuchte nun, auf einen Zufall rechnend, um sie von seiner Nähe in Kenntniß zu setzen, das Mittel, das ihnen in glücklicheren Tagen gedient; aber nichts verkündete ihm, daß er verstanden worden sey .... Endlich wehte das weiße Tuch, der Graf sah es, und die Hoffnung erfrischte sein Herz, wie sie Mariens Seele beruhigt hatte.

„Es muß gelingen," sagte ein Jedes von ihnen, „da wir uns verstanden haben;" allerdings war es schon viel, zu wissen, daß man einander begriff. Aber derartige freundliche Winke, die im Grunde nichts Wichtiges andeuten, sind in der Regel für bedeutende Dinge erfolglos; sie können leicht dazu dienen, zwei Liebende in's Unglück zu stürzen oder sie zu beglücken, sie sind aber weniger geeignet, zwei Schlachtopfer zu erretten.

Indeß hatte die Baronin schon durch das Bewußtseyn, daß ihr Befreier nahe sey, frischen Muth gefaßt. Sie wußte, daß Ferdinand über sie wache, und trotz der Reue, ihn geliebt zu haben, fühlte sie doch, daß er allein das Recht habe, sie zu retten, weil er allein auf ihr Vertrauen zählen konnte. Sie dachte daher an keine andere Mittel zu ihrer Befreiung, und da sie überzeugt war, daß das Fenster ihr die Freiheit bringen werde, wenn dies überhaupt möglich sey, so verließ sie es nicht mehr. Ihre Augen schweiften umher, als könnten sie in dem leeren Raume ihr Schicksal lesen. Namentlich beobachtete sie die Vögel, die von des Herzogs Schloß hergeflogen kamen. Sie waren für sie Reisende, die ihr etwas erzählen sollten. — So hatte sie der.

gonzen Tag bis Sonnenuntergang zugebracht und wollte eben ein wenig entmuthigt sich entfernen, als sie auf einem Baumaste neben ihrem Fenster ein Täubchen bemerkte; sie zitterte. Zu einer Zeit, die sie einst eine glückliche zu nennen wagte, empfing sie oft durch solche Wandertauben Botschaften. „Ha, wenn diese mir ein Wort von seiner Hand brächte!“ sagte sie zu sich. „Aber nein, es ist unmöglich, es wäre zu unvorsichtig. Doch will ich es versuchen, das Täubchen herbeizulocken. Sie warf einige Brodkrumen vor's Fenster, der Vogel näherte sich aber nicht; da fiel ihr plötzlich ein, daß sie ein kleines Pfeifchen in ihrem Betstuhle verborgen habe, dessen sie sich früher bediente, um die niedlichen Thiere zu rufen. Sie eilte zu dem theuren Stuhle, sie sucht, ihre Hand zittert erst vor Angst, bald aber vor Freude, denn sie findet den kostbaren Gegenstand, den sie schon verloren glaubte; sie pfeift leise, wie sie sonst gethan, und der Vogel verläßt seinen Zweig und fliegt durch das Fenster, dessen Vorhang die Baronin verbirgt. Schnell schließt sie das Fenster, ergreift die Taube und sieht ihr unter den weißen Flügel, ein Papier ist daran befestigt! O, welcher Kraft bedurfte sie, um nicht durch einen Schrei ihrer Freude Luft zu machen!

Sie öffnet das Papier, erkennt die Züge; ihr Schicksal ist auf einmal in den Worten enthalten:

„Halten Sie sich heute um Mitternacht bereit, oder Sie sind verloren. — Aber ja keine Antwort . . . .“

(Fortsetzung folgt.)

Weitere Aufklärungen über die hessischen Auswanderer aus Großzimmern.

Wir Endesunterzeichnete, als Männer, die hier wohnen und der ganzen Auswanderungs-Angelegenheit mit Aufmerksamkeit gefolgt sind, halten es selbst nach der speciellen Auseinandersetzung des Sachverhaltes in Nro. 307 und 308 der Didaskalia nicht für überflüssig, auch einige Worte zur Behelligung der Wahrheit zu sprechen, selbst wenn auch unsere Darstellung über die Entstehungsweise und über das edle Benehmen der Kreis- und Ortsbehörde mit den schon erschienenen Artikeln zusammenfallen sollte. Namentlich ist es der Vorwurf der Eigennützigkeit von Seiten der Ortsbehörde und des Hintergehens durch falsche Vorspiegelungen von Seiten der Kreisbehörde, welcher uns antreibt im Allgemeinen das Nöthigste zu deren Vertheidigung zu sagen. Dieses Nöthigste scheint uns aber mit einer kurzen Auseinandersetzung des Herganges von vorne herein — sich zu identificiren.

Unsere ärmere Klasse, gewohnt, theils durch Taglöhnern, theils durch Hausiren, theils auch Betteln und anhängenden Industriezweigen sich ihren täglichen Unterhalt zu verschaffen, sah sich bei eingetretenem Mangel und zunehmender Theuerung der Lebensmittel, bei zugleich stockenden Verdiensten und täglich sich mehrenden Gefängnißstrafen in eine Lage versetzt, aus welcher sie nur ein kühner Entschluß retten konnte. Zunächst war es der kleinere Theil der jetzt Ausgewanderten, welcher bei ausgezeichnetem Bestande der Land-, Forst- und Feldgerichte an seiner an das elfte Gebot gebundenen Industrie verzweifelnd, zusammentrat und über sein Wohl und Weh und über das zu Beginnende berieth. Einige günstige Berichte aus Nordamerika bestimmten die Richtung und den Ausbruch der Ideen; „Hüte tragen und Fleisch essen“, Worte, die in solchen Briefen und bei solchen Leuten die Hauptrolle spielen, waren zu lockend und zu verfänglich, als daß sie nicht sehr gewichtig auf die Wage gefallen wären; — Amerika sollte ihnen nun Ersatz für so viele Entbehrungen und Entsagungen geben. Es wurde daher der Beschluß gefaßt, sich an den Ortsvorstand um Ueberfahrtsgeld zu wenden; man sammelte Unterschriften und legte dieselben mit der dringenden Bitte um Beschleunigung der Ortsbehörde zu deren nicht geringem Erstaunen vor. Der Ortsvorstand, wohl wissend, wie sich die schon bestehende Schuldenlast durch eine Ueberfahrt von circa 250 Köpfen (mehr waren es damals noch nicht), noch mehren würde, gab dennoch, obgleich nicht ohne Zögern, in Erwägung des Elendes und Mangels, worin sich diese Leute befanden, ihrem Drängen und ihren Wünschen nach. Und es war nur der feste und zuversichtliche Glaube an eine Lage- und Existenz-Verbesserung der Armen, der den Ortsvorstand bewog, eine bedeutende Summe, die sich später auf 50,000 fl. erhöhte, zu diesem Endzwecke zu bewilligen. Läugnen läßt sich's jedoch nicht, daß man auf der andern Seite die Wiederherstellung eines guten Ortsrufes in begründeter und bestechender Aussicht gestellt fand. Nachdem nun auf diese Weise und nach allen diesen Antecedentien von dem Ortsvorstande ein dem Unternehmen geneigter Beschluß gefaßt und die Kunde davon in die Menge gekommen und noch dazu unterdessen ein günstiger Brief aus Nordamerika eingelaufen war, so drängte sich Alles herzu und wollte dieser Gutthat theilhaftig werden. So kam es, daß sich die Summe der Reiselustigen bald über 600 Köpfe belief, welche Summe sich später noch auf 672 steigerte. Die so schnell sich gesammelte Menge der unterdeß Beigetretenen bestand größtentheils aus kräftigen und tüchtigen Arbeitern, welche dadurch, daß sie keinen hinlänglichen und zur Vergrößerung ihres Besitzstandes fähigen Erwerb vor Augen hatten, mit ihrer Lage unzufrieden geworden waren. Der Ortsvorstand, in seiner edlen Uneigennützigkeit und Nächstenliebe, ließ auch diese, der Gemeinde Vortheil bringende und jetzt noch schmerzlich vermißte Klasse in ein neues Vaterland zu neuen Glücksversuchen ziehen. Und diese Leute waren von einem dortigen besseren Leben so überzeugt, daß spätere Anerbieten Einzelner, unter sehr vortheilhaften Bedingungen wieder hier zu bleiben, von denselben hartnäckig zurückgewiesen wurden.

Dies war die Entstehung des Auswanderungsprojektes; dies war die successive Entwickelung, bei der kein Eigennutz, kein Zwang, keine Ueberredung von Seiten der Behörden stattfand, bei der nur einzig und allein eigner und freier Entschluß, der aus der Idee einer Existenzverbesserung entsprungen war, einwirkte. Der gute Entschluß der Bedrängten und das edle Benehmen des Ortsvorstandes wurden nun der kreisräthlichen Behörde vorgelegt; diese, das Zweckmäßige und das Gute erkennend, übernahm mit musterhafter Umsicht und Thätigkeit die Leitung der Geschäfte, und überwachte mit wahrer väterlicher Sorgfalt und Menschenliebe die Interessen der Einzelnen. Ja, nur das edle Motiv, die ausgezeichnete Idee und das herrliche Projekt, seine Untergebenen und Pflegbefohlenen glücklich zu sehen und zu machen, waren es, die die staatsmännischen Ansichten unseres menschenfreundlichen Kreisrathes überwandt, die über die vielfachen Bedenklichkeiten, welche er oft gegen uns sowohl, als gegen die Auswanderer selbst aussprach, den Sieg davon trugen. Nein, Verheißungen gab er ihnen nicht, sondern Warnungen. Aber was vermochten denn auch diese Bedenklichkeiten über das Schwierige und über das Gefahrvolle einer Seereise? Was vermochten diese Hindeutungen, daß auch in Amerika die Nothwendigkeit zum Arbeiten und zur Thätigkeit vorliege, gegen eine Masse, deren einer Theil nun ein für allemal seine Lage durch Arbeit und Thätigkeit verbessern, deren anderer Theil einen neuen moralischen Lebenswandel in fremdem Lande beginnen wollte!? Was vermochten die Einreden gegen Leute, die von dortigen Freunden und Bekannten wohl unterrichtet waren, wie groß der Arbeitslohn und wie wohlfeil dem gegenüber die Lebensmittel seyen!? Was wollten die Warnungen gegen Leute, die belehrt waren, daß das dortige Gebiet zehnmal so groß an Flächeninhalt und im Verhältniß dazu zwanzigmal so klein an Einwohnerzahl als Deutschland sey; die belehrt waren, daß es dort nicht an Lebensmittel, sondern nur an schaffenden und arbeitenden Kräften fehle!? Nichts vermochte sie zurückzuhalten. — Selbst einige interessirte und jetzt noch im Schaden stehende Geschäftsleute ließen es nicht an warnenden Worten und andererseits auch nicht an Versprechungen fehlen. — Auch unserer Ansicht nach waren die Warnungen, vorsichtig zu seyn, der gewohnten Fürsorglichkeit unserer kreisräthlichen Behörde entsprechend, obgleich dagegen die dortigen statistischen Verhältnisse doch in zu günstigem Lichte erschienen, als daß die Warnungen den guten Aussichten nicht hätten weichen sollen. Und in dieser letzten Beziehung häufen sich so eben die günstigen Berichte dermaßen an, daß trotz des famösen Artikels nicht allein hier, sondern auch in der Umgegend für nächstes Frühjahr viele Auswanderungen bevorstehen, deren Häupter alsdann, wie sonst gewöhnlich, nicht versäumen werden, bei unserer kreisräthlichen Behörde um Rath und Beistand nachzusuchen. Und am Ende dieser allgemeinen Darstellung, welche wir mit Worten der Behörden und speciellen Thatsachen belegen können, fragen wir die ganze Welt, ist hierin Eigennutz, sind hierin falsche Vorspiegelungen enthalten und zu erblicken? Wir erwarten die sichere Antwort: Nein!

(Schluß folgt.)

Johann Konrad Susemihl.

(Nekrolog.)

Es ist eine traurige aber nothwendige Pflicht der Journalistik, Männer von Verdienst, die ihr irdisches Leben vollendeten, nicht mit Stillschweigen zu übergehen, sondern ihrer in Ehren zu gedenken und ihren, durch ruhmvolle Thätigkeit geschmückten Lebenslauf in Kürze zu berichten. Der Tod fordert täglich seine Opfer, ohne Rücksicht auf Stand und Stellung in der bürgerlichen Gesellschaft; aber die Verheerungen, welche er anrichtet, sind um so schmerzlicher, wenn sie Personen betreffen, welche als Familienväter, Gewerbtreibende, Gelehrte oder Künstler die Früchte ihres vieljährigen Wirkens zur vollen Reife gedeihen sahen, und welche als Mitglieder eines kleineren oder größeren Gemeinwesens gleich achtbar und verehrungswürdig da standen. Zu den Männern dieser Gattung — wir sagen es mit der lebhaftesten Befriedigung — gehörte der am 28. Okt. 1846 zu Darmstadt verstorbene großh. Hofkupferstecher Hr. Johann Konrad Susemihl, der, obschon in das achtzigste Lebensjahr getreten, bis in seine letzten Lebenstage in seinem künstlerischen Berufe unausgesetzt thätig wirkte, so daß er fast bei seinen Arbeiten von der Hand des Todesengels sanft berührt wurde. Er war geboren zu Reinrod, bei Alsfeld, am 30. September 1767. Von seinem Vater für ein bürgerliches Gewerbe bestimmt, nachdem er den ersten Jugendunterricht bei einem geschickten Lehrer zu Hopfgarten und später an der durch die pädagogische Wirksamkeit des Rektors Münch ausgezeichneten Schule zu Alsfeld erhalten hatte, mußte er sich gehorsam in die väterliche Laune fügen, so früh auch der Knabe seine Neigung für die Naturkunde und die zeichnenden Künste zu erkennen gegeben hatte. Bei der Ausübung seines mühseligen gewerblichen Berufs der Kunst — wie es schien — für immer entrissen, regte sich gleichwohl in ihm das Bedürfniß zur Befriedigung seiner Lieblingsneigungen, welche durch den vorhin erwähnten Rector Münch zu Alsfeld, wie auch durch den großh. Ingenieurlieutenant Mann und den großh. Regierungs-Sekretär Karl Dieffenbach daselbst, die freundlichste Anerkennung und Aufmunterung fanden. Erst mit seinem 18. Jahre sollte der strebsame Jüngling, besonders auf des Rektors Münch Fürsprache bei seinem Vater, seiner gewerblichen Fesseln entledigt und der von ihm so sehnlichst gewünschten künstlerischen Laufbahn zugeführt werden. Mit Empfehlungen von Münch nach Kassel versehen, kam er dort bei einem Kupferstecher in die Lehre, der ihm indeß weniger nützte als der Unterricht an der dortigen Akademie, den er mit so gutem Erfolge frequentirte, daß ihm zwei Mal die silberne Preismedaille für seine Arbeiten zuerkannt wurde. — Während seines Aufenthaltes zu Kassel durch die Empfehlung des Direktors der Akademie, Johann Heinrich Tischbein, dem Aelteren, mit dem als Literator und Kunstkenner rühmlichst ausgezeichneten landgräflich hessendarmstädtischen Kriegsrath Merk bekannt geworden und von diesem bei seiner Anwesenheit zu Kassel nach Darmstadt eingeladen, um ihn in seinen unterschiedlichen artistischen Unternehmungen zu unterstützen, folgte er diesem für ihn ehrenvollen Rufe und siedelte im Jahr 1789 nach Darmstadt über. Hier war er zunächst in dem ihm von Merk angewiesenen Wirkungskreise thätig, ohne jedoch andere Aufgaben der Kunst, welche Zeit und Gelegenheit darboten, dabei außer Acht zu lassen. Insbesondere verdient in dieser Beziehung bemerkt zu werden, daß er zu dieser Epoche die Platte „Götz von Berlichingen" nach einer Handzeichnung von Tischbein, genannt der Neapolitaner, ausführte. In Folge von Merk's plötzlichem Ableben (1791) löste sich das bisherige Geschäftsverhältniß, welches ihn an diesen merkwürdigen Mann, der mit Goethe, Wieland und Andern in engem literärischen und Freundschaftsverkehr stand, eine Zeit lang geknüpft hatte. Als eine der ersten Früchte seiner nunmehrigen Muße erschien von ihm das in Prestel'scher Manier ausgeführte Portrait der Landgräfin Louise, Gemahlin des nachherigen Großherzogs Ludwig's I., einer durch hohe Geistesbildung, durch einnehmende Anmuth und durch besondere Liebe für die schönen Künste ausgezeichneten fürstlichen Frau, welche auch für unseren Susemihl in seinem thatkräftigsten Jünglingsalter eine huldreiche und wohlwollende Beschützerin wurde. Höchstdieselbe setzte ihn durch die großmüthigste Municifenz in den Stand, daß er zum Behufe seiner weiteren künstlerischen Ausbildung zwei Jahre zu Weimar und Dresden zubringen konnte. — Im Jahr 1795 nach Darmstadt zurückgekehrt, ward er mit den Gebrüdern Bekker bekannt, welche bei dem Anblick von mehreren seiner bildlichen Darstellungen von Thieren eine so günstige Meinung von seinem Talent faßten, daß sie auf den Gedanken kamen, unter seiner Mitwirkung ein ähnliches Werk wie Levaillant, jedoch nur über die deutschen Vögel, herauszugeben. Der Gedanke reifte bald zur That und es erschien das unter dem Namen „Darmstädter Ornithologie" bekannte Werk, durch welches Susemihl sich in der genauen und schönen Darstellung von Vögeln unter seinen Mitbewerbern in der Kunst einen wohlverdienten ehrenvollen Namen erwarb.

(Schluß folgt.)

Mannichfaltigkeiten.

(Breslau.) Der neue Planet ist hier noch an jedem heitern Abend auf der Sternwarte beobachtet worden, und wird bald Anhaltspunkte genug zu einer genauen Bahnbestimmung geliefert haben. Inzwischen hat der Urheber seiner Auffindung das ihm zustehende Recht, ihm einen Namen beizulegen, an Hrn. Arago zu Paris übertragen, worauf dieser, kraft des erhaltenen Rechts, den Namen LEVERRIER gewählt und für diesen neuen Planeten das Zeichen L mit einem verschlungenen V bestimmt hat.

v. Boguslawski.

(Stuttgart, 7. Nov.) Ueber die Gasbeleuchtung hört man neuerdings, namentlich von allen Privaten, die lautesten Klagen. Auch die Straßenbeleuchtung ist dürftig genug. Viele sind, wenn das Gas sich nicht bessert, entschlossen, wieder zu den Lichterziehern zurückzukehren.

Korrespondenz.

Aus der Wetterau, im Nov.

Was der Verfasser des vortrefflichen Aufsatzes über den Pestalozzi-Verein zu Frankfurt in Nro. 277 und 278 dieser Blätter als einen der Hauptzwecke dieses Vereins bezeichnet, suchen die Unterzeichneten, wiewohl unabhängig von dem Pestalozzi-Verein, im Großherzogthum Hessen zu verwirklichen; sie haben sich, angespornt von ähnlichen Unternehmungen, welche schon die herrlichsten Früchte getragen, im Namen Dessen, der da gesprochen: „Was ihr einem der geringsten meiner Brüder gethan, das habt ihr mir gethan", zu dem Zwecke vereinigt, durch Gründung eines Rettungshauses für sittlich-verwahrloste Kinder so manchen der häuslichen Erziehung entbehrender oder geradezu im Laster aufgezogener Kinder eine Erziehungs- und Besserungsstätte zu bereiten, welche einem dazu besonders befähigten Volksschullehrer, der ein eben so tüchtiger Lehrer als Hausvater seyn muß, übertragen werden soll. Zu diesem Unternehmen haben denn auch bereits Se. königl. Hoh. der Großherzog die erbetene Concession allergnädigst ertheilt. Die nächste Bürgschaft für das baldige Erstehen einer solchen Anstalt ist in dem hochherzigen Anerbieten Sr. Erlaucht des Hrn. Grafen zu Solms-Laubach zu erblicken, welche die zur Anstalt nöthigen Gebäulichkeiten nebst Gartenland in dem ehemaligen Kloster Arnsburg in der Wetterau unentgeldlich verwilligt haben. Es hat sich auch bereits unter Hohen und Niedrigen durch Unterzeichnungen von Beiträgen für dieses Werk freiwilliger, rettender Liebe die erfreulichste Theilnahme kundgegeben und es soll, sobald die noch vorzunehmenden baulichen Veränderungen und Einrichtungen in dem Anstaltsgebäude vollendet sind, nächstes Frühjahr die Anstalt eröffnet werden. Die Unterzeichneten glauben sich im Vertrauen auf den Wohlthätigkeitssinn vieler unserer Zeitgenossen nicht zu täuschen und keine Fehlbitte zu thun, wenn sie zur hülfreichen Unterstützung einer Anstalt auffordern, die an ihrem Theil dazu beitragen will, daß des geistlichen und leiblichen Elends auf Erden weniger werde. Es werden nicht nur die kleinsten Gaben in Geld, sondern auch alte Möbel, Victualien, Kleidungsstücke, Weißzeug, Küchen- und landwirthschaftliche Geräthe dankbar angenommen. Außer den unterzeichneten Vorstandsmitgliedern der Anstalt finden sich in Frankfurt a. M. die Herren Pfarrer Bonnet und Dr. jur. Andreä, so wie die Zimmer'sche Buchhandlung zur Annahme von jährlichen Geldbeiträgen und einmaligen Geschenken bereit. Die leitenden Grundsätze der Anstalt sind gedruckt und unentgeltlich zu haben.

Anthes, Lehrer zu Lich; Bachmann, Pfarrer zu Lich; Schäfer, Taubstummenlehrer zu Friedberg; Schick, Candidat der Theol. zu Laubach; Schwarz, Kaufmann zu Echzell; Uhrig, Pfarrer zu Neuisenburg.

Darmstadt, 10. Nov.

Seit dem 17. v. M. hält Dr. Walther im physikalischen Kabinet des großherzoglichen Residenzschlosses Vorlesungen über Kunstgeschichte des Alterthums vor einem ausgewählten zahlreichen Hörerkreise. Das Anziehende seiner Vorträge, welche zunächst Kunst und Alterthum Aegyptens erörtern, wird noch erhöht durch die Anschauung von Denkmalen der Kunst und von Abbildungen derselben. Auch der neugegründete „literarische Verein" hatte vor einigen Wochen seine Wirksamkeit durch die erste Versammlung im Bibliotheksaale des Realschulgebäudes eröffnet. Nach einer einleitenden Rede des Präsidenten des Vereins, Hrn. geheimen Staatsrathes Dr. Knapp, folgten geistvolle und anziehende Vorträge des zweiten Präsidenten, Hrn. Oberstudienrathes D. Dilthey (über die Spuren der Urwelt im Großherzogthum Hessen), des Hrn. geh. Staatsrathes Dr. Knapp (über ein ungedrucktes altdeutsches Lehrgedicht aus der Hohenstaufenzeit, den „wälschen Gast" des Thomasin von Zerclar, nach einem Erbacher Codex) und des Hrn. Dr. H. Künzel über die Stellung der Schriftsteller in Deutschland, Frankreich und England. — Auch der „geographisch-statistische Verein" wird nun in Kürze seine Winter-Vorlesungen eröffnen und das erste Heft seiner Zeitschrift ausgeben, auf deren interessanten Inhalt wir im voraus aufmerksam machen dürfen. — Neben diesen jüngeren wissenschaftlichen Vereinen, zu welchen auch der naturhistorische gehört, wirkt der historische in gewohnter Rüstigkeit fort. Aus diesen flüchtigen Notizen läßt sich entnehmen, welch' ein reges geistiges Leben sich hier in Darmstadt entfaltet und wie groß die Theilnahme des Publikums für die geistigen Interessen ist, welche hier ihre zahlreichen Vertreter und Förderer finden. Rechne man nun dazu noch das hiesige Hoftheater mit seiner ausgezeichneten Oper, die herrliche Bibliothek und das hiesige Museum mit seinen reichhaltigen werthvollen Schätzen an Gemälden, Statuen, Münzen, Handzeichnungen, Glasmalereien, phelloplastischen, naturhistorischen und osteologischen Sammlungen u. s. w., so wird man wohl eingestehen müssen, daß Darmstadt eine Anziehungskraft für Jeden hat, der Sinn für Wissenschaft, Literatur und Kunst besitzt.

Aus dem Großherzogthum Hessen, 9. Nov.

In Nro. 44 der kath. Sonntagsblätter sprechen mehrere Herren Lehrer katholischer Confession über ein von einem Lehrerverein unseres Landes neu herausgegebenes Lesebuch für Volksschulen (Verlag von August Kern in Darmstadt) und suchen insbesondere einige Stellen des letzten Bogens als besonders bezeichnend hervorzuheben, wie von Seiten der Lehrer der Jugend „der Saamen der Zwietracht, der Verachtung und des Hasses einzuimpfen" gesucht werde. Ich bedauere dieses Mißverständniß. Möge sie Nachfolgendes besänftigen und beruhigen! Vor Allem sind die Verfasser Protestanten. Sie ahndeten in den mitgetheilten Stellen nicht das geringste Böse, weil jedes Geschichtsbuch und jedes Conversationslexikon diese Thatsache als wahr bestätigt. Ueberdies sind sie (die Lehrer) es nicht, sondern ein evangelischer Geistlicher (Mitarbeiter), der die betreffenden Lesestücke, selbst wieder aus anderen Geschichtswerken entnommen, zur Aufnahme lieferte. Nur an ihnen hätte es gelegen, von der langen Censurscheere Gebrauch zu machen. Daran aber dachten sie nicht, weil sie hofften, die Wahrheit stoße nicht an. Nun aber, da sie sahen, daß die Wahrheit Aergerniß gibt, suchen sie bei der nächsten Auflage die Ursache zu entfernen, d. h. den ganzen Bogen auszulassen, damit die Wirkung ausbleibe. Dies war schon beschlossen auf den so wohlgemeinten Vorschlag einer Recension hin, welche im Julihefte des Schulblattes für das Großherzogthum Hessen erschien. — Möchte darum diesem so verständigen und wahrhaft bildenden Lesebuch in Lebensbildern, dem selbst die Mainzer Sonntagsblätter ihren „vollen Beifall" nicht versagen können, durch die bald erscheinende zweite Auflage der Weg in alle Schulen jeder Confession gebahnt seyn! (Eingesendet.)

Frankfurt a. M., im Nov.

Gegenwärtig weilt in unserer Stadt ein tüchtiger Künstler. Es ist dies der junge 13jährige Pianist Alfred Jaell aus Triest, welcher sich bereits durch seine Kunstreisen in Italien, Frankreich und Holland in der musikalischen Welt vortheilhaft bekannt gemacht hat. Sein Spiel, so wie seine Compositionen sind in der That ausgezeichnet. Dem hiesigen kunstliebenden Publikum war bereits durch ein vom Künstler im Hause Mozart veranstaltetes Konzert Gelegenheit geboten, sein Spiel die gerechte Anerkennung finden zu lassen. Da jedoch der Raum im genannten Lokale etwas beschränkt ist, so hat sich der junge Künstler, auf den Wunsch mehrerer Musikfreunde dazu verstanden, künftige Woche noch ein zweites Konzert dahier zu geben, zu dessen zahlreichem Besuche es wohl für das kunstliebende Publikum keiner weitern Anpreisung bedarf. — Was sein Spiel noch erhöht, ist der Umstand, daß derselbe sein eigenes treffliches Instrument bei sich führt.

Berichtigung.

In dem in der gestrigen Nummer der Didaskalia enthaltenen Bericht über die letzte Preisvertheilung an die hiesigen Sonntags- und Gewerb-Schüler und an treue Dienstboten ist irrthümlich Hr. Pfarrer Schrader, statt Hr. Pfr. Steitz, mit unter den Rednern genannt, welche bei dieser öffentlichen Feier Vorträge hielten; auch Hr. Amtmann Dr. v. Oven stattete dabei über die Wöhlerstiftung einen Bericht ab.

Theater-Anzeige.

Donnerstag, 12. Nov. Johannes Guttenberg, Original-Schauspiel in 3 Abth., von Charl. Birch-Pfeiffer.

Samstag, 14. Nov. Zemire und Azor, große Oper in 2 Abth., Musik von Spohr.

Redakteur: J. L. Heller. — Druck und Verlag von Heller und Rohm.

Didaskalia.

Blätter für Geist, Gemüth und Publizität.

Nro 314. Samstag den 14. November 1846.

Geschichte eines Boudoirs.

Von ihm selbst erzählt.

(Fortsetzung.)

Kaum hat sie gelesen, so vernimmt sie Geräusch; sie schleudert die Taube zum Fenster hinaus und kniet auf ihren Betstuhl hin, um ihre Aufregung zu verbergen und Gott zu danken; der Wächter tritt ein; er bleibt an der Thüre stehen und sieht mitleidig auf die im Gebete vertiefte Gefangene.

„Es lohnt sich auch der Mühe zu beten!“ sagte er. Diese Worte machten Marie, nicht nur ihrer Gottlosigkeit willen, sondern auch wegen des damit verbundenen Sinnes, erbleichen.

„Dieser Mann hält mich für verloren!“ dachte sie. „Ach, mein Gott! wenn man mich hier ermordete!“

Sie hätte gern in des Mannes Seele, der Alles wissen mußte, gelesen, seine Blicke flüsterten ihr einen geheimen Schauder ein. Der Wächter wollte sich wieder entfernen, da kehrte er sich plötzlich um, maß die Baronin von Kopf bis zu den Füßen und sagte:

„Du hast also gar nichts Kostbares mehr?“

Die Baronin fuhr zusammen; es war das erstemal, daß man es wagte, unehrerbietig mit ihr zu sprechen.

„Nicht bei mir, mein Herr,“ erwiederte sie würdevoll; „aber ich will Ihnen sagen, wo mein Schmuckkästchen ist, damit sie es ohne Mühe an sich nehmen können.“

„Ihr Schmuckkästchen,“ brummte der Elende, „das ist jetzt weit von hier. Also hat sie nichts, nichts mehr! Das ist hübsch.“

Er entfernte sich fluchend.

Die Schloßuhr schlug sechs, also mußte sie noch sechs Stunden warten. Ach, mit welchen Aengsten war der Gedanke an ihre Rettung vermischt! Konnte dem ihr zu Hülfe eilenden Grafen nicht ein Unglück zustoßen? Wie wollte er den am Thurm stehenden Wächter bei Seite schaffen? „Erst sechs Uhr! Es bedarf aber nur einiger Minuten, um ermordet zu werden! Wie, wenn der Wächter den schrecklichen Auftrag erhalten hätte? O, großer Gott! wenn er nach meiner Habe lüstern wäre! Er wartet vielleicht nur auf die Nacht, um das Verbrechen auszuführen!“ Die Stunden verfließen mit tödtlicher Langsamkeit, wenn man etwas erwartet, und das Unglück macht sie noch qualvoller; es scheint, daß die Marter, die man ausstehen soll, durch die Furcht, die sie einflößt, noch größer wird; es bedarf des Muthes, um einem augenblicklichen Tode Trotz zu bieten, und himmlischer Ergebung, um ihn mit Ruhe zu erwarten. Was man aber auch in diesen Momenten der Todesangst empfinden mag, die unwandelbare Zeit nimmt keine Rücksicht auf die Leiden des Dulders, und hält für die Glücklichen wie Unglücklichen gleichen Schritt; sie gewährt den Einen die Muße zu genießen, den Andern zu leiden, ohne Genuß oder Leiden abzuwiegen.

Es hatte sechs Uhr geschlagen und jede folgende Stunde schien der Baronin ein Jahrhundert; endlich lag nur noch eine Stunde zwischen dem Ende ihrer Marter und der Befreiung aus diesem Schreckensorte.

„Diesen Ort verlassen! und vielleicht für immer!“ sagte sie. „Sollte man es glauben?“ Es mischte sich ein heimliches Bedauern in diesen Gedanken.

Die Baronin trennte sich nicht ohne schmerzliche Rührung von ihrem Boudoir. Die Orte, wo man geweint hat, bleiben der Erinnerung heilig; es geschieht dies wahrscheinlich deshalb, weil man Beweise von Muth vor ihnen abgelegt hat, während die Orte, die nur unser Vergnügen, unsern Leichtsinn gesehen haben, aus unserer Erinnerung wie verwischt sind. Endlich ertönten die vier Hammerschläge der Uhr und die zwölf Stunden der Nacht folgten einzeln und regelmäßig, wie immer. Jede Stunde, die sie zählte, war ein elektrischer Schlag für ihr Herz, während ihr Ohr, der geheimen Thüre zugeneigt, auf das geringste Geräusch in der um sie her herrschenden Todtenstille horchte. Kaum war der letzte Schall verklungen, als sie ein Stöhnen zu vernehmen glaubte; bald wurden Schritte auf der geheimen Treppe hörbar; der Riegel wurde weggezogen, die Thüre öffnete sich.

„Kommen Sie, kommen Sie,“ sagte eine ihr bekannte Stimme.

Sie ergreift im Dunkeln eine Hand, welche in der ihrigen zittert; sie steigt die Treppe hinunter, ein Körper versperrt ihr den Weg; da erfaßt sie ein starker Arm, hebt sie in die Höhe und eilt mit ihr auf einem Pfade dem Ausgange des Parkes zu, den nur Ein Mann kennen konnte. Bei einer kleinen, im Gehölz verborgenen Pforte steht ein Wagen; die Baronin wird hineingehoben, die Wagenthüre wird geschlossen, ein Mann steigt auf den Bock und im schnellsten Laufe werden beide fortgeführt. Sie erreichten glücklich die Gränze; ein fremdes Schiff nahm die Baronin auf; ihr Befreier war verschwunden .... So verließ mich meine Herrin noch einmal. O, welches Unglück für mich! Kaum war der Tag angebrochen, als ich abscheuliche Verwünschungen am Fuße des Thurmes von Stimmen vernahm, die mehr dem Brüllen wilder Thiere als menschlichem Schreie glichen. In demselben Augenblicke sah ich durch die innere Pforte einen Haufen blutbedeckter elender Menschen eindringen, von denen die Einen mit Messern, die Andern mit Knütteln, Degen, Lanzen, kurz mit allerhand Mordwaffen versehen waren. Einer von ihnen hieb dem Portrait meiner schönen Herrin, nachdem er die schmutzigsten Schimpfworte gegen dasselbe ausgestoßen, den Kopf ab; Andere machten die vergoldeten Rahmen an Spiegeln und Bildern los, und zertrümmerten, was ihnen unter die Hand kam. Mein Parkettboden wurde verstümmelt, so wie der Betstuhl, und die Rotte krönte ihr Zerstörungswerk durch die infamsten Worte und gräßlichsten Flüche. Sie schworen Allen den Tod, die mir einst gehuldigt, und deren Sprache mich an so viel Zartgefühl gewöhnt hatte.

Ich sah mich in einem Augenblicke zu Grunde gerichtet und in einem elenderen Zustande als jemals zuvor. Ich war aus einem natürlichen Zustande in einen luxuriösen übergegangen, von diesem aber in einen beweinenswerthen Ruin. So war ich ein Gegenstand der Gleichgültigkeit und der Liebe gewesen, nun ward ich ein Gegenstand des Mitleidens und des Schreckens. Um meine Vernichtung zu vollenden, wollte man mich in Brand stecken; das Feuer aber, das die Unmenschen bei ihrer Entfernung auf mich warfen, verbrannte nur meinen Fußboden und einige Zierraten; meine Mauern blieben stehen und ich fühlte mich in meinen Fundamenten eben so fest, wie nur je. Meine Fenster waren offen geblieben, und so wurde ich in kurzer Zeit der Aufenthalt der Nachtvögel, die wahrscheinlich über das Ereigniß hoch erfreut waren, das ihnen einen Zufluchtsort verschafft hatte. Eines Tages sah ich, wie ein Sperling von den Eisenstangen des Fensters das Schnupftuch holte, das sich noch dort befand, es zerriß und auf einen der schönen Bäume, die mich umgaben, trug, um es zum Neste für seine zukünftige Familie zu benutzen.

Da ich mit den Menschen nichts mehr zu thun hatte, so bewunderte ich die Glückseligkeit der Thiere. Ich muß indeß gestehen, daß es auch zwischen ihnen nicht ohne Händel abging; nur hatten diese Streitigkeiten stets einen lobenswerthen Zweck, indem sie sich nur schlugen, um ihre Jungen zu ernähren; übrigens ließen sie mir in der Nacht Ruhe; Alle flogen, nachdem die Sonne untergegangen, aus, um zu jagen, und kamen mit Tagesanbruch wieder, um ihre Pflichten zu erfüllen. Ich fand ein Vergnügen darin, die Sitten meiner geflügelten Einwohner zu studiren; ich lernte Vieles von ihnen; wenigstens sah ich keine Thränen mehr fließen; ich vernahm weder Seufzer noch leidenschaftliche Ausrufe; ich lebte in einer Monotonie, die mir größeren Werth zu haben schien, als fortwährende Aufregung; meine Gäste plauderten mit einander, und ihre Sprache, die ich nicht verstand, kam mir wie ein kleines Konzert vor; meine frühere Größe that mir zwar ein wenig leid; ich legte aber auch auf meine Ruhe großen Werth.

Leider sollte sie mich nicht lange erfreuen. Eines Abends erschallte großer Lärm rings um mich her, und alle meine Bewohner flogen davon.

(Fortsetzung folgt.)

Weitere Aufklärungen über die hessischen Auswanderer aus Großzimmern.

(Schluß.)

Nachdem wir diese Verhältnisse und namentlich die Motive kurz beleuchtet haben, so kommen wir wieder auf die weitere Entwickelung der Auswanderungs-Angelegenheit zurück und bemerken den Zeitpunkt, der unsere allgemeine Darstellung der Entstehungsweise und die Würdigung des Verhaltens der dabei beschäftigt gewesenen Behörden schließt, mit der Bezeichnung des Uebertrittes in die Einzelnheiten. Dieser Uebertritt fängt mit der Ausrufung durch die Schelle, die jetzt erst stattfand, an und bereitet die Präliminarien, Vorkehrungen und Anstalten zur Abfahrt vor; hierher sind besonders zu rechnen: nochmalige Namensunterschriften, Kleideranschaffungen, Abschließungen von Contrakten und Wechseln &c. Ueber diese speciellen Verhältnisse wollen und können wir uns jedoch nach der hinlänglichen Darstellung seitens hiesigen Ortsvorstandes nicht verbreiten; nur so viel können wir aus vollster Ueberzeugung sagen, daß die Auswanderer mehr erhielten, als sie anfänglich erwartet hatten, und daß sie, so weit der Schutz und die Begleitung unserer Behörden reichten, mit der größten Humanität und nicht mit Barschheiten und Uebervortheilungen behandelt worden sind. Was weiter als dieses liegt, namentlich was die schlechte Behandlung auf den Schiffen anbelangt, das bürdet sich dem, durch einen vorzüglich gehaltenen, von Hrn. Kommissär Kraft abgefaßten Contrakt, gebundenen Agenten Gandenberger auf. Und nur eine weitere Untersuchung dieses Theiles wird entweder dessen Schuld oder Unschuld erweisen.

Schließlich versichern wir mit Tausenden von andern uns Umgebenden, daß alles Obige nach bestem Wissen und bester Ueberzeugung der Wahrheit gemäß dargestellt ist und daß wir jede Abweichung davon entweder für eine Entstellung oder für eine Lüge erklären müssen. Zugleich bemerken wir, daß obige Explication nicht für unsern Kreis, in welchem man mit dem wahren Sachverhalt vertraut und über die Infamien gegen die Behörden im höchsten Grade indignirt ist, geschrieben wurde, sondern nur für jene auswärtigen Unbefangenen, die nicht gewohnt sind, sich durch jene, stets gegen die Behörden agirenden Raisonneurs bestimmen zu lassen. Und wenn auch jetzt noch die Behörden ihren Lohn in ihrem Innern und in der subjectiven Ueberzeugung, das Gute nicht allein gewollt, sondern auch zur Ausführung gebracht zu haben, suchen müssen; wenn namentlich unser allgemein geachteter Kreisrath sich einstweilen noch mit der in Gernsheim ihm zu Theil gewordenen Anerkennung und Dankbarkeit, die ihm Zeichen edler Rührung entlockten, begnügen muß, so wird doch voraussichtlich noch ein weit schönerer Erfolg die Sache krönen. Spätere Briefe von dem bess'ren und gebesserten Theile werden die uneigennützigen Bemühungen um das Nächstenwohl reichlich belohnen und bessere Nachrichten über das Gelungenseyn der Auswanderungsangelegenheit und über das Wohlergehn der Einzelnen werden die Behörden für den schwarzen Undank und für die schändlichen Verläumdungen entschädigen. — Der Tag des Triumphes über die Schmäher naht jetzt schon; und es enthält der in der ersten Beilage von Nro. 307 des Frankfurter Journals abgedruckte Brief aus New-York keine geringe Genugthuung für unsere Behörden, obgleich dieselben ohne Zweifel berechtigt sind, ganz andere Satisfaction zu verlangen. Edler Dank von drüben her und Eingeständniß, daß von hier aus das Glück der Bedrängtgewesenen geschaffen und befördert worden, können einzig und allein die Verdächtigungen und Blasphemien gegen die Behörden, und die Dolchstiche in die gefühlvollen Herzen der so schmählig um ein Urtheil angegangenen Damen heilen.

Großzimmern, 7. November 1846.

Dr. Reitz, praktischer Arzt.
Krebs, Pfarrer.

Nachschrift der Redaktion der Didaskalia. Zur Vervollständigung der Erzählungen des jedenfalls traurigen Schicksals, welches jenen hessischen Auswanderern zu Theil wurde, theilen wir noch den nachstehenden Bericht aus Liverpool, welchen die neueste Nummer der „Köln. Ztg." bringt, mit:

Liverpool, 5. Nov. Der in der „Weser-Zeitung" unterm 24. v. M. erschienene Artikel über die von Groß-Zimmern und Guntenhausen im Großherzogthum Hessen über hier nach New-York ausgeführten 700 Auswanderer veranlaßt mich zu nachstehender Mittheilung: Zweiundsiebenzig dieser Auswanderer wurden auf dem „Orphan", Capitän Burrow, von hier aus nach New-York verschifft; derselbe kam nach fünfwöchentlicher Reise entmastet zurück, und der nagende Hunger und das himmelschreiendste Elend zwang diese Unglücklichen, ihre Zuflucht im hiesigen preußischen Consulate zu suchen, wo sie sich bitter über den unzureichenden Mundvorrath beklagten und daß ihnen, mit Ausnahme von einer Kleinigkeit Fleisch, während der letzten zehn Tage nichts als Schiffsbrod und Wasser blieb. Hier im Hafen eingetroffen, hörten alle Verbindlichkeiten des hiesigen Contrahenten hinsichtlich der Ernährung auf, und wurde ihnen selbst der

Schiffszwieback nicht mehr verabfolgt. Der in London wohnende Unternehmer für den Versandt über hier, Hr. Temperley, wurde durch den königl. preußischen General-Consul daselbst von der Lage dieser Leute benachrichtiget; er überließ sie indeß nicht nur ganz ihrem Schicksale, sondern fand es seinem Interesse angemessen, sich bei seinem Hierseyn weder am Schiffe Orphan noch im preußischen Consulate zu zeigen. Diese Unglücklichen würden verhungert seyn, hätte der hiesige Magistrat nicht die Verpflegung während des Aufenthaltes übernommen und wären die hier wohnenden Deutschen nicht zusammengetreten, um den zur neuen Reise nöthigen Betrag zur vollständigen Proviantirung durch Subscription zusammenzubringen, wodurch allein es den armen Leuten möglich wurde, ihre Reise mit dem Schiffe „Sontiac" fortzusetzen. Es ist empörend, die schonungslose Behandlung dieser Auswanderer wahrzunehmen, um so mehr, als die hiesigen Agenten nicht durch die Uebereinkunft am Festlande gebunden sind und hier kein gerichtlicher Recurs gegen sie zu erlangen ist. Bei der Durchreise durch London ging Heinrich Held's Frau verloren, und ist derselbe genöthiget gewesen, ohne sie mit seinen vier Kindern weiter zu gehen. Eine der Frauen kam in London nieder, und mußte mit dem neugebornen Kinde diese Reise machen; eine andere Frau erwartete täglich ihre Niederkunft. — Es ist durchaus nothwendig, in Deutschland bekannt zu machen, auf welche empörende Weise man diese Auswanderer, die über Hull oder London hieher befördert werden, behandelt. Die Unternehmer solcher Seelenverkäufereien sind nur darauf bedacht, den letzten Pfennig dabei zu erwortheilen, und so werden Menschen nicht viel besser als das Vieh behandelt. — Hier haben sie durchaus keinen Rechtsanspruch, denn kein Kontrakt ist gültig, der nicht hier gemacht wird, und diese Leute sind daher ganz der Willkür von Unter-Agenten überlassen.

Johann Konrad Susemihl.

(Schluß.)

Von Sr. k. Hoheit dem Großherzoge Ludwig I., in huldvoller Anerkennung seiner unausgesetzten thätigen künstlerischen Bestrebungen, im Jahr 1800 zum Hofkupferstecher ernannt, widmete er fortwährend seine Thätigkeit theils der vorerwähnten „Darmstädter Ornithologie", theils den Abbildungen zu einer Naturgeschichte der drei russischen Provinzen Kurland, Liefland und Esthland. In seinen Mußestunden beschäftigte er sich mit dem Ausstopfen von auf der Jagd erbeuteten Vögeln, welche er in Gouache malte. Die Mehrzahl der in dieser Manier gemalten Vögel ist in dem großh. Museum zu sehen. — Von der Wetterauer Gesellschaft für die gesammte Naturkunde wurde Susemihl, in Anerkennung seiner Verdienste um die Ornithologie, im Jahr 1808 zu ihrem correspondirenden Mitgliede ernannt. — Künste und Wissenschaften können nur unter dem Einflusse der Segnungen des Friedens gedeihen. Die napoleonischen Kriege und die politischen Erschütterungen, welche sie im Gefolge hatten, wirkten zu der eben erwähnten Epoche auf künstlerische Unternehmungen höchst nachtheilig zurück, so daß auch die beiden oben erwähnten naturhistorischen Werke in Stocken geriethen. Gedrängt durch die Ungunst einer eisernen Zeit, welche wie ein erstickender Alp auf der deutschen Kunst wie auf der deutschen Freiheit lag, hatte Susemihl keine andere Wahl, als sich für Buch- und Kunsthändler einstweilen mit kleinen Brodarbeiten zu beschäftigen. Dadurch seiner wahren künstlerischen Bestimmung entrückt, sollte er ihr erst wiedergegeben werden, als Hr. Oberbaurath Moller die Herausgabe seiner „Denkmäler deutscher Baukunst" unternahm. Für dieses architektonische Kunstwerk lieferte er bis zum Jahr 1830 die größere Anzahl der Platten. Auch stach er eine Platte für das von Dr. Boisseré über den Kölner Dom herausgegebene Werk. — Als das Emporkommen der Kunst des Stahlstichs neue Studien, neue technische Uebungen erheischte, säumte Susemihl nicht, dieser neuen Richtung der Kunst zu folgen und lieferte seit 1830 eine Reihe von Stahlstichen, welche unter dem Namen Susemihl und Sohn erschienen und in verschiedenen Werken zerstreut sind. — Den letzten Abschnitt seines Lebens füllte er noch mit einem großen, schönen und äußerst nützlichen Unternehmen aus, und zwar in Verbindung mit seinem Sohne Eduard, mit welchem er seit 1839 an der Darstellung der Vögel Europa's unausgesetzt thätig arbeitete. Das Werk sollte außer dem künstlerischen auch einen wissenschaftlichen Werth haben, und um dieser letzteren Rücksicht willen setzten sich die Herausgeber mit mehreren der namhaftesten Naturforscher in Verbindung, um theils ihr Urtheil über ihre Arbeiten zu vernehmen, theils sie zur Mitwirkung in Betreff der Lieferung eines dem dermaligen Stande der Ornithologie entsprechenden Textes zu gewinnen. Beide Zwecke haben sie zu ihrer vollsten Befriedigung erreicht. Der durch sein Manuel des oiseaux d'Europe rühmlichst bekannte Hr. Temminck zu Leyden, wie auch unser berühmter Oken, haben sich über Susemihl's Vögel von Europa bereits in den beifälligsten Urtheilen ausgesprochen, und was den erläuternden Text insbesondere betrifft, so ist derselbe seither von Gelehrten vom Fache, wie von Dr. Schlegel zu Leyden, Professor Küster zu Erlangen, Cabani zu Berlin und Andern geliefert worden, von Männern, welche sich durch ihre wissenschaftliche Stellung wie durch ihre Studien ganz in der Lage sahen, den Text mit den Leistungen der Kunst in ein schönes Ebenmaß zu bringen. Beides scheint vollkommen gelungen zu seyn, und als ehrendes Anerkenntniß der dießfälligen doppelten Bestrebungen glauben wir die von Sr. königl. Hoheit dem Großherzoge Ludwig II. huldreichst angenommene Dedication des Werkes betrachten und hier insbesondere erwähnen zu müssen. Bis jetzt sind 32 Lieferungen in groß 8. erschienen. — Was der Vater rühmlich begonnen, wird der Sohn ehrenvoll fortzusetzen sich bemühen, und bei seinem anerkannten technischen Geschick und bei seinen mit besonderer Vorliebe gepflegten ornithologischen Studien, zweifeln wir nicht, daß es ihm gelingen werde, bei Fortsetzung des Unternehmens den Erwartungen der Kunstkenner und der eigentlichen Naturforscher möglichst Genüge zu leisten. Dr. Wilh. Dieffenbach.

Eine neue Kleinkinderschule in Frankfurt a. M.

Am 4. d. Mts. wurde in unserer Stadt ein zwar geräuschloses, aber in seiner Bedeutung gewiß wichtiges und höchst ergreifendes Fest gefeiert.

Der Verein von Kinderfreunden, welcher seit 14 Jahren dahier besteht und zum Zweck hat, kleinen, noch nicht schulfähigen Kindern, denen im Elternhause die nöthige Pflege und Beaufsichtigung unmöglich gemacht oder doch sehr erschwert ist, die sorgfältigste Aufsicht zu widmen und durch Entfernung alles bösen Beispiels und jeder verderblichen Gesellschaft dahin zu wirken, daß sie schon im zartesten Lebensalter zum Guten gewöhnt und an Körper, Geist und Gemüth gekräftigt werden, dieser Verein hatte die Freude, an obigem Tage eine dritte Kleinkinderschule dahier errichtet und feierlich eröffnet zu sehen. Ein hochherziger Bürger unserer Vaterstadt, der als Beförderer alles Schönen, Wahren und Guten rühmlichst bekannte Hr. Heinrich Mylius sen. in Mailand, hat vor einiger Zeit zum Zweck der Errichtung einer dritten Kleinkinderschule im westlichen Theile der Stadt der Verwaltungs-Commission die bedeutende Summe von fl. 20,000 als Geschenk zustellen lassen. Diese Summe, durch weitere Beiträge aus hiesiger Bürgerschaft vermehrt, setzte die Verwaltung in den Stand, ein eigenes Haus an der Weißfrauenkirche für diesen Zweck anzukaufen und den menschenfreundlichen Absichten des edlen Stifters vollkommen zu entsprechen.

Dieses Haus wurde nun am 4. d. seinem wichtigen Zwecke auf würdevolle Weise übergeben. Die hellen, freundlichen Schul-Räume waren mit Laub und Blumen sinnig geziert und ein Bild, die Stelle der heiligen Schrift, wie Jesus die Kinder segnet, darstellend, brachte den Anwesenden den Befehl des göttlichen Kinderfreundes vor die Seele, auch die Kindlein schon zu ihm hinzuführen. Festlich gekleidet und von ihren Lehrern und Lehrerinnen geführt erschienen Nachmittags 3 Uhr fünfzig Kinder aus den beiden bereits schon länger dahier bestehenden Kleinkinderschulen an der Peterskirche und in Sachsenhausen und nahmen neben den für diese neue Schule bereits aufgenommenen die für sie bestimmten Plätze ein. Die beiden wohlregierenden Herren Bürgermeister, mehrere Mitglieder hochwürdiger Kirchen- und Schul-Deputation, so wie eine große Anzahl von Kinderfreunden schmückten diese Feier durch ihre Gegenwart.

Mit einem für diesen Zweck eigens gedichteten Danklied gegen Gott und den edlen Stifter dieser Schule eröffneten die Kinder durch Gesang die Feier des Tages und dieser Dank, welcher voll Gefühl, eindringlich und kräftig aus Kindermund erschallte, entlockte manchem Auge der Anwesenden Thränen der Rührung. Nachdem dieser Gesang vollendet war, trat der derzeitige Senior der Verwaltungs-Commission, Hr. Dr. med. Georg Varrentrapp, hervor und schilderte in schönen Worten den reichen Segen, welchen diese Anstalten schon seit ihrer Gründung in unserer Vaterstadt bereitet, bezeichnete das tiefgefühlte Bedürfniß der Errichtung einer dritten Schule, schloß hieran den wärmsten Dank gegen den Mann, der aus weiter Ferne seiner Vaterstadt auch hierbei helfend unter die Arme griff und sprach die freudige Hoffnung aus, daß der schon so oft erprobte wohlthätige Sinn unserer Mitbürger auch diese Pflanzstätte der Sittlichkeit und Tugend unter seinen weiteren Schutz und liebende Pflege nehmen werde. Schließlich führte er den neuen Schulpfleger und die an der Schule angestellten Lehrerinnen in ihr Amt ein.

Nach diesem feierlichen Act wies Hr. Pfarrer Deichler in einer ergreifenden Rede auf die Wichtigkeit und den Nutzen der Kleinkinderschulen hin, legte mit warmen herzlichen Worten dem neuen Pfleger den von ihm freiwillig übernommenen Beruf eindringlich an das Herz, stellte den Lehrerinnen ihren schönen, aber mühevollen Beruf, das Ausströmen jener verborgenen wunderbar kräftigen, heiligen Quelle des kindlichen Gemüthes in den Seelen dieser Kleinen zu befördern, im Lohne der reichen Saat des Guten, die sie hier zu streuen vermögen, klar und deutlich vor das Auge und wandte sich dann an die Kleinen selbst, indem er sie mit väterlich liebevollen Worten zur Folgsamkeit, Liebe und Dankbarkeit gegen ihre Lehrerinnen ermahnte. Schließlich erfüllte er unter Gebet den Zweck dieses ganzen schönen Festes, indem er den Ort, an welchem man versammelt war, zu einer dritten Kleinkinderschule dahier feierlich einweihete.

Nachdem auf diese Weise die edle Absicht des hochherzigen Kinderfreundes in der Ferne erfüllt und die Schule ihrem eigentlichen Zwecke übergeben worden war, erscholl noch aus Kindermund der Dank des Herzens, welchen sie durch einen Gesang zweier Verse aus dem für diesen Zweck passend umgearbeiteten Liede: „Nun danket alle Gott" voll Gefühl ausdrückten. Die lieben Kleinen wurden am Schlusse des Festes noch mit Bretzeln und Caffee bewirthet und blieben in kindlicher Lust und Fröhlichkeit noch einige Zeit beisammen. Die anwesende Versammlung aber verließ tief ergriffen diesen neu errichteten Kindergarten, jeder Einzelne gewiß mit dem herzlichen Wunsche, daß auch diese neue Schule blühen und gedeihen und durch die Theilnahme und Unterstützung edler Menschenfreunde ein Segen der nachfolgenden Generation werden möge.

Deßhalb bedarf es auch gewiß nur weniger Worte, die kräftigste Unterstützung dieses Vereins allen edlen Menschenfreunden an das Herz zu legen, die in die günstige Lage versetzt sind, der flehenden Menschheit Herz und Hand öffnen zu können. Gilt es doch hier das Edelste und Beste im Leben, armen Kindern Liebe, Pflege und Sorgfalt zu weihen und in ihre Herzen den Keim zu legen, welcher aus ihnen nützliche brauchbare Glieder des Staates, edle fromme Menschen macht. G.

Mannichfaltigkeiten.

(St. Petersburg, 3. Nov. — Berl. N.) Der mit dem Beginn dieses Jahres für ganz Rußland neueingeführte Strafcoder ordnet unter Anderem an: Leibesstrafen an Capital-Verbrecher sollen zur Warnung für's Volk öffentlich und möglichst feierlich vollzogen werden; bekanntlich ward nun durch obigen Coder in Folge eines höchsterlassenen Ukases die Knutstrafe in Rußland für immer aufgehoben, statt ihrer für die gravirtesten Verbrecher die Plette, die Stempelung und Exil auf Zwangsarbeiten nach Sibirien angeordnet. Erstere trat mit dem 1. Mai d. J. in allgemeinen Gebrauch bei den dahin bezüglichen Fällen. Die Archangelsche Zeitung gibt uns über ihre erste Anwendung in dortiger Stadt nachstehende bemerkenswerthe Meldung: „Hier wurde am 6. Oct. eine öffentliche Hinrichtung, zum ersten Mal nach Vorschrift des neuen Strafgesetzbuches, an einem Fuhrmann vollzogen, der einen Handels-Bauern, den er gefahren, auf dem Wege beraubt und gemordet hatte. Er ward condemnirt zu 90 Plettbieben, zur Stempelung und Verschickung nach Sibirien zu Zwangsarbeiten. Die Bevölkerung unseres im höchsten Norden isolirt liegenden Gouvernements darf im großen russischen Völkerbunde als eine der moralischsten gelten; darum mußte der Anblick eines ihr so ungewöhnlichen Schauspiels einen ungemeinen Effect auf sie bewirken. *). Vom frühesten Morgen des Executionstages war der Gefängnißthurm von einer zahlreichen Bevölkerung aus allen Ständen umringt. Alles wartete in banger Spannung den Beginn des schauerlichen Actes. In der zehnten Mittagsstunde bestieg der Verbrecher den Karren, vor der Brust ein Täfelchen mit dem eingravirten Worte: Mörder tragend. Von einem Geistlichen und der Militärwache escortirt, ward er, begleitet von der ganzen Zuschauerschaar, auf deren Physiognomien Entsetzen und Abscheu deutlich zu lesen waren, in größter Stille, absichtlich aber durch die belebtesten Hauptstraßen der Stadt, bis zum Richtplatz geführt. Hier stand das Schaffot. Als man diesen erreicht hatte, ward der Mörder vom Geistlichen auf dasselbe gebracht, ihm hier die Sentenz nochmals vorgelesen, vor dem Beginne der Execution aber ward er auf 10 Minuten der Volksmenge noch zur warnenden Schau ausgestellt. Diese moralische Strafe wirkte bestimmt auf ihn viel fürchterlicher, als die darauf folgende physische, deren öffentliche solenne Vollziehung ihren tiefsten Eindruck auf die Zuschauer nicht verfehlte. Sie wird unbezweifelt ihren natürlichen Abscheu für Verbrechen erhöhen und heilsam auf die Volksgesittung einwirken."

*) Capitalstrafen wurden bisher in Rußland nie öffentlich, sondern in der Regel an isolirten Plätzen vollzogen, zu denen selten das Volk, ihre Vollziehung oft nicht kennend, zur Anschauung gelangte.

Theater-Anzeige.

Samstag, 14. Nov. Fidelio, große Oper in 2 Abth., Musik von Beethoven. (Gastrolle) Fidelio: Fräul. Emilie Walter, k. k. österreichische Hofopern- und k. würtembergische Kammersängerin.

Redacteur: J. L. Heller. — Druck und Verlag von Heller und Rohm.

Didaskalia.

Blätter für Geist, Gemüth und Publizität.

Nro 315. Sonntag, den 15. November 1846.

Geschichte eines Boudoirs.

Von ihm selbst erzählt.

(Fortsetzung.)

III.

Die Republik.

Ich begriff aus der überall herrschenden Lebendigkeit, daß ich in einen neuen Zustand übergehen würde. Ich hatte mich bei meinen Gästen, den Thieren, so wohl befunden, daß ich mich vor den Menschen fürchtete. Da ich indeß mein Schicksal nicht ändern konnte, so erwartete ich mit gewohnter Ruhe, was da kommen sollte. Wirklich sollte ich es wieder mit Menschen zu thun haben. Man begann damit, die Thüre, die in's Schlafzimmer führte, zu zerschlagen; sie fiel mit großem Geräusch auf meinen halb zerstörten Fußboden, und ihrem Falle folgte das Erscheinen mehrerer Männer in einer Art Uniform. Eine Frau begleitete sie; sie war groß und schön; ihre nachlässige Kleidung erinnerte mich an keines der Frauenkostüme, die ich früher gesehen. Ihre Arme waren bis zur Schulter entblößt, ihr leichtes, durch ein Band unter dem Busen festgehaltenes Kleid ließ ihren Formen ihre ganze Rundung und Fülle. Ihre Miene war ein wenig wild; kurz, sie kam mir ganz wie die Jagdgöttin Diana vor, deren Bildsäule ich im Park sehen konnte. Sie hielt einen Blumenstrauß in der Hand, den ihr Jakob, der zum ersten Gärtner avancirt war, bei ihrer Ankunft überreicht hatte.

Diese schöne Frau sprang mit Leichtigkeit auf die Trümmer meines Fußbodens und stellte sich in meine Mitte. Nachdem sie mich aufmerksam betrachtet hatte, sagte sie:

„Dies ist also das berühmte Boudoir, in welchem die arme Baronin von Chevert geseufzt, und aus welchem ihr Geliebter sie befreit hat? Wissen Sie, General," sagte sie zu einem kriegerisch aussehenden Manne, „daß dieser Graf Ferdinand ein muthiger Mann war Er hat sich tapfer geschlagen, sagt man. Es ist schön, solche Feinde zu haben."

„Um sie zu besiegen," entgegnete der Offizier. „So verstehe ich's wenigstens."

„Nun," fragte ein anderer Besucher, „was gedenken die Frau Generalin aus diesem so erinnerungsreichen Orte zu machen?"

„Mein Arbeitszimmer," erwiederte sie; „hier will ich meine Memoiren schreiben."

„Sie werden viele Mühe haben, Madame, diesen Ort angenehm zu machen," sagte Derjenige, der hier Herr zu seyn schien.

„O," sagte die schöne Cornelia, „wir Frauen von Republikanern verachten den Luxus. Ich verlange nur ein dreifarbiges Papier, um diese Ueberreste von Flittergold, welche Ekel erregen und Mitleiden einflößen, zu verbergen. Ueberdies müssen wir das Beispiel von Sparsamkeit geben."

„Ja wohl," sagte ein Mann mit tückischer Miene, „es ist klug, nicht zu viel Geld auf die Güter der Ausgewanderten zu verwenden, da man vielleicht nicht Zeit haben dürfte, von seinen Auslagen Nutzen zu ziehen . . . ."

Die schöne Cornelia hatte sich an's Fenster gestellt und befahl, die Eisenstangen fortzuschaffen. „Dies sieht zu sehr nach einem Gefängnisse aus," sagte sie.

„Gerade um eins daraus zu machen," sagte der General, „hat man dieses Gitter angebracht; es geschah, wie ich mich wohl erinnere, als man beschlossen hatte, die Baronin hier einzusperren; es war dies eine Folge der Wuth des Revolutions-Tribunals."

„Verlassen wir diesen Ort," sagte Cornelia, „und setzen wir uns zu Tische."

„Kommen Sie, Madame," sagte der General, „und machen Sie die Honneurs in . . . . wie soll ich sagen? es giebt keine Schlösser mehr . . . ."

„In meinem Hause," antwortete die Republikanerin, „man muß nicht über Worte streiten."

„Nein," sagte ein Offizier, „denn man dürfte vielleicht einst genöthigt seyn; über Dinge zu streiten."

„Was bist Du doch sonderbar," sagte ein Anderer, „Du bist immer unzufrieden, und denkst stets an die alte Regierungsform."

„Die alte Regierungsform, mein Freund, ist älter als die neue es je werden wird.

„Lassen wir das," schrieen Andere: „Es lebe die Republik!"

„Gut," erwiederte Jener: „Es lebe die Republik!"

Ach, wie zitterten meine Mauern bei dem ihnen so ungewohnten Rufe. In diesem Momente bedauerte ich, ich gestehe es, den Flammen entgangen zu seyn . . . . doch wurde es bald lebendig um mich her; Arbeiter aller Art drangen durch meine schlecht verschlossenen Thüren und gingen an's Werk.

„Hier," sagte, seine Mütze lüpfend, ein alter Mann, der den Maurern behülflich war, „hier saß die edle Baronin von Chevert gefangen! O wie niederträchtig! eine so gute Frau!"

„Geh mir weg, Du alter aristokratischer Narr!" entgegnete ein junger Handwerker, „eine Baronin ist niemals gut."

„Ist niemals gut!" erwiederte der Greis voll Unwillen. „Du hast sie nicht gesehen, Du Taugenichts, wie sie den Kranken Hülfe brachte, den Arzt bezahlte, unsern Frauen und Kindern Suppen reichte, alle Unglücklichen mit Kleidern, Wein und im Winter mit Holz versah! Und bei dem Geburtsfeste unseres gnädigen Herrn erst!"

„Willst Du das Maul halten mit Deinem gnädigen Herrn und Bürger seyn!"

Der Greis runzelte die Stirn.

„Meiner Treue," sagte ein anderer Maurer, „Du brauchst die Adeligen nicht gerade zulieben, dagegen habe ich nichts; aber bei Deinen Republikanern ist auch nicht viel zu gewinnen; diese sogenannten Bürger neh men uns gerade das Trinkgeld."

„Was geht das Dich an, Gelbschnabel, da wir ja doch Alle gleich sind," erwiederte Jener.

„Gleich! ja schön gleich! Man hätte nur sehen sollen, welch treffliches Mittagsmahl er neulich einnahm, während wir kein Geld zu Brod hatten, und selbst mit Geld kein Brod zu bekommen war."

„Nun, was thut's, Du Narrkopf, wenn ich Dir sage, daß wir Alle gleich sind."

„Nun, ich laß mir's gefallen. Indeß sah ich jüngst den neuen Herrn dieses Hauses in einem bequemen und warmen Bette liegen, während ich im Winter nicht einmal eine Decke für meine alte Mutter hatte."

„Du wirst nie gescheit werden .... Ich sage Dir, Alles ist gut, weil wir einander gleich sind."

„Ja, ich bin nicht leicht zu befriedigen."

„Ha, Du bist ein Aristokratenkind? Wie? .... Warte, ich sage Dir, daß die Republik herrlich ist!"

„Herrlich! Warum?"

„Das ist ganz einfach; weil man das Glück hat, einander gleich zu seyn. Dies ist's, verlange nicht mehr ...." und er begann die Marseillaise anzustimmen.

Alle stimmten sogleich ein, ausgenommen der Greis, der eine fürchterliche Grimasse machte; und ich selbst, ich hätte zusammenbrechen mögen, um die Elenden zu begraben, die mich mit ihren Tönen folterten. Um mich zu restauriren, warfen sie die Reste meiner alten Verzierungen nach allen Seiten hin, kratzten meine Mauern ab, und rissen meine vergoldeten Bildhauerarbeiten herunter; ich sah die Ueberbleibsel meiner Größe in den Staub sinken.

(Fortsetzung folgt.)

Protestantische Glaubensfreiheit.

(Berlin, 11. Nov.) Die „Berlinische Zeitung" bringt heute folgenden beachtungswerthen Artikel: „Als einen erfreulichen Fortschritt zur Annäherung der entgegengesetzten Parteien in dem Symbol-Streite dürfen wir den in Nro. 260 erschienenen Artikel: „Die Erklärung der Nikolaigemeinde in Nordhausen" begrüßen. Von einer Seite, welche das strenge Festhalten an ein unveränderliches Glaubens-Bekenntniß der Kirche dem Kirchen-Regimente zur Pflicht machen möchte, hören wir die tröstenden Worte: „Ein Glaubenszwang findet in der evangelischen Kirche nicht statt. — Wer in ihr ist, wird nach seinem Glauben nicht gefragt." Es folgt hieraus, daß jedes Mitglied der Gemeinde im innersten Heiligthum seiner Ueberzeugung von dem bestehenden Glauben abweichen darf, ohne darum aus der Kirchengemeinschaft gestoßen zu werden; — wohlverstanden, wenn solcher Andersgläubige sich ruhig verhält. Wie ist es aber, wenn er sich ausspricht, auch ohne gefragt zu seyn? wenn eine ganze Gemeinde, wie z. B. die Nordhauser, oder, wie es im Aufsatz heißt, „vielmehr eine bedeutende Anzahl von Mitgliedern derselben", nothgedrungen sich aussprechen muß, um einen Geistlichen zu erlangen, der mit der innersten Ueberzeugung der Gemeinde nicht in geradem Widerspruch stehe? Da hat sie kein anderes Auskunftsmittel, als aus der evangelischen Kirche auszutreten, d. h. ihr ganzes kirchliches und bürgerliches Daseyn zu opfern, um eine vom Staate nicht anerkannte, kaum geduldete Gemeinschaft zu gründen. Und diese Alternative, diese Wahl zwischen dem Gewissen und der ganzen bürgerlichen Existenz wäre kein Zwang? Der Zwang ist auch in dem Artikel deutlich ausgesprochen. Denn den oben angeführten Worten: „Ein Glaubenszwang findet in der ev. Kirche nicht statt", ist hinzugefügt: „weil ein Zwang, in der Kirche zu bleiben, in ihr nicht besteht." Ein solcher besteht auch nicht in der katholischen, höchstens im Muhamedanismus. Soll es daher eine Wahrheit seyn, daß kein Zwang in der evangelischen Kirche bestehe, so müssen die Mitglieder derselben nicht entweder zum Verbleiben in einem Bekenntnisse, das sie nicht mehr annehmen, oder zum Verluste ihrer ganzen bürgerlichen Stellung gezwungen werden. Wir meinen, der Liebesschooß der evangelischen Kirche sey weit genug, um auch weniger streng Gläubige in sich fassen zu können. Die Unfehlbarkeit der Kirche ist das Grunddogma des Katholicismus. Wann ist dies aber je in der evangelischen Kirche geltend gemacht worden? Sie ist eben nichts, als ein stetes Protestiren gegen diese unwandelbare Festigkeit. Wer also wieder dahin gelangen will, wer das Kirchen-Regiment beschwört, das Alte und Bestehende für ewige Zeiten in seiner ganzen Integrität zu hüten und zu bewahren, der streicht die Geschichte der Errungenschaften dreier Jahrhunderte aus den Annalen des deutschen Geistes aus. „Der Geist", hat der göttliche Stifter unserer Religion gesagt, „wird Euch in alle Wahrheit leiten." Wollen wir also abschließen mit dem, was der Geist uns bis jetzt gelehrt hat? und läßt sich unsern heiligen Traditionen kein anderer, freierer Sinn abgewinnen, als der in den vorhandenen Bekenntnißschriften vorliegt? Die evangelische Kirche bleibt auch mit Andersdenkenden in der Gemeinschaft des Wirkens, damit durch gemeinschaftliches Forschen das Licht der Wahrheit sich unsern Augen immer deutlicher darstelle. Die letzte General-Synode, der man doch Neuerungssucht nicht wird vorwerfen wollen, da sie theils aus den Koryphäen der Kirche, theils aus christlich gesinnten Männern vom Kirchen-Regiment zusammengerufen wurde, hat dies selber anerkannt. Sie hat sich für das Recht der Gemeinde verwendet, den Prediger auf das Bekenntniß zu verpflichten, welches mit ihrer Ueberzeugung übereinstimmt. Sie hat die unbefleckte Empfängniß, die Erbsünde und die Höllenfahrt für Punkte im christlichen Bekenntnisse erklärt, die ihm nicht wesentlich seyen. Hoffen wir, daß bei dem bestimmten Ausspruche eines hohen Willens, die Kirche sich durch die Kirche gestalten zu lassen, die innerhalb der evangelischen Kirche drohenden Kämpfe sich mit ächt evangelischer Bruderliebe und Duldsamkeit ausgleichen werden. Dies wahrhaft christliche Gefühl möge uns davor bewahren, Einen, der sich selbst einen evangelischen Christen nennt, wie die Nordhauser und die freie Königsberger Gemeinde, aus der Gemeinschaft und den Wohlthaten dieser Kirche zu verbannen! Diesen Punkt legen wir besonders den Mitgliedern des hiesigen Gustav-Adolph-Vereins bei seiner bevorstehenden General-Versammlung dringend an's Herz!"

Mannichfaltigkeiten.

Der Planetenentdecker Leverrier schickt sich zu einer Reise nach Deutschland an, die er auf Kosten der Regierung macht, um die Instrumente der vorzüglichsten deutschen Sternwarten zu prüfen und für Vervollkommnung der französischen möglichst zu sorgen.

Ein Arzt sagt in seinem Buche über die Anwendung des Wassers als Heilmittel: „Um die Wasserkur von Prießnitz zu bestehen, muß man den Muth eines Löwen, die Geduld eines Esels, den Magen eines Straußes haben."

Der Volksschriftenvereins-Ausschuß kündigt in einer öffentlichen Anzeige an, daß Hr. Hugo Steudel in Eßlingen an das königl. Oberamtsgericht in Eßlingen das Anerbieten gemacht, Volksschriften zur Beschäftigung der Gefangenen abzugeben, und daß das königl. Oberamtsgericht das Anerbieten mit Dank angenommen habe. Dieses schöne Beispiel verdient die allgemeinste Nachahmung. Denkt man sich namentlich die Foltern des Untersuchungsarrestes, so bedarf es wohl keiner weiteren Ausführung, um zu ermessen, welches Labsal für einen armen Gefangenen darin liegt, wenn es ihm ermöglicht wird, die unerträglich lange Zeit durch Beschäftigung mit einem guten Buche zu verkürzen. (Beob.)

Man meinte bis jetzt, die Zeiten der h. Vehme seyen vorbei. Doch in Irland ist eine wahre Volks-Vehme errichtet, die alle vermeintlichen Widersacher des Volkes blutig trifft, Grundherren, welche das Pachtgeld verlangen, sowie Pächter, welche es bezahlen, werden von den wilden Horden ermordet, und wenn man an einem Punkte die Ruhe hergestellt glaubt, so bricht die Flamme am nächsten desto drohender wieder von neuem aus.

Die Düsseldorfer Zeitung erwähnt die Art von Hagestolzsteuer, welche die Berliner, selbst unbesoldete außerordentliche Professoren, an die Wittwenkasse zu entrichten verbunden sind. Indem sie bemerkt, diese Einrichtung sollte auch an den übrigen preußischen Universitäten getroffen werden, verbindet sie damit — ob im Scherz oder Ernst? ist nicht klar zu erkennen — den Vorschlag, eine solche Hagestolzsteuer im Allgemeinen einzuführen. So wie dieses Blatt in kirchlicher Hinsicht als ultramontan bekannt ist, so ist es diesem Vorschlage nach auch in staatswirthschaftlicher retrograd. (D. A. Z.)

(Kopenhagen, 31. Oct.) Der Redakteur des „Frisindede", Hr. Claudius Rosenhoff, macht in seinem Blatte bekannt, daß er wegen Censur-Hindernisse sein Blatt eingehen lassen müsse, da er die Redaktion ohne den Verlust des Restes seiner Gesundheit, seiner Seelenruhe und seines Lebensmuthes nicht länger fortführen könne.

Dirrktor Weber in Bremen sagt in seiner „Reise von der Naturforschung zur Philologie" über das Unbedecktseyn der dritten (vierten) Wagenklasse auf den Eisenbahnen: „Wird nicht, wenn Regen- und Schnee-Wetter eintritt, der arme in den Wagen dritter Klasse sitzende Mensch an die Exclusion und an den Unterschied der Stände gemahnt? Dergleichen herbe und in unserer Zeit bedenkliche Beherzigungen sollte der Staat nicht entstehen lassen. Polstere er in Gottes Namen den Begüterten und Verwöhnten die Stühle: aber decke nicht bei Unwetter die Reichen zu und die Armen gebe er für ihr von ihm nicht verschmähtes Geld nicht den Unbilden des Himmels Preis. So lustig jene offnen Wagen sich beim Sonnenschein bewohnen lassen, so sollte man sie dennoch höchstens für Freiwillige aller drei Plätze beibehalten, besonders wenn sie Tabak rauchen wollen; unter ungünstigen Witterungsbedingungen sollte man jedenfalls aber die Vorkehrung haben, daß grade der dritte und wohlfeilste Platz, der Platz der Geringen und Armen, am ersten gegen die Unbilden der Elemente gewahrt wäre." — Es freut uns dieser wohlbegründeten Rüge anfügen zu können, daß die Stehplätze auf der Main-Neckar-Eisenbahn bedeckt sind, ein Umstand, welcher nicht nur die Armen schützt, sondern auch die Vermögendern von den Stehplätzen Gebrauch zu machen, mit bestimmt. (Vaterl.)

Das „Münchener Tagblatt" schreibt: Den armen Schleedörfern hätte ihr Vieh, da sie nicht im Stande gewesen wären, dasselbe zu überwintern, versteigert werden müssen; davon bekam Se. Maj. der König Kunde und befahl, daß dieses Vieh in einem der nächsten k. Fohlenhöfe untergebracht, gefüttert, und den Eigenthümern im nächsten Frühjahre zur eigenen Disposition wieder zugestellt werden solle.

(Stuttgart, 9. Nov.) Die neuangeschafften Cäpis sollen sich bei vielen Soldaten ziemlich nachtheilig für den Kopf insofern erwiesen haben, als die Transpiration gehemmt war. Vielen Soldaten sollen die Haare dadurch ausgefallen seyn. Es werden daher nachträglich noch die kleinen Luftdurchzüge angebracht werden müssen, wie dies bei allen neueren Tschako's der Fall ist. Uebrigens wird eben eine neue Kopfbedeckung für unser Militär versuchsweise angefertigt, um Proben damit zu machen; es sind dies die Helme, so ziemlich in der Art, wie sie bei'm preußischen Heere eingeführt sind. Auch Waffen-Röcke werden so eben gemacht, und sollen versuchsweise getragen werden. Da in dem Zeughause noch Tausende der früher eingeführt gewesenen Cuttka's liegen sollen, so ließen sich vielleicht diese zu den Waffenröcken verwenden.

Nach dem Novemberheft der Berliner Jahrbücher für Erziehung und Unterricht giebt es in Deutschland jetzt 62,000 Volksschulen, worin 6 Millionen Schüler von 62,250 Lehrern Unterricht erhalten. In den in Deutschland vorhandenen 500 Gelehrtenschulen werden 75,000 Schüler von 4250 Lehrern unterrichtet. An den 25 deutschen Universitäten befinden sich 1400 Lehrer und 18,000 Studenten. Die 123 Lehrseminarien in Deutschland enthalten 500 Lehrer und 6000 Zöglinge; ferner besitzen die 400 deutschen gewerblichen Anstalten 2000 Lehrer und 40,000 Schüler. Hiezu kommen noch die Lehrer und Schüler in circa 36 Prediger- und Priester-Seminarien, in 20 Lyceen, 70 Taubstummen- und 21 Blindenanstalten, so wie die Sonntags- und Wiederholungsschulen für bereits Konfirmirte, wie in Oestreich ꝛc., jene mit 50 0, diese 3,400,000; immer kommen über 70,000 Lehrer und 6 Millionen Lernende heraus, also ein Sechstel der Bevölkrung Deutschlands. Es folgt daraus, daß wenig oder gar keine Kinder in Deutschland der allgemeinen Bildung entbehren. Die Kraft der Intelligenz findet sich also hier in solchen Massen und in so vielfachen Richtungen vor, daß kein älteres oder neueres Volk sich darin mit Deutschland messen kann. Es folgt aber hieraus noch ferner, daß die große Zahl der Lehrer und der Lernenden eine besondere Beachtung und Berücksichtigung vom Staate, und zwar zum Besten der Staaten im Allgemeinen und Besondern verdienen.

Konzert des Hrn. Eliason.

Am 11. d. M. gab Hr. Eliason sein Konzert, welches, gleich dem vorjährigen, zu den besuchtesten gehörte und im großen Saale des Weidenbusches gehalten wurde. Bei den vielseitigen persönlichen, geselligen und freundschaftlichen Beziehungen, in denen der hier lebende Konzertgeber und geschätztes Mitglied unseres Orchesters steht, bei seiner bekannten Bereitwilligkeit und Gefälligkeit gegen andere Konzertanten und Musikvereine, so wie bei der Gediegenheit seiner Kunstleistungen läßt sich die ihm zugewendete wohlwollende Beachtung erklären. Nur unter solchen Verhältnissen kann der Virtuose in unserer den Konzerten sonst wenig zugeneigten Stadt noch einiges materielles Resultat erzielen. Da wir in die Details des aus elf Nummern bestehenden Programms nicht eingehen können, so sey nur angedeutet, daß von ersten Mitgliedern unserer Oper mehrere Gesangstücke beifällig vorgetragen wurden und daß die Soir e durch ein Octett für Streichinstrumente von Mendelssohn-Bartholdy eröffnet ward, eine ausgezeichnete und gehaltvolle Tondichtung, deren Würdigung wir musikalischen Zeitschriften überlassen müssen. Hr. Eliason hat das Verdienst, dies schätzbare Werk zur ersten hiesigen öffentlichen Aufführung gebracht zu haben, welche Wahl seinem Geschmack zur Ehre gereicht. Der Konzertgeber spielte eine Phantasie eigener Composition, wobei er nicht nur allen Anforderungen an technische Virtuosität und Bravour genügte, sondern auch einen eben so geschmackvollen, als ausdrucksreichen Vortrag entfaltete. Sein Spiel möchten wir als durch Wärme und Lebendigkeit vorherrschend charakterisirt bezeichnen; es gehört dem sentimentalen und subjectiven Elemente an und gibt sich mehr der Inspiration des Momentes, als der ängstlichen Berechnung der Kunstfertigkeit hin. Diese Eigenthümlichkeit macht es anziehend und gewinnt ihm die Mitempfindung des Hörers, wozu kein Instrument geeigneter seyn dürfte, als die Violine, die bei solchem Spiele mit ihrem Meister innig vereint und verschmolzen scheint. Das Motiv der vorgetragenen Composition ist sehr gefällig und ansprechend, die Variationen sind brillant und effectvoll und besonders ist es der Schlußsatz, welcher sich durch originelle und gelungene Behandlung auszeichnet. Der lebhafteste Beifall lohnte Hrn. Eliason, dessen Virtuosität und gediegene Kunstrichtung genugsam bekannt sind und der uns durch seine werthvollen Kunstleistungen schon so manchen Genuß bereitet hat. — Zum Schlusse wurde das große Concertante von Czerny für vier Pianoforte's durch die Herren Rosenhain, Lutz, Aguilar und Waldhäuser executirt, ein wenn auch nicht tiefes, doch auf brillanten Effect berechnetes, auf ansprechenden Melodien beruhendes und vom größeren Publikum gerne gehörtes Musikstück, welches auch für den Kenner Interesse gewinnt, wenn es so sorgfältig und präcis ausgeführt wird, wie dies heute geschah. — Durch das genannte Konzert, in welchem auch die höheren Stände der Gesellschaft repräsentirt waren, wurde einer der jetzt langen Abende angenehm ausgefüllt, wofür wir Hrn. Eliason zu danken haben. Für den Sommer Wald und Flur, Berg und Thal, Wanderstab und Kirchweihfeste, — für den Winter Coulissen und gemalte Decorationen, mit Treibhausblumen geschmückte Säle und Ballmusik, Maskeraden, Vorlesungen und Konzerte, das ist so der Verlauf der Welt und wird es auch so bleiben. Wer uns aber ein paar vergnügte Stunden bereitet hat zur Verschönerung des mühevollen Alltagslebens, sey es draußen im Grünen, oder daheim bei den strahlenden Gasflammen, dem wollen wir uns zum freundlichsten Danke verpflichtet halten.

W.

Korrespondenz.

Mainz, 11. Nov.

Gestern wurde hier das Lustspiel von Ludwig Kalisch, „die Waage der Gerechtigkeit", unter großem Beifalle zum Erstenmale gegeben und der Verfasser am Schlusse des Stückes stürmisch gerufen. Den Inhalt des Stückes, das sich in jeder bedeutenderen Stadt sehr leicht zu einem belustigenden Localstücke umwandeln läßt, wollen wir hier nur mit wenigen Worten andeuten. Ein Fürst, dessen Vorfahren nichts weniger als gute Regenten waren, der aber selbst von den besten Absichten für sein Volk beseelt ist, bereis't sein kleines Land, um dessen Bedürfnisse und Wünsche kennen zu lernen, und werden bei dieser Veranlassung in allen Orten des Fürstenthums Vorbereitungen getroffen, den Fürsten würdig zu empfangen. Der Bürgermeister einer kleinen Stadt, wohin der Fürst auch kommen soll, möchte sich bei dieser Gelegenheit einen Orden verdienen und bietet daher Alles auf, die Aufmerksamkeit des Fürsten durch einen besonders feierlichen Empfang auf sich zu ziehen. Der Fürst kommt unerkannt an, lernt in wenigen Stunden die Verhältnisse des Orts kennen und ernennt bei seinem darauf folgenden offiziellen Einzuge den Bürgermeister, in Anerkennung seiner Verdienste, zum geheimen Intendantur-Supernummerarius, während er die Bürgerschaft ersucht, sich einen andern Mann zum Bürgermeister zu wählen. — Die kleinstädtischen Verhältnisse in den meisten unserer Städte sind mit wahrhaft sarkastischer Laune gegeißelt und die Witze und Anspielungen auf Zeitverhältnisse folgen Schlag auf Schlag, so daß das Publikum in beständiger Spannung erhalten wird; der Dialog ist meisterhaft. — Bei der kommenden Dienstag stattfindenden Wiederholung des Stückes dürfte es übrigens gut seyn, die Scene etwas besser einzuüben, wo der Dorfpoet die Gevatter Schneider und Handschuhmacher in ihren Rollen als Götter unterrichtet, so wie den Einzug des Fürsten am Schlusse des Stückes etwas pompöser einzurichten und den Raum auf der Bühne zu vergrößern, was ja bei unserer großen Bühne gar leicht geschehen kann. Das Stück wurde im Allgemeinen gut gegeben; Hr. Gumtau gab den Fürsten mit der gehörigen Würde; Hr. Rennert, Bürgermeister, zeichnete uns herrlich diesen kleinen Gerechtigkeits-Tyrannen, eben so Mad. Urspruch-Schirmer die brave Hausfrau des Bürgermeisters; höchst ergötzliche Bilder gaben Hr. Reinhard, Polizeidiener Stelze (das Factotum des Bürgermeisters) und Hr. Denzin, der Schulmeister loci. Den Dorfpoeten verfehlte Hr. A. Mayer gänzlich und zwar besonders, weil er seine Rolle nicht gelernt hatte; überhaupt scheint das Memoriren die schwache Seite des Hrn. A. Mayer zu seyn, was um so unverantwortlicher erscheint, als derselbe unverkennbares Talent hat.

Dresden, 9. Nov.

Am 7. d. führte Fr. Schneider aus Dessau, unser Landsmann, im alten Opernhause zum Besten der Armen im Erzgebirge sein Weltgericht auf. — Die Brodtheuerung macht Viele besorgt; aber bei allen Rettungsmitteln, die in Vorschlag kommen, mag man die Mahlsteuer, welche in wohlfeilen, wie in theuern Zeiten eine lästige Steuer für die Armen ist, weil nur diese das meiste Brod essen, doch nicht aufheben.

Aus dem Rheingau, 11. Nov.

Nachdem der Herbst vorüber, der Mehrtheil der 1846r Weine die Gährung vollendet und man nun nach so vielen Fehljahren das so sehnlichst Erwartete prüfen kann, so stellt sich heraus, daß die aus den geringen Weinbergslagen geherbsteten Weine den Grad der Weinsüße nicht haben, den man erwartete. Viele glauben sich in ihren Erwartungen getäuscht, während ältere, mehr erfahrne Weinproducenten, dieserwegen ganz beruhigt sind, indem sie recht gut wissen, daß die heißen Sonnenstrahlen während des Sommers und die wohlthätigen Gewitterregen nur Segen bringen können; warte man sonach noch ab, bis sich die von der Hefe in dem Weine noch schwimmenden rohen Theile gesenkt haben, dann wird sich der 46r, auch der geringste, zur Zufriedenheit herausstellen; berücksichtige man weiter, daß der rheingauer Traube, der Riesling, in diesem Jahre gegen alle Traubenarten den Vorzug hatte, auch daß der Rieslingwein vor allen andern Weinen allein den Vorzug hat, noch im Fasse seine höhere Veredlung zu bekommen, so kann man ganz beruhigt seyn. Was die Auslasen, so wie im Ganzen die besseren Mittelweine anbelangt, so ist kein Zweifel, daß die Auslasen die 1811r Weine übertreffen, die Mittelweine dem 1811r nicht nachstehen werden; die Auslasen werden die 1811r übertreffen, weil man in besagtem 1811r Jahre von einer Auslas noch nichts wußte, zu frühe herbstete, so wie bis hierhin die Kultur der Weinberge sich bedeutend verbesserte. Indem ich meine Landsleute mit dem Werthe ihrer Weine bekannt mache, sehe ich mich zugleich veranlaßt, sie gegen gewisse falsche Weinpropheten und Traubenzucker-Fabrikanten (was aber aus Kartoffelstärke bereitet wird) zu warnen, damit sie nicht von ihnen getäuscht werden. Diese Herren geben nämlich an, daß der Trauben- und Kartoffelzucker aus gleichen Bestandtheilen bestehe und daher zur Verbesserung der Weine diene; will man aber den Versuch machen, den Kartoffelzucker mit Wasser auflösen und nach bekannten Regeln einer Destillation aussetzen, so wird das Destillat als von seinem Erzeuger (den Kartoffeln) abstammend sich nicht verläugnen und ein geistiges Fuselgetränke geben, während der Traubenzucker, auf dieselbe Art behandelt, ein aromatisch-rein weingeistiges Destillat liefern wird. Mehr jedoch frage ich: wo bleibt dann der Weinstein im Kartoffelzucker, der eines der wesentlichsten Bestandtheile vom Traubenwein ist und dessen Inhalt im Wein der Gesundheit so wohlthätig bekommt? Bleibet also getreu, wie euere Vorfahren! Hütet euch vor jeder gepriesenen Weinverbesserung, was man mit Recht Weinverfälschung nennen kann, da euer vaterländischer Traube nur dadurch verunreinigt und schlecht würde! Schickt diese gepriesenen Raritäten nach dem Blocksberg, wie das alte Rheinweinlied sagt; dort mögen sie dann nach Belieben Wein und Wind daraus machen.

Lauterbach, 12. Nov. — Einges.

Wenn ein Mann, früher Mitglied der alten Casinogesellschaft, von dem Vorstande der neuen Casinogesellschaft für casinofähig erklärt wird, so können die in dem Artikel in Nro. 304 dieses Blattes enthaltenen Verdächtigungen und individuellen Motive, deren Aufzählung der unbefugte Verfasser, angeblich aus Schonung, jedoch nur um ihnen einen recht schwarzen Anstrich zu geben, zu unterlassen beliebt hat, ganz ohne allen Belang seyn und da sich der unbefugte Verfasser dieses Artikels, welcher die Handlungen der hiesigen Casinogesellschaft vertheidigen will, von dieser aber, wie sie ausdrücklich erklärt, hierzu keinen Auftrag erhalten hat, nicht nennt, um von ihm Genugthuung zu erlangen, so werden die dort angedeuteten Verdächtigungen in so lange als eine boshafte Verläumdung erklärt.

Theater-Anzeige.

Samstag, 14. Nov. Fidelio, große Oper in 2 Abth., Musik von Beethoven. (Gastrolle) Fidelio: Fräul. Emilie Walter, k. k. österreichische Hofopern- und k. würtembergische Kammersängerin.

Sonntag, 15. Nov. (Neu einstudirt): Romeo und Julie, Trauerspiel in 5 Abth., von Shakespeare; nach A. W. Schlegel's Uebersetzung für die Bühne bearbeitet. (Gastrolle) Julie: Fräul. Heuser, vom großh. Hoftheater zu Mannheim.

Montag, 16. Nov. (Zum Vortheil des Hrn. Chrudimsky): Don Juan, große romantische Oper in 2 Abth., Musik von Mozart. Don Juan: Hr. Kelchner. (Gastrolle) Donna Anna: Fräulein Emilie Walter, k. k. österr. Hof- und k. würtemb. Kammersängerin. — Mit aufgehobenem Abonnement.

Redacteur: J. L. Heller. — Druck und Verlag von Heller und Rohm.

Didaskalia.

Blätter für Geist, Gemüth und Publizität.

Nro. 316. Montag, den 16. November 1846.

Geschichte eines Boudoirs.

Von ihm selbst erzählt.

(Fortsetzung.)

Warum, sagte ich zu mir, hat man mich nicht niedergerissen, statt mich der Schande auszusetzen, mich so entehrt zu sehen. Aber man hatte an nichts weniger, als mich niederzureißen, gedacht. Man machte mich im Gegentheile wieder jung, mein Plafond wurde weiß und rein; man ersetzte meinen zertrümmerten Parkettboden durch kleine wohl zusammengefügte und mit Geschmack zusammengesetzte Brettchen. Ich bekam neue Thüren und Fenster, meine Mauern wurden mit dreifarbigem Papier bedeckt; die weißen mit Bänder eingefaßten Fenstervorhänge harmonirten mit der Tapete; eine seidene Schärpe hielt in der Mitte des Plafonds die Bildsäule der Freiheit. Man brachte eine Bibliothek herbei, welche die Werke J. J. Rousseau's und Voltaire's, nebst einigen Brochüren über Volksrechte und zeitgemäße Journale enthielt. Man bedeckte den aus dem Brande geretteten Tisch mit einem grünen Teppich; Stühle und Armsessel vollendeten mein Meublement. Als Zierrath befanden sich noch an den Wänden Portraits der ausgezeichnetsten Männer der Epoche in schwarzen und goldenen Rahmen. Man hätte nie in mir das Studirzimmer einer eleganten und schönen Frau erkannt, aber noch weit weniger das Boudoir der Baronin von Chevert.

Meine neue Besitzerin stattete mir bald ihren Besuch ab. Sie pflegte gewöhnlich des Morgens zu kommen; ihre Miene war ernst und stolz; sie durchlief Brochüren, die ein Bedienter auf den Tisch legte, dann schrieb sie Briefe; derselbe Diener holte sie ab und verschwand durch die geheime Thüre; darauf hörte man das Getrappel eines im Galopp dahinjagenden Pferdes. Dies war lange Zeit hindurch der einzige Gebrauch, den man von mir machte, so wie auch ich von keinem andern Vorfalle Zeuge war. Einmal hatte der Bediente die ganze Nacht gewacht; seine Herrin erschien blaß und in großer Aufregung.

„Geh'," sagte sie in einem Tone, der kein Zaudern gestattete, „geh' und komm' schnell wie der Wind zurück, bedenke, daß es sich um ihr Leben handelt, noch mehr, um seine Ehre. Ich will das Gemetzel nicht, es ist abscheulich, gottlos; sage ihm, daß ich den Tod seiner Schande vorziehe; ich werde mich lieber selber als die Befreierin dieser unglücklichen Geächteten anklagen, als nach dieser Schandthat noch leben wollen. Geh', und sorge, daß dieser Brief ihm noch vor Tagesanbruch übergeben sey; verlasse ihn nicht, ohne daß er Dir versprochen, meinem Willen nachzukommen."

„Ja, Madame, ja, meine edle Gebieterin," sagte der Diener, dessen ehrfurchtsvolle Manieren mich an die Leute des Barons, meines Herrn, erinnerten.

„Ah," sagte die schöne Republikanerin, sobald sie allein war, „so möge seine Liebe zu mir dazu wenigstens dienen, seine Wuth zu mäßigen .... ich will verhindern, daß der zuweilen große und edelmüthige Mann nicht grausam sey; ja groß ist er, denn ein erhabener Gedanke ist die Triebfeder seiner Handlungen; für die Freiheit seines Landes kämpft er, wenigstens glaubt er für diese theure Illusion zu kämpfen, und scheut sich nicht, ihretwegen die Verhaftungen zu befehlen; ich sah oft seine Verzweiflung im entscheidenden Momente, selbst wenn das Schicksal seine Feinde betraf; ich sah seine Thränen, und oft hielten meine Bitten seinen zum Schlage bereiten Arm zurück. O, wenn mir doch heute meine Bemühungen gelängen! könnte ich doch endlich der Sache der Menschlichkeit einen Dienst leisten. Möge Gott mich erleuchten, daß ich sie vertheidige und rette!"

Nachdem sie ihre Unruhe und ihre Wünsche ausgedrückt, begab sie sich wieder in ihre Gemächer; der Mann, den ich jeden Abend durch die geheime Thüre eintreten sah, erschien; es war ein großer und schöner Mann; er durchschritt mich eilig, drückte an einem Knopf und verschwand durch die Thüre, die zu Cornelien führte; die Nacht verstrich, ohne daß ich beunruhigt wurde; kaum aber war der Tag angebrochen, als ich neben mir Seufzer vernahm, und von neuem Zeuge der Verzweiflung einer Frau wurde, die der Schmerz noch schöner machte. Diese halbnackte Frau schleppte sich auf den Knieen einem Manne nach, dessen Züge durch das schreckliche Leiden, welches die Furcht vor Gewissensbissen erzeugt, ganz verzerrt war. Da er sich wahrscheinlich dem Einflusse dieser durch den Gedanken an eine gute That beseelten Frau entziehen wollte, so suchte er ihr zu entfliehen; sie aber hielt ihn durch die Gewalt eines erhabenen Willens zurück; sie stand plötzlich aufrecht vor ihm mit gefalteten Händen, die Augen fest auf die seinigen geheftet; sie stand zwischen der Thüre und dem Tische, auf welchem Papiere lagen.

„Sie werden so nicht fortgehen," sagte sie ..... „nein, Sie werden nicht fortgehen, bevor Sie nicht die Begnadigung dieser unglücklichen Geächteten unterzeichnet haben; im Namen von Allem, was Ihnen theuer ist, im Namen jener Freiheit selbst, die Ihr Götzenbild ist, beschwöre ich Sie, Ihr Leben nicht durch diesen infamen Mord zu besudeln; seyn Sie groß und edelmüthig, damit nicht die Geschichte Ihr Andenken schmähe. Verzeihen Sie jenen Männern, deren einziges Verbrechen darin besteht, ihren Herrn zu lieben und ihm treu zu bleiben. Ja, ja, ich schwöre es Ihnen," fuhr sie feurig fort, „Sie verderben mich, wenn Sie mir widerstehen, wenn Sie, ohne mir ihre Begnadigung zu bewilligen, fortgehen wollen, so sollen Sie nur über meinen Leichnam schreiten."

Sie erfaßte einen Dolch, der an dem Gürtel des Mannes, der ganz versteinert schien, hing, und sagte, ihm eine Feder hinreichend: „Unterzeichnen Sie, unterzeichnen Sie die Begnadigung auf der Stelle, oder ich sterbe."

Ganz bestürzt und durch den Muth dieser erhabenen Frau besiegt, nimmt der Mann die Feder, betrachtet die, welche ihn beherrscht, zögert noch, und weicht endlich der Gewalt der Tugend, einer himmlischen Macht, die über alle menschlichen Leidenschaften erhaben ist. Niemals war ich Zeuge einer so energischen Scene gewesen; ich hatte Thränen der Liebe und Reue gesehen, ich hatte Ausbrüche der Furcht, des Leidens und selbst der Gewissensbisse vernommen; aber hier waren es nicht kraftlose Thränen, nicht das Stöhnen einer furchtsamen Seele; es war wohl auch Liebe, aber durch eine Großthat erhaben; es war der Einfluß der Schönheit auf eine starke und leidenschaftliche Seele, um sie von einem unheilvollen Gedanken abzubringen.

Wie schön war die Frau, die jene Schlachtopf.r gerettet hatte. Ich dachte nicht mehr an ihre Meinungen und Grundsätze, als ich sie mit solcher Entschiedenheit, solchem Muthe sprechen hörte; der Widerschein einer guten Handlung verwischt die Schattirungen der Charaktere; ich wußte diese Frau Republikanerin, d. h. eine geschworne Feindin meiner Gebieter und meiner selbst, und doch fühlte ich mich nicht entehrt, ihr anzugehören, denn ich erkannte nur meine Gründer für meine rechtmäßigen Herrn an.

Von diesem Tage an sah ich jenen Mann nicht mehr. Cornelia blieb mir immer treu; sie schrieb einen großen Theil des Tages; sie schien, wenn sie die öffentlichen Blätter las, oft traurig; sie wurde immer nachdenkender; ich hörte sie im Tone des tiefsten Schmerzes ausrufen: „sie gehen zu weit, sie werden sich und das Vaterland zu Grunde richten . . . .“ Das Vaterland! sagte ich zu mir, was soll das Wort bedeuten? Ich hatte es nie aussprechen hören. Aha! es ist vielleicht etwas, was dem „im Namen des Königs“ entspricht' was ich oft von meinen Gebietern und dem jungen Grafen vernommen.

Eines Tages endlich kam der Bediente Corneliens, alle Papiere, die in dem Schreibtische seiner Herrin eingeschlossen waren, abzuholen . . . . Er schob die Riegel vor, schloß die Läden und verschwand. Wiederum war ich eine Zeit, deren Dauer ich diesmal nicht berechnete, von Stille und Finsterniß umgeben.

(Fortsetzung folgt.)

Deutsche Weine.

Die deutschen Ströme geben
Den edlen Saft der Reben,
Doch nicht von gleicher Kraft.
Nicht Oderstrom, noch Saale
Kann zu der Götter Mahle
Empfehlen ihren herben Saft.

Von Reben an der Elbe
Gilt zwar nicht ganz dasselbe,
Doch sind sie auch nicht süß.
Zwar grünen sie und wachsen
In Böhmen und in Sachsen,
Doch dort ist nicht ihr Paradies.

Sogar in Deutschlands Süden
Woll'n sie nicht Nektar bieten,
So von der rechten Art.
Die noch in Deutschlands Gränzen
Der Donau Ufer kränzen,
Gewähren Wein, doch etwas hart.

Schon haben tausend Zungen
Des Rheinstroms Lob gesungen.
Der gibt ganz andern Trank,
Verschieden zwar an Güte;
Doch, edler Rhein, ich biete
Von Herzen dir auch meinen Dank

Die Töchter und die Söhne
Des edlen Rheins, die schöne
Mosella, Nahe, Saar,
Und wie sie alle heißen —,
Die soll man dankbar preisen,
Dich nicht vergessen, milde Ahr!

Jedoch von allen Söhnen
Möcht' ich besonders krönen
Dich, lieber, treuer Main!
Hoch sollen deine Reben,
Du wack'rer Deutscher leben,
Hoch leben Stein- und Leistenwein.

K. G. Naumann.

Achter Jahresbericht

des

Verwaltungsausschusses der Mozartstiftung an löblichen Liederkranz dahier über den Bestand und Fortgang der Mozartstiftung in dem abgelaufenen Geschäftsjahr 1845 auf 1846.

Mit Ende des verwichenen Monats October ist nunmehr das achte Geschäftsjahr der Mozartstiftung abgelaufen. Dem Ausschuß liegt daher die Pflicht ob, den Rechenschaftsbericht über diese achte Jahresdauer seiner Verwaltung löblichem Liederkranz statutengemäß hiermit zu erstatten.

Bei Anfang dieses Geschäftsjahres waren zwei Stellen im Verwaltungs-Ausschuß als erledigt wiederum zu besetzen. Die Wahl von Seiten des Liederkranzes fiel auf die Herren Dr. jur. August Giar und Friedrich Schneider, worauf der vervollständigte Ausschuß seinerseits das Amt des Sekretärs wiederum an Hrn. Dr. A. Giar durch Abstimmung übertrug.

Sind wir bereits in unserem letzten Berichte nicht im Stande gewesen, eine allgemeinere Theilnahme für die Mozartstiftung rühmend anzuerkennen, so ist dies in Bezug auf das nunmehr abgelaufene Geschäftsjahr noch weniger der Fall. Damals hatten wir immer noch einige ruhmwürdige Beispiele großmüthiger Gesinnung einzelner Geber hervorzuheben. Was wir für das letzte Rechnungsjahr in dieser Hinsicht zu erwähnen haben, rührt fast lediglich aus dem Liederkranz her.

Bei Ablauf des vorletzten Rechnungsjahres war es durch ungünstige Verhältnisse dahin gekommen, daß der Liederkranz das statutengemäß von ihm alljährlich zum Besten der Mozartstiftung zu gebende Concert schuldig bleiben mußte. Dieses Concert wurde denn nachträglich am 6. Dez. 1845 in Form eines großen Liederkranzes im Saale des Weidenbusches gegeben und ertrug einschließlich des Ueberschusses aus einer früheren Abendunterhaltung zu gleichem Zweck fl. 336. 50 kr. Das fernere statutengemäße Concert für das zuletzt abgelaufene Jahr fand sodann am 24. Juli 1846 auf der Mainlust statt. Der Liederkranz wurde hierbei wie schon bei verschiedenen anderen Gelegenheiten, wo es galt, gemeinnützige und milde Zwecke zu befördern, von sämmtlichen hiesigen Männer-Gesang-Vereinen bereitwillig und thätig unterstützt, wofür wir im Namen der Mozartstiftung denselben unsern aufrichtigen Dank hiermit aussprechen. Der Reinertrag dieser Aufführung war fl. 333. 20 kr.

An Gottespfennigen, sowie ferner an Geschenken, welche von einigen Mitgliedern des Liederkranzes aus Veranlassung ihrer Verlobungen der Mozartstiftung gemacht wurden, gingen zusammen fl. 15. 30 kr. ein. Wir können hierbei den Wunsch nicht unterdrücken, daß derlei Veranlassungen in Zukunft recht häufig sich einstellen und in gleicher Weise benutzt werden möchten. Wie diese obenerwähnten Geschenke, so ist auch eine weitere Gabe der Herren Theodor Mohr, F. W. Prevot und Peter Finck, welche den Honorar-Betrag für eine von ihnen abgegebene Expertise mit fl. 11. 24 kr. der Mozartstiftung überwiesen, eine in den Büchern unserer Verwaltung neue Erscheinung. Und wenn auch diese verschiedenen Gaben dem Betrag nach nicht so bedeutend erscheinen, so beweisen sie doch auf Seiten der Mitglieder des Liederkranzes und ihrer Freunde einen regen Eifer ja selbst eine gewisse Erfindungsgabe in Wahrnehmung von Gelegenheiten zur Förderung des Besten der Mozartstiftung. Indem wir daher eine recht fleißige Nachahmung der gegebenen lobenswerthen Beispiele hoffen, fühlen wir uns für solche zu dem innigsten Danke verpflichtet.

Das Nähere über die Gesammt-Einnahme und Ausgabe der Stiftung sowie über die statutengemäße Anlage der Kapitalien ergibt die von uns aufgestellte Bilanz, welche wir anbei zu überreichen uns beehren. Laut derselben ist das Activvermögen, welches zu Ende des vorletzten Rechnungsjahres fl. 17,789. 24 kr. betrug, beim Ablauf des letzten Jahres auf fl. 19,124. 53 kr. angewachsen, was eine Vermehrung von fl. 1335. 29 kr. ergibt.

In Gemäßheit des § 24 der Statuten wäre nunmehr von Seiten des Liederkranzes die Revision der Rechnungsbücher anzuordnen, und nach deren Beendigung die Bilanz zur öffentlichen Kenntniß zu bringen.

Als weitere nunmehrige Aufgabe des Liederkranzes erscheint sodann die Ergänzungswahl für den Verwaltungsausschuß. Aus diesem haben nämlich in Gemäßheit § 11 der Statuten nach 3jähriger Amtsführung auszutreten:

Hr. Friedrich Quilling und
„ Dr. Martin.

Wir ersuchen daher löblichen Liederkranz, die deßfallsige Ergänzungswahl demnächst vornehmen und von deren Ergebniß dem Verwaltungsausschuß alsdann gefällige Mittheilung machen zu wollen.

Was nun die Wiederbegebung des erledigten Stipendiums betrifft, so haben wir in dieser Beziehung dem Liederkranz nur höchst Erfreuliches zu melden. Der durch die gelesensten deutschen Blätter seinerseits erlassene Aufruf zur Anmeldung hatte die Folge, daß eine hinreichende Anzahl Bewerber auftrat. Diese wurden alsdann, soweit sie nach Vorschrift der Statuten für zulässig erkannt waren, jeder an einen in dem Wohnort des Bewerbers ansäßigen Meister der Tonkunst zur Fertigung der Probearbeiten unter dessen Aufsicht überwiesen, und wir können nicht umhin, die Bereitwilligkeit aller der Männer, welche wir um Uebernahme dieser Funktion ersuchten, hier rühmend anzuerkennen. Nachdem hierauf sämmtliche Arbeiten eingegangen waren, wurden vom Verwaltungsausschuß drei ausgezeichnete deutsche Musiker, nämlich:

Hr. Kapellmeister Dr. Marschner in Hannover,
„ Kapellmeister Reißiger in Dresden und
„ Xaver Schnyder von Wartensee in Luzern,

zu Prüfungsrichtern ernannt. Auch diese Männer zeigten die rühmlichste von uns dankbarst anerkannte Bereitwilligkeit zur Uebernahme des Prüfungsgeschäftes. Die Arbeiten wurden an dieselben eingesendet, und die hierauf abgegebenen Aussprüche der Prüfungsrichter liegen nunmehr dem Verwaltungsausschuß vor. Von sämmtlichen Bewerbern, welche, acht an der Zahl, zu den Probearbeiten für zulässig erkannt waren, haben alle drei Prüfungsrichter einen und denselben als den zur Ueberkommung des Stipendiums Würdigsten bezeichnet. Der Verwaltungsausschuß hat daher in seiner letzten Sitzung diesem das Stipendium mit dem Betrag von fl. 400 jährlich und zwar vorerst auf Ein Jahr zuerkannt. Sein Name ist Caspar Jacob Bischoff, er ist von Ansbach gebürtig, 22 Jahre alt und dermalen seiner Ausbildung wegen in München wohnhaft. Die Vergebung des zweiten Stipendiums der Mozartstiftung ist sonach entschieden. Nur über die Art und Weise, wie der bewilligte Jahresbetrag zu verwenden seyn wird, muß sich der Verwaltungsausschuß, bis hierüber vorerst noch die nöthigen Erkundigungen eingezogen seyn werden, weitere Beschlußnahme annoch vorbehalten. Nach dem Urtheil der Prüfungsrichter zu schließen, glauben wir uns zu der Ernennung dieses Stipendiaten nur Glück wünschen und die freudige Hoffnung hegen zu dürfen, daß derselbe unserer Stiftung dereinst Ehre machen und zur Erreichung des edlen Zwecks derselben das Seinige beizutragen nicht verfehlen werde. Auch der Liederkranz dürfte daher alle Ursache haben, unsere frohen Gefühle ob der dießmaligen Vergebung des Stipendiums zu theilen.

In dem bisher von uns Vorgetragenen haben wir alles Dasjenige, was in dem Gang unserer Verwaltung während des letzten Geschäftsjahres hervorgehoben zu werden verdient, löblichem Liederkranz darzulegen die Ehre gehabt. Derselbe wird hieraus entnehmen, daß auch in diesem abgelaufenen Jahr in dem Fortschritt und der Wirksamkeit unserer Stiftung keineswegs ein Stillstand eingetreten ist. Haben wir auch in eben diesem Jahr ganz besonders über den Mangel an Theilnahme für unsere Stiftung aus den weiteren Kreisen des deutschen Vaterlandes, was finanzielle Unterstützung betrifft, zu klagen gehabt, — sind wir auch, in letzterer Beziehung, allein auf unsere Vaterstadt, insbesondere auf das thätige Wirken des Liederkranzes, auf die Unterstützung der übrigen Vereine und auf die Theilnahme des Publikums beschränkt geblieben, — so ist trotzdem unser Kapitalvermögen um ein Ansehnliches vermehrt, die Stiftung ihrem großen Ziele näher gerückt worden. Vor vielen andern Städten Deutschlands hat grade unsere Vaterstadt so zahlreiche Beispiele dessen aufzuweisen, was vereinte Kräfte der Einzelnen, selbst ohne die anderwärts oft so wirksame höhere Munifizenz, zu schaffen und als ewiges Denkmal edler Gesinnung hinzustellen vermögen. Auch uns wird es nicht fehlen können, ein solches Denkmal zu gründen, das zugleich zum Wohl und Frommen kommender Geschlechter bestehen soll, wenn wir den höheren Zweck unserer Stiftung, die Gründung eines Conservatoriums der Musik fest im Auge behalten und nimmer ruhen, bis derselbe vollständig erreicht seyn wird. Wir verfolgen kein unwürdiges Ziel. Niemand täusche sich über die ausgedehnte Wirksamkeit der Musik in unseren Zeiten, wo Alles dieser Kunst huldigt, von den höchsten bis zu den niedrigsten Ständen der Gesellschaft. Wird in ihrem Cultus das Unlautere, das Unedle auf den Altar gestellt, Entnervung wird der Erfolg seyn! Wird dagegen die ächte Hoheit in ihr verehrt — Lauterkeit, Kraft und Begeisterung werden in die Herzen ihrer Anhänger einziehen!

Auf die begeisternde Kraft der Musik lassen Sie uns denn auch in einer, wenngleich zunächst materiellen Hinsicht bauen, wir meinen in Hinsicht auf das schnellere finanzielle Gedeihen unserer Stiftung. Warum sollten sich nicht auch begeisterte Freunde der Tonkunst finden, welche, mit irdischen Glücksgütern reichlich gesegnet, einen Theil derselben, sey es lebend oder auf den Todesfall, dem Emporkommen der Mozartstiftung zu widmen sich entschließen würden, besonders wenn unser unablässiges Bemühen und reines Streben um dieselbe ihnen Vertrauen eingeflöst haben wird?

Doch was auch die verborgene Zukunft bringen mag, die Mozartstiftung kann ihr getrost entgegensehen, sie steht bereits in segensreicher Wirksamkeit, wie noch die unter so günstigen Auspicien erfolgte Wahl des neuen Stipendiaten letztlich beweist. Auf diesem Weg wird sie vorerst fortfahren, und auch so der Anerkennung der Edlen gewiß seyn. Möge der Liederkranz, möge unsere Vaterstadt, möge Deutschland sie kräftig unterstützen, die Vorsehung ihre schützende Hand über sie halten!

Vertrauend, daß die von uns ausgesprochenen Gesinnungen

bei dem Liederkranz und allen Freunden unserer Stiftung lebhaften Anklang finden werden, schließen wir diesen Bericht mit der Versicherung Hochachtungsvoller Ergebenheit

der Verwalungsausschuß der Mozart-Stiftung.

Mannichfaltigkeiten.

(Mainz, 9. Nov.) Die Feuersbrünste scheinen in unserer nächsten Umgebung sich häufen zu wollen. Vorgestern Nachts brannte es in der Lindenmühle bei Zahlbach, und gestern spät am Abend in dem Dorfe Kostheim, an der Mündung des Mains in den Rhein.

(Stuttgart, 12. Nov.) Vom obern Neckar berichtet der hiesige „Beobachter": „Mit der größten Freude wurde die hohe Verordnung über eine beschränkte Getreide-Ausfuhr auch bei uns begrüßt, und es ist nur zu beklagen, daß diese so wohlgemeinte Maßregel nicht ihren vollen guten Zweck erreichen wird, denn das fluchwürdige Treiben der Kornwucherer und Spekulanten hat seither nicht nachgelassen, vielmehr ist man beinahe anzunehmen berechtigt, dieselben seyen hiedurch in ihrem verwerflichen Eifer, Getreide um jeden Preis an sich zu bringen, nur noch mehr angestachelt worden. Man sieht diese Kornhändler (Schäufler) in neuester Zeit noch weit mehr die Ortschaften, namentlich im Oberamsbezirk Horb, durchziehen, um die erst gedroschenen Früchte zu jedem Preise aufzukaufen. Hiedurch ist dem Gewerbsmann, der rein nur von seiner Hände Arbeit leben muß, ganz und gar unmöglich gemacht, vom Bauern seinen Bedarf zu kaufen, und es bleibt ihm nichts Anderes übrig, als zu den höchsten Preisen sein Mehl entweder bei dem Müller oder bei'm Mehlhändler sich zu verschaffen. Wie lange wird er aber dieses noch können, wenn diesen Händlern ihr verwerflicher Handel von Seiten der Behörde nicht in Bälde untersagt wird. Man ist allgemein der Ansicht, es wäre am besten, wenn der Bauer seine Früchte selbst auf den Markt brächte, damit die Preise nicht ferner noch durch allerlei künstliche Mittel der Wucherer bestimmt und gesteigert werden."

Nach den Berichten der Zeitungen erhält Jenny Lind auch in Stuttgart für jeden Abend ihres Auftretens 1000 fl.

Es ist eine bekannte Sache, wie die Schriftsteller heut zu Tage ihren Ruhm sich fabiziren; ganz nach Kunstreiter-Art pflegen sie sich jeder seinen vorausblasenden journalistischen Trompeter, Paukenschläger und Herolde zu halten. Das Lob aber, sagt die Allg. Ztg. hiegegen mit Recht, ist eine Sirene, und man thut wohl daran, wie Ulysses gegen ihre verführerischen Töne die Ohren mit Wachs zu verstopfen. Auf dieser verfänglichen Fuchsprelle ist in neuester Zeit schon Mancher gen Himmel geschnellt worden, und hat nur einen um so tiefern und beklagenswertheren Fall gethan.

Nach einer Mittheilung der Berl. Allg. Kirch.-Ztg. befanden sich am Schlusse des Jahres 1845 nicht weniger als 2518 geprüfte Kandidaten der evangel. Theologie in Preußen! Die Zahl der jährlich zum Pfarramt zu befördernden Kandidaten beläuft sich dagegen auf etwa 180! Auf diese Weise kömmt zwischen die erste Prüfung und die wirkliche Anstellung durchschnittlich ein Raum von 14 Jahren. Der Rh. Beob. bemerkt hierzu, in der Rheinprovinz sey das günstiger, dort hätten die Kandidaten nur 6—8 Jahre auf einen Dienst zu warten.

Korrespondenz.

Nassau, 9. Nov.

Auch die Weinbergsbesitzer hiesiger Gegend erfreuen sich diesen Herbst einer vorzüglichen Ernte, und der Nassauer Rothe, den man wohl mit Recht und nach dem Zeugnisse zweier der ersten Gasthalter hiesiger Gegend, des Hrn. Posthalter Minor von Sieghofen und des Hrn. Becker zum „Englischen Hof" in Ems, jedem andern an die Seite stellen kann, übertrifft in diesem Jahre alle Erwartungen, sowohl an Güte als Maß; auch liegen noch mehrere Stück und Zuläste zum Verkaufe bereit.

Großgerau, 4. Nov. — (Einges.)

Zur Berichtigung des aus der Mainzer Zeitung entnommenen Artikels in der zweiten Beilage zum Frankf. Journal vom 26. Oct., d. d. Großgerau, 23. Oct., findet man sich zu nachstehender Erwiderung veranlaßt: Auf einstimmiges Verlangen der zu einer Conferenz am 1. Oct. dahier zusammen getretenen Geistlichen des hiesigen Decanats versammelte sich auf Einladung des aus hiesigen Geistlichen bestehenden Vorstandes am 21. Oct. der hiesige Zweigverein der Gustav-Adolph-Stiftung, um eine von eben diesem Vorstande angeregte Protestation gegen das verhängnißvolle Berliner Glaubensgericht zu beantragen und zugleich neue Vorsteher für die nächsten 3 Jahre zu wählen. Es war der vielfach ausgesprochene Wunsch der hiesigen Geistlichen, daß für die nächste Periode ein weltliches Mitglied als Präsident unseres Zweigvereins fungire. Daß die Wahl für die Geistlichen so ungünstig ausfiel, mag aber neben dem erwähnten, von denselben ausgesprochenen Wunsche gewiß nicht den Wirkungen jenes Glaubensgerichts zuzuschreiben seyn. Der seitherige Vorstand des hiesigen Zweigvereins kann sich übrigens um so mehr bei dem Resultat der neuen Wahl beruhigen, da derselbe sein seitheriges Amt in die Hände ehrenhafter, freisinniger Männer legen durfte, von deren regem Interesse für die Sache unter Mitwirkung der den Localvereinen vorstehenden Decanatsgeistlichen nur erfreuliche Früchte zu erwarten sind.

An die geehrten Abonnenten und Besucher meiner geschichtlichen Vorträge.

Da die Räumlichkeit des von mir benutzten Hörsaals gegen mein Erwarten für die Theilnehmenden nicht auszureichen scheint, ein anderes größeres Local aber mir für jetzt nicht zu Gebote steht, so bin ich entschlossen, von dieser Woche an jeden Vortrag zweimal zu halten; das eine Mal Montags um 7 Uhr, wie bisher; das zweite Mal Dienstags, ebenfalls um 7 Uhr und in demselben Hörsaale. Indem ich dies zur öffentlichen Anzeige bringe, bemerke ich nur noch, daß die Wahl des einen oder andern Tages jedem der verehrten Abonnenten in jeder Woche gänzlich überlassen bleibt.

Die fünfte Vorlesung wird demnach Montag den 17. Nov., Abends 7 Uhr stattfinden.

Gegenstand: Die hervorragendsten und interessantesten Personen und Charaktere aus der Zeit von 1740 — 1756. Fortsetzung und Beschluß. — Friedrich der Große als Feldherr; die Helden des siebenjährigen Krieges.

Dr. Heyden.

Theater-Anzeige.

Sonntag, 15. Nov. Muttersegen, oder: Die neue Fanchon, Schauspiel mit Gesang in 5 Abth., nach dem Französischen des G. Lemoine von W. Friedrich, Musik von H. Schäffer. (Gastrolle) Chonchon: Fräul. Quint, vom Königsstädter Theater zu Berlin.

Montag, 16. Nov. (Zum Vortheil des Hrn. Chrudimsky): Don Juan, große romantische Oper in 2 Abth., Musik von Mozart. Don Juan: Hr. Reichner. (Gastrolle) Donna Anna: Fräulein Emilie Walter, k. k. österr. Hof- und k. würtemb. Kammersängerin. — Mit aufgehobenem Abonnement.

Redakteur: J. L. Heller. — Druck und Verlag von Heller und Rohm.

Didaskalia.

Blätter für Geist, Gemüth und Publizität.

Nro 317. Dienstag, den 17. November 1846.

Geschichte eines Boudoirs.

Von ihm selbst erzählt.

(Fortsetzung.)

IV.

Die Kaiserzeit.

Ich gewöhnte mich an meine Einsamkeit; meine Erinnerungen waren interessant genug, um meine Mußezeit auszufüllen. Einige Insekten ausgenommen, die um mich her summten, lebte ich in der tiefsten Ruhe, und bekümmerte mich nicht um meine Zukunft. Ich hoffte und wünschte, von aller Welt vergessen zu werden; ich hatte kein Interesse mehr mich sehen zu lassen. Die Zeichen meiner Größe waren zerstört; ich fand mich auf republikanische Weise herausstaffirt, so häßlich, daß ich keine Lust verspürte, auf diese Art auf die Nachwelt überzugehen. Ich hoffte, daß die Ratten, die mich bereits besuchten, mit der Zeit eine solche Verwüstung bei mir anrichten würden, daß von den drei Farben, die meine Antipathie waren, nichts übrig bleiben werde. Aber während ich mich der Hoffnung überließ, keine Aufregung mehr fürchten zu dürfen, vernahm ich in der Ferne lautes Rufen; Instrumente näherten sich, man spielte aber nicht die Marseillaise, sondern militärische Märsche, die meine Mauern zittern machten. Dazwischen vernahm ich Ausrufungen von .... ich weiß nicht was .... Es war nicht: „Es lebe die Republik!“ was mich so tief gekränkt hatte; aber auch nicht der Ruf: „Es lebe der König!“ der mich bei meinem Entstehen so erfreut hatte; es war etwas Anderes, was ich nicht begreifen konnte, das aber, wie mir schien, einen wahren Enthusiasmus einflößte. Ich fühlte, daß ich wiederum neuen Eigenthümern zur Beute werden würde, und erwartete den Tag mit der Unruhe eines Opfers, das der Laune seines Richters sich zu unterwerfen verurtheilt ist; denn man bestimmte mein Schicksal, wenn man nichts Ernstes mehr zu thun hatte. Ich war ein Spielzeug für Frauen, um von ihnen, je nach ihrem Geschmacke, Alter, ihren Meinungen und Grundsätzen benutzt zu werden. Endlich trat den folgenden Morgen ein Diener in reicher Livree ein und öffnete ein Fenster; aus dem Nebenzimmer erschallte lautes Gelächter. Zwei junge und hübsche Frauen zeigten sich zuerst. „Ach Gott,“ sagte die Eine, „wie abscheulich! Das ist ein schlechtes Ankleidezimmer. Sie werden diese Zelle einreißen lassen, nicht wahr, Herr Herzog! Ein solches Loch neben meinem Schlafzimmer? Das will ich nicht, ich sag' es Ihnen vorher.“

„Und ich,“ erwiederte der Herzog, der statt der feinen Manieren des alten Herzogs, der mich früher besucht, eine ernste Miene, einen hohen Wuchs hatte, und im Befehlshaberton sprach, „ich behaupte, Frau Herzogin, daß Sie in diesem Loche wohnen, daraus Ihr Boudoir machen und sich wohl dabei befinden werden. Der Kaiser hat mir dieses Schloß mit dem Herzogstitel verliehen, und Sie wissen, daß der Kaiser mit seinen Generälen nicht scherzt. Er giebt ihnen Gold und Schlösser für ihre Frauen, und ihnen selbst Ruhm und Wunden; nehmen Sie Ihren Theil, wie ich den meinigen nehme.“

„Ich glaube nicht, Louise,“ sagte die junge Frau, welche die Herzogin begleitete, „daß Du sehr unglücklich seyn wirst, das Boudoir der Baronin von Chevert zu bewohnen.“ Louise erröthete.

„Ah, das ist das Boudoir der Baronin von Chevert?“ sagte sie.

„Aber, liebe Louise, weißt Du denn nicht, daß eine ganze Liebesgeschichte mit diesem Kabinette, das Du so verachtest, verknüpft ist? Es ist der nördliche Thurm reiner Liebe, wo die arme Baronin gefangen saß, und aus welchem sie ihr Geliebter befreiete. Meine Tante, die alte Gräfin von Marrieur, hat mir diese Geschichte tausendmal erzählt; es war die größte Zerstreuung, die mir die gute Tante, wenn ich von meiner Pensionsanstalt sie besuchte, verschaffte. Ich sehe sie noch, die gute, alte Tante, mit ihrem Spitzenhäubchen, ihrem seidenen Kleide und ihrer Brille, die uns zu lachen gestattete, ohne daß sie es bemerkte; ich sehe und höre sie noch, wenn sie zu uns sagte: Hört, lieben Kinder, die traurige Geschichte der Baronin von Chevert; es war im Jahre 1770! Ha, ha, ha! ich muß noch lachen .... Du mußt, meine Liebe, bei Strafe, für unwürdig erklärt zu werden, dieses Schloß zu bewohnen und Reichsherzogin zu seyn, diesen Ort, den so viele Erinnerungen ehrwürdig machen, hochachten. Begreifst Du, meine Liebe, eine hier von ihrem Geliebten gerettete Frau!“

„Einen Moment, Fräulein von Morban,“ sagte der General mit seiner unlieblichen Stimme, „ich will nicht, daß meine Frau im Falle eines Unglücks einen Andern als mich zu Hülfe rufe. Mein Degen, der gewohnt ist die Feinde zu schlagen, würde zuerst ein Wort mit dem Retter meiner Frau sprechen.“

„O, General, Sie jagen mir Furcht ein,“ sagte Fräulein von Morban, die meine neuen Besitzer niemals Herzog oder Herzogin nannte, was mich an ihrem wahren Adel zweifeln ließ. „Wer sagt Ihnen denn, daß Louise jemals einen Vertheidiger brauchen wird.“

„Dieses wird auch Niemand in meiner Gegenwart zu behaupten wagen.“

„O, mein Gott, General, ereifern Sie sich nicht; wir wissen, daß Sie der Tapferste unter den Tapfern sind.“

Der General lächelte, und unter seinem langen Schnurrbarte wurden schöne, weiße Zähne sichtbar. Ich sah in seiner Physiognomie, daß ich keinem Adligen von Geburt, sondern einem edlen Soldaten angehörte.

„Nun gut,“ sagte die Herzogin, „ich werde aus diesem Kabinette mein Boudoir machen, doch muß man es repariren.“

„Ich will Dir erzählen, wie das reizende Boudoir von 1770 ausgesehen hat,“ sagte Fräulein von Morban, „und rathe Dir, es seinem ursprünglichen Aussehen ähnlich zu machen; denn, siehst Du, meine Liebe, das Einst hatte Geschmack.

„Was sagen Sie, Fräulein," rief der General, „wollen Sie mich in Ungnade bringen?"

„Hektor," fuhr er zu einem Lakai gewendet fort, „Du wirst den Hoftapezier rufen und ihm sagen, er solle das Boudoir der Frau Herzogin wie das in Malmaison ausschmücken; er soll sich eilen, ich will nächste Woche zwei Tage hier zubringen. Sind die Pferde bereit?"

„Zu Befehl, Herr Herzog."

„So wollen wir fort, meine Damen."

Louise und ihre Freundin setzten ihre Strohhüte auf, die ihnen am Arme hingen, und folgten gehorsam dem General. Ich hörte wieder den Ruf: „Es lebe der Kaiser! es lebe der General! es lebe die Herzogin!"

Ich sah in der Ferne zwei junge Mädchen, die Körbchen mit Früchten und Blumen trugen, dem ähnlich, welches meiner edlen Gebieterin an ihrem Geburtstage übergeben worden war, und vernahm Flintenschüsse. Bald darauf traten der Gärtner und mehrere junge Männer und Mädchen zu mir ein, um noch einmal meine Läden zu schließen.

(Fortsetzung folgt.)

Der elektromagnetische Telegraph in Amerika.

(Aus dem Mechanic's Magazine.)

Die folgende außerordentliche dramatische Scene hat, wie wir zu behaupten wagen, noch nie ihres Gleichen auf Erden gehabt und ist das einfache Resultat des elektromagnetischen Telegraphen, jener merkwürdigen Erfindung, die in diesem Augenblicke so allgemein und in so hohem Grade die öffentliche Aufmerksamkeit auf sich zieht.

Samstag Abend den 6. Juni 1846 wünschten Hr. Professor Morse, der Erfinder und Oberaufseher des magnetischen Telegraphen, und dessen Gehülfe, Hr. Vail, in ihrem Bureau zu Washington die Vollständigkeit der telegraphischen Linie auf der ganzen Strecke von Washington bis New-York (260 engl. Meil.) zu erproben. Zum bessern Verständniß dieser eigenthümlichen Scene bemerken wir dem Leser, daß er sich vier Personen denken muß, die erste in dem Bureau zu Washington, die zweite in Baltimore, 40 Meilen weiter, die dritte in Philadelphia, 108 Meilen weiter, und die vierte in New-York oder vielmehr in Jersey City, gegenüber von New-York, 112 Meilen weiter. Die telegraphische Linie geht durch die Instrumente eines jeden der verschiedenen Plätze, und eine Nachricht, die von einem derselben ausgeht, wird sogleich auf allen übrigen verstanden und niedergeschrieben. Wir bezeichnen nun die Leiter des Telegraphen mit den Namen der betreffenden Stationsplätze.

Wash.: Baltimore, sind Sie in Verbindung mit Philadelphia?

Balt.: Ja.

Wash.: Setzen Sie mich mit Philadelphia in Verbindung.

Balt.: Gut, warten Sie eine Minute. (Nach einer Pause): Vorwärts, jetzt können Sie mit Philadelphia sprechen.

Wash.: Wie geht's Ihnen, Philadelphia?

Phil.: Ziemlich gut. Sprechen Sie, Washington?

Wash.: Ja wohl. Sind Sie in Verbindung mit New-York?

Phil.: Ja.

Wash.: Setzen Sie mich in Verbindung mit New-York.

Phil.: Gut, warten Sie eine Minute. (Nach einer Pause): Vorwärts, nun geht's.

Wash.: Wie geht's Ihnen, New-York?

(New-York antwortet nicht.)

Phil.: Heda! New-York, Washington spricht mit Ihnen. Hören Sie ihn nicht? Warum antworten Sie nicht?

New-Y.: Ich höre nichts von ihm.

Wash.: Ich habe aber doch das von New-York gehört.

Phil.: Washington sagt, daß er Ihre letzten Worte gehört habe.

Balt.: Wie ist das möglich, daß Washington etwas von New-York hört, und New-York hört nichts von Washington?

Phil.: Ich kann es nicht begreifen.

Balt.: Wie kommt es, Washington?

Wash.: Weil New-York seinen Magnet nicht ordentlich gerichtet hat.

Phil.: Ich hatte den ganzen Tag tüchtig zu arbeiten. Es liegt mir centnerschwer in allen Gliedern. Habe noch nicht zu Nacht gegessen, hatte diesen Abend eine harte Arbeit; es gab so viele Nachrichten; eine allein trug uns 17 Dollars ein. Ich muß fort.

Wash.: Warten Sie ein wenig.

Balt.: Machen Sie, daß Sie fortkommen.

Phil.: Wer spricht?

Wash.: Sprechen Sie nicht Alle auf ein Mal.

Balt.: Marie Rogers ist 'ne Gans, so auch Sally Thompson. General Jakson ist ein Roß, so auch Oberst Johnson.

Phil.: Wer sagt das? Ich bestreite es.

Wash.: Baltimore, seyn Sie ruhig. Philadelphia, sagen Sie New-York, er solle sich mit mir in Verbindung setzen und mich auffordern, mit dem Drucktelegraphen zu punktiren.

Phil.: Gut. New-York, setzen Sie sich mit Washington in Verbindung und fordern Sie ihn auf, zu punktiren.

New-Y.: Gut. Washington, punktiren Sie.

(Washington fängt an mit dem Drucktelegraphen zu punktiren.) Sie schreiben eben O. K. Nun habe ich Sie verstanden; vorwärts.

Wash.: Bekommen Sie nun, was ich Ihnen schicke.

New-Y.: Ja.

Wash.: Haben Sie Professor Morse's Nachricht für seine Tochter bekommen?

New-Y.: Ja, von Philadelphia; aber es war schon zu spät, um sie noch heute Nacht über den Fluß zu schicken: ich bin ganz allein; die beiden Buben sind fort.

Wash.: Gut, es hat nichts zu sagen.

Balt.: Gute Nacht, ich gehe.

Wash.: Gute Nacht zusammen.

Phil.: Gute Nacht.

New-Y.: Gute Nacht.

Und so endigt sich diese sonderbare Unterredung, nicht eine erfundene, sondern eine wirkliche; und nun bedenke man, daß alle diese Fragen und Antworten in einer nur um wenig längeren Zeit gegeben wurden, als zur Erzählung dieses in seiner Art einzigen Drama's nöthig war.

Wirkungen des 1846er Weines.

Bei einem Weinwirthe war kürzlich große Gesellschaft beim 1846er. Die Gäste, welche zum größten Theil aus Kaufleuten, Handwerkern und Künstlern bestehen, hatten sämmtlich dem Weine tüchtig zugesprochen.

Die Glaser guckten zu tief in's Glas.

Die Spediteure hatten schief geladen.

Die Instrumentenmacher sahen den Himmel für eine Baßgeige an.

Die Gravattenhändler hatten zu viel hinter die Halsbinden gegossen.

Die Schwertfeger erhielten einen Stich.
Die Gewehrfabrikanten erhielten einen Schuß.
Die Müller hatten zu viel auf das Korn genommen.
Die Flaschner hatten zu viel auf die Lampe gegossen.
Bei den Mauermeistern war es im Oberstübchen nicht richtig.
Die Schuhmacher hatten sich einen gehörigen Stiefel getrunken.
Die Fischer hatten einen guten Zug gethan.
Die Friseurs hatten einen gehörigen Haarbeutel.
Die Brauer hatten einen Spitz.
Die Baumeister hatten einen Giebel.

Mannichfaltigkeiten.

(Ostende, 11. Nov.) Gestern setzte folgender sonderbare Vorfall unsere Stadt in Bewegung. Ein junger Engländer war mit einer Dame von Charleville nach England gereis't, wo beide von einem englischen Geistlichen getraut wurden. Das junge Ehepaar hatte seine Verwandten von der beabsichtigten baldigen Ankunft zu Ostende, die gestern auch wirklich stattfand, in Kenntniß gesetzt. Kaum war aber das junge Ehepaar an's Land gestiegen, als der Vater der jungen Dame, der von zwei Polizeicommissaren und bewaffneter Macht begleitet war, sich seiner Tochter bemächtigen wollte. Diese sträubte sich, worauf die Polizei sich in's Mittel legte und ihren Mann in's Gefängniß brachte. Gleich darauf fuhr die Dame mit ihrem Vater nach Frankreich und der junge Ehemann erlangte erst nach 24stündiger Haft seine Freiheit wieder.

(Santa Ana's Bein.) Santa Ana verlor vor längerer Zeit ein Bein, welches auf dem Kirchhofe feierlich beigesetzt wurde. Als der General aus Meriko fliehen mußte, grub man das Bein aus, der Pöbel schleifte es im Triumphe durch die Stadt und grub es unter dem Galgen ein. Doch siehe da, Santa Ana kehrt zurück und seine erste Frage, in Meriko angekommen, ist nach seinem Bein, an welches Niemand gedacht. Keiner will die Frage beantworten. Endlich erfährt der Präsident das Schicksal seines Beines und befiehlt, daß man den Fehler wieder gut mache. Man gräbt dasselbe abermals aus, Priester sprechen darüber den Segen, man balsamirt es von neuem ein und das Bein wird mit den größten militärischen Ehrenbezeugungen an seine erste Ruhestätte zurückgebracht. So lange Santa Ana das Glück günstig, wird es dort ruhig liegen können. (Jahrsz.)

(Baselland.) Ländlich, sittlich! Wir lesen im „Basellandschaftlichen Volksblatt": „Im Landrath entstand letzten Dienstag ein heftiger Tumult, verursacht durch ein aufreizendes, oder wie die Gelehrten sagen, unparlamentarisches Wort des jungen Aenishänsli von Gelterkinden, Mitglied dieser Behörde. Er hieß nämlich den Landrath geradezu einen „Esel." Das war über's Bohnenlied. Die Landräthe glühten vor Zorn, und als Gysin aufstand und, vom alten Jenni unterstützt, sämmtliche Mitglieder aufforderte, nicht mehr neben diesem „Buben" zu sitzen, wäre es fast geschehen, daß Letzterer zum Saal hinausgeschmissen worden wäre. Er widerrief aber und da wurde es wieder ruhig."

In diesem Augenblicke, wo sich das chemische Publikum durch die Erfindung der explodirenden Baumwolle in einer gewissen Alteration befindet, dürfte ein so eben bei J. D. Sauerländer in Frankfurt a. M. erschienenes Werk: „Grundzüge der wissenschaftlichen Chemie der unorganischen Verbindungen, dargestellt von Dr. R. C. Geubel" von höchstem Interesse seyn. In dieser, nicht allein den Gelehrten, sondern auch den angehenden Chemikern und Pharmaceuten dedicirten Schrift wird die Chemie, indem alle bestehenden Ansichten über den Haufen geworfen werden, in einer (was bis jetzt noch nicht der Fall war) wissenschaftlichen Weise dargestellt. Man findet die chemischen Prozesse in einer eigenthümlichen Darstellungsweise durch Formeln höchst einfach erklärt; es wird nicht, wie in allen übrigen Lehrbüchern der Chemie blos das Resultat der Prozesse gegeben, sondern der innere Verlauf, der Anfang und das Ende derselben durch Formeln ausgedrückt, dabei stets auf bekannte Thatsachen reflectirend. Hat der angehende Chemiker erst einige dieser Erklärungsformeln erfaßt, dann wird er hiernach alle übrigen Prozesse sich leicht zu erklären wissen. Wir können daher diese vom Standpunkt der gegenwärtigen Weltanschauung aus bearbeitete Schrift dem chemischen Publikum mit Recht bestens empfehlen.

Ein Reisender schreibt aus St. Petersburg: Unsere Reise von Swinemünde mit dem großen russischen Dampfschiffe „Wladimir" ging bis auf einen großen Unfall, der sich acht Meilen vor Kronstadt ereignete, gut von statten. Des Morgens um 3 Uhr wurden wir durch einen ungeheuren Stoß aus dem Schlafe erweckt. Natürlich eilten sämmtliche Passagiere auf das Verdeck. Dort angelangt, hörten wir Geheul und Gejammer, und sahen Flammen aus dem Schornstein steigen. Die Unruhe und Angst war natürlich von der Art, daß Alle glaubten, das letzte Stündlein hätte geschlagen. Es wurden schnell mehrere Laternen angesteckt, und nun sahen wir erst, was vorgefallen war. Unser Schiff hatte ein holländisches Schiff (einen Zweimaster) in den Grund gebohrt, Dasselbe kam uns mit vollen Segeln entgegen und hatte, wie uns später der Kapitän sagte, kein Licht auf dem Verdeck, in Folge dessen es von unseren Schiffsleuten nicht gesehen werden konnte. Außer einigen zerrissenen Segeln war von dem ganzen Schiffe nichts mehr zu sehen; zwei Menschen haben sich gerettet, die andern sind dem Tode als Opfer gefallen. Unserem Schiffe ist weiter nichts begegnet, als daß es vorn am Kiele eine kleine Beschädigung davon getragen hat. Man ließ die Nothkähne herab, um vielleicht Verunglückte zu retten. Alle Versuche blieben aber erfolglos.

(Neue Definitionen. — Proben aus einem noch ungedruckten philosophischen Wörterbuche.) Die Tinte ist die dunkle Möglichkeit lichter Ideenwelten, die einer geistigen Schöpfung vorangehende Urnacht. — Der Klecks ist die sphärische Renitenz mißhandelter Tinte gegen das Postulat ideeller Entfaltung. — Das Papier — die nach einer Versöhnung mit erhabenen Ideenwelten ringende Ausbreitung des lumpigen Prinzips im Raume. — Das Tanzen — der gesellige, verunglückte Versuch der selbstbewußten Narrheit, aus sich herauszuflüchten. — Der Pelz — die haarige Isolation der in sich versunkenen Menschheit in der frostigen Außenwelt. — Die Nase ist die verkörperte, über ihren normalen Standpunkt emporgehobene Idee des Schnabels. — Die Brille — die korrektive Beschämung der, der Idee der Vollkommenheit sich entfremdenden Sehkraft von dem Standpunkte des Nasenrückens aus.

Zu Anfange dieses Monats wurde in Dresden ein allgemeiner sächsischer Turntag abgehalten, bei welchem 37 Abgeordnete sächsischer Turngemeinden gegenwärtig waren. Man beschloß, bis auf Weiteres, jährlich einen Turntag, verbunden mit einem Turnfeste, an den Pfingstfeiertagen zu halten, und wählte dazu für's nächste Jahr Leipzig. Ferner wurde beschlossen, daß sich sämmtlichen Mitgliedern der Turnvereine Sachsens von nun an des Hut- und Mützeabnehmens als Grußes enthalten möchten. Auch den Wunsch sprach man aus, daß die sächsischen Turnvereine sich der deutschen Sprache befleißigen und alle Fremdwörter baldmöglichst ausmerzen möchten.

(Woher kommt das Wort Tailleur?) Zwei freundliche Mamsells gingen unter den Linden in Berlin. „Ich will hier zu meinem Schneider jehn", sagte die Eine. — „Sage doch nich immer Schneider, det is man jemeene, sage lieberst Talljöhr!" — „Mach Dir nich putzig", erwiederte jene, „weeſt Du denn och, woher det Wort Talljör kömmt?" — „Ne!" — „Kieckst Du! Talljör, det heeſt so viel als Tallje her! Denn der muß die Tallje herschaffen und wenn es det Deubels wär."

Nach der letzten Zählung hat Preußen 15,800,000 Einwohner, darunter $9^{1}/_{4}$ Millionen Protestanten, $5^{4}/_{5}$ Millionen Katholiken, 19,600 Juden, 14,500 Mennoniten und 1300 Griechen.

Hamburg hat nach seinem Bauenthusiasmus den Katzenjammer bekommen. Die Bürger meinen, es seyen theils zu viele Prachtbauten unternommen, theils sey in der Art ihrer Ausführung wenig haushälterisch verfahren worden. Auch klagen Manche, daß die Engländer zu sehr bevorzugt worden seyen. Kurz, es fehlt dort wie überall an Geld.

Wer etwa ja noch Lust hätte, nach Brasilien auszuwandern, dem rathen wir nochmals, sich's in den langen deutschen Winterabenden noch einmal zu überlegen. Wiederholt wird vor der Auswanderung dahin dringend gewarnt. Trotz der geringen Bevölkerung ist dort mit Mühe nur ein Unterkommen für den Colonisten zu finden. Selbst im Besitz ist er durch keinen Vertrag gesichert und an rechtlichen Schutz ist nur in seltnen Fällen zu denken, da mehr als irgendwo das Recht dort ein Netz voller Löcher seyn soll.

An der Thüringer Eisenbahn weimarischen Antheils arbeiten noch gegenwärtig, durch die außerordentlich günstige Witterung unterstützt, 3000 Arbeiter. Dem Vernehmen nach wird das Stück der Thüringer Eisenbahn von Weißenfels nach Weimar noch den 1. Dec., jedoch vorerst nur dem Güterzuge eröffnet werden.

(Ulm, 13. Nov.) Vorgestern wurde von einem Hunde die Leiche eines, wie man sagt, kaum wenige Tage alten Knäbleins aufgespürt. Das Kind war auf hiesigem Friedhof unbemerkt in ein Grab verscharrt worden, und da die Erde es nur locker und nicht hinlänglich bedeckte, hatte es der Hund ausgescharrt, und bis man es bemerkte, bereits den Kopf abgerissen. Es ist augenscheinlich, daß hier ein Verbrechen begangen worden, deren Urheberin man bereits auf der Spur seyn soll.

Die Nürnberger Silberarbeiter sagen, daß die Bauern seit vielen Jahren nicht so viel Silbergegenstände gekauft hätten, wie seit den letzten theuern Jahrgängen. (Das kommt offenbar daher, daß der Landmann gute Zeiten hat.)

Es klingt unglaublich, wird aber in amtlichen Nachrichten versichert, daß im Jahr 1844 in Westphalen 18 Millionen Kannen Branntwein verkauft worden sind. Dazu mußten 474,561 Scheffel Kartoffeln und 311,548 Scheffeln Getreide verwendet werden.

(Frankfurt, 11. Nov.) In den letzten Tagen ist zum ersten Male ein beladener Güterwagen, etwa 150 Centner schwer, auf einem zu derartigem Transport eigens eingerichteten Waggon mit der Taunus Eisenbahn befördert worden. Die Bahnverwaltung hat kürzlich mit einem Spediteur zu Aachen und mit einem Spediteur zu Offenbach Verträge abgeschlossen, denen zufolge sie die alltägliche Beförderung namhafter Beträge von Stückgütern gegen ein Aversum übernimmt, wodurch sich die Frachtkosten fast um die Hälfte niedriger berechnen, als solche nach den Ansätzen des Tarifs zu stehen kommen würden.

Korrespondenz.

Berlin, 11. Nov.

Vor einigen Tagen fiel in der Luisenstraße ein anständig gekleideter starker Mann zur Erde und gab augenblicklich seinen Geist auf. Da man ihn nicht kannte, wurde er zunächst in die naheliegende Charité gebracht und in der Morgue zur Recognoscirung ausgestellt. Es erschien auch bald nachher ein Herr mit den Hunden des Verstorbenen, um den Leichnam in die Wohnung der hinterbliebenen, trauernden Familie transportiren zu lassen. Die Hunde, welche nur mitgebracht waren, um ihren verstorbenen Herrn zu erkennen und dadurch eine Legitimation des Requirenten abzugeben, wurden jedoch bei dem Anblick der sechs verbrannten Leichname, die dort gleichfalls ausgestellt waren, von thierischer Begierde so stark ergriffen, daß sie sofort über die fast gebratenen Körper herfielen und nur mit vieler Mühe und durch fortwährendes Prügeln davon getrieben werden konnten. Ein eigenthümlicher Fall, der wohl nicht vorher gesehen war.

Frankfurt a. M.

Fräul. Emilie Walter hat ihre Abreise im Interesse des Hrn. Chrudimsky noch verschoben, um in dessen Benefiz (Don Juan) aufzutreten. Sie wird vor ihrer Abreise nur noch in einigen Rollen auftreten, wodurch die Aufführung mehrerer beliebten Opern unterstützt wird. Das Benefiz des Hrn. Chrudimsky bedarf wohl keiner Anpreisung, da dieser geschätzte Sänger seit einer Reihe von Jahren mit anerkannter Auszeichnung und nie unterbrochener Thätigkeit an unserer Bühne mitwirkt und mit Recht eine Stütze der Oper genannt werden darf.

Cäcilienverein.

Erstes Abonnements-Konzert.

Donnerstag, den 19. November 1846 im Vereinslocale, Döngesgasse im ehemaligen Meyer'schen Hause. Anfang sieben Uhr.

Josua, großes Oratorium in drei Abtheilungen von G. F. Händel.

Eintrittskarten zu 1 fl. 30 kr. sind in der André'schen Musikalienhandlung auf der Zeil zu haben.

Berichtigung.

In meiner gestrigen Anzeige sind aus Versehen einige Worte weggelassen worden. Es sollte heißen:

Die fünfte Vorlesung wird demnach Montag den 16. und Dienstag den 17. Nov., Abends 7 Uhr stattfinden. Dr. Heyden.

Theater-Anzeige.

Montag, 16. Nov. (Zum Vortheil des Hrn. Chrudimsky): Don Juan, große romantische Oper in 2 Abth., Musik von Mozart. Don Juan: Hr. Reichner. (Gastrolle) Donna Anna: Fräulein Emilie Walter, k. k. österr. Hof- und k. würtemb. Kammersängerin. — Mit aufgehobenem Abonnement.

Dienstag, 17. Nov. (Neu einstudirt): Romeo und Julie, Trauerspiel in 5 Abth., von Shakespeare; nach A. W. Schlegel's Uebersetzung für die Bühne bearbeitet. (Gastrolle) Julie: Fräul. Heuser, vom großh. Hoftheater zu Mannheim.

Redacteur: J. L. Heller. — Druck und Verlag von Heller und Rohm.

Didaskalia.

Blätter für Geist, Gemüth und Publizität.

№ 318. Mittwoch, den 18. November 1846.

Geschichte eines Boudoirs.

Von ihm selbst erzählt.

(Fortsetzung.)

„Nun gut,“ sagte Jakob, „dies Alles ist schön; sind das Reichthümer! .... Habt Ihr all' das Geld gesehen, das sie dem Herrn Maire und dem Herrn Pfarrer gegeben? Es ist freilich wahr, der Herr Maire hat eine prächtige Anrede gehalten, und der Herr Pfarrer hat eine famöse Messe gelesen; und wie hat die Frau Herzogin mit den jungen Mädchen gesprochen! O, wie werde ich zufrieden seyn, wenn sie einmal hier sind! — Nun, ich hoffe, man wird dies häßliche Loch da“ — er sah mich an — „wieder ordentlich in Stand setzen; es scheint, daß des Kaisers Tapezierer das ganze Schloß in Ordnung bringen wird, und nächste Woche, sagt man, werde die gnädige Herrschaft eintreffen.“

Wirklich war ich bald darauf noch einmal eine Beute der Verschönerungen. Aber diesmal dauerte es nicht lange. Man brachte Tapeten von blauem Grunde, mit goldnen Sternen und Bienen besäet, herbei, bedeckte damit meine Wände und die Decke, ersetzte die Statue der Freiheit durch einen Adler, belegte meinen Fußboden mit einem Teppich, stellte einige analoge Möbel ohne allen Geschmack an meine Wände, und so war ich in wenigen Stunden neu gekleidet. Ich gestehe indeß, ich kam mir vor, als wäre ich in einem provisorischen Zustande, was mich über meine Zukunft nicht beruhigte, denn man durfte nur meine neue Toilette fallen lassen, und ich befand mich ohne alle Kosten wieder republikanisch gekleidet.

Einige Wochen später erstrahlte plötzlich mit einbrechender Nacht der Park von Lichtern. Jakob war auf eine Leiter gestiegen und hatte farbige Lampen angezündet, wie am Tage meiner Einweihung. Tausende von Kerzen erhellten die Zimmer, und eine herrliche Musik erschallte aus dem Park. Ich sah die Landleute in Festkleidern, essen, trinken, tanzen, schreien; nie hatte man in dieser Gegend etwas Geräuschvolleres, Fröhlicheres gesehen Der Geburtstag meiner Gebieterin war ein religiöses Fest, im Vergleich zu diesem gewesen; man schien den Kopf verloren zu haben.

„Der Kaiser wird mit Ihnen zufrieden seyn,“ sagte ein Mann in gesticktem Kleide zum Herzog. „Ihr Fest ist prachtvoll. Der Enthusiasmus für den Kaiser gränzt an's Wahnsinnige; das muß Sie viel kosten.“

„Der Enthusiasmus?“ fragte der Herzog.

„Nein, das Fest.“

„Sie wissen, daß das Geld nichts kostet, Excellenz, der Kaiser giebt uns so viel!“

„Sie wollen sagen leicht, denn er giebt es, damit man es ausgebe.“

„Es ist wahr, ich habe meinen Bauern viel Geld gegeben.“

„Und viel Wein,“ sagte der Mann mit dem gestickten Kleide; „es ist das einzige Mittel, diese Leute zu gewinnen; das Volk giebt sich niemals, sondern leiht sich zu hohen Zinsen aus; so lange man ihm die Renten bezahlt, ist es zufrieden, sobald es aber keinen Vortheil mehr für sich sieht ....“

Der Ruf: „es lebe der Kaiser!“ der den Thurm erschütterte, unterbrach die Unterhaltung. Der Mann im gestickten Kleide erhob sich.

„Ja, meine Freunde! meine guten Freunde!“ sagte er, „es lebe der Kaiser! es lebe Napoleon I.! es lebe Frankreich!“

Und Alle wiederholten: „es lebe der Kaiser! es lebe Napoleon I.“

Das Schreien wuchs und verlor sich in weiter Ferne, wie das Brausen des Windes in stürmischen Tagen.

„Es ist ermüdend,“ sagte die Excellenz, sich vom Fenster zurückziehend; „die Freude des Volks gleicht einem Aufruhr; es neigt sich eben so leicht zum Vergnügen wie zum Schrecken hin. Sie werden morgen getödtet werden, General.“

„Das fürchte ich nicht, Excellenz, denn ich werde mich morgen auf meinen Posten begeben, und ich gestehe Ihnen, daß ich es vorziehe, auf einem Schlachtfelde als bei einem Feste zu sterben; auch machen mir die Flintenschüsse unserer Feinde mehr Freude, als die hier nutzlos verloren gehen.“

„Sie werden Gelegenheit bekommen, sich nach Ihrem Geschmacke zu unterhalten; seyn Sie ruhig, der Krieg ist noch nicht zu Ende.“

„Wir hoffen es auch.“

„Ja, es ist das Jahrhundert der Soldaten; aber die Künste leiden darunter.“

„Pah, es wird Geld und Ruhm für sie Alle geben.“

Die Ankunft der Herzogin unterbrach das Zwiegespräch.

„Aha, Frau Herzogin,“ sagte der Mann im gestickten Kleide, „so verlassen Sie denn endlich das Reich der Thorheit, um sich bei den Weisen niederzulassen?“

„Die Weisen haben hier nichts Abschreckendes, Excellenz. Die Frau Herzogin müssen müde seyn,“ sagte der General.

„Ein wenig,“ erwiederte sie; „ich habe 30 Contretänze getanzt, und morgen muß ich, um mich auszuruhen, um 6 Uhr in der Frühe nach Paris reisen; kaum angekommen, muß ich zum Lever der Kaiserin, dem Empfange von zwei oder drei Gesandten, von zwanzig bis dreißig Maire's beiwohnen und alle ihre Reden mit anhören, dann große Toilette zum Diner, eine noch brillantere am Abend machen, um mit demjenigen Prinzen, Herzog oder König den Ball zu eröffnen, den Se. Majestät mir anzutragen belieben wird; die ganze Nacht so zubringen und den folgenden Tag wieder anfangen .... Schon seit drei Monaten hat mein Haarkräusler den Befehl, um 6 Uhr früh bei mir zu seyn. Wir haben keine Zeit zum Schlafen. Der Kaiser will, daß man ihm nachahme, und wir rennen den Vergnügungen nach, wie Se. Majestät den Gefahren."

„Das ist sehr hübsch gesagt," rief die Excellenz, „der Kaiser soll es erfahren."

„Ach, verrathen Sie mich nicht, Excellenz, ich beschwöre Sie."

Ein huldvoller Gruß war der Excellenz Antwort, die der hübschen Herzogin den Arm anbot, um sie in den Festsaal zurückzuführen.

Ich erfuhr, daß sie in Paris auf ihrer Toilette einen Schmuck von 20,000 Franken an Werth fand. Sie trug denselben auf dem Hofballe, und der Kaiser lächelte ihr zu, als er bei ihr vorüberging.

Ich war mit meiner Lage ziemlich zufrieden; man schmückte meine Kreuzstöcke mit schönen Blumen, und hielt mich sehr sauber. Ich wurde niemals verschlossen; die geheime, von außen und innen verrammelte Thüre war durch einen Spiegel, Psyche genannt, maskirt. Die Herzogin besuchte mich nur, wenn sie sich in diesem Spiegel betrachten wollte, wo sie ihre ganze Figur übersehen konnte und öfters blickte sie auf meine Tapete und sagte: „Das Alles ist recht abgenutzt."

Dies war das einzige Kompliment, das sie mir bei ihren Besuchen machte; ich sah sie immer lachend und rennend, meist als Amazone gekleidet, die Reitpeitsche in der Hand, und einen kleinen Männerhut auf dem Kopfe, der ihr ein gewisses trotziges Aussehen gab, wie es gerade Mode war. Bei'm Tone des Jagdhorns, das alle Jäger zum Aufbruch mahnte, sah ich sie verschwinden. Das Schloß war zu einem gewöhnlichen Jagd-Rendez-vous geworden.

Da dies gerade nicht meine ursprüngliche Bestimmung gewesen war, so begreift man leicht, daß ich die Herrschaft des Kaiserthums nicht als die meinige betrachtete.

(Fortsetzung folgt.)

Der Mutter Grab.

Von Alwin Reinbold.

Der Mondschein flackert,
Der Wind weht kalt,
Es zittert der Knabe
Im Stübchen bald;
Im feuchten Kämmerchen seufzt er allein —
Was mag dem Armen geschehen seyn?

Der Vater — geworben —
Weil zog er hinab;
Die Mutter — gestorben —
Im schweigenden Grab.
Der weinende Knabe, verlassen, allein
Im kalten schaurigen Kämmerlein.

Da öffnet die Thür sich,
Der Wirth tritt ein:
„Wie lang' wirst zur Plage,
Geselle, mir seyn?
Hier ist für Gesindel und Bettler kein Ort,
Es zahlt für dich Keiner, d'rum packe dich fort!"

Der Mondschein flimmert,
Und kalt weht der Wind,
Und draußen wimmert
Das zitternde Kind.
Sein letztes Hoffen ist schon verloren,
Da — steht er vor herrlich erleuchteten Thoren!

Musik ertönet,
Gesang und Tanz,
Das Schneelicht verhöhnet
Der blendende Glanz.
Es rasseln die Wagen, es stampfen die Rosse,
Umgeben von goldenglänzendem Trosse.

Und Damen nahen
In seidnem Gewand,
Ausstrecket der Kleine
Die bebende Hand.
Sein flehender Blick könnte Felsen bewegen —
„Ach", spricht die Comtesse, „du kommst nicht gelegen!"

Her rollten die Wagen
Und wieder fort —
Der Knabe weint leise;
Er sprach kein Wort.
Doch als nun das letzte Rauschen verklungen,
Da war dem Armen das Herz zersprungen!

Der Mondschein düster,
Und Schatten zieh'n
Mit Geistergeflüster
Am Friedhof hin.
Am Grabe der Mutter, beim Sternenflimmern
Da hört man's leise und leiser wimmern.

Da schlummert der Kleine,
Da träumt er so süß,
Und träumt sich im Schlummer
In's Paradies;
Und die Cypressen am Friedhofe weh'n
Als ob sie den Knaben träumen geseh'n!

Der Mond glänzt heiter,
Die Sterne lachen,
Der träumende Knabe
Will nimmer erwachen.
Er träumt, der irdischen Leiden los,
Nun goldene Träume im Mutterschooß!

Robert Blum.

Unter diesem Titel ist in diesen Tagen in Zeitz (Expedition des Leuchtthurms) eine kurze Biographie des in neuerer Zeit oft erwähnten Mannes erschienen. Robert Blum, schon längst durch seine schriftstellerischen Leistungen bekannt, erlangte durch die Gründung der deutsch-katholischen Gemeinde in Leipzig, so wie dadurch, daß er in den traurigen Augusttagen des vorigen Jahres mit der ihm eigenen Kraft der Rede die aufgeregten Massen des Volks zur Festhaltung der Gesetzlichkeit ermahnte, eine große Bedeutsamkeit für das öffentliche Leben, besonders in Sachsen. Die Augusttage bewiesen — wie sein Biograph sagt — was das beredte Wort eines Mannes vermag, sofern er Achtung und Ansehen bei seinen Mitbürgern, im Uebrigen Verstand und Herz besitzt. Blum hat sich durch Talent, Liebe zu den Wissenschaften und Energie eine nicht unbedeutende Stellung in der Gesellschaft wie in der Literatur im eigentlichen Sinne des Wortes erkämpft. Blum stammt aus der untersten Klasse des Proletariats; sein Vater, ein verdorbener Theologe, hatte das Studium mit dem Handwerk vertauscht und ernährte sich und seine Familie kümmerlich durch Faßbinden, wobei er 7½ Sgr. für den

Tag verdiente. Bis zum 10ten Jahre lebte der Knabe ohne allen Schulunterricht, und schon im 12ten Jahre verließ er die Schule und ging zur ersten Communion. Dann wurde er an der Pfarrkirche Groß-Martin in seiner Geburtsstadt Köln Meßdiener und konnte jetzt schon durch seine kleine Einnahme in diesem Posten seine Eltern unterstützen. Wegen eines Zweifels an der Lehre von der Transsubstantiation, den er gewissenhaft seinem Beichtvater beichtete, wurde ihm die Buße auferlegt, 14 Tage lang die erste Messe mit ausgestreckten Armen zu bedienen, d. h., eine halbe Stunde lang mit ausgestreckten Armen auf den Stufen des Hochaltars zu knieen; doch unterzog er sich dieser Buße nicht. Später wurde er Goldschmidt und dann Gürtler, lernte aber wenig von seinem Handwerke, da ihn der Meister als Handlanger bei einem Baue benutzte. Nachdem er als Geselle in mehreren rheinischen Städten gearbeitet hatte, fand er Beschäftigung in einer Laternenfabrik; der Chef derselben gewann ihn lieb und nahm ihn mit nach Berlin; und hier in den sechzehn Monaten seines Aufenthalts studirte er mit einem solchen Eifer, daß er beinahe alle Lücken seines Wissens auszufüllen und die mangelnde Grundbildung des höheren Schulunterrichts zu ersetzen vermochte. Aus dieser Stellung aber wurde er herausgerissen, weil er als Militärpflichtiger ausgehoben wurde; nach sechs Wochen wegen körperlicher Untauglichkeit in die Kriegsreserve gestellt, kehrte er eben so arm als früher nach Köln zurück und wurde, um sich, seine Eltern und Geschwister zu ernähren — Theaterdiener bei dem Schauspieldirektor Ringelhardt. Nach mehreren Jahren nahm ihn dieser als Sekretär, Bibliothekar und Cassirer des Theaters mit nach Leipzig. Jetzt bekleidet er zwar noch dieselbe Stellung, ist aber nebenbei — Hausbesitzer, Stadtverordneter, Vorsitzender des Schillervereins und Mitvorstand des Literatenvereins. — Die Biographie ist in vieler Beziehung sehr interessant und lehrreich. (Schl. Z.)

Mannichfaltigkeiten.

(Frankfurt a. M.) Nach der alten und schönen Sitte, das Andenken berühmter Männer an ihren Geburts- oder Sterbetagen zu erneuern und festlich zu bezeichnen, wurde auch diesmal den Manen Schiller's Huldigung gebracht. Am 11. Nov. 1759 ward er, welcher in dem Herzen seines Volkes lebt und immer fortleben wird, der seligen Jugend Prophet und der begeisterte Verkünder und Priester alles Schönen und Guten, geboren, und neun Decennien sind seitdem bald verflossen. Von der Gesellschaft der „Iris", des bekannten hiesigen Künstler- und Gelehrtenvereins, wurde, wegen Verhinderung erst am 14. Nov., eine festliche Soirée veranstaltet, welcher auch zahlreiche Verehrer Schiller's als Gäste beiwohnten. Längere Vorträge, Toaste und musikalische Produktionen wechselten mit einander. Der Präsident der Gesellschaft, Hr. Dr. Jäger, würdigte in gehaltvoller Eröffnungsrede die hohen Verdienste Schiller's und zugleich anknüpfend die Martin Luther's (geb. den 10. Nov.) und Jean Paul's (gest. den 17. Nov.). Ihm folgte Hr. Dr. Weil, welcher in gleichem Sinne eben so geistvolle als begeisternde Worte sprach. Dann kam ein gedankenreicher Vortrag des Hrn. Dr. Bihr über die Strebungen unserer Zeit und nach diesem ein eben so frisches, als von pikantem Humor belebtes Gedicht von Hrn. Dr. Schwarzschild über den alten Zankapfel, wer der größere sey, ob Schiller oder Goethe? Hr. Julius Weidner trug Schiller's Ideale und dessen Lied von der Glocke mit seiner bekannten Meisterschaft klassischer Rhetorik vor, wofür ihm selber ein wohlverdientes Hoch! ausgebracht wurde. Weiter sprachen noch Hr. Dr. Friedleben jun. in patriotischem Sinne, aber etwas schneidend über deutschen Männerbund, und Hr. Dr. Theodor Creizenach über einen schönen Transparent, den Hr. Maler Süß der Feier des Abends gewidmet und sehr geschmackvoll angepaßt hatte. Th. Creizenach besitzt ein wahrhaft seltenes und überraschendes Improvisationstalent, welches er besonders heute im vollen Umfange entfaltete; er sprach zwar nur in Prosa, hätte aber jene gereimten Improvisatoren, die häufig nur Worte und nur Klingklang bringen, beschämen und vielleicht anfeuern können, es hinfort besser zu machen. — Der Gesangverein „Teutonia" verschönerte den Abend durch den gelungenen Vortrag vierstimmiger Gesänge und durch freundlich ansprechende Solis und Lieder, sowie auch Hr. W. Lutz durch sein treffliches Pianofortespiel. So war diese Schillerfeier eine würdige und die anwesenden Freunde des Schönen gewiß sehr erhebende, für deren Veranstaltung wir uns der Gesellschaft Iris zu lebhaftem Danke verpflichtet fühlen.

(Königsberg, 4. Nov.) Gottschall's „Thomas Münzer" ist nunmehr durch die Censur des Polizeipräsidenten Lauterbach gestrichen und seine Aufführung auf unserem Theater verboten. Der Verfasser hat sich zunächst an die Regierung gewendet und ist entschlossen, alle Instanzen durchzugehen.

Wer hat nicht von den Morrison'schen Pillen gehört? Niemand hat aber geglaubt, daß damit ein so ganz ungeheures Geschäft gemacht wird: im Lauf von zehn Jahren hat Morrison an die Regierung nicht weniger als 800,000 Pfd. St. (9,600,000 fl.) an Stempelgebühren entrichtet.

(Aus der Provinz Preußen, 8. Nov.) Es läßt sich nicht verkennen, daß die religiösen Gemeinschaften, welche sich in neuerer Zeit von der Staatskirche getrennt haben, auch in ihren minder wesentlichen Einrichtungen manches Gute erzielen, was anderweitig noch zu den unerfüllten Wünschen gehört (anderweitig aber auch schwieriger ist). So z. B. finden die Stolgebühren bei den deutsch-katholischen sowie bei den freien protestantischen Gemeinden in keiner Weise statt, und es ist Alles vermieden, was die Diener der Kirche zu habsüchtigen Bestrebungen führen könnte. Die freie protestantische Gemeinde zu Königsberg hat ihr Augenmerk auch auf den bei den Begräbnissen üblichen Aufwand gerichtet und denselben dahin beschränkt, daß sämmtliche bei einer Beerdigung auflaufende Kosten ungefähr 8 Thlr. nicht übersteigen; ferner soll die ganze Besorgung des Leichenbegängnisses, um den Leidtragenden jedes den Schmerz erhöhende Geschäft dabei zu ersparen, einem besondern Leichencommissär übergeben werden. Die Ausschließung alles Prunks, der dem Todten nichts hilft, höchstens der Eitelkeit der Lebenden schmeichelt, für Minderwohlhabende aber stets von drückender Last ist, welche durch die herkömmlichen Kirchenabgaben noch bedeutend vermehrt wird, dürfte auch bei den Anhängern der Staatskirche bald Nachahmung finden.

Der König von Preußen hat die Prägung einer Medaille für landwirthschaftliches Verdienst befohlen.

In je größeren Verfall das deutsche Drama geräth, desto mehr stellt man Dramaturgen an. Rötscher in Berlin, Dingelstedt in Stuttgart, Moser in Oldenburg, Gutzkow in Dresden: da sollte man meinen, könne es der deutschen Bühne nicht mehr fehlen.

Nach einem Bericht des französischen Contreadmirals Laplace, der mit seinem Geschwader während des großen Orkans im Hafen von Havana vor Anker lag, war das Barometer dabei bis auf 26 Zoll gefallen. Die französischen Schiffe sind furchtbar beschädigt worden, indeß kam Niemand auf denselben zu Schaden.

Eine artige Ollapodrida, die sich mit den englischen Riesenpuddings dreist messen kann, wurde zur Feier der spanischen Doppelhochzeit in Barcelona verfertigt und an die Armen vertheilt. Sie bestand aus 1002 Pfd. Hammelfleisch, 90 Pfd. Schweinepökelfleisch, 50 Pfd. Schinken, 403 Pfd. Reis, 403 Pfd. Nudeln, 130 Pfd. Erbsen, 40 Stück Geflügel, 140 Pfd. Kartoffeln, 75 Kohlköpfen und 3300 Broten. Das Ganze wurde in einem Kessel gekocht.

Als Surrogat für die Kartoffeln empfiehlt ein englisches Blatt besonders die sogenannte Jerusalem-Artischoke, die in England mehrfach angebaut wird. Sie erfordert nur leichten Sandboden und liefert einen um die Hälfte größeren Ertrag. Das grüne Kraut ist zugleich ein gutes Schweinefutter, das trockene gleichfalls als Futter zu gebrauchen und gibt auch reichliches Brennmaterial. Andere Surrogate sind die lange weiße belgische Karotte, die Parsnip und die Runkelrübe, wenn man die in Frankreich kultivirten besseren Sorten nimmt.

(Luzern.) Am 9. d. wurde in unserer Nachbargemeinde Horw das Militärschießen abgehalten. Froh und heiter fand sich die Militärmannschaft dabei ein. Was die Freude noch erhöhte, war eine neue, schön gearbeitete Fahne, welche sich die Mannschaft eigens auf diesen Tag hat verfertigen lassen. Auf der einen Seite trägt dieselbe das Bild: Maria vom Siege; auf der andern Seite das Portrait des Hrn. Rathsherrn Leu sel. Gewiß zwei theure Erinnerungen!

In Folge Ministerialentschließung vom 23. Okt. werden sämmtliche Distriktspolizei- und Baubehörden in Baiern, so wie die Pfarrämter bei Vermeidung strenger Strafeinschreitung zur genauesten Befolgung der Verordnungen vom 21. Nov. 1826 und 29. Mai 1827 angewiesen, und insbesondere beauftragt, darüber sorgfältig zu wachen, daß alte Statuen und Glasmalereien aus Kirchen und Kapellen ohne vorher erfolgte allerhöchste Genehmigung nicht entfernt noch veräußert werden.

Zu jeder Zeit haben in den Augen aller Partcien die Renegaten die ekelerregendste Rolle gespielt. Es ist eine bekannte Erfahrung, daß der politische Rock-Ummwender, wie ihn die Engländer heißen, für die tiefe Verachtung, womit derselbe von der öffentlichen Meinung gestraft wird, durch den unreinsten Geifer, mit welchem er gleich einem bissigen Hunde alles Hervorragende anfällt, an seinen Gegnern sich zu rächen sucht. Je reineren Charakters diese sind, und je erhebender und heiliger die Sache, der sie dienen, desto grimmiger blöckt er die Zähne, und wenn er sich auch gestehen muß, daß seine giftigen Pfeile wirkunglos seyn und bleiben werden, gleichviel, er drückt sie ab, weil ihn nun einmal die gemeine Natur eines feilen Scriblers hiezu antreibt, und er in seiner innern Zerrissenheit nur diese Excremente zu Tag fördern kann. (Beob.)

In diesen Tagen war Roßmarkt in Altenburg, bei welcher Gelegenheit Hazardspiele erlaubt sind. Ein Markthelfer von Leipzig wollte mit ihm anvertrautem Gelde auch sein Glück im Spiele versuchen, verlor aber seine ganze Baarschaft. In seiner Verzweiflung darüber legte er sich auf die Schienen der Eisenbahn, um sich von der Lokomotive zermalmen zu lassen; diese schob indessen den Körper bei Seite, beschädigte aber den Kopf dermaßen, daß der Unglückliche seinem Ende nahe ist.

Korrespondenz.

Neustadt a. d. Haardt, 6. Nov.

Die aufmerksamen Leser dieser Blätter erinnern sich wohl eines Korrespondenzartikels in Nro. 213 l. J., welcher eine stattgefundene durchgreifende Gehaltserhöhung der hiesigen Schullehrer als der Veröffentlichung würdig darstellte. Dem Lehrerstande, wie seinen Gönnern würde aber gewiß ein sehr erfreulicher Genuß vorenthalten bleiben, wenn verabsäumt würde, hier nachträglich eine Thatsache zu berichten, welche jenem schönen Werke erst die Krone aufsetzt. Der Lehrer der hiesigen, eben nicht zahlreichen israelitischen Gemeinde, welcher bisher einen Gehalt von fl. 300 aus der genannten Cultgemeinde bezieht, suchte am 18. Sept. jüngsthin um einen Zuschuß aus der Stadtkasse nach. Der humane Hr. Bürgermeister Helfferich nahm das Gesuch wohlwollend auf, brachte solches schon in der Sitzung des Stadtrathes vom 27. Sept. zur Berathung und ein einhelliger — bereits unterm 13. Oct. von königl. Regierung genehmigter — Beschluß bewilligte dem Gesuchsteller eine Zulage von fl. 100 pr. Jahr. Gewiß eine Handlung, welche die edle, rühmliche Gesinnungsweise des um das hiesige Schulwesen sehr verdienten Bürgermeisters und Stadtrathes auf's Evidenteste bethätigt.

Kunstnotiz.

Es war in diesen Blättern schon öfter die Rede von Orgelbaumeistern und ihren in verschiedenen Städten des In- und Auslandes aufgestellten Orgelwerken, so daß es uns wohl vergönnt seyn wird, das größere musikalische Publikum auch mit einem Manne näher bekannt zu machen, der namentlich durch seine in neuerer Zeit erbauten großen Werke zu Frankfurt a. M., St. Petersburg, Reval und Stuttgart eines europäischen Rufes und der verdientesten Anerkennung der Männer von Fach sich zu erfreuen hat. Wir meinen Hrn. Walcker in Ludwigsburg, den in seiner Kunst so bewanderten, rastlos vorwärts strebenden Meister, dessen Anspruchslosigkeit seine gründlichen Kenntnisse wo möglich noch überragt. Wir hatten vor Kurzem Gelegenheit, von der vortrefflichen Einrichtung seiner geräumigen Werkstätten zur Anfertigung der Windladen, Bälge und Kanäle, der Zinntafeln, der Holz- und Metallpfeifen und der verschiedenen Bestandtheile der Orgel persönlich Einsicht zu nehmen und gewannen dadurch die Ueberzeugung, daß aus solchen Werkstätten mit so vorzüglichen Materialien und unter einer so tüchtigen Leitung nur etwas in jeder Beziehung Vollkommenes hervorgehen könne, wofür denn auch die zahlreichen Bestellungen auf mehrere Jahre im Voraus wohl am besten sprechen. Unter Anderm ist jetzt die nächstes Frühjahr in Heilbronn aufzustellende Orgel zu 54 Stimmen auf 3 Manualen und Pedal vollendet und es wird deren imposanter Prospect im gothischen Style der Kirche eben so sehr zur Zierde gereichen, als die verschiedenen Stimmen dieser Orgel in ihrer Gesammtheit und im Einzelnen von wunderbarer Wirkung seyn müssen. Sogleich nach deren Aufstellung wird die große Orgel zu 95 — 100 Stimmen auf 3 Manualen und 2 Pedalen für das Münster in Ulm in Angriff genommen und in zwei bis drei Jahren wohl vollendet werden. Noch müssen wir Hrn. Walcker's neuen Erfindungen und wesentlichen Verbesserungen im Orgelbaufache hier Erwähnung thun. Es sind dies die sogenannten Springladen und Cylinder- oder Kastenbälge. Wenn beide früher auch schon existirten, so war deren Einrichtung doch mit so vielen Mängeln behaftet, daß Hrn. Walcker's Anfertigung wohl mit Recht als eine neue Erfindung zu betrachten ist. Wir schließen mit dem aufrichtigsten Wunsche, daß Hr. Walcker der Kunst und ihren Freunden noch recht lange seine nützliche Thätigkeit widmen möge.

Geographischer Verein.

Mittwoch, 18. Nov., Abends 7 — 8 Uhr, im Senckenbergischen Hörsaale: Hr. Dr. Harald Bagge: Ueber Aegypten und den Orient.

Der Vorstand des geogr. Vereins.

Theater-Anzeige.

Dienstag, 17. Nov. (Neu einstudirt): Romeo und Julie, Trauerspiel in 5 Abth., von Shakespeare; nach A. W. Schlegel's Uebersetzung für die Bühne bearbeitet. (Gastrolle) Julie: Fräul. Heuser, vom großh. Hoftheater zu Mannheim.

Redacteur: J. L. Heller. — Druck und Verlag von Heller und Rohm.

Didaskalia.

Blätter für Geist, Gemüth und Publizität.

Nro. 319. Donnerstag, den 19. November 1846.

Geschichte eines Boudoirs.

Von ihm selbst erzählt.

(Fortsetzung.)

V.

Die Restauration.

Eines Tages änderten sich die Gewohnheiten; die Jagdpartien zogen Niemand mehr in's Schloß, ich wurde verlassen; die Blumen vor meinen Fenstern waren verwelkt, kurz, ich bekam mein früheres trauriges Aussehen wieder. Was wird sich noch Alles mit mir zutragen? sagte ich mit der gewöhnlichen Unruhe zu mir. Meine Ungewißheit dauerte indeß nicht lange. Ich sah meinen treuen Jakob mit einem seiner Söhne eintreten; sie trugen zwei Lilien in Töpfen herbei und stießen verächtlich einen Rosenstock bei Seite; sie stellten die Lilien auf den Tafeltisch, nahmen den Adler, der eine Alabasterlampe hielt, vom Plafond, und setzten einen Kronleuchter an seine Stelle, der mir nicht viel Licht verbreiten zu können schien; darauf stieg Jakob auf einen großen Baum, schnitt den längsten Zweig, den er finden konnte, ab, befestigte daran eine weiße Fahne, und sobald er sie von seiner Leiter herab schwang, ertönte von allen Seiten der Ruf: „es lebe der König!" Ah! welch Erstaunen für mich! O, warum hatte ich keine Stimme, um sie zu Ehren des heiligen Andenkens meiner Einweihung erschallen zu lassen! Aber ich sollte alle Freuden an einem Tage erschöpfen: Musik näherte sich, ich zitterte, die Marseillaise zu vernehmen. Aber nein, es sind Arien aus meiner alten Zeit, welche die entzückte Menge singt, und inmitten dieser heitern Arien vernehme ich den Namen der Baronin von Chevert! Bei diesem Namen erbebte ich in meinen Grundvesten. Ist es ein Traum, eine Täuschung? sagte ich zu mir; ich konnte an ein solches Glück nicht glauben! Welches Wunder hatte statt gefunden? Ein „es lebe der König!" das mir immer näher kam, bestätigte meine Hoffnungen, als ich eine Stimme hörte, die ich für die meiner Gebieterin wiedererkannte.

„Gut, sehr gut, meine Freunde," sagte sie, „ich erkenne Euch an Eurer Liebe für Eure alten Gebieter wieder. Ihr habt, meine braven Vasallen, niemals die Gefühle eines elenden Republikaners und der abscheulichen Bonapartisten getheilt. O, wie erfüllt mich Euer Ruf: „es lebe der König!" mit Frexde! Ja, meine Freunde, der König, von dem Eifer für seine erhabene Person unterrichtet, wird seine Gnade und seine Wohlthaten über Euch ausschütten!"

Allgemeines Freudengeschrei beendigte diese Anrede. Der Maire und der Pfarrer standen mitten unter dem Haufen, der die frühere Schloßherrin umgab; dies geschah Alles im Parke an derselben Stelle, wo die Herzogin das Blumenkörbchen aus den Händen der jungen Mädchen und der Maire und Pfarrer wiederum die Gnadengeschenke empfangen hatten. Diese beiden Würdenträger hatten diesmal die Ehre, mit der Baronin zu speisen.

Ja, es war die Baronin, meine geliebte und edle Gebieterin! Sie war es, die nach 21jähriger Abwesenheit trumphirend im Gefolge der königlichen Familie, die wiederum selbst von den größten Mächten Europa's begleitet war, zurückgekehrt war. Ach, wie sehnte ich mich, die theure Baronin in der Nähe zu sehen; wie schmachtete ich nach dem Augenblick, wo sie sich ihres alten Boudoirs erinnern würde! Endlich kam dieser Moment, ich hörte, wie sie zu Einem, der sie begleitete, sagte: „Kommen Sie, Mylord, sehen Sie mein liebes Boudoir, und auch Sie, Graf . . ."

So viel ich mich erinnerte, waren diese beiden Herren keine alten Freunde meiner Gebieterin; da sie dieselben aber aufforderte, ihr Boudoir zu sehen, so vermuthete ich, daß sie viel Achtung vor ihnen habe, und war nur begierig, Fremde zu sehen und zu hören, da ich deren früher niemals empfangen hatte . . . . Sie trat ein.

Ich gestehe, ich erkannte meine alte Gebieterin nicht wieder, und ich konnte ihr nicht das Kompliment erwiedern, das sie an meine Wände richtete, daß ich nämlich hübscher als je sey. Arme Baronin! Sie hatte also den Tag meiner Einweihung vergessen, und ich, ich erinnerte mich auch ihrer hübschen Figur, ihrer schönen braunen Haare, ihrer himmlischen Augen! Ihre Figur, ihre Haare, ihre Gesichtsfarbe, Alles war an ihr anders. Ohne ihre Stimme, und den Respekt, den ihr Alle bewiesen, hätte ich in ihr nicht die Frau vermuthet, der ich einst angehört. Je länger ich sie aber sah, desto theurer wurde sie mir wieder.

Indeß besuchte sie mich nur selten. Eines Tages hörte ich sie zu einer Person, die ich als Fräulein von Morban wiedererkannte, sagen: „Ja, meine liebe Gräfin, dieses Kabinet ruft so viele schmerzliche Erinnerungen in mir wach, daß ich es nur ungern besuche; hinter dieser Psyche ist eine geheime Thüre, die mir vielen Kummer zugeführt hat! . . . . Indeß verdanke ich ihr meine Befreiung!" Und ihre erloschenen Augen füllten sich mit Thränen. „Ach," fuhr sie, ihre Thränen trocknend, fort, „ich werde den Besuch dieses Kabinets einstellen müssen."

„Daran werden Sie Recht thun, Frau Baronin," erwiederte Fräulein von Morban, die durch Heirath mit einem Vetter Gräfin geworden war. „Meine Tante, die Gräfin von Marrieux, hat mir Ihre Geschichte erzählt, und ich weiß, was Sie erduldet haben."

„Ja," sagte die Baronin, „Ihre Tante, Frau Gräfin, erzeigte mir die Ehre, dem Feste beizuwohnen, das zur Einweihung meines Boudoirs, als eines wahren Weltwunders, veranstaltet worden war. Die Gräfin von Marrieux sagte mir damals sehr viel Schmeichelhaftes; sie verglich mich mit den schönsten Hofdamen, die sie in ihrer Jugend gesehen . . . . Aber ach, seit diesem Feste bis heute sind viele Tage verflossen! und der Kummer wirkt so nachtheilig! Doch es thut nichts, wenn mir nur Gott die Gnade erweist, mich hier sterben zu lassen; das ist Alles, was ich wünsche."

„Kommen Sie, liebe Gräfin, in den Park."

Ich glaube, daß die Baronin einen andern Flügel des Schlosses bewohnte, denn während mehrerer Jahre sah ich sie nur Einmal des Jahres, nämlich an dem Jahrestage ihrer Befreiung. An diesem Tage wurde die geheime Thüre geöffnet; der Pfarrer kam heimlich, Trauergebete zu lesen, wobei die Baronin allein zugegen war. Dann verschwanden wieder die Zeichen der Trauer, die Riegel wurden vorgeschoben und ich blieb einsam. Wie oft sah ich die Thränen meiner Gebieterin auf das Gebetbuch fließen, während der Priester zu ihr sagte: „Muth, meine Tochter!"

Es giebt also Schmerzen, sagte ich zu mir, die eine Frau nie vergißt! Fünfzehnmal fand diese Trauer-Ceremonie statt; ich habe sie gezählt. An einem heißen Tage aber sah ich die Trauerverzierungen herbeitragen; ich vernahm, wie die Zimmer sich mit Leuten füllten und der Pfarrer laut sagte: „Vereiniget Eure Gebete mit dem meinigen; folget dem Beispiele Eurer edlen Herrin .... bitten wir Alle, daß Gott den König rette!" Die Gebete begannen; sie dauerten drei Tage. Am vierten hörten sie auf; aber die Baronin war krank und sterbend, und man sagte sich im Stillen, sie würde es nicht überleben. Ach, es ward ein Bett vor meine Thüre gestellt, eine Frau hauchte darauf ihren letzten Seufzer aus, und ihr letzter Blick war auf mich gerichtet.

(Fortsetzung folgt.)

Rheinisches Recht.

Hessens Stände beschäftigen sich eben mit der Berathung eines neuen Civilgesetzes für das ganze Land. Unruhig blicken die Rheinhessen nach Darmstadt, fürchtend den Verlust ihres alten Rechts. Sie hängen mit gleicher Liebe an ihren Institutionen, wie an dem Land, das sie bebauen. — Aber auch die Oberhessen und Starkenburger sind gespannt auf die Dinge, die da kommen werden. Sie bekommen auf jeden Fall mehr, als sie bisher gehabt haben. Doch trügen wir uns nicht in den Bewohnern beider Provinzen, so würden auch sie mit Freude und Jubel das rheinische Recht in ihren Gauen begrüßen, — so würden auch sie, wären Bitten erlaubt, Hand in Hand mit ihren rheinischen Brüdern sich den Stufen des Thrones, sich den Sitzen der Stände nahen und so vereint um Einführung der rheinischen Institutionen für das ganze Land bitten, — der Institutionen, unter welchen sich ein größerer Theil der europäischen Völker glücklich fühlt, — die die Feuerprobe der Erfahrung siegend bestanden haben.

Es wäre nun wohl in einer für Hessen so bedeutenden Zeit nicht unwichtig, Urtheile über das rheinische Recht von solchen Männern zu hören, die in beiden Theilen des Hessenlandes als Beamte gestanden und deren Namen sowohl bei ihren Fürsten als auch beim Volke einen guten Klang haben. Ein solcher Mann tritt uns nun entgegen in Georg Hallwachs, Vizepräsident des Obergerichtshofes in Rheinhessen, vorher, und zwar in seinem zweiundzwanzigsten Lebensjahre schon, Hofgerichtsrath in Darmstadt. Auf dem Landtage von 1833 sehen wir ihn neben Jaup, v. Gagern, Glaubrech &c. als Volksvertreter in der hessischen Ständekammer. Er starb am 4. April 1834.

Vergegenwärtigen wir uns nun hier einige bedeutsame Aussprüche dieses Mannes in Bezug auf das rheinische Recht, welche er in der Kammer vortrug. Er sagt:

„Wenn man in den, dem Jahre 1815 vorausgegangenen und zunächst hierauf gefolgten Jahren aus Haß gegen die Franzosen den Code Napoléon zurückwies, so finde ich dies natürlich. Auch ich bin kein Freund Frankreichs, wenn es ein schielendes Auge auf unsere Gränzen wirft, und wenn es uns Wohlthaten aufdrängen will, rufe ich: Timeo Danaos et dona ferentes. Allein hier fragt es sich nur, wollen wir nicht freiwillig in deutsches Leben aufnehmen, was das Staatsleben Frankreichs bereits hervorgerufen hat? Wir halten es unserer Nationalehre nicht zuwider, die Eroberungen Frankreichs in Wissenschaften und Kunst und so vielen anderen Dingen auf Deutschland zu übertragen, hier zu benützen. Wie kann es unserem Nationalgefühle zuwider seyn, das Gute, was dasselbe in dem Gebiete der Gesetzgebung gewonnen hat, von ihm anzunehmen."

„Ich halte es für eine reine Unmöglichkeit, daß wir unserm Staate eine eigene neue Gesetzgebung geben, welche alle Weisheit und Vorzüge, die wir wirklich in der französischen Gesetzgebung finden, in erhöhtem Maße umfassen würde. Ich habe zwar alle Achtung vor dem hessischen Volke, und glaube, daß sich recht ausgezeichnete und gelehrte Männer darin finden, welche ganz geeignet sind, eine gute Gesetzgebung auszuarbeiten. Aber wahrlich, es würde eine gewisse, dem deutschen Charakter fremde Anmaßung, die man Frankreich überlassen sollte, enthalten, wollten wir voraussetzen, wir seyen reicher an Geist und legislatorischer Klugheit und Erfahrung, als Frankreich, als es die in Rheinhessen bestehende Gesetzgebung bewährt."

„Es erscheint mir daher am zweckmäßigsten, wenn die ganze rheinische Gesetzgebung zur Grundlage der neuen gemeinschaftlichen gemacht würde. Meine praktische Erfahrung bestätigt meine Ueberzeugung. Zwanzig Jahre funktionirte ich diesseits als Aktuar, Inquirent und Richter eines Justizhofs. Seit drei Jahren bin ich Mitglied eines rheinischen Justizhofs. Meine Urtheile über den praktischen Werth der rheinischen Justizverfassung, im Verhältniß zur diesseitigen, möchte nicht ganz inkompetent seyn. In jenen drei Jahren habe ich in Rheinhessen die Erfahrung gesammelt, daß das jenseitige Gerichtsverfahren dem diesseitigen in allen Beziehungen, trotz vieler Vortrefflichkeit, welche ich letzterem nicht absprechen kann, vorzuziehen ist. Ich sehe keinen Grund ein, warum wir das rheinhessische Gerichtsverfahren nicht annehmen wollen. Soll doch das rheinhessische Civilgesetzbuch auf die Diesseite transferirt werden, warum nicht auch die übrige Gesetzgebung, die so viele Sorgen unter den jenseitigen Bewohnern verbreitet hat? Ich würde zu weit gehen, wollte ich die sämmtliche rheinhessische Gesetzgebung mit der diesseitigen in ihren praktischen Folgen nach meinen Erfahrungen vergleichen. Es liegt ein lauter sprechendes, sicheres Urtheil, als das meinige, vor. Wenn ganze Völker auf solche Weise, wie es in Rheinhessen geschehen, für die Vorzüge einer Gesetzgebung sich ausgesprochen haben, wenn sie so innig an ihr festhalten, wenn sie bei jeder Gelegenheit aussprechen, daß sie sich diese Gesetzgebung nicht wollen nehmen lassen, dann ist dieses Urtheil ein Gottesurtheil geworden, welches man der menschlichen Vernunft nicht unterordnen soll. Man möge sich erinnern, daß das praktische Leben dem Volke angehört, nnd diesem am meisten frommt, wofür es sich so laut ausspricht. ..."

Vom Vogelsberg, im Nov. 1846. †

Mannichfaltigkeiten.

Aus Heidelberg, 12. Nov., berichtet das „Mannheimer Morgenblatt", daß der vor zehn Tagen in einem dortigen Handlungshause mittelst Einbruchs verübte bedeutende Diebstahl an Geld und badischen Staatspapieren in Mainz zur Entdeckung gekommen ist. Bei einem Bankier letzteren Ortes seyen zwei Individuen erschienen, welche badische 35- und 50 Guldenloose zum Kauf angeboten. Der Bankier, dem der Eine dieser Verkäufer besonders auffiel, wurde stutzig und schickte sogleich nach der Polizei. Inzwischen verglich er die Nummern der angebotenen Staatspapiere, und fand, daß es dieselben waren, die ihm als die dem Heidelberger Handlungshause gestohlenen badischen Loose kurz vorher brieflich angezeigt worden waren. In dem Koffer dieser Gauner fanden sich noch 1000 fl. an baarem Gelde und anderes gestohlenes Gut vor. Der eine dieser Diebe, in der jüngsten Zeit in Mannheim sich aufhaltend, soll ein ehemaliger Kommis des bestohlenen Handlungshauses, und der andere ein Einwohner von Heidelberg seyn.

In Mannheim hat sich ein weiblicher Turnverein gebildet, über den das dortige Journal meldet: „Zwölf der hochachtbarsten Frauen unserer Stadt werden je zu zweien die Uebungen beaufsichtigen, sieben Jungfrauen werden in Verbindung mit einem wissenschaftlich gebildeten Manne die Geschäfte des Vereines leiten. Die Blüthe unserer weiblichen Jugend wird sich, wir zweifeln nicht daran, bei dem Vereine betheiligen, welcher jetzt schon eine ansehnliche Zahl von Mitgliedern zählt."

(Breslau, 11. Nov.) Gestern fand im Gasthofe zur goldenen Gans ein kleines Festmahl zu Ehren des als Volksschriftsteller bekannten und nicht nur in seiner süddeutschen Heimath, sondern auch hier hochgeschätzten Dr. Auerbach statt. Ernste und heitere Gespräche und Reden bezeichneten den Geist, welcher in der Versammlung herrschte. Es möge bemerkt werden, daß Schiller's und Luther's Geburtstage, dessen besondere Feier diessmal ausgefallen ist, dabei von einem Redner mit beziehungsreichen Worten gedacht worden ist.

(Gegossener Marmor.) Es ist erst kurze Zeit her, daß die Zeitungen dieser Erfindung erwähnten. Jetzt ist dieselbe bereits so weit gediehen, daß eine Fabrik dafür bei Charlottenburg errichtet worden ist, aus welcher nunmehr die ersten Proben hervorgegangen sind. Diese sind über alle Erwartung ausgefallen. Der gegossene Marmor kommt dem carrarischen vollkommen gleich, ist eben so kernig und eben so durchsichtig bei der Bearbeitung. Damit wird also für die Bildhauerkunst eine ganz neue Aera beginnen. Die Statuen werden eben so in Marmor gegossen werden können, wie sie jetzt in Gyps gegossen werden, und damit nicht nur dieselbe Zartheit erhalten, welche die Gypsabdrücke haben, sondern auch so billig hergestellt werden können, daß die Anschaffung auch weniger Bemittelten möglich werden wird. Der Fuß gegossenen Marmors wird nicht über einen Thaler zu stehen kommen. Aus eben diesem Grunde wird man den Marmor auch künftig bei dem Häuserbau zu Ornamenten u. dergl. benutzen können. Die Art der von den Herren Möser und Kriegk gemachten Erfindung ist noch ein Geheimniß, doch haben sie es kein Hehl, daß sie das Material zu ihrem Marmor aus Böhmen beziehen. (Köln. Z.)

(Berlin, 10. Nov.) Die Turnanstalten werden sich nächstens einer neuen Gunst zu erfreuen haben, indem der Minister Eichhorn sich bereit erklärt hat, für eine Schule zur Bildung von Turnlehrern die nöthigen Mittel erwirken zu wollen; auch steht es in Aussicht, auf öffentliche Kosten Gebäude zu errichten, in welchen das Turnen auch zur Winterzeit geübt werden kann. Wollte man dazu die vielen großen Exercierhäuser des Militärs an gewissen Tagen hergeben, so könnte man vielleicht jene Gebäude sparen. — Prof. Maßmann hat seine Verbindungen in München jetzt ganz gelös't und sich für immer nach Berlin übersiedelt, wo er als Vorsteher des Turnwesens in Preußen seinen Wirkungskreis auszudehnen strebt.

(Nur nicht zu genau!) Die Ausrufung einiger behördlichen Maßregeln in Betreff wüthend gewordener Hunde ging in einem Orte unseres Landes in folgender Weise vor sich. Nach einem etwas confusen Trommelwirbel wurde sehr vernehmlich publicirt: „Der Befehl ist aufgegangen, daß tolle Hunde da sind; wer einen hat, muß ihn anbinden. Wer ihn nicht anbindet, wird todtgeschlagen." Ein ditto confuser Wirbel krönte das Werk. (Nürnb. K.)

(Hamburg, 8. Nov.) In einem hiesigen Blatte wird die charakteristische Frage aufgeworfen, warum die neue Nikolaikirche den alten katholischen Namen behalten solle, da doch der Protestantismus keine Heiligenverehrung kennt, man also neue protestantische Kirchen nicht nach Heiligen der römischen Kirche benennen sollte. — Das Pestalozzi-Jubiläum hat hier eine sehr wohlthätige Stiftung in's Leben gerufen. Ein Verein von Menschenfreunden hat in Billwerder ein Grundstück gekauft, und daselbst soll eine ganz vortrefflich organisirte Armenkinderkolonie gegründet werden. Die Zöglinge sollen Feld und Garten bebauen und so viel möglich alle Geräthe und Bedürfnisse der Anstalt selbst verfertigen, dabei zweckmäßig für's bürgerliche Leben erzogen und unterrichtet werden. Durch einen kleinen jährlichen Beitrag kann Jedermann Mitglied dieser Heilanstalt werden. Möge sie unter dem Segen des Himmels gedeihen und sich mit klarem Verständniß an's Leben schließen.

(Berlin.) Es ist ganz richtig, wie die Zeitungen melden, sagt die Monatsschrift für Erziehung und Unterricht, daß ein höherer englischer Beamter und ein französischer Inspektor unsere Schulen kurz hinter einander besucht haben. Sonderbar muß es aber genannt werden, daß man davon so viel spricht. Die preußische Regierung schickt doch auch manchen Gelehrten und Pädagogen nach Paris und London, um die dortigen Schuleinrichtungen kennen zu lernen. Ob die öffentlichen Blätter dort eben so verfahren? Ferner ist es in Berlin etwas Alltägliches, nicht blos Schulmänner anderer deutscher Staaten, sondern auch Ausländer aller Zungen sich einfinden zu sehen, um unser Schulwesen kennen zu lernen, so daß eben nur die höhere Stellung der beiden Fremden dieses heroldartige Anmelden erklärlich macht. Endlich aber fragen wir: Ist das Ganze mehr als Illusion, wenn Männer, ohne ein Wort Deutsch zu verstehen, unsere großen Lehranstalten in einer Stunde durchfliegen? Welches Bild preußischer Schulen mögen sie ihren Landsleuten zutragen?

Korrespondenz.

Aus Franken, 9. Nov.

Während der heurige Most wegen seines überwiegenden weingeistigen Gehalts rasch in seiner Entwickelung vorwärtsschreitet und die Weintrinker zu den schönsten Hoffnungen berechtigt sind, ertönen von allen Seiten Klagen über das neue Bier, das mehr als je malzarm und hopfenreich ist. Die Gerste wird um 15 fl. der Schäffel gekauft, Hopfen gilt etwa 36 fl. der Centner; man fragt nun mit Recht, warum die Maß Bier 6 kr. bei diesen Preisen kostet, während in dem Theuerungsjahr 1817 Gerste bis 60 fl. der Schäffel bezahlt und die Maß Bier doch um 9 kr. gegeben wurde. Gewiß ist dies kein Verhältniß! Bier hat allenthalben den Wein verdrängt; die von demselben erhobene Abgabe bildet eine der Hauptstaatseinnahmen (vom Schäffel Malz, der 8 Eimer Sommer- und 7 Eimer Winterbier tarifmäßig gibt, müssen 5 fl. Aufschlag entrichtet werden); daher sollte man die Fabrikation dieses unumgänglichen Bedürfnisses sorgfältigst überwachen. Kein Gewerbe ist so begünstigt als das der Brauer, und wenn sie über Verluste klagen, wer trägt Schuld als sie selbst? In Nürnberg verloren zwei Brauer in diesem Jahre allein an 40,000 fl., weil Niemand ihr schlechtes Bier trinken mochte und sie dieses um die Hälfte des Preises auf das Land geben mußten. Wenn man die geringere Haltbarkeit des Bieres der vorjährigen, weniger ergiebigen Gerste zuschreiben will, so ist dies nur theilweise wahr; gut und sorgfältig eingesottenes Gebräu hielt sich allenthalben. In Städten ist die Aufsicht der Polizei strenger, weil es das Interesse der Commune erfordert; denn die meisten haben Localaufschläge (so trägt der

Localaufschlags-Pfennig in der Stadt Nürnberg jährlich an 60,000 fl., in München mehr als das Dreifache ein). Aber auf dem Lande ist ein großer Mißbrauch mit der Nachsicht der Consumenten im Schwange; namentlich schlecht ist das Bier in den fränkischen Dörfern. Das den Landwirthen wohlfeil überlassene Bier der erwähnten Nürnberger Brauer mußte um denselben Preis wie ganz gutes bezahlt werden. Die Arbeiter an der Staatseisenbahn übten an einigen Plätzen nachdrücklich selbst die Polizei aus, als sie hörten, daß sie Bier, das die Nürnberger nicht goutiren mochten, um theures Geld trinken sollten.

Aus dem Kreise Dieburg, 12. Nov.

Der in Nro. 297 der Didaskalia enthaltene, aus der Kölnischen Zeitung aufgenommene Artikel: „Vom Mittelrhein, 23. Oct.", der über das traurige Schicksal der von Großzimmern im August d. J. nach Nordamerika ausgewanderten 6 — 700 Ortsangehörigen Bericht erstattet, hat in unserem Kreise einen allgemeinen und tiefen Eindruck hervorgebracht, besonders bei Denen, welche, in der Heimath mit den Mühsalen des Lebens ringend, mit Sehnsucht nach den Gestaden des nördlichen freien Amerika's blicken und dort eine Verbesserung ihrer Lage, sey es im häuslichen oder bürgerlichen Leben, zu finden hoffen. Die beiden amtlichen Erwiderungen auf besagten Artikel (die eine in Nro. 304 und die andere in Nro. 307 und 308 der Didaskalia enthalten) haben jenen tief gefühlten Eindruck bei der Bevölkerung unseres Kreises nicht ganz schwächen können, so sehr man auch davon überzeugt seyn zu dürfen glaubt, daß sowohl der großh. Kreisrath, als auch der Gemeinderath zu Großzimmern von den besten Absichten geleitet wurden und in dieser Gesinnung schwerlich daran dachten, oder nur einen Augenblick im Ernste daran denken konnten, die Auswandernden ihrem ferneren Geschicke auch nur mit Gleichgültigkeit zu überlassen. In Amerika angekommen und dort rath- und thatlos an's Ufer gesetzt, haben die Großzimmerer Ausgewanderten in dem Gefühle ihrer gänzlichen Verlassenheit und Hülflosigkeit laute Beschwerde geführt, theils über schlechte Behandlung auf der See, theils über den Mangel an aller und jeder Fürsorge bei ihrer Landung zu New-York. Es liegt sonach auf der Hand, daß der eben erwähnte eigentliche Beschwerdepunkt durch die beiden vorhin bemerkten amtlichen Erwiderungen nicht hat hinweggeräumt werden können. Derselbe gewinnt aber um so mehr an Glaubwürdigkeit, wenn man das in der Weser-Zeitung vom 4. Nov. enthaltene, von der „deutschen Gesellschaft" in New-York wegen dieser bedauerlichen Auswanderungsangelegenheit an das großh. hess. Ministerium des Aeußern erlassene Schreiben gelesen und daraus ersehen hat, daß der wahre Thatbestand viel zu wünschen und wenig zu billigen übrig läßt. Die Abänderung der ursprünglichen Reiseroute (direkt von Rotterdam nach Baltimore) und die Einschiebung der Zwischenstation Liverpool war jedenfalls ein großer Fehler, aus welchem sich der zweite: schlechte Behandlung der Auswanderer während der Ueberfahrt, von selbst ergeben zu haben scheint. An dergleichen Manöver in den holländischen Seehäfen von Seiten der Schiffsrheder ist man aber durch die Erfahrung schon hinlänglich belehrt. Die „deutsche Gesellschaft" zu New-York bemerkt aber in dem angezogenen Schreiben ausdrücklich, „daß der Zustand, in welchem die Auswanderer in dem Hafen von New-York gelandet worden, nicht blos Mitleiden, sondern allgemeine Entrüstung gegen die Urheber des furchtbaren Elendes erregt habe." Der Mißgriff scheint zunächst darin zu liegen, daß man unseren ausgewanderten Landsleuten auf die ganze Dauer der Reise bis nach New-York einen schützenden Beistand für jeden Transport mitzugeben unterlassen hatte. War es unter diesen Umständen zu verwundern, daß die armen, sich selbst überlassenen, keiner anderen als ihrer Muttersprache kundigen Menschen vernachlässigt wurden und in harte Bedrängniß geriethen, wie ihr bejammernswerther Anblick bei der Landung zu New-York sattsam offenbarte? Wie wir vernehmen, so wird die großh. hess. Staatsregierung sich über die bedauerliche Auswanderungsgeschichte die vollständigste Aufklärung zu verschaffen suchen, um nachher, in Gemäßheit derselben, das Weitere zu verfügen.

Mainz, 9. Nov.

Der practische Arzt Dr. A. Jßstein hat heute in unserer Stadt, in seinem in der Langgasse gelegenen, mit Lit. D. Nro. 124½ bezeichneten Hause eine Anstalt zum methodischen Gebrauche einer Kaltwasserkur eröffnet. Auf den Umstand sich stützend, daß ähnliche Anstalten schon in mehreren größeren Städten Frankreichs, Englands und Deutschlands bestehen und selbst in Hospitälern, namentlich in dem hiesigen k. preuß. Militär-Lazareth eingerichtet worden, hat sich Hr. Dr. Jßstein bei seinem Unternehmen vorzüglich durch nachstehende Beweggründe leiten lassen: 1) Die größern Anstalten sind meistens nur den Wohlhabenderen zugänglich. 2) Die Kur in denselben muß aufgeschoben werden bis zu der Zeit, zu welcher man von Hause abkommen kann; also mehr in langwierigen Fällen. 3) Zu dieser Behandlungsart wird immer eine sehr lange Zeit und eine allmählige Vorbereitung erfordert. Bei der Kostspieligkeit der Anstalten suchen daher die meisten Kranken ihre Kurzeit durch rasche Uebergänge zu den heftigsten Einwirkungen abzukürzen und verfallen dadurch leicht in die nachtheiligsten Uebertreibungen. 4) Der Hausarzt des Kranken kann die Kur mitbeaufsichtigen. Die glänzendsten Resultate durch das kalte Wasser wurden bisher erzielt: 1) Bei Rheumatismus und Gicht, mit ihren verschiedenartigen Folgekrankheiten. 2) Bei den mannigfachsten nervösen Leiden: Hysterie ꝛc. 3) Bei Krankheiten der Unterleibs-Organe: Hypochondrie, Hämorroidalbeschwerden, hartnäckige Verstopfungen u. dgl. 4) Bei langwierigen Hautausschlägen. 5) Bei allgemeinen und örtlichen Schwächezuständen ꝛc.

Kunstnotiz.

Den Freunden klassischer Musik und ernsterer Kunstrichtung bringen wir zur gewiß willkommenen Kunde, daß, um vielseitig geäußerten Wünschen zu entsprechen, die Herren Heinr. Wolff, erster Sologeiger am hiesigen Orchester, Posch, Elsner jun. und Geißler vier Soiréen für Instrumental-Quartette veranstaltet haben. Näheres über Zeit und Ort derselben wird demnächst bekannt gemacht werden. Die hohe Bedeutung des Gedankens und die reiche Formschönheit, die ästhetische Weihe und kunstreiche musikalische Combination, welche in den herrlichen Quartetten unserer großen Tondichter liegen, die hier die edelsten Blüthen ihres Geistes entfaltet und ihre reinsten Ideale verwirklicht haben, sie bedürfen keiner Anpreisung. Die genannten Quartett-Soiréen erinnern uns an die vor einer Reihe von Jahren durch den verstorbenen Riefstahl veranlaßten und mit so großem Beifalle aufgenommenen. Daß wir nicht minder anziehenden Kunstgenüssen entgegen sehen, dafür bürgen die oben genannten Namen. Möge ein recht günstiger Erfolg diesen Soiréen zugewendet werden! Gibt es doch der wirklichen Kunstkenner hier so manche und noch mehr Derjenigen, die den Werth der klassischen Kunst bei jeder Veranlassung im Munde führen.

Cäcilienverein.

Erstes Abonnements-Konzert.

Donnerstag, den 19. November 1846 im Vereinslocale, Döngesgasse im ehemaligen Meyer'schen Hause. Anfang sieben Uhr.

Josua, großes Oratorium in drei Abtheilungen von G. F. Händel.

Eintrittskarten zu 1 fl. 30 kr. sind in der André'schen Musikalienhandlung auf der Zeil zu haben.

Berichtigung.

In dem in der gestrigen Didaskalia unter der Rubrik „Mannigfaltigkeiten" enthaltenen Bericht über die Schillerfeier in der Frankfurter Iris ist der dabei activ gewesene Gesangverein irrthümlich als „Teutonia", statt „Liedertafel" bezeichnet worden, welche Namensverwechselung hiermit nachträglich berichtigt wird.

Theater-Anzeige.

Mittwoch, 18. Nov. (Zum Erstenmale wiederholt): **Ein deutscher Leinweber**, Schauspiel in 4 Abth., von Ludwig Storch und Friedrich Adami.

Donnerstag, 19. Nov. **Der ewige Jude**, dramatisches Gemälde in 5 Abth., nach dem Französischen des E. Sue, für die deutsche Bühne bearbeitet von Carlschmidt. (Gastrolle) Adrienne v. Cardoville: Fräul. Quint, vom Königstädter Theater zu Berlin.

Redacteur: J. L. Heller. — Druck und Verlag von Heller und Rohm.

Didaskalia.

Blätter für Geist, Gemüth und Publizität.

Nro. 320. Freitag, den 20. November 1846.

Geschichte eines Boudoirs.

Von ihm selbst erzählt.

(Fortsetzung.)

VI.

Die Neuzeit nach der Julirevolution.

Ich war muthlos, mein alter Ruhm war für immer dahin. Die Baronin hinterließ keine Erben. So sollte denn mein Schicksal seyn, niemals einen direkten Nachfolger zu erhalten, obschon mein Schloß unter der Herrschaft der gesetzlichen Erbfolge erbaut worden war. Die Regierung bemächtigte sich meiner Domainen und ließ sie öffentlich versteigern. Man hätte nur sehen sollen, welchen Käufern ich ausgesetzt, welchen Untersuchungen ich unterworfen wurde: — Ist das Erdreich gut? sind die Grundmauern solid? zahlen die Pächter pünktlich? Dann sagte wieder Einer: mit dem Zinn läßt sich Etwas verdienen; ein Anderer: das Eisen ließe sich gut anbringen, und ein Dritter bemerkte: es wäre am Ende am gescheitesten, Alles niederzureißen. Man hatte wirklich die Absicht, mich und die schönen Bäume des Parks zu vernichten und den Boden urbar zu machen; dies nannte man für's öffentliche Wohl arbeiten. Ich sollte demnach Alles verlieren; aber ich war der vielen erlebten Revolutionen so müde, daß ich meiner bevorstehenden Zerstörung ruhig entgegensah. Bei mir wurden die Verhandlungen gepflogen, auf dem kleinen Tische, der nach und nach einer hübschen Frau als Sekretär, einer Republikanerin als Schreibtisch, dann zu kaiserlicher Toilette und Bußkapelle gedient, wurden die industriellen Berechnungen vorgenommen. Ich gestehe, daß die Idee, solchen Leuten anzugehören, meinen Stolz empörte, daß ich es lieber gesehen, wenn man mich mit Stumpf und Stiel vernichtet hätte. Da hielt eines Tages eine schöne Berline, von einer zahlreichen Familie besetzt, vor dem Schlosse: Vater, Mutter, sechs Kinder, Bediente, Postillon, Alle betraten mit großem Geräusch den Hofraum und stürzten unter gewaltigem Lärm in den Park und in die Zimmer; Vater, Mutter und Kinder sprachen alle auf einmal.

„Papa, sieh nur die schöne Wiese, die hübschen Schmetterlinge! Sieh', Mama, die herrlichen Rosen! O, die drolligen Fenster mit den kleinen Scheiben."

„Nini, nimm Dich in Acht, geh' nicht zu nahe an's Wasser. Franz, willst Du wohl aufhören mit Steinen zu werfen! . . . . Mein Freund, das scheint mir sehr schön!" sagte der Vater zu Jakob, der ihn, den Hut in der Hand, begleitete, „hat auch der Fluß eine starke Strömung?";

„Er trocknet uie aus, mein Herr," sagte Jakob, sich verneigend.

„Was ist das?" fragte ein junges Mädchen, am Fuße meines Thurms vorübergehend.

„Es ist einer der Schloßthürme," erwiederte die Mutter.

„Es ist der nördliche Thurm," sagte Jakob, sich wiederum verbeugend, „das ehemalige Boudoir der Baronin von Chevert, unserer ersten Gebieterin; ich war damals Gärtnerbursche im Schlosse und pflegte alle Tage die Blumenkörbchen des Boudoirs der Frau Baronin zu schmücken; man gelangte durch diese Thüre dahin."

„Ah!" sagte der Herr, "der die Domaine besichtigte, „es ist hier eine geheime Thüre?"

„Ja, mein Herr," sagte Jakob, „eine Thüre, durch welche unsere Gebieterin in der Revolution von 93 sich rettete."

„Arme Frau!" sagte das junge Mädchen, „ich möchte wohl das Boudoir der Baronin von Chevert sehen."

„Wenn es dem Fräulein beliebt, so können Sie hinaufsteigen, die Thüre ist offen."

Die ganze fröhliche Bande stürzte sich hinauf, und ich sah sechs Figuren durch die geheime Thüre eintreten, wovon eine hübscher als die andere war. Jakobs Frau erzählte meine Geschichte; die älteste Tochter, ein fünfzehnjähriges Mädchen, hörte allein zu; die andern spielten mit den Sternen und Bienen, die überall von der Tapete heruntergefallen waren; dann zogen sich Alle zurück, und ich hörte den Vater sagen:

„Auf Wiedersehen, meine Freunde; Ihr sollt Alle Arbeit und eine glückliche Existenz haben, wenn Ihr fleißig seyn wollt."

„Ja, ja," riefen Alle auf einmal; „Arbeit und Brod für uns und unsere Kinder; dies ist Alles, was wir verlangen, guter Herr . . . ."

Ein Wagen fuhr im Galopp davon, das Gitterthor schloß sich, und ich hörte, wie Jakob zu den Andern sagte:

„Das ist ein guter Herr, der nur unser Bestes will; Ihr werdet Alle einen hübschen Verdienst haben! Kommt, ich will mit dem Gelde, das er mir gegeben, ein gutes Mittagessen für Euch bereiten lassen, und wir wollen auf unseres Gönners Gesundheit Eins trinken; denn ohne ihn, Ihr wißt es nicht, meine Freunde, ohne ihn wäre das Schloß niedergerissen worden!" — „Der Teufel!" riefen Alle erschreckt und liefen der Dorfschenke zu. Stille herrschte, und Jakob schloß meine Fenster und meine Läden . . .

„In acht Tagen," sagte er zu seinem Sohne, der ihn begleitete, „mußt Du auf die große Eiche steigen und einen großen Ast abhauen, um das Gitterthor mit einem schönen Triumphbogen zu zieren."

„Ja, mein Vater, früher sind Sie selbst hinaufgestiegen."

„Ja wohl, mein Kind, aber jetzt bin ich alt. Doch habe ich meine Gesinnung nicht geändert. Man muß stets seinen Gebieter gut empfangen."

„Es scheint, man wird viele Veränderungen in der Domaine anbringen?"

„Desto besser; da giebt's Arbeit."

„Es ist jedenfalls besser, als sich herumschlagen."

„Die Zeit ist vorüber, wo der Krieg ein gutes Handwerk war."

„Glauben Sie, daß man sich nicht mehr schlagen wird? mein Vater."

„Vielleicht, zuweilen noch in Paris, dies heißt aber kein Krieg, das sind Aufstände, in denen man nicht zum General avanciren kann; man zerreißt sich dabei seinen Rock, ohne dafür eine Uniform zu gewinnen."

„Dann mag ich auch nicht dabei seyn."

„Ich hoffe es, mein Kind, daß Du Dich nicht unter jene Taugenichtse mischen wirst, die auf ihre Landsleute zu Schießen im Stande sind. — Wir wollen uns ruhig verhalten, während man sich um Ideen schlägt, die wir nicht verstehen, und wenn Alles vorüber ist, wollen wir mit Vergnügen annehmen, was man uns reicht. Aber laß uns jetzt die Vorbereitungen zum Empfange unseres neuen Herrn treffen."

Sie entfernten sich und ließen mich im Dunkeln. Am andern Morgen schon vernahm ich die Hiebe der Aexte, unter denen die Bäume krachend zu Boden stürzten; Entsetzen ergriff mich, als ich zwei Männer zu einander sagen hörte:

„Es ist Schade, diese schönen Bäume zu fällen, sie sind über hundert Jahre alt."

„Das ist ein großes Unglück! Es geschieht ja nur, um daraus die Werkstatt zu errichten, in der ich und vielleicht noch 200 Menschen mit mir arbeiten werden."

„Die ganze Lindenallee wird abgehauen werden! Was thut's? Sie diente nur den Vögeln zum Aufenthalte, die unsere Saaten und Früchte verzehrten; sie können nun anderswo ihre Wohnung suchen, der nördliche Thurm wird dadurch schöner, und aus seinen Fenstern wird man die Fabrik übersehen können."

(Schluß folgt.)

An Dr. Brugger in Heidelberg.

(Am 8. Nov. 1846.)

Du Kündiger des Lichts, der Lieb' und Wahrheit,
Wie gleicht doch deine Rede einem Strom,
Der stets in reiner, ungetrübter Klarheit
Durchströmt des Weltenvaters großen Dom.

Bald mächtig brausend, voller Kraft und Fülle,
Wie sich die Wogen thürmen fort und fort,
Bald rollend mit dem Donner, der die Stille
Der Nacht durchdröhnt von Ort zu Ort.

Bald lispelnd wie der West im Eichenlaube,
Das schimmert in des Morgenrothes Gold,
Bald sprichst Du mit der Sanftmuth einer Taube,
Stets liebreich, lehrend, rathend, treu und hold.

Das ist die Sprache, die die Herzen bindet,
So zeugt die Wahrheit, die von Gott gesandt;
So spricht die Liebe, die uns Der verkündet,
Der vor uns Allen Gott am nächsten stand.

Es ist die Sprache, welche Kranke heilet,
Die Lahmen grad', die Blinden sehend macht;
Die Berge einiget und Meere theilet,
Durch deren Kraft die Todten einst erwacht;

Ja Du verstehst damit, o möge sie Dir bleiben,
Wie einst der Herr, auch Teufel auszutreiben.

G. R.

Antwort.

O möchten werden Deine Worte Wahrheit
Und Segen träufeln aus der Rede Strom,
Daß alle Geister freu'n sich hoher Klarheit,
Die spricht zu uns vom ew'gen Sternendom!

Des Vaters Güte schenk' uns Kraft und Fülle,
Die strömen aus dem Urborn fort und fort,
Daß jedes Herz in heil'ger Andacht Stille
Sich labe unter seinem mächt'gen Hort.

Wann Abends lispelt West im Eichenlaube,
Wann schimmert hehr des Morgenrothes Gold,
Möcht' Trost ich euch zuflüstern, wie die Taube,
Die mit dem Oelzweig einst erschien, so hold.

Möcht' finden stets die Sprach', die Herzen bindet,
Der Wahrheit huld'gend, die von Gott gesandt;
Erwecken Liebe, die uns Der verkündet,
Der vor uns Allen Gott am nächsten stand.

Könnt' ich der Menschenherzen Wunden heilen,
Besäß' ich Kraft, die Blinde sehend macht,
Dann möcht' ich keines Königs Macht je theilen,
Würd' nie beneiden seiner Hoheit Pracht.

Die Kunst möcht' ich versteh'n, durch Reden, Schreiben,
Den alten Teufel aus der Welt zu treiben.

Dr. Brugger.

Aus der guten alten Zeit.

Der jetzt nach Stuttgart (in A. Becher's Verlag) übergesiedelte „Schwaben-Kalender für das deutsche Volk" enthält einen ganz merkwürdigen Beitrag zur Sittengeschichte aus dem 17ten Jahrhundert. Die adelige Herrschaft Hardenberg erließ nämlich am 10. März 1665 eine Haus- und Hof-Ordnung für ihre gesammte Dienerschaft, in deren Eingang schon der Dienerschaft erklärt wird, daß sie „allzumal grobe, ungehobelte, dumme, unachtsame Kerle" wären, in deren Verlauf aber vollends die Excellenz den Dienern mit Lebens- und Sitten-Regeln so „väterlich" an die Hand geht, daß wir nicht umhin können zur Erbauung unserer Leser Einiges daraus auszuheben. „Wer nichts aus der Predigt behält", heißt es z. B. in dieser Haus- und Hof-Ordnung unter Anderem, „der soll wie ein Hund liegend auf der Erde sein Mittagsbrod fressen. Wer flucht, eine Stunde lang mit bloßen Knieen auf einem scharf gehobelten Brette knieen. Wer das heilige Abendmahl, wenn es ihm angesagt ist, versäumt, soll mit schwerem Gewichte belastet auf dem Esel reiten oder auch die Peitsche erhalten. Wer in Briefe guckt, wenn sie auch offen daliegen, soll drei Tage nach einander die Bastonade erhalten und fortgejagt werden. Wer die Zeit verschläft, dem soll sein Kamerad die Hosen glatt anziehen und ihm Jeder sechs Hiebe geben. Die Speisen sind in guter Ordnung, ohne etwas zu verschütten, aufzutragen, die Schüsseln mit Reverenz wieder abzunehmen. Wer aber nascht, und Nase, Maul und Finger in allen Schüsseln hat, soll gezwungen werden, zur Vertreibung seines Appetits heiße und brennende Speisen zu fressen. Jeder ist schuldig, auf erhaltenen Befehl hervorzutreten, und deutlich und laut das Tischgebet zu beten. Wer stockt, empfängt sechs spanische Nasenstüber. So einer mit ungewaschenen Händen aufwartet, soll sich gebärden, als wenn er sich wasche, während Einer ihm Wasser auf die Hände gießt, ein Anderer aber sie ihm mit zwei scharfen Ruthen so lange abtrocknet, bis sie wohl bluten. Dergleichen wer ungekämmt aufwartet, solcher solle im Stall mit dem Pferdestriegel in harter Aussetzung des Hofmeisters tüchtig gestriegelt werden. Wer ein Glas übervoll einschenkt, und es dann mit seinem eigenen Maul abtrinkt, erhält zwanzig Hiebe nach der Peitschenordnung. Wer unreine Gläser präsentirt, kann wählen zwischen vier Ohrfeigen oder sechs italienischen Nasenstübern. Dieweil es ein unleidentliches Werk sey, wo die Bedienten langsam essen, so soll Denen, die länger als eine Viertelstunde damit zubringen, das Essen vor dem Maul weggenommen werden. Wer die vorgesetzte Speise nicht essen will, faste die folgenden 24 Stunden ganz und gar. Wer mit schmierigen, zerrissenen Kleidern aufwartet, wird Spißruthen gejagt. Haben sich Zwei geprügelt, so sollen sie ihre Sache noch einmal mit dem Stecken ausmachen, in Gegenwart des Hofmeisters, und wer den Andern schont, Prügel erhalten."

Mannichfaltigkeiten.

(Spaichingen, im Königr. Würtemberg, im November.) Die Schießbaumwolle wird nun da und dort zum Verkaufe angezeigt, es wird daher Mancher in seiner schnell gefaßten Meinung, das Pulver werde durch sie ganz entbehrlich werden, bestärkt; allein es scheint nicht, als wäre die Neugeborene schon so kräftig, ihre riesenhafte alte Schwester so bald völlig verdrängen zu können, da diese Eigenschaften besitzt, die der Ersteren, wenigstens bis jetzt, noch mangeln; z. E. das Knallen, das so viel zu Festlichkeiten beiträgt und in verschiedenen Fällen als Signal dient. Auch zum Scheibenschießen ist sie bis jetzt noch nicht dem Pulver gleich zu achten, da die gleich große Quantität der Schüsse schwerer, wohl nur mittelst einer guten Granwage zu finden ist. Der sicherste Schutzherr der Pulverfabrikanten ist aber zur Zeit der übertriebene Eigennutz, der theilweise beim Verkauf der Schießbaumwolle stattfindet. Ich selbst habe ein Schreiben des Herrn Apothekers H. zu R. in der Hand, in welchem derselbe gegen mich vorgibt, daß zu Karlsruhe der Gran zu 6 kr., somit das Pfund zu 768 fl. verkauft werde; er hält diesen Preis selbst zu hoch und ließ sich, da er ja öffentlich die billigsten Preise zusicherte (siehe Schwäbischen Merkur Nro. 295) von mir nur 1 fl. 45 kr. für zwei Quentchen, somit per Pfund 112 fl. bezahlen. Nach den angestellten Versuchen sind zu einem Schusse auf die gewöhnliche Entfernung der Scheiben zehn Gran erforderlich, es würde sonach jeder Schuß — 1 fl. resp. 8¾ kr. kosten, während beim Pulver der Werth des Schusses nur 3 hlr. beträgt. Freilich wenn diese Anrechnungen die billigsten genannt werden dürften, dann wäre es mit der neuen Erfindung übel bestellt! (Beob.)

Die „Allg. Ztg." erhielt von dem Erfinder der Schießwolle, Hrn. Prof. Schönbein in Basel, folgende weitere Erklärung: „Von französischen und selbst von deutschen Chemikern ist behauptet worden, daß meine und Böttger's Schießwolle nichts anderes als Braconnot's und Pelouze's Xyloidin sey. Diese Behauptungen stützen sich nur auf Vermuthungen, auf keine Thatsachen. Die Angabe eines einzigen einfachen Factums, denke ich, reicht hin, um darzuthun, daß die fragliche Behauptung nicht gegründet ist. Pelouze selbst gibt an, daß das Xyloidin sich leicht in Essigsäure löse und damit eine Art von Firniß bilde. Die Schießwolle läßt sich stundenlang mit der erwähnten Säure bei gewöhnlicher Temperatur oder bei der Siedhitze behandeln, ohne daß sie von ihrem Gewicht oder ihrer Explosivkraft im mindesten verlöre. Dieses Verhalten allein schon zeigt, daß das französische Xyloidin mit der deutschen Schießwolle nicht zu verwechseln ist. Es könnten noch andere Unterschiede aufgezählt werden, die zwischen beiden Materien bestehen, hievon wird aber bald an einem andern geeigneten Orte die Rede seyn. Basel, 13. November 1846. C. F. Schönbein."

(Wanderung eines Bäckergesellen nach Rußland.) Vor etwa vierzehn Tagen faßte ein Breslauer Bäckergesell den Entschluß, nach Rußland auszuwandern. Wohl versehen mit allem Zubehör, mit Sack und Pack, mit Reisepaß und allem Nöthigen, nahm er Abschied von den Seinen, und trat die gefährliche Reise an. Seine Freunde aber begleiteten ihn in der herkömmlichen Weise, zwar nicht bis Rußland, wohl aber bis in einen Branntweinladen in der Mathiasstraße. In Rußland ist's kalt, und der Winter vor der Thüre. Da muß man sich stärken und etwas Wärmendes zu sich nehmen! Der gute Wanderer aber hatte hierin etwas zu viel gethan. Die matten Glieder versagten ihm den Dienst, und schon in der entfernten Mathiasstraße mußte er sich am Grabenrande niederlegen, nicht um die Beine, sondern um den Kopf ausruhen zu lassen. Aber o Schrecken! beim Erwachen war der Reisesack mit seinen Röcken, Hosen, Westen, Schuhen u. s. w. verschwunden, und die Wanderung damit beendet! In Polen ist nicht viel zu holen, mochte der Bäcker denken, und somit kehrte er nach der Reise bis an die Hundsfelder Thorexpedition wieder nach seiner guten Vaterstadt Breslau zurück.

Der neueste Jahrgang des Hormayr'schen historischen Taschenbuches enthält einen Aufsatz eines Generals Wagner, der höchst denkwürdige neue Aufschlüsse über Wallenstein gewährt; sie sind geschöpft aus einem in der königlichen Bibliothek zu Paris befindlichen Tagebuche des Marquis de Feuquières, der 1633 und 1634 sich als französischer Gesandter in Deutschland aufhielt. Es ist darnach gar keinem Zweifel mehr unterworfen, daß Wallenstein mit Deutschlands Feinden heimliche Unterhandlungen pflog, daß er die kaiserliche Armee gegen den Kaiser führen und sich zum Könige von Böhmen machen wollte. Die vielbesprochene Frage der Wallensteinischen Schuld oder Unschuld wäre also definitiv entschieden und Schiller's Auffassung vollständig gerechtfertigt.

In Hannover ist das Verbot fremder Scheidemünze, namentlich der preußischen 2½ Silbergroschenstücke, neuerdings eingeschärft worden — bei Strafe der Konfiskation!

Die Balletmeisterin Weiß hat sich nun mit ihren jungen Tänzerinnen zum zweitenmal nach New-York eingeschifft, nachdem sie das erstemal auf dem „Great Britain" gescheitert war.

(Berlin.) Unsere Polizeibehörden sind in diesen Tagen einem merkwürdigen Falschmünzergenie auf die Spur gekommen, welches in einer kleinen Stadt bei Berlin ganz unbemerkt aufgeblüht ist. Bekanntlich ist jüngst der Kasse des Frankfurter Eisenbahnhofes ein falscher Fünfzigthalerschein präsentirt, und es ist der Besitzer desselben, da er sich verdächtig benahm, festgehalten worden. Auch schon früher sind derartige falsche Scheine in Frankfurt zum Vorschein gekommen. Unsere Polizeibehörden haben jetzt ermittelt, daß ein 16jähriger Schmiedelehrling, welcher niemals Zeichnen-Unterricht genossen hat, und sich in Fürstenwalde in der Lehre befindet, diese falschen Scheine (neun Stück an der Zahl) aus freier Hand mit einer Stahlfeder gezeichnet hat. Trotz dieses Umstandes und obwohl das Material der falschen Scheine nur aus gewöhnlichem, nachträglich mit Fett getränktem Conceptpapier besteht, ist das Fabrikat doch so täuschend, daß es nur bei einer sorgfältigen Prüfung Verdacht erregt. Der junge Bursche besitzt eine solche Geschicklichkeit im Zeichnen, daß er in Gegenwart der Beamten einen derartigen Schein aus dem bloßen Gedächtniß in wenigen Minuten in seinen Umrissen aufgezeichnet hat. Es ist der Polizei geglückt, alle jene falschen Scheine herbeizuschaffen, und der Verfertiger sitzt hinter Schloß und Riegel. Mit ihm sind sein Meister und dessen Frau verhaftet, welche den armen Jungen eigentlich zur Falschmünzerei verleitet, die Produkte desselben verbreitet und das gewonnene Geld an sich genommen haben. — Uebrigens steht der vorliegende Fall in den Annalen der Criminalistik nicht unerhört da; schon vor mehreren Jahren hat sich hieselbst der Fall ereignet; daß ein junger Mensch entdeckt worden ist, der aus freier Hand falsche Kassen-Anweisungen gezeichnet hat. (Magdeb. Z.)

Von der schaudererregenden Behandlung der englischen Armen in den Arbeitshäusern hat die jüngste Zeit die ergreifendsten Belege geboten. Das Limerik Chronicle erzählt einen Fall, der beweist, welchen gewissenlosen Händen die Sorge dieser Häuser anvertraut ist. Zwei Kinder wurden, weil sie bei Tische sich gezankt, und sich um eine Kruste Brod gestritten, in das Loch eingesperrt. Der Vorsteher des Hauses vergaß die armen Kinder, und nach zwei Tagen fand man die Kleinen — todt, sich umschlungen haltend; der Aufseher ist darauf verhaftet worden.

An des verstorbenen Prof. Eiselen Stelle, dessen irdisch Ueberreste nun in Berlin beigesetzt sind, ist Hr. Ballot zum Turnlehrer unter denselben Bedingungen ernannt worden. Auch während der Wintermonate wird der Turnunterricht sowohl an königlichen als auch städtischen höheren Lehranstalten fortgesetzt, und hat bereits am 26. Okt. seinen Anfang genommen.

Korrespondenz.

Dresden, 16. Nov.

Zu Ehren Schiller's ward am 11. Nov. das neue Laube'sche Stück: „die Karlsschüler" im Hoftheater gegeben und hat wegen seiner modernen Beziehungen so angesprochen, daß es seit der ersten Aufführung bereits zweimal wiederholt wurde. — Dr. Koch wird das hier zur Ausstellung gebrachte fossile Meerungeheuer, Hydrarchos genannt, nächsten Mittwoch der Oeffentlichkeit entziehen und, wofern ihm in Deutschland Niemand den geforderten Preis (25,000 Thaler) zahlt, dasselbe den Engländern anbieten. Das Berliner Museum zaudert mit dem Abschlusse nur wegen des hohen Preises.

Aus dem Herzogthum Nassau, 16. Nov.

Die statistische Aufnahme des diesjährigen Weinertrags in unserem diesmal so gesegneten Rheingau hat noch nicht vollends bewirkt werden können, da sich die Lese selber auf einigen großen Weingütern, namentlich auf den herzoglichen Domänen, bis in die erste Woche Novembers hinein verzögert hat. Auf diesen Gütern nämlich haben die Producenten die Rücksicht auf die Quantität der auf die Qualität des Erzeugnisses hintangesetzt und sind somit später in den Herbst gegangen, wobei freilich die Frage noch unentschieden ist, ob sie in dem höhern Preiserlös ihrer dadurch veredelten Weine einen hinreichenden Ersatz für das verminderte Quantum erhalten werden. Diese Frage zu lösen bleibt der Folgezeit vorbehalten, da bis jetzt allererst ganz kleine Belange der letzten Crescenz verkauft worden sind. Zu welchem Betrage nun diese Crescenz in's Maß gefallen, läßt sich, bevor jene Aufnahme durchgehends erfolgte, nur annähernd vermuthen. Einige Wochen vor der Lese erstreckte sich der desfallsige Ueberschlag auf 20,000 Stückfaß; in den meisten Lagen aber hat man ein gutes Drittheil mehr eingebracht, als man nach dem früheren Ueberschlag verhoffte. Welches jedoch auch das höchstmögliche Ergebniß der mehr beregten Aufnahme seyn dürfte, so hat man hier als eine das Maß aller Zeitungs-Hyperbeln bei weitem hinter sich lassende, ja selbst kaum einem Münchhausen erlaubte Uebertreibung die Angabe der Berlinischen (Vossischen) Zeitung belacht, wonach auf Schloß Johannisberg 9000 Stück eingeherbstet worden seyn sollen. Es kann versichert werden, daß der Ertrag dieses schönen Weinguts auf nur 62 Stück glaubwürdig angegeben wird. Wird nun noch jener Angabe hinzugefügt, daß sich der Durchschnittswerth jenes Ertrags auf 3000 fl. berechne, was dahin gehen mag, so erhält man, vermöge einfacher Multiplication, die ungeheure Summe von 27 Millionen Gulden, welche muthmaßlich den Werth des ganzen, so herrlichen Weinertrags unseres Rheingaues in diesem so segensreichen Jahre um das Vier- bis Fünffache übersteigt.

Zweites Konzert des jungen Pianisten Alfred Jäll.

Gestern gab der jugendliche Virtuose A. Jäll sein zweites und letztes Konzert im „Hotel de Russie", und wir müssen gestehen, sein Spiel, obschon in seinem ersten Konzerte Bewunderung und Erstaunen erregend, hat diesmal einen wahren Enthusiasmus hervorgerufen. (Hr. Jäll spielte einen ausgezeichneten Flügel von Hrn. G. N. Küper aus Bockenheim). Die Auffassung, künstlerische Ruhe und ächte Weihe, mit welcher er im ersten Konzerte das Trio von Mendelssohn und diesmal das Quintett von Spohr wie aus einem Gusse, die Begeisterung und Eleganz, die Vollendung, mit welcher er Thalbergs Fantasien „Mosé, Don Juan, Muette de Portici, Etude in A moll", die Kraft und Bravour, mit welcher er Meyer's „Lucrezia", „Carneval de Venise", Willmer's „Flieg', Vogel" und „Pompa di Festa" vortrug, stempeln ihn schon jetzt mit 13 Jahren zum Virtuosen ersten Ranges. Alfred Jäll ist eine ächte Künstlernatur, er ist für Das, was er vorträgt, ganz Feuer und Flamme, nimmt es ganz in sich auf und gibt es mit der höchsten Vollendung wieder; seine edle Haltung am Klavier, seine Anspruchlosigkeit, Bescheidenheit und liebenswürdige Persönlichkeit müssen ihm alle Herzen gewinnen und mit Recht stimmen wir mit dem gediegenen Musikreferenten der Köln. Ztg., Hrn. Joachim Raff, ein, welcher schon im vorigen Jahre von ihm sagte, „der 12jährige Pianist Alfred Jäll vereinige das Feuer Liszt's, die Eleganz Thalberg's und die Kraft Leopold v. Meyer's, habe das Gedächtniß eines Vierzigers, den Willen eines Dreißigers und die Phantasie eines Zwanzigers."

Programm des Museums.

Am 20. November.

Irdisches und Göttliches im Menschenleben. Doppel-Symphonie für zwei Orchester von Spohr.
- 1ter Satz: Kinderwelt;
- 2ter „ Zeit der Leidenschaften;
- 3ter „ Endlicher Sieg des Göttlichen.

Blaubart, Gedicht von Gotter, gesprochen von Hrn. Breuer.

Lied von Tieck, componirt von Christfreund, gesungen von Frau Riehl.

Der Wanderer, Lied von Schubert, gesungen von Hrn. Anschütz.

Der graue Gast, Gedicht von Maltitz; gesprochen von Fräul. Ueltz.

Abschied von J. N. Vogl, komponirt von Franz Messer; gesungen von Frau Riehl.

„Wär' ich ein Stern", Lied von Gollmick, gesungen von Hrn. Anschütz.

Der Mohrenkönig, Gedicht von Freiligrath, gesprochen von Hermann Beurmann.

Requiescat, Gedicht von Freiligrath, gesprochen von Hermann Beurmann.

Auf vielfältiges Begehren wiederholt: Große Sonate in A-moll von Beethoven; für das große Orchester instrumentirt von Rummel.

Der Anfang ist um halb 7 Uhr; der Saal (im Weidenbusche) wird um halb 6 Uhr geöffnet. — Alle Museumskarten sind persönlich; es wird Niemand ohne Eintrittskarte zugelassen; freie Gastkarten werden nicht ausgegeben. Karten für den Abend zu 1 fl. 30 kr. sind zu haben bei Hrn. Georg Krebs, Zeil, der Post gegenüber.

Theater-Anzeige.

Donnerstag, 19. Nov. Der ewige Jude, dramatisches Gemälde in 5 Abth., nach dem Französischen des E. Sue, für die deutsche Bühne bearbeitet von Carlschmidt. (Gastrolle) Adrienne v. Cardoville: Fräul. Quint, vom Königsstädter Theater zu Berlin.

Redacteur: J. L. Heller. — Druck und Verlag von Heller und Rohm.

Didaskalia.

Blätter für Geist, Gemüth und Publizität.

Nro 321. Samstag den 21. November 1846.

Geschichte eines Boudoirs.

Von ihm selbst erzählt.

(Schluß.)

„Was soll denn aus dem armen Thurme werden?“ sagte einer von den Männern.

„Die Kasse, wie unser Herr sagte, weil die Arbeiter die kleine Treppe hinaufsteigen könnten, ohne seine Frau, die auf der andern Seite des Schlosses ihre zwei Zimmer haben wird, zu derangiren, und auch um die Schule, die er für kleine Mädchen zu gründen beabsichtigt, so wie dem Hospitale näher zu seyn . . . Das sind mir einmal gute Herrn! Glaube mir, Peter, in zwei Jahren wird es weder einen Armen noch einen Kranken in unserm Dorfe geben, und alle Kinder werden lesen und schreiben können.“

„Nun, wenn ich das Lesen können ausnehme,“ entgegnete ihm sein Kamerad, „so war man auch zur Zeit der Frau Baronin glücklich, wie mir mein alter Vater gesagt hat, und jene Leute waren Adlige!“

„Die Adligen sind allerdings brave Leute, aber wer menschlich ist, ist auch adlig. Der wahre Adel ist die Tugend,“ sagte neulich unser Pfarrer; „thut den Unglücklichen Gutes, und der Herr wird Euch segnen!“

„Nun, so werden auch sie gesegnet seyn. Doch vorwärts an die Arbeit, wir wollen unsern Taglohn ehrlich gewinnen.“

Den ganzen Tag über wurden die schönsten Bäume des Parks gefällt; endlich kamen sie zu mir, öffneten meine Fenster und das schönste Tageslicht drang von allen Seiten herein.

„Das gefällt mir,“ sagte der neue Eigenthümer, sich an ein Fenster stellend; „von hier überblicke ich vollkommen alle Fabrikgebäude; dies soll mein Arbeitszimmer werden. Geben Sie Befehl, mein Herr,“ sagte er zum Architekten, „damit man alle diese schmutzigen Verzierungen abreiße und an die saubergetünchten Mauern zahlreiche Fächer für meine Bücher und Register anbringe. Diesen kleinen Tisch will ich zum schreiben brauchen; und fünf bis sechs Stühle werden mir als Meublement genügen. Lassen Sie den Fußteppich mit den Sternen wegnehmen und den Boden sauber waschen; die Gesellschaft, die ich hier zu empfangen gedenke, ist an Luxus nicht gewöhnt. Durch diese Thüre kann ich leicht zu meiner Frau gelangen, und meine fleißigen Arbeiter werden, um mich zu sprechen, nicht nöthig haben sie zu stören; diese geheime Treppe ist ein wahrer Schatz! Ich wünschte, mein Herr, daß Alles baldigst beendigt werde.“

„In drei Tagen werden Sie Ihr Kabinet bewohnen können,“ sagte der Baumeister.

„In drei Tagen? . . . sehr wohl; wir haben auch nicht mehr Zeit gebraucht, um unsere Institutionen zu ändern. Ich zähle auf Ihr Versprechen, denn hier werden Sie wahrscheinlich auf weniger Schwierigkeiten stoßen.“

Der Architekt lächelte, und beide entfernten sich.

Der ganze Park war bis zum Flusse hin gelichtet; an den Ufern desselben, der mir breit und schön vorkam, erhoben sich Gebäude; mehrere Räder drehten sich mit einem bis zu mir dringenden Geräusche und setzten große Maschinerien in Bewegung, bei welchen, wie man durch die Fenster wahrnehmen konnte, viele Menschen beschäftigt waren. Etwas weiter stand ein Gebäude, das mit größerer Solidität erbaut zu seyn schien, und aus dem ein dichter Rauch aufstieg; dort war eine Maschine im Gange, welche unsere Vorfahren sicherlich als ein Werk des Teufels betrachtet hätten und die heut zu Tage, wie ich seit kurzem in Erfahrung gebracht, als die schönste Errungenschaft, für das, was man Industrie nennt, gilt. Diese in Mauern eingesperrte Maschine arbeitet Tag und Nacht ohne Unterlaß mit zahlreichem Räderwerk, und bestimmt die Arbeit und den Lohn eines jeden Arbeiters, indem sie überdieß seine Mühen und Beschwerden verringert. Ich gestehe, daß ich, trotz meiner Gewohnheiten und meinem Geschmack für Trägheit und Luxus, die thätige Sorgfalt meines neuen Herrn nicht genug bewundern konnte; doch fühlte ich mich keineswegs geschmeichelt, von Niemand Anderem mehr als dem Volke der Gemeinde besucht zu werden.

Bald waren die mir bisher noch gebliebenen Verzierungen verschwunden. Kaiserthum und Republik wurden von den Mauern gerissen und dann in einen alten Teppich aus der Restauration gewickelt; und da die Würmer Alles zerfraßen, beschloß man, es in weiter Entfernung vom Schlosse dem Feuer zu übergeben, um alle Spur davon zu vertilgen. Nur die dreifarbigen Einfassungen waren schwer zu verwischen; da sie indeß die Modefarbe waren, gab man nicht sehr darauf Acht. Aber ach! welch eine Tapete! Handelsbriefe statt allen Schmuckes und darauf unerhörte Aufschriften als: Kohlen — Steinkohlen — Eisen — Holz — Marktpreis — Löhnung — Ausgabe — Einnahme. Kein ordentlicher Name rings um mich her. Ich brauchte lange, um mich in meine neue Lage zu schicken. Indeß konnte ich meinem Besitzer, den ich gern meinen Gebieter hätte nennen mögen, so edel war er von Gemüth, meine besondere Hochachtung nicht versagen. Vor Tagesanbruch trat er bei mir ein, öffnete meine Fenster, und durch ein Fernrohr hinausschauend, rief er: „Die braven Leute! Schon an der Arbeit! Wie leicht kann man das Volk glücklich machen!! — Morgen ist Zahltag,“ sagte er einst; „sie sollen mit mir zufrieden seyn; denn ich bin es auch mit ihnen.“ Und als der Tag kam, fanden sich Alle ein, um ihren Lohn zu empfangen. Zuerst kamen die Werkmeister, dann die Arbeiter, dann die Frauen und Kinder, und Alle schienen glücklich und zufrieden. Alle segneten ihren Wohlthäter. Ich selbst schloß mich diesen braven Leuten an, die niemals die Ehre gehabt haben würden, meinen Thurm zu betreten, wenn ich das Boudoir von 1770 geblieben wäre. Aber 1830 kamen sie Alle, und zwar ohne Ceremonie, das heißt beschmutzt und zu jeder Stunde." Sie stiegen ohne alle Heimlichkeit durch die geheime Thüre, die Tag und Nacht offen war, hinauf; sie kamen, um Rechenschaft zu geben oder Befehle zu empfangen! O wie sehr war ich meinen frühern Gewohnheiten entrückt! Doch bald hatte ich mich hineingefunden.

Jetzt bin ich schon lange in dieser Lage; ich mag nachdenken und meine früheren Vortheile bedauern, so viel ich will, so kann ich doch nicht läugnen, was ich vor mir sehe. Und ich sehe die Arbeiter glücklich, die Bevölkerung meiner Vasallen im Steigen begriffen; ich sehe einen Herrn, dem das Wohlergehen seiner Leute, die er beschützt, am Herzen liegt; ich sehe, wie er für ihr Glück eben so sehr, wie für sein eigenes arbeitet. Ich sehe, wie Vernunft, Ehre, Wohlthätigkeit der Reihe nach bei mir zu Rathe sitzen; ich fühle aber auch, daß mein Geschick sich zu sehr geändert hat, als daß ich hoffen dürfte, meiner Geschichte noch etwas Interessantes hinzusetzen zu können. Nun werde ich in Arbeit und Rechnungstellen leben, ohne je Geschäftsgeist zu erlangen. Was nützlich ist, ist ernst, das Ernsthafte aber ist nicht immer unterhaltend. Da nun einmal die Herrschaft des „Weil es mir beliebt" und die der Revolutionen vorüber ist, so will ich, ohne viel nachzudenken, leben, und wenn es seyn kann, meinen Ursprung vergessen, bis ein heftiger Windstoß mich zu Boden wirft, und mein Besitzer aus meinen Trümmern einen Hochofen macht, wenn dies sein Wille ist. Da ich diese letzte Katastrophe fürchte, so habe ich meine Erinnerungen gesammelt, um Euch meine Geschichte zu erzählen; es fällt mir indem ich schließe ein, daß es heute 76 Jahre sind, seit ich existire . . . .

B. Auerbach's „Gevattersmann."

Unter den neueren Schriftstellern, welche für das Volk geschrieben haben, sind mit besonderer Auszeichnung Berthold Auerbach, Gubitz, W. O. von Horn, Honeck, Nieritz, C. André u. A. zu nennen. Es ist nicht leicht, den einfachen, klaren, naiven und gemüthlichen Volkston zu treffen und hier die Extreme zu vermeiden, auf der einen Seite den all zu derben und trivialen, auf der andern den gekünstelten und geschraubten Ton. Daß übrigens, wie Manche behaupten wollen, der Volksschriftsteller keiner Partei angehören und die politischen und kirchlichen Fragen, die unsere Zeit bewegen, nicht in sein Bereich ziehen solle, diese Ansicht theilen wir nicht; denn auch das Volk fängt an, mündig zu werden und soll mehr und mehr zum Verständniß der Gegenwart und der mit ihr verknüpften Interessen gebracht werden. Licht und Aufklärung gehören allen Ständen und nicht ausschließlich einer bevorzugten Kaste an. Man kann das Volk aufklären, ohne es aufzureizen, belehren, ohne es seiner Sphäre zu entreißen, bilden, ohne es zu überbilden, und die Besorgnisse der ängstlichen Gemüther, die von jedem etwas freieren Worte Unheil und Verderben befürchten, sind ungegründet und vielleicht nicht einmal ehrlich gemeint. Diesen besorgten Leuten gibt Berthold Auerbach in seinem Gevattersmann manche Prise trocknen Tabak zu schnupfen, und wenn sie recht nießen, so sagt er mit schalkhaftem Lächeln: „Gotthelf!" Er hat für die Leiden und Freuden des Volkes ein warmes, stets offenes Herz, und für die Quellen und Ursachen derselben, sowie für die Mittel zur Abhülfe einen klaren Blick und stets einen guten Rath. Mit wahrem Vergnügen haben wir seinen Eröffnungsgruß für das Jahr 1847 gelesen und stimmen ganz seinen Worten und Wünschen bei, wenn er sagt: „Hellauf! Es taget! möge der Gevattersmann um Mitternacht zu Neujahr ausrufen; ist's auch noch dunkel ringsum, die Sonne beginnt allbereits ihren neuen Lauf. Die Sonne der wahren Religion steigt auf. Die verschlafenen Eulen krächzen: die Religion ginge zu Grunde! Da ist aber gerade das Gegentheil davon wahr. Der alte Schlendrian verschwindet, da man das Heiligste gedankenlos betrieb oder es gar vergaß; ein frischer, freier Muth erwacht: die Kraft der Ueberzeugung. Niemand soll von seinem Glauben abwendig gemacht werden, aber Jeder soll ihn mit innerster Ueberzeugung bekennen, sonst ist er ein fauler Knecht vor Gott und den Menschen. Mit Gott siegt die deutsche Redlichkeit und Wahrhaftigkeit. Der alte Gott lebt noch, er lebt neu auf in den Herzen und wird sie kräftigen und segnen." Der neue Gevattersmann bringt des Kerngesunden und Kräftigen wieder recht viel, und wir dürfen ihn nach bester Ueberzeugung empfehlen; denn er meint es nicht nur treu und ehrlich, sondern er weiß auch mit seinen Gevattersleuten die Sprache zu reden, welche sie Alle verstehen und die von Herzen zu Herzen geht. Wir können hier nur Einiges andeuten. So sind z. B. die goldene Repetiruhr — vor der Kirche — der Herr Lotterer — alte und neue Wirthshausschilde — vom deutschen Raucher — starker Tobak u. s. w. vortreffliche Stücke, welche den Nachbar und die Nachbarin nicht nur mit Vergnügen, sondern auch, wenn sie etwas lernen wollen, mit Belehrung lesen werden. Auch ist dieser Kalender sehr kurzweilig, indem er den Scherz mit dem Ernste gehörig abwechseln oder vielmehr beide einander unterstützen und ergänzen läßt. Mit Einem Worte, der Gevattersmann ist ein guter Gesellschafter, der sich bei Arm und Reich, bei Hoch und Niedrig in der Welt viel umgesehen hat und darum auch Viel zu erzählen weiß. Wenn der Nachbar daher wieder in die Stadt kommt, so möge er nur in den ersten besten Buchladen gehen und ein paar Groschen herausrücken. Sie werden ihm Zinsen tragen und er wird sie besser verwendet haben, als wenn er sie im goldenen Löwen, im silbernen Roß oder in sonst einem Wirthshause, wie es auch heißen möge, hätte sitzen lassen. W.

Mannichfaltigkeiten.

Man schreibt aus Nürnberg vom 13. Nov.: Seit einigen Tagen macht eine Vergiftungsgeschichte die Runde durch unsere Stadt und erregt auf der einen Seite eine unglaubliche Erbitterung, auf der andern einen tiefen Abscheu vor menschlicher Verworfenheit. Ein hiesiger Wirth eines kleinen Bierhauses hatte, da ihm seine Frau gestorben war, sein $1^1/_2$ Jahr altes Kind in fremde Kost gegeben, weil ihm dasselbe in der Wirthschaft, die er allein versah, hinderlich war. Vor etwa drei Wochen heirathete der Mann wieder und nahm sofort sein von den Kostleuten auf eine schmähliche Weise körperlich verwahrlostes Kind zu sich, welches deßhalb auch in stets kränkelndem Zustande sich befand. Vor ein paar Tagen wurde von der Stiefmutter ein Arzt gerufen, der das Kind jedoch bereits todt fand, zugleich aber am Munde nicht undeutliche Spuren der Verbrennung mittels Vitriols entdeckte. Der Arzt machte sogleich dem Stadtgerichts-Physikus von diesem bedenklichen Falle Anzeige, worauf derselbe sich zur Untersuchung in das bezeichnete Lokal begab, die von dem Arzt festgestellten Symptome an der Kindesleiche jedoch nicht für erheblich nehmen zu müssen meinte. Demnach fand also die Beerdigung des Kindes ungehindert statt, und mit dem kleinen Sarge wäre der Verdacht auf eine That begraben worden, wenn nicht die laute Stimme des Volkes denselben in lebendiger Bewegung erhalten hätte. Vorgestern verfügte sich denn auch eine gerichtliche Commission auf den Friedhof, vor welcher die Leiche wiederum ausgegraben und in Augenschein genommen wurde. Das Resultat ergab, daß das Kind wirklich Vitriol bekommen hatte, was ohne Zweifel seinen Tod herbeiführte.

(Was doch der 1846r vermag!) In einem ansehnlichen Städtchen der Pfalz gab's vor etwa vierzehn Tagen Abends um $^1/_2$11 Uhr Feuerlärm. Es dauerte lange, sehr lange, bis eine Spritze an die Brandstätte kam. Endlich, nach langem Harren kommt — was glauben meine werthen Leser? — geführt von einer höchst begeisterten Schaar, den Spritzenkommissär an der Spitze, bei hellstem Mondschein, ein — Leichenwagen angerollt. Das klingt mährchenhaft und doch ist es wahr. Es verhält sich so: Durch den Feuerlärm aus dem Schlaf, oder wahrscheinlich aus dem süßen Wohlbehagen bei dem Freund 46r aufgeschreckt, eilte die Spritzenmannschaft nach dem Spritzenlokal, ergriff im Diensteifer und in Begeisterung den neben der Spritze in einer Remise stehenden Leichenwagen statt jener und eilt damit der Brandstätte zu. Doch ein wahrscheinlich Unbegeisteter klärte noch zeitig den Irrthum auf und verhütete dadurch die Ausführung einer tragi-komischen Scene. Daß die Spritzenmannschaft ordnungsgemäß oben aufgesessen habe, wollen wir, als zu graß, vorläufig in Zweifel stellen, bis darüber nähere und bestimmtere Nachrichten einlaufen. X. Y. Z.

(Stuttgart, 16. Nov.) Das Gastspiel der Jenny Lind beschäftigt noch immer die Gemüther des hiesigen musikalischen Publikums. Auch gestern bei der Vorstellung von Donizeti's mediocrer „Regimentstochter" war das Haus gedrängt voll, da nach dem übereinstimmenden Zeugniß der Correspondenten der Allg. Z. in Frankfurt und München gerade diese Oper die Stärke unseres berühmten Gastes seyn sollte; Jedermann war daher gespannt zu sehen und zu hören, wie es dem Genie der Schwedin gelingen werde, aus einem Nichts Etwas zu machen. Aber siehe da, das Unmögliche ist auch ihr nicht gelungen; wenn sie als Norma groß, als Nachtwandlerin unübertrefflich war, so erhob sie sich als Marie kaum über das Niveau des Gewöhnlichen und hat auch nur in einer Scene des zweiten Aktes den Beifall des zahlreich versammelten gebildeten Publikums erringen können, welches sie an diesem Abend dadurch noch mißstimmte, daß sie dem vor und während der Vorstellung zu wiederholten Malen lebhaft geäußerten Wunsche, auch nur Eines ihrer Nationallieder zu singen, nicht entsprach, und damit die Hoffnung Vieler, welche eben um dieser Lieder willen die Oper besucht hatten, auf das bitterste täuschte. (Beob.)

Auf den belgischen Eisenbahnen bewegen sich bereits 25 Konvois täglich, die mit einer Feldapotheke versehen sind, und nicht nur die Hauptstation zu Mecheln besitzt ein Depot von Arzneimitteln, chirurgischen Instrumenten und Bandagen, sondern es sollen dergleichen Niederlagen von ärztlichen Hülfsmitteln auf Anordnung der Eisenbahnverwaltung in jeder bedeutenden Station errichtet werden.

Bei dem kürzlich gemeldeten Brande in den Quecksilberbergwerken von Idria sind nicht weniger als 17 Menschen umgekommen. Ungeachtet der augenscheinlichsten Gefahr begaben sich in kurzen Zwischenräumen 13 Bergleute in die Grube, um die gleich zu Anfang des Brandes in dieselbe geeilten, und nun inmitten des mephitischen Qualms befindlichen vier Beamten zu retten. Leider kamen sie alle in dem Versuche dieser edlen Pflichterfüllung um, und bis gegen Mittag wurden 10 Leichen der zuletzt hineingefahrenen Bergleute zu Tage gefördert; die übrigen drei nebst den unglücklichen Vermißten mußten ihrem Schicksale überlassen werden. Von den 17 Umgekommenen waren elf verheirathet und mehr oder minder mit Kindern gesegnet.

(Frankfurt, 14. Nov.) Ein auch hier gemachter, vollkommen gelungener Versuch, die Kortoffeln aus dem Samen zu ziehen, verdient Erwähnung. Der Same wurde im Frühjahr auf Gartenland ausgestreut und die demselben entsprossene Pflanze zu Anfang Juli auf gewöhnliches Ackerland versetzt. Die davon im Oktober eingeheimsten Kartoffeln waren vollkommen ausgewachsen und genießbar. Sachverständige versichern, daß ein noch befriedigenderer Erfolg erlangt worden wäre, hätte man die Pflanze etwa einen Monat früher ausgesetzt.

Am 12. Nov. Abends kam auf der Niederschlesisch-Märkischen Eisenbahn ein Unfall vor, der zu einem großen Unglück führen konnte. In der Nähe von Köpenick brach die Achse eines Personenwagens, und das Eisen davon wurde weiter die Ursache, daß auch noch die nächste Achse brach und dann ein folgender Wagen, unter welchen sich die Achse schob, in die Höhe gehoben wurde. In dieser Gestalt ging der Zug dennoch vorwärts, ein oder zwei Wagen gingen aus den Schienen, endlich wurde angehalten. Die zahlreichen Reisenden waren natürlich in entsetzlicher Angst; in dem Augenblick, wo der Zug hielt, kam noch der, wie sich später erwies, ganz ungegründete Feuerruf dazu. Wunderbar ist es, daß bei diesem Unfall kein Unglück geschah und Niemand verletzt wurde. Man trennte den unversehrt erhaltenen Vordertheil des Zuges von den verletzten Wagen, übergab denselben die Breslauer Korrespondenz und ließ ihn abgehen. Der Rest der Passagiere wurde ebenfalls umgeladen, und folgte. Große Anstrengung erforderte die Beseitigung der beschädigten Wagen, um noch für den Abend dem aus Frankfurt kommenden Zuge den Weg zu öffnen, indeß mit Anordnung der nöthigen Kräfte und guter Leitung derselben, war in zwei Stunden Alles geschehen; und dieser Aufenthalt ist denn auch neben dem Schaden, welchen die Wagen erlitten, das Einzige, was aus diesem Eisenbahnunglück hervorging.

(München, 14. Nov.) Das neu errichtete Konservatorium für Musik hat an bereits 60 Zöglinge aufgenommen, die nach Außen in strenger Disziplin gehalten und nach abgelegtem Probe-Examen in den ersten Anfängen der Musiktheorie und Praxis aufsteigend unterrichtet werden. Diese zahlreiche Theilnahme scheint am besten für die Nothwendigkeit eines so trefflichen Instituts zu sprechen. Durch die Blüthe des hiesigen Konservatoriums dürfte das von Inländern sonst so häufig besuchte in Mailand wesentlich in Nachtheil kommen.

(Elberfeld, 18. Nov.) Gestern Abend zeigte sich am nördlichen Himmel ein schönes Nordlicht. Gegen halb 7 Uhr war der Lichtstreif über 90 Grad lang, 8 Grad breit und erhob sich parallel mit dem Horizont über 15° genau im Norden. Die Lichtwolke senkte sich um 8 Uhr, indem sie nach Nordwest zog. Dieses Nordlicht unterschied sich indessen von dem gewöhnlichen, daß es ein weißes, durchaus nicht strahlendes noch röthliches Licht hinter dem dunklen Wolkenstreif hervorleuchten ließ. Der Himmel war übrigens völlig klar und wolkenlos. Sollte es vielleicht nicht eine Vorbedeutung seyn! (Auch in Leipzig hat man dies Nordlicht am Abende des 17. d. beobachtet.)

(Berlin.) Die Aufführung des in den Zeitungen so viel besprochenen Theaterstücks „Marie Magdalene" von Hebbel soll wegen des darin vorkommenden Anstößigen untersagt seyn.

(Anekdote.) Ein Bettler redete einen Hauptmann an: „Kennen Sie mich nicht mehr, gnädiger Herr — Sie haben mir einst das Leben gerettet." — „Ich Dir?" — „Ja wohl, ich war Soldat in Ihrer Kompagnie, und als Sie in der Schlacht bei Jena sich aus dem Staube machten, war ich der Erste, der Ihrem Beispiel folgte; und so ward ich gerettet."

Nach einer Mittheilung in der „Oberrheinischen Zeitung" hat sich in Lahr eine Gesellschaft gebildet, die unter Anderem auch an der Bestimmung festhält, keinen Staatsdiener unter sich aufzunehmen. Das ist doch gewiß eine liberale Gesellschaft. (Karlsr. Z.)

Korrespondenz.

Berlin, 15. Nov.

In den letztvergangenen Tagen fanden hier drei ungewöhnlich große und feierliche Leichenbegängnisse statt, denen auch das entfernter stehende Publikum (ob aus bloßer Neugierde, oder aus wirklichem Mitgefühl, ist schwer zu entscheiden) eine überaus große Theilnahme bewies. Bekanntlich hatte das jüngste Brandunglück nicht unbedeutende Opfer gefordert. Sechs Personen waren von dem fürchterlichen Element vernichtet. Wir wollen nicht weiter an dies traurige Ereigniß erinnern; — es ist dem Herzen wohlthuend, so rührende Beweise aufrichtiger Theilnahme zu sehen, wie sie bei der Bestattung der traurigen Ueberreste jener unglücklichen Familie von der ganzen Stadt offen an den Tag gelegt wurden. Es ist schon in andern Blättern rühmend anerkannt worden, mit welchem Eifer die Mitglieder des großen Handwerker-Vereins in der Johannisstraße die nöthigen Anordnungen und die feierliche Ausstattung des Leichenzuges freiwillig übernommen hatten. Als nun einige Tage nachher ein zweites Leichendegängniß, dessen Veranlassung gleichfalls jene unglückliche Nacht gewesen, stattfand, wurde auch diesem eine allseitige, aufrichtige Theilnahme bewiesen. Und hier schien sie uns, wenn wir offen seyn sollen, mehr an ihrer Stelle, als bei dem erstgenannten Falle. Denn hier gab es noch Hinterbliebene, denen ein Beweis von Theilnahme mindestens ein wohlthuendes Gefühl seyn mußte, wenn auch dieselbe eben keinen nachhaltigen Trost gewähren konnte. Man denke nur an die entsetzlichen Qualen und Schmerzen, welche eine 60jährige Frau mit zerbrochenem Rückgrat mehrere Tage lang zu ertragen hatte. Ihr Mann, der Instrumentenschleifer Füller, hatte sie, wie man weiß, in jener unglücklichen Stunde zum Fenster heraus in einem Bettlaken liegend zur Erde herunter lassen wollen; diese Procedur war jedoch verunglückt und die Aermste in der unglücklichsten Lage zur Erde gefallen. — Das dritte Leichenbegängniß bewegte sich heute früh durch die lange Friedrichsstraße; ein Arbeiter in der Eisengießerei von Borsig hatte durch Unvorsichtigkeit einen schrecklichen Tod erlitten; er war einem Rade zu nahe gekommen, von diesem ergriffen und in einem Augenblicke gänzlich zerquetscht worden. Seine trauernden Collegen, 1200 an der Zahl, folgten der Leiche; es mag ein so trauriger Fall unter ihnen bisher noch nicht vorgekommen seyn.

Düsseldorf, 18. Nov.

Der Entschluß des Malers Lessing, unser Weichbild nicht zu verlassen, wird jetzt vielfach aus der Rücksicht gedeutet, als wenn die Aussicht auf die Direktorstelle hiesiger Academie ihm von gewisser Seite eröffnet worden wäre. Die hiesige jugendlich anstrebende Künstlerwelt würde sich gewiß über diese Veränderung beglückwünschen und eine neue Aera der Kunst hier begründen helfen, der Kunst, welche hier während der letzten Jahre ziemlich flügellahm geworden ist.

Darmstadt, 18. Nov.

Das historische Drama von Alex. Dumas: „Die Tochter des Regenten", wurde gestern auf unserem Theater zum Erstenmale gegeben. Das Stück hat gefallen und war auch in der That geeignet, durch mehrere der hervortretenden Rollen einen günstigen Eindruck zu machen. Hr. Becker, als Orleans, bethätigte jenes sichere, würdevolle und dem jeweiligen Charakter einer Rolle genau angepaßte Spiel, welches wir an seinen Darstellungen gewöhnt sind. In der Erkennungsscene zwischen dem Regenten und Helene von Chaverny, seiner Tochter, entwickelte Fräul. Eppert, in der Rolle der letzteren, ihr schönes Darstellungstalent mit besonderem Glanze, so daß wir diese Scene zu den gelungensten der Vorstellung zählen zu dürfen glaubten. Den berüchtigten Dubois, den Vertrauten des Regenten, machte Hr. Steck in seiner beliebten Manier, den Baron Gaston Hr. Wisthaler als entschlossener Verschwörer und schwärmender Liebhaber der Helene, Hr. Peters den Grafen Montlouis mit seiner gewohnten Kraft, Mad. Fischer die Mad. Desroches mit den ihr zu Gebot stehenden Gaben einer leichten und gefälligen Darstellung. Kurz, das Stück erregte Interesse, sowohl seinem Inhalte als seiner Darstellung nach.

Frankfurt a. M.

Hr. Dr. Friedleben wird einige Wochen hindurch, wöchentlich einmal, Abends von 7 — 8 Uhr, populäre Vorträge über Himmel, Weltall und die Natur der Fixsternenwelt mit Einschaltungen über kosmische Verhältnisse zum Besten des Hülfsvereins für nothleidende Handwerksmeister halten und solche noch in diesem Monat beginnen. Der anerkannt wohlthätige Zweck, den Hr. Dr. Friedleben dabei im Auge hat, verbunden mit dem hohen Interesse, welches die abzuhandelnden Gegenstände für sich selbst schon darbieten, lassen eine recht lebhafte Theilnahme erwarten, um so mehr, da das Honorar dafür nur 1 Gulden beträgt. Indem die unterzeichnete Verwaltung, der die ganze Einnahme zufließt, sich erlaubt, darauf aufmerksam zu machen, daß gegenwärtig die zwar an sich noch geringen Hülfsmittel der Anstalt doch besonders in Anspruch genommen werden, beehrt sie sich zugleich, die Bitte auszusprechen, der Subscription auf dieses Unternehmen gefällige Aufnahme und Beförderung gewähren zu wollen. Tag und Local für diese Vorträge werden nachträglich durch das Intelligenz-Blatt und das deutsche Journal angezeigt werden.

Die Verwaltung des Hülfsvereins für nothleidende Handwerksmeister.

Dank und Bitte.

So sehr die unterzeichneten Vormünder sich gedrungen fühlen, für die aus freiem Antriebe fast aus allen Theilen Deutschlands bewiesene innige und werkthätige Theilnahme an dem Schicksale des Pfarrers Dr. Weidig und seiner hinterlassenen Kinder ihren wärmsten Dank hiermit öffentlich auszusprechen und so wohlthuend insbesondere diese Theilnahme als ehrendes Anerkenntniß des Verstorbenen ihnen gewesen ist und fortwährend seyn wird, so sehen sich dieselben gleichwohl durch den in der Didaskalia zu Nro. 312 des Frankfurter Journals vom 12. Nov. d. J. enthaltenen Artikel zu der für Näherstehende ohne Zweifel ganz überflüssigen Erklärung veranlaßt, daß derselbe, eben so wie frühere ähnliche Artikel, die leicht mißdeutet werden könnten, weder von ihnen ausgegangen, noch irgendwie hervorgerufen worden und daß sie wünschen müssen, es möchten ferner derartige mit dem Studium ihres Mündels anscheinend in Bezug gesetzte Veröffentlichungen, so wohlgemeint solche auch seyn mögen, unterbleiben.

Friedberg und Homberg, 17. Nov. 1846.

Die Curatoren der Pfarrer Weidig's Kinder.

Hofmann, Großh. Landrichter. Weidig. Großh. Revierförster.

Homonyme.

Es wünscht der Hungrige vervielfacht mich,
Doch dem Verbrecher bin ich fürchterlich,
Und vor dem letzten scheuet Jeder sich.

Theater-Anzeige.

Samstag, 21. Nov. Die Montecchi und Capuleti, große Oper in 3 Abth., Musik von Bellini. (Letzte Gastrolle) Romeo: Fräul. Emilie Walter, k. k. österreichische Hofopern- und k. würtembergische Kammersängerin.

Redacteur: J. L. Heller. — Druck und Verlag von Heller und Rohm.

Didaskalia.

Blätter für Geist, Gemüth und Publizität.

Nro 323. Montag, den 23. November 1846.

Am Morgen.

(Von Wilh. Wagner.)

Der Tag beginnt. — Von Dankgefühl belebt
Siehst du des Lichtes milde Strahlen wieder.
Ein Engel Gottes hat auch dich umschwebt;
In düst'rer Nacht stieg er beschirmend nieder.
Du fühlest dich gestärkt zu neuer That,
Zu neuer Wand'rung auf dem Lebenspfad;
Du bist bereit, zu wirken und zu wagen
Und Freud' und Leid zu tragen.

Der Tag beginnt. — Es regt sich überall.
Der Landmann spannt die Pferde an den Wagen;
Weithin ertönt des schweren Hammers Fall;
Vom harten Meisel wird der Stein zerschlagen.
Der Zimmermann schwingt sein gewaltig Beil;
Das Dampfrad dreht sich in geschäft'ger Eil'
Und treibt das Uhrwerk mächtiger Maschinen,
Dem Handelsherren zu dienen.

Der Nebel sinkt. — Es kehrt das welke Laub
Der Gärtner in den Wegen dort zusammen;
Der Richter sinnt, umwölkt vom Aktenstaub,
Ob er freisprechen müsse, ob verdammen.
Sieh' hier den Lehrer, der zum Vater fleht,
Indeß die Schaar der Kinder um ihn steht,
Den Jäger dort, der auf bereiften Wegen
Dem Walde eilt entgegen.

Es regt sich rings, und Jedem unsern Gruß,
Der froh mit Gott sein Tagewerk beginnet,
Ob er die Welt durchzieht auf eil'gem Fuß,
Ob er sein Brod in enger Zell' gewinnet!
Schwer wird's den Meisten und nur Wen'gen leicht;
Das Ziel wird selten ohne Kampf erreicht;
Doch wer mit Lust sein Tagewerk begonnen,
Der hat schon halb gewonnen.

Bewahre dir den kräft'gen Lebensmuth,
Die Freudigkeit, zu schaffen, zu gestalten,
Und ob dein Werk in engen Räumen ruht,
Ob du es magst in weitem Kreis entfalten,
Ob du die Feder, ob den Hammer führst,
Ob du die Flamm' in deiner Werkstätt' schürst,
Ob dir den Lohn der schweren Arbeit zolle
Der Steinbruch, ob die Scholle, —

Wenn du dein Werk mit treuem Fleiß gethan,
Ob klein, ob groß, so war es nicht vergebens!
Sandkörner häufen sich zum Hügel an,
Der Tropfen auch gehört zum Strom des Lebens.
Der Bergmann, wühlend in dem tiefen Schacht,
Der Forscher, der in langen Nächten wacht,
Sie, die, nach Schätzen suchend, niedersteigen,
Sind sie nicht zu vergleichen?

Der Tag beginnt, — und herrlich ist die Welt,
Wohin sich auch dein klares Auge wendet.
Im Osten glüht das weite Himmelszelt;
Des Morgens Frische dir Erquickung spendet.
Ein heit'res Leben regt sich überall,
Auf Bergeshöhen, in des Stromes Fall,
Auf breiter Heerstraß', auf dem Wiesenpfade
Und an dem Seegestade.

Der Tag beginnt. — Doch wenn er schweres Leid
Und harten Kampf dir brächte? — O dann schaue
Empor mit gläubiger Ergebenheit,
Auf daß dein Geist dem ew'gen Gott vertraue!
Er schirmt den Grashalm an des Baches Rand,
Er hält den Blitz in seiner mächt'gen Hand;
Er, der den Welten ihre Bahn gemessen,
Wird deiner nicht vergessen.

Der Operateur.

Wahre Begebenheit, mitgetheilt von Dr. Rödiger.

(Fortsetzung.)

Alle Tischgäste hielten zugleich ihren Einzug in das Speisezimmer. Der Raubvogel nahm auf der Lehne eines Sessels Platz; der Hund setzte sich neben den Doktor, und legte seinen Kopf auf dessen Knie. Psylla schwang sich auf den Tisch, und rollte sich, den Kopf einer Schale mit Milch zugewendet, um einen Leuchter; Nick installirte sich mit der ihm eigenen Unverschämtheit in einen Sessel, und bemächtigte sich eines Tellers. Mistreß Sarah wollte sich dieser Kühnheit widersetzen, aber der Schlaukopf nahm eine so possierliche Stellung an, daß die Alte laut lachen mußte. Wer eine alte Haushälterin zum Lachen bringt, hat gewonnenes Spiel; Nick hält es daher für angemessen, seine Kühnheit noch weiter zu treiben. Er ergriff eine Gabel, spießte eine große gebratene Kartoffel darauf und verspeis'te diese langsam.

„Werden Mister diesen Abend ausgehen?" fragte Sarah während der Doktor einem saftigen Stücke Roastbeef tapfer zusprach.

„Ich — diesen Abend ausgehen! Hört Ihr denn nicht, Mistreß Sarah, wie der Nordwind den Regen gegen die Fensterscheiben peitscht. Glaubt Ihr etwa, ich hätte heute nicht genug gethan, wenn ich um fünf Uhr früh meine Krankenbesuche anfing, und erst um sechs Uhr Abends heimkehrte."

„Da wäre ich ja im Widerspruche mit den Bitten, welche ich selbst täglich an meinen ehrenwerthen Herrn richte, sich nicht so sehr abzumühen und seine Gesundheit mehr zu schonen."

„Da höre man die Weiber!" sagte er ärgerlich. „Nicht wahr, um es Euch recht zu machen, sollte ich unter meinen Patienten jene auswählen, welche am glänzendsten zahlen, und die armen Teufel zurückweisen?"

„Weit entfernt, Mister. Ich habe im Gegentheil oft . . ."

„Ah! ich verstehe! Ihr möchtet, daß ich nur Arbeiter und Bettelvolk behandle!" unterbrach sie der Doktor. „Das wäre ein gutes Mittel, um die schweren Ausgaben meines Hauses zu bestreiten; denn es geht hier entsetzlich viel darauf, Mistreß Sarah; mit Ordnung und Sparsamkeit ließe es sich auf eine minder kostspielige Weise thun."

Bei diesem ungerechten Vorwurfe vermochte die gute Sarah eine über ihre runzeligen Wangen rollende Thräne nicht zu verbergen.

„Da seyd Ihr wieder mit Eurer Empfindlichkeit! Ihr scheint ein unüberlegtes heftiges Wort für Ernst zu nehmen, als ob Ihr nicht schon längst daran gewöhnt wäret. Oder soll ich Euch zum tausendsten Male versichern, daß ich Euch für die verständigste und ehrbarste Sarah in den drei Königreichen halte? Noch ein Glas kalten Grog, Mistreß Sarah, und dann Friede!"

Er reichte ihr heiterer Laune sein Glas hin. Die Alte, statt das Glas zu füllen, nahm die umfangreiche Flasche vom Tische und stellte sie in den Speiseschrank.

„Ihr solltet mir ein Glas Grog einschenken," rief Abernethy.

„Euer Gnaden haben schon zwei getrunken; ein drittes wäre Ihnen schädlich."

„Was! ich soll mir von einem alten Weibe diätetische Vorschriften machen lassen?"

„Euer Gnaden vergleichen sich ja oft mit einem Wegweiser, der die rechte Straße anzeigt, aber dieselbe nie selbst betritt."

„Ich bin also nicht mehr Herr in meinem Hause? Das war also der Mühe werth, ledig zu bleiben, um meine Freiheit nicht zu beeinträchtigen. Jetzt bin ich der Sklave der halsstärrigsten Evastochter, die ich kenne. Lasset uns Friede machen, Mistreß."

Er stand auf, um sich in sein Arbeitskabinet zurückzubegeben. Der Neufundländer folgte, der Affe hüpfte voran. Die Schlange, welche zu wiederholten Malen von der Milch getrunken hatte, kroch auf dem Teppich fort zum Kamin, dessen Wärme sie bald einschläferte. Die Eule blieb im Speisezimmer, und eignete sich einige Ueberbleibsel der Speisen zu.

2.

Kaum hatte der Doktor seinen Platz am Kaminfeuer wieder eingenommen, so trat sein Diener ein und übergab zwei sehr dringende Briefe.

Abernethy erbrach das Siegel und las:

„Mein Herr, ich bin sehr krank. Die Aerzte, welche ich bis jetzt consultirt, wissen meine Krankheit nicht zu beurtheilen. Ich nehme daher meine Zuflucht zu Ihnen, und ersuche Sie dringend, mich noch diesen Abend zu besuchen. John Elwes."

„Ah! Du glaubst, ich würde um Deinetwillen mein warmes Stübchen verlassen und mich in das Regenwetter hinaus wagen, alter Filz!" rief der Doktor. „Du meinst, ich wisse nicht, wie Du meinen würdigen Meister Hunter bezahlt hast? Ich will Dir das Verlangen nach einem Arzte schon vertreiben."

Er schrieb unter den Brief:

„Doktor Abernethy kann dem ehrenwerthen Sir John Elwes nur gegen ein Honorar von fünfzig Pfund Sterling einen Besuch machen."

„Diesen Brief übergieb dem Bedienten, der ihn gebracht hat," sagte er zu seinem Diener.

„Es ist kein Bedienter," erwiederte dieser, „sondern ein zerlumptes altes Weib."

Abernethy erbrach den zweiten Brief. Der Inhalt machte einen heftigen Eindruck auf ihn.

„Geschwind angespannt!" befahl er. „Ich muß auf der Stelle fort."

In seiner Ungeduld warf er Schlafrock und Pantoffeln ab, und kleidete sich schnell an.

„Der Henker hole die Bedienten mit ihrer unerträglichen Langsamkeit!" rief er in seiner gewöhnlichen Hast. „Ich sollte jetzt schon dort seyn. Armes Kind!"

Er eilte in den Hof hinab, trieb den Kutscher zur Eile, und saß schon im Wagen, als die Pferde noch nicht einmal angespannt waren. Endlich rollte der Wagen durch die finsteren Gassen der City.

Er hielt vor einem ärmlichen Hause an und sprang aus dem Wagen mit derselben Ungeduld, wie er eingestiegen war. Ein dunkler Gang führte ihn zu einer schmalen, steilen Treppe, welche er mit jugendlicher Lebendigkeit hinan eilte. Ohne sich melden zu lassen, und sogar ohne anzuklopfen, öffnete er eine kleine Thüre. Ein trauriger Anblick bot sich ihm dar. Ein junges Mädchen lag leichenblaß und in heftigen Zuckungen auf einem Ruhebette. Eine bejahrte Frau und ein anderes junges Mädchen standen weinend an ihrem Lager und bemühten sich vergebens, ihr Muth zuzusprechen. Bei'm Eintritte des Arztes schienen sie wieder Hoffnung zu fassen.

(Fortsetzung folgt.)

Eine merkwürdige öffentliche Gerichtssitzung in Berlin.

(Schluß.)

R. Sind das dieselben Schriften, welche Sie angefertigt haben? — A. (die Papiere bald nah, bald von weitem vor die Augen haltend): Ich kann es nicht genau erkennen; meine Handschrift scheint es zu seyn; ja, sie ist es. — V. Sind Sie kurzsichtig oder weitsichtig? — A. Ich bin keins von Beiden; ich bin seit drei Jahren auf beiden Augen blind, ich habe den grauen Staar. — V. Der Physikus hat allerdings in dieser Beziehung Sie auch einer Untersuchung unterzogen, und bescheinigt: daß Sie mit dem sogenannten „Katzenstaar" seit längerer Zeit behaftet, auf beiden Augen fast ganz erblindet seyen. Ich werde daher den von Ihnen aus dem Zahlenbriefe herausgezogenen Inhalt Ihres Schreibens vorlesen, der wirklich mit jenem vollkommen übereinstimmt, wenn man nach Ihrer Vorschrift statt der Zahlen Buchstaben setzt. Diese Uebersetzung lautet so: „Lieber Bruder Hery. Gott zum Gruß! unser Bund gewinnt täglich mehr Anhang. Die Gesellschaft der rothen Brüder ist im Aufblühen. Lord Dudley in London ist dem Bunde beigetreten; er hat 80,000 Pfd. St. dem Meister überliefert. Die hier erfundene Giftmaschine ist ein Meisterwerk der chemischen und mechanischen Kunst; die erzeugte Luftströmung macht es jetzt möglich, daß in der größten Weite Personen durch sie getödtet werden können. — König Fr. W. IV. und seine Brüder, so wie die Euch bekannten und letzt schon bezeichneten Großen sind dem Tode geweiht; Frauen und Kinder bleiben verschont. — Den Bundesgliedern in Wien haben wir durch den Meister Nachricht geben lassen. Vom Rheine werden unsere Brüder in der Verkleidung nach Berlin kommen. Grüßet den

Meister und bleibet treu dem Bunde; es behüte Euch die Vorsicht. Der Eurige." Ist dies genau der Inhalt und die Bedeutung der Zahlenschrift gewesen? — A. Ja, so habe ich den Inhalt herausgefunden? — B. Haben Sie keinen der drei von Ihnen bezeichneten Herren nachher wiedergesehen? — A. Ja, den Einen sah ich einmal flüchtig unter den Linden; erst als er mir vorüber war, erinnerte ich mich seiner bestimmt; es war der Herr mit den Orden. — B. Es ist seltsam, daß Sie diesen Verschwörer nicht festgenommen haben. Wie hätten Sie denn wohl auf die Spur der Demagogen leiten wollen, da Ihnen jene Männer ganz unbekannt gewesen und nicht wieder zu Gesicht gekommen sind? — A. Wenn mir die Mittel gegeben würden, mich anständig und fein zu kleiden, so daß ich im Stande wäre, in die Welt einzutreten, die vornehmen Gesellschaften und Zirkel, Konzerte und Kaffeehäuser zu besuchen, so wollte ich wohl jene drei Herren vom geheimen Bunde wiederfinden. — B. Warum haben Sie nicht dem hiesigen Polizeipräsidium sogleich von der gemachten Entdeckung Anzeige gemacht, und dagegen den weitern Weg gewählt, an den König sich zu wenden, zumal Se. Majestät nicht in Berlin war. — A. Ich war der Meinung, daß ein Dritter von einem so argen Verbrechen, welches das Leben des Königs bedroht, keine Kenntniß erhalten dürfe; deßhalb bat ich um eine geheime Unterredung. — B. Weßhalb zerrissen Sie aber den in Zahlen geschriebenen, von Ihnen angeblich nach den urschriftlichen Briefstücken angefertigten Brief? — A. Ich beabsichtigte hierdurch anschaulich zu machen, auf welche Weise das ursprüngliche Dokument zerrissen gewesen. — B. Weit besser, Sie hätten dann die Urschrift selbst beigefügt oder vorgezeigt. Jedoch es gewinnt den Anschein, als hätten Sie glauben machen wollen, die angefertigte Abschrift sey der Brief selbst gewesen, welchen Sie, wie Sie sagen, am Ufer des Karpfenteiches aufgefunden haben? — A. Das lag nicht in meiner Absicht. Hätte ich glauben können, daß auf den eigentlichen Brief so viel würde ankommen, so würde ich ihn wohl aufbewahrt haben. — B. Merkwürdig, daß in der Uebersetzung des Briefes einige eigenthümliche Ausdrücke gar nicht annehmen lassen, daß dieselben von so vornehmen und gebildeten Personen, wie Sie die Verschwörer schildern, herrühren. Selbst in der Schreibart einzelner Worte entdeckt man Fehler und Unrichtigkeiten, so ist z. B. jetz statt jetzt, letz statt letzt geschrieben. — A. Ich habe bei der Uebersetzung des Zahlenbriefs mich nicht genau an die Urschrift gehalten, vielmehr Mehreres frei aufgefaßt und niedergeschrieben. — B. Das wird durch eine Vergleichung des Zahlenbriefs mit Ihrer Uebersetzung nicht bestätigt; denn auch in jenem finden sich dieselben Fehler vor. — A. Es mag seyn, daß eine oder die andere Zahl nicht sorgfältig von mir entziffert und aus dem urschriftlichen Briefstücke in meine Abschrift übertragen worden ist. — B. Auch der Umstand: daß in dem Briefe von einer Giftmaschine die Rede, die als ein Meisterwerk der chemischen Kunst gepriesen wird, läßt vermuthen, daß Sie der Verfasser des Briefes seyn möchten; denn Sie sind Chemiker; es ist natürlich, daß Sie von chemischen Sachen gern sprechen. — A. Ich habe mich wegen meines Augenübels schon seit langer Zeit nicht mit der Chemie beschäftigt. — B. Sie haben vor mehreren Jahren Geistererscheinungen und andere Phantasmagorien für Geld zur Schau gestellt? — A. Ja, in Breslau. B. Haben Sie etwa sonst wohl Erfindungen von Bedeutung gemacht? — A. Ja, eine für Deutschland nicht unwichtige in der Pfeifenfabrikation. — B. Sie haben auch vor nicht langer Zeit dem hiesigen Polizeipräsidium die Anzeige gemacht, daß Sie einen Tisch erfunden, der sich selber decke; Sie machten für die Mittheilung dieses Geheimnisses auf eine Belohnung Anspruch. — A. Ja. — B. Eben so machten Sie derselben Behörde den Vorschlag, man möge Ihnen die hiesige Armenspeisung überlassen; Sie hatten eine Erfindung gemacht, die Armen durch Suppen zu ernähren, die in fünfzig Suppenwagen täglich durch die Stadt ausgefahren werden sollten. Sie hofften dabei auf einen jährlichen Gewinn von 20,000 Thalern. — A. Ich selbst wollte keinen Gewinn davon ziehen; es wäre Alles den Armen zu gut gekommen. — B. Hier ist Ihre Pauperrechnung, die auf mehrere Millionen hinaus läuft und endlich mit einem Gewinn von 20,000 Thalern für Sie abschließt. — A. Einen eigenen Vortheil habe ich durch die von mir vorgeschlagene Einrichtung nie erzielen wollen. — B. Wie dachten Sie diese Einrichtung in's Werk zu setzen? — A. Ein angesehener Banquier hierselbst war damals bereit, die nöthigen Gelder mir vorzustrecken. — B. Haben Sie von der Behörde auf Ihre Vorschläge eine Antwort erhalten? — A. Man gab mir den Bescheid, daß man auf meine Anerbietungen nicht eingehen könne. — B. Haben Sie selbst einiges Vermögen? — A. Ich besitze ein von meinem Vater ererbtes Kapital von 600 Thalern, welches mein Bruder, der Kaufmann in Glatz ist, in Händen hat, und von dessen Zinsen ich mich und drei noch unversorgte Kinder ernähre. — B. Nach den in der Voruntersuchung herbeigeschafften Polizeiakten über Ihre persönlichen Verhältnisse ist es nicht so, wie Sie angeben. Der Zinsengenuß des Kapitals, welches Ihnen Ihr Vater hinterlassen, ist nach dessen Testament Ihren Kindern vermacht worden. — A. Aber auch ich ernähre mich von den Zinsen, die mein Bruder an mich zahlt; außerdem läßt mir derselbe von Zeit zu Zeit Unterstützungen zufließen, und von der hiesigen Armendirektion erhalte ich eine solche im monatlichen Betrage von zwei Thalern. — B. Wovon ernährten Sie sich im April d. J., als Sie das Gesuch um eine Unterredung an den König richteten? — A. Ich hatte kein Geschäft. — B. Der Verdacht liegt nahe, daß Sie deßhalb Ihr Gesuch unmittelbar an den König gerichtet haben, um für die Entdeckung der vermeintlichen Verschwörung irgend eine Belohnung, vielleicht eine fortlaufende Unterstützung zu erlangen. — A. Das war keineswegs meine Absicht. Ich wollte dem Könige und dem Staate durch meine Anzeige einen Dienst erweisen. — B. Ferner dringen die Ihnen vorgehaltenen Umstände die Vermuthung auf, daß Sie selbst der Verfasser des von Ihnen eingereichten Zahlenbriefes gewesen, mit Einem Worte, daß Sie dessen Inhalt und die Erzählung von einem Complotte und von Demagogen erdichtet haben, um eine Unterstützung oder irgend einen andern Vortheil zu erzielen. — A. Ich kann den Brief nicht erdichtet haben, da ich ihn am Karpfenteiche gefunden, nachdem ihn die Verschwörer weggeworfen. — B. Sie bleiben also dabei, daß Sie einer Verschwörung auf die Spur gekommen. — A. Allerdings, wenn nicht etwa jene Herren sich nur einen Scherz gemacht, was ich indeß nach der Ernstlichkeit ihrer Handlungen und Ausdrücke nicht annehmen kann. — B. Kommt es Ihnen nicht höchst unwahrscheinlich vor, daß drei Männer, die mit so hochverrätherischen Umtrieben sich beschäftigen und so verbrecherische Pläne schmieden, eine öffentliche Bank im Thiergarten bei heller Mittagsstunde zu ihrer lauten Unterhaltung wählen würden, eine Stelle, wo sie eben so leicht von Anderen, wie von Ihnen belauscht werden konnten. — A. Ich war von den Herren nicht bemerkt worden, weil ich im Gebüsche lag; außerdem war der Thiergarten zu jener Zeit nicht sehr belebt. — B. Und wie vermochten Sie die Unbekannten so genau in das Auge zu fassen, da Sie fast erblindet sind? — A. Wenn die Sonne einen Gegenstand hell beleuchtet, so kann ich wohl ziemlich gut sehen. — B. Aber Sie wollen nicht allein die äußeren Umrisse der Gestalten, Sie wollen auch geringfügige, minder ins Gesicht fallende Gegenstände bemerkt haben, den Orden des größeren Herrn, die Tonsur des Geistlichen, ja Sie haben auf der entfernten Chaussee Wagen, Pferde und Jäger von Ihrem Standpunkt aus wahrnehmen wollen, und erst heut sprachen Sie davon, daß jener Wagen mit Schimmeln bespannt gewesen; in der Voruntersuchung haben Sie dieses Umstandes nicht gedacht. — A. Die Herren waren Anfangs nur fünf Schritt von mir entfernt, und in dieser Nähe konnte ich sie hinlänglich genau betrachten. Als sie nach der Chaussee hin aufbrachen, ging ich in geringer Entfernung ihnen nach. — B. Dennoch ist der ganze Vorfall nach den Ihnen gemachten Vorhaltungen im höchsten Grade unwahrscheinlich zu nennen, und wenn Sie einen erdichteten Vorfall in der Art, wie Sie gethan, zur Kenntniß des Königs bringen, so machen Sie sich des Verbrechens schuldig, die allerhöchste Person täuschen zu wollen und sind strafbar. — A. Allerdings wäre es ein großes Vergehen, Se. Maj. den König auf diese Weise belügen zu wollen; doch diese Absicht lag mir fern. — B. Haben Sie von einem Lord Dudley sonst wohl gehört oder gelesen? — A. Ich entsinne mich dunkel, in den Zeitungen von ihm gelesen zu haben; wenn ich nicht irre, war er einer der Lords, von welchen die aus ihrem Vaterlande verbannten Polen mit erheblichen Summen unterstützt worden sind. — B. Haben Sie in früheren Jahren an Krankheiten, besonders an Gemüths- oder Seelenstörungen gelitten? — A. In den Jahren 1838 und 1839 bin ich wiederholt am Nervenfieber erkrankt gewesen, auch phantasirte ich stark. — B. Durch stattgehabte Ermittelungen steht es sogar fest, daß Sie früher an Irrsinn gelitten. Es fragt sich: ob Sie auf irgend eine Weise noch jetzt wahnsinnige Vorstellungen haben oder sich krank fühlen? — A. Außer meinem Augenübel bin ich keiner Krankheit mir bewußt. — B. Die vom Physikus mit Ihnen vorgenommene Untersuchung bestätigt dies auch: er erklärt Sie für vollkommen gesund. Haben Sie noch zur Widerlegung der gegen Sie erhobenen Anklage Etwas anzuführen? — A. Nein. — B. Haben die Herren Richter oder der Herr Staats-Anwalt noch Fragen an den Angeklagten zu richten? (Einer der beisitzenden Richter unterredet sich mit dem Vorsitzenden.) — B. Man macht mich so eben noch aufmerksam, daß nach Ermittelungen in der Voruntersuchung Sie einmal von einer Verschwörung geträumt haben sollen. — A. Ich hatte einmal einen dergleichen Traum, ich glaube während des Nervenfiebers; des Inhalts des Traumes erinnere ich mich indeß nicht mehr genau. — B. Wenn die Herren Richter die Frage für erledigt halten, so ersuche ich den Herrn Staats-Anwalt, seine Anklage zu unterstützen und zu rechtfertigen.

Der öffentliche Ankläger erhebt sich hierauf von seinem Sitze und unterstützt die Anklage durch die bei der mündlichen Verhandlung dem Angeschuldigten vielfach vorgehaltenen Unwahrscheinlichkeiten der von ihm allerhöchsten Orts vorgebrachten Mittheilung einer Verschwörung, und durch den hiernach sich ergebenden Verdacht der Thäterschaft der Abfassung des zur Mittheilung gebrauchten Zahlenbriefs; es wird hierin das im Allgemeinen Landrecht Theil II. Tit 20. §. 200 verpönte Verbrechen gefunden und auf dessen Bestrafung angetragen. — Endlich richtet noch an den Angeklagten der Vorsitzende die Frage: „Haben Sie zu Ihrer Vertheidigung noch Etwas anzuführen?" Der Angeklagte antwortet: „Ich verharre dabei, daß der von mir dem Könige mitgetheilte Vorfall wahr ist; ich habe nichts weiter zur Vertheidigung anzuführen." — B. Die Richter werden sich zur Berathung zurückziehen.

Nach Verlauf einer Viertelstunde treten die Richter aus der Berathungskammer wieder ein; der Vorsitzende verkündet dem Angeklagten das Urtheil, ungefähr des Inhalts: „Es ist für Recht erkannt worden, daß: da sowohl aus Inhalt als Schreibart der Schriftstücke, welche der Angeklagte Sr. Maj. dem Könige zur Kenntnißnahme überreicht hat, eine hohe Unwahrscheinlichkeit dessen, was durch dieselben nach der Meinung des Angeklagten dargethan werden sollte, sich herausstellt, außerdem die begleitenden Umstände: das Zerreißen des Hauptstücks in zwei Theile, die reiche Erfindungsgabe des Angeschuldigten, seine Vermögenslosigkeit, sein häufiger Versuch, auf alle erdenkliche Weise bei Behörden Unterstützungen zu erlangen, endlich der Gedanke einer Gift-Maschine und eines todtbringenden Briefkastens, es eben so wahrscheinlich machen, daß der Angeschuldigte selbst Verfasser des angeblich von ihm aufgefundenen hochverrätherischen Briefes gewesen, daß jeder Versuch: die von ihm angegebenen Thatsachen als glaubhaft, darzustellen, mißlungen ist, in der absichtlichen Mittheilung einer falschen Nachricht unter dem Vorgeben, daß sie wahr, die Verletzung der dem Landesherrn schuldigen Ehrfurcht zu finden, welches Verbrechen der §. 200 des Strafrechts mit einer Freiheitsstrafe auf 6 Monat bis zu einem Jahre bedroht, indeß dem Angeklagten, der als zurechnungsfähig anzunehmen, doch es zum Milderungsgrunde anzurechnen: daß die von ihm verfertigte verbrecherische Schrift die Verletzung der Ehrfurcht gegen den Landesherrn nicht unmittelbar zum Zweck gehabt, vielmehr nur als ein Mittel zu andern persönlichen Zwecken gedient hat und in diesem Sinne gebraucht worden, endlich nach §. 108. des Gesetzes vom 17. Juli d. J. mit der Verurtheilung des Angeklagten zugleich die Verurtheilung desselben in alle Kosten des Verfahrens auszusprechen, aus diesen Gründen: der Angeklagte Karl Amadeus Hirschberg des Verbrechens der Verletzung der Ehrfurcht gegen den Landesherrn schuldig und mit sechsmonatlicher Gefängnißstrafe zu belegen, auch die Kosten des Verfahrens zu tragen verbunden." — B. Die Sitzung ist beendet. — (Sie hatte bis gegen 12½ Uhr gedauert.) —

Mannichfaltigkeiten.

Der Redakteur der Dresdener Abendzeitung, Dr. Schmieder, ist in Stelle des Dr. Leopold Schweitzer zum Dramaturgen am Breslauer Stadttheater ernannt worden.

In China gibt es ein Buch, das die Beschreibung und Abbildung von nicht weniger als 414 Pflanzen enthält, welche bei Getreidemangel als Nahrungsmittel gebraucht werden können. Sobald die chinesische Regierung eine Hungersnoth besorgt, läßt sie dieselben in vielen Millionen Exemplaren unentgeltlich vertheilen.

Frankfurt a. M., 22. Nov.

Am 18. d. ereignete sich hier der seltene Fall, daß die Frau eines bei der Taunus-Eisenbahn dahier Angestellten mit vier wohlgebildeten Knaben entbunden wurde, die heute das Sakrament der Taufe erhalten werden.

Geschichtliche Vorlesung.

Sechste Vorlesung; Montag, 23, so wie auch Dienstag, 24. Nov, Abends 7 Uhr:

Blick auf die politischen und sozialen Zustände um's J. 1763. — Friedrich der Große als Staatsmann und Herrscher, als Gelehrter, Freund, Gatte 2c. Dr. Heyden.

Theater-Anzeige.

Sonntag, 22. Nov. Die Schweizerfamilie, lyrische Oper in 3 Abth., Musik von Weigl. Hierauf: Der Vetter, Lustspiel in 3 Abth., von R. Benedix.

Redacteur: J. L. Zeller. — Druck und Verlag von Heller und Rohm.

Didaskalia.

Blätter für Geist, Gemüth und Publizität.

Nro 324. Dienstag, den 24. November 1846.

Der Operateur.

Wahre Begebenheit, mitgetheilt von Dr. Rödiger.

(Fortsetzung.)

Abernethy trat, ohne auf die Begrüßung der Andern ein Wort zu erwiedern, auf die Kranke zu und sah sie mit einem forschenden Blicke an. Sein kupferfarbiges Gesicht nahm den Ausdruck schmerzlicher Ueberraschung und Unruhe an. Er schrieb in der Eile ein Recept und gab den Umstehenden einen Wink, das Zimmer zu verlassen. Als er mit der Kranken allein war, ergriff er ihre Hand und sagte, indem er die natürliche Härte seiner Stimme möglichst milderte:

„Miß Lucy, Sie haben sich mit Opium vergiftet."

Sie bedeckte sich das Gesicht mit den Händen und weinte bitterlich, ohne zu antworten.

„Seit wann hat die Tochter des frommen Predigers Griffith die weisen Lehren ihres Vaters vergessen?" fuhr er fort. „Sie haben Ihre unverschuldete Noth mit christlicher Ergebung ertragen; das Unglück vermochte Sie nicht zu beugen — nur ein an Ihrem Herzen nagender Kummer konnte Sie von dem Wege der Christenpflicht ablocken."

„Ist denn Schmach nicht schlimmer als der Tod?" rief sie. „Ein junger Mann hatte um meine Hand geworben, meine Mutter hatte mir erlaubt, ihn als meinen Verlobten anzusehen. Er hatte, wie er sagte, die Einwilligung seiner Familie erhalten. Gestern kam Georgs Vater, und machte meiner Mutter über ihr lächerliches Vertrauen — wie er es nannte — die bittersten Vorwürfe. „Nie wird mein Sohn der Gatte Ihrer Tochter!" fügte er hinzu. „Georg ist zu dieser Stunde bereits an Bord eines Schiffes, welches noch vor Ende dieser Woche nach Indien absegelt." — „Sie sehen also, es blieb mir nichts übrig, als der Tod."

„Es blieb Ihnen übrig, mich aufzusuchen und mir Ihr Leid anzuvertrauen. Wie heißt der Vater Ihres Verlobten?"

„Sir John Elwes, Mitglied des Parlaments."

„Wie? Sir John!" rief der Doktor freudig überrascht. „Ah! Sir John! den werde ich schon zahm machen. Beruhigen Sie sich, mein Kind, ehe drei Monate vergehen, sollen Sie Georgs Frau seyn, darauf verlassen Sie sich."

Lucy blickte ihn halb vertrauend, halb zweifelnd an.

„Abernethy hat nie ein Versprechen gegeben, das er nicht halten könnte," setzte der alte Doktor ernst hinzu. „Verlassen Sie sich auf mich. Ihr Zustand ist, Gott sey Dank! nicht gefährlich. Das Gegenmittel, welches ich verordnet habe, wird bald alle bedenklichen Symptome beseitigen. Morgen komme ich wieder."

Er rief Lucy's Mutter und Schwester wieder herein.

„Morgen wird Alles vorüber seyn," sagte er zu ihnen; „ich bin meiner Sache so gewiß, daß ich so eben eine Stickerei bei ihr bestellte. Hier sind zwölf Guineen als Abschlagzahlung. Gute Nacht."

Er stieg wieder in den Wagen, und erreichte bald seine Wohnung, in der ihm von seiner Menagerie und Mistreß Sarah wie gewöhnlich der zärtlichste Empfang zu Theil wurde.

3.

Der Doktor Abernethy pflegte täglich vom frühen Morgen bis zu der Stunde seiner Vorlesungen, Consultationen zu geben. Reiche und Arme wurden ohne Unterschied zugelassen. Den Ankommenden wurden Nummern gegeben, und Jeder mußte warten, bis die Reihe an ihn kam.

Unter den ersten Personen, welche nach dem Besuche bei Lucy Griffith im Vorzimmer des Arztes erschienen, befand sich ein siebzigjähriger alter Mann, dessen Aeußeres die tiefste Armuth andeutete. Obwohl er sehr leidend war, hatte er doch den Weg zu Fuß, und trotz der rauhen Witterung ohne Mantel gemacht.

Abernethy's Kammerdiener erkannte auf dem Kopfe dieses Mannes eine von seinem Herrn abgelegte alte Perrücke, welche er am Vorabend auf die Straße geworfen hatte. Der Patient hatte sie vor der Thüre gefunden, und sogleich aufgesetzt, obwohl sie für seinen Kopf viel zu weit und zu kurz war. Auf seinem schmalen, zugespitzten Haupte war die Perrücke dem Dache einer chinesischen Pagode nicht unähnlich. Die Kleidung dieses sonderbaren alten Mannes bestand in einem abgetragenen und an mehreren Stellen zusammengeflickten Leibrock von grobem Tuch, einer langen Weste vom gemeinsten schottischen Mantelstoff, einem Beinkleide von braunem Manchester, blauen wollenen Strümpfen und plumpen Schuhen.

Er wartete geduldig, bis die Reihe an ihn kam. Als er endlich vorgelassen wurde, richtete der Doktor, der mit seiner Zeit sehr kargte, die gewöhnlichen hastigen Fragen an ihn:

„Was fehlt Ihnen? Seit wann sind Sie krank?"

„Seit sieben bis acht Monaten," erwiederte der Alte, „leide ich an unerträglichen Schmerzen im rechten Auge. Es ist ein fortwährendes Klopfen, welches bis zum Herzen zurückzuwirken scheint. Kurz, ich bin in Gefahr, das Gesicht zu verlieren."

Abernethy betrachtete lange und aufmerksam die Stirn des Kranken.

„Sie sind ein Mann," sagte er endlich: „ich werde Ihnen daher die Wahrheit sagen. Die Krankheit, an welcher Sie leiden, kostet Ihnen unfehlbar das Leben, wenn Sie nicht in kurzem operirt werden. Ich werde Sie operiren. Gehen Sie sogleich in das St. Bartholemy-Spital. Ich gebe Ihnen ein paar Zeilen mit, bei deren Vorweisung man Sie in meine Abtheilung führen wird."

„Ich muß Ihnen gestehen," sagte der Patient zögernd, „daß

das Spital mir immer den tiefsten Widerwillen eingeflößt hat. Könnten Sie mich nicht in meiner Wohnung operiren?"

„Nein; Sie müssen mindestens vierzehn Tage nach der Operation unter der Aufsicht eines von mir zu wählenden Wundarztes bleiben, und überdies sind dabei manche Vorkehrungen nothwendig, welche man in der Dachkammer eines armen Mannes, wie Sie sind, nicht haben kann."

„Ich bin allerdings arm," fügte der Alte mit sonderbarem Lächeln hinzu; „aber ich kann Sie versichern, daß Sie bei mir alle Erfordernisse zur Operation finden werden."

„Stehlen Sie mir meine Zeit nicht," sagte der Doktor ungeduldig, „wollen Sie sich kuriren lassen oder nicht?"

„Allerdings will ich mich kuriren lassen."

„Nun, so gehen Sie auf der Stelle in's St. Bartholemy-Spital; ich nehme die Operation nur dort vor."

„Und ich lasse mich nur in meiner Wohnung operiren," entgegnete der starrköpfige Alte. „Ich wollte eigentlich nur Ihren Rath über meinen Zustand einholen, und das habe ich jetzt gethan, Gott sey Dank! Alle Aerzte, welche ich konsultirte, Blick, Pott, Marshall, selbst der kühne Hunter, wollen sich zu einer Operation nicht entschließen. Ich werde diese Herren zusammenberufen, und ihnen Ihre Meinung mittheilen."

„Sie wollen die berühmtesten Aerzte der Hauptstadt zusammenberufen?" fragte Abernethy, mit einem Blick auf den dürftigen Anzug des alten Mannes.

„Ja," erwiederte dieser: „sie sagen, der Fall sey sehr merkwürdig, und von hohem Interesse für die Wissenschaft, und aus dieser Rücksicht wollen sie mich so behandeln, als ob ich reich wäre. Adieu, Doktor."

Er wollte gehen, aber der Doktor rief ihn zurück.

„Da Sie sich vor dem Spital fürchten, so will ich Sie in meiner Wohnung operiren, wenn Sie damit einverstanden sind. Es soll Ihnen die sorgfältigste Pflege zu Theil werden, und nach Ihrer Heilung gebe ich Ihnen zwei Guineen."

„So, meinen Sie das, Doktor?" erwiederte der Alte, ihn mißtrauisch von der Seite anschauend. „Sie möchten mit mir eine Operation probiren, welche kein anderer Arzt unternehmen will. Sie werden mir erlauben, die Meinung Ihrer Kollegen zu theilen, ich lasse mich nie operiren."

Er legte einen Schilling auf das Kamin, machte eine spöttische Verbeugung, und ging von neuem der Thüre zu.

„Sie sprachen von einer Zusammenberufung," sagte Abernethy kalt; „ich will sie Ihnen gratis verschaffen. Heute um zwei Uhr will ich meine geschicktesten Kollegen zusammenberufen, und werde Ihnen diesen fast beispiellosen Fall vortragen."

„Bedenken Sie, daß ich ein armer Teufel bin, und die Kosten einer solchen Zusammentretung nicht zu erschwingen vermag."

„Ich versichere Sie noch ein Mal, daß diese Consultation Ihnen keine Kosten verursachen soll."

„Schwören Sie mir dies auf Ihre Ehre?"

„Ich gebe Ihnen als Gentleman mein Ehrenwort darauf."

Der Alte brach in ein lautes Gelächter aus.

„Schönen Dank, Doktor; Sie sind schlau und gewandt, aber doch noch nicht genug, um mich hinters Licht zu führen. Sie verlangten von Sir John Elwes fünfzig Pfund Sterling für Ihr Gutachten über seine Krankheit. Er hat diese Consultation nur mit einem Schilling gezahlt, und diesen Nachmittag berufen Sie auf Ihre Kosten die berühmtesten Aerzte Londons zusammen. Sie dachten mir einen empfindlichen Stoß zu versetzen; mich dünkt aber, mein Gegenstoß giebt dem Ihrigen nichts nach."

„Sie haben Recht," antwortete Abernethy ruhig; „ich bin ein Freund von schlauen Kunstgriffen, und dies ist einer der besten, die mir je vorgekommen sind. Sir John Elwes, ich halte mein Wort. Kommen Sie heute Nachmittag um zwei Uhr zu mir; die versprochene Zusammentretung soll stattfinden."

„Aber doch gratis?"

„Allerdings, gratis," bekräftigte der Doktor, indem er auf dies letztere Wort einen besonderen Nachdruck legte.

Sir John entfernte sich in der freudigsten Stimmung. Abernethy schaute ihm nach.

„Heute hast Du mich überlistet," murmelte er; „aber morgen wird sich das Blatt wenden."

(Fortsetzung folgt.)

Mannichfaltigkeiten.

Vor einigen Tagen hat in Berlin ein wahnsinniger Mensch die gesammte Polizei auf merkwürdige Weise in Bewegung gesetzt. Es traf nämlich hier ein Mann ein, der sich für einen reichen Grafen ausgab, sehr vornehm that und bei der Polizei die Denunziation anbrachte, er habe seinen Reisewagen, in dem sich eine große Summe Geldes befunden hätte, nebst drei Reitknechten und mehreren sehr kostbaren Pferden nach Berlin dirigirt. Hier müsse der Reisezug auch angekommen seyn, aber derselbe sey nirgends aufzufinden, und so vermuthe er, daß die Reitknechte ihm mit seinem Eigenthum durchgegangen wären. Die Polizei setzte alle Kräfte in Bewegung, überall forschte man der Equipage mit den edlen Pferden und den drei Reitknechten nach, alle Ställe wurden durchsucht, alle Pferde-Autoritäten erforscht, aber alles vergeblich. Endlich ergab es sich, daß der angebliche Graf ein Wahnsinniger war, zu dessen fixen Ideen der Besitz der bezeichneten Reise-Karavane gehörte. Er ist in einer Irren-Anstalt untergebracht worden.

(Hamburg.) Es hat sich hier ein Verein unter Juden gebildet — dem aber auch Christen, und zwar sehr angesehene Männer, beigetreten sind — der sich die Aufgabe stellt, die Schranken, welche hier Juden und Christen trennen, zu durchbrechen, ein Ziel, das viel Anstrengung kosten wird, und in diesem Jahrhundert der Humanität in Hamburg schwerlich erreicht wird, denn die Trennung wurzelt hier in den Institutionen und in der Gesellschaft gleich stark.

(Berlin.) Ein merkwürdiges Beispiel schneller Justiz haben wir neulich vermöge des neuen Untersuchungsverfahrens erlebt. Ein Fremder will auf dem Einwohner-Melde-Amt einen hiesigen Einwohner ermitteln, an den er adressirt ist. Er begiebt sich also nach dem Polizeigebäude auf dem Molkenmarkt, tritt, aus Unkenntniß der hiesigen Gesetze, gemüthlich eine Cigarre rauchend, an einen dort vor der Thüre stehenden Gendarmen heran, und bittet diesen, ihm das Einwohner-Melde-Amt zu zeigen. Der Gendarme nimmt den bescheidenen Frager wegen der Cigarren-Contravention natürlich sofort fest und fragt ihn nach Stand und Namen. Da er erfährt, daß er mit einem Fremden zu thun hat, der schon am andern Tage abreisen will, und er zufällig weiß, daß der Polizeirichter, welcher die Tabak-Kontraventionen verhandelt, gerade Sitzung hat, so führte er den Fremden sofort vor, und wurde derselbe vom Polizeirichter zu einem Thaler Strafe verurtheilt. Der Fremde zahlte den Thaler und ward dann von dem Gendarmen sehr höflich nach dem Einwohner-Melde-Amt gewiesen. Das ganze Intermezzo hat kaum eine Viertelstunde gewährt.

(Pol.-Anz.)

In „Ilm-Athen", nämlich in Weimar, wurde am diesjährigen Geburtstage Schiller's, im Hoftheater aufgeführt: — „Der Viehändler aus Oberösterreich!" Sie konnten doch füglich das Stück „Sonst und jetzt!" aufführen.

Vor kurzem kam in Berlin ein Selbstmord vor, der wegen der Umstände, die ihn begleiteten, und wegen des jugendlichen Alters des Selbstmörders eine besondere Erwähnung verdient. Ein Sohn in einer reichen Familie, Namens J., hatte in seinem 16. Jahre so eben mit einem andern Knaben die Elementarschule verlassen. Letzterer ist der Sohn minder wohlhabender, aber sehr achtbarer Eltern und ging in ein Geschäft über, um da die Handlung praktisch zu erlernen. J. bemerkt, daß sein Schulfreund größere Ausgaben macht, als seine Vermögensverhältnisse erlauben, und fordert deßhalb brieflich dessen Lehrherrn auf, demselben eine größere Sparsamkeit aufzuerlegen und besonders auf ihn zu sehen. Der Prinzipal zeigt seinem Lehrlinge den Brief, worauf dieser seinen Freund J. hierüber zur Rede stellt und ihm das Freundschaftsverhältniß aufkündigt. Letzterer hierüber untröstlich, geht in ein einsames Zimmer, wo man ihn erhängt findet. Neben ihm fand man einen Brief, worin er à la Werther klagt, daß das Leben keinen Werth mehr für ihn habe. Der so erhängt Gefundene ist der einzige Sohn seiner Eltern.

Hr. E. Heis schreibt der Aachener Zeitung: Die seit einer Reihe von Jahren beobachtete Novemberperiode der Sternschnuppen hat sich auch in diesem Jahre durch häufiges Erscheinen derselben in den Nächten des 12. und 13. Nov. vollkommen bestätigt. Schon einige Tage vor dem 12. Nov. zeigten sich Sternschnuppen in ungewöhnlicher Menge und Größe am heitern Abendhimmel; so zeigte sich am 11. um 5¾ Uhr oberhalb der Andromeda eine feuerkugelähnliche Sternschnuppe, welche außerordentlichen Glanz verbreitete. Die Nächte des 12. und 13. Novembers, durch Klarheit des Himmels ausgezeichnet und nicht, wie in den letzten Jahren meist der Fall war, durch Mondschein erhellt, waren der Beobachtung höchst günstig; nur am dritten zur Beobachlung festgesetzten Tage, am 14., war der Himmel vollkommen bedeckt. Am 12. wurden hierselbst auf der als Observatorium dienenden neu eingerichteten Terrasse der höhern Bürgerschule in den Stunden von 6 bis Mitternacht im Ganzen 108 Sternschnuppen beobachtet und zwar von 6—7 9, von 7—8 21, von 8—9 15, von 9—10 21, von 10—11 13, von 11—12 29. Die meisten Sternschnuppen wurden an diesem Abende in der Gegend der Leier, des Wallfisches, Widders und des Wassermanns gesehen. Am 13. wurden von 6 bis 1 Uhr Nachts im Ganzen 191 Sternschnuppen aufgezeichnet und zwar von 6—7 22, von 7—8 18, von 8—9 19, von 9—10 30, von 10—11 34, von 11—12 36, von 12—1 32. Die Gegenden zwischen dem großen Bären und kleinen Löwen des Wallfisches, Stieren und Orion, des Pegasus und besonders der Leier und des Herkules scheinen die Hauptttummelplätze gewesen zu seyn. Die Sternschnuppen der zweiten Nacht übertrafen die der ersten nicht allein an Zahl, sondern auch an Helligkeit; mehrere an beiden Abenden beobachtete hatten Schweife, andere zeichneten sich durch röthliches oder grünliches Licht aus. Die Bahnen waren meist gradlinig; die einiger Sternschnuppen in einen Bogen gekrümmt, die anderer geschlängelt.

Unter dem Titel: „Die Zellengefängnisse vom sittlichen Standpunkte aus betrachtet", hat Wilh. Sauerwein bei Karl Körner in Frankfurt a. M. seine Ansichten in einem sechzehn Seiten umfassenden Heftchen publicirt. Der hier erörterte Gegenstand ist in jüngster Zeit vielseitig beleuchtet und besprochen worden, und zwar mit Recht, da die Reform des Gefängnißwesens zu einer der wichtigsten unter allen obschwebenden Zeitfragen gehört und nicht genug in Erwägung gezogen werden kann. Der Verfasser ist gegen das Zellensystem, dessen Härte und Inhumanität er mit Gründen nachzuweisen sucht, deren Widerlegung den Anhängern desselben schwer fallen dürfte. Indem wir das Heftchen der verdienten Beachtung empfehlen, haben wir noch beizufügen, daß es, abgesehen von der Wichtigkeit des Inhaltes, sich auch durch Gedrungenheit des Gedankens, sowie durch Wärme und Energie der Darstellung auszeichnet. Die Piece des Hrn. Sauerwein wurde von ihm nicht geschrieben, um eben Etwas zu schreiben, sondern weil er seiner vollen Ueberzeugung weitere Verbreitung zu verschaffen sich gedrungen fühlte.

(Augsburg, 17. Nov.) Die durch den Magistrat auf Kosten der Gemeinde errichtete Bäckerei hat ihren Fortgang, und hat schon bei 17,000 Laibe reines Roggenbrod geliefert. Dieses Brod, ausgebacken zu 370 Pfund per Schäffel in Laiben zu 6 kr. und auch 3 kr., ist schmackhaft und nahrhaft, und hat zu diesem Preise dasselbe Gewicht wie das gewöhnliche Bäckerbrod zu 8 kr. und 4 kr. Es ist dieses Brod daher gewiß für die ärmere Bevölkerung und die arbeitende Klasse eine sehr große Erleichterung.

(Augsb. Abztg.)

Der vormalige Direktor des Bremer Stadttheaters, Herr Anhold, ist jetzt — laut einer Meldung der „Königsberger Zeitung" — Koch auf der Insel Bornholm, nachdem er die Stellung eines Methodistenpredigers daselbst aufgegeben hatte.

(Danzig.) Am 9. November hatten wir wieder das traurige Beispiel einer Prangerausstellung. Eine alte Frau mußte „wegen betrügerischer Wahrsagerei" diese Strafe erleiden.

(Eine Frauen-Adresse.) Die mehrerwähnte Adresse der Hamburger Frauen ist endlich mit einigen und 60 Unterschriften versehen an die bedrängten Schwestern in den Herzogthümern" abgegangen. Am Schlusse derselben heißt es: Es scheint uns, Euren fernen und nahen deutschen Schwestern, von der größten Wichtigkeit, daß der weibliche Theil der Bevölkerung der deutschen Herzogthümer in seiner deutschen Gesinnung verharre und die deutschen Ehrenmänner in ihrem edlen Streben ermuntere und anfeuere. Was uns betrifft, so sind wir mit den Beweisen der Sympathie, welche ganz Deutschland Euren und unsern Brüdern gegeben und fortwährend gibt, vollkommen einverstanden; wir, schwache Frauen, können keinen Fehdehandschuh aufheben, noch Gut und Blut für Eure gerechte Sache verschreiben, aber wir können unsere Freude über die Gesinnung des ganzen deutschen Volkes, Euch unsere innigste Theilnahme zu erkennen und die Versicherung geben, daß wir Eure Sorgen heute wie in der Zukunft schwesterlich theilen wollen. Es soll nicht heißen, das deutsche Weib sey unwürdig der Freiheit und einer schöneren Zukunft des Vaterlandes. Lasset uns mit Euch das Gegentheil beweisen!

(Frankfurt a. M.) Der literarische Cursus, welchen Hr. P. Ch. Guépralte, Prof. der königl. französischen Universität, den 15. Dezember eröffnen wird, hat einen wohlthätigen Zweck zur Grundlage, indem die Hälfte des Ertrages den unglücklichen Nothleidenden der traurigen Ueberschwemmung in den Loire-Gegenden bestimmt ist. Wann auch die hierdurch erwachsende Hülfsleistung im Verhältniß zur Noth nur als eine sehr schwache erscheinen mag, so ist doch jede und auch die kleinste Unterstützung in einem solchen Falle willkommen und dankenswerth. Wir sind überzeugt, daß die menschenfreundliche Absicht des Hrn. Guépralte ihre verdiente Würdigung finden und sein Cursus zahlreichen Besuches sich zu erfreuen haben werde.

Korrespondenz.

Aus Oberhessen, im Nov.

Hat ein Steuererheber im Großherzogthum die Befugniß, die Erhebung in ein eine Viertelstunde vor der Stadt gelegenes Wirthshaus zu verlegen, wenn er selbst im Orte wohnt? Zwar ist nicht zu läugnen, daß es ihm große Mühe gekostet hat, eine Wohnung zu bekommen und nur unter der Bedingung, nicht darin die Erhebung vorzunehmen; allein aus welchen Gründen dieser Punkt im Miethcontract aufgenommen worden und warum er keine andere Wohnung in der Stadt finden konnte, wollen wir ununtersucht lassen, da doch ein jeder hierher versetzte Beamte augenblicklich ein passendes Unterkommen findet. Nach dem vom Steuercommissär aufgestellten Hebzettel heißt es: „Die Steuer muß in den ersten zehn Tagen des Monats an den Steuererheber im Orte entrichtet werden"; wohnt nun noch dazu der Erheber in demselben, so ist es doch stark, die Bewohner einer Stadt der Willkür eines Erhebers auszusetzen, der im Wahne steht, ein eine Viertelstunde vor der Stadt gelegenes Wirthshaus gehöre zu derselben und man könne es ihm nicht verbieten, die Erhebung dorthin zu verlegen, weil er in der Stadt kein Local habe finden können. Die Steuern, welche der Staat fordert, zahlt der Staatsangehörige bereitwillig, glaubt aber nicht, auf solche Art der Vexation eines niedern Bediensteten preisgegeben zu seyn. Einsender dieses hat von mehreren Europamüden die Worte gehört: „Nicht die hohen Steuern des Staats treiben uns fort, sondern die hohen Communalsteuern und die Arroganz mancher Diener, welche glauben, der Bürger sey nur ihretwegen da." Da nun vor einigen Tagen einem Steuererheber in hiesiger Nähe von einem verlarvten Bewaffneten die erhobenen Gelder abgenommen und letzterer schwer verwundet worden ist, so möchte es im Interesse des Staats, als des Erhebers, am rathsamsten seyn, demselben den Befehl zugehen zu lassen, die Steuern in der Stadt zu erheben und zwar in dem Hause, in welchem er solche während der Krankheit seiner Tochter erhoben hat, um so mehr, weil der wohlhabende Bürger nicht gern Stunden lang sein Gesinde entbehrt und der ärmere seine Zeit besser benutzen kann, als den Launen eines Menschen zu fröhnen.

Mainz, 17. Nov.

Naturgeschichtliches über das ehemalige Seebecken von Mainz.

Im Kurzem soll unser Fischthor abgebrochen werden. Leider verengt dies aus merkwürdigen Bruchstücken älterer Bauwerke aufgeführte Gebäude, welches erwiesenermaßen schon im 11. Jahrhunderte stand und an dem eine bis jetzt noch nicht erklärte, sehr lange lateinische Steinschrift eingemauert ist, zu sehr die Passage zwischen der Rheinstraße und dem Speisemarkt, um nicht die Nothwendigkeit seiner Beseitigung anerkennen zu müssen. Dies Thor, dessen ehemalige Schwelle 7 Fuß unter der heutigen Straße sich befindet, beweis't recht augenscheinlich, wie von Jahrhundert zu Jahrhundert das Bett des Rheinstromes durch die von demselben niedergeschlagene Erde sich erhöht und somit auch eine fortschreitende Erhöhung der am Ufer gelegenen Oertlichkeiten nothwendig gemacht hat. Nach einer von dem Hofmaler Hrn. L. Becker sowohl über diesen interessanten Gegenstand, als über den alten Binnensee, welcher das Becken zwischen Straßburg und Bingen füllte, angestellten Nachforschung und sinnreichen Folgerung (worüber eine besondere Abhandlung in dem ersten Hefte der Zeitschrift des geographischen Vereins in Darmstadt veröffentlicht werden wird) betrug, nach dem endlichen Ablaufe des mehr als 100 Fuß tiefen Sees, die Erhöhung des Rheinbettes im Laufe eines Jahrhunderts 22 Centimetre, oder fast 1 Fuß hessischen Maßes. — Dem eben genannten Forscher verdankt man auch eine eben so interessante als merkwürdige Sammlung von Versteinerungen aus dem vorbezeichneten Seebecken, worin vorzüglich Mainz und seine Umgegend, namentlich Weissenau, Mombach, Budenheim, mit ihren in tertiärem Gebilde eingeschlossenen Thierresten, so wie die im Diluvium vorkommenden Geschöpfe aus dem Sande von Mosbach, des Rheins rc. eben so positiv bezeichnend, als höchst beachtungswerth vertreten sind. Diese werthvolle Privatsammlung, welche in ihrer Art einzige Documente urweltlicher Thierbildungen enthält und für das naturhistorische Museum der Stadt Mainz, welches nun auch einen würdigen Raum in dem ehemaligen kurfürstlichen Schlosse gefunden hat, von hoher Wichtigkeit ist, wird, dem Vernehmen nach, demnächst für dieses Museum erworben, eine der bedeutungsvollsten Zierden desselben werden. Denn sowohl in geognostischer, als in naturgeschichtlicher Beziehung ist in jener Privatsammlung nicht allein vieles durchaus Eigenthümliche, was sich allein nur auf Mainz und seine nächste Umgebung bezieht, sondern auch vieles ganz Neue enthalten, was bis jetzt noch keine andere Sammlung aufzuweisen hat.

Butzbach, im Nov.

Hr. Emil Kauer in Kreuznach hat dem hiesigen Leseverein ein werthvolles Geschenk gemacht, die aus seiner Werkstätte hervorgegangenen broncirten Gypsstatuetten Hutten's und Sickingen's. Ein geistvoller Gedanke, die Männer, welche auf der nahen Ebernburg nach Hohem gestrebt hatten, in ihren Bildern aufzustellen in den Vereinslocalen der bescheidenen Anstalten, welche ächte Volksbildung sich zum Zweck gesetzt haben! Wir müssen es daher dem patriotisch gesinnten Künstler Dank wissen, daß er den Gemeinden, in welchen ein kräftiges, frisches Volksleben erwacht ist, Veranlassung gibt, eine Walhalla anzulegen, von welcher man keinen Mann, in dem ächte deutsche Gesinnung sich ausprägte, zurückweisen wird. Die Arbeit ehrt den Künstler, das Geschenk den Freund höherer Bestrebungen.

Usingen, im Nov.

Man ist jetzt bei uns geneigter als je zuvor, das Neuerfundene in Sachen des Ackerbaues zu prüfen und nicht von vornherein zu verwerfen. Dadurch ist es gekommen, daß der böhmisch-nassauische Pflug, welcher vor zwei Jahren in unserem ganzen Amte noch nirgends bekannt war, jetzt in Stadt und Land so allgemeine Aufnahme findet, daß er in ferneren zwei Jahren den alten Pflug unserer Gegend größtentheils verdrängt haben wird. Durch diese größere geistige Regsamkeit, welche in unseren edlen Bauernstand gefahren ist, ist es ferner gekommen, daß man in diesem Jahre zuerst angefangen hat, dem Beispiel der Forstwirthe zu folgen, schlechtes oder mittelmäßiges Wiesenland zu schälen, sodann auf einem Haufen zu verbrennen, die Asche über den wunden Acker auszubreiten und von neuem zu besaamen. Die Erfahrung lehrt, daß auf diese Weise der Boden verjüngt und die Ertragsfähigkeit verdoppelt wird. Auch sind die Lehren, welche Hr. Rentmeister Ackermann dem ganzen Amte durch Einführung des ächten Kunstwiesenbaues gegeben hat und noch gibt, nicht ohne sehr guten Erfolg geblieben. Die Blinden sind sehend geworden und die starrsten Anhänger der alten Mode sehen ihre frühere Störrigkeit und Thorheit ein. Jedermänniglich lobt jetzt die Unternehmungen dieses intelligenten und thätigen Mannes und hin und wieder sieht man die erfreulichsten Beweise lobenswerther Nacheiferung. Was aber am meisten erfreuen muß, ist die Einführung des Maschinenwesens in der Landwirthschaft. Die erste Gewerbausstellung für das Herzogthum Nassau hat uns gezeigt, wie sehr unsere Hüttenwerke, namentlich die Audenschmiede bei Weilburg, in Fertigung von Maschinen zum Gebrauche der Land- und Hauswirthschaft vorangeschritten sind. Diese Maschinen nun, namentlich Kohlrabenschneider, Kartoffelmühlen, ferner auch Strohschneidmaschinen und Schrotmühlen neuer Erfindung finden jetzt Eingang in unserem Amt, wenn auch zunächst nur auf den Pachthöfen, denn die aufgehende Sonne beleuchtet zuerst die Bergspitzen, ehe sie die tiefen Thäler erhellt. Wenn auch solche Maschinen für die meisten Bauern zu theuer sind, so sind doch in jedem Dorfe einige Landwirthe, welche sie ankaufen und vielleicht den übrigen Gemeindegliedern gegen eine billige Abgabe den Gebrauch gestatten könnten. Mächtiger noch als alle diese lobenswerthen Fortschritte würde die Consolidation ihre Wirkung auf unsern Ackerbau äußern. Durch sie würden neue Lagerbücher entstehen, Jeder würde durch Vernichtung des Flurzwangs unbeschränkter Herr seines Eigenthums. Ueber diese wichtigen Angelegenheiten unsere heranwachsenden Bürger zu belehren, ist die Aufgabe unserer Lehrer in den Abendschulen.

Vilbel, 15. Nov.

Heute hatten die hiesigen Deutschkatholiken wieder Gottesdienst, den ersten seit sechs Wochen. Ihr beliebter Prediger, Pfarrer Keilmann, ist schon längere Zeit unwohl und Pfarrer Schell, der mit edler Hingebung bisher die amtlichen Functionen der verschiedenen Gemeinden übernommen, konnte erst heute wieder hiesiger Gemeinde den versprochenen Dienst leisten. Der Inhalt der Rede war eine Parallele zwischen dem jüdischen und christlichen Pharisäismus, keineswegs aber ein unkirchliches Räsonniren. Dafür mochten die trefflichen Schlußworte des von Liebe beseelten Geistlichen zeugen.

Theater-Anzeige.

Mittwoch, 25. Nov. (Zum Benefiz des Hrn. Hassel zu dessen 25jährigem Jubiläum als Mitglied hiesiger Bühne, zum Erstenmale): Der artesische Brunnen, Zauberposse mit Gesang von G. Räder. Fräul. Quint als Gast.

Redacteur: J. L. Heller. — Druck und Verlag von Heller und Rohm.

Didaskalia.

Blätter für Geist, Gemüth und Publizität.

Nro. 325. Mittwoch, den 25. November 1846.

Der Operateur.

Wahre Begebenheit, mitgetheilt von Dr. Rödiger.

(Fortsetzung.)

4.

Sir John Elwes war der Sohn eines reichen Londoner Brauers, Namens Meggot. Dieser hatte sich in ein junges Mädchen von gemeiner Herkunft verliebt, und gegen den Willen seiner Familie mit ihr verheirathet.

Mistreß Peggy war aus der größten Dürftigkeit auf einmal zu großem Vermögen gelangt, denn Meggot war einer der reichsten Bürger der City. Anstatt sich aber die so lange entbehrten Freuden und Genüsse zu verschaffen, überließ sie sich einem beispiellosen Geiz. Meggot bemühete sich vergebens, diese unedle Neigung zu bekämpfen. Sie verminderte die Zahl der Dienstboten in dem ausgedehnten Hauswesen ihres Mannes, und jene, welche sie durchaus behalten mußte, erhielten sehr geringen Lohn und magere Kost. Auch der Herrentisch war so schlecht bestellt, daß Meggot nie einen Freund einzuladen wagte. Er kämpfte nachdrücklich gegen diese schmähliche Knauserei, aber vergebens, nichts war im Stande, diese schmutzige Leidenschaft zu bewältigen. Die Geburt eines Sohnes war weit entfernt, in den Ideen der Mistreß Meggot eine Veränderung zu bewirken. Die reiche Bürgersfrau ging in der gemeinsten Kleidung aus, kaufte verdorbene Eßwaaren um einen Spottpreis ein, und zog den Ihrigen dadurch nicht selten bedenkliche Unpäßlichkeiten zu.

Meggot erhielt einst bei einem Besuche seiner großen Brauereien eine bedeutende Brandwunde am Beine. Er befahl sogleich zu einem Wundarzte zu senden; Mistreß Peggy aber versicherte, die Wunde sey unbedeutend, und man brauche für ganz unnütze Arzneien keine Ausgaben zu machen. Die Klagen, Befehle und Drohungen des Mannes, der an's Lager gefesselt war, blieben fruchtlos. Der Kranke fiel in ein heftiges Fieber, und starb nach achttägigen furchtbaren Qualen als ein Opfer des Geizes und der Gefühllosigkeit.

Seit jener Zeit kannte die niedrige Leidenschaft der Mistreß Meggot keine Gränzen mehr. Sie ließ ihren Gemahl, den angesehenen reichen Bürger, wie einen Bettler beerdigen, und die Braukechte mußten zusammenlegen, um ihm einen Grabstein zu setzen, den die Wittwe nicht bezahlen wollte. Sie entließ die ganze Dienerschaft, verkaufte das großartige Etablissement, und bezog mit ihrem Kinde eine elende Dachkammer. Ihre Goldgier artete dort in einen wahren Wahnsinn aus. In Folge der Entbehrungen, welche sie sich auflegte, wurde ihr Gesundheitszustand immer schwankender, und gleichwohl behauptete sie, man könne sehr gut leben, ohne zu essen. Diesem diätetischen System unterwarf sie sich und ihren Sohn mit so nachsichtsloser Strenge und Beharrlichkeit, daß man sie eines Morgens todt im Bette fand. Ihr Sohn lag erschöpft und entsetzlich abgemagert neben ihr.

Das Kind erhielt einen Vormund. Dieser schickte den kleinen John in das Westminster-Kollege. An den klassischen Studien schien der zu neuem Leben erwachende Schüler keinen besondern Geschmack zu finden; die gymnastischen Uebungen sagten ihm besser zu, und er wurde nicht nur ein vortrefflicher Reiter, sondern auch ein gewaltiger Boxer, der in manchem nationalen Faustkampfe den Sieg davon trug.

Als John endlich des Schulzwanges entledigt war, stürzte er sich mit einer an Wahnsinn gränzenden Gier in den Strudel der Ausschweifungen und Zerstreuungen. Er vergeudete in kurzer Zeit das von seinem Vater hinterlassene Vermögen, und wurde endlich von einer Rotte hartnäckiger Gläubiger verfolgt. In dieser bedrängten Lage erinnerte er sich, daß er zu Stoke, in der Grafschaft Suffolk, einen Oheim habe. Zu diesem begab er sich in ganz gemeiner Kleidung, denn der Oheim, welcher sich durch Wucher bereichert und den Baronstitel erworben hatte, war ein würdiges Seitenstück zu seiner Schwester Peggy, der Mutter Johns. Der junge Verschwender heuchelte eine völlige Uebereinstimmung mit der niedrigen Leidenschaft seines Oheims; er fügte sich durch fünf Jahre in das elende Leben des Alten, und Sir Harrey Elwes gewann seinen Neffen John Meggot dadurch so lieb, daß er ihn unter der Bedingung, Namen und Wappen der Familie Elwes anzunehmen, zum Erben seines ganzen Vermögens einsetzte. Seine Erbschaft betrug mehr als zweimalhunderttausend Pfund Sterling.

Sir John kehrte nach London zurück, ohne irgend Jemanden von seinem Reichthume ein Wort zu sagen. Um von den ferneren Verfolgungen seiner Gläubiger sicher zu seyn, ließ er die in den Händen der letzteren befindlichen Wechsel und Schuldscheine, um einen geringen Theil der Hauptsumme unter der Hand aufkaufen, und so entledigte er sich seiner Schulden, welche sich etwa auf zwanzigtausend Pfund beliefen, durch Entrichtung einer unbedeutenden Summe.

Man erwartete nun, er werde sein früheres tolles Leben wieder anfangen; allein er blieb in seinen bettelhaften Kleidern, an welche er sich bei seinem Oheim gewöhnt hatte, und legte sich, ungeachtet seines Reichthums, die größten Entbehrungen auf.

Nur von Zeit zu Zeit kehrte er zu seinen früheren Thorheiten zurück. Aber auch diese närrischen Launen dienten ihm als Mittel zur Befriedigung seines Spekulationsgeistes. So hatte er einige Monate hindurch die schönsten Jagdhunde und die famosesten Wettrenner in ganz England. Als er diese kavaliermäßige Laune hinlänglich befriedigt hatte, verkaufte er die edlen Thiere, mit einem Nutzen von vierhundert Pfund Sterling, an einen reichen Lord. Auf dem Markte von Smithfield verhandelte er in eigener Person die von seinen Landgütern hergetriebenen Ochsen und Schafe, und selbst das Federvieh stand unter seiner besonderen Controle. Wenn er zu Pferde war, und in die Nähe eines Schlagbaums kam, so nahm er lieber einen Umweg von mehreren englischen Meilen, und er wagte sein Leben auf den halsbrechendsten Pfaden, um einige Pence zu ersparen.

Auf diese Weise wurde das Vermögen des Sir John Elwes in kurzer Zeit verdreifacht. Der Ehrgeiz blieb ihm dabei keineswegs fremd; er ließ sich zum Parlaments-Mitgliede für Berkshire wählen. Diese Wahl ging ohne alle Umtriebe von statten, er verdankte sie allein dem Einflusse, den er durch sein ungeheures Vermögen erlangt hatte. Er rühmte sich später oft, daß die Kosten seiner Wahl sich nur auf drei Pence belaufen hätten.

Dieser sonderbare Mann war zwölf Jahre Mitglied des Unterhauses. Ungeachtet seines beispiellosen Cynismus, stand er unter seinen Kollegen im Rufe der strengsten Gewissenhaftigkeit und Unparteilichkeit. In vielen streitigen Fällen wurde Sir John Elwes als Schiedsrichter aufgestellt.

Dies war der Patient, für den der Doktor Abernethy die berühmtesten Aerzte Londons zusammenzuberufen versprochen hatte.

(Fortsetzung folgt.)

Die Deutschen und die Franzosen.

Unter diesem Titel hat Georg Muhl eine Schrift aus dem Französischen übertragen (Baden, Druck und Verlag des Bureaus der Badzeitung), welche viel Anziehendes enthält. Der Name des französischen Verfassers ist unbekannt, aber dieser hat sich mit seinem Thema wohl vertraut gemacht und es mit viel Gründlichkeit behandelt. „Er hat die Menschen“, sagte ein Artikel der Allgemeinen Zeitung über ihn, „die Zustände, die Literatur, das gesellschaftliche Leben Deutschlands mit begabtem Auge beobachtet, er schildert mit großer Gewandtheit, was er gesehen, und er zieht die Folgerungen aus den Thatsachen mit großem Scharfsinn und mit so viel Unparteilichkeit, als sich bei einem Gegenstande dieser Art von einem Fremden, und besonders von einem Franzosen, billigerweise erwarten läßt. Den eigentlichen Stoff des Buches bilden die zwischen Deutschland und Frankreich obwaltenden Gegensätze, mit denen der Verfasser seine Leser gründlich bekannt machen will, weil nur auf diese Weise die von ihm dringend gewünschte Ausgleichung derselben bewirkt werden könne.“ Einige Auszüge mögen hier folgen und den Leser mit der Art und Weise des Buches bekannter machen, als es durch eine, wenn auch ausführliche Recension geschehen würde. So sagt der Verfasser in dem Kapitel über deutsche Auswanderungen unter Andern Folgendes:

„Ich maße mir durchaus nicht an, alle die Ursachen genau und richtig zu kennen, welche jene ungeheure und fortgesetzte Auswanderung herbeigeführt haben. Es mögen immerhin, wie auch anderwärts, religiöse Unduldsamkeit und Verfolgung eine große Rolle dabei gespielt haben; es mag die durch guten Schulunterricht allgemein verbreitete Aufklärung Verlangen und Bedürfnisse geweckt haben, die man im eignen Mutterlande wegen socialer Schranken, wodurch Alles beengt und eingepfercht wurde, nicht befriedigen konnte; es mögen die im jugendlicheren Alter ordnungsmäßig geschlossenen und folglich fruchtbareren Ehen des Mittelstandes die Auswanderung fortwährend mit einsichtsvollen Führern versehen haben; es mögen die Regierungen ihrerseits diesen Abfluß eines Saftes nach Außen begünstigt haben, den sie nicht nützlich verwenden konnten; es mögen unruhige Geister, ehrgeizige Bestrebungen auf dem engen Schauplatze, der ihnen offen stand, keine Befriedigung gefunden haben; an manchen Orten mag die Unfruchtbarkeit des Bodens oder die mangelhafte Cultur desselben den Menschen nicht so fest an die Scholle gebunden haben, die ihn nähren sollte: alles Dieses zusammen hat mehr oder weniger eingewirkt auf den Hang zur Auswanderung, und sobald man sich einmal an den Gedanken gewöhnt und zur Erkenntniß ihrer Vortheile gelangt, mußte sie immer weniger schrecklich erscheinen. Nun darf man auch nicht übersehen, daß ein abgeschlossenes Stillleben der Einbildungskraft mehr Zähigkeit und Schwungkraft verleiht als die Unwissenheit niederdrückt, und daß zudem Derjenige, welcher mehr in sich selbst lebt, weniger abhängig von seiner Umgebung ist, wie der Weise, der Alles bei sich trägt. Der Deutsche, der mit seiner Bibel, seiner Frau und seinen Kindern von dannen zog, nahm in gewisser Beziehung sein Deutschland mit sich. Wie dem aber auch sey, dieser Abfluß, der von Deutschland ausströmt und sich nach allen Richtungen hin vertheilt, bleibt immer eine merkwürdige Erscheinung. Man vergißt daher in den statistischen Handelsnachweisungen mit Unrecht diesen beträchtlichen Ausfuhrartikel, bei dem sich die Waagschale stets so außerordentlich zum Vortheile der Deutschen neigt.

Kein Staat Deutschlands hat überseeische Besitzungen, und dennoch fließt in Amerika mehr deutsches Blut in den Adern als französisches. Polen, Rußland, Ungarn sind von Deutschen überschwemmt, denn diese Länder besitzen, das ist freilich wahr, keinen wohleingerichteten Mittelstand, jene wichtige und einflußreiche Klasse, welche die Grundlage und der Eckstein aller Nationalität ist. So erklärt es sich denn auch, daß in dem Großherzogthum Posen, welches doch noch nicht so gar lange zu Preußen gehört, die Hauptstadt schon eben so sehr deutsch wie polnisch ist. Der Adel wohnt fast immer auf seinen Landgütern; die Juden, die selbst in Polen meist und gewöhnlich deutsch reden, konnten sich ohne große Mühe zu Deutschen stempeln, und so wurde daher bald der Platz des Mittelstandes, den diese letztern doch nicht ganz ausfüllten, durch zahlreiche, aus dem Innern Deutschlands kommende Einwanderungen eingenommen. Auf diese Weise ist preußisch Schlesien fast ganz deutsch geworden, nicht allein dadurch, daß die slavischen Bewohner sich germanisirt haben, sondern vorzüglich deßhalb, weil sie sich unter der Fluth der deutschen Bevölkerung verschmelzen und verlieren mußten. Nur der Bauer, nur der Leibeigene allein bleibt auf seiner Scholle. Dagegen bemächtigt sich der Deutsche alles Dessen, was Thätigkeit, Intelligenz, Ordnungsgeist und Ueberlegung erfordert, und Derjenige, welcher an den Bestrebungen des Lebens Theil nimmt, wird dadurch ein Deutscher.

Wenden wir jetzt unsere Augen auf die andere Seite. In England, in allen Ländern, aus denen so häufige Klagen über Uebervölkerung und über unzureichende Existenzmittel laut werden, leben ganze Colonien deutscher Arbeiter, und finden auch ihren Unterhalt daselbst. In Paris sind die Werkstätten aller Art voll von deutschen Arbeitern, und sogar schon überflügeln deutsche Namen auf den Aushängschildern gemach die französischen Firmen. Woher kommt dies Alles und durch welches Mittel hat sich der Deutsche allenthalben in fremden Landen festsetzen und halten können, und wie gelingen ihm seine Unternehmungen besser, als uns Anderen? Indem ich alles Gesagte zusammenfasse, antworte ich: das kommt von der Einfachheit und von den strengen bürgerlichen Sitten, welche den Arbeiter, den Handwerksmann, den Kaufmann an seinen Stand, an sein Gewerbe, an sein Geschäft als solches fesseln, in denen er eine Stütze in schlimmen Zeiten findet, und die ihn abhalten, die guten unbesonnen zu mißbrauchen. Das kommt von seinem zurückgezogenen Familienleben, an das er sich gewöhnt hat und das er mit Liebe umfaßt, welches ihn vor Verschwendung und Unhäuslichkeit bewahrt und wodurch er in jedem beliebigen fremden Lande sich immer abschließt von dem Einfluß fremder Sitten und Gewohnheiten um ihn herum, mit denen er daher nie in Widerspruch gerathen kann. Das kommt daher, weil er der Erbe und Zögling jenes starken Bürgerthums der freien Städte, jener Zierde Deutschlands im Mittelalter, von denen der Nachklang jener großen Handelsbeziehungen noch jetzt nicht vollständig verhallt ist. Das kommt daher, weil in Deutschland allenthalben eine bei weitem bessere Schulbildung herrscht, so daß für den Deutschen die verschiedenen Sprachen nichts Abschreckendes haben, und jeder Handwerker aus demselben Grunde fähig ist, irgend einer fremden Sprache mächtig zu werden, sobald es die Umstände gebieten, und daß er mit dieser Hoffnung die ganze Welt durchwandert. Zudem ist dieser bessere Schulunterricht nicht wie in Frankreich ausschließlich nur eine Bevorzugung des Reichen und Vornehmen, und der lediglich nur für die Bedürfnisse Derer berechnet ist, die niemals Handarbeit zu thun brauchen; nein, er unterhält und nährt die Geistesthätigkeit, die sich alsdann auf alle Richtungen des praktischen Lebens erstrecken kann, und er verleitet auf diese Weise nicht so sehr zu lächerlichen Anmaßungen, als er vielmehr zur wahren Tüchtigkeit verhilft. In allen diesen Punkten unterscheiden sich die Franzosen mehr als jede andere Nation von den Deutschen. Das mittelalterliche Frankreich hat aus verschiedenen geschichtlichen und geographischen Ursachen nichts Aehnliches aufzuweisen, was sich messen könnte mit der großartigen Handelsentwicklung der freien Reichs- und Hanseestädte Deutschlands. Der Großhandel Frankreichs war schon längst vor der Revolution mit seiner Marine verloren gegangen, die Nationalerziehung hatte immer in Frankreich die alten bürgerlichen Ueberlieferungen zu vernichten gesucht, und die Revolution und der mächtige Rausch der Kaiserzeit haben vollends die Gewohnheiten und Sitten des Mittelstandes verwischt. Es war das freilich eine schlimme Vorbereitung, um die Concurrenz auszuhalten, und es zeigen sich die Folgen recht gut.

Der alte Arendt sagt hierüber, und jeder Franzose, der die neue französische Colonie zu St. Petersburg gesehen hat, wird eingestehen müssen, daß er Recht hat: „Man gehe nach Petersburg, Stockholm oder London, man durchstreiche die civilisirte Welt, so weit sich diese erstreckt: was sieht man? Ueberall findet man die Deutschen als Herren mitten unter Fremden oder neben ihnen, die Franzosen allenthalben als Diener. In Petersburg leben 40,000 bis 50,000 Deutsche; in Stockholm und London gibt es deren mehrere hundert Tausende; desgleichen finden sich die Franzosen an denselben Orten zu Tausenden: aber der Deutsche ist Banquier, Großhändler, geschickter und unabhängiger Handwerker, Arzt, Künstler, Gelehrter, der ein Wort mitzusprechen hat und die Herrschaft theilt: dagegen bewegt sich der Franzose fast nur ausschließlich in den kleinen Diensten und Verrichtungen des Lebens, er befindet sich in untergeordneten Stellungen und Lagen; er ist Sprachmeister, Tanzmeister, Friseur, Käsekrämer, Wurstler, er handelt mit Pomade, mit Einem Worte, er ist der Verkäufer und Händler von tausenderlei Lebens- und Toilettenbedürfnissen.

Es ist immerhin eine traurige Wahrheit: die ganze Industrie eines Franzosen bezieht sich im Auslande immer nur auf die Bedürfnisse und Anforderungen des Luxus; alle Geschäfte und Unternehmungen, welche Ausdauer und angestrengte Arbeit erheischen, passen nicht in den Kram dieser französischen Industriellen.

Doch wozu den Blick außerhalb Frankreichs werfen? Sind nicht in Frankreich selbst die größten Banquierhäuser und die ersten Handelshäuser in den Händen der Fremden, und sind nicht die größten Unternehmungen immer mit französischem Gelde gemacht worden? Ist nicht der französische Seehandel gedrückter als jeder andere, und geben daher nicht alle jene großen Opfer der französischen Kriegsmarine immerhin nur noch eine zweifelhafte Macht. Zur Heilung dieses letztern Uebels könnte freilich die Regierung wohl Manches thun, aber alle Maßregeln derselben werden niemals vollständig das Uebel mit der Wurzel ausrotten, weil es seine Quellen in der Nationalerziehung hat. Bei der in Frankreich herrschenden Freiheit gibt es hundert Dinge, die man unmittelbar selbst thun könnte, wenn nicht Faulheit und Unwissenheit so wie ein daraus entspringender Stillstand es verhindern. Uebrigens kann Entmuthigung hier nicht helfen, und wenn man in Frankreich in einem wesentlichen Punkte sich hat überflügeln lassen, so darf der Anblick anderer Punkte, in denen die Franzosen glücklicher sind, ihnen nicht nur als Trost dienen, sondern sie müssen sich auch dadurch ermuthigen, einem Uebel mit offenem Visir entgegen zu treten, gegen welches sie das Heilmittel in sich selbst und in ihren Bestrebungen besitzen.

Mannichfaltigkeiten.

(Freiburg.) Der Bern. Ztg. wird mancherlei Spaßhaftes von hier berichtet. So z. B. erzählt ihr daheriger Korrespondent, ein Bürger habe bei einer Landsturmmusterung seinem Hunde einen Dreispitzhut aufgesetzt und ihn mit dem Lazarusordenskreuz und Band geziert; so geschmückt, sey der Hund bei der Musterung erschienen, was jedoch seinem Herrn eine Arreststrafe von zwei Mal 24 Stunden zuzog. — Nach dieser Korrespondenz hat die Schülerzahl im Jesuitenkollegium auch dieses Jahr abgenommen.

Am 2. November starb zu London ein Thüringer von edelster Gesinnung und trefflichstem Herzen, der königl. großbritannische Harfenmacher Johann Andreas Stumpff, als 78jähriger Greis. Hunderte von Deutschen, die ihn in London kennen lernten, segnen das Andenken dieses menschenfreundlichen, wohlthätigen Mannes, den Göthe in einem Briefe an Zelter „eine merkwürdige Erscheinung“ nennt. Geboren in Ruhla, aber seit fast 60 Jahren Bewohner der Weltstadt, glühete der edle Schwärmer stets für deutsche Größe und deutschen Ruhm, war er durch und durch ein großes deutsches Herz, geliebt und geehrt von Allen, die ihn kannten, und vorzüglich von vielen ausgezeichneten Deutschen. Es ist nun an der Zeit, seine sehr merkwürdigen, ja rührenden Beziehungen zu Göthe, Karl Maria von Weber, Ludwig van Beethoven, Hummel, Mozart's Schwester und Wittwe und andern bedeutenden Personen, die ihn alle im wahrsten Sinne des Worts Freund nannten, zu veröffentlichen, um das deutsche Vaterland mit einem seiner treuesten Söhne näher bekannt zu machen. Diese Veröffentlichung wird nächstens durch seinen Landsmann und Geistesverwandten, Ludwig Storch, der mit ihm in enger freundschaftlicher Verbindung stand, stattfinden, welcher auch Stumpff's sehr interessante Gedichte, von denen Göthe schon mehrere drucken ließ, und in denen sich sein liebenswürdiger deutscher Patriotismus so herrlich ausspricht, herausgeben wird.

Der Senat von Bremen hat bekannt gemacht, er hege für die dortige Gegend keine Besorgnisse wegen großer Theuerung in dem bevorstehenden Winter, da es an Zufuhr nicht fehle. Der Senat finde daher keine außerordentlichen Maßregeln nothwendig, nur hoffe er von dem guten Sinne der Bürger, daß alle dahin wirken werden, daß die gewöhnlichen Lebensmittel, Getreide und Kartoffeln nicht aufgekauft und nach fremden Häfen gebracht werden.

(London, 12. Nov.) Eine irische Provinzialzeitung läßt sich aus London schreiben: „Mit Bedauern melde ich Ihnen, daß die Gesundheit des berühmtesten Dichters von Irland in rascher Abnahme ist. Seine Lebenssonne neigt sich dem Niedergange zu, und man fürchtet, daß seine Auflösung nahe bevorsteht.“ Thomas Moore ist am 28. Mai 1780 geboren, also 66½ Jahre alt. Da die uns vorliegenden Londoner Blätter nichts davon enthalten, so wird diese betrübende Nachricht hoffentlich ungegründet seyn.

Der Getreidehandel in den Vereinigten Staaten nimmt außerordentlich zu. Blos aus Newyork ist in diesem Jahr bis zum 13. Oct. mehr als im vorigen Jahr ausgeführt worden, an Waizen allein 808,000 Scheffel.

Am 27. December feiert Wegscheider in Halle, das bekannte Haupt der Rationalisten, sein 50jähriges Doctorjubiläum.

Korrespondenz.

Aus dem Großherzogthum Hessen, 22. Nov.

Unsere Verfassungsurkunde enthält in Artikel 103 folgende Bestimmung: „Für das ganze Großherzogthum soll ein bürgerliches Gesetzbuch, ein Strafgesetzbuch und ein Gesetzbuch über das Verfahren in Rechtssachen eingeführt werden." Das Strafgesetzbuch ist erlassen; die eben bei den Ständen in Berathung stehende erste Abtheilung des bürgerlichen Gesetzbuches veranlaßt den Einsender, Ihnen für Ihre Leser folgende Bemerkungen mitzutheilen. Die Vollziehung jenes Artikels in der Art, daß jeder Gesetzesartikel für das linke Rheinufer die nämliche Abfassung wie für die Landestheile des rechten Rheinufers erhält, gehört zu den unausführbaren Idealen. Das Ideal ist dem Zweck der Gesetzgebung, ihrer Politik und Durchführbarkeit untergeordnet. Es gibt bekanntlich mancherlei Umstände, unter welchen grade jener Zweck die Aufnahme provinzieller Modificationen in die betreffenden Gesetzesartikel dringend heischt. Der mäßige Umfang des Großherzogthums scheint zwar dergleichen Modificationen zu widersprechen; die Größe des Areals an sich entscheidet aber nicht, sondern die Verschiedenheit seiner Bestandtheile. Würde z. B. aus einem Theile des Herzogthums Steiermark und einem angränzenden Theile Ungarns Ein Staat von dem Umfang Hessens gebildet, so wäre eine gemeinschaftliche Gesetzgebung dafür nur dann ausführbar, wie sie in gewissen Artikeln, wo Sitte, Gewohnheit, Ueberlieferung, factische Construction der bürgerlichen Gesellschaft rc. dies erfordern, Modificationen nach Verschiedenheit jener Bestandtheile aufnähme und den bestehenden Thatsachen hiermit gebührend Rechnung trüge. — Die Gleichheit des Gesetzes und vor dem Gesetze besteht bekanntlich nicht in völliger Nivellirung, sondern nur darin, daß unter gleichen Umständen gleiche Bestimmungen gelten, daß diese Umstände in dem Gesetze ausdrücklich vorgesehen und, wenn sie eintreten, ohne weitere Rücksicht zur Anwendung gebracht werden. Zu diesen Umständen gehört auch die Verschiedenheit des „Orts"; wird ihre Wahrung in die Gesetzbücher des Großherzogthums an den betreffenden Stellen aufgenommen, so geschieht hiermit dem Artikel 103 Genüge. Werden diese Modificationen auf das Minimum der Nothwendigkeit beschränkt, so folgt schon aus Gleichheit der Zeit und der Organe der Gesetzgebung die möglichste Uebereinstimmung und ist die Bahn gebrochen, um mit der Zeit auch die im Gesetzbuch belassenen Modificationen beseitigen zu können. Eben so wie eine mäßige Reform der Revolution vorzuziehen ist, eben so sind allzu schroffe Uebergänge zu widerrathen. Der practische Nutzen der Vollziehung des Artikels 103 besteht hauptsächlich darin, daß man in denselben Gesetzbüchern Das zusammenfindet, was in Folge jenes Artikels für das Großherzogthum mit möglichster Berücksichtigung seiner Einheit als Gesetz gegeben worden ist. Der Zweck wird durch motivirte Modificationen erwähnter Art nicht nur nicht beeinträchtigt, sondern wesentlich befördert. Jedenfalls bleibt das gemeinsame Gesetzbuch, auch mit Zulassung der provinziellen Modification in einzelnen Artikeln, eine so sehr große Wohlthat für Land und Leute, daß man deren Herbeiführung denn doch wahrlich durch Ausschließung aller provinzieller Modification nicht gefährden und es hieran scheitern lassen darf. Es gibt nun keinen Artikel im ganzen Gesetz, welcher mehr, als der die Ehe betreffende, dem linken Rheinufer gegenüber, eine provinzielle Modification auf das Dringendste erheischt. Die Gründe für und gegen die Civilehe in der Art, wie sie sich auf dem linken Rheinufer unbeschadet der Religion bewährt hat, sind bereits bei der landständischen Berathung auf das Triftigste dargelegt worden. Was ist deren Ergebniß? Kein anderes als dieses: I. Da, wo die Civilehe noch nicht eingeführt ist und ihrer Einführung sich so bedeutende Hindernisse entgegen stellen, ist der im Gesetzesentwurf enthaltene Weg der Vermittelung der angemessenere; II. da, wo einmal die Civilehe so sehr eingebürgert ist, als auf dem linken Rheinufer, widerspricht es den Motiven einer vernünftigen Gesetzgebung, insbesondere den Interessen des Staats, sie aufzuheben oder auch nur die Folgerichtigkeit ihrer dortigen Institution durch Versuche der Vereinbarung mit kirchlichen Rücksichten zu stören. Hieraus folgt: zu I. die Aufnahme in das Gesetz mit dem aus II. sich ergebenden Zusatze für Rheinhessen. Hoffen wir, daß auf solche Weise eine Verständigung der entgegengesetzten, beiderseits mit guten Gründen ausgerüsteten Anhänger verschiedener Ansichten herbeigeführt und hiermit der Stein des Anstoßes, welcher den Fortschritt in der Gesetzgebung hemmt, beseitigt werde.

Aus dem Herzogthum Nassau, im Nov.

Wie überall in Deutschland, so begannen auch bei uns die Adern des socialen und wissenschaftlichen Lebens stärker zu pulsiren. Es ist eine Zeit des Gährens und Werdens, und Ihr geschätztes Blatt brachte uns auch schon manchen erfreulichen Bericht von dieser frischen Lebensthätigkeit aus unserem kleinen Lande. Doch es waren mehr die socialen Seiten derselben, die seither Ihre Spalten in Anspruch nahmen; vergönnen Sie daher auch diesen Zeilen eine Stelle, die unser Central-Staatsarchiv im Schlosse zu Idstein betreffen, aber gewiß nicht ohne Interesse seyn werden, weil auch das Wissenschaftliche fast immer thätig in das Leben einzugreifen pflegt und angenommen werden muß, daß der Summe archivalischer Kenntnisse der ehrenvolle Name einer Wissenschaft gebührt, obgleich Hegel denselben sogar der Philologie nicht zugestanden wissen wollte. Die gewöhnliche Meinung denkt sich unter einem Archive eine düstere Rumpelkammer alter und bestaubter Acten, und wer vor einigen Jahren noch unser Central-Staatsarchiv besuchte, fand sich in diesem Glauben schwerlich beirrt. Ungemein angenehm wurde ich daher überrascht, als ich jener Rüstkammer des heimathlichen Alterthums in diesen Tagen einen Besuch machte. Durch beträchtliche Reparaturen hat das alte Fürstenschloß selber ein freundlicheres Aussehen gewonnen. Die Denkmäler alter Baukunst in demselben sind erneut und manche sogar durch Auffinden aus roher Uebertünchung hervorgezogen worden. Die Räume haben sich gelichtet, und es ist, als freuten sich die alten Acten, in bessere Ordnung gebracht und in freundliche Umschläge gehüllt, in ihren Loculamenten dieser schönen Umgestaltung. Die Schätze des Archives gingen durch die Gefälligkeit seines Direktors, Hrn. Oberschulraths Friedemann, an meinem Blicke vorüber und höchst befriedigt verließ ich diese Hallen alter Urkunden und urkundlicher Alterthümer, die nun auch für den Laien eine Sehenswürdigkeit Idstein's bilden. Noch weit mehr aber wird den künftigen Besucher dieses Institut ansprechen, wenn es erst einmal so vollendet seyn wird, wie es in den Plänen seines Direktors lebt, der sich zu diesen Zwecken von der Staatsbehörde bereits einer Summe von 40,000 fl. zu erfreuen hatte und weiteren Unterstützungen entgegen sehen darf. Die Thätigkeit dieses Mannes verdient daher rühmlicher Erwähnung und dies um so mehr, als er durch die Besorgung einer neuen „Zeitschrift für die Archive Deutschlands (Gotha 1846, Verlag von Perthes)", deren erstes Heft bereits vor mir liegt, diese Fundgruben wissenschaftlicher Schätze auch dem Leben zu erschließen und näher zu legen strebt.

Offenbach, 23. Nov.

Zur Warnung für andere Leute eignet sich die Mittheilung einer am vergangenen Freitage hier vorgekommenen Thatsache: Ein Arbeiter oder Handwerksgeselle spielte nur allein in den mir zur sicheren Kunde gekommenen Fällen dreimal in Einem Tage in und bei hiesiger Stadt den Verhungernden sehr natürlich und prellte vermittelst seiner Verstellung viele mitleidige Leute um unverhältnißmäßige Almosen. Leider wird man dadurch auch gegen wirklich Hungrige und wahrhaft Bedürftige mißtrauisch gemacht.

Theater-Anzeige.

Dienstag, 24. Nov. Der Wollmarkt, Lustspiel in 4 Abth., von Clauren. Zum Schluß: Fantaisie et Variations pour le Pianoforte sur des motifs de l'opera „la Sonnambula", de Bellini, composées par Alex. Fesca, vorgetragen von Fräul. Ueß.

Mittwoch, 25. Nov. (Zum Benefiz des Hrn. Hassel und zu dessen 25jährigem Jubiläum als Mitglied hiesiger Bühne, zum Erstenmale): Der artesische Brunnen, Zauberposse mit Gesang von G. Räder. (Gastrolle) Schalk: Fräul. Quint, vom Königsstädter Theater zu Berlin. — Mit aufgehobenem Abonnement.

Redacteur: J. L. Hetter. — Druck und Verlag von Heller und Rohm.

Didaskalia.

Blätter für Geist, Gemüth und Publizität.

№ 326. Donnerstag, den 26. November 1846.

Der Operateur.

Wahre Begebenheit, mitgetheilt von Dr. Rödiger.

(Fortsetzung.)

5.

Sir John Elwes war der Erste, der sich in der Wohnung Abernethy's einfand.

„Seyn Sie willkommen," sagte der Doktor, ihm entgegen gehend: „meine Kollegen sind nicht sehr pünktlich, und ich will diese Frist benützen, um einige Maßregeln mit Ihnen zu treffen. Sie müssen die bevorstehende Berathung mit anhören; Sie müssen alles deutlich und vollständig hören, damit Sie die Meinung meiner Kollegen über Ihren Zustand kennen lernen. Gehen wir also in dieses Cabinet, welches nur durch eine dünne Bretterwand von meinem Zimmer getrennt ist. Dort können Sie alles auf's genaueste hören. Nach beendeter Sitzung werden Sie mir Ihren Entschluß mittheilen."

Sir John begab sich in das Cabinet, und die Aerzte kamen nach einander an. Als sie alle versammelt waren, begann Abernethy:

„Meine werthen Kollegen, ich habe Sie um eine Zusammentretung ersucht, ohne Ihnen die Gründe anzugeben, welche mich bewogen, Ihre Güte in Anspruch zu nehmen. Es handelt sich um Sir John Elwes."

Dieser Name wurde mit einem Gemurmel der Ueberraschung und des Mißfallens aufgenommen.

„Ich weiß es wohl," fuhr der Doktor Abernethy fort: „Sir John hat sich schweres Unrecht gegen Sie vorzuwerfen; aber er hat mich beauftragt, dasselbe wieder gut zu machen. Ich habe Jedem von Ihnen in seinem Namen fünfundzwanzig Guineen einzuhändigen."

Bei diesen Worten übergab der Doktor jedem seiner Kollegen eine Banknote von diesem Betrage.

„Jetzt lassen Sie uns über den Patienten in Berathung treten. Was halten Sie von der Krankheit, mein verehrter Doktor Blick?"

„Elwes," erwiederte der alte, grundgelehrte Arzt, „hat eine Blutgeschwulst auf dem Auge. Trotz meiner langjährigen Erfahrung würde ich doch nicht wagen, ihn zu operiren, denn der Kranke würde mir vielleicht unter den Händen sterben."

„Und wenn die Operation nicht vorgenommen wird?"

„So muß der Patient in kurzer Zeit unterliegen; denn das Schlagen der kranken Arterie hat den Augenbrauenbogen schon bedeutend beschädigt."

„Welcher Meinung sind Sie? mein würdiger Freund Hunter."

„Ich theile die Ansicht unseres verehrten Kollegen Blick."

„Diese Ansicht ist auch die meinige," fügte der berühmte Anatom Marshall hinzu.

„Ich habe in meiner ersten Consultation bereits ein ähnliches Gutachten abgegeben," sagte Doktor Pott.

„Sie fürchten also, daß der Patient ...."

„Eine Operation nicht wird aushalten können. Ein Arzt, der dieselbe unternimmt, würde seinen Ruf leichtsinnig auf's Spiel setzen. Selbst wenn die Operation gelänge, würde man doch nicht umhin können, ein solches Unternehmen für unbesonnen zu halten."

„Aber der Kranke kann ohne Operation nicht lange mehr leben?" fuhr Abernethy fort.

„Vielleicht morgen, vielleicht heute noch kann er aufhören zu leben."

„Hier sind fünfzig Pfund Sterling für Jeden von Ihnen, meine werthen Kollegen. Sir John Elwes will diese zweite Berathung noch glänzender honoriren, als die erste. Adieu."

Die Aerzte entfernten sich, und Abernethy ging zu Sir John Elwes. Er fand ihn in einem Zustande der Niedergeschlagenheit, den der geneigte Leser leicht erklärlich finden wird.

„Ich zahle Ihnen die geforderten fünfzig Pfund Sterling für jeden Besuch," sagte der geängstigte Patient mit einem tiefen Seufzer.

„Das genügt mir nicht mehr;" erwiederte Abernethy boshaft lächelnd.

Sir John stieß einen noch kläglicheren Seufzer aus.

„Ich will Ihnen Alles erstatten, was Sie in meinem Namen an die übrigen Aerzte gezahlt haben, obwohl dies ohne meine Zustimmung geschehen ist."

Abernethy blickte den alten Filz scharf an.

„Sie glauben also," sagte er, „daß ich für einige hundert Guineen, gegen den Rath meiner berühmtesten Kollegen meinen Ruf und meine Stellung als Operateur auf's Spiel setzen werde."

„Was verlangen Sie denn von mir?" fragte Sir John auffahrend.

„Das Honorar, welches ein so kühnes Wagstück, wie ich unternehmen will, verdient."

„Und wie hoch wird sich dieses Honorar belaufen?" fragte Sir John, der vor Erwartung und Schrecken einer Ohnmacht nahe war.

„Selbst das Gelingen dieses Wagstücks," fuhr der Doktor fort, „würde mich kaum rechtfertigen. Das Vertrauen, welches man in meine Klugheit und Umsicht setzt, wird erschüttert werden. Man wird mich als einen Marktschreier bezeichnen, der mit der Kunst seinen Scherz treibt, wie ein leichtsinniger Spieler auf Würfel und Karten eine große Summe setzt."

„Reden Sie, ich beschwöre Sie!"

„Ich verlange sechstausend Pfund für die Operation."

Sir John wendete sich ab, und bedeckte das Gesicht mit beiden Händen.

„Nehmen Sie sich in Acht," sagte Abernethy kalt: „eine

solche Aufregung kann die verderblichsten Folgen für Sie haben; die Pulsader, deren Blutumlauf durch die Geschwulst gehemmt ist, könnte leicht springen, wenn Sie sich nicht mäßigen."

„Nie werde ich eine solche Summe zahlen!" rief der Geizhals.

„Ich verlange achttausend Pfund," erwiederte der Operateur.

„Sie machen von meiner Lage einen schändlichen Mißbrauch."

„Ich verlange zehntausend Pfund."

Sir John sann einige Augenblicke nach.

(Schluß folgt.)

Eine russische Hochzeit.*)

Als wir an dem prächtigen Kadettenhause in Petersburg vorbeikamen, wurde unsere Aufmerksamkeit von den lieblichsten Tönen einer Vokalmusik gefesselt, die von einer theilweise erleuchteten Kapelle herüberklangen, an welcher mehrere Wagen hielten. Baron S .... sagte uns, daß hier eine russische Hochzeit gefeiert werde. Wir standen im Thorweg. Die Kapelle selbst befand sich im zweiten Stock und war mit Glasthüren versehen, die wir öffnen wollten, als auch sogleich Diener herbeistürzten, um uns zurückzuweisen, was indessen nicht so schnell geschehen konnte, daß wir nicht einen Blick von einem hübschen Mädchen erwischt hätten, das mit trauriger Miene neben einem Manne von viel versprechendem Aeußern vor einem Altare stand. Dies wäre wohl hinlänglich gewesen, selbst einen Heiligen in Flammen zu setzen, wir aber sannen in der Eile auf ein irdisches Mittel und bedienten uns jenes unfehlbaren Schlüssels, welcher in Rußland zu allen Herzen und Thüren paßt, wir gaben ihnen nämlich ein Trinkgeld und augenblicklich flogen die Thüren auf. Wir traten ein und mischten uns unter die Hochzeitsgäste und befanden uns, stufenweise vorwärtsschreitend, bald in der Nähe der Braut, deren Gedanken ich angenehm zerstreut zu haben glaube, denn die Ceremonie war lang, und der Bräutigam alt genug, um ihr Großvater zu seyn. Das schlecht zu einander passende Paar stand im Mittelpunkt der kleinen Kapelle vor einem Altar, und zwischen ihm und dem Altar ein wohlbeleibter Priester mit jovialischer Miene und schönem Bart und Haar. Nachdem der Letztere die gebräuchlichen Gebete verlesen hatte, gab er dem Bräutigam einen goldenen Ring, — das glänzende Metall sollte sinnbildlich darstellen, daß er hinfort leuchten möge, wie die Sonne in seiner Gattin Auge, — und ihr einen von Silber, dem Sinnbilde des Mondes, um sie daran zu erinnern, daß sie ihr Licht nur von der Gunst ihres Gatten borgen solle, — eine Ermahnung, welche hier doppelt nothwendig zu seyn schien. Diese Ringe wurden unter einer Unmasse von Beugungen und Bekreuzigungen der Christen gewechselt, welche „das Ghospodi Pomilui" oder „Herr erbarme dich unser" in Tönen, die kaum von dieser Welt zu seyn schienen, anstimmten. Dann wandte sich der Priester in einer extemporirten Rede auf eine so fromme und einnehmende Art an das blasse Mädchen, daß meine Aufmerksamkeit, obwohl ich nicht ein Wort davon verstand, im höchsten Grade gefesselt und mein Herz gerührt wurde. Der Bräutigam, welcher, ohne eine Miene zu verziehen, dastand, wurde nachher auf dieselbe Art ermahnt, wobei der Priester oder Pope, wie er in der russischen Kirche heißt, seine hohe Mütze, die ihm das Ansehn eines jüdischen Hohenpriesters gab, bald aufsetzte, bald abnahm. Nachdem dies beendigt war, wurde das heilige Abendmahl gefeiert, welches neben der heiligen Bedeutung, die es in allen christlichen Kirchen hat, bei dieser Gelegenheit noch den Kelch der Freuden und Leiden, die von nun ein Ehepaar theilen soll, sinnbildlich darstellt. An diesem nimmt Jeder wechselseitig drei Mal Theil und küßt dann das Buch auf dem Altar. Hierauf brachten die Diener zwei vergoldete Kronen herbei, welche mit Ehrfurchtsbezeugungen empfangen und von dem Priester mit dem Zeichen des Kreuzes versehen wurden. Zwei Männer in schlichten Kleidern traten aus der Gesellschaft, in welcher wir einen Platz usurpirt hatten, hervor und nahmen die Kronen, deren eine der Priester auf des Bräutigams Kopf setzte, und die andere über den der Braut hielt, weil der Kopfputz derselben eine nähere Berührung nicht gestattete. Diese Letztere glich mit ihrem vom Hintertheil des Kopfes herabhängenden Schleier, ihren langen, weißen Kleidern und schwermüthigen Blicken, einer schönen Statue unter einem goldenen Baldachin, während der arme Mann, der in der einen Hand ein Licht hielt und mit der andern sich fortwährend bekreuzigen mußte, unter seiner schweren Kopfbedeckung einen gar lächerlichen Anblick darbot und oft, wenn er sich zu bücken versuchte, nahe daran war, seine Krone zu verlieren. Dieser Prunk dauerte eine Zeit lang fort, während welcher eine Menge Abschnitte aus der Bibel verlesen, und die Vermählten in eine Wolke von Weihrauch gehüllt wurden. Dabei rief man ihre Heiligen an, sie zu beschützen, und richtete zuletzt an den Allmächtigen die Bitte, sie zu segnen, wie Abraham und Sarah, Isaak und Rebecca, Josef und Maria, sie zu beschützen wie Noah in der Arche, Jonas in des Fisches Bauch und die Männer im feurigen Ofen und — damit ja nicht die Tradition übergangen werde, — ihnen so viel Freuden zu schenken, als die Kaiserin Helena bei Auffindung des Kreuzes empfand. Hierauf nahm sie der Priester bei der Hand und führte sie in Begleitung der Kronenträger in langsamer Prozession drei Mal um den Altar. Die Kronen wurden jetzt wieder abgenommen und von der Braut und dem Bräutigam drei Mal geküßt; die Choristen verstummten, der Priester zog sich zurück, und augenblicklich war Alles still.

Hiermit hielten wir und vielleicht auch das glückliche Paar, welches ganz erschöpft zu seyn schien, die Ceremonie für beendigt, aber nun nahmen die Kronenträger die Braut und führten sie an den Schirm, welcher das Allerheiligste in einer russischen Kirche absondert. Hier mußte sie sich drei Mal schnell hinter einander vor dem Bildnisse zweier Heiligen niederwerfen, und zwar so, daß sie bei jeder Verbeugung hörbar den Fußboden mit ihrer schönen Stirn berührte. Der Mann mußte dasselbe thun und Beide küßten dann das Gemälde die erforderlichen drei Mal.

Endlich schritt die hochzeitliche Gesellschaft zu gratuliren, ein allgemeines Küssen begann und — wir bliesen zum schleunigen Rückzuge.

M. R.

*) Aus Malten's „neuester Weltkunde."

Tissowsky.

Die Zeitungen haben sich zwar schon mannichfaltig mit diesem Manne, dessen plötzliches Auftreten in Krakau ein so großes Aufsehen erregte, und der jetzt auf dem Königstein als Staatsgefangener sitzt, beschäftigt, aber immer nichts Gewisses über dessen Herkunft und frühere Schicksale berichtet. Jetzt finden wir in einem so eben in Grimma erschienenen Buche: „Das Polenattentat im Jahre 1846. Aus dem Tagebuche eines Offiziers der west-galizischen Armee" eine ganz authentische Nachricht über diese Punkte, da dieselbe einer Eingabe Tissowsky's selbst an die Lemberger Regierung entnommen ist. Er erzählt darin, daß sein Vater gestorben sey, als er neun Jahre alt gewesen, und daß er seine Jugend äußerst kümmerlich habe verleben müssen, da seine Mutter nur eine Pension von zweihundert Gulden gehabt habe. Die Poesie tröstete ihn indessen über den Mangel, und es war seine größte Jugendfreude, zu dichten; da überraschte ihn, als er 19 Jahre alt war, die „wirkliche Poesie," die Revolution. Er konnte ihr nicht widerstehen. Unter dem Vorwande, auf zwei Tage eine Landpartie nach Winiki zu machen, erbat er sich Urlaub von seiner Mutter, begab sich, mit nur wenigen Gulden in der Tasche, nach Zamosc und trat in das Heer. Er hatte das Glück, nicht verwundet zu werden, kam aber elend und darbend in zerlumpter Soldatenjacke im Mai 1831 zu seiner Mutter zurück, um seine juridischen Studien fortzusetzen. Die Regierung in Lemberg verkündete ihm indessen darauf, daß er hier nicht weiter studiren und sich drei Jahre hindurch ohne Wissen der Polizei nirgends hin entfernen dürfe. Er arbeitete nun bei einem Advokaten und übernahm später eine Hauslehrerstelle, die ihm endlich so viel abwarf, daß er sich im September 1841 nach Wien begeben konnte. Hier frequentirte er den vierten Jahrgang der Rechte, erlangte später den Doktorhut und die Befugniß des juridischen Privatunterrichts, und wurde endlich bei der Wiener Hofkammerprocuratur als Praktikant angenommen. Während dieser Zeit ertheilte er jedoch fortwährend Privatunterricht, zuletzt in dem Hause des Grafen von Abensberg und Traun, der sich sehr für ihn interessirte. Um seine Familie zu ernähren, mußte er den Staatsdienst jedoch wieder verlassen und bei einem Advokaten arbeiten. Dann wurde er Sekretär auf dem Schlosse Gomnisk des Fürsten Sanguszko bei Tarnow, wo er ein reichliches Gehalt bezog, und vertauschte nach zwei Jahren diesen Posten mit der noch vortheilhafteren Stelle eines Güterinspektors des Grafen Kuczkowski zu Lassow, einige Meilen von Tarnow. Im Jahre 1841 hatte er eine arme Verwandte, Antonia Liska, geheirathet. In der Eingabe dieses Jahres beschwert er sich darüber bei der Regierung, daß er überwacht werde und eine Kommission plötzlich seine Effekten habe durchsuchen dürfen. „Ich bin meiner Familie einzige Stütze," schreibt er, „meine alte Mutter und zwei unversorgte Schwestern, eine vermögenlose Frau und in einigen Monaten ein Kind, erwarten Alles von mir, ich habe kein Vermögen, kein Amt, ein auf mir lastender Verdacht ist also ein wahres Schwert des Damokles, das über meinem Haupte schwebt, und mir bei Tag keine Ruhe, bei Nacht keinen Schlaf vergönnt." Die österreichische Regierung muß ihm also schon damals nicht getraut haben. Tissowsky's Diktatur in Krakau war eine Phantasterei. Wie es heißt, wird sich sein Schicksal jetzt bald erfüllen. Man hofft, daß die sächsische Regierung ihm gestatten werde nach Amerika auszuwandern.

Mannichfaltigkeiten.

(Stuttgart, 21. Nov.) Der hiesige Beobachter meldet nun: „Der Wunsch, den wir neulich ausgesprochen, von unserem schwedischen Gaste skandinavische Lieder zu hören, ist uns erfüllt worden. Wir haben gestern in einem von der Fräul. Lind zu wohlthätigen Zwecken veranstalteten Konzerte das Vergnügen, wir möchten beinahe sagen, das Glück gehabt, ein norwegisches Berglied und ein schwedisches Nationallied aus Dalekarlien zu hören, welche alle Erwartungen weit übertrafen; niemals, das war das allgemeine Urtheil, sind hier so schöne Lieder so sinnig und so schön vorgetragen worden. Insbesondere war es die schwedische Aufforderung zum Tanz, welche mit dem liebenswürdigsten Muthwillen gesungen, zur lautesten Bewunderung hinriß, und welche, als die nordische Nachtigall gütig genug war, dem stürmischen Verlangen um Wiederholung ihres Nationalliedes zu entsprechen, eine Begeisterung hervorrief, die nach dem Zeugniß aller Theatergänger in den Annalen der hiesigen Bühne unerhört ist."

Eine sonderbare Geschichte hat sich in der Stadt Driesen zugetragen. Hier hat sich ein junger Philologe durch ein selbstangefertigtes falsches Zeugniß der Regierung zu Magdeburg die erledigte Stelle eines Protektors an der höheren Stadtschule zu verschaffen gewußt. Bald aber hat es sich erwiesen, daß er durchaus untüchtig in dem neuen Wirkungskreise war. Die Sache kam zur nähern Untersuchung. Der Usurpator des Rectorats floh nach Berlin und muß jetzt als Falsarius eine angemessene Strafe aushalten.

Die Barm. Ztg. schreibt aus Wermelskirchen vom 19. Nov.: Heute Mittags wurde unsere Stadt durch einen furchtbaren Knall aufgeschreckt. Die Pulvermühle der Herren Kayser zu Losenau ist in die Luft geflogen. Ein Menschenleben soll Gottlob nicht verloren seyn.

Der schreckliche Sturm, welcher am 11. Nov. die Havanah verwüstete, ist am nämlichen Tage an den Küsten von Florida fühlbar gewesen, wo er die größten Verheerungen angerichtet hat. Die kleine Insel Key-West ist gänzlich verwüstet und alle Häuser der Stadt sind, mit Ausnahme von sechs, zerstört. Das Dachwerk der Mauth und jenes des Marine-Spitals wurden fortgerissen. Der Verlust des Eigenthums der Regierung wird auf 300,000 Dollars geschätzt. Viele Personen ertranken oder wurden durch den Einsturz der Gebäude getödtet. Der Leuchtthurm und das anstoßende Haus stürzten ein und 14 Personen wurden unter deren Trümmern begraben. Ungefähr 20 Schiffe wurden auf die Felsen geworfen und ihre Ladungen werden verloren seyn. Die Zahl der umgekommenen Personen belief sich bei dem Abgange der letzten Nachrichten auf 50.

Der Kaufmann Preuß in Danzig hat den von ihm vor zwei Jahren erfundenen Wagen zum Fahren ohne Pferde bedeutend verbessert. Jetzt führt ihn eine Person mit Leichtigkeit auf dem Steinpflaster und chaussirten Wegen, und das Selbstfahren gewährt nicht nur Vergnügen, sondern ist auch zugleich eine sehr wohlthuende Leibesbewegung für Alle, welche eine sitzende Lebensweise führen und an Unterleibsbeschwerden leiden. Die im Wagen Sitzenden bewegen denselben durch ihre eigene Schwere vorwärts, was allein nur durch Druckfedern bewerkstelligt wird, welche sich auch an jedem andern Wagen anbringen lassen. Ein an den Felgen angebrachtes Bleigewicht befördert den Umschwung der Räder, die Bewegung wird durch eine Kurbel hervorgebracht, was die Arbeit sehr erleichtert. Mancher reicher Podagrist läßt sich im Rollwagen im Garten herumfahren, mancher Hypochondrist, der zu seiner Bewegung Holz sägen und graben muß, würde es gewiß angenehm finden, die Kurbel des Wagens zu drehen und mit einem Paar hübscher Mädchen spazieren zu fahren.

Die Geldmächte prägen ihr Wesen nun auch in ihren Ausdrücken aus. „Exécuter" (hinrichten) ist einer der beliebtesten Ausdrücke der Pariser Börse. Leute, welche verkehrt speculirt haben, und am Ende ihre Rechnungsfehler zahlen müssen, werden an dem „Verfallstage" hingerichtet; es fließt kein Blut aber desto mehr Geld, vielleicht auch Thränen genug, wenn Frau und Kind, Mütter und Kinder erfahren, daß die Execution (Hinrichtung) vollzogen ist.

Korrespondenz.

Aus der bayerischen Pfalz (Kanton Neustadt), 16. Nov.

Einsender dieses, ein weltliches Synodalmitglied, wohnte der kirchlichen Versammlung in Edenkoben am 10. Nov. bei und fühlt sich gedrungen, den Eindruck, welchen sie auf ihn machte, auch öffentlich auszusprechen. Als ich die ansehnliche Versammlung von Männern aus der ganzen Pfalz und die Wärme sah, womit sie alle die Sache der Kirche in ihren Wechselgesprächen, so wie bei der Verhandlung selbst behandelten, da mußte ich mir unwillkürlich sagen: nein, den Vorwurf des Indifferentismus verdienen die pfälzer Protestanten nicht! Wenn Religion und Kirche ihnen gleichgültig wären, so brächten sie ihnen keine solche Opfer. Waren doch Männer da, welche drei Tage nöthig hatten, um beiwohnen zu können. Und kein anderer Beweggrund hatte sie dahin geführt, als nur das Interesse an der Sache selbst. — Das Zweite, was sich in dieser Versammlung deutlich aussprach, war: was die pfälzer Protestanten wollen, und was sie nicht wollen. Dem Rückschritte und Pietistenwesen zeigten sich die Anwesenden von Herzen abhold. Die vernunftwidrigen Lehren, das äußerliche Frommthun, das lieblose Verdammen Andersdenkender, der Glaubensstolz, so wie die Feindschaft, womit die Anhänger dieser Richtung in neuerer Zeit gegen die Vereinigung auftraten und die Zerwürfnisse und Spaltungen, welche sie hie und da schon hervorbrachten, bilden den Grund dazu. Die einzelnen Beispiele von Ausfällen der Verdammung und persönlicher Leidenschaft, welche sogar auf der Kanzel vorkamen und durch Anwesende von mehreren Seiten her aus neuester Zeit erzählt wurden, steigerten diese Abneigung noch mehr. So feind sich aber Alle in der Versammlung dieser kirchlichen Richtung zeigten, so warm sprachen sie sich für ein vernunftmäßiges Christenthum aus. Es zeigte sich, die Pfälzer wollen Fortschritt in Religion und Kirche, wünschen Duldung der einzelnen Glaubensbekenntnisse, verachten den Schein, wie den Zwang des Glaubens, lieben überhaupt eine Religion der Wahrheit und der Menschenliebe, welche nicht nöthig hat, den Gebrauch der Vernunft zu verbieten und welche kräftige und achtbare Charaktere bildet. Sie gehen von dem Grundsatze nicht ab, daß ein tüchtiger Bürger der Erde ein würdiger Bürger des Himmelreichs sey. Die kirchlichen Behörden haben Unrecht, wenn sie ihnen durch Lehrzwang und andere Mittel Glaubenssätze aufdringen wollen, mit welchen sich ihr jetziger Bildungsgrad nicht verträgt. Die unausbleiblichen Folgen davon sind vorerst: Widerstreben aller Denkenden (und die Zahl dieser ist bei weitem die größere), sodann, wenn dieses nichts fruchtet, ein Sichabwenden von der Kirche und die Gefahr von Spaltungen und traurigen Zerwürfnissen. Eine auffallende Erscheinung war, daß die weltlichen Kirchenglieder aus solchen Gemeinden, worin die Geistlichen am heftigsten für das System des Rückschritts eifern, in größter Anzahl da waren. Eine fernere Wahrnehmung, die ich in Edenkoben machte, war, daß die Schritte der pfälzer Protestanten rein gesetzlich sind. Sie wollen nichts, als ihre Vereinigungsurkunde nach Wort und Geist, und zwar auf gesetzlichem Wege, in Kraft erhalten. Darum bezeugten auch alle Anwesenden die freudigste Zustimmung, als der den Vorsitz führende Hr. Anwalt Willich sich ohngefähr also aussprach: „Wir wollen nichts rechtlich Bestehendes entfernt und nichts Neues gegeben haben, sondern das gesetzlich uns Garantirte erhalten, unser gutes Recht bewahren. Unsere Schritte sind rein conservativ. Wir suchen aber auch Das, was uns von Gott und Rechtswegen zukommt, nicht auf ungesetzlichem Wege zu erlangen, sondern machen nur Gebrauch von Dem, was die Staatsverfassung allen Kirchengenossen des Reichs gestattet. Darauf gestützt, führen wir Beschwerde bei dem Schirmherr der Kirche und wünschen eine Generalsynode." — Der letzte freudige Eindruck, welchen diese Versammlung auf mich machte, war, daß ich mich überzeugte, der Geist, welcher den Frieden in unserer Kirche schon gestört hat, ist kein pfälzischer, sondern ein von Außen eingedrungener. Von Glaubensstolz, Verketzern und Verdammen war hier keine Spur. Seine Ansichten sprach man frei und offen aus, vergaß aber nie des schönen Grundsatzes, da Einerleiheit derselben niemals unter Menschen möglich ist, sich dabei in Liebe zu vertragen. Man glaubte sich in die erste Zeit der Vereinigung, in die Synoden von 1818 bis 1833, versetzt, von denen man, wie von den ersten Christen sagte: sie waren ein Herz und eine Seele. Ein heiterer Ton der Freundschaft, wie er unter Männern von gleichen Gesinnungen nur möglich ist, herrschte in der ganzen Versammlung und geistliche wie weltliche Glieder, welche sich noch nie gesehen hatten, lernten sich hier schätzen. Derselbe Ton der Heiterkeit zeigte sich auch beim gemeinsamen Essen, und es mußte jeden Anwesenden erfreuen, als er sah, daß bei der gehobenen Stimmung aller Gemüther der Vorwurf, welchen unsere Erzfeinde, die Römer, uns Deutschen schon vor Jahrtausenden machten, hier thatsächlich Lügen gestraft wurde. Alle schieden mit frohem Bewußtseyn und unter den besten Hoffnungen und Wünschen am Abende von einander. Der 10. November wird mir in gesegnetem Andenken bleiben.

Wiesbaden, 23. Nov.

Samstag Nacht den 21. d., zwischen 10 und 11 Uhr, wurde unsere Stadt durch Feuerlärm aus dem Schlafe geschreckt. Es brannte nämlich in der Schwalbacher Straße bei dem Lampenfabrikanten Hrn. Friedr. Benckler. Durch die schleunigst gewährte Hülfe brachte man es so weit, daß nur ein zur ebener Erde gelegenes Magazin gänzlich von dem Feuer zerstört wurde, worin sich eine außerordentliche Menge fertiger und unfertiger Lampen befanden. Wir müssen hierbei dem Turnverein unseren aufrichtigsten Dank zollen; denn die Mitglieder haben das Meiste dazu beigetragen, daß dem Feuer schnelle Gränzen gesetzt wurde. Um wie viel wirksamer müßte es seyn, wenn besagtem Turnverein eine eigene Spritze sammt den dazu nöthigen Geräthschaften zur Verfügung gestellt würde. Letzteres ist der aufrichtigste Wunsch vieler für das allgemeine Wohl bedachter Bürger.

Langen, im Nov.

In Ihrem sehr geschätzten Blatte, der Didaskalia vom 30. Sept. d. J., fand sich ein eben so lesens-, wie beachtenswerther Artikel über die materiellen Nachtheile, die dem hiesigen Orte durch die allzu abseitige Lage der Bahnlinie erwachsen seyen. Die Wahrheit des dort Gesagten kann wohl Niemand bestreiten. Allein die Bahnlinie läßt sich nun einmal nicht mehr näher rücken; wir müssen uns für immerdar begnügen mit dem Rauch und Piff der vorbeieilenden Wagenzüge. Die materiellen Nachtheile lassen sich aber wohl einigermaßen wieder ausgleichen durch anderweitige Vortheile, die man diesem Orte zuweis't. Bekanntlich geht man damit um, während der zeitigen Vakanz der sehr einträglichen hiesigen Pfarrei eine zweite zu creiren, wozu man die Besoldung durch eine kleine, unschädliche Beschneidung der ersten Pfarrei und aus etwa geneigtest noch zu stipulirenden Mitteln aus dem Gemeindefond beschaffen will. Gewiß, wer die Verhältnisse von Langen näher kennt, wird dieses Project sehr beachtenswerth finden. Ungemein vortheilhafter aber, in materieller, wie intellectueller Beziehung, dürfte es für den hiesigen Ort in specie, und für die Umgegend überhaupt seyn, wenn man Langen eine höhere Lehranstalt — eine Realschule etwa mit erweitertem fremdem Sprachunterrichte — in ähnlicher Weise gäbe, wie eine solche jüngst durch die Bemühungen des hochachtbaren Hrn. K. R. Heim in Großgerau in's Leben getreten ist (vergl. Grosh. Kreisblatt, Nro. 43 vom 26. Oct. 1846). Der Vortheil wäre für die hiesige Gemeinde und Umgegend, wie gesagt, ein zweifacher — ein materieller und intellectueller. Ein materieller, insofern den hiesigen Bürgern und Staatsdienern und denen der Umgegend, deren Söhne sich für einen höheren Lebensberuf tüchtig vorbereiten sollen und müssen, wohlfeile Gelegenheit zu einem solchen Unterrichte geboten wäre, abgesehen davon, daß die Anstalt, wenn sie eine tüchtige ist, auch auswärtige Eleven sicher herbeizieht; ein intellectueller, sofern durch eine solche Anstalt höhere Intelligenz und Wissenschaft an einem Orte geboten und verbreitet werden, der nach Größe und Lage sie zu fordern mehr als berechtigt seyn dürfte. Die Leitung müßte natürlich einem Literaten übergeben werden, der in der Pädagogik, wie in den fremden Sprachen wohl erfahren wäre, und ihm zur Seite ein tüchtiger Reallehrer. Nebenbei könnte dieser Literatus auch die Stelle eines Hülfs- oder Mitpredigers versehen. Der Fond zu diesen Lehrerstellen ließe sich bei richtiger Einsicht und gutem Willen wohl leicht beschaffen, da man ja eben hier mit dem Plane umgeht, eine zweite Pfarr- und eine sechs'te Lehrerstelle, als nothwendige Institute, in das Leben zu rufen. Möge die Ortsvorstandsbehörde, der es weder an Intelligenz, noch gutem Willen fehlt, bei Zeiten wohl erwägen, was hier zu des Ortes Frieden dient und zur rechten Zeit die geeigneten Schritte thun.

Ein Freund, aber kein Bewohner Langens.

Bornheim, 25. Nov.

Heute, Mittwoch den 25. d., findet in dem Gasthaus „zur Lilie" dahier die von dem Frankfurter Blech-Instrumental-Verein zum Besten der Bornheimer Kleinkinderschule veranstaltete Abendunterhaltung statt, die ihres edlen Zweckes halber auch von den Bewohnern Frankfurts sich einer geneigten Berücksichtigung zu erfreuen haben dürfte. — Eintrittskarten à 15 Kr. sind bei Hrn. Triebel auf der Altengasse, C 111, und Abends an der Kasse zu haben.

Theater-Anzeige.

Mittwoch, 25. Nov. (Zum Benefiz des Hrn. Hassel und zu dessen 25jährigem Jubiläum als Mitglied hiesiger Bühne, zum Erstenmale): Der artesische Brunnen, Zauberposse mit Gesang von G. Räder. (Gastrolle) Schalk: Fräul. Quint, vom Königsstädter Theater zu Berlin. — Mit aufgehobenem Abonnement.

Samstag, 28. Nov. (Neu einstudirt): Bürgerlich und romantisch, Lustspiel in 4 Abth., von Bauernfeld. (Gastrolle) Catharina von Rosen: Fräul. Quint, vom Königsstädter Theater zu Berlin.

Redacteur: J. L. Heller. — Druck und Verlag von Heller und Rohm.

Didaskalia.

Blätter für Geist, Gemüth und Publizität.

Nro. 327. Freitag, den 27. November 1846.

Der Operateur.

Wahre Begebenheit, mitgetheilt von Dr. Rödiger.

(Schluß.)

„Wohlan!“ sagte Sir John endlich: „ich nehme Ihre Bedingungen an. Mein Landgut in Devonshire ist sechstausend Pfund werth; ich gebe es Ihnen.“

„Die übrigen viertausend Pfund werden Sie in Banknoten hinzufügen.“

„O nein, nicht mehr als sechstausend! bringen Sie mich nicht um, machen Sie nicht, daß ich mein Leben verwünschen muß.“

„Ich verlange elftausend Pfund,“ erwiederte der unerbittliche Arzt.

Sir John winkte ihm Stillschweigen zu, und gab ihm durch Zeichen zu verstehen, daß er in diese übertriebene Forderung willige.

„Sie geben mir also Ihr Ehrenwort als Gentleman, daß Sie mir elftausend Pfund Sterling bezahlen werden, wenn ich Sie glücklich operirt haben werde?“

„Ich werde ein Document aufsetzen lassen,“ sagte Sir John, welcher eine neue Steigerung der Forderung fürchtete.

„Ihr Wort ist mir genug, Sir John. Ich weiß, daß Ihre Zuverlässigkeit sogar noch größer ist, als Ihre Goldgier. Gehen Sie jetzt nach Hause; in einer Stunde komme ich nach, um die Operation vorzunehmen. Bis dahin,“ fügte er mit dem Ausdruck wahrer Frömmigkeit hinzu, „wollen wir den Beistand des Himmels anrufen, damit das schwere Werk gelinge. —“

6.

Eine Stunde nachher begab er sich zu Sir John Elwes. Zwei seiner geschicktesten Gehülfen begleiteten ihn.

Vor allem traf er in der elenden Wohnung des Geizhalses zur Einrichtung eines passenden Krankenzimmers die nöthigen Vorkehrungen. Er ließ ein weiches, bequemes Bett kommen, und das harte, zerlumpte Ruhebett des alten Mannes fortschaffen; die zerbrochenen, mit Papier verklebten Fensterscheiben wurden durch neue ersetzt, und ein dicker warmer Teppich auf den halbvermoderten Fußboden gebreitet. Als diese Vorkehrungen beendet waren, hielt er, seiner Gewohnheit gemäß, ein kurzes Gebet, und ging dann muthig an's Werk.

Durch zwanzig Minuten ertrug Sir John Elwes die heftigsten Schmerzen, ohne eine Klage laut werden zu lassen.

Als die Operation vollendet war, sagte Abernethy zu ihm:

„Sie sind gerettet, wenn kein unvorhergesehener Unfall sich ereignet. Der Allmächtige nehme Sie in seinen Schutz.“

Die Heilung ging ohne Hinderniß von statten; zwei Monate später saß John Elwes wieder im Unterhause, und ließ seine Stentorstimme ertönen.

Nach einiger Zeit trat ein ärmlich gekleideter Mann, eine große Brieftasche unter dem Arm tragend, in das Studirzimmer des Doktors Abernethy. Dieser erkannte Sir John Elwes.

„Ich komme, um Ihnen die elftausend Pfund zu zahlen,“ sagte er ruhig. „Hier ist ein in gesetzlicher Form aufgesetzter Vertrag, der Ihnen den Besitz meines Landgutes in Devonshire sichert; das Uebrige ist, wie sie es verlangten, in Banknoten.“

„Ich will Ihnen einen Empfangschein ausstellen . . .“

„Pfui! unter Leuten wie wir sind, bedarf's solcher Vorsichtsmaßregeln nicht,“ unterbrach ihn der Alte mit einem Adel des Ausdrucks, der den Arzt in Erstaunen setzte. „Adieu, Doktor, ich danke Ihnen. Lassen Sie uns Freunde bleiben.“

„Einen Augenblick,“ erwiederte Abernethy, „einen Augenblick noch. — Wie viel erhält Ihr Sohn Georg als Mitgift?“

„Nichts, gar nichts,“ sagte Sir John; „als Sohn eines Vaters, der zwei Millionen Pfund Sterling besitzt, kann er leicht eine Frau bekommen.“

„Würde Ihnen eine Schwiegertochter mit eben so viel Mitgift, als Sie mir so eben gezahlt haben, genehm seyn?“

„O ja, wenn sie sanft und wohlerzogen ist, und ihren Schwiegervater nicht verachtet.“

„So kommen Sie mit mir in meinen Wagen; ich habe eine solche Schwiegertochter für Sie gefunden, und ich will sie Ihnen vorstellen.“

Beide setzten sich in den Wagen des Doktors, und hielten vor einem Hause von armseligem Aussehen. Abernethy stieg aus, und führte seinen Begleiter eine schmale, steile Treppe hinan. Die beiden alten Männer waren fast athemlos, als sie den fünften Stock erreichten.

Der Doktor öffnete ein kleines Zimmer, in welchem zwei junge Mädchen nebst ihrer Mutter an einem mit Putzwaaren bedeckten Tische arbeiteten.

„Mistreß Griffith,“ sagte Abernethy, ehrerbietig grüßend: „ich habe die Ehre, Ihnen Sir John Elwes, Mitglied des Parlaments, vorzustellen. Sir John hat mich beauftragt, in seinem Namen für seinen Sohn Georg um die Hand Ihrer ältesten Tochter Lucy zu werben.“

Sir John sah den Doktor zornig an.

„Aber die Mitgift!“ rief er; „die Mitgift!“

„Die Mitgift,“ antwortete Abernethy, „ist nur eine unwesentliche Nebensache, wenn der Bräutigam so reich und die Braut so hübsch ist. Ueberdies nehme ich die Sache auf mich. Miß Lucy ist zu sehr meine Freundin, als daß sie diese Kleinigkeit von mir nicht annehmen sollte. Finden Sie, Sir John, daß das Honorar, welches Sie mir so eben überbracht, als Aussteuer für Miß Lucy hinreichend sey?“

„Wohlan!“ sagte Sir John; „ich willige ein. Mein Sohn möge ihr den Verlobungsring an den Finger stecken. — Wo soll die Hochzeit gefeiert werden?“ fügte er mit einem Seitenblick auf das kleine ärmliche Zimmer hinzu; „denn weder Schwiegervater noch Schwiegermutter scheinen eine geeignete Wohnung zu dieser Feier zu haben."

„Auf dem Landgute in Devonshire, welches das junge Paar nebst der Mistreß Griffith und der Schwester der Braut bewohnen wird. Für Miß Therese werden wir ohne Zweifel auch bald einen Mann finden."

„Und Miß Therese wollen Sie auch ausstatten?"

„Vielleicht, Sir John, wenn Sie noch ein Mal operirt werden müssen." Dr. Rödiger.

Freiwerberinnen in Petersburg.

Nachdem ich meinem Lohndiener das gebührende Trinkgeld gereicht *), ohne welches hier zu Lande nie durchzukommen ist, schlenderte ich an der Graniteinfassung des majestätischen Kanals hinunter, einer eleganten Restauration zu, die ich — wie gewöhnlich — fast unbesucht fand.

Mein Glas Thee war bald geleert, und eben hatte ich mich hinaus begeben, als ich mich ganz leise am Arm berührt fühlte.

Beim Umblicken zeigte sich mir eine Russin im modernsten Anzuge der Bürgerfrauen, die sich tief vor mir verneigte und mich mit der gewöhnlichen Entschuldigung anredete: „Entschuldigen Sie, gnädigster Herr!" — und als ich galant erwiederte: „Bitte, bitte, liebes Mütterchen!" — zischelte sie mir zu: „Würde der Herr wohl die Gnade haben, nur ein wenig bei Seite zu treten und mir erlauben, ein einzig Wörtchen mit ihm zu sprechen?"

Es war mir völlig neu, mich in St. Petersburg auf solche Weise angeredet zu sehen; denn man findet sich hier der Schamlosigkeit in gewisser Hinsicht nicht im Entferntesten ausgesetzt, wie dies in andern großen Städten leider nur zu häufig der Fall ist. Begierig auf den weitern Erfolg, trat ich gemächlich in einen Seitengang, und bald war die Alte an meiner Seite und redete mich folgendermaßen an:

„Ihre Schönheit, gnädiger Herr, ist von einem sehr vornehmen, reichen und schönen Mädchen bemerkt worden; denn wer könnte den gnädigen Herrn ansehen, ohne für ihn zu entbrennen?"

Nachdem die Alte mich angeblinzelt, um zu erfahren, wie mir ihre Süßigkeiten schmeckten, fuhr sie, durch mein Lächeln ermuthigt, fort:

„Wir Russinnen lieben die Ausländer zum Närrischwerden, zumal die Deutschen."

Der Henker! woher wußte diese Hexe meine Landsmannschaft? Doch, ich sollte noch mehr erstaunen.

„Der gnädige Herr", sprach sie weiter, „wohnt auf dem Newski-Perspektive. Sollte dem gnädigen Herrn nicht das große, schöne steinerne Haus schräg über aufgefallen seyn? Es gehört dem Vater des einzig schönen Mädchens, dessen Leben oder Tod der gnädige Herr in Händen hat. Wird es mir erlaubt seyn, dem kleinen Engel Trost überbringen zu können?"

„Du scherzest, Mütterchen", entgegnete ich lachend. „Sieh, ich bin ein Deutscher, ein Nichtchrist, wie die Russen uns zu nennen belieben, da wir nicht zur griechischen Confession uns bekennen. Welche Verbindung kann einem ächt russischen Mädchen mit mir wünschenswerth seyn?"

„'s wird sich Alles machen, gnädiger Herr, Alles!" erwiederte die Alte schmunzelnd. „Man hat viele Fälle, daß Ausländer unsern heiligen Glauben angenommen haben", und dabei schlug sie ihr Kreuz.

„Nie und nimmer, Mütterchen! Daraus wird nichts. Ich lerne nimmermehr das russische Kreuz schlagen."

„Thut auch nichts! man hat eben so viele Beispiele, daß Ausländer bei ihrem Glauben geblieben sind und dennoch schöne, reiche, russische Mädchen geheirathet haben."

Aha! soll es da hinaus, dachte ich und beschloß nun noch ein Weilchen den Spaß mit der alten Gelegenheitsmacherin fortzusetzen. Daher antwortete ich ihr:

„Denkst Du nicht, Mütterchen, daß es besser sey, wenn Mann und Frau einen Glauben haben?"

„Freilich, freilich! wer sollte daran noch zweifeln! Aber wenn der gnädige Herr das schöne Mädchen nur erst kennte! Das Uebrige würde von selbst sich finden, Alles, Alles!"

„Nun, so sage mir doch, wo ich die Schöne finden kann? Aber bedenke, daß es geschehen muß, ohne daß es eben viel Aufsehen macht."

„Verstehe, verstehe! Ihre Geliebte, die hübsche Anna in der großen Million würde eifersüchtig. Ich kenne den gnädigen Herrn längst, — in Allem, — auch in seinen Gängen."

„Plagt Dich der — —!" wollte ich schon herausplatzen; aber die Alte schmunzelte schelmisch und sprach:

„Wenn der gnädige Herr in den großen Sommergarten treten wollte, wird das schöne Mädchen mit ihrer Mutter am dritten Baume, vorn am Eingange rechter Hand, Sie erwarten. Ich werde hier in der Nähe warten." — Wir gingen.

Richtig stand an der bezeichneten Stelle eine Gruppe elegant gekleideter Russinnen, und unter ihnen ein Mädchen, dessen Augen die meinigen auffallend suchten. Schön war die Schöne nicht, aber grundhäßlich, und ich wußte jetzt auch im Uebrigen genug.

„Du weißt ohne Zweifel viel, Mutter!" rief ich aus, „allein doch nicht genug, um Dich nicht hie und da verrechnen zu können. Sieh, ich bin längst daheim verheirathet. Gott mit Dir."

Damit bestieg ich eine harrende Droschke und mußte noch später oft genug lachen über das kleine Abenteuer.

Nichts auf Erden kann mit der Beharrlichkeit verglichen werden, die eine solche russische Freiwerberin an den Tag legt, wo es gilt, ein Geschäft zu Stande zu bringen, das ihre Taschen zu füllen verspricht.

Die größte Heirathsbörse der Art findet am 14. Mai statt, im Sommergarten von Petersburg, in welchem sich dann alle heirathslustigen Mädchen der Stadt, auf das Stattlichste ausgeputzt, zur Brautschau aufstellen. Könnten die Marmorstatuen des Gartens reden, es würde manch' ergötzlicher Schwank zu Tage kommen, den die Teufelsfreiwerberinnen hier ausgeheckt und durchgeführt haben. (Neueste Weltkunde.)

*) Der Erzähler ist ein aus Petersburg zurückgekehrter Deutscher.

Illustrirte Naturgeschichte des Thierreichs. Verlag von J. J. Weber in Leipzig.

Man ist zu der Ueberzeugung gekommen, daß die allgemeinen Naturkenntnisse bei keinem Unterrichte und selbst nicht in den Volksschulen fehlen dürfen, und auch außer den Kreisen der Gelehrten haben jene Wissenschaften Achtung und Geltung erlangt. Naturkenntniß allein hat dem Menschen den Besitz der Tausende von Hülfsmitteln verschafft, durch welche er sich zum Herrn der Erde gemacht und seine Existenz auf allen Theilen derselben festgestellt hat; Naturkenntniß ist es ferner, welche den Geist und das Gemüth des Menschen erhebt, indem sie ihm überall die unverkennbaren Spuren der Güte und Größe des Schöpfers zeigt und ihn die Wunder der Schöpfung staunend betrachten lehrt. Bis zu welchem Grade die Naturwissenschaften eine populäre Behandlung vertragen, ohne Verflachung und unedlen Anstrich, haben die Leistungen Cuvier's, Arago's, Oken's und anderer fremder und deutscher Schriftsteller gezeigt. Auch das hier zur Anzeige gebrachte Werk der J. J. Weber'schen Verlagshandlung ist in dieser Weise abgefaßt und trifft eine glückliche Vermittelung zwischen systematischer Strenge und populärer Faßlichkeit. Ein völlig systematisches Werk über Zoologie zu geben, konnte nicht die Absicht der gegenwärtigen Naturgeschichte seyn, doch durfte auch die wissenschaftliche Eintheilung nicht wegbleiben, da sie allein eine klare Uebersicht der großen Anzahl von Geschöpfen verschaffen kann. Gehörige Rücksicht ist darauf genommen worden, daß keine Klasse der Thiere auf Kosten einer anderen in ungebührlicher Breite bearbeitet wurde, sondern jede in dem Verhältnisse zu ihrer Wichtigkeit für den Menschen den angemessenen Raum erhielt. So wie nun der Text dieses Werkes sich durch Reichhaltigkeit des Inhaltes und durch Klarheit und Faßlichkeit der Darstellung auszeichnet, so sind auch die beigefügten Abbildungen sehr zu empfehlen. Diese Abbildungen vereinigen Sicherheit der Zeichnung und Sorgfalt der Ausführung. Somit entspricht die J. J. Weber'sche Zoologie nicht nur den Anforderungen einer gründlichen wissenschaftlichen Belehrung, sondern sie erleichtert auch das Studium durch den Reichthum der vorhandenen Abbildungen, und ihre Ausstattung ist in jeder Hinsicht eine genügende zu nennen. Die illustrirte Naturgeschichte erscheint in etwa 25 Lieferungen, welche 2 Bände bilden und auf 4000 in den Text gedruckten Holzschnitten über 30,000 Gegenstände bildlich darstellen werden. Die Lieferung von etwa vier Foliobogen Text nebst Abbildungen kostet nur 36 Kreuzer. Titel und Inhaltsverzeichniß werden am Schlusse eines jeden Bandes nachgeliefert. Indem wir dies treffliche und von Seiten der Verlagshandlung mit einem großen Kostenaufwande verknüpfte Werk nach Verdienst empfehlen und ihm eine recht freundliche Aufnahme wünschen, behalten wir uns vor, über den ferneren Verlauf seines Erscheinens (6 Lieferungen liegen bereits vor uns) zu berichten. W.

Mannichfaltigkeiten.

In München angelangte Briefe aus Athen bringen einen Auszug aus einer Rede, welche der abtretende Universitäts-Rektor öffentlich gehalten hatte. Darin ist ein Abschnitt auch dem schuldigen Dank für viele neue literarische Gaben gewidmet, die aus allen Theilen der Welt eingegangen waren. Der König von Preußen hatte aus preußischen Bibliotheken Dubletten an der Zahl von 2600 Werken übersenden lassen, desgleichen die aus 50 Bänden bestehenden Verhandlungen der Akademie der Wissenschaften zu Berlin. König Ludwig Philipp hatte verschiedene Werke in 186 Bänden und außerdem 46 geographische Atlasse geschenkt. Außerdem waren von Griechen in Ungarn und Oesterreich, dann von Griechenfreunden in Deutschland, Rußland und Amerika rc., so viele Geschenke an literarischen Werken, Kupferstichen rc. eingegangen, daß sich die Nummer dieser einzelnen Gaben neuester Zeit, Münzsammlungen gar nicht mitgerechnet, wieder auf über 7000 belaufen, gewiß ein schönes und sicheres Merkmal für die Fortdauer der freundlichen Gesinnungen der civilisirten Welt für das wiedererstandene Griechenland. Nur aus England finden wir in dem fraglichen Auszug keine derartigen Gaben aufgeführt.

Die böse Krankheit großer Städte ist bis ganz in unsere Nähe vorgedrungen. In Erfurt machte ein Kaufmann mit 80,000 Thalern Bankerott, an dem zwar keine großen Bankhäuser in London und Berlin, desto mehr aber viele Wittwen und Waisen und Handwerker Erfurts selber verlieren, die ihm ihr ganzes Ersparniß geliehen hatten. Der Mann stand in städtischen Aemtern und in allgemeinem Vertrauen. (Dorfz.)

Der ausgezeichnete Schüler Schleiermachers, Prediger Jonas in Berlin, hält wöchentlich in einer Abendstunde in der Nikolaikirche belehrende Vorträge über die christliche Kirche und die Augsburger Confession. Sie werden zahlreich besucht.

Fast in jedem Schweizerstädtchen sitzen sie jetzt und flikken an der Verfassung, meist aber nur neue Lappen auf abgetragene Kleider. Auch über den Schnitt und die Façon streiten sie sich; die Einen wollen den neuen Staatsrock ganz nach der neuesten Mode, die Andern à la Roccoco zuschneiden. Wenn nur nicht darüber der ganze Rock verschnitten wird, (Dorfz.)

(München, 29. Nov.) Bekanntlich läßt unser König in hiesiger Glasmalereianstalt vier große Kirchenfenster fertigen, welche als Geschenk für den Kölner Dom bestimmt sind. Das erste dieser Fenster ist nun vollendet und soll, wie zu erwarten war, meisterhaft gelungen seyn. Man darf hoffen, daß auch diese großartigen Werke vor dem Abgang an ihren Bestimmungsort dem hiesigen Publikum zur Schau ausgestellt werden.

(Ulm, 19. Nov.) Viel Gerede macht in diesem Augenblicke die Verurtheilung eines sehr reichen Fabrikanten zu vier Monaten Festungsarrest, weil er im Laufe dieses Sommers einen seiner Arbeiter auf empörende Weise gemißhandelt hatte.

(München, 22. Nov.) Der in jüngster Zeit mehrmals genannte k. portugiesische Feldmarschall v. Schwalbach war früher Offizier in k. bayerischen Diensten; er ging 1835 mit dem seligen Herzog August von Leuchtenberg, dem ersten Gemahl der Königin Donna Maria, nach Portugal, wo er auch nach dem Tode des Herzogs noch verblieb.

(Unglückfall durch Schießwolle.) Es war zu erwarten, daß durch die Schießwolle Unglücksfälle entstehen, die theils durch Unvorsichtigkeit, namentlich aber durch Unkenntniß mit der Kraft und Behandlung dieses neuen Explosionsmittels hervorgerufen werden. Einige Fälle sind bereits in öffentlichen Blättern zu lesen, ein weiterer sehr bedeutender ereignete sich in neuester Zeit in Vahingen auf den Fildern. Zwei junge Männer, Steinbrecher, ganz vertraut und bekannt mit dem Felsensprengen vermittelst des Schießpulvers, wurden von ihrem Pflästerer, dem sie die Steine liefern, aufgefordert, einen Versuch mit Schießwolle zu machen. Das Loch wurde gebohrt, die gehörige Quantität Schießwolle eingebracht und im Uebrigen behandelt wie mit Schießpulver, d. h. der Vorsicht wegen auf die Schießwolle ein Pfropf von weich gemachter Thonerde und dann erst auf diese klein zerschlagene Steine. Beim Feststoßen dieser Steine durch ein Hebeisen, wie es beim Laden eines Gewehrs durch den Ladstock geschieht, entzündete sich die Schießwolle und trieb die ganze Ladung Steine den beiden Unglücklichen ins Gesicht. Der entferntere Stehende ist weniger gefährlich verletzt als der, welcher zunächst vor dem Loche saß; beide werden mit dem Leben davon kommen und können somit noch von Glück sagen, daß der Felsen nicht zersprang, und das Hebeisen, das im Loche steckte, unschädlich an ihren Köpfen vorbeiflog. Daß Schießwolle sich durch Stoß oder Schlag von selbst entzündet, ist noch nicht allgemein bekannt, und es dürfte daher der erzählte Fall wohl zur Warnung dienen und zur Vorsicht auffordern bei weiteren Versuchen mit der noch nicht genug bekannten Schießwolle. Ein Chemiker, Namens Pelouze, will das Knallquecksilber entbehrlich machen durch eine Mischung von Schießwolle mit einigen Körnern Schießpulver; ein weiterer Beleg dafür, daß die Schießwolle sich durch Reibung, durch Stoß oder Schlag entzünden kann, und daher nicht nur beim Gebrauch als Explosionsmittel, sondern auch bei der Bereitung, Verpackung und Versendung große Gefahr zu befürchten ist.

(Frankfurt a. M.) Den Freunden klassischer Klavier-Compositionen diene zur gewiß angenehmen Nachricht, daß Hr. Ed. Rosenhain drei Soiréen veranstalten wird, in welchen derartige Werke zur Ausführung gebracht werden sollen und worüber Näheres bekannt gemacht werden wird. Diesem rühmlichen Vorhaben ist nicht nur die verdiente Anerkennung zu zollen, sondern es haben sich auch bereits zahlreiche Musikfreunde durch ihre Unterzeichnung betheiligt.

Die Vierlinge.

Frau Fama treibt, wie früher auch,
So jetzt noch stets ihr Spiel;
Sie täuscht die Welt nach altem Brauch
Und macht aus Wenig Viel.

Ein Krieger, den im Kampf der Feind
Von seinem Heer getrennt,
Durch Fama's Zauberkunst erscheint
Er uns als Regiment.

Die eil'ge Göttin wandelt um
Das Sandkorn rasch zum Berg;
Sie macht im Nu das Grade krumm,
Zum Riesen wird der Zwerg.

Frau Fama schafft — wir wissen's All' —
Aus Dämm'rung lichten Tag;
Sie macht aus dem geringsten Knall
Gleich einen Donnerschlag.

So ist es auch in jüngster Zeit
Gescheh'n in uns'rer Stadt,
Wo Fama's Zuverlässigkeit
Erprobt sich wieder hat.

Man sprach von einer Wöchnerin,
Die Knaben **vier** gebar.
Es zog nach ihrem Hause hin
Der Wißbegier'gen Schaar.

An Augenzeugen fehlt' es nicht;
Sie waren tief gerührt,
Und dennoch hatt' uns hinter's Licht
Frau Fama All' geführt.

Ja, nichts als Lüge sprach ihr Mund,
Wie's oftmals schon gescheh'n;
Ein Knäblein nur, das kerngesund,
Ist in der Wieg' zu seh'n.

Und bringt man euch die Vierling' dar
Gedruckt auch auf Papier:
Es ist nicht wahr und ist nicht wahr;
Lest immer **Eins** statt **Vier**!

Es hat nur einen Scherz gemacht
Die lose Göttin: d'rum
Nimm vor Frau Fama dich in Acht,
Verehrtes Publikum!

Frankfurt a. M., 25. Nov. 1846. Ludwig Hub.

Korrespondenz.

Schweinfurt, 23. Nov.

Eine fröhliche Schiffstaufe.

Der hiesige Liederkranz, welcher vor 13 Jahren, am Tage der heiligen Cäcilie, gegründet wurde, feierte gestern sein alljähriges Stiftungsfest auf eine für die Gesellschaft sehr erfreuliche Weise. Ein Mitglied desselben, Hr. Magistratsrath und Schiffmann Athanasius Michel hatte nämlich die Gesellschaft ersucht, bei seinem neugebauten Schiffe die Gevatterstelle zu übernehmen, was natürlich mit großer Freude aufgenommen und die Taufe auf den Stiftungstag des Liederkranzes festgesetzt wurde. — Die Sänger begaben sich Nachmittags 3 Uhr vom Vereinslocale unter Vorausstragung des Vereinspaniers in Begleitung der Comit·s und eingeladenen Gäste nach dem Hause des Hrn. Gevatters und zogen dann in seiner Begleitung nach dem Einladeplatz, wo das Schiff, mit Kränzen, Draperien und Wappen verziert, am Ufer lag. Die Gesellschaft, durch Böllerschüsse begrüßt, ordnete sich in einen Halbkreis gegen das Schiff und sang das Bundeslied des Liederkranzes, worauf der Eigenthümer des Schiffes in brüderlicher Anrede den Gesellschaftsdirektor als Organ des Vereins bat, die Taufhandlung zu vollziehen. Nach Erwiderung dieser Einladung begaben sich dann Comite's und Sänger auf das Vorderdeck des Schiffes, wo ein bekränzter Anker am Schnabel des Schiffes für die Taufe vorbereitet war. Ein Weihelied, von einem der Sänger gedichtet und vom Gesangdirektor P. Friedr. Schneider componirt, machte die Einleitung zur Handlung. Hierauf fragte der Gesellschaftsdirektor die vereinigten Sänger, welchen Namen das Schiff erhalten solle und bat den Gesangdirektor, den Namen auszusprechen. „Liederkranz von Schweinfurt" war die Antwort und im Namen des Männerchors, der Bruderliebe und der heitern Geselligkeit wurde das Schiff mit einer Flasche 1846r Weins, die auf erwähntem Anker zerschlagen wurde, glücklich getauft. Ein dreifaches Hoch auf den Täufling und seinen Vater verkündete den zahlreich am Ufer Versammelten die Beendigung der Ceremonie und ein donnerndes Hoch auf den Landesvater, den Schöpfer des Ludwigs-Kanals, vom Secretair der Gesellschaft in einer umfassenden Rede ausgebracht, begeisterte alle Anwesenden. Die Pocale kreis'ten fröhlich unter den Sängern, und besonders gebackener Schiffszwieback erinnerte stets an die für den Liederkranz neue Kindtaufe. Einige Pathengeschenke wurden hierauf der Wärterin (Schiffsmannschaft) übergeben, bestehend in einer roth und weißen (fränkischen) Wimpel mit dem Namen, einer Flagge mit Lyra, Lorbeer und Eichenkranz, nach der Vereinsfahne gemalt, die alsbald munter flatterten, und ein Gevatterbrief. Auch die Hebamme, der Schiffbaumeister Jacob Dittmar, wurde nicht vergessen und erhielt eine zinnerne, mit Wein gefüllte Flasche, die mit Inschriften versehen war. Toaste auf die „Verbindung des Handelstandes mit dem Schifferstande" (Merkur und Neptun), von dem Handelsvorstande ausgebracht auf den „deutschen Männergesang und alle Vereine, die ihn pflegen", vorzüglich aber auf die „junge Frau Gevatterin", die im Kreise von Damen auf dem Schiffe war, und die abwechselnden Gesänge würden die Sänger noch lange beisammen gehalten haben, hätte nicht der fortwährend sanfte Regen zum Zurückbegeben in's Vereinslocal gemahnt. Dort beschloß ein solenner Ball das Stiftungsfest. Der junge Liederkranz aber, das Schiff, wird sich im Winter vollends zu seiner neuen Laufbahn für's nächste Frühjahr vorbereiten. Er ist mit einem Sängerpaß versehen, so daß er sich allen Sängerbrüdern an den Ufern des Ludwigs-Kanals, der Donau, des Rheins und des Mains als ächten deutschen Sänger legitimiren, folglich einer brüderlichen Aufnahme gewiß seyn kann.

Frankfurt, 24. Nov.

Die erste Quartett-Unterhaltung der Herren Heinrich Wolff, Greisler, Posch und Elsner jun. findet am Freitag den 27. Nov., Abends um 7 Uhr, im Saale des „Hotel de Russie" statt. Die aufzuführenden Quartette sind: 1) von Haydn aus D dur, 2) von Mozart aus D moll, 3) von Beethoven aus B dur. Billets zum Subscriptionspreis von 4 Gulden für die 4 Unterhaltungen sind in der Musikalienhandlung des Hrn. C. A. André auf der Zeil (Haus Mozart) zu haben. An der Kasse kostet das einzelne Billet 1 fl. 45 kr.

Theater-Anzeige.

Samstag, 28. Nov. (Neu einstudirt): Bürgerlich und romantisch, Lustspiel in 4 Abth., von Bauernfeld. (Gastrolle) Catharina von Rosen: Fräul. Quint, vom Königsstädter Theater zu Berlin.

Redacteur: J. L. Heller. — Druck und Verlag von Heller und Rohm.

Didaskalia.

Blätter für Geist, Gemüth und Publizität.

Nro. 328. Samstag den 28. November 1846.

Eine Turnfahrt nach dem Melibocus.

Der 30. August war der Tag unseres Ausflugs. Der Himmel schien schon in aller Frühe gar nicht geneigt zu seyn, unsere Tour zu begünstigen, indem nur Wolken, düstere Wolken das Himmelsgewölbe bedeckten, während wochenlange, ja noch den Tag zuvor das herrlichste Blau am Horizonte prangte. Nichtsdestoweniger nahm uns Kaiser Karl, noch ehe die Thurmglocke die sechste Morgenstunde verkündet hatte, wohlwollend in der ihm zugewiesenen Brückennische auf, und rüstig schritten wir, wohl unserer 25, Ravenstein an der Spitze, dem Bahnhof der Main-Neckarbahn zu. Man lös't die Karten, setzt sich oder vielmehr stellt sich in den Wagen, und ohne etwas Erwähnungswerthes passirten wir Langen, Darmstadt, Eberstadt, Zwingenberg, und im Fluge fuhren wir Bensheim zu. Schon auf der Fahrt dahin fühlten wir uns Alle freudig bewegt, unsere Herzen schlugen höher, und im frohen Vorgefühl harrten wir bereits des Zusammentreffens mit den lieben Brüdern aus Mannheim und Heidelberg. — Nach 8 Uhr langten wir in Bensheim an, dessen herrlicher Bahnhof besonders unsere Aufmerksamkeit auf sich zog, wie denn überhaupt die Bahnplätze auf allen Stationen auf's schönste ausgestattet sind. Nach Verlauf einer guten Viertelstunde, während welcher wir die Bekanntschaft eines dortigen Turners, — Lehrer am Gymnasium daselbst — gemacht hatten, kam das Dampfroß dahergeschnaubt, und mit ihm unsere heißersehnten Badenser. — Nun ging's an ein Bewillkommnen, so herzlich und so aufrichtig, daß nur Der, welcher zugegen, einen vollkommenen Begriff davon haben kann; dem ruhigen Beschauer konnte da nicht entgehen, wie brüderlich und freundschaftlich sich die drei Gemeinden entgegenkamen, wie hier neue Bekanntschaften angeknüpft, dort alte Freundschaften erneuert und befestigt wurden, diesen Händedruck, solche Biederkeit und Freimüthigkeit hättet Ihr sehen sollen, — — und herbeigewünscht hätte ich mir alle Diejenigen, welche im Turner nur einen Gegner des Vaterlandes erblicken können, und die Turnerei ganz und gar als eine Feindin desselben auszuschreien bestrebt sind; und verstummen hätten sie müssen und beschämt werden, wie die, welche da kommen und sagen: „Die rothe Mütze fehlt Euch noch, — und Ihr seyd leibhaftige Jakobiner," und gleich denen, die da hingehen und sich bemühen, ein artiges Trifolium zu bilden aus: Turnerei einer-, Communismus und Revolutionsgeist andererseits. Doch lassen wir jetzt diese politisch-poetischen Betrachtungen, und wenden wir uns ein wenig dem „Ritter" zu, wo inzwischen ganz prosaisch der Rebensaft kreis'te; während die Einen den nüchternen Magen mit Speis' und Trank jeglicher Art labten, versahen sich die Andern mit Lebensmitteln für den Mittag. Eine halbe Stunde noch saßen wir, — wie sich leicht denken läßt: fröhlich beisammen, und hinauszogen wir, — unser Bensheimer Freund als Führer voran, — der Heerstraße entlang, der Richtung nach dem Felsmeer zu. Da ward gescherzt, gesungen, gesprungen, politisirt, gar parodirt, und wie alle diese unpassenden nicht deutschen Ausdrücke noch heißen mögen, — — bis ein schwacher Regen über uns hereinbrach; solcher blieb aber kaum beachtet; der größte Theil merkte ihn gar nicht — denn schon sahen wir das großartigste Schauspiel vor uns. Steine, nein Felsen waren es, mächtige Felsriffe boten sich zu Tausenden unseren verwunderten Augen dar, von denen man hätte glauben mögen, die einstmalige Sündfluth habe sie dahin gespült. Aber noch bei weitem erhabener ergriff es uns, als wir, der Kuppe nahe, um uns und unter uns nur diese ungeheuren Steinmassen schauten, und blos unten im Thale in reizender Lage hin und wieder ein Dörfchen den Blick traf. Kaum wollten wir unsern Augen trauen, diesen so gefährlichen Fußsteig eben zurückgelegt zu haben; und unsere Verwunderung ging zum wahren Enthusiasmus über, als unser May, nachdem wir inmitten der Felsen Stand gefaßt hatten, das kräftig-erhabene Lied: „Schleswig-Holstein" zum Himmel hinanschickte; und als wir Alle dann in die Endstrophen eines jeden Verses aus voller Kehle und mit Wehmuth erfülltem Herzen einstimmten, da schien es wahrlich, als wollten wir in Gegenwart der himmlischen Mächte über uns, und im Beiseyn der urdeutschen Felsen zu unsern Füßen gleichsam feierlich geloben, auch unser Scherflein beizutragen, wenn es gilt, unsere Interessen zu wahren, und wenn es seyn muß, die zu züchtigen, die sich da erdreisten, unser Vaterland, das leider nu zu oft seine Selbstständigkeit durch gierige Nachbaren verwirken ließ, um ein Theilchen, und zwar diesmal um seinen Kopftheil kleiner zu machen. — Neugestärkt durch diesen herzerhebenden, ermuthigenden Gesang stiegen wir weiter bis zum Gipfel, und bald saßen wir gemächlich im „Jägerhaus", wo uns hinreichende Speis' und Trank erquickend labten. Daß dabei das munterste Leben von der Welt herrschte und der gemeinsame Frohsinn auch nicht im geringsten getrübt worden, bedarf kaum der Erwähnung. — Doch bemerken muß ich noch, daß die Aussicht da oben nichts Bemerkenswerthes bot, indem eben nichts zu bemerken, nichts zu sehen war, als der Himmel dicht über und die Wolken vor uns. — Um 1 Uhr machten wir uns auf den Rückweg oder richtiger gesprochen auf den Hinweg zum Melibocus, denn das war das eigentliche Ziel unserer Reise. Nach einem ziemlich anstrengenden Gange kamen wir nach ungefähr 1½ Stunden auf des Melibocus Spitze an, konnten aber den Thurm, der darauf befindlich, und nebenbei sey es gesagt, der Inschrift

*) Die gegenwärtige Skizze aus dem Tagebuch eines Turners war bei ihrer Abfassung nicht zur Veröffentlichung, sondern nur für einen Kreis von Turnfreunden bestimmt. Diesen wurde sie vorgelesen, und fand so beifällige Aufnahme, daß wir um den Abdruck derselben ersucht wurden, welchem Wunsche wir andurch nachkommen. Die Veröffentlichung ist zwar verspätet; doch kann dies dem Inhalte der Skizze keinen Abbruch thun. Anm. d. Red.

zufolge in drei Monaten erbaut worden seyn soll, — nicht besteigen; und da es uns mit der Aussicht nicht besser ging als auf dem Felsmeer, kehrten wir auf Ravenstein's Vorschlag um, wandten uns links ab, und bald zogen wir in die Auerbacher Burg ein. Hier war es vorzüglich, wo wir hinlänglichen Ersatz hatten an der prachtvollen Fernsicht, die wir von den Höhen der Burg aus genossen. Da lagen wir da zuerst, wir Turner alle, 120 an der Zahl, im Innern der Burgmauern, und pflegten gemüthlich der Ruhe; dann aber trappten wir einzeln die dunkle Treppe der alten Mauer hinan bis zum Gipfel der alt ehrwürgen Burg, und der ganze Odenwald mit allen seinen Schönheiten lag vor uns ausgebreitet. Unmittelbar vor uns waldartige Baumgruppen, weiter drüben üppig besetzte Felder. Manchmal auch weidete sich das Auge köstlich an den hübsch gelegenen Dörfern im Thale unten, und als dann noch unsere Blicke in naher Ferne ein einzeln dastehendes Kirchlein erschauten, eben durch seine Bescheidenheit so wohlthuend für das durch den Ueberfluß und den Reichthum ringsum verwöhnte Auge, da hatten wir eine Zusammenstellung, die in keiner Weise dem vor freudiger Erregtheit überspringenden Herzen und den wahrhaft begeisterten Blicken irgend etwas zu wünschen übrig ließ, und nur der Vater Rhein und mit ihm die hohen Thürme von Mainz und Worms, und drüben der leicht hinfließende Neckar mit den Gipfeln Mannheims durften sich sehen lassen, um dem großen Rundgemälde einen würdigen Hintergrund zu leihen. — Noch freudetrunken und wonneberauscht von dem mächtigen Eindrucke dieses Naturpanorama's wandten wir Auerbachburg, wenn gleich hochbefriedigt, doch ungerne — den Rücken, und indem wir die prächtigsten Wege, das einfach-ansprechende Fürstenlager, den allerliebsten Lugwigstempel durchzogen, nahmen wir, nachdem wir noch den Altarberg und die Riesensäule — beide Alterthümer der grauesten Vorzeit, — berührt, unsern Rückzug, und ruhig kehrten wir um $4^1/_2$ Uhr in Bensheims freundliche Mauern ein. Da besuchten wir dann zuvörderst den Gymnasial-Turnplatz, und als nun gar der Magen anfing uns den Kredit auffagen zu wollen, zogen wir theilweise in den „Ritter" ein, der uns nun zum zweitenmale schon gastlich empfing. Bald folgte der übrige Theil, der indessen würdig des Turners Palladium: seinen „Turnplatz" inne hatte, nach und bei gehörigem Abendmahle, gewürzt durch kräftig biedere Trinksprüche und herrliche Lieder, brachten wir hier an zwei Stunden zu. Der gütige Himmel, der uns Turner nun unter Dach und Riegel wußte, öffnete jetzt alle seine Wasserschleußen, die er, es wollte fast so scheinen, uns zu liebe den ganzen Tag über so ziemlich verschlossen hielt, und in Strömen goß es herab. Nichtsdestoweniger begaben wir uns in den Bahnhof, und daß, — besonders bei diesem Wetter, — der Abschieb ein recht nasser gewesen, kann man sich denken; und eingedenk des schön verlebten Tages, der nicht verfehlte, auf einen Jeden einen angenehmen Eindruck hervorzubringen, eilten wir der Heimath zu.

Schließlich sey es mir noch vergönnt zu erwähnen, daß des Turners Wahlspruch, der nicht nur sein Banner zieret, sondern auch im Herzen einen bleibenden Wohnsitz hat, auch bei dieser Gelegenheit in Ehren gebalten worden. Denn

Frisch zogen wir am Morgen hinaus in Gottes große Natur,
Fröhlich innerhalb der Schranken des Schicklichen lebten wir zusammen,
Frei von dem Treiben und den Mühseligkeiten des Tages, sprachen wir uns freimüthig aus über alles was Rechtens ist, und endlich
Fromm waren wir an jenem Sonntag gewiß, standen wir ja zweimal dem Himmelreich näher als das ganze Jahr über.

Frankfurt a. M., 10. Sept. 1846. L. Schlesinger.

Die Deutschen in Nordamerika.

Schreiber dieses hat im April d. J. in einem Aufsatze seine Ansichten in Betreff der Auswanderung nach Nordamerika in diesen Blättern niedergelegt, und gedenkt gegenwärtig etwas Aehnliches zu thun, indem er einige Bemerkungen über den moralischen und materiellen Zustand der Deutschen in Nordamerika mittheilt. Referent hatte früher selbst die Absicht, jenseits des Meeres ein zweites Vaterland zu suchen und hat um deßwillen alle Gelegenheiten benutzt, sich über die Zustände in jenem Welttheil zu belehren. Es wohnt ferner ein Bruder von ihm schon seit einigen Jahren in Burlington am Mississippi, der ihm von Zeit zu Zeit briefliche Mittheilungen zugehen läßt, welchen der Stoff der nachfolgenden kleinen Abhandlung entnommen ist. Referent läßt den Briefschrieber, kleine Aenderungen abgerechnet, meistens selbst reden. „Es ist wahr", schreibt er in einem seiner Briefe, „Amerika ist doch ein ganz anderes Land wie Deutschland, mag es nun Täuschung oder Wirklichkeit seyn, genug, mir kommt Alles grandiöser vor diesseits des Meeres. Die jugendlichen Städte, deren Entstehung sich nach Decennien berechnen läßt, und die fruchtbaren Gefilde, welche noch vor kurzer Zeit wüste und waldbewachsen waren, wie reizend lächelten sie mir entgegen! Es ist etwas Erhebendes und Wunderbares die menschliche Kraft und Ausdauer. Ueber die Gebirge, welche den Westen vom Osten scheiden und welche vor nicht geraumer Zeit noch von keinem menschlichen Fuße betreten waren, eilen jetzt dampfende Ungeheuer mit langen Wagenzügen wie im Fluge dahin. Am meisten aber freute ich mich über unsere Landsleute, die Deutschen, die man in Menge um St. Louis und in Jowa findet. Amerika scheint in der That für den größten Theil unserer Nation eine umwandelnde Kraft zu besitzen. Aus steifen, tölpischen Menschen, die in ihrem Vaterlande mit einer gewissen Gedrücktheit ihren mühevollen Pfad wandelten, werden in kurzer Zeit demokratisch gesinnte Bürger des freisten Staates der Welt. Ich wünschte, Du sähest einmal hier die Deutschen, mit welchem Fleiße sie ihre Felder bebauen und wie vortheilhaft sich ihre Besitzungen vor denen der native Americans auszeichnen. Der Engländer cultivirt sein Feld nur oberflächlich und ist jeden Augenblick bereit, sein ganzes Besitzthum bis auf den letzten Stuhl dem ersten besten Käufer abzutreten, wenn sie ihm nur die Aussicht auf einigen Gewinn eröffnet. Der Deutsche aber haftet fest an seinem Lande, wenn er es einmal „clear" gemacht; denn er will es gern auf seine Kinder vererben und treibt daher den Ackerbau mit deutscher Gründlichkeit. Seine Felder tragen deßhalb gewöhnlich mehr ein, als die der Eingeborenen, welche Letztere aus diesem Grunde mit Neid und Aerger auf die häuslichen sparsamen Deutschen blicken. Ausnahmen von der Regel trifft man sehr häufig in den größeren Städten und namentlich in den Seestädten, in welchen sich viele Taugenichtse aller Nationen herumtreiben und durch Betrug und Schwindeleien ihren Lebensunterhalt zu erwerben suchen." Ist diese Schilderung auch etwas enthusiastischer Natur, so ist doch gewiß die Hauptsache Wahrheit, und wie man aus Hamburg, Berlin und Wien nicht Deutschland kennen lernen kann, so wird man gewiß auch kein richtiges Urtheil über den Zustand der Union fällen können, wenn man bloß New-York, Philadelphia und New-Orleans gesehen hat. Will daher Jemand die Deutschen in Amerika kennen lernen, so muß er sich nach Westen wenden, und da wird er gewiß das Obengesagte in jeder Beziehung bestätigt finden, und er wird da gewahr werden, daß inmitten der verschiedenartigsten Secten auch religiöse Duldung ihre friedliche Stätte aufgeschlagen hat. Für manchen Ort Deutschlands wäre es daher von Nutzen, wenn man ihn einige Zeit nach Amerika versetzen könnte.

Was die anderen Nationen anbelangt, so bleiben diese ihrer Originalität mit allen Fehlern am meisten getreu. Der Engländer handelt, der Franzose ficht, tanzt und geht auf die Jagd, und der Irländer, erstaunt über die Wohlfeilheit des Whisky, ergibt sich dem Trunke. In dieser Beziehung sagt ein englischer Schriftsteller irgendwo: „Wir dürfen nicht vergessen, daß Charakter und Vermögen in der alten wie in der neuen Welt durch die nämlichen Mittel erworben werden müssen. Und, vergib mir, wenn ich hinzufüge, dieselben schlimmen Gewohnheiten, welche in einem Lande gegen einen Mann sind, werden es auch im andern seyn."

In einem andern Briefe gedenkt mein Gewährsmann der Präsidentenwahl und sagt bei dieser Gelegenheit, daß die Deutschen fast ohne Ausnahme mit den Demokraten für Polk gestimmt hätten. Er schreibt: „Die Demokraten wollen kein Papiergeld, keine Handelsbeschränkung und die Aufnahme von Texas in die Union, während ihre Gegner, die Whigs, der entgegengesetzten Ansicht sind, und außerdem noch durchzuführen suchen, daß jeder Einwanderer erst einundzwanzig Jahre im Lande seyn muß, bevor er Bürger werden kann. Die Demokraten haben gesiegt, wie Du in den Zeitungen gelesen haben wirst. Wir feierten hier (Burlington) unsern Triumph auf eine glänzende Weise. Des Mittags Diner mit deutscher Harmoniemusik, des Abends Fackelzug und Stadtbeleuchtung. Du schreibst mir, die Marokkaner seyen von den Franzosen geschlagen worden ꝛc. ꝛc. Das Alles habe ich aber schon in den Zeitungen gelesen. Hierbei muß ich Dir noch bemerken, daß hier jeder Deutsche, wenn er auch in seinem Vaterlande nur die Bibel und das Gesangbuch in die Hand bekam, sein politisches Blatt liest."

Referent könnte noch Mehreres mittheilen, will sich aber bloß hierauf beschränken, weil er das Gesagte für genügend hält, um wenigstens etwas zur Berichtigung irriger Ansichten beizutragen. Möchte doch nur Jeder die Ueberzeugung gewinnen, daß nicht bloß Gesindel und arbeitsscheue Leute die neue Welt betraten, sondern daß auch schon mancher deutsche Biedermann und mancher lebensfrische Jüngling jenseits des Meeres ein zweites Vaterland fand, wie er es in Polen, Ungarn oder im südlichen Rußland — nicht gefunden haben würde.

Neuisenburg. G. K.

Geistesfreiheit. *)

Der Geist ist frei! Sey auch das Wort gebunden,
Ihr bindet nie des Geistes Flügelschlag:
Er hat zum Licht die freie Bahn gefunden,
Die Nacht besiegt, die auf der Erde lag.
Der Morgen graut! Ihr wollt dem Tage wehren?
Die Sonne flammt! Ihr seht die Schöpfung nicht?
Und frevelt noch, in blinden Wahn zu kehren,
Was auf den Zinnen laut die Wahrheit spricht?

Der Geist ist frei! Er schafft durch den Gedanken
Sich seine Welt und ordnet ihre Bahn;
Zerschmettert kühn der Vorurtheile Schranken,
Und wogt der Zeit mit dem Panier voran.
Wir fürchten nicht der Elemente Beben,
Des heißen Kampfes Sturmgewölke nicht;
In Kampf und Sturm erstarkt das junge Leben,
Wenn, morsch genug, die alte Form zerbricht.

Der Geist ist frei! Der Tugend Ideale
Entsprossen ihm und reifen still zur That.
Sie leuchten hell im jugendlichen Strahle
Der Heldenkraft auf steilem Siegespfad.
Wann wird der Friede auf der Erde wohnen,
Wo selbst der Beste seine Marter fand?
Der Heiland starb — und schlang um Millionen,
Indem er starb, der Liebe Bruderband.

Der Geist ist frei! Er betet an im Glaube
Den großen Geist im unerschaff'nen Licht!
In Kraft der Liebe steht der reine Glaube,
In Kraft der Liebe steht die ernste Pflicht.
Wie auch der Baum des Wissens sich entfalte:
Er treibt die reichen Aeste himmelan!
Ein Glaube nur und Eine Liebe walte
In jeder Brust, die menschlich fühlen kann!

Der Geist ist frei! Er mißt der Welten Ferne,
Und nimmt in Weltern Gottes Liebe wahr.
Sein Tempel ist der hehre Dom der Sterne,
Der Erde Alpenfeste sein Altar;
Ein reines Herz ist seine stille Klause,
Ein treuer Freund sein Priester in der Noth;
Die Flammenschrift im großen Vaterhause
Sein Psalterbuch im Leben und im Tod.

B. L.

*) Aus Zittel's „Sonntagmorgen."

Die Criminal-Procedur gegen den Kammergerichts-Assessor F. A. Oppenheim.

(Verhandelt vor dem Assisenhof zu Köln am 21. Nov. 1846.)

(Köln, 25. Nov.) Zu den bemerkenswerthen Urtheilssprüchen, die seit einiger Zeit von hier aus zu berichten gewesen, ist jetzt ein neuer gekommen. Gestern stand der Kammergerichtsassessor Oppenheim wegen des vielbesprochenen Chatullendiebstahls und der Vernichtung von Beweisdokumenten vor den hiesigen Assisen und wurde völlig freigesprochen. Der Angeklagte gestand ein, daß er in Verbindung mit Andern und namentlich mit dem flüchtigen Dr. Mendelssohn unter verschiedenen falschen Namen am Rhein umhergereis't sey, um entlassene Dienstboten des Grafen Hatzfeld ꝛc. zu allerlei Aussagen zu veranlassen, daß er der Baronin von Meyendorf von Aachen aus nachgereis't und ihr im hiesigen Gasthofe zum Mainzer-Hof eine Kassette, während dieselbe beim Einpacken einen Augenblick auf der Flur niedergesetzt war, weggenommen, in einen Koffer des Dr. Mendelssohn, aus dem Kleider herausgenommen, unter das Bett geworfen und zurückgelassen wurden, eingepackt und sich mit dieser Beute davon gemacht habe. Er gestand ferner ein, im Verhörzimmer vier Briefe, die ihm zur Anerkennung vorgelegt werden sollten, zerrissen zu haben. Die Anklage ging dahin, daß der Kammergerichtsassessor Oppenheim an der Kassette, worin ungefähr 3000 Franken Geld, Schmucksachen, Briefschaften ꝛc. gewesen, einen Diebstahl begangen und sich außerdem der Vernichtung von Beweisdokumenten, die in gerichtlichem Gewahrsam gewesen und zu einer Kriminaluntersuchung gehört hätten, schuldig gemacht habe. Zwei Vertheidiger traten für den Angeklagten auf. Der Erste suchte darzuthun, daß die Wegnahme der Kassette kein Diebstahl gewesen, weil der Angeklagte bloß die nach seiner Vermuthung darin befindlichen Briefschaften, nicht aber das Geld ꝛc. zu erlangen beabsichtigt habe und weil das Daseyn grade der von ihm gesuchten Briefschaften, da dieselben sämmtlich ihrer Eigenthümerin bereits zurückgegeben, nicht einmal erwiesen sey; der Zweite führte den Satz aus, daß die behauptete Vernichtung von Beweisdokumenten nicht stattgefunden habe, weil die vier Briefe, da sie erst anerkannt ꝛc. werden sollten, noch nicht in die Untersuchungsakten aufgenommen waren, weil sie, da der Instruktionsrichter im Augenblick ihrer Zerreißung das Zimmer verlassen hatte und nur der Gerichtsschreiber in diesem anwesend war, sich nicht in gerichtlichem Gewahrsam befunden hätten, und weil, da die Fetzen zurückgeblieben seyen und wieder zusammen zu stellen gewesen, keine Vernichtung stattgefunden habe. Der Staatsanwalt hob hervor, daß der Zweck, zu dessen Erreichung ein Diebstahl begangen werde, den Diebstahl nicht aufhebe, daß Jemand, der Kartoffeln zu erlangen beabsichtige, diese aber in einem Sack stehle, auch den Sack gestohlen habe, daß Derjenige, welcher eine Goldrolle stehlen wolle, statt deren aber eine Kupferrolle finde und nehme, wenigstens dieses Kupfer stehle, und daß demgemäß der Diebstahl der Kassette mit ihrem Inhalte sich nicht in Zweifel ziehen lasse. Ferner wies die Staatsanwaltschaft nach, daß die zerrissenen Briefe gerichtlich in Beschlag genommen waren und sich auf diejenigen Verhältnisse, um derentwillen der Diebstahl der Kassette unternommen worden, bezogen, daß gerade dem Gerichtsschreiber vorzugsweise die Aufbewahrung solcher Beweisdocumente obliege und daß ihre Zerreißung wie die Zerreißung eines Wechsels ihre Beweiskraft vernichtet habe. Der Präsident des Assisenhofes gab ein Resumé der Verhandlungen, worin den Geschworenen unter Anderm gesagt wurde, daß die Definition des Diebstahls im Strafgesetzbuch mit den Worten, die Wegnahme einer fremden Sache müsse „auf eine betrügerische Weise" geschehen, eine Vermögensbeeinträchtigung und Bereicherung fordere (nicht etwa blos die Art des Verfahrens im Gegensatz zur gewaltsamen Wegnahme bezeichne) und die Geschwornen erklärten den Angeklagten sowohl des Diebstahls, wie der Vernichtung von Beweisdokumenten nicht schuldig. Ueber die Familienverhältnisse des Grafen von Hatzfeldt, von denen ein zahlreich versammeltes Publikum allerlei Aergerliches zu hören erwartete, kam außer einigen, eigentlich nur dem bereits Unterrichteten verständlichen Anspielungen wenig vor. Als der Angeklagte am Schlusse der Verhandlungen gefragt wurde, ob er noch etwas zu seiner Vertheidigung anzuführen habe, benutzte er dies nicht für sich, sondern nur zu der Versicherung, daß alle Andeutungen in Bezug auf die Gräfin von Hatzfeldt — unbegründet seyen.

Frankfurter Theater.

Benefiz-Vorstellung zur 25jährigen Dienstfeier des Hrn. Hassel bei hiesiger Bühne.

Es wurde einmal — so erzählt eine alte Anecdote — bei Hofe gestritten, ob die Weisheit oder die Thorheit in der Welt mächtiger und einflußreicher sey, und man konnte sich über diese Frage nicht vereinigen; denn die Einen wußten viel zum Ruhme der Weisheit, die Andern viel zum Lobe der Thorheit vorzubringen. Da nahm endlich der Hofnarr, der nicht auf den Kopf gefallen war, das Wort, hielt eine witzige Rede zu Gunsten der Thorheit und schloß mit dem Versprechen, am nächsten Tage einen Beweis ad hominem für seine Sache vor den Augen aller Welt zu führen. Tags darauf erschien nun der Hofnarr in einem höchst anffallenden und sonderbaren Anzug auf dem geräumigen Schloßplatze, schritt auf demselben auf und ab, rührte eine gewaltige Lärmtrommel, die er umgehängt hatte und machte dazu die tollsten Sprünge und Geberden. Es währte nicht lange, so war der größte Theil der Stadtbewohner, Jung und Alt, Vornehm und Gering, um ihn versammelt und Alle hatten ihren Spaß an dem drolligen Lustigmacher. Nachdem dieser sein Publikum eine Stunde lang ergötzt hatte, sprach er: „Nun laßt einmal einen Weisen kommen und diesen Leuten da Weisheit und Tugend predigen! Wir wollen dann sehen, ob sie ihm Stich halten oder ob sie sich gelangweilt zurückziehen; wir wollen sehen, wessen Häuflein das größere seyn wird." Keiner der Weisen wagte den Kampf und der Hofnarr blieb Sieger. So ist es bis auf den heutigen Tag und so wird es bleiben immerdar. Klein ist das Häuflein Derjenigen, die das Bedürfniß fühlen, ihren Geist auszuweiten und ihr Herz zu erheben, die gerne mit hohen Gedanken verkehren und gerne in das friedliche Museum der Ideale treten, die nach den Mühen des Tages noch Kraft und Schwung genug haben, um sich in die Regionen des Edeln und Schönen zu erheben; — groß, sehr groß dagegen ist die Schaar Derjenigen, welche sich da am besten gefallen, wo es am tollsten und buntesten hergeht, welche die Possen und Purzelbäume eines Narren, die albernen Witze eines Thoren, das eitle Zeitverprassen, die gehaltlosesten Unterhaltungen dem Ernste vorziehen und sich am behaglichsten fühlen, wenn sie ihren Geist nicht anzustrengen haben. Diese Erfahrung auf Kunst und Künstler angewendet, finden wir, daß die Männer von ernster Richtung, von sittlicher Größe, von strengen Gedanken vereinsamt stehen und daß ihre Lebensbahn meist eine dornenvolle, an Haß und Verhöhnung reiche, eine arme und nicht selten tragische ist, wogegen ihnen der Trost verbleibt, daß man ihnen nach dem Tode eine schöne Trauerrede halten und ihnen vielleicht gar nach fünfzig Jahren selbst ein Monument errichten wird; — dagegen aber werden die Lustigmacher, die beliebten Spaßvögel, die genialen Tänzerinnen und liebenswürdigen Virtuosinnen, die Verfasser von Lustspielen und Possen, bei denen alle Welt sich fast todt lachen möchte und mit einem Worte Alle, welche die Lärmtrommel jenes Hofnarren zu rühren verstehen, gepriesen und sind beliebt bei Jung und Alt, bei Vornehm und Gering. Ueber dieses Thema ließen sich noch lange Variationen schreiben, aber sie würden von den meisten Lesern überschlagen werden und wir wollen es daher bei diesen Andeutungen bewenden lassen.

Aus dem Gesagten wollen wir keinen Vorwurf für unsern Benefizianten, Hrn. Hassel, herleiten. Er hat die Menschen so vorgefunden, wie sie nun einmal sind, und hätte sie nicht anders machen können. Talent und Befähigung haben ihn auf das dankbare Fach eines Komikers hingewiesen, in welchem er an unserer Bühne seit 25 Jahren wirkt. Wenn die Leute aller Stände am Abend fertig sind mit Hämmern und Hobeln, Kaufen und Verkaufen, Acten- und Briefschreiben, Laufen und Sitzen, Schleppen und Schwitzen, Zanken und Zerren, Speculiren und Philosophiren, wenn sie, wie man zu sagen pflegt, aus dem Joche gespannt werden, so wollen sie sich erholen und erheitern, und da ist ihnen ein Hampelmann, ein Nestroy und dergleichen die liebste Kost. Die Schaar dieser nach Erholung Durstigen ist groß und am Ende haben sie in ihrer Art recht, nicht minder als jenes kleine, stille Häuflein, das andere Wünsche hegt. Was Wunder, wenn Hr. Hassel stets volle Häuser gemacht und an seinen Benefizabenden reiche Ernte gehalten hat! Und ob er ein guter Komiker ist? Darüber mögen die Advokaten der Kritik so viel plaidiren, als sie wollen; er hat dem Publikum gefallen, gefällt ihm noch immer, weiß es zu amüsiren, wird mit Beifall überschüttet und hat die Resultate für sich: Beati sunt possidentes! Seine 25 Wirkungsjahre waren nicht vergebens, und wenn wir ihm auch den unverwelklichen Lorbeer der geweihten Muse nicht spenden können, so hat er doch den des Fleißes und der bürgerlichen Anerkennung verdient und sein Name muß mit Achtung genannt werden. Abgesehen von dem Talente, welches wir ihm nicht streitig machen wollen, und von vielen seiner Leistungen, die das Publikum nach Herzenslust oft ergötzt haben, hat er in seinem Berufe stets treu und redlich gewirkt und seiner Direktion viel genützt. Außerdem ist er ein Mann von vielseitigen und tüchtigen Kenntnissen, ein ehrenwerther Bürger und guter Frankfurter und ein mit seinen Collegen stets in bester Eintracht Verkehrender. Auch die Journalistik muß ihn anerkennen, weil er ihr Lob und ihren Tadel vernünftig hinzunehmen verstanden und sich nie darin gefallen hat, gleich manchem andern seiner Collegen, auf dem Kaffeehause oder beim Schoppen über die Recensenten zu schimpfen und sie als gefährliche Menschen zu verlästern. Er ist seinen geraden und ruhigen Weg gegangen und wer hätte ihn darum nicht ungestört gehen lassen sollen! — Hr. Hassel wurde an seinem Ehrentage bei überfülltem Hause mit den Zeichen des lebhaftesten Beifalls belohnt und in reichem Maße geehrt. Wer die Wandelbarkeit der Volksgunst kennt, der wird wissen, daß nicht wenig dazu gehört, sich 25 Jahre lang oben zu halten. Hr. Hassel hat es vermocht. Fortuna ist ihm günstig gewesen, sein Humor hat ihn nicht verlassen, sein Stern ist nicht untergegangen, und so wünschen wir ihm und uns noch ein weiteres Vierteljahrhundert. Die Welt ist zwar mangelhaft genug, um sich oft über sie zu ärgern, oder um sie besser zu wünschen; aber man lebt doch gern und sieht gerne, wie unser pensionirter Theaterschneider Meldau zu sagen pflegt, dem Uz des Lebens zu.

M.

Theater-Anzeige.

Samstag, 28. Nov. (Neu einstudirt): Bürgerlich und romantisch, Lustspiel in 4 Abth., von Bauernfeld. (Gastrolle) Catharina von Rosen: Fräul. Quint, vom Königsstädter Theater zu Berlin.

Redacteur: J. L. Pfeiller. — Druck und Verlag von Heller und Rohm.

Didaskalia.

Blätter für Geist, Gemüth und Publizität.

Nro. 329. Sonntag, den 29. November 1846.

Schillers Mutter.

Vortrag bei'm diesjährigen Schillerfeste im Leipziger Stadttheater von Robert Heller.

Der Dichter, den wir heute feiern, läßt den Chor in seiner „Braut von Messina" folgende Worte sprechen, die wir unserm Vortrage zum Motto geben:

„Selber die Kirche, die göttliche, stellt nicht
Schöneres dar auf dem himmlischen Thron,
Selber die Kunst nicht, die göttlich geborne,
Als die Mutter mit ihrem Sohn.

Hätte die anspruchslose schwäbische Frau, Elisabetha Dorothea Kodweiß, vermählte Schiller aus Marbach, kein anderes Verdienst um das deutsche Volk, als daß sie dessen populärsten Dichter, als daß sie Friedrich Schiller heute vor 87 Jahren das nackte Leben gegeben — es würde hinreichen, ihrem Namen die Unsterblichkeit und ihrer Person unser dankbarstes Andenken zu sichern. Aber eine liebende Mutter, die ihr Kind mit selbstvergessender Aufopferung pflegt und erzieht, hat bald mehr Theil an ihm, als nur die leibliche Geburt und körperliche Entwickelung. Dieselbe treue Brust, welche dem Kinde die erste Nahrung des Leibes geboten, nährt bald auch seinen zarten Sinn mit den ersten Gefühlen, führt seinem aufdämmernden Geiste die ersten Gedanken der Liebe und des Lebens entgegen. Wo überhaupt ist die Gränzlinie im Menschen, da das Körperliche aufhört und das Geistige beginnt, und wer vermag zu ermessen, wie viel eine Mutter ihrem Kinde mit der körperlichen Ausstattung zugleich von ihrem innersten Seelen- und Gemüthsinhalte für die ganze künftige Laufbahn mitgiebt! Dazu traten in Schiller's Jugendjahren besondere Verhältnisse, welche den innigsten Verband zwischen Mutter und Sohn bedingten, Verhältnisse, welche der Mutter den entschiedensten Einfluß auf die junge bildsame Seele des Knaben verliehen, und wo es der Zusammenhang der Thatsachen mehr als wahrscheinlich darstellt, daß sich die unübertroffene Schönheit, Tiefe und Wärme der Schiller'schen Empfindung, daß sich mithin gerade die Eigenschaften, die ihn später zum Dichter seines Volks und Jahrhunderts erhoben, nach den Eindrücken bestimmten und der Anleitung entfalteten, die er von seiner Mutter empfing.

Zwar zählt Schiller's Mutter nicht unter die Frauen, in deren Wesen sich die Größe des Sohnes hell ersichtlich vorgezeichnet aussprach. Kein weltumklammernder Ehrgeiz schwellte ihren Busen, wie die Brust jener königlichen Olympia, die den macedonischen Alexander gebar. Von ihrer Erscheinung wird nicht die majestätische Hoheit gerühmt, mit welcher die Mutter der Gracchen auftrat. Nicht einmal ein witziges Wort, eine Aeußerung tiefsinnigen oder kühnen Gefühls hat uns die emsig spürende Literatur von der Frau Hauptmann Schiller aufbewahrt, wie uns dergleichen Aeußerungen in Menge überliefert worden sind von der originellen Frau Rath, der Mutter Goethe's. Sie war vielmehr eine still wirkende, nach außen schüchtern auftretende Hausfrau, die in dürftigen Verhältnissen bescheidene Hoffnungen und noch mehr Sorgen hegte, die alle ihre Wünsche und Bestrebungen auf das Glück ihrer Familie beschränkte, diesen engen Lebenskreis aber durch die reinste Liebe zu ihrem Gatten und ihren Kindern weihte und durch die starken Ueberzeugungen einer ächten Religiosität verklärte. Ein sanftes inniges Gefühl und herzliche Gutmüthigkeit waren ihr eigenthümlich; auf ausgezeichnete gesellige Gaben und auf eine glänzende Ausbildung, welche, wie Schillers sorgsamster Lebensbeschreiber, Hofmeister, bei dieser Gelegenheit sagt, häufig ein zweideutiges Gut ist, weis't nichts an ihr hin. Von Gestalt war sie wohlgebaut, der Hals lang und von feiner Hautfarbe, das Haar bis zum Röthlichen blond, die Augen etwas kränklich. Die breite Stirn kündigte eine verständige Frau an, die Züge des etwas sommerfleckigen Gesichts waren von Milde und Wohlwollen belebt.

Von solcher Mutter ward Friedrich Schiller in der kleinen Wohnung seiner mütterlichen Großältern zu Marbach geboren und zwar im dritten Jahre des siebenjährigen Kriegs, der den Vater noch vier Jahre vom häuslichen Herde entfernt halten sollte. Diese Großältern waren arm, weil durch eine Ueberschwemmung des Neckars um ihr Vermögen gekommen. Ihre Tochter, im siebzehnten Jahre ihres Lebens schon an Johann Kaspar Schiller vermählt, hatte daher ihrem Manne nur das unbedeutende Einbringen von nicht ganz 400 Gulden Rheinisch im Werthe zugeführt*). Nach zehnjähriger Ehe war jetzt Friedrich Schiller das zweite Kind, wie er der einzige männliche Sproß derselben blieb. Die ersten Jahre des Knaben wurden von schweren Kinderkrankheiten heimgesucht. Die Natur hatte dem großen Geiste, der in dem Kinde erwachsen sollte, eine entsprechende hohe Gestalt verleihen wollen, die weder in dem kurzen untersetzten Vater, noch in der schlanken, aber ebenfalls nicht großen Mutter ihr rechtes Vorbild hatte. Der Knabe war schwächlich und litt sogar wiederholt an krampfhaften Zufällen. Die ausdauernde Pflege und liebende Sorgfalt der Mutter überwand jedoch, unterstützt von der sonst lebenskräftigen Natur des Kindes, nach und nach alle diese Gebrechen. Mit welch' einem unermeßlichen Wohlgefühle mag sie dem aus beendigtem Feldzuge heimkehrenden Vater den gesunden Sohn entgegengeführt haben!

Zwischen einem Kinde, welches durch seine Kränklichkeit die langwierige mütterliche Sorge in Anspruch nahm, und einer Mut-

---

*) Genau 386 Fl. 40 Kr. Vergl. Urkunden über Schiller und seine Familie. Stuttgart 1840., wo aus den Marbacher Gemeindeakten die Vermögensverhältnisse von Schillers Aeltern, wie sie nach deren Verheirathung am 22. Juli 1749 waren, mit beinahe verletzendem Eingehen in die kleinsten Einzelnheiten auseinander gesetzt sind.

ter, die ihren Sohn wiederholt durch aufopfernde Anstrengungen gleichsam auf's Neue für's Leben erobern mußte, vervielfachen und verstärken sich die Bande der Liebe und Zärtlichkeit unendlich. Außerdem brachte es die Sinnesart und der Beruf des Hauptmann Schiller mit sich, daß der Sohn fortwährend viel näher an die Mutter, als an den Vater verwiesen blieb. Schillers Vater war ein von der Pike auf gedienter Offizier mit den rauhen Vorzügen und mit den Mängeln eines solchen, rastlos thätig, pflichttreu, ohne höhern Schwung und ideale Neigung und von unparteiischer, aber rücksichtsloser Strenge gegen seine Untergebenen. Nur eine erheuchelte Frömmigkeit milderte den harten Charakter. Die Kinder fürchteten seinen Zorn eben so sehr, als sie gern der Milde der Mutter vertrauten. Hatten sie gefehlt, so bekannten sie der Mutter freiwillig ihr Vergehen und baten um die Strafe dafür, damit nur nicht der Vater die Vergeltung übernähme.

Im Aeußerlichen ward Friedrich Schiller von Jahr zu Jahr immer mehr der Mutter Ebenbild, ihre Gesichtsfarbe, ihre Augen, die Form ihrer Stirn und ihres Halses verjüngten sich in dem Sohne. Aber sie trug auch ihre geistigen Elemente in den Knaben hinüber. Die Familie war aus Marbach nach Ludwigsburg gezogen. Wenn dort der Vater im Kreise der Seinen das Morgen- und Abendgebet sprach, oder wenn er aus der Bibel vorlas, hatte er an seinem fünfjährigen Sohne den aufmerksamsten Zuhörer. Der Mutter entgingen nicht die andächtig gefalteten Händchen, die glänzenden und ahnungsvoll emporgerichteten Blicke des kleinen Fritz. Mit Rührung sah sie auf das von lichtgelben Haaren umwallte, schön bewegte Kindergesicht, das ihr gewiß wie ein Engelsantlitz, von einem Heiligenscheine umleuchtet, erschien. Sie befestigte die Worte des Vaters in seinem Herzen und führte ihren Sinn ergreiflicher aus. Auch sie las den Kindern vor, aus dem neuen Testamente, dem Gesangbuche, aus ihren Lieblingsdichtern: Uz und Gellert.

(Schluß folgt.)

Veranlassung zur Abschaffung der Folter in Preußen.

Eine kinderlose Wittwe in Berlin besaß den sogenannten Stelzenkrug. Diesen bewohnte nur sie und ein armer Kandidat, welcher vom Elementar-Unterrichte sich kümmerlich ernährte, und vom Morgen bis zum Abend außer dem Hause beschäftigt war. Eines Morgens kam die Wittwe nicht aus ihrer Schlafkammer, man öffnete daher die Thür und fand sie todt in ihrem Bette. Sie war erdrosselt und an ihrem Halse befand sich noch der Strick. Die Justizbehörde ließ sofort den Kandidaten vorladen, um ihn zu befragen, ob er über diesen Mord nähere Auskunft geben könne, damit der Thäter ausgemittelt und verhaftet werde. Des Kandidaten Zimmer war aber verschlossen und er selbst abwesend. Nach einigen Stunden kam er in seine Wohnung zurück, wurde vor den Richter geführt und über die Mordthat vernommen. Seine Aussage unter kräftigen Betheuerungen war: „Ich kann gar keine Auskunft geben, denn ich bin in der vorigen Nacht gar nicht in meiner Wohnung, sondern gestern bei einem Freunde, einem Landprediger, gewesen, habe mich verspätet, bei eingetretener Dunkelheit mich verirrt, und die Nacht auf dem Felde zubringen müssen." — Das Letztere konnte er nicht beweisen, er wurde daher des Mordes verdächtig, wurde verhaftet und begangener Mordthat ganz unbedenklich beschuldigt. Er leugnete standhaft; man achtete aber nicht darauf, sondern ließ, um ihn zum Geständniß zu bringen, die Tortur an ihm vollziehen, welche noch bei dem Regierungsantritte Friedrich des Großen bei Kriminaluntersuchungen in Anwendung gebracht wurde. Schon bei dem ersten Grade der Tortur bekannte sich der Kandidat, vom Schmerz überwältigt, als Mörder. Erstaunen und Schrecken bemächtigte sich aller Derer, welche ihn, den edlen Mann, seit vielen Jahren kannten und für seinen stillen, frommen Sinn, sowie die liebreiche Behandlung seiner Schüler zeugen konnten. Dafür war nur eine Stimme: er sey eines solchen Frevels durchaus unfähig. Abgeordnete wendeten sich daher an den damaligen Großkanzler von Cocceji und machten ihn darauf aufmerksam: blos die Schmerzen der Folter hätten von dem Manne des unbescholtensten Rufes und Wandels ein falsches Geständniß erpreßt. Cocceji ließ die Akten sich vorlegen, fand, die Untersuchung sey unvollständig, und befahl eine neue Besichtigung der Leiche, welche man aus einem damals herrschenden Vorurtheil nicht zu berühren gewagt hatte.

Da wurde der Scharfrichter in Berlin zur Besichtigung der Leiche und zu einem Gutachten über die Erdrosselung aufgefordert. Er erklärte, die Ermordete sey durch einen kunstgerechten Knoten erwürgt worden. Cocceji fragte ihn, worin das Kunstgerechte bestehe? Es ist, erwiederte er, eine eigne Art, in einen Strick einen Knoten zu schürzen, wodurch der gewaltsame Tod bei Denen, die von uns aufgehängt werden sollen, sehr erleichtert und beschleunigt wird; dieser Kunstgriff kann nur Demjenigen bekannt seyn, der zu unserm Metier gehört. Dies veranlaßte den Großkanzler, nachforschen zu lassen, ob etwa Scharfrichter oder deren Knechte zu dieser Zeit in Berlin gewesen wären. Da wurde denn ausgemittelt, daß zwei Scharfrichterknechte aus Spandau an dem Abende, wo in der darauf folgenden Nacht der Mord verübt worden, nach Berlin gekommen wären, und diese waren die leiblichen Brüder der Ermordeten. Sie wurden verhaftet und bekannten die That; sie hatten ihre Schwester erdrosselt, um, als die nächsten Erben, sich jetzt schon ihres Vermögens zu bemächtigen. Der treffliche Cocceji, hoch erfreut, einen Justizmord verhütet zu haben, erstattete sogleich Bericht an Friedrich den Großen, und der Tortur wurde sogleich in den preußischen Staaten das Todesurtheil gesprochen. Der König ehrte das Andenken Cocceji's, der um die höhere Justiz sich unsterbliche Verdienste erworben hat, durch die Errichtung einer Marmorbüste, welche er auf dem Hofe des Kammergerichts in Berlin aufstellen ließ. Die königliche Ordre an den Staatsminister von Cocceji lautet:

„Seine königl. Majestät in Preußen rc. Unser allergnädigster Herr haben aus bewegenden Ursachen resolvirt, in dero Landen bei den Inquisitionen die Tortur gänzlich abzuschaffen, außer bei dem Crimine laesae majestatis und Landesverrätherei, auch denen großen Mordthaten, wo viele Menschen ums Leben gebracht oder viele Delinquenten, deren Connexion herauszubringen nöthig, impliciret sind. Hingegen sollen in allen übrigen Fällen, wenn die Delinquenten die stärksten und sonnenklare Indicia und Beweise durch viele unverdächtige Zeugen und dergleich wider sich haben, und doch aus hartnäckiger Bosheit nicht gestehen wollen, dieselben nach den Gesetzen bestraft werden. Höchstgedachte Se. königl. Majestät befehlen also dero wirklichem Geheimen Staatsminister von Cocceji allergnädigst, das Nöthige dieserhalb zu besorgen. Charlottenburg, den 3. Junius 1740. Friedrich."

(Malten's neueste Weltkunde.)

Mannichfaltigkeiten.

Es ist auffallend, daß bei den hohen Kornpreisen die deutschen Bäcker noch nicht angefangen haben, ein ähnliches Waizen-Brod zu backen, wie es in England gebräuchlich ist. Das Brod ist anerkanntermaßen nirgens verhältnißmäßig besser und billiger als in England, wo zu demselben nicht ein mehrfach gebeuteltes und gesiebtes, sondern nur ein von den gröbsten Stoffen gereinigtes Waizenmehl genommen wird, welches nach dem Urtheile englischer Aerzte eine bei weitem leichter verdauliche und dabei kräftigere und gesundere Nahrung abgibt, als das in Deutschland gebräuchliche Siebmehl. Da nun in Deutschland das grobe Roggenbrod die gewöhnliche Speise für den geringen Mann ist, so sollte man, zumal der Preis des Waizens im Verhältniß seines inneren Gehalts nur um ein Geringes höher steht, als der des Roggens, doch nachgerade dafür Sorge tragen, daß von nur gespitztem und wie Roggen gemahlenem Waizen ein gesundes, kräftiges Waizenhausbrod gebacken würde. (Ulm. Schnellp.)

(Freiligrath.) Die „Deutsche Schnellpost" veröffentlicht einen Brief von F. Freiligrath aus London vom 5. Okt. 1846: „Ich bin jetzt (heißt es in demselben) Correspondent in dem angesehenen Hause der Herren Fred. Hut u. Comp. und habe, wenn meine Stellung in pekuniärer Hinsicht für London auch eben keine brillante ist, doch mein anständiges sicheres Auskommen durch sie, also ganz das, was ich suche: Unabhängigkeit vom Buchhandel, von dem Almosen der Literaten und vor allen Dingen der Reaction, welche die Rückkehr eines von ökonomischen Difficultäten gehetzten reuigen Sünders nur allzugern sehen würde. — Am 24. September hat mir meine Frau unser zweites Kind, wieder ein Mädchen, geboren. Das erste kam in der Schweiz zur Welt: beides kleine Kosmopolitinnen. Aber die Lieder und Laute der verlassenen Heimath klingen doch um die kleinen Bettchen. Das Vaterland läßt sich so leicht nicht abschütteln, auch wenn es einen ausgestoßen hat."

(Berlin.) Wie unser Publikum über das Duell im Allgemeinen urtheilt, davon hatten wir kürzlich an dem Orte, wo sich dasselbe noch am ersten öffentlich äußern kann — im Theater — einen Beweis. In dem Stücke: „Eine Familie" von Fr. Birch-Pfeiffer kommt eine Phrase gegen das Duell und die falsche Ehre vor, die einer jungen Frau in den Mund gelegt ist — dieselbe wurde rauschend zu wiederholten Malen applaudirt.

Dr. Seidensticker wird sich in Philadelphia der Advocatur und der Redaktion des „Philadelphia-Democraten" widmen.

(Vom Rhein, 19. Nov.) Der bekannte rüstige Vorfechter für Schule und Bildung, Diesterweg, hat sich jetzt des Lehrerstandes angenommen und einen Vorschlag zur Sprache gebracht, der wirklich an das Herz des Volkes gelegt zu werden verdient. Diesterweg glaubt nämlich, das Institut der Schulpflegerschaft verjüngen zu müssen, in dem Lehrerstande selber ausbilden zu dürfen und schlägt vor: statt des Schulpflegers, aus dem Lehrerstande selber durch Wahl oder höhere Bestimmung den verdientesten und geeignetsten Mann hervorzuheben und diesen, den Kreislehrer, mit dem Schulpflegeramte zu bekleiden. Der Lehrer würde durch diese, wenn noch so geringe Aussicht auf Beförderung gewiß auf die geeignetste Weise angeregt, würde sich anerkannt sehen in einer Ausbildung, welche unsere intellectuelle Monarchie sonst gerade in jeder Richtung anerkannt und bestimmt hat.

Vor kurzem starb in Philadelphia ein alter Knabe, Baltis Stone (Balthaser Stein), dessen Vater vor ungefähr 120 Jahren aus Hessen nach Amerika übergesiedelt war. Unser Verblichener hatte eben sein 103. Lebensjahr zurückgelegt. Da er im Unabhängigkeitskriege mitgefochten hatte, so wurde er mit militärischen Ehren beerdigt. — In derselben Stadt entleibte sich kürzlich ein eben eingewanderter Deutscher, August Wilhelm Gottfried Winkler; er hinterließ eine beträchtliche Baarschaft, die, da er hier keine Angehörigen hat, in die Hände der Behörde niedergelegt wurde.

Die seit einigen Jahren stattfindende Theuerung aller Lebensbedürfnisse hat gewiß theilweise auch ihren Grund in der so sehr überhandgenommenen Güterzerstückelung. Durch diese nämlich vermindert sich die Anzahl derjenigen Landwirthe, welche ihre Produkte zu Markt bringen, also auch die so sehr wohlthätige Conkurrenz. Um so mehr sollte der sogenannten Hofmetzgerei durch Beschränkung der sie nährenden Zieler-Erwerbskassen Einhalt gethan werden, was am füglichsten durch Errichtung der schon mehrmals erwähnten Oberamtsleihkassen ꝛc. geschehen könnte.

Von der Größe der Eisenbahnmisère in Berlin gibt folgende Anekdote, welche die „Zeitungshalle" berichtet, sprechendes Zeugniß. Ein Bankier hatte 5000 Thlr. Aktien der Stargard-Posener Bahn zum Geschenke ausgeboten; nur mit Mühe fand sich Jemand, der dieselben unter der Bedingung annehmen wollte, die noch übrigen Verpflichtungen des ersten Zeichners zu übernehmen!

Mit welcher Liebe auch in unserer Zeit, der so oft vielleicht nicht ohne Grund der Vorwurf der Lauheit gemacht worden ist, viele Gemeinden an ihren Gotteshäusern hangen, davon hat die Gemeinde Rockhausen in Schwarzburg-Sondershausen ein rühmliches Zeugniß gegeben, das der öffentlichen Erwähnung um so mehr verdient, da auch in ihr, wie in den meisten Landgemeinden, jeder Nachbar zur jährlichen Besoldung des Geistlichen und Schullehrers beizutragen hat. Zur Verschönerung und Verbesserung ihres Gotteshauses haben von den 23 Familien dieser Gemeinde 38 durch freiwillige Beiträge, von 2 bis 20 Thaler aufsteigend, die Summe von 190 Thalern zusammengesteuert, auch alle dabei nöthigen Handleistungen und Fuhren unentgeltlich und gern übernommen, so daß von der Kirch- und Gemeindekasse nur wenig beizusteuern ist. Möge der gottesfürchtige Sinn und Wandel sich in dieser Gemeinde erhalten und bei jedem Einzelnen sich immer mehr vervollkommnen!

Das Decemberheft (1846) der „Neuen Jahrbücher der Geschichte und Politik von Professor F. Bülau" enthält: „Einige Bemerkungen und neue Mittheilungen über den Pfarrer Weidig und seinen Prozeß von A. Boden."

Korrespondenz.

Nürnberg, 23. Nov.

Die verschiedenartigsten Gerüchte verbreiten sich über die von Professor Leykauf auf Actien gegründete Türkischroth-Färberei, deren Widerlegung von Seiten der beiden Direktoren wünschenswerth wäre. Die von den Actionären einbezahlte Summe von 100,000 fl. mag wohl der Ankauf und die Einrichtung der Localitäten ganz in Anspruch genommen haben. Die Transferirung einiger der letzteren auf die entgegengesetzte, von der Hauptfabrik ziemlich entfernte Seite der Stadt stellte sich deswegen als nothwendig heraus, weil das dort zu Gebote stehende Pegnitzwasser, vom Fichtelgebirge herabkommend, bei der näheren Untersuchung sich als eisenockerhaltig darstellte und dieses dadurch auf das Krapproth nachtheilig einwirkt. Färbereiversuche in's Große gaben bis jetzt nicht die erwarteten Resultate; die rothgefärbten Tücher zeigten gelbe Streifen und Flecken. Manche Theilnehmer, denen diese mangelhaften Versuche zu Ohren kamen, und dazu noch ganz entstellt, sind nun ängstlich und suchen ihre Actien wieder zu verwerthen, daher diese zurückgegangen sind. Professor Leykauf wird wohl alle entgegenstehenden Hindernisse zu beseitigen wissen und wenn auch das neue Unternehmen nicht gleich alle Erwartungen befriedigt und vielleicht ansehnliche Nachzahlungen nöthig werden, so berechtigt dies doch nicht zu einer Entmuthigung, wie sie sich schon zeigen wollte. Bis man mit der jetzigen Fabrikation des von Leykauf gleichfalls erfundenen künstlichen Ultramarins im Klaren war, verging auch einige Zeit und jetzt bildet die Herstellung desselben ein Geschäft, das dem Besitzer den lucrativsten Gewinn abwirft. Eine demnächst einzuberufende Generalversammlung der Actionäre für die Türkischroth-Färberei wird sicherlich jede nöthige Aufklärung und eine offene Darlage des Bestandes bringen.

Darmstadt, 25. Nov.

Wie man hört, so hat sich die wegen vorsätzlicher grausamer Ermordung ihres achtjährigen Kindes bereits vor einiger Zeit zum Tode verurtheilte Katharina Boß von Schlitz in dem hiesigen Arresthause, wo sie in Haft sitzt, erhängen wollen, ist aber noch zur rechten Zeit an der Vollendung ihrer versuchten Selbstentleibung gehindert worden. — Der begnadigte Raubmörder L. Bock befindet sich schon seit länger als acht Tagen in dem Zuchthause zu Marienschloß, wo er sein Leben bei Arbeit und schmaler Kost wohl wird beschließen müssen. (Demnach wäre die Nachricht des Schwäb. Merkurs, Bock sey dieser Tage zu Marienschloß gestorben, ungegründet.) — Um den Zeitpunkt seiner Abführung dahin fiel ein neuer Raubmord vor, und zwar in der Nähe von Weißenau bei Mainz, wo ein israelitischer Handelsmann das Opfer eines straßenräuberischen Angriffs wurde. — Einem 21jährigen Schuhmachergesellen aus Bensheim, der auf seiner Wanderschaft bis Braunschweig gekommen war, hatte die dasige Polizei (man weiß nicht aus welchem Grunde) sein Wanderbuch nach der Heimath wieder zurückvisirt. Hier angekommen und in der Schuhmacherherberge eingekehrt, fand man ihn am andern Morgen in seinem Schlafgemache erhängt. Allem Anscheine nach scheint ihn das auf der Wanderschaft ihm widerfahrene Mißgeschick, namentlich die polizeiliche Zurückweisung aus Braunschweig, zu diesem traurigen Schritte bestimmt zu haben.

Mainz, 25. Nov

In Mad. Flinzer-Haupt hat unsere Oper eine tüchtige, ja noch mehr eine wirklich dramatische Sängerin gewonnen, die mit einer reinen, klangvollen Stimme ein edles Spiel verbindet. Mit ihr ist in die Oper neues Leben gekommen und die Theilnahme des Publikums für das Theater hat seit ihrem Auftreten bedeutend zugenommen. So oft sie bisher sang, wurde sie mit stürmischem Beifalle belohnt und während jeder Vorstellung zu wiederholten Malen herausgerufen. Daß Mad. Flinzer-Haupt bei solchem anerkennenden Acte von Seiten des Publikums in der Regel von unserem Tenor, Hrn. Lehmann, begleitet wird, ist aufgefallen. Hr. Lehmann wurde nicht immer mit Mad. Flinzer-Haupt zugleich herausgerufen, und wenn er seinerseits die Begleitung der genannten Dame als eine Sache der Galanterie ansieht, so ist das Publikum doch anderer Meinung und nennt diese Galanterie mit einem ganz andern Namen.

Hanau, im Nov.

Für die Leseliebhaber muß es eine erfreuliche Erscheinung seyn, daß nunmehr auch in hiesiger Stadt eine allgemeine Stadtbibliothek eröffnet ist, die schon seit ihrem kurzen Bestehen einen kräftigen Aufschwung gewonnen hat. Schon lange war aber auch eine solche Anstalt in hiesiger Stadt vermißt worden und das Hervorrufen eines so nützlichen Institutes war ein dringendes Bedürfniß. Wir müssen daher den menschenfreundlichen Stiftern dieser nützlichen Anstalt nur Dank zollen, daß sie für das Wohl der hiesigen Einwohner ein so schönes Opfer dargebracht haben, und es soll uns diese wohlthätige Stiftung stets an diese loyalen Männer erinnern. Einen festen Grund hat nun schon die Stadtbibliothek gefaßt, indem sie sich eines bedeutenden Cataloges erfreut und die Vermehrung desselben noch fortwährend in Aussicht steht. Ganz besonders verdient das ansehnliche Geschenk der Erben des verstorbenen Regierungsrathes Ruth erwähnt zu werden, die dieser Bibliothek die an 2000 Bände (theils historischen und juristischen Inhalts) starke Büchersammlung des Verstorbenen vermachten. Den Leseliebhabern ist nun die schönste Gelegenheit dargeboten, sich mit einer reichen Auswahl von Büchern bekannt zu machen, wenn sich der Leser verpflichtet, einen jährlichen Beitrag beizusteuern, der sowohl aus Büchern als Geld bestehen kann. Mögen sich daher recht viele Freunde der Wissenschaft und Literatur an dieser nützlichen Anstalt betheiligen, damit dieselbe in spätern Jahren gesegnete Früchte bringe und an schönen Werken reichlich zunehme! Dieses ist der Wunsch vieler Lesefreunde. J.

Frankfurt a. M., 25. Nov.

Vor Kurzem ward einigen unserer Mitbürger eine Auszeichnung zu Theil, die unserer ganzen Vaterstadt, und insbesondere dem thätigen Handels- und Gewerbsstande, zur Ehre gereicht und daher bekannt zu werden verdient. Den Theilhabern des hiesigen Handlungshauses J. Vogelsang u. Müller (nämlich den Herren A. und W. Vogelsang und dem Hrn. W. Müller) ist, in Anerkennung ihrer vielen Verdienste, namentlich um die arbeitende Klasse der freien Municipal-Stadt Hayda in Böhmen und der ganzen dortigen Gegend, von dem Magistrate dieser Stadt durch ein unter den schmeichelhaftesten Ausdrücken abgefaßtes Document das Ehrenbürgerrecht ertheilt worden, in welchem unter Anderm besonders der Umstand hervorgehoben wird, daß dieselben seit einer Reihe von 26 Jahren Tausenden von Menschen aus der arbeitenden Klasse Beschäftigung und Erwerb in der dortigen Gegend haben zufließen lassen und dadurch alljährlich bedeutende Summen als Arbeitslohn von diesem Handlungshaus ausgezahlt werden; ferner, wie der umfangreiche Geschäftsbetrieb desselben wesentlich dazu beigetragen habe, daß die künstliche Glasfabrikation in Böhmen auf eine so hohe Stufe gestiegen sey. In dieser ehrenvollen Anerkennung seiner Wirksamkeit, namentlich sofern solche sich in der thätigen Unterstützung der Armuth bewährte, wird das gedachte Handlungshaus seinen schönsten Lohn finden! Dem Einsender dieses, welcher seinen Mitbürgern diese, einigen unter ihnen gewordene seltene Auszeichnung mittheilen zu müssen glaubte, werden die genannten Herren diese ohne ihre Erlaubniß geschehene Veröffentlichung nicht übel deuten, indem ein derartiger Beweis, wie andere deutsche Staaten die Verdienste unserer Mitbürger anerkennen, nach Ansicht des Einsenders wohl Anspruch auf allgemeine Theilnahme hat und daher gewiß der Oeffentlichkeit übergeben werden darf.

Berichtigung.

Zur Beurtheilung der Wahrheit des in Nro. 318 dieses Blattes vom 18. d. Mts. befindlichen (einer Dresdener Korrespondenz des „Schwäbischen Merkurs“ entnommenen) Artikels: „In diesen Tagen war Roßmarkt in Altenburg, bei welcher Gelegenheit Hazardspiele erlaubt sind. Ein Markthelfer von Leipzig wollte mit ihm anvertrautem Gelde auch sein Glück im Spiele versuchen, verlor aber seine ganze Baarschaft. In seiner Verzweiflung darüber legte er sich auf die Schienen der Eisenbahn, um sich von der Locomotive zermalmen zu lassen; diese schob indessen den Körper bei Seite, beschädigte aber den Kopf dermaßen, daß der Unglückliche seinem Ende nahe ist.“ versichern wir andurch pflichtgemäß, daß 1) an dem am 6. und 7. d. Mts. hier gehaltenen Roßmarkte Hazardspiele nicht erlaubt gewesen sind, daß 2) der junge Mann aus Leipzig, der am 6. d. Mts. einen Selbstmordversuch in der Nähe hiesiger Stadt machte, hier, so viel hat ermittelt werden können, weder ein erlaubtes, noch ein unerlaubtes Spiel getrieben hat, daß mithin 3) ein Verlust seiner Baarschaft, den er hier im Spiele erlitten, der Beweggrund zu seinem Vorhaben um so weniger gewesen ist, als ein ganz anderer amtlich ermittelt vorliegt, endlich 4) daß der Bedauernswerthe wenige Tage nach dem Vorgang von seinem Vater aus dem hiesigen Krankenhause als völlig gesund zu Wiedereinbringung in seine Lehre (er war kein Markthelfer) abgeholt wurde, da die unbedeutenden äußeren Verletzungen, die ihm die Schanzen an der Locomotive beigebracht hatten, leicht und schnell geheilt waren.

Altenburg, am 23. November 1846.

Der Stadtrath.
Ferd. Hempel.

Theater-Anzeige.

Samstag, 28. Nov. Stadt und Land, oder: Der Viehhändler aus Oberösterreich, Posse mit Gesang in 3 Abth., von F. Kaiser, Musik von A. Müller. Vorher: Ouvertüre aus der Oper: „Die diebische Elster“, Musik von Rossini.

Sonntag, 29. Nov. Zemire und Azor, große Oper in 3 Abth., Musik von Spohr.

Montag, 30. Nov. (Zum Erstenmale wiederholt): Der artesische Brunnen, Zauberposse mit Gesang in 4 Abth., von G. Räder. — Erste Abtheil.: Das Bergmännchen. Zweite Abtheil.: Abd-el-Kader. Dritte Abtheil.: Die Fremdenlegion. Vierte Abtheil.: Die Versöhnung am Nordpol. — Mit aufgehobenem Abonnement.

Redacteur: J. L. Heller. — Druck und Verlag von Heller und Rohm.

Didaskalia.

Blätter für Geist, Gemüth und Publizität.

Nro. 330. Montag, den 30. November 1846.

Schillers Mutter.

Vortrag bei'm diesjährigen Schillerfeste im Leipziger Stadttheater von Robert Heller.

(Schluß.)

Des Sonntags Nachmittags ging die Mutter mit ihren Kindern zu den nahe wohnenden Großältern. Auf solchen Wegen weckte sie in ihnen den Sinn für die Erhabenheit und den Reiz der Natur. Sie erzählte ihnen wohl auch von Sagen und Mährchen, vielleicht mit wenig Kunst, aber sicher mit desto wahrerem Gefühle. Von welcher naiven Kraft die Poesie gewesen seyn muß, die Schillers Mutter tief in ihrer Brust verbarg und wie ein Heiligthum nur leise und im einsamen Kreise ihrer Lieben aufthat, davon liefert ein Beispiel das Zeugniß der älteren Schwester des Dichters. Auf einem der beschriebenen Spaziergänge erzählte einst an einem Ostermontage die Mutter den Kindern so rührend von den beiden nach Emmaus wandernden Jüngern, denen sich Christus zugesellte, daß die beiden Geschwister in heiße Thränen ausbrachen.

Auch in Ludwigsburg fanden Schillers Aeltern keinen dauernden Aufenthalt. Der Vater ward vom Herzoge als Werbeoffizier ausgeschickt und nahm seine Wohnung im Dorf und Kloster Lorch. Das Dorf liegt auf grünem, von ernsten Nadelhölzern umringtem Wiesengrunde; oben auf dem Tannengebirge im Kloster modern die Leiber des deutschen Riesenkaisergeschlechts, der Hohenstaufen. Der Pfarrer Moser ward hier Schillers Lehrer, und der Knabe faßte selbst Neigung zum geistlichen Stande. Im improvisirten Pfarrerkostüme versuchte er bereits vor Mutter und Schwester vom Stuhle herab zu predigen. Die Bestimmung, die er damals im kindischen Spiele ergriff, dann einige Jahre ernsthaft verfolgte, bis ihm der Machtspruch des Herzogs Karl das Studium der Arzneiwissenschaft vorschrieb, jene erste Bestimmung des Predigens ist, wie einer seiner Biographen bemerkt hat, doch eigentlich die seinige geworden, nur daß er, anstatt von der Kanzel, von der Schaubühne herab wirkte, und in unvergänglichen Gedichten das Evangelium der Freiheit und die Verherrlichung alles menschlich Schönen predigte.

Der Same, den die Mutter in das junge Gemüth ihres Sohnes gepflanzt hatte, war schon zu den Wurzeln gelangt, aus denen einst dem gesammten Vaterlande die goldnen Früchte reifen sollten. Ihre Hinweisungen auf die Schönheiten der Natur hatten einen so empfänglichen Sinn gefunden, daß der Knabe die Blitze eines Gewitters im Freien belauschte, und einst im grünen Walde betheuerte, lieber Alles, was er hätte, hingeben, als die Freude dieses Anblicks vermissen zu wollen. Derselbe Mund, der dies aussprach, und das ist das Bedeutungsvolle, vermochte dereinst in „Wilhelm Tell“ die niegesehene Schweiz zu schildern, als erschaffe er sie zum zweitenmale aus der Allmacht seiner Poesie.

Schlich ein Kind in Lumpen an dem jungen Schiller vorüber, so kehrte er voll Mitleiden seine Taschen um, der Armuth zu verschenken, was er hatte, selbst bis auf die alte silberne Schaumünze, das Geburtstagsangebinde des Vaters. So that der Knabe. Als Mann bereicherte er mit den Perlen seines Herzens auch die Reichsten unseres Volks, und mit verschwenderischen Händen warf er die ächten Goldmünzen seines geistigen Gepräges aus. Der Vater blickte streng darein, als sich ihm sein Sohn einmal mit Schuhen darstellte, von denen er die Schnallen abgetrennt hatte, sie einem armen Jungen zum Sonntagsschmucke zu geben. Die Mutter aber lächelte still nach ihrer Art, und trat dann zwischen den Zorn des Mannes und ihren Fritz. Verfuhr er doch nur, wie sie sein Gefühl gelehrt hatte, wenn auch etwas jäh und unbesonnen dabei.

Ob wohl die Mutter die große Deutung jener kleinen Zeichen ahnte? Ob ihr wohl damals schon das entfernte Bewußtseyn aufstieg, wenn sie in dem Herzen ihres Friedrich, von ihr eingesenkt, das regste Gefühl für Recht und Unrecht, den unerschrockensten Zorn gegen die Schlechten und die glühendste Liebe für alles Gute, Edle und Große entbrennen sah, welch' einen Propheten und Helden sie in ihm erziehe? —

Mit dem Austritte Schiller's aus dem Knaben- ins Jünglingsalter mußte natürlich der unmittelbare Einfluß der Mutter auf ihren Sohn immer mehr der Geltung weichen, die männliche Lehrmeister über ihn gewannen. Doch beweis't ein Vorfall aus jener Epoche, wie groß die Macht der Mutter auch noch über den zum Jüngling reifenden Knaben war. Schiller hatte in Ludwigsburg, wohin die Aeltern zurückgekehrt waren, seinen Cursus in der lateinischen Schule vollendet. Seine Confirmation stand am nächsten Tage bevor. Am Abende sah ihn die Mutter müßig auf der Straße herumschlendern und machte ihm Vorwürfe über seine Gleichgültigkeit gegen die wichtige Handlung des andern Tags. Betroffen zog sich Fritz zurück und überreichte nach wenig Stunden der Mutter sein erstes deutsches Gedicht. Jedenfalls war es religiösen Inhalts und die erfreute Mutter wohl im Stande, es zu würdigen. Denn von ihr selbst besitzen wir ein kleines Gedicht*), mit dem sie ihren Gemahl zu Neujahr 1757 beglückwünschte. Es besteht aus zwei Strophen, deren glatte Form und wohllautende Sprache uns nicht daran zweifeln läßt, daß die Anlage zu anmuthiger poetischer Gestaltung bei Schiller ein Erbstück der Mutter war.

Allein das Schicksal, welches die einfache und in sich gekehrte Frau so hoch begnadigt hatte, ihr einen der größten Männer und den liebenswürdigsten und geliebtesten Charakter deutscher Nation zum Sohne zu geben, ersparte ihr auch keinen Schmerz mütterlicher Angst.

Friedrich Schiller hatte sich willig dem soldatischen Zwange

*) Welches Gustav Schwab in „Schiller's Leben“ abgedruckt hat.

der Karlsakademie und den Anstrengungen eines ihm widerwärtigen Studiums gefügt. Er hatte sich sodann mit ganzem Ernste dem aufgedrungenen Berufe als Regimentsarzt gewidmet. Aber er war inzwischen auch der Verfasser der „Räuber" geworden, und dies Stück war seinem Herzoge ein Gräuel, wie er sich unverhohlen darüber aussprach. Schiller hatte ferner seine höhere Sendung deutlich erkannt; mit allen qualvollen Wehen niedergehaltener Schaffenslust trieb es ihn aus dem engen Banne, in dem er lag, hinaus in's Weite, indeß sich sein Souverain dazu anschickte, mit Schillers persönlicher Freiheit zugleich dessen ganze geistige Bewegung seiner strengsten unmittelbaren Aufsicht und drückendsten Beschränkung zu unterwerfen. Schon hatte er wegen einer unbeurlaubten Reise nach Mannheim zur Aufführung der „Räuber" eine Haft erduldet, ein nächster, dem Herzoge mißfälliger Schritt bedrohte den Dichter mit dem Schicksale des unglücklichen Schubart, der seit langen Jahren gefangen auf dem Hohenasperg schmachtete. Die Umstände waren die peinlichsten in der Welt, und auf das Herz seiner Mutter wälzte Schiller alle seine Angst, wie er ihr jede seiner Hoffnungen anvertraute. Ihr allein von seiner Familie entdeckte er seinen Entschluß zur Flucht, und die Mutter hatte das große Gemüth, den gefährlichen Vorsatz zu billigen, hatte die geistige Stärke, das Unternehmen vor einem Gatten zu verbergen, dem sie in allen Stücken so gehorsam und ergeben war. An einem der letzten Abende vor dem 17. September 1784 ging Schiller mit einer Dame aus Mannheim und mit Streicher, der den Entweichenden begleiten sollte, noch einmal aus Stuttgart auf das Schloß Solitude, wo sein Vater unlängst einen behaglichen Ruheposten als Pfleger der herzoglichen Baumschulen gefunden hatte. Er kam Abschied zu nehmen, Abschied vielleicht auf immer.

Bei'm Eintritte in die Wohnung von Schillers Aeltern befand sich nur die Mutter und die älteste Schwester gegenwärtig. Wie freundlich auch die Hausfrau die Fremden empfing, so war es ihr doch nicht möglich, sich so zu bemeistern, daß die Unruhe nicht aufgefallen wäre, mit der sie den Sohn anblickte und oft zu reden versuchte, ohne ein Wort hervorbringen zu können. Der Vater trat darauf ein und erzählte von den fürstlichen Festlichkeiten, die sich auf der Solitude vorbereiteten. Der Sohn entfernte sich unbeachtet mit der Mutter — und kehrte nach einer Stunde *ohne sie* zurück. Wie schmerzhaft das Lebewohl gewesen, ersah man aus den zitternden Gesichtszügen Schillers und an seinen feuchten, gerötheten Augen.

Er fühlte das Gewicht der Verantwortlichkeit, welches er seiner Mutter durch die Mitwissenschaft um seine Flucht auferlegt hatte, einer Mutter, die nach Schiller's eigenem brieflichen Ausdrucke an die Schwester sich gleichsam von beständigen Sorgen nährte und jetzt mit einem Male zugleich vor dem folgenreichen Zorne des Herzogs, vor der grausamen Bestürzung ihres Gemahls und vor dem ungewissen Loose ihres Sohnes zu zittern hatte. Als Schiller in der Nacht der Flucht auf der Höhe anlangte, die mit der Solitude in gleicher Linie lag, und im Feuerglanze der entfernten Illumination die Umrisse des Schlosses und selbst den Punkt erkannte, wo seine Aeltern wohnten, rief er mit schmerzlichem Seufzer: „Meine Mutter!"

Die Prüfung, welche die edle, kummervolle Frau zu bestehen hatte, währte lange. Der Herzog war zwar großmüthig genug, die Aeltern nicht entgelten zu lassen, was er dem Sohne zur Schuld rechnete, aber er hüllte sich in ein verschlossenes Schweigen, aus welchem jeden Augenblick das Verderben herborbrechen konnte. Indessen irrte der Sohn heimathlos in der Fremde umher, ein Spielball der Täuschungen, die ihm sein Vertrauen auf Dalberg bereitete, und geraume Zeit weder seiner persönlichen Sicherheit vertrauend, noch mit den Mitteln einer festen Existenz ausgerüstet. Wahrhaftig, die Mutter Schillers hat den Ruhm ihres Sohnes so theuer erkauft, als irgend ein Preis von einem Mutterherzen zu nehmen!

Aber wie vergalt ihr der Sohn, wie vergalt ihr das Geschick ihre große Aussaat in's Herz des Kindes, ihre angsterfüllten Tage und thränenvollen Nächte? — Der Sohn durch eine ihr ganzes Leben durch- und überdauernde unsägliche Liebe, die mehr als Alles darthut, wie viel er der Mutter zu verdanken sich bewußt war. Das Schicksal vergalt ihr durch den höchsten Glanz, den es von dem Haupte des herrlichen Sohnes auf das ehrwürdige Antlitz seiner Mutter zurückzustrahlen vermochte. Schillers Sehnsucht nach der Mutter begehrte nach der Flucht unaufhörlich nach einer Zusammenkunft, für deren Bewerkstelligung er, der damals noch sehr arme, zu jedem Geldopfer bereit war.

Zu Bretten, auf außerwürtembergischem Gebiete, fand diese Zusammenkunft im Frühjahre 1784 endlich statt. Schiller kam zu Pferde dorthin, den neu errungenen Lorbeer der ersten, mit beispielloser Begeisterung aufgenommenen Aufführung von „Kabale und Liebe" auf dem Haupte. Die briefliche Verbindung mit dem väterlichen Hause ward stets mit größter Lebhaftigkeit unterhalten; keine erfreuliche Wendung seines Schicksals, die Schiller nicht zuerst den Seinigen mitgetheilt hätte, und sein Geschick blieb von jetzt an in stetem, günstigem Wachsthume, wie dafür jede gute Nachricht von den Aeltern sein eigenes Glück erhöhte. Im Herbste 1793 unternahm Schiller mit seiner Frau, Charlotte von Lengefeld, eine Reise zunächst nur bis an die Gränzen Würtembergs, bis Heilbronn, weil sein Mißverhältniß mit dem Herzoge immer noch nicht ausgeglichen war. Der Rath von Heilbronn schickte, auf Schillers Anmeldung seines Entschlusses, länger dort zu verweilen, eines seiner Mitglieder ab, wie es in den Akten der Reichsstadt verzeichnet heißt: „dem Herrn Hofrathe vergnügten Aufenthalt zu wünschen." Dorthin strömten die Jugendfreunde, den alten Genossen wieder zu sehen, der inzwischen der Stolz und das Entzücken Deutschlands und *ein* Dichter geworden war, dessen Worte in Aller Herzen eingeschrieben standen. Auch die Aeltern kamen nach Heilbronn. Denn erst, nachdem der Herzog Karl am 24. Oktober gestorben, begab sich Schiller nach Würtemberg selbst. Das beste Geschenk, welches er der alten Mutter in die Arme legte, war ein Enkel, der erstgeborne Sohn seiner geliebten Frau, mit dem sie ihm am 14. September die ersten Vaterfreuden gegeben.

Schillers Mutter hatte mithin am Ende ihrer langen Laufbahn an ihrem Sohne das höchste Glück erfahren, dessen ein Mutterherz fähig ist. Sie überlebte ihren Gatten, der, dreiundsiebzig Jahre alt (am 7. September 1796), als Major auf der Solitude starb, um sechs Jahre, aber sie überlebte nicht ihren Friedrich Schiller, der, als sie 1802 im schönen Maimonate zu Cleversulzbach verschied, in der Fülle seines Ruhmes und seiner schöpferischen Thätigkeit stand. Sie starb in dem Hause ihrer an den Pfarrer zu Cleversulzbach verheiratheten Tochter Luise Frank, und liegt auf dem dortigen Kirchhofe begraben.

Eduard *Mörike* sagte 1838 in einem Gedicht an dies Grab, dessen Schmucklosigkeit er beklagt:

„Eines Unsterblichen Mutter liegt hier bestattet; es richten
Deutschlands Männer und Frauen eben den Marmor ihm auf.—"

Auf dem Grabhügel der Dichtermutter sproßt nur eine wilde Rose, so hat er im Eingange erzählt. — Bedarf aber die bescheidene Frau mächtigere Denkmale, als die ihr der Sohn in seiner Wirksamkeit errichtet hat? — Und wie wir mit Schillers Strophe beginnen, so schließen wir unsere Darstellung mit der Fortsetzung des Chors, der das Glück der Fürstin-Mutter von Messina preist:

Freudig sieht sie aus ihrem Schoße
Einen blühenden Baum sich erheben,
Der sich ewig sprossend erneut.

Denn sie hat ein Geschlecht geboren,
Welches wandeln wird mit der Sonne
Und den Namen geben der rollenden Zeit.

(Leipz. Bild. Mag.)

Conrad I., König der Deutschen.

Nicht berufen, zu Beiträgen für ein Nationaldenkmal zu Ehren Conrad's I., Königs der Deutschen, aufzufordern, sondern solches den ehrsamen Bürgern zu Limburg an der Lahn und anderen deutschgesinnten Männern überlassend, nehme ich hier Veranlassung, die Ansprüche des edlen Mannes auf die Dankbarkeit seines Volkes durch einen Auszug aus dem zweiten Bande von Dr. Wirth's vortrefflicher „Geschichte der Deutschen" zu begründen. Möchte dieselbe den doppelten Erfolg haben, die öffentliche Aufmerksamkeit auf dieses alle Achtung und Unterstützung verdienende Geschichtswerk hinzulenken und einen berufenen Künstler für die fernere Anregung gedachten Unternehmens zu begeistern! Ich lasse den Geschichtschreiber selbst reden:

„Kurz nach dem zweiten Feldzug in Bayern, und zwar im Jahr 919, erkrankte nämlich der König so gefährlich (zu Limburg an der Lahn), daß er selbst sein nahes Ende fühlte. Immer gemeinsinnig, dachte er auch in diesem Augenblick nur an das Wohl des Reichs. Er versammelte daher seinen Bruder und seine treuen Freunde um sich, und in dieser Versammlung zeigte er eine Hoheit der Seele, die noch die spätesten Deutschen mit Stolz und Freude erfüllen wird. Bisher sahen wir in unserer Geschichte mit wenigrn Ausnahmen nur das ränkevolle Spiel des Eigennutzes der Dynasten; um einen Thron zu erlangen, oder die Macht dessrlben zu erweitern, wurden die gräßlichsten Verbrechen verübt und noch im Hause der Karolinger kehrte sich zu solchem Zweck der Bruder gegen den Bruder und der Sohn gegen den Vater. Conrad I. hatte keinen Sohn, doch einen gelirbten Brudrr, den Markgrafen Eberhard, der ihm stets mit treuer und hingebender Anhänglichkeit zugethan war. Wohl mochte er daher innig wünschen, dem Liebling die deutsche Krone zuzuwenden, indessen der scharfe Blick des Königs erkannte mit klarer Ueberzeugung, daß Eberhard in der damaligen Lage Deutschlands zur Vertretung der National-Interessen nicht befähigt genug war. Sowohl Lothringen als Sachsen hatte in der Widerspenstigkeit beharrt, und wenn auch die aufrührerischen Herzöge in Bayern und Schwaben überwunden waren, so konnte untrr einem schwächeren König gleichwohl auch von dieser Seite der Aufstand erneuert und Deutschland abermals zersplittert werden; ja es stand im Gegentheil sogar noch zu hoffen, daß dieser Frankreich in seine Gränzen zurückweisen, sohin Lothringen mit Deutschland wieder vereinigen und zugleich die Ungarn zur Ruhe verweisen werde. Als Patriot mußte Conrad daher den Herzog in Sachsen zu seinem Nachfolger wünschen; doch Heinrich hatte ihn tirf gekränkt, und Eberhard, dem er die Krone entziehen mußte, den Bruder und König so treu geliebt. Die Wünsche seines Herzens traten darum bei Conrad I. in peinlichen Widerstreit; doch so groß dachte der König, daß er nur der Stimme des Gemeinsinnes folgte, und in der zu sich berufenen Versammlung seinen Bruder beschwor, die deutsche Königskrone ihrem beiderseitigen Feinde Heinrich zu überbringen. Mit einfacher, doch warmer Beredtsamkeit entwickelte der edle Mann die Gründe, welche einen solchen Schritt im Interesse Deutschland's zu einer Nothwendigkeit erhoben und er rührte das Herz des Bruders auch so sehr, daß dieser in Thränen ausbrach. Hierauf verschied Conrad I., mit bessrrem Fug und Recht der Große genannt als Kaiser Karl I. Von welcher Seite wir die öffentliche Wirksamkrit Conrad's auch betrachten mögen, überall stellt sich dieselbe würdig und ehrenvoll dar. Seine 7jährige Regierung wurde nur dazu verwendet, um die deutsche Reichseinheit zu befestigen und die Unverletzlichkeit unseres Gebiets aufrecht zu erhalten. Nirgends findet sich ein Anzeichen, daß der patriotische Mann Eigenzwecke verfolgt habe; stets erscheint er vielmehr blos als Vertreter der allgemeinen Nationalinteressen. In der Ausübung seiner hohen Pflichten war er zugleich immer zur Güte geneigt, und nur dann tritt Strenge hervor, wenn die Wohlfahrt des Ganzen solche zu gebieten schien. Doch auch hier beobachtete Conrad den öffentlichen Rechtsgang, so daß er nur Urtheile der richtenden Gewalt vollstrecken ließ. Sein Verfahren gegen Erchanger und Berthold könnte freilich vielleicht den Verdacht rachsüchtiger oder eigennütziger Absichten erwecken, allein seine edle Handlung am Schlusse seines Lebens zeigt unwiderleglich, daß er die Strenge gegen jene Unglücklichen, die unläugbar von verwerflichen Plänen des Ehrgeizes erfüllt waren, zur Rettung des Vaterlandes für nothwendig hielt. Ruhmvoll und glänzend erscheint darum Conrad I. allenthalben in der Geschichte der Deutschen. Gleich Armin zeigt er uns, wo die wahre Größe liege, und sein edles Beispiel beweist, wie gerecht die geschichtliche Verurtheilung aller herrschsüchtigen Selbstlinge sey, mag der eine oder der andere auch noch so große Reiche erobert und noch so große Fähigkeiten in der Unterdrückung der Menschen an den Tag gelegt haben. Mit unendlicher Genugthuung verweilt daher der Geschichtschreiber auf dem öffentlichen Leben Conrad's I. Doch auch dem Bruder desselben, dem Markgrafen Eberhard, gebührt unsere volle Theilnahme. Ueberzeugt durch die Gründe des sterbenden Bruders, eilte er, nach dem Hinscheiden desselben, mit großer Selbstverläugnung zur Vollziehung des letzten Wunsches Conrad's. Er begab sich daher in Person nach Sachsen, überbrachte Heinrich die Krone sowie die anderen Zeichen der königlichen Würde, und brachte ihm, als deutschem König, seine Huldigung dar. Heinrich, als Reichsoberhaupt der Deutschen, der Erste dieses Namens, war durch den Edelmuth seiner Feinde tief gerührt und schloß daher mit Eberhard innige Freundschaft. Letzterer versammelte daher im Frühjahr 919 zu Fritzlar den fränkischen Adel, um dessen Widerwillen gegen Heinrich zu überwinden. Auch dies gelang und der Herzog der Sachsen wurde auch von den Franken als König anerkannt."

F. C.

Korrespondenz.

Freiburg, 23. Nov.

Die exorbitanten Folgerungen, welche der Professor und Landtagsdeputirte Buß in seinem Buche „über den Unterschied zwischen katholischen und protestantischen Universitäten" daraus zog, daß die hiesige Universität den rechtlichen Charakter einer katholischen habe, veranlaßten seinen Specialcollegen v. Worringen, diesen Satz selbst in einer wissenschaftlichen Abhandlung zu prüfen und zu widerlegen, worin zugleich aus der auf jeder Seite des Buß'schen Buches sich findenden Klage über den gegenwärtigen Geist dieser Universität gezeigt wird, wie sehr die Mannheimer Deputirten Unrecht hatten, die, das Buch in der Hand, zu behaupten wagten, der in ihm sich kund gebende Geist herrsche jetzt an der Universität. Da diese Abhandlung der im Namen von Prorector und Senat geschehenen gewöhnlichen Einladung zu den Wintervorlesungen beigegeben ist, so haben unsere Ultramontanen (die übrigens zum geringsten Theile Professoren sind) nicht ermangelt, die Wahl dieses Thema's herb zu tadeln, während sie ganz zufrieden gewesen wären, wenn das nämliche Thema in ihrem Sinne abgehandelt worden wäre. Der academische Senat veröffentlichte daher in der „Freiburger Zeitung" eine Erklärung, welche in einem auswärtigen Blatte „mysteriös" genannt, hier aber wohl verstanden wird. Der Sinn ist der: eine solche Abhandlung müsse als eine wissenschaftliche Privatarbeit des Verfassers angesehen werden, und wer etwas dagegen habe, der solle ihren Inhalt widerlegen, wenn er könne, nicht aber den Senat und den Verfasser aus so nichtigen Gründen angreifen, wie dieses geschehen ist. — Die Reibungen unter den Professoren, die im vorigen Jahre durch mehrere Amtshandlungen des damaligen Prorectors, eines der äußerst wenigen Gesinnungsgenossen von Buß, herbeigeführt worden sind, nehmen immer mehr ab, und es ist unbegreiflich, wie ein Korrespondent der Kölner Zeitung das Gegentheil behaupten kann. Eben so unwahr ist es, wenn derselbe Korrespondent andeuten will, es habe in der neuesten Zeit ein oder der andere namhafte auswärtige Gelehrte wegen dieser Zerwürfnisse einen Ruf an unsere Hochschule ausgeschlagen. Wir können aus der besten Quelle versichern, daß nach Fallmerayer, welcher bekanntlich durch besondere Verhältnisse zu einer hohen Person in München festgehalten wird, also seit Jahr und Tag, gar Niemand eine Vocation an die hiesige Universität abgelehnt hat; auch nicht Fein in Jena, der bis jetzt noch gar nicht berufen worden ist. Endlich ist es sehr übertrieben, wenn jener Korrespondent sagt, die Zierden dieser Anstalt suchten von hier hinweg zu kommen. Es mag wohl hier wie anderwärts Einzelne geben, welche mit Recht oder mit Unrecht glauben, ihre Verdienste seyen von der Regierung nicht genug anerkannt; es gibt ferner Viele, welche meinen, das Ministerium des Innern würde besser thun, wenn es mehr auf die Vorschläge der die hiesigen Bedürfnisse am besten kennenden academischen Behörde einginge, und allgemein ist der Wunsch, die Staatsregierung möge, im Sinne Sr. k. Hoh. des Großherzogs, die Hochschule Freiburgs durch eifrige, liebevolle Pflege und bestmögliche Verwendung der hierzu bestimmten Mittel noch mehr, als bisher geschehen, zu heben suchen. Aber wir können versichern, daß die Zahl der eigentlich malcontenten Professoren, wenn es deren überhaupt gibt, äußerst klein ist, namentlich in der neuesten Zeit, seitdem der Streit der medicinischen Facultät mit dem Gemeinderath über die Verwaltung des klinischen Hospitals durch Vermittlung des Respicianten in Universitätssachen, des Hrn. Geh. Referendärs Dr. Christ, gütlich beigelegt ist. — Die Zahl der Studierenden ist in diesem Semester etwas größer, als sie im vorigen Sommer war.

Darmstadt, 25. Nov.

Mehreren Klassen unseres Bühnenpersonals, auch den Mitgliedern der großh. Hofkapelle, sind Theuerungszulagen bewilligt worden. Dieselbe Vergünstigung hoffen auch gewisse Klassen der Civilstaatsdiener zu erhalten; wenigstens sind mehrere darauf Bezug habende Gesuche bei dem großh. Ministerium eingereicht worden, worauf bis jetzt eine Entschließung noch zu erwarten ist. Man überläßt sich der begründeten Hoffnung, daß die höchste Staatsbehörde die für viele Familienväter jetzt so drangvolle Zeit in Berücksichtigung nehmen und eine willfährige Entschließung ertheilen werde. — Gestern sahen wir zum Erstenmale auf unserer Bühne das Lustspiel von Roderich Benedix: „Der Weiberfeind", welches keine ungünstige Aufnahme fand. Die Rollen waren besetzt durch die Herren Wisthaler (Gustav), Pirscher (Freiling) und Fräul. Eppert (Betty). Darauf folgte das erst einmal aufgeführte Lustspiel von Scribe: „Mein Mann geht aus." Es wurde mit Beifall gegeben. Sehr ergötzlich und wahrhaft originell stellte Hr. Becker den Doctor Bertholin dar. Die Leistungen der übrigen Mitspielenden, als der Herren Wisthaler (Durosel), Peters (Beaugaillard), Pirscher (Beauchamp) rc. und der Damen Eppert (Amélie) und Marie Fürst (Mad. Bertholin) erkennen wir im Allgemeinen dankend an, ohne gerade im Besonderen auf ihre Darstellungen hier einzugehen.

Aus der großh. Provinz Oberhessen, 17. Nov. *)

Die Fruchtpreise, namentlich die Korn- und Kartoffelpreise, wanken und weichen nicht, trotz der in so guter Absicht getroffenen Anordnungen unserer hohen Regierung. Man hofft aber, die Regierung könne und werde noch helfen. Einsender hält eine Besserung nur dann gedenkbar, wenn die Staatsregierung die Frucht nach dem Ertrags- und Zufuhr-Verhältnisse auf den wahren Werth bringen würde; durch diese Preisbestimmung würden auch die Kartoffeln schon von selbst billiger und der Staat der Nothwendigkeit überhoben werden, selbst Früchte aus dem Auslande anzuschaffen. Sie, die Regierung, setzt ja Brod- und andere Preise fest; warum sollte sie nicht auch, besonders bei der jetzigen so bedrängten Zeit, die Rohfrucht einer Taxe unterwerfen dürfen? — Es wurde schon viel darüber verhandelt, wie dem Wucher abzuhelfen sey. Einsender glaubt indessen, daß es auch räthlich sey, der Ursache auf die Spur zu kommen, warum eine gründliche Abhülfe des Wuchers sich so in die Länge zieht, damit die Abhülfe denn doch auch einmal erzielt werde. Er hält z. B. das für die Vorkehrung zu dieser Maßregel berufene Personal nicht geeignet, vielmehr glaubt er, daß das nächste (unterste) Verwaltungspersonal selbst zu großes Interesse für die hohen Fruchtpreise habe, um auf eine Abstellung derselben hinzuwirken. Wenn man bedenkt, daß nur die höchstbesteuerten, mithin reichstbegüterten Leute (gewöhnlich aus der niederen Volksklasse) zu Stellen der Local- oder Ortspolizei gelangen, so liegt das Hinderniß wohl auf flacher Hand, wie keine rechte Veranlassung genommen wird, die Beseitigung der leidigen Theuerung in angemessener Weise zur Sprache zu bringen. So erfahren denn die oberen Verwaltungsbeamten nicht den Druck der Unterthanen, und die Regierung bleibt ganz außer Kenntniß, wenn nicht auf außergewöhnlichem Wege, und, wie dies namentlich in der Gegenwart der Fall gewesen, durch den Ausbruch der größten Noth die Sache gleichsam von selbst ruchbar wird. Möchte der jetzige große Nothstand unsere Regierung nur recht bald veranlassen, die angedeutete Fruchtpreisbestimmung eintreten zu lassen!

*) Als Nachtrag zu dem Korrespondenzartikel von daher vom 14. August d. J. in der zweiten Beilage zum Frankfurter Journal vom 31. August ej. a.

Wiesbaden, 26. Nov.

So eben lege ich die im Verlage von H. J. Keßler in Frankfurt a. M. erschienene Predigt des Hrn. Pfarrer Dr. K. M. Kirchner („Jesus, ein Muster im Parteienkampfe seiner Zeit"), gehalten am Sonntage den 15. Nov. 1846, deren Ertrag der Gustav-Adolf-Stiftung gewidmet ist, aus den Händen, und tief ergriffen von dem ächt-christlichen Geiste, der die Worte dieses wahren Dieners des Herrn durchweht, kann ich nicht umhin, der vor einigen Tagen erschienenen Anzeige derselben einige Worte beizufügen. In einer Zeit, wo der Kampf religiöser Ansichten den der politischen fast in den Hintergrund drängt, und wo dieser Kampf von der einen, wie von der andern Seite keineswegs immer mit den rechten Waffen geführt wird, ist es höchst wohlthuend, Stimmen zu vernehmen, die, den übertriebenen Forderungen jeder Partei fernstehend, hinweisen auf die Bahn, die leider! zu oft verlassen wird und auf der allein wir durch alle Wirren hindurch zu dem einzig wahren Ziele gelangen können, — auf die Bahn der Liebe. — Die Ruhe, Klarheit und Milde, dabei aber auch die Festigkeit und Entschiedenheit des würdigen Verfassers jener Predigt, die Menschenliebe und die ächte Demuth, welche seine Worte athmen, beweisen auf's Neue, daß ihm die Erbauung seiner Zuhörer durch Verkündigung der reinen Gottes- und Christuslehre mehr am Herzen liegt, als spitzfindige, Unheil stiftende dogmatische Grübeleien. — Wohl der Gemeinde, die solche Führer hat und Heil dem Manne, der seiner Gemeinde so vorsteht! — Möge der wackere Geistliche noch recht oft auch den ferner Wohnenden, mit ihm Gleichgesinnten, Gelegenheit geben, Nahrung für Geist und Herz aus seinen erhebenden Predigten zu schöpfen! *)

*) Möchte doch Jeder auch die überaus geistreiche Predigt unseres geschätzten Pfarrers Kirchner: „Der Mensch lebet nicht vom Brod allein, sondern von einem jeglichen Wort, das durch den Mund Gottes gehet, gehalten am Ernte-Dank-Feste" lesen und beherzigen!
Die Redaktion.

Geschichtliche Vorlesung.

Siebente Vorlesung; Montag, 30. Nov., so wie auch Dienstag, 1. Dec., Abends 7 Uhr:

Kaiser Joseph II. — Die Dienstags-Vorlesung wird wegen der bedauerlichen Unterbrechung am 24. d. M. eine halbe Stunde länger dauern.
Dr. Heyden.

Theater-Anzeige.

Sonntag, 29. Nov. Zemire und Azor, große Oper in 3 Abth., Musik von Spohr.

Montag, 30. Nov. (Zum Erstenmale wiederholt): Der artesische Brunnen, Zauberposse mit Gesang in 4 Abth., von G. Räder. — Erste Abtheil.: Das Bergmännchen. Zweite Abtheil.: Abd-el-Kader. Dritte Abtheil.: Die Fremdenlegion. Vierte Abtheil.: Die Versöhnung am Nordpol. — Mit aufgehobenem Abonnement.

Redakteur: J. L. Heller. — Druck und Verlag von Heller und Rohm.

Didaskalia.

Blätter für Geist, Gemüth und Publizität.

№ 331. Dienstag, den 1. December 1846.

Der Geheimschreiber.

Eine Erzählung von Kathinka Zitz.

I.

Im Jahr 1552 hatten französische Soldaten den ganzen Tag den Wald von Talemond in Gienne nach flüchtigen Hugenotten durchsucht; die Jagd war aber nicht ergiebig gewesen, und so kehrten sie denn endlich in einer Köhlerhütte ein, die, in der Nähe eines Kreuzweges gelegen, sehr geeignet zur Wirthschaft war, welche die Frau des Köhlers Huguenin denn auch mit Eifer und Aufmerksamkeit betrieb.

Die Soldaten hatten sich Tische und Bänke vor die Thüre tragen lassen, und erquickten sich in der milden Luft eines herandämmernden Sommerabends mit Speise und Trank, während ihnen der Köhler eine schauerliche Geschichte von einer der Hütte gegenüber befindlichen, in Ruinen liegenden Kapelle und einem vor derselben stehenden wunderthätigen Muttergottesbilde von Stein erzählte. Als er damit zu Ende war, ließen die Soldaten die Krüge von neuem mit Wein füllen, und der sie anführende Offizier brachte die Gesundheit des Königs Heinrich II. aus, worauf man nacheinander die Königin Mutter, Katharina von Medizis, den Herzog von Guise, die schöne Diana von Poitiers, den heiligen Vater und den Connetable von Montmorency hochleben ließ, den Protestanten aber ein donnerndes Pereat brachte. Und in dem Maße, als der Wein seine Wirkung zu äußern begann, wurde die Soldateska immer übermüthiger, und die Köhler begannen einen Scheiterhaufen zu errichten und einige Strohmänner zu verfertigen, wobei ihnen die Soldaten behülflich waren. Als sie mit dieser Arbeit zu Ende waren, wurde der zuerst herbeigebrachte Strohmann mit lautem Jubel begrüßt, und viele Stimmen erhoben sich und frugen: „Wie heißt er?"

„Peter Odoard," gab ein Köhler zur Antwort.

„Was hat er gethan?"

„Er hat sich geweigert, den Hut vor dem Bildniß der allerseligsten Jungfrau abzunehmen."

„In's Feuer mit ihm!" riefen alle Stimmen, und der Strohmann wurde jubelnd in die Flammen des angezündeten Scheiterhaufens geworfen.

„Und was hat dieser da gethan?" fragte der Offizier, als ein zweiter Strohmann herbeigebracht wurde.

„Das ist der Michel Libourne," versetzte ein Köhler, „er hat auf einen Freitag Fleisch gegessen."

„In's Feuer! in's Feuer!" tönte es von allen Seiten, und während der Strohmann in Flammen aufloderte, tanzten die Köhler singend um den Scheiterhaufen herum.

Es war indessen völlig Nacht geworden; die Soldaten begannen sich zum Abzug anzuschicken; unter dem Rufe: „Tod den Protestanten!" nahmen sie Abschied von den Köhlern, welche sich ebenfalls nach und nach in den Wald verloren, so daß nur Huguenin und seine Frau, Mariane, zurückblieben, welche letztere eine Laterne vor dem Muttergottesbilde anzündete, welches sich vor den Trümmern der Kapelle befand.

Der Köhler ging indessen, die Hände auf dem Rücken, den Kopf auf die Brust gesenkt, vor der Hütte auf und nieder, wie ein Mensch, dem etwas auf dem Herzen liegt, das er gerne herunter gehabt hätte. Endlich rief er seine Frau herbei.

„Frau!" hob er an, „es ist mir vorhin ein Abenteuer ... gleichsam ein Glücksfall begegnet ... ich wollte nur warten, bis die Soldaten abgezogen wären, um Dir alles zu erzählen."

Mariane rümpfte verächtlich die Nase, wie Jemand, der nicht den geringsten Werth auf das legt, was er zu hören bekommen soll.

„Höre mich an," fuhr der Köhler fort: „als ich vor etwa einer Stunde, mit einer Last Reisig auf dem Rücken, heimzukehren im Begriffe war, befand ich mich da unten im Hohlweg plötzlich einem verlarvten Manne gegenüber, welcher sorgfältig in einen Mantel eingehüllt war. Da er mir den Weg versperrte, so rief ich ihm zu, Platz zu machen; da er aber weder wankte noch wich, so warf ich meine Last zu Boden und schickte mich an, ihm eins zu versetzen ... aber er legte mir die Hand auf die Schulter."

„Und was hast Du gethan?"

„Ich nahm die Mütze ab, und fragte, was ihm zu Diensten stehe; denn an der Art und Weise, wie er mich gepackt hielt, erkannte ich, daß es am klügsten sey, fein höflich mit ihm zu verfahren."

„Hasenherz!" schalt das Weib, indem ein geringschätzendes Lächeln ihr die Mundwinkel in die Höhe zog.

„Ich hätte Dich einmal an meiner Stelle sehen mögen," entschuldigte sich der Köhler. „Ich sage Dir, seine Finger hielten mich gepackt wie Zangen! ... Ich fühlte, wie mir alle Knochen krachten."

„Mach' ein Ende," rief Mariane ungeduldig. „Was hat er Dir gesagt?"

„Was hat er mir gesagt, nichts hat er mir gesagt."

„Wie so, nichts?"

„Weil er stumm ist! ... ich weiß nicht ob von Geburt aus, oder durch Zufall. Aber so viel ist gewiß, er spricht kein Wort. Aber ein Papier hat er mir hingereicht, und auf dem Papier stand zu lesen: „Der Baron von Rochemore wird heute Abend durch den Wald von Talemond kommen; suche ihn in Deiner Hütte zurück zu halten." Warum? frage ich, etwa aus politischen Gründen? der Fremde nickte, trat aus dem Wege, und ... das ist die Geschichte."

Mariane zuckte wieder verächtlich mit der Achsel, als ob sie dem Gehörten keinen Glauben schenke; als ihr aber Huguenin einen Beutel mit dreißig Thaler hinhielt, mit dem Bemerken, daß er nach vollzogenem Auftrage dieselbe Summe noch einmal erhalten würde, da ward sie freundlich wie ein Mattag, zählte das Geld mit sichtlicher Freude, küßte ihren Mann und fragte, ob er den Baron Rochemore kenne.

„Nein," versetzte der Köhler.

„Aber wie willst Du es denn machen?"

„Mein' Seel, das weiß ich nicht," gab Huguenin ganz verdutzt zur Antwort. „Du hast Recht; ich hätte mir seine Personalbeschreibung geben lassen sollen, aber die Sache hat zu gut angefangen, um schlecht zu endigen; der verlarvte Mann wird wohl in der Nähe seyn und mir einen Wink geben."

Während Mariane das Geld in die Hütte trug und verschloß, während sie sodann die Tische abräumte und die häusliche Ordnung herzustellen begann, setzte sich der Köhler an einen Tisch, stützte den Kopf auf den Arm und begann nachzudenken, was er mit dem vielen Gelde anfangen sollte. Während er so da saß, schlichen sich einige Männer, alle dicht in ihre Mäntel eingehüllt, durch den Wald; als sie an den Kreuzweg gekommen waren, sprach der Eine von ihnen zu den Andern:

„Hier müssen wir uns trennen; Ihr könnt mich ohne Gefahr nicht weiter begleiten. So lebt denn wohl, ihr treuen Freunde! möchten wir uns in glücklicheren Zeiten wieder sehen."

Noch einige herzliche Worte wurden gewechselt, noch einige Händedrücke ausgetauscht, dann verschwanden die Männer wieder in dem Dunkel des Waldes; der Eine aber, der geblieben war, sah sich allenthalben um, und als er den Köhler bemerkte, ging er gerade auf ihn zu, schlug ihm auf die Achsel und sagte: „Guter Freund! wollt Ihr mir einen Dienst erzeigen?"

Bei diesen Worten hielt er ihm eine Börse hin, nach welcher Hugenin, der indessen aufgestanden war, begierig langte; indem er die Mütze abzog, sagte er sodann:

„Laßt hören, was Ihr verlangt; doch muß ich Euch vor allen Dingen sagen, daß ich den Umkreis meiner Hütte nicht verlassen kann."

„Das sollt Ihr auch nicht. Aber es wird ein vornehmer Mann hier vorbeiziehen."

„Sein Name?" fragte der Köhler, welcher bereits ahnte, daß sich der Auftrag, den er von dem Stummen erhalten hatte, hier wiederholen würde.

Der Fremde nannte auch in der That den Baron von Rochemore, und trug dem Köhler auf, ihn unter irgend einem Vorwand, wenigstens eine Stunde lang aufzuhalten. — „Ihr seyd als ein ehrlicher Mann bekannt," setzte er hinzu, „ich weiß, daß man sich auf Euch verlassen kann, darum will ich Euch vertrauen, daß verbannte Calvinisten dieser Zeit bedürfen, um ihre Personen in Sicherheit zu bringen."

Hugenin nickte billigend mit dem Kopfe, aber er lachte doch heimlich in den Bart, als er bedachte, daß er vorhin behülflich gewesen, einige Calvinisten in Effigie zu verbrennen, und jetzt behülflich seyn sollte, andere zu retten. Er reichte dem Fremden die Hand und versprach zu thun, wie dieser begehre. — „Ihr könnt Euch auf mich verlassen," versicherte er, „ich will nur das Geld meinem Weibe in die Hütte bringen; ich bin gleich wieder da."

(Fortsetzung folgt.)

Die Criminal-Procedur gegen Kammergerichts-Assessor J. A. Oppenheim aus Berlin.

(Verhandelt vor dem Assisenhof zu Köln am 24. November.)

Zweite ausführlichere Mittheilung.

Bei dem ungemein großen Interesse, welches schon seit längerer Zeit das Publikum an jener merkwürdigen, interessanten Prozedur nahm, wird es demselben willkommen seyn, ein getreues Bild jener Assisen-Sitzung, in welcher des Angeklagten Freisprechung erfolgte, vor Augen gebracht zu sehen. Wir entnehmen nachstehenden Bericht einem rheinpreußischen Blatte:

(Köln, 25. Nov.) Sie haben bereits gestern das Urtheil des Geschwornengerichts in der berüchtigten Kassettengeschichte erhalten. Ich komme auf den Prozeß selbst noch einmal zurück. An Theilnahme und Neugierde des Publikums fehlte es dabei nicht, doch war von Seiten des Herrn Präsidenten Vorsorge getroffen worden, daß eine Ueberfüllung des Gerichtsaales nicht stattfinde, und darum von demselben auch theilweise an die Zuhörer für diese Sitzung Karten ausgegeben worden, ein Umstand, der lebhaften Tadel gefunden hat. Nachdem dem Beschuldigten, Kammer-Gerichts-Assessor Oppenheim aus Berlin, einem kleinen, blassen, jungen Manne von 27 Jahren, der Anklage-Akt vorgelesen worden war, welcher dahin lautete, daß demselben das Verbrechen zur Last gelegt werde, am 21. August d. J. im hiesigen Gasthofe „zum Mainzer-Hofe", wo er als Gast verweilte, aus dem Zimmer der ebenfalls dort wohnenden Baronin v. Meyendorf, eine Kassette, welche Geld, Schmucksachen und Schriftstücke enthielt, entwendet und später Briefschaften, die sich in Verwahrung des hiesigen Instruktions-Amtes befanden, zerrissen zu haben, fragte derselben der Präsident, was er hierauf zu erwiedern habe. Oppenheim gab zu, sich der Chatoulle bemächtigt zu haben, jedoch nicht um sich in den Besitz des darin enthaltenen Geldes zu setzen, sondern nur um sich Kenntniß von einem für die Gräfin v. Hatzfeld wichtigen Dokumente zu verschaffen, welches deren Gemahl zu Gunsten der Frau von Meyendorf und zum Nachtheil seiner Gattin ausgestellt habe, und das sich nun im Besitz der Ersteren befinden solle, welche übrigens wegen Krankheit behindert war, persönlich zu erscheinen, dagegen aber ihre gerichtlich zu Paris deponirte Erklärung bezüglich des in redestehenden an ihr verübten Diebstahls abgegeben hatte, wobei der Inhalt der Chatoulle speziell bis auf die kleinsten Details aufgeführt, und namentlich bemerkt war, daß dieselbe 3000 Fr. in Gold und viele Schmucksachen, sowie mehrere Schriftstücke enthalten habe. Es wurden nun eine große Anzahl Ueberführungszeugen vernommen, die zur größten Zahl aus dem Dienstpersonale, in dem Mainzer-Hofe, so wie aus dem Kammerdiener und der Kammerfrau der Baronin Meyendorf bestanden; sie sämmtlich stimmten darin überein, daß am 20. August d. J. mit dem letzten Bahnzuge aus Aachen Abends 9 Uhr drei Herren in dem vorbenannten Hotel eingekehrt seyen, von denen sich der eine als Kroneck (Mendelsohn), der andere als Ullmann (Oppenheim) und der dritte (der Sohn des gräflichen Kammerdieners Kurz) als Huberich in das Fremdenbuch eingetragen. Ersterer habe sich nach der bereits anwesenden Frau von Meyendorf sowie nach dem Tage, der Stunde und dem Ziele ihrer Weiterreise sehr genau befragt, und als der Kellner bei ihr selbst nähere Erkundigungen hierüber habe einziehen wollen, sey ihm dies von dem Fragesteller untersagt worden. Am andern Morgen gegen $6^1/_2$ Uhr habe die Baronin abreisen wollen, und ihr Kammerdiener, welcher damit beschäftigt gewesen, ihr Gepäck ins Erdgeschoß zu schaffen, habe deßhalb die in Rede stehende Chatoulle mit anderen Sachen vor ihre Zimmerthür gesetzt, dieselbe jedoch bei seiner Rückkehr aus dem Zimmer der Frau von Meyendorf dort nicht mehr vorgefunden, und das Verschwinden derselben sofort angezeigt. Inzwischen hätten aber auch die beiden unter dem Namen Ullmann und Kroneck eingeschriebenen Fremden ihre Abreise beschleunigt und Kroneck habe sogar eine solche Eile und Verwirrung gezeigt, daß er erst, als er bereits in dem zur Abfahrt bestellten Fiaker saß, an seine noch nicht bezahlte Rechnung dachte und dieselbe berichtigte. Da nun das Vermissen der Chatoulle mit der Abreise Beider zusammenfiel und ihr Benehmen ohnedem schon Verdacht erregt hatte, so habe man Lärm gemacht und sich, um auf die Spur derselben zu kommen, sofort auf die verschiedenen Bahnhöfe begeben. Auf der Bonn-Kölner Eisenbahn habe die Kammerjungfer und der Lohndiener aus dem Mainzer Hofe den ꝛc. Kroneck nun auch getroffen, und da, wie gesagt, sein ganzes Benehmen schon vorher Verdacht erregt, so sey jene ihn mit der Frage angegangen: ob er vielleicht aus Versehen ihm nicht zugehörende Gegenstände mitgenommen, worauf dieser in sichtbare Verlegenheit gerathen wäre und ihr zur Antwort gegeben habe, daß er keine anderen Effekten als einen Reise-Ueberrock bei sich führe. Hierbei habe sie sich indessen nicht beruhigen wollen, sondern mit ihrem Begleiter vielmehr beschlossen, bis Bonn mitzureisen, um wo möglich dort eine polizeiliche Durchsuchung der Sachen des ihr verdächtig scheinenden pseudo Kroneck zu erlangen, weßhalb sie sich auch, um ihn besser im Auge zu behalten, zu ihm in denselben Wagen setzte; doch schon auf der Station Brühl habe er diesen verlassen, und der Zug wäre ohne ihn weiter gefahren. In Bonn selbst seyen nun durch den dortigen Polizeikommissär seine von ihm hinterlassenen Reise-Effekten durchsucht und die vermißte Kassette mit ihrem noch unberührten Inhalte auch wirklich in einem ihm zugehörenden Koffer gefunden worden. Oppenheim, welcher inzwischen schon in Köln am Jülichsplatze sich von ihm getrennt und einen andern Weg, nach Düsseldorf, eingeschlagen hatte, wo er auch wieder mit Mendelsohn zusammentreffen wollte, stellte sich einige Tage nachher beim hiesigen Ober-Prokurator freiwillig, um, wie er sagte, seinen Namen vor jedem Verdachte zu reinigen. Unter der großen Zahl der Zeugen war es nun die Klara Lennartz, die zu jener Zeit im Mainzer Hofe diente, welche den ꝛc. Oppenheim am Morgen des begangenen Diebstahls von der Baronin von Meyendorf kommend und die besagte Kassette an einem Riemen in der rechten Hand tragend, hatte nach dem von ihm bewohnten Zimmer Nr. 11 zurückeilen sehen; auch sie erkannte die Identität seiner Person mit der des Angeklagten entschieden an. Die Zeugen, welche sonst noch vorgerufen wurden, konstatirten mehr oder weniger die Zerwürfnisse, welche ununterbrochen zwischen den beiden gräflichen Ehegatten stattgefunden, und namentlich waren von dem katholischen Pastor zu Kalkum, dem gewöhnlichen Aufenthalte der gräflichen Familie, mehrere Vermittlungsversuche gemacht worden, um bei denselben ein friedliches Verhältniß herbeizuführen, doch scheiterten sie stets an der Hartnäckigkeit beider Theile, und während der Graf eine Ehescheidung zu bewirken strebte, versuchte die Gräfin gegen denselben als einen Verschwender klagbar aufzutreten und zu bewirken, daß er unter Kuratel gestellt werde. Hierzu scheint die Letztere besonders der Umstand veranlaßt zu haben, daß sie in Erfahrung gebracht, ihr Gemahl habe in einem unterm 1. Juli 1846 vor dem Notar Duval zu Paris stipulirten Vertrage, der jedoch später wieder aufgehoben wurde, der Baronesse v. M. eine jährliche Leibrente von 25,000 Fr. gegen ein angeblich von dieser ihm vorgeschossenes Kapital von 250,000 Fr. zugesichert, und um sich nun Gewißheit hierüber zu verschaffen und sich wo möglich in den Besitz von Beweisstücken zu setzen, wodurch die Simulation dieses Aktes zu beweisen möglich sey, reis'te der mit einer von dem Kammergericht zu Berlin ausgestellten Vollmacht der Gräfin versehene Oppenheim in Begleitung seines nahen Verwandten, Dr. Mendelsohn, nach dem Rhein und folgte, wie es scheint, unermüdet der Spur der Baronin, bis er sie endlich in Köln erreichte und dort zur Wegnahme ihrer Kassette schritt. Daß es sich hier nur um Besitz gewisser Papiere drehte, scheint auch die Aussage des Kammerdieners des Grafen, Kurz, zu bestätigen, indem dieser nämlich angibt, daß ihm der Bediente eines gewissen Lasalle, welcher gleichfalls zu den näheren Bekannten der Gräfin zu gehören scheint und in ihrem Interesse auch nach dem Rheine gekommen war, gesagt habe: „es handle sich hier allein um den Besitz eines Dokuments, um so eine Ehescheidungsklage des Grafen rückgängig zu machen.“

(Schluß folgt.)

Mannichfaltigkeiten.

Von der bekannten Schrift: „Die Eisenbahnen in Deutschland, Elsaß und Belgien, Karlsruhe bei C. Macklot“ ist die vierte Auflage erschienen. Die bedeutenden Veränderungen und Erweiterungen, welche mit jedem Jahre in Betreff der Eisenbahnen geschehen, haben die neue Ausgabe der genannten Schrift veranlaßt, damit sie nicht veralte. Man findet in ihr eine wenn auch gedrängte, doch vollständige Relation über die dermalige Ausdehnung und Einrichtung der Eisenbahnen in den genannten Ländern und entspricht die Schrift der Aufgabe, welche sie sich gestellt hat.

In einer Extrabeilage der „Pos. Ztg.“ macht Dr. Hippolyt Cegielski, ehemaliger ordentlicher Lehrer am königl. Marien-Gymnasium zu Posen bekannt, daß er im Bazar zu Posen eine Eisen-, Stahl- und Messing-Waaren-Handlung eröffnet habe.

(Berlin.) Bei zwei Familien waren vor kurzem Vergiftungsversuche durch Hineinschütten schädlicher Substanzen in den Kaffee gemacht worden. In dem einen Falle ward glücklicher Weise der Frevel rechtzeitig entdeckt und blieb man so verschont; in dem andern aber genoß die aus sechs Personen bestehende Familie den mit schädlichen Ingredenzien versehenen Kaffee und erkrankten alle deren Genossen mehr oder minder je nach der zu sich genommenen Quantität des Getränks. Möchte es doch gelingen, die Verbrecher zu entlarven und sie der wohlverdienten Strafe zuzuführen.

Der wackere Fröbel setzt unermüdlich thätig und mit gutem Erfolg sein Bemühen für die allgemeine Einführung von Kindergärten oder Kleinkinderschulen fort. (Auch hier in Frankfurt erfreut sich der Kindergarten des Hrn. Carl Schneider, nach Fröbel's Methode, einer wachsenden Theilnahme.) Die Pflegerinnen, die er in diesem Jahr gebildet hat, stehen größtentheils in bestimmten Wirkungskreisen und man bittet um neue. In diesem Sommer besuchte Fröbel das Voigtland, Zwickau u. s. w., sah, ordnete, half und weckte. Jetzt hält er in Keilhau einen neuen Cursus für Mädchen, welche Lust und Geschick zur Beschäftigung mit Kindern haben. Es thut wohl, eine so jugendlich frische Begeisterung für etwas Rechtes auch in dem Greise gedeihlich wirken zu sehen. Auch die Knaben-Erziehungs-Anstalt in Keilhau geht unter des kräftigen Barops Leitung und der Mitwirkung tüchtiger Lehrer ihren guten Gang fort. (Dorfz.)

(Stuttgart, 20. Nov.) Große Verwunderung hat die vor einigen Tagen bekannt gewordene Nachricht verursacht, daß sich, als eben die Vergantung des Wunderdoktors Frasch von Gerichts wegen vorgenommen werden sollte und bereits in den öffentlichen Blättern ausgeschrieben war, plötzlich ein großmüthiger Bürge stellt, welcher für sämmtliche Schulden des ehemaligen Millionairs gut sagt. Wie es heißt, hätte die Hüttesheimer Leihkasse Garantie geleistet; allein die Verhältnisse dieser sind selbst nicht die geordnetsten.

Die neue Tragödie von Oehlenschläger, „Amleth“, ward in Kopenhagen am 14. Nov., am 67jährigen Geburtstage des Dichters, aufgeführt und von Anfang bis zu Ende mit enthusiastischem Beifall aufgenommen. Nachdem der Vorhang gefallen war, ward allgemein: „Es lebe Oehlenschläger!“ gerufen.

Nach Berichten vom Niger hat man den Plan aufgeben müssen, mit dem Dampfschiffe „Aethiops“ wieder den Strom aufwärts zu fahren, indem bei der Fahrt auf dem Gaboon der Dampfkessel nochmals sprang und das Wagniß der Fahrt daher zu gefährlich wurde; das Dampfschiff lag unthätig zu Fernando

Po. Dr. King ist auf der Rückreise nach England begriffen und bei seiner Ankunft wird es sich herausstellen, ob der Plan, den Niger zu befahren, dennoch verfolgt werden soll; sein vorläufiges Scheitern hat die Eröffnung des Handels mit dem Innern von Afrika wieder hinausgeschoben.

Aus dem ausführlichen Berichte der Jekatherinoslawschen Gouvernements-Zeitung über die Errichtung der Statue der Kaiserin Katharina II. ergibt sich, daß diese Statue nicht in England gegossen ist, sondern in Berlin und zwar bereits im Jahre 1788 und, wie man sagt, in Folge einer Bestellung Potemkin's. Am Fußstücke steht eine lateinische Inschrift, die besagt, daß die Statue in Berlin durch die Künstler Meyer, Maukisch und Meltzer im J. 1788 ausgeführt worden sey.

Der „Komet" von C. Herloßsohn wird auch im künftigen Jahre fortgesetzt und dessen Inhalt wesentlich erweitert und bereichert. Von dieser seit einer Reihe von Jahren schon bestehenden und geachteten Zeitschrift erscheinen wöchentlich mit Inbegriff der Beilagen sieben Nummern, welche sich durch Reichhaltigkeit und Interesse des Inhaltes auszeichnen. Der Betrag des Abonnements ist 10 Thlr. für den Jahrgang. Wir verweisen namentlich Lesevereine und Privatgesellschaften auf die genannte werthvolle Zeitschrift.

(Konstantinopel, 11. Nov.) Der Rauchfang des zwischen Makri Köl und den sieben Thürmen neuerlich erbauten Eisenschmelzwerkes, stürzte vor wenigen Tagen ein und erschlug im Sturze 52 der anwesenden Arbeiter.

(Wien, 21. Nov.) Gestern wurde im Josephstädter-Theater Told's Zauberschleier zum 300sten Male, und zwar zum Vortheile des Dichters, Decorateurs und Compositeurs bei übervollem Hause gegeben. Heute, und wahrscheinlich auch in mehreren der nächstfolgenden Tage wird derselbe wiederholt.

Ein Wiener Blatt erzählt von den sonst nur durch ihre schnurrigen Einfälle bekannten dortigen Fiakerkutschern folgenden edlen Zug, der in weiteren Kreisen bekannt zu werden verdient: Einer ihrer Kameraden war wegen seines schlechten „Zeugs", nämlich seines zerbrochenen Kastens und seiner ausgehungerten mageren Rozinanten, die Zielscheibe des Spottes aller seiner Collegen. An einem der letzten Tage ging aber seine Qual zu Ende. Seine Kameraden luden ihn in's Gasthaus zu Schmauß und Trank, und als er wieder auf die Gasse trat, fand er zu seiner nicht geringen Ueberraschung und Rührung — einen ganz neuen Wagen und ein prächtiges Paar munterer und feuriger Pferde. Dieser Zug macht den Betheiligten sowohl an sich, als wegen der zartsinnigen Art der Ausführung große Ehre.

Korrespondenz.

Weimar, 25. Nov.

Gestern fand auch hier von Seiten der Mitglieder des hiesigen Gustav-Adolph-Vereins eine außerordentliche Versammlung statt, welche seit dem Bestehen des Vereins als eine der lebhaftesten und interessantesten zu bezeichnen ist. Der hauptsächlichste Gegenstand der Berathung war die Ausschließung des Hrn. Dr. Rupp als Abgeordneten von der Generalversammlung in Berlin. Von Seiten des Vorsitzenden wurde bemerkt, daß in Bezug auf diese Angelegenheit auch Weimar nicht zurückbleiben dürfe, seine Mißbilligung über jenes unstatthafte Verfahren zu erkennen zu geben, und daß man die Sache für wichtig genug gehalten habe, eine außerordentliche Versammlung einzuberufen, um gemeinschaftlich darüber beschließen zu können. Es erhob sich hierauf der Hr. Hofadvocat Stäps, welcher mit Umarbeitung der Statuten und mit der Abfassung eines auf die Rupp'sche Ausschließung bezüglichen Protestes beauftragt worden war, und sprach: „Die Ausschließung des Dr. Rupp an dem verhängnißvollen Abend des 7. Sept. zu Berlin ist zum Feldgeschrei geworden in allen Lagern der evangelisch-protestantischen Kirche. Wo irgend ein Funke evangelischen Lebens sich noch regte, da ist derselbe zur hellen Flamme aufgeschlagen, da haben sich Alle wie Ein Mann erhoben, um jenen Majoritätsbeschluß wieder zu vernichten. Auch der Vorstand des hiesigen Zweigvereins glaubte, hinter dieser allgemeinen Erhebung nicht zurückbleiben zu dürfen, da auch wir in jenem Beschluß das Recht, wie das Leben der Gustav-Adolph-Stiftung als verletzt und gefährdet ansahen, ihn selbst aber weder nach den Worten, noch nach dem Geist der Satzungen der G.-A.-St. für gerechtfertigt erkennen können." Hierauf ging der Vortragende auf den Protest selbst über, welcher eine mit tiefer Sachkenntniß und juristischer Schärfe ausgearbeitete Denkschrift ist, und bewies darin mit unwiderleglichen Gründen, daß seiner Ueberzeugung nach ebensowohl von den Abgeordneten des Centralvorstandes durch Beanstandung der Zulassung des Dr. Rupp zu der Abgeordneten-Versammlung die Competenz ihrer Befugnisse überschritten worden sey, als auch von der Hauptversammlung selbst, und daß der von der Majorität gefaßte Beschluß vom Standpunkte der allgemeinen Satzungen aus in formeller, wie in materieller Beziehung nicht zu rechtfertigen sey, indem die Frage, worüber die Hauptversammlung abgestimmt habe: „Kann Dr. Rupp als Abgeordneter des Königsberger Hauptvereins anerkannt und zugelassen werden?" dort wesentlich von der Vorfrage: „Gehört Dr. Rupp nach dem von ihm erklärten Austritt aus der preußischen Consistorial-Kirche im Sinne des Statuts der Gustav-Adolph-Stiftung noch der evangelisch-protestantischen Kirche an?" abhängig gewesen sey. Hr. Stäps zog diese Frage außer allen Zweifel, indem er darthat, daß der Austritt des Dr. Rupp aus der dortigen Landeskirche kein entscheidendes Criterium für Beantwortung dieser Frage seyn und werden könne, so lange nicht zu behaupten stand, daß die evangelisch-protestantische Kirche überhaupt in der königl. preußischen Landeskirche aufgegangen sey; der leitende Gedanke der Stifter des G.-A.-Vereins sey gewesen, daß der Verein nicht auf dogmatischem Boden, sondern auf dem Boden christlicher Bruderliebe wurzeln solle. Kurz, der Protest war so gründlich und energisch abgefaßt, daß einstimmig von der Versammlung beschlossen wurde, ihn durch Vermittelung des nach Eisenach verlegten Hauptvereins an den Centralverein in Leipzig abgehen zu lassen. Nur Hr. Consistorialrath M. Krause wünschte, daß diese Schrift eine glimpfliche Fassung erhalten möge, indem seiner Ueberzeugung nach die Abgeordneten der Generalversammlung in Berlin nach Grund der Statuten nicht anders hätten handeln können. Da aber sämmtliche Anwesende nicht dieser Meinung waren, so blieb es bei dem gefaßten Beschluß. Allgemein glaubt man, daß diese in ihrer Art merkwürdige Denkschrift bei der nächsten Generalversammlung in Darmstadt maßgebend seyn wird.

Darmstadt, 25. Nov.

Vorgestern von einem Ausfluge nach Guntersblum zurückgekehrt, gereicht es mir zum Vergnügen, Ihnen die Nachricht mittheilen zu können, daß der Keltereertrag der dortigen Weinlese sich im Fasse herrlich entwickelt und daß alle Aussicht vorhanden ist, nach vollendeter Gährung einen vorzüglichen Wein zu erhalten, der Jung und Alt munden dürfte. Guntersblum hat sich von jeher durch guten Betrieb des Weinbaues ausgezeichnet und konnte es auch, da dort viele vermögende und landwirthschaftlich gebildete Gutsbesitzer sind, welche sich in der Lage befinden, ihre Weinberge, trotz der Ungunst mehrerer Mißjahre, in gehörigem Stand halten zu können.

Theater-Anzeige.

Montag, 30. Nov. (Zum Erstenmale wiederholt): Der artesische Brunnen, Zauberposse mit Gesang in 4 Abth., von G. Räder. — Erste Abtheil.: Das Bergmännchen. Zweite Abtheil.: Abd-el-Kader. Dritte Abtheil.: Die Fremdenlegion. Vierte Abtheil.: Die Versöhnung am Nordpol. — Mit aufgehobenem Abonnement.

Dienstag, 1. Dec. (Neu einstudiert): Treue Liebe, Schauspiel in 5 Abth., von Eduard Devrient. (Gastrolle) Marie: Fräul. Heuser, vom großh. Hoftheater zu Mannheim.

Redacteur: J. L. Heller. — Druck und Verlag von Heller und Rohm.

Didaskalia.

Blätter für Geist, Gemüth und Publizität.

Nro. 332. Mittwoch, den 2. December 1846.

Der Geheimschreiber.

Eine Erzählung von Kathinka Zitz.

(Fortsetzung.)

Die damalige Zeit war eine böse, und die Zukunft drohte noch ärger zu werden. Die Söhne Eines Vaterlandes waren gegen einander bewaffnet; denn die Gegen-Partei glaubte den Namen Gottes durch Proskriptionen und Hinrichtungen glorifiziren zu müssen, ohne zu bedenken, daß in den Augen des allmächtigen Vaters jeder Mensch tugendhaft ist, der in der Betrübniß aus der Tiefe seines Herzens seine Hände zu ihm erhebt, oder der im Glücke ihm dankbar ist für seinen Segen. — Der Fremde, welcher den Köhler zuletzt angesprochen hatte, war der Marquis von Savigny, welcher genöthigt war, dem Schlosse seiner Väter in einer Verkleidung zu entfliehen. Mehrere seiner Freunde hatten den Entschluß gefaßt, den Feinden zu widerstehen, aber er wollte nicht das Blut seiner Landsleute vergießen; er wollte fliehen, wollte die Küste zu erreichen suchen, wenn ihm Gott Zeit dazu ließe. — Einer der erbittertsten Feinde der kalvinistischen Partey war der Baron von Rochemore, ein Verwandter des Connetable von Montmorency, welche beide seit längerer Zeit in Feindschaft gelebt hatten, und so lange der Familienhaß der beiden Häuser dauerte, hatten die Kalvinisten im Schutze dieser Feindschaft einigermaßen ruhig athmen können; jetzt aber, da sich der Baron von Rochemore auf Befehl des Königs zu dem Connetable begeben mußte, um sich mit diesem auszusöhnen, war es vorauszusehen, daß der ihnen auferlegte Friede mit dem Blute der Andersglaubenden besiegelt werden würde.

Savigny hatte durch einen geheimen Freund in Erfahrung gebracht, daß der Baron dem Connetable eine Liste derjenigen Kalvinisten zu überbringen beabsichtige, welche unmittelbar darauf festgenommen werden sollten; auch sein Name stand auf dieser Liste, und er würde verloren gewesen seyn, wenn der Baron den Connetable gesprochen hätte, bevor seine Flucht bewerkstelligt war. Schon auf seinem Wege durch den Wald hatte er Soldaten bemerkt, die er nur durch seine genaue Kenntniß der geheimsten Pfade vermieden hatte. Da aber auch Hugunins Hütte von dichtem Gebüsch und Gestrüppe umgeben war, das gar wohl einen Hinterhalt abgeben konnte, so hatte er den Degen gezogen, sobald der Köhler in seiner Hütte verschwunden war, und begann das Buschwerk zu durchsuchen, in welchem er sich bald verlor

Nicht lange darauf trat der Köhler, mit seiner Frau im heftigen Wortwechsel begriffen, aus der Hütte, denn Frau Mariane behauptete, die Ueberraschung habe ihres Mannes Augenlicht getrübt, so daß er doppelt gesehen habe. Nach ihrer Meinung war der erste und der zweite Mann eine und dieselbe Person gewesen; aber weder sie noch der Köhler vermochte die Sache zu begreifen, auch war sie geneigt, alles für einen Traum zu halten, bis sie den Baron von Rochemore wirklich vor sich sehen würde.

Sie sollte nicht lange in Ungewißheit bleiben, denn bald darauf kam ein Mann allein des Weges daher; um seiner Sache gewiß zu seyn, ging der Köhler auf ihn zu und sagte mit einem unterthänigen Kratzfuße: „Ihr seyd der edle Herr von Rochemore?"

„So heiße ich in der That," versetzte der Baron befremdet, währendd der Köhler und seine Frau sich einander vielbedeutende Blicke zuwarfen. „Woher kennt Ihr mich? Ihr seyd mir gänzlich fremd."

„Ich bin der Kohlenbrenner Huguenin, und das ist mein Weib." Und Mariane bei der Schürze zupfend, setzte er leise hinzu: „Mache doch einen Knix vor Sr. Gnaden."

„Ich wüßte nicht, daß wir uns jemals gesehen hätten," sagte der Baron, „und doch scheint mein Anblick ..."

„Verzeiht, gnädiger Herr," fiel ihm die Köhlerin in die Rede, „wir armen Leute kennen die vornehmen Herren, die freilich auf unsereins nicht Acht geben."

Mit dieser Antwort zufrieden, erkundigte sich der Baron jetzt nach der Köhlerhütte am Kreuzwege, und war erstaunt, daß er an Ort und Stelle sey. Er hatte am Morgen einen Zettel mit der Warnung erhalten, sein Schloß nicht zu verlassen; doch um das Verderben der Protestanten zu beschleunigen, hatte er diese Warnung verachtet, und sich in Begleitung eines einzigen Dieners auf den Weg gemacht. Aber erst verirrte er sich unterwegs; dann ward er von der Nacht überfallen, und als er sein Pferd zur Eile antreiben wollte, weigerte sich das Thier weiter zu gehen, und es ergab sich, daß es zwei Hufeisen verloren hatte. Der Baron stieg ab, ließ das Pferd in das nächste Dorf zurückführen und setzte seinen Weg zu Fuß fort, dem Diener befehlend, ihn in der wohlbekannten Köhlerhütte am Kreuzwege wieder aufzusuchen. Da ihn der Diener nun noch nicht eingeholt hatte, so sprach er von selbst das Verlangen aus, auf kurze Zeit in der Hütte zu rasten, dann aber wieder aufzubrechen, weil ihm Alles daran gelegen war, den Connetable noch an diesem Abend zu sprechen.

Huguenin war hocherfreut über das Verlangen des Barons, der es ihm so leicht machte, sein Geld zu verdienen. — „Der gnädige Herr thun wohl daran, bei uns zu bleiben," sagte er, indem er die Hände mit innerlichem Wohlbehagen rieb. „Es ist bereits Nacht und die Wege sind schlecht. Alles, was unsere geringe Hütte vermag, steht dem Herrn Baron zu Diensten. Wenn Euer Diener kommt, sollt Ihr sogleich benachrichtigt werden ... Bei uns seyd Ihr in Sicherheit, denn seit wir unter dem Schutze jenes wunderthätigen Muttergottesbildes stehen ..."

Der Baron folgte mit den Blicken der Richtung, in welche die Hand des Köhlers hindeutete, und als er der steinernen Bildsäule ansichtig wurde, lüpfte er den Hut vor derselben.

„Ihr seyd gute Katholiken, wie ich sehe," sagte er mit einem zufriedenen Kopfnicken, und folgte der Köhlerin in die Hütte.

(Fortsetzung folgt.)

Die Criminal-Procedur gegen Kammergerichts-Assessor J. A. Oppenheim aus Berlin.

(Verhandelt vor dem Assisenhof zu Köln am 24. November.)

(Schluß.)

Dies ist der Thatbestand, wie er sich aus den Akten und den Aussagen der Zeugen ergeben hat. Wir gehen nun zu dem Resumée der Staatsbehörde über, welche in der Person des Staatsprokurators Müller vertreten ward. Zwei Punkte waren es besonders, auf welche sich hier bei seinem geistreichen Vortrage der Redner stützte, indem er erstens an der Behauptung festhielt und diese mit Konsequenz durchzuführen strebte, daß die von Oppenheim verübte That unter allen Umständen ein Diebstahl sey und daß er, in Folge dieses Verbrechens sich bemühte, die Inmoralität des Angeklagten darzuthun. Er faßte darum auch gerade die Stufe der Bildung, auf der er steht, und seine sonstigen günstigen Lebensverhältnisse in's Auge; er beleuchtete seine Verhältnisse als Beamter und namentlich seine richterliche Stellung; er fragte, ob der vorliegende Fall ein Benehmen aufweise, wie es des Staatsbürgers, des Beamten würdig sey; er fragte, ob man es hingehen lassen wolle und könne, daß ein Beamter ungestraft einer „Dame", die aus dem Auslande komme, um in Preußen eine Nacht Schutz zu suchen, ungestraft ihre Dokumente, ihr Geschmeide rc. nehmen dürfe, und wies darauf hin, daß der Arme oft schon wegen der Entwendung von einigen Pfund Kartoffeln verurtheilt würde, daß man daher um so weniger gegen den Reichen und Gebildeten schonende Rücksichten gebrauchen dürfe. Was das zweite Vergehen anbelange, so sey dasselbe durch Zeugen konstatirt; er habe den Moment benutzt, wo sich der Instruktionsrichter für einen Augenblick entfernte, um vier seiner Briefe, die mit seinen Effekten von Seiten des Gerichts bei seiner Verhaftung in Beschlag genommen worden waren, rasch zu ergreifen und dieselben, bevor dies noch verhindert werden konnte, in Stücke zu zerreißen: er sey daher in die nach Artikel 255 der Kriminal-Ordnung festgesetzte Strafe, wonach Derjenige, welcher Schriftstücke, Effekten rc., die zu einer Prozedur gehören, vernichtet, eine Strafe von 5 Jahren Gefängniß verwirkt habe, verfallen. Der Präsident wandte sich darauf zu dem Angeklagten, welcher erklärte: „Ich bin allerdings Derjenige, welcher die Kassette genommen hat, doch ich glaube nicht, einen Diebstahl begangen zu haben. Ich war zu der Zeit in Düsseldorf, als die Gräfin Hatzfeldt, deren Rechtskonsulent ich seit langer Zeit bin, die Nachricht erhielt, daß der Graf Hatzfeldt der Baronin von Meyendorf eine Leibrente gegen angebliche Zahlung eines Kapitals ausgesetzt, für den Fall der Nichtzahlung eine bedeutende Konventionalstrafe stipulirt und zugleich zur Sicherheit der Baronin sein sämmtliches Allodialvermögen verpfändet habe. Wer mit den Verhältnissen einigermaßen bekannt war, konnte nicht zweifeln, daß dieses nur ein Scheingeschäft sey, um die Baronin zu beschenken. Ich führe nur die Vermögensumstände der Baronin und das Verhältniß, welches notorisch zwischen ihr und dem Grafen besteht, an. Auch hat der Graf selbst zur Gräfin gesagt, daß dies Leibrentengeschäft zwar nicht simulirt, aber doch sehr zu Gunsten der von Meyendorf sey. Durch dieses Geschäft war die Zukunft der jüngern Kinder der Gräfin auf's schlimmste gefährdet. Die Gräfin reis'te daher sogleich nach Aachen, um dem Grafen Gegenvorstellungen zu machen; der Graf schien darauf einzugehen, er versprach, jenen Vertrag wieder aufzuheben und überhaupt mit der Gräfin ein Arrangement eingehen zu wollen. Nach zwei Tagen sollte bei einer neuen Konferenz der Vergleich schriftlich abgeschlossen werden; allein bis dahin hatte der Graf seine Gesinnung gänzlich geändert, er wies die Gräfin förmlich ab, gab jedoch an, daß der Leibrentenvertrag wirklich aufgehoben sey. Dies war sehr zu bezweifeln, jedenfalls sehr zu befürchten, daß ein anderer ähnlicher Vertrag an seine Stelle getreten sey; wichtig war es daher, den einen oder den andern Vertrag zu kennen. Fr. v. Meyendorf reis'te damals von Aachen ab. Mendelsohn folgte ihr gleich, ich gegen Abend, wir trafen uns im Mainzer-Hofe, wo sich auch die Baronin fand; am andern Morgen gehe ich zu Mendelsohn auf's Zimmer, sehe auf dem Gange schon das Reisegepäck der Baronin zur Weiterreise bereit gestellt; darunter die Cassette; in ihr vermuthete ich die Papiere, die einzusehen für mich von Wichtigkeit waren; — ich nehme die Cassette, trage sie auf das nahe Zimmer des Mendelsohn. Es bleibt nicht möglich, sie dort einzusehen; Mendelsohn bringt sie in seinen Koffer, und wir fahren damit nach dem Rhein. Unterwegs steige ich aus dem Wagen, lasse meinen Reisesack in demselben, und Mendelsohn fährt eiligst nach der Bonner Eisenbahn." Der Präsident geht darauf zur zweiten Klage über, bei welcher der Angeklagte bemerkte, er habe nicht geglaubt, durch das Zerreißen der Papiere ein so schweres Verbrechen begangen zu haben. Nachdem darauf die Zeugen vernommen wurden, und die Vertheidiger definirt hatten, daß von keinem Diebstahle die Rede seyn könne, da derselbe nicht aus Eigennutz begangen worden, trug der Präsident ein Resumée der ganzen Verhandlung vor, in welchem er bemerkte, daß der Diebstahl einen betrügerischen Akt, und das Streben nach einer Bereicherung involvire und sprachen sich die Geschwornen nach einiger Berathung für nicht schuldig aus. Wie es heißt, waren die Stimmen der Geschwornen gleich getheilt. Im Ganzen fanden sich Diejenigen, welche auf gewöhnliche Skandalausbeute gerechnet hatten, getäuscht, da von Familien-Geschichten wenig zur Sprache gekommen ist. Der Angeklagte selbst hatte erklärt, daß alle Andeutungen auf die Gräfin unbegründet seyen. (Aachn. Z.)

---

v. Gagern's Stimme über eine neue Gesetzgebung.

(In der Sitzung der ersten Kammer der hessischen Stände vom 7. Nov.)

(Darmstadt, 28. Nov. — Mainz. Z.) Am 7. d. M. trat zum Erstenmale wieder die erste Kammer des Großherzogthums Hessen in einer Sitzung zusammen. Das lebenslängliche Mitglied, Freiherr v. Gagern (der Vater), welcher sich das Wort erbat, hielt dort eine Rede, aus welcher folgende, den obenbezeichneten Gegenstand berührende Stellen:

„Wir haben ein großes und sehr schweres Werk vor uns, die Gesetzgebung. Die Kammern sind eigens diesmal berufen zur Erörterung der ersten Abtheilung des bürgerlichen Gesetzbuches. Die Ausschüsse, wie der Bericht zeigt, sind darüber keineswegs einig geworden. Es äußern sich darüber Besorgnisse, besonders in Rheinhessen ist darüber starke Bewegung, die ich durchaus als allgemein anerkennen, aber absichtlich nicht näher bezeichnen will. Es ist wahr, der Artikel 103 der Verfassungsurkunde erheischt für das ganze Großherzogthum ein bürgerliches Gesetzbuch. Eine Reihe von Kammerverhandlungen in den dreißiger Jahren kommen dem noch zu statten. Die vielfachen Partikularlandrechte diesseits Rheins in dem mannichfaltig zusammengesetzten Großherzogthume verlangen eine Abhülfe. Ich bekenne wiederholt, daß ich seit vielen Jahren vorgezogen hätte, wenn eine Versammlung der Rechtsgelehrten und der Staatsmänner der verschiedenen deutschen Länder ein allgemeines Gesetzbuch in Auftrag entworfen hätte. Da dies aber ausblieb, ja kein Versuch angedeutet wurde, so erscheint unsere Staatsregierung in aller Weise gerechtfertigt, in ihrem Berufe, in ihrer Pflicht, wenn sie früher oder später vorwärts schreitet. Hätte sie noch gezaudert, oder sollte dieser Versuch scheitern, so würde ich mich nicht grämen. Aber in Pflichten meines hiesigen Standpunktes und nach Ueberzeugung soll es an mir nicht fehlen, daß ein ehrenvolles Werk zu Stande komme und die ungemeinen Schwierigkeiten auf anständige Weise überwunden werden. Diese Schwierigkeiten reichen bis zur Nationaleifersucht zwischen Deutschland und Frankreich — bis zum unverdienten Vorwurfe, als ob man jenseits Rheins weniger deutschgesinnt sey. Käme mir je ein solcher Vorwurf in den Sinn, so würde ich ihn weit eher dem Adel und der Priesterschaft machen, so lange ich noch etwas von den Nachwehen des Herrn Droste v. Vischering verspüre, als dem bürgerlichen Stande. Eben so unbegründet ist der Glaube, daß nur die Gesinnungen der Advokaten transpiriren. Schon der deutsche Katholizismus dort beweis't das Gegentheil. Andere Schwierigkeiten sind: Antipathien, die Macht der Gewohnheit, der Widerspruch zwischen dem gefühlten Bedürfnisse des Neuen und doch der hartnäckigen Behauptung des Alten. Alsdann die Erkaltung religiöser Gefühle, die Erschütterungen des Christenthums, ferner der falsche Standpunkt oder die Ansicht, als ob wir eben für jetzt Gesetze und Anordnungen träfen, während wir die kommenden Jahrhunderte im Auge behalten sollen. Und wie ist der eigentliche Hergang? Das römische Recht galt fast überall principaliter oder in subsidium. Sein hoher Werth aus jenen Jahrhunderten des so weitreichenden Römerreichs, überall getüncht mit den Lehren des Pythagoras, des Plato und der Stoa, wird in weiter Zukunft anerkannt werden. Aber zugleich trägt es die Spuren, die Impression des Despotism; jenes kurzen Anspruchs oder Anerkennens des großen Römers: „Dieweilen des Staates Wohl erforderte, von Einem regieret zu werden.“ Was nun unsere Zeit betrifft, so hatte Frankreich, als seine Revolution sich schloß, dasselbige große Bedürfniß, aus dem Chaos und Wirrwarr seiner mannichfaltigen Gesetze und Verordnungen herauszutreten; und Napoleon säumte nicht, dies zu veranstalten und, persönlich mit großen Eigenschaften versehen, zu Stande zu bringen. Also der Code Napoléon kam in Europa gleichsam zuvor und wurde für viele Länder gültig, oder Stoff der Nachahmung. Man darf nur in die Verhandlungen des Staatsrathes schauen, um sich zu überzeugen, wie viel römisches Recht darin überging. Nicht nur im Badischen, sondern auch jenseits des Rheins ist es nun seit dreißig Jahren gültig geblieben; und große Inkonvenienzen hat man dabei nicht verspürt, in seiner Art sich dabei wohlbefunden. Offenbar hat es das Gepräge unserer Zeit, des Fortschritts und der Brauchbarkeit, wenn auch nicht ohne Fehler. Die Staatsregierung hat das nicht mißkannt, sondern unterstellt, daß man sich ihm nähere und überall das Bessere erkühre.

Die Rheinhessen haben Recht, darauf Nachdruck zu legen, aber sie sind im Irrthume, insofern sie deutsche Vorzüge mißkennen. Auch Frankreich war germanisch oder zum guten Theil fränkisch, wie schon sein Name besagt. Alles, was nach wahrer Freiheit zielt, von Parlamenten und Landständen bis zur Jury, ist germanischen Ursprungs. Aber noch viel mehr haben Jene Unrecht, wer es auch sey, die Dingen und Grundsätzen abgeneigt sind, blos weil sie römisch oder französisch, nicht ursprünglich deutsch waren; die Fortschritte nicht mögen und verlangen, daß sich die Anderen nach übleren Zuständen richten; die die Sitten, die die Aufgeregtheit der Zeit beobachten und zu steuern glauben, wenn natürliche Freiheit, freie Bewegung immer mehr beschränkt wird. Auf was ich hier anspiele, wird sich wohl bald ergeben. Unter Auspizien beginnen wir also das Werk. Man vernimmt Stimmen aus der Nähe und Ferne, die vermeinen, dieser Staat sey dazu nicht groß genug, es fehlten ihm wohl auch verhältnißmäßig hinlänglich gediegene Männer, um es umfassend zu gestalten. Ich theile diese Meinung nicht, selbst die Versammlung des Ausschusses hat mich Männer kennen lernen, die abgestatteten Berichte zeugen davon, die alle Fähigkeiten und Kenntnisse dazu besitzen. So wie wir in unserem beschränkten und doch bedeutenden Umfange in anderen wichtigen Fragen des Zollvereins, der zeitgemäßen Amnestie, der Auswanderung vorangegangen sind, so auch hier.“

Mannichfaltigkeiten.

(Literarisches.) Unter dem Titel: „Das Königreich Bayern in seinen alterthümlichen, geschichtlichen, artistischen und malerischen Schönheiten“ erscheint bei Georg Franz in München ein Werk, das dem Besten in diesem Genre an die Seite gestellt zu werden verdient. In einer Reihe von trefflichen Stahlstichen werden dem Leser die interessantesten Gegenden, Städte, Kirchen, Klöster, Burgen, Bäder und sonstigen Baudenkmale des schönen Bayernlandes vorgeführt und der denselben beigegebene Text macht ihn mit der Geschichte, den Sagen und Legenden der abgebildeten Gegenstände bekannt. Für die Vortrefflichkeit dieses Textes bürgen die Namen der Verfasser, von denen wir hier nur Redenbacher, L. Bechstein, Prof. Dr. Reuß, Prof. Lochner und Dr. Gressert nennen wollen. — Die zwei ersten Bände dieses Werkes (40 Hefte mit 120 Stahlstichen à 36 kr.) sind nun vollendet und bieten diese schon so viel des Schönen, so dürfen wir mit Recht noch mehr von dem nun erscheinenden dritten Bande erwarten, da in diesem hauptsächlich die südbayerische Gebirgswelt und der fast noch ganz unbekannte bayerische Wald dargestellt werden sollen, und dürfte damit auch der dem Werke öfters gemachte Vorwurf, daß das monumentale Element gegen das landschaftliche überwiegend hervortrete, hinwegfallen. Indem wir noch bemerken, daß die äußere Ausstattung des Buches seinem inneren Werthe angemessen ist, empfehlen wir dasselbe als passendes Weihnachtsgeschenk allen Freunden Bayerns, und namentlich seinen eigenen Bewohnern, da die Tendenz desselben einzig dahin gerichtet ist, das edle Gefühl der Vaterlandsliebe zu wecken, zu heben und die vielen Schönheiten Bayerns bekannter zu machen, als sie es bis jetzt sind.

Auch Heidelberg hat nun seinen Eckensteher, und dazu noch einen literarischen. Für ein paar Groschen führt dieser den lieben Leser und die schöne Leserin durch die gefeierte Musenstadt und durch deren reizende Umgebungen. Bald wird es kein Winkelchen der Erde mehr geben, das nicht beschrieben und besungen wäre, und wenn es doch noch Leute giebt, die da irre gehen, so ist dies wenigstens doch ihre eigene Schuld.

(Solothurn.) Ueber die Frequenz der katholischen höhern Lehranstalten der Schweiz enthält das „Echo“ folgende Statistik, nach welcher das Verhältniß der Studirenden in Luzern, Schwyz, Zug und Solothurn sich so herausstellt: Luzern ohne alle Realschüler und Hospitanten 230, Schwyz ohne Theologie und alles Lateinschüler 155, Zug ohne Lyzeum, ohne Hospitanten, gleichwohl 148, Solothurn sammt 4 Theologen, sammt 14 Realschülern und sammt 12 Hospitanten, doch nur 124. In Freiburg studiren heute wieder gegen 700 Schüler. In Luzern ist im laufenden November die Anzahl gestiegen auf mehr als 260, in Schwyz auf 164, in Zug auf 168, in Solothurn zählt man kaum 100 — 120.

In Horsens hat man der dortigen „Avis“ zufolge, am 17. Abends, 5 Min. vor 7 Uhr, eine seltene und schöne Lufterscheinung wahrgenommen. Am nordwestlichen Himmel war nämlich ein außerordentlich starkes Nordlicht; plötzlich stieg im Westen, einige Grade südlich, eine Lichtsäule von etwa 5 bis 7 Graden Breite auf. Sie begann zwischen den Sternbildern der Leier und des Adlers in der Milchstraße, mitten über dem Schwan, und reichte bis zur südöstlichen Seite der Cassiopeia. Die Lufterscheinung währte etwa $1^1/_2$ Minuten, worauf sie theilweise verschwand, während das Nordlicht am nördlichen Himmel fortdauerte.

(Sonderbare Meßanzeige.) In einem Leipziger Lokal-Anzeiger lies't man folgende Annonce: Ich Unterzeichneter habe stets mit meinem Bruder in sehr feindseligen Verhältnissen gestanden. Da nun mein Bruder gestorben, und mir sein vollständig assortirtes Lager als Erbe zugefallen ist, so bitte ich ein hochverehrtes Publikum inständig, mir so bald als möglich Alles um einen Spottpreis abzunehmen, was mich an den Verhaßten erinnern könnte. So wohlfeil wird gewiß nicht mehr gekauft, und gebe ich noch auf zwei von seinen Artikeln einen dritten von meinen eigenen umsonst! G. G. Söhne.

Donizetti, der berühmte Maestro, ist seinem Ende nahe. Sein Auge ist fast erloschen, er spricht nichts und erkennt Niemanden mehr, und der berühmte Arzt Moreau hat ihm nur noch wenige Tage zugesprochen.

Odilon-Barrot, welcher zur Zeit, während sein Vaterland durch die Krakauer Angelegenheit so tief bewegt ist, eine orientalische Reise macht, hatte auf seiner Durchreise durch Konstantinopel eine Audienz bei dem Sultan. Hr. Odilon-Barrot zeigte sich bei dieser Audienz als einen äußerst galanten Mann, indem er den Sultan darüber bekomplimentirte, daß er über zwei so verheerende Plagen wie Pest und Blattern triumphirt habe, und ihn wegen seiner der Verbreitung der Kuhpocken bewilligten kaiserlichen Unterstützung der Bewunderung Europa's versicherte.

(Stuttg. Beob.)

Korrespondenz.

Mainz, im Nov.

Sollen die barmherzigen Schwestern in das Mainzer Hospital aufgenommen werden? Diese Frage wird in nächster Zukunft vor unseren Gemeinderath gelangen, in welchem durch die letzten Wahlen diejenige Partei, die auf ihre Einführung dringt, eine bedeutende Majorität erhalten hat. Es muß dem Unbefangenen auffallen, daß man zu diesem Zwecke so enorme Anstrengungen machte, da das Object eigentlich doch als unbedeutend bezeichnet wird, nämlich die Pflege von Kranken, die jetzt schon ganz gut gepflegt werden. Wenn die Zwecke der barmherzigen Schwestern wirklich nur die sind, welche man dem Publikum als die alleinigen hinstellt, wenn sie nicht der Schirm sind, hinter welchem man geheime Machinationen verbirgt, so muß es uns wundern, daß man sie grade nach Mainz, in das hiesige Hospital, bringen will, wo sie gar nicht nöthig sind. Andere Städte und Gegenden sind mit Krankenhäusern nur sehr dürftig versehen; dort hat man wohlfeile Krankenpflege nöthiger. Mögen die barmherzigen Schwestern dahin sich wenden, wo die leidende Menschheit ihrer in viel höherem Grade bedarf. Man täuscht sich aber sehr, wenn man glaubt, die barmherzigen Schwestern beschränkten sich rein auf die Pflege der Kranken; sie verlangen eine Kleinigkeit mehr, nämlich das vollkommenste Zutrauen rücksichts ihrer Verwaltung. Das ist die Grundbedingung eines jeden Contractes, den sie abschließen. Sie unterwerfen diese Verwaltung nur in sofern einer Controlle, als sie per Kopf und Tag ein contractmäßig festgesetztes, gar nicht unbedeutendes Bausch-Quantum verrechnen. Jede an diesem Quantum gemachte Ersparniß entgeht der höheren Einsicht und kann beliebig zu erlaubten oder unerlaubten Zwecken verwendet werden. Eine solche Controlle muß bei einem Vermögen von fast einer Million, wie das hiesige Hospital es besitzt, als gänzlich ungenügend erkannt werden. Es läßt sich nachweisen, daß die barmherzigen Schwestern, oder vielmehr Diejenigen, welche ihre Schritte unumschränkt lenken, vorzüglich ihre Aufnahme in solche Anstalten betreiben, die ein großes Vermögen besitzen, z. B. die Hospizien zu Trier, Koblenz, Köln, Münster Westphalen und Mainz. Wir können nun nicht umhin, die Lauterkeit der Motive zu bezweifeln, welche bezwecken, dem Orden die fast nicht controllirte Verwaltung so bedeutender Vermögensmassen in die Hände zu spielen. Eine jede Verwaltung macht entweder Ueberschuß oder Deficit; nur zufällig werden sich einmal Einnahme und Ausgabe balanciren. Was machen nun die barmherzigen Schwestern mit ihrem Ueberschuß, von dem sie Niemanden Rechenschaft ablegen? Die Schwestern sind Mitglieder eines ausländischen Ordens; vermöge ihrer Regeln sind sie zum strengsten Gehorsam verpflichtet gegen Vorgesetzte, die ganz außerhalb des Einflusses oder der Beaufsichtigung unserer oder irgend einer anderen vaterländischen Regierung stehen; sie sind Fremde, sind willenlose Werkzeuge in den Händen eines Ordens, dessen geheime Institutionen und Tendenzen man eben so wenig kennt und zu übersehen im Stande ist, als die der Jesuiten. Das Mutterhaus zu Nancy wechselt die Schwestern, belohnt und bestraft sie ganz nach Gutdünken, ertheilt den Vorsteherinnen geheime Instructionen und diese, wie alle Schwestern überhaupt, haben sich stets nur dem Orden allein als verantwortlich zu betrachten. Ist es klug, einer so verhüllten, fremden und durch die Ausbildung einer überaus strengen Disciplin so mächtigen Gesellschaft die fast uncontrollirte Verwaltung so bedeutender Vermögen anzuvertrauen? Ist es den Pflichten gegen den Staat gemäß, eine solche Gesellschaft herbei zu rufen und ihr im Herzen des Vaterlandes eine gesetzliche Wirksamkeit zu geben, da sie doch, ihren Regeln gemäß, nie Mitglieder dieses Staates werden können, noch wollen? Und das Alles, um Kranke zu pflegen, die auch ohne sie schon gepflegt werden.

(Schluß folgt.)

Darmstadt, 29. Nov.

In der heutigen Nummer der Didaskalia ist in einer Korrespondenznachricht aus Darmstadt vom 25. d. Mts. gelegentlich der Mittheilung eines Erhängungsversuchs der hier verhafteten Katharine Boß aus Schlitz zugleich davon die Rede, daß dieselbe „wegen vorsätzlicher grausamer Ermordung ihres achtjährigen Kindes vor einiger Zeit zum Tode verurtheilt worden sey." Als von Amtswegen bestellter Vertheidiger der Katharine Boß und zugleich aus innerster Ueberzeugung finde ich mich veranlaßt, nachstehend einige Bemerkungen zu dieser Korrespondenznachricht zu machen. Zunächst scheint mir ein Angeschuldigter — und insofern ein Unglücklicher — die Rücksicht von der Welt außerhalb der Gefängnißmauern in Anspruch nehmen zu dürfen, daß sie nichts Ungünstiges über ihn verbreite, so lange nicht, als bis in oberster Instanz das Urtheil gefällt und dem Angeschuldigten bekannt gemacht ist. Denn bis dahin liegen die Acten, wenn auch nicht mehr den Gerichten, doch der obersten Staatsbehörde und dem Regenten vor, der das erhabene Recht der Gnadespendung zu üben befugt ist, auf welches ungünstig einzuwirken die Rücksicht der Menschlichkeit verbieten sollte. Wenn aber in jener Korrespondenznachricht ausdrücklich von einer grausamen Ermordung ihres achtjährigen Kindes durch die Katharine Boß die Rede ist, so liegt nichts in den Acten vor, was jenes Beiwort zu rechtfertigen im Stande wäre. Offenbar hat vielmehr der Verfasser der Korrespondenznachricht im Gedächtnisse Dasjenige verwechselt, was vor und was nach der That geschehen ist, welches letztere aber das Beiwort grausam ebenfalls nicht verdient. Ich beziehe mich zur Unterstützung dieser Ansicht auf eine Stelle in der Relation des Hrn. Hofgerichtsreferenten. „Offenbar", sagte dieser in derselben, „verliert die That auch viel von dem Grausenhaften und Auffallenden, vulgo Unbegreiflichen, wenn man bei ihrer Betrachtung absieht von Dem, was ex post geschehen ist, um ihre Entdeckung zu verhüten, also von der Zerstückelung des Leichnams." Dieses Letztere aber war in unserem Criminalgesetz mit keiner Strafe bedroht und sonach auch nicht strafbar. Vorstehendes die rechtliche Anschauung der Sache; wäre man damit nicht einverstanden, so schenke man doch einer Gefangenen bis zu völlig entschiedener Sache die Aufmerksamkeit des — Schweigens.

K. Buchner, Hofgerichtsadvocat.

Theater-Anzeige.

Dienstag, 1. Dec. (Neu einstudirt): Treue Liebe, Schauspiel in 5 Abth., von Eduard Devrient. (Gastrolle) Marie: Fräul. Heuser, vom großh. Hoftheater zu Mannheim.

Mittwoch, 2. Dec. (Neu einstudirt): Bürgerlich und romantisch, Lustspiel in 4 Abth., von Bauernfeld. (Gastrolle) Catharina von Rosen: Fräul. Quint, vom Königsstädter Theater zu Berlin.

Redacteur: J. L. Heller — Druck und Verlag von Heller und Rohm.

Didaskalia.

Blätter für Geist, Gemüth und Publizität.

Nro. 333. Donnerstag, den 3. December 1846.

Der Geheimschreiber.

Eine Erzählung von Kathinka Zitz.

(Fortsetzung.)

Als Huguenin sich anschickte, ebenfalls in die Hütte zu gehen, nachdem er erst noch einen spähenden Blick auf den Weg geworfen, den des Barons Diener kommen mußte, fühlte er sich plötzlich am Arm ergriffen, und als er sich umsah, stand der verlarvte Mann an seiner Seite und deutete mit dem Finger auf die Hütte.

„Ja, ja," sagte der Köhler, „er ist drinnen."

Der Verlarvte gab ihm zu verstehen, daß er es wisse. Als er sich jetzt aber umdrehte, erblickte er den Marquis von Savigny, welcher von seiner Untersuchung zurück kam, und als er den Köhler bemerkte, auf diesen zueilend fragte: „Ist er da?"

„Ja," versetzte dieser, und begab sich mit einem kurzen „Behüte Euch Gott!" in die Hütte.

Erst als der Köhler fort war, ward Savigny des verlarvten Mannes ansichtig. Er legte die Hand an das Schwert. Entschlossen, sein Leben theuer zu verkaufen, im Falle er einen Feind vor sich hätte, ging er, die Hand noch immer an dem Schwertknauf, an dem Unbekannten vorüber, der unbeweglich stehen blieb, ihm nur mit den Blicken folgend, woraus Savigny schloß, daß er, gleich ihm, ein Verfolgter seyn möge. Seiner Rettung fast gewiß, schlug er einen Pfad ein, der ihn in Zeit von einer Viertelstunde an die Küste bringen mußte, wo eine Barke seiner harrte. Als er fort war, entfernte sich auch der Verlarvte mit langsamen Schritten und verschwand hinter den Ruinen der Kapelle.

Der Baron hatte indessen in der Hütte ausgeruht und sich erfrischt, und da sein Diener noch immer nicht angelangt war, so schickte er sich an, seinen Weg weiter fortzusetzen, verlangte jedoch, daß ihn Huguenin gegen eine gute Belohnung als Führer begleiten sollte. Dieser weigerte sich dessen, um Zeit zu gewinnen, da die Stunde, während welcher er ihn zurückhalten sollte, noch nicht verlaufen war. Endlich willigte er in sein Verlangen, erbat sich jedoch noch ein halbes Viertelstündchen, um sein Beil erst noch ein wenig zu schleifen, da er, wie er vorgab, sich zur Nachtzeit nicht unbewaffnet in den Wald wagen wollte. Der Baron trat indessen vor die Hütte, und in den Strahlen des jetzt aufgegangenen Mondes, das Muttergottesbild gewahrend, ward er, der am Morgen erhaltenen Warnung eingedenk, von banger Ahnung ergriffen, die ihn antrieb, sich vor der heiligen Jungfrau niederzuwerfen. „Wenn mich irgend eine unbekannte Gefahr bedroht," betete er, „so schütze Du mich, seligste Madonna, und führe einen liebenden Vater morgen zu seinem Kinde zurück; denn Du weißt, daß es kein treueres Herz giebt, als das meinige, daß kein Arm den Feinden des katholischen Glaubens verderblicher ist, als der meinige, da ich stets bereit bin, sie mit Feuer und Schwert zu verfolgen. Heilige Jungfrau, beschütze mich."

Als er sich jetzt noch tiefer beugte vor dem Muttergottesbilde, und sich andächtig auf die Brust schlug, schlich der verlarvte Mann hinter den Kapelltrümmern hervor, sprang dann in einem raschen Satz auf den Beter los, stieß ihm einen Dolch bis an das Heft in den Rücken und verschwand sogleich im Dunkel des Waldes. Der Baron sprang mit einem undeutlichen Ausruf in die Höhe, doch zum Tode getroffen, schwankte er nur wenige Schritte, stürzte zu Boden und gab nach einigen röchelnden Athemzügen den Geist auf.

Dem Marquis von Savigny war es nicht möglich geworden, die Küste zu erreichen, da alle Ausgänge auf dieser Seite des Waldes besetzt waren. Ihm blieb nichts übrig, als einen günstigeren Augenblick zu erwarten, weßhalb er denn auch umkehrte, um sich in dem Dickigt des Waldes zu verbergen. In der Nähe von Huguenins Hütte stieß sein Fuß an den leblosen Körper des Barons; er bückte sich, und da der Körper des Ermordeten noch warm war, so schleifte er ihn unter die Lampe des Muttergottesbildes, wo er mit unaussprechlichem Erstaunen den Baron von Rochemore erkannte.

Bevor er noch überlegen konnte, was hier zu thun sey, trat der Köhler, zur Begleitung des Barons gerüstet, aus der Hütte.

„Da bin ich zu Eurem Befehl!" rief er aus. „Was ist das? ein ermordeter Mensch!" setzte er hinzu, als er Savigny und den Leichnam des Barons erblickte, und mit Stentorstimme rief er um Hülfe in den Wald, durch dessen Blätterdunkel man seit einigen Augenblicken auf mehreren Punkten Licht schimmern sah.

„Um Gotteswillen schweigt," flehte der Marquis. „Ihr stürzt mich in's Verderben. Laßt uns die Leiche in Eure Hütte tragen."

Aber je inniger Savigny um Mitleid bat, je lauter brüllte der Köhler. Schon war Mariane voll Bestürzung herbei geeilt, und in dem Augenblick, als sich Savigny zur Flucht erhob, erschien eine Abtheilung Soldaten, welche auf Befehl ihres Offiziers sogleich alle Ausgänge besetzten. Huguenin sagte aus, daß der Baron von Rochemore ermordet worden, und daß er diesen Mann allein bei der Leiche gefunden habe. Savigny trat auf den Offizier zu.

„Mein Herr," sagte er, „ich habe diesen Mord nicht vollbracht. Obgleich ich verfolgt werde, stehe ich nicht an, mich zu nennen. Ich bin der Marquis von Savigny."

„Ein Protestant!" riefen alle Anwesenden und bekreuzten sich.

„Mein Schwert hat die Scheide nicht verlassen," fuhr Savigny fort, indem er sein Schwert zog und es vor sich nieder warf. „Seht, es ist keine Spur von Blut auf der Klinge zu finden."

Indessen hatte ein Soldat den Dolch aufgehoben, den der

verlarvte Mann hatte fallen lassen; Savigny läugnete, diese Waffe zu kennen. Da aber der Offizier die Papiere, die der Ermordete bei sich trug, zu sich nahm, und bei'm Durchsehen derselben auch einen Verhaftsbefehl gegen den Marquis von Savigny fand, so war nichts gewisser, als daß der Unglückliche den Mord verübt haben mußte. Er ward festgenommen und den Gerichten des Connetable von Montmorency überliefert.

(Fortsetzung folgt.)

Aus Eylert's Charakteristik Friedrich Wilhelm's III.

In den kürzlich erschienenen ersten Abtheilungen des dritten Bandes seiner „Charakterzüge aus dem Leben Friedrich Wilhelm's III." kömmt Bischof Eylert auf den Zustand des preußischen Heerwesens vor dem Jahre 1806, und bei dieser Gelegenheit auch auf den General von Wolfersdorff als einen würdigen Repräsentanten desselben zu sprechen. Wolfersdorff war Chef des Hamm'schen Regiments. Als solchem war es ihm unerträglich, in seinen Reihen die kräftigen Gestalten der Fabrikarbeiter in und um Altena zu vermissen, die vom Militärstande eximirt waren, und er beschloß, diese verkehrte Lage der Dinge zu bessern. Er stattete ihnen einen Besuch ab, beschenkte sie und sagte dann zu dem Landrath, der ihn begleitete: „Schöne, kräftige Leute! Schade, daß sie nicht Soldaten sind." — Der Landrath erwiederte: „Schade? Muß denn Alles Soldat seyn? Diese Leute hier sind tüchtige Fabrikarbeiter und nützen als solche auch dem Vaterlande." — „Der preußische Staat", wandte Herr von Wolfersdorff ein, „ist mächtig und groß geworden durch den glücklich geführten Krieg des großen Königs; seine Stärke und Kraft liegt in seiner Armee." — „Dagegen habe ich nichts", entgegnete der Landrath; „als aber die Gefahr da war, sind auch aus hiesiger Gegend, aus meinem landräthlichen Kreise viele Landessöhne, die nicht dazu verpflichtet waren, aus eigenem Antriebe frei zum Könige gegangen und haben in seiner Armee tapfer mitgefochten. Das weiß und schätzt der große König; aber gleich seinen Ahnherrn hat er bei seiner Huldigung feierlich der hiesigen Fabrikgegend die Cantonfreiheit versprochen und durch sein königliches Wort bestätigt." — „Leider!" rief der General, „da trotzen sie darauf"; und bald nachher rückte er an der Spitze seiner Leibcompagnie in das Bergstädtchen Altena ein, um sein gutes Werk zu verrichten. Die Bevölkerung erhob sich, man läutete die Glocken und erwartete die Truppen in dem engen Hohlweg, der zur Stadt führt. Lange glühende Stangen hielten die Jungen entgegen, während die Alten sie in den Feueressen glühten; Kinder trugen siedendes Wasser in irdenen Töpfen herbei, und die Weiber gossen es von Gärten und Dächern den Soldaten auf die Köpfe. Der General, der zum Glück nicht scharf hatte laden lassen, mußte unverrichteter Sache abziehen, und die Altenaer jubelten und dankten am nächsten Sonntag Gott für den Sieg. Der General aber erhielt vom großen Friedrich folgende Cabinetsordre: „Mein lieber General-Lieutenant von Wolfersdorff. Es ist offiziel angezeigt worden, welche Disturbationen Er in dem Städtchen Altena in der Grafschaft Mark gemacht hat. In Erwägung Eurer sonstigen Meriten will ich diese mauvaise Geschichte für diesmal pardonniren, werde Euch aber nach Spandau schicken, wenn Ihr je eine ähnliche Abnormität Euch solltet zu Schulden kommen lassen. Sanssouci, den 11. August 1770. Friedrich." Der General war klug genug, die Sache aus einer persönlichen zu einer Regimentsangelegenheit zu machen, ließ sein Regiment aufmarschiren und sprach, die Cabinetsordre in der Hand: „Federhelden, Fuchsschwänzer haben uns bei Sr. Majestät dem Könige, unserm allergnädigsten Herrn, angeschwärzt. Nun, Strafe muß seyn, dem Einen so, dem Andern anders, und da ist Keiner ausgenommen. Wir danken für die wohlgemeinte gnädige Strafe und wollen um so treuer unsere Schuldigkeit thun. Die Ehre des Regiments soll unser Augapfel seyn. Paßt auf, Soldaten: Vivat der König, Hoch!"

Wir fügen noch hinzu, was Eylert von Friedrich Wilhelm's III. Ansichten über den Adel erzählt. Wie der König in dieser Beziehung dachte, zeigten gleich einige Cabinetsordres, die er bei seinem Regierungsantritte erließ. Als der Großkanzler von Goldbeck einen Regierungsdirektor zu Magdeburg zum Präsidenten vorschlug und zugleich ihn zu adeln bat, schrieb er unterm 12. Dec. 1797 zurück: „Ich trage kein Bedenken, die Anstellung des B. zum Präsidenten zu genehmigen, da er, wie ich weiß, ein sehr tüchtiger, rechtschaffener und thätiger Mann ist; seine Ernennung aber zum Adel, die Ihr gleichzeitig mir vorschlagt, hat mit der Stelle gar nichts zu thun." Als ein Bankier seines Geldes wegen geadelt zu seyn wünschte, erwiederte er: „Daß, wenn Alle so dächten, wie der Bittsteller, bald kein einziger reicher Bürger mehr im Staate seyn würde; dagegen sey sein Trachten darauf gerichtet, recht viele reiche Bürger zu haben." Als im Mai 1798 Jemand seines Reichthumes und seiner Verdienste wegen den Adel erbat, erwiederte der König drei Tage später: „Ohne darauf Rücksicht nehmen zu wollen, daß Dienstleistungen nicht mehr, als die mit einem Amte nothwendig verknüpfte Pflicht seyn kann und seyn muß, so scheint es Mir, als wenn Ihr mit Dem, was man in unseren Tagen Auszeichnung nennen könnte, nicht ganz richtige Begriffe verbindet. Da Ihr nach Eurer Aeußerung in der Lage seyd, Euren Kindern eine gute Erziehung zu geben, auch überdem durch pflichtmäßige Führung Eures Amtes Euch außer Meiner besondern Zufriedenheit Achtung und wahre Auszeichnung verschaffen könnt, so werdet Ihr wohl selbst einsehen, daß ich unrecht handeln würde, in Euer Gesuch zu willigen, was Euch und dem Staate gar keinen Vortheil bringen würde. Uebrigens bin Ich Euer wohlaffectionirter König." Als der König auf einem Ministerball bemerkte, daß ein junges bürgerliches Mädchen unbeachtet blieb, redete er es freundlich an und führte es selbst zum Tanz. Als er der Stadt Potsdam ein köstlich gebautes und prächtig möblirtes Casino schenkte, weihete er es mit den Worten ein: „Ich habe dieses Gesellschaftshaus in der Absicht geschenkt, damit die Geselligkeit dadurch gefördert werde. Diese aber entsteht durch den friedlichen Austausch der Gedanken und Gefühle. Um ihn vor langweiliger Monotonie zu bewahren, ihn lehrreich und unterhaltend zu machen, ist es nöthig, den Kreis der Mitglieder weit zu machen, verschiedene Stände und jeden unbescholtenen gebildeten Mann mit seiner Familie aufzunehmen. Vivat die Harmonie des Casino's!" Und als ihm ein hochstehender Mann über diese Gesinnung Verbindliches sagte, erwiederte er: „Ist ja nicht der Rede werth, versteht sich in unsern Tagen von selbst."

Die Auswanderungsfrage.

§ (Vom Taunus, im Nov. — Corresp.) Es ist zweckmäßig, von Zeit zu Zeit zu überschauen, was in den verschiedenen Richtungen des Volkslebens geschehen ist, denn man ersieht daraus am besten, was man weiter zu thun hat. In diesem Sinne wollen wir kurz überblicken, was in der letzten Zeit in der Auswanderungsfrage gefördert oder versäumt worden. Die ungewöhnlich starke Auswanderung in den letzten Sommern mußte die Aufmerksamkeit der Regierungen mehr als bisher auf diese Angelegenheit lenken. Erfreuliches ist in Preußen geschehen. Der König hatte den Wunsch ausgesprochen: „Daß durch Uebersiedlung von Colonisten aus dem südwestlichen Deutschland in die weniger cultivirten Provinzen seines Reiches edles deutsches Blut und reiche Kraft, welche sich alljährlich nach Amerika wendet, wenigstens theilweise dem Vaterlande erhalten werde." Der König ist hier ganz in die Bahn Friedrich des Großen getreten. Seinem wahrhaft deutschen Wunsche hat man zu entsprechen angefangen. Die „Börsennachrichten der Ostsee“ sowie andere Blätter haben die Colonisation der Ostseeprovinzen viel bevorwortet, welche jetzt auch begonnen zu werden scheint. Durch Entwässerung der vielen Landseen und Moore in Preußen und Pommern, die ohnedies das Klima verschlechtern, werden Eroberungen im Innern des Landes beabsichtigt. Der Preis der Grundstücke ist in diesen Gegenden unglaublich niedrig und durch gemeinschaftlichen Ankauf verschuldeter Rittergüter sinkt er noch mehr. Die Altensteiner Kreiskorporation hat durch Uebersiedlung einer Anzahl bäuerlicher Wirthe und Handwerker aus dem Odenwalde die aus sechsundsiebenzig Personen bestehende Colonie Rothfließ im Mai 1845 gegründet, welche nach der „Zeitung für Preußen“ zu den erfreulichsten Hoffnungen berechtigt, indem die Thätigkeit der Einwanderer, besonders der Frauen, auf's höchste gerühmt wird. Neben solchem tüchtigen Beginnen darf man übersehen, daß die Berliner Auswanderung nach der Moskitoküste, dem Urtheil der gesammten deutschen Presse zum Trotze, dennoch ins Werk gesetzt wurde, aber auch bald ihr natürliches Ende fand. — Oesterreich sah viele tüchtige Schwaben in sein Siebenbürgen und sein Banat einwandern. Briefen von der Temesmündung zu Folge waren sie besonders in letzterem Lande willkommen. Die Auswanderung dahin geht im Stillen fort, obgleich magyarische Journale Preise auf die beste Lösung der Frage gesetzt haben, wie die deutsche Einwanderung am sichersten zu hintertreiben sey, während ihnen die Musterwirthschaften der deutschen Bauern, die Intelligenz und der Fleiß der deutschen Handwerker willkommen seyn sollte; denn durch diese wird eher eine Blüthe Ungarns herbeigeführt werden, als durch die eitlen Declamationen über nationale Industrie. Preußen, und noch mehr Oesterreich sind durch die letzten Vorgänge in Polen doppelt veranlaßt, deutsche Kräfte nach Posen und Galizien zu ziehen. Sie sollten daher die deutsche Einwanderung nicht so erschweren, indem Preußen von einem Ackerbauer 600 Rthlr. und Oesterreich 800 Guld., Preußen von dem Handwerker 300 Rthlr. gefordert hat. In Nordamerika übt der Einwanderer bald Einfluß auf seine Regierung und damit auf die Geschicke des Erdballs aus. Dies ist eine Lockung, welcher Oesterreich und Preußen weniger Abschreckendes und mehr Einladendes entgegensetzen sollten. Sie sollten allein schon mit dem deutschen Blute, dem deutschen Fleiße, der deutschen Treue zufrieden seyn und den Einwanderern alle mögliche Erleichterung und Unterstützung angedeihen lassen. Sie sollten unsere Gränze gegen Osten stärken mit den Kräften, welche nun nach allen Himmelsgegenden vergeudet werden.

Baiern hat auf dem Lechfelde die Gründung von Kolonien begonnen, und wird so seine Macht erhöhen. Aber ohne Vergleich: die meisten Auswanderer suchen das Weite. Wer könnte die weltgeschichtliche Mission der Vereinigten Staaten verkennen? Wer sich nicht freuen, daß deutsche Männer unsern natürlichen Bundesgenossen, den sie auch immer mehr für Deutschland stimmen werden, in diesem Augenblick so kräftig unterstützen in der Ausdehnung des germanischen Einflusses über die romanische Bevölkerung des schönen Mexico? Aber an unsern eigenen Gränzen liegen andere Aufgaben uns näher. Mögen die Vereinigten Staaten etwas später in Japan und China gebieten: — — nähere Rücksichten heißen uns für den Augenblick alle unsere Kräfte zusammennehmen. Ist es ferner zweckmäßig für unsere Industrie, daß so viele Gewerbtreibende aus Sachsen und andern Gegenden nach Amerika ziehen, dort eine selbstständige Industrie begründen und uns den Markt verderben? Wie Viele werden außerdem selbst unglücklich! In Texas wird hoffentlich durch und nach dem mexicanischen Kriege eine bessere Zeit beginnen, indem diese Gegenden nun mehr in das Gesammtleben der Vereinigten Staaten hineingezogen werden. Aus Brasilien und Peru aber dringen herzzerreißende Töne unserer Landsleute in unser Ohr. Und wie leiden sie schon auf der Reise! Einzelne Gemeinden haben zwar die Fortschaffung ihrer Armen übernommen. Aber ihre Kräfte reichen nicht dazu aus; auch ist mancher Betrug und manche Mißhandlung schon vorgekommen. Sollten die Regierungen nicht übernehmen, was den einzelnen Staatsgliedern zu schwer fällt? Ist es nicht empfindlich, daß Frankreich unsere Brüder, gegen ihren anfänglichen Plan, nach Algier schickt, und Belgien sie wie Verbrecher uns zurücksendet? Mehrere Staaten haben nach Baierns Beispiel eine Ueberwachung der Auswanderung eintreten lassen; aber ist damit gründlich geholfen? Thaten, Thaten müssen wir sehen in unserer Bekümmerniß. Zu allen andern Bedrängnissen kommt noch die Noth der Lebensmittel! Während des Winters muß etwas beschlossen werden, damit die Auswanderung, auch der Armen, im Frühjahr sicher eine zweckmäßige Richtung einschlagen kann. Noch einmal: sollen wir in diesem Augenblick Hunderttausende von rüstigen Männern über den Ocean ziehen lassen, anstatt unsere Stellung zwischen der Mündung des Rheins und der Donau zu befestigen? Würde Ostdeutschland nicht der Zukunft ruhiger entgegen sehen können, wenn es sein germanisches Element verstärkte? Hat Deutschland nicht nach Südosten eine Bestimmung zu erfüllen?

Mannichfaltigkeiten.

Zu den in neuester Zeit am vielseitigsten und in einer Masse von Schriften und Abhandlungen aller Art erörterten und in der That wichtigsten Fragen gehört auch die über die rechtliche Stellung der Deutschkatholiken. Von großem Interesse für ganz Deutschland waren die deßfalsigen Verhandlungen in der zweiten Kammer der badischen Stände auf dem Landtage von 1845 — 1846 und durch die sämmtlichen Organe der Presse sind sie zur genügenden Kunde des Publikums gelangt; da aber Tagblätter flüchtiger Natur sind und bald vorübergeweht werden, so hat man es für zweckmäßig erachtet, jene Verhandlungen in einer Druckschrift zu sammeln und zu veröffentlichen. Diese ist bei C. Macklot in Karlsruhe erschienen und enthält, nach einer kurzen Einleitung, Pfarrer Zittel's denkwürdige Motion, sodann Rindeschwender's Bericht, und hierauf die vollständigen in der genannten zweiten Kammer geführten Diskussionen über diesen wichtigen Gegenstand. Als Beitrag zur Tagesgeschichte und besonders zur Geschichte des Deutschkatholizismus verdient diese Schrift Beachtung, welcher wir sie andurch zu empfehlen nicht unterlassen wollen.

(Zur Nachahmung.) Man lies't im „Schweizerboten“, daß eine wackere Schweizerin auf den Einfall gekommen, die heuer wohlgerathenen und sehr nahrhaften weißen Rüben auf dem in jeder Küche vorfindlichen Reibbleich zu reiben, sofort darunter 2/3 geringster Sorte Brodmehl zu mengen und nunmehr das Gemengte ganz so zu behandeln, wie es geschieht, um Hausbrod zu backen. Siehe da; das so gewonnene Brod ward vortrefflich schmackhaft und über alle Erwartung nahrhaft befunden. Einsender dieses ließ in seiner Jugend von alten Leuten sagen, daß man vor Anpflanzung der Erdäpfel mit den weißen Rüben gehauset habe. — Möge Obiges, weil bei den jetzigen Nahrungssorgen vielleicht mehr als jedes andere Mittel entsprechend, zur Beherzigung dienen.

Vor einigen Tagen war in St. Saulge, im Allier-Departement, eine große Eberjagd. Ein Eber, dem in das Auge geschossen worden war und welcher dennoch drei Stunden lebte, lief endlich in das Dorf St Franchy, und flüchtete sich dort in die Wohnung des Küsters, in welcher eine Frau mit ihrem Kinde im Arm sich befand. Die Frau stürzte hinaus und warf die Thüre hinter sich zu. Der unwillkommene Gast zerstörte Alles, was er im Zimmer fand. Zuletzt wollte er zum Fenster hinaus, indeß hatte fast das ganze Dorf das Haus umzingelt und verhinderte mit allen möglichen Waffen seinen Ausgang. Die Hunde kamen, der Eber flüchtete erschreckt in das Bett und wurde dort erschossen.

Das englische Arbeitshaussystem ist so mangelvoll und die Menschen entehrend, daß es keine Erdichtungen bedürfte, um die Unmenschlichkeit desselben in helles Licht zu stellen; der kürzlich mitgetheilte Fall von Einsperrung zweier Kinder, die verhungert seyen, wird jetzt als eine pure Erdichtung hingestellt. (Aachn. Z.)

E. L. Bulwer erklärte bekanntlich vor einigen Jahren, daß er keinen Roman wieder schreiben würde. Er hält indeß zur Freude seiner zahlreichen Verehrer nicht Wort, denn in den nächsten Tagen erscheint ein neuer Roman von ihm.

Literatur.

Ein deutscher Leinweber, von Ludwig Storch. Leipzig, bei J. J. Weber.

Der bekannte Ludwig Storch gehört zu den fruchtbarsten unter denjenigen deutschen Novellisten, die seit einer Reihe von Jahren für das Lesebedürfniß des großen Publikums und der Leihbibliotheken gesorgt haben. Er hat eine Masse von größeren und kleineren Erzählungen geschrieben und sich in verschiedenen Gattungen mit günstigem Erfolg bewegt. Man kann ihn nicht zu Denen zählen, welche die Literatur mit Meisterwerken bereichert haben, doch bleibt ihm das Verdienst, den leichteren Anforderungen genügt und für Unterhaltung gesorgt zu haben; denn er besitzt Erfindungsgabe, versteht sich auf den Effect und weiß anziehend zu erzählen. Besonderen Beifall haben seine größeren historischen Romane gefunden. Er ist bei der Wahl seiner Stoffe glücklich gewesen und hat immer ein gutes Stück Geschichte zu verarbeiten gewußt, wenn auch nicht tief aufgegriffen, doch lebendig dargestellt und rasch fortschreitend gehalten. Dies finden wir auch im deutschen Leinweber, dessen Mittelpunkt die Geschichte und Charakteristik des berühmten Geschlechtes der Fugger bildet. Der Stammvater dieser Familie war Johannes Fugger, ein Weber aus dem Dorfe Göggingen bei Augsburg, dessen Sohn einen Leinwandhandel in Augsburg anlegte. Dieser zweite Fugger begründete den schnell wachsenden Reichthum der Familie; seine Enkel liehen schon an den Kaiser Maximilian bedeutende Summen und wurden von demselben in den Adelstand erhoben; noch höher stieg das Geschlecht, als Kaiser Karl V. bei einem Fugger zu Augsburg während des Reichstages 1530 wohnte und Raimund und Anton Fugger in den Grafen- und Pannerstand erhob und ihnen bald darauf sogar fürstliche Gerechtsame verlieh. So hoch die Fugger aber auch in Würden und Ansehen stiegen, so gaben sie doch den Handel nicht auf und suchten den Glanz ihres Hauses vorzüglich darin, daß sie Künste und Wissenschaften auf das Freisinnigste und Reichlichste unterstützten, herrliche Kunstsammlungen anlegten, prachtvolle Bauten unternahmen und sich überhaupt durch schöne und gemeinnützige Bestrebungen aller Art auszeichneten. Ihr Reichthum wurde weltberühmt und als Kaiser Karl einst zu Paris den königlichen Schatz sah, sagte er: „Zu Augsburg ist ein Leinweber, der kann das Alles mit eigenem Golde bezahlen.“ — Um diese Hauptpersonen bewegen sich in dem genannten Romane eine große Anzahl von andern mehr oder minder hervorragenden Individuen, welche theils historisch, theils Fictionen des Dichters sind, so wie auch die wichtigsten Erscheinungen jener Zeitperiode als Hintergrund des Romanes dienen. Diese Reichhaltigkeit des Stoffes und der Charaktere, so wie die anziehende und spannende Verwickelung der Intrigue haben den deutschen Leinweber bereits zu einer Lieblingslectüre des großen Publikums gemacht und ihm die Auszeichnung, wenn man es so nennen darf, verschafft, für die Bühne bearbeitet zu werden.

Korrespondenz.

Mainz, im Nov.

(Schluß.)

Das Mainzer Hospital ist ein Zufluchtsort für alle christliche Confessionen. So soll es auch seyn; so ist es christlich und menschlich recht. Christus sagt: „Kommt zu mir, Alle, die ihr krank und hülfsbedürftig seyd!“ Er erzählt die schöne Parabel vom barmherzigen Samariter zur ewigen Lehre für alle Völker und Zeiten. Die barmherzigen Schwestern sind ihrer ganzen Verfassung nach ultra-katholisch; Ultra's von jeder Sorte sind Proselytenmacher; dies ist eine nothwendige Consequenz. Es ist daher sehr gewagt, Ultra-Katholiken die alleinige Pflege in einem Hospital anzuvertrauen, das auch für andere Confessionen bestimmt ist. — — — — Jedes Ultra ist vom Uebel. Der Ultramontanismus hat die Deutschkatholiken geschaffen, er hat die Schweiz in Bürgerkriege gestürzt und schwingt zu Luzern mit fanatischem Muth das Mordbeil; er hat ganz Europa in eine confessionelle Spannung versetzt, deren Auflösung durch einen Religionskrieg fast nicht mehr zu den Paradoxen gehört. Was haben die Katholiken, was der katholische Glauben, ja was selbst die katholische Kirche dabei gewonnen? — So nahe es liegt, wir behaupten dennoch nicht ein planmäßiges Einverständniß der barmherzigen Schwestern mit den Ultramontanen; aber sie sind dessen verdächtig: durch ihre secundären Tendenzen, durch die Schroffheit ihres Glaubensbekenntnisses, durch die regelmäßige und unmittelbare Folge ihrer Wirksamkeit und vor Allem durch die geheime, lichtscheue Organisation ihres Ordens. Sollen wir diesen Orden, der einem solchen Verdachte ausgesetzt ist, in unsere Stadt einführen? Die barmherzigen Schwestern wollen die Kranken pflegen; sie entäußern sich, wie sie sagen, nur zu diesem Zwecke jeder Individualität. Das ist, wenn auch vielleicht zu strenge, dennoch bewunderungswürdig, aber doch wahrlich kein genügender Grund, sie hierher zu rufen, wo man ihrer gar nicht bedarf. Ein anderer Grund aber wird eigentlich doch nicht angegeben. Mögen sie dahin gehen, wo man sie nöthiger hat, als in Mainz; mögen sie ihre Thätigkeit solchen Instituten zuwenden, die arm sind, daher wohlfeile Krankenpflege brauchen; mögen sie sich nur auf die Krankenpflege beschränken und sich um die Verwaltung nichts kümmern!

Aus dem Herzogthum Nassau, 30. Nov.

So segensreich auch die diesjährige Weinlese im Rheingau ausgefallen, so ergibt sich doch jetzt, daß in Betreff ihres Belanges die vorläufigen Abschätzungen sehr übertrieben waren. Nur ein Beispiel anzuführen: aus der amtlichen Erhebung des in der Gemarkung Rüdesheim eingekelterten Mostes erhellt, daß dessen Betrag 660 Stück nicht überschreitet, indeß solcher auf 1500 Stück annähernd angegeben wurde. Diese Gemarkung aber liefert nicht nur, mit Ausnahme von Hallgarten, — wozu auch der berühmte Steinberg gehört — und Schloß Johannisberg, das vorzüglichste Gewächs des Rheingaues, sondern ist auch die umfänglichste. Ihr amtlich ermittelter Ertrag kann daher vorläufig als maßgebend für die Reduction der Angabe angenommen werden, wornach sich der gesammte Weinertrag des Rheingaues in diesem Jahre auf 80,000 Stück berechnete. — Für das diesjährige Erzeugniß der großen Weingärten, das zumeist so spät als möglich eingethan wurde und bei dessen Einkellerung man sorgfältig die Regentage vermied, läßt sich noch gar kein Preis bestimmen, weil noch nichts davon in die zweite Hand überging und die Producenten, mehr oder minder reiche Leute, auch keinen Grund haben, sich mit dem Verkauf zu beeilen. Von den Erzeugnissen der kleineren Weingärten, den sogenannten Bürgerweinen, dagegen werden von den Producenten die geringeren Sorten zu 300 fl. das Stück, die vorzüglicheren zu 600 fl. gehalten. Indeß ging auch davon bis jetzt nur sehr wenig um, weil sich noch keine Käufer im Großen eingefunden haben.

Theater-Anzeige.

Redacteur: J. L. Heller. — Druck und Verlag von Heller und Rohm.

Didaskalia.

Blätter für Geist, Gemüth und Publizität.

Nro. 334. | Freitag, den 4. December | 1846.

Der Geheimschreiber.

Eine Erzählung von Kathinka Zitz.

(Fortsetzung.)

II.

Acht Jahre später, nämlich im Jahre 1560, saß in dem Hause des Bürgers Landry zu Senlis dessen Frau Margarethe, und harrte ängstlich der Rückkehr des geliebten Mannes, die Blicke von der Bibel, in welcher sie las, oft mit Unruhe auf die vor ihr stehende Sanduhr werfend, deren Sand mehr und mehr verrann. Bald sah sie auf ihren Knaben Raoul, der, an ihrer Seite sitzend, in dem Lehnstuhl des Hausherrn eingeschlafen war, indem er die Buchstaben des heiligen Buchs auf den Knieen der Mutter zu buchstabiren versucht hatte. Sie beugte sich jetzt über das Kind, indem sie es mit Augen voll unaussprechlicher Liebe ansah, denn es war ein wunderschöner Knabe, der ihrem Gatten sprechend ähnlich sah, und sie glaubte, alle Mütter müßten eifersüchtig seyn auf ihr Glück. Sogleich aber machte sie sich diesen Stolz zum Vorwurf, fürchtend, daß Gott sie wegen ihres mütterlichen Hochmuths strafen würde. Und doch liebte sie das Kind am meisten darum, weil es seinem Vater so ähnlich sah, und es ist ja eine der schönsten Tugenden des Weibes, den Mann zu lieben in allen Verhältnissen des Lebens — ihn auch dann zu lieben, wenn er diese Liebe nicht erkennt.

Die Sanduhr verkündete jetzt die neunte Abendstunde, und noch immer kehrte Landry nicht zu der besorgten Gattin zurück, da erst, wenn die Zeit der Ruhe für die Katholiken heran kam, das Leben für die Protestanten begann, die den Tag über hinter den Mauern ihrer Häuser Schutz fanden gegen den Volkshaß, die aber Beschimpfungen, ja selbst Thätlichkeiten ausgesetzt waren, sobald sie sich öffentlich zeigten. Begegneten sich zwei Freunde, so mußten sie fürchten sich die Hände zu drücken; trafen zwei Unglückliche zusammen, so mußten sie Anstand nehmen, sich zu vereinigen und sich ihren Kummer mitzutheilen und sich gegenseitig zu trösten. Jedes Murren ward als eine Beleidigung gegen die Herren von Guise, gegen Katharina von Medizis und ihre königlichen Söhne angesehen. Die Hinrichtung Annens du Bourg, die auf dem Platz Maubert den Tod erlitt, so wie jene der Anhänger La Renodies, deren Körper auf den Zinnen des Schlosses Amboise den Raubvögeln überlassen wurden, und so viele andere, begangenen Mordthaten, hingen wie eine ewige Drohung über den Häuptern der Protestanten.

Margarethen war es unbekannt, ob die öfteren nächtlichen Abwesenheiten ihres Mannes zum Zwecke hatten, mit den übrigen Protestanten sich auf eine Rache für die ermordeten Brüder vorzubereiten. Als Gattin und Mutter fügte sie sich in Geduld in Alles, was geschah. Aber die Feinde der Protestanten mißbrauchten ihren Triumph; sie wollten das verfolgte Häuflein durch Verzweiflung zur Empörung treiben, daher wurden neue Edikte erlassen, durch welche ihnen das gemeinschaftliche Gebet untersagt wurde, und der Connetable Anna von Montmorency, seit kurzem mit dem Hause Lothringen versöhnt, war von dem Hofe wieder zu Gnaden angenommen und bewohnte seit einigen Tagen sein in der Nähe von Senlis gelegenes Schloß Chantilly. Gott allein wußte, welchen Preiß er für seinen wiedererlangten Einfluß zahlen mußte, und die Protestanten fürchteten, daß seine Anwesenheit das Signal zu erneuerten, heftigeren Verfolgungen seyn würde. Dieses bedenkend, zitterte auch Margarethe, denn das Herz hat Instinkte von Furcht, deren es sich nicht erwehren kann. Als Landry noch immer nicht kam, öffnete die geängstete Frau endlich unter Herzbeklemmung das Fenster und starrte in die gewitterschwangere Nacht hinaus. Der Himmel war schwarz überzogen, der Wind saus'te mit Heftigkeit über die menschenleeren Straßen. Endlich schallten Schritte auf dem Platze, und eine Männergestalt kam in der Richtung auf das Haus zu; aber es war zu dunkel, um seine Züge erkennen zu können. Als der Kommende aber wirklich das Haus betrat, eilte ihm Margarethe mit erleichtertem Herzen bis an die Thürschwelle entgegen; doch sie bebte mit einem unterdrückten Schrei zurück, als sie in dem durch ihre alte Magd hereingeleiteten Mann einen Fremden erkannte. Dieser nahm den Hut ab, und den Mantel zurückschlagend, sagte er: „Erkennt Ihr mich, Madame?"

„Claude Stocq!" rief Margarethe staunend aus.

„Es scheint, daß eine siebenjährige Trennung meine Züge nicht aus Euerm Gedächtniß verwischt hat," sagte der Fremde mit bitterm Spott. „Freilich der Haß erinnert sich eben so gut, wie die Liebe."

Da ihm Margarethe, die ihn mit ängstlichen Blicken anstarrte, die Antwort schuldig blieb, so setzte er nach einer Pause hinzu: „Ich muß Euch sprechen, Madame! Da aber das, was ich Euch zu sagen habe, keine Zeugen duldet, so wollt Eure Dienerin hinausschicken."

Fast beleidigt durch die Art und Weise des Mannes, dessen Gegenwart ihr sichtlich bedrückend war, sagte Margarethe: „Mein Mann wird sogleich nach Hause kommen."

„Das wird er nicht," fiel Claude Stocq in die Rede, „denn er befindet sich bei einer hugenottischen Berathung, welche am andern Ende der Stadt abgehalten wird. Doch sollte er mich auch hier überraschen und sich durch meine Gegenwart beleidigt fühlen, so wißt Ihr wohl, daß ich der Mann nicht bin, der vor irgend einem Hinderniß zurückbebt. Ich will unter vier Augen mit Euch reden, und ich werde es, gebietet daher diesem Weibe, sich zu entfernen, und . . ." setzte er hinzu, indem er den schlafenden Knaben erblickte, „und dieses Kind mitzunehmen."

Hierauf trat er vor den Knaben hin, strich ihm das lockigte

Haar von der Stirne und sagte mit einem unterdrückten Seufzer: „Fürwahr ein schönes Kind! es sieht Euch ähnlich.“

Raoul erwachte, und einen unbekannten Mann vor sich sehend, rief er ängstlich nach der Mutter, an die er sich anschmiegte, indem er dabei Blicke voll Furcht auf Claude Stocq warf. Margarethe küßte das Kind und übergab es der Magd zum Fortbringen, die auch alsobald mit ihm in einer Nebenstube verschwand. Als sie fort war, hieß der Fremde die in ängstlicher Erwartung harrende Margarethe niedersitzen, rückte für sich einen Sessel herbei, auf dessen Rücken er sich lehnte, indem er die bebende Frau unverwandt ansah, und hob dann mit fester Stimme an: „Margarethe, ich liebe Euch noch immer.“

„Habt Ihr vergessen, daß ich verheirathet bin?“ gab ihm diese würdevoll zur Antwort und stand beleidigt auf.

„Im Gegentheile, ich erinnere mich dessen nur zu sehr,“ sagte Claude Stocq mit kalter Ruhe. „Und doch wird diese erste Rede, die Euch verletzt, auch die letzte seyn, die ich an Euch richte . . . Hört mich an: alles, was ich Euch zu sagen habe, ist in dem verhängnißvollen Kreis dieser Worte eingeschlossen; und wie sonderbar und wahnsinnig sie Euch im Anfang auch scheinen mögen, so wartet, um mir Schweigen aufzuerlegen, bis das Gefühl der Schande Eure Stirne gebeugt hat, und ich, um Euch zu erheben, Euch die Hand gereicht habe mit den Worten: Margarethe, ich liebe Euch noch immer.“

„Schande,“ dachte Margarethe: „wie sollte das Gefühl der Schande und das reine Weib zusammen kommen?“ Da sie aber ahnte, daß ihr der Unheimliche irgend ein Unglück zu verkünden habe, so forderte sie ihn jetzt selbst zum Sprechen auf. Stocq deutete ihr an, wieder Platz zu nehmen, und nachdem auch er sich niedergesetzt hatte, hob er also an:

„Heute sind es gerade sieben Jahre, daß mein Vater mich dem Eurigen vorstellte. Ich sah und liebte Euch . . .! Zwei Monate später waren wir Verlobte. Ich hatte seit kurzem den Connetable Anna von Montmorency verlassen, dem ich als Geheimschreiber gedient hatte, und so ward denn von unsern beiderseitigen Familien beschlossen, daß in Erwartung unsers Hochzeitstages, der auf ein Jahr hinausgeschoben war, ich mich nach Paris begeben sollte, um bei Ambrosius Parò Medizin zu studiren. Auf Euer Wort vertrauend, reis'te ich ab; mein Vater starb, und bevor das Jahr noch abgelaufen war, erfuhr ich, daß Ihr dem gegebenen und empfangenen Wort zum Hohne, Hand und Herz an einen Andern verschenkt hättet.“

„Herr, ich war dem Willen meines Vaters Gehorsam pflichtig,“ entschuldigte sich Margarethe nicht ohne sichtliche Befangenheit. „Ich nahm Euch ohne Murren als Bräutigam an, denn damals kannte ich weder Haß noch Liebe . . . aber seitdem . . . vergebt . . .“

(Fortsetzung folgt.)

Sonette. *)

1.

Im Nonnenschleier liegen Hain und Pfade,
Wie eine Schaar von weißvermummten Frauen
Starrt geisterhaft der Wald auf Thal und Auen,
Als Silberberg verkappt sich die Kaskade.

Geharnischt schmiegt der Strom sich an's Gestade,
Den Wolkenmädchen möcht' er sich vertrauen,
Die thränenschwer zu ihm herniederschauen —
Kurz, Erd' und Himmel spielen Maskerade.

Da seh' ich Dich, mich ganz Dir zu verbünden, —
Wie auch zu lieben dieses Herz verhehle,
Dein schöner Blick vermag es zu entzünden.

Du bist die zauberstrahlende Juwele,
Die, bunt sich spiegelnd auf den starren Gründen,
Den Frühling ruft in meine trunk'ne Seele.

2.

Die Drossel schlägt und Nachtigallen flöten,
Erwachend rauscht der Fluß in seinem Bette,
Der Frühling sprengte des Gefangnen Kette
Und den Tyrann, den Winter, ließ er tödten.

Die Blumen, die sich allgemach erhöhten,
Begehen feierlich die Ostermette,
Die Wiesenknaben mit dem Sammtbarette,
Die Rosen, die wie Mädchen keusch erröthen.

Und naht die Nacht mit ihren Sternenschatten,
So steigen Elfen aus den Kelchen nieder
Und schweben tanzend auf den grünen Matten.

Sie schlüpfen dann zu Menschen hin und wieder,
Daß Jedem, auch dem Lebensübersatten,
Ein holder Frühlingsrausch belebt die Glieder.

3.

Der Flieder klopft mit duftig weißen Trauben
Des niedern Kirchenfensters blanke Scheiben,
Als wollten seine grünen Händchen schreiben
In's fromme Glas auch ihren frommen Glauben.

Und an der Thüre flattern weiße Tauben,
Als liebten sie ein gottesfürchtig Treiben,
Und möchten treu auch beim Gebete bleiben
Den Dorfbewohnern in den Sonntagshauben.

Die Orgel rauscht in mächtigen Accorden,
Andacht verklärt sich brünstig im Gesange,
Des Gottes voll ist jede Brust geworden:

An Dich, Du Holde, denk' ich seligbange,
Und betend fluthen in des Herzens Borden
Der Liebe Melodien im hellsten Klange.

*) Aus: „Gedichte von Adolf Böttger. Zweite Auflage. Leipzig. Otto Klemm. 1846.“

Empörende Behandlung eines aus Afrika zurückkehrenden kranken deutschen Colonisten.

Der elsäßische Kurier schreibt: Ein deutscher Kolonist, welcher aus Algier in seine Heimath zurückkehren wollte, wurde unterwegs von einem ansteckenden Fieber befallen und genöthigt, die Behörden um Unterstützung zu bitten; diese bewilligten ihm einen Karren, auf welchem man den fieberkranken und entsetzlich leidenden Menschen von einer Station zur andern in Kälte und Nebel fortschaffte. Nach einer langen, schmerzlichen Reise gelangte er endlich an die Gränze des Elsaßes, und sein Zustand hatte sich so verschlimmert, daß es ihm unmöglich war, weiter zu fahren. Die Lokalbehörden erlaubten ihm aber nicht, zu verweilen, und schickten sich denselben zu, um sich seiner zu entledigen. So kam er durch Belfort, Kolmar und Schlettstadt. Sein Leib war geschwollen, sein Gesicht verstellt, und es war vorauszusehen, daß er nur noch einige Stunden zu leben habe, als der Fuhrmann ihn an die Mairie von Schlettstadt brachte; da wurde ihm ungeachtet seines entsetzlichen Zustandes der Eintritt in das Spital verweigert, und obgleich dieser Unglückliche schon die Reise von Kolmar nach Schlettstadt gemacht hatte, so schickte ihn doch der Maire mit einem Polizeidiener nach der Eisenbahn, um denselben auf einem offenen Waggon nach Erstein zu expediren; allein auf die Bemerkung der Personen, welche gegenwärtig und über dieses kalte barbarische Betragen empört waren, verweigerte der Chef der Station, ihn anzunehmen, aus Besorgniß, er möchte unterwegs sterben; da wollte ihn der Polizeidiener auf dem nassen Boden der Station liegen lassen, und erst, nachdem ihm dieses von dem Aufseher verboten worden und nach vielen Schwierigkeiten und durch den Unwillen der anwesenden Personen bewogen, führte er ihn wieder auf die Polizei zurück. Da wurde er wieder vor der Mairie auf dem Pflaster hingesetzt, wo er lange verblieb, bis man sich endlich mit einbrechender Nacht entschließen mußte, ihn ins Spital aufzunehmen, und dies noch mit dem Vorbehalte, daß er den andern Morgen nach Erstein fortgeschafft werden solle. Das Fieber ersparte der Verwaltung den neuen Skandal, indem der Unglückliche einige Stunden nach seiner Ankunft im Spital verschied. Diese Mittheilungen franz. Blätter über die empörende Behandlung eines aus Afrika zurückkehrenden kranken deutschen Colonisten von Seite französischer Gemeinde und Civilbehörden, welche den Sterbenden bis auf ein paar Stunden vor seinem Tode bei Sturm und Regen auf offenem Karren, auf dem Straßenpflaster und dem steinernen Boden der Stationshäuser der Eisenbahn herumschleppten und sich denselben gegenseitig aufbürden wollten, wirft wiederum einen jener entsetzlichen Schlagschatten auf unsere jetzigen Zustände, der mehr spricht, als unsere dicksten ethnographischen Werke und der auf unsern von dem crassesten Formelnwesen starrenden, jedes lebendigen Geistes entbehrenden gesellschaftlichen Organismus ein trauriges Licht wirft. Denn ob diesseits oder jenseits des Rheines, die Gesetze der Menschlichkeit sind sich gleich, ihre Vernachlässigung aber leider auch. Solche Vorkommnisse müssen einem wie die beißendste Satyre, wie die bitterste Ironie auf die Lehre vom christlichen Staat vorkommen, und es scheint, als ob die Bosheit des Zufalls solche gerade zu Zeiten auftauchen lasse, wo die Mildthätigkeit mit den vollsten Backen in die Posaune stößt und sich gegenseitig becomplimentirt.

(Oberrh. Ztg.)

H. Rau's „Allgemeine Kirchengeschichte."

(Im Verlage der literarischen Anstalt in Frankfurt am Main.)

Mit Vergnügen ergreifen wir die sich darbietende Veranlassung, um nochmals auf das treffliche Buch unseres werthen Landsmannes zurückzukommen. Eine der achtbarsten Stimmen Deutschlands, der würdige badische Abgeordnete Zittel (in seinem „Morgenboten") hat dem, überall mit Freude aufgenommenen Buche die ehrenvollste Anerkennung zu Theil werden lassen, und man wird zugestehen, daß ein solches Urtheil, von einem der edelsten Charaktere und dem gediegensten Kenner ausgehend, für den Werth des Buches in hohem Grade maßgebend ist. Wir glauben uns unsere Leser durch Mittheilung einiger Auszüge aus dieser Recension (in Nro. 87 des genannten Blattes) freundlichst zu verbinden, und fügen im Interesse der guten Sache den Wunsch hinzu, daß die Rau'sche Kirchengeschichte eine recht große Verbreitung erlangen möge, da wir wenige Bücher dieser Art kennen, welche die Gesinnungstüchtigkeit und Thatkraft in so hohem Grade zu erwecken und zu stärken vermögen. Den Freunden des geistigen und religiösen Fortschritts wüßten wir zu Weihnachtsgeschenken nichts Passenderes und Nützlicheres zu empfehlen, als das im Verhältniß zu seinem großen Umfange äußerst wohlfeile Buch von H. Rau.

In der oben genannten Recension heißt es unter Anderm: „H. Rau hat bei seiner Darstellung der christlichen Kirchengeschichte eine Aufgabe gewählt, die von unserer Zeit dringend gefordert ist, und er hat sie mit seltenem Geschicke gelöst. In blühender, klarer, jugendlich frischer und lebendiger Sprache zeichnet er jede Periode, Persönlichkeit und Erscheinung. Es ist nicht der Gelehrte, der über mühsam Errungenes schwer verständlich redet, nicht der Historiker, der theilnahmslos referirt, es ist der geistvolle Kämpfer, in dessen Gemüth die Geschichte, ohne den Charakter der Wahrheit zu verlieren, sich lebendig gespiegelt hat, aus dem sie hervorgehend den Leser mit Trauer, Entrüstung und Begeisterung ergreift."

— — „Unstreitig hat Rau in der Entwickelung der Hierarchie auch dem Kundigen auf diesem Gebiete neue Seiten gezeigt, insbesondere den Idealisten in der Betrachtung des Papstthums deutlich genug gemacht, wie sehr menschlich in der Entwickelung der „göttlichen" Idee des Papstthums bis auf deren Ueberwindung durch Luther es zuging."

— — „Wir haben diese Erinnerungen gern bei einem Buche ausgesprochen, das uns einen so hohen Genuß gewährte; das ein so leuchtendes und kräftiges Zeugniß des Geistes ist, der, die Gegenwart durchzuckend, eine große Zukunft verbürgt. Möge das deutsche Volk, dem das Buch gewidmet ist, Erkenntniß, Kraft und Begeisterung für die Sache der religiösen Freiheit aus ihm schöpfen; mögen Geistliche es empfehlen. Niemand, der es mit Nachdenken liest, wird es aus der Hand legen, ohne von der es durchdringenden Begeisterung für die nach religiöser Freiheit strebende Menschheit ergriffen zu werden. Wir empfehlen es darum dringend zur Lektüre, und hoffen, daß Geistliche für seine Verbreitung thätig seyn werden. Die Ausstattung ist sehr schön."

Mannichfaltigkeiten.

In der letzten Sitzung der geographischen Gesellschaft in London wurde angezeigt, daß die Hudsonsbay-Gesellschaft eine wohl ausgestattete Polar-Expedition zu dem Zwecke ausgerüstet habe, den noch nicht durchforschten Theil der Küste am nordöstlichen Winkel des amerikanischen Festlandes zu untersuchen. Die Expedition, aus elf Personen und zwei Eskimos als Führern bestehend, trat am 5. Juli in zwei Booten ihre Fahrt unter günstigen Umständen an, indem das Eis sich von den Ufern der Bay in einer früheren Periode der Jahreszeit, als gewöhnlich, zurückgezogen hatte.

(Dienstpflicht.) Von dem dermaligen General-Prokurator Eichhorn, der ein 80jähriger Greis, vor kurzem aus „unbekannten Ursachen" seine Entlassung gefordert hat, erzählt man folgenden schönen Zug: „Zur Zeit des Marschall Davoust, tyrannischen Angedenkens, war Eichhorn Staatsprokurator in Hamburg. Davoust forderte von ihm, er solle auf Todesstrafe gegen einen Angeklagten antragen; der Prokurator aber lehnte dieses Ansinnen als rechts- und verfassungswidrig ab, und als Davoust drohte, er werde ihm bei fortgesetzter Weigerung den Kopf vor die Füße legen lassen, antwortete er dem Marschall: „das werde er abwarten."

Jesuiten sind in Ulm angekommen! Wer hätte das gedacht, wird man ausrufen — und doch ist es so. In den Ulmer Blättern ist nämlich deutlich zu lesen: „Jesuiten als Lichtlöscher sind wieder angekommen bei G. H. Schröder."

(Augsb. Abendztg.)

(Berlin, 26. Nov.) Fast sämmtliche Blätter Deutschlands haben die Entdeckung des Dr. Blaudet in Paris, in Betreff der Wiederherstellung der Stimme bei menschlichen Leichen erwähnt. Diese Entdeckung ist nicht neu. Der berühmte Anatom und Physiolog, Professor Dr. Müller, aus Koblenz gebürtig, hat schon vor Jahren die Entdeckung gemacht, daß der Kehlkopf die Töne hervorbringt, und in Verbindung mit den übrigen Sprachwerkzeugen auch bei einem Todten den Ton der Stimme wieder hervorzubringen vermag.

(Bostoner gute Leute.) In Boston ist unter dem Titel: „Our first men“ eine Broschüre erschienen, in der eine Statistik der reichen Leute in Boston, deren überwiegende Mehrzahl ihr Vermögen durch Handel und Gewerbe erworben hat, enthalten ist. Diesem Werke zufolge giebt es dort einen Mann, welcher 6 Mill. Dollars werth ist, 3 Personen besitzen 2 Mill., 3 $1^1/_2$ Mill., 9 eine runde Million; 6 werden auf 600,000 Dollars geschätzt, 14 auf 500,000, 10 auf 400,000, 31 auf 300,000, 65 auf 200,000 und 314 auf 100,000. Die Zehntausende sind bei diesen Angaben übergangen, denen zufolge also 456 Personen zusammen einn Kapital von 93,800,000 besitzen.

Der löbl. Magistrat zu Coburg hat die gute Einrichtung getroffen, daß Leute, welche Arbeit suchen, aber auch solche, welche Arbeit geben wollen, sich bei dem Polizei-Bureau melden können und Anweisung erhalten.

Korrespondenz.

Darmstadt, 1. Dec.

Vorgestern wurde auf unserer Bühne die nach dem Französischen des St. Georges von Grünbaum bearbeitete und von dem unermüdlichen F. Halevy componirte Oper: „die Musketiere der Königin“ zum Erstenmale aufgeführt. Ihre äußerliche Ausstattung war neu und glänzend, die Leistung des Orchesters ausgezeichnet und die Darstellung in ihren anziehendsten Momenten sehr zu loben. Im Allgemeinen hat auch die neue Oper gefallen, jedoch nicht in dem Grade, daß sie einen stürmischen Enthusiasmus wie in Paris hätte erregen können. In Deutschland enthusiasmirt man sich nicht so leicht, weder in Kunst, noch in Wissenschaft; wenn aber einmal die Begeisterung da ist, gleichviel ob mit oder ohne Grund, dann wirkt sie auch um so nachhaltiger und kennt keine Gränzen mehr, wie wir erst neulich bei einer reisenden Kunstnotabilität gesehen haben. Unter den Mitspielenden war auch das neuengagirte Mitglied der Oper, Hr. Kreuzer, der den Olivier mit künstlerischer Vollendung sang und spielte und dafür zu wiederholten Malen den aufmunterndsten Beifall erntete. — Molière's Tartüffe wurde am letzten Freitag gegeben. Die in ihrer dramatischen Anlage und Ausführung so höchst charakteristische Titelrolle wurde von Hrn. Becker mit viel Eigenthümlichkeit und Feinheit dargestellt, so daß der Erfolg der Vorstellung schon dadurch allein gesichert schien, wiewohl auch die übrigen Mitspielenden, Mad. Grahn, Hr. Sieck, Fräul. M. Fürst rc. nach Maßgabe ihrer Rollen zu dem Succeß des Stückes mitzuwirken bemüht waren.

Bornheim, 30. Nov.

Am 25. d. Mts. fand dahier im Saale „zur weißen Lilie“ die, auf Anregen des Hrn. Lehrers Wolf, von dem Frankfurter Blechinstrumentalmusikverein zum Besten der hiesigen Kleinkinderschule veranstaltete Abendunterhaltung statt, bei welcher Gelegenheit sich der genannte, unter der Leitung des Hrn. W. Triebel stehende Verein durch den präcisen Vortrag der Tonstücke allgemeinen Beifall erwarb. Nicht minder sprachen die Soli's, ausgeführt von den Herren W. und C. Triebel und Traub, so wie das treffliche Pianofortespiel des Hrn. Lehrers Wolf an. Ihnen, wie allen Mitwirkenden sind die Freunde der Kleinkinderschule zum innigsten Danke verpflichtet, indem für letztere, noch sehr der Unterstützung bedürfende Anstalt bei diesem Konzert die Summe von 65 fl. 30 kr. eingegangen ist. Möge es dem ehrenwerthen Blechinstrumentalmusikverein gefallen, uns alljährlich einen solchen schätzenswerthen Kunstgenuß zu ähnlichem Zwecke zu bereiten! — Kürzlich hat sich hier ein Verein von Jungfrauen gebildet, welche weibliche Handarbeiten anfertigen, um sie zum Besten der Kleinkinderbewahranstalt zu verloosen. Es ist diesem löblichen Beginnen eine allseitige Theilnahme zu wünschen

Frankfurt a. M.

Ueber den erblindeten Dichter und Tonkünstler Constantin Möllmann, welcher sich gegenwärtig hier befindet, um Subscribenten auf seine im Druck erschienenen Lieder zu sammeln, sagt G. Schwab: „Er entbehrt des Augenlichts seit 48 Jahren. Aus den Erinnerungen seiner Kindheit sind ihm nur das Roth der Rosen, das Grün des Feldes, die Umrisse der Menschen- und Thiergestalten und das Flimmern des Sternenhimmels in der Vorstellung geblieben. Im Uebrigen ist seine Welt die des Gedankens, der Empfindungen und des Glaubens, und sein Trost auf Erden Poesie und Musik. Er reis't mit zufriedenem Gemüthe, einsam, eine Liste von Unterzeichnern für seine Gedichte in der Tasche. Möge er viele Freunde seines Gesanges finden!“ — Wir unterstützen mit warmer Theilnahme diese Empfehlung und fügen bei, daß C. Möllmann's Gedichte sich durch Tiefe des Gemüths und durch den Ausdruck eines frommen, gottergebenen Sinnes auszeichnen. Wir wünschen, daß sich überall bestätigen möge, was er in einem seiner Lieder so herzlich sagt:

„Zu guten Menschen, die mich froh begrüßen,
Führt nah' und fern mich Gottes Vaterhand;
Sie sind es, die mein Glück, mein Leid versüßen,
Sind Engel mir schon hier im Erdenland.“

Programm des Museums.

Am 4. December.

Meeresstille, Ouverture von Mendelssohn.
Konzert für's Klavier von Mendelssohn (D-moll), vorgetragen von Hrn. Luh.
Ueber Gesellschaft und Geselligkeit; von Hrn. Dr. med. A. Clemens; vorgetragen von Hrn. Breuer.
Frühlingsglaube. Gedicht von Uhland, in Musik gesetzt von L. A. Schmitz, gesungen von Fräul. Oswald.
Violinkonzert von Vieurtemps, vorgetragen von dem jungen Aloys Baldenecker.
Der Mönch, Ballade, componirt von Meyerbeer, gesungen von Hrn. Conradi.
Apperçu sur la vie et les oeuvres de Béranger, par Mr. Victor Dubourg, Professeur de littérature française.
Lieder von Lindblatt, gesungen von Hrn. Hecht.
Symphonie von Beethoven (C moll).

Der Anfang ist um halb 7 Uhr; der Saal (im Weidenbusche) wird um halb 6 Uhr geöffnet. — Alle Museumskarten sind persönlich; es wird Niemand ohne Eintrittskarte zugelassen; freie Gastkarten werden nicht ausgegeben. Karten für den Abend zu 1 fl. 30 kr. sind zu haben bei Hrn. Georg Krebs, Zeil, der Post gegenüber.

Theater-Anzeige.

Donnerstag, 3. Dec. Der Freischütz, romantische Oper in 4 Abth., Musik von C. M. v. Weber.

Samstag, 5. Dec. (Neu einstudirt): Iphigenia in Aulis, große Oper in 3 Abth., Musik von Gluck.

Redacteur: J. L. Heller. — Druck und Verlag von Heller und Rohm.

Didaskalia.

Blätter für Geist, Gemüth und Publizität.

Nro. 335. Samstag den 5. December 1846.

Der Geheimschreiber.

Eine Erzählung von Kathinka Zitz.

(Fortsetzung.)

„Sucht Euch nicht zu rechtfertigen,“ fiel ihr Stocq in die Rede, „ich weiß, daß unsere Gefühle nicht immer von uns abhängen, wir lieben, was uns haßt, wir hassen, was uns liebt. Ich kann in Bezug auf diese Geheimnisse des Herzens nichts Neues mehr hören; auch bin ich nicht gekommen, um mich zu beklagen. Laßt mich vollenden . . . Ich weigerte mich im Anfang, dieser Nachricht Glauben zu schenken, und beschuldigte den der Lüge, der sie mir überbrachte. Als ich aber nicht mehr zu zweifeln vermochte, ward ich rasend vor Verzweiflung. Ich verließ Paris wie ein Wahnsinniger, wanderte den ganzen Tag fort, und war auf die grausamste und blutigste Rache bedacht. Bald wollte ich einen Zweikampf auf Tod und Leben mit jenem Manne herbeiführen; bald lächelte ich bei dem Gedanken, daß ich Denjenigen verderben könnte, der Euern Geist auf Irrwegen geleitet hatte, indem er die unreinen Keime eines falschen Glaubens zwischen Euch und sich aussäete, und Euch veranlaßte, aus Liebe zu ihm, von dem Glauben Eurer Väter abzufallen . . . Ja, ich hätte ihn verderben können! Ein Wort von mir, und der Kopf eines Protestanten war dem Henker verfallen!“

Margarethe bebte bei diesen Worten schaudernd vor dem Manne zurück, der sie durchdringend ansah und dann also fortfuhr:

„Am folgenden Abend stand ich vor Euerer Thüre, Margarethe! Aber in dem Augenblick, wo ich im Begriff war, die Schwelle zu überschreiten und durch meine Gegenwart Eure Hochzeitsfreuden zu stören, stand ich still, sey es, daß Euer Bild zwischen mich und ihn trat, sey es, daß eine geheime Stimme mir zu warten zuflüsterte: genug, ich entfernte mich, ohne Euch meine Anwesenheit bemerkbar gemacht zu haben, ohne den Mann gesehen zu haben, der Euer Gemahl geworden war. — Da die Gründe, die mich von dem Connetable getrennt hatten, nicht mehr vorhanden waren, so kehrte ich zu ihm zurück; er bedurfte meiner, denn ich kannte alle Geheimnisse seiner Politik. Ich begleitete ihn auf allen seinen Feldzügen, lebte bald in dem Geräusche des Lagers, bald mitten unter den Ränken des Hofes; aber der Ehrgeiz vermochte nicht, mich meine Liebe vergessen zu lassen. In meinem Herzen war eine Leere, die nichts auszufüllen vermochte; in mir schlummerte eine nicht erloschene Rache, welche von Zeit zu Zeit wieder aufflackerte . . . und doch war mir Euer Schicksal unbekannt. Ich wußte nicht einmal, an welchem Ort ihr lebtet. Ich erkundigte mich um nichts, als ob der Zufall allein mir zur festgesetzten Stunde den Mann entgegen führen müßte, den ich nie gesehen zu haben geglaubt hatte.“

Frau Landry hing mit Blicken voll ängstlicher Erwartung an dem Munde des Erzählers, dessen letzten Worte anzudeuten schienen, daß er ihren Gatten kenne. Stocq rückte seinen Sessel näher zu ihr, und hob nach einer kleinen Pause wieder an:

„Gestern durcheilte ich die Straßen von Senlis, als ich nacheinander mit zwei Männern zusammen traf. Der erste war mein ehemaliger Lehrer, Ambrosius Paré. Während wir miteinander sprachen, ging ein anderer Mann an uns vorüber, dessen Anblick mich vor Erstaunen stumm und unbeweglich machte; ich glaubte ein Gespenst zu sehen und sah Ambrosius Paré an, welcher bestürzt war und den Finger auf den Mund legte. Ich sah mich um, und bemerkte, daß jener Mann sich entfernte, nachdem er einige Worte mit einem Weib aus dem Volke ausgetauscht hatte. Ich eilte auf sie zu. „Wie heißt der Mann, der eben von Euch ging?“ fragte ich sie. — „Landry.“ — „Wohnt er in Senlis?“ — „Ja; es ist der Mann der Margarethe Pelvé.“ In diesem Augenblick stieß der Doktor wieder zu mir, und ich sprach zu ihm: „Meister, Ihr seyd eben so verwirrt als ich; Ihr kennt den Mann, der an uns vorbei ging . . . Haben wir eine Vision gehabt? . . . oder wenn es Savigny war, wie vermögen die Todten ihr Grab zu verlassen, und wer erschließt ihnen das Thor des Lebens wieder? . . . Es war doch Savigny?“ — „Ja,“ gab er mir zur Antwort: „kommt mit, ich will Euch Alles erzählen.“ „Aber,“ fuhr Stocq plötzlich in einem andern Tone fort, „Ihr seyd so ruhig, Margarethe! Ihr hört mir ohne alle Furcht zu . . . so wißt Ihr denn nichts?“

„Nichts,“ versetzte diese mit großer Seelenruhe, „ich kann nicht begreifen, welche Beziehung zwischen meinem Manne und dem, den Ihr Savigny nennt, existirt.“

„So wißt Ihr denn nicht, daß vor fast acht Jahren der Baron von Rochemore in einem Walde der Provinz Guienne ermordet wurde; daß der Mörder ergriffen und zum Galgen verurtheilt wurde . . . daß er sich Marquis von Savigny nannte? . . .“

„Nun?“ fragte Margarethe, als er stockte, und hob das große klare Auge fragend zu ihm auf.

„Nun, dieser aus der Zahl der Lebenden ausgestrichene Mensch, dessen Leichnam ich vom Winde bewegt, zwischen Himmel und Erde schweben sah, dieser Mensch stand gestern vor mir, sage ich Euch. Durch Ambrosius Paré in das Leben zurückgerufen, läßt er sich jetzt Landry nennen . . . und ist Euer Gemahl.“

Margarethe war mit einem Schreckensschrei in die Höhe gesprungen, dann aber hielt sie die Hände wie abwehrend vor sich hin, und rief: „Landry ein Mörder? nein . . . nein . . . das kann nicht seyn.“

„Schenkt mir noch keinen Glauben, Margarethe!“ sagte Stocq sanft, indem auch er sich von seinem Sessel erhob und dicht vor die erschrockene Frau hintrat. „Wäre ich, wie Ihr, bis heute in Unwissenheit geblieben, so würde sich meine Vernunft zu begreifen weigern . . . Wie Ihr, würde ich sagen: Ihr lügt . . . wie Ihr, würde ich Beweise verlangen.“

Und als Margarethe nun wirklich auf diese Beweise drang, theilte Stocq mit der größten Ruhe mit, was ihm Ambrosius Paré vertraut hatte. Die Hinrichtung des Verurtheilten hatte während der Nacht bei Fackelschein statt gefunden. Als die Menge sich verlaufen hatte, ward der Körper des Gehenkten durch den Scharfrichter vom Galgen abgenommen, und an Ambrosius Paré überliefert, welcher ihn gekauft hatte. Dieser legte ihn auf seinen Secirtisch und beugte sich über den Körper, den er für leblos hielt, als plötzlich unter der Hand, welche die Geheimnisse des Lebens in dem Tode suchte, das Blut aus dem ersten gemachten Einschnitte zu rieseln begann. Der gelehrte Doktor erschrak dermaßen, daß das Messer seinen zitternden Händen entglitt . . . er sah nur noch ein Opfer, keinen Mörder mehr vor sich . . . „Gott hat ein Wunder gethan!" rief er aus. „Er hat mir meine Wissenschaft verliehen, um das Leben zu erhalten, nicht aber um zu tödten. Und nun schenkte er dem so wunderbar Geretteten seine ganze Sorgfalt, wachte bei ihm, und verbarg ihn vor allen Blicken . . . und in der zwanzigsten Nacht verließ der durch ein doppeltes Wunder gerettete Savigny, allein, ohne Führer und Stütze, das Zimmer, in welches man ihn wie in ein Grab geworfen hatte, und floh aus der Stadt, welche Zeuge seiner Hinrichtung gewesen war, um unter einem andern Namen an einem andern Orte wieder aufzuleben."

Margarethe traute ihren Ohren nicht; sie starrte den Sprecher mit irren Blicken an, der, als sie ihm jede Antwort schuldig blieb, wieder anhob:

„Worte können der Lüge bezüchtigt werden, Margarethe, denn sie lassen keine Spur zurück; aber die Wahrheit hat andere Zeugnisse: die Hand des Anatomikers Ambrosius Paré hat sie mit unauslöschlichen Zügen auf den Körper des Mörders eingegraben. Befindet sich an der linken Halsseite Eures Mannes nicht die Narbe einer tiefen Wunde?"

„Schweigt! schweigt!" rief Margarethe außer sich, indem sie ihm die Hände wie abwehrend entgegen hielt. „Welcher Teufel hat Euch gesendet, um mich auf so qualvolle Weise zu martern? Nein, nein, mein Gatte, der Vater meines Kindes, kann kein Mörder seyn."

Sie bedeckte sich das Gesicht verzweifelnd mit den Händen, denn obgleich sie Stocq gegenüber jeden Glauben an seine Worte verläugnete, so begann der Verdacht dennoch in ihr Herz einzudringen. Sprach der gräßliche Mann wahr, so war sie mit sammt ihrem Kinde verloren, entehrt, zur Flucht gezwungen . . . so waren ihre Stirnen mit den Malzeichen der Schande bezeichnet, so flößte ihr Gatte ihr Entsetzen ein, und die Welt mußte sie ausstoßen.

(Fortsetzung folgt.)

Alexander Dumas.

Ein unternehmender Buchhändler in Paris verspricht dem Publikum jetzt eine Sammlung und Herausgabe sämmtlicher Werke dieses vielgelesenen und vielschreibenden Autors, und zwar nicht allein die bisher erschienenen, sondern noch alle künftigen Produkte desselben. Dem Prospektus ist eine kleine Abhandlung über Alexander Dumas vorgedruckt, die, obgleich nur eine industriöse Lobrede für ihn, dennoch so viel Charakteristisches hinsichtlich der jetzigen Richtung der französischen Unterhaltungs-Literatur enthält, daß eine Probe davon hier Platz finden möge.

. . . . „Wie jede Jahreszeit die ihr eigenthümlichen Produkte hervorbringt, so scheint auch in jeder Epoche die Geistesnahrung von selbst zu wachsen, deren der literarische Geschmack gerade bedarf. Man sollte glauben, es werde kein Darstellungstalent neu hervorgebracht, sondern es verändere sich nur nach den herrschenden Meinungen, in deren Mitte es von der Zeit gestellt wird. Man muß zugestehen, daß nichts so veränderlich ist, als der Geschmack; um dieß zu beweisen, ist es nicht hinreichend, ihn durch verschiedene Himmelsstriche und durch Jahrhunderte zu verfolgen, man muß die Stufenleiter dicht zusammenrücken, um nur die auffallendsten Umgestaltungen herzählen zu können. Gegen das Ende der Monarchie verlangte man überall Moschus und Ambra; in der Revolution vermochten die stärksten Gewürze kaum den überreizten Gaumen zu kitzeln. Zur Zeit des Kaiserreichs, der Restauration erzeugte der neue Geschmack neue Produkte. Ohne sich ein Urtheil anzumaßen, kann man wohl behaupten, daß in diesem Augenblick noch nie dagewesene Bedürfnisse herrschen. Wir sind alle fieberhaft aufgeregt durch den Strudel der Geschäftsunternehmungen, hingerissen von dem allgemein herrschenden Gesetz der „Schnelligkeit", das jetzt die Welt durchbraus't, und fühlen das Bedürfniß, etwas zu lesen, das uns eine angenehme Zerstreuung, eine Reihefolge von Gemüthsbewegungen, eine geistige Lebendigkeit darbietet, wodurch wir wenigstens kurze Zeit die Wirklichkeit und die ernsthaften Gesichter unserer Geschäftsmänner vergessen können. Man lies't, wie man ins Theater geht, um für einige Stunden das Leben einer anderen Persönlichkeit zu durchleben, um ohne Anstrengung Leidenschaft zu empfinden und Geist zu genießen, den man in der Welt nicht mehr finden kann, seitdem die Cigarren von jeder Unterhaltung dispensiren. Alexander Dumas ist zur rechten Zeit geboren, sein Talent besitzt die wunderbare Proteusnatur, die dem Leser zu sagen scheint: „Sey eigensinnig, so viel Du willst, sey übersättigt oder veränderlich, ich werde Dich doch zu treffen wissen, Du wirst mich überall und unter jeder Gestalt finden." Das Theater, welches bei jedem anderen Autor die ganze Produktionskraft in Anspruch nehmen würde, war bei Dumas nur ein Vorspiel.

„Als die Politik nicht mehr so aufregend wirkte, d. h. als sie vollkommen langweilig geworden war, bekam das Publikum, welches die Langweil haßte, große Neigung für Novelletten, kurze Geschichtchen, die eine Stunde lang aufregten und unterhielten. Die Mitarbeiter der Revuen machten noch Versuche in dieser neuen Gattung, als schon eine Menge derartiger Lieferungen mit der Namensunterschrift des dramatischen Autors schnell hinter einander erschienen. Wer hat nicht die Geschichtchen des Droschenkutschers, der rothen Rose und besonders die Reise-Eindrücke gelesen und wieder erzählt? Nun, dies war abermals nur ein Vorspiel; die große Umwandlung der Unterhaltungspresse sollte stattfinden. Die Leser waren nicht mehr zufrieden mit den kleinen Brocken, dem Mundvoll Lektüre; die Zeit liegt hinter uns, wo ein Redakteur jeden Tag einen neuen Artikel drucken wollte, wo er die Lösung des Knotens höchstens bis zur letzten Spalte hinausschieben durfte. In einem einzigen Jahre hat sich die Consumtion der französischen Lesewelt riesenmäßig gesteigert. Die Journale versicherten, daß sie bisher keine Ahnung von diesem Bedürfniß gehabt hätten, dem die dünnen Wasserstrahlen nicht mehr genügten, sondern das ganze Ströme zur Stillung bedürfe, und beeilten sich, demselben Tonne um Tonne darzubieten. Der französische Leser glaubte den Journalen, glaubte und bildete sich danach; er lernte es, einen ganzen Tag in der Schwebe zu bleiben; er lernte es, von einer Woche zur anderen den abgerissenen Faden in der Hand zu behalten, an den sich die nächsten Scenen wieder anknüpfen sollten; er wußte seine Neugier beim Zügel zu fassen bei dem Schicksalswort: Fortsetzung folgt! er wußte das Lächeln halb aufzubewahren für den anderen Tag, welches ein drolliger Zug der letzten Scene ihm abgenöthigt; er verstand es, die Thräne nicht ganz vertrocknen zu lassen, die auf die abgebrochene Zeile gefallen war. Als diese Fähigkeit so weit ausgebildet war, wer war da wieder der Mann, der die besten Hülfsquellen zur Befriedigung dieses Bedürfnisses erfand, der den reichsten Bissen in den Mund der Lesewelt schob, welcher hungernd zwischen zwei Journalnummern offen stand?

Alexander Dumas; er bekannte sich zu keinem System, er zeigte keine Art von Absichtlichkeit, er überließ sich seiner unerschöpflichen Produktionskraft, die den Leser zu ihm hinriß. Er verstand es, während ganzer Wochen und Monden, Paris und die Provinz in Athem zu halten, ja die ganze Welt, so weit man französisch versteht. Es läßt sich sogar behaupten, daß die drei Musketiere zur Verbreitung unserer Sprache mitgewirkt haben. Die Neugier der ganzen Welt wurde durch diese glänzende, hinreißende, unerschöpfliche Darstellungsgabe in Bewegung gesetzt. Die beliebte Namensunterschrift wirkt wie ein Zauber; die neuen Journale stellen sie wie ein Stern der Verheißung an die Spitze ihrer Versprechungen und die alten als den sichersten Stützpunkt ihres Kredits. Man streitet sich darum, wie um den Besitz eines Zaubermittels. Einige Glückliche haben ihn für sich errungen, und das Publikum, welches sonst den privilegirten Blättern abhold ist, greift zu, wo es ist. Die Konservativen maulen mit dem Constitutionnel, aber sie nehmen doch die Dame von Montsoreau; die Opposition kehrt in Masse dem Journal des Debats den Rücken zu, verlangt aber mit Ungestüm den Monte-Cristo; doch man beruhige sich, es gibt jetzt einen Verleger, der nicht vor dem Riesenwort: Sämmtliche Werke von Alexander Dumas, zurückschreckt; die unangenehme Lektüre der einzelnen Feuilletons, die erst von der Haushälterin zusammengeheftet werden müssen, soll aufhören. In jedem noch so einfachen Hause wird sich ein Bücherbrett finden für diese Lieblingswerke des Publikums; welche reiche Auswahl läßt sich darunter schon jetzt treffen, und nun erst noch in der Zukunft, denn Dumas ist jung, er befindet sich vortrefflich, und sein fruchtbarer Geist, der immer das Ueberraschende erzeugt, wird in jedem Jahre vierzig Bände zur Welt bringen, die uns zum Zittern, Weinen, Lachen bewegen werden."

Das Ende klingt geradezu wie ein Puff; die Androhung der alljährlichen vierzig Bände könnte den unermüdlichsten Leser mit Entsetzen erfüllen, wenn mehr Aussicht für die Bewahrheitung derselben vorhanden wäre, aber Dumas läßt schon jetzt die Presse vergebens auf die Fortsetzung seiner Memoiren eines Arztes (Cagliostro's) warten, er muß vorher noch die spanische Hochzeit beschreiben, zu welchem Zweck die Speculation den Dichter an Ort und Stelle gesendet hatte, und dann nimmt ihn der Bau seines Theaters doch auch wohl mehr in Anspruch, als er gedacht hat, eben so der zahlreiche Besuch der Fremden, die ihn bewundern, und der jungen Anfänger, die ihm Manuscripte unter Fabrikpreisen anbieten wollen. Uebrigens weiß ich wirklich nicht, ob man die Geduld und den Geschmack seiner Leser beneiden oder belächeln soll. (Mag. f. d. Lit. d. Ausl.)

Mannichfaltigkeiten.

* (Das Hagestolziat. — Einges.) In Nro. 315 der Didaskalia befindet sich ein aus der D. A. Z. entlehnter Aufsatz, in welchem der Vorschlag zu einer „Hagestolzsteuer" als im Sinne des Rückschritts bezeichnet wird. Einsender Dieses bemerkt, daß die ihm bekannte erste Anregung zu einer solchen Steuer (in neuerer Zeit) von Vater Jahn ausgegangen ist, welcher in seinem (etwa 1812 herausgekommenen) „deutschen Volksthum" eine solche nicht nur dringend anempfiehlt, sondern — in seiner derben Weise — auch noch überdies dabei bemerkt, daß auf das Grab eines Hagestolzen kein jungfräulicher Kranz, sondern — ein ausgestopfter Kukuk gehöre. Wohl mag man dem armen Tagelöhner es Dank wissen, wenn derselbe, um nicht Kindern das Daseyn zu geben, welche er nicht zu ernähren vermag und deßhalb dem gemeinen Wesen zur Last fallen würden, auf den Genuß häuslicher Freuden verzichtet. Eben so mag es nur Billigung verdienen, wenn der Mann von gefahrvollem Berufe unverehelicht bleibt. Wie aber steht's um den Reichen und Wohlbegüterten, dessen Alles — um mit Saphir in dessen „Hagestolziat" zu reden — auf sein „ausgehülsetes Ich" sich beschränkt, und der — sowie er selbst dem Staate keine Bürger heranbilden mag — nur dazu da zu seyn scheint, nicht selten zum öffentlichen Aergernisse selbst noch Hader in andern Familien anzurichten? — Sollte es wohl unbillig seyn, wenn ein solcher zur Erleichterung des Familienvaters, der mit Selbstverläugnung dem Staate nützliche Bürger erzieht, ein Scherflein beitrüge; und sollte nicht schon im Interesse der Sittlichkeit es gewünscht werden müssen, daß, sowie das (leider erzwungene) Cölibat, so auch das (freiwillige) Hagestolziat aufhöre?

* In Nro. 113 des theol.-lit. Blatts, welches als Beilage zur allgemeinen Kirchenzeitung in Darmstadt herauskommt, befindet sich eine im Allgemeinen sehr vortheilhafte Recension der im verflossenen Jahre bei Bindernagel in Friedberg herausgekommenen „homiletischen und liturgischen Mittheiluugen" des vorhinigen großh. Pfarrers Flick zu Petterweil, deren Schlußworte also lauten: „Indessen beurkundet sich durch diese homiletischen und liturgischen Mittheilungen der Verfasser als einen Mann, der zur gesegneten Führung des Pfarramtes mit eben so viel Kraft als Eifer ausgerüstet war, und in seinem Berufskreise noch lange heilsam hätte wirken können, wenn er nicht (Vorwort Seite XIII.) durch Theilnahme an politischen Aufregungen in Hessen seines Amtes verlustig geworden wäre, und nun in einer solch' mißlichen ökonomischen Lage sich befindet, daß er zur Erleichterung derselben die vorliegende Schrift bestimmt hat. Möge daher dieselbe, sowohl wegen ihres Inhaltes als Zweckes, recht viele Abnehmer finden!"

Gutzkow, der noch in Berlin weilt und von dort nach Dresden gehen wird, soll in diesen Tagen, wie die Breslauer Zeitung sagt, sein neues Trauerspiel: Uriel Acosta, dem Könige vorlesen. Das Stück, vom Dichter nach einer eigenen Novelle gearbeitet, schildert den Kampf des freien Gedankens mit dem gläubigen Vorurtheile. Es wird als ein Meisterstück der Dialektik und als ein Drama von erschütternder Wirkung geschildert.

(Ein Calembourg.) Eine kleine Hamburgerin wollte einen auswärtigen Bekannten des dortigen Schauspielers von Lehmann benachrichtigen, daß diesem eine Benefiz-Vorstellung bewilligt sey, und daß an dem dazu bestimmten Abend die dramatische Bearbeitung der Mystères de Paris gegeben werden würde. Noch wenig mit der französischen Rechtschreibung bekannt, nannte die kleine Briefträgerin jenes Drama: „Misther de Paris." — Auf weniger absichtliche Weise, und doch treffend, ist wohl nicht leicht ein Calembourg gemacht worden, als dieser: „Mist her von Paris."

Korrespondenz.

Weimar, 20. Nov.

Der neuesten Nummer des Regierungsblattes zufolge ist den homöopathischen Aerzten des Großherzogthums, auf besonderes Nachsuchen, die Verabreichung selbstverfertigter Medicamente, welche jedoch den Kranken jederzeit unentgeltlich überlassen werden müssen, bedingungsweise gestattet worden. Jeder Arzt aber, welcher davon Gebrauch zu machen gedenkt, hat sich vorher einer desfallsigen Prüfung der Medicinalbehörde zu unterziehen. — Die Getreidepreise halten sich noch immer auf einer ungewohnten Höhe und verbreiten Kummer und Sorge in der niedern Volksklasse, die dem bevorstehenden Winter nur mit Bangen entgegen sieht. Aber nicht nur die notorisch Armen haben von dieser anhaltenden Theuerung zu leiden, sondern mehr noch die unbemittelten Handwerker, welche zum Theil zahlreiche Familien, aber keine hinreichende Arbeit haben. Ueberhaupt mehren sich die Klagen des Handwerkerstandes von Tage zu Tage, und es sind schon mancherlei Mittel, wie ihm unter die Arme zu greifen sey, in Vorschlag gebracht worden, leider aber bis jetzt ohne allen Erfolg. Selbst der „Unterstützungsverein für unbemittelte Handwerker", von dem man sich Anfangs gründliche Abhülfe versprach, genügt nicht. Die Statuten dieses Vereins sind aber auch, dem Zwecke angemessen, viel zu streng, als daß Jemand Verlangen tragen könnte, von der Kasse dieses Vereins Gebrauch zu machen. Einen besseren Erfolg scheinen dagegen die von den Herren Doctoren Schöll, Froriep und Sauppe veranstalteten öffentlichen Vorlesungen zu haben, deren Zahl vorläufig auf 12 festgesetzt ist und wofür jede Person 2 Thaler zu zahlen hat. Diese Vorlesungen haben am Abend des 19. d. im großen Saale des Stadthauses in Gegenwart einer zahlreichen Zuhörerschaft begonnen. Nach einer leichten, gefälligen Einleitung des Hrn. Hofrathes Schöll, worin diese Vorträge durch altweimarische Sitte und als eine in der Zeit begründete Erscheinung motivirt wurden, folgte ein längerer Vortrag: Italienische Bilder, von dem Hrn. Regierungsrath Burkhardt. Sie waren streng genommen nichts weiter als Reisebemerkungen eines mit Sinn für Natur und Kunst begabten Mannes, ohne Anspruch auf Neuheit und besondere Eigenthümlichkeit zu machen. Die Aussprache des Vortragenden war sehr monoton und dem frischen Farbenton des Gegenstandes nur wenig angemessen. Der Ertrag dieser Vorlesungen ist einestheils für den Bau des Herderdenkmals und anderntheils für unbemittelte Gewerbtreibende bestimmt. So sehr dieser Zweck auch immer anerkannt zu werden verdient, so hat sich doch ein nicht geringes Befremden kund gegeben, daß die Veranstalter derselben die Theilnehmer zu klassifiziren gesucht und dabei den Adel auffallend bevorzugt haben. Solche Rang- und Standes-Eintheilungen liegen außer unserer Zeit, und gerade bei Vereinen, die wohlthätiger Zwecke wegen in's Leben gerufen werden, sollte man sie am wenigsten erwarten dürfen. Man könnte unser Jahrhundert füglich das Jahrhundert der Vereine nennen, denn noch zu keiner Zeit sind sie zahlreicher aufgetaucht als jetzt. So hat sich hier nach dem Muster anderer Städte nun auch ein Verein gebildet, welcher sich die schöne Aufgabe gestellt hat, Kindern armer Eltern zum bevorstehenden Christfest mittelst Geschenken eine Weihnachtsfreude zu bereiten. Möchte er eine recht zahlreiche Theilnahme finden! — Großes Aufsehen macht so eben eine in Leipzig erschienene Broschüre, welcher Weimar zur Grundlage dient. Sie heißt: „Actenmäßiger Bericht über die erste Versammlung deutscher Schriftstellerinnen. Eine Weihnachtsgabe für Freunde der schönen Literatur." Dieses Schriftchen ist eine Satyre mit sehr verdünntem Witz, zeugt aber demungeachtet von einem talentvollen Verfasser. Viele der bedeutenderen, jetzt lebenden Schriftstellerinnen sind darin mit Namen genannt und nach ihrem äußeren und inneren Wesen charakterisirt. Aber jedenfalls würden diese Charakteristiken schärfer und witziger ausgefallen seyn, wenn der Verfasser durch die Nennung der Namen sich nicht die Flügel gebunden hätte. Am meisten werden die hier lebende Amalie Winter und Amalie Schoppe in Jena mitgenommen. Da wir uns nun einmal in das Labyrinth der Literatur verirrt haben, so glauben wir, auch das neu erschienene „Beethoven-Album" nicht übergehen zu dürfen, ein Buch, das seines hohen Preises wegen (6 Thaler) nur Wenigen zugänglich werden dürfte. Es enthält zum Theil sehr gediegene Beiträge verschiedener, meist musikalischer Schriftsteller, unter denen auch einige aus Weimar sich befinden. So lieferte Hr. Regierungsrath Schmidt ein sinniges, die Musik Beethoven's charakterisirendes Sonett, Hr. Kapellmeister Chelard ein in französischer Sprache gedichtetes Liedchen, das den Wunsch ausspricht, es ja nur ganz leise zu singen, damit es Beethoven nicht höre, und endlich befindet sich darin ein Gevatterbrief von Matthisson Namens seiner „Adelaide" an den hiesigen Rath Dr. Sondershausen. Das Werk ist übrigens glänzend ausgestattet und verdient, den Verehrern des großen Componisten mit Recht empfohlen zu werden.

Mainz, 2. Dec.

Die von Hrn. Sauer gegründete Bäckerei hat in der kurzen Zeit ihres Bestehens einen Aufschwung genommen, der deutlicher als Alles dafür spricht, daß dieses Etablissement ein wahres Zeitbedürfniß ist. Die geachtetsten Häuser unserer Stadt beziehen ihren Brodbedarf aus dieser Bäckerei, die bereits von Mannheim und Köln die vortheilhaftesten Anerbietungen zu großen wöchentlichen Brodlieferungen erhielt, dieselben aber ablehnte, weil sie ihre Thätigkeit ausschließlich dem hiesigen Platze widmen will. Einige der andern Herren Bäcker geben jetzt unter der Hand das Brod zu demselben Preise, wie es die Bäckerei des Hrn. Sauer liefert, nämlich den Laib einen Kreuzer billiger als der von den Bäckern nach dem jedesmaligen Durchschnittspreise auf dem Fruchtmarkte festgesetzte Preis beträgt. So hat also das Etablissement des Hrn. S. auch noch das Gute gestiftet, daß es die anderen Bäcker, oder wenigstens einen Theil von ihnen, zu billigeren Preisen zwingt, wenn sie sich auch nur im Geheimen dazu verstehen. Welch außerordentliches Interesse übrigens das Etablissement des Hrn. S. auch in unseren höheren Kreisen erregt, dafür zeugt der Besuch, welchen vorgestern Se. Exc. der k. preuß. Generallieutenant Hr. v. Hüser, Vice-Gouverneur der Bundesfestung, Se. Exc. der k. k. östr. Generalmajor Hr. Frhr. v. Jetzer, Festungscommandant, der hiesige Kreisrath und Territorial-Commissär Hr. Frhr. v. Dalwigk und der Präsident unserer Handelskammer Hr. Heidelberger in demselben abstatteten. Die genannten Herren hielten sich über eine Stunde bei Hrn. S. auf, prüften und untersuchten Alles auf das Genaueste, überzeugten sich durch specielle Einsicht der Bücher von dem überraschenden Aufschwunge des Etablissements und gaben dem Gründer desselben sowohl für die musterhafte Einrichtung, wie auch für seine, dem allgemeinen Besten gewidmete Thätigkeit ihre vollste Zufriedenheit zu erkennen. Wir freuen uns, daß Hrn. S. diese ehrenvolle Anerkennung zu Theil geworden und sind überzeugt, daß nur Wenige sie ihm nicht gönnen.

Wiesbaden, im Nov.

Die Thätigkeit, welche unser Gewerbverein nach allen Seiten hin entfaltet, ist uns sichere Bürgschaft, daß er zu großen Ehren gelangen wird. England hat uns bewiesen, daß alle großartigen Bünde und Vereinigungen nur durch die Oeffentlichkeit und einen schnellen, nie stockenden Gedankenverkehr gedeihen. Deshalb sollte auch jede Lebensregung unseres Gewerbvereins so schnell und genau als nur immer möglich dem ganzen Lande, Mitgliedern und Nicht-Mitgliedern bekannt gemacht werden, um so mehr, da Das, was geschieht, nur die Achtung für die Verwaltung erhöhen kann. Als sehr wichtig glaube ich bezeichnen zu können, daß mehrere unserer tüchtigsten Professoren an der landwirthschaftlichen Anstalt auf dem Geisberg, am Realgymnasium rc. sich zu gewerblichen Vorlesungen für das laufende Wintersemester vereinigt haben. Dieselben finden jeden Montag von 8 — 9 Uhr Abends in dem kleinen Saale der Vierjahrszeiten statt. Bis jetzt hatten wir das Vergnügen, drei sehr belehrenden Vorlesungen des Hrn. Professor Fresenius über Farbenlehre beizuwohnen. Wir dürfen hoffen, daß diese Vorlesungen durch den Gewerbverein auch in die übrigen Städte des Landes verpflanzt werden, obgleich sie bis jetzt nur in Weilburg Eingang gefunden haben und zwar durch die Vorträge des Hrn. Fabrikanten Fr. Wimpf über Physik. Ferner ist die Gründung von Sonntags- und Abendsgewerbschulen in verschiedenen Städten des Landes von großer Bedeutung. Dieselben bestehen, durch Geldzuschüsse von Seiten des Gewerbvereins unterstützt, zu Weilburg, Montabaur, Diez, Eppstein rc. und werden hoffentlich bald in Dillenburg, Limburg, Usingen rc. in's Leben treten. Außer den obenerwähnten Geldzuschüssen werden jenen Bildungsanstalten für Lehrlinge und Gesellen auch die in den resp. Orten zu erhebenden Mitgliederbeiträge überwiesen. Wie im übrigen Deutschland bei ähnlichen Veranlassungen sind auch in Folge unserer unvergeßlichen ersten Gewerbausstellung Denkmünzen geprägt worden. Dieselben sind vortrefflich gelungen; die Vorderseite stellt die auf den Wappenschild gestützte und den Ehrenkranz emporhaltende Nassovia dar mit der Rundschrift: „Erste Gewerbausstellung für das Herzogthum Nassau", die Rückseite einen Eichenkranz, der die einfachen Worte: „Dem Gewerbfleiße" einschließt. Die Münze ist in Gold für Se. Hoheit den Herzog, in Silber für die Ehrenmitglieder und in Bronze für alle Einsteller geprägt. Wir schließen diese Mittheilungen mit dem Wunsche, daß die Verwaltung unserer Industriehalle sich den Ruhm vor andern engherzigen Anstalten der Art erwerben möge, jedem deutschen Künstler oder Fabrikanten, insofern er im Lande keinen Concurrenten hat, die Ausstellung seiner Waare zu gestatten. Das wäre ein Zeichen von wahrhaft deutscher Gesinnung lediglich im Interesse der Anstalt selbst.

Theater-Anzeige.

Samstag, 5. Dec. (Neu einstudirt): Iphigenia in Aulis, große Oper in 3 Abth., Musik von Gluck.

Redacteur: J. L. Heller. — Druck und Verlag von Heller und Rohm.

Didaskalia.

Blätter für Geist, Gemüth und Publizität.

Nro. 336. | Sonntag, den 6. December | 1846.

Der Geheimschreiber.

Eine Erzählung von Kathinka Zitz.

(Fortsetzung.)

„Margarethe,“ sagte Stocq nach einer Pause, indem er der leise Schluchzenden langsam die Hände von dem thränenfeuchten Gesichte wegzog, die sie alsobald gegen ihn ausstreckte, indem sie angsthaft rief:

„Was habt Ihr mir noch zu verkünden? O, nichts mehr ... habt Mitleid mit mir und meinem Knaben.“

„Margarethe! ich liebe Euch noch immer. Ihr seyd für mich immer noch das Mädchen, das ich so schön und so rein gekannt habe ... Jener Mann hatte mir meinen Schatz geraubt, und ich finde ihn heute wieder.“

Margarethe, die gleich bei seinen ersten Worten mit einem Schreckensruf vor ihm zurückgebebt war, rief jetzt mit Entrüstung: „Was wagt Ihr zu denken? Nein, ich glaube Euch nicht; aber ich begreife jetzt, daß Ihr ein Mährchen erfinden mußtet, um ihn in meinen Augen herabzuwürdigen. Ihr habt ihn verläumdet, um ihn aus meinem Herzen zu reißen.“

Trotz Stocqs Betheuerungen, daß er die Wahrheit spreche, gab sie ihm kein Gehör mehr, sondern sie machte sich bittere Vorwürfe, daß sie thörigt genug gewesen sey, den Ankläger ihres Mannes einen Augenblick angehört zu haben. Und als sie jetzt im Hausflur den festen Tritt ihres heimkehrenden Gatten erkannte, rief sie mit einem Triumphblick auf Stocq: „Landry kommt, jetzt wiederholt Eure Aussage in seiner Gegenwart.“

Zu so später Stunde einen fremden Mann in seiner Behausung gewahrend, blieb Landry auf der Thürschwelle stehen, indem er wechselsweise bald seine Frau, bald den Fremden ansah. Dann schritt er auf Stocq zu, welcher indessen seinen Mantel wieder umgeworfen und eine kalte sichere Miene angenommen hatte, und sagte:

„Wer seyd Ihr, Herr? und was führt Euch zu mir?“

„Eure Frau kann Euch davon in Kenntniß setzen, wenn sie es für angemessen erachtet,“ gab der Angeredete zur Antwort. „Ich werde mich indessen entfernen.“

„Nicht, bevor Ihr mich unterrichtet habt, wer mein Haus mit seiner Gegenwart beehrte,“ sagte Landry ironisch. „Sagt mir Euern Namen, der mir unbekannt ist.“

„Das ist ein Vortheil, den ich vor Euch voraus habe, denn ich kenne den Euern,“ gab Stocq zur Antwort, indem er an Margarethe vorbei ging, welcher er ein leises „Auf Wiedersehen“ zuflüsterte. Dann kehrte er sich zu Landry und setzte laut hinzu: „Lebt wohl, Marquis von Savigny.“

Wie von einer Schlange gestochen, bebte Landry bei diesen Worten zurück. Margarethe, welcher dieses nicht entgangen war, stand da wie versteinert. Stocq sah beide einige Sekunden lang an und verließ unaufgehalten das Zimmer.

Als er fort war, mußte sich Margarethe an eine Truhe lehnen, um nicht umzusinken. Es herrschte ein peinliches Schweigen zwischen den beiden Ehegatten, das Margarethe, indem sie die Augen langsam auf Landry erhob, endlich durch die Worte unterbrach:

„Allmächtiger Gott! so ist es denn doch wahr.“

„Was willst Du sagen, Margarethe? warum macht Dich dieser Name so bestürzt?“ sagte Landry nicht ohne Verwirrung.

„Warum zitterst Du?“ entgegnete Margarethe, „warum bist Du so blaß geworden?“ Und als Landry schweigend die Augen niederschlug, setzte sie aufwallend hinzu: „Warum ließest Du jenen Mann hinausgehen, ohne Rechenschaft von ihm zu verlangen, für die Schmach, die er Dir in's Antlitz warf? denn der Name, den er Dir gab, ist der eines Mörders.“

Als Landry auch jetzt noch schwieg, fließ ihr empörtes Gefühl Alles heraus, was sie von Stocq erfahren hatte, und schloß mit den Worten: „Aber so sage doch, daß Du unschuldig bist! Wie! kein Wort zu Deiner Rechtfertigung! So ist denn Alles wahr, was er mir gesagt hat.“

„Ja, Alles ist wahr,“ versetzte Landry mit leuchtenden Blikken, „ausgenommen das Verbrechen, dessen man mir Schuld giebt; ein Anderer hat es vollbracht, mir aber ward die Strafe dafür.“

Und während Margarethe mit hochwogendem Busen in einen Sessel niedersank, verriegelte Landry die Eingangsthüre und theilte ihr dann mit, daß er wirklich der Marquis von Savigny sey, nebst allem, was sich vor acht Jahren auf seiner Flucht in dem Wald von Talemond zugetragen hatte; wie man ihn, den Unschuldigen, für den Mörder seines ihn verfolgenden Glaubensfeindes gehalten; wie seine Schwüre und ein ganzes Leben voll Ehre und Redlichkeit an der Blindheit seiner Richter zersplitterte, in Nichts versank vor dem Zeugniß eines Kohlenbrenners, vor dem trügenden Beweis eines bei dem Leichnam gefundenen Dolches, auf welchem durch ein sonderbares Verhängniß die Anfangsbuchstaben seines Namens, C. S. in der Klinge eingegraben waren. Da der Baron von Rochemore als ein eifriger Katholik bekannt war, so hatte Savigny die öffentliche Meinung gegen sich; ein unsichtbarer Dämon schien die Vernunft seiner Richter zu verwirren, ihre Augen dem Lichte unzugänglich zu machen. Seine Güter wurden mit Beschlag belegt, sein Urtheil ausgesprochen und vollzogen, und wie durch ein Wunder erwachte er unter dem Secirmesser des berühmten Arztes Ambrosius Paré, der es für Pflicht erachtete, den so wunderbar Geretteten auch ferner dem Leben zu erhalten. — Die Sprache ist zu arm an Worten, um auszudrükken, was Savigny empfand, als er zum erstenmal wieder den Fuß auf die Erde setzte, auf welcher seine Spur ausgelöscht war, wo nur ein schmähliches Andenken von ihm übrig blieb. Er hatte dreißig Jahre gelebt, und diese dreißig Jahre waren in den Schlund der Ewigkeit gefallen, ohne ihn mit sich hineinzureißen. Hinter ihm lag ein Abgrund, in welchen er nicht blicken durfte, ohne von Schwindel befallen zu werden, ohne den Tod zu finden; und vor ihm befand sich eine Wüste, eine Zukunft ohne Familie, ohne Vaterland . . . Er besaß nicht einmal das, was auch der Aermste bei seiner Geburt empfängt, einen Namen. So saß er einst traurig an dem Rand des Weges, die Buchstaben untereinander mischend, aus welcher die Menschen ihre Sprache gebildet haben, und überließ es dem Zufall, ihm einen Namen zu geben. Die Buchstaben, die er zog, bildeten das Wort Landry, und von da an nannte er sich so. Endlich faßte er Muth; es däuchte ihm, daß während der kurzen Zeit, in welcher sein Herz aufgehört hatte zu schlagen, sein Kopf zu denken, seine Seele vor Gott erschienen sey, und da dieser sie nicht bei sich behalten habe, so müsse er sich in die geheimnißvollen Absichten des Herrn fügen. Er verließ die Provinz Guienne und kam nach Senlis, das weit von dem Schauplatz seiner früheren Erlebnisse entfernt war, ohne noch zu wissen, ob er dem Himmel danken solle, daß er die Gesetze des Todes für ihn verändert hatte. Da lernte er Margarethen kennen.

Als er in seiner Erzählung bis an diesen Zeitpunkt gekommen war, fiel ihm Margarethe, von der Macht der Wahrheit überwältigt, und von seiner Unschuld vollkommen überzeugt, um den Hals und weinte lange an der Brust des geliebten Mannes, der so Unaussprechliches gelitten hatte.

Landry (so wollen wir ihn ferner nennen) sank vor ihr nieder und rief entzückt: „So kannst Du mich dennoch lieben, Margarethe?"

Sie sah ihn mit einem Blick voll unaussprechlicher Empfindung an, und drückte statt aller Antwort seine Hand zu wiederholtenmalen an ihre Lippen.

(Fortsetzung folgt.)

Unter der Linie.

(Aus der Beschreibung meiner Reise nach Brasilien. Von Adolf Ebeling.)

Auf der See ist es schön! —
Ha! Seemannsleben
Im Wogenschwall;
Von Freuden umgeben
Allüberall!
Auf der See ist es schön!

„Geben Sie sich nur zufrieden", sagte mir eines Morgens der Kapitän, als ich ihm gestand, daß es mir nachgerade doch ein wenig langweilig würde, dies ewige Tag ein wie aus: Himmel und Wasser und Wasser und Himmel; „geben Sie sich nur zufrieden", sagte er, „bald kommt Abwechslung, vielleicht noch diese Nacht, morgen früh gewiß, denn wir sind der Linie nahe. Aber nehmen Sie sich in Acht", fügte er scherzend hinzu, „Sie haben sie noch nicht passirt, und Sie wissen, daß die Ungläubigen, wenn sie sich bekehren, auch getauft werden müssen." „Ich füge mich in mein Schicksal!" rief ich, und mir fiel ein, schon früher davon gehört zu haben; ich war daher sehr begierig auf den kommenden Tag.

Der Wind war günstig, wenn auch eben nicht stark, die See war ruhig, und die Bewegung des Schiffes nur geringe, was mir namentlich immer sehr willkommen war, weil ich alsdann nichts von der leidigen Seekrankheit zu befürchten hatte. Es ist auch schrecklich, von dieser Cholera des Oceans heimgesucht zu werden. Ich erinnere mich noch recht gut, wie ich, als wir bei ziemlich stürmischem Wetter den Kanal passirten und in die spanische See kamen, an all den Tagen immer in meinem Journal obenan bemerkte: „Krank! krank! Lieber Gott, wie soll das enden!" Es ist auch wirklich ein miserabeler Zustand, der an Verzweiflung gränzt. Denn eben die Ursache der Krankheit wird nie gehoben, und ist dies einmal der Fall, nun, so ist's ein Unglück für den Schiffer, denn dann ist Windstille. Ich weiß noch, wie wir einst eine solche bekamen, als wir kaum acht Tage auf der See waren. Die Uebrigen waren sehr unglücklich, aber ich freute mich im Stillen, denn mein Unwohlseyn war mit dem entschwundenen Wind, wie weggeweht, und ich konnte zum ersten Mal doch wieder nach Herzenslust essen. Es kommt sehr auf die Nervendisposition an, ob Einer schlimm erkrankt, oder leichter davon kommt; ich hab' mir erzählen lassen, daß oft sogar Kapitäne, die vielleicht ein viertel Jahrhundert und darüber das Meer befahren, noch unwohl werden. Die Schiffsleute lachten immer hinter meinem Rücken, wenn ich bleich und am Leben verzweifelnd auf's Verdeck kam, um den Fluthen meinen Tribut zu zahlen; denn sie behaupten, daß stets Derjenige am schlimmsten erkrankt, der recht unartig und bös auf dem Festlande gewesen; bei solcher Presumtion werden sie mich denn wohl allerdings für eine Art von Deportirten angesehen haben. Genug, ich verwünschte damals oft genug im Stillen das Meer, mit Allem, was d'rin und d'rauf war, und manchmal kamen mir sogar Todesgedanken. Dies letztere ist im Grunde sehr albern, denn es ist noch Jedem gut bekommen. Oft tröstete mich der Kapitän, wenn auch mit innerlichem Lachen, wenn wir Mittags zu Tische gingen und ich von vorn herein verzichtete auf Essen und Trinken, so hungrig ich auch war; ja, der Doktor meinte gar eines Tages, ein Poet wie ich, müsse Allem eine dichterische Seite abzugewinnen wissen und bestellte allen Ernstes bei mir ein Gedicht auf die Seekrankheit. Aber die Musen hatten mich verlassen; die Lieblichen wenden sich ab, aus Furcht, selbst zu erkranken; nur eine schadenfrohe meergrüne Nixe tauchte einst hervor aus den abendlichen Wellen, während ich mich gerade auf der Leeseite, um nicht das Gleichgewicht zu verlieren, über Bord bog, und raunte mir spöttisch ein Lied zu.

In der Nacht hatten die Leute viel fliegende Fische gefangen, welche andern Tags den Hauptbestandtheil unserer Mittagsmahlzeit ausmachten. Sie sind, behutsam gebraten, sehr delikat und schmecken ähnlich wie Hechte, obwohl sie nur die Größe von Häringen haben, überdem sind sie fast ganz ohne Gräten. Nach Tische wurde wie gewöhnlich eine kleine Sieste gehalten. Ich blieb unten mit dem Doktor, bei einer Cigarre und einem Glase des heut' aufgefangenen Regenwassers, das so überaus gut schmeckte, daß man glauben mußte, es sey so eben erst aus dem kühlsten Brunnen geholt; wir erzählten uns Allerlei aus unserm so verschiedenartigen Leben. Ein sogenannter „Windbeutel" ward in die offnen Kajütenfenster hineingehängt und wehte uns die lieblichste Kühlung zu. Wir nahmen eine der umherliegenden Seekarten zur Hand und verfolgten die Wege, die wir bereits auf dem Ocean gemacht; die größte Strecke hatten wir Gottlob schon zurückgelegt, aber es blieb doch auch noch manche Meile übrig, bis wir am Ziel angelangt waren. Nach Verlauf von ohngefähr einer Stunde ward es plötzlich sehr lebendig über uns; man lief hin und her, es mußte etwas vorgefallen seyn, und als ich hinaufeilte, um nachzusehen, kam mir schon der muntere Fritz mit der Nachricht entgegen, daß ein Hai seit einer Weile das Schiff verfolge und daß bereits Anstalten zu seinem Fange gemacht würden. Wirklich sah ich auch schon den Steuermann mit einem kleinen Anker herankommen, an welchem er grade beschäftigt war, ein Stück rohes Pöckelfleisch von einigen Pfunden zu befestigen. Hierauf ward die riesenhafte Angel an einer starken Kette und dann an einem dicken Seil, das oben über zwei Rollen ging, ins Meer hinabgelassen. Wir lagerten uns nun Alle, mit dem halben Körper über Bord, auf die nächsten Tonnen und Bänke, um das interessante Schauspiel so genau wie nur immer möglich zu beobachten. Die Fluth war merkwürdig klar, die Bewegung des Wassers so gering, daß man hineinsehen konnte in die unermeßliche Tiefe. Große und kleine Fische spielten darin, nur Alle viel weiter nach unten, um nicht in die Region des Hai's zu kommen, der wohlgemuth kaum zwanzig Fuß tief dem Schiffe nachschwamm. Er mochte 6—7 Fuß lang seyn, in allen Theilen konnte man ihn deutlich erkennen. Bekanntlich befindet sich sein Maul, das fast die Hälfte des ganzen Körpers einnimmt, nach unten, so daß er, wenn er einen Gegenstand erschnappen will, der über ihm schwimmt, sich völlig umdrehen muß. Der Kapitän nahm nun das Seil zur Hand und ließ den Braten ziemlich unsanft auf den Rücken des Unthiers fallen. Zur Hälfte drehte sich der Hai um, beroch das Fleisch, sperrte den Rachen auf, — wir sahen die dreifache Zahnreihe und meinten schon, er habe angebissen, da wandte er sich wieder auf die Seite; so trieb er's eine Zeit lang, er mußte wahrscheinlich keinen großen Hunger spüren, denn das Gericht war lecker genug. Endlich begann er wieder einmal zu riechen, wieder sperrte er den Schlund auf und Angel und Lockspeise und einige Fuß von der Kette — Alles war verschwunden. Unter lautem Hurrah zogen hierauf die Matrosen die Beute an Bord. Freilich, ehe sie sich ganz derselben bemächtigen konnten, gab's noch viel Spektakel und Arbeit. Als der Hai zwischen Himmel und Wasser schwebte, zappelte er in fürchterlicher Todesangst, schlug mit dem Schwanze, daß Jeder auf seiner Hut seyn mußte, nicht getroffen zu werden, und machte überhaupt den Leuten noch viel zu schaffen. Ein Matrose warf ihm geschickt eine Schlinge um den Leib, und mit Hülfe dieser riß man das Unthier auf's Verdeck. Der Zimmermann erwartete ruhig, mit blanker Axt, seinen Feind; dieser schlug mit dem Schwanze noch immer wie wüthend nach allen Richtungen hin, daß der Boden in Wahrheit erdröhnte; plötzlich aber, so geschwind, daß ich nichts weiter bemerkte, blitzte das Beil durch die Luft und in demselben Moment lag der Schwanz vom Rumpfe getrennt, und das Ungeheuer verröchelte in wenig Minuten. Wir traten nun näher hinzu, lös'ten mit großer Mühe den Anker sammt der Kette aus dem Rachen los und beschauten nun diesen mit wirklichem Grauen. Einen halben Menschen konnte er ganz bequem halten, und er hätte auch einen solchen durch und durch gebissen, denn die Zähne sind mehrere Zoll lang. Der Koch lös'te geschickt das Gebiß ab, säuberte es von allen Fleischtheilen und, weil eigentlich bei solchen Gelegenheiten die Mannschaft immer das Hauptrecht an der Beute hat, so kaufte der Doktor den Leuten das Gebiß um ein paar Thaler ab, weil er, wie alle Uebrigen, versicherte, nie ein so schönes gesehen zu haben; wie er sagte, wollte er es nach Rio in das dortige Museum schicken, wo ich es später dann auch wirklich wieder angetroffen habe. Dem Hai ward nun der Bauch aufgeschnitten, und in seinem großen Magen fand man ein Chaos der wunderlichsten Dinge; so einen alten Schuh, verschiedene Kleiderfetzen, zerbrochene hölzerne Geräthschaften, was wir Alles sämmtlich für das Unsrige erkannten. Das Ungethüm mußte denn doch uns bereits längere Zeit verfolgt haben, und so nach und nach diese Gegenstände, wenn sie bei uns über Bord geworfen wurden, übergeschluckt haben. Spaßhaft war es auch, wie einer unserer Leichtmatrosen, der gestern sich über den Verlust seiner wollenen Sonntagsmütze beklagt, die ihm nämlich ein Windstoß entführte, sein Kleinod ebenfalls im Bauch des Fisches wiederfand; er war unendlich froh darüber, wusch sie aus und trug sie bereits am andern Tage.

(Fortsetzung folgt.)

Mannichfaltigkeiten.

(Die General-Versammlung des Frankfurter Hauptvereins der Gustav-Adolf-Stiftung am 8. Nov. 1846.) Eine vollständige Berichterstattung über diese wichtige Versammlung ist bereits in zweiter Auflage erschienen, herausgegeben von Dr. Ludwig Braunfels. Frankfurt a. M. bei Carl Horstmann. Es sind darin die sämmtlichen an jenem Abend gehaltenen Vortäge und Debatten abgedruckt und der genaue Hergang der Berathung erzählt. Bei der Wichtigkeit des Gegenstan des wird die Brochüre auch in weiteren Kreisen des Vaterlandes Interesse zu erwecken nicht ermangeln.

(Volksschriften.) Man hat mit Recht wiederholt darüber geklagt, daß der Ton in den meisten Volksschriften nicht der rechte, daß er vielfach zu breit, zu predigend, zu schulmeisternd ist. Dr. Ruppius erzählt in dem „Organe für das gesammte Volksschriftenwesen," der Schulze eines Dorfes, in dem er einkehrte, um sich über Volksschriften mit den Bauern zu unterhalten, habe ihm Folgendes darüber gesagt: „Gehen Sie mir doch mit Ihren Büchern! Mit Ihren Historien holen Sie noch keinen Hund vom Ofenloch weg. Unser Schulmeister hat auch welche, die sollten wir mit Gewalt hören, und es wurde ein Leben gemacht, als könnte es gar nicht ohne die Geschichten gehen. Was war's? Wir hörten sie mit an, weil es der Herr Pastor haben wollte, die Hälfte von uns schlief aber ein, und ich ärgerte mich über das dumme Zeug. Geschichten, gerade wie für die kleinen Jungen, die mögen Gottesfurcht daraus lernen, und das Andere geht sie nichts an; wenn ich aber ein so heulriger, breipäppischer Kerl seyn sollte, wie sie in den Geschichten stehen, oder wenn sich Einer vor mich hinstellte und wollte mir so die Leviten lesen, und ich ließ mir's gefallen und wäre wohl noch obendrein fürchterlich gerührt, wie ein altes Weib, dem der Pastor in's Gewissen redet — ich stellte mich noch heute vor den Spiegel und sagte: Schulze pack' ein, mit dir ist nichts, und gäb' mir selber ein paar Tachteln, damit es kein Anderer thue."

Von Karl Beck's Gedichten ist so eben eine vierte, von seinen „Liedern des armen Mannes" eine dritte Auflage erschienen.

In einem der letzten Todtenverzeichnisse der Stadt Wien findet man die Tochter einer „Civil-Gerichts-Einreichungs-Protokolls-Direktons-Adjunctens-Wittwe." Lange genug für dieses Erdenleben! ruft eine Zeitung aus Erschöpfung über diesen Titel aus.

In Siebenbürgen hat ein junger Advokat seine Geliebte an der Spitze von zwölf bewaffneten Reitern aus ihrem Hause entführt.

In Holland ist man einem Verbrechen auf der Spur, welches lebhaft an Kaspar Hauser erinnert. In Arnheim ist ein junges Mädchen in einen Gasthof gebracht und auf ein nach Deutschland fahrendes Dampfschiff befördert worden, welches durch ihre eigenthümlich auffallende Erscheinung, noch mehr aber durch das geheimnißvolle und verdächtige Benehmen ihres Begleiters, der für sie eine Dampfschiffkarte lös'te und sogleich spurlos verschwand, Aufsehen erregte. Das für eine Kammerjungfer eines reichen Amsterdamer Kommissionärs ausgegebene Mädchen geberdete sich auf dem Dampfschiffe wie eine Verzweifelte, verlangte, zurückgebracht zu werden und ward vom Kapitän zu Emmerich der Polizei übergeben. Sie ist dann nach Arnheim zurückgebracht worden, und aus ihren verworrenen Aeußerungen scheint so viel hervorzugehen, daß sie von der Mutter ihres Geliebten, welche gegen die Verbindung gewesen, schwere Mißhandlungen hat erdulden müssen, lange Zeit einsam eingesperrt und gezwungen worden ist, Arznei einzunehmen. Nähere Erfolge hat die eingeleitete Untersuchung noch nicht gehabt.

Abermals der würtembergische Abdel-Kader! Der Schwäb. Merk. enthält folgende Anzeige: „Thamm, Oberamts Ludwigsburg. Am 26. November, Morgens zwischen 2 und 3 Uhr, wurden mir 28 Stück Schafe im Pferch durch einen Wolf theils zerrissen, theils beschädigt. Möchte doch endlich durch das Jagdpersonal diesem schadenbringenden Thiere mit Eifer auf den Leib gegangen und dasselbe erlegt werden! Schäfer Stahl."

(Bern.) In der Regierungssitzung vom 26. v. M. kam ein merkwürdiges anonymes Schreiben von sechs verheiratheten Staatsbürgerinnen zur Sprache, welche sich über die liederliche Lebensweise ihrer Männer und die daherige Noth ihrer Kinder tief beklagten. Da das Schreiben mehrere Angaben enthielt, die der Polizei von Wichtigkeit seyn können, so wurde dasselbe der Polizeidirektion überwiesen.

(Berlin.) Eine Verordnung unseres neuen Chefs der Postverwaltung bestimmt, daß in dem Schriftwechsel der Postanstalten unter einander die Prädicate „Löblich, Wohllöblich ꝛc." als überflüssig nicht ferner gebraucht werden sollen.

Korrespondenz.

Mainz, 3. Dec.

Bei der gestern Abend stattgehabten General-Versammlung des Carnevalvereins wurde auf den Vorschlag des Comité und des kleinen Rathes einstimmig beschlossen, daß, in Erwägung der obwaltenden Verhältnisse, hier dieses Jahr kein Carneval stattfinden solle; daß es dagegen, um unsere Armen durch diesen Beschluß nicht zu sehr zu beeinträchtigen, jedem Mitgliede der Gesellschaft belassen seyn möge, seinen gewöhnlichen Beitrag, oder mehr oder weniger, zur besten Verwendung für die Armen dem Comité zu überweisen, welches die Vertheilung nach seinem Ermessen, selbstständig, ohne Mitwirkung der Central-Armen-Commission, zu bewerkstelligen habe. Man glaubt allgemein, daß sich auch unsere Casino-Gesellschaft veranlaßt finden dürfte, dem vielfach geäußerten Wunsche zu entsprechen und für diesen Winter die gewöhnlich stattfindenden glänzenden Bälle zu unterlassen. — Unsere Oper, welche bei Eröffnung des Theaters durch die im Personale eingetretenen Veränderungen nicht recht ansprechen wollte, erfreut sich nun wieder, Dank den bedeutenden Anstrengungen der Direktion, der vollen Theilnahme unseres Publikums, und muß man übrigens, will man anders nicht ungerecht seyn, anerkennen, daß mit den hier gebotenen Mitteln alles Mögliche geleistet wird. Fräul. Emilie Walther, welche längere Zeit in Frankfurt gastirte, hat hier als Romeo sehr gefallen, und werden wir Veranlassung nehmen, da sie hier noch einige Male auftreten wird, ihre Leistungen genauer zu besprechen. Mad. Flinzer-Haupt, welche auf längere Zeit hier verweilt, brillirt sowohl durch ihren seelenvollen Gesang, als durch ihr tiefdurchdachtes Spiel, während Fräul. Welly, unsere liebliche erste jugendliche Sängerin, sich nach wie vor der vollen Gunst des Publikums erfreut. Unser erster Tenor, Hr. Lehmann, hat durchaus nicht nöthig, zu sogenannten Schauspieler-Kunststücken seine Zuflucht nehmen zu müssen, wie neulich auffallender Weise in einem Korrespondenzartikel erwähnt wurde, und schien dies auch unser Publikum zu fühlen, indem es ihn bei der jüngsten Aufführung des „Belisar", als Alamir, rauschend applaudirte und in der Scene stürmisch hervorrief. Nächsten Mittwoch hören wir hier zum Erstenmale, zum Benefiz des Hrn. Lehmann, Lachner's „Catharina Cornaro", welche Oper, nach der neuen Bearbeitung von unserer Gesellschaft in Brüssel aufgeführt, außerordentlich gefallen hat, und glauben wir, Hrn. Lehmann, dessen Leistungen sich hier des größten Beifalls erfreuen, ein volles Haus versprechen zu dürfen.

Wiesbaden, 1. Dec.

Zum Besten seines Unterstützungsfonds gibt das hiesige Theaterorchester alljährlich drei Konzerte, deren erstes gestern Abend in dem schönen großen Saale des Adlerhotels stattfand. Unter des Hrn. Kapellmeisters Rummel Leitung hörten wir Gluck's Ouvertüre zu „Iphigenie in Tauris." Lächle Niemand über den Altvater Gluck; er ist ein Geist, aus dem man heutiges Tages wohl zehn machen könnte, die keinen Mangel an Ideen dürften fühlbar werden lassen. Die zahlreiche Zuhörerschaft zollte den Konzertgebern dafür Dank, daß sie solche an einer Musik ergötzten, die zur neueren einen schroffen, aber ehrenvollen Gegensatz bildet. — Fräul. Kern, seit einigen Monaten als erste und Bravour-Sängerin der hiesigen Bühne angehörend, erfreute das Publikum mit einer Romanze aus „Euryanthe." Wie der volksthümliche Weber sein „Glöcklein im Thale" einläutet, braucht man keinen Deutschen zu lehren; wenn sich aber so edles, reines und gediegenes Metall dazu findet, das sein Echo nur in den Herzen sucht, so wird es dem Hörer um so viel lieber. Fräul. K. kann eine Trägerin unserer Oper genannt werden, sowohl wegen der Gediegenheit ihrer Leistungen, als der Bereitwilligkeit, womit sie ihren Berufspflichten genügt. — Ob man von unserem Theaterorchester ein tüchtiges Zusammenwirken der Violinen erwarten kann oder nicht, darüber konnte Jeder in's Klare kommen, der dem Konzerte beiwohnte. Die Herren Roll, Beyer, Scholle und Hirsch trugen Maurer's Concertant für 4 Violinen mit einer Sicherheit, Eleganz und Solidität vor, die sich der vollsten Anerkennung zu erfreuen hatten. Da die schwierige Composition ein besonderes Zusammenspiel erheischt, so war die treffliche Ausführung doppelt dankenswerth. — Unser erster Tenor, Hr. Peez, sang eine Arie aus Weber's „Oberon", die Vielen erst darthat, was dieser Sänger leisten kann. In sehr verständiger Auffassung trug derselbe seine Arie mit Feuer und Begeisterung vor, wobei ihn seine umfangreiche Stimme eben so sehr unterstützte, als seine tüchtige Gesangschule. Dem Kenner gab er Gelegenheit, sich seiner Studien zu erfreuen, dem Laien konnte er die angenehmste Befriedigung bieten. Daß Hr. P. in letzterer Zeit so wenig auf der Bühne verwendet wurde, wird von vielen Gesangfreunden bedauert. — Den Glanzpunkt des Konzerts bildete die von Hrn. Kapellmeister Rummel arrangirte, von dem Orchesterpersonal trefflich executirte Sonate von Beethoven, op. 47. Ueber Beethoven's musikalische Tiefe noch ein Wort zu verlieren, wäre anmaßender Frevel. Aber besonderen Dank wird es jeder Musikfreund Hrn. R. wissen, daß er mit so viel Geschick, Umsicht und Tiefe uns dieses complicirte Kunstwerk zur näheren Anschauung brachte. Dreierlei hat Hr. R. durch Aufführung desselben bewährt: 1) ein entschiedenes Talent zum Arrangement und ein tiefes Studium Dessen, was die einzelnen Instrumente leisten können; 2) ein tüchtiges Eingehen auf den Geist der Composition des ursprünglichen Schöpfers und auf seine Instrumentationsweise und 3) die Ausübung der nöthigen Gewalt über sein Orchester. In Folge plötzlicher Heiserkeit der Fräul. Rummel fielen zwei Nummern im Programm aus; die Ausfüllung der Lücken veranlaßte zwei improvisirte Vorträge in oberösterreichischer Mundart, wodurch das Publikum benachrichtigt ward, daß Hr. Peez noch eine Romanze aus „Euryanthe" vortragen und man das Konzert mit Weber's Ouvertüre zu „Oberon" beschließen werde. Beides geschah zur vollkommensten Zufriedenheit aller Anwesenden!

Bad Homburg, 4. Dec.

Aus einer in der Didaskalia Nro. 66 de 1846 enthaltenen Mittheilung über die hierortige dreihundertjährige Gedächtnißfeier des Todes Dr. Martin Luther's war zu entnehmen, welch' rühmlichen Entschluß damals die hiesige evangelisch-lutherische Gemeinde wegen Wiederherstellung und zweckentsprechenderen Einrichtung ihres Gotteshauses faßte, indem sie die zu 5,000 fl. veranschlagten Baureparaturkosten durch freiwillige Beiträge unter sich aufbringen wollte und wie man zugleich auch auf die Kirchstände-Eigenthumsrechte bereitwilligst und ohne Entgeld Verzicht leistete. Allein obgleich die erforderlichen Geldmittel vollständig gezeichnet und beigebracht worden, so ist dennoch und wenigstens für jetzt das ganze herrliche Vorhaben dadurch gescheitert, weil die privilegirten Kirchenstühle für die landgräfliche Hof- und Civil-Dienerschaft und deren weibliche Familienglieder unverändert beibehalten bleiben sollten.

Theater-Anzeige.

Samstag, 5. Dec. (Neu einstudirt): Iphigenia in Aulis, große Oper in 3 Abth., Musik von Gluck.

Sonntag, 6. Dec. Der artesische Brunnen, Zauberposse mit Gesang in 4 Abth., von G. Räder. — Erste Abtheil.: Das Bergmännchen. Zweite Abtheil.: Abd-el-Kader. Dritte Abtheil.: Die Fremdenlegion. Vierte Abtheil.: Die Versöhnung am Nordpol. (Gastrolle) Schalk: Fräul. Quint, vom Königsstädter Theater zu Berlin.

Redakteur: J. L. Heller. — Druck und Verlag von Heller und Rohm.

Didaskalia.

Blätter für Geist, Gemüth und Publizität.

Nro. 337. Montag, den 7. December 1846.

Der Geheimschreiber.

Eine Erzählung von Kathinka Zitz.

(Fortsetzung.)

Nachdem Landry hundert Liebesversicherungen mit seiner Gattin ausgetauscht hatte, fuhr er mit einem tiefen Seufzer also fort: „Margarethe, daß ich Deine Liebe suchte, das ist die einzige Schuld, die mich drückt. Ich gab der Gewalt, die mich zu Dir hinzog, allzuleicht nach . . . denn unter allen Gütern, welche mir die Vergangenheit gewährt hatte, war mir das süßeste von allen, die Liebe, unbekannt geblieben. Durch sie begann ich erst zu leben; sie war ein neues Gefühl für mich, ohne Beimischung von Bitterkeit und Reue, ohne den finstern Reflex des Grabes, der stets alle meine Schritte begleitete. Darum liebte ich Dich, Margarethe! und da ich verbannt und verfolgt unter den Menschen war, so fand ich eine unbeschreibliche Lust darin, Dich einen verfolgten Glauben theilen zu lassen. Unsinniger, der ich war! ich hätte diese Hand, welche die Kälte des Todes bereits gefühlt hatte, von Deiner Hand zurück ziehen sollen; ich hätte voraussehen sollen, daß an dem Tage, wo die Larve von meinem Angesicht fiele, ich Deine Ruhe und Dein Glück mit in meinen Sturz ziehen würde. Margarethe! vergieb mir, und lehre meinen Sohn, mir nicht zu fluchen."

„O! nie, nie!" betheuerte Margarethe, „welches auch Dein Schicksal sey, ich werde mich beglückt fühlen, es zu theilen. Du standest allein in Deiner ersten Verbannung; die jetzige werde ich und Dein Kind mit Dir theilen. Wir fliehen zusammen."

Mit feurigen Worten schilderte sie ihm die Nothwendigkeit der Flucht; denn die Gefahr war so nahe, da sein Geheimniß von Claude Stocq gekannt war, welches der vertraute Rath des unerbittlichsten Feindes des protestantischen Glaubens, des Connetables von Montmorency war.

Um ihn noch mehr von der Dringlichkeit der Gefahr zu überzeugen, theilte die geängstigte Frau ihrem Gatten noch mit, daß Claude Stocq der Mann sey, welchem sie früher verlobt worden, und dessen Liebe sie verschmäht hatte, um dem Geliebten ihrer Seele anzugehören. Sie verhehlte ihm auch nicht, daß der Verhaßte sie noch immer liebe, daß sie daher Alles von seinem Grolle zu fürchten hätten. Es gelang ihr, Landry zu überzeugen, daß die schnellste Flucht nothwendig sey. Sie, die vorhin, als sie von dem entsetzlichen Verdacht gequält, so schwach war, daß sie zitterte, sie hatte jetzt ihre ganze Kraft wieder gefunden; sie fürchtete nichts für sich, denn Hingebung und Aufopferung wird einem liebenden Herzen ja so leicht . . . und diese Flucht war vielleicht die letzte Prüfung, welche der Himmel ihrem Gatten zudachte, dessen Unschuld vielleicht eines Tags Anerkennung finden würde.

Nachdem sie Alles wegen ihrer Flucht erwogen und verabredet hatten, beschlossen sie, dieselbe augenblicklich zu vollführen, daher hieß Landry die Frau ihren Knaben wecken, er selbst aber nahm ein brennendes Licht von dem Tisch und schritt damit auf die Thüre zu.

„Was beginnst Du?" rief ihm Margarethe nach.

„Ich will das einzige Gut holen und mitnehmen, das mir noch übrig bleibt," gab er zur Antwort: „nämlich den Dolch, welcher als Beweis gegen mich gedient hat. Durch meine Schwüre von meiner Unschuld überzeugt, wußte Ambrosius Paré mir denselben zu verschaffen. In dem Keller dieses Hauses habe ich am zweiten Pfeiler rechts einen Stein losgelös't und die Waffe darunter verborgen, in der Hoffnung, daß wenn Verdacht oder Zufall mich mit dem wahren Mörder zusammen führen sollte, er sich bei dem Anblick des Mordinstruments, welches ihm angehört hatte, verrathen würde . . . Wie unsicher dieser Beweis auch ist, so will ich mich doch nicht von dem Dolche trennen, sondern ihn dereinst auf meinen Sohn vererben."

Hierauf gebot er ihr, den Knaben Raoul zu wecken; in dem Augenblick aber, als sie sich anschickte, seinem Gebote Folge zu leisten und er sich in den Keller begeben wollte, ward heftig an der Hausthüre geklopft. Margarethe erschrack zum Tode, vermeinend, daß Stocq's Rache nicht auf sich warten lasse; aber an den Einlaß begehrenden Stimmen erkannte sie bald, daß der Gefürchtete nicht unter ihnen sey, und so ging denn Landry festen Schrittes hinaus und öffnete die Hausthüre, durch welche ein noch junger hochgestalteter Mann eintrat, dessen Aeußeres den vornehmen Mann verrieth. Mit allen Zeichen der Ehrfurcht schritt er einer schlanken Dame im schwarzen Reisegewande zur Seite, die, als sie den Schleier zurück schlug, ein Antlitz von wunderbarer Schönheit zeigte. Eine Kammerfrau und ein Page folgten ihnen nach.

Auf Landry's Frage nach ihrem Verlangen, sagte der Fremde mit ritterlichem Anstande:

„Wir bitten um Gastfreundschaft, welche Ihr verirrten Reisenden, die das Gewitter überrascht hat, gewiß nicht versagen werdet. Außer dem Diener, der unsere Pferde auf der Straße bewacht, ist unser übriges Gefolge unterwegs von uns abgekommen. Euer Haus ist das letzte in Senlis, und diese Dame fürchtet, sich in dieser aufgeregten Zeit bei nächtlicher Weile weiter zu wagen."

„Wer seyd Ihr?" fragte Landry, indem er den Blick von dem Fremden auf die Dame, und von dieser auf ihre Begleiter schweifen ließ; als jener ihn um die Vergünstigung ersuchte, ihre Namen verschweigen zu dürfen, setzte er leiser hinzu: „Seyd Ihr vielleicht Verfolgte um des Glaubens Willen?"

„Das nicht," versetzte der Unbekannte mit einem offenherzigen Lächeln, „doch welches auch die Gründe meiner Verschwiegenheit seyn mögen, dringt nicht weiter in mich. Ich klopfte mit Vertrauen an Eurer Thüre an, nehmt mich dann auch mit Vertrauen auf; mit Tagesanbruch ziehen wir weiter."

Als jetzt die schöne Dame ebenfalls einige bittende Worte einfließen ließ, vermochte die hinzugetretene Margarethe nicht länger zu widerstehen; sie geleitete sie in ihre Wohnstube, während die alte Magd den Auftrag erhielt, den Diener mit den Pferden einzulassen und für dessen Unterkunft, so wie für die ermüdeten Thiere Sorge zu tragen.

Als die Dame nun den Reisemantel ablegte, sprach sie mit herzgewinnender Lieblichkeit zu Margarethen: „Habt Dank für Eure Aufnahme, gute Frau, um so mehr, da ich unsern Eures Hauses einige Männer von verdächtigem Aussehen umherschleichen sah.“

Margarethe tauschte einen schnellen Blick mit Landry aus; beiden war es gewiß, daß sie nur Heil in der schnellsten Flucht finden konnten. Während die alte Martha den Gästen einige Erfrischungen auftrug, zog die zitternde Gattin den geliebten Mann in die Hausflur und beschwor ihn, augenblicklich zu fliehen, unter dem Versprechen, am folgenden Tag in der Meierei von Saintac mit ihrem Sohne zu ihm zu stoßen. Landry gab ihren Bitten nach. Nachdem er ihr zu wiederholtenmalen empfohlen hatte, ja den im Keller verborgenen Dolch nicht zu vergessen, drückte er seine Frau noch einmal innig an sein Herz, worauf er, von ihren heißen Segenswünschen begleitet, durch ein Seitenpförtchen das Haus verließ, in welchem er bisher in stiller Zurückgezogenheit als glücklicher Gatte und Vater gelebt hatte.

Margarethe wieß der fremden Dame ihr eigenes Schlafgemach zum Uebernachten an, die bis zu dessen Schwelle von dem ritterlichen Manne begleitet ward, der ihr die Hand ehrfurchtsvoll küßte, worauf sie ihrer mit einem Lichte voranschreitenden Kammerfrau folgte. Der Page legte sich auf einen Teppich quer vor ihrer Thüre nieder. Der unbekannte Mann erhielt die anstoßende Kammer des kleinen Raoul, den Margarethe mit sich in einen Seitenbau nahm, wo sie die letzten Stunden in dem Hause verleben wollte, in welchem ihr Kind geboren war, und worin sie zu leben und zu sterben gedacht hatte. Sie, die heute Gastfreundschaft an Fremden übte, sie war ungewiß, ob sie morgen ein Obdach finden würde! Heiße Thränen rannen bei diesem Gedanken über ihre Wangen. Sie hatte keine andere Hoffnung mehr, als in Gott, an welchen sie ein heißes Gebet wegen der Rettung ihres Gatten richtete. Endlich warf sie sich ganz angekleidet auf ihr Lager.

(Fortsetzung folgt.)

Unter der Linie.

(Aus der Beschreibung meiner Reise nach Brasilien. Von Adolf Ebeling.)

(Fortsetzung.)

Wenn man den Fall wieder erzählt, wie ich es hier thue, so klingt es fast wie Jägerlatein, aber es ist doch ein wirkliches Faktum. Noch unglaublicher jedoch, ja fast räthselhaft erschien es, als ein Matrose zwei kleine Stachelfische von der Größe einer Billardkugel herauszog, sie in ein Gefäß mit Wasser setzte und so dem Leben wiedergab, denn sie schwammen munter umher. Mir fiel der biblische Jonas dabei ein, und ich dachte bei mir, wenn Das die orthodoxen Theologen erfahren, so werden sie ausrufen: „Nun ist's ausgemacht, er hat lebendig im Bauch des Fisches gesessen, wir haben's ja immer gesagt!“ Uns vergnügte dies Alles sehr; bekanntlich ist das Fleisch des Haifisches ungenießbar; sie zogen dem Thier aber die Haut ab, die zu Chagrin verarbeitet wird, behielten noch eine der Flossen zurück, und warfen darauf den ganzen Leichnam in die See, wo ihn möglicherweise noch an demselben Abend einer seiner Brüder lustig verzehrt hat. Das Ereigniß gab Gelegenheit zu mancher darauf Bezug habenden Erzählung.

Unter derartigen Gesprächen war es Abend geworden. Nach dem Thee begaben wir uns nochmals auf's Verdeck, um die kühle Nachtluft zu genießen. Es war gegen 9 Uhr und die untergehende Mondessichel machte sich in ihrer röthlichen sonnenartigen Pracht überaus herrlich. Das Schiff rauschte still durch die blitzende Fluth und zog eine lange funkelnde Sternreihe hinter sich her. Dann und wann tauchten Delphine mit ihrem silberglänzenden Bauche aus dem Wasser hervor und begannen mit einander ihr scherzendes Spiel. Ich sah hinaus in die unendliche, traumverhüllte Ferne, und ich wußte nicht, was wie ein Klageton durch meine Seele zog und sich zu Worten formte und zum Liede ward.

Es fiel am nächsten Morgen starker Thau, der aber stets heiteres Wetter verspricht. Vor 6 Uhr geht die Sonne hier nie auf; es ist immer Tag- und Nachtgleiche. Die Matrosen waren eifrig beschäftigt, das Verdeck zu scheuern, was bei günstiger Witterung immer an Sonn- und Festtagen geschieht und also heute zumal geschehen mußte, da ja wie erwähnt, der Tag, an welchem die Linie passirt wird, im Seemanskalender obenau steht. Nach vorn war, wie wir bemerkten, eine Art Zelt aufgeschlagen, und der Doktor erzählte mir, die Leute pflegten das in der Regel zu thun, um dahinter ungesehen ihre Vorbereitungen zu der Festkomödie zu machen. Nach und nach bleichten die Sterne und der östliche Horizont ward licht und immer lichter. Der Sonnenaufgang hat wie der Untergang auf dem Meer einen ganz eigenen Charakter. Ich erinnere mich, wie ich oft auf dem Festlande dies Naturschauspiel genossen, aber wie ganz anders mir zu Muthe ward, als ich dasselbe zuerst auf offnem Meere sah. Dort auf dem Kontinent bietet die ganze Umgebung, Burg und Thal, Wald und Feld, mannichfache Abwechslung dem Beschauer, aber eben diese Abwechslung läßt ihm die Sache selbst geringer erscheinen. Hier aber auf der See: wie anders! Dort bist Du allein, auf Deinem schwankenden Brette, das zu Nichts wird, wenn Du einen Blick wirfst auf den ins ewig Endlose hinaus ragenden Ocean, Du siehst nichts als den Himmel, denn „das Wasser, das Dich trägt, ist blos der dunklere Himmel“; Deine Gedanken schlafen, wie um Dich die träumenden Fluthen; Du vernimmst nicht das erwachende Morgenlied der Lerche, aber auch das lärmende Treiben des neuauflebenden Tages bleibt Deinem Ohre fern; wie ein stummes, aber dadurch nur desto lauter an's Herz redendes Gebet, sinkt es nieder von oben herab auf's Meer und hinein in Deine Seele. Und wie es Licht wird in Dir bei dem Gedanken an diesen erhabenen Gottesfrieden, der überall Dich umweht, so blüht es wie ein heiliges Farbenecho im Osten herauf: ein Abglanz Deines eigenen geläuterten Sein's. Dann fällt Dir auch vielleicht ein, was der herrliche Claudius bei eben dieser Gelegenheit einst gesagt:

> „Rührt es Dein Herz, nun so kehr' Dich an Niemand, falle hin, mit oder ohne Thränen und schäme Dich nicht, denn sie ist ein Wunderwerk des Höchsten und ein Bild Desjenigen, vor dem Du nicht tief genug niederfallen kannst. Bist Du aber nicht gerührt und Du mußt drücken, daß eine Thräne komme, so spare Dein Kunstwasser und laß die Sonne ohne Thränen aufgeh'n.“

So ungefähr dachte ich, als die glänzende Kugel sich über die Wasserfläche erhob und wie ein lächelndes Mädchen ihr Antlitz beschaute in dem ewigen Spiegel zu ihren Füßen.

Der Doktor störte mich in meinen Betrachtungen durch die Bitte, ihm die Kanonen laden zu helfen, zur festlichen Begrüßung des heutigen Tages. So knallten wir denn recht bald einige Male lustig in die blaue Luft hinein, und in derselben Zeit ward zu beiden Seiten des Schiffsspiegels Wappen und Flagge der Aurora aufgepflanzt. Auch vorn am Bugspriet zogen die Matrosen unter Lachen und Gesang ein drolliges Emblem auf: ein großes weißes Tuch, worauf ein zolldicker schwarzer Strich gemalt war. „Nun“, rief der Kapitän, indem er sich an mich wandte, „können Sie die Linie noch nicht sehen, und lachen Sie mich noch aus, wie heut' Morgen? Uebrigens“, fügte er hinzu, „wenn

Sie denn doch noch beständig den Kopf schütteln, so nehmen Sie den Tubus zur Hand und sehen Sie einmal in der Richtung hin über's Meer." Mit diesen Worten reichte er mir sein Fernrohr und wirklich gewahrte ich am Rande des Horizontes einen schwarzen Strich. Es ist dies ein Spaß, der auf allen Schiffen gemacht wird, indem man einen Papierstreifen an der innern Seite des Glases befestigt, was allerdings eine sehr täuschende Wirkung hervorbringt. „Jetzt bin ich völlig überzeugt", sagte ich, „und meine Ungläubigkeit müssen Sie entschuldigen, wenn Sie bedenken, daß wir armen Landratten (ein sehr beliebter Seemannsausdruck für Festlandsbewohner) uns gar oft einbilden, man könne von gewissen Dingen, die auf der See vor sich gehen, recht gut Bescheid wissen, ohne je das Meer befahren zu haben." „Nun", sagte der Kapitän, „wenn Sie Ihre Unwissenheit nur einsehen, so hat es weiter nichts zu sagen. Sie finden stets an mir einen nachsichtsvollen Lehrer." Wir wurden unterbrochen durch die Schiffsmannschaft, die, den Hochbotsmann an der Spitze, sich uns näherte, um den üblichen Glückwunsch zu überbringen. Es ist dies nur ein formeller Akt, findet sich aber fast auf allen Schiffen. Nachdem derselbe von uns freundlich erwiedert war, nahm der Sprecher der Leute von neuem das Wort, und zum Kapitän gewendet, begann er ungefähr folgendermaßen: „Ich hab' noch gehorsamst zu vermelden, daß ich diese Nacht durch einen seltsamen Besuch gestört bin. Sie wissen, Herr Kapitän, daß wir der Linie nahe sind, und die Visite bestand in Niemanden anders, als in einem Abgesandten des alten Neptun, der mir berichtete, sein Herr hätte schon Nachricht erhalten, daß die Aurora ankommen würde, und er ließe daher nachfragen, ob Alles in Richtigkeit sey, oder ob er selbst in Person kommen müsse, um nachzusehen. Sie wissen, Herr Kapitän", fuhr der Matrose fort, nachdem er sich, wie es schien, erst ein wenig auf die wahrscheinlich auswendig gelernte Rede besonnen, „daß mit so vornehmen Herren nicht zu spassen ist; ich gestand deshalb, daß es so ganz richtig nicht wäre, indem wir (damit sah der Sprecher zu mir herüber) Einige an Bord hätten, die noch nicht getauft seyen. Was hätt's geholfen, wenn ich's auch hätte verschweigen wollen, es wär' ja doch an den Tag gekommen. Somit wollt' ich nun anfragen, ob der Herr Neptun in Person kommen dürfe, nachzusehen." — Der Kapitän, der auf diese sich ihm wohl alljährlich wiederholende Späße sehr gut einzugehen wußte, erwiederte: „Was ist da viel zu machen? Ich muß es mir schon gefallen lassen, wenn er Inspektion halten will. Uebrigens wird er dann wohl in Gesellschaft kommen, und Ihr müßt ihm doch auch etwas Gutes vorzusetzen haben, deßhalb wird es wohl das Beste seyn, wenn ich heute für Eure Küche sorge, denn um Alles in der Welt dürfen wir's nicht mit dem Neptun verderben."

(Fortsetzung folgt.)

Mannichfaltigkeiten.

(Berlin, 2. Dec.) Es ist hinreichend bekannt, einen wie geringen Schutz die Gesetze dem Gläubiger gegen böswillige oder auch wohl betrügliche Schuldner zu gewähren im Stande sind. Execution, Personalarrest, Lohnarrest, Manifestationseid, Alles ist nicht ausreichend. Wir haben hier in Berlin Leute, welche Pferde und Wagen, Kutscher und Bedienten halten, welche täglich 4 und 5 Thaler für ein bloßes Frühstück ausgeben, welche sogar Grundstücke besitzen, gegen welche aber dennoch alle Executionen fruchtlos ausfallen, welche täglich neue Manifestationseide leisten und welche Niemand zum Personalarrest zu bringen vermag. So hat sich dieser Tage wiederum folgende Scene auf dem hiesigen Stadtgericht ereignet: Ein hiesiger Gastwirth, der täglich seinen Champagner trinkt und seine Austern ißt, leistete in Gegenwart eines seiner Gläubiger auf dem Stadtgerichte den Manifestationseid, d. h. er schwor, daß er nichts besitze, was für seine Gläubiger irgend ein Objekt der Befriedigung abgeben könne. Bei Ableistung dieses Eides trug er auf jedem Finger der zum Schwur erhobenen Hand vier bis fünf der werthvollsten goldenen Ringe, außerdem hingen aus seiner Westentasche zwei schwere goldene Ketten hervor und in seinem Chemisett glänzte ein starker Brillant. Als er den Eid geleistet, trat er an den Gläubiger heran und zog eine kostbare, mit Perlen besetzte goldene Repetiruhr hervor mit der Bitte, doch zu gestatten, daß er diese Uhr nach der des Gläubigers stellen dürfe. Von einer Beschlagnahme dieser Kostbarkeiten konnte keine Rede seyn, da sie — der Frau des Manifestirenden gehörten und von dieser demselben nur geliehen waren! (Ztgs-H.)

(Berlin, 1. Dec.) Die Reihe der Erfindungen, die in neuester Zeit aus deutschen Köpfen hervorgegangen sind, hat sich in diesen Tagen wieder um eine, und zwar von auf der Hand liegender praktischer Wichtigkeit, zugesellt. Es ist die Erfindung, Papier, und zwar, den bisherigen Proben nach, sehr gutes Papier, aus Holz zu machen. Bekanntlich hat der Mangel an Lumpen, der sich von Tag zu Tage fühlbarer macht, schon lange nach Surrogaten suchen lassen; vorzüglich hat Piette in Duisburg auf Untersuchung der mannichfaltigsten Stoffe in dieser Hinsicht viel Fleiß verwandt und zuletzt dem Stroh die größeste, aber zum industriellen Betrieb doch noch nicht ausreichende Fähigkeit zuerkannt. Aehnliche hiesigen Orts von Dr. Oschatz, einem hauptsächlich wegen seiner ingeniösen Anwendungen des Mikroscops bekannten Gelehrten, angestellte Untersuchungen haben endlich beim Holz ein Resultat erzielt, das ihn augenblicklich Schritte zur Verbindung mit einem Chemiker und zur betreffenden Patentnahme thun ließ. Es ist ihm gelungen, das Holz ohne Anwendung von Salpetersäure, die das Verfahren natürlich zu kostspielig machen würde, und ohne Anwendung großer mechanischer Kraft in seine Elementarfasern zu zerlegen, der Holzfaser ferner dabei ihre Sprödigkeit zu benehmen und so eine Papiermasse herzustellen, die sich schon durch einige Hammerschläge in ein überaus festes und vorzüglich überaus glattes Papier verwandeln ließ, das diese Asbest- oder seidenartige Glätte, wie wir uns selbst davon überzeugt haben, selbst bei vielfacher Zerknitterung und Berührung nicht verliert. Die Kosten der Herstellung lassen sich schon jetzt wegen der Billigkeit des Stoffes und der geringere Kraftanwendung, als solche bei'm Holländer statt findet, auf einem mäßigeren und in der Concurrenz voraussichtlich siegreichen Betrag veranschlagen, und gehen offenbar mit weiteren Erfahrungs-Resultaten auch einer weiteren Ermäßigung entgegen, so daß wir in Hinsicht der gewichtigen Folgen, welche billigeres Papier für die Ausbreitung des Druck- und Schriftwesens haben muß, auch dieser Erfindung, ähnlich wie der Schieß-Baumwolle, den Namen einer demokratischen beilegen müssen.

„Zeus" prophezeiht für den December folgende vermuthliche Witterung: Vom 1. bis 3. trübe, rauhe Luft, kaum Regen oder Schneeflocken; vom 4. bis 6. heller und kalt; vom 7. bis 9. trüb mit Regen oder Schnee; dann kälter vom 10. bis 17., mit Neigung zu Schnee am 12. und 13. — Vom 18. bis 21. gelind und Regen, mitunter stürmisch; 23. und 24. kälter; dann naß und trüb, bis Schnee am 28.; Schluß kalt.

(München, 1. Dec.) Die ersten Tage des kommenden Jahres werden uns Saphir und Meyerbeer zum Besuche bringen.

Achte Bilanz der Mozart-Stiftung am 30. September 1846.

	fl.	kr.
Hypotheken-Conto:		
für ein Insatz-Capital und einen Insatz-Capital-Antheil . . .	13,300	—
Obligationen-Conto:		
vorräthige $3^{1}/_{2}$% Frankfurter Stadt-Obligationen, zusammen fl. 5300 zum Nominal-Werth . . .	5,300	—
Interessen-Conto:		
bis heute abgelaufene, aber noch nicht eingegangene Zinsen . .	111	24
Musikalien-Conto:		
Saldo von einer angekauften Sammlung klassischer Werke . . .	76	32
Cassa-Conto:		
baar in Cassa	336	57
	19,124	53

	fl.	kr.	fl.	kr.
Capital-Conto:				
Capital-Fonds am Schlusse des siebenten Verwaltungsjahres . .	17,789	24		
Ertrag der von dem Liederkranz statutengemäß gegebenen Konzerte am 24. Juli 1846 auf der Mainlust	333	30		
am 6. Dec. 1845 im Weidenbusch in Form eines großen Liederkranzes mit Inbegriff des Ueberschusses einer früheren Abendunterhaltung	336	50		
Geschenke:				
von einigen Mitgliedern des Liederkranzes bei ihren Verlobungen	12	—		
von den Herren Theod. Mohr, F. W. Prevôt und Peter Finck den Betrag einer Nota über eine Expertise				
zwei Gottespfennige	11	24		
Coursdifferenz auf vorräthige Obligationen	3	20		
Eingegangene und laufende Zinsen	3	45		
	668	17		
	19,158	30		
Hiervon ab:				
Unkosten-Conto:				
die im Laufe dieses Verwaltungsjahres stattgehabten Unkosten .	33	37		
			19,124	53
			19,124	53

Frankfurt a. M., 30. September 1846.

Der Verwaltungs-Ausschuß der Mozartstiftung.

Dr. Martin. Präsident. — Dr. A. Grar. Secretär. — Joh. Fr. Quilling. Cassier. — Peter Finck. Buchführer.

Dr. A. Jost. — Fr. Schneider. — J. A. Böhler.

Vorstehende Bilanz mit den Büchern der Mozart-Stiftung genau verglichen und richtig gefunden, auch die aufgeführten:

a) Einen Insatz-Capital-Antheil von Neun Tausend Gulden,
b) Ein Insatz-Capital von Vier Tausend Drei Hundert Gulden,
c) Achtzehn Stück hiesige $3^{1}/_{2}$% Obligationen im Nominal-Werth von Fünf Tausend Drei Hundert Gulden,
d) Den Cassa-Bestand von Drei Hundert Sechs und Dreißig Gulden und Sieben und Fünfzig Kreuzer

vorgefunden zu haben, bezeugen hiermit

Frankfurt a. M., 16. November 1846.

Die von der Gesellschaft des Liederkranzes aus ihrer Mitte zur Revision erwählten Mitglieder:

Wm. Backes. — Louis Hessemer. — J. Falta.

Frankfurt, Anfangs Dec.

Vor Kurzem lasen wir in mehreren Blättern, daß nur die Gesellschaft „Iris" auf einfache, sinnige Weise den Geburtstag unseres großen Schiller gefeiert habe. Indessen wurde auch noch von einem andern Vereine der Manen unseres Schiller würdig gedacht. Es geschah dies von dem rhetorischen Vereine unter der Leitung des Hrn. Hartig. Dieser junge Verein feierte auf recht würdige Weise das Gedächtniß des Unsterblichen im Saale der Gesellschaft Socrates. In der Mitte des Saales stand Schiller's bekränzte Büste und vor einem zahlreichen Auditorium wurden von den Gliedern des Vereines mehrere auserwählte Gedichte des unvergeßlichen Meisters vorgetragen, als Graf von Habsburg, der Taucher, Hero und Leander, an Minna, der Ring des Polykrates, das Mädchen aus der Fremde, welches Räthsel von einem Mitgliede in einem Gedichte recht zart gelös't wurde, und mehr noch dieser Meisterwerke, was dem Zwecke der Feier dieses Abends entsprach. Gemeinschaftlich wurde Schiller's Glocke recitirt, nachdem vorher Hr. Hartig einige Briefe Schiller's an seinen Freund Göthe vortrug, worin ausgesprochen war, wie lange er den Gedanken in sich trug, bis die Dichtung zur Reife kam, und welche große Mühe und Sorgfalt er darauf verwendete. Den Schluß machte die Hymne an die Freude, ebenfalls gemeinschaftlich vorgetragen. Auf die öffentliche Aufforderung zur activen rhetorischen Theilnahme an diesem Abend meldeten sich nur Wenige, was den Beweis liefert, wie zaghaft man bei öffentlichem Auftreten gewöhnlich ist und wie nur öftere Uebungen diese Schüchternheit abstreifen können; unter den sich Meldenden war auch eine junge Dame, welche eine Elegie auf den Tod eines Jünglings unter großem Beifall vortrug. Dieser rhetorische Verein besteht nun ohngefähr ein Jahr, und Einsender dieses, welcher aufmerksam dem Fortschritte der Leistungen seiner Glieder folgte und bei allen öffentlichen Uebungen zugegen war, muß anerkennen, welche Fortschritte derselbe in dieser kurzen Zeit machte. Aber auch die Bemühungen und Aufopferungen des Hrn. Hartig sind lobend anzuerkennen. Mehreremale Abends in der Woche versammeln sich diese jungen Leute bei Hrn. Hartig und üben sich hier gemeinschaftlich im richtigen Lesen, im freien Vortrage, im raschen Wiedererzählen des Gehörten, wovon die monatlichen öffentlichen Uebungen Zeugniß geben. Indem hier also diese jungen Leute sich geistig ausbilden, ist es auch zugleich eine weise Benutzung ihrer Zeit. Möchten daher recht Viele Antheil nehmen an diesen Uebungen und auf diese Art ihre Zeit würdig ausfüllen!

Geschichtliche Vorlesung.

Achte Vorlesung: Montag, 7., so wie auch Dienstag, 8. Dec., Abends 7 Uhr:

Fürst Kaunitz. — Kaiserin Katharina II. — König Gustav III.

Dr. Heyden.

Theater-Anzeige.

Sonntag, 6. Dec. Der artesische Brunnen, Zauberposse mit Gesang in 4 Abth., von G. Räder. — Erste Abtheil.: Das Bergmännchen. Zweite Abtheil.: Abd-el-Kader. Dritte Abtheil.: Die Fremdenlegion. Vierte Abtheil.: Die Versöhnung am Nordpol. (Gastrolle) Schalk: Fräul. Quint, vom Königsstädter Theater zu Berlin.

Montag, 7. Dec. Der Vetter, Lustspiel in 3 Abth., von R. Benedix. Hierauf: Der Ehrgeiz in der Küche, Posse in einem Act, nach Scribe und Mazars von Lembert.

Redacteur: J. L. Heller. — Druck und Verlag von Heller und Rohm.

Didaskalia.

Blätter für Geist, Gemüth und Publizität.

Nro. 338. Dienstag, den 8. December 1846.

Der Geheimschreiber.

Eine Erzählung von Kathinka Zitz.

(Fortsetzung.)

III.

Landry war auf seiner Flucht nicht weit gekommen; unfern seines Hauses ward er von zwei Männern überfallen, die ihn gewaltsam nach seiner Wohnung zurück brachten, welche sie ihn aufzuschliessen zwangen und ihn schweigend in seine Stube begleiteten, wo er bei dem Scheine der noch brennenden Lampe in denen, welche er bisher für Abgeschickte Claude Stocqs gehalten hatte, zwei eifrige Anhänger der kalvinistischen Lehre erkannte, die ihn jetzt endlich aus ihren festpackenden Fäusten los ließen, während er sie voll Erbitterung fragte, was sie von ihm wollten, warum sie ihn festgenommen und zurückgebracht hätten?

„Es ist an Dir, Landry, auf unsere Frage zu antworten," gab ihm Urban, der Goldschmied, finster, doch mit leiser Stimme, zur Antwort. „Hast Du nicht Deinen Eid verletzt? Keiner unserer Brüder soll seine Wohnung verlassen, ohne seine Glaubensgefährten zu benachrichtigen; ein Jeder von uns gehört der Sache an, der er sich geweiht hat; wer sie verläßt, verräth sie. Du flohst während der Nacht, flohst allein und mit Hast. Erkläre uns Deine Gründe, und wenn sie gerecht sind, werden wir Dich gehen lassen."

„Das kann ich nicht," betheuerte Landry, indem er die Hand auf das heilige Buch legte, in welchem seine Frau früher gelesen hatte; „aber Eberhard, Urban, ich schwöre Euch auf die Bibel, daß kein Gedanke von Verrath in meine Seele gekommen ist."

„So!" grinzte der Töpfer Eberhard mit höhnisch verzogener Miene: „Wie kommt es denn, daß Du diese Nacht Feinde unsers Glaubens in Deinem Hause aufgenommen hast?"

„Was soll das heißen? von wem sprichst Du?"

„Ih nun, von Deinen Gästen. Kennst Du sie nicht?"

„Nein."

„Landry!" riefen ihm die beiden Männer warnend zu.

„Tödtet mich, wenn ich lüge," rief Landry mit dem Feuer der Wahrheit. „Eine Dame, von einem Kavalier und einigen Dienern begleitet, bat um Obdach. Ein Gewitter grollte am Himmel; ich öffnete meine Thüre, das ist Alles. Wer ist das Weib?"

„Dieses Weib?" sagte Eberhard mit einem seltsamen Lächeln: „Bei'm lebendigen Gott! in unsere Hände geliefert, wäre dieses Weib eine mächtige Geisel, der Schild unserer Partei, eine drohende Waffe gegen die Herren von Guise und Montmorency."

„So nenne sie doch endlich," rief Landry vor Ungeduld bebend.

Da nannte Eberhard Maria Stuart, die Wittwe des letztverstorbenen Königs von Frankreich, die Nichte der Guisen, jetzt Königin von Schottland, die in ihre neue Staaten zu reisen im Begriffe war. Eberhard hatte sie erkannt, so wie auch ihren Begleiter, den treuesten und ergebensten ihrer Ritter, Damville, den Sohn des Connetables von Montmorency, jenes fanatischen Verfolgers des protestantischen Glaubens.

Landry's Erstaunen war groß, als er erfuhr, welch' wichtige Personen er unter seinem Dache beherbergte, aber größer noch war sein inneres Entsetzen, als ihm die beiden Männer zumutheten, ihnen die Feinde auszuliefern, welche der Himmel in seine Gewalt gegeben habe, und dadurch zu bethätigen, daß er kein Verräther an der guten Sache sey. Als er schwieg, herrschte ihm Eberhard drohend zu:

„Du zögerst, Abtrünniger?"

„Das nicht," sagte Landry ausweichend, „aber wie soll ich?"

„Wo schlafen sie?"

Landry deutete auf die Thüren, hinter welchen seine Gäste im Vertrauen auf seine redliche Gastfreundschaft schlummerten. Eberhard schritt darauf zu, als er plötzlich den vor Maria Stuarts Thüre liegenden Pagen gewahrte, der nach einem ermüdenden Tag den gesunden Schlaf seines Alters schlief, und von dem flüsternd geführten Gespräch der Männer nicht erweckt worden war. Eberhard zog den Dolch und würde das Herz des arglos Schlafenden durchstoßen haben, wäre ihm Landry nicht schnell in den Arm gefallen.

„Du willst einen Mord begehen, Unsinniger!" keuchte er mühsam hervor. „Welche Unvorsichtigkeit! bedenke doch, daß ein einziger Schrei uns verrathen kann .... wir sind nicht stark an Zahl."

Eberhard warf einen finster grollenden Blick auf Landry, doch sagte er nach einigem Bedenken: „Im Grunde magst Du Recht haben. So bewache sie denn mit Urban und verhüte, daß sie uns entwischen. Ich will indessen unsere Freunde benachrichtigen, die, bevor eine Stunde vergangen, vor diesem Hause versammelt seyn werden. Ich kann mich doch auf Dich verlassen?"

„Hegt Ihr noch Verdacht?"

„Wenn ich noch Ursache dazu zu haben glaubte, so lebtest Du nicht mehr," sprach der Töpfer, indem er abermals einen bösen Blick auf Landry heftete. „Harret meiner Rückkehr und schweigt." Mit diesen Worten verließ er das Zimmer, doch kaum war er draußen, als er seinen Gefährten rief, um diesem noch einige geheime Verhaltungsregeln zu geben. In diesem Augenblick kam die alte Martha, die noch nicht zu Bette gegangen war, durch das Geräusch herbeigezogen, zur entgegengesetzten Thüre herein, und stand staunend bei dem Anblicke ihres Herrn, welchen sie längst weit von seinem Hause glaubte; doch wenig Worte genügten Landry, sich mit der treuen Dienerin zu verständigen, die bedächtig mit dem greisen Kopfe nickend, in dem Zimmer verschwand, welches dem Ritter Damville zur Nachtherberge angewiesen war. Hierauf, gerade als Urban wieder herein kam, schüttelte Landry den Pagen gewaltsam aus dem Schlafe und rief: „Erwacht, junger Mensch! erwacht! Eurer Gebieterin droht Gefahr.“

Der Page schnellte rasch empor, doch kaum hatte er den Sinn von Landry's Worten erfaßt, als er eben so rasch in das Gemach der Königin eilte, während Urban Landry bei den Schultern packte und ihm entgegen donnerte: „Ha! Verräther! so betrogst Du uns dennoch!“

Landry befreite sich durch einen gewaltigen Ruck von ihm und sagte: „Wie konntet Ihr glauben, daß ich Euch die Gäste ausliefern würde, welche der Himmel unter mein Dach gesendet hat? eine Königin, die völlig unschuldig an unsern Leiden ist! Nein, Ihr mögt mir danken, daß ich Euch ein Verbrechen erspare, indem ich mir eine Niederträchtigkeit erspare.“

Urban murmelte Flüche und Drohungen in den Bart, aber Landry gab ihm zu bedenken, daß auch er bewaffnet sey, daß in wenig Augenblicken die Begleitung der Königin auf den Beinen seyn würde. — „Geh!“ fügte er hinzu: „wollte ich meine Gäste meinen Freunden nicht ausliefern, so werde ich meine Freunde auch meinen Gästen nicht ausliefern.“

Urban schlug ein grelles Gelächter auf, und rief im Davoneilen: „Also auf diese Weise dienst Du der heiligen Sache unseres Glaubens . . . Schmach über Dich!“

„Ich habe der heiligen Sache mein Leben, aber nicht meine Ehre geweiht,“ rief ihm Landry nach; „das magst Du den Brüdern sagen.“

Jetzt stürzte Damville nothdürftig gekleidet, mit dem bloßen Schwerte in der Hand, herbei und fragte in Hast, was sich zugetragen; auch die Königin erschien, von dem Pagen benachrichtigt, nicht ohne Spuren von Sorge in ihrem wunderbar schönen Gesichte. Landry ließ sich auf ein Knie vor ihr nieder.

„Mag mir Ew. Majestät verzeihen, daß ich ihr keine sichere Zufluchtsstätte anzubieten vermag,“ hob er mit unverkennbarem Schmerze an. „Maria Stuart ward erkannt; eine Partei bedroht Euere Person. Ich habe nach Beistand ausgesendet, aber er kann zu spät kommen, und trotz der Tapferkeit Eures Begleiters, ist die Flucht unerläßlich. Vergönnt mir die Ehre, Euch in das Schloß des Connetables begleiten zu dürfen.“

Aber dem widersetzte sich Damville, der es als sein ausschließliches Recht in Anspruch nahm, seine Beherrscherin dem Schutze seines Vaters zu übergeben.

„Schweigt, Damville!“ gebot Marie Stuart mit ihrem herzgewinnenden Lächeln: „Euer Eifer beeinträchtigt diesen redlichen Diener.“ Und zu Landry gewendet, der sich indessen erhoben hatte, fügte sie hinzu: „Wer seyd Ihr, mein Herr?“

„Ich heiße Landry, bin Bürger dieser Stadt und Kalvinist meiner Religion.“

„Ein Kalvinist!“ rief Damville stutzend. „Und zu welcher Religion die Leute, die uns bedrohen?“

„Zu der meinigen.“

(Fortsetzung folgt.)

Unter der Linie.

(Aus der Beschreibung meiner Reise nach Brasilien. Von Adolf Ebeling.)

(Fortsetzung.)

„Was trinkt Ihr denn wohl am liebsten?“ fragte der Kapitän scherzend die ihn umstehenden Leute. „Wenn Sie erlauben“, erwiederte Einer, „so ziemlich Alles, denn das Meerwasser ist gar salzig und macht viel Durst, am liebsten aber, so viel ich weiß, Grog.“ „Nun, da können wir aushelfen, denn ich hab' grade feinen Rum an Bord, Ihr sollt' ihn doch einmal versuchen, ob Ihr ihn gut genug findet.“ Bei diesen Worten winkte er dem Aufwärter, der mit einer Flasche Rum heraufkam, die denn auch bald von den Leuten leerprobirt ward. Dies Alles geht nach der Schiffsetiquette vor sich und passirt wohl unzählige Male, es wird aber überall mit gleichem Ernst und gleicher Gravität durchgeführt. Das eben gibt dem Ganzen etwas ungemein Spaßhaftes, indem sich eigentlich Alle gegenseitig zum Besten haben. Die Schiffsmannschaft zog nun mit Danksagungen und Reverenzen ab, und der Kapitän ließ den Koch rufen, der einige Schinken, eine Portion Eier zu einem Festagspudding, ferner ein Fäßchen Rum und einen Hut Zucker u. s. w. für die zu erwartende Flußgottgesellschaft in Empfang nahm. Es geht bei solchen Sachen gleich ins Große, denn ein Dutzend hungriger Matrosen kann man nicht mit einigen zarten Gerichten satt machen. Auch für unsere Tafel, die heute oben auf dem Verdeck gehalten werden sollte, wurden würdige Vorbereitungen getroffen. Da der Wind nicht stark und noch dazu sehr beständig war, ließ der Kapitän über das halbe Hinterdeck ein Sonnenzelt ausspannen, denn wir hätten sonst unmöglich oben bleiben können, indem die Hitze gegen Mittag entsetzlich wurde. In Luft und Wasser zitterten leise Schwingungen, herbeigeführt durch die übergroße Gewalt der Sonnenstrahlen; Holz, namentlich Metall, der Hitze unmittelbar ausgesetzt, ward in kurzer Zeit so heiß, daß man sich in Wahrheit beim Berühren verbrennen konnte; deßhalb ward auch das Verdeck alle Viertelstunde mit Wasser der Länge nach begossen, es wäre sonst in seinen Fugen geplatzt, weil das Pech an allen Seiten flüssig hervorquoll. Nun, wir waren eben unter der Linie, wo eine Hitze von 34—36 Grad Reaumur im Schatten zu den gewöhnlichsten Erscheinungen gehört. Wir waren natürlich so leicht gekleidet als nur möglich, und vor der lästigen Sonne schützte uns ein großer flacher Strohhut von nahe an drei Fuß Durchmesser. Der Doktor begab sich nach vorn, um zwei Bäder für uns besorgen zu lassen; in die offene See hineinzuspringen wagten wir nicht. In den großen Wannen hatten wir übrigens doch so viel Erquickung gefunden, daß wir frisch und gestärkt uns zu Tische begeben konnten.

Nahe gegen 12 Uhr erschien der Kapitän mit seinem Sextanten, wir umstanden ihn neugierig, und so wie er durchschaute, rief er: „Meine Herren, die Hüte herunter! In fünf Minuten sind wir daran.“ Mir will noch jetzt nicht recht einleuchten, daß es ihm möglich war, so genau zu beobachten, genug, der Doktor erschien mit einer Flasche Rheinwein und einigen Gläsern, die er alsbald füllte. Wir nahmen Jeder eins zur Hand, und als wir den großen Augenblick gekommen glaubten, stießen wir herzhaft an und tranken auf unser Wohl, auf das des Neptuns u. s. w. Der Untersteuermann schwang sich hierauf ins Tauwerk und rief nach vorne mit lauter Stimme: „Alle Mann hoch!“ Die Leute liefen zusammen, erwiederten den Gruß, schwenkten Hüte und Tücher, die Flaggen senkten und hoben sich: die Linie war passirt. Zu gleicher Zeit entstand vorn am Bugspriet Lachen und Lärm, und in wenig Minuten erschien bei uns auf dem Hinterdeck eine abenteuerliche Figur in ein von Seewasser triefendes Segeltuch gewickelt, postirte sich ehrbar vor unsern Kapitän und meldete die so eben erfolgte Ankunft seines Herrn, des Neptuns. Er setzte hinzu, Seine Majestät wären aber sehr hungrig, weil seit geraumer Zeit kein Schiff passirt sey, sie bäte deßhalb um Erlaubniß erst zu Tische gehen zu dürfen. Natürlich wurde dieser Wunsch bereitwillig erfüllt, die mysteriöse Erscheinung entfernte sich und alsbald ertönte die laute Glocke, die uns Alle zum Essen rief. Auch bei uns ging es hoch her. Einige fette junge Hähne hatten heut' daran glauben müssen, eingemachte Gemüse, die so delikat waren, daß man sie eben erst gepflückt glaubte, versetzten mich völlig auf das Festland, selbst die beliebten Kartoffeln fehlten nicht. Beim dritten Gang erschien der Koch in eigner Person, in schneeweißer Kleidung, von seinem Gehülfen gefolgt, der ein ganz neues Gericht auf unsere Tafel setzte, mit der Bemerkung, es sey dies ein Geschenk des Neptuns, der uns den besten Appetit dazu wünschen lasse. Das Gericht nun bestand in einem sogenannten Boniten, der auf das sauberste zubereitet war. Es sind dies Knorpelfische von zwei Fuß Länge und von der Dicke fast eines halben Fußes, sie sind rund wie Cylinder, Kopf und Schwanz werden abgehauen und das feste Fleisch, ohne alle und jede Gräte, hat einen täuschenden Geschmack des Rostbeefs. Die Boniten sind schwer zu fangen, weil sie ungemein geschwind sind, die Delphine machen beständig Jagd auf sie, welche wiederum stets die fliegenden Fische verfolgen. Nur dadurch fängt man die letzteren, indem diese sich vor ihren Feinden flüchten, sich in die Höhe schnellen und dann, wenn das Glück günstiz ist, auf's Verdeck herabfallen; denn wirklich fliegende Fische gibt es nicht. Wir ließen der Majestät unsern Dank sagen und verzehrten den Fisch mit dem größten Appetit. „Old England for ever!“ rief der Kapitän, als zum Schluß der Mahlzeit ein Plumpudding aufgetragen ward. Vom Vorderdeck schallte Lachen und Gesang zu uns herüber. „Wir müssen uns heut' schon Alles gefallen lassen“, scherzte der Kapitän, „und Sie namentlich, machen Sie ja gute Miene zum bösen Spiel.“ Die letzte Bemerkung galt mir, auf den es der Herr Neptun am meisten mußte abgesehen haben, denn die Uebrigen vom Hinterdeck hatten Alle bereits die Linie passirt. Unter der Mannschaft waren freilich mehrere Ungetaufte, und der kleine Fritz sah auch gewiß mit Herzklopfen den kommenden Stunden entgegen. Wir blieben noch einige Zeit bei Tische; trotz der starken Hitze ließen wir eine Tasse Kaffee nicht vorbeigehen; der Doktor, als Homöopath, meinte sogar, dies sey eben das beste Kühlungsmittel.

(Fortsetzung folgt.)

Mannichfaltigkeiten.

(Wien, 30. Nov.) Im Theater an der Wien fiel eine Posse: „Eisele und Beisele“, total durch. Die „fliegenden Blätter“, so außerordentlich sie auch gefallen, stiften doch manches Unglück bei uns. Nicht genug war es, daß sie den Kobold in's Leben riefen. Auch diese beispiellos schlechte Posse mußten wir ihretwegen über uns ergehen lassen. — Im Burgtheater behaupten sich Prechtler's „Falconiere“ und Bauernfeld's „Großjährig“ auf dem Repertoir; die geistreichen politischen Beziehungen des letztern Stücks werden immer mehr herausgefühlt. Uebrigens sind „Verwirrungen der Liebe“ von dem ehemaligen Generalcensor Deinhardstein schmählich durchgefallen. — Meyerbeer kommt bestimmt nach Wien, um in dem Theater des Herrn Pokorny „das Feldlager in Schlesien“ in Scene zu setzen. Das Unternehmen mag gelingen, wenn der Maestro noch ein paar tüchtige Sänger und Sängerinnen mitbringt!

(Königsberg.) Am 25. August wurde der erstgeborene Sohn des Predigers Grabowski von Dowiat aus Danzig in der französisch-reformirten Kirche getauft. Pathen waren: 1) Graf Luckner, freier Protestant, 2) Direktor Dr. Sauter, evangelisch, 3) dänischer Konsul Schlagegg, röm.-katholisch, 4) Kaufmann Goullen, Christ-Katholik, 5) Kaufmann Meierowitz, freier Protestant, ehemals Jude, 6) Kaufmann Anheim, Jude.

(Berlin, 28. Nov.) Diese Woche machte Se. Maj. der König unserer öffentlichen Bibliothek abermals ein werthvolles Geschenk. Es besteht in einer Handschrift des Trauerspiels „Emilie Galotti“ von Lessing's eigener Hand, aus dem Nachlaß des einst so vielvermögenden Tzschoppe angekauft. Die königliche Bibliothek erfreut sich übrigens des Besitzes mehrerer Handschriften deutscher Classiker, die von den berühmten Verfassern selbst niedergeschrieben sind, von Herder, Schiller und Goethe sind Bruchstücke und ganze Werke da, von letzterm z. B. Scenen aus dem „Faust“ und der ganze „Egmont“ (Fol. Deutsche Handschr. 534.) Bei einem Privatmann hier befindet sich auch ein anderes Theaterstück Lessing's, ebenfalls eigenhändig vom Verfasser geschrieben.

* Der Stern gilt einer treuen Dienstmagd, die ihn redlich verdient hat. In diesen Tagen starb in Hildburghausen Susanne Margarethe Tanner aus Wasungen, fast 90 Jahre alt. Davon hat sie 67 Jahre ununterbrochen bei drei Generationen einer und derselben Familie, Großeltern, Eltern und Enkelin mit dem guten Zeugniß „einer immer gleichen lobenswerthen Treue“ gedient. Der letzte Dienstherr, Hr. Consistorial-Sekretär Keller hier, hatte die treue hochbetagte Dienerin als ein gutes Erbstück vor 15 Jahren zu sich genommen und ihr das Alter christlich-forgsam erleichtert. Wir Herrschaften dürften solcher seltnen Diensttreue wohl ein Ehrendenkmal setzen.

(Coburg, 30. Nov.) In der heutigen Sitzung des Kunst-, Industrie- und Gewerb-Vereins dahier ist die Gründung einer Spargesellschaft beschlossen worden, welche den Gedanken: zur rechten Zeit für die Noth zu sparen, auf die praktischste Weise für die weniger bemittelten Volksklassen durchzuführen zum nächsten Zweck hat, und dabei den höheren Gesichtspunkt verfolgt, durch eine Association zu gemeinsamen nützlichen Zwecken diese Volksklassen moralisch zu heben.

Die österreichischen Tabaksfabriken lieferten in Jahresfrist 50,000 Centner Schnupftabak, 255,000 Centner Rauchtabak, darunter 3954 Centner oder 55 Millionen Cigarren. Es gibt neun kaiserliche Fabriken.

(Chinesischer Bergbau.) Der Staatshaushalt China's geräth in immer größere Unordnung; die Ausgaben mehren sich und jedes Jahr bringt ein bedeutendes Deficit. Da nun alle Mittel, zu denen die Kreisregierung in Canton ihre Zuflucht nahm, nicht ausreichten, so entschloß sie sich endlich, die Minen zu öffnen, welche seit Jahrhunderten geschlossen waren. Man hat auch an mehreren Orten reichliche Gold- und Silbererze gefunden. Diese Entdeckung machte einen großen Eindruck bei der Regierung wie bei der Bevölkerung des Mittelreichs; man schmeichelt sich, in der nächsten Zukunft durch eine fleißige Bearbeitung der Bergwerke der drückenden Finanznoth zu steuern.

Bei der am 1. d. M. stattgefundenen Eröffnung der k. Industrieschule in Pesth sprach Hr. v. Karacsony, der Direktor des neuen Instituts, ein Wort, das manche Nationaleitelkeiten verletzen mochte. „Wir sind arm!“ rief der Redner, „und darin liegt im neunzehnten Jahrhundert ein politischer Fluch. Ein armes Land hört bald auf, ein selbstständiges Land zu seyn.“

Die englische Gesellschaft gegen die Thierquälerei hat sich mit der Bitte an den Papst gewendet, die Stiergefechte in Spanien und die Thierhetzen in Rom zu verhindern.

Korrespondenz.

Worms, 4. Dec.

Nach einem lärmvollen, fröhlichen Herbst, hervorgerufen durch die Fülle eines trefflichen Weines, dessen Güte und Kraft in Köpfen und Keller schon viel Rumor verursachte, kündet sich seit einigen Tagen mit unangenehm naßkaltem Regen der Winter ernstlich an. Die gewöhnlichen Vergnügen desselben, Gesellschaften, Tanz, Konzerte, nahmen längst ihren Anfang, und auch das seit zwei Monaten unter Direktion des seit längeren Jahren wohlrenommirten Hrn. Eduard Geyser eröffnete Theater hat uns während dieser Zeit durch gelungene Aufführung manches neuen, guten Bühnenerzeugnisses die angenehmste Unterhaltung. Wie im vorigen Jahre verstand es Hr. Geyser auch in dieser Theatersaison, trotz der ungünstigen Zeitverhältnisse, durch ein gutgewähltes Repertoir und tüchtige Mitglieder das hiesige, eben nicht übermäßig kunstsinnige Publikum anzuziehen. Wir haben auch Ursache, mit der Gesellschaft des Hrn. Geyser vollkommen zufrieden zu seyn; denn nicht allein, daß die Mitglieder derselben brauchbar und fleißig sind, so leisten mehrere, wie die Herren Kern, Erk, Storre rc., die Damen Weidner, Geyser, Kern rc., Gutes, ja oftmals Treffliches. Besonders war es Frau Kern, welche allgemein als Regimentstochter enthusiasmirte und erst vor einigen Tagen in dem benachbarten Frankenthal, wo abwechselnd unter voller Zufriedenheit des dasigen Publikums gespielt wird, den lebhaftesten Beifall bei überfülltem Hause errang. Der in unseren benachbarten größeren Städten grassirende Lind-Schwindel hat uns noch nicht ergriffen und wird deshalb, bei den übermäßig hohen Eintrittspreisen dieser Vorstellung in Mannheim, seine Anziehungskraft zum Nachtheil unserer Geldbörsen nicht besonders äußern. Wir begnügen uns im Allgemeinen mit billigeren und vielleicht nicht weniger reellen Kunstgenüssen.

Darmstadt, im Dec.

Die Nummer 332 der Didaskalia enthält einen sehr beherzigenswerthen Aufsatz „über Nahrungsquellen", dessen Inhalt wohl auf alle deutsche Lande Anwendung finden kann. Außer der in jenem Artikel berührten, auf Vermehrung der Production zielenden Verbesserung des Wiesenbau's gibt es aber auch noch andere Mittel, um dem Arbeiter eine reiche Quelle des Erwerbs zu eröffnen. Es ist dieses eine allgemeine Einführung der Kultur der Seide unter der Mitwirkung und dem Schutz der Staatsregierungen. Die erste Bedingung hierzu ist eine weitverbreitete Anpflanzung der Maulbeerbäume, wofür sich im Augenblick bei dem Bau der Eisenbahnen eine äußerst günstige Gelegenheit darbietet, die, einmal versäumt, so bald nicht wiederkehren dürfte. Wenn die Main-Neckar- und Main-Weserbahnlinien mit Maulbeerhägen, anstatt mit Dornhecken, eingefriedigt werden wollten, so könnte schon nach einem Jahrzehnt, ohne besonderen Kostenaufwand von Seiten der Staaten, eine Masse brodloser Menschen eine nachhaltige Beschäftigung durch Seidenbau finden. Das von den Staaten gegebene Beispiel würde sicher nicht verfehlen, auf Vereine und Private eine günstige Rückwirkung zu äußern und auch sie zur Anpflanzung von Maulbeerbäume ermuntern. Schließlich glaubt Referent die Ueberzeugung aussprechen zu dürfen, daß die Kultur der Seide, wenn sie auch nicht im Stande ist, allen Uebeln zu begegnen, welche aus Pauperismus entspringen, doch einen mächtigen Damm gegen das Proletariat bilden kann und wird. Im Augenblick kostet der Versuch wenig oder nichts; der Vortheil liegt in der Zukunft und eine gute Sache wäre wohl des Versuchs werth.

R.

Literatur.

Die Heilmethode des Naturarztes Johann Schroth und ihre ausgezeichneten Erfolge. Nebst kurzen Bemerkungen über die Mängel und Nachtheile der in Gräfenberg üblichen Wasserkur. Nach eigener Erfahrung und langer Beobachtung zum Wohl der leidenden Menschheit getreu dargestellt von einem praktischen Arzte. Frankfurt a. M. Druck und Verlag von J. F. Bayrhoffer. 1846.

Unter diesem Titel ist ein Werkchen erschienen, welches das Publikum auf eine Heilmethode aufmerksam machen soll, die, von einem Landmanne erfunden und vervollkommnet, schon viele Jahre mit dem besten Erfolge ausgeübt, aber vorzüglich von den nachbarlichen Wasserenthusiasten am Gräfenberge theils lächerlich gemacht, theils als gefährlich verschrieen wird. Nichtsdestoweniger hat die Vergangenheit sowohl, als die Gegenwart zahlreiche Beispiele aufzuweisen, daß nicht selten gerade die größten Lobredner der Priesnitzischen Wasserkur nach einem oft jahrelangen fruchtlosen Aufenthalt in Gräfenberg, durch Erfahrung eines Besseren belehrt, sich zu Schroth begaben und bei seiner Behandlungsweise in kurzer Zeit vollkommen genaßen. Des Verfassers Ziel ist, einem jeden Siechen einen einfachen, vernunftgemäßen, zwar nicht ganz angenehmen, aber kurzen und verläßlichen Weg zur Erreichung der Gesundheit anzugeben. Allen gelehrten Wortkram vermeidend, theilt er seine an Ort und Stelle gemachten Erfahrungen und Beobachtungen in ungekünstelter Sprache mit und macht zugleich gelegentlich auf die Ursachen aufmerksam, warum gegenwärtig nur so wenige Heilungen in Gräfenberg vorkommen. Eine Schrift, die den Weg zur Erlangung der Gesundheit mit dem geringsten Zeit- und Kostenaufwand zeigt, darf wohl auf eine günstige Aufnahme mit Sicherheit rechnen.

Charade.

(Zweisylbig.)

Eine Stadt im Schweizerland
Wird durch Erste euch genannt.
Zweite hat geringen Werth,
Aecht jedoch ist sie geehrt.
Nur ein Theil des fernen Preußen
Hat das Ganze aufzuweisen.

Oeffentliche Bitte.

Im Hinblicke auf die fortwährende große Theuerung der nothwendigsten Lebensbedürfnisse und auf die daraus für viele Eltern hervorgehende Unmöglichkeit, ihren Kindern eine Weihnachtsfreude zu bereiten, beabsichtigt die Gesellschaft „Sokrates zur Standhaftigkeit", auch in diesem Jahre eine „Christbescheerung für Kinder armer Eltern" zu veranstalten, und, eingedenk der ihr vor Jahresfrist zu gleichem Zwecke gewordenen freundlichen Unterstützung von Seiten der verehrlichen hiesigen Einwohnerschaft, ersuchen, in Gemäßheit erhaltenen Auftrags, die Unterzeichneten hiermit ergebenst um gefällige Zusendung passender Gaben, mit dem Erbieten, daß jeder derselben zur Empfangnahme der andurch erbetenen Geschenke, seyen solche nun Geldspenden oder Kleidungsstücke oder Spielsachen oder Bücher oder irgend andere Gegenstände, in seiner (unten angemerkten) Wohnung bereit sey.

Frankfurt a. M., 5. Dec. 1846.

Christian Fr. Enders. (Auf dem Markte, Eck der Neugasse, Lit. L. Nro. 147.)
Dr. jur. Fester, Advokat und Notar. (Unter den neuen Krämen, Lit. K. Nro. 49.)
Pfr. Fresenius. (Sachsenhausen, Lit. O. Nro. VII a.)
J. G. Kayser, Architekt. (Hochstraße, Lit. D. Nro. VI.)
Jakob Pfaltz, Handelsmann. (Eck der Höllgasse, Lit. M. Nro. 203.)
Bernhard Rausch, Maler. (Große Bockenheimergasse, Lit. E. Nro. 109.)
Dr. jur. Sackreuter, Advokat. (An der Paulskirche, Lit. J. Nro. 105/6.)
Dr. jur. A. M. Schmidt-Holtzmann, Advokat. (Unter den neuen Krämen, Lit. K. Nro. 49.)
Heinr. Wiesand, Handelsmann. (Große Sandgasse, Lit. K. Nro. 163.)

Theater-Anzeige.

Montag, 7. Dec. Der Vetter, Lustspiel in 3 Abth., von R. Benedix. Hierauf: Der Ehrgeiz in der Küche, Posse in einem Act, nach Scribe und Mazars von Lembert.

Dienstag, 8. Dec. (Zum Erstenmale): Die Sennerhütte, komische Oper in einem Act, nach Scribe von Hartenfels, Musik von Adam. Vorher (zum Erstenmale): Sohn und Enkel, Lustspiel in einem Act, nach dem Französischen von F. Meck.

Redacteur: J. L. Heller. — Druck und Verlag von Heller und Rohm.

Didaskalia.

Blätter für Geist, Gemüth und Publizität.

Nro. 339. Mittwoch, den 9. December 1846.

Der Geheimschreiber.

Eine Erzählung von Kathinka Zitz.

(Fortsetzung.)

Damville stutzte noch mehr; er fürchtete, daß hier geheime Fallstricke verborgen seyn möchten, was er denn auch der Königin zu bedenken gab. Landry betheuerte seine rechtliche Gesinnung, er erbot sich, sein Weib, sein Kind als Geiseln zu stellen, dem Ritter sein Schwert zu überantworten; aber zugleich beschwor er die Königin nochmals, ohne eine Minute zu verlieren, die schnellste Flucht zu ergreifen. Die Königin hieß ihn sein Schwert behalten, und erklärte, sich vertrauungsvoll seiner Leitung übergeben zu wollen. Aber eben, als sie im Begriff war, den Reisemantel umzunehmen, ward heftig an das Haus gepocht, und eine Stimme begehrte Einlaß im Namen des Königs.

Dieser Aufforderung mußte gehorcht werden, um so mehr, da von dieser Seite der Königin keine Gefahr drohen konnte; aber kaum war die Thüre geöffnet, als Claude Stocq, der Geheimschreiber des Connetables, mit Soldaten in das Zimmer eindrang und Landry zu seinem Gefangenen erklärte. Als er jedoch die Königin und den Sohn seines Gebieters ganz unerwartet in diesem Hause erblickte, beeilte er sich, den Hut abzunehmen, den er bis jetzt barsch auf dem Kopfe gelassen hatte.

„Wollt vergeben, hohe Frau!“ hob er an. „Von meinem Gebieter beauftragt, mußte ich dem Hauptmann seiner Kompagnie behülflich seyn, einige Hugenotten in der Nähe festzunehmen, und eben sind wir im Begriff, uns des Gefährlichsten von Allen zu versichern, desjenigen, der das Haupt ihrer Berathungen und Umtriebe ist.“

„Euer Beistand kommt zur rechten Zeit, um uns aus einer großen Gefahr zu befreien,“ sagte darauf Maria Stuart verbindlich. „Nahe daran, von den Leuten, die Ihr aufgegriffen habt, gefangen genommen zu werden, hatten wir keine andere Hoffnung mehr, als in die Hingebung unsers wackern Wirthes; wollt ihn daher nicht mit unsern Feinden vermischen, sondern seine Freiheit unangetastet lassen.“

„Entschuldigt, daß ich es nicht vermag,“ versetzte Stocq, „ich muß dem erhaltenen Befehle Folge leisten.“

„Und wenn ich Euch Gegenbefehle gebe?“ sagte Maria mit allem Stolze ihrer königlichen Würde. Doch Stocq erwiederte mit demselben ausweichenden Wesen: „Vor einigen Tagen würde ich mich beeilt haben, meiner Beherrscherin Folge zu leisten ...“

„Doch jetzt?“

„Jetzt gehorche ich meinem König Karl IX.

Maria Stuart wandte sich unwillig von dem hartherzigen Menschen weg, der unter der Maske der Pflichterfüllung nur seinem Hasse gehorchte. Sie begriff, daß sie nicht mehr Königin von Frankreich war, und daß die Bitten einer einfachen Frau keinen Einfluß auf einen solchen Mann haben würden. Nach einiger Ueberlegung wandte sie sich jedoch abermals an den Geheimschreiber mit dem Anerbieten, ihm ein beliebiges Lösegeld für seinen Gefangenen zu zahlen. Claude Stocq lächelte verächtlich.

„Was soll mir Euer Gold?“ sagte er, „und was würde ich dem Connetable sagen?“

„Sagt ihm, daß sein Sohn die Freiheit dieses Mannes verlangt hat, sage der Graf von Damville.“

„Gnädiger Herr!“ versetzte Stocq unwillig, „wenn ich jemals die Ehre haben sollte, Euch anzugehören, so werdet Ihr, gleich Eurem berühmten Vater, einen unbestechlichen Diener an mir haben.“

Hierauf gebot er den Soldaten, den Gefangenen in ein Nebenzimmer zu führen und ihn auf das Genaueste zu durchsuchen, ob er keine verborgene Waffen bei sich führe; und als ihn Landry darauf einen Feigling nannte und ihm einige herausfordernde Worte in den Bart warf, sagte der Geheimschreiber mit giftigem Hohne:

„Das soll wohl eine Herausforderung seyn? Je nun, mein Edelmann, ich bin nicht abgeneigt, sie nach den Regeln anzunehmen, sobald Du uns Deinen Namen gesagt haben wirst.“

Landry stieß ein wildes Schmerzensgeschrei aus und schlug die Hände verzweifelnd vor die Stirne. Er hätte seinem grausamen Peiniger willig sein Leben überlassen, aber da stieg Margarethen's Bild vor ihm auf, und ein Knie vor der Königin beugend, empfahl er ihr sein Weib und sein Kind.

„Faßt Muth, Landry!“ sprach ihm die Königin zu, „es soll nicht gesagt werden, daß Ihr Marien Stuart gedient habt, ohne daß sie Euch zu belohnen vermag; und was Eure Angehörigen betrifft,“ fügte sie mit Stolz hinzu, „so bürge ich Euch für ihre Sicherheit, wenn man mich anders nicht selbst zur Gefangenen macht.“

Landry ließ eine heiße Dankesthräne auf die Hand fallen, welche ihm die schöne Königin zum Kusse gereicht hatte, dann ließ er sich von den Soldaten in das Zimmer führen, wo er sich ihren rauhen Händen zur Durchsuchung überlassen sollte. Als sich aber der Geheimschreiber jetzt der Königin mit einer Anrede nahen wollte, herrschte ihm diese mit einer Mischung von Verächtlichkeit und stolzer Würde die Worte zu: „Ihr belästigt uns, Herr! zieht Euch zurück.“

Während Stocq dem königlichen Gebote in so weit Folge leistete, daß er sich in das äußerste Ende des Zimmers zurück zog, ließ sich Maria Stuart die Schreibtafel des Grafen von Damville reichen und begann emsig zu schreiben. Als sie fertig war, gebot sie dem Grafen, augenblicklich zu Pferde zu steigen und ihr demüthiges Bittgesuch zu Gunsten des armen Landry ihrem königlichen Schwager zu überbringen, auch dasselbe durch seine mündlichen Bitten zu unterstützen. Der Graf gehorchte ihr nur mit widerstrebendem Herzen, wollte sie nicht verlassen, bis er sie an ihren Bestimmungsort gebracht habe; aber Maria machte ihm begreiflich, daß sie in vollkommener Sicherheit sey; Stocq erhielt Befehl, für Geleitsmannschaft zu sorgen, welche sie bis in das Dorf Creil bringen sollte, wo sie jedenfalls ihr verlornes Gefolge und den Abbé von Nangis finden mußte, welcher bestimmt war, sie als Almosenpfleger an den Hof nach Edinburg zu geleiten. Ihr Abschied von Damville war voll aufrichtiger Herzlichkeit, ja, seit ihrem Scheiden aus dem Louvre war dieser Augenblick der peinlichste, diese Prüfung die schmerzlichste für sie . . . denn indem sie von einem so bewährten Diener, von einem so treuen Freunde schied, war es ihr, als habe sie den Fuß bereits außerhalb ihres so sehr geliebten Frankreichs gesetzt. Das Herz war ihr schwer, hatte sie doch das Volk ihres Adoptivvaterlandes, seine Vergnügungen und Feste so sehr geliebt, und konnte sie wissen, was sie in einem halbwilden Lande erwartete? Sie empfahl dem Grafen, recht oft an seine ferne Monarchin zu denken, und indem sie ihm ihr wohlgetroffenes Bildniß als ein Andenken der zärtlichsten Freundschaft um den Hals hing, sagte sie mit in Thränen brechender Stimme:

„Wenn Ihr das Bild anseht, lieber Graf, so sprecht zuweilen ein frommes Gebet für ein schwaches Weib, welches der Sturm fern von seinen wahren Freunden verschlagen hat, und das vergebens eine Stütze suchen wird, die derjenigen gleicht, welche ich in diesem Augenblick verliere."

„Ihr sprecht wahr, Maria!" versetzte Damville leise, aber mit einem gewaltigen Ausbruch der lange zurückgehaltenen Empfindung: „Ihr habt in meiner Seele gelesen, doch in diesem Augenblick erst finde ich die Kühnheit, Euch zu sagen, daß ein innigeres Gefühl als kalte Ehrfurcht . . ."

„O schweigt, schweigt! . . ." fiel ihm die Königin mit tiefer Wehmuth in die Rede, indem sie den Ritter, der ihr Bildniß knieend empfangen hatte, aufhob und ihm ihre schöne weiße Hand auf die Lippen legte. „Lebt wohl, Damville!" fuhr sie fort: „besorgt meinen Auftrag und nehmt die Versicherung, daß ich Euch nie, nie vergessen werde . . . geht!"

Damville küßte der holden königlichen Frau die Hand und verließ in dem heftigsten Aufruhr aller Gefühle das Gemach, in welchem er das liebenswürdigste Geschöpf seines Zeitalters zurück ließ. — „Tapferer, würdiger Ritter!" flüsterte Maria Stuart leise vor sich hin, indem sie dem Forteilenden nachsah: „ich wußte es wohl . . . und auch ich . . . ich . . ." Sie wandte sich um und trocknete schnell ihre Thränen ab, als sie den Geheimschreiber erblickte, der mit lauernder Miene, steif und unbeweglich neben der Thüre stand. Die Königin wiederholte ihm den schon früher ertheilten Befehl, in einer halben Stunde ein schickliches Geleite für sie in Bereitschaft zu halten, und gebot, Landry's Frau zu ihr zu bescheiden, von welcher sie Abschied nehmem wollte. Hierauf zog sie sich mit ihrem Gefolge in das Zimmer zurück, welches ihr als Schlafgemach gedient hatte.

Mit einem sonderbaren Lächeln, in welches sich so zu sagen ein Gefühl von Befriedigung mischte, sah der Geheimschreiber die schöne junge Königin verschwinden, die erstaunt war, daß ihre Macht, die ihren Zauber auf Alles ausübte, was in ihre Nähe kam, an diesem Manne gescheitert war. Sie mochte ihn wohl für einen glühenden Fanatiker halten, wie alle die Fürsten und Herren jener Zeit, die ihre Kraft in elenden Kämpfen abnutzten und sich durch Spaltungen schwächten, woraus Männer wie Claude Stocq stets Nutzen zu ziehen wußten. Dieser gehorchte keineswegs einem blinden Eifer; er besaß ein Herz von Stahl; ein Herz, in welches die Leidenschaft, wenn sie einmal Eingang in dasselbe gefunden hatte, sich tief eingrub und unauslöschlich wurde. Er empfand eine tiefe Verachtung für die beweglichen Seelen, die von tausend oberflächlichen Empfindungen berührt werden, welche eben so schnell sterben, als sie geboren werden; er kannte nur einen Haß und eine Liebe: zwei Leidenschaften, wovon er die eine oder die andere um jeden Preis zu befriedigen entschlossen war.

(Fortsetzung folgt.)

Unter der Linie.

(Aus der Beschreibung meiner Reise nach Brasilien. Von Adolf Ebeling.)

(Fortsetzung.)

Plötzlich ertönte vorn eine laute Musik, in der man deutlich eine Trommel und Trompete unterscheiden konnte und ein seltsamer Zug bewegte sich am großen Boot entlang zu uns herüber. Voran die zwei Musikanten, die, vielleicht so unmusikalisch wie die Fische unter uns, sich aus allen Kräften bemühten, den größtmöglichsten Lärm zu machen, hierauf zwei pudelnasse, in Segeltuch gewickelte Matrosen, in deren Einem ich gleich den Abgesandten von erst erkannte: sie schienen die Großwürdenträger des Reichs zu seyn; Einer von ihnen trug auf einer Schüssel eine übergroße hölzerne Kugel, die wahrscheinlich den Reichsapfel vorstellen sollte, der Andere hielt den Dreizack des Gottes in der Hand, d. h. eine große Ofengabel, die an einen Stock gebunden war. Hierauf kam Se. Majestät selbst, wirklich in ganz originellem Aufzuge. Jetzt ward es mir klar, weßhalb in den frühern Tagen die Leute beständig den Seetang, der in großen Massen unser Schiff umschwamm, aufgefischt hätten, denn aus diesem Meergewächse bestand die Hauptbekleidung des Gottes, den übrigens Niemand anders, als der Koch vorstellte. Neptun trug nichts weiter als ein Beinkleid, das mit den Früchten dieser Pflanze besetzt war, auf dem Kopfe eine immense Krone, ebenfalls aus Seetang geflochten, um die Schultern hing ihm ein Mantel aus Segeltuch, auf gleiche Weise wie das Beinkleid verziert, der in eine lange Schleppe endigte, die von zwei Kammerherrn in ähnlichem Anzuge, wie die voraufgehenden, getragen ward. Alles war durch und durch naß und ließ wirklich glauben, daß diese abenteuerliche Gesellschaft so eben den Meeresfluthen entstiegen sey. Die übrigen Leute schlossen sich dem Zuge an. So erschienen sie bei uns, der Kapitän war aufgestanden und ihnen mit gezogenem Hute entgegengegangen; er begrüßte den Flußgott ehrerbietig und bot ihm einen Stuhl an. Seine Majestät zog aber vor, zu stehen, ließ sich Reichsapfel und Dreizack geben, räusperte sich und begann: „Kapitän, ich bin sehr zufrieden mit Euch, Eure Leute haben mich trefflich bewirthet, ich komme jetzt, Euch zu danken, zugleich aber auch um nachzusehen, ob sonst Alles in Ordnung ist." Der Kapitän, der seine Rolle ausgezeichnet zu spielen wußte, entgegnete: „Freund, wir kennen uns schon seit früher, ich denke, Ihr habt nie Ursache gehabt, über mich zu klagen; ist Euch deßhalb gefällig, die Bücher nachzusehen und das Weitere zu befehlen?" Der Steuermann brachte nun das Tagesjournal herauf, der Wasserfürst blätterte etwas drin herum und sagte: „Nun, Ihr seyd gut gefahren, ich versprech' Euch ferneren guten Wind, in zwölf bis vierzehn Tagen sollt Ihr an Ort und Stelle seyn. Und darauf, Kapitän, wollen wir Eins trinken, nicht wahr?" Der bei Tisch genossene Grog hatte Seine Majestät etwas kühn gemacht, so daß Dieselben ungenirt nach Glas und Flasche griffen und uns einluden Bescheid zu thun. Ja, Neptun rief sogar ganz keck aus: „Kapitän, der Wein ist vorzüglich, wann ich kann, bleib' ich den Abend bei Euch, da können wir noch eine Flasche zusammen ausstechen; aber nun ans Geschäft. Wie steht's mit den Passagieren, habt Ihr Alle schon mein Revier passirt und wißt Ihr noch die Parole?" Der Kapitän, die beiden Steuerleute und der Doktor näherten sich dem Frager und raunten ihm irgend etwas zu; ich natürlich, der ich nichts wußte, blieb zurück. „Recht so", sagte Neptun, „Euch kenn' ich schon von früher, aber da hinten steht Einer, der mir ganz fremd ist." Er trat an mich heran und sprach: „Wie geht's junger Freund, was macht das schöne Hamburg? Eßt Ihr noch immer so viel Austern und Pöckelfleisch? Bin früher einmal bei Euch gewesen, es hat mir recht gut gefallen. Aber bei mir seyd Ihr noch nicht gewesen, denn Ihr wißt ja die Parole nicht und Euer Bart ist wahrhaftig gar zu lang, Ihr müßt Euch rasiren lassen; auch seht Ihr mir ganz aus wie ein Heide, Ihr seyd doch getauft?" Ich entgegnete mit Lachen: „Ew. Majestät werden's wohl besser wissen als ich, übrigens gestehe ich, daß ich noch nicht das Vergnügen hatte, Sie zu sehen, und darf mir wohl schmeicheln, daß Sie auch mich zu Ihren Freunden zählen werden. Was übrigens meinen Paß betrifft", fügte ich hinzu, „so hoffe ich, daß Sie den in Ordnung finden werden", und griff, wie mich der Kapitän heut' Morgen instruirt hatte, bei diesen Worten in die Tasche, zog einen Fünfthalerschein heraus und überreichte denselben dem Gotte; dieser machte ein hochvergnügtes Gesicht, steckte das Papier ein und sagte: „Ihr seyd ein feiner Herr, der Lebensart besitzt, die Taufe könnt' ich Euch am Ende ersparen, aber rasirt müßt Ihr wahrhaftig werden, Ihr könnt sonst heut' Abend nicht zugelassen werden auf den Ball, den ich zu geben gedenke." Hiermit wandte sich der Herrscher zu seinen Beamten und sprach leise mit ihnen. Diesen Augenblick benutzte der Kapitän, um mir zuzuflüstern: „Seyen Sie nur ohne alle Sorge, es geschieht Ihnen nichts, aber lassen Sie sich den Spaß gefallen, die Leute nehmen's Ihnen sehr gut auf." Ich erwiederte also dem Fürsten; „Majestät, Sie haben Recht, mein Bart ist sehr lang, es wird mir eine Ehre seyn, Ihr gütiges Anerbieten zu benutzen." Mittlerweile hatten sich zwei der Kammerherren mit einigen jungen Matrosen, unter denen auch Fritz sich befand, zu thun gemacht, die ebenfalls, weil sie die Linie noch nicht passirt hatten, rasirt und getauft werden mußten. Beides ist nämlich eine uralte Sitte unter den Seefahrern, und wir werden gleich sehen, worin dieselbe besteht. Der kleine Fritz übrigens stritt sich mit den Hofleuten Neptuns herum, indem er behauptete, er könne unmöglich rasirt werden, weil er noch gar keinen Bart habe, und getauft sey er lange, das wisse der König dort am besten, weil er ja sein Oheim sey. (Er war nämlich wirklich der Neffe des Kochs.) Wir lachten laut auf, aber Seine Majestät, ohne eine Miene zu verziehen, trat gravitätisch vor den kleinen Empörer und sagte mit aller Ruhe zu ihm. „Du willst nicht meinem Befehle gehorchen? Nun, da gibt es ein Mittel." Bei diesen Worten trat er an den Bord des Schiffes, bog sich hinüber und rief mit lauter Stimme ins Wasser hinunter: „He, Schwager, auf ein Wort! Kommt doch für einen Augenblick herauf und lehrt den kleinen Milchbart Raison!" „Ich komme, ich komme!" rief eine tiefe Baßstimme zu unser Aller Erstaunen und an der Außenseite des Schiffes erschien ein in der That schrecklich aussehendes Wesen. Neugierig traten wir näher, das heißt, Neptun postirte sich mit seinen Leuten so, daß wir doch noch immer in einiger Entfernung bleiben mußten. Wir erkannten alsbald das offne Gebiß des gestern gefangenen Haifisches, das wahrscheinlich ein Matrose auf dem Kopfe trug; Alles war so mit Seegras und Flechtwerk behangen, daß man nicht genau unterscheiden konnte. Der Rachen des Unthiers war weit aufgesperrt, ein langer rother Lappen hing als Zunge heraus, die Augen vertraten zwei Steinkohlenstücke. Wir schrieen beinah' Alle laut auf, denn selbst von den Leuten schien Keiner darum zu wissen; Fritz fügte sich willig und das Unthier verschwand wieder hinter der Schiffswand unter lautem Applaus sämmtlicher Zuschauer. Neptun wandte sich hierauf nochmals zu uns mit den Worten: „Sie sehen, daß ich nur zu befehlen brauche, so kommen meine Verwandten aus der See, um Ordnung zu halten; ich hoffe jedoch, daß Ihre Aufführung mir die Umstände ersparen wird."

(Fortsetzung folgt.)

Mannichfaltigkeiten.

Die Aschaffenburger Ztg. meldet aus Fechenbach, 30. Nov.: „Edle Handlungen müssen bekannt werden; eine solche haben wir jetzt wieder an unserer Gutsherrschaft, dem Freiherrn Karl von Bethmann, zu rühmen. Seine Wohlthaten fließen zwar das ganze Jahr über den Hülfsbedürftigen und Nothleidenden zu, theils durch seine Hand unmittelbar, theils durch die Hände seines Herrn Rentenverwalters oder des Armenpfleg-Vorstandes, allein in diesem Winter reichen die gewöhnlichen Mittel nicht hin, der allgemeinen Noth zu steuern. Manche Familie, die sich sonst redlich durchbringen konnte, ohne gerade Noth zu leiden, kann dieses Jahr nicht einmal das Nothwendigste, das Brod, erschwingen. Dieses ging unserem edlen Gutsherrn, Freiherrn Karl v. Bethmann, zu Herzen. Auf seine Veranstaltung erhalten vom 1. Dec. an bis zum Eintritt der bessern Jahreszeit und zur Rückkehr des Verdienstes unbemittelte Familien in Fechenbach und Reistenhausen, 56 an der Zahl, das Brod um einen geringern Preis, so daß von der freiherrl. Rentverwaltung, was der Laib Brod über 18 kr. kostet, den Bäckern vergütet wird. Hingegen 13 Familien, die auch dieses nicht erschwingen könnten, erhalten ihr Brod ganz unentgeldlich."

Im Königreich Preußen ist die zweckmäßige Anordnung getroffen worden, daß kein Advokat eine Ehescheidungsklage annehmen und einreichen darf, bevor nicht der Kläger vor dem kompetenten Geistlichen sich persönlich gestellt und dieser auch Rücksprache mit dem andern Theil genommen hat. Das ist viel besser, als die Zuziehung irgend eines fremden Geistlichen an Gerichtsstelle.

(Mülheim a. d. R., 1. Dec.) Die Ruhr hat ihren nährenden Dienst wieder begonnen und trägt auf starkem Rücken die schwarze Beute unserer Schachte dem Rheine zu; auch dieser alte Versorger Deutschlands wird nicht säumen, sich zu heben und zu tragen und zu bringen seinen Städten und Ortschaften die im Winter so willkommene Gabe. Deß freuen sich die Bergknappen, deß freuen sich die Schiffer, beide haben nur zu lange unfreiwillig gefeiert. Aber der tragenden Ruhr freuen sich auch vorzüglich die Versender und Zwischenhändler.

Trotz den ungeheuren Kosten, welche die Herstellung der Königin aller Zeitungen, der „Times", in Anspruch nimmt, soll sich der jährliche Reinertrag derselben auf 200,000 Thaler belaufen. Sie ist im Besitze eines einzigen Mannes, Walter mit Namen. — Ein Beispiel von den Kosten, welche diese Zeitung erfordert, ist der Umstand, daß sie sich Briefe und Zeitungen aus Indien einmal monatlich durch eigene Beamte, in Concurrenz mit der königlichen Post, senden läßt, was jährlich gegen 100,000 Thaler kostet.

Boileau soll an einem Gedichte, das noch nicht völlig 400 Verse hatte, elf Monate gearbeitet und drei Jahre ausgebessert haben.

Wie Berlioz ein neues Werk beendet hat, das zum Theil dem Goethe'schen Faust entlehnt ist, so ist auch von Fel. David eine neue große Composition zu erwarten: „Christoph Columbus". Nachdem er das Sandmeer in Tönen geschildert, hat er sich an das des unermeßlichen Ocean gewagt. Das Werk schildert die hoffnungsreiche Abfahrt des Columbus, die Gefahren zur See, die Kämpfe mit den Elementen, die Meutereien der Matrosen und endlich die glückliche Ankunft in der neuen Welt.

Unter den vielen friesischen Volkssagen, welche der Reisende Kohl gesammelt hat, wollen wir eine erwähnen. Wenn die Sonne untergeht, das ist der wesentliche Inhalt dieser Sage, so wird sie von einer Schaar himmlischer Jungfrauen aufgefangen, welche die leuchtende Kugel mit Messern und Scheeren in kleine Stücke zerschneiden, die sie als funkelnde Bälle den himmlischen Junggesellen zuwerfen, welche am östlichen Ende der Erde darauf warten, und dieselben über der Erde hinweg den Jungfrauen wieder zuspielen. Des Spieles müde, ballen sie endlich die Sterne wieder zu der großen Feuerkugel zusammen, welche dann von den Jungfrauen bis zum Rande der Erde emporgetragen wird, und vermittelst des Schwunges, den man ihr dort gibt, den neuen Lauf bis zum westlichen Horizonte vollendet.

Korrespondenz.

Bad Homburg, 3. Dec.

Dem greisen, aber immer noch rüstigen landgräflich hessischen Oberhofprediger und Kirchenrath, wie auch des Civilverdienstordens der bayerischen Krone und der herzogl. nass. großen Ehrenmedaille Mitglied, Hrn. Johann Georg Breidenstein dahier steht ein schöner und seltener Ehrentag bevor; den nächstkommenden zweiten Januar sind es fünfzig Jahre, daß derselbe bei einer und derselben Kirchen-Gemeinde, nämlich bei der hiesigen reformirten, als Prediger und Seelsorger angestellt ist und wirklich functionirt. Er hat im Laufe der Zeit des Guten und Edlen mannigfach verrichtet und auch sein Werk ist die Stiftung des Vereins zur Unterstützung in der Schlacht bei Belle-Alliance (18. Juni 1815) invalid gewordener preußischer Krieger. Für Berliner arme Soldatenfamilien hatte er sich schon in der Unglücksperiode von 1806 sehr wohlthätig erzeigt. Welche Anerkenntniß ihm seine Gemeinde für seine treuen Dienstleistungen zollt, ist wohl am unzweideutigsten aus der nachfolgenden Supplik, die vor etwa vier Jahren an Serenissimus und als man Hrn. Breidenstein quiesciren wollte, überreicht worden, zu entnehmen: „Unterthänigste Bittschrift von Seiten des reformirten Presbyteriums und der Gemeinde: die fernere Belassung ihres seitherigen Geistlichen in Activität betreffend. Durchlauchtigster souverainer Landgraf! Gnädigster Fürst und Herr! Ew. Hochfürstl. Durchlaucht werden unsere unterthänigste Bitte in rubricirtem Betreff huldvoll entgegen zu nehmen geruhen: Wir haben nämlich mit einer wahren Bestürzung die von Mund zu Mund gehende Nachricht vernommen, daß uns unser alter, treuer Seelenhirte, J. G. Breidenstein, landgräfl. hess. Oberhofprediger und Kirchenrath, wie auch des Civilverdienstordens der bayerischen Krone Mitglied, auf eine unerwünschte Weise außer Activität gesetzt worden seyn soll. So unglaublich uns diese Nachricht immer noch scheinen möchte, so schmerzlich wahr soll sie jedoch seyn, und nur von der Gnade unseres durchlauchtigsten Souverains hängt es also ab, uns aus dieser peinlichen Lage zu verhelfen. Eine jede liebevolle Trennung ist schwer, aber thränenwerth würde dieß zu nennen seyn, wenn uns ein Mann, der sein Leben dem Heile der Menschheit mit vielem Segen geweiht, dem Homburg, ja Deutschland so manches des Guten und Edlen zu verdanken hat, — dessen Streben als Prediger und Seelsorger immer dahin gerichtet war, seine ihm anvertraute Gemeinde nicht dem Joche des widrigen Obscurantismus zu überliefern, sondern sie in feuriger Rede für Gott und sein heiliges Evangelium in Licht und Wahrheit zu entflammen und in praktischen Predigten zu erbauen; — ja, den Mann, der nun nahe ein halbes Jahrhundert mit seinem Fürstenhause, mit seiner Gemeinde Leid und Freud' getragen und ihnen in guten und bösen Tagen treulich zur Seite gestanden, — so ohne Weiteres entrissen und uns die seltene Gelegenheit genommen werden soll: uns seines nahebevorgestandenen 50jährigen Dienstjubiläums als wirklichen Seelsorgers unserer Gemeinde erfreuen zu dürfen. Aus diesen Gründen erflehen wir von Ew. Hochfürstl. Durchlaucht: daß Höchstdieselben auch noch fernerhin uns unsern alten Prediger in ungestörter Activität, und so lange als es nur immerhin seine Körper- und Geisteskräfte erlauben, in Gnaden belassen möchten. Einer gnädigen Willfahrung ihrer demuthsvollen Bitte sich getröstend, ersterben ehrfurchtsvoll als Ew. Hochfürstl. Durchlaucht unterthänigste, das reformirte Presbyterium und die Gemeinde. Homburg, den 2. Febr. 1843. (Folgen die Namensunterschriften.)"

Mainz, 2. Dec.

Die Tonkunst, in ihrer hohen, heiligen Bedeutung dem Dienste der Gottheit geweiht, übt eine magische Gewalt auf das menschliche Gemüth aus. Das haben wir hier in Mainz ganz kürzlich erfahren. Es scheint uns, als sey sie bei uns in ihrer bewältigenden Hoheit wieder hervorgetreten. Der unter der Leitung des Hrn. Musikdirektors Schmitz stehende Gesangverein hat nämlich im Local des Kunstvereins Beethoven's unsterbliches Werk: „Christus am Oelberg" aufgeführt, und zwar in einer Vollendung, wie man es nicht leicht von einer Gesellschaft Dilettanten erwarten kann. Das anwesende Publikum ward von der wunderbaren Tondichtung ergriffen, in die dramatische Bewegung, die darin herrscht, fortgezogen; die ungewöhnliche Spannung löste sich erst mit den letzten Worten der genialen Schlußfuge: „Preis't ihn laut, ihr Engelchöre!" Schon die Einleitung, auf dem Piano von dem Dirigenten vorgetragen, führte die rechte Stimmung herbei. Der Dilettant fühlte dies unbewußt; der tiefere Kenner erkannte in Anschlag und besonders in der Schattirung des Vorspiels, wie des Accompagnements überhaupt die Meisterhand des Pianisten, noch mehr seine poetische Auffassung des ganzen Werkes, dessen Aufführung er mit Begeisterung leitete. Nun aber die Vorträge selbst — sie zeigten, sowohl was die Soli's, als was die Chöre betrifft, Wärme, Gefühl und einen trefflichen Fond von Mitteln. Mit welcher Innigkeit drangen die Worte des Tenors: „Vater, tief gebeugt" zu Herzen! Wie tröstend erhob sich aus dem Chor der Engel die Stimme des Seraphs! Wie schwingt sie sich in den Worten: „Wenn ihr getreu in Liebe, in Glaub' und Hoffnung seyd" gleich einem reinen Lichtstrahl durch die Himmelsräume! Einen solchen Sopran wird man selten in einem Verein vorfinden, wo die Kunst zwar mit Vorliebe, doch nicht als Beruf geübt wird. Die Chöre waren kräftig, präcis in ihren Schattirungen. Man merkte wohl, daß sie nicht die Technik, sondern den Geist der Dichtung auffaßten. Wir beziehen uns hierbei besonders auf den mächtigen Chor: „Hier ist er, der Verbannte" und das dazwischen klingende: „Erbarmen, ach Erbarmen." Damit schloß sich die erste Abtheilung. Der Rest des Oratoriums dürfte in seiner Fassung überhaupt etwas schwächer erscheinen, wenn nicht Petrus einträte und im gewaltigen Baß die furchtbare Gewalt menschlicher Leidenschaft zwischen dem Gottmenschen und dem himmlischen Seraph repräsentirte. Der Vortrag der Baßpartie zeigte Befähigung und bedeutende Stimmmittel. Wir müssen der Direktion des Kunstvereins unseren wärmsten Dank hier öffentlich aussprechen, daß sie solche Aufführungen möglich machte, indem sie den oben genannten Musikverein mit dem Kunstverein in nähere Verbindung brachte. Beide Institute haben sich edle Aufgaben zum Vorwurf genommen; ihre Wechselbeziehungen, ihre gegenseitige Unterstützung wird die Lösung derselben fördern.

Frankfurt a. M.

Der unter der Leitung des Hrn. Hübner seit einigen Jahren eifrig wirkende Instrumental-Musik-Verein zu Sachsenhausen, dessen Leistungen Anerkennung gefunden haben und der schon bei mancher Veranlassung zur Förderung wohlthätiger Zwecke seine dankenswerthe Bereitwilligkeit bekundet hat, wird nächsten Donnerstag den 10. d. M. für das laufende Winterhalbjahr seine erste Abendunterhaltung im Saale des Wolfseck's geben. Nach Beendigung der musikalischen Leistungen folgt eine Tanzbelustigung, welche das Vergnügen des Abends noch erhöhen wird

Auflösung der Charade in Nro. 338.

Bernstein.

Theater-Anzeige.

Dienstag, 8. Dec. (Zum Erstenmale): Die Sennerhütte, komische Oper in einem Act, nach Scribe von Hartenfels, Musik von Adam. Vorher (zum Erstenmale): Sohn und Enkel, Lustspiel in einem Act, nach dem Französischen von F. Meck.

Mittwoch, 9. Dec. Vicomte von Letorières, oder: Die Kunst zu gefallen, Lustspiel in 3 Abtheil., nach dem Französischen von Bayard, von C. Blum. (Gastrolle) Vicomte von Letorières: Fräulein Quint, vom Königsstädter Theater zu Berlin. Vorher: Die Schwäbin, Lustspiel in einem Act, von Castelli.

Redacteur: J. L. Heller. — Druck und Verlag von Heller und Rohm.

Didaskalia.

Blätter für Geist, Gemüth und Publizität.

Nro. 340. Donnerstag, den 10. December 1846.

Der Geheimschreiber.

Eine Erzählung von Kathinka Zitz.

(Fortsetzung.)

IV.

Margarethe, welche mit ihrem Knaben die Nacht in einem Seitenbau zugebracht hatte, erwachte mit Tagesanbruch aus einem unruhigen fieberhaften Schlummer, der stets durch die schreckhaftesten Traumbilder unterbrochen worden war. Manchmal war es ihr gewesen, als habe sie wirre Stimmen vernommen, aber wenn sie sich dann aus ihrem Bette erheben wollte, so war sie durch das erschrockene Kind zurückgehalten worden und der Lärm hatte sich wieder verloren. Als sie jetzt aufgestanden war, dankte sie Gott in einem glühenden Morgengebet, daß Alles nur ein Traum gewesen. In einigen Stunden sollte sie ihren Gatten wieder sehen, und sein Anblick, so hoffte sie, würde ihre geschwundenen Kräfte neu beleben. Mit diesen Gedanken ging sie in das Hauptgebäude, wo sie mit dem Geheimschreiber zusammen traf, welcher so eben einem sich entfernenden Unteroffizier Befehle wegen des Geleits der Königin von Schottland gegeben hatte.

Obgleich Margarethe noch nichts von den Vorfällen der Nacht ahnte und ihren Mann längst in Sicherheit wähnte, so fuhr sie doch vor dem Geheimschreiber wie vor dem unvermutheten Anblick einer Schlange zurück und wandt sich voll unverholenem Mißmuths von ihm ab, als er, mit widerwärtiger Freundlichkeit auf sie zugehend, zu ihr sagte:

„Habe ich Euch nicht gesagt, daß ich wiederkommen würde? schöne Frau!“ — Da ihm Margarethe die Antwort schuldig blieb, so fuhr er fort: „Wie wäre es, wenn wir unser gestern unterbrochenes Gespräch da wieder aufnähmen, wo wir es gelassen haben? Werdet Ihr mich noch der Lüge und der Verläumdung beschuldigen, wenn ich Euch den wahren Namen Eures Gemahls abermals nenne?“

„Heute, wie gestern, werde ich Euch antworten: Er ist nicht schuldig!“ versetzte Margarethe mit dem Tone der festesten Ueberzeugung.

„Der Marquis von Savigny! ...“ höhnte Stocq. „Und wer hat Euch die Versicherung gegeben?“

„Er ... und ich glaube ihm. Die Menschen haben ihn verurtheilt, doch mein Herz ist ein sichererer Richter.“

„Doch hat er sich gefürchtet ... doch ist er entflohen.“

„Vor einer blinden Gerechtigkeit, vor dem Haß der Bösen,“ beeilte sich Margarethe mit dem warmen Eifer zu versichern, womit man seine Liebe vertheidigt.

„Margarethe!“ sagte Stocq nach einer Pause mit erheuchelter Ruhe: „Margarethe, ein falsches Ehrgefühl führt Euch irre; Ihr glaubt, daß Euer Geschick an das seinige geknüpft sey; enttäuscht Euch; die Bande, welche Euch vereinigten, sind zerrissen, Landry existirt nicht, er ist nur ein eingebildetes Wesen; Eure Ehe ist nichtig vor den Menschen.“

„Und vor Gott?“ warf ihm Margarethe so einfach und so treffend ein, daß Stocq aus der Rolle fiel

„Müßt Ihr denn durchaus Wittwe seyn, um Euch frei zu wähnen?“ platzte er zornig heraus; aber die gegebene Blöße sogleich wieder zu verdecken bemüht, fügte er sanfter hinzu: „Was schuldet Ihr dem Manne noch, der Euch betrogen hat? Bedenkt doch nur, Margarethe, was er Euch für Euere Liebe gegeben hat! Er brachte Schmach und Schande auf Euch und Euer Kind.“

„Und wenn ich nun damit zufrieden bin?“

„Margarethe, ich liebte Euch vor ihm,“ fuhr Stocq immer wärmer werdend fort. „Ich kann Eure Thränen trocknen, kann die Wunden heilen, die ich Euch geschlagen habe; ich bin reich, bin geehrt, und seht, das Alles will ich mit Euch theilen.“

Er wollte ihre Hand ergreifen, aber Margarethe stieß ihn mit Abscheu zurück; sie wollte lieber Schmach und Schande mit Landry, als Glück und Ehren mit ihm theilen, und da er dennoch nicht abließ mit Bitten, so nannte sie diese Bitten eine Feigheit mehr. Stocq's heißes Blut wollte aufwallen, aber er suchte sich noch einmal zu beherrschen.

„Nehmt Euch in Acht,“ sagte er warnend: „zerreißt das Herz nicht gänzlich, das Ihr schon einmal zum bluten gebracht; ruft mit der Erinnerung an einen erlittenen Schimpf nicht die glühenden Leidenschaften der Jugend in ihm wach, nicht das Fieber, welches die Sinne verwirrt, noch den Haß, der nicht verzeiht.“

„Euern Haß! dem bietet er jetzt Trotz!“ rief Margarethe mit einem leichten Anflug von Schadenfreude aus: „Er ist bereits weit von hier, ist gerettet ... Ihr wißt wohl, daß Euer Haß ohnmächtig ist.“

Stocq's Antlitz ward von einem Satanslächeln verzerrt.

„Darin besteht also das Geheimniß Deiner Stärke?“ sagte er mit schneidendem Hohne. „Also Du triumphirst in dem Gedanken, daß ich ihn nicht zu erreichen vermag? Wie aber, wenn er dennoch in meiner Gewalt wäre? wenn sein Urtheil von meiner Willkühr abhinge, wenn man mich erweichen müßte ...“

„Ich glaube, daß ich Euch auch dann noch Trotz bieten würde,“ fiel ihm Margarethe, den reinen Blick fest auf ihn gerichtet, in die Rede: „denn es steht nicht in meiner Gewalt, den Abscheu zu verhehlen, welchen Ihr mir einflößt.“

Zur höchsten Wuth gereizt, knirschte Claude Stocq mit den Zähnen, eine grüngelbe Blässe zog sich über sein Gesicht, und er ballte die Fäuste konvulsivisch gegen das wehrlose Weib. — „Wahnsinnig und elend ist Derjenige, der da liebt, wo er nicht geliebt wird,“ stieß er endlich, wie mit sich selbst sprechend, mit bebenden Lippen hervor. „So vermögen denn weder Thränen noch Bitten ein Herz zu rühren, das uns verstößt; so muß man denn den Haß durch Haß vergelten. Wohlan,“ wandte er sich nach kurzem Bedenken an Margarethe; „wohlan, ich nehme das Schicksal an, welches Ihr über mich verhängt, und hier ist meine erste Antwort."

Bei diesen Worten öffnete er das Zimmer, in welchem sich Landry befand, und auf einen Wink von ihm erschien der Gefangene in Mitte seiner Wache. Margarethe starrte ihn erst an wie eine Erscheinung, welche ihre Sinne nicht zu begreifen vermochten, dann flog sie mit einem Schreckenslaut an Landry's Brust, und beide Gatten hielten sich fest und innig umschlungen. Einen Augenblick später lag sie zu Stocq's Füßen und bat um Gnade für den Vater ihres Kindes; doch der bösartige Mensch, der sich an ihren Qualen, an ihrer Demüthigung weidete, sagte kalt:

„Es ist zu spät... seht Euch jetzt nach anderm Schutze um."

(Fortsetzung folgt.)

Unter der Linie.

(Aus der Beschreibung meiner Reise nach Brasilien. Von Adolf Ebeling.)

(Fortsetzung.)

Neptun wollte sich schon anschicken, fortzugehen, als der Doktor sich ihm näherte und ihn fragte: „Sagen Sie, Herr Neptun, tragen Sie auch im Winter diesen Anzug?" „Sieh'! sieh'!" rief der Gott, „hat Der auch noch zu raisonniren? Und überdies klingt mir das sehr verdächtig, denn bei mir ist ja kein Winter; wollen Sie übrigens 'mal versuchen, der Mantel ist recht kühl bei der Hitze." Mit diesen Worten hatte er ihn schnell abgeworfen und eben so geschwind dem Doktor umgehängt, der natürlich gehörig naß wurde. „Seh'n Sie", sagte Neptun, „das ist die gerechte Strafe und Sie haben sich nun selbst zuzuschreiben, wenn ich streng werde und mich nach Ihrem Paß erkundige." Der Doktor, der es nur deßwegen gethan zu haben schien, reichte ihm ebenfalls einige Tresorscheine. So reichlich beschenkt zu werden, hatte der Gott wahrscheinlich nicht gehofft, genug, das übergroße Glück machte ihn verwirrt und er griff mechanisch nach seiner Seegraskrone um zu salutiren. Der Doktor hingegen hing ihm ehrfurchtsvoll den Königsmantel wieder um, seine Majestät warf sich wieder in Positur, schüttelte dem Kapitän treuherzig „auf Wiedersehen" die Hand, grüßte die Andern und nahm mich, der ich Armer ja noch nicht rasirt war, mit sich, und der Zug bewegte sich, wie er gekommen, wieder nach dem Schiffsvordertheil zurück. Im großen Boote war eine Art von Bühne aus einigen Brettern errichtet, worauf ein Stuhl stand. Dahin ward ich geführt, ich mußte mich setzen und die Vorstellung begann. Mir zur Rechten stand der Neptun, die dienstthuenden Kammerherrn näherten sich, der Eine mit einem Theerpinsel, der Zweite mit einem riesengroßen hölzernen Rasiermesser von wenigstens Manneslänge, der Dritte mit einem Eimer Wasser. Sie behandelten mich sehr schonend, sonst betheerten sie Einem in der Regel das ganze Gesicht, wie ich es denn auch nachher bei den jungen Matrosen wahrnahm; mit einem Passagier gehen sie behutsamer um; — genug, einen schwarzen Strich mußt' ich mir doch gefallen lassen und der Andere fuhr mir mit seinem Brette einige Male über's Gesicht; somit war die Operation fertig, dachte ich nämlich, aber der Herrscher sagte zu Dem, der mir zur Linken mit dem vollen Eimer stand, er möge ihm das Wasser herüberreichen, er wolle mich abwaschen. Das that denn dieser auch, das heißt, er hob das Gefäß über meinen Kopf, stellte sich an als stolpere er, und in demselben Moment hatt' ich die ganze Bescherrung über mir. Der Neptun machte freilich seine Entschuldigung, schalt den ungeschickten Bedienten gehörig aus; auch dieser stellte sich sehr erschrocken, aber was half's, ich blieb doch pudelnaß. Und drüben die Zuschauer, der Doktor natürlich oben an, wie sie spotteten und lachten, wie sie meine Gesundheit tranken und mir gratulirten. Der Meergott aber tröstete mich und sagte: „Seyen Sie nur unbekümmert und lassen Sie die da drüben nur lachen; es ist noch nicht aller Tage Abend." Somit trat ich denn ab; blieb aber noch in der Nähe, um zu sehen, wie man die andern Ungetauften traktiren würde. Diesen erging es schlimmer als mir, namentlich was das Taufen betraf; sie wurden eben nicht sehr sanft in einen untenstehenden großen Badezuber hinabgelassen und ächt russisch getauft, nämlich ganz unter Wasser gesetzt. Es verlor aber Keiner, so wenig wie ich selbst, den Humor, und unter Gelächter und Scherz ward an einem Jeden das Sakrament vollzogen. Nach beendigtem Schauspiel begab sich die Mannschaft nach vorn hinter ihr Zelt, und ich machte auch, daß ich hinunter kam, um mich umzukleiden. „Nun, wie ist das Bad Ihnen bekommen?" fragte der Doktor und der Kapitän stimmte mit den Andern überein, daß ich sehr hübsch dabei ausgesehen. Der festliche Mittagskaffee sollte ebenfalls auf dem Verdeck getrunken werden; wir zogen nämlich denselben der Chokolade vor, die anfangs auf dem Speiseprogramm stand; den Leuten hingegen hatte der Kapitän von letzterem Getränk ein großes Quantum bereiten lassen, die dann auch hocherfreut darüber waren. Ueberhaupt hatte ich heute Gelegenheit, das freundliche Einverständniß zwischen Mannschaft und „Kajüte", wie in der Regel der Kapitän mit seinen beiden Unterbefehlshabern genannt wird, zu beobachten; ich hatte nämlich nicht geglaubt, daß es so überaus familiär zugehen würde. Als ich mich mit dem Schiffsherrn darüber unterhielt, entgegnete er: „Es ist das beste und zugleich einzige Mittel, sich bei diesen Leuten in Respekt und Ansehen zu erhalten; grade daß ich einzugehen weiß in ihre Späße, daß ich ihnen heut' ganz das Regiment lasse und thue, als wären sie die Herren und nicht wir, das eben macht sie mir geneigt, und sie gehorchen mir nachher um so williger. Ich hab' es immer so gehalten und Sie sollen sehen, wie sie bei der nächsten Gelegenheit mir Alles an den Augen abzusehen suchen und wie sie bei der Hand seyn werden. Uebrigens noch darf ich den Herrn nicht spielen", fügte er lachend hinzu, „denn die Komödie ist noch lang nicht zu Ende; oder ich müßte meine Leute nicht kennen."

Der Doktor hatte es sich nicht nehmen lassen, „zur Feier des Tages", wie er sagte, einen Whisttisch zu arrangiren; es ward feiner Liqueur herumgereicht, wir placirten uns und ich rief aus, als ich die ersten Karten gab: „Also auch einmal eine Whistpartie unter der Linie, mehr kann man doch wirklich nicht verlangen vom Schicksal!"

Wir spielten nicht eben sehr lange. Der Doktor war es auch zufrieden, als der Kapitän nach einer Stunde die Karten zusammenwarf, und ich meinte auch, wir könnten was Besseres thun. Es war geraume Zeit auf dem Vorderdeck still gewesen, die Leute ruhten wohl von den Strapazen des Nachmittags aus oder bereiteten auch für den Abend neue Späße. Die Sonne stand schon tief; der Wind war noch günstiger geworden, so daß wir rasch über die Wasserfläche dahinflogen, ohne die geringste lästige Bewegung zu spüren. Nur wenn man über Bord hinabschaute, konnte man sich einen Begriff machen von der Schnelligkeit, mit der wir fuhren; wenn ich die Wellen mit ihrer zarten Schaumkrone so vorbeischießen sah, ward es mir begreiflich, daß wir über drei deutsche Meilen in der Stunde zurücklegten, denn so viel hatte so eben der Steuermann auf dem Logbrette notirt. Nach und nach ward es lebendiger am Bugspriet und ein lautes Gelächter, wie überhaupt ein erneuter Lärm, ließ vermuthen, daß wieder etwas Spaßhaftes im Anzug sey.

(Schluß folgt.)

Mannichfaltigkeiten.

(Die Quartettunterhaltungen der Herren Heinr. Wolff, Geisler, Posch und Elsner jun.) Je mehr die Aufführung klassischer Quartettcompositionen von vielen Freunden der Musik in den letzten Jahren vermißt wurde, desto lebhaftere Anerkennung verdient es, daß Hr. Heinr. Wolff, erster Sologeiger des Frankfurter Orchesters, im Verein mit den Herren Geisler, Posch und Elsner jun., es unternahm, durch einen Cyklus von Quartett-Abenden diesem Bedürfnisse abzuhelfen. Die Anerkennung hiefür sprach sich in der ersten Unterhaltung am 27. d. M. nicht nur durch sehr zahlreichen Besuch, sondern auch durch die freundlichste und für die Künstler lohnendste Aufnahme des Dargebotenen aus. Es ist dies ein ehrendes Zeugniß für den Kunstsinn des Publikums sowohl wie für die Trefflichkeit der Leistung. In der That gebührt den Unternehmern das wohlverdiente Lob, daß die Durchführung der drei Quartette von Haydn, Mozart und Beethoven, hinsichtlich der technischen Fertigkeit, Rundung und Präzision wie nicht minder der geistigen Auffassung eine durchaus treffliche war. Möge der glückliche Anfang ihres Unternehmens die genannten Künstler ermuntern, uns noch recht oft mit so schönen Gaben zu erfreuen! Wie wir vernehmen, wird die zweite Quartettunterhaltung am 11. d. M. gegeben werden.

(Berlin, 1. Dec.) Die ersten Einleitungen zu einer Aufführung der Aeschyleischen Orestie, oder eines der drei Stücke derselben, werden getroffen. Mit welchem Ernst dieses Vorhaben betrieben wird, sieht man daraus, daß die Uebersetzung der Trilogie einem unserer durch tiefgehende Kenntniß des griechischen Idioms ausgezeichnetsten Gelehrten, dem Professor Johannes Franz, übertragen worden, welcher im vorigen Jahre, um seiner Arbeit einen so scharf als möglich berichtigten Text unterlegen zu können, auf königliche Kosten eine Reise nach Venedig und Florenz zur Vergleichung der dortigen Handschriften des Aeschylus unternommen hat. Die Uebersetzung ist neu, dem König gewidmet, im Druck erschienen, und so weit die Aufgabe den schwierigen alten Dichter einem größeren heutigen Publikum zugänglich zu machen überhaupt lösbar war, so weit hat sie Hr. Franz gelös't. Die Verdienste dieser Arbeit sind kürzlich im letzten Heft der Wiener Jahrbücher von Gottfried Hermann, dessen kritische Spitzen und Schärfen sich, so oft von Aeschylus die Rede, bekanntlich vervielfacht herauskehren, mit einer Anerkennung besprochen worden, zu welcher sich dieser Altmeister nur sehr selten versteht. Es ist nun zuvörderst abzuwarten, welche Mittel und Auswege Tieck, dem dies dramaturgische Geschäft übertragen ist, in Vorschlag bringen wird, um die Tragödie aufführbar zu machen. Welche Einrichtungen er auch treffen möge, das ist gewiß, daß es mit Aeschylus nicht so gelingen kann, als es mit der Antigone in einem gewissen beschränkten Sinne gelang. Die Orestie ist so specifisch griechisch, politisch, antik, daß ein heutiges Theaterpublikum ein solches Stück im besten Falle immer nur als etwas fremdartiges wird anstaunen können. Die musikalische Bearbeitung hat Meyerbeer übernommen. Man darf jedenfalls etwas Bedeutendes erwarten, aber der Componist wird, um hier etwas Vortreffliches zu leisten, große Selbstbeherrschung nöthig haben. Seine Musik zu dem Trauerspiel „Struensee" giebt wiederum Zeugniß von seiner großen Meisterschaft in der Instrumentirung. Auf dieses Mittel der Wirkung muß aber der Componist antiker Bühnenwerke schlechterdings verzichten, oder er darf es wenigstens nur mit äußerster Behutsamkeit anwenden. Hr. Meyerbeer wird in diesen Tagen nach Wien abreisen, dort sein „Feldlager in Schlesien" aufzuführen.

(Dresden, 3. Dec.) Die Spitzenklöppelei in Annaberg wurde im Jahre 1561 von einer Frau, Namens Barbara Uttmann, eingeführt, und beschäftigt gegenwärtig 40,000 Hände. Fast gleichzeitig wurde durch Niederländer, welche wegen Religionsstreitigkeiten vertrieben waren, dort die Band-Fabrikation begründet. Im vorigen Jahrhundert wurde der Bandmacherstuhl erfunden, und dadurch dem Posamentier-Gewerbe eine andere Gestalt gegeben. Am 1. Dec. waren es gerade 50 Jahre, als das Haus Eisenstuck u. Comp. in Annaberg einen solchen Stuhl aufstellte und alle Zunftmeister mit ihren Arbeitern sich zusammenrotteten und die neue Maschine zerstörten. Seit jener Zeit ging die blühende Bandfabrikation in jener Gegend ganz zu Grunde. Etwa 50 Jahre darauf, am 11. Nov., entstand der jetzige Tumult der Posamentirer gegen die angebliche Maschine, welche bei demselben Hause für die Anfertigung brillirter Franzen aufgestellt werden sollte.

---

* Es ist eine allgemeine Erfahrung, daß der (zumal volle) Mond im Winter heller zu leuchten scheint, als im Sommer. Diese Erfahrung dürfte in Folgendem ihren Grund haben: 1) Steht der Vollmond in unseren Gegenden im Winter hoch, im Sommer dagegen sehr niedrig. Während daher im Winter die Strahlen desselben fast senkrecht auf die Erde fallen, fallen solche im Sommer sehr schief; und während überdies im Winter daher auch die Atmosphäre nur wenig vom Vollmondslichte verschluckt, geschicht dieses im Sommer wegen des sehr schiefen, sonach auch längeren Durchgangs, zumal durch die niedere, verdichtertere Atmosphäre um so merklicher. Hierzu kommt 2) daß im Winter unsere Atmosphäre meistens auch reiner ist als im Sommer, so wie denn 3) in den kurzen Wintertagen unser Auge weit weniger an das helle Tageslicht gewöhnt ist, als im Sommer, sonach auch — selbst bei gleicher Lichtstärke — der Mondschein im Winter uns heller vorkommen muß, als im Sommer, wozu endlich 4) auch noch der Umstand sich gesellet, daß der Mond (sowie die Erde) in unserem Winter um etwa ein Fünfzehntheil stärker von der Sonne erleuchtet wird, als in unserem Sommer. Trifft es sich nun noch, daß in einer hellen Winternacht der (hochgehende) Vollmond zugleich auch in der größten Erdnähe sich befindet, so leuchtet derselbe alsdann (im Verhältnisse von beinahe 4 zu 3) um fast noch ein ganzes Viertel uns heller als in seiner größten Erdferne. Petterweil, 1. Dec. 1846. H. C. Flick.

Was heißt erlaubte Züchtigung? Die „Berliner Zeit-Halle" erzählt: Ein Schlossermeister O. hatte seinem Dienstmädchen wegen ungebührlichen Betragens eine so heftige Ohrfeige gegeben, daß ihr die Nase geblutet hatte. Der erste Richter fand hierin um so mehr eine Ueberschreitung des Züchtigungsrechtes, als das Mädchen auch an der Brust und dem einen Arme Spuren leichter Contusionen aufwies und verurtheilte demgemäß den Dienstherrn zu achttägiger Gefängnißstrafe. Der Vertheidiger des Angeklagten, Kammergerichts-Referendarius Stieber, führt aus, daß eine bloße Ohrfeige, wenn solche auch Nasenbluten erzeugt habe, noch keine Körperbeschädigung sey und daß nicht hinreichende Beweise dahin vorliegen, daß die übrigen an dem Mädchen wahrgenommenen Verletzungen von dem Angeklagten herrührten; ferner daß, wenn dies selbst der Fall wäre, hierin dennoch kein Beweis für eine wirkliche Ueberschreitung des Züchtigungsrechtes liege, da jede körperliche Züchtigung Spuren hinterlasse. Der Gerichtshof trat dem Vertheidiger bei und hob die erkannte Strafe auf.

(Konstantinopel, 18. Nov.) Die türkische Staatszeitung vom 24. Silkide 1262 (14. November 1846) meldet über die Reise des Sultans nach Hereke: „Der gegenwärtige Großwesir Mustapha Reschid Pascha besitzt ein Tschiftlick zwischen Kutschük und Bojück Tschekmedsche. Innerhalb der Gränzen desselden befindet sich ein Ort, Harami deressi (Räuberthal) genannt. Dort nahm der Sultan, am ersten Tage seiner letzten Reise, das Mittagsmahl ein. Reschid Pascha, der ihn damals noch als Minister der auswärtigen Angelegenheiten begleitete, bat ihn daher, zu gestatten, daß der Ort, zum Andenken an die Ehre, deren er dort theilhaftig geworden, in Zukunft Saadet deressi (Thal des Glückes) geheißen werde. Auch ließ er in der Folge einige Hane und Buden anlegen, um dadurch dem von den Reisenden lange gefühlten Bedürfnisse einer Zwischenstation zwischen den beiden Tschekmedsche's abzuhelfen. Da endlich von der neuen, diese zwei Orte verbindenden Straße die in jener Gegend bestehende Fontaine zu entlegen war, so wurde auch dieser Mangel durch Errichtung einer neuen Fontaine befriedigt. Ein auf selber angebrachtes Chronographicon, von Fuad Efendi gedichtet, macht den Wanderer mit der auf die Reise des Sultans zurückzuführenden Entstehungsgeschichte dieses Brunnens bekannt."

Literatur.

Kinder- und Jugendschriften.

Kaum gibt es ein Bedürfniß beim Unterricht der Kindheit und Jugend, für welches nicht durch unterhaltende und belehrende Schriften aller Art auf's Beste gesorgt wäre, sowohl für das zarteste Alter, als auch für die weiter herangereiften Jahre. Mit jedem neuen Weihnachtsfeste erneuern und vermehren sich diese lieblichen Gaben und die Güte der Eltern, die den Christbaum schmückt, ist immer freundlich bereit, aus den reichen Schätzen des Vorhandenen passende Geschenke auszuwählen und den lieben Kindern darzubringen. Einige Schriften dieser Art mögen nachstehend empfohlen werden.

Geographische Bilder aus Europa, oder Wanderungen durch die Länder und Staaten Europa's, von C. F. Lauckhard. Verlag der Hofbuchhandlung von G. Jonghaus in Darmstadt.

Es ist bekannt, daß es der phantasiereichen Jugend ein großes Vergnügen gewährt, fremde Länder im Geiste zu durchwandern, die Sitten und Gebräuche fremder Völker kennen zu lernen und das Merkwürdige über die Natur und Eigenthümlichkeit ferner Gegenden zu erfahren. Der geographische Unterricht wird durch Schilderungen solcher Art erst recht belebt und eigentlich ergänzt, welchen Zweck der Verfasser des hier genannten Buches zu erreichen strebt. Es sollen darin die lebendigen Elemente der Geographie, welche in den geographischen Lehrbüchern und Leitfäden gewöhnlich minder berücksichtigt werden, in möglichst treuen, faßlichen Bildern und Gemälden zur Anschauung gebracht werden. Um nun dem Völkerleben sowohl, als dem landschaftlichen Elemente in möglichst umfassender Darstellung die nöthige Beachtung zukommen zu lassen, hat der Verfasser den ganzen Stoff unter die drei Rubriken: „Städte, Gegenden und Bewohner" gebracht und diese Anordnung bei jedem einzelnen Lande durchgeführt; am Ende des Buches ist die Eintheilung und Gliederung Europa's nach den neueren Geographen beigegeben worden. So wird dies Buch zur Belebung und Verbesserung des Unterrichts in der Erdbeschreibung und in der Völkerkunde nicht nur viel beitragen, sondern auch der Jugend frohe Stunden bereiten und das Angenehme mit dem Nützlichen verbinden.

Mährchen und Erzählungen für die Jugend von Marie Burg. Frankfurt a. M. J. D. Sauerländer's Verlag.

Nachdem in neuester Zeit die Gebrüder Grimm in allen Provinzen des gemeinsamen deutschen Vaterlandes und unmittelbar aus dem Munde des Volkes die Sagen und Mährchen gesammelt haben, ist eine neue Branche der Literatur entstanden, an der sich ein geistig und nummerisch sehr bedeutendes Publikum mit lebhaftem Interesse betheiligte. Dies Bestreben, den Vorrath alter Volkspoesie zu einem Gemeingut der Nation und Jedem zugänglich zu machen, wird verdientermaßen einhellig und mit lautem Danke anerkannt. Dagegen ist nur wenig geschehen, diesen Schatz durch neue, selbstständige Dichtungen zu vermehren. Mit um so größerer Anerkennung begrüßen wir obiges, so eben erschienenes Büchlein. Die darin enthaltenen Mährchen und Erzählungen räumen der Phantasie des Kindes einen weiten Spielraum ein, auf dem es sich nach Herzenslust erfreuen kann. Wie hinter jedem so wunderbaren Mährchenbilde ein ernster Sinn verborgen liegt, so ist auch überall Gelegenheit gegeben, den Schönheitssinn des Kindes sorgfältig zu entwickeln. Es ist sonach dies Büchlein allen Eltern zu empfehlen, die mit gerechter Angst darauf bedacht sind, daß ihre Kinder keine Bücher frömmelnden oder frivolen Inhaltes lesen.

Der lustigen Geschichten und drolligen Bilder (vulgo Struwwelpeters) zweite, vermehrte Auflage. Literarische Anstalt in Frankfurt a. M.

Da ist er nun wieder, der liederliche Struwwelpeter, den Jung und Alt so lieb gewonnen haben und der uns schon im vorigen Jahre so viel Vergnügen bereitet hat. Diesmal kommt er in noch größerer und noch lustigerer Gesellschaft und wahrlich, er wird den lieben Kleinen viel Vergnügen bereiten. Der ächt humoristische Verfasser unseres lieben Struwwelpeters hat das unbestreitbare Verdienst, ein Büchlein für die Kinder geschaffen zu haben, wie es noch nicht da war und wie es, trotz der mannigfaltigen, bereits schon entstandenen Nachahmungen, auch sobald nicht erreicht werden dürfte. Der wahre Humor ist zu urkräftig und genial, als daß er sich so leichthin nachahmen ließe; man kann ihn wohl der Form, nicht aber dem Geiste nach imitiren. Darum wird auch dieser Struwwelpeter in seinem Vorrechte bleiben, ein Lieblingsbuch der muntern, gesunden Kindheit zu seyn, und vor Allem wird sich unsere Frankfurter Jugend die Lust und Liebe zu ihrem Struwwelpeterischen Landsmanne nicht rauben lassen! — Die Ausstattung dieser zweiten, vermehrten Auflage ist vorzüglich gelungen und der Preis im Verhältniß zu den neu hinzugekommenen Tafeln sehr gering; das Exemplar kostet nur 57 Kreuzer; es ist unseres Wissens eins der wohlfeilsten Bilderbücher dieser Art.

Gedichte für die Jugend von Karl Enslin, mit Vignetten. Frankfurt a. M. bei Hermann Johann Keßler.

Auch ein liebes, treffliches Büchlein, welches nicht minder, als der Struwwelpeter, eine recht weite Verbreitung verdient und sie gewiß auch finden wird, da alles Vorzügliche über lang oder kurz zu seiner Anerkennung gelangt. Hr. Karl Enslin, Lehrer an einer der hiesigen Volksschulen, kennt die Kinderwelt aus der eigenen Anschauung und Berufserfahrung und hat ihr ein warmes und liebevolles Herz zugewendet. Seine Gedichte sind so recht aus dem Leben gegriffen, daß sie von den Kindern nicht nur verstanden, sondern auch empfunden werden. Dabei ist der Kern derselben so rein und gesund, die Gesinnung so treu und gemüthvoll, die Sprache so klar und faßlich, die Schilderung so lebendig und das Ganze so mannigfaltig, daß man nicht umhin kann, dem Talente des bescheidenen Dichters, dem die Muse freundlich gelächelt hat, die vollste Anerkennung zu zollen. Es möge der gemüthliche Kinderdichter und liebenswürdige Kinderfreund den schönsten Lohn darin finden, den Kleinen ein wahrhaft erquickliches und wir dürfen sagen vortreffliches Festgeschenk gebracht zu haben. Wir halten es für Pflicht, diese höchst werthvollen und anmuthigen Kindergedichte, in denen Scherz und Ernst gehörig abwechseln, aus bester Ueberzeugung wiederholt zu empfehlen.

W.

Frankfurt a. M.

Hr. Hecht, als Gesanglehrer rühmlichst bekannt, wird am 23. Dec. ein Konzert geben, das durch Wahl der Piecen, wie durch ausgezeichnete Mitwirkungen großen Genuß verspricht. Hr. Hecht, seit einer Reihe von Jahren im Interesse fremder Unternehmungen stets gefällig, darf wohl hoffen, daß nun auch sein eigenes Konzert die Theilnahme des Publikums erregen wird.

Theater-Anzeige.

Mittwoch, 9. Dec. Vicomte von Letorières, oder: Die Kunst zu gefallen, Lustspiel in 3 Abtheil., nach dem Französischen von Bayard, von C. Blum. (Gastrolle) Vicomte von Letorières: Fräulein Quint, vom Königsstädter Theater zu Berlin. Vorher: Die Schwäbin, Lustspiel in einem Act, von Castelli.

Donnerstag, 10. Dec. Iphigenia in Aulis, große Oper in 3 Abth., Musik von Gluck.

Redacteur: J. L. Heller. — Druck und Verlag von Heller und Rohm.

Didaskalia.

Blätter für Geist, Gemüth und Publizität.

Nro. 341. Freitag, den 11. December 1846.

Der Geheimschreiber.

Eine Erzählung von Kathinka Zitz.

(Fortsetzung.)

Als hätte der Himmel Margarethen selbst den rechten Weg zeigen wollen, erschien in diesem Augenblick die Königin von Schottland, deren Knie sie sogleich umfaßte, indem sie um Schutz und Gerechtigkeit gegen den tückischen Geheimschreiber flehte. Mit kurzen aber eindringlichen Worten entwarf sie ihr ein Bild von Claude Stocq's Liebe, die er ihr zu gestehen gewagt, indem er bei nächtlicher Weile in ihre Wohnung eingedrungen sey; und da sie ihn mit Abscheu zurückgewiesen habe, so verfolge er nun ihren Gatten, wolle ihn verderben und schwelge in seiner Rache. Und als sie mit ihrer Schilderung zu Ende war, rief sie nochmals mit weinenden Augen den Schutz und die Gerechtigkeit der Königin an.

„Beides soll Euch werden, denn solch' ein Betragen ist sehr ehrlos," sprach Maria Stuart voll edeln Unwillens, indem sie das arme Weib mit Güte aufhob, und sich hierauf voll Hoheit an Stocq wendend, hob sie zu diesem an: „Ihr habt schon einmal meine Autorität verachtet; mein Herr! jetzt ist es nicht mehr die Königin von Frankreich, sondern eine fremde Fürstin, die mit Euch spricht; von diesem Augenblick gehört dieser Mann zu meinem Hofstaate; ich nehme ihn als meinen Diener in Anspruch: wer Hand an ihn legt, beleidigt mich selbst: gebt ihn daher augenblicklich frei, ich will es so."

Der Geheimschreiber bückte sich tief vor der Königin, als sey er bereit, ihre Wünsche mit Unterwürfigkeit zu erfüllen, aber mit boshaft aufwärts gekrümmten Mundwinkeln sagte er hierauf:

„Bevor ich ihn zu Euerer Verfügung stelle, königliche Frau, ist es mir erlaubt, zu wissen, in welcher Eigenschaft Ihr ihn Euerm Hofstaate einverleiben werdet?"

„Was wollt Ihr damit sagen?" fragte die Königin nicht ohne Neugierde.

„Für einen gewöhnlichen Diener," fuhr Stocq, jedes Wort scharf betonend, fort, „mag der Name Landry genügen; sollte er aber eines ritterlichen Namens bedürfen, so möchte ich ihm rathen, den glorreichen Titel eines Marquis von Savigny wieder anzunehmen."

Landry und Margarethen, welche diesem Gespräche in schwebender Angst zugehört hatten, entfuhr jetzt ein unwillkührlicher Schreckensschrei. Die Königin, welche zur Zeit auch von der berüchtigten Mordgeschichte gehört, als deren Helden man den unglücklichen Marquis bezeichnet hatte, sagte in großer Spannung:

„Was habt Ihr da geäußert, Mann? Ich habe nur von einem einzigen Marquis von Savigny gehört, welcher der Mörder des Grafen von Rochemore war . . ."

„Der," beeilte sich Stocq zu ergänzen, „durch die Gerichte des Königs verurtheilt und hingerichtet, aber durch einen Glücksfall gerettet wurde."

„Und dieser Mensch wäre . . ."

„Landry."

Maria Stuart bebte mit Abscheu vor dem vermeinten Mörder zurück. Sie ließ sich auf einen Stuhl fallen und bedeckte das Angesicht mit beiden Händen. Margarethe versuchte es, sich für die Unschuld ihres Gatten bei ihr zu verbürgen; auch Landry schwur jetzt vor der Königin, wie er es vor seinen Richtern, wie er es auf dem Schaffotte, als er zu sterben glaubte, geschworen hatte, daß er unschuldig an dem ihm zugeschriebenen Mord sey; doch die Königin blieb in tiefe Gedanken verloren, bis der Geheimschreiber ihren Ideengang endlich durch die Frage, was Ihre Majestät beschlossen habe, zu unterbrechen wagte.

„Landry!" begann Maria Stuart nach einer Pause, indem sie die dunkeln Augen voll Theilnahme auf dem unglücklichen Manne ruhen ließ: „Landry, ich befand mich heute Nacht in Gefahr, und Ihr habt Euer Leben für mich ausgesetzt . . . so viel Muth verträgt sich schlecht mit der Feigheit eines Mörders; allein ich kann keinen Mann in mein Gefolge aufnehmen, welcher der Gerechtigkeit des Königs verfallen war . . . Tröstet Euch jedoch," fuhr sie gütig fort, als Margarethe einen Seufzer ausstieß, der so herzzerschneidend war, daß er fast wie ein Vorwurf klang: „es ist kein Land so barbarisch, daß das Schwert der Gesetze dasselbe Haupt zweimal treffen sollte; keine Hand wird grausam genug seyn, das Schlachtopfer, welches der ersten Hinrichtung durch ein Wunder entging, noch einmal zum Blutgerüste zu führen. Der Marquis von Savigny existirt nicht mehr für seine Richter; ermuthigt daher Euer Herz, arme Frau! Landry (denn ich kenne ihn unter keinem andern Namen) mag den Freibrief erwarten, welchen ich für ihn verlangt habe; er wird nicht lange im Kerker bleiben."

Hierauf verlangte die Königin abzureisen, und setzte sich, bis Alles angeordnet war, wieder gedankenvoll auf einen Stuhl, indem sie die hohe bleiche Stirne anmuthig auf die schöngeformte Hand stützte. Stocq entfernte sich, um nachzusehen, ob Geleitsmannschaft bereit sey, nachdem er dem Unteroffizier befohlen hatte, den Gefangenen sogleich in sichern Gewahrsam zu bringen. Margarethe warf sich an Landry's Brust, und unbewußt in Thränen zerfließend, sprach sie dem Scheidenden Muth ein, ermahnte ihn, auf das Wort der Königin zu vertrauen, und suchte sich selbst mit dem Glauben zu trösten, daß der Mann, an dem ihre ganze Seele hing, keinerlei Gefahr laufe, daß er ihr binnen wenig Tagen zurückgegeben seyn würde. Hierauf bot sie den kleinen Raoul, der indessen gebracht worden war, seiner Umarmung dar. Landry dankte der Gefährtin seines Lebens tief gerührt für all das Glück, welches sie ihm geschenkt hatte, dann legte er die Hand segnend auf das Haupt seines Sohnes, von dem er Alles in der Zukunft erwartete. Noch einmal küßte er Weib und Kind, sie mit der Gewißheit eines baldigen Wiedersehens tröstend, dann neigte er sich mit einigen Worten des Dankes vor der Königin von Schottland, und verließ, von der Wache umgeben, das Haus, in welchem er einige Jahre das Glück der Häuslichkeit an der Seite eines guten Weibes genossen hatte.

(Fortsetzung folgt.)

Unter der Linie.

(Aus der Beschreibung meiner Reise nach Brasilien. Von Adolf Ebeling.)

(Schluß.)

Es dauerte nicht lange, so ging die Komödie von neuem los. Einer der Leichtmatrosen kam zu uns auf das Hinterdeck in höchst possirlicher Ausstaffirung: Kniehosen und Schuhe; ungeheure Vatermörder, ein merkwürdig zugestutzter Frack, einen Südwester als Chapeau claque unter'm Arm, eine Seerose im Knopfloch; — es war der Balldirektor, der für den heutigen Abend die Honneurs machen mußte. Er meldete, daß die Tanzbelustigung alsbald ihren Anfang nehmen würde und bat um die Ehre unserer Gesellschaft. Wir natürlich, ohne uns lange nöthigen zu lassen, der Kapitän an der Spitze, hinüber zu dem originellen Bäll. Der Raum zwischen der „Kambüse" und dem andern Mast, immerhin zwölf Schritte im Quadrat, war auf das einladenste arrangirt. So wie wir herantraten, begann die Musik, aber diesmal weit besser und geregelter als heute Morgen. Der Schiffszimmermann blies die Flöte, und Trommel, Trompete und Pauken waren nur zur Unterstützung da. Die Versammlung selbst saß in den albernsten Verkleidungen rund umher. Einige Damen machten sich besonders schön. Der Koch, also derselbe, der vorhin den Meeresgott vorgestellt, war jetzt in eine Türkin umgewandelt und trank aus einer entsetzlichen Bowle Kaffee und rauchte dazu aus einer mannslangen Pfeife. Einige Leichtmatrosen waren in Balldamen umgewandelt und sahen ganz regutabel aus; Gott weiß, woher die Leute die Garderobe genommen, man merkte auf den ersten Anblick nicht, daß Alles aus zusammengeschleppten Lappen bestand: alte Flaggen bildeten namentlich ein Hauptbestandtheil der weiblichen Toilette. Der Tanz begann. Wenn ich's recht verstand, so sollte es die Abendunterhaltung einer vornehmen Türkin vorstellen; zwei Mohren erschienen zum Schluß und tanzten mit den Uebrigen eine Art von Fandango. Der Doktor, der gar zu gern bei solchen Gelegenheiten Spaß trieb, näherte sich der Dame vom Hause mit der Anfrage, ob sie denn selbst nicht tanze und ob er nicht das Vergnügen haben könnte zu einem Walzer. Wahrscheinlich hatte er eine verneinende Antwort erwartet, aber die Türkin sprang augenblicklich empor, umfaßte mit nervigen Seemannsarmen ihren zartgebauten Chapeau, die Trommel wirbelte, Pauken und Trompete schmetterten, die Flöte fiel klagend mit ein und unser armer Doktor flog mit seiner Dame in unaufhörlichen Kreisen über den Tanzplatz, bis er zuletzt athemlos auf eine der umstehenden Bänke sank. Ich verspottete ihn mit Recht, denn ich gedachte seiner Verhöhnung, als ich vorhin so übel berathen war. Der Kapitän hatte sich unterdessen hineingemischt in die abenteuerliche Gesellschaft, mit jeder Dame auf ihr Wohl getrunken und Allen ein freundliches Wort gesagt. Es war dunkel geworden und man hing einige Laternen in die Masten; in abendlicher Beleuchtung machte sich die Scene noch romantischer. Nachdem wir uns genugsam ergötzt, empfahlen wir uns auf das ehrerbietigste der Gesellschaft, die mit einem lauten „Aurora hoch!" uns verabschiedete.

Der Mond stand schön im Westen, um nach einigen Stunden der Sonne nachzusinken; wir aßen auf dem Verdeck zu Nacht. Der Doktor meinte, wenn die Leute da vorne Punsch tränken, könnten wir's wohl auch thun, ohne weitere nachtheilige Folgen; er zumal müsse wirklich gestehen, daß er nach einer solchen Tanzstrapaze einer Erquickung bedürfe. Vorn ward es nach unserm Fortgehen immer lauter und hie und da that wohl der Grog seine Wirkung, und die derbe ungenirte Seemannsnatur machte sich bei Einigen etwas laut geltend. Aber das gehört einmal dazu und gibt dem Ganzen wenigstens die Färbung der Natürlichkeit. Wir saßen noch lange beisammen in traulicher Unterhaltung; die Nacht ward, wie immer unter der Linie, sehr kühl; wir versahen uns mit wärmerer Kleidung und der Punsch kam uns sehr zu statten. Der Kapitän äußerte unter Andern gegen mich, daß er sich dereinst eine ausführliche Beschreibung des heutigen Tages von mir verspreche, was ich denn auch zusagte und somit jetzt, wenn auch nur mangelhaft und unvollkommen gelös't habe. „Mich dürfen Sie dann auch nicht vergessen", rief mir der Doktor zu, „ich bitte mir sehr aus, daß Sie mir eine Rolle zutheilen." Ich versicherte ihm, daß er, so gut es in meinen Kräften stände, bedacht werden sollte, und ich wünsche jetzt nur, daß der freundliche Mann dies kleine Liebeszeichen zu Gesicht bekäme. Möge er dann in seiner hohen glänzenden Stellung, die eine der nächsten am Throne ist, sich meiner, als seines dankbaren Günstlings, freundlich erinnern und jener Tage gedenken, wo wir Freud' und Leid", wie es uns die wechselnden Wellen des Oceans brachten, getreulich zusammen trugen. Die Erinnerung dieses Edlen tritt in dieser stillen Abendstunde, wo ich die Erlebnisse früherer Jahre aufzeichne, so lebhaft vor meine Seele, daß ich nicht umhin kann, schon jetzt kurz zu erwähnen, was eigentlich in eine spätere Zeit gehört. Dieser vermeintliche Doktor nämlich, der mit Allen und mit mir namentlich auf so gemüthlich vertraulichem Fuße stand, der bei den bescheidensten Ansprüchen, die Güte und Gefälligkeit selbst war, dieser Doktor, dem ich so oft seine Späße und Neckereien mit gleicher Münze bezahlte, war Niemand anders als der Sohn des Gouverneurs der Provinz Pernambuco, der den Rang eines Vicekönigs bekleidet. Er zog es vor, inkognito zu reisen. Später, als ich, an der Seite meines hochgestellten Oheims, dem vermeintlichen Doktor in den Gemächern des kaiserlichen Palastes zu Rio begegnete, wo er als eine Art Marschall fungirte, konnte ich doch nicht umhin, ihn an unsere gemeinschaftliche Reise und an den „Doktor" zu erinnern, und er lachte dann sehr und meinte, „er sey selten so vergnügt gewesen, wie in der damaligen Zeit." Als wir einliefen in den Hafen von Fernambuc, bat der Doktor den Kapitän, die brasilische Flagge am Vordermast aufzuziehen, die er selbst, weil wir keine an Bord hatten, aus seinem Koffer heraus holte. Dies geschah im Angesicht des Forts, und es war augenscheinlich eine Uebereinkunft, die der Doktor bei seiner Abreise von Brasilien getroffen haben mochte, denn wir wurden mit einer Kanonensalve begrüßt, und ehe wir im Hafen vor Anker gingen, war schon ein Parlamentairboot voll der ersten Offiziere an uns herangekommen, und bevor ich mir erklären konnte, was eigentlich vorging, stand der Doktor hinter mir in glänzender Generalsuniform mit Ordensband und Stern. Doch ich will mir nicht vorgreifen und ausführlicher hierauf bei der Schilderung meines Aufenthaltes in Pernambucco zurückkommen, wo ich im Schlosse meines gütigen Gönners die schönsten Tage verlebte.

Genug an dem heutigen Tage, den ich so eben zu schildern versuchte, bot ich noch dem Doktor eine gute Nacht, und rief ihm in die Kajüte hinunter: „Träumen Sie hübsch von Ihrer heutigen Tänzerin!" worauf er mich freilich fragte, ob ich mich auch nach der heutigen Taufe gehörig abgetrocknet hätte, es solle ihm Leid thun, wenn ich morgen erkältet sey.

So endete denn das „Linienfest", d. h. eigentlich war es noch nicht zu Ende, denn die Mannschaft schien noch nicht zu Ende zu seyn mit dem Grog; nach und nach aber verhallte das Lärmen, nach 10 Uhr erscholl die Glocke zur Ablösung der Wache und am andern Morgen war Alles wieder in der gewöhnlichen Ordnung.

wenn gleich noch hie und da eine scherzhafte Bemerkung sich hören ließ, die auf das fröhliche Gestern Bezug hatte.

Mannichfaltigkeiten.

In Frankreich lebt ein merkwürdiger Mann, ein Wasserfinder. Ein Landgeistlicher in Connac, Paramelle, hat durch Beobachtung und Nachdenken herausgebracht, wo Wasser in der Erde zu finden ist. Er hat es darin zu einer solchen Sicherheit gebracht, daß er auf einem Spaziergang sagen kann, wo Wasser ist und wie tief man graben muß. Wer eine Quelle zu haben wünscht, geht zu dem neuen Moses, der wie der alte Moses mit seinem Stabe Quellen öffnet. Dies treibt Paramelle nun beinahe zwanzig Jahre, und jedes Jahr zeigt er Tausende von Quellen an, und unter Hundert täuscht er sich nicht fünf Mal. Er gibt seinen Rath fast umsonst und läßt sich für eine Quelle 10 bis 15 Franken bezahlen. Jetzt hat in seiner Gegend und weiterhin jeder Ort und viele Häuser das herrlichste Quellwasser. Der nützliche Mann hat indessen auch wie anderwärts seine Gegner. In einem Marktflecken gab er auch auf Verlangen eine Quelle an, womit die Marktbrunnen reichlich versehen werden können. Der Gemeinderath aber beschloß, die Quelle sey keine Quelle. Als ihm der Präfekt das meldete, schrieb er wieder: Nach meiner Meinung ist es eine Quelle, und ich rathe, den Brunnen zu bauen. Indessen soll man Niemand zwingen, das Wasser zu holen; wer nicht davon will, kann an dem Brunnen vorbei nach der Tränke gehen. Der Brunnen wurde gegraben, und selbst die Ochsen gehen nicht mehr nach der Tränke. — Hr. Paramelle ist geneigt, eine Schule zu errichten, in der er binnen drei Monaten seine Kunst zu lehren verspricht.

(Schönes Honorar.) Der beliebte Volksschriftsteller Berthold Auerbach hat sich durch sein Talent das schönste und reichste Mädchen von Breslau zur Braut gewonnen. Gleich nach Weihnachten soll die Hochzeit seyn. (Dorfz.)

In Bleicherode wollte man das 50jährige Amtsjubelfest des Superintendenten Hahn feiern. Am frühen Morgen des Festtages stimmte die Gemeinde Festgesänge vor der Wohnung des Jubilars an. Man weckte ihn auf. Aber kaum war er dem Bett entstiegen, so fiel er ohnmächtig nieder und war seiner Sprache und seiner Besinnung beraubt. Man brachte ihn wieder ins Bett, die Trauerbotschaft verbreitete sich mit Blitzesschnelle. Doch der Greis erholte sich, sank in einen erquickenden Schlaf und die Feier konnte um 9 Uhr vor sich gehen. Der Jubilar selbst predigte mit Jugendfeuer über die Worte Ps. 71, 7—8. Der König von Preußen schmückte den Jubilar mit dem rothen Adlerorden. (Dorfz.)

In London hat Hr. Highton auf einen von ihm verbesserten elektrischen Telegraphen ein Patent genommen, dem man große Vortheile nachrühmt. Er soll zwanzig Mal wohlfeiler als der gewöhnliche und empfindlicher seyn, mit größerer Geschwindigkeit signalisiren, und einen so kleinen Raum einnehmen, daß er in der Tasche getragen werden kann. Die Verbesserung soll darin bestehen, daß an der Stelle des ganzen Gewindes von Draht und magnetischen Nadeln ein Metallblättchen kommt, in dessen Nähe ein Magnet angebracht wird.

(Augsburg, 4. Dec.) Diesen Morgen mußten wir das traurige Schauspiel einer Prangerausstellung erleben. Ein Weib aus der gemeinen Volksklasse, das lange Zeit mit einem Manne verbotenen Umgang gepflogen, war von dem Kriminalgerichte zum Tode verurtheilt worden, weil sie in einem Anfalle von Eifersucht ihr Kind im Teiche ertränkt hatte. Die Gnade des Königs verwandelte die Todesstrafe in die des Zuchthauses auf Lebenszeit mit Ausstellung am Pranger. Die Verwandten des Weibes baten um Nachlaß dieser letzteren Strafe, wurden jedoch abschläglich beschieden. Heute hat die Verurtheilte den ersten für sie selbst, wie für das moralische Gefühl der Menge empfindlichsten Theil ihrer Strafe ausgestanden; ihr unerschütterlicher Gleichmuth oder Stumpfsinn, dazu ihr scheußliches durch eine Krankheit entstelltes Aeußere, dann die wilde Hast und Neugier der Zuschauer, unter denen man nicht selten schadenfrohe oder rachsüchtige, jedenfalls gemeine und rohe Bemerkungen vernahm — das Alles konnte nur den empörendsten Eindruck auf das nicht abgestumpfte sittliche Gefühl machen. Gewaltsame Ausbrüche des Spottes und der Wuth sind wahrscheinlich nur durch die aufgestellte bewaffnete Macht verhindert worden. Ueber zwei Drittheile der Zuschauer waren Weiber und Kinder. Wie lange wird man noch dem Volke dergleichen Schauspiele vorführen, in der Meinung, sie würden vom Verbrechen abschrecken?

(Breslau, 3. Dec.) Der „Schlesischen Zeitung" wird unterm 29. Nov. von der Klodnitz geschrieben: Eine gewisse Partei sucht mit eiserner Konsequenz auf alle mögliche Weise das niedrige Volk mit Traktätchen voll des tollsten Unsinnes und Aberglaubens völlig zu überschütten. Hier in dieser Gegend werden sie vom Annaberge aus, dem Aufenthaltorte des bekannten Kapuziners, in Masse verbreitet. Da wird kein Ablaß in der Nähe und Ferne versäumt, zu welchem nicht ein Krämer mit dergleichen Traktätchen in der Regel vom Annaberge aus zieht. So wurde, um nur ein Beispiel anzuführen, an dem heutigen Tage in Schlawenzitz ein großartiger Handel mit solchen Produkten getrieben. Die wachsame Polizei hinderte jedoch den gänzlichen Ausverkauf und störte den einträglichen Handel, indem sie den ganzen Vorrath wegnahm und die Verkäufer zu der gesetzlichen Strafe zog. Zu verwundern ist es allerdings, daß sich diese Verkäufer bis vor die Kirchthüren wagen dürfen, ohne von den Geistlichen, die das geistige Wohl ihrer Gemeinden doch vorzüglich im Auge haben sollen, gestört zu werden.

Frankfurter Theater.

Sohn und Enkel. — Die Sennerhütte.

Am 8. d. M. wurden die hier genannten Piecen zum Erstenmale gegeben. — Die erstere, „Sohn und Enkel", Lustspiel in einem Act, nach dem Französischen von F. Meck, gehört zu jenen artigen Kleinigkeiten, deren die Franzosen so viele besitzen und in welchen sie eine nicht zu verkennende, den Moment glücklich beherrschende, höchst gefällige Virtuosität entfalten. Die Racine's und Molière's, die für die Unsterblichkeit schreiben, sind selten, und doch hat jeder Tag sein Recht und verlangt die Welt immer Neues. Da braucht man auch jene lieblichen Bagatellen, jene flüchtigen, aber heiteren Blumen, jene ergötzlichen Spiele der leichten Laune, deren Aufgabe erfüllt ist, wenn sie dem Beschauer ein Stündchen angenehm vertrieben haben. Das alte Lied von der ewig jungen Liebe muß immer wieder herhalten und wenn auch schon Millionen von Variationen darüber gemacht worden sind, so hört man doch jede neue, wenn sie gut ist, mit neuem Vergnügen. Das Spiel ist dasselbe, aber die Karten sind anders gemischt und die Spieler haben ein anderes Gesicht und ein anderes Kleid. In „Sohn und Enkel" sind Vater, Sohn und Enkel in Eine Schöne verliebt und nach allerlei Tändeleien und Neckereien der Liebe, nach allerlei Launen des Zufalls und harmlosen Intriguen lächelt der schelmische Gott dem Enkel. Wie gesagt, nichts Außerordentliches, aber artig genug, um es einmal zu sehen. Besonders anziehend war das lebendige und mit bester Laune ausgestattete Spiel des Hrn. Grabn (Theodor), dem auch wiederholter Beifall gespendet wurde.

Die Operette: „die Sennerhütte" hat den Empfehlungsbrief zweier Namen, die man aller Orten kennt, der Herren Scribe und Adam. Scribe ist unerschöpflich; Erfindung, pikante Situationen, frische und leichte Charakteristik, witzige Pointen, fließender Dialog und aus dem Leden genommene Anschauungen geben ihm nie aus; er ist Meister in seinem, wenn auch kleinen Genre und weiß die Fäden eben so fein, als kunstreich zu verflechten. In dieser Sennerhütte, einer schon älteren Piece, die aber in Deutschland noch nicht bekannt ist, zeigt er uns eine liebenswürdige junge Aelplerin, welche eigensinnig genug ist, um die Fesseln Amors zu verschmähen und sich dem ehelichen Zwang nicht fügen zu wollen; aber das Weib soll und kann nicht allein stehen und bedarf des beschützenden Mannes. Soldaten bringen in die Sennerhütte, schalten und walten nach Belieben, kehren das Unterste zu oberst und bringen die gute Betty in nicht geringe Verlegenheit. Da lernt sie einsehen, daß sie des männlichen Schutzes bedarf und reicht freiwillig ihre Hand dem endlich glücklichen Liebhaber. Ihr lange abwesend gewesener Bruder, der Sergeant Max, spielt bei dem artigen Scherz eine Hauptrolle und trägt das Meiste zur glücklichen Lösung bei. Die Handlung der Operette ist eben so einfach, als anziehend, und die zu Grund liegende Idee ist zu practisch, als daß sie nicht gefallen sollte. — Was nun Scribe vorgezeichnet, das hat der beliebte Componist Adam mit frischen Tonfarben ausgemalt; seine Musik ist, wie der Text, heiter und anmuthig, fließend und unterhaltend. Sie erinnert an Boieldieu und Auber und hat sowohl das Element der leichten französischen Conversation, wie auch das der deutschen Gemüthlichkeit, in welchen beiden sie sich abwechselnd bewegt. Dazu kommt noch der Vorzug, daß ihre freundlichen Melodien sehr sangbar sind und daß ihre dramatischen Momente dem Sänger, wie dem Darsteller einen gleich dankbaren Spielraum verstatten. Bei einer guten und abgerundeten Aufführung, wie es die heutige gewesen, konnte der Erfolg der Novität nur ein günstiger seyn und wir sind überzeugt, daß sie unter gleichen Bedingungen überall gefallen und ansprechen wird. Hr. Ed. Hartenfels hat den Scribe'schen Text nicht nur mit Gewandtheit sondern auch mit Geschmack für die deutsche Bühne bearbeitet und seine Uebertragung gehört zu der kleineren Anzahl derjenigen, welche die Einsicht und den Fleiß des Bearbeiters bekunden und sich noch besonders dadurch auszeichnen, daß sie die gewöhnlichen Trivialitäten und holprichten Reimereien zu vermeiden wissen. Wir dürfen demnach andere Theaterdirektionen auf diese ihnen gewiß ergiebige Novität aufmerksam machen.

Der „artesische Brunnen" fährt fort, volle Häuser zu machen. So gehaltlos die Posse auch ist, so genügt sie doch den Anforderungen der Masse, die sich gerade da am besten amüsirt, wo es am tollsten zugeht und die weder nach Gründen, noch nach Principien fragt, wofern nur ihre Schau- und Lachlust befriedigt wird. Die Kritik kann hier nichts ausrichten und thut daher am besten, wenn sie schweigt. W.

Korrespondenz.

Lyon, 4. Dec.

Zwei Monate sind schon die Schwestern Milanollo hier, haben bereits zweimal feierlichen Abschied vom Publikum genommen, spielen heute noch für eine milde Stiftung und am 7. den dritten Abschiedsgruß. Dreimal hat sie das nahe St. Etienne aufgenommen, die bekannte Band- und Gewehrfabrik. Konnte man den friedlichen Bogenschützen weder Pistolen, noch Jagdgewehre verehren, so erlaubte man sich, sie mit einem furchtbaren Bandregen zu überschütten. Für sich, für Kinder und Kindeskinder wird also Therese der Zopfbänder nicht ermangeln. Ja, schon nahen die Freier! Unter ihnen, wie es heißt, ein Geiger von hier, der so gern seine schönsten Töne mit denen der Therese gegattet hätte. Er erhielt den gemüthlichsten Korb von dem erstaunten Vater — und hört nach wie vor sein Schlummerlied mit stillem Entzücken. — Unlängst hat auch der hiesige Cäcilienverein sein Morgenkonzert gegeben und es mit dem ihm von Mendelssohn-Bartholdy eigens componirten Bundesliede eröffnet. Zwei Lieder, Kücken's Mädchen von Juda und Proch's Erkennen, wurden durch Hrn. Dick, einen Aachener, mit Geschmack und Kraft vorgetragen. Leop. v. Meyer's Schwalben, Pianophantasie, gab der seit Kurzem hier ansäßige Instrumentenmacher und Musikhändler Probst aus Leipzig, Thalberg's tüchtiger Schüler, zum Besten. Mit ihm spielte der Direktor des Vereins, Hr. Däschner, Mendelssohn's N[illegible]cturno und Marsch aus dem Sommernachtstraum. Männerchöre: Zölln[illegible]r's Vertrauen, Zelter's St. Paul der Medicus, Kücken's junge Musika[illegible]ten, Speier's Männergesang, Zöllner's Tanzlied, Ad. Müller's Jagdchor. Zwei hiesige Zeitungen haben in langen Feuilletons, deren eines eine [illegible]eschichte der deutschen Liedertafeln gab, dem Verein Gerechtigkeit widerfa[illegible]ren lassen. Möge dieser einig bleiben, möge der Direktor, trotz des ew[illegible]a wechselnden Personals, ausdauern! Jungen Sängern, die hierher kommen[illegible], empfehlen wir diese kleine, aber nicht unwichtige Künstlergemeinde. [illegible]heißt es doch in deren obenerwähntem Bundesliede:

Suchen wir dereinst, ihr Brüder,
Uns'rer lieben Heimath Glück,
Bringen wir ja deutsche Lieder
Und ein deutsches Herz zurück.

Nöthig wäre das wohl; ob's aber immer leicht ist, ob's in der Regel geschieht? Es gibt darüber keine sichere Statistik.

Darmstadt, 8. Dec.

Gestern fand die Generalversammlung der hiesigen Abtheilung des rheinischen Kunstvereins zum Behuf der Ablegung des Rechenschaftsberichtes, der Verloosung der angekauften Kunstgegenstände, so wie der Wahl von drei neuen Ausschußmitgliedern an die Stelle der statutenmäßig ausgetretenen statt. Der Rechenschaftsbericht bot die Nachricht dar, daß die Städte Stuttgart und Freiburg dem rheinischen Vereine beigetreten seyen und der Ausstellungs-Turnus das nächste Jahr zu Darmstadt im April beginne. Obwohl Einsender dieses nichts gegen den genannten Anschluß der beiden Städte einzuwenden hat, so war ihm doch auffallend, daß die sehr zahlreiche Versammlung nur kurzer Hand davon in Kenntniß gesetzt und, ohne eine Ablesung des Vertrags und ohne eine Discussion zu eröffnen, sogleich zur Wahlhandlung und Verloosung geschritten wurde. Nach letzterer, welche über zwei Stunden dauerte und sich diesmal großer Sorgfalt erfreuen durfte, ging man ebenfalls ohne Verzug zu dem Scrutinium der Wahl über, welchen Act ein Ausschußmitglied mit einer rügenden Rede in Bezug auf ihm zu Ohren gekommener Wahlumtriebe eröffnete, die zugleich als Grabrede für die Ausgetretenen angesehen werden mußte und eine tiefe Stille im Saal hervorbrachte. Es mochte diese Rede um so ungeeigneter erscheinen, als Besprechungen und Werbungen der vorgekommenen geringfügigen Natur nicht verboten sind und zur Erweckung einer regeren Theilnahme weniger eine strenge Rüge verdienen, als ein Bestreben, die Wahlfreiheit auf einer Seite beschränken zu wollen, während man sich auf der entgegengesetzten Seite ähnlicher Mittel, wenn auch in anderem Modus, bedient. Den Mitgliedern schon im Voraus darüber Vorwürfe zu machen, daß sie nicht alle nach einer dem Ausschuß oder vielmehr dem Redner beliebten Ansicht gestimmt haben möchten, ist eine neue Erscheinung, die sich einem gebildeten Publikum gegenüber nicht rechtfertigen läßt, auch abgesehen davon, daß die vorgeschlagenen Personen mit den ausgetretenen wohl auf gleicher Stufe hoher Achtung stehen und eine zeitweise Beigebung neuer Elemente in den Ausschuß gewiß schon dadurch sehr beschränkt ist, daß nach §. 14 der Statuten nur alle zwei Jahre drei Mitglieder aus dem aus eilf Personen bestehenden Ausschuß austreten und somit hinlängliche Stockmannschaft in demselben bleibt, auch wenn diese drei Mitglieder gänzlich ausscheiden würden, was aber ihrer Wiederwählbarkeit wegen bisher nie der Fall war. Diese unmittelbar vor Eröffnung der schon seit mehreren Stunden in der Urne befindlichen Wahlzettel gehaltene Rede zeigte deutlich die Furcht vor dem zu erwartenden Wahlresultate, und sie wäre gewiß unterblieben, wenn Redner in die Urne hätte blicken und die Wahrnehmung machen können, daß das Gerücht mehr ein munterer Schreckschuß und ein Fingerzeig habe seyn sollen, daß in neuerer Zeit von Seiten des Publikums und auch von dem Theil der Mitglieder, welcher die Generalversammlungen nicht besucht, dem Thun des Vereins mehr Aufmerksamkeit geschenkt wird, als man bisher gewohnt war, wozu freilich die mehemals unrichtig vorgenommenen Verloosungen das Ihrige beigetragen haben mögen. Einen Maßstab für die geschilderten Umtriebe gab das Resultat der Wahl, indem die drei Ausgetretenen mit einer solchen großen Majorität wieder aus der Urne hervorgingen, welche sie billiger Weise auch ohne Umtriebe nicht in höherem Maße hätten erlangen können. Es bleibt somit ja wieder Alles beim Alten.

Frankfurt a. M., 9. Dec.

Bei der Freitag den 11. d. stattfindenden zweiten Abendunterhaltung der Herren Heinrich Wolff, Geißler, Posch und Eisner zum werden folgende Quartette zur Aufführung gebracht: 1) von Spohr aus Es dur; 2) von Franz Messer aus C dur; 3) von Beethoven aus E moll.

Theater-Anzeige.

Donnerstag, 10. Dec. Die Hochzeit des Figaro, große Oper in 3 Abth., Musik von Mozart.

Redakteur: J. L. Heller. — Druck und Verlag von Heller und Rohm.

Didaskalia.

Blätter für Geist, Gemüth und Publizität.

Nro. 342. | Samstag den 12. December | 1846.

Der Geheimschreiber.

Eine Erzählung von Kathinka Zitz.

(Fortsetzung.)

Einige Augenblicke blieb Margarethe in einem dumpfen Schmerz versunken, aber plötzlich nahm sie ihren Sohn auf den Arm, und rasch auf das Fenster zueilend, öffnete sie dasselbe, damit der Knabe seinem Vater noch ein Lebewohl nachrufe; doch sie hatte kaum einen Blick hinausgeworfen, als sie den Knaben hastig wieder auf die Erde gleiten ließ und ein durchdringendes Schreckensgeschrei ausstieß, welches die Königin sammt deren Kammerfrau und den Pagen rasch an ihre Seite zog. Der Platz vor dem Hause war gedrängt voll Menschen, die den Gefangenen mit Geschrei und Drohungen umringten. Es waren Fanatiker, welche sich gegen die Hugenotten zusammengerottet hatten. Ein Mann, in welchem Margarethens Auge alsobald den Geheimschreiber erkannte, glitt wie eine Schlange von Haufen zu Haufen, und schien die Leute aufzureizen, denn das Geschrei wurde lauter, der Name Savigny wurde ausgesprochen, rohe Hände schickten sich an, den wehrlosen Gefangenen aus der Mitte seiner Wächter herauszureißen. Da schrie Margarethe in Todesangst zum Fenster hinaus:

„Allmächtiger Gott! vertheidigt ihn doch! vertheidigt ihn doch, ihr feigen Memmen!"

Aber ihr Ruf verhallte ungehört in dem Toben des zügellosen Pöbels. Die Wache ließ das Volk gewähren, Landry ward ergriffen, ward fortgerissen, eine Gewehrsalve ertönte, und eine blutende Leiche ward mit fanatischer Wuth in den Straßenkoth getreten.

Margarethe war bei diesem Anblick mit einem herzzerreißenden Schrei in halber Ohnmacht auf die Knie gesunken. Die Königin hatte sich voll Entsetzen das Gesicht mit den Händen bedeckt; aber als der Page sie beschwor, an ihre eigene Sicherheit zu denken, da man nicht wissen könne, ob dieser Tumult nicht erregt worden, um bis zu ihr gelangen zu können, weigerte sie sich die Flucht zu ergreifen, weil ihr edles Herz sich nicht entschließen konnte, die unglückliche Margarethe in einem solchen Augenblick zu verlassen.

Während die Königin auf den Balkon trat, um einen prüfenden Blick auf die Vorgänge in der Straße zu werfen, kam Margarethe aus ihrer halben Betäubung wieder zu sich; sich auf eine Hand stützend, richtete sie sich langsam auf, um einen scheuen Blick um sich zu werfen; aber bald begannen sich ihre Sinne wieder zu verwirren, ihr Gehirn schien von Feuergluth ergriffen zu werden, und mit der andern Hand ihr Kind an sich ziehend, rief sie schon in halbem Wahnsinn:

„Komm her, Raoul! . . . ich habe sein Blut gesehen . . . . Stocq hat ihn umgebracht . . . komm', komm' . . . ich möchte sonst vergessen . . . meine Gedanken vergehen . . . aber Du . . . Du wirst Dich erinnern, nicht wahr? . . . Schau dort hinab . . . der Mann, der dort in seinem Blute liegt . . . ist Dein ermordeter Vater."

Die Stimme versagte ihr fast bei den letzten Worten, die sie in einem schrillenden Tone aus der keuchenden Brust hervorgestoßen hatte, während das arme Kind, das nicht wußte wie ihm geschah, das große Auge voll hervorbrechender Thränen auf die gräßlich verzerrten Züge der Mutter gerichtet hielt, die ihre Kräfte sammelnd, wieder anhob:

„Vergiß nie, was ich Dir sage . . . Höre . . . der Mörder Deines Vaters . . . heißt Claude Stocq. — Wiederhole den Namen."

Und mit weinerlich verzogenem Mündchen wiederholte das Kind mechanisch den Namen des Geheimschreibers. Margarethe nickte ihm mit einem befriedigten Lächeln zu, welches über ihr erdfahles, aus dem Grauen in das Grünlich spielende Gesicht wie ein Sonnenstrahl über ein Leichenfeld glitt.

„Recht so, mein Knabe!" sagte sie leise wimmernd: „Vergiß den Namen nie . . . und dann . . . im Keller . . . ist ein Dolch . . . der Dolch des Mörders . . . erinnere Dich täglich daran . . . hörst Du . . . täglich . . . allezeit . . ."

Ihre Hand ließ das Kind plötzlich los: es braus'te ihr einige Sekunden lang vor den Ohren, sie versuchte aufzustehen, aber von einem jähen Schwindel ergriffen, drehte sie sich einigemal um sich selbst herum, und stürzte dann, des Bewußtseyns beraubt, wie todt zu Boden.

Das Geschrei des jammernden Knaben, der neben Margarethe niedergekniet war und um die gestorbene Mutter klagte, rief Maria Stuart in dem Augenblick von dem Balkon zurück, als das empörte Volk in das Haus einzudringen begann. Noch war es Zeit, durch die Hinterthüre zu entkommen, wohin der Page bereits die Pferde hatte bringen lassen, und da der Schutz der Königin der todten Frau fortan von keinem Nutzen mehr seyn konnte, so gab sie dem Drängen ihres treuen Dieners nach, sich nicht einer möglichen Beleidigung des rohen Volks auszusetzen. Sie verließ in Eile das Haus des Unglücks, nachdem sie befohlen hatte, den verwais'ten Knaben zu retten und mitzunehmen, dem eine sorgsame Mutter zu seyn, sie auf Margarethens erkalteten Körper gelobte.

Auf des Geheimschreibers Anordnung, durch die bewaffnete Macht zurückgehalten, ward das Volk verhindert, Excesse in Landry's Haus zu begehen. Seine Rache, die er in seines Feindes Blut gekühlt hatte, sollte sich nicht weiter erstrecken.

Als Margarethe aus ihrer Ohnmacht wieder zu sich kam, hatte der Wahnsinn sein feuriges Siegel auf ihre Stirne gedrückt.

(Fortsetzung folgt.)

Friedrich List.

Dieser Mann, gleichsam der erste Anreger und Begründer des Strebens nach einem deutschen Eisenbahnsysteme, dann bis zur jüngsten Zeit herab der eifrigste Kämpfer für ein deutsches Zollschutzsystem, — ist nicht mehr unter den Lebenden. Bei der eigenthümlich und tief anregenden Weise, in welcher List auf unsere Zustände einzuwirken verstanden hat; bei der, wenn auch nicht immer wissenschaftlich begründeten, doch stets geistvollen, genialen und auf das wirkliche Leben gerichteten Art seines ganzen Auftretens; endlich bei manchen wichtigen praktischen Resultaten, welche man wesentlich ihm mit verdankt, — muß sein Tod, gerade im jetzigen Augenblicke, wo über das im Zollverein anzunehmende oder fortzuführende System offenbar noch nicht definitiv entschieden ist, gleichsam als ein politisches Ereigniß von Wichtigkeit angesehen werden. Die Mittheilung einiger kurzen biographischen Notizen über den Dahingegangenen wird daher hier wohl am Platze seyn.

List erreichte kein hohes Alter; noch stand er in den Jahren, in denen man ein ferneres langes und kräftiges Wirken von ihm erwarten konnte. Er ist 1789 geboren; Reutlingen war seine Vaterstadt. Ein lebhafter, feuriger, nicht selten aber allerdings auch excentrischer Geist beseelte ihn schon in früher Zeit. Er wurde Professor der Staatswissenschaften an der Universität Tübingen. Bald gerieth er mit verschiedenen seiner Collegen in Mißhelligkeiten. Die Art, wie er sich über manche Formen des Universitätswesens aussprach, sollen die Veranlassung hiezu gewesen seyn. Genug, er legte seine Professur selbst nieder, 1819. Aber schon jetzt begann jenes Streben, durch das er sich in der letzten Zeit so sehr bemerkbar machte. Er trug vieles zur Stiftung des s. g. „deutschen Handelsvereins" bei, ward zu dessen Consulenten erwählt, und begleitete in dieser Eigenschaft (ebenfalls 1819) die Vereinsdeputirten an die wichtigsten deutschen Höfe, um Unterstützung „für die Nationalangelegenheit der Handelsfreiheit oder Vereinigung zu einem gleichen Prohibitivsysteme" zu erbitten. Allerdings entsprach der Erfolg in nichts den gehegten Wünschen. Damals schon gab List eine Zeitschrift unter dem Titel eines „Organs für den deutschen Handels- und Fabrikantenstand" heraus.

List's Thätigkeit bekam nun aber bald eine andere Richtung. Im Jahre 1820 ward er von seiner Vaterstadt zum Deputirten erwählt. Mit Feuereifer betrat er die neue Bahn. Er selbst rühmte sich noch vor wenigen Jahren mit sichtlicher Freude gegen den Verfasser dieser Zeilen, wie man die Schöpfung oder Ausbildung der Oberamtscorporationen in Würtemberg großentheils seinen Bemühungen verdanke. Allein das Betreten des ständischen Bodens brachte sehr bald eine durchgreifende Aenderung in seinem ganzen Lebensverhältnisse hervor.

List entwarf, auf Veranlassen des größern Theiles der Reutlinger Bürger, seiner Wähler, eine Vorstellung an die Abgeordnetenkammer, in welcher in scharfen Ausdrücken über Gebrechen in der Landesverwaltung, und besonders gegen die würtembergische Beamtenhierarchie geklagt, und vierzig Anträge gestellt wurden. Der Verfasser ließ diesen Entwurf lithographiren; die Polizei nahm die Exemplare hinweg. Auf dieses Actenstück sowohl als auf eine von List in der Kammer selbst gehaltene Rede über die würtembergische Gerechtigkeitspflege und einzelne Diener des Justizdepartements, begründete der Justizminister eine Kanzleiordre an den Criminalsenat in Eßlingen, die Verfügungen gegen List zu treffen, welche er für rechtlich halte, weil kein Deputirter nach der Verfassungsurkunde sich erlauben dürfe, Beleidigungen oder Verläumdungen gegen die Regierung oder einzelne Personen auszusprechen. Um dieselbe Zeit trug der königl. Geheimerath bei den Ständen darauf an, den Deputirten List von der Kammer auszuschließen, weil eine Criminaluntersuchung über ihn verhängt sey. Dieser behauptete dagegen, daß man ihm eine legale Handlung als Injurie gegen die gesammte Staatsdienerschaft zur Last lege, daß auf jeden Fall aber nur der Kammer das Recht zustehen könne, seine Handlung zu prüfen. Die landständischen Debatten hierüber erregten allgemeine Aufmerksamkeit. In der Nachtsitzung vom 14. Febr. 1821 hielt der Deputirte List eine Vertheidigungsrede, die großen Eindruck hervorbrachte, auf welche aber erst in der nächsten Sitzung abgestimmt und nun mit geringer Mehrzahl die Suspension seiner landständischen Funktion beschlossen wurde. Ueber ein Jahr nachher, am 6. April 1822, erfolgte gegen ihn das Urtheil des Criminalsenats des Gerichtshofes zu Eßlingen: daß List wegen Ehrenbeleidigung und Verläumdung der Regierung, der Gerichts- und Verwaltungsbehörden Würtembergs, und Begehung des im Art. 25 des Gesetzes über Staats- und Majestätsverbrechen vorgesehenen Staatsverbrechens und unbotmäßigen Benehmens gegen das Inquisitoriat, eine zehnmonatliche Festungsstrafe, mit angemessener Beschäftigung innerhalb der Festung, ausstehen solle.

(Schluß folgt.)

Der Bildhauer Jens Adolf Jerichau.

Es ist in den jüngsten Tagen so oft von dem dänischen Künstler Jerichau die Rede gewesen; seine Berufung nach Düsseldorf und nach andern deutschen Städten ist so oft verkündiget und wieder abgesagt worden, daß einige Nachrichten von dem Leben und Wirken dieses Mannes im deutschen Publikum nicht unwillkommen erscheinen werden, damit man von ihm etwas mehr als den Namen kennen lerne. Jens Adolf Jerichau ist geboren auf der Insel Fünen, in dem Städtchen Assens und zwar am 17. April 1816. Als der Knabe kaum der elterlichen Pflege entwachsen war, kam er in die Anstreicherlehre, weil es in Dänemark eben Sitte ist, einen Jüngling, welcher sich für die Malerei bestimmt, als Vorübung das Anstreicherhandwerk lernen zu lassen, eine Sitte, welche wenigstens den Vortheil bringt, daß der verunglückte Künstler immer noch ein tüchtiger Handwerker bleibt. Adolf, welcher zu Adensee in die Lehre gegeben worden war, entlief aber schon nach einem Jahre der für ihn anstrengenden Arbeit seines Lehrmeisters Lick. Der heranwachsende Jüngling hatte eingesehen, daß er schon Alles gelernt habe, was sein Meister ihm beizubringen vermochte, daß er also nach dem Lehrvertrage noch vier Jahre nutzlos in einem ihm widrigen Geschäfte hätte verbleiben müssen. Seine Mutter brachte ihn nun, in seinem fünfzehnten Jahre, nach Kopenhagen, wo er sich zum eigentlichen Maler ausbilden sollte, wo er die ersten fünf Jahre hindurch mit großer Ausdauer, mit bedeutendem und raschem Erfolge die akademische Laufbahn zurücklegte und durch mehrere Denkmünzen von seinen Lehrern ausgezeichnet wurde. Jetzt aber, nach verlebter Schülerzeit, wurde er in seinem Streben bedeutend aufgehalten, indem sein Sinn sich eben so stark von der Bildnerei als der Malerkunst angeregt fühlte, indem er durch den Rath seiner Lehrer bald zu diesem, bald zu jenem Kunstzweige bewogen, und so an sich selber irre gemacht wurde. In dem niederschlagenden Zweifel an seinen Fähigkeiten dennoch wieder erfüllt von dem Drange als Künstler etwas Großes zu leisten, fühlte er sich in Kopenhagen äußerst unglücklich, dachte er nur an eine Reise nach Italien, nach Rom, wo damals der Bildhauer Thorwaldsen wirkte, um unter dessen Leitung ein tüchtiger Meister zu werden, oder im Ringen nach dem Höchsten zu Grunde zu gehen, zu sterben. Jerichau war aber mittellos, war arm, dergestalt, daß die schwierige, kostspielige, große Reise ihm unübersteigliche Hindernisse bot. In der Noth seines Herzens wandte er sich an den Kronprinzen, den jetzt herrschenden König von Dänemark, durch dessen besondere Gnade ihm erlaubt wurde, mit der Fregatte, welche Thorwaldsen's Kunstwerke von Rom abholen sollte, nach Italien zu reisen. Seine bemittelten Freunde hatten indessen für ihn eine kleine Summe zusammengeschossen, welche ihn die erste Zeit in Rom unterhalten konnte, und so fuhr er ab, am 3. Mai 1838. In Rom angelangt, wurde sein Wunsch und seine Hoffnung, sich unter Meister Thorwaldsen bilden zu können, dadurch vereitelt, daß dieser große Künstler schon vier Wochen nach seiner Ankunft mit dem Schiffe, das ihn gebracht hatte, mit der Fregatte Rotha, nach seiner Heimath, nach Kopenhagen, zurückkehrte. Nichtsdestoweniger hatte sich der angehende Künstler getäuscht, in Rom für sein Streben einen besseren Erfolg zu finden; mächtig wirkten auf ihn die Meisterwerke der Griechen, wirkte auf ihn der Umgang mit gleichstrebenden Kunstgenossen. Mit regem Eifer, mit Klarheit ging er an's Werk, und sah sich durch die schönsten Erfolge überrascht. Die Kompositionen zur Ilyade und Odyssee, welche er nach Kopenhagen sandte, entzückten dort seine Gönner und Freunde. Er hatte eine Statue begonnen, dieselbe war über die Hälfte fertig, als eine Krankheit ihn niederwarf, ihn an der Vollendung des Werkes verhinderte. Die Königin von Dänemark, der die Talente wie die Mittellosigkeit des Künstlers kein Geheimniß geblieben, hiervon unterrichtet, trug ihm die Bestellung eines Frieses in Gyps für eines ihrer Gemächer auf und begleitete diese Bestellung mit gehörigem Vorschusse, so daß der junge Meister sich pflegen konnte, sich bald so weit erholte, daß er die Arbeit für seine hohe Gönnerin unternahm. Er wählte zur Darstellung die Hochzeit Alexander's und Roxana's. Als Jerichau bei Gelegenheit einer Ausstellung zum Besten des Kölner Dombaues in Rom auch seinen Fries aufstellte, erwarb er sich den Beifall aller Künstler und Kunstfreunde, trat er als einer der reichbegabten unter den Bildhauern hervor, bewährte er das Zutrauen, das seinem aufkeimenden Talente geschenkt worden war. Nach Vollendung des Frieses bestellte Dr. Abendroth aus Hamburg bei ihm die lebensgroße Bildsäule Penelopes in Marmor, die, fertig, denselben Beifall erhielt, wie seine Flachgebilde, die ihn in Rom wie im Norden bekannt machten, ihm so viel Geldgewinn abwarf, daß er mit Muße auf eigene Rechnung ein größeres Bildwerk beginnen konnte. Es war dieses Herkules und Hebe, die so oft und in so vielen deutschen und auswärtigen Blättern mit Lob erwähnte kolossale Gruppe, die im strengsten antiken Style durchgeführt ward. Sie entstand vorab zwar nur in Gyps, aber sie reichte auch in dieser Fassung vollkommen hin, Zeugniß zu geben von des Künstlers hervorragendem Talente, ihn zu der Rangstufe der bedeutendsten Künstler des Tages emporzuheben. Anstrengende Arbeiten hatten in den letzten Jahren unter dem heißen Himmel Italiens seine Gesundheit sehr geschwächt. Zwei Monate nach seiner Verheirathung mit der bekannten Malerin Elisabeth Baumann, die er in Rom kennen gelernt und lieb gewonnen hatte, machte er eine Erholungsreise nach seinem Vaterlande, wo er seine glückliche Mutter besuchte, und, gestärkt durch die Bäder der Ostsee, zwei Monate später wieder über Kopenhagen, Hamburg und Wien seiner römischen Kunstwerkstätte zueilte. Von seinem gnädigen Gönner, dem Könige und dessen Gemahlin, in der ersteren Stadt auf das gütigste empfangen, erhielt er von ihm die Bestellung auf seine große Gruppe Herkules und Hebe in Marmor; der kunstliebende Monarch erklärte, daß er, als Jerichau's Gönner, selbstredend, dessen bedeutendste Arbeit besitzen müsse. Ein eben so bedeutendes Werk wie die erwähnte Gruppe, jedoch mehr der neueren Auffassungsweise sich nähernd, im naturalistischen Sinne gehalten und von minderem Umfange, nur in Lebensgröße, ist ein Jäger, unbekleidet, der mit einer Pantherin um ein entrissenes Junge kämpft. Dieses Werk ist durch den Fürsten Wasil Galizin für Petersburg in Marmor bestellt. Außer diesen Werken sind noch mehrere andere Arbeiten in des Künstlers Werkstätte begonnen, über welche, sowie über des Künstlers Fortwirken, später die Rede seyn soll.

Mannichfaltigkeiten.

(Stuttgart, 6. Dec.) Der heutige Schwäb. Merk. schreibt unter der Ueberschrift „Die vielen Wirthshäuser": Unter die Uebel der Zeit zählt der Donaubote auch die vielen Wirthshäuser. Er sagt untern anderem: „Mancher Gulden, in der Woche sauer verdient, wird da verzehrt, von Manchem entlehnt und da verpraßt, von Manchem den armen Weibern und Kindern zu Hause entzogen und da verschwendet. Unsere männlichen Dienstboten erhalten ungemein hohen Lohn. Wenige legen sich einen Nothpfennig für die Zukunft zurück. In's Wirthshaus werden die vielen Karolin Jahreslohn getragen und da vertrunken, verkegelt, verspielt. Am Sonntag, an Fest- und Werktagen werden die Wirthshäuser besucht. Daß diese vielen Wirthshäuser, die überall getroffen werden, der ökonomische und moralische Fluch der Gemeinde seyen, deren Wohlstand jährlich stark abnimmt, wird Jedermann einsehen; daß sie allenthalben die Quellen vieler Noth sind, wird Niemand läugnen; daß diese Quellen verstopft werden sollten, Jedermann eingestehen." Aber selbst auch die vielen kleinen Wirthlein in einem Orte kommen nicht vorwärts; haben sie keine Gäste, so sind sie ihre besten Kunden selbst, und das Ende ist der Gant. Weniger Wirthschaften an einem Orte wären zu wünschen.

(Berlin.) Am 4. d. M. wurde in der, in der Münzstraße befindlichen k. Gießerei das letzte Stück der Reiterstatue zu dem Denkmal Friedrichs des Großen, welches einst den Platz am Eingange der Linden einzunehmen bestimmt ist, gegossen. Die zu dem Piedestal desselben gehörigen Figuren und Embleme werden jetzt von Rauch's Meisterhand modellirt. Die Vollendung des ganzen großartigen Kunstwerks dürfte erst in mehreren Jahren erfolgen, da das Ciseliren der gegossenen Stücke bekanntlich sehr viel Zeit erfordert.

(Mannheim, 7. Dec.) Die merkwürdigsten Vorschläge, welche hier in öffentlichen Versamlungen gemacht wurden, um das Loos der arbeitenden Klasse zu verbessern, haben eine Karrikatur hervorgerufen, welche große Heiterkeit erregt. Ein Advokat, der beantragt, daß die reicheren Leute die Armen an den Tisch nehmen sollten, ist abgebildet; seine Taschen sind angefüllt von Würsten, Schinken, Käse rc.; vor ihm stehen die Armen und rufen in pfälzer Mundart: „Hunger haben wir keinen, aber Durst haben wir!" (Wenn jener Vorschlag allerdings „merkwürdig" war, so ist doch dieser Witz gewiß ein schlechter. Wir haben allen Grund zu vermuthen, daß es auch in Mannheim diesen Winter nicht ganz ohne Hunger abgeht, dort so wenig, wie anderswo.)

Der Globe berichtet, daß der mit Capitain Warners Vernichtungswurfgeschoß auf weite Ferne hin unternommene Versuch vollkommen gescheitert sey. Der Generalmeister der Artillerie, Markis Anglesey, habe nämlich auf seinen Gütern auf der Insel Anglesey den Versuch damit machen lassen, und als Ziel diente ein alleinstehender Baum, der acht Meilen entfernt stand und auf den Warner seine unsichtbaren Bomben schleudern sollte; sein Geschoß fiel aber weit davon ab, und bei wiederholten Versuchen flog sie nie weiter als 3 Meilen. Das Gouvernement hat ihm 1500 Pfd. zu den Versuchen bewilligt, die er indessen falls des Mißlingens zurückerstatten muß. Einer der zur Beurtheilung der Erfindung ernannten Offiziere war so überzeugt, daß dieselbe eitel sey, daß er während des Experiments sich unter den Baum stellte!

Zur Generalversammlung des Frankfurter Hauptvereins der Gustav-Adolf-Stiftung am 4. Nov. 1846.

Die von Hrn. Dr. Braunfels herausgegebene, bei Horstmann in 2 Auflagen gedruckte Schrift: „Die Generalversammlung des Frankfurter Hauptvereins der Gustav-Adolf-Stiftung am 4. Nov. 1846", welche in diesen Blättern ohnlängst der Aufmerksamkeit des Publikums empfohlen worden und dem Unterzeichneten erst in diesen Tagen zu Gesicht gekommen ist, gibt unter dem Namen des Letztern S. 16 und 17 einen Vortrag, in welchem derselbe die von ihm an jenem Abend gesprochenen Worte nur theilweise wiederzuerkennen vermag, da sie mit einer Reihe theils unrichtiger, theils ungenau wiedergegebener Sätze untermischt sind. Da der Hr. Herausgeber dem Unterzeichneten zu dessen Befremden nicht gleiches Recht gönnen mochte, wie den anderen Rednern, welche vor dem Abdruck „zur Durchsicht und zur möglichsten Herstellung des ursprünglichen Textes" veranlaßt worden sind, so hielt derselbe es für angemessen, für möglichste Herstellung des ursprünglichen Textes auch seines Vortrags auf den Grund seiner unmittelbar vor und nach der Versammlung gemachten Aufzeichnungen mit Zuziehung einiger zuverlässigen Ohrenzeugen selbst Sorge zu tragen und diesen im Interesse der Wahrheit und um solcher Leser jener Schrift willen, welche der Versammlung nicht beigewohnt haben, hierunten folgen zu lassen.

Seckbach, 8. Dec. 1846. C. Willich.

Da ich den kurhessischen Hauptverein in Berlin als Abgeordneter zu vertreten hatte, und dort gegen die Zulassung des Hrn. Rupp gestimmt habe, so dürfen sich meine Worte allem Anschein nach keine sehr günstige Aufnahme bei der Mehrzahl in dieser Versammlung versprechen*); es wäre darum vielleicht klüger, ich schwiege still. Demungeachtet hoffe ich auf unbefangenes Gehör für einige Augenblicke, und ich stütze diese Hoffnung auf die Voraussetzung, daß nicht blos viele, sondern alle Anwesende Freunde des Lichts sind, d. h. Freunde der Wahrheit und vernünftiger Gründe und Feinde leidenschaftlichen Absprechens.

Will man den Berliner Vorgang ruhig und besonnen beurtheilen, so ist zuerst zu unterscheiden zwischen dem Wesen der Sache und der Form des Verfahrens. Der Kern der Sache liegt in der Frage: sind die Mitglieder der sog. freien Gemeinde in Königsberg Mitglieder der evang. prot. Kirche oder sind sie es nicht? — Wonach soll der G.-A.-Verein diese Frage beurtheilen, wenn er gezwungen wird, sie zu beantworten? Man kann sagen**): diese Frage können wir nicht eigentlich entscheiden, sondern wir müssen uns nur an Das halten, was die bestehenden Rechtsgrundsätze an die Hand geben; die Mitglieder jener Gemeinde haben diejenige Kirche verlassen, in welcher alle Evangelische in der preußischen Monarchie, mit Ausnahme der Altlutheraner, sich befinden, nämlich die preußische Landeskirche; diese Kirche haben sie verlassen, und in eine andere rechtlich bestehende Kirchengemeinschaft sind sie nicht eingetreten; so lange also, bis dieser Gemeinde von dem zu Recht bestehenden Organ der evang. Kirche in Preußen, dem Kirchenregimente, oder von der dortigen Staatsregierung Anerkennung, oder nach Art der Altlutheraner Duldung zugesprochen wird, so lange ist sie zu betrachten als gar keiner Kirche angehörig, also auch nicht der evang. protestantischen. Dieser äußerliche juristische Weg hat wegen seiner Sicherheit und Consequenz viel Bequemes; denn er schneidet alles Eingehen auf die inneren religiösen Grundlagen der Kirche zum Voraus ab. Dagegen aber kann man sagen und hat man mit allem Nachdruck gesagt: ein freier Verein der helfenden Liebe soll sich nimmermehr einzwängen lassen in die engen Schranken, die ein menschliches, trügliches, ja vielleicht engherziges Kirchen- oder Staatsregiment vorzuschreiben für gut findet; die evang. Kirche nach ihrem ewigen unsichtbaren Grunde und Wesen ist nicht so beschaffen, daß sie nothwendig überall in den Landeskirchen aufgehen müßte, daß sie nur das Kleid des Staats tragen, nur in den Landesfarben einherschreiten könnte! Vielmehr, sobald nur Jemand sagt: „ich bin ein Mitglied der evang. prot. Kirche, so hat ihn der Verein als solches zu nehmen, ohne sich um seine äußern kirchlichen Verhältnisse weiter zu kümmern. Dies ist die Ansicht Derjenigen, welche in Berlin für Rupp's Zulassung geredet, und ich gestehe, daß ich mich den Gegengründen gegen die ausschließliche Anwendung des juristischen Standpunkts in dieser Sache nicht verschließen kann; ich stimme ihnen vielmehr bei.*) Allein, wenn der rein äußerliche juristische Gesichtspunkt hierbei nicht genügt, so genügt doch noch viel weniger der rein subjective innerliche Standpunkt, wonach es hinreichen soll, wenn man nur meint, man sey Mitglied der ev. pr. Kirche. Nein, meine Herren! diese Kirche ist keine Kirche des bloßen Meinens, sie hat Wirklichkeit, sie hat auch ein äußeres Daseyn in der Welt. Wenn Jemand sagt, wie dies z. B. Licentiat Schwarz in Halle in einer vorhin von Hrn. Consistorialrath Friedrich angeführten Streitschrift gesagt hat: die evangelische Kirche als solche ist ein bloßes Abstraktum, ein bloßes Gedankending, in der Wirklichkeit gibt es nur eine lutherische, reformirte, unirte, anglicanische Kirche 2c., so ist dies gerade so, wie wenn Jemand vor einem Walde steht und sagt: ich sehe keinen Wald, ich sehe nur Bäume! Wie der Wald, so ist auch die evang. Kirche kein bloßes Abstractum, sondern ein Collectivum, eine Gesammtheit vieler in ihrem innersten Grunde übereinstimmender Glaubensgemeinschaften. Nicht blos drei Heerhaufen, wie vorhin erwähnt wurde, sind in der evang. Kirche, sondern noch gar manche andere Fähnlein gehören zu ihr — Waldenser, Methodisten und wie sie alle heißen mögen. Aber alle evangelischen Kirchen und Gemeinden auf dem ganzen Erdboden haben Einen und denselben Grund, auf dem sie ruhen; alle erkennen sie Christum als Haupt und Herrn ihrer Gemeinschaft und als den alleinigen Grund und Weg des ewigen Heils; alle erkennen sie die heilige Schrift als alleinige höchste Richtschnur und Quelle der religiösen Wahrheit.**)

---

*) Zu dieser Erwartung wurde der Redende veranlaßt durch die enthusiastische Zustimmung, welche die Mehrzahl der Versammelten dem vorhergehenden Redner durch ihre Beifallsäußerungen zu erkennen gegeben hatten.

**) Die angeführte Schrift läßt hier auf ungenaue Weise den Redenden über Competenz oder Incompetenz der Hauptversammlung sprechen.

*) D. a. Schr. läßt den Redenden hier unrichtiger Weise des Vortrags des Hrn. Dr. Mappes Erwähnung thun.

**) D. a. Schr. läßt den Redenden hier unrichtig von dem rein christlichen Gebiete und nachher von dem Christenthum der freien Gemeinde sprechen, während derselbe nur von dem Gebiete der evangelisch prot. Kirche gesprochen hat.

(Schluß folgt.)

Frankfurt a. M.

Sonntag, 13. Dec. 1846 um 11 Uhr:

Matinée musicale,

unter Leitung des Hrn. Musikdirektors Messer,

im Locale des Cäcilien-Vereins (Döngesgasse, im Hause der Gesellschaft Socrates zur Standhaftigkeit). Der Ertrag dieses Konzertes ist bestimmt für die von der Gesellschaft Socrates zur Standhaftigkeit zu veranstaltende Christbescheerung an Kinder armer, unbemittelter Eltern.

Programm: 1) Gesänge für Sopran, Alt, Tenor und Baß. 2) Trio für Pianoforte, Violine und Cello, von Beethoven (C minor), vorgetragen von den Herren Messer, Heinr. Wolff und Elsner jun. 3) Scene und Arie von Mozart, vorg. von Frau Betty Knispel, geb. Fischer von Darmstadt. 4) Scene aus Orpheus von Gluck für Alt-Solo mit Chor. 5) Solo für die Flöte, vorg. von Hrn. Mohr. 6) Lieder von F. Schubert und Mendelssohn-Bartholdy, gesungen von Frau Knispel. 7) Gesänge für Sopran, Alt, Tenor und Baß. 8) Variationen für die Violine, componirt und vorg. von Hrn. Heinr. Wolff.

Eintrittskarten à fl. 1. 30 kr. sind bei Hrn. Ph. Enders, Trierisches Plätzchen, Lit. H. Nro. 147, bei Hrn. H. Wiesand, gr. Sandgasse, Lit. K. Nro. 163, und an der Kasse zu haben.

Theater-Anzeige.

Samstag, 12. Dec. Er muß auf's Land, Lustspiel in 3 Abth., von Friedrich. (Gastrolle) Frau von Flor: Fräulein Quint, vom Königsstädter Theater zu Berlin. Vorher geht: Der Bevollmächtigte, Lustspiel in einem Act, von Joh. Franul v. Weissenthurn.

Redacteur: J. L. Heller. — Druck und Verlag von Heller und Rohm.

Didaskalia.

Blätter für Geist, Gemüth und Publizität.

Nro. 343. Sonntag, den 13. December 1846.

Der Geheimschreiber.

Eine Erzählung von Kathinka Zitz.

(Fortsetzung.)

V.

Abermals einen Zeitraum von fünfzehn Jahren überspringend, versetzen wir uns in das bei Senlis gelegene Schloß des Grafen Damville, welcher, an die Stelle seines verstorbenen Vaters getreten, nun Connetable von Montmorency war, und der mit dem Amte auch den Geheimschreiber seines Vaters, Claude Stocq, ererbt hatte, welcher es verstanden hatte, sich auch bei dem Sohne in so hohe Gunst zu setzen, daß dieser ihn zu seinem Intendanten gemacht, und auf den Wunsch des verstorbenen Connetables, dessen sowohl in verschiedenen Feldzügen als auf der Bahn der Diplomatik geleisteten Dienste durch die Hand seiner Mündel, Luise von Rochemore, belohnen, und diese Verbindung durch seinen Kaplan, den Abbé von Nangis, einsegnen lassen wollte, welcher die schöne Maria Stuart, die noch immer in Damvilles Herzen lebte, einst nach Schottland begleitet, und bis zu ihrer Gefangennehmung durch die Königin Elisabeth, an ihrem Hofe verweilt hatte.

Luise von Rochemore war zur Zeit, als ihr Vater ermordet wurde, noch ein Kind in der Wiege gewesen. Ihres natürlichen Beschützers durch ein Verbrechen beraubt, waren ihre Güter durch die Protestanten verheert worden; doch von dem König mit der Vormundschaft ihrer Person beauftragt, hatte der Graf die verarmte Waise, trotz des Hasses, welcher ihre Familien spaltete, ritterlich beschützt, und sie hatte sich daran gewöhnt, ihn als ihren Vater zu verehren. Als er aber ihre Hand dem nun fünfundvierzigjährigen Claude Stocq bestimmte; dessen Aeußeres wohl noch geeignet war, einem Weiberauge zu gefallen, dessen erworbener Reichthum der verarmten Grafentochter zu Gute kommen sollte, und der nicht als ein gewöhnlicher Diener zu betrachten war, da Waffenthaten Seinesgleichen adelten, und da der französische Adel seinen Schoß den kühnen Abenteurern öffnete, welche sich an Frankreichs Glückswagen hingen, so hatte Luise erst aus Furcht und Dankbarkeit keinen Widerspruch gewagt. Aber in dem Maße, als sich der Hochzeitstag näherte, ward ihr Abscheu vor dem Geheimschreiber immer größer, so daß sie endlich, von dem Abbé von Nangis, dem sie ihr Herz geöffnet hatte, ermuthigt, ihren Vormund zu beschwören wagte, sie nicht zu einer Verbindung mit dem Geheimschreiber zu zwingen.

Im ersten Augenblick hielt der Graf Luisens Abneigung gegen diese Verbindung für nichts weiter als für die Laune eines jungen Mädchens, da Luise selbst zugestand, daß sie Stocq für einen wackern Mann halte, dem sie nichts vorzuwerfen habe. Bald aber merkte er aus einzelnen Aeußerungen, daß hinter dieser Abneigung wohl eine Zuneigung zu einem Andern stecken könne. Er drang daher in Luisen, ihm ihr Herz ohne Rückhalt zu erschließen; sie leistete mit züchtiger Befangenheit dieser Aufforderung Folge.

Vor etwa zwei Jahren hatte Luise ihre Verwandte, die Herzogin von Ivry, auf einer Reise nach England begleitet; beide Damen bewohnten in der Umgegend von London, ein Landhaus, welches dem Grafen von Leicester, dem Günstling der Königin Elisabeth, gehörte. Dort wurden oft mit einbrechender Nacht geheimnißvolle Zusammenkünfte in einem Pavillon gehalten, welcher sich in dem weitläufigen Park befand; Luise bemerkte öfters einen jungen Mann, der sich allein und unbewaffnet an den Ort der Zusammenkunft begab, und einige Augenblicke später kam eine andere Person, von bewaffneten Dienern begleitet, in welcher sie den Grafen von Leicester zu erkennen glaubte. Diese nächtlichen Zusammenkünfte erregten Luisens Neugierde. Eines Abends umringte die Dienerschaft das Gartenhaus, nachdem der junge Mann hineingegangen war. Luise wartete lange, aber er ging nicht wieder heraus. Von unwillkührlicher Besorgniß gequält, schlich sie sich in den Park, und es gelang ihr, ein leise geführtes Gespräch zu belauschen, in welchem die Rede von zu ergreifenden Maßregeln war, um ein Staatsgeheimniß zu bewahren. Der Name des Grafen von Leicester und jener der Königin Maria Stuart war öfters genannt worden; endlich sprach man deutlich aus, daß der junge Mann in der folgenden Nacht ermordet werden sollte. Luisens Blut gerann vor Entsetzen, doch behielt sie ihre Geistesgegenwart und ihren Muth; der Unglückliche, den man so feigerweise in ihrer Nähe umbringen wollte, beschäftigte von diesem Augenblick an alle ihre Gedanken. Es wäre zu weitläufig, hier zu erzählen, wie es ihr gelang, die Diener des Grafen zu bestechen, dem Unbekannten zum Entrinnen zu verhelfen und ihn in ihren Gemächern zu verbergen, bis er Gelegenheit fand, mit Sicherheit zu entfliehen. Die nothwendige Folge davon war aber die, daß der junge Mann aus Dankbarkeit die heftigste Liebe zu seiner Retterin faßte, daß er ihr, diese Leidenschaft gestehend, ewige Liebe schwur, und wieder zu kommen gelobte, sobald er es ohne Gefahr vermögen würde. So vergingen einige Monate, als die Herzogin nach einer kurzen Krankheit starb, und Luise zu ihrem Vormund zurück zu kehren gezwungen war. Gewiß hatte der junge Mann sie indessen an dem Orte ihres frühern Aufenthalts aufgesucht, aber in jenem fremden Lande konnte ihn nichts von ihrem Schicksal unterrichten, und was das Schlimmste war, sie hatten gegenseitig vergessen nach ihren Namen zu fragen. Nach seinen edeln Zügen, nach seiner stolzen Haltung zu urtheilen, zweifelte Luise jedoch nicht, daß er einer vornehmen Familie angehöre, und es war ihr, als sey es ihr eine gebietende Pflicht, noch immer auf den Stillgeliebten zu warten.

Als sie dem Connetable dieses allerdings späte Geständniß unter öfterem Stocken abgelegt hatte, sagte dieser tadelnd:

„Thörigtes Kind, das an die Liebe, und nicht an das Vergessen glaubt!“ Dann setzte er sehr ernst, doch nicht ohne Wohlwollen hinzu: „Luise, beschuldigt mich nicht der Tyrannei, wenn ich die Gefühle verdamme, welche ein edles Mitleid in Eurer Seele erweckte. Es ziemt Euch nicht, Eure Bestimmung dem Andenken eines Unbekannten aufzuopfern, den Ihr vielleicht nie wieder sehen werdet, und der Eurer vielleicht unwürdig ist. Claude Stocq hat mein Wort, und glaubt mir, Luise, daß nur sehr wichtige Gründe meine Wahl bestimmen konnten; zudem erlaubt ihm das Vermögen, das er sich im Dienste meines Vaters erworben hat, auf würdige Weise den Titel eines Barons von Rochemore zu führen, welcher ihm mit Eurer Hand übertragen werden soll. Euer Name legt Euch Pflichten auf; die Größe, welche uns den Neid gemeiner Menschen zuzieht, verbirgt oft schwere Fesseln; auch ich habe das vor fünfzehn Jahren empfunden. Im niedern Stand geboren, würde ich Frankreich verlassen haben; als Sohn des Connetable von Montmorency gebot ich meinem Herzen Schweigen und blieb. Eure Ehe mit Claude Stocq wird vollzogen werden; ich wünsche es; zwingt mich nicht zu sagen: ich befehle es."

Mit diesem Bescheide entlassen, sah Luise, daß ihrer Liebe keine Hoffnung blieb; sie fügte sich in Gehorsam, obgleich mit zerrissenem Herzen; als ihr aber im Vorzimmer der Verhaßte begegnete, dem sie anzugehören gezwungen war, und einige vertraute Worte an sie richten wollte, warf sie ihm statt aller Antwort einen Blick voll Verachtung zu, und setzte den Weg nach ihren Gemächern fort.

(Fortsetzung folgt.)

Friedrich List.

(Schluß.)

List entzog sich der Vollziehung dieses Urtheils durch die Flucht. Er ging zuerst nach der Schweiz, sehr bald darauf aber nach Nordamerika. Hier betheiligte er sich bei mancherlei industriellen Unternehmungen, besonders bei der Ausführung von Eisenbahnen. Seine Thätigkeit schien einen gebührenden Lohn zu finden. Da traten aber Handelscrisen ein, welche, wenn auch nicht veranlaßt, doch allerdings befördert wurden durch die Maßregeln des Präsidenten Jackson gegen die Banken, — Maßregeln, die übrigens doch sehr wohl begründet waren und durch welche spätern noch ausgedehntern Nachtheilen begegnet ward. List's schnell erworbenes (zum Theile vielleicht auch etwas imaginäres) Vermögen ging noch schneller wieder verloren. Er rettete verhältnißmäßig nur Weniges aus diesem Schiffbruche.

Mittlerweile hatten die an die Julirevolution sich knüpfenden mannichfachen Ereignisse die List'sche Verurtheilung und andere Dinge dieser Art in Vergessenheit gebracht. List, ohnehin längst amerikanischer Bürger, war nach Europa zurückgekehrt. Längere Zeit bekleidete er die Stelle eines Handelsconsuls der vereinigten Staaten zu Hamburg. Schon von Amerika aus hatte er zu Ende der 1820er Jahre die Anlage von Eisenbahnen in Deutschland warm empfohlen. Um so thätiger zeigte er sich jetzt dafür, nach seiner Rückkehr in das Vaterland. Seinen Bemühungen verdankte man zunächst das Zustandekommen der ersten größern Eisenbahnanlage in Deutschland: jener von Leipzig nach Dresden, ein Verdienst, das ihm selbst diejenigen Betheiligten werden zugestehen müssen, mit denen er vor Vollendung des Werkes in Mißhelligkeiten gerieth.

Eben so wie im praktischen Leben, war List auch in vielfacher Beziehung im literarischen thätig. Er war es sogar, der — was im größern Publikum wenig bekannt ist — die Herausgabe des Staatslexicons wesentlich mitbegründete, obwohl dieses Werk durch die wirklichen Herausgeber (v. Rotteck und Welcker) und die übrigen Mitarbeiter allerdings nach einem andern, ausgedehntern und großartigern Plane ausgeführt ward, als List's ursprüngliche Idee war.

Am meisten Aufsehen erregte List durch sein größeres Werk über Nationalökonomie. Er griff darin die herrschend gewordenen Ansichten von Ad. Smith, Say u. s. f. in einer Weise an, die durch ganz Deutschland ungemeine Wirkung hervorbrachte, und allerdings zunächst bei dem Stande der Fabrikanten den entschiedensten Anklang fand. Hier, und eben so in dem später gegründeten „Zollvereinsblatte", kämpfte er mit einem unermüdlichen Feuereifer und wahrhaft seltenen Talente für Einführung des Schutzzollsystems, ohne welches nach seiner Ansicht keine Nation zum Wohlstand gelangen könne. Was er in dieser Beziehung geleistet, ist zu bekannt, um hier näher geschildert werden zu müssen.

List's körperliche Thätigkeit wurde im Jahr 1842 durch einen Beinbruch längere Zeit gelähmt. Doch machte er bald darauf wieder verschiedene Reisen. Im letzten Spätjahre noch besuchte er England wieder, wo er, obwohl ein entschiedener Gegner der englischen Handelsbestrebungen, doch mit großer Auszeichnung empfangen ward. Indessen war sein Köper zerrüttet, und die fortwährenden Ansteengungen ließen ihn nicht zu einer Erholung gelangen. Da suchte er Genesung in Italien, kam aber in arge Unwetter, und starb dann am 30. Nov. zu Kufstein. Durch einen Pistolenschuß gab er seinem Leben ein freiwilliges Ende. (Sp. Z.)

Die Weltumsegler Kotzebue und Krusenstern.

Die russische Marine hat kurz nach einander zwei ihrer ausgezeichnetsten und wenigstens im Auslande bekanntesten Mitglieder verloren: am 3. (15.) Febr. d. J. starb der Kapitän ersten Ranges, Otto v. Kotzebue, und am 21. Aug. (2. Sept.) der Admiral v. Krusenstern — Beide in Reval, welches auch ihr Geburtsort war. Krusenstern ist der Erste gewesen, der die russische Flagge um die Erde führte. Nachdem er auf Befehl Kaiser Paul's I. einige Jahre im englischen Dienste zugebracht, um sich dort in der praktischen Nautik zu vervollkommnen, segelte er am 7. August (n. St.) 1803 mit den Schiffen Nadejda und Newa (Capt. Lisjanskji) von Kronstadt ab und kehrte am 19. August 1806 nach einer dreijährigen Reise glücklich dahin zurück. In der Folge gab er mehrere hydrographische Werke heraus und genoß in seinem Fache einer so großen Autorität, daß er auch von ausländischen Marinebehörden und namentlich von der amerikanischen bei Entwerfung der Instructionen für die Südpol-Expedition des Kapt. Wilkes zu Rathe gezogen wurde. Viele Jahre stand er an der Spitze des russischen Seekadetten-Corps, bis er sich 1842 im hohen Alter aus dem aktiven Dienste zurückzog, um seine letzten Tage in der Heimath zu verbringen. Der Admiral Krusenstern war ein durchaus ehrenwerther Charakter, dessen wissenschaftlicher und persönlicher Ruf stets fleckenlos geblieben ist. — Otto v. Kotzebue, ein Sohn des viel genannten deutschen Bühnendichters und russischen Staatsraths August v. K., der in Mannheim unter dem Dolche eines unglücklichen Verblendeten sein Leben aushauchte, umschiffte drei Mal die Welt: das erste Mal auf der Nadejda unter Krusenstern, das zweite Mal als Commandeur des von dem Reichskanzler Grafen Rumanzov ausgerüsteten Fahrzeugs Rjurik und zuletzt mit der Kriegsfregatte Predpriatie (die Unternehmung). Der deutschen Lesewelt ist er durch seine „Entdeckungsreise in die Südsee 1815—1818" (ersch. in Weimar 1821. 3 Bd. 4.) am meisten bekannt, und gewiß erinnern sich Manche, wie Schreiber dieses, nicht ohne Vergnügen seiner idyllischen Beschreibung der gutmüthigen Einwohner von Radack, einer von ihm entdeckten Inselgruppe Polynesiens. In neuerer Zeit haben die Memoiren Adalbert v. Chamisso's, der ihn auf dieser Fahrt als Naturforscher begleitete, den Namen Kotzebue's wieder vor das Publikum gebracht, obwohl dieses Mal in einer keineswegs für ihn günstigen Weise. Der Angegriffene hat nie darauf geantwortet; nach seinem Tode aber haben zwei Petersburger Gelehrten, der Oberst Hofmann und Prof. Lenz, die ihn auf seiner letzten Weltumschiffung begleiteten, einen Artikel in Erman's „Archiv für wissenschaftliche Kunde von Rußland" *) einrücken lassen, um ihn gegen die Beschuldigungen Chamisso's zu vertheidigen. Wie sie bemerken, hatten sie während der dreijährigen Dauer ihrer Reise genugsam Gelegenheit, den Charakter des Kapitäns kennen zu lernen, der von allen seinen Schiffsgenossen hochgeachtet wurde und dem gewiß die aufrichtigsten Thränen derselben ins Grab folgen. „Kotzebue", schreiben sie, „verband mit der nothwendigen Pünktlichkeit in Handhabung der Disziplin eine Milde und Güte, die ihm die Herzen aller Untergebenen gewann.... Obgleich er seiner Erfahrung und Geschicklichkeit vertrauen konnte und seine Zuversicht und Entschlossenheit sich in der Stunde der Gefahr seiner Umgebung mittheilte, so verließ ihn doch auf keinen Augenblick die größte Vorsicht; wodurch es denn auch kam, daß in den drei Jahren dem Schiffe auch nicht das geringste Unglück zustieß. In heftigen Stürmen und in gefahrvollen Meeren verließ er kaum auf Augenblicke das Verdeck, und während der Wochen, die wir im gefährlichen Ocean der niedrigen Gesellschaftsinseln kreuzten, hat er buchstäblich keine Nacht geschlafen. Seine Freundlichkeit und Gerechtigkeitsliebe, die seinem Kommando nie das kleinste Unrecht gegen die Eingebornen der besuchten Länder erlaubte, erwarb ihm überall das Vertrauen derselben, wovon einen rührenden Beweis sein Empfang auf der Insel Otdia in der Radack-Gruppe lieferte. . . . Solche Eigenschaften machen den Menschen überall liebenswürdig, aber sie fesseln unwiderstehlich an einen Mann, der weit von allen bewohnten Stätten im engen Raume des Schiffes unumschränkte Gewalt hat und dieselbe nicht anstreiten lassen darf." — „Solche Worte", heißt es am Schlusse, „konnten Eisender, so lange Kotzebue lebte, nur in dem engeren Kreise ihrer Bekannten aussprechen, denn sie kannten seinen Widerwillen gegen alles Gepränge und Schaustellung; aber nun halten sie es für eine heilige Pflicht, ihnen größere Oeffentlichkeit zu geben, um einer falschen Vorstellung zu begegnen, welche durch das Urtheil eines Mannes verbreitet worden ist, dessen Geist und Gesinnung sie mit ganz Europa verehren, von dem sie aber schmerzlich beklagen, daß er einer Bitterkeit nicht Herr werden konnte, die sein Unabhängigkeitsgefühl bei den starren Formen des Seedienstes in sich aufgenommen hatte."

(Mag. f. d. Lit. d. Ausl.)

Mannichfaltigkeiten.

(Leipzig, 7. Dec.) Gestern trat, nachdem sich das konstituirende Comité aufgelös't hatte, der von ihm gewählte Vorstand der Lutherstiftung zur Ausführung der am 6. Decbr. d. l. Jahres von dem h. königl. Ministerium des Cultus u. d. Unterrichtes bestätigten Satzungen der Stiftung zur Unterstützung bedürftiger Nachkommen des Reformators und zur Verbreitung und Erhaltung seines Geistes durch seine Schriften in seinem Volke, zusammen. Zum Vorsitzenden und Bevollmächtigten ist Prof. Nobbe ernannt worden, welcher die Korrespondenz mit den Nachkommen Lr's und mit zwei Stiftungsräthen, dem Cassirer Hrn. Kaufmann Hercher und dem Schriftführer Hrn. Katecheten Dr. ph. Schütz, die Verwaltung besorgt. Außerdem bilden zur Controle und Mitwirkung sechs Mitglieder einen weitern Ausschuß. Hr. Buchhändler A. Barth, Hr. Hofrath und Prof. Dr. Hänel, Hr. Prof. Dr. Harleß, Hr. Kirchenrath Dr. Meißner, Hr. Stadtrath v. Posern-Klett und H. Diak. M. Tempel.

(Regensburg.) In der Nacht vom 5. zum 6. Dec. wollte in der Pustet'schen Papierfabrik bei Alling der Sohn des Besitzers dem Gange einer kürzlich aufgestellten neuen Maschine nachsehen, hatte aber dabei das Unglück, von der Maschine erfaßt zu werden, welche ihm das Bein zerquetschte, so daß dieses vier Zoll unter dem Knie abgenommen werden mußte.

In zwei Dörfern der Solothurn'schen Amtei Balsthal sind binnen kurzer Zeit fünf Pferde zum Einsalzen abgeschlachtet worden.

(Wittenberg, 7. Dec.) Gestern, am Sonntage Nachmittags, ereignete sich das Unglück, daß von sieben Knaben, welche in der Nähe unserer Stadt mit Schlittschuhlaufen sich belustigten, durch Einbrechen zwei Söhne hiesiger geachteter Bürger ihren Tod fanden, während die übrigen fünf unter Gefahr und Anstrengung einiger zur Hülfe herbeigeeilten erwachsenen Personen gerettet werden konnten.

Das Kanzleigericht in London beschäftigte sich unlängst mit einem interessanten Falle. Zwei Schwestern, welche bei Lebzeiten ihres Vaters sich in's Kloster begeben hatten und Nonnen geworden waren, klagten jetzt, nachdem ihr Vater 1843 mit Hinterlassung eines Vermögens von 87,000 Pfd. Sterl. gestorben, auf Herausgabe ihres Erbtheils im Betrage von 16,000 Pfd., da 10 überlebende Kinder vorhanden sind, gegen ihre übrigen Geschwister. Der Anwalt der Verklagten machte geltend, daß sie, nachdem sie den Schleier genommen, dem bürgerlichen Tode verfallen seyen; außerdem würde die von ihnen verlangte Summe nicht in ihre eigenen Hände, was ihr Gelübde verbiete, sondern an eine religiöse Körperschaft gelangen, und es sey nicht anzunehmen, daß solches im Wunsche des Verstorbenen gelegen habe. Der Lordkanzler entschied die Sache dadurch, daß er die Vollmachten als ungültig bei Seite legte, weil keine von den beiden Nonnen, welche sie unterschrieben, mit voller Freiheit handelte, und ihre Unterschriften durch den Einfluß religiösen Zwanges und Einsperrung erlangt worden wären.

Die Kurhessische Regierung hat verordnet, daß jedem Leinweber in den Landgemeinden, welcher als solcher Gewerbsteuer zahlt, $1^1/_2$ Klafter Holz zu dem niedrigsten Preise verabreicht werden soll. — Dem Kreise Schmalkalden ist wegen des dortigen Nothstandes die Summe von 4000 Rthlr. als Unterstützung verwilligt worden.

(München, 3. Dec.) Die von dem Augsb. „Hausfreund" mitgetheilte Nachricht von einem dem kleinen Erbprinzen zugestoßenen Unfall ist dahin zu berichtigen, daß nicht der Erbprinz in Gefahr war, sondern ein Hirte, daß jedoch, als dieser dieselbe überstanden, Ihre k. Hoh. die Kronprinzessin mit dem Erbprinzen hinzukam.

Korrespondenz.

Mülheim a. d. Ruhr, 7. Dec. — Eingesendet.

In der Didaskalia, Nro. 338, wird von hier vom 1. Dec. gemeldet, als wenn die Ruhr wieder ganz fahrbar sey und große Transporte Kohlen nun dem Rheinstrom stromauf- und abwärts zugeführt würden. Wie erwünscht dieses für unsere Gegend wäre, wo alsdann sowohl die armen Bergleute an der Oberruhr, als die armen Ruhrschiffer ihren Verdienst wieder gefunden hätten, so muß ich leider berichten, daß im Ganzen höchstens 10 Ladungen Kohlen von der Oberruhr heruntergekommen sind und seit dem 3. d. M. die Ruhr vollends unfahrbar geworden ist, da sich darauf eine Eisdecke gezogen hat. *) Welcher Mangel an Brennmaterial dadurch am Rheinstrome entsteht und welche Armuth es für unsere Ge-

*) Berlin, 1846. 3. Heft.

*) Diese aber möchte unterdessen wieder verschwunden seyn!

gend herbeiführt, läßt sich nicht voraus ersehen. Jedoch wolle Gott, daß ein baldiger fahrbarer Wasserstand der Ruhr die schrecklichen Folgen eines harten Winters schwinden ließe!

Darmstadt, 7. Dec.

Ein von dem großh. Hofmaler Hrn. Gläser blos aus der Erinnerung gezeichnetes Porträt des verstorbenen Großherzogs Ludwig's I., in Kreidemanier, wird von Allen, die es bis jetzt sahen, als sehr gelungen gerühmt und soll von dem Künstler sofort in Oel gemalt werden. — Gestern wurde Göthe's „Götz von Berlichingen“ auf unserer Bühne aufgeführt. Die Darstellung war so gut, als sie sich von einem so zahlreichen Personal von den unterschiedlichsten Talenten nur erwarten ließ. Mehrere der interessantesten Scenen wurden ausgezeichnet gegeben; besonders glaubte man, dem Hrn. Becker die Anerkennung schuldig zu seyn, daß es ihm sehr gut gelungen war, sich mit dem Haupthelden des Stückes, dem alten Götz, glücklich zu identifiziren.

Zur Generalversammlung des Frankfurter Hauptvereins der Gustav-Adolf-Stiftung am 4 Nov. 1846.

(Schluß.)

Mißverstehen Sie mich nicht, meine Herren! es ist hier nicht die Rede von Dogmen, von symbolischen Büchern, von Ansichten und Auffassungen, sondern es ist die Rede von den gemeinsamen, letzten, unerschütterlichen religiösen Fundamenten aller evangelischer Gemeinschaften in der ganzen Welt. Jede Gemeinde, welche diese Grundlagen unumwunden für die ihrigen erklärt, möge sie sich nennen, wie sie wolle, — lutherisch, reformirt oder unirt, frei oder unfrei, möge sie einer Landeskirche angehören oder nicht, — muß meines Erachtens als eine evangelisch prot. Gemeinde angesehen werden. Als ich in dieser Sache mitstimmen mußte, da konnte ich nicht anders, als mich fragen: steht die sog. freie Gemeinde in Königsberg, (welcher Hr. Rupp als Prediger angehört), wie sie sich bis jetzt gestaltet hat, auf jenem evangelischen Grund und Boden, oder nicht? Sie hat wohl erklärt: sie erkenne in der heiligen Schrift die Grundlage ihres Glaubens an die Einheit Gottes und die höchsten sittlichen Vorschriften; aber sie hat gleich dazu erklärt: sie lege bei der Schrifterklärung das Bewußtseyn der Gemeinde zu Grund. Sie hat ihren Prediger in ihrem Gemeindestatut, Abschn. IV. §. 19, verpflichtet: „zur öffentlichen Verkündigung des Gemeindebewußtseyns“, — von der Schrift oder dem Evangelium steht kein Wort dabei. Fragt man nun, was unter diesem Gemeindebewußtseyn zu verstehen sey, so ist die Antwort klar zu erkennen aus der Praxis dieser Gemeinde; sie hat z. B. durch Stimmenmehrheit die von Christo vorgeschriebenen Taufworte abgeschafft;*) also ist jenes Gemeindebewußtseyn nichts Anderes, als die jedesmalige Meinung der Mehrzahl der Gemeindemitglieder. — Meine Herren! wer sich überzeugen kann, daß in diesen öffentlich ausgesprochenen Grundsätzen der sog. freien Gemeinde die zuvor erwähnten letzten Fundamente aller evang. Kirchengemeinschaften enthalten sind, der thut recht, wenn er die Mitglieder derselben auch als Mitglieder der evang. prot. Kirche betrachtet; ich vermag es nicht, ohne daß mein Gewissen mich der verläugneten Wahrheit beschuldigen würde.

Wenn man zu einer so schmerzlichen Ueberzeugung gelangt**), dann muß man heut zu Tage im Voraus darauf gefaßt seyn, allerlei übellautende Titel dafür einzuernten, z. B. Verdammung, Ketzergericht, Inquisition, Jesuitismus, traurige Erscheinung im neunzehnten Jahrhundert u. dergl. (Der Redende wendete sich bei diesen Worten nach der rechten Seite des Saals.) Man kann solche Vorwürfe auch in Bibelworte oder Aussprüche Luther's einkleiden. (Bewegung und Geräusch von der linken Seite des Saals). Der Ruf des Liberalismus war in Berlin wohlfeil zu haben.*) Bei jenen Worten kann man jedoch ruhig seyn, wenn man sich nur zu bewahren sucht vor allen feindseligen Regungen gegen Die, welche sich auf solche moderne Steinwürfe verstehen. Auch sind am Ende solche Worte gar nicht so schlimm gemeint, wie sie lauten; es liegt nun einmal in denselben ein eigenthümlicher Zauber, eine wunderbare electrische Kraft; man erreicht damit oft einen großen Effect, ohne daß stichhaltige Gründe — (laute anhaltende Unterbrechungen von der linken Seite des Saals und Ausrufungen: „keine Persönlichkeiten! rc.“) Der Redende (zu einigen der unterbrechenden Herren auf der linken Seite gewendet): werden Sie mich fortfahren lassen? (abermalige Rufe: „keine Persönlichkeit!“) Der Redende (fortfahrend): Besorgen Sie nicht, von mir Persönlichkeiten zu hören; ich meinte, die Persönlichkeiten wären von der anderen Seite ausgegangen.

Ueber die Form des Verfahrens in Berlin habe ich wenig oder nichts zu sagen. Ob dort in irgend einem Punkt juristische Formfehler vorgekommen seyen, das zu beurtheilen, halte ich mich nicht für hinreichend befähigt. Die wichtigste und zweifelhafteste Frage möchte wohl die seyn: ob unter dem Worte „legitimiren“ weiter nichts zu verstehen sey, als das Vorzeigen einer Bevollmächtigungsurkunde, oder nöthigen Falls auch die Nachweisung der persönlichen Qualification überhaupt. Doch ich lasse diese juristischen Fragen dahin gestellt seyn, da ich mich denselben nicht gewachsen fühle.

Zum Schlusse möge mir der ehrenwerthe Hr. Antragsteller erlauben, einen einzigen Grund gegen seinen Antrag geltend zu machen. Es ist Ihnen darum zu thun, zu constatiren, daß die Mehrheit der hiesigen Vereinsmitglieder mit der Nichtzulassung des Hrn. Rupp nicht einverstanden sey. Indem Sie aber dieses constatiren, werden Sie zugleich ein Zweites constatiren, nämlich daß von da an zwei Parteien innerhalb des Vereins bestehen, eine stärkere und eine schwächere, eine herrschende und eine beherrschte. Von dem Augenblick einer solchen Abstimmung an würde der hiesige Verein ein anderer werden, als er bisher gewesen ist. Er war bisher ein solcher, der innerhalb seines Kreises keine Parteien kannte, sondern gleich an seiner Schwelle wurde jeder Parteihader verschlungen von der gemeinsamen Liebe zu den nothleidenden protestantischen Brüdern. Von dem Augenblick der Abstimmung ist es im Verein nicht mehr um diese allein zu thun, sondern er wird ein Werkzeug zu Parteizwecken. Hiermit wäre sein Adel zerstört, seine Würde beschmutzt! Will man hierauf antworten: „diese Beschmutzung geht aus von der Berliner Hauptversammlung, nicht von uns!“ dann antworte ich: nein, m. H.! weiter zurück! sie geht aus von Denen, welche Rupp ohne alle Noth sendeten, obgleich sie wußten, daß eine große Anzahl von Vereinsmitgliedern ihn nicht als Mitglied der ev. prot. Kirche ansehen könnten, obgleich sie wußten, daß mit seiner Sendung in den ganzen Verein ein Feuerbrand geworfen werde, der das ganze Haus verzehren könnte. Die Berliner Versammlung konnte sich nicht entziehen, sie mußte eine Entscheidung geben; ach! wie gern hätte sie es vermieden! aber es war eine zwingende Nothwendigkeit. Besteht eine gleiche Nothwendigkeit des Entscheidens auch für den hiesigen Verein? Gewiß nicht! Alles, was wirklich practisch ist, können die Mitglieder desselben dadurch erreichen, daß sie bei künftigen Gelegenheiten zur Geltendmachung ihrer Ansichten und Wünsche ihren statutenmäßigen Einfluß verwenden. Es ist die Wahl gegeben, ob der Verein auch künftig ein Feld des Friedens bleiben, oder ob er in ein wüstes Schlachtfeld der Parteien umgewandelt werden soll zum tiefsten Schmerze der darbenden Brüder, zum höhnenden Jubel der Jesuiten; — ob zum wahren, dauernden Ruhme dieser Stadt, darüber zu urtheilen kommt mir nicht zu; das muß ich Ihren patriotischen Gefühlen überlassen!

---

*) D. a. Schr. läßt den Redenden hier unrichtig sagen: die freie Gemeinde habe die Taufe abgeschafft.

**) Zu den folgenden Worten fand der Redende sich veranlaßt durch die Anführungen und Ausdrücke, mit welchen der vorhergehende Redner seinen Vortrag nach dem Schlusse zu in steigendem Maße gemischt hatte, und für welche der nach ihm Redende außer Stande war, eine andere Beziehung aufzufinden, als auf die Majorität der Berliner Hauptversammlung; seine Absicht ging lediglich auf Abwehr, nicht auf Angriff. — Die ang. Schr. läßt hiebei den Redenden den Hrn. Consistorialrath Friedrich nennen, was nicht geschehen ist.

*) D. a. Schr. läßt statt dieser Worte den Redenden unrichtiger Weise vom Schautragen des Liberalismus, vom Haschen nach Volksgunst, vom Umschwerfen mit alltäglichen Phrasen sprechen. Der Sinn der obigen letzten Worte war, daß es für Die, welche in Berlin gegen Rupp zu stimmen sich moralisch genöthigt fühlten, nicht an Versuchung fehlte, gegen ihre Ueberzeugung zu handeln und dadurch den Ruf der Freisinnigkeit zu gewinnen.

Theater-Anzeige.

Samstag, 12. Dec. Er muß auf's Land, Lustspiel in 3 Abth., von Friedrich. (Gastrolle) Frau von Flor: Fräulein Quint, vom Königsstädter Theater zu Berlin. Vorher geht: Der Bevollmächtigte, Lustspiel in einem Act, von Joh. Franul v. Weissenthurn.

Sonntag, 13. Dec. Das Donauweibchen (erster Theil), romantisch-komisches Volksmährchen in 3 Abth., Musik von Kauer.

Redacteur: J. L. Heller. — Druck und Verlag von Heller und Rohm.

Didaskalia.

Blätter für Geist, Gemüth und Publizität.

Nro. 344. Montag, den 14. December 1846.

Einladung.

(Von Wilh. Wagner.)

Du bist kein Freund von glänzender Toilette;
D'rum komme nur in Deiner schlichten Tracht.
Wir lieben Dich auch ohne Ring und Kette,
Auch ohne Schmuck und ohne Moderacht.
Es wird bei uns nach Kleidern nicht gemessen
Und nicht geschätzt nach prunkendem Geschmeid.
D'rum komme nur, Du darfst uns nicht vergessen,
Und komm', o Freund, in Deinem schlichten Kleid!

Doch bringe mit, was uns schon oft erfreute,
Den heitern Sinn, der, einer Sonne gleich,
Die trüben Wolken uns'res Grams zerstreute,
Der uns erquickte, wie ein Blüthenzweig,
Der uns die Thorheit zu belächeln lehrte,
Des Neides und der Eitelkeiten Spiel,
Der scherzend unsern Mißmuth oft bekehrte
Und Trost uns gab, wenn eine Hoffnung fiel.

Auch bringe mit die Fülle der Gedanken!
Sie überstrahlen jeden Edelstein.
Mit kräft'gem Wort erweiterst Du die Schranken
Und führest uns in freie Bahnen ein.
Du brauchst des Goldes nicht, um Dich zu schmücken;
Dein edler Geist ist eine schön're Zier,
Deß immer frische Blüthen uns beglücken.
D'rum komme, Freund, und sey willkommen hier!

Wann Wald und Flur im weißen Mantel liegen
Und wann der Schneepfad unterm Fuße knarrt,
Wann sich der Rabe, kaum noch stark zum fliegen,
Sein kärglich Mahl aus harter Erde scharrt,
Dann lieben wir in heit'rer Tafelrunde
Des Sängers Lied, des Dichters gold'nes Wort;
Dann bringt die Muse ihre schönste Kunde,
Die traute Zelle wird zum Friedensport.

Es liegen hier in diesem stillen Kreise
Die Bilder all' des Lebens und der Welt;
Hier hält man Rast, hier geht man auf die Reise,
Hier wogt das Meer und glänzt das Sternenzelt.
Hier wird so gern, o Freund, Dein Wort vernommen,
Es kommen Lieb' und Heiterkeit mit Dir.
Du darfst in Deinem schlichten Kleide kommen;
Des Mannes Geist ist seine schönste Zier.

Der Geheimschreiber.

Eine Erzählung von Kathinka Zitz.

(Fortsetzung.)

Von dem Könige kommend, welcher sich damals im Schlosse zu Senlis aufhielt, erstattete der Geheimschreiber dem Grafen Damville jetzt Bericht, wie Seine Majestät ihm die gnädige Versicherung gegeben, ihn nach seiner Verheirathung in den Titeln und Rechten eines Barons von Rochemore bestätigen zu wollen. Da sich Stocq aber in anmaßender, seine Verdienste überschätzender Weise äußerte, so kühlte der Connetable die Gluth seines Hochmuths alsobald ab.

„Irrt Euch nicht, Meister Stocq!“ sagte er scharf: „nicht Euch, sondern mir gewährt der König die Gnade, daß dem Gemahl meiner Mündel, wer es auch seyn mag, der Titel eines Barons von Rochemore übertragen wird; daher seyd Ihr nur mir zu Dank verpflichtet, oder vielmehr dem Andenken meines Vaters, der im Sterben Euch meiner Gnade empfahl. Ich weiß nicht, welche geheimnißvolle Schuld er gegen Euch eingegangen, aber ich habe gelobt sie abzutragen, indem ich Euch aus dem Zustand von Abhängigkeit ziehe, in welchem Ihr geboren seyd; vorausgesetzt, daß Ihr Euch dieser Wohlthat nicht durch eine ehrlose Handlung verlustig macht.“

Mehr denn einmal die Farbe wechselnd, hatte sich Claude Stocq mehrmals schweigend verbeugt, unter den mit scharfer Betonung ausgesprochenen Worten des Grafen, der also fortfuhr:

„Bedenkt, daß Fräulein von Rochemore, indem sie Euch den Adel zur Morgengabe bringt, Euch mehr giebt, als sie von Euch empfängt; Ihr werdet nicht ihr Herr, wohl aber Ihresgleichen, und dafür seyd Ihr Eurer Gemahlin Zuneigung und Glück schuldig.“

„Ich weiß es, gnädiger Herr.“

„Wohlan denn, die Trauung soll in diesen Tagen in der Schloßkapelle in Gegenwart aller meiner Edelleute statt finden. Ich erlasse Euch vier und zwanzig Stunden lang den Gehorsam, den ich von meinem Intendanten in Anspruch nehmen könnte, damit Ihr einstweilen lernen mögt, wie Ihr Euch in Euerm neuen Stande zu benehmen habt.“

Ein gebieterischer Wink entließ den gedemüthigten Emporkömmling, der sich zähneknirschend in die Wohnung begab, welche ihm zum Aufenthalt in dem Schlosse des Grafen angewiesen war. Bald aber schlug er ein höhnisches Gelächter auf. Mochte der Connetable das Endchen Kette, das ihn noch gefesselt hielt, nun an sich ziehen oder vollends zerbrechen, es galt ihm gleich, da er nun seine Stelle unter dem Adel einnehmen konnte, dem er keine Schande zu machen gedachte. Wie dieser, war er stolz; wie dieser, war er ohne Mitleid gegen seine Feinde; wie dieser, wußte er die Gewissensbisse im Erfolg zu ersticken, und diese Eigenschaften betrachtete er als seine Adelsansprüche, und stand endlich an dem Ziel seiner Wünsche. Nach den feurigen Wünschen der Jugend, nach den wahnsinnigen Träumen der Liebe war der Ehrgeiz in ihm erwacht, diese Leidenschaft der Herzen, die höher als ihr Glück stehen . . . der Ehrgeiz, der seine Beute mit gewaltigen Krallen packt. Ihn dürstete nach Ehren, nach Huldigungen und Gewalt, die er um so gewisser zu erringen hoffte, da er sich darauf verstand, den Fürsten zu schmeicheln, die Menschen zu beherrschen. Das Gebäude, das er mit so vielem Fleiße aufgebaut hatte, durfte nicht vor der Laune eines jungen Mädchens zusammenfallen. Er hatte wohl die Leidenschaften, aber nicht das Herz geändert. Als er vor fünfzehn Jahren geliebt hatte, war ein Mann umgekommen, und wie er vermuthete, das Kind dieses Mannes mit ihm; ein Weib war darüber wahnsinnig geworden, und er hatte sie zu seiner Magd gemacht. Jetzt wollte er steigen; aber er fühlte die Nothwendigkeit, nach dem zurückgelegten beschwerlichen Weg, jetzt, wo er den Gipfel erreichte, die Füße fest an diesen Gipfel zu heften, wie sich das Eisen an den Magnet heftet.

Nach einer Weile klopfte ein bescheidener Finger an die Thüre des Emporkömmlings an, und auf dessen barsche Einladung einzutreten, erschien der Abbé von Nangis. Dieser würdige Priester suchte Gelegenheit, unter vier Augen mit dem Manne zu sprechen, der bestimmt war, der Gemahl Luisens von Rochemore zu werden. Als Vertrauter der jungen Dame, wollte er ihn von der Abneigung derselben gegen eine Verbindung mit ihm unterrichten und an seinen Edelmuth appelliren. Zu diesem Zwecke hatte er ihn bereits zu Senlis in dem Hause aufgesucht, welches ehemals das Eigenthum des unglücklichen Landry's gewesen, und dessen Besitz sich Claude Stocq durch eine gerichtliche Schenkungsakte zu sichern gewußt hatte, auf welche Weise er denn auch Herr der wahnsinnigen Margarethe geworden war, die noch immer in den Räumen weilte, in welchen sie einst so glücklich gewesen und so unglücklich geworden war. Der Eintritt in dieses Haus war Jedermann streng versagt, allein dieses Verbot wich vor dem ehrwürdigen Stande des Priesters; der Abbé ward eingelassen, und was er dort fand, war nicht geeignet, die ungünstige Meinung, die er von dem Geheimschreiber, obgleich ohne bestimmten Grund hatte, in eine bessere umzuwandeln.

Kaum hatte der Geistliche ihm mitgetheilt, daß er ihn in seinem Hause, und jetzt in dem Schlosse aufgesucht, um ihn als Vertrauter der Gefühle des Fräuleins von Rochemore zu beschwören, nicht länger auf einer Verbindung mit ihr zu bestehen, als Stocq unwillig auffuhr.

„Brechen wir hier ab, ehrwürdiger Herr!“ sagte er, indem er mit Mühe seine zornige Aufwallung zu beherrschen suchte. „Ich gestehe Niemand das Recht zu, sich in diese Angelegenheit zu mischen.“

(Fortsetzung folgt.)

Der Nothstand in Kurhessen und Vorschläge zu dessen Abhülfe.

** (*Kassel*, 9. December.) Es ist nur zu gewiß, daß die drückendste Noth bei uns immer mehr um sich greift. Tausende sind ohne Brod, ohne die geringste Hoffnung, so bald welches erwerben zu können.

Die Regierung, die Behörden, sind nicht im Stande, trotz aller Spenden und Fürsorge, dieser Noth abzuhelfen, geschweige denn ihre Quellen zu verstopfen.

Gebe man sich doch keinen leeren Hoffnungen hin! Auf dem flachen Lande gibt es allerdings Korn; aber nur bei wenigen reichen Bauern und Oekonomen. — Das in Bremen eingeführte Getreide ist bereits von Capitalisten aufgekauft; eben so wird es mit dem später kommenden gehen. Unsere Armenkassen sind schon außer Stand, den Anforderungen zu genügen. Unsere Gemeindekassen können ihnen keine Zuschüsse anweisen — denn sie haben keine.

Gesetzt aber auch, der Staat, die Gemeinden und die Privaten wendeten nach wie vor namhafte Summen dem Nothstand zu, so sind alle diese Spenden dennoch ungenügend, höchstens hinreichend, den augenblicklichen Wehschrei zu unterdrücken, nicht aber, ihm eine dauernde, eine gründliche Abhülfe zu versprechen.

In Kassel ist der Handwerkstand, namentlich der Bauhandwerker, in einer verzweifelten Lage. Der Taglöhner mit Familie verdient im günstigsten Falle nur so viel, um täglich einen Laib Brod kaufen zu können von sechs Pfund. — Zweitausend Menschen werden bereits von den öffentlichen Armenkassen erhalten. Eben so viel im Stillen und von Privatvereinen. Aber doppelt so viel, kann man annehmen, entbehren noch jeder Hülfe und jeder Aussicht darauf.

In Fulda empfangen 3000 Menschen Unterstützung — 9000 Einwohner hat die Stadt — Brod ist nur für einen Monat vorhanden.

In Marburg sind unzählige Handwerker ohne Verdienst; eben so in Schmalkalden ꝛc.

An den einzelnen Bürgern ist es, zusammenzutreten und selbstständig und mit allen Kräften den Ursachen dieser Uebel nachzuspüren und möglichst gründlich ihnen abzuhelfen. Behörden können Das nicht. *Jeder Einzelne* muß hier seine Erfahrungen bekannt machen; daraus erst lassen sich mit Sicherheit die Ursachen dieses schrecklichen Nothstandes ermitteln und ihnen entgegen wirken. Jetzt tappen wir Alle im Finstern.

O daß doch in dieser wichtigen, Selbstthätigkeit gebietenden Angelegenheit die alte Gleichgültigkeit weiche und die Ansicht: Jeder bekümmere sich um sich selbst. Sorgt man denn nicht für sich, wenn man für seine leidenden Brüder sorgt? Oder glaubt man, die Armuth werde nicht stets weiter und weiter um sich greifen, wenn man nicht ihre so gut wie unbekannten Entstehungsgründe aufsucht und aufhebt.

Der Verfasser, der in diesen wenigen Zeilen unmöglich den wichtigen Gegenstand erschöpfend behandeln konnte, macht den Vorschlag, daß in jeder Stadt ꝛc. *edle, selbstständige Männer ihre Mitbürger zusammenrufen mögen*, um zu berathen, wie man Abhülfe gewähre, ehe es zu spät wird, und die Verzweiflung jedes ruhige, *gesetzliche Ordnen* unmöglich macht.

Es müßten sich Vereine (*Hülfsvereine*) bilden, welche mit beliebigen Beiträgen Kassen gründen. Jeder Ort hat seine Spezialkasse. Alle Vereine stehen im Rapport und wählen einen Verein zum Centralvereine, wo aus bestimmten Quoten der Specialkassen eine Hauptkasse für's ganze Land gebildet wird. Aus dieser Kasse werden großartige Aufkäufe von Lebensmitteln gemacht ꝛc. und den ärmsten Gegenden zugewendet.

Alle *Privatanstalten* für wohlthätige Zwecke müßten sich diesen Vereinen anschließen oder doch mit ihnen in Rapport treten, damit man endlich einmal ins Klare kommt, wie groß eigentlich die Noth ist.

Die Hauptsache aber bleibt immer die Ergründung der Ursachen der Noth. *Deßhalb* müssen von Zeit zu Zeit größere und kleinere Versammlungen der Vereine stattfinden. *Deßhalb* muß *Jeder*, mit noch so geringem Beitrag, Mitglied werden können.

Um der dringendsten Noth abzuhelfen, kann man zuerst Speiseanstalten einrichten, und Arbeitsbureau's, wo jedem Arbeitsuchenden Arbeit zugewiesen werden kann. Die Gemeinde- und Staatsbehörden werden sicher diesen Vereinen, wodurch allein gründlich abgeholfen werden kann, ihren Beistand nicht versagen.

O möchten doch diese paar Worte nicht ganz ohne Eindruck

auf die Herzen edler Männer gesprochen seyn. Nur durch großartige Mittel ist die gefährliche Krankheit der Neuzeit, der entsetzliche Nothstand, zu heilen. — Handle man bei Zeiten!

Ein Kurhesse.

Die deutsch-amerikanische Dampfschifffahrt.

(Bremen, im Nov.) Die „Weserzeitung" berichtet ausführlicher über ein Unternehmen, das allem Anschein nach für das gesammte Deutschland von der ersprießlichsten Wirksamkeit seyn wird, die bereits im Entstehen begriffene direkte Dampfschifffahrtsverbindung zwischen New-York und Bremen. In der Voraussetzung, daß der mächtigste Hebel zur Ausdehnung des Eigenhandels zwischen beiden Ländern in einer direkten Dampfschifffahrt liegen müsse, bemühte sich England, den Endpunkt der Linie für Liverpool zu gewinnen, und setzte Alles in Bewegung, um die Route von Deutschland abzulenken und die so gefürchtete Emancipation des deutschen Handels zu hintertreiben. Frankreich trat als Bewerber für Havre mit offenen und heimlichen diplomatischen Künsten auf, Belgien für Antwerpen, Holland für Rotterdam, und selbst Dänemark machte einen schwachen Versuch für Glückstadt. Von allen diesen Bewerbungen hat Bremen und mit ihm das deutsche Interesse den Sieg davon getragen. Zuerst ist es vom politischen Gesichtspunkt offenbar bezeichnend, daß die Regierung der Union durch die Bevorzugung eines deutschen Hafens eine Hinneigung zu Deutschland an den Tag legt. Ein irgend welterfahrener Scharfblick wird daraus künftige Folgen sich entwickeln sehen, die unter Berücksichtigung des aufkeimenden frischen und lebenskräftigen Elements in Deutschland jetzt noch eben so unberechenbar seyn möchten, wie es das endliche großartige Resultat des Aufschwungs der Nation selbst ist. Bei der bisherigen Verbindung der New-York-Packetschiffe mit Liverpool, London und Havre blieb Deutschland dem Auge Nordamerika's entrückt und mit Vermehrung der Dampfschiffe auf diesen Linien drohte dies immer schlimmer zu werden. Bereits hatte die Sache für Deutschland einen kritischen Standpunkt erreicht, und die sich von allen Seiten zusammenziehenden Gewitterwolken drohten den Horizont immer mehr zu verdunkeln. In der direkten Dampfschifffahrt aber hat die Sonne sich Bahn gebrochen, und durch sie erleuchtet wird Deutschland den Vereinigten Staaten direkt so nahe gerückt, so eng verschwistert werden, wie es die langgeknüpften Bande des Bluts und der Freundschaft zwischen beiden Ländern erheischen. In commercieller Hinsicht ist zunächst die sichere, schnellere und minder kostspielige Correspondenz von Wichtigkeit. Die amerikanischen Dampfer werden schneller fahren als die englischen, und nach der amerikanischen Postregulation wird ein einfacher Brief nur 24 C. kosten, während er jetzt über England 42 C. zahlt. Der Hauptgewinn für den Handel liegt aber in dem unausbleiblich sich vermehrenden Absatze deutscher Fabrikate und dem gleichmäßig steigenden Verbrauch amerikanischer Produkte in Deutschland. England war auf dem Wege durch den Vortheil der Dampfschifffahrt sich in den ausschließlichen Besitz des amerikanischen Marktes in vielen Artikeln zu setzen: es gehörte nicht zu den Seltenheiten, daß die Committenten von Waren schon dreißig Tage nach Ertheilung ihrer Bestellung bereits Aufträge ausgeführt sahen, während deutsche Kaufleute keine Zeit bestimmen konnten, und ungeachtet der Empfehlung möglichster Eile oft fünf Monate bis zum Empfang verstrichen. Der deutsche Kaufmann und Fabrikant hatte dabei namentlich bei allen Modeartikeln große Nachtheile, die Ladungen von Deutschland in solchen Stoffen unterblieben ganz, und England behauptete allein das Feld, wie schon daraus hervorgeht, daß die im Zollhause zu Boston aus Liverpool mit den Dampfern eingebrachten Güter im vorigen Jahr einen Zoll von 1,022,992 Dollars zahlten, d. h. $^1/_{20}$ der Gesammtzolleinnahme der Union. Ein anderer großer Vortheil liegt in der Sicherung der Auswanderung für deutsche Häfen, die in der Dampfschifffahrt einen neuen Haltpunkt erhalten wird. Natürlich werden sich die deutschen Auswanderer in Zukunft über deutsche Häfen vorzugsweise einschiffen, zumal da schon ihre unmenschliche Behandlung in fremden sie von solchen entfernen muß. Die neuen Dampfschiffe bieten aber für 200 erste und 100 zweite Cajütenpassagiere Gelegenheit, wodurch sie in weniger als vierzehn Tagen nach New-York gelangen.

(Allg. Ztg.)

Mannichfaltigkeiten.

Gutzkow's „Uriel Acosta" soll in Hamburg gegeben werden. Das neue Stück hat laut dem Hamburger Berichterstatter des Nürnb. Korresp. das Aparte, daß alle auftretenden Personen Juden sind, ein Akt selbst in der Synagoge spielt und die Rabbinen mit dem Talmud und der Bundeslade auftreten. Unter den Personen befindet sich auch Spinoza, jedoch nur als Nebenfigur, noch im Kindesalter und in Unterricht bei seinem Lehrer Acosta, der gewissermaßen als der Vorläufer des berühmten Philosophen erscheint.

Ueber die schon oft besprochenen Blechschirmgefängnisse in der Hausvogtei zu Berlin sagt Hr. Schlöffel in seinem so eben erschienenen Werke: „Mein Prozeß wegen Anklage auf Hochverrath (Heidelberg, Verlag von Julius Groos 1846)," folgende der dringenden Erwägung werthen Worte: „Die erwähnten Gefängnisse liegen auf der Winterseite; die Fenster sind von außen mit einem Blechschirm dergestalt verkleidet, daß solcher einem plattgedrückten Trichter gleicht, in welchen das für das Lokal bestimmte Licht nur von oben durch eine ungefähr 12 Zoll breite Oeffnung einfällt. Hierdurch wird ein unausgesetzt oscillirendes Licht, eine fast ununterbrochene Lichtschwingung erzeugt, welche — abgesehen von jeder andern martervollen Wirkung — das sensible Auge auf's Schmerzlichste berührt. Rechnet man nun den über alles Maß großen Uebelstand hinzu, daß der für alle lebende Wesen in der gesammten Natur unentbehrliche Genuß der Sonnenwärme, der Anblick der freien Luft gänzlich verloren geht, ohne den weder Pflanzen- noch Thierwelt dauernd bestehen kann, so ist die schreckliche Einwirkung auf Geist und Körper wohl leicht zu erklären, und um so weniger befremdend, wenn ihrer gänzlichen Schuldlosigkeit bewußte Untersuchungsgefangene nach Maßgabe ihrer Naturkraft in längerer oder kürzerer Zeit siechen, der Verzweiflung und Geisteszerrüttung verfallen. Traurige Belege für diese Ansicht liefern die bei zwei schlesischen Untersuchungsgefangenen kund gewordenen Aeußerungen der in jenen Lokalen eingetretenen Geisteszerrüttung und der Selbstmord eines Mannes, welcher nach 24stündigem Aufenthalte in einem solchen Lokale sich durch Erhängen den Tod gab."

(Schles. Ztg.)

Wie wichtig die Brauerei in staatswirthschaftlicher Beziehung für Bayern ist, mögen Zahlen beweisen. Zur Zeit bestehen in München, außer dem Hofbrauhaus, 34 Brauereien, welche etwa 110,000 Scheffel Malz versieden, wozu an 5600 Centner Hopfen gehören, für das daraus gewonnene Bier wird ein städtischer Aufschlag von beiläufig 270,000 fl. bezahlt (zur Deckung der Schulden hat die Hauptstadt einen Aufschlag von 2 Pfennig für die Maß Bier, Nürnberg 1 Pfennig und so viele andere Städte). Rechnet man dazu den Malzaufschlag des Staats (5 fl. vom Scheffel), die Steuern und andere Gefälle, welche die Stadt München treffen, so darf man annehmen, daß dieselben an Abgaben fast mehr als eine halbe Provinz entrichtet.

Korrespondenz.

Stuttgart, 8. Dec.

Wie allenthalben in unserer verrosteten und an zahllosen Mängeln leidenden Gesellschaft, so gibt es auch bei uns immer mehr Arme, für welche die gewöhnlichen Anstalten nicht mehr ausreichen. Es muß auf andere Weise, es muß gründlich geholfen werden. Bis wir durch allgemeine Maßregeln dazu gelangen, wird noch eine geraume Zeit hingehen, daher der Privatwohlthätigkeit bis jetzt noch das Meiste anheimfällt. Wie viel und verhältnißmäßig doch leicht da in manchen Fällen zu helfen ist, davon haben wir durch einige hiesige Anstalten ein lebendiges Beispiel. Mehrere vermögliche Menschenfreunde, worunter auch der Oberstudienraths-Direktor Knapp und ein reicher Bierbrauer, Denninger, gründeten zusammen eine Actiengesellschaft zur Erbauung eines Wittwenhauses, dessen Zweck es ist, Wittwen aus besseren Ständen, aber ohne zureichendes Vermögen oder Einkommen, billige und anständige Wohnungen zu verschaffen. Da wegen Meinungsverschiedenheit zwischen Stadtrath und Bürgerausschuß der von der Stadt zu diesem Zweck gehoffte Platz zu Erbauung eines Hauses nicht angewiesen ward, so unterblieb ein Neubau vorerst und es ward ein bereits vorhandenes Haus billig angekauft, worin eine Anzahl von 10 Wittwen vorerst kleine, aber anständige Wohnungen zu der Hälfte des hier üblichen Miethzinses inne haben. — Von denselben Männern wurde ein anderes Haus gebaut, worin arme Familien, die keine Wohnung finden, schnell eine solche angewiesen erhalten und zwar gleichfalls zu ganz billigen Preisen. Diese Anstalten wirken sehr wohlthätig, ohne große Opfer an Geld zu erfordern, nur dürfen die an der Spitze stehenden Herren einige Mühe in Anordnung des Nöthigen, Ueberwachung u. s. w. und sich hier und da ergebende Unannehmlichkeiten nicht scheuen.

Coburg, 4. Dec.

Daß das Geld auch bei uns sehr selten seyn muß, sucht uns nicht nur die neueste Nummer der Dorfzeitung zu beweisen, sondern auch unsere seit zwei Jahren abgesteckte Eisenbahn, die, durch das Werrathal laufend, die Leipzig-Frankfurter mit der bayerischen Nordbahn bei Lichtenfels vereinigen soll. Da die Verträge der betheiligten Regierungen längst schon abgeschlossen sind, so ist diese nachtheilige Zögerung kaum anders zu begreifen. Wie es heißt, soll mit nächstem Frühjahre kräftig begonnen werden; es wäre die höchste Zeit, wenn wir nicht wieder einmal post festum kommen wollen. — In unserem socialen Leben nimmt, nächst den verschiedenen Vereinen, — unter denen besonders der jugendliche Musikverein durch kräftiges Streben Beachtung verdient — das Theater die erste Stelle ein. Daß mit einer herzoglichen Dotation von circa 50,000 fl. Gutes und Schönes geleistet werden kann, ist natürlich. Schade, daß sich das Gute und Schöne nur auf die unter Drouet's Leitung vortreffliche Kapelle, auf eine königliche Pracht der Decorationen und enormen Kleiderluxus beschränkt. Das darstellende Personal läßt, sowohl in Oper als Schauspiel, Manches zu wünschen übrig und erhebt sich zuweilen nicht über das Niveau der Mittelmäßigkeit. Künstler, die jeder größeren Bühne Ehre machen würden, sind im Schauspiel die Herren Hinz, Rudolph, Däbbelin, Kawaczinsky und die Damen Schröder-Gerlach und Mügge; in der Oper die Herren Reer, Hofer, Nolden und die Damen — doch von ihnen stille; die Einzige, die zu singen versteht, Fräul. Haldreiter, ist über ihre Blüthezeit hinaus. Unter den neuesten dramatischen Erscheinungen gefielen die Opern: „die Musketiere der Königin" und „Zaire" (letztere von unserem regierenden Herzoge componirt) und die Schau- und Lustspiele: „Mein Mann geht aus", „die Herrin von Saint-Tropez", „der Günstling" und „die Tochter des Regenten."

Mainz, 11. Dec.

Die Franz Lachner'sche Oper: „Catharina Cornaro" wurde vorgestern zum Benefiz unseres Tenors, des Hrn. Lehmann, hier zum Erstenmale gegeben. Ueber die Oper selbst enthalten wir uns aller Bemerkungen und erwähnen nur, daß dieselbe von unserem Publikum kalt aufgenommen ward. Das Haus war nicht so besucht, wie man es wohl, da Hr. Lehmann für den Liebling des Publikums gehalten wird, hätte erwarten sollen; auch wurde Niemand, selbst der Benefiziant nicht, herausgerufen. — Gestern sahen wir wieder eine Novität, die Posse: „Demoiselle Bock", welche, wiewohl man hier für Possen, auch wenn sie über das Possenhafte hinausgehen, viel Geduld hat, nicht ausgespielt werden konnte. In der letzten Scene nahm nämlich das Zischen und Pfeifen so überhand, daß der Vorhang fiel und der Verlegenheit der Mitspielenden, die von ihren Rollen wenig gelernt hatten und deshalb auch dieselben sehr mangelhaft und ohne allen Zusammenhang darstellten, ein Ende machte. Wir wollen keine einzelne Namen nennen, denn man ist hier in dieser Beziehung sehr empfindlich.

Frankfurt a. M., 12. Dec.

In diesen Tagen hat der hiesige „Verein zum Schutze der Thiere" das Verzeichniß seiner Mitglieder durch den Druck veröffentlicht, und es ist in richtiger Würdigung der localen und der Zeit-Verhältnisse die Angabe der Namen „im Interesse der guten Sache und zur Ermuthigung der verehrlichen Förderer derselben" durch eine angemessene „Vorerinnerung" eingeleitet, die, hinweisend auf die neueste Erklärung des „Münchener Vereins gegen Thierquälerei" über dessen Gedeihen, wohl geeignet erscheint, dem gerechten Wunsche, daß doch auch „in unserer ehrwürdigen Freistadt, der altbewährten Pflegerin alles wahrhaft Schönen und Guten", die Theilnahme für das Wirken zum Schutze der Thiere Bestand und Steigerung gewinnen möge, die Aufmerksamkeit des größeren Publikums zuzuwenden. In diesen Wunsch einstimmend, glauben wir um so mehr, eine freundliche Berücksichtigung desselben empfehlen zu müssen, je bescheidener die Ansprüche sind, die unser „Verein zum Schutze der Thiere" an Diejenigen macht, welche ihm etwa beizutreten gedenken sollten. Ohne daß der Freigebigkeit der Begüterteren irgendwie Schranken entgegenstünden, fordern die Satzungen des Vereins nur die geringe Summe von dreißig Kreuzern als Jahresbeitrag zu der Gesellschaftskasse, um somit den Genossen aller Stände die Gelegenheit zu erleichtern, sich an den schönen Bestrebungen zu immer erfolgreicherer Bekämpfung von Unmenschlichkeit und Härte gegen die Thierwelt betheiligen zu können, und daß ein Scherflein zu solchem Zwecke als Einlage in den großen Gotteskasten für den Fortbau des Reiches der Liebe betrachtet zu werden verdiene, dafür spricht der Segen der Sittenmilderung, welcher sich jetzt bereits da und dort im Gefolge der verhältnißmäßig noch sehr jungen Verbindungen wider Mißhandlung der Thiere herausgestellt hat. Möge er wachsen je und je, dieser Segen, und mögen uns von Zeit zu Zeit die Organe der Publicität sein Erscheinen bekunden; jedes Zeugniß für sein Daseyn ist eine Förderung des Besserwerdens, weil erwecklich zur Nacheiferung! — Wie wir vernehmen, wird die nächste Generalversammlung des hiesigen „Vereins zum Schutze der Thiere" in der ersten Hälfte k. M. stattfinden, während in früheren Jahren gewöhnlich ein Abend in der letzten Woche des Decembers zum Zusammentritte der Mitglieder in eine Plenarsitzung anberaumt gewesen. Diese Verlegung des Termins zur Abhaltung der Generalversammlung in eine minder geschäftsvolle Zeit dürfte sich allgemeiner Zustimmung zu erfreuen haben, insoferne ihr nur die gut gemeinte Absicht zu Grunde liegt, recht vielen Mitgliedern des Vereins die persönliche Theilnahme an den Verhandlungen zu ermöglichen.

Die erste Soirée des Hrn. Eduard Rosenhain

für klassische Pianoforte-Musik findet Dienstag den 15. d. M. im Saale des Russischen Hofes statt.

Geschichtliche Vorlesung.

Neunte Vorlesung; Montag, 14, so wie auch Dienstag, 15. Dec.:

Entstehung des nordamerikanischen Staatenbundes. — Benjamin Franklin. — Georg Washington.

Ausnahmsweise beginnt diese Vorlesung an beiden Abenden um 6½ Uhr und dauert bis 8½ Uhr. — Einzelkarten für dieselbe (à 30 kr.) erhält man — wie immer — in der Hermann'schen, Jäger'schen, Sauerländer'schen und Schmerber'schen Buchhandlung, und beim Eintritt in den Hörsaal.

Dr. Heyden.

Theater-Anzeige.

Sonntag, 13. Dec. Das Donauweibchen (erster Theil), romantisch-komisches Volksmährchen in 3 Abth., Musik von Kauer.

Montag, 14. Dec. Iphigenia in Aulis, große Oper in 3 Abth., Musik von Gluck.

Redacteur: J. L. Heller. — Druck und Verlag von Heller und Rohm.

Didaskalia.

Blätter für Geist, Gemüth und Publizität.

Nro. 345. Dienstag, den 15. December 1846.

Der Geheimschreiber.

Eine Erzählung von Kathinka Zitz.

(Fortsetzung.)

Ein schmerzliches Zucken überflog das bleiche resignirte Gesicht des Geistlichen, der einsah, daß alle seine Versuche an diesem starren Charakter scheitern würden. Er berührte daher diesen Gegenstand nicht weiter, doch zu einem weitern Zweck seines Besuchs übergehend, hob er darauf an:

„So werdet Ihr mir wenigstens erlauben, eine andere Frage an Euch zu richten."

Stocq willigte ein, und richtete den Blick fragend auf den Abbé, der also fortfuhr:

„Wer ist die unglückliche Frau, welche ich in Eurer Wohnung fand?"

„Diese Frau!" rief der Geheimschreiber bestürzt: „Ihr habt sie gesehen . . . gesprochen?"

„Nur einige Augenblicke."

„Aber der Diener, den ich zu ihrer Bewachung zurück ließ?"

„Sie war allein."

„Und was . . . was hat sie Euch gesagt?" fragte Stocq beklommen.

„Unzusammenhängende Worte, die ein grausames Leiden zu verkünden schienen," antwortete der Geistliche mit einem forschenden Blick. „Wißt Ihr auch, Herr Intendant, daß sie Euern Namen in ihrem Schmerz nennt . . . daß sie Euch in ihrem Zorne verflucht?"

„Was beweis't das?" sagte Stocq mit einem wegwerfenden Achselzucken. „Und," setzte er nach einer Pause hinzu: „was ist überhaupt Eure Absicht?"

„Ich will dieses sonderbare Geheimniß ergründen," erklärte der Geistliche mit Festigkeit.

„Ihr! und mit welchem Rechte?" wallte Stocq wieder auf, indem eine dunkle Röthe sein Gesicht überlief und die Zornader an seiner Stirne sichtlich anschwoll.

„Ich habe es Euch bereits gesagt," versetzte der Abbé ruhig, „es ist eine Pflicht, welche ich gegen das Fräulein von Rochemore erfülle."

„Und wenn ich Euch den Eintritt in meine Wohnung untersage?"

Statt aller Antwort drehte sich der Geistliche herum, öffnete die Thüre, und winkte einem bleichen, schlecht gekleideten Weibe.

„Kommt ohne Furcht herein," sagte er: „Ihr befindet Euch in dem Schlosse des Connetable."

Stocq fühlte sich unangenehm berührt durch den Anblick der wahnsinnigen Margarethe, die, ohne seiner ansichtig zu werden, die irren Blicke an den wappenverzierten Wänden umhergleiten ließ und mit stumpfsinniger Neugierde die farbigen Glasmalereien der gothischen Fenster betrachtete.

„Ein Schloß, sagt Ihr?" hob sie endlich, zu dem Priester gewendet, an. „Ja . . . ja . . . hier sind Wappen und Wahlsprüche! . . . Aber Ihr hättet mich nicht hieher führen sollen! ich will kein Schloß bewohnen; verbergt mich lieber in einer Hütte . . . damit man ihn nicht findet . . . damit Niemand erfährt, daß er von Adel ist . . . Aber ach! sie haben ihn ja schon entdeckt . . . haben ihn ermordet . . . und seinen Sohn, mein armes Kind, haben sie auch abgeschlachtet, während ich ohnmächtig am Boden lag . . . und als ich erwachte . . . als ich meinen süßen Knaben suchte . . . Doch nein, es war nicht hier . . . ein Schloß, habt Ihr gesagt! . . . O! seyd gesegnet, daß Ihr mich mitgenommen habt . . . so werde ich doch jenen Mann nicht mehr erblicken . . . Allmächtiger Gott! da ist er schon wieder!" setzte sie grell aufschreiend hinzu, als sie im Umwenden sich Auge in Auge mit Claude Stocq befand.

„Margarethe!" sagte dieser mit großer Sanftmuth zu ihr, „Margarethe! beruhige Dich! hier hast Du keinen Feind zu fürchten; ich bin es, Dein Gebieter."

„Mein Gebieter!" wiederholte die Wahnsinnige mit großen Blicken. „Habe ich denn einen Gebieter? . . . Ach ja . . . ich erinnere mich! . . . ein Gefängniß ohne Luft . . . schwarze Mauer . . . und dann der Hunger . . . O Gott! wie sehr habe ich gelitten."

Stocq ging mit finster gerunzelter Stirne auf sie zu und nannte drohend ihren Namen. Margarethe sank augenblicklich vor ihm auf die Knie.

„Drohst Du denn schon wieder?" rief sie weinerlich aus: „Dein Blick erfüllt mich mit Entsetzen. Hast Du eine Mutter, hast Du einen Sohn, so schenke mir um ihretwillen Gnade . . . Doch nein, Du vergiebst nicht . . . Wohlan! ich werde schweigen . . . werde Dir dienen, und wenn mich Gott erhört, so werde ich sterben."

Von dem Geistlichen, der diese Scene mit der größten Aufmerksamkeit beobachtet hatte, wegen der Ursache des Wahnsinns dieser Frau mit aller Strenge befragt, gab Stocq, der indessen seine ganze Fassung wieder erlangt hatte, als Grund an, daß die Unglückliche ihre ganze Familie bei einer Metzelei der Hugenotten umkommen gesehen, daß sie den Verstand darüber verloren und von ihm aus Barmherzigkeit aufgenommen worden sey.

In diesem Augenblick kam der Diener, welchem Margarethens Aufsicht anvertraut gewesen, athemlos auf das Schloß gelaufen, und dankte dem Himmel, als er die Flüchtige erblickte, welche ihm der Abbé entführte, während er sich einige Minuten vom Hause entfernt hatte, um einem Fremden den Weg nach dem Schlosse des Connetables zu zeigen. Auf die Erkundigung des Priesters, ob die arme Irrsinnige oft derlei Anfällen unterworfen sey, gab der Diener mit treuherziger Miene zur Antwort:

„Fast alle Tage faselt sie, und in solchen Augenblicken thut es Noth, ein wachsames Auge auf sie zu haben. Oft hält sie sogar mich für einen Mörder, mich, den alten Remy, der ihr nie etwas zu leid gethan."

„Seht Ihr nun!" rief Stocq mit triumphirender Miene.

„Die übrige Zeit," fuhr der Diener fort, „ist sie beschäftigt, in einer verwünschten Bibel zu lesen, die ihr sicherlich das Hirn verrückt hat. Ihr müßt das verstehen, da Ihr ein Priester seyd."

Margarethe horchte auf. „Ein Priester! ein Priester!" murmelte sie mehrmals leise vor sich hin. Mit einemmale kniete sie vor dem Abbé nieder und verlangte seinen Segen. Der fromme Mann ertheilte ihr denselben aus tiefgerührter Seele, denn er wußte wohl, daß für die umnebelten Gemüther, die allein von dem Instinkte geleitet werden, es nur eine einzige Religion giebt. Aber er war zweifelhaft, ob er Gott bitten solle, der Unglücklichen den Verstand zurück zu geben, oder ihr denselben gänzlich zu entziehen.

„Heiliger Mann!" sagte sie, während er ihr die Hände auflegte: „betet für Diejenigen, die ohne Gebete gestorben sind."

„Nun," fragte Stocq mit einem sarkastischen Lächeln: „wie steht es mit Euerm Verdacht, Herr Abbé?"

„Mag Gott und Euer Gewissen zwischen uns richten," versetzte er und verließ das Zimmer, nachdem er noch einen Blick voll unaussprechlichen Mitleids auf die arme Wahnsinnige geworfen, deren trauriges Schicksal er nicht zu mildern vermochte.

Stocq's Gewissen war allerdings ein alter Feind von ihm, aber kein Hinderniß seiner Handlungen, und so lange kein Beweis aus dem Munde der Wahnsinnigen oder der Todten hervorging, glaubte er nichts zu fürchten zu haben.

(Fortsetzung folgt.)

Die Befreiungshalle bei Kelheim.

Unter allen deutschen Denkmälern wird die Befreiungshalle bei Kelheim den ersten Rang einnehmen — ein Baudenkmal, das der Mitwelt als ein erhebendes Zeichen ihrer Befreiung nach langer schmachvoller Fremdherrschaft und unsern Urenkeln als ein unvergängliches Zeichen dastehen wird, sie warnend und gemahnend jener Unglückszeit eingedenk zu seyn, und mit treuem brüderlichem Sinne zu wachen, daß nicht abermals Zwietracht im eigenen Hause böse habgierige Nachbarn hervorrufe.

Eine Schilderung dieses herrlichen großartigen Bauwerks, das sich einige Meilen weiter hinauf an dem Gestade des nämlichen Stromes, wo die Walhalla sich in seinen Fluthen spiegelt, aus Privatmitteln des Königs Ludwigs erheben wird, möchte wohl in diesen Blättern am rechten Orte seyn.

Etwa vier Meilen oberhalb Donaustauf, welchem gegenüber die Walhalla sich in der Donau spiegelt, liegt die Stadt Kelheim, berühmt durch ihre Kalksteinbrüche. So günstig auch an diesem Orte das Terrain sich zur Aufnahme eines großen Nationaldenkmals gestaltet, so sehr auch die nahen Steinbrüche einluden, dasselbe in der Nähe zu errichten, so wäre doch vielleicht dies Alles für den erlauchten Gründer desselben zur Wahl dieses Fleckes nicht hinreichend gewesen, wenn nicht hier sein Lieblingswerk, der nach ihm benannte Canal, den Triumph seiner Vollendung durch seine Ausmündung feierte. War doch diese Vollendung nur möglich nach dem Bruch der Herrschaft des Fremden und nach jahrelangem segensreichem Frieden.

In dem fast rechten Winkel, den der Canal mit dem Donaustrome bildet, steigert sich der Boden vom Ufer an allmählig zu einer ansehnlichen Höhe, und es bildet an der Donauseite das Gestade eine steile Felsenwand. Dort auf dem Gipfel dieser felsigen Anhöhe erhebt sich der Bau der Befreiungshalle, den wir mit Angabe der wichtigsten Maße, um von seiner Mächtigkeit einen Begriff zu geben, zu schildern sofort den Versuch machen wollen.

Der Bau, eine ungeheure Rotunde mit Kuppelwölbung, bildet im Grundriß ein Achtzehneck von 206 Fuß Durchmesser in der größten Ausdehnung der äußern Bogenhalle (ohne die Gradinaten), welche sich bis zu einer Höhe von 60 Fuß, einschließlich der flachen Bedachung, mit dieser an den Kuppelaufbau anlehnt. Um die äußere Bogenhalle ziehen sich noch drei Gradinaten herum, die miteinander 22 Fuß Höhe haben. Mit den Gradinaten erreicht der Bau bis an die äußerste Linie der Laterne in der Kuppel die Höhe von 175 Fuß. Die Höhe von den Gradinaten bis zum Kranzgesims beträgt 100 Fuß. Unterhalb des letztern zieht sich der äußere Triumphgang, mit je zwei durch Pfeiler getrennte Bogenöffnungen in jeder Seite des Achtzehnecks, herum. Ueber dem Kranzgesimse legen sich drei Stufen an die äußere Kuppelwölbung an. Die Treppe in ihrer obern Abtheilung führt fast bis zur Hälfte ihrer Höhe gerade zum Bau hinauf, dann theilt sie sich nach den Seiten in zwei Aufgänge. Stellen wir uns nun im Innern des Baues ins Centrum, so umgibt uns ein Säulencyklus, welcher in seinem Durchmesser, von einer Säulenmitte durchs Centrum der Rotunde bis zur andern, 100 Fuß mißt. Achtzehn Säulenschäfte erheben sich vom Boden aus auf den Radien des Achtzehnecks. Sie sind Monolithe von Granit, und haben bei 4 Fuß 4 Zoll Durchmesser mit Basen und Capitälern von weißem Marmor eine Höhe von 27 Fuß. Ueber ihnen wölben sich Rundbögen mit Archivolten von ebenfalls weißem Marmor mit ihren Zwickeln zusammen. Die darüber sich aufbauenden 18 Mauerflächen sind von gelbem Marmor. Auf ihnen erblickt man Inschrifttafeln von weißem Marmor angebracht. Oberhalb derselben sind die 18 Mauerflächen von je zwei Bogenöffnungen mit Pfeilern und Halbsäulen durchbrochen. Hinter ihnen führt der innere Triumphgang herum. Ueber diesen Bogenöffnungen des innern Triumphganges schließt den senkrechten Aufbau das Kranzgesimse in einer Höhe von 84 Fuß vom innern Boden. Die innere Kuppelwölbung erreicht von dort noch bis zur Laterne, die im Lichten einen Durchmesser von 31′ hat, eine Höhe von 30.′ Hinter dem Säulenkranz führt zu ebener Erde noch eine Bogenhalle mit Kreuzgewölben herum, welcher der Architekt eine Bekleidung von einem dunkelrothen Marmor zu geben gedenkt, dessen Name uns entfallen ist, dessen Wirkung aber prachtvoll seyn muß. Diese Bogenhalle schließt das Innere des Baues mit einer Cellamauer von 8′ Dicke, und wird durch letztere von der äußern Bogenhalle getrennt. Nach diesen Andeutungen wird man die Grund- und Aufrisse und den Durchschnitt leicht construiren können.

Dieser ungeheure Kuppelrotundenbau nun dient dazu, eine würdige Umgebung und Einhegung seines monumentalen Kerns zu bilden, dessen Sinn, so groß seine Bedeutung ist, dennoch — nach des königlichen Gründers Geist und Vorschrift — auf die einfachste Weise ausgedrückt wird. Denken wir uns noch einmal im Mittelpunkte des Podiums der Halle unter der Laterne der Kuppel, von welcher allein das Licht auf diese Scene fällt; hier sehen wir uns in einer Radien-Entfernung von etwa 40 Fuß von einem ringartigen Stylobat umschlossen, der nur durch eine Oeffnung, in gerader Linie mit dem Haupteingange von außen in die Halle, den Zugang in seinen Kreis gestattet. Auf diesem fortlaufenden Stylobat stehen in einem Kreise Hand in Hand vierunddreißig kolossale Siegesgöttinnen. Je zwei stehen vor den Säulen neben einander, sich die zwei nächsten Hände reichend; mit der andern Hand halten je zwei der Victorienpaare einen erzenen Schild aus erbeutetem Kanonenmetall. Auf der vergoldeten Vorderseite dieser Schilde stehen die Namen der in den Befreiungskriegen gewonnenen Schlachten und der Wahlstätten, wo die Siege errungen wurden; die Namen der Feldherren, welche ihre Heere in diesen Schlachten zum Sieg führten, lies't man in den entsprechenden marmornen Inschrifttafeln auf den nämlichen Mauerflächen des Achtzehnecks, von denen schon weiter oben die Rede war. Die Rückseite der Schilder wird unvergoldet bleiben, damit man erkenne, aus welchem Stoff sie gegossen sind. Die geflügelten an 10 Fuß hohen Victorien, welche mit den Schilden, die sie halten, einen imposanten Kranz bilden, der nur einen Eingang in seine Mitte offen läßt, sind von weißem Marmor. Sie werden nach Meister Schwanthalers herrlichen Modellen ausgeführt.

Was das Material, das zur Befreiungshalle verwendet wird, betrifft, so muß bemerkt werden, daß dazu kein Stückchen Holz genommen wird, sondern daß dasselbe nur in Kelheimer Kalkstein, Granit, Slanders-Marmor, Eisen und Kupfer besteht, mit welch' letzterem Metall die Kuppel und die Bedachung der Vorhalle eingedeckt werden soll. Der Unterbau, dessen Fundamentmauern auf dem ungleichen Baugrunde stellenweise aus einer Tiefe über 50 Fuß heraufgeholt werden mußten, ist an sich schon ein künstlicher Complex von zahllosen Gewölbe- und Bogenconstructionen. Wir verzichten indessen, da er nur technisches Interesse bietet, auf seine Schilderung, so wie auch des Raumes wegen, unerwähnt bleiben muß, auf welche sinnreiche Weise der Architekt des Baues, der Direktor der königlichen Akademie der bildenden Künste, Ritter Fr. v. Gärtner, die doppelte Kuppelwölbung ins Werk richten will.

Wir schließen hiemit den Bericht über diesen merkwürdigen Bau, den Deutschland mit Recht den bedeutungsvollsten der Gegenwart nennen darf. (Allg. Z.)

Mannichfaltigkeiten.

Die Annexation von Krakau beginnt nun auch in Brochüren behandelt zu werden, deren Reihe mit einem „die Annexation von Krakau" betitelten Schriftchen von A. F. Jäger hier in recht befriedigender Weise eröffnet worden ist. Wie dies vom Verfasser zu erwarten war, ist darin mit eben so entschiedenem, als ruhig, objectiv und auf gute Gründe gestützt auftretendem Freisinne die Unvereinbarkeit der Annexation von Krakau mit der Wiener Kongreßakte aus den vollständig mitgetheilten Materialien in einer auch jedem Laien verständlichen, klaren, anspruchslosen und unbefangenen Weise darzuthun gesucht. Es wird indeß auch gezeigt, daß trotzdem mit dieser politischen Maßregel von den drei nordischen Mächten eine Verletzung des Prinzips der Kongreßakte nicht beabsichtigt worden, sondern daß nur eine Meinungsverschiedenheit unter den fünf Großmächten über die Tendenz der Kongreßakte obwalte, deren Beilegung auf gütlichem Wege um so mehr zu hoffen sey, als der Annexation, wenn auch keine Rechts- doch wenigstens sehr erhebliche Zweckmäßigkeitsgründe zur Seite stünden, welche bei unbefangener Betrachtung nicht verkannt werden könnten. Schließlich wird insbesondere die hohe Bedeutung und das Wünschenswerthe einer solchen Verständigung für Deutschland hervorgehoben. Wir wünschen dem Schriftchen in allseitigem Interesse eine recht große Verbreitung. Dr. Wilhelmi.

(Karlsruhe, 7. Dec.) Zu den vielen hier bestehenden Unterstützungsvereinen hat sich nun auch ein sog. Kreuzerverein zur Linderung der jetzigen Noth gebildet, der von seinen Mitgliedern wöchentlich einen Kreuzer erhebt.

Der bekannte Componist Adam baut ein neues Theater und zwar ein Opernhaus. — Uebrigens macht man in Frankreich die größten Anstrengungen, die auch dort im Ganzen sehr gesunkene dramatische Kunst neu zu heben. Sämmtliche bekannte und berühmte Schriftsteller wenden derselben ihr Talent zu, neuerdings auch P. v. Mousset und der schnell berühmt gewordene P. Féval. Balzac hat ein neues Stück geschrieben: „Der leichtsinnige Vater", von Scribe wird ein neues einstudirt, die Frau von Girardin, Soulié, Gozlan, Dumas ic. sind thätiger als je. — Aus England hören wir, daß Bulwer nächstens auch mit einem neuen Stück auftreten wird.

Nach einem Berichte von Gützlaff an die asiatische Gesellschaft erfährt die christliche Religion in China fortwährend große Duldsamkeit. Mehrere durch Beredsamkeit ausgezeichnete Chinesen predigen in verschiedenen Theilen des Reichs das Evangelium. Die Zahl der katholischen Missionäre in China beträgt etwa achtzig.

(Neues Mittel, Weinschulden einzutreiben.) Kürzlich sah man in Paris eines Morgens in der Rue de Seine einen Mann mit einem ungeheuern Anschlagzettel auf dem Rücken vor der Wohnung eines Studenten auf- und abwandern. Auf dem Papier stand: „Herr C. ist mir das Geld für 30 Flaschen rothen Wein schuldig; ich warte hier, bis er sie bezahlen wird." — Das soll gewirkt haben.

(Würzburg, 12. Dec.) Die Pyrenäensänger, welche, so eben auf einer Kunstreise durch Deutschland begriffen, überall, an Höfen, bei Notabilitäten der Musik u. s. w. die schmeichelhafteste Aufnahme fanden, werden dieser Tage hier eintreffen, um Ein Konzert zu geben. (Dem Vernehmen nach werden sie sich alsdann nach Frankfurt begeben, um auch dort sich öffentlich hören zu lassen. Bei dem vortheilhaften Ruf, der ihnen vorangeht, darf man sich einen genußreichen Abend versprechen.)

Die Armenbrod-Bäckerei, welche vor etwa 3 Wochen in Berlin ins Leben trat, hat bedeutenden Fortgang. Schon am 27. v. M. hatte sich ihr Kapital auf über 2000 Thlr. vermehrt. Zuerst lieferte sie täglich etwa 400 Brode, dann 600 und steigerte ihre Lieferungszahl sofort bis zu 1000; um diese liefern zu können, mußte Tag und Nacht gebacken werden. Das Direktorium bemüht sich jetzt, ein zweites Backlokal einzurichten, wo ebenfalls Tag und Nacht gebacken werden soll. In zehn Stationen sind jetzt die Armen-Brode zu haben, später, nachdem die zweite Bäckerei in Thätigkeit gesetzt seyn wird, sollen zwanzig Niederlagen eingerichtet werden. Auch ist es durch die Zunahme des Capitals der Gesellschaft möglich geworden, sich ein Fuhrwerk anzuschaffen, welches die Brode den Stationen, die sich schon jetzt in allen Stadttheilen befinden, zuzuführen hat.

(Berlin.) Der Verein von Männern, welcher hier zusammengetreten ist, um arbeitslosen Bedürftigen Arbeit nachzuweisen, erfreut sich eines lohnenden Erfolges. Von oben sowohl als von unten ist man dadurch in der Ansicht bestärkt worden, daß solche Arbeitsnachweisungen auch die besten Mittel seyen, der überhandnehmenden Noth und dem Pauperismus entgegen zu arbeiten.

Aus Vihiers (Maine-et-Loire) schreibt man: Ein doppeltes Unglück, welches Denjenigen, die sich von der Furcht beherrschen lassen, zur Lehre dienen kann, hat unsere Stadt betrübt. Einer unserer Mitbürger, Hr. Boucheron, der die Alterthümer leidenschaftlich liebte, bildete sich unaufhörlich ein, daß Diebe ihn seiner reichen Sammlung berauben wollten. Hr. Boucheron, seit langer Zeit Wittwer, besaß einen andern Schatz, eine einzige Tochter, ein schönes und sanftes Mädchen von 20 Jahren, welche ihren Vater sorgfältig liebte und, um bei ihm zu bleiben, sehr glänzende Partieen ausgeschlagen hatte. Das Unglück wollte, daß sie vor einigen Tagen Abends, bevor sie zu Bette ging, die Thür des Schlafzimmers ihres Vaters öffnete, um zu sehen, ob er schlief. Hr. Boucheron wird durch das Geräusch der Thüre wach, öffnet, vom Schrecken ergriffen; schnell die Gardine und schießt ein geladenes Pistol, das er stets unter seinem Kopfkissen hatte, ab. Das junge Mädchen, vom unglücklichen Vater in der Verwirrung nicht erkannt, sank, von der Kugel in die Brust getroffen, nieder und starb in einer Stunde nach schrecklichen Leiden. Den Vater tödtete die Verzweiflung; ein durch den Schmerz verursachter Schlagfluß machte seinem Leben ein Ende.

(Berlin, 6. Dec.) Einen eigenen Eindruck bringt es hervor, wenn man bemerkt, daß unsere öffentlichen Anzeigen bei all' den Klagen über die Noth und Theuerung mit einer Menge von Bekanntmachungen aller Arten von Vergnügungen gefüllt sind. Das letzte Intelligenzblatt hatte drei große Folio-Spalten voll von dergleichen Lustbarkeiten. Auch will man bemerken, daß die Weihnachts-Ausstellungen nie so glänzend gewesen sind, als in diesem Jahre.

(Polyglotten-Sprachlehre.) Hr. Dr. Cleve-Ackermann, vormaliger Professor am königl. Athenaeum zu Paris, beabsichtigt, eine Sprachlehre erscheinen zu lassen, die in tabellarischer Vergleichung und Zusammenstellung sämmtliche süd- und westeuropäischen Sprachen, so wie die grammatikalische Technik derselben nach einer neuen Methode behandelt. Alle unnützen, zeitraubenden Stuben-Theorieen sind aus diesem Werke verbannt; es ist bemessen für den praktischen Mann, bemessen, mit einigem Gedächtniß und der Kenntniß der technischen Formen der Grammatik sechs bis acht Sprachen in sechs Monaten gründlich und vollkommen verstehen, sprechen und schreiben zu können, und zwar ohne die Hülfe eines Lehrers. Außer einer umfassenden Anleitung besteht das ganze Werk aus acht großen Tabellen, worauf Radix, Formation und Transformation behandelt sind. Wenn dies Werk seiner Aufgabe entspricht, so dürfte es vielseitige Beachtung finden.

Die explodirende Baumwolle ist nun auch auf die Bretter gekommen, nämlich im Thaliatheater in Hamburg wurde kürzlich gegeben: „Die explodirende Baumwolle", Original-Zeitschwank in einem Act von Leopoldus.

Fanny Elsler befindet sich diesen Winter in Rom, um die Römer zu entzücken, und ihre Verehrer in Deutschland werden sich freuen, wenn sie hören, daß sie kürzlich dem Papste vorgestellt wurde und ihm den Pantoffel küssen durfte. Die Tänzerin soll bei dieser Gelegenheit mehr Juwelen an sich getragen haben als irgend eine Fürstin.

Prof. Neumann in München hat ein öffentliches Kollegium über chinesische Sprache und Literatur eröffnet, Vorlesungen, welche schwerlich noch an andern deutschen Hochschulen gehalten werden dürften.

Korrespondenz.

Ulm, im Nov.

Am 8. November laufenden Jahres fand dahier eine öffentliche Schlußverhandlung statt, welche besonders deshalb viel interessanten Stoff gab, weil das Factum schon vor beinahe zehn Jahren vorfiel und der Verbrecher aus Gewissensbissen sich und seine Mitschuldige selbst anklagte. Eine Schreinersfrau lebte mit ihrem Gesellen in verbotenem Umgang und beschloß mit demselben, vermittelst der Wurzel der Tollkirsche ihren Mann zu vergiften. Drei Versuche waren erfolglos, worauf sie von ihrem Vorhaben abstanden. Jetzt, da der Gatte längst in Folge des vielen Brandweintrinkens gestorben und beinahe zehn Jahre dahin geschwunden, erfaßt den Verbrecher die Reue, er klagt sich und seine Mitschuldige an und er wird zu vier Jahren und die Meisterin zu acht Jahren Zuchthaus verurtheilt. Doch erlauben Sie, daß ich von diesem ernsten Gegenständen zu den Musen übergehe und Ihnen einen Bericht über unsere Bühne mittheile. Es überraschte mich sehr, in Ulm, der einst so berühmten, reichen „guten Stadt", die außer ihrem Münster und der jugendlichen Donau nur noch wenig von ihren alten Herrlichkeiten zeigt, unter der Direktion des Hrn. Dardenne, ein Theaterpersonal zu treffen, wie man es selten in seinen einzelnen Fächern an größeren Bühnen besser findet und das auf alle Fälle weit über die pecuniären Vortheile, die Ulm der Direktion gegenüber bietet, hervorragt. Die Regie der Oper und des Schauspiels führt Hr. Direktor Dardenne mit vieler Sachkenntniß selbst. An der Spitze der Oper steht als Kapellmeister ein junger, ausgezeichneter Mann, Hr. G. A. Schmitt aus Frankfurt — ein Sohn des daselbst als Componist und Klavierspieler rühmlich bekannten Tonmeisters Schmitt — welcher in der kurzen Zeit seines Hierseyns unsere Oper so wacker leitete, daß manches Tonwerk dergestalt aufgeführt wurde, wie es nur immer in musikalischer Beziehung an einer großen Bühne aufgeführt werden kann. Wiewohl das hiesige große Publikum nicht zu den sogenannten „Kunstsinnigen" gehört, so ist das Verdienst des Künstlers doch allgemein anerkannt, indem derselbe in die erste Zirkel Ulm's eingeführt und auch wegen seiner ehrenwerthen Persönlichkeit allgemein geachtet ist. Die Stelle eines Musikdirektors bei einer Bühne wie der von Ulm, ist um so schwieriger, weil derselbe kein zusammengespieltes Orchester von Künstlern, sondern größtentheils eines von solchen Musikern besitzt, die er mühevoll erst in den Geist des Tonwerks einführen muß, weshalb die Leistungen des jugendlichen Künstlers auch um so größere Anerkennung verdienen. Von den Mitgliedern der Oper, welche beinahe sämmtlich noch im jugendlichen Alter sind, nennen wir zuerst als Tenoristen Hrn. Hübner (wenn wir nicht irren von Mannheim), der, erst seit wenigen Jahren bei der Bühne, neben einer musikalischen Bildung einen wirklich reinen, kraftvollen hohen Brusttenor entwickelt und sich in der trefflichen Schule des Hrn. Rauscher gebildet hat. Den neu engagirten zweiten Tenor hatten wir noch nicht Gelegenheit, zu hören. Der Bariton Hr. Herbold ist vorzüglich und ein Schmuck der hiesigen Bühne. Schöne Figur, kräftige, umfangreiche, wohlklingende Stimme, gute Gesangsschule und wackeres Spiel vereinen sich bei ihm zu einem schönen Ganzen. Hr. Oehrlein fand in Mannheim und Köln vielen Beifall und zog sich aus uns unbekannten Gründen von der Bühne zurück, welche er erst in der diesjährigen Saison wieder betrat, wo er zeigte, daß seine Stimme als erster Bassist neben ihrem seltenen Umfang vielen Wohllaut und die besondere Eigenschaft besitzt, daß sie von der Höhe bis zur Tiefe einen gleichmäßigen Charakter hat und, was leider so selten bei Sängern der Fall, Hr. Oehrlein hat in seinem Gesang eine deutliche Aussprache. Vorzüglichen Beifall fand dieser Sänger als Sarastro und Orovist. Hr. Wilde singt zweite Baßpartieen, hat eine schöne Stimme, welche aber noch ohne Bildung und Schule ist. Hr. Richter (Chordirektor) und Hr. Burkhart sind für kleine Gesangspartieen engagirt und Hr. Direktor Dardenne übernimmt hier und da Tenorbuffopartieen, wo er weniger durch Stimme, als durch seinen Humor und sein gewandtes Spiel das Publikum ergötzt. Unter dem Damenpersonal der Oper glänzt Dem. Sturm, ein kaum achtzehnjähriges, junges Mädchen aus Linz, welche ihre Gesangsstudien in Wien unter der Leitung der rühmlichst bekannten Gesanglehrerin Mad. Fröhlich vollendete und eine metallreiche Stimme mit einer vorzüglichen Gesangsschule und angeborener Coloratur verbindet. Für Soubretten und in zweiten Gesangspartieen ist Mad. Herbold eine liebliche Erscheinung und sprach besonders als Adalgisa in der Norma allgemein an. Mad. Heine singt zweite Gesangspartieen und hat eine gute Stimme. Die Chöre sind mangelhaft. Ich behalte mir vor, in meinem nächsten Bericht das nach Verhältniß vorzüglich besetzte Schauspiel Ulm's zu besprechen.

Theater-Anzeige.

Montag, 14. Dec. Iphigenia in Aulis, große Oper in 3 Abth., Musik von Gluck.

Dienstag, 15. Dec. Stadt und Land, oder: Der Viehhändler aus Oberösterreich, Posse mit Gesang in 2 Abth., von F. Kaiser, Musik von A. Müller.

Mittwoch, 16. Dec. (Zum Vortheil der Pensionsanstalt neu einstudirt): Faust, Trauerspiel in 6 Abth., von Göthe. (Gastrolle) Gretchen: Fräulein Quint, vom Königstädter Theater zu Berlin. — Mit aufgehobenem Abonnement.

Redacteur: J. L. Heller. — Druck und Verlag von Heller und Rohm.

Didaskalia.

Blätter für Geist, Gemüth und Publizität.

Nro. 346. Mittwoch, den 16. December 1846.

Der Geheimschreiber.

Eine Erzählung von Kathinka Zitz.

(Fortsetzung.)

VI.

Kurz nach der eben beschriebenen Scene erschien ein Fremder in dem Schlosse des Herzogs von Montmorency, der in Abwesenheit desselben an dessen Intendanten, Claude Stocq, gewiesen wurde, welchen er ersuchte, ihn bei seinem Gebieter zu melden. Da aber beide Männer, als sie sich in's Auge geblickt hatten, von einem unaussprechlichen Gefühl von Widerwillen gegen einander durchdrungen wurden, so sagte Stocq in hochfahrendem, unhöflichem Tone:

„In Abwesenheit des gnädigen Herrn pflegt man sich an mich, seinen Intendanten, zu wenden; Ihr mögt mir sagen, was Euch zu ihm führt, ich werde ihn davon in Kenntniß setzen."

„Ich danke Euch, guter Freund!" gab ihm der Fremde nicht minder hochfahrend zur Antwort: „ich habe mit dem Herrn Connetable, doch nicht mit seinen Leuten zu thun, und bin hinreichend an den Umgang mit den Vornehmsten gewöhnt, um von Angesicht zu Angesicht mit ihnen verkehren zu können, ohne eines Einführers zu bedürfen."

Nach diesen Worten kehrte ihm der Fremde geringschätzend den Rücken zu, während Stocq durch so viel Stolz verletzt, sich zornig auf die Lippen biß und ungeduldig den Tag seiner Vermählung und seiner Standeserhöhung herbei wünschte, nach welcher, wie er hoffte, Niemand es mehr wagen würde, in diesem Tone mit ihm zu reden. Indessen war der Connetable nach Hause gekommen und beeilte sich, den Fremden zu empfangen, welcher sich als Sir Ralph Raleigh zu erkennen gab, und ihm einen Brief der Königin Maria Stuart überbrachte, den der ehemalige Verehrer der schönen Gefangenen mit großer Bewegung empfing, und die Züge der einst so heiß geliebten Hand nicht ohne stärkeres Herzklopfen überlas.

Von der unerbittlichen Elisabeth von England in strenger Gefangenschaft gehalten, mußte Maria Stuart durch lange Jahre eine Marter erdulden, die tausendmal grausamer war als der Tod. Nachdem die Königin von Schottland endlich alle Hoffnung auf Freiheit aufgegeben hatte, suchte sie um den Preis aller ihrer Rechte, um die Vergünstigung nach, ihren Sohn sehen zu dürfen, aber diese Bitte wurde ihr beständig abgeschlagen. So hatte sie sich endlich entschlossen, den jungen Raleigh, der ihre Gefangenschaft freiwillig getheilt hatte, und dessen Ergebenheit an ihre Person ihr nicht weiter nützlich seyn konnte, mit einem Schreiben an ihren alten Freund Damville zu entsenden, worin sie diesen beschwor, seinen ganzen Einfluß an dem französischen Hofe aufzubieten, damit dieser Elisabeth bestimme, ihr den Trost zu gewähren, ihren Sohn umarmen zu dürfen.

Nachdem Damville das Schreiben mehrmals gelesen hatte, betheuerte er, Alles aufbieten zu wollen, um den Wunsch der unglücklichen Königin zu erfüllen. — „Maria hat große Fehler begangen," setzte er mit einem erstickten Seufzer hinzu: „möge ihr Gott dieselben verzeihen, und Diejenigen bestrafen, welche sie auf so harte Weise dafür büßen lassen. — Ihr seyd noch sehr jung, Sir Raleigh; wie lange seyd Ihr in Diensten der Königin?"

„Ich war stets um sie, Herr Herzog."

„Euer Name scheint schottischen Ursprungs zu seyn. War nicht Euer Vater . . ."

„Ich habe weder Vater noch Mutter gekannt," fiel ihm Raleigh mit einem Anflug von Trauer in die Rede: „so weit meine Erinnerungen reichen, befand ich mich schon als Kind am schottischen Hofe. Doch ist es mir zuweilen, als wolle ein früheres unbestimmtes, wirres Bild vor meiner Seele auftauchen, das mein Gedächtniß vergebens festzuhalten strebte . . . eine Erinnerung von Flucht, Verbannung und Mord . . . aber ich weiß nicht, an welches Ereigniß sich diese Erinnerung knüpft. Ich habe die Königin öfters gefragt, doch sie weigerte sich stets, mir Aufschluß zu geben, und so vermuthe ich denn, daß ich zu einer jener edeln Familien gehöre, welche durch die religiösen Verfolgungen decimirt wurden, die der Thronbesteigung der Königin Elisabeth vorangingen. Ich versuchte nicht weiter dieses undurchdringliche Geheimniß zu entschleiern, aber ich widmete meine ganze Erkenntlichkeit Derjenigen, die mir Namen, Adel und Glücksgüter zurück gegeben hatte."

„Erinnert Ihr Euch nicht, den Abbé von Nangis in Schottland gesehen zu haben?"

„Ich entsinne mich allerdings dieses Namens."

„Ihr werdet ihn heute Abend an meiner Tafel finden; denn ich hoffe, Sir Raleigh, daß Ihr es mir nicht abschlagen werdet, mein Gast zu seyn."

So vieler Höflichkeit ließ sich nicht widerstehen; der junge Schotte nahm die Einladung an. Damville reichte ihm die Hand und sagte:

„Seht mich als Euern Freund in Frankreich an . . . Hätte auch Eure Sprache und Euer Wesen mein Vertrauen nicht erwoben, so würde Maria Stuarts Name allein schon hinreichend gewesen seyn, Euch mir zu empfehlen. Also, Sir Ralph, Ihr bleibt nicht nur in meinem Schlosse, sondern Ihr werdet auch in diesen Tagen dem Vermählungsfeste einer Person aus meiner Familie beiwohnen, welches hier gefeiert werden soll."

Nachdem Raleigh auch diese weitere Einladung angenommen, ließ ihm der Connetable eine Wohnung anweisen und beurlaubte sich sodann von ihm, um den König Heinrich III. auf einem Spazierritte zu begleiten.

VII.

Raleigh war hoch erfreut über das Benehmen des Connetables, obgleich ihm Maria Stuart diesen freundlichen Empfang vorausgesagt hatte. Das Wohlwollen des mächtigen Mannes war doppelt kostbar für ihn, da er ihm vielleicht behülflich seyn konnte, eine Person aufzufinden, die ihm über Alles theuer, wie eine himmlische Erscheinung durch sein Leben gezogen und dann spurlos verschwunden war. Außer dem Auftrage der Königin, war es auch noch der Wunsch, eifrige Nachforschungen nach dieser Person anzustellen, welcher ihn mit mächtiger Gewalt nach Frankreich gezogen hatte.

Raleigh's Gemach hatte die Aussicht nach dem Schloßpark. Während er die Heimkehr des Connetables erwartete, beschloß er, einen Gang durch die schattigen Lauballeen zu machen, und sich an dem Geplätscher der Springbrunnen, in deren Marmorbecken lustige Fische sich überpurzelten, und an dem bunten Farbenspiel der reichen Blumenbeete zu ergötzen. Um in den Garten zu gelangen, mußte er sich durch die große Schloßgallerie begeben, wo ihm eine junge Dame begegnete, vor welcher er sittig grüßend zur Seite trat. Aber als er jetzt den Blick fester auf sie richtete, entfuhr ihm ein so lauter Ausruf freudigen Erstaunens, daß die Dame, die bereits an ihm vorüber war, sich befremdet umsah. Doch jetzt entglitt auch ihren Lippen ein Schrei; sie starrte Sir Ralph, der ihr die Arme entgegenbreitete, einen Augenblick zweifelnd an, dann lag Luise von Rochemore an der Brust des Mannes, dem sie in England ihr Herz geschenkt hatte, und der während ihrer Trennung nichts vergessen hatte, weder ihren edelmüthigen Beistand, noch seine Schwüre, noch das Bild ihrer Reize, das stets vor seiner sehnsüchtigen Seele geschwebt hatte . . . und jetzt fand er sie auf einmal wieder, ohne daß er sie und sein Glück in solcher Nähe vermuthet hatte.

Mit wenig Worten theilten sich die beiden Liebenden nach dem ersten Rausch des Entzückens ihre Verhältnisse mit. Der geheimnißvolle Schleier, mit welchem sich Ralph früher umgeben hatte, durfte jetzt fallen, und er erzählte Luisen, daß er mit dem Grafen von Leicester einen Fluchtplan für die Königin von Schottland entworfen, da aber die Sache entdeckt ward, so läugnete der feige Höfling seine Theilnahme und wollte seinen Mitverschworenen seiner Sicherheit opfern, als der Himmel Luise sandte, um den jungen Mann zu retten, der bestimmt war, unter Meucheldolchen zu verbluten . . . Als er später nach England zurück kam, fand er das Fräulein nicht mehr dort, das eifersüchtige Frankreich hatte seine schönste Zierde zurückgenommen. Raleigh ward von düsterer Schwermuth befallen, und da die Königin Maria ihn öfters um die Ursache seines Grams befragte, so gestand er seiner einzigen Beschützerin Alles. „Ziehe nach Frankreich," sprach die hohe Frau zu ihm: „nach Frankreich, wo ich all meine Zuneigungen gelassen; gebe Gott, daß Du die Deinige dort finden mögest — und wenn Du einst glücklich bist, so gedenke der armen Maria, doch ohne Deine Zufriedenheit durch ihr Unglück trüben zu lassen." — Hierauf hatte sie ihn mit einem Schreiben an Damville entsendet, und auf diese Weise hatte Ralph seine angebetete Retterin wieder gefunden.

Von Luise erfuhr Ralph hierauf, daß sie als Verwandte des Connetables, unter dessen Vormundschaft, auf dem Schlosse lebe. Der junge Mann wurde plötzlich bleich wie der Tod; der Connetable hatte einige Worte von der Verheirathung einer Person seiner Familie fallen lassen, hatte ihn zu einer Hochzeitsfeier eingeladen . . . Luise gestand zitternd, daß diese Vermählung die ihrige sey, daß sie mit Claude Stocq verbunden werden sollte.

(Fortsetzung folgt.)

Ueber Auswanderungen.

Für den aufmerksamen Beobachter sind allem Anscheine nach die alljährlich immer mehr zunehmenden Auswanderungen, zunächst aus Deutschland nach den freien Staaten von Nordamerika, die wichtigste Erscheinung der Tagesgeschichte, dergestalt, daß selbst seit Jahrhunderten nichts Aehnliches im Erfolge vorgekommen seyn mag. Ich sage, allem Anscheine nach, denn vermuthlich stehen diese Auswanderungen, so bedeutend sie in den letzten Jahren auch schon erscheinen, doch erst noch in ihrer Anfangs- und Entwickelungsperiode. Diese Annahme beruht auf den beiden Hauptgründen der Auswanderung, nämlich:

1) Auf der großen Schwierigkeit hinreichender Subsistenz im ursprünglichen Vaterlande und

2) Auf dem Ueberdrusse an den mancherlei bedeutenden Lasten und Beschränkungen, welche das europäische Staatenleben mehr oder weniger mit sich führt.

Der letztere Grund ist besonders charakteristisch für die Jetztzeit und den Lehren des Christenthums am angemessensten, welches vorschreibt, daß man, den Staub von den Füßen schüttelnd, den Ort verlassen soll, an welchem man unfreundlich behandelt wurde. Daher wird sich auch der Hauptzug der Auswanderungen schwerlich nach anderen Ländern leiten lassen, als denen der Freiheit, und deßhalb wandert hauptsächlich der Deutsche aus, weil sein gutmüthiger, religiös friedfertiger Sinn, nachdem ihm die Geduld auszugehen begonnen hat, lieber dem Uebel aus dem Wege zu gehen strebt, als sich auf einen ungleichen Kampf einlassen mag, bei dem er mit seinem ängstlichen Gewissen häufig in Collision geräth.

Höchst wahrscheinlich werden wir daher in den nächsten Jahrzehnten noch Millionen von Deutschen auswandern und ihnen auch andere europäische Nationen folgen sehen, wenn diese es erst begriffen haben, daß die Maxime der Deutschen abermals die beste ist.

Diese hauptsächlich noch bevorstehenden Auswanderungen werden, obgleich viel baares Geld mit sich nehmend, doch sehr ersprießlich für die Zurückbleibenden seyn, weil einestheils noch Geld genug zurückbleibt, wenn es nur gehörig haushälterisch verwandt und nicht in Eisenbahnschwindeleien oder dergleichen vergraben und verschwendet wird, und anderntheils den Zurückbleibenden sowohl durch einen größeren Antheil an den Bodenerzeugnissen die Subsistenz erleichtert, als auch hoffentlich, damit nicht noch mehr auswandern, der vorhin erwähnte Druck der Lasten und Beschränkungen allmählich mehr und mehr abgenommen werden wird. Es ist daher für die Folge auf eine zwar weniger zahlreiche, aber viel wohlhabendere und zufriedenere Bevölkerung zu rechnen, und es liegt deßhalb eben sowohl im Interesse der Regierungen als der Privaten, die Auswanderungen zu leiten und zu befördern, um zugleich von ihnen, als einem nun einmal nothwendigen Uebel, für sich und die Zurückbleibenden möglichst großen Nutzen zu ziehen.

Mit Gewalt verhindert können nämlich die Auswanderungen bei einem sich mehr und mehr frei fühlenden Volke gewiß nicht werden; nur Beschränkungen wären möglich, und diese würden die Auswanderungslust auf die Dauer nur noch größer und heftiger machen, wie der Mensch bekanntlich am meisten nach Dem strebt, was ihm verboten ist — bis der Damm mit Gewalt durchbrochen würde, der dem freien Streben willkürliche Gränzen setzen sollte.

Es wäre daher sehr zu wünschen, daß die Regierungen ihr eigenes Interesse nicht verkennen und sich vielmehr bei den Auswanderungen auf eine erfreulichere Weise, als bisher, betheiligen möchten.

Für die Privaten ist es dagegen zeitgemäß, theils mittelst solider Actiengesellschaften mehr als bisher dieses Feld des jetzt bedeutendsten Ausfuhrartikels auf rechtliche Weise zum eigenen Vortheile möglichst auszubeuten, und damit ohne Versäumen zu verfahren, weil der Säumende leicht zu spät kommen möchte;

theils aber durch Bildung menschenfreundlicher Vereine dürftigen Auswanderern die Uebersiedelung möglichst zu erleichtern.

In beiden Hinsichten ist leider schon viel versäumt, wie aus den mancherlei traurigen Berichten über bisher verunglückte Auswanderungen genugsam hervorgeht, und Schreckliches zu vernehmen steht gewiß noch mehr bevor, wenn die immer mehr zunehmende Masse der Auswanderer nicht besser als bisher vor den Verlockungen leichtsinniger Agenten und den Erpressungen eigennütziger Betrüger geschützt werden kann.

Es genüge hier, diese Angelegenheit nochmals zur Sprache gebracht zu haben; der Verlauf der Zeit wird gewiß auf schreckenerregende Weise daran erinnern, und geschicktere Hände mögen meine Vorschläge zur Ausführung bringen.

Hann. Münden. W. Günther, Dr.

Mannichfaltigkeiten.

(Wien, 6. Dec.) In den letzten Tagen starb in der Vorstadt Gaudenzdorf eine merkwürdige Frau, Josephine Haas, 1782 zu Burglengenfeld in Bayern (Oberpfalz) geboren, begründete im Jahre 1844 bei dem k. bayer. Landgerichte Burglengenfeld eine Heirathsausstattungsstiftung, vermöge welcher jährlich zwölf arme Mädchen aus der Oberpfalz 800 fl. Silbergeld als Aussteuer empfangen sollen, und deponirte 120 Stück österreichische Bankaktien mit der Bedingung, daß erst nach ihrem Tode die Stiftung ins Leben trete. Se. Maj. der König Ludwig erhob die Frau in Anerkennung der edlen Stiftung in den Adelstand mit dem Prädikat von Längenfeld-Pfalzheim, und befahl durch einen Wiener Künstler eine Gedächtnißtafel anzufertigen, welche seiner Zeit hier ausgestellt und später im Rathhause zu Burglengenfeld aufgestellt wurde. Diese wohlthätige Frau lebte in Wien in eigenthümlicher, streng zurückgezogener Weise. Das einzige Zimmer, das sie bewohnte, enthielt nur einen Tisch, einen Kasten, einen Strohsack, auf dem sie schlief, und einen mit Leder überzogenen Sessel, der mit — Staatspapieren gefüllt war. Sie lebte unter den äußersten Entbehrungen, aß selten Fleisch, heizte nie ihre Stube und weckte durch ihren Anzug die Meinung, daß sie eine Bettlerin sey. Und diese Frau hinterließ ein Vermögen von viermalhunderttausend fl. C.-M.! Und diese ganze Summe zu wohlthätigen Zwecken. Vermöge des bei den k. bayer. Landständen niedergelegten Testaments sollen abermals jährlich 21 Pfälzerinnen sich gleicher Aussteuer, wie oben angezeigt, erfreuen. Diese sollen nur arme, sittliche, katholische Mädchen ansprechen dürfen, denen die Verpflichtung obliegt, Bauern aus dem Lande ob der Ems zu heirathen. Für Niederösterreich errichtete sie eine ähnliche Stiftung. (A. Z.)

Ueberall hört man wieder Klagen von Diebstählen. Es kann nicht oft genug gesagt werden, daß es eben nöthig wäre, denjenigen Leuten, deren Erwerb im Winter völlig aufhört und die doch nicht verhungern können, von Obrigkeitswegen Verdienst zu verschaffen.

Mit der Ueberschrift: „Reicher Kindersegen" erzählt das Baseler Tagblatt: „Die Frau eines Ormalinger Bürgers (Basellandschaft) brachte im laufenden Jahre 1846 nicht weniger als fünf Kinder zur Welt. Zwillinge Anfangs verflossenen Märzmonat und Drillinge vor einigen Tagen. Erstere blieben am Leben, von Letzteren hingegen starben bereits zwei.

Die Berliner Polizeizeitung erzählt folgenden Fall: „Ein Dienstmädchen war von einem Manne, der sich ihr als Zimmervermiether angegeben, bewogen, zu ihr zu ziehen. Nicht lange, so beschuldigt er sie, ihm 5 Thlr. entwendet zu haben; das Mädchen betheuert seine Unschuld, aber es hilft ihr nichts, es wird ein Polizei-Commissarius geholt und in dessen Anwesenheit ihr Koffer geöffnet und das sauer ersparte Verdienst des Mädchens herausgenommen. Da das Mädchen sich ihrer Unschuld bewußt war, so trug sie das ihr widerfahrene Unglück sehr schwer. Sie hatte ein Vierteljahr Lohn und 5 Thlr. eingebüßt und war außerdem in schlechten Ruf gekommen. Trostlos irrte sie daher eines Tages in den Straßen Berlins umher. Plötzlich bemerkte sie an einem Hause ein Schild, auf welchem ein sogenannter Concipient sich dem Publikum zu Anfertigung von Bitt- und Beschwerdeschriften empfahl. Dieser Mann, beschloß sie, sollte ihr eine Schrift zu ihrer Rechtfertigung anfertigen. Sie begab sich daher zu solchem, aber welche wunderbare Fügung des Schicksals, — sie erblickte in ihm keinen Andern, als den angeblichen Polizeibeamten, der bei ihr Haussuchung gehalten und ihr das Geld genommen hatte. Da dieser natürlich nicht geneigt war, eine Beschwerde über sich selbst anzufertigen, so wandte sie sich an einen wirklichen Polizeibeamten, und wir werden den Pseudo-Polizisten nächstens in öffentlicher Sitzung vor den Schranken des Gerichts erscheinen sehen.

Wir haben hier in Aachen den traurigen Fall erlebt, daß ein Ackerknecht einen ihm in Verwahr gegebenen, noch dazu geknebelten armen Teufel, der sich an einem Kartoffelfelde vergriffen, im buchstäblichen Sinne des Worts zu Tode geprügelt hat! Bei den gerichtlichen Verhandlungen warde denn auch unter Andern das ärztliche Gutachten darüber eingeholt, ob es in der Praxis wohl vorgekommen, daß Personen, ohne Blutverlust, in alleiniger Folge von Stockprügeln des Todes verblichen, und dieses Gutachten soll sich „bejahend" ausgesprochen haben.

In Folge des Vertrags, der vor kurzem zwischen Preußen und England zum Behuf der Sicherheit des literarischen Eigenthums abgeschlossen worden ist, beginnen auch schon englische Schriftsteller mit deutschen Verlagsbuchhandlungen, und umgekehrt deutsche Verfasser mit englischen Verlegern wegen des alleinigen Eigenthumsrechtes ihrer Werke zu kontrahiren. So hat Bulwer dem Hofbuchhändler Duncker in Berlin das alleinige Recht übertragen, einen Roman, den er jetzt in Arbeit hat, dem deutschen Publikum durch eine Uebersetzung zu übergeben. Dieser Roman wird englisch und deutsch zugleich erscheinen.

Korrespondenz.

Aus Starkenburg, im Dec.

Die Nummer 326 Ihrer geschätzten Didaskalia vom 26. v. M. enthält aus Langen einen Korrespondenzartikel, dessen Verfasser dieser Gemeinde durch die Errichtung einer Realschule daselbst einen materiellen und intellectuellen Vortheil prophezeit. Dagegen erlauben wir uns, die Frage aufzuwerfen, was in der erwähnten Beziehung für Langen im Allgemeinen besser seyn möge: die Gründung einer Realschule, oder eine gediegene und durchgreifende Verbesserung der bereits vorhandenen Volksschule. Für jeden Ort, wie Langen, entscheidet der Unbefangene wohl auf den ersten Blick für das Letztere. Denn in einem solchen Orte ist mit Einer Schule, wenn sie gut ist, dem allgemeinen Bedürfnisse der öffentlichen gemeinsamen Jugenderziehung zur Genüge abgeholfen. Warum also noch eine zweite Schule — eine höhere Lehranstalt — errichten? Etwa deshalb, um die Privatwünsche der wenigen Eltern zu erfüllen, welche sich für zu „gut" halten, ihre Kinder in die Schule des Volks zu schicken? Gewiß nicht! Unsere Zeit fordert, daß die Kinder aller Stände bis zum Taglöhner herab durch Erziehung und Unterricht für ihren Lebensberuf tüchtig vorbereitet werden, und sie gestattet darum in dem Falle keinem Stande ein Vorzugsrecht der Bildung, wenn dieses Vorzugsrecht durch gemeinschaftliche Mittel erzielt werden soll. Diejenigen Bürger und Staatsdiener in Langen, welche ihre Söhne für einen höheren Lebensberuf vorbereitet zu sehen wünschen, haben dafür durch eigene Mittel zu sorgen, jedenfalls keine Gemeindemittel in Anspruch zu nehmen. Ebenso die Bewohner der Umgegend, die jedoch ihre Söhne schwerlich nach Langen schicken würden, da sie Darmstadt und seine treffliche Realschule so nahe haben. Schon diese nur angedeuteten Gründe lassen uns mit Zuversicht hoffen, daß die Intelligenz der Ortsvorstandsbehörde in Langen keine Mittel für eine Anstalt verwilligen werde, welche wohl nur von Söhnen aus der sogenannten vornehmen Klasse besucht werden würde. Weit allgemeinere Billigung würde gewiß die Unterstützung einer Anstalt zur Fortbildung des jungen Volkes bis zum 17. oder 18. Jahre finden. Für eine solche Verbesserung der bereits vorhandenen Schule in Langen, wie auch namentlich für eine bessere öconomische Lage der jetzigen tüchtigen Lehrer daselbst möchte, wünschen wir, die betreffende Behörde die nöthigen Mittel verwilligen, aber nicht für eine noch zu gründende Realschule, die in Langen ein wahrer Luxusartikel seyn würde.

Frankfurt a. M., 14. Dec.

Am 12. d. M. feierte das hiesige freiwillige Scharfschützen-Bataillon das dritte Erinnerungsfest ihres fünfzigjährigen Jubiläums in dem zu diesem Zwecke festlich decorirten Saale zum Wolfseck. Es hatten sich zu diesem Feste viele der älteren Schützen eingefunden, wodurch dasselbe eine für sämmtliche Theilnehmer erhebende Bedeutung gewann. Nachdem Hr. Hauptmann Kahles, als Chef des Bataillons, den ersten Toast auf das Wohl der beiden wohlregierenden Herren Bürgermeister und des ganzen hohen Senats, so wie in einem weiteren Trinkspruch das Wohl des Hrn. Obristen Reuß, derzeitigen Commandanten der Stadt- und Landwehr, ausgebracht hatte, wurde das von Ludw. Hub eigens zu dieser Gelegenheit gedichtete Festlied: „Im trauten Kreis von heitern Festgenossen“ abgesungen. Hierauf ergriff Schütz Schlesinger das Wort und brachte in herzlicher Weise das Wohl des Hrn. Hauptmann Kahles, so wie der sämmtlichen Offiziere aus. Noch mehrere beifällig aufgenommene Toaste, ausgebracht von den Herren Hauptmann Lenz, Oberlieutenant Serini und Schütz Büchler, folgten. Auch verlas Hr. Oberlieutenant Bätz eine freundliche Zuschrift von Potsdam, die an den Vorstand der hiesigen Ur- und Scharfschützen gerichtet ist. Hrn. Gasthalter und Oberlieutenant Fay wurde für die seinen Corpsgenossen an diesem Abende gewährten ausgezeichneten gastronomischen Genüsse allgemeine Anerkennung gezollt und keiner der Theilnehmer schied wohl, ohne in den Wunsch einzustimmen, den die Schlußstrophe des Festliedes ausspricht:

> Bis den Befehl von oben wir empfangen:
> „Auf, Schützen, rückt zur ew'gen Ruhe ein!“
> Werd' dieser Tag stets feierlich begangen,
> Er soll ein Fest für alle Zukunft seyn!

Bei dem am 11. d. M. dahier stattgehabten Erinnerungsfest der hiesigen Freiwilligen aus dem deutschen Befreiungskriege in den Jahre 1813 und 1815 brachte ein Glied derselben, Hr. Martin May, den nachstehenden Toast: „Kameraden! Als wir vor acht Jahren bei unserm Jubelfeste uns dahin vereinigten, den Tag, an welchem der Aufruf an die Freiwilligen erging, künftig durch ein jährlich abzuhaltendes Erinnerungsmahl feiern zu wollen, da besorgte Mancher, es möchte bald die Theilnahme an demselben erkalten, weil dieses Fest jedesmal zugleich schmerzlich daran erinnern würde, daß die Befreiung des Vaterlandes dem deutschen Volk nicht die gehofften Früchte getragen habe, — und Thatsachen konnten diese Besorgniß nur bestärken. Gleichwohl hat es bis jetzt unserem Erinnerungsmahle noch nie an Theilnehmern gefehlt, wie wir denn auch heute wieder unsere Kameraden zahlreich hier versammelt sehen. Wie nun aber keines der seitdem verflossenen Jahre dahin geschwunden ist, ohne deutliche Spuren davon, daß der Keim von 1813 noch nicht erstickt ist, der sich wohl auch nie ersticken läßt, so trägt namentlich auch das abgewichene Jahr lebendige Zeichen an sich, die uns bestärken müssen in der Hoffnung, daß jener Keim, wenn gleich lange zurückgehalten durch die Ungunst der Verhältnisse, ein kräftiger Sprosse, sich endlich in edelster Blüthe entfalten wird. Schenken Sie mir Ihre ganze Aufmerksamkeit, Kameraden; denn es steht in innigem Zusammenhang mit der Idee unseres Festes, woran ich Sie jetzt, als an ein solches Zeichen erinnern will. An der Stelle, an welcher Jahrhunderte hindurch die deutschen Kaiser ihre Krönungsmahle feierten, an der aber zur Zeit der Fremdherrschaft Frankfurt's Söhne sich stellen mußten, um sich für den Waffendienst des fremden Zwingherrn einreihen zu lassen, — an eben der Stelle sahen wir jüngst, im erfreulichsten Contraste mit jener Zeit der Knechtschaft, einen Kreis von Männern versammelt, die, als die Koryphäen deutscher Wissenschaft, sich öffentliche Verhandlungen über deutsche Geschichte, deutsche Sprache und deutsches Recht zur Aufgabe gemacht, die die Wahrung und Ausbildung dieser unserer wichtigsten nationalen Güter sich zum würdigen Ziele gesetzt haben und in nun geschlossener Vereinigung jenem Ziele gewiß mit dem besten Erfolge entgegen steuern. — Langsam und aus dem Volke heraus reift so das Saatkorn germanischer Freiheit und nationalen Bewußtseyns mehr und mehr, und jeden ehemaligen Freiwilligen muß es freuen, wenn er sieht, wie die Idee, welche ihn vor mehr als dreißig Jahren begeisterte, zur Wirklichkeit werden will, wie die junge Generation, von gleicher Freiheits- und Vaterlandsliebe beseelt, würdig in die Fußtapfen der Väter tritt. — Einen großen Irrthum müssen wir es jedoch nennen, wenn wir Ansichten hören, wie die, daß die Freiwilligen aus dem Befreiungskriege, seelenvergnügt, nur den Karren aus dem Dreck geschoben zu haben, nachher theilnahmlos geblieben seyen für die Fortschritte der Freiheit und des Rechtes. Dann wäre freilich die Begeisterung der damaligen Zeit nur das schnell erlöschende Aufblitzen eines Leuchtfeuers gewesen, das nach Belieben gezündet und wieder gelöscht werden kann. Daß dem aber nicht so ist, bezeugt unser Gefühl, Kameraden! Mit Freuden blicken wir auf das rüstige Streben der Gegenwart, mit Lust erfüllt uns ihr thatkräftiges Wirken; denn es entspringt ja demselben Geiste, der uns einst die Waffen ergreifen hieß. Mit Recht können wir daher befriedigt darauf zurück blicken, daß wir dazu mitgewirkt haben, daß der Karren wenigstens wieder in das nationale Geleise gekommen, es den Jüngeren überlassend, ihn mit Vorsicht weiter zu führen auf den festen Weg der Freiheit, der Ordnung und des Rechts. Möchten daher die Bestrebungen zur Entfernung der mannichfachen Hemmnisse mit Erfolg gekrönt werden, welche der wahrhaften Einigung und lichtvollen Fortbildung unseres Volkes hindernd entgegen stehen! Möchte Glück und Zufriedenheit endlich eine feste Wurzel finden im deutschen Vaterlande! Dies ist mein innigster Wunsch. — Und nun, Kameraden! fordere ich Sie auf, Ihre Gläser zu füllen. Auf das kräftige, verständige Wirken unserer Jugend; auf das glückliche Fortschreiten des deutschen Volkes und auf die wachsende Einheit, die Kraft und das Glück des Vaterlandes ein dreimaliges Hoch! Sie leben hoch!!!“

Räthselfragen.

1. Wo muß man ein Mädchen verklagen, das öfters einen andern Liebhaber wählt?
2. Welches Handwerk ist das geeignetste zur Gesetzgebung?
3. Was haben die Frauen mit dem Herkules gemein?
4. Wie nennt man die Zimmer der englischen Nonnen am richtigsten?
5. Warum nennt man ein Stammbuch Album?
6. Wer darf nie müde werden?
7. Was ist die Tasche eines Almosensammlers?
8. Welche Leute bauen am theuersten?
9. Welche Aehnlichkeit ist zwischen Dieben und Häschern?
10. Welche Aehnlichkeit ist zwischen Obscuranten und Nachtwächtern?
11. Welches Gift wünscht man sich im reichsten Maße?
12. Welcher Baum hat oft eine gute Wurzel und dennoch schlechte Früchte?
13. Warum ist die Sonne ein Weib und der Mond ein Mann?
14. Welches sind unter sich die friedfertigsten Leute?
15. Was hat Frankfurt durch die englische Gasbeleuchtung gewonnen?

Theater-Anzeige.

Dienstag, 15. Dec. Stadt und Land, oder: Der Viehhändler aus Oberösterreich, Posse mit Gesang in 2 Abth., von F. Kaiser, Musik von A. Müller.

Mittwoch, 16. Dec. (Zum Vortheil der Pensionsanstalt neu einstudiel): Faust, Trauerspiel in 6 Abth., von Göthe. (Gastrolle) Gretchen: Fräulein Quint, vom Königstädter Theater zu Berlin. — Mit aufgehobenem Abonnement.

Redacteur: J. L. Heller. — Druck und Verlag von Heller und Rohm.

Didaskalia.

Blätter für Geist, Gemüth und Publizität.

Nro. 347. Donnerstag, den 17. December 1846.

Der Geheimschreiber.

Eine Erzählung von Kathinka Zitz.

(Fortsetzung.)

Der Name Claude Stocq schlug wie eine alte unheilvolle Erinnerung an Ralphs Ohr, ohne daß er jedoch irgend eines Zusammenhangs mit diesem Namen bewußt werden konnte. Als er jedoch erfuhr, daß Claude Stocq der Intendant des Connetable sey, da war ihm auf einmal der gränzenlose Widerwille, der tiefe Haß erklärt, den er bei dessen Anblick empfunden, und mit tiefem Schmerze fragte er das Fräulein, ob sie denn wirklich in diese Verbindung einzuwilligen vermöge.

„Einwilligen muß ich wohl,“ sagte sie traurig, „aber,“ setzte sie mit ersterbender Stimme hinzu, „zu überleben vermag ich sie nicht. Die von den Wohlthaten des Connetables abhängige Waise durfte seinen Befehlen nicht widerstreben, nachdem ihr der Versuch mißlungen war, sein Herz zu rühren. War mir doch Euer Geschick, so wie die Fortdauer Eurer Gefühle unbekannt.“

Raleigh war nicht ganz so hoffnungslos, wie das arme Mädchen. Er suchte Luisens Muth zu beleben, denn wenn es ihnen nur gelang, die beabsichtigte Verbindung hinauszuschieben, so hoffte er, durch seine königliche Beschützerin den Connetable zu bewegen, ein Band zu zerreißen, das nur zum Unheil führen konnte.

Von dieser Aussicht neu belebt, erhob sich Luise wie eine welkende Blume nach einem erquickenden Regen. „O!“ rief sie aus, „rettet mich vor einer Verbindung, die mir tausendmal entsetzlicher ist als der Tod, und ich bin auf ewig die Eure. Als ich dem Drängen meines Vormunds nachgab, hatte ich die Hoffnung aufgegeben, Euch jemals wieder zu sehen; doch jetzt erfüllt mich Eure Gegenwart mit neuem Muth.“

„Und ich,“ betheuerte Raleigh mit Feuer, „ich rufe den Himmel zum Zeugen an, daß ich nie eine andere Gattin haben werde, als Euch. Bin ich doch jung, reich, von adeliger Geburt und geliebt von Euch! . . . Der Connetable hat mich als Gast aufgenommen, hat mir seine Freundschaft angeboten . . . Wenn ich ihm unsere Liebe entdecke, hoffe ich Worte zu finden, die sein Herz erweichen werden.“

Eines von dem Andern hingerissen, schwangen sie sich zu immer fröhlicheren Erwartungen empor; noch manches süße Wort, noch mancher Händedruck und Kuß ward von den Liebenden ausgetauscht, bis Luise, welche die Gallerie so niedergeschlagen betreten hatte, endlich mit Seligkeit in dem Herzen von dem Geliebten schied, um im brünstigen Gebet den Himmel um Schutz für ihre Liebe anzurufen.

So war denn das finstere Gewölke zerrissen, welches Raleigh's Jugend umdüstert hatte; ein neuer Tag erschien vor seinen entzückten Blicken und gab ihm die verlorene Energie wieder. Er wollte eben die Gallerie verlassen, um sich zu erkundigen, ob der Connetable noch nicht nach Hause zurückgekommen sey, als hinter einem Pfeiler hervortretend Claude Stocq vor ihm stand, der einen Theil seiner Unterredung mit Luisen belauscht hatte und ihn jetzt um eine Unterredung ersuchte.

„Was wollt Ihr von mir?“ sagte Ralph mit einem stolzen Blick. „Macht es kurz, Herr! meine Zeit ist gemessen.“

„Ich werde so kurz seyn, als Ihr es wünscht,“ entgegnete Stocq mit einem bösen Blick. „Heute Morgen noch willigte das Fräulein von Rochemore ein, einen Diener des Connetables zu heirathen, den Namen, worauf sie so stolz ist, gegen Reichthum zu vertauschen. Vor einer kurzen Weile habt Ihr sie gesehen, gesprochen.“

„So ist es allerdings,“ war Ralphs kurze Antwort.

„Ihr liebt sie?“

„Ja.“

„Und beide wollt Ihr diese Heirath rückgängig machen?“

„Beide.“

„Sehr wohl!“ versetzte Stocq mit verbissenem Ingrimm: „Ich liebe diesen Freimuth und werde ihn nachzuahmen suchen . . . . Wir streben beide nach demselben Gut, Ihr vielleicht aus Liebe, ich aus Ehrgeiz: einer von uns muß entsagen . . . Ich habe die Stärke meiner Leidenschaft geprüft, prüft Ihr nun Euern Muth, denn ich bin entschlossen, Euch die Braut streitig zu machen.“

„Ihr?“ rief Raleigh mit einem verächtlichen Achselzucken. „Und darf man fragen wie?“

Stocq, der innerlich vor Wuth kochte, war doch hinreichend Meister in der Verstellungskunst, um dem Schotten mit scheinbarer Ruhe zu antworten.

„Beliebt es Euch, Sir Raleigh,“ sagte er, „zu vergessen, daß Ihr ein Edelmann seyd, und daß mir diese Eigenschaft abgeht?“

„Ich habe diese Ehre mehr als einem Menschen von dunkler Herkunft angethan,“ versetzte Ralph: „allein,“ fügte er mit schneidender Schärfe hinzu, „allein ich kann sie keinem Knechte erweisen.“

Stocq fuhr zurück, als habe er plötzlich auf glühende Kohlen getreten; er stieß einen Laut aus, der, wenn er sich vollkommen entwickelt haben würde, sicherlich dem Gebrülle des auf den Tod verwundeten Löwen geglichen hätte. Aber in gewohnter Selbstbeherrschung seine Leidenschaftlichkeit noch zur rechten Zeit bewältigend, nahm er sich zusammen und sagte, seinen Gegner wo möglich an verächtlicher Kälte noch überbietend: „Nehmt Euch in Acht! Der Haß dieses Knechtes gehört nicht zu den Regungen, die man ungestraft verachten darf.“

„Ich verachte den Haß wie den Hasser,“ gab ihm Ralph mit unerschütterlicher Kälte zur Antwort, und nun den höchstmöglichen Grad von Hohn in seine Worte legend, trat ihm Stocq um einige Schritte näher, und die Ordenszeichen und Gnadenketten, welche des Ritters Brust zierten, mit dem Finger antippend, sagte er langsam:

„Edler Sir, sind diese Orden, welche Eure Brust zieren, stets Sinnbilder der Ehre und Tapferkeit?"

„Seit wann wagt Ihr daran zu zweifeln?" fuhr Ralph auf.

„Je nun, seit die Edelleute sich ihrer als eines Schutzpanzers gegen Beleidigungen bedienen."

Das war zu viel! Diese Insignien, die den Beleidiger schützen sollten, indem sie ihn mit Ehrfurcht erfüllten, diese edeln Zierden ehrte der junge Ritter zu sehr, um sie Stocqs Angriffen auszusetzen; um sie nicht von seinem Schwerte berühren zu lassen, hatte sie Ralph in einem Nu abgerissen und auf einen Tisch geworfen. Er wollte den ränkevollen Geheimschreiber nicht zu sich empor heben, aber er stieg zu ihm herab, indem er seine Klinge entblößte, die er alsobald mit jener Claude Stocq's kreuzte, der ein geübter und erfahrener Fechter war. Aber noch war es Keinem gelungen, dem Andern einen Hieb beizubringen, als die große Flügelthüre plötzlich aufflog, und der Connetable in Begleitung mehrerer Edelleute unter derselben erschien.

„Was ist das?" rief er entrüstet aus: „bloße Schwerter in meinem Hause?" Und als die Kämpfer einhaltend, die Spitzen ihrer Waffen zu Boden senkten, fuhr er fort: „Wer von Euch Beiden ist der Angreifer?"

Da Claude Stocq gestand, daß er es sey, so schwoll die Zornader auf der Stirne des Connetables mächtig an, seine Augenbraunen zogen sich drohend zusammen, und er sagte erst mit verhaltenem, dann mit immer mächtiger auflodernden Zorne:

„Ihr habt Euch zu vergessen erkühnt, daß der Ritter mein Gast ist, daß ich ihn in dieser Eigenschaft selbst gegen den König in Schutz nehmen würde. Ihr habt Euch zu sehr beeilt, den Edelmann zu spielen. Ich hatte Euch des Gehorsams, doch nicht der Ehrfurcht entbunden. Gebt mir Euer Schwert."

Stocq reichte sein Schwert hin, dessen Klinge der Connetable mit einem Fußtritt zerbrach. Bei diesem unerwarteten Ausgang des Kampfes, den Stocq mit so freudig-rachsüchtiger Empfindung begonnen hatte, riß ihn der Zorn unwillkürlich hin.

„Gnädiger Herr!" rief er mit Bitterkeit, „Ihr zersplittert eine gute Klinge, und ich habe keine andere zu Euern Diensten."

„Schweigt, und wagt es nicht, ohne meinen besondern Befehl vor meinen Augen zu erscheinen," fuhr ihn der Herzog von Montmorency unwillig an. Dann winkte er Raleigh, ihn zu begleiten, und verließ, von seinem Gefolge umgeben, mit dröhnenden Schritten die Halle.

(Fortsetzung folgt.)

Ueber die Verbesserung der Lage der Arbeiter bei der Landwirthschaft.

(Berlin.) Einer unserer rührigsten Flugschriften-Abfasser, Ed. Pelz (Treumund Welp) hat ein neues Schriftchen herausgegeben: „Die Stellung der Arbeiter bei der Landwirthschaft." Es enthält einen bei der Generalversammlung deutscher Land- und Forstwirthe zu Breslau 1845 beabsichtigt gewesenen Vortrag und berührt allerdings Verhältnisse, welche billigerweise den gründlichen Untersuchungen über Schafzucht, Musterdüngung u. s. w. vorangehen sollten. Pelz hält uns die bedenkliche Zunahme körperlicher Schwäche und sittlicher Verderbniß bei der ländlichen Bevölkerung vor Augen und erklärt dieselbe aus ihrer so wenig befriedigenden Lage im Allgemeinen. In Schlesien und in den meisten übrigen Ländern müht sich die große Klasse der besitzlosen Tagelöhner vom Morgen bis zum Abend mit körperlicher, meist anstrengender und erschöpfender Arbeit ab, ohne irgend eines höheren Bewußtseyns, einer geistigen Erhebung theilhaftig zu werden; und die ganze Frucht davon ist ein überaus kärglicher Lohn, der kaum die allerdringendsten Leibesansprüche befriedigt. So geht es dem Tagelöhner von der Knabenzeit bis zur Erlöschung der Arbeitskraft; alsdann „winkt ihm der Bettelstab"; denn „dem besitzlosen Arbeiter bei der Landwirthschaft ist jede Aussicht auf Verbesserung seiner Lage, jede Sicherung der Zukunft und des Alters in legaler Weise reinweg abgeschnitten." Welche Pflichten nun liegen uns ob zur Bekämpfung dieses tiefen Uebelstandes, von welchem Millionen Menschen (in fast allen Staaten die große Mehrzahl der Bevölkerung) niedergedrückt werden, so daß sie ihre menschliche Bestimmung nicht erfüllen können, vielmehr als unaufhörlich erneuerte Anklage unserer Gesittung ihr trübes, einförmiges Daseyn hinschleppen? Der genannte Verfasser urtheilt mit Fug und Recht, daß ein allgemein angewendetes Verpachtungssystem keine Abhülfe bewirken würde; es könnte höchstens die Gestalt des Uebels verändern, ohne dessen Kern zu beseitigen. Irland mit seinen traurigen Zuständen tritt uns als das abmahnendste Beispiel entgegen. Eine bessere Abhülfe, deren der Verfasser mit keinem Worte gedenkt, liegt in der Herstellung einer großen Klasse kleiner Grundeigenthümer — was zwar nicht mit Einem Schlage ausgeführt, wohl aber durch zweckmäßige Maßregeln allmählig erreicht werden kann. Denn ein zahlreicher und tüchtiger Bauernstand ist durch nichts zu ersetzen. Eine zweckmäßige Domainenveräußerung in dieser Absicht würde durch ihre unausbleiblichen Vortheile viele Privatinhaber von zu großen Gütercomplexen zu gleichem Verfahren veranlassen. Auch könnte vielleicht die Regierung selber unter Umständen größere Güter zur zweckmäßigen Parcellirung ankaufen. Ueberall hat die Erfahrung gezeigt, daß eine große Landbodenfläche sehr beträchtlich an Nutzbarkeit gewinnt, sobald sie von vielen einzelnen Eigenthümern bewirthschaftet wird. Welche Umwandlung in Oberschlesien und andern Provinzen Deutschlands, wo der Grund und Boden einer geringen Zahl Familien angehört, würde aus jenem Verfahren hervorgehen, welcher Wohlstand und welche Lebensfrische statt der Aermlichkeit und Dumpfheit des Tagelöhner-Lebens! — Pelz meint, man könne bei der bisherigen Betriebsweise der Landwirthschaft im Großen durch besitzlose Dienstleute verharren, dabei jedoch Verbesserungen im Gesinde- und Arbeiterwesen anwenden. Sieht man von der erwähnten gründlichen Reform des Landbesitzes ab, welche einzig und allein der Natur der Dinge entspricht, indem sie Arbeit und Ertrag in das wahre Gleichgewicht bringt, und welche unfehlbar im Laufe der Zeit zur Verwirklichung gelangen wird, — so sind allerdings jene „Verbesserungen" noch besser als der gegenwärtige Zustand von Noth und Entbehrung. Pelz rechnet dahin Arbeiterkassen zur Unterstützung der Invaliden, Wittwen und Waisen, nach Art der Knappschaftskassen; auch die Hülfskassen, besonders die beste auf Gegenseitigkeit beruhende Art derselben, für Handwerker und Fabrikarbeiter konnten zur Vergleichung gezogen werden. Ferner erinnert der Verfasser an die Nothwendigkeit, die Interessen der Arbeitgeber und Arbeitsucher zu vermitteln, Nachfrage und Angebot, welche oft nach den einzelnen Gegenden so verschieden sind, auszugleichen, wobei übrigens die Abstufung der Lohnsätze nach der Fähigkeit besser als gewöhnlich zu wahren sey; er wünscht nach dem Vorbilde der Artellgesellschaften in Rußland ländliche Arbeiter-Bureaux für bestimmte Kreise errichtet, und zwar von den Arbeitern selbst, weil die Einrichtung ohne deren Selbstthätigkeit nicht gedeihen würde; höchstens wäre eine Oberaufsicht der Obrigkeit und der Dienstherrschaften zulässig. An diese Einrichtung sollen sich Sparkassen, Sparprämien, Gesinde-Belohnungsfonds u. a. anschließen. Der Verfasser glaubt, das deutsche Volk befinde sich „im Ablaufe des Mannesalters, wo nicht schon beim Beginn der Greisenjahre"; uns scheinen aber die erwähnten „Symptome" vielmehr auf eine neue Jugend hinzudeuten, da es mit der Verjüngungsfähigkeit bei Völkern sich anders verhält als bei den Einzelmenschen. (Köln. Z.)

Novitäten und Curiosa im Gebiete der Tonkunst.

Eine neue Oper von Ferdinand Hiller: „Conradin", wird in diesem Winter in Dresden zur Aufführung kommen. Der Text ist von dem Maler Reinick. Wer schreibt jetzt nicht alles Operntexte! — Es heißt, Meyerbeer wird mit seiner Familie nach Wien übersiedeln. — Paganini's Sohn, der ein großes Vermögen besitzt, erscheint in den Pariser Salons als Comte Paganini. — Ein He. Mattau hat ein neues Instrument erfunden, das Aehnlichkeit mit der Harmonika hat. Er nennt es Hydromat-tanphone und hat es in London produzirt. Cui bono? — Die Damen von Matamoras (Mexico) — sagt der Kurier der Vereinigten Staaten — gehen sehr gerne ins Theater, bekümmern sich aber wenig um Trauer- und Lustspiele. Ihr Hauptvergnügen finden sie an der Cacucha und Charaktertänzen. Vorzüglich lockt sie die Tänzerin Jefferson an. Sobald aber dieses geendet, zünden die Damen ihre Cigarren an und rauchen so ungenirt wie unsere jungen Herrn in den Kaffeehäusern. — Theodor Hagen's „Civilisation und Musik" ist in Oesterreich mit dem „damnatur" belegt. Die erste Auflage dieses pikanten Werkchens ist bereits vergriffen. — Nicolai verläßt seine Stelle als Musikdirektor am Wiener Hoftheater und geht nach Berlin; für ihn wird Conradin Kreutzer dort als Musikdirektor eintreten. — Die Allg. mus. Ztg. gibt historisch-biographische Aufschlüsse über französische Libretten-Dichter, namentlich über Jouy, den Verfasser der Vestalin, des Cortez, der Amazone, von Méhul, der Abenceragen, von Cherubini, der Bajaderen, von Catel, des Moses (nach dem Italienischen Mose) und des Wilhelm Tell, von Rossini componirt. Aus Jouy's Leben nimmt der Biograph ein Factum, das später in einem beliebten Lustspiel benutzt wurde, nämlich daß man in seiner Bibliothek die Geister Voltaire's, Russeau's, Montesquieu's ꝛc. in prachtvollen Bänden bewunderte, welche aber nichts mehr oder weniger waren als Privatverstecke für seine Liqueure und andere Spirituosen.

Von neuen Editionen sind für Freunde des mehrstimmigen Gesangs bei Schott in Mainz so eben folgende hervorragende Werke und Werkchen erschienen: Val. Hamm's „Deutschlands Antwort an Schleswig-Holstein", in deren Text alle Kernsprüche des deutschen Michels vereinigt scheinen, ist eine was man sagt „biederbe Composition." Zwar nicht schwungreich oder originell, aber das ist auch nicht nöthig, da der deutschen Sänger Begeisterung gewöhnlich dergleichen Mängel ersetzt. Dafür ist sie populär, compact, sangbar, und daher Liedervereinen, die sich gerne exaltiren, zu empfehlen. Nur scheint uns die Tempo-Bezeichnung „Majestätisch" hier nicht an ihrem Platze. — Wilh. Speyer ist in der Composition seines Quartetts „Protest" (eine Ironie des Zufalls hat mich beide Ausgaben neben einander finden lassen) eben so satyrisch und pikant wie Herwegh in seiner Dichtung, die bekanntlich mit den Worten beginnt: „So lang ich noch ein Protestant, will ich auch protestiren." Dieses kleine Gedicht, welches der Komponist nach seiner ihm eigenen polyphonischen Weise musikalisch erweiterte, hat ein Quartett hervorgerufen, das mit Soli, Chor, Doppelchor, Tempi und Taktart abwechselt, und somit größtentheils als mehrstimmiger Wechselgesang erscheint. Ein Genre, der Nachahmung verdient. Der Tempo-Bezeichnung „Maestro" könnte ein Schalk hier ebenfalls eine zweite Bedeutung unterlegen. Daß Speyer diesen Protest seinem Freunde Giar, welcher Wechselnotar ist, gewidmet hat, ist ein köstlicher Gedanke. — Wieder einen Gegensatz zu diesen beiden bieten die 5 überaus zart gehaltenen Soli-Quartetten von Esser. Die Gedichte von Rückert führen die Titel: Huldigung, Ständchen, Liebespredigt, das schönste Plätzchen, und aus der Jugendzeit. Wer den Frieden und die Freude der Tonkunst suchen und ihre Blumen brechen will, der singe diese Gesänge. Aber er muß auch selbstständig und vortragsfähig dazu seyn. Diese drei heterogenen Männergesänge gleichzeitig herauszugeben, liefert einen Beweis von der politischen Unschuld der musikalischen Mercatur . . . . In sechs Gesängen für drei Sopranstimmen (zwei Hefte) giebt der Nestor deutscher Gesangscomponisten, Franz Lachner, der Damenwelt ein seltenes Geschenk. Zu einer Zeit, wo fast alle unsere Componisten, ohne Rücksicht auf den musikalischen Fortschritt kunstgebildeter Frauen, sich ausschließlich nur für Männerchor und Quartett interessiren, muß diese Gabe doppelt willkommen seyn. Der Name des Meisters bürgt auch hier für gediegene und nützliche Arbeiten. Nur stelle man sich nicht etwa Kindergesänge vor, die in jedem Mädcheninstitut ihre Kehlen finden. Vorliegende Gesänge erfordern, ohne daß sie sich in bizarre und gesuchte Chromatik verirren, tüchtige Dilettantinnen, und in jeder größeren Gesellschaft, in Konzerten und Museen, werden selbst Künstlerinnen von Ruf schöne Wirkungen damit hervorbringen. Fünf Gedichte sind von Fallersleben und eines von Hölty. Also war Lachner nicht pedantisch in einer konsequenten Wahl seiner Gedichte. Bezeichnender wäre wohl auf dem Titel: „Gesänge für Sopran, Mezzo Sopran und Altstimme.

Mannichfaltigkeiten.

Aus Loitsche (Preußen) wird geschrieben: „Dieser Tage ist hier ein Kind geboren, welches eine Mutter und drei Großmütter am Leben hat. Die Mutter des Kindes ist 22 Jahr alt, die erste Großmutter ist 43 Jahr alt, die zweite Großmutter ist 68 Jahr und die dritte Großmutter ist 91 Jahr alt. Diese drei Großmütter befinden sich munter und wohl, und die letzte (also wohl die Ur-Urgroßmutter) kann noch Garn spinnen, ohne Beschwerde gedruckte Schriften lesen, und nach ihrer Körperkonstitution 100 Jahr und noch älter werden.

(New-York, 18. Nov.) Der alte berühmte Astor, der als schwefelholzhandelnder Bettlerjunge hier angekommen, ist am 14. cur. mit einer Hinterlassenschaft von 40,000,000 Dollars, gestorben.

Die Bresl. Ztg. schreibt: Bekanntlich leben in Rußland noch mehrere heidnische Völkerschaften. Man hat endlich in den letzten Jahren ernstlich Hand angelegt, dieselben zum Christenthume zu bekehren. So sind noch in diesem Jahre im Gouvernement Orenburg die heidnischen Einwohner eines Dorfes, im Kreise Birsk, Tscheremissen, welche seither heidnischen Göttern Thiere opferten ꝛc., zur griechischen Kirche bekehrt worden. In diesem Dorfe wurden 900 Menschen auf einmal getauft, in einem andern 300 und in Kurzem wird das ganze Volk der Tscheremissen zum Christenthume bekehrt seyn.

Literatur

Konstitutionelle Jahrbücher. Herausgegeben von Dr. Karl Weil. 1846. 3ter Band. (Stuttgart. Krabbe.)

Eine ausgezeichnete Sammlung trefflicher Originalarbeiten geistreicher und wackerer Männer! Der vorliegende Band enthält einen Aufsatz über Schleswig-Holstein von einem Holsteiner, welcher über diese deutsche Nationalangelegenheit neue Aufschlüsse gibt. Man ersieht daraus, wie der wackere Olshausen und die, dort unter dem Namen der neuholsteinschen Partei bekannten Männer der Neuzeit, an deren Spitze er steht, lange, wie die freisinnigen Schriftsteller in Deutschland alle, von den Männern der mittelalterlichen Auffassungsweise, welche sich dort die altschleswig-holsteinische Partei nennen, verkannt, angefeindet, ja sogar des Einverständnisses mit den Dänen beschuldigt wurden, bis die neuesten Ereignisse eintraten und die Nation ihre wahren Freunde kennen lehrten. Alle die Männer, welche in Schleswig-Holstein und Dänemark fördernd oder hemmend, offen oder zweideutig auf die große Volksbewegung dort einwirkten, sind mit historischer Wahrheit aus und in ihren Handlungen charakterisirt und über die so vielbesprochene und für unser Volk so wichtige Angelegenheit ein neues Licht verbreitet. Weniger beachtet, aber darum nicht minder wichtig sind die jüngsten konstitutionellen Erscheinungen im Herzogthum Braunschweig, der Streit zwischen der bürgerlichen und der Adelspartei daselbst, zwischen welchen die Regierung steht, die jedoch in der letzten Zeit jener zu mißtrauen scheint.

Wer sich überzeugen will, wie wenig Grund zu diesem Mißtrauen vorhanden ist, mit welcher Besonnenheit, Loyalität und rühmlichen Festigkeit die Coryphäen dieser Partei (wenn man anders die Männer, welche die allgemeine Meinung vertreten, eine Partei nennen kann) auf dem letzten Landtage verfuhren, dem empfehlen wir die Arbeit des trefflichen Präsidenten desselben: Karl Steinacker (der braunschweigische Landtag von 1846), welche der vorliegende Band mittheilt. Diese klare, ruhige, gesinnungstreue Darstellung muß jeden Unparteiischen überzeugen, auf welcher Seite die wahren Freunde der Regierung zu finden sind. Ein umfassender Aufsatz des Herausgebers über „deutsche Zustände der Gegenwart“ gehört unstreitig zu dem Geistreichsten, was hierüber in Schriften über 20 Bogen geschrieben worden ist, und wirft einen tiefen Blick in die Zustände jedes einzelnen deutschen Landes. Einsicht und Freimuth sind darin auf erfreuliche Weise mit Mäßigung gepaart, nirgends ist Declamation oder Consequenzmacherei, und bei eigenthümlicher Frische des Ausdrucks erkennt man doch überall den ernsten publicistischen Schriftsteller, der gründlich kennt, was er lebhaft, wenn auch hier und da etwas trübe, darstellt. Was Hr. Dr. Kolb, der rühmlich bekannte Herausgeber der Speyerer Zeitung, „über den Zustand der Presse in Baiern“ mit authentischen Belegen mittheilt, so wie die Arbeit eines deutschen Diplomaten über den Utrechter Vertrag sind ebenfalls sehr interessante Beiträge zur Zeitgeschichte, welche zu analysiren uns jedoch der Raum gebricht. Auch diese beiden Aufsätze haben, wie Alles, was der vorliegende Band enthält, ein Interesse der Gegenwart und ein Interesse, das über die Gegenwart hinausgeht.

Herr Sansfaçon.

„Ich genire nicht die Andern;
Laßt denn ungenirt mich wandern —“
Also spricht manch Menschenkind,
Rennt durch's Leben toll und blind,
Beide Arm' in beiden Seiten,
Staunend, wenn nur je von Weiten
Andre ihm solch' Thun bestreiten.
Ach, lieb' Menschenkind, bedenk's im Wandern:
Wer nicht sich genirt, genirt die Andern.

Frankfurt, 15. Dec.

Die am vergangenen Sonntag den 13. d. stattgefundene Matinée musicale zum Besten einer Christbescheerung für arme Kinder, unter der Leitung des Hrn. Musikdirektors Messer, zeichnete sich nicht allein durch ihre humane Tendenz, sondern auch durch Wahl und Execution der Piecen aus. Wir haben nicht die Absicht, jedes Einzelne zu recensiren, sondern den gelungenen Vorträgen dieses Morgens unsere Achtung zu bezeugen, und auf neue Erscheinungen besonders aufmerksam zu machen. In der Composition des Hrn. Messer für gemischte Stimmen (O Maria und Primula veris), das erste im Oratorienstyl, das zweite im Kammerstyl gehalten, hörten wir in der That neue Intentionen und, obgleich im Ganzen einfach gehalten, gehören doch sehr gebildete Sänger zu ihrem correcten Vortrag. Diese finden sich immer in unserem Cäcilien-Verein. Die vierstimmigen Gesänge Mendelssohns, so wie die Scene (Orpheus) von Gluck, sind mehr oder weniger schon bekannt, und wie Hr. Mohr die Flöte und Hr. Heinrich Wolff die Violine spielen, ist schon oft gewürdigt worden, deshalb gehen wir zum Vortrag der Mad. Knispel über (geborne Fischer aus Darmstadt), welche die Arie aus Fidelio (E dur) und Lieder von Schuberth mit einer voluminösen, umfangreichen, gleichen Stimme und mit gebildeter Auffassung sang. Es blühen im Privatleben so manche schöne Talente empor, daß die Oper stolz darauf seyn dürfte, sie zu besitzen. Beethoven's Trio in C moll von den Herren Messer, Wolff und Eisner vorgetragen, bot, abgesehen von einer vorzüglichen Production, die Eigenthümlichkeit dar, daß die Klavierpartie auf einem Piano gespielt wurde, das keinen Flügel vermissen ließ. Das Instrument legte Zeugniß ab von dem Fortschritt der gediegenen Construction in dieser Gattung, denn der Ton, weich, edel und doch voll, drang mit wohlthuender Sonorität bis in die hintersten Räume des großen Saales. Es erfüllt also die ersten Anforderungen an ein gutes Instrument. Nach solchen Resultaten dürfte dem neuen Etablissement des Hrn. F. J. Meggenhofen ein günstiges Prognostikon zu stellen seyn.

***

Frankfurt a. M. — (Eingesendet.)

Wer sollte die schöne Absicht jener bekannten hiesigen Gesellschaft verkennen, welche zur Vertheilung einer Christbescheerung an die Kinder mittelloser Eltern dahier zusammengetreten ist? Wer wird ihrem freundlichen Streben nicht ein dankbares Gemüth im Busen bewahren? Einsender dieses gehört zu den größten Verehrern jener Vereinigung, doch eben deshalb erlaubt er sich, dieselbe auf den Ernst unserer Zeit aufmerksam zu machen und sie in aller Bescheidenheit zu ersuchen, bei ihrer diesjährigen Bescheerung statt etwaiger Püppchen und Spielereien, statt vergoldeter Aepfel und Nüsse, den Kindern nur solche Sach'en zu bescheeren, welche den Eltern zur Erleichterung der Erhaltung derselben dienen.

Beantwortung der Räthselfragen.

1. Beim Wechselgericht.
2. Die Bender; weil sie Alles reiflich überlegen und faßlich darstellen.
3. Daß sie mitunter einen Berg von Atlas auf den Schultern tragen.
4. Miszellen (Miß-Zellen).
5. Weil Einem darin viel von Freundschaft weiß gemacht wird.
6. Ein Mann, der eine herrschsüchtige Frau hat; denn er steht zeitlebens unter dem Pantoffel.
7. Ein Pfennigmagazin.
8. Die Spieler; sie bauen auf Karten.
9. Sie stecken gern ein.
10. Wenn es hell wird, haben sie nichts mehr zu thun.
11. Die Mitgift.
12. Der Stammbaum.
13. Weil sie zeitlich zu Bett gehen muß, während er sich noch auf den Gassen herumtreibt.
14. Die Glatzköpfe; denn sie können sich nie in den Haaren liegen.
15. Daß man auf der Zeil heller steht, wie finster es in manchen andern Straßen ist.

Theater-Anzeige.

Eingetretener Hindernisse wegen findet die zum Vortheil der Pensionsanstalt angekündigte Vorstellung: Faust, Trauerspiel in 6 Abth., von Göthe erst Montag den 28. Dec. statt und bleibt das Theater heute, Mittwoch den 16. Dec., geschlossen.

Redacteur: J. L. Heller. — Druck und Verlag von Heller und Rohm.

Didaskalia.

Blätter für Geist, Gemüth und Publizität.

Nro. 348. Freitag, den 18. December 1846.

Der Geheimschreiber.

Eine Erzählung von Kathinka Zitz.

(Fortsetzung.)

In ohnmächtiger Wuth knirschend, war der tief gedemüthigte Stocq allein zurückgeblieben. Indem er die Freiherrnkrone bereits mit der Hand berührte, war er wie ein gemeiner Knecht behandelt worden, konnte es geschehen, daß ihm das höchste Ziel seines ehrgeizigen Strebens vielleicht durch einen unbekannten Abenteurer entrissen wurde, der seinem Schwerte entging, und dem seine zur Schau getragene Heftigkeit noch dienlich ward. Es begann ihm zu ahnen, daß Luise und der schottische Ritter seinen Sturz herbeiführen würden ... daß die Thränen der Einen, die Liebe des Andern den Connetable erweichen könnten, und daß der ausgeartete Sohn eines eisenherzigen Vaters, wie er ihn in seinem Zorne nannte, Vorwände suchen würde, um das ihm gegebene Wort zurücknehmen zu können. Das war zu viel Schmach auf einmal! Er, den man verächtlich in einen Winkel stieß, er sollte sich demüthig beugen vor einem Andern, der statt seiner zum Baron von Rochemore erhoben ward! Nein, entweder war die Rache nur ein leeres Werk ohne Sinn, oder sie mußte ausbrechen wie der Schimpf über ihn hereingebrochen war. Er sann vergebens auf ein Mittel, womit dem übermüthigen Edelmann beizukommen wäre, als die wahnsinnige Margarethe wieder in der Gallerie erschien in Begleitung des Dieners, welchem sie zur Aufsicht übergeben war, und der, nachdem sie von dem Abbé von Nangis auf das Schloß gebracht worden, von seinem Gebieter den Befehl erhalten hatte, sie ohne Aufsehen nach Hause zurück zu bringen. Allein als sie vor der Schloßkapelle vorüber gekommen war, hatte sie sich nicht abhalten lassen hinein zu gehen, und hatte dort mit solcher Inbrunst gebetet, daß der Diener es nicht gewagt hatte, sie gewaltsam aus dem heiligen Orte fortzureißen. Als sie sich endlich freiwillig erhob, um über den Hof zu schreiten, kam ihnen der Connetable mit seiner Begleitung entgegen. Aus Furcht, von ihm angehalten und wegen seiner Gefährtin zur Rede gestellt zu werden, hatte der Diener die Wahnsinnige schnell wieder in die Gallerie zurückgeführt, um sich von dort aus über eine geheime Treppe zu entfernen, welche über den kleinen Hof durch ein Ausfallpförtchen in das Freie führte.

Während der greise Diener seinem Gebieter Rechenschaft über sein Thun ablegte, hatte Margarethe mechanisch nach den Orden und Ketten gegriffen, welche Raleigh vorhin abgeworfen und damit zu spielen begonnen, als sie plötzlich mit einem lauten Aufschrei nach einem an einer Kette hängenden Medaillon griff und dasselbe mit der größten Aufmerksamkeit von allen Seiten zu betrachten begann, worauf sie unter Thränen lachend, in halb singendem Tone ausrief: „Ha! ha! ha! es ist wahrhaftig Landry's Halsband, meines lieben Landry's Halsband, mit dem mein kleiner Raoul so gerne spielte und es umhing ... Ja ... ja ... Landry's Halsband ..."

Stocq, der ihrem Treiben bis jetzt keine Aufmerksamkeit geschenkt hatte, ward durch diese Worte plötzlich von seinem Gespräche mit dem Diener abgezogen. Er war mit einem Satze an der Seite der Wahnsinnigen, faßte sie an den Schultern, schüttelte sie heftig und rief mit einer vor Begierde ganz heißer gewordenen Stimme:

„Weib! Weib! was faselst Du im Wahnsinne?"

Margarethe machte sich los von ihm, starrte ihn erst einen Augenblick an, dann aber hielt sie ihm die Kette mit triumphirender Miene vor die Augen und rief unter wahnsinnigem Gekicher: „Hi! hi! hi! brumme nur, Du böser Mann! es ist doch Landry's Kette." — Und mit einem Ausdruck unaussprechlicher Liebe, führte sie das wiedergefundene Kleinod an ihren Mund und drückte heiße Küsse auf dasselbe.

Stocq verlangte die Kette zu sehen; da verbarg sie Margarethe hinter ihren Rücken und rief, ihn ängstlich von sich wehrend: — „Nein, nein! wir müssen die Gnadenkette vor Euch verbergen ... Ihr würdet sonst sehen, daß er ein Edelmann ist, und dann würde er erschlagen werden."

Aber ohne sich an die Einwendungen und an das Geschrei der Wahnsinnigen zu kehren, entriß er ihr die Kette mit Gewalt. „Und nun fort mit ihr, bevor das Geheul der wahnsinnigen Närrin Leute herbei zieht," gebot er dem Diener. — Er öffnete selbst die in dem Getäfel verborgene Thüre, stieß die weinende Margarethe hinaus und schloß sie wieder hinter dem ihr nachfolgenden Diener zu. Dann stürzte er mit der Kette in der Hand, in größter Hast in das Gemach des Schloßkaplans, dessen Thüre er mit so wildem Ungestüm aufriß, daß der fromme Mann ganz erschrocken von seinem Breviere in die Höhe blickte und seine Züge sich sichtlich verfinsterten, als er den Eintretenden erkannte.

„Ehrwürdiger Herr! Ihr seyd in Schottland gewesen?" rief ihm Stocq entgegen; als der Abbé von Nangis diese Frage durch ein Ja beantwortet hatte, setzte er hinzu: „Kennt Ihr Sir Ralph Raleigh?"

„Wie ist mir denn?" versetzte der Priester sich besinnend. „Wartet doch ... bei Maria Stuart befand sich ein Kind ... Raleigh sagt Ihr?"

„Ralph Raleigh," bekräftigte Stocq.

„Ja, das ist der Name, welchen ihm die Königin gab, als sie den Knaben nach Schottland brachte."

„Sie brachte ihn aus Frankreich mit?" forschte der Geheimschreiber vor Begierde zitternd.

„So ist es," bestätigte der Priester: „sie hatte ihn auf ihrer Durchreise in Senlis in einem einzeln stehenden Hause aufgenommen, in welchem sie ein Obdach gefunden, und dessen Besitzer in jener Nacht umgekommen waren; das ist Alles, was ich weiß."

„O Glück! wie ist Deine Wiederkehr so plötzlich!" sprach

Stocq in Gedanken. Jenes Kind war sein gehaßter Nebenbuhler! sein Herz vermochte kaum so viele widerstreitende Gefühle auf einmal zu fassen; ein wahres Entzücken durchdrang ihn bei dem Gedanken an die Entdeckung, die er so eben gemacht hatte ... Zwei gleich heftige Empfindungen trafen in seiner Seele zusammen, wovon die eine, der Zorn, der andern weichen mußte. Nur von Wuth und Racheburst erfüllt, als er bei dem Geistlichen eintrat, hatte er jetzt sein freies Urtheil wieder erlangt ... konnte er seine Entschlüsse ohne Verwirrung, ohne Verblendung und Gefahr fassen, kurz, er war wieder völlig Herr seiner selbst geworden. Aber die Verwandlung in seinem ganzen Wesen war so sichtlich, daß der Geistliche nicht umhin konnte, seine Verwunderung darüber auszusprechen.

„Wundert Euch nicht darüber, Mann Gottes," sagte Stocq, indem er sein Gesicht in scheinheilige Falten legte: „Mir ist heute viel widerfahren ... man hat mich fortgejagt ... man vermählt meine Braut mit einem Nebenbuhler ..."

Der Geistliche, der noch nichts von den neuesten Ereignissen dieses Tages wußte, horchte hoch auf. Der Geheimschreiber fuhr fort:

„Was ist das Wort eines Connetables, wenn einem der erste beste Fremde die Braut wegschnappen kann! ... Doch genug! tausend alte Erinnerungen sind plötzlich in mir aufgewacht ... altes Unrecht, das mir das Gewissen beschwert ... es könnte seyn, daß Geheimnisse zwischen mir und der Familie dieses jungen Mannes bestehen ... daß die Reue in meine Seele eingezogen ist."

„Wenn das wahr ist, so danket Gott dafür," sagte der fromme Priester mit Salbung, „denn Gott allein hält die Herzen in seiner mächtigen Hand. Aber, mein Sohn, auf daß die Vorsätze ihr Verdienst behalten, müssen ihnen die Handlungen entsprechen."

„Ich weiß es," entgegnete Claude Stocq mit Bezug; „alle Fehler meines Betragens sollen wieder gut gemacht werden. Meine erste Pflicht ist Gehorsam; mein Gebieter hat mich fortgejagt ... ich gehe ... jedoch bitte ich Euch, Ehrwürdiger, zu meinen Gunsten zu vermitteln. Möge mir der Herr Connetable verzeihen, wie ich meinem Nebenbuhler vergebe. Lebt wohl; bittet um Gnade für mich ... ich werde sie zu verdienen suchen."

Er neigte sich demüthig vor dem Abbé und ging. Der fromme Priester faltete die Hände und dankte dem Himmel für die schnelle und unvermuthete Bekehrung des Sünders, als für welchen ihn eine unbestimmte Ahnung, von welcher er sich keine Rechnung abzulegen wußte, Claude Stocq, den aalglatten Hofmann, den gewandten Geheimschreiber, die gefürchtete Hand rechte des verstorbenen Connetables stets hatte halten lassen.

(Fortsetzung folgt.)

Professor Jordan von Marburg in der bayer. Pfalz.

† (Aus der Pfalz, 14. Dec. — Corresp.) Als im verflossenen Monat August bekannt wurde, daß die Aerzte dem Hrn. Prof. Jordan zur Wiederherstellung seiner durch vieljährige Untersuchungshaft sehr geschwächten Gesundheit die Traubenkur angerathen hatten, da regte sich bei den zahlreichen Pfälzer Verehrern dieses edlen Mannes der Wunsch, zum Zeichen verdienter Anerkennung und Theilnahme die Einladung an ihn ergehen zu lassen, die Traubenkur im milden Klima der bayer. Rheinpfalz, in Dürkheim, am schönen Haardtgebirge zu gebrauchen.

Diese Einladung wurde freundlich auf- und angenommen, und schnell fand sich eine zur Bestreitung der Kosten genügende Summe mittelst freiwilliger Beiträge zusammen. — Es gingen nämlich ein:

1)	von Landau	216 fl.
2)	„ Dürkheim (nebst Wachenheim und Pfeffingen)	207 „
3)	„ Neustadt (nebst Forst)	159 „
4)	„ Deidesheim	145 „
5)	„ Frankenthal (nebst Dirmstein)	144 „
6)	„ Speyer	72 „
	Summa:	943 fl.

Diese Summe wurde verwendet:

1)	zum Ankauf einer illustrirten Beschreibung der Pfalz ꝛc. für Hrn. Prof. Jordan	8 fl.
2)	zur baaren Ueberreichung an ihn	935 „
	Gleiche Summe:	943 fl.

Der verehrte Gast verweilte mit seiner Familie in Dürkheim von Anfang September bis zur Mitte Oktobers, und zu den Gefühlen der Hochachtung und Verehrung, die ihn in der Pfalz empfangen hatten, gesellten sich jene der innigsten Liebe und herzlichsten Theilnahme bei allen Pfälzern, die seine persönliche Bekanntschaft machten; diese Gefühle, und die besten Wünsche für seine volle Genesung, für sein künftiges Wohlergehen, begleiteten den würdigen und hartgeprüften Mann in seine Heimath zurück. — Von dort aus beauftragte derselbe in einem Briefe vom 4. Dec. einen seiner Freunde in der Pfalz, den übrigen theilnehmenden Freunden seinen Dank für ihre freundliche Einladung und Aufnahme auszusprechen; ihre Zahl ist aber zu groß, um dies auf dem Wege mündlicher oder brieflicher Mittheilung thun zu können; es sey daher erlaubt, zu diesem Zwecke den Weg eines in der Pfalz viel verbreiteten öffentlichen Organs zu wählen, und die bezüglichen Stellen jenes Briefs (die seitdem auch in der Sp. Ztg. Aufnahme fanden) hier wörtlich mitzutheilen, die die innern Gefühle des heimgekehrten, verehrten Gastes besser und schöner schildern, als es die Feder eines Berichterstatters zu thun vermöchte.

„Marburg, 4. Dec. Empfangen Sie, als Repräsentant der edelgesinnten Männer der Rheinpfalz, welche mich als Traubenkurgast nach dem schönen Dürkheim eingeladen und mir die Geldmittel hierzu eben so großmüthig als delicat gespendet haben, so daß ich im Kreise meiner Familie völlig sorgenfrei der Kur obliegen und meine Gesundheit pflegen konnte, empfangen Sie, — vor Allem meinen und der Meinigen tief gefühlten Dank für die mir und meiner Familie so herzlich bewiesene Gastfreundschaft, der ich es allein zuzuschreiben habe, daß meine, durch Drangsale mannichfaltiger Art völlig zerrüttete Gesundheit in so weit wieder hergestellt wurde, daß ich wenigstens ohne Gefahr für mein Leben in die rauhere Heimath zurückkehren konnte, und selbst hier, bei sorgsamer Diät und Pflege, völlige Genesung hoffen darf; denn die genossene Gastfreundschaft ist auch noch in der Erinnerung wohlthätig wirksam. Sehe ich auch von dem paradiesischen Klima ab, in das mich jedoch die Phantasie täglich zurückführt, um dort in der südlichen Ueppigkeit der Natur zu schwelgen, so ist es noch etwas ganz Anderes, was, wie heilender Balsam, nachhaltigen Einfluß auf mich und meine Gesundheit ausübt: ich habe dort nicht nur ein biederes Volk von bürgerlicher und politischer Geistes- und Gesinnungstüchtigkeit kennen und achten gelernt, sondern auch mir die Liebe und Achtung Aller erworben, mit denen ich in nähere Berührung gekommen bin; und dieser geistige Gewinn, den ich wohl verwahrt in meines Herzens innersten Schrein mit nach Hause gebracht habe, gewährt meinem Gemüthe fortdauernd erquickende Nahrung und erheiternde Freude. Es gibt in der That nichts Edleres und Schöneres auf Erden, als die Liebe und Achtung der geistig und sittlich völlig durchgebildeten Zeitgenossen, welche die practische Förderung der gemeinsamen Sache des Vaterlandes und der damit verbundenen geistigen und materiellen Interessen sich zum höchsten Ziele ihres Lebens und Wirkens gesetzt haben.

„Darum noch einmal meinen herzlichsten Dank den guten, gemüthlichen Pfälzern, deren gastliche Liebe nicht nur meine Gesundheit gestärkt, sondern auch meinen Geist und mein Gemüth in so hohem Maße bereichert hat. Seyen Sie, lieber Freund, nun auch der Interpret meines Dankgefühls für die Gastgeber in irgend einem öffentlichen Organe, ich bitte dringend darum, und fügen Sie bei, daß ich, einem Zugvogel ähnlich, den der Instinkt in südliche Länder lockt, wenn es daheim frostig wird, dem Impulse meines Herzens folgend, im nächsten Jahre wieder, wenn es die Verhältnisse möglich machen, nach Dürkheim wandern werde. (Unterz.) Jordan."

Ein Wort über metrische Uebersetzungen.

Die nachstehenden eben so wahren als beachtungswerthen Bemerkungen über metrische Uebersetzungen finden sich in Hermann Monje's neuer Uebertragung von Homer's Ilias (Frankfurt a. M. bei J. D. Sauerländer). H. Monje sagt im Vorwort:

„Es war durchgängig mein Bestreben, auch im Einzelnen so genau als möglich zu übersetzen; jedoch in dem Maße glaubte ich mir einige Freiheit gestatten zu dürfen oder vielmehr zu müssen, als strenge Wörtlichkeit sich nicht immer mit einem fließenden Versbau und einem lebensfrischen Ausdruck vereinigen ließ. Denn bei der Nachbildung eines Gedichtes, dem an lebendiger Schönheit der Form und Darstellung vielleicht kein anderes Erzeugniß der menschlichen Zunge an die Seite zu stellen ist, läßt sich die Pflicht der Treue, die ich von Herzen anerkenne, nicht darauf beschränken, daß man in starrer Aeußerlichkeit, nach Fr. A. Wolf's treffendem Ausdruck, „Worte gegen Worte und Sätze gegen Sätze nicht eben zugewogen, sondern zugezählt liefere." Eine sclavische Worttreue, die zwischen dem Wesentlichen und Zufälligen keinen Unterschied macht, die aus ängstlicher Sorge für das Einzelne unvermerkt den Ton und Charakter des Ganzen fallen läßt, dem Buchstaben den Geist aufopfert und den klassischen Ausdruck der Muttersprache ignorirt, schlägt nur zu oft in arge Untreue um. Je mehr ein Uebersetzer sowohl in den Geist des Originals als auch der Muttersprache eindringt, desto mehr sieht er ein, daß die Einzelnheiten beider fast nie als congruente Größen in einander aufgehen, und so nöthigt ihn oft gerade das Streben nach Treue, die Differenzen durch ein scheinbar freies Verfahren auszugleichen. Ob eine Uebersetzung, zumal eine metrische, im wahren Sinne treu sey oder nicht, läßt sich nicht daran erkennen, daß jedes Wort und jeder Halbvers dem Grundtexte äußerlich entspreche, sondern daran, daß alles Einzelne von dem rechten Geiste durchdrungen sey, und das Ganze in allen organischen Theilen den Totaleindruck des Originals rein und unverfälscht wiedergebe. Je ernstlicher man sich dieses zum Ziele setzt, desto mehr gehört ein bescheidenes Maß von Freiheit in Nebendingen zur unverbrüchlichen Treue gegen das Ganze. Wenn aber das Wort Freiheit auf diesem Gebiete keinen guten Klang hat, so wolle man bedenken, daß auch hier ein Unterschied zwischen Freiheit und Willkür besteht, und daß die nicht sclavische Thätigkeit eines Uebersetzers, der dem Geiste des Originals, den unbeugsamen Regeln des Geschmacks und dem Genius der Muttersprache stets zu gehorchen für seine erste Pflicht hält, sich immer nur in sehr engen gesetzlichen Schranken bewegen kann."

Mannichfaltigkeiten.

Der hundertjährige Kalender verkündet (nach bayer. Bl.) für den 21. Jan. grimmige Kälte, am 24. Jan. sehr kalt, am 26. Jan. unerhörte Kälte, am 31. Jan. recht grimmige Kälte. Am 8., 9., 10. Febr. kalt; in allen Kellern friert es, viele Menschen, Vieh und Vogel erfrieren; vom 20. bis 28. warm, Abnahme des großmächtigen Schnee's, am 29. Febr. früh wird es eine Morgenröthe haben, um 10 Uhr Platzregen, zwischen 11 und 12 Uhr ein rechtes Ungewitter, daß es donnert und Kiesel wirft; Abends still und Sonnenschein, Nachts Regen und Schnee. Den März über immer kalt und Schnee. (Wir können dieser Prophezeiung keinen rechten Glauben schenken, wenn sie sich auf das bevorstehende Jahr 1847 beziehen soll, da dieses kein Schaltjahr ist und folglich auch keinen 29. Febr. hat. Also hat sich entweder der Hundertjährige wieder einmal und zwar sehr bedeutend geirrt, oder die oben angeführten Blätter haben das Jahr 1848 für 1847 genommen. Uebrigens sagt Nante: „Bange machen jilt nich!")

Man lies't jetzt in den Zeitungen so oft von einem Fait accompli. Die „Dorfzeitung" erklärt nun diesen Ausdruck ihren ländlichen Lesern wie folgt: „Ein fait accompli ist eine ärgerliche Geschichte, bei der, wenn sie einmal geschehen ist, nichts übrig bleibt, als sich still zu ärgern, eine Faust im Sacke zu machen und ruhig zu sagen: „Zu geschehenen Dingen muß man das Beste reden, um bei Gelegenheit auch ein fait accompli zu machen." Uebrigens sind die faits accomplis blos ganz großen Herren gestattet, und nicht einmal inclusive der Schulzen. Bei Schulzentöchtern passiren sie manchmal."

Des Mannes Bild.

Nicht knechtisch betteln soll der Mann,
Doch Bitt' um Rechtes wird er Jedem gönnen;
Nie Recht vergeben darf der Mann,
Doch muß im Kampf dafür er bluten können.
Kein eitler Fant soll seyn der Mann,
Gilt's bösen Preis, muß er auf All' verzichten;
Nicht tollkühn waget sich der Mann,
Doch kann kein Schicksal ihm den Muth vernichten.
Ein Fels im Meere steht der Mann,
Und, wie's auch wogt, von Stürmen unerschüttert —
Denn wie's auch wogt, es hat der Mann
Die Brust voll Kraft, und nur der Sklave zittert.

Literatur.

Taschenbücher für 1847.

Nachdem wir das „Rheinische Taschenbuch" (Frankfurt a. M. bei J. D. Sauerländer) bereits besprochen haben, verweisen wir noch auf zwei andere derselben.

„Die Perlen", Taschenbuch romantischer Erzählungen von Robert Heller, Nürnberg bei Fr. Korn, erscheinen hier in ihrem sechsten Jahrgang. Man stattet Taschenbücher mit Kupfern aus, damit der Sinn für das Schöne immer mehr geweckt und gehoben werde. Man hat in neuester Zeit den Gebrauch gewonnen, zu diesem Zwecke die Werke berühmter Meister nachzustechen, und man hat damit einen Fortschritt zum Bessern gemacht, weil auf diese Weise Gediegenes zu Tage kam und die Kenntniß von dem Bedeutendsten, was die Malerei und Bildhauerkunst geschaffen hat, sich weiter und allgemeiner verbreitete. So hat auch dieses Taschenbuch sich auf Kunstwerke neuerer Zeit gestützt und neben den gelungenen Nachbildungen einiger derselben gibt es artistische Erläuterungen und biographische Notizen über die betreffenden Künstler und über deren Gebilde. Wir sehen hier Stahlstiche nach beliebten Gemälden von Riedel, Vogel von Vogelstein, von B. von Socken, von K. Kreul, von Schmetz und eine Abbildung der Statue Kaiser Karl's IV., modellirt von Hähnel, gegossen von Burgschmiet. — Den novellistischen Inhalt bilden drei Erzählungen vom Herausgeber: die Erbtochter von Lauterbach, Radeuer in Tharand und Severina. Bei dem rühmlich bekannten Namen des Verfassers halten wir eine Besprechung dieser Novellen für überflüssig; sie werden den Lesern angenehme Unterhaltung bereiten, indem sie in anziehender Darstellung mannigfaltige Bilder aus Welt und Leben entfalten.

„Das Vielliebchen", von Bernd von Guseck, Leipzig bei Baumgärtner, enthält ebenfalls drei Erzählungen: La Colomba, die Vier zu

Delft und Heimweh. Dies Taschenbuch erscheint in seinem zwanzigsten Jahrgang und hat bereits einen ausgedehnten Leserkreis gewonnen. Bernd von Guseck gehört zu den beliebtesten unserer heutigen Novellisten; er besitzt, was doch immer die Hauptsache bleibt, eine reiche Erfindungsgabe, und weiß nicht nur überraschende Situationen, sondern auch lebensfrische Charaktere zu schildern. So gehört namentlich die Erzählung La Colomba zu den besseren Erzeugnissen dieser Art und dürfen wir sie besonders empfehlen. Die 8 Stahlstiche dieses schönen Almanachs gehören theils zu den genannten Erzählungen, theils sind sie Nachbildungen von Gemälden von P. van Schendel, von J. J. Spohler, von M. Retzsch und N. Pienemann. — Auch dies freundliche Vielliebchen wird seinen schönen Leserinnen als ein geistiges Sträußchen duftiger Blüthen der Poesie willkommen seyn und ihnen die langen Winterabende bei der trauten Lampe angenehm zu kürzen helfen. Wo ihm dies gelingt, da hat es seine Bestimmung erfüllt und wir zweifeln nicht, daß es sich den mannigfachen Gaben, welche den bunten Kerzen des Christbaums unterbreitet werden, beigesellen werde.

Korrespondenz.

Mainz, 10. Dec. (Verspätet eingesandt.)

Wir haben seiner Zeit in den öffentlichen Blättern gelesen, daß Hr. Victor Marcel aus Andernach, Conducteur bei der Kölner Dampfschifffahrtsgesellschaft, am 15. Juni d. J. in dunkler, später Nacht, im Hafen von Mainz, einen Passagier, welcher beim Anlegen des Dampfschiffes in den damals hohen Strom fiel, mit persönlicher, großer Lebensgefahr vom Tode gerettet hat. Wenn, wie damals in dem betreffenden Artikel noch bemerkt war, Hr. V. Marcel bei seiner ihm beiwohnenden Bescheidenheit und Nächstenliebe den schönsten Lohn für diese edle That in dem Bewußtseyn: ein Menschenleben gerettet zu haben, gefunden haben mag, so freut es uns nun um so mehr, mittheilen zu können, daß die gedachte edle That auch eine solche äußere Anerkennung Allerhöchsten Orts gefunden hat, wie sie Hr. Marcel so wohl verdiente und wie sie in dergleichen Fällen von guten und menschenfreundlichen Fürsten, als Belohnung und zur Aneiferung bei künftigen ähnlichen Ereignissen, so gerne gegeben werden. Auf den Vorschlag des gr. Provinzial-Commissärs, Hrn. Freihrn. v. Dalwigk dahier, der überall das Gute und Rechte zu fördern bestrebt ist und der sich bereits in seiner hiesigen, eben so schwierigen, als hohen Stellung die Hochachtung und aufrichtige Verehrung im vollsten Maße erworben hat, haben nämlich Se. k. H. der Großherzog dem Hrn. Marcel für die gedachte Rettung eines Menschenlebens die silberne Medaille des allgemeinen Civil-Ehrenzeichens huldreichst zu verleihen geruht. Der Tag zur feierlichen Decoration des Hrn. Marcel war auf den 4. d. M. bestimmt und die Direktion der Kölner Dampfschifffahrtsgesellschaft faßte mit ihrem gewohnten Scharfblicke die Sache sogleich von der richtigen Seite auf, indem sie sich sagte, in einer so ehrenvollen Auszeichnung eines ihrer Beamten finde sich die ganze Dampfschifffahrtsgesellschaft geehrt. Sie stellte zu dem Ende ein eigenes, reich beflaggtes Dampfboot im hiesigen Hafen zur Disposition und ließ sich durch drei ihrer Mitglieder, die Herren Canetta, Kropp und Hagen, repräsentiren. Eine zahlreiche Gesellschaft, aus lauter hiesigen Männern bestehend, die das regste Interesse an der Schifffahrt und am Handel nehmen, war noch besonders zur Feierlichkeit eingeladen worden, und so ging denn der schöne Act an dem genannten Tage um 11 Uhr Vormittags auf dem Verdecke des Dampfbootes vor sich, bei dem der Hr. Provinzial-Commissär, Freihr. v. Dalwigk, indem er dem Gefeierten die Decoration überreichte, eine der Bedeutung des Actes entsprechende Rede hielt, die von dem Decorirten, wie auch von Hrn. Canetta, mit den bescheidensten Danksagungen und mit einem, den allseitigsten und lautesten Beifall gefundenen, dreimaligen Hoch für Se. k. Hoh. den Großherzog erwidert wurde. Unter mehrmaligem Manoeuvriren des Dampfbootes längs des Hafens, in welchem das großh. Hafencommissariat, alle Bureaux und Landebrücken der sämmtlichen Dampfschifffahrtsgesellschaften auf's schönste beflaggt waren, und unter Kanonendonner wurde hierauf die ganze Gesellschaft zu einem Frühstück in den Salon geladen, das nicht nur den guten Geschmack der anordnenden Kölner Herren zu erkennen gab, sondern auch so anziehend war, daß man, während man ihm die gebührende Ehre erzeigte, eine Spazierfahrt bis bei Guntersblum und hierher zurück ausführen konnte. Bei dem Scheiden vom Boote sagte sich endlich ein Jeder: Es war eine schöne, eine erhebende Feier! —

Frankfurt a. M.

Nächsten Samstag den 19. d. M. wird die zwölfjährige Pianistin Auguste Freieisen aus Bern ein Konzert veranstalten, worüber das Nähere durch das Programm bekannt gemacht werden wird. In mehreren Privatkreisen ist diese talentvolle Virtuosin bereits gehört worden und Kenner rühmen nicht nur ihre technische Fertigkeit, sondern mehr noch die Gediegenheit des Spieles und den ausdrucksvollen Vortrag.

Dankbare Erwiederung.

(S. Didaskalia vom 17. Dec. hinten unter „Frankfurt. Eingesandt.")

Dem feinsinnigen Einsender unseren herzlichen Dank! Ihm werde die Beruhigung, daß im vergangenen Jahre auch nicht ein Pfennig unserer baaren Fonds für Spielsachen, Aepfel, Nüsse, Bilderbücher, Confituren rc. verwendet wurde. Jene Gelder wurden allein zur Anschaffung erwärmender Kleidungsstücke, unter der umsichtigen Mitwirkung verehrter Frauen ausgegeben. Ein gleiches Princip beseelt das gegenwärtige Comité der Christbescheerung.

Allein desto reicher wurden wir im vorigen Jahre — und werden, wie wir mit froher Zuversicht von der hochherzigen Milde gefühlvoller Kinderfreunde erwarten, auch in diesem Jahre — von unseren verehrten Mitbürgern mit Bilderbüchern, Spielsachen der mannichfaltigsten und erfreulichsten Art, ja selbst mit Süßigkeiten beschenkt, indem es den Gebern selige Wonne war und ist, nicht blos den Körper der armen Kinder zu erwärmen, sondern auch ihr Herz — gerade bei der herrschenden Noth — am Christfeste zu erfreuen.

Dr. G. Friederich.

Programm des Museums.

Am 18. December.

Symphonie von Beethoven (A-dur).
Scene aus Koriolan, von Shakespeare (Act 5, Sc. 2—4), gesprochen von Madame Burg-Bender, vom Theater in Mainz, und Hrn. Breuer.
Arie aus Sargines von Paer, gesungen von Mad. Knispel.
Klinger und Goethe, eine literar-geschichtliche Parallele, von Hrn. Dr. W. Hamm (erste Abtheilung).
(Zum Erstenmal) Violinconcert von Mendelssohn, vorgetragen von Hrn. Eliason.
Das Lied vom Frauenherzen, Gedicht von Saphir, gesprochen von Mad. Burg-Bender.
Zwei Lieder, componirt von Mendelssohn und Karl Mangold, gesungen von Mad. Knispel.
Jubelouverture von Karl Maria von Weber.

Das nächste Museum findet am 8. Januar 1847 statt. Da nach Ablauf des Semesters 1846/1847 den verehrten Herren Mitgliedern und Abonnenten des Museums Vorschläge zu einer Reorganisation der Anstalt gemacht werden sollen, so wird im Januar 1847 von den Herren Mitgliedern nur der halbe Beitrag für die Monate Januar — März erhoben werden.

Der Anfang ist um halb 7 Uhr; der Saal (im Weidenbusche) wird um halb 6 Uhr geöffnet. — Alle Museumskarten sind persönlich; es wird Niemand ohne Eintrittskarte zugelassen; freie Gastkarten werden nicht ausgegeben. Karten für den Abend zu 1 fl. 30 kr. sind zu haben bei Hrn. Georg Krebs, Zeil, der Post gegenüber.

Theater-Anzeige.

Donnerstag, 17. Dec. (Zum Erstenmale wiederholt): Die Sennerhütte, komische Oper in einem Act, nach Scribe von Hartenfels, Musik von Adam. Vorher: Ein Arzt, Lustspiel in einem Act, nach einem französischen Vaudeville, frei bearbeitet von J. Ch. Wages.

Redacteur: J. L. Heller. — Druck und Verlag von Heller und Rohm.

Didaskalia.

Blätter für Geist, Gemüth und Publizität.

Nro. 349. Samstag den 19. December 1846.

Der Geheimschreiber.

Eine Erzählung von Kathinka Zitz.

(Fortsetzung.)

VIII.

Nach einer langen Unterredung, welche der Connetable mit Sir Ralph Raleigh gehabt, ließ dieser am Abend desselben Tags Fräulein Luise von Rochemore sammt allen Edelleuten seines Hauses in den großen Banketsaal entbieten, und als alle versammelt waren, richtete er mit ernster Würde das Wort an den schottischen Ritter.

„Sir Raleigh," hob er an, „Ihr habt um meine Mündel geworben. Noch heute Morgen wäre ich in der schmerzlichen Nothwendigkeit gewesen, Eure Werbung durch eine abschlägliche Antwort erwiedern zu müssen; mein Wort war gegeben, und Derjenige, der es erhalten hatte, hatte sich meiner Güte noch nicht unwürdig gemacht. Ihr, edle Herren," wandte er sich hierauf an die Edelleute, „die Ihr Zeugen von Stocq's aufbrausender Hitze, von seiner Widerspenstigkeit gewesen seyd, haltet Ihr mich meines Versprechens entbunden?"

Und als alle Anwesenden ihre Häupter zum Zeichen der Bejahung geneigt hatten, fuhr er fort: „Erachtet Ihr, daß der Stallmeister der Königin von Schottland, der durch sie in den Adelstand erhoben wurde, der Ehre einer Verbindung mit uns würdig sey?"

Als die Edelleute auch diese Frage durch ein einstimmiges Ja beantwortet hatten, winkte er dem Fräulein, näher zu treten, legte die Hand des im Entzücken der beglückten Liebe schwelgenden Mädchens in die Hand Raleigh's und sagte:

„Wohlan, Luise! so bediene ich mich denn noch einmal der mir über Euch eingeräumten Gewalt, um nach dem Wunsche Eures Herzens über Eure Hand zu verfügen. Ich vertraue eine Waise dem Schutze des Ritters von Raleigh an."

Mit gränzenloser Freude empfing Ralph die Gewißheit seiner Seligkeit aus der Hand des Connetables und legte ihm aus vollem Herzen im Namen der Ehre, der Liebe und der Dankbarkeit den Schwur ab, sein ganzes Leben dem Glücke der ihm geschenkten Gattin weihen zu wollen. — Es ward bestimmt, daß die Trauung des jungen Paares am folgenden Tag statt finden sollte, weil der König den Wunsch ausgesprochen hatte, daß ihm die Neuvermählte während seines Aufenthaltes in der Umgegend vorgestellt werden möge. Der Connetable war eben im Begriff, in Gegenwart der anwesenden Zeugen den Ehevertrag in den üblichen Formen aufsetzen zu lassen, und sah sich zu diesem Zwecke nach einem in der Feder geübten Manne um, als Claude Stocq plötzlich in der Versammlung erschien.

Empört über die Frechheit, trotz seines ausdrücklichen Verbots vor ihm zu erscheinen, wollte das Blut des stolzen Herzogs aufwallen; aber der Abbé verbürgte sich mit beschwichtigenden Worten für den unterwürfigen Sinn des Geheimschreibers, der, ein Knie zur Erde beugend vor dem Connetable, nachdem ihm dieser zu sprechen vergönnt hatte, also das Wort ergriff:

„Durch mein Gewissen gedrängt, erscheine ich in dieser edeln Versammlung, gnädiger Herr! um mich öffentlich zu entschuldigen und Abbitte zu thun. Durch meine thörichte Leidenschaft irre geführt, habe ich mich erkühnt, einem würdigeren Mitbewerber eine edle Verbindung streitig zu machen . . . habe ich das Schwert in diesem Palast gezogen . . . habe ich sogar einen Schrei des Aufruhrs ausgestoßen . . . es sind dieses Vergehen, deren ich mich schäme, und wofür ich nach Gott den Herrn Connetable aus dem Grunde meines Herzens um Vergebung bitte."

Von so künstlicher Heuchelei getäuscht, fühlte sich Raleigh durch sein gutes Herz gedrängt, um Gnade für den Reuigen zu bitten; auch Luise, welche fürchtete, den Geheimschreiber falsch beurtheilt zu haben, nebst dem Kaplan von Nangis vereinigten ihre Bitten mit denen des jungen Ritters, und so winkte denn der Connetable dem Knieenden sich zu erheben.

„Ich kann Euch nicht verhehlen, daß mich Euer Schritt befremdet," sagte er mit Strenge: „ich weiß nicht, ob ich an Eure Aufrichtigkeit glauben darf."

Da zog Stocq den Ehevertrag hervor, den er auf Befehl seines Gebieters bereits für sich selbst entworfen hatte, zerriß ihn in tausend Stücke und erklärte sich bereit, einen andern für den, der an seine Stelle getreten war, aufzusetzen. Kurz, er wußte dem Connetable alle Bedenklichkeiten mit so siegender Beredsamkeit aus dem Sinne zu schwatzen, daß ihm dieser vertrauen zu dürfen glaubte und ihm erlaubte, wieder in seine Funktionen als Geheimschreiber einzutreten.

Stocq setzte sich zum Schreiben bereit an einen Tisch, und der Herzog diktirte ihm in die Feder:

„Wir Heinrich von Montmorency, Herzog von Damville, Connetable von Frankreich, Vormund der Person des Edelfräuleins Luise von Rochemore, Tochter des verstorbenen Barons Ludwig von Rochemore, der verrätherischer Weise ermordet worden . . ."

Dem Fräulein entfuhr ein schmerzlicher Ausruf. Der Abbé sagte mit mildem Tadel:

„Warum doch, gnädiger Herr! wollt Ihr diese feierliche Handlung durch so schmerzliche Erinnerungen trüben?"

„Um den Gatten an den Haß und an die Rache zu mahnen, die er dem Namen des Mörders schuldig ist," gab der Herzog zur Antwort.

„Wie heißt der Name?" rief Raleigh mit Feuer.

Stocq beeilte sich, den Namen Savigny zu nennen, und Raleigh schwur seiner Luise zu, Jeden zu strafen, der diesen Namen führen würde, und den Vater zu rächen, den er nun auch als den seinigen betrachtete.

Der Herzog hatte indessen dem Geheimschreiber ein Zeichen gegeben, fortzufahren, und diktirte weiter:

„In dieser Eigenschaft geben wir besagtes Fräulein Luise von Rochemore, dem Sir Ralph, Ritter von Raleigh, Stallmeister der Königin Maria von Schottland, zur Ehe."

„Wird es nicht nöthig seyn, Sir Raleigh, Euern Titeln auch den Namen Eures Vaters beizufügen?" fragte Stocq, indem er einen durchbohrenden Blick auf den jungen Mann warf, der erröthend verstummte, weil er keine Rechenschaft über seine Herkunft zu geben wußte. Damville sah Einen um den Andern an, und aus dem Mienenspiel des Geheimschreibers auf irgend ein unheildrohendes Geheimniß schließend, rief er gebieterisch:

„Redet, Stocq! Ihr scheint mehr zu wissen. Wer war der Vater dieses jungen Mannes?"

„Landry, Hugenot und Bürger von Senlis," versetzte der Geheimschreiber langsam, indem er mit boshafter Freude jede Sylbe stark betonte.

„Du lügst, Du lügst!" schrie Raleigh außer sich. „Bekenne es, oder Du sollst es mit Deinem Leben büßen."

Aber Stocq berief sich mit kalter Ruhe auf das Zeugniß des Abbé von Nangis, welcher zur großen Bestürzung aller Betheiligten aussagte, daß die Königin Maria Stuart, als sie Frankreich verließ, allerdings zu Senlis einen kalvinistischen Knaben in Schutz genommen, welchem sie den Namen Raleigh gegeben habe.

(Fortsetzung folgt.)

Jacques Fromenthal Halevy.

In seinen neuerdings erschienenen gesammelten vermischten Schriften, unter dem Titel: „Für Freunde der Tonkunst" (Kitzingen, in der Köpplinger'schen Buchhandlung) gibt Gustav Schilling einen biographischen und kritischen Abriß über den obengenannten Tonsetzer, welcher Mittheilung wir die nachstehenden Fragmente entnehmen:

Halevy ist unstreitig einer der fruchtbarsten und auch bedeutendsten jetzt lebenden französischen Componisten. Er stammt aus einer israelitischen Familie und ist am 27. März 1799 zu Paris geboren. Seine erste Erziehung erhielt er in der Unterrichtsanstalt Cazot. Schon in früher Jugend legte er Beweise von einem außerordentlichen musikalischen Talente an den Tag, und seine Eltern kamen daher bald zu dem Entschlusse, ihn sich der Kunst widmen zu lassen, wenn er fernerhin Lust und Anlage dazu zeige, und wenigstens den Versuch zu machen, wie weit sich dieselben wohl äußerten. Er kam daher, noch nicht volle zehn Jahre alt, in das Conservatorium zu Paris, wo er indeß, theils seiner Jugend wegen, theils weil noch nichts Festes über seine Zukunft bestimmt war, nur als Gesangszögling aufgenommen wurde. Unterricht auf irgend einem Instrumente erhielt er gar nicht, bis man gewahr wurde, daß der Knabe für sich selbst schon, ohne alle Anleitung, rein durch sein schönes Talent und einen seltenen Fleiß getrieben, eine für sein damaliges Alter nicht unbedeutende Fertigkeit auf dem Claviere sich erworben hatte. Nun ward er, zumal da er auch im Singen sich durch auffallend schnelle Fortschritte auszeichnete, und demnach über seinen künftigen Beruf als Musiker gar kein Zweifel mehr übrig bleiben konnte, auch einer Instrumental-Klasse zugewiesen, wo Charles Lambert seine Studien auf dem Pianoforte zu leiten hatte. Aber schon binnen einem Jahre — so fruchtbar war sein Talent, und so unermüdet sein Fleiß — war er den Kräften und der Methode dieses Meisters völlig entwachsen, und da er ausdrücklich nach einem umfassenden Unterrichte in der Composition sich sehnte, so ward, ungeachtet seines noch zarten Alters, und obschon der gewöhnliche Curs dadurch um mehrere Unterrichtsstufen unterbrochen wurde, der würdige Berton sein Lehrer. Es kann hier nicht ohne besondere Hervorhebung bleiben, daß es von einem seltenen Talente und merkwürdig frühen Voranschreiten Halevy's zeugt, wenn man ihn damals, wo er noch nicht einmal das dreizehnte Lebensjahr zurückgelegt hatte, schon als Repetiteur d'une Classe de Solfège anstellte, wie für die Studien unter Berton reif fand, und geschehen muß dies wirklich seyn, sonst wäre eine so ganz außergewöhnliche Klassenversetzung mit ihm nicht vorgenommen worden. Uebrigens sollte auch der letztgenannte Meister nicht lange des fleißigen und geistig wie körperlich so sehr aufgeweckten Schülers sich freuen: gegen alle Erwartung war derselbe bald auch dieser Schule entwachsen und mußte dem ersten Lehrer und Direktor der Anstalt selbst, Cherubini, zu weiterer Fortbildung zugewiesen werden. Die ernsten und mächtigen, weit umfassenden Gegenstände indeß, welche dieser strenge Mentor ihm entgegenstellte, waren von dem jugendlichen Geiste nicht so bald überwunden: fünf volle Jahre mußte Halevy in der Schule Cherubini's verweilen, und vollendete während der Zeit und unter der sorgfältigsten Leitung alle Studien des Contrapunkts und der Composition überhaupt, woraus der vollkommenste Beweis ersteht für die Gründlichkeit der Bildung, welche Halevy als Tonsetzer in seiner Jugend genossen, und woher wir denn auch im vollkommensten Maße zu dem Rechte gelangen, diejenigen Ansprüche an seine Leistungen zu stellen, welche nur durch eine umfassende contrapunktische Durchbildung von Seiten eines Componisten befriedigt werden können, um so mehr, als nach einem kaum zweijährigen Cursus schon Cherubini seinen Schüler selbst für befähigt erklärte, an der Concurrenz um den großen Preis, welchen die königl. Akademie der Künste zu Paris alljährlich für die Schüler des dortigen Conservatoriums aussetzt, Theil zu nehmen, und wirklich auch Halevy im Jahre 1816, nachdem er 1814 bereits den Preis der Fuge gewonnen hatte, eine solche Theilnahme zugestanden wurde. Kehrte er auch nicht sieggekrönt aus dem Kampfe in seine stillen Studierzimmer zurück, so war die Befähigung zur Theilnahme an sich doch schon eine höchst ehrende Anerkennung, und daß es an Kräften zum Siege ihm nicht fehlte, bewies er 1819, wo er gänzlich aus dem Conservatorium entlassen wurde und wirklich jenen ersten Compositionspreis durch eine Cantate „Herminia" gewann, die so großen Beifall fand, daß selbst die Regierung aufmerksam auf ihn wurde und ihn auf ihre Kosten zur weitern Fortbildung für zwei Jahre nach Italien schickte, wo er besonders zu Rom noch Viel zu profitiren glaubte, indem er dort sich des Umgangs mit dem classischen Meister Baini erfreute, unter dessen Leitung er sich eifrigst auch mit dem Studium älterer, wirklich klassischer Musterwerke beschäftigen konnte. Aus Italien wandte er sich auch nach Wien, um den Sinfonisten Beethoven kennen zu lernen, bei dem er aber nur „als ein Schüler Cherubinis", aber dann auch eine sehr freundschaftliche Aufnahme fand.

Im September 1822 kam H. nach Paris zurück und hatte er, wie aus der bisherigen Erzählung zur Genüge hervorgeht, bis dahin alle Schulen durchgemacht, deren Studien vor allem selbstständigen Wirken zu absolviren wir irgend nur von einem mit Geist und Talent reichlich ausgestatteten jungen Künstler verlangen können; trat er, wirklich ausgerüstet mit den schönsten Gaben und gründlichsten Kenntnissen, an dem heimathlichen Heerde wieder auf, um nun auch Früchte bringen und tragen zu lassen den Samen, der in so glücklicher Weise ausgesäet worden war, so stand ihm doch die schwerste, die gefährlichste Schule noch bevor, die Schule des Lebens, der Welt und Zeit; denn der Samen gehört wohl einem eigenen geheimnißvollen Boden, aber die Frucht — der Welt, dem freien Leben, und ob sie in diesem auch gedeihe, ob sie in diesem auch zur völligen Reife gelange, hängt nicht blos von der reinen Keimesfülle des Samens, sondern von noch manchen andern und selbst zwar äußeren Umständen ab. Bisher hatte Halevy seine Kunst und sein Leben lediglich von der poetischen Seite auffassen, hatte schwelgend in der Phantasie ein Leben voll lauter Idealität führen können; jetzt sollte es gelten, alle Poesie auch in die Praxis, alle Phantasie in die Realität überzutragen, und wie viele der schönsten, kräftigsten Künstlergemüther in solchem Kampfe straucheln, wie viele der herrlichsten und zur üppigsten Blüthe entfalteten Talente in dieser ernstesten aller Schulen wieder zu Grunde gehen, bedarf unseres Nachweises hier nicht mehr. Wir wollen sehen, wie Halevy seine Mittel auch in dieser Richtung geltend machte. Schon vor seiner Abreise nach Italien hatte er, da doch einmal in Frankreich und Italien ein Componist hauptsächlich nur auf der Bühne sein Glück zu machen im Stande ist, und da er vorzugsweise auch der dramatischen Composition sich hinzugeben beschlossen hatte, zu Paris eine Oper: „Les Bohémiennes" (die Zigeunerinnen) componirt; allein ungeachtet aller deshalb angewandten Mühe war er nicht im Stande, sie zur Aufführung zu bringen. Zahllose Hindernisse stellten sich da in den Weg, und hatte er mit Concurrenz, Cabale, Eifersucht, und wie die Dinge alle heißen, welche sich auf dem Kunstgebiete dem jungen Emporstreben leider nur zu häufig in den Weg stellen, ausgekämpft, so fand man das Werk zu sehr nur als ein Ergebniß reicher, ungezügelter Phantasie, als daß es auf der praktischen, lebendigen Bühnenwelt Glück machen könne, fand es undramatisch und was Alles noch mehr. Gleich nach seiner Rückkunft setzte er sich zu einer neuen Arbeit und schrieb die große Oper „Pygmalion" und eine Operette „Les deux papillons." Beiden Werken erging es nicht besser, als jenem ersten, und Halevy ward, wollte er für die Welt und nicht blos für sein Schreibpult arbeiten, gezwungen, mit einem Male aus seiner hohen idealen Welt in das triviale praktische Kunstleben, in welchem die Menge sich zu Paris bewegt, herabzusteigen, und welche totale Umwandlung dies in seiner ganzen geistigen, künstlerischen Thätigkeit, in Zweck und Mittel seines Strebens hervorbrachte, lehrte sofort die neue Oper „L'artisan", welche er 1826 fertigte, und welche wirklich im Jahr 1827 auf dem Theater Feydeau zur Aufführung kam. Von der Mattigkeit und gänzlichen Interesselosigkeit des Gedichts (von St. Georges) abgesehen, muß jede vernünftige und unparteiische Kritik doch zugestehen, daß die Composition nicht einen Zug von eigentlich künstlerischer, poetischer Erfindung offenbarte, wie daß überhaupt nichts darin zu finden war, was als ein Produkt der früheren gründlichen Studien des jungen Meisters hätte betrachtet werden können.

(Schluß folgt.)

Mannichfaltigkeiten.

(Frankfurt, 17. Dec.) Vor einiger Zeit producirte an der Spielbank zu Homburg ein junger Mann eine angeblich französische Banknote von tausend Franken. Bei genauerer Besichtigung zeigte es sich jedoch, daß dieses ein wahrscheinlich zum Scherz nachgemachtes Papier war, und die Aufschrift: mille franches trug. Ueber die Sache ist eine Untersuchung eingeleitet. Hier wurden einmal zur Abendzeit Champagner-Etiquetten für Papier-Thaler ausgegeben. (Fremden-Bl.)

(Berlin, 12. Dec.) Bei der gestrigen Vorstellung des Ballets „Der türkische Arzt" im königl. Opernhause ereignete es sich, daß die beliebte Tänzerin, Demoiselle Polin, mitten in einem Tanze mit einem lauten Schrei hinstürzte, so daß der Vorhang augenblicklich heruntergelassen werden mußte. Das Publikum glaubte anfangs, die Tänzerin sey gestrauchelt und habe sich verletzt; es ergab sich jedoch, daß diese plötzlich von einem Brustkrampfe befallen worden, und in Folge dessen hingestürzt sey, ohne sich jedoch weitern Schaden zu thun. Inzwischen war dadurch die Vorstellung für diesen Abend unterbrochen.

Man liest in der „Elberfelder Ztg.: (Köln, 10. Dec.) Unsere Stadt wird gegenwärtig durch das Gerücht beunruhigt, daß wieder ein Mensch in den Räumen des städtischen Gefängnisses, der „Violine", verendet sey. Dieser, angeblich ein Landmann, der gestern in einer Schenke etwas gehabert hatte, soll durch die Polizei in trunkenem Zustande in einen Raum gesperrt worden seyn, in welchem man durch Staffel nieder gelangt, und darin heute Morgen als Leiche gelegen haben. Ob nun der Schlag plötzlich zugetreten, oder ob er durch einen Fall treppunter das Genick gebrochen, ist eine Frage, die bald auf diese, bald auf jene Weise beantwortet wird. Jedenfalls werden durch diesen Fall frühere traurige Vorfälle wieder aufgeregt, und wird der Stadtrath auf's neue ermahnt, etwas für den Zustand der Aufgegriffenen zu thun, um so mehr, da jeder Ehrenmann in den Fall kommen kann, einmal Nachts in der „Violine" einkehren zu müssen.

(Ein Dampfboot eingepackt.) Ein englischer Schiffsbauer hat für die österreichische Regierung einen allerliebsten kleinen Steamer vollendet, welcher auf den venetianischen Canälen und gelegentlich zu Lustfahrten auf dem adriatischen Meere benutzt werden soll. Er ist von Eisen, 12 Fuß Plankenbreite, 70 Fuß lang, hat (nach Art der Gondeln) ein Steuer vorn und hinten, und die innere Einrichtung ist fürstlich. Das ganze Schiff wurde nach Fertigwerden auseinander genommen, in Kisten verpackt und an Bord eines Seegelschiffes nach Venedig geschickt.

(Eschollbrücken, im Kreise Bensheim, 14. Dec.) Im hiesigen Pfarrhause wurde der Versuch gemacht, aus zwei Drittheilen roh geriebener Weißerüben und einem Drittheil gewöhnlichen Roggenmehls Brod zu backen. Das Resultat fiel über alles Erwarten so gut aus, daß die Bewohner des Ortes dem Entdecker dieses billigen Brodmittels nicht genug Dank zollen können. Das Brod hat einen angenehmen, etwas süßen Geschmack und kommt der 5pfündige Laib nur auf 11 kr. zu stehen. Es ist zu wünschen, daß dieses so zeitgemäße Verfahren so schnell wie möglich nach allen Gauen des deutschen Vaterlandes verbreitet wird. (Hess. Z.)

(Frankfurt a. M.) Dem hiesigen bekannten Cello-Componisten R. E. Bockmühl, welcher 5 Hefte Etuden für Violoncelle nach einem neuen System componirte, die nächstens in Offenbach bei André erscheinen, wurde die große Auszeichnung zu Theil, daß dieselben vom Hrn. Fétis zum Unterricht bei'm königl. Conservatorium in Brüssel eingeführt wurden. Ein brillantes Duett von demselben und dem ausgezeichneten Violinisten J. Eichberg zur Feier der Vermählung Sr. königl. Hoheit des Kronprinzen von Würtemberg componirt, erfreut sich der huldvollsten Aufnahme.

Korrespondenz.

Darmstadt, 16. Dec.

Dem Anscheine nach steht der hiesigen höheren Gewerb- und Realschule eine Aenderung ihres Direktoriums bevor, welche durch das Gesuch des seitherigen Vorstandes, des Hrn. Oberschulrath Schacht, um Pensionirung nöthig geworden ist. Diese Anstalt, eine der wichtigsten im Großherzogthum, weil ihr die höhere wissenschaftliche Bürgerbildung anvertraut ist, hat sich von sehr kleinen Anfängen an, wenn wir nicht irren, innerhalb eines Zeitraums von fünf und zwanzig Jahren, aus dem eigenen Kerne kräftig und gesund heraus entwickelt. Deshalb ist sie auch nicht, wie in einigen Ländern, wo man wie mit einem Zauberschlage solche Schulen schaffen wollte, ehe man deren Ziel und Aufgabe genau kannte, eine Treibhauspflanze geworden. So weit wir diese Schule aus ihrer Organisation und ihren Leistungen kennen gelernt haben, ist es nicht zu läugnen, daß sie auf einer Stufe ihrer inneren Ausbildung angelangt ist, die noch keine völlig abgeschlossene genannt zu werden verdient. Deshalb hat sich ihr aber gerade im Augenblick, wo die Wahl eines neuen Vorstandes vor sich zu gehen hat, die öffentliche Theilnahme zugewandt, wie die Gerüchte mancherlei Art beweisen, welche über die Organisation des Direktoriums, wie über die vom Volksmund als Kandidaten bezeichneten Personen bei uns umgehen. Es waltet in der That in betheiligten, wie unbetheiligten Kreisen kein Zweifel ob, daß gerade jetzt, mehr wie je, von der Wahl eines neuen Vorstandes ihr künftiges Schicksal abhängt, ob sie nach und nach unter umsichtiger und fester Leitung ihr Ziel erreichen soll, das Schulen ähnlicher Art, wie die zu Stuttgart, Karlsruhe, Dresden, Hannover und anderen Städten von gleicher Einwohnerzahl und Bedeutung wie Darmstadt, bereits erreicht haben. Man spricht unter Anderm davon, daß anstatt eines Direktors, welcher seither dem Oberschulrathe, einer Mittelbehörde, untergeben war, wie in Karlsruhe eine Commission von ausgezeichneten Technikern und Staatsbeamten ernannt, ihr einer der Lehrer als Mitglied beigesellt und diese Behörde unmittelbar dem Ministerium untergeordnet würde. Der Schule würde dadurch allerdings eine höhere Stellung im Studienorganismus des Landes eingeräumt, die aber bei einer so ausgedehnten Anstalt nöthige Einheit dadurch mehr oder weniger beeinträchtigt werden. Freilich ist es schwierig, einen Mann zu finden, der so in jeder Beziehung der Aufgabe gewachsen ist. Er muß bei fortdauernder, anregender Lehrerthätigkeit in irgend einem Hauptzweige der Polytechnik, der ersten Bedingung, durch die er organisch mit der Schule verwachsen bleibt, mit Organisationstalent die gründlichste wissenschaftliche Bildung und pädagogischen Tact verbinden. Irren wir uns indessen nicht, so liegt das Gute, wie in so vielen Fällen, auch hier sehr nahe. Wir glauben in dem Lehrer, welcher als Mathematiker, Physiker und Mechaniker bereits seit beinahe fünf und zwanzig Jahren alle Veränderungen der Schule mit erlebt und auf ihren inneren Ausbau einen vorwiegenden Einfluß ausgeübt hat, in Hrn. Dr. Külp, den rechten Mann bezeichnen zu dürfen. Wir kennen wenigstens im ganzen Großherzogthum keinen Lehrer, der so viel Ausdauer und Aufopferung für seine Schule gezeigt, sich mit ihr so identifizirt hätte, wie er, was auch in den verschiedensten Kreisen, bei seinen Mitbürgern, Schülern und Mitlehrern ohne Neid willig anerkannt wird. Die anderen, vom Gerücht bezeichneten Kandidaten, an denen es, wie man sieht, nicht fehlt, die Herren Curtmann in Friedberg, Thudichum in Büdingen, Lautenschläger und Oberschulrath Lüft dahier, ganz unbeschadet ihrer sonstigen großen Verdienste, haben sich doch zu lange auf anderen Gebieten bewegt. Zugleich würde es vom ganzen Lehrerstand des Großherzogthums als ein erfreulicher Grundsatz der Regierung begrüßt werden, wenn ein Lehrer, der so von unten an die Picke getragen hat und so vollständig einer höheren Stellung gewachsen ist, an seiner Schule das höchste Ziel erreichte.

W.

Biedenkopf, im Dec.

Wer sich unter unserem Hinterlande einen dunkeln Winkel vorstellt, in welchen der Strahl der modernen Sonne des Fortschritts noch nicht eingedrungen sey, der irrt sich. Wie ein Artikel vor mehreren Wochen in diesem Blatte berichtete, so besteht hier nach dem Vorgange anderer deutschen Landstädte ein Volksleseverein, sogar ein Schiedsgericht. — Nicht zu übersehen und von eingreifendem Einflusse für unseren abgelegenen Landestheil ist die Errichtung einer Realschule seit Frühjahr d. J., welche bei den daran verwendeten rüstigen und tüchtigen Lehrerkräften einen günstigen Fortgang und dereinstige Vortheile für die Stadt und Umgegend verspricht. Die bereits starke Betheiligung gerade bei dem Bürgerstande, da die hiesigen Angestellten zufälliger Weise nur in kleiner Zahl der Realschule Kinder von entsprechendem Alter liefern, spricht sehr für das Bedürfniß einer derartigen Anstalt für hiesige Gegend. Auch der lebhafte Anklang, den die Einführung eines Sonntagsunterrichts für Handwerker durch den Lehrer der Mathematik und Naturwissenschaft an der Realschule hier gefunden hat, beweis't, wie sehr die vom Staate an den Handwerksmann gemachten gesteigerten Anforderungen die Nothwendigkeit von höheren Bürgerschulanstalten fühlbar machen. Auch der seit neun Jahren hier bestehende Gesangverein hat dieser Tage durch den Rücktritt seines seitherigen Directors eine Metamorphose erlitten und strebt, sich durch Reorganisation der Statuten und Beseitigung gewisser seitherigen Mißstände eine breitere, populärere Grundlage zu geben. Welche Aufmerksamkeit man in den Städten des benachbarten Auslandes, Laasphe, Berleburg, Frankenberg, Wetter rc., wie hier, der Ausbildung des Volksgesangs widmet, bewies das am 23. Aug. d. J. in Biedenkopf gefeierte Gesangfest, das durch sein kaum erwartetes Gelingen um so mehr überraschte und bei den zahlreichen Besuchern von nahe und fern ansprach, als es, zwischen Laasphe und Biedenkopf schnell verabredet, den übrigen Sängervereinen obiger Städte keine vier Wochen Zeit zur Vorbereitung verstattete. Zwischen den Dirigenten der Gesangvereine wurde für künftige Jahre eine öftere Wiederholung solcher Feste und resp. engeres gegenseitiges Aneinanderschließen verabredet. Auffallend war den zahlreichen Fremden die für einen Ort von der Bedeutung, wie B., ungewöhnliche Ausstattung mit einem ganz ausgezeichneten öffentlichen Belustigungsorte, dem nahegelegenen Frauenberge, der durch eine wirklich seltene Aussicht lahnauf- und abwärts und eine ausgedehnte, von der Bürgerschaft durch gemeinschaftliche Anstrengung in's Werk gesetzte Herrichtung und Ausschmückung einer großen Stadt zur Zierde gereichen würde. Der nahegelegene Schloßberg mit gleichfalls herrlicher Aussicht der Lahn hinab wurde wegen seines schattigen Eichwaldes und des interessanten Aufenthalts auf den Zinnen des neuerdings ausgebesserten Schlosses durch hiesige Forstverwaltung ebenfalls mit Sorgfalt angelegt. Reisende von Köln, Kassel, Frankfurt, Gießen rc. rühmen den Aufenthalt in hiesiger Stadt hauptsächlich, seitdem sich den hier bestehenden Gasthaltereien ein an der Seite des Schloßberges vor der Stadt angelegter Felsenkeller für den Sommer zugesellt hat. — Seit dem 1. Sept. ist zwischen Battenberg und Gießen, und seit dem 1. Oct. zwischen Siegen und Marburg über hier tägliche Postverbindung hergestellt, wodurch wir jedem anderen Punkte des Landes in Bezug auf die Verbindung mit der übrigen Welt gleichgestellt sind. Mit Verlangen sehen wir der Ausführung der Eisenbahn zwischen Kassel und Frankfurt entgegen, durch welche wir, obgleich sie einige Stunden entfernt vorüberführt, doch in enge Verbindung mit der gepriesenen Rheingegend gebracht werden. — Durch Auffindung einiger bedeutenderen Nickel- und Kupfererzgänge gewinnt unsere nächste Umgebung ein noch bergmännischeres Aussehen, als es die hier seit früher bestehenden Eisenwerke, wie die Ludwigshütte, Kilianshütte rc. schon mit sich brachten. Ganz in der Kürze wird in der Nähe hiesiger Stadt eine Nickelschmelze entstehen, wie sich denn ausländische Bergwerksgesellschaften aus dem Nassauischen herüber bei uns jetzt auszudehnen anfangen. Ausdehnung berg- und hüttenmännischer Gewerbe kann in der That mehr, als alles Andere, der hiesigen Gegend bei ihrem beschränkten Ackerbau und ihrer verhältnißmäßigen Erwerblosigkeit aufhelfen.

Offenbach, 17. Dec.

Hr. v. Horar hat auch dies Jahr wieder die Direktion unseres Theaters und bietet Alles auf, den Anforderungen des Publikums zu entsprechen. Die meisten Fächer sind so gut besetzt, wie man es billiger Weise nur verlangen kann. Das Repertoir umfaßt nicht allein die besseren älteren Stücke, sondern auch die neueren und neuesten dramatischen Erzeugnisse. Die gegenwärtigen Zeitverhältnisse sind übrigens dem Theaterbesuch nicht günstig. Die allgemeine Calamität trifft auch die Theaterdirektoren. Möge eine baldige bessere Zukunft für die Opfer, die sie nothwendig jetzt bringen müssen, sie wieder entschädigen. Kommenden Sonntag, den 20. d., wird „Cabale und Liebe" gegeben. Die Vorstellung erhält dadurch ein besonderes Interesse, daß ein Dilettant den Ferdinand als ersten theatralischen Versuch spielt. Man ist sehr gespannt, wie er diese schwierige Aufgabe lösen wird.

Anagramm.

Mit L hegt es der Eichen viel,
Mit N war's oft der Wallfahrt Ziel.

Nidda. G. Hederer.

Theater-Anzeige.

Samstag, 19. Dec. (Neu einstudirt): Die feindlichen Brüder, oder: Doctor und Apotheker, Lustspiel in 4 Abth., von Raupach. Vorher geht: Nehmt ein Exempel dran, Lustspiel in einem Act, von Dr. C. Töpfer. (Gastrolle) Die Frau: Fräulein Quint, vom Königsstädter Theater zu Berlin.

Redacteur: J. L. Heller. — Druck und Verlag von Heller und Rohm.

Didaskalia.

Blätter für Geist, Gemüth und Publizität.

Nro. 350. Sonntag, den 20. December 1846.

Der Geheimschreiber.

Eine Erzählung von Kathinka Zitz.

(Fortsetzung.)

In die Aussage des frommen Priesters war kein Zweifel zu setzen, und so war denn mit einemmale die selige Hoffnung der Liebenden zernichtet, denn Damville nahm sein Wort zurück, und setzte dem Flehen seiner Mündel den wichtigen Grund entgegen, daß der König nimmermehr zugeben würde, daß sie die Gemahlin eines Hugenotten werde.

„Ihr irrt, gnädiger Herr!" ließ sich Stocq jetzt vernehmen, „ich habe Alles vorausgesehen . . ." und als alle Blicke sich voll Neugierde auf ihn richteten, sah er sich mit geheimer Befriedigung in dem Kreise um und setzte dann hinzu: „Ihr seht mich Alle mit Spannung an; Ihr sagt: das ist ein Mann, der sich rächt! Geduld, Ihr werdet mich bald besser beurtheilen. Ich pflege kein halbes Opfer zu bringen; vernehmt daher, daß ich mich zum König begab, der noch nicht wußte, daß ich indessen bei dem Herrn Connetable in Ungnade gefallen; ich selbst setzte ihn von den Hindernissen in Kenntniß, welche sich dem Glück meines Nebenbuhlers entgegen stellen, und bat in dem Namen meines gnädigen Herzogs um Beseitigung derselben. Das habe ich gethan; darum bin ich wieder hier erschienen und habe mich erniedrigt; darum erhebe ich mich aber auch jetzt mit Stolz, denn ich bitte, es wohl zu merken, denn ich bin es, der jetzt das Schicksal dieser beiden jungen Herzen erfüllen wird."

Hierauf zog er eine mit dem königlichen Siegel versehene Schrift hervor, und indem eine teuflische Lust aus seinen Augen sprühte, rief er: „Hier ist die Antwort Seiner Majestät. Erlaubt, mein gnädiger Herr, daß ich sie dieser edeln Versammlung vorlese."

Nachdem Damville seine Genehmigung zur Kundgebung des königlichen Willens ertheilt hatte, herrschte eine so lautlose Stille in der Versammlung, daß man die Herzen Raleighs und der an allen Gliedern zitternden Luise deutlich schlagen hörte. Stocq ließ die Blicke noch einmal mit Wohlbehagen über den Kreis gleiten, und hob dann mit lauter und deutlicher Stimme zu lesen an:

„Wir, Heinrich, der Dritte dieses Namens, erklären auf das Gesuch unsers vielgeliebten Connetables Montmorency, Herzogs von Damville, durch gegenwärtigen Patent-Brief, daß er den Ritter Raleigh in der Eigenschaft, welche ihm durch unsere Schwester von Schottland übertragen wurde, als wahren Edelmann erkenne, und heben die Verdammungsurtheile auf, welche gegen seinen Vater als Hugenot, unter dem falschen Namen Landry, und als Meuchelmörder unter dem Namen des Marquis Carl von Savigny ausgesprochen wurden."

„Savigny!" erschallte es aus aller Munde, während Luise mit einem herzzerschneidenden Wehlaut ohnmächtig zusammen sank. Raleigh sprang wie ein blutgieriger Tiger auf Stocq zu, den er bei der Kehle faßte und sein Leben verlangte. Der Connetable befahl, ihn zu entwaffnen, und während die Edelleute dieses bewerkstelligten, warf der Geheimschreiber mit den Worten: „Gnädiger Herr! das war mein letzter Dienst!" das königliche Schreiben auf den Tisch und verließ unaufgehalten das Zimmer.

IX.

Es war schon spät am Abend, und Claude Stocq war noch immer nicht in seiner Behausung zu Senlis erschienen, wo sein alter Diener seiner Heimkehr harrte. Margarethe, seit sie aus dem Schlosse gekommen, wo sie Landry's Kette gefunden hatte, saß stumm, ohne die Blicke empor zu heben, äußerlich gefühllos wie eine Bildsäule in der Stube, die einst ihr häusliches Glück umschlossen hatte, aber innerlich gährte es desto mächtiger in ihr. Alle Bilder waren wieder aufgewacht, sie sah ihren Knaben wieder vor sich, wie vor fünfzehn Jahren, sah ihren Gatten unter ihren Augen erschlagen, und doch däuchte es ihr, als sey sie alt, sehr alt, und sie fragte den Himmel, warum sie denn noch immer nicht sterben könne. Endlich zog sie ein kleines Säckchen aus ihrem Busen hervor, welches eine Haarlocke von ihrem Kinde enthielt, und indem sie diesen einzigen Ueberrest ihres gestorbenen Glücks betrachtete, war es ihr, als sähe sie das geliebte Haupt vor sich; wie an jenem Abend, welcher der Blutnacht voranging, wähnte sie den Knaben im Lehnstuhl schlafend vor sich zu sehen, und die Macht ihrer Einbildungskraft war so stark, daß sie plötzlich vor demselben niederkniete und den Engel des Herrn anrief, seine Flügel schützend über das Kind auszubreiten, dessen süßen Hauch sie einzuathmen wähnte; dieser schöne Traum verschwand erst, als Stocq heimkehrte, dessen dröhnende Schritte sie nicht sobald vernahm, als sie vom Boden aufsprang und sich in tiefer Niedergeschlagenheit in einen Stuhl fallen ließ.

Der Geheimschreiber trat mit finsterer Miene in das Zimmer, ohne die Wahnsinnige im geringsten zu beachten. Er hatte sich gerächt, aber er stellte sich die Frage, ob diese Rache auch hinreichend sey, denn seine Rolle war nun doch ausgespielt. Zweimal in seinem Leben hatte er sich an demselben Stein gestoßen; nachdem er ihn mit dem Fuße fortgeschleudert, hatte er ihn nun, zum zweitenmale auf seinem Wege gefunden, und alle seine Hoffnungen waren daran zerschellt. Er hatte im Leben weder getheilte Liebe noch befriedigten Ehrgeiz gefunden, sondern nur Träume, nur wesenlose Schatten, die er nicht erreichen, nicht in seine Arme zu schließen vermochte. Er wußte nicht, auf welchen Grundstein das Glück zu bauen ist. Die Tugend war ihm nur ein Wort ohne Sinn, denn er hatte dem Verbrechen gedient, und dem Verbrechen war ein glorreiches Leben, ein geachteter Tod zu Theil geworden. Die Verwegenheit, die sich durch nichts zurückhalten, der Wille, der sich durch nichts beugen ließ, war Stocq eigen gewesen, er war über Leichen gewandelt, um zu seinem Ziele zu schreiten; aber dieses Ziel war, als er es eben zu erreichen glaubte, unter seinen Füßen zum Abgrund geworden; er hatte seine Hand nach goldenen Früchten ausgestreckt, aber nur Sodomsäpfel voll Asche und Moder gepflückt! D'rum zweifelte er jetzt an Allem, ausgenommen an der Rache, an der einzigen Lust, die ihm geblieben war. Er hatte Raleigh's Abschiedsblick verstanden, er war überzeugt, daß der junge Mann ihn aufsuchen, daß er ihn zu einem Kampf auf Leben und Tod fordern würde; auch haßte er ihn viel zu sehr, um einem Andern die Sorge, ihn aus dem Wege zu räumen, zu überlassen; sollte aber das Schicksal wollen, daß er von der Hand des jungen Mannes fiele, so hatte er bereits alle Anstalten gemacht, damit dieser seinen Tod nicht überlebe. Er hatte zu diesem Zwecke Verabredungen mit einigen ihm treu ergebenen Freunden getroffen, die ihm eidlich zugesagt hatten, auf das erste Wort von ihm herbei zu eilen und an seine Stelle zu treten, wenn er erliegen sollte. — Aber auch an dem Connetable wollte er sich rächen, an dem stolzen Manne, der ihn gedemüthigt hatte, der ihn gezwungen hatte, vor ihm im Staub zu kriechen, wie ein Hund, der um Gnade bettelt. D'rum wollte er jetzt Geheimnisse aus dem Grabe hervor rufen, die seit zwanzig Jahren darin geschlafen hatten.

(Fortsetzung folgt.)

Jacques Fromenthal Halevy.

(Schluß.)

Indeß äußerte die Menge doch schon einiges Wohlgefallen an dem Werke, sprach dem Schöpfer Anlagen zur dramatischen Composition zu, und traf dieses Urtheil in der Zeit mit den außerordentlichen Erfolgen zusammen, welche Auber in der Bühnenwelt zu erringen anfing, so konnte Halevy auch kein Zweifel mehr übrig bleiben über den Weg, welchen er, wollte er gleichfalls ein Mann des Tags und der Menge werden, zu wandeln genöthigt sey: ein Weg, den, zum Bedauern des tieferen Kunstverständigen wie des Vertrauteren mit seinen eigentlichen Kräften, Halevy dann mehr oder weniger bis auf den heutigen Tag auch mit einer — wir sagen es dreist — seltenen Verläugnung seiner selbst und seines schönen Wissens in der größten Beharrlichkeit und dennoch nicht mit den glänzenden Wirkungen und Erfolgen fortgesetzt hat, die auf demselben zu erringen er sich früher vielleicht träumte. Gleich in dem folgenden Jahre 1827 trat er mit einer neuen Composition zum Namenstage Königs Carl X. auf, „Le Roi et le batelier"; Riffault hatte dazu den Text geliefert, und er sich durch seine letztgenannte Oper den Auftrag zur Composition zu erringen gewußt; allein, was sie war und noch ist, sagt der erste Blick in die Partitur: Nichts als eine Huldigung des Zeitgeschmackes mit kühnster Hinwegsetzung über alle ernste Kunstregel, und dennoch konnte die Musik sich, uneingedenk der nachmaligen politischen Umwälzungen in Frankreich, nicht einmal in der Erinnerung lange erhalten und kein viel größeres Interesse erregen, als welches die Gelegenheit an sich schon an ihre Erscheinung knüpfte."

Nachdem Halevy nun mit mehr oder minder Erfolg noch verschiedene kleine Opern und Balletmusiken geschrieben und in Frankreich seinen Ruf befestigt hatte, bedurfte es noch einer besonderen Gelegenheit, um seinen Namen über den Bezirk seines Vaterlandes hinauszutragen, und diese bot sich dar in dem Tode des berühmten Componisten des „Zampa". „Herold hatte eine unvollendete Oper hinterlassen, „Ludovico", und Halevy ward der ehrenvolle Auftrag, sie zu vervollständigen. Es ist gewiß, daß Herold im Ganzen nur wenig erst an dieser Oper gearbeitet hatte, und Halevy also wenigstens der größte Theil der Ausführung gebührt. Gleichwohl hielten die Unternehmer der königlichen Oper zu Paris, die Halevy den Auftrag ertheilt hatten, eine Spekulation auf Herold's Namen für zu glücklich, als daß sie hätten Halevy's Namen dem Werke vorsetzen mögen, auf so glänzende Weise er auch das in ihn gesetzte Vertrauen gerechtfertigt hatte, und die Oper kam daher als ein nachgelassenes Werk Herold's auf die Bühne, gefiel und machte alsobald eine Runde auf den deutschen Theatern. Indeß verbreitete sich eben so bald auch, und wohin die Oper drang, ihre zuvor mitgetheilte Geschichte, und da man gewiß wußte, daß diejenigen beiden Nummern darin, welche jeder deutsche und überhaupt ordentliche Musiker für die besten in dem ganzen Werke erklären mußte, wir meinen nämlich die beiden Quartette im ersten und zweiten Akte, ausschließlich von Halevy herrührten, so hatte sich dieser damit auch einen hohen Grad von Achtung erworben, die, als eine ganz natürliche Folge, einer weiteren Bekanntschaft mit seiner Person und seinen Werken schnell die Bahn brach. Zum Glück für ihn kam in der Zeit auch bald sein unstreitig bedeutendstes Werk zu Tage, „die Jüdin." 1835 ward dieselbe zum ersten Male in der Académie royale de musique zu Paris gegeben. Der Erfolg war ein entschieden höchst vortheilhafter. Mehr als seine früheren Opern zeichnete sich diese durch eine ergreifende Kraft, feurige Phantasie, Leichtigkeit im Gesange und eine reiche Erfindung aus, und schnell ward sie ein Eigenthum aller deutschen Bühnen. Hier ist es auch, wo — wie wir vorhin andeuteten — Halevy sich nicht zum Diener, sondern zum Lenker und Beherrscher des Zeitgeschmacks aufgeworfen hat, und wir sind überzeugt, das Werk trägt musikalischer Seits Elemente in sich, die ihm einen bedeutenden Standpunkt in der Geschichte der modernen Musikkunst zuweisen und sichern würden, hätte nur das Sujet sich mehr der grellen Farben des neueren französischen Romanticismus enthalten können und eine Gestalt angenommen, in welcher es mehr tragisch ergreifend, erschütternd und erhebend wirkte, als es jetzt in seiner schaudervollen Catastrophe die feinere, edlere Kunstbildung eigentlich nur anwidert. Wir wollen diese Thatsache als einen neuen Beweis für unsere obige Behauptung annehmen und neben der Trauer über die Huldigung, welche die Verkehrtheiten des Zeitgeschmacks auch von Seiten eines so schönen Talents, wie H. besitzt, erfahren sollten, uns wenigstens freuen über den durch jene Oper zumal gelieferten Thatbestand, daß die französische Musik in H. einen Mann besitzt, der ihr, mit Hülfe Anderer, wieder eine edlere Richtung zu geben und sie aus dem Schlamme der Seichtheit, Halbbildung und Verzerrung, in welchen sie viele seiner Vorgänger muthwilliger Weise, in einem unbegreiflichen Nichtverstehen ihrer Aufgabe, gestürzt haben und theils noch tiefer vergraben, neugeboren herauszuarbeiten vermöchte, wenn er nur wollte und sich losreißen könnte von einem Triumphe, der doch nur in dem Augenblicke der Gegenwart und über Kräfte wie durch Mittel gefeiert werden kann, die mit diesem Augenblicke dem wenig ehrenvollen Vergessen auf immer anheim fallen. War indessen mit der „Jüdin" einmal der Weg auch auf ausländische Bühnen gebahnt, so konnte es nicht fehlen, daß auch H's fernere Werke dort bald Eingang fanden, und einen erfreulichen Beweis von der seltenen Vielseitigkeit seines Talents legte er zugleich dadurch ab, daß er zunächst seine Thätigkeit einer Oper ganz entgegengesetzten Charakters zuwandte, einer Oper durchaus leichten, heitern, humoresken Spiels, und gleichwohl auch solche mit ziemlich gleichem Glücke behandelte. Wir meinen nämlich die Oper „der Blitz". Welche nicht geringe Schwierigkeiten er zumal in musikalischer Beziehung dabei zu überwinden hatte, weiß Der zu beurtheilen, der die Aufgabe kennt, ein dramatisches Werk dieser Art für blos vier Personen, zwei Tenore und zwei Soprane, durchzuführen, ohne alles Interesse dabei erkalten zu lassen, und wir gestehen in so fern doppelt H. unsere Bewunderung zu, da er in der That ohne besonderes Wagniß für seinen Ruf diese Oper auch auf deutschen Bühnen, und zwar auf jene seine erste daselbst, folgen lassen konnte. Von seinen späteren Werken hat erst „die Pest zu Florenz" (französisch eigentlich Guido et Ginevra) sich eine solch weitere Verbreitung zu erwerben gewußt. Zu Paris erschien die Oper zum ersten Male im März 1838 auf dem Theater der Académie royale de musique und erregte außerordentliches Aufsehen, so daß die Handlung Breitkopf und Härtel in Leipzig sofort die Partitur für Deutschland an sich kaufte. Weniger gefiel nachdem die komische Oper „Les treize" und die große „Le Drapier", welche sein neuestes Werk ist und im Januar 1840 zum ersten Male zu Paris gegeben ward. Doch läßt sich nicht läugnen, daß sich auch in diesen Compositionen manche hübsche und gut gearbeitete musikalische Momente vorfinden, und alle Mängel wohl nur der außerordentlichen Leichtfertigkeit und Eile zugeschrieben werden müssen, womit Halevy nun einmal, von einer Masse von Geschäften stets gedrängt, zu arbeiten sich gewöhnt hat."

Schließlich beurtheilt G. Schilling den Componisten noch in folgender Weise:

„Den Musiker Halevy haben Berton und Cherubini erzogen; der Operncomponist Halevy aber ist aus Herold und Auber hervorgegangen, mit allen ihren Schwächen und Bezierden, aber ohne ihre Eigenthümlichkeiten, mit mehr Wissenschaft und Besonnenheit, aber ohne so vielen natürlichen Takt und kecken Muth. Halevy's Kräfte sind weit frischer, weicher, mannichfaltiger und nachhaltiger, als die Auber's; aber, festgehalten von dem Zeitgeschmacke, hat er nicht so viel Keckheit oder — sollen wir es sagen — Leichtsinn, sich ganz in denselben zu versenken, ohne auf der andern Seite wieder den Muth zu besitzen, sich aus jenen Fesseln loszureißen und ganz sich über dieselben zu erheben. Was die Instrumentation für sich betrifft, so übertrifft H. unbedingt alle bisherigen Arbeiten der neueren franz. dramatischen Componisten; in Hinsicht der Stimmebehandlung könnte er wohl etwas mehr auf die Winke der Natur Rücksicht nehmen. Was H. schreibt, singt sich schwer und erfordert die größte Ansteengung. Mag es seyn, daß er auch dabei mehr von der traurigen Forderung einer sich an äußerlichen Mitteln immer mehr und mehr überbietenden Zeit als von dem eigenen Willen geleitet wird, die Sache ist so, und daß sie so ist, kann nicht gelobt, muß getadelt werden. Kehren wir indeß von dieser kurzen Betrachtung seiner Werke auch wieder zu ihm selbst, zu seiner Person und der Geschichte seiner Stellung im bürgerlichen Leben zurück. Schon im Jahre 1826 wurde er in Folge seiner Thätigkeit und seiner vielversprechenden Leistungen als Lehrer der Harmonie am Conservatorium, wie zugleich als Accompagnist auf dem Claviere bei der italienischen Oper zu Paris angestellt. 1829 erhielt er dann nach Herold's Tode die Stelle eines Gesangdirektors bei der großen Oper, und 1833 als Fetis einem Rufe nach Brüssel folgte, ward er an dessen Stelle zum Lehrer des Contrapunkts und der Fuge am Conservatorium befördert: 1835 ertheilte ihm der König der Franzosen das Ritterkreuz der Ehrenlegion, und 1836, als durch Reichas Tod sich diese Stelle erledigte, ward er zum Mitglied der Academie der schönen Künste des königl. Instituts von Frankreich ernannt, bei welcher Beförderung er den Sieg über mehrere bedeutende Mitbewerber errang. 1838 schwang er sich nach Paers Tode zum Professor der Composition am Conservatorium auf; 1839 ernannte ihn der deutsche Nationalverein zum Ehrenmitgliede, und 1840 ward er Musikdirektor der Herzogin von Orleans. Selten wohl ist, daß ein Künstler in so kurzer Zeit eine solch' glänzende Carriere auch im äußern Leben macht, und sollte das bloße Glück auch hierbei sich ihm besonders günstig gezeigt haben, so dürfen wir bei der eminenten Kraft und Energie, welche H. besitzt, und bei seiner kaum angetretenen männlichen Reife doch noch die Hoffnung hegen, daß sein künstlerisches Ansehen den eigentlichen Kulminationspunkt in dieser Hinsicht noch nicht erreicht hat. Wir sagen, daß solche Hoffnung uns wohl beleben darf, doch haben wir auch schon Erfahrungen gemacht, daß bei dem jetzt viel rascheren, die Kräfte weit schneller consumirenden Leben schon Erschöpfungen eingetreten, wo wir denken, daß die vollkommene Entwickelung der Blüthe erst recht beginnen soll.

Mannichfaltigkeiten.

(Scherz oder Ernst?) In Nr. 337 des Schw. Merkurs findet sich unter den Inseraten folgende Todesanzeige: „Mergentheim und Stuttgart den 7. Dezember 1846. Unsere lichtfreundliche, so christthätige und in allen Prüfen seelenstark gerungene und zärtlich sorgende und geradwachende Schwester, Maria Eva Schreiner, die Mutterpflege, hat am 5. dieß, Abends 8½ Uhr, als dem vierten Tage nach ihrem 63sten Geburtstage und dessen Feier der heiligen Kommunion, ihre Wehenhülle abgestreift, nach schwerem Stillkampf engelgleichlich sanft in Verklärung eingeschlummert in Folge von Leberverhärtung und beigesellter Herzwassersucht. Den theuren Verwandten und lieben Freunden, die liebdreigeweihte Schwester sie in laut schlagendem Herzen heiliger Erinnerung sehnsüchtig getragen zu Gott, in Freiheit gegen gewaltige Fähren von Kämpfen mit der Verdunkelung, sendet sie, die Verklärte, ihr Herzbild heiler, Gott getrauter Seele — „lasset mir die Ruhe" — in ihre gleichfühlenden Herzen zu Angedenken, wie zu stiller Theilnahme an unserem gerechten Schmerze zu. Drei Jahre vor dieser ihrer Weltwanderung ward ihr feierliches Leben, geistfrei und übereiniglich seelenwach und so noch arbeitsam in ihrer Gluthweihe, durch die Wissenschaft und Kunst der Homöopathie von Seite des Hrn. Dr. Karl Kammerer zu Ulm, und oft zu des längeren Besitzes neuen Hoffnungen für uns gefristet. Doch unser Lieben, Glauben, Hoffen war nur die empfangene Stärkung, bei letzter Trennung mit ihr fortzuleben, in Ruhe mit ihr uns über neidische Erdwellen und deren manchfaltiges Tosen stetig neu zu erheben. — Der Bruder, mit seiner Schwester Babette: Hauptmann in dem k. Ehren-Invaliden-Korps Johann Baptist v. Schreiner."

(Florenz, 3. Dec.) Verwichenen Sonnabend sahen wir die Tänzerin Fanny Eißler zum letztenmal. War der Enthusiasmus schon bei jeder ihrer Vorstellungen ein anderweitig fast unmöglicher, so überschritt er am letzten Abend fast alle Gränzen. Die Blumen mußte uns Neapel senden und Genua; Florenz war schon erschöpft. Ich höre, daß mehr als 1000 Scudi für Blumen ausgegeben worden. Ein Genius schwamm durch das Blumenmeer, ihr ein goldenes Diadem überreichend. Nach langem Sträuben setzte sie sich's auf's Haupt. Napoleon und die Eißler haben sich selbst gekrönt.

(Aus Sachsen.) Die Stadt Siebenlehn ist durch den Berg- und Gersdorfer Stollenbau auf eine für die Zukunft höchst bedenkliche Weise fast überall unterhöhlt worden. Bereits seit längerer Zeit ist mitten in der Stadt wiederholt der Erdboden plötzlich eingesunken, ja sogar eines Tages, gleich nach Beendigung des Vormittags-Unterrichts und Entlassung der Kinder, unterhalb der Schulstube; die Gemeinde- und auch mehrere Privatbrunnen sind versiegt. (Dorfz.)

(Aschaffenburg, 14. Dec.) Nach einer polizeilichen Bekanntmachung im hiesigen Intelligenz-Blatte vom 12. d. ist das Tabakrauchen auf offener Straße in hiesiger Stadt, so lange sich der Allerhöchste Hof dahier nicht befindet, erlaubt.

(Asch. Ztg.)

Korrespondenz.

Aus dem Großherzogthum Hessen, 15. Dec.

Gebührt der höchsten kirchlichen Behörde für die treffliche Organisation der geistlichen Wittwenkasse der wärmste Dank, so verdient bei eintretenden Pfarrerledigungen die Beantragung subalterner Kirchenbeamten, statt nach den gesetzlichen Bestimmungen den Decanatsgeistlichen während des Sterb- und Gnadenquartals das Vicariat zu übertragen, den Vicar des verstorbenen Pfarrers fortvicariren zu lassen, gerechte Mißbilligung, wenn aus nahe liegenden Gründen die Wittwe den Wunsch aussprechen sollte, den Decanatsgeistlichen das Vicariat zu übertragen. Wir wissen zwar, daß vicarirende Geistliche von der Wittwe während des Sterbquartals die gesetzlich bestimmten Transportkosten verlangen können, zweifeln aber, ob an diese ein solches Ansinnen je gestellt worden ist. Die höchste kirchliche Behörde hat bei Erlaß des schon berührten Gesetzes, den Decanatsgeistlichen während des Sterbquartals das Vicariat zu übertragen, wohl keine andere Intention gehabt, als den Pfarrwittwen auf diese Weise das harte Loos zu erleichtern, indem es nur zu bekannt ist, daß durch den Abzug viel eingebüßt wird, daß sogar oft Wittwen vor demselben zur Berichtigung aller Anstände Geld aufnehmen müssen. Im Interesse der Pfarrwittwen halten wir es für Pflicht, diese Sache nicht allein zur Sprache zu bringen, sondern zugleich auch den Wunsch, welchem kein Geistlicher seine Zustimmung versagen dürfte, auszusprechen, daß, im Falle ein Vicar während des Sterbequartals auf den Gehalt nicht gänzlich verzichtet, oder eine Vergütung ganz in den Willen der Wittwe stellt, das Vicariat den Decanatsgeistlichen ohne Ausnahme übertragen werde.

Frankfurt a. M.

Musikalisches.

Unter den schönen Künsten hat sich in neuester Zeit keine einer so allgemeinen Verbreitung und Beliebtheit zu erfreuen, als die Tonkunst. Besonders gilt dies von der Vocalmusik und namentlich von dem vierstimmigen Männergesang. Von den großen Städten bis zu den kleinsten Dorfschaften herab finden wir überall Gesangvereine und die kräftigen oder anmuthigen, die heroischen oder lyrischen Gesänge unserer Tondichter erklingen nicht nur im stolzen Marmorsaale, sondern auch in der bescheidenen Wohnung des Landmanns. Ueberall Sang und Klang, überall Musikvereine, Liederkränze und Liederblüthen und wie sie alle noch heißen mögen, im Sommer Sängerfeste in Wald und Flur, mit flatternden Fahnen und Böllersalven, im Winter Sang und Klang im kerzenhellen Saale und beim fröhlichen Stiftungsfeste. Diese Gesangvereine sind unstreitig von wohlthätigem Einfluß auf die Bildung und Gesittung des Volkes, wie auf den Anbau und die Pflege der Tonkunst, und was von Seiten übellauniger Kopfhänger oder pedantischer Rigoristen auch gegen sie eingewendet werden mag, so sind doch ihre Vortheile jedenfalls weit überwiegend und ihre Lichtseiten vorherrschend. Wäre dies nicht der Fall, wie hätten sie im Volksleben so feste Wurzeln schlagen und eine so weite und sichere Unterlage gewinnen können? Sie, die Gesangvereine, gehören in Gemeinschaft mit dem Turnwesen und den Turngemeinden zu den bedeutungsvollsten Momenten des Volkslebens der Gegenwart und gehen einer immer großartigeren und durchgreifenderen Wirksamkeit entgegen. Wir wollen sie ehren und hochhalten! Auch in Frankfurt a. M. fehlt es nicht an Sang und Klang und die Anzahl von solchen Vereinen läßt sich schon jetzt nach Dutzenden berechnen. Da ist kaum einer der langen Winterabende, der nicht gekürzt und erheitert wäre durch eine musikalische Unterhaltung, durch ein Stiftungsfest oder eine Gesangprobe, durch eine derartige Veranstaltung zu wohlthätigen Zwecken oder durch irgend eine Veranlassung unter dem Schutze und zu Ihren Euterpens. Der Musikfreund, so wie der Verehrer der durch die Tonkunst erhöhten Geselligkeit hat hier Auswahl genug, und wie ein Jeder dem Zuge seiner Freunde und Bekannten, so folgt er auch seiner besonderen Geschmacksrichtung und wendet sich, je nach derselben, hier dem leichteren Spiele, dort der ernsteren Richtung der Muse zu, hört hier ein gefälliges, ansprechendes Lied, dort einen imposanten Oratoriengesang, hier eine brillante Cantate und dort ein mächtig ertönendes Volkslied. Jung und Alt liebt den Gesang; im Prunkgemach des Reichen, wie in der Werkstätte des Handwerkers wird er gepflegt und es gibt wohl keine Art von Dilettantismus, der erfreulicher und der Aufmunterung würdiger wäre, als dieser.

Die Instrumentalmusik hat sich ihrerseits über Mißachtung auch nicht zu beklagen. Fast in jedem Hause wird ein Instrument gespielt oder doch wenigstens geklimpert und namentlich könnte man von Pianisten ganze Legionen bilden. Zwar hat man angefangen, des modernen Virtuosenthums etwas müde zu werden, aber doch gibt es der Konzerte noch immer genug. Je mehr in diesen gewöhnlich nur der Oberflächlichkeit und dem musikalischen Charlatanismus gehuldigt wird, je mehr in ihnen eine mechanische Fertigkeit und Ueberbietungen der Technik sich breit machen, desto mehr müssen edlere Tendenzen, wo sie erscheinen, beachtet und gerühmt werden. So haben wir dieser Tage der Quartettsitzungen der Herren Wolff, Posch, Elsner jun. und Geisler gedacht und so dürfen wir der Soiréen des Hrn. Eduard Rosenhain nicht unerwähnt lassen. Es hat sich dieser die Aufgabe gestellt, nur klassische oder doch als entschieden werthvoll anerkannte Compositionen und namentlich solche für Pianoforte zu executiren und dadurch die höheren Richtungen der Instrumentalmusik in Ehren zu halten. In der ersten Soirée (15. Dec.) hörten wir das herrliche Trio von Beethoven (Es dur, op. 70) für Pianoforte, Violon und Violoncello, gespielt von den Herren Eliason, Bockmühl und Rosenhain. Was der geniale Beethoven auf diesem Gebiete geleistet hat, ist bekannt. Hier finden wir jenes tiefe, geistige Leben der Musik, jenen mächtigen Aufschwung der Gedanken, jenes Feuer der Begeisterung mit Klarheit und Ruhe vereint, jene kunstreichen Combinationen und harmonischen Verknüpfungen, jene Melodienfülle und rythmische Schönheit, jene Kraft und Milde, Weihe und Würde, jene Vorzüge alle, die zu einem wahren Kunstwerke gehören und die dem Kenner ein weites Studium eröffnen, während sie das Gemüth des sinnigen Freundes des Schönen erheben und erfreuen. Hr. E. Rosenhain war in den Geist der Composition eingedrungen. Abgesehen von den nicht geringen, wenn auch weniger verblüffenden Schwierigkeiten der technischen Ausführung des Klavierparts, den er eben so sicher, als präcis vortrug, hatte er auch die innere Bedeutung des Tonwerks erfaßt und zur klaren, besonnenen Exposition die Wärme und Energie des Ausdrucks gesellt. In seinem trefflichen Spiele bekundete er die Resultate eines ernsten, gründlichen Studiums, so wie die volle Hingebung des für die wahre Bedeutung des Kunstwerks empfänglichen und seiner Aufgabe bewußten Künstlers. Ihm und den ihn mit Liebe zur Sache unterstützenden Herren Eliason und Bockmühl wurde der lebhafteste Beifall des zahlreichen Auditoriums gespendet und wir fühlen uns Hrn. Rosenhain zu gerechtem Danke verpflichtet, indem wir zugleich den ferneren Soiréen mit Interesse entgegensehen. — Die Herren Caspari und Sprenkel und Fräul. Oswald wirkten durch ihre beifällig aufgenommenen Kunstleistungen zur Verschönerung des Abends mit, und in dem Vortrag des großen Duo für zwei Pianoforte (Hommage à Haendel), executirt von dem Konzertgeber und von dessen Schüler, dem zwölfjährigen Eduard Hecht, lernten wir in dem letzteren, der heute zum Erstenmale öffentlich spielte, einen sehr talentvollen und zu den schönsten Hoffnungen berechtigenden Kunstjünger kennen. — Die beiden Flügel aus dem reichhaltigen Magazin des Hrn. C. A. André zeichneten sich durch Kraft und Tonfülle aus. Die hier besprochene Soirée dürfen wir demnach mit Recht zu den genußreichen und zugleich der Tendenz nach würdigen zählen.

W.

Das angekündigte Konzert der zwölfjährigen Pianistin Auguste Freieisen findet, eingetretener Hindernisse wegen, erst nächsten Dienstag den 22. d. M. statt.

Auflösung des Anagramms in Nro. 349.

Lazareth. Nazareth.

Theater-Anzeige.

Samstag, 19. Dec. Marie-Anne, oder: Ein Weib aus dem Volke, dramatisches Gemälde aus dem Volksleben in 5 Abth., nebst einem Vorspiel: Der Hochzeitstag, nach Dennery und Mallian, deutsch von Deärler-Manfred. (Gastrolle) Marie-Anne: Fräulein Quint, vom Königsstädter Theater zu Berlin.

Sonntag, 20. Dec. Die schwarzen Jäger, große romantische Oper in 3 Abth., aus den Zeiten des Befreiungskrieges, nach einer Erzählung von Gottwald, benannt: „der Steckbrief“, von G. Wilhelm, Musik von H. Reed.

Redacteur: J. L. Heller. — Druck und Verlag von Heller und Rohm.

Didaskalia.

Blätter für Geist, Gemüth und Publizität.

Nro. 351. | Montag, den 21. December | 1846.

Der Geheimschreiber.

Eine Erzählung von Kathinka Zitz.

(Fortsetzung.)

Der Geheimschreiber hatte richtig vorausgesehen; er war noch nicht lange zu Hause, wo er seine Rachepläne nochmals in reifliche Ueberlegung zog, als Raleigh bei ihm erschien und in wenig Worten den Zweck seines Besuchs aussprach, den Stocq erwartet zu haben versicherte, und seine Ausforderung ohne Einwendung annahm. — „Doch," fügte er hinzu: „doch werdet Ihr mir einige Augenblicke vergönnen, ich habe Briefe zu schreiben, die vielleicht die letzten seyn werden; ist aber diese Pflicht erfüllt, so stehe ich gänzlich zu Euern Diensten."

Und mit teuflischer Freude bei dem Gedanken, daß der junge Mann jedenfalls dem Tode verfallen sey, entweder durch ihn oder durch die Hand seiner Spießgesellen, setzte er sich an einen Tisch und warf folgende Zeilen auf das Papier:

„Er ist in meinem Hause; mit Tagesanbruch wird der Zweikampf statt finden. Vergeßt nicht, daß er sterben muß, wenn ich falle. Folgt dem Diener nach, der Euch dieses Schreiben bringt."

Als er damit fertig war, zog er ein anderes Papier aus der Tasche, überlas es nochmals, siegelte es in einen Umschlag, den er an den Connetable überschrieb, und rief seinem Diener, welchem er auftrug, das erste Schreiben an seine Adresse, und das zweite den andern Morgen an den Connetable zu bestellen.

Während Stocq's Beschäftigung hatte der im Zimmer auf und abgehende Raleigh die Aufmerksamkeit der armen Wahnsinnigen erregt, die, ihn anstarrend, den Namen Sevigny leise aussprach, worauf sie in plötzlicher Aufregung die Worte: „Erinnere Dich! erinnere Dich!" kreischend hinzu setzte.

Ueberrascht, daß eine ihm völlig fremde Person den Namen seines Vaters ausgesprochen, sah Raleigh mit Erstaunen auf Margarethe, als der Geheimschreiber, der erst durch ihre laute Aeußerung die Anwesenheit der Wahnsinnigen bemerkte, dem jungen Manne hastig zurief:

„Gebt nicht Acht auf das Geschwätz dieses alten Weibes; sie ist wahnsinnig."

Und das Wort an Margarethe richtend, befahl er ihr barsch, sich hinauszupacken. Margarethe zögerte zum erstenmale trotzig, dem Gebote Folge zu leisten; da ging Stocq mit einer drohenden Gebärde auf sie zu und würde sie sicherlich mißhandelt haben, hätte nicht Raleigh, auf welchen der Blick und die Stimme dieser Frau einen tiefen Eindruck gemacht hatten, dem rauhen Mann geboten, der Armen nichts zu leide zu thun.

„So gehe sie denn gutwillig, ich will es haben," sagte er etwas gemäßigter.

Margarethe gehorchte diesmal; aber Raleigh's Anblick, dessen Aehnlichkeit mit seinem Vater so unverkennbar war, daß er ihr vorhin schon den Namen Savigny entlockt hatte, hatte plötzlich einen schwachen Lichtstrahl in die Nacht ihres Verstandes fallen lassen; sie nahm ein instinktmäßiges Interesse an dem, was hier vorging, daher begab sie sich nicht zu Bette, sondern sie legte Auge und Ohr lauschend an die Spalte der Thüre, die sie nicht zugeklinkt hatte.

Als sie fort war, sagte der Geheimschreiber zu seinem Gegner:

„Beliebt es Euch jetzt, mein Edelmann, die Waffen zu bestimmen? Wählt Ihr das Schwert oder den Dolch?"

„Das Schwert kann an dem Schwert des Feindes zerbrechen," versetzte Raleigh mit einem Blick voll düsterer Gluth: „der Dolch trifft sicherer."

„So bleibt es denn bei'm Dolche, morgen bei Tagesanbruch."

„Warum nicht gleich?" fragte Ralph, der so kampfbegierig war, daß ihn jeder Aufschub unangenehm berührte.

„Weil," versetzte Stocq, „weil das Tageslicht erforderlich ist, um die zu treffende Stelle gehörig auswählen zu können."

Gegen diesen Grund ließ sich nichts einwenden. — „So sey es denn," sagte Ralph; „ich darf nicht fürchten, daß mein Haß durch den Aufschub von einigen Stunden erkaltet."

„Es geht auf Tod und Leben?"

„Auf Tod und Leben.

„Gut; so ist es auch mein Wunsch."

Raleigh wollte sich jetzt entfernen, da er nichts weiter zu verabreden hatte, doch dagegen sträubte sich der Geheimschreiber.

„Wo wollt Ihr hin?" sagte er höflich. „Es ist schon spät in der Nacht; dieses Haus steht vereinzelt, Ihr kennt Niemand in Senlis. Werdet Ihr das Obdach ausschlagen, das ich Euch anbiete?"

Als ihn Ralph mit verzweifelter Miene ansah, fuhr er dringender fort:

„Euer Wort genügt mir, um Euch fort zu lassen, denn ich bin überzeugt, Euch morgen auf dem Kampfplatze zu finden. Thut mir dieselbe Ehre an, und seyd versichert, daß Ihr so sicher unter dem Dache eines Feindes, als unter dem des treuesten Freundes ruhen werdet. Ich werde der Erste seyn, der Euch vertheigt, bis zu dem Augenblick, wo Euer Leben mir gehören soll."

Nach einigem Bedenken nahm Raleigh diesen Vorschlag an, legte seinen Mantel ab und nahm Platz auf einem Stuhl, welchen ihm Stocq hinschob. Es war etwas Seltsames, etwas Geheimnißvolles zwischen ihm und dem Geheimschreiber, von dem er sich unwillkührlich beherrscht fühlte. Stocq's Haß that ihm wohl, denn ihm war, als habe er noch etwas Anderes an ihm zu rächen, als die Beleidigung, die ihn zunächst hergeführt hatte. Gestern hatte er diesen Menschen noch nicht gekannt, aber wie sich im Leben oft zwei Individuen, die sich nie zuvor noch sahen, zum erstenmale begegnen und Freunde werden, so hatte sich Raleigh von Schauer durchbebt gefühlt, als er zum erstenmale Claude Stocq's Namen aussprechen hörte, so hatte ihn dessen Anblick mit einem unaussprechlichen Widerwillen erfüllt. Er begriff instinktmäßig, daß sie keine gewöhnlichen Feinde seyen; daß sie, von unsichtbarer Hand getrieben, sich hatten finden müssen, um feindlich zusammen zu stoßen und ihren Haß im Blute zu ertränken.

Die beiden Männer saßen sich einige Minuten schweigend einander gegenüber, während welchen Raleigh die Blicke mit Haß und innerer Beängstigung in der Stube herum gleiten ließ, und Stocq, der erfahrene Menschenkenner, sich voll geheimer Lust an der Seelenmarter weidete, worauf den jungen Mann eine undeutliche, nicht fest zu haltende Erinnerung spannte.

„Sonderbar," hob Raleigh an, nachdem er sich vergebens angestrengt hatte, einiges Licht in dem Chaos seiner Gedanken zu finden: „sonderbar! seit ich in diesem Zimmer bin, kommen mir alle Gegenstände so bekannt vor."

„Das ist doch wohl nur die Folge Eurer aufgeregten Einbildungskraft," versetzte der Geheimschreiber, dem es ganz recht war, daß der junge Mann zum klaren Bewußtseyn kam, weil dieses Bewußtseyn den höchsten Grad moralischer Marter für ihn werden, und ihm den Tod um so mehr erschweren mußte, wenn er die Gewißheit hatte, den Verderber seiner Aeltern vor sich zu sehen, und von der Unmöglichkeit überzeugt war, Rache an ihm nehmen zu können. Stocq beschloß, den wieder in dumpfes Brüten Versunkenen ruhig sein Gedächtniß erforschen zu lassen; ja, wo es nöthig sey, seinen Erinnerungen zu Hülfe zu kommen. Er hielt daher den lauernden Blick mit lächelnder Miene auf sein Opfer gerichtet, das wachend und doch träumend da saß, das zugleich glaubte und zweifelte, und dabei die Marter eines an allen Gliedern verstümmelten Menschen ausstand, welcher des Augenlichts und der Sprache beraubt, von einem fürchterlichen in ihm gährenden Gedanken bewegt wird, dem aber, um ihn auszudrücken, weder eine Gebärde, noch ein Blick, noch ein Wort zu Gebote steht ... eine Qual, die gräßlicher ist, als die der Verdammten in der Hölle. Innerlich rief er Gott im brünstigen Gebete um Licht an, um einen Strahl in dieser tiefen Finsterniß ... bat er den Lenker der Geschicke, dem wirren, unverständlichen Murmeln der Vergangenheit Sprache, den ihn umgebenden Mauern Worte zu verleihen ... und als habe der Himmel ihn augenblicklich erhört, so zerrissen plötzlich die dunkeln Schleier seines Gedächtnisses, er sprang in die Höhe und rief in der fürchterlichsten Seelenaufregung:

„Allmächtiger Gott! es wird hell in mir! ich erkenne Euch jetzt ... habe Euch einst gesehen, als Ihr noch jung, als ich ein Kind noch war, das hier in diesem Lehnstuhl saß. —"

Stocq nickte mit teuflischer Freude, ohne sich von seinem Sitze zu erheben, auf dessen Seitenlehne er nachläßig mit den Fingern trommelte.

„Ich fürchtete mich vor Euch," fuhr Raleigh fort, „und warf mich voll Entsetzen in die Arme einer Frau, die vielleicht meine Mutter war?"

„Es war Deine Mutter," bestätigte der Geheimschreiber kalt.

„Ja, ja," rief der junge Mann, indem ihm große Thränen aus den zornfunkelnden Augen stürzten, „hier bedeckte mich meine Mutter mit Küssen; hier ist das Zimmer, der Sessel, worin ich schlief, während sie betete ... ich erkenne Alles ... später nahm sie mich bei der Hand, führte mich an ein Fenster, und ich sah das Volk einen blutenden Menschen durch den Staßenkoth schleifen ..."

„Es war Dein Vater."

„Mein Vater!" schrie Raleigh, der sich in ohnmächtigem Grimm eines heiligen Schmerzes mit beiden Fäusten vor die Stirne schlug, und da es immer lichter wurde in seiner Seele, so wußte er jetzt, daß seine Mutter zu ihm gesagt hatte: „der Mörder Deines Vaters heißt Claude Stocq!" Jetzt war ihm der Haß erklärt, den der Anblick des Geheimschreibers in ihm hervorgerufen hatte, und fühlend, daß er zum Rächer der hingewürgten Aeltern berufen sey, stürzte er auf Stocq zu, der sich langsam von seinem Sessel erhob. Aber plötzlich blieb Raleigh stehen.

(Schluß folgt.)

Einige Worte über Fritzsche's Tod und die Universität Gießen.

† (Aus Oberhessen, 15. Dec.) Ihr geschätztes Blatt hat uns schon in kurzen Worten den, die Universität Gießen, durch das Hinscheiden mehrerer Celebritäten anderer Facultäten, doppelt hart getroffenen Tod dieses berühmten Theologen berichtet. Unersetzbar, möchten wir sagen, ist dieser Verlust; unausfüllbar der leer gewordene Lehrstuhl, wenn wir bedenken, welcher Schatz theologischen und philologischen Wissens, welcher Stern, namentlich der exegetischen Theologie, mit dem Verblichenen ins Grab stieg; bedenken, welch' edle Früchte seine große Gelehrsamkeit, mit kritischem Scharfsinn gepaart, aus dem theologischen Schachte zu Tage förderte. Ja, unser Blick auf eine des Todten würdige Nachfolge ist getrübt, nicht allein weil wir überhaupt keinen Fritzsche in seinem Gebiete ebenbürtigen Gelehrten kennen, sondern noch mehr im Hinblicke auf die von dem Todten so würdig vertretene, gerade heute wieder mehr und mehr von Oben beengte freiere Richtung der Theologie. — Wenn der Dahingeschiedene in seinen Vorlesungen über Dogmatik (ohnedies ein ihm fremdes und von ihm nur aus Mangel an einem wackern Docenten betretenes Gebiet, das er sich oft selbst als eine Last vom Rücken wünschte) sich für den Supranaturalismus erklärte, so war er in der Exegese, seiner eigentlichen eigenen Behausung, der Repräsentant nicht jener veralteten und vielfach neuauftauchenden, sondern einer entschieden freien Richtung. Da war er eben Er selbst; hier fehlte ihm nicht „die innere Befreiung des Gemüths und Denkens von großen religiösen und dogmatischen Voraussetzungen"; hier hätte er sich geschämt von Andern zu borgen; hier übersah nicht nur sein gelehrter und kritischer Scharfblick mit Ruhe und Würde das Wahre in den von ihm bekämpften Ansichten, sondern entzifferte auch Resultate, die freilich, zum Mißfallen Vieler, von dem wohlthätigsten Einflusse auf die freie Fortentwicklung und Umgestaltung unserer Theologie gewesen sind. Wir wollen hier nicht eine Biographie des Verstorbenen geben, unsere Feder fühlt dazu sich zu schwach; wir möchten sein Bild von eines Meisters Hand der theologischen und nicht theologischen Welt vorgeführt sehen. Sein Name ist ja seit seinem Auftreten, über 20 Jahre lang, rühmlichst bekannt genug. Der Kritiker Strauß räumte ihm unter allen lebenden Theologen die erste Stelle ein; seine Commentare nennt er im Leben Jesu, „die trefflichste Vorarbeit für sein Werk, indem sie neben der ungemeinen philologischen Gelehrsamkeit zugleich diejenige Unbefangenheit und wissenschaftliche Gleichgültigkeit gegen Resultate zeigen, welche die erste Bedingung eines Fortschritts auf diesem Gebiete ist." Die orthodoxe Partei schlug vor seinem Namen schon ein Kreuz; Viele haben die Schärfe seiner Feder gefühlt und mußten sich bücken vor dem Flügelschlage seines freien Geistes: sie sind vielleicht froh, einen solchen Gegner vom Halse zu haben. Aber größer ist die Zahl der Trauernden, daß des Meisters Auge inmitten eines Wust's von aufgeschlagenen Folianten und seiner stark vorgeschrittenen Arbeiten zum Commentar über das Evang. Johannes und die Corintherbriefe erloschen ist. Abgekommen davon, seine Schriften eigentlich blos für die engere theologische Welt zu berechnen, vielleicht weil der Mann selbst zu gelehrt war, vielleicht auch Nichttheologen für seine Forschungen noch nicht gehörig vorbereitet wähnte, wollte er, nach der unangehmen Erfahrung, andere Commentataren (wir könnten von verschiedenen Farben nam-

hafte nennen) mit seinen Federn geschmückt zu sehen, nicht hinter den Entwicklungen der Zeit zurückbleiben und seinen Forschungen ein Gewand geben, das nicht blos der Professor, sondern jeder Studirende und jeder in der heiligen Schrift Forschende anziehend und passend fände. Dieses vielfach Unzugängliche seiner Commentare ersetzte freilich seine **akademische Wirksamkeit**. In Halle, Rostock, Gießen konnte sein liebevolles Wesen, sein trefflicher mit Wärme und Begeisterung gepaarter, mit dem Ernste der Wissenschaft und ohne Frivolität vorschreitender, aber auch alle irrige, unwissenschaftliche und seichte Behauptungen scharf beleuchtender Vortrag in allen Zuhörern nur auf das wohlthuendste wirken und Früchte tragen. Welche Liebe zu den Studien mußte der Mann erwecken, der Tag und Nacht einen unglaublichen Fleiß bethätigte, dessen Leben Studium und Gelehrsamkeit war! Wie naiv klingt es nicht, wenn er erzählt, wegen **eines** ihm falsch dünkenden Citats habe er sechs Mal seinen Kirchenvater durchgelesen, über dessen einmaligen Studium Andere Wochen brüten! —

Wir haben der Wahrheit die Ehre geben und dem Verblichenen den ihm von der Wissenschaft und der Academie geflochtenen Lorbeerkranz bewahren müssen; aber dabei wollen wir auch andererseits nicht den Schein der Unwahrheit an uns dulden. Fritzsche's theologische Gelehrsamkeit war **einseitig** und er selbst nicht **durchaus** der Mann, wie ihn heutzutage das akademische Leben, und das Leben überhaupt, nöthig hat. Wir haben schon gesagt, daß er die **Dogmatik**, die er las, nicht würdig vertrat. Abgesehen von der mehrfachen Unselbstständigkeit dessen, was er zue wahren Pflege der ermüdeten Zuhörer Jahr aus, Jahr ein, die ganze Stunde hindurch dictirte, mußte man öfter solche einseitige Raisonnements, z. B. über Schleiermacher und die neueste Philosophie hören, daß man sich des Lachens nicht erwehren konnte. So hat er denn auch auf anderen, als exegetischen, Gebieten wenig Ruhm eingeerntet und verdient. Viele mußten an dem Manne irre werden, wenn er sich dazu hergab, einen die academische Lehr- und Lernfreiheit beengenden Studienplan mit vielem Lobe und bis zur Ungeduld langweiligen Perioden zu befürworten; darin unter Anderm auch sich ein, seine Gelehrsamkeit völlig entehrendes Urtheil über die Hegel'sche Philosophie zu erlauben, deren Jünger Einer das Werk der hochwohlgeborenen Herren zu betasten gewagt hatte. Er that hier, was Tholuk einst gegen ihn gethan und woran er so oft sich mit bitt'rer Ironie erinnerte: „er rief die Polizei gegen die freie Wissenschaft zu Hülfe!" Zum wenigsten ist das — wunderlich; aber von da an wollten Einige dem Gerüchte Glauben schenken, er sey in seiner amtlichen Stellung nicht ganz unabhängig von fremdem Einflusse und lasse seine Güte oft mißbrauchen.

Wir haben uns nicht gescheut, das, was Andere schon gesagt, hier wieder aufzunehmen. Der Wahrheit die Ehre, auch über Todte! **Credner**, Fritzsche's College, hat in einer seiner jüngsten Schriften in einer Anmerkung, und gewiß mit den möglichst schonendsten Worten, Fritzsche's Verhalten bei dem Studienplan angeführt: es war zur klaren Beleuchtung der Sache fast nothwendig. Mit wahrer Indignation muß daher jeder, mit den Verhältnissen Vertrauter erfüllt werden, wenn ein Artikel aus Frankfurt in der Allgemeinen meldet: „Das Lebensende des Verblichenen sey leider durch einen Mann, der sich durch Streitschriften einen Namen zu machen suche, getrübt worden." Eine böswilligere Verläumdung kann es in der That nicht geben! Wer ist, der Credner's Auftreten in dieser ganzen Sache anders als **ehrenhaft**, seinen Kampf anders als **edel** bezeichnen möchte? Abgesehen davon, daß Credner denselben seiner Existenz und Ehre wegen unternehmen **mußte**, gilt sein Wort dem **Fortschritte der protestantischen Kirche**, das Losungswort unserer Zeit; und sollte er auch mit speciellen Verhältnissen unseres kleinen Staates verwebt seyn, so ist er doch von entschiedenem allgemeinem Werthe und von wohlthätigen Folgen, das zeigt schon das **allgemeine Interesse**, welches man ihm schenkt. Credner fühlt sich rein von dem obengemachten elenden Vorwurfe und wird wahrscheinlich den Frankfurter Artikelschreiber **keiner Antwort würdigen**; er wird auch **nichtssagende** Erklärungen von anderer Seite, die mit keinem Wörtlein seine Behauptungen widerlegen, unbeachtet lassen. Wenn aber jener Schreiber meint, Credner suche sich durch Streitschriften einen Namen zu machen, so können wir ihn nur bedauern, daß er nicht weiß, welchen gefeierten Namen sich Credner in der theologischen Literatur überhaupt schon erworben hat; wie seine Einleitung ins N. T. in dieser Disciplin Epoche machend gewesen ist und welche Achtung und Liebe alle seine Schüler und Bekannten diesem ehrenwerthen Charakter zollen. Doch dieser Worte hätte es gar nicht bedurft; jene Verläumdung trägt ihr Urtheil in sich selbst!

Mannichfaltigkeiten.

(**Dresden**, 14. Dec.) „Uriel Acosta", Trauerspiel in fünf Akten von **K. Gutzkow**, wurde gestern zum ersten Male und mit außerordentlichem Beifall, der sich durch dreimaliges Vorrufen der Darsteller und des hier gegenwärtigen Dichters kund gab, auf dem k. Hoftheater aufgeführt. Es ist reich an den ergreifendsten Scenen, aber die Diction, der Ernst und die Tiefe, welche in so vielen Stellen daraus hervortreten, verleihen diesem Trauerspiele seinen vorzüglichsten Werth. Die Darstellung war trefflich.

Ein Wiener Blatt schreibt: Ein eben aus Petersburg angekommener Fremder erzählt, daß die Lejars'sche Kunstreitergesellschaft dort sehr brillante Geschäfte macht und daß Madame Lejars bei ihrem Benefice 35,000 Silberrubel eingegommen habe. Ist es nicht wahr, so ist es traurig für Mad. Lejars; ist es aber wahr, so ist es doppelt traurig für die ganze Menschheit. Denn ein solcher Enthusiasmus für eine Manege-Ballerina ist das schmerzlichste Zeichen eines tief gesunkenen Kunstgeschmacks." (Einverstanden; aber ist der Petersburger Kunstgeschmack maßgebend für den der „ganzen Menschheit"?)

Literatur.

Organismus der lateinischen Sprache, oder: Darstellung der Weltanschauung des römischen Volkes in seinen Sprachformen. Von Dr. **Anton Schmitt**. Zwei Theile. Mit sechs Formentafeln. Mainz. In Commission bei Johann Wirth. 1846. Selbstverlag des Autors.

Nach allen Seiten hin strebt jetzt der menschliche Geist die Gebiete der Wissenschaften zu durchforschen. Die Germanisten-Versammlung in Frankfurt und deren ächt-wissenschaftliche Haltung hat auch mein Interesse an dem Sprachstudium von neuem angeregt, und ich sehe mit großem Vergnügen auf gediegene Leistungen der Sprachgelehrten hin. Eine solche werthvolle Arbeit scheint mir der „Organismus der lateinischen Sprache &c.", von Dr. Anton Schmitt in Mainz, zu seyn. Aus der sorgfältigen Lesung dieses Buches ersehe ich, daß der Verf. denselben Weg eingeschlagen, den auch die Naturforschung betreten hat, und zwar mit überraschenden Ergebnissen. Nachdem die einzelnen Erscheinungen im ganzen Naturreiche erforscht, so sucht der Philosoph die Gesetze derselben auf und bezieht sie auf ein oberstes Princip. Diesen analytisch-synthetischen Weg schlug auch der Verf. ein und ist in die Fußtapfen großer Männer, als eines Humboldt, Becker u. A., getreten, und ich getraue mir zu behaupten, **mit großem Gewinn für die Wissenschaft**, auf eigenem, gesondertem Wege. Denn, um bei der Einleitung stehen zu bleiben, so sind die Resultate eines Zumpt, Grotefend, Schneider, die der historischen Forschung folgten, mit des Verf. philosophischen übereinstimmend, was Bürge für ihre Richtigkeit ist. Wenn schon des Verf. „Organismus der griechischen Sprache“ bei Kennern Beifall fand, so wird der „Organismus der lateinischen Sprache“, der ein reicheres Feld der Beobachtung und Vergleichung bietet, eine größere Anerkennung finden. Freilich wird der Verf. nur auf einen kleinen Theil der Gelehrten rechnen können. Denn leider ist der Troß der Philologen schon mit dem formalen Theil zufrieden, unbekümmert um den innewohnenden Geist. Um so ehrenvoller wird die Stimme des berühmten Schmitthenner seyn, der, wie ich vernommen, den Verf. schon vor vielen Jahren zu derartigen Bestrebungen ermunterte. Philosophie und Sprache ist des Verf. eigentliches Element, das sich in allen seinen Schriften, ihm vielleicht unbewußt, kund gibt, zwei Richtungen, deren Vereinigung selten zu finden ist. Möchte der Verf. Zeit und Muße finden, seinen in Aussicht gestellten Organismus der deutschen Sprache bald bearbeiten zu können. Er würde den Dank aller Gelehrten verdienen; denn gerade in diesem Felde ist noch Vieles zu leisten.

Dr. B..r.

Korrespondenz.

Darmstadt, 11. Dec.

Die Bestrebungen der Kunst im Interesse der Humanität sind doppelt schätzenswerth und haben um so größere Ansprüche auf anerkennende Würdigung, wenn sie, wie die gestern im Saale der „vereinigten Gesellschaft“ abgehaltene „rhetorisch-musikalische Academie“, deren Ertrag zu Weihnachtsgaben für arme Kinder bestimmt ist, auch den Forderungen der Kunst wirklich entsprechen und ihrer würdig sind. Ohne in das Detail der Aufführung einzugehen, erlauben wir uns die Bemerkung, daß sowohl die großh. Hofkapelle unter des Hrn. Kapellmeisters Mangold Leitung, als auch der Mozartverein einen großen Antheil an dem schönen Konzert hatten, in welchem auch zwei von Frau Betty Knispel vorgetragene Arien aus Don Juan und Cargines mit großem Beifalle aufgenommen wurden. — Dem Vernehmen nach wird das Repertoir unserer Oper für die Dauer der Saison noch manches Neue zum Vorschein bringen. Eben ist man mit dem Einstudiren der von dem großh. Hofmusik-Direktor Hrn. Schlösser componirten komischen Oper: „die Braut des Herzogs“ beschäftigt, welche in der Kürze aufgeführt werden soll. — „Narhalla“, welche in der vorjährigen Saison hier gleichsam improvisirt wurde, wird in dem nahenden Carneval unter uns wieder auferstehen und in ihren Hallen und Nischen nicht nur den Porträts und Büsten aller wahren Freunde des Scherzes und einer heiteren Laune, ohne Rücksicht auf ihren Glauben, bereitwillig eine Stelle einräumen, sondern sie auch in leibhaftiger Person mit Vergnügen empfangen und gebührend becomplimentiren. — Unser immergrüner „Sängerkranz“, der stets frische Knospen und Blüthen treibt, gab am letzten Samstag eine sehr besuchte Abendunterhaltung im Saale des Gasthauses „zur Traube.“ Sein uneigennütziges kunstsinniges Streben, welches lediglich der geselligen Erheiterung gilt, fand auch dieses Mal wieder die gebührende freundlichste Anerkennung. — In der gestrigen Didaskalia, Nro. 341, ist von einem Wasserfinder zu Connac in Frankreich die Rede, der, wie behauptet wird, Quellen ohne vorgängige Nachgrabung zu entdecken im Stande sey. Diese Kunst ist allerdings sehr selten und schätzbar und verdient, freigebig belohnt zu werden, wenn sie sich in der Erfahrung bewähren sollte. Neu scheint sie indeß nicht zu seyn, da sie anderwärts schon längst geübt worden ist, ob aber mit oder ohne Charlatanerie, dies mag füglich dahin gestellt bleiben. In der Ufergegend des Bieler See's im Kanton Bern kennt man solche Quellenseher unter dem Namen Wasserschmecker, wie ich dort zufällig erfuhr, als mich Hr. Amtschreiber Müller zu Nidau eines Tages hinaus auf seine Campagne führte und mir eine Bewässerungsanlage zeigte, deren Quellen ein solcher Wasserschmecker durch die Anwendung seiner geheimen Kunst gefunden haben wollte. Das Mittel der Entdeckung ist, wie Hr. M. nicht ohne Lächeln erzählte, eine eigens zubereitete Haselgerte, welche der Wasserfinder auf einer Fingerspitze in's Gleichgewicht setzt und nun, gleichsam wie die Nadel eines Compasses, ihrem natürlichen Spiele überläßt, bis der Stillstand erfolgt. Die Richtung der Haselgerte löst alsdann den Zauber in Betreff der gesuchten Quelle, und ihr Führer, wie mit einem zweiten Mosesstab versehen, zeigt mit stolzem Selbstbewußtseyn die Stelle an, wo sie nothwendig hervorsprudeln müsse.

Frankfurt, 18. Dec.

Auf welche bedauernswerthe Weise so viele arme Vögel bei dem gegenwärtigen hohen Schnee im Freien umkommen, ist bekannt. Möchten sich doch Freunde aller Orten finden, die sich dieser schadlosen Thierchen erbarmten und täglich an gelegenen Plätzen Nahrung ausstreuen lassen.

Erste Aufführung des Instrumental-Musik-Vereins (im Abonnement) 1845 — 1846.

Dienstag den 22. Dec. 1846.

I. Abtheilung. 1) Symphonie von Mozart, G moll. 2) Gesang. 3) Fantaisie für die Violine, von H. Leonard. — II. Abtheilung. 4) Symphonie von J. Haydn, B dur. 5) Gesang. 6) Fantaisie für Pianoforte, von Thalberg. 7) Ouverture von L. van Beethoven. — Anfang 6½ Uhr im Saale des Vereins, Heiligkreuzgasse, B. 109.

Geschichtliche Vorlesung.

Zehnte Vorlesung; Montag, 21., so wie auch Dienstag, 22. Dec:

Ignatius v. Loyola — Benedikt XIV. (Lambertini) — Pombal — Choiseul — Clemens XIV. (Ganganelli) — Blick auf die eigenthümliche Entstehung, Entwickelung, Auflösung und Wiedereinsetzung des Jesuitenordens.

Dr. Heyden.

Oeffentliche Bitte.

Im Hinblicke auf die fortwährende große Theuerung der nothwendigsten Lebensbedürfnisse und auf die daraus für viele Eltern hervorgehende Unmöglichkeit, ihren Kindern eine Weihnachtsfreude zu bereiten, beabsichtigt die Gesellschaft „Sokrates zur Standhaftigkeit“, auch in diesem Jahre eine „Christbescheerung für Kinder armer Eltern“ zu veranstalten, und, eingedenk der ihr vor Jahresfrist zu gleichem Zwecke gewordenen freundlichen Unterstützung von Seiten der verehrlichen hiesigen Einwohnerschaft, ersuchen, in Gemäßheit erhaltenen Auftrags, die Unterzeichneten hiermit ergebenst um gefällige Zusendung passender Gaben, mit dem Erbieten, daß jeder derselben zur Empfangnahme der andurch erbetenen Geschenke, seyen solche nun Geldspenden oder Kleidungsstücke oder Spielsachen oder Bücher oder irgend andere Gegenstände, in seiner (unten angemerkten) Wohnung bereit sey.

Frankfurt a. M., 5. Dec. 1846.

Christian Fr. Anders. (Auf dem Markte, Eck der Neugasse, Lit. L. Nro. 147.)
Dr. jur. Fester, Advokat und Notar. (Unter den neuen Krämen, Lit. K. Nro. 49.)
Pfr. Fresenius. (Sachsenhausen, Lit. O. Nro. VII a.)
J. G. Kayser, Architekt. (Hochstraße, Lit. D. Nro. VI.)
Jakob Pfaltz, Handelsmann. (Eck der Höllgasse, Lit. M. Nro. 203.)
Bernhard Rausch, Maler. (Große Bockenheimergasse, Lit E. Nro. 109.)
Dr. jur. Sackreuter, Advokat. (An der Paulskirche, Lit. J Nro. 105/6.)
Dr. jur. A. M. Schmidt-Holtzmann, Advokat. (Unter den neuen Krämen, Lit. K. Nro. 49.)
Heinr. Wiesand, Handelsmann. (Große Sandgasse, Lit. K. Nro. 163.)

Theater-Anzeige.

Sonntag, 20. Dec. Iphigenia in Aulis, große Oper in 3 Abth., Musik von Gluck.

Montag, 21. Dec. (Zum Vortheil der Pensions-Anstalt neu einstudirt): Faust, Tragödie in 6 Abth., von Göthe. (Gastrolle) Margarethe: Fräul. Quint, vom Königsstädter Theater zu Berlin. — Mit aufgehobenem Abonnement.

Redacteur: J. L. Heller. — Druck und Verlag von Heller und Rohm.

Didaskalia.

Blätter für Geist, Gemüth und Publizität.

Nro. 352. Dienstag, den 22. December 1846.

Der Geheimschreiber.

Eine Erzählung von Kathinka Zitz.

(Schluß.)

„Ha! mein Leben gäbe ich für eine letzte Erinnerung," rief Raleigh verzweifelnd aus und stampfte mit dem Fuße. „Hier stand ich neben ihr . . . sie deutete mit dem Finger dahin . . . nein, dorthin . . . nein, nein, unter meinen Füßen muß sich der Dolch des Mörders befinden . . . Ein Licht her! ein Licht!"

Hastig ergriff er die auf dem Tische brennende Lampe und wollte damit fortstürzen, als ihm Stocq, seinen Dolch ziehend, den Weg verrannte.

„Wirst Du wahnsinnig?" rief er aus. „Du wirst dieses Zimmer nicht mehr verlassen. Raoul von Savigny, ich bin zum Kampfe bereit; vertheidige Dein Leben."

„Hinweg!" donnerte Raleigh, indem er zwar seinen Dolch zog, aber gleichzeitig den Geheimschreiber mit einem kräftigen Ruck zur Seite stieß: „Hinweg! mit dieser Waffe darf ich Dein schwarzes Herz nicht durchbohren!"

„So nimm diese hier; es ist der Dolch des Mörders!" ertönte plötzlich eine Stimme hinter ihm.

Es war Margarethe, die geisterhaft bleich, aber mit in dunkler Gluth strahlenden Augen ihrem Sohne einen Dolch reichte. Die Ereignisse des Tags hatten so heftig auf sie eingewirkt, daß eine Crisis herbeigeführt wurde, welche ihren Verstand einigermaßen lichtete, so daß es ihr möglich geworden, als sie von Raouls Aehnlichkeit mit ihrem ermordeten Gatten betroffen, durch Instinkt getrieben, dessen Unterredung mit Stocq belauscht, so viel davon zu verstehen, daß die beiden Männer miteinander kämpfen wollten, und so erschien sie denn, von Haß für den Einen, von Sympathie für den Andern getrieben, im rechten Augenblicke wie eine geisterhafte Erscheinung, um die Hand des Rächers mit dem Werkzeug der Strafe zu bewaffnen, das sie längst aus seinem sichern Versteck hervorgeholt hatte und heimlich bei sich trug.

Stocq, der starke Geist, bebte bei ihrem Anblick zurück wie ein schuldbewußter Sünder. Er hatte es nicht geahnt, daß sich ein so gefährlicher Beweis gegen ihn in den Händen der Wahnsinnigen befände, daher riß ihn die erste Ueberraschung zu dem unbedachten Ausrufe hin: „Mein Dolch, wie kommt er in Deine Hände?" Aber sich sogleich fassend, stürzte er mit gehobener Waffe auf Raleigh zu, der seinen Stoß jedoch geschickt parirte und ihm den Dolch, der einst seinen unschuldigen Vater an den Galgen geführt hatte, mit so sicherer Hand in das Herz stieß, daß Stocq schwankte und dann, einen Blutstrom vergießend, der Länge nach zu Boden stürzte.

Sich mit Abscheu von dem Gefallenen wendend, suchte Raleigh's Blick Margarethe, welcher er die Arme entgegen breitete und sie mit bebender Stimme fragte, ob er seine Mutter in ihr umarmen dürfe. Aber die Arme, deren Aufblitz von Vernunft schon wieder erloschen war, sagte mit einem heißeren Gelächter: „Hi! hi! hi! Deine Mutter! bist Du denn nicht Landry, mein lieber Gatte! Hi! hi! hi! der böse Schwarzkünstler hat Dich doch wieder zusammen flicken müssen . . . nun blutest Du nicht mehr, sondern er . . ."

Und neugierig wie ein Kind, ging sie in ängstlicher Neugierde immer näher an den im Todeskampfe zuckenden Stocq heran und schien sich an seinen gräßlichen Konvulsionen zu ergötzen. Plötzlich wurde heftig an der Thüre geklopft. In der Meinung, daß es die von ihm bestellten Spießgesellen wären, gekommen, um ihr blutiges Werk an Raoul zu verrichten, richtete sich Stocq mit großer Anstrengung ein wenig in die Höhe, und das ihm eigene dämonische Lächeln umspielte noch einmal seinen Mund, indem sein brechendes Auge einen Blick voll unauslöschlichen Hasses auf seinen Gegner schoß. Aber er ward bald enttäuscht, denn der da kam, war der Connetable, von einigen Dienern begleitet, der, nachdem er inne geworden, daß sein junger Gast, trotz seiner Wachsamkeit, das Schloß verlassen, geglaubt hatte, ihn in Stocq's Behausung aufsuchen zu müssen, um durch sein persönliches Erscheinen ein blutiges Zusammentreffen zu verhindern. Er sah mit Schmerz, daß er zu spät gekommen war; Stocq aber, der selbst im Tode seiner boshaften Natur treu blieb, röchelte matt:

„Seht her . . . gnädigster Herr! . . . er hat mich ermordet, wie sein Vater . . . einst . . . den Vater . . . des Fräuleins . . . von Rochemore ermordet . . . hat."

„Gnädiger Herr!" sprach Raleigh mit dem Tone der innigsten Ueberzeugung: „ich traf ihn mit diesem Dolche, auf dessen Klinge die Anfangsbuchstaben seines Namens eingegraben sind. Gott und meine Mutter haben mir gesagt, daß der Mörder des Barons von Rochemore Claude Stocq heißt."

„Er heißt . . . Carl . . . von Savigny . . .," betheuerte Stocq. Plötzlich aber fiel ihm der Brief ein, den er an den Connetable geschrieben hatte, und der noch auf dem Tische lag, und da er seiner Rache nun eine andere Richtung zu geben wünschte, so war ihm Alles an dessen Vernichtung gelegen. Er machte die rasendsten Anstrengungen, um sich an den Tisch zu schleifen, gegen welchen er die Arme ausstreckte. Dadurch aber aufmerksam gemacht, folgte der Connetable der Richtung seiner Blicke, und es war nichts natürlicher, als daß er den an sich überschriebenen Brief ergriff und erbrach.

Stocq machte noch eine verzweifelte Anstrengung, so daß es ihm wirklich gelang, sich auf die Füße zu stellen; als er aber auf den Connetable zuwanken wollte, brach er zusammen und stürzte, vor Wuth knirschend, abermals zu Boden.

Der Connetable fand in dem Brief einen von seinem Vater, dem verstorbenen Connetable von Montmorency eigenhändig geschriebenen Befehl an Claude Stocq, seinen Feind, den Baron von Rochemore zu ermorden, und an Eidesstatt die schriftli ch Versicherung, ihn gegen jedes weltliche Gericht zu schützen. Nachdem Damville mit tiefer Erschütterung diese Schrift zu Ende gelesen, drehte er sich langsam gegen den Geheimschreiber um, der, während jener las, mehrmals vergebens zu sprechen versucht hatte; dann näherte er das Papier dem Lichte und verbrannte es, indem er den Blick unverwandt auf Stocq gerichtet hielt, bis auch der letzte Buchstabe in Asche zerfallen war. Stocq war indessen verschieden ohne seine Schuld eingestanden zu haben.

Als Margarethe sah, daß die Leiche regungslos dalag, kniete sie an der Seite derselben nieder und berührte in kindischer Freude die erkalteten Hände, doch als ihr Auge jetzt auf das Antlitz des Todten fiel und sein starrer boshafter Blick noch drohend auf sie gerichtet schien, stieß sie einen dumpfen Schrei aus und fiel neben dem Leichnam zu Boden.

Raleigh, welcher angsthaft an dem Angesichte des Connetables hing, während er las, sagte jetzt mit angstgepreßtem Herzen: „O sprecht, edler Herzog! nicht wahr, mein Vater war kein Mörder?"

„Hier ist der Mörder," sprach Damville ernst bewegt und deutete mit dem Finger auf Claude Stocq's Leiche. Dann sich zu Margarethen niederbeugend, fügte er hinzu: „Erhebt Euch, Marquise von Savigny, und kommt mit uns, um in meiner Mündel Eure Tochter zu segnen."

Raoul wollte voll kindlicher Besorgniß seine wieder gefundene Mutter von der Leiche wegziehen; aber als er sie erhob, war ihr sanftes Auge gebrochen und ein dicker Blutstrom quoll ihr aus dem Munde. In dem Augenblick, wo sie die Gewißheit von dem Tode ihres Peinigers erlangt hatte, war ihr eine Herzader gesprungen. Sie starb noch an demselben Tage.

Nachdem das Trauerjahr vorüber war, führte der Marquis Raoul von Savigny-Raleigh, von dem König auf das Ehrenvollste in alle Rechte und Würden seines als unschuldig anerkannten Vaters wieder eingesetzt, seine geliebte Luise von Rochemore zum Altar.

Opfer der Inquisition.

Die letzten Opfer der Inquisition in Neapel waren ein Augustiner-Laienbruder Fra Romualdo und eine Benedictiner-Nonne, Geltrude, jener wegen Quietismus, Molinismus und sonstiger Ketzerei, diese wegen Stolz, Eitelkeit, Leichtsinn und Heuchelei bei der Inquisition angeklagt. Beide waren arme verrückte Personen. Der Bruder behauptete ein Prophet zu seyn und Gespräche mit Gott Vater und den Engeln zu haben. Schwester Geltrude behauptete ungefähr dasselbe, gab vor, in einem persönlichen Verkehr mit Gott zu stehen. Qualvolle Verhöre konnten beide eben so wenig als vieljährige martervolle Haft, verbunden mit Geißelungen und Foltern aller Art von ihrem Wahnsinn abbringen. Endlich sprach die Inquisition das Todesurtheil aus, und der fromme deutsche Kaiser Karl VI., der damals über Sicilien regierte, befahl, daß es „mit allem feierlichen Glanze eines Autodafé" vollzogen würde. In den (noch erhaltenen) Urtheilssprüchen war die heilige Inquisition und die Güte, Sanftmuth und Milde der Inquisitionsrichter auf's höchste gepriesen, und diesen so menschlichen mitleidigen Gefühlen gegenüber die Bosheit, Gottlosigkeit und Hartnäckigkeit der beiden Ketzer hervorgehoben. Dann verbreiteten sie sich über die Nothwendigkeit, die Lehren der heiligen römisch-katholischen Kirche aufrecht zu erhalten, das Aergerniß auszurotten und die Beleidigung der Christen zu rächen. Am 6. April des Jahres 1724 wurden auf dem Platze St. Erasmo, dem größten der Stadt Palermo, die Vorbereitungen zu dem großen Feste getroffen. Zu beiden Seiten eines kolossalen weißen Kreuzes erhoben sich zwei gewaltige Scheiterhaufen, jeder zehn Ellen hoch, bedeckt mit einem hölzernen Gerüste in Form eines Schaffot's, zu welchem eine Treppe hinaufführte. Ueber jedem Scheiterhaufen stieg ein Galgen empor. In verschiedenen Abtheilungen waren Altäre und reichverzierte Tribünen dem Kreuze gegenüber amphitheatralisch aufgerichtet. In der Mitte prangte ein höheres und geräumigeres Schaugerüst, reich mit Sammt und Goldstoff verziert und mit Sinnbildern der Religion geschmückt. Es war für die Inquisitoren bestimmt. Die anderen Logen für den Vicekönig, den Erzbischof, den Senat, für den Adel, die Geistlichkeit, die Beamten und Damen der Stadt. Das unterste Stockwerk der Sitzreihen war für das Volk bestimmt. Bei der ersten Morgendämmerung läuteten die Glocken aller Kirchen zur Buße. Prozessionen aller Mönchsorden, Priester und Brüderschaften durchzogen die Straßen der Stadt und nahmen die ihnen angewiesenen Plätze rings um das Kreuz ein. Schon mit Tagesanbruch war der Platz mit Menschen, alle Gallerien, Balkone und Sitzreihen mit Zuschauern erfüllt, welche Alle begierig die Ankunft der Opfer erwarteten. Die Hinrichtung war aber erst in den letzten Stunden des Nachmittags angesetzt, und so füllten sich denn um 2 Uhr Nachmittags alle Tribünen mit wohlbesetzten Tafeln, und unter Becherklang und Jubelgeschrei der Menge langte zuerst die unglückliche Geltrude an, auf einen Karren gebunden, in schmutzigen Kleidern, mit fliegenden Haaren und einer großen Papiermütze, auf welcher, von Höllenflammen umgeben, ihr Name geschrieben stand. Schwarze Stiere zogen den Karren, ein langer Zug von Mönchen ging voraus, und viele Fürsten und Herzöge auf stattlichen Rossen umgaben ihn. Hintennach folgten auf weißen Maulthieren die drei padri inquisitori. Nachdem der Zug auf dem Platze angelangt und das unglückliche Weib einigen Dominikanermönchen und Theologen übergeben worden war, welche zum Schein mit ihr die letzten Bekehrungsversuche veranstalteten, erschien sofort in ähnlichem Aufzuge der Bruder Romualdo, worauf die Inquisitoren auf dem für sie errichteten Prachtbalkone ihre Plätze einnahmen. Nach Beendigung dieser Förmlichkeiten wurde der hartnäckige Entschluß der beiden Schuldigen durch Ausruf verkündet und das Urtheil in lateinischer Sprache vorgelesen. Schwester Geltrude bestieg jetzt zuerst das Gerüst. Zwei Henker banden sie an den Galgenpfahl, und legten Feuer an ihre Haare, welche zuvor mit harzigen Salben getränkt waren, damit die Flammen um ihren Kopf herum lebhafter brennen möchten; sodann zündeten sie die gleichfalls zuvor mit Pech getränkten Kleider an, und verließen dann das Gerüste. Die Unglückliche blieb nun allein auf dem Scheiterhaufen, und während unter ihrem gellenden Jammergeschrei die Flammen rings um sie her und unter ihren Füßen emporschlugen, fiel sie plötzlich mit der Decke des Scheiterhaufens hinab, so daß ihr Körper verschwand, aber ihr Aechzen noch lange von den Zuschauern gehört wurde. Endlich schlugen Flammen und Rauch hoch gen Himmel und umhüllten das Kreuz Christi, das diese Gräuel hatte schauen müssen. Auf dieselbe Weise endete Fra Romualdo, nachdem er zuvor Augenzeuge des martervollen Leidenstodes seiner Unglücksgefährtin hatte seyn müssen. Sechsundzwanzig Gefangene der Inquisition waren gleichfalls gezwungene Zuschauer dieses entsetzlichen Schauspiels — die einzigen unter all' den Tausenden, welche beim Anblick desselben Thränen vergossen, während die gesammte übrige Menge in ihrer rohen Unwissenheit und voll stupiden Aberglaubens dem scheußlichen Menschenopfer Beifall zujauchzte! (Nürnb. K.)

Goldene Regeln des Vater Richard.

Leitet eure Geschäfte und lasset euch nie von ihnen leiten.

Derjenige, welcher von der Hoffnung lebt, wird vor Hunger sterben.

Es gibt keinen Vortheil ohne Anstrengung.

Wer ein Handwerk treibt, hat ein liegendes Grundstück, und

wer ein Gewerbe hat, hat eine nützliche und anständige Beschäftigung.

Sind wir arbeitsam, so werden wir nie vor Hunger sterben. Der Hunger bewacht die Thür des arbeitsamen Mannes, allein er wagt sich nicht hinein. Thätigkeit bezahlt Schulden, während Verzweiflung sie vermehret. Ihr braucht keinen Schatz zu finden, noch eine Erbschaft von einem reichen Vater. Die Arbeit ist der Vater des Glücks, und Gott gibt den Fleißigen Alles.

Was ihr heute thun könnt, schiebt nicht auf den morgenden Tag.

Habt Ausdauer, und Ihr werdet die Erfolge sehen. Das Wasser, welches tropfenweise fällt, wird den Stein verzehren. Mit Geduld zernagt die Maus ein Tau, und wiederholte kleine Schläge vernichten große Ketten.

Ich habe noch nie einen Baum gesehen, den man öfter verpflanzte, noch eine Familie gekannt, welche in einem Jahre die Wohnung öfter wechselte; eben so glücklich sind Diejenigen, welche niemals ihren Wohnort veränderten. Drei Umzüge machen denselben Schaden, den ein Feuer anrichtet. Bewahret euer Haus, und es wird euch beschirmen.

Wollt ihr, daß euere Geschäfte gehen, so müßt ihr selbst darnach gehen; wollt ihr es nicht, so schickt nur nach ihnen. Wer vom Pfluge reich werden will, muß ihn selbst führen.

Das Auge des Meisters schafft mehr als seine beiden Hände; habt ihr auf euere Arbeiter nicht Acht, so stellt ihr ihnen eure Börse zur Verfügung. Zu viel Vertrauen in Andere ist der Ruin guter Menschen.

Eine unbedeutende Nachlässigkeit kann zu großem Unglück Gelegenheit geben. Ein fehlender Nagel, jedes fehlende Hufeisen eines Pferdes richtet zu Grunde, ein fehlendes Eisen schadet dem Pferde, ein Fehlen des Pferdes vernichtet den Herrn selbst, weil es der Feind beachtet und ihn vernichtet. Dies Alles entsteht aus der Vernachlässigung eines fehlenden Pferdehufes.

Ein Mensch, der nicht, so viel er braucht, zu sparen versteht, wird ohne einen Groschen sterben, nachdem er sein ganzes Leben lang die Nase auf seine Arbeit geheftet hatte. Eine fette Lüge macht ein mageres Testament.

Es kostet eben so viel, einen Fehler wieder gut zu machen, als die Erziehung zweier Kinder.

Hütet euch vor kleinen Ausgaben, ein kleiner Leck vernichtet ein großes Schiff.

Die Begierde nach Leckereien führt an den Bettelstab.

Narren geben Mahlzeiten und Weise verzehren sie.

Kauft ihr unnütze Dinge, so werdet ihr nicht zaudern, die nothwendigen zu veräußern. Ehe ihr mit leichter Mühe einen Kauf schließt, überlegt es zuvor; viele Leute wurden zu Grunde gerichtet, weil sie zu viel mit leichter Mühe erlangt hatten.

Für das Vergnügen, schöne Kleider zu tragen, sehen viele Leute lieber ihren Bauch leer, und lassen es ihren Familien an Brod fehlen. Seidenstoffe, Atlas, Sammt verzehren das Küchenfeuer.

Wer immerwährend aus dem Backtroge nimmt, ohne etwas hinein zu thun, wird bald den Grund erlangen, und wenn der Ziehbrunnen geleert ist, wird man den Werth des Wassers erst beurtheilen lernen.

Wollt ihr den Werth des Geldes kennen lernen? Versucht es, welches zu leihen.

Die Hoffahrt ist ein Bettler, welcher eben so laut schreit, als es nöthig ist, und der ganz und gar unersättlich ist.

Der Stolz frühstückt mit dem Ueberfluß, hält Mittag mit der Armuth, und ißt zu Abend mit der Verachtung.

Denkt wohl nach, was ihr thun wollt, wenn ihr in Schulden gerathet, sie tragen die Verblendung auf dem Rücken.

Ein Deutscher wird niemals erröthen, noch sich fürchten, Jemanden zu vertrauen, daß er erschöpft sey. Aber die Armuth benimmt den Menschen alle Betriebsamkeit; es ist schwer, mit einem leeren Geldbeutel sich aufrecht zu erhalten.

Spart für die Zeit des Alters und der Noth, so lange ihr könnt, die Sonne des Morgens dauert nicht den ganzen Tag. Der Gewinn ist ungewiß und vergänglich, aber der Aufwand ist unaufhörlich. Es ist bequemer, zwei Kamine zu bauen, als daß das Feuer beständig in einen allein geht.

Legt euch lieber zu Bett ohne Abendmahlzeit, als daß ihr mit Schulden aufsteht.

Die Schule der Erfahrung ist kostbar, denn sie ist die einzige, in welcher sich Unwissende Raths erholen können. (K. Z.)

Mannichfaltigkeiten.

Aus Goes (Niederlande) schreibt man vom 8. Dec.: Heute zeigte man hier neue Kartoffel, welche erst in den letzten Tagen des August gepflanzt worden waren. Diese Kartoffel unterscheiden sich von dem ersten oder gewöhnlichen Gewächs durch besondere Reinheit des Geschmacks und ihrer Menge, und haben die Größe einer gewöhnlichen Winterkartoffel.

Ein italienischer Abt, den Kaiser Joseph in Italien als einen guten Dichter kennen lernte, ging im Juni 1789 im Laxenburger Garten spazieren und stieß von ungefähr auf den Monarchen. — „Ich werde vielleicht nächstens Gelegenheit haben", war die Anrede des Kaisers, „Ihr dichterisches Talent zu prüfen, und Ihnen die Verfertigung eines kleinen Gelegenheitsgedichtes auftragen. Wollen Sie solches übernehmen?" — „Ew. Majestät befehlen, und geruhen nur, mir den Stoff zu geben", war die Antwort des Abtes. — „Diesen mögen Sie errathen", erwiederte der Monarch; „und dies können Sie leicht, wenn Sie mich nur erst ansehen." — „So wünsche ich, daß ich Ew. Maj. gänzliche Herstellung oder Ihre Siege besingen könne", fuhr der Abt fort. — „Nein, nein!" fiel ihm der Kaiser ein, „machen Sie sich lieber an das Epitaphium, bringen Sie mir es aber bald, und zum Stoff mag Ihnen dienen: „Hier liegt ein Fürst, der mit der besten Meinung keinen seiner Pläne durchsetzen konnte." — Und hiermit verließ der Kaiser den betroffenen Abt, ohne ihm Zeit zu lassen, weiter zu antworten.

(Anekdote.) Heinrich VI., König von Frankreich, sagte einst zu einem deutschen Fürsten, der sich in Paris befand: Euer Liebden thun sehr wohl daran, daß Sie in Frankreich reisen, um ritterliche Uebungen, feine Lebensart und sonderlich Sprachen daselbst zu erlernen. — Was hätten wir Franzosen aber bei Euch Deutschen zu erlernen? — Der junge Fürst erwiederte gelassen: Bescheidenheit.

(Elberfeld, 17. Dec.) Bei dem heute morgen angekommenen ersten Eisenbahnzuge ereignete es sich, daß von den aus der Lokomotive aussprühenden Funken mehrere auf einen unbedeckten Güterwagen fielen und dort einen Baumwoll-Ballen entzündeten, welcher theilweise verbrannte. Größeres Unglück wurde durch rasch herbeigeeilte Hülfe verhütet.

(Düsseldorf, 14. Dec.) In der vergangenen Woche ereignete sich hierselbst ein großes Unglück, welches wiederum zur sorgfältigeren Berücksichtigung kleiner Kinder aufzufordern geeignet ist. Ein blödsinniges, 21 Jahr altes Mädchen war von ihren Angehörigen der Aufsicht eines 3jährigen kleinen Kindes anvertraut. Die Kleine zündete am Ofen Papier an, um damit zu spielen, kam unvorsichtiger Weise den Kleidern des andern Mädchens zu nahe und diese fangen Feuer. Noch ehe der Unglücklichen Hülfe geleistet werden konnte, war sie bereits auf die schrecklichste Weise an Brust und Unterleib verbrannt, so daß man jeden Augenblick ihr Ende erwartet.

Es ist nun in Nürnberg der vierzehnte Fall vorgekommen, daß Leuten, welche in Zündholzfabriken arbeiteten, der Kiefer herausgenommen werden mußte. Das Unglück trifft in der Regel Mädchen, die für einen geringen Wochenlohn (1 Gulden 12 Kr.) ihre Gesundheit Preis geben. Die Aerzte haben bis jetzt noch kein Heilmittel gegen diese Krankheit auffinden können. So wie der Kiefer einmal ein wenig angegriffen ist, ist das Uebel unheilbar, der Kiefer muß zuletzt herausgenommen werden. Bei dem letzten Falle hatte das Mädchen schon seit einem halben Jahre nicht mehr in der Fabrik gearbeitet, sondern stand seit dieser Zeit in einer andern Stadt in Diensten. Erst nach dieser Zeit fing der Kiefer an, angegriffen zu werden. Sie hat unter außerordentlichen Schmerzen die Operation bestanden. Die Regierungen sollten doch diesem Gegenstand ihre ernste Aufmerksamkeit zuwenden.

Aus Böhmen wird der Dorfzeitung berichtet: „Wo gilt Gesundheit und Leben der Lehrer sehr wenig? Unstreitig in der Stadt Asch, in der böhmischen Herrschaft gleichen Namens. Dort müssen sämmtliche Lehrer bei'm Absingen der Leichen auf der Straße im bloßen Kopfe dastehen, trotz Regenwetter, Kälte und Schneegestöber. In der einen Hand halten sie das Gesangbuch, in der andern den Hut. Man denke sich 10 — 15 Grad Kälte, und dazu das Absingen im bloßen Kopfe von zwei, drei Liedern und einer Arie mitten auf dem, der ärgsten Zugluft ausgesetzten Marktplatz. Ich gestehe, mich hat der Anblick dieser barhaupt dastehenden drei Lehrer mehr als schmerzlich berührt. Die andern Herren stehen mit bedecktem Haupte daneben. (Bedecken Sie sich, meine Herren!)

Ein Lehrer ärgerte sich stets über die falsche Orthographie seines Schusters. Einst brachte ihm derselbe eine Rechnung und hatte wie gewöhnlich „ein Paar stiefel Vorgeschuhrt" Stiefel klein und vorgeschuhet groß geschrieben. Der Lehrer stellte ihn darüber zur Rede. — „Ja, lieber Herr Professor", war seine Entschuldigung, „meine Hauptwörter sind die, woran ich etwas verdiene; wenn ich ein Paar Stiefeln vorschuhe, so verdiene ich nicht an den Stiefeln, sondern an dem Vorgeschuhten, und diese Wörter schreibe ich groß."

Ein seltsamer Diebstahl ist kürzlich in Oberfranken vorgefallen. In einem Dorfe auf dem Gebirge zwischen Hollfeld und Weismain, wo man beinahe 1 1/2 Stunde bis zur nächsten Quelle zu fahren hat und deßhalb für den Winter sich mit Trinkwasser zu versehen pflegt, wurde in den Pfarrhof eingestiegen und 30 Bütten Wasser gestohlen.

(Frankfurt.) Kürzlich wurde die Anzeige gemacht, daß von dem Rechneygraben zwei Schwäne entkommen seyen. Später stellte es sich jedoch heraus, daß dieselben in den Stadtkanal gekrochen waren und wurde der eine unter der Neugasse, der andere nicht weit davon aus den Antauchen zum Vorschein gebracht.

Korrespondenz.

Heidelberg, 18. Dec.

Unsere Stadt wird um einige genußreiche Abende in der Woche ärmer werden. Auf den Wunsch einer nicht unbedeutenden Anzahl hiesiger angesehener Einwohner wurde der Schauspieldirektor Friese bestimmt, mit seiner Gesellschaft den Winter hier zuzubringen. In der ersten Zeit ging Alles gut, jetzt aber finden zuweilen solche Unterbrechungen des Spieles von Seiten der Studenten statt, daß vor Kurzem das Theater sogar geschlossen werden mußte. Daß die Universitätsbehörde nicht den Hrn. Friese schützt, wird sehr bedauert.

Steinheim, 18. Dec.

In dem hiesigen, am Maine sehr schön liegenden Städtchen, welches eben so wie die benachbarten Orte früher kurmainzisch und daher ganz katholisch war, wurde am 22. v. M. von den Protestanten, die sich, seit diese Orte in Folge der Säcularisation der geistlichen Besitzungen im Jahre 1803 zu dem jetzigen Großherzogthum Hessen gekommen sind, theils durch dienstliche Anstellung, theils durch freiwilligen Ueberzug, darin niedergelassen haben, und deren fortwährend sich mehrende Seelenzahl bereits anderthalb Hundert beträgt, ein Fest gefeiert, worüber bei dem regen Interesse der dermaligen Zeit an den kirchlichen Angelegenheiten einige, wenn auch durch besondere Umstände verspätete Zeilen in diesem Blatte nicht unwillkommen seyn werden. Die Veranlassung zu diesem Feste gab der erste dahier im Schlosse in einem von Sr. k. Hoh. dem Großherzoge hierzu überlassenen Saale abgehaltene evangelische Gottesdienst. Das Bedürfniß desselben war zwar schon früher fühlbar gewesen; allein erst nachdem es dem eifrigen Bemühen der in gleicher Lage befindlichen Protestanten des benachbarten Seligenstadt durch die ihnen mit besonderer Vorliebe zugewandte Unterstützung des Gustav-Adolf-Vereins möglich geworden war, die Anstellung eines Geistlichen für ihre neu gebildete Kirchengemeinde zu erlangen, und dieser Geistliche die Stelle eines Predigers auch bei den hiesigen Protestanten zu versehen sich erboten hatte, konnten dieselben an die Verbesserung ihrer kirchlichen Lage denken. Entschluß und Ausführung folgten schnell einander, so daß die Sache, obgleich im Frühjahre dieses Jahres erst angeregt, schon im Herbste so weit gediehen war, daß sich an dem bemerkten Tage der Anfang zu einem regelmäßigen, von vierzehn zu vierzehn Tagen stattfindende Gottesdienste in einem vollständig und würdig für seinen hehren Zweck hergerichteten Locale machen ließ. Um die Einrichtung dieses Locals hat sich Hr. Bauaccessist Billhardt von Offenbach, welcher sich aus freien Stücken der Leitung der nöthigen Arbeiten unterzog und dieselben, bei beschränkten Mitteln, mit eben so viel Kunst, als Geschmack zum allgemeinen Beifall zur Vollendung zu bringen wußte, anerkennungswürdiges Verdienst erworben. Unter den einzelnen Arbeiten zeichnen sich besonders die mit geübter Hand von Groß zu Offenbach gemalten Plafondverzierungen, so wie das meisterhaft gestickte Altartuch von Lieber zu Hanau aus. Die zierlichen Fenstervorhänge ehren aber nicht minder die fleißigen Hände, wie den frommen Sinn ihrer Verfertigerinnen, deren vereintes Product sie sind. Gehoben wird übrigens das kirchliche Ansehen des Saales durch die auf Postamenten an den Wänden aufgestellten, nach den Statuen der zwölf Apostel am Sebaldusgrabe zu Nürnberg modellirten Gypsabgüsse — eine Freundesgabe von Offenbach. Zur Bestreitung der Kosten haben die Gustav-Adolf-Vereine des Inlandes, der Nachbarstadt Frankfurt und des stammverwandten Kurhessen größere Beiträge gegeben, jedoch auch einzelne Privaten, insbesondere von Offenbach und Frankfurt, ansehnliche Gaben, so wie der Graf v. Bentzel-Sternau einen schön gearbeiteten silbernen Abendmahlskelch dargebracht. — Der Eröffnung des Gottesdienstes, welche unter Vorstellung des Hrn. Pfarrvicars Scriba zu Seligenstadt, als künftigen ev. Predigers dahier, im Auftrage der obern Kirchenbehörde durch Hrn. Decan Salzer zu Babenhausen erfolgte, wohnten nicht nur die einheimischen Protestanten und viele Fremden von Seligenstadt, Hanau, Offenbach und Frankfurt, sondern auch ein großer Theil der hiesigen Katholiken bei. Dieselben vereinigten sich nach dem Gottesdienste zu einem fröhlichen Mittagsmahle, bei welchem sich die Eintracht, welche zwischen den beiderseitigen christlichen Glaubensgenossen im hiesigen Städtchen stets bestanden hat, und hoffentlich auch fortbestehen wird, besonders in dem Beifall aussprach, welchen ein Toast, der dieses Verhältniß berührte, fand. Nach dem Mittagessen wurde noch der alt herkömmlichen Sitte gehuldigt, wonach Kirchweihe ohne Tanz kaum gedacht werden kann.

Theater-Anzeige.

Montag, 21. Dec. (Zum Vortheil der Pensions-Anstalt neu einstudirt): Faust, Tragödie in 6 Abth., von Göthe. (Gastrolle) Margarethe: Fräul. Quint, vom Königstädter Theater zu Berlin. — Mit aufgehobenem Abonnement.

Redacteur: J. L. Heller. — Druck und Verlag von Heller und Rohm.

Didaskalia.

Blätter für Geist, Gemüth und Publizität.

Nro. 353. Mittwoch, den 23. December 1846.

Versichere dein Leben.

Erzählung von Ludwig Storch *)

Karl Schaumann, der Sohn eines Kaufmanns, in einer großen Handelsstadt Deutschlands, hatte erst eine tüchtige Schulbildung erhalten, und sich dann auf der Handelsschule seiner Vaterstadt und auf dem Comptoir seines Vaters höchst schätzbare Kenntnisse für den von ihm selbst gewählten und mit Leidenschaft geliebten Beruf als Kaufmann erworben, und da er ein sehr talentvoller Kopf war und sein Fleiß seinem Geiste Flügel gab, so konnte er in seinem achtzehnten Jahre mit den glänzendsten Zeugnissen sowohl von der Handelsschule als von seinem Vater entlassen werden, um eine Kondition in einem großen Handelshause in Lyon anzutreten, mit dem die Firma seines Vaters in Geschäftsverbindung stand; denn Karl trug den glühenden Trieb in der Brust, die Welt zu sehen und seine Bildung in der großen Schule des Lebens zu vollenden.

Seine gründlichen Kenntnisse und sein ausdauernder deutscher Fleiß wurden bald anerkannt und geehrt, und er sah sich im Hause seines Prinzipals in den angenehmsten Verhältnissen, als das schöne Glück seiner Jugend unerwartet durch einen gewaltigen Schlag vernichtet wurde. Ein Brief aus der Heimath brachte ihm nämlich im zweiten Jahre seines Aufenthaltes in Lyon die betrübende Kunde, daß sein Vater durch widrige Handelsconjuncturen genöthigt gewesen sey, sein Vermögen seinen Gläubigern zu überlassen und aus Gram über seinen Fall einige Wochen darauf an einem hitzigen Fieber gestorben sey; die Wittwe, Karls Stiefmutter, werde nur wenig aus den Trümmern des Vermögens retten können und sehe einer traurigen Lage mit drei unerzogenen Kindern entgegen. Nachdem Karl den ersten wildesten Schmerz überwunden hatte, faßte er die heiligsten Vorsätze, die Stütze seiner Stiefmutter und ihrer Kinder zu seyn. Dadurch erhielt seine Jugend eine ernste Färbung und sein Streben eine höchst würdige Richtung und ein bestimmtes moralisches Ziel. Vielleicht wäre er durch sein lebhaftes Naturell und seine einträgliche Stellung in den Strudel leichtfertiger Vergnügungen der großen Handelsstadt gezogen worden und hätte sich den Lockungen der Gesellschaft hingegeben, wozu Lyon so reiche Gelegenheit bot, hätte der Fall und Tod seines Vater's ihm nicht plötzlich einen unerschütterlichen Halt gegeben. Karl studirte seit jener Zeit Welt und Leben. Die großen Reisen, zu denen er verwendet wurde, brachten ihn mit tausenden von Menschen in Berührung; er lernte Charaktere, Sitten, Völker, Städte und Länder kennen, und hatte nach einigen Jahren sehr an Umsicht und Einsicht gewonnen.

In seinem vier und zwanzigsten Jahre erhielt er eine sehr einträgliche Stelle auf dem Comptoir eines der ersten Handelshäuser in Triest, welches Eigenthümer mehrerer Schiffe war. Auf diesen machte Karl als Supercargo jährlich einige Reisen nach der Levante, nach Aegypten und sogar nach Ostindien, und erwarb sich das vollste Vertrauen seines Prinzipals. — Nachgerade erwachte in Karls Seele aber eine stille Sehnsucht nach dem deutschen Vaterlande, die immer mächtiger wurde und zuletzt unbesiegbar war. Sein Prinzipal, mit dem er darüber sprach, machte ihm den Vorschlag, er wolle ihm eine Agentur seines Geschäfts in einer deutschen Residenzstadt übergeben, wohin er einen nicht unbeträchtlichen Waaren-Absatz zu erzielen hoffte. Der Prinzipal und Karl traten in der gemeinten Stadt deshalb mit einem ihnen schon lange geschäftsverwandten Handelshause in Verbindung, und diese Angelegenheit verlief so günstig, daß Karl nach drei Monaten Triest verließ und sich in jener Stadt als Agent seines zeitherigen Prinzipals niederließ. Um aber das Terrain erst kennen zu lernen und der bürgerlichen Habilitirung zu entgehen, bevor er nicht festen Fuß gefaßt und sich überzeugt hätte, daß das gewählte Domicil wirklich ein fruchtbarer Boden für seine kaufmännische Thätigkeit sey, trat er unter der Form eines Handlungsdieners der Handlung auf, durch deren Vermittlung er hierher gekommen war. Und da er voraus sah, daß die Agentur ihn wenigstens im ersten Jahre nicht ganz zu beschäftigen im Stande seyn werde, so arbeitete er für ein geringes Salair auch auf dem Comptoir, jedoch mit der Bedingung, daß das Haus nicht seine Zeit ganz in Anspruch nehmen durfte, im Gegentheil, ihm stets so viel vergönnte, als er zur Besorgung seines Hauptgeschäfts nöthig hätte. Die Comptoir-Arbeiten sollten ihm eben nur als Aushülfe und Nebenverdienst dienen.

Der Prinzipal lernte Karl Schaumann bald genug als einen sehr umsichtigen, kenntnißreichen und fleißigen Arbeiter kennen und schätzen, und wünschte die Lage desselben auf jede rechtliche Weise zu verbessern. Nun war er, nämlich der Chef des Handlungshauses, Agent der Lebensversicherungs-Bank in ***, und erachtete, daß es sowohl dieser Anstalt, als ihm und Karl, von wesentlichem Vortheil seyn müsse, wenn er dem Letzteren die Besorgung dieser Agentur übertrüge. Und Karl übernahm das Geschäft aus mehrfachen Gründen gern. Erstlich war es ihm wegen seines ideellen Gehaltes, der mit mehreren Wissenschaften in enger Verbindung stand, sehr angenehm; er hatte da zu forschen und zu lernen, was ihm stets das größte Vergnügen gewährte; dann vertrug sich die Besorgung seiner neuen Agentur gar wohl mit seiner alten, ja die Reisen, welche er im Interesse der letztern machen mußte, gaben ihm die schönste Gelegenheit an die Hand, im

*) Diese Erzählung des bekannten und beliebten Novellisten, welcher uns dieselbe im Original überschickte, behandelt einen wichtigen Gegenstand des modernen öffentlichen Lebens, den Nutzen der Lebensversicherungsbanken, über den so viele Menschen noch in Zweifel sind. Sie wird hoffentlich unsern zahlreichen Lesern und Leserinnen willkommen seyn.

Die Redaktion d. Didaskalia.

Interesse der erstern zu wirken; ferner stand er auf diese Weise immer im Dienste des befreundeten Handlungshauses, ohne an das Comptoir desselben gebunden zu seyn; denn beide Agenturen wurden von ihm im Namen dieser Firma betrieben; und endlich erwuchs seiner Einnahme dadurch ein nicht unbedeutender Zuwachs, der sich durch seine Thätigkeit immer mehr steigern konnte und mußte. Es mußte ihm daran liegen, sein kleines mütterliches Vermögen durch Fleiß, Thätigkeit und Sparsamkeit zu vermehren, um sich über lang und kurz damit den eigenen Herd zu begründen. Seine zeitherigen Einnahmen waren, bei eigner großer Einschränkung, für die Erziehung und Ausbildung seiner Geschwister darauf gegangen; doch war diese nun in so weit vollendet, daß sie sich selbst forthelfen konnten.

Unser junger Mann miethete sich in einer abgelegenen Straße eine kleine aber anständige Wohnung, und begann damit, den Handlungshäusern in der Stadt seine Waaren anzubieten, die in Material- und Specerei-Artikeln aus der Levante, aus Ost- und Westindien bestanden. Mit diesen täglichen Wanderungen verband er zugleich den Zweck, die Physiognomie der Stadt kennen zu lernen. Er hatte sich nämlich in Bezug auf Städte und Länder, auf Individuen und Bevölkerung eine eigene Theorie gebildet, und diese auf seinen vielen und großen Reisen praktisch sehr bewährt gefunden. Während er nämlich Geschäftsbesuche machte, hatte er ein scharfes Auge auf alle Straßen, Plätze und merkwürdigen Gebäude einer Stadt, und ließ sich von dem ihn begleitenden Lohnbedienten den Namen derselben nennen, dann wanderte er allein so lange, bis er orientirt war. Durch vieljährige Uebung gelang ihm dies bewunderungswürdig schnell. Kannte er auf diese Weise die Stadt von ihrer vordern oder Gesichtsseite, so suchte er sich einen Plan derselben zu verschaffen und bestieg damit die Thürme und die nächsten der umliegenden Berge, wenn solche vorhanden waren, um auch die Räume und Gebäulichkeiten, welche zwischen den Straßen liegen, oder die hintere Seite möglichst kennen zu lernen. Und das Studium dieser Partien war ihm gewissermaßen noch interessanter, als das der ersteren; denn in den Zimmern und Gemächern der Häuser, welche der Straße zugekehrt sind, zeigt sich selten der Mensch in seiner ganzen Natürlichkeit; es herrscht da immer ein gewisser Schein, eine unbewußte Heuchelei; der Bewohner setzt meist voraus, daß er hier überrascht und beobachtet werde, deshalb ist er in unnatürlicher Spannung und mit einem moralischen Firniß überzogen; auch werden vorn heraus selten Geschäfte und Arbeiten getrieben, die den Bürger im Kampfe mit dem rohen Stoff zeigen, wozu er weder Manschetten noch Glacehandschuhe gebrauchen kann. Vorn heraus ist alles geschniegelt und gebiegelt, gewaschen und polirt; wer die Natur des Menschen in Ausübung seiner schaffenden Kraft kennen lernen will, muß in die Hintergebäude treten. Nur da kann man des Volkes wahres Thun und Wesen studiren. — So ist es in Deutschland. Hier lernt man die Menschenwelt auf der Straße nur zur Hälfte kennen. In Italien, vorzüglich in Neapel und Sicilien, wird dagegen Alles auf der Straße abgemacht und getrieben, selbst Dinge, die bei uns Jedermann hinter Gardinen und Thüren verbirgt. Dort lernt man die ganze Menschheit auf der Straße kennen und, braucht sich deshalb gar nicht in die Häuser zu bemühen. Im Orient lernt man auf der Straße gar nichts; es gehen nicht einmal Fenster nach ihr heraus, Alles ist in den Häusern versteckt und verborgen.

Von den Häusern und ihrer Physiognomie ging Schaumann unmittelbar auf das Studium der Menschen über, oder vielmehr waren ihm beide so innig verbunden, daß er sie nicht von einander trennte. Er belauschte die Menschen am liebsten in ihren Hinterhäusern, wenn sie sich am wenigsten beobachtet glaubten und lernte ihre guten und schlimmen Eigenschaften auf diese Weise am schnellsten und gründlichsten kennen. Das waren seine Lieblingsstudien, die er zu seiner Erholung trieb, und wenn andere junge Leute seines Standes sich die Zeit mit Glücksspielen oder einer faden Unterhaltung verdarben, ging er auf Entdeckungsreisen aus, und seine Welt- und Menschenkenntniß hatte auf diese Weise die interessanteste Bereicherung erfahren, ja sie war ihm oft schon — was für den Kaufmann von Wichtigkeit — eine reiche Quelle pecuniären Vortheils geworden.

An einem freundlichen Märztage kehrte Schaumann, als es schon zu dämmern begann, von einem Spaziergange in die Stadt zurück und wählte zum Eintritt ein Thor, durch welches keine Hauptstraße ging. Der Weg durch dasselbe führte vielmehr nach dem nahen Berghain, welcher mit seinem Wirthschaftslokal im Sommer ein vielbesuchter Vergnügungsort der Städter war, und zu den hinter dem Berge gelegenen Weilern und Dörfern. Dieser Theil der Stadt war an dem erwähnten Berge hinaufgebaut, und die kleinen, für den Fußgänger bestimmten Nebengassen waren meist mit steinernen Stufen versehen. Schaumann bog auf gerathewohl in ein solches Gäßchen ein. Anfangs war es auf beiden Seiten mit kleinen niedrigen Häusern besetzt, in welchen Leute von der geringsten Klasse der Arbeiter wohnten; bald hörten sie auf der einen Seite und dann auch auf der andern auf, und an ihrer Statt zogen sich ziemlich hohe Mauern hin, welche keinen Blick auf die nächste Umgebung vergönnten. Aber gerade diese hätte Schaumann gar gerne gesehen.

Das Gäßchen war sehr einsam, kein Mensch begegnete ihm. Endlich kam er an eine Thüre, welche sich in der Mauer zur Linken befand. Dahin lag bergab der größere Theil der Stadt. Die Thür war verschlossen, aber zu den Seiten derselben entdeckte Karl einen Vorsprung, der, von einer ältern Mauer herrührend, leicht erstiegen, und so ein Blick über die ganze Mauer gewonnen werden konnte. Unmöglich vermochte er der Versuchung zu widerstehen und war im Nu oben, das neugierige Auge abwärts senkend. Er erblickte einen kleinen Garten mit einer Laube und einigen mit Buchsbaum eingefaßten Beeten im Vordergrunde, zur Rechten an den Garten gränzend ein schönes großes Hinterhaus, dessen vordere Seite einer Hauptstraße angehörte; weiter unten ein langes Hintergebäude mit vielen Fenstern im zweiten Stock, während das Paterre nach dieser Seite gar keine Oeffnung zeigte. Die Wände trugen noch die bunten und halb verschossenen Arabesken und Schnörkelmalereien aus der ersten Hälfte des vorigen Jahrhunderts. Auf der linken Seite sprang ein ansehnliches Giebelhaus vor, das nach hinten eine Gallerie und einen Anbau wie eine Fabrik oder dergleichen hatte. Ueber das Dach desselben hinweg beherrschten ein Paar Fenster im Giebelhause den Garten, das große buntgemalte Hinterhaus, die Höfe, und wahrscheinlich weiter hinab die Räume und Bäulichkeiten zwischen drei Straßen. Das war eine fremde und interessante Welt für den Beschauer. Er musterte Alles mit aufmerksamen Blicken.

(Fortsetzung folgt.)

Eine türkische Amtsinstruction.

(Aus dem Oesterr. Beob.)

Nachstehendes ist der Inhalt einer Amtsinstruction, welche sämmtlichen Beamten der hohen Pforte in Konstantinopel sowohl als in den Provinzen ein für allemal als Richtschnur ihres Handelns zu gelten hat. Sie ist vom 7. Silhidsche 1262 (27. Nov. 1845) datirt, wurde zum Behufe ihrer Verbreitung in Druck gelegt, und bildet eine kleine Broschüre, wovon jeder Beamte ein Exemplar erhält, und die zugleich als Beilage zur türkischen Staatszeitung erschienen ist:

Sie ist in folgende Capitel abgetheilt: 1) Nothwendige

Eigenschaften aller Beamten der hohen Pforte. — Sie müssen, heißt es, wohlgesinnt, unparteisch, gerecht, gewissenhaft, gemäßigt, billig und unbestechlich seyn; nie vom rechten Pfade abweichen, ihre Pflichten stets genau erfüllen, von Vaterlandsliebe beseelt seyn u. s. w. 2) Dienstpflichten der im Zweige der inneren und polizeilichen Administration angestellten Beamten. Hier wird entwickelt, daß sie auf alle mögliche Weise für den Flor der Provinz, in der sie sich befinden, für das Wohl und die Sicherheit der Bewohner sorgen, und sich weder Bedrückungen zu Schulden kommen lassen, noch an Anderen in dieser Hinsicht das Mindeste dulden sollen. — Ein Paragraph behandelt auch das Verfahren, welches sie in Betreff der fremden Unterthanen zu beobachten haben, und es wird gesagt, daß sie in ihrem Benehmen gegen sie und namentlich in Allem, was den Handel betrifft, sich genau an die Tractate halten sollen. Zu diesem Behufe wird ein schon früher hier gedrucktes Compendium über die Verträge der Pforte mit den auswärtigen Mächten unter die Beamten vertheilt. Dieses hat ihnen daher auch bei allen von den fremden Agenten ihnen zukommenden Eröffnungen als Codex zu dienen; in schwierigen Fällen haben sie die Befehle der Pforte einzuholen; sollte von ihnen etwas verlangt werden, was vom Standpunkte der Verträge und internationalen Beziehungen aus unstatthaft ist, oder ihnen Gefahren und Unzukömmlichkeiten darzubieten scheint, so sollen sie sich zu dessen Gewährung keineswegs für verpflichtet halten, sondern den fremden Agenten in freundschaftlicher Weise den gehörigen Bescheid ertheilen, und da, wo es noth thut, an die Pforte den Bericht erstatten. 3) Dienstpflichten und Obliegenheiten der Finanzbeamten. 4) Anweisungen für die Vertreter des heiligen Gesetzes, um immer nach voller Gerechtigkeit und Billigkeit Recht zu sprechen. 5) Obliegenheiten der Mitglieder der Municipalconseils. — Enthält Regeln über deren Zusammensetzung, über die Art und Weise wie bei den Debatten daselbst vorgegangen werden soll u. s. w. 6) Pflichten der Verwalter (Mudire) in den Gerichtsbarkeiten. In der Schlußrede endlich wird den Beamten in eindringlicher Weise die Befolgung vorstehender Vorschriften ans Herz gelegt, und unter anderen auch erwähnt, daß jetzt, wo Niemand mit der Unwissenheit seiner Pflichten sich ausreden kann, auch keiner von ihnen einem Höheren, der etwas Regelwidriges fordert, Folge zu leisten sich für verpflichtet glauben, oder andererseits Derjenige, der selbst etwas verschuldet, seine Hoffnung auf den Schutz eines Höheren bauen darf; denn alle derlei Mißbräuche und Uebelstände werden unter der gerechten Regierung des Sultans in Zukunft nicht mehr geduldet werden. — Einer soll demnach auch den Anderen vor Uebertretungen warnen, und im Beharrungsfalle höhern Orts Anzeige machen. So wie endlich Demjenigen, der seine Pflichten genau erfüllt, der verdiente Lohn sicher nicht ausbleiben wird, so wird auch den treulosen und fahrlässigen Beamten die gebührende Strafe um so gewisser ereilen, als nach Veröffentlichung der gegenwärtigen Amtsinstruction, über das Benehmen aller Beamten fortwährend insgeheim und öffentlich die genauesten Nachforschungen werden gepflogen werden.

Mannichfaltigkeiten.

„Hähnchen und Hühnchen. Ein Kindermärchen mit Bildern von G. Süß. Frankfurt a. M. bei H. L. Brönner." — Wer gern mit der Kinderwelt verkehrt, dem ist es gewiß nicht unbekannt geblieben, wie die Kleinen nichts lieber hören, als Märchen und Fabeln; denn sie leben noch in der goldnen Zeit der Phantasie und der gläubigen Unbefangenheit und weinen Thränen der Theilnahme und der tiefsten Rührung, wo wir kalt bleiben oder nur zweifeln oder lächeln. Im vorliegenden Weihnachtsbüchlein erzählt G. Süß den lieben Kleinen ein gar anmuthiges und sinniges Märchen von Hähnchen und Hühnchen, die erst in Eintracht und Liebe auf der Mühle wohnen, dann auf die Wanderschaft gehen, allerlei Noth und Abenteuer bestehen, sich im wilden Walde verirren und endlich froh und glücklich wieder nach der Heimath zurückgeführt werden. Die einfache Geschichte wird die Kinder, die ja so gerne mit der friedlichen Thierwelt verkehren, gewiß recht anziehen, denn sie ist wahrhaft kindlich erzählt, naiv und gemüthvoll gehalten und aus dem frischen Borne des ungetrübten Humors geschöpft. Fast noch höher als den Text, möchten wir die dazu gehörigen Federzeichnungen des Hrn. Süß stellen. Sie sind eben so schön gedacht als ausgeführt und bekunden eben so den poetischen Sinn, als die kunstgeübte Hand des Verfertigers. In der That ist es höchst erfreulich, wenn durch solche Bilder, die weit über den Fabrikarbeiten der Art stehen, schon früh bei den Kindern der Sinn für das Schöne geweckt und auf das Bessere gleichsam spielend hingeleitet wird. Somit können wir auch die vorliegende Weihnachtsgabe als eine ihrem Zweck vollkommen entsprechende und der poetischen und künstlerischen Befähigung des Hrn. Maler Süs, eines Schülers unseres trefflichen Prof. Becker, zur Ehre gereichende nach Verdienst empfehlen. Die Ausstattung ist sehr schön und der Preis verhältnißmäßig sehr billig. W.

Wer seiner Frau einen guten h. Christ bescheeren will, soll ihr einige Milchäsche von Glas statt ihrer irdenen heimlich in die Milchkammer stellen. Neuere Versuche haben dargethan, daß in dergleichen gläsernen Gefäßen der Rahmabwurf viel bedeutender ist.

(Die Hannover'sche Zeitung.) In einer der letzten Sitzungen der hannover'schen Ständeversammlung erweckte eine Petition aus dem Bremenschen viel Heiterkeit, die ungefähr so begann, „Wir haben in Erfahrung gebracht — nicht aus der hannover'schen Zeitung, die hier natürlich nicht gelesen wird" u. s. w.

Laut einem Rundschreiben der Wohlthätigkeits-Bureaux zu Paris werden diesen Winter daselbst 116,000 Dürftige durch öffentliche Almosen zu unterstützen seyn, ohne die Arbeiter zu rechnen, deren Verdienst durch die rauhe Jahreszeit unterbrochen wird.

Korrespondenz.

Weimar, 14. Dec.

Das hiesige Hoftheater fährt fort, die Theilnahme des Publikums durch zeitweise Aufführung neuer Stücke in reger Thätigkeit zu erhalten. Dabei muß jedoch bedauert werden, daß die Producte fremdländischer Dichter entschieden vorwalten und das deutsche Element mehr und mehr verdrängen. Als neu ging über die Bühne: „die Tochter des Regenten", ein historisches Lustspiel nach dem Französischen des Alex. Dumas von Heinrich Börnstein. Heinrich Börnstein ist die jetzt florirende Firma der deutschen Uebersetzungsfabrik, von welcher die deutschen Bühnen ihre meisten Bedürfnisse beziehen; ihm hat das deutsche Publikum es vorzugsweise zu danken, daß es fort und fort mit fremdländischer, nicht immer dem Geschmack entsprechenden Kost regalirt wird. Ist dem genannten Uebersetzer eine practische Bühnenkenntniß und eine leichte Bewältigung des fremden Idioms nicht abzusprechen, so ist die Wahl seiner zu behandelnden Stücke doch nicht immer eine glückliche zu nennen. Am meisten jedoch ist die Zeichnung der Charaktere verfehlt. Dieser Uebelstand tritt auch in dem eben genannten Stück hervor, das weniger zu dem Genre des Lustspiels, als vielmehr zu dem des Schauspiels gezählt werden dürfte. Das in demselben beschäftigte Personal spielte mit dem Aufwand aller seiner Kräfte, vermochte aber dem Stück eine nur laue Aufnahme zu verschaffen. „Der Weibermarkt von Smithfield", mit einem Vorspiel: „die beiden Werkführer", ein Drama nach dem Französischen des Dennery, ebenfalls von Börnstein, ist ein bunt zusammengewürfeltes Sujet ohne alle dramatische Form. Der Inhalt des Stückes ist weder anziehend, noch ästhetisch und kann auf das weibliche Gemüth einen nur peinlichen Eindruck machen. Seine Pointe besteht darin, daß ein junger Ehemann sein Weib, welches den üblen Ruf seiner Mutter geerbt hat, aus übertriebener Eifersucht auf den Markt führt und dort öffentlich versteigert. Ist diese Sitte auch in dem englischen Volksleben begründet, so eignet sie sich doch nicht zur Darstellung auf deutschen Bühnen, und aus eben diesem Grunde dürften es die deutschen Frauen dem Uebersetzer auch nur wenig Dank wissen. Mad. Stör (Lucy Stendhal), Hr. Winterberger (Richard Davis) und Hr. Streit (Mortimer) spielten recht brav; auch Hr. Dettstedt gab die Rolle des Berliner Eckenstehers mit großer Kunstfertigkeit, obgleich die ihm in den Mund gelegten Witze zum Theil veraltet und vielfach abgedroschen sind. Hrn. Knorr (Ashley) mangelte auch diesmal eine größere Beweglichkeit, wie überhaupt ein tieferes Auffassen der ihm ertheilten Rollen sehr zu wünschen wäre. Der Schauspieler soll auf der Bühne nicht sich, sondern den in seiner Rolle ihm bezeichneten Charakter darstellen. Die übrigen Personen wirkten nach Kräften mit, ohne daß es ihnen aber gelang, das Interesse des Publikums zu fesseln. Einen bessern Erfolg dagegen hatte Feldmann's Original-Lustspiel: „Ein Mädchen vom Theater." Das Ganze ist eine sehr wohlgelungene Persiflage auf den unbegränzten Enthusiasmus einer vielgenannten Persönlichkeit. Es ist demnach eine Geburt des Augenblicks und dürfte durch andere Zeiterscheinungen nur zu bald wieder verdrängt werden. Die Rollen waren passend vertheilt und das darstellende Personal ließ mit wenigen Ausnahmen nichts zu wünschen übrig. Aus dem Bereich der Oper wurde gegeben: „Das Zauberglöckchen" von Herold. Der Text ist, wie bei den meisten Opern, fad und auch die Musik entbehrte jener melodienreichen, bezaubernden Klänge, die das Gemüth in Entzücken versenken. Was aber Beides nicht zu bewirken vermochte, das bewirkten die prächtigen Decorationen und die überraschenden Leistungen des in seiner Art ausgezeichneten Maschinisten Hr. Höck. Hr. Nissen (Azolin), Fräul. Agthe (Palmira) und Hr. Strohmeier (Pedur) lösten ihre Aufgaben zur Zufriedenheit. Mad. Baum war ein sehr liebenswürdiger Lucifer, deren Zauberkünste auch nicht ohne Einfluß auf das Publikum blieben. Dieser Oper folgte die immer gern gesehene „Aschenbrödel", dann „das unterbrochene Opferfest" und Flotow's „Stradella", in welchen Singstücken die Betheiligten mit Lust und Liebe thätig waren. Am 12. d. wurde bei sehr vollem Hause Weber's beliebter „Freischütz" gegeben. Die meisten der darin handelnden Künstler und Künstlerinnen ernteten verdienten Beifall. Einzelne mißfällige Zeichen waren hier sehr am unrechten Orte und mußten die sonst brave Künstlerin, welcher sie galten, unangenehm berühren. Der Sologesang der beiden Brautjungfern wirkte störend. Dagegen aber leistete die Kapelle, wie immer, Vorzügliches und auch der Maschinist hatte Gelegenheit, sein Talent in vollem Maße glänzen zu lassen.

Darmstadt, 17. Dec.

In der großh. Bildergallerie befindet sich ein herrliches Gemälde von Eduard Steindrück, die Genoveva mit dem Kinde vorstellend, wie sie, von Sorgen und Schmerz für die Erhaltung ihres Kindes erfüllt, unter einem Baume sitzt und die mitleidige Hirschkuh sich in dem Hintergrunde zeigt. Man kann dieses schöne Gemälde nicht ansehen, ohne zu dem Hervorbringer desselben sich im Geiste hingezogen zu fühlen. Wenige Gemälde verdienen so wie dieses durch den Grabstichel vervielfältigt und dadurch auch dem größeren Publikum zugänglich gemacht zu werden. In dem von Hrn. Gerhardt dieser Tage herausgegebenen Stahlstich in größerem Maßstabe spiegelt sich das Wesen und der Geist des Bildes in seiner ganzen Schönheit ab, und was die technische Ausführung anlangt, so ist sie eines älteren Meisters vollkommen würdig. Hr. Gerhardt, der sich durch dieses Kunstwerk in die Kunstwelt würdig einführt, hat seine Studien an dem Städel'schen Institut zu Frankfurt, unter des Hrn. Professors Schäfer Leitung, gemacht, und wie er seine Zeit dort angewendet hat, davon legt das vorliegende treffliche Bild Zeugniß ab. Das Städel'sche Institut darf mit Befriedigung auf einen solchen Zögling sehen, der seinen Beruf zur Kunst gleich durch seine erste größere Arbeit genügend nachgewiesen hat. — Die Herren Fabrikanten Lerch und Diehm zu Lauterbach haben, in Anerkennung ihrer industriellen Bestrebungen und thätigen Fürsorge in Betreff der Beschäftigung der armen Weber auf dem oberen Vogelsberg, von dem großh. Gewerbverein die silberne Medaille erhalten. Bei diesem Anlaß glauben wir, darauf aufmerksam machen zu müssen, daß Hr. Bürgermeister Blößer zu Hartmannshain, den wir schon längst als einen Mann von den gemeinnützigsten patriotischen Bestrebungen kennen, auch hierbei vermittelnd wirkt, indem er die ihm von Lauterbach zugesandten Rohstoffe an die Arbeiter in der Gegend vertheilt und für die gehörige Vollziehung der Aufträge besorgt ist. Hr. Blößer hat übrigens in seiner Gemeinde schon längst factisch bewiesen, wie man das Einkommen der Gemeindekasse erhöhen könne, ohne neue Communalsteuern den Steuerpflichtigen auflegen zu müssen. Er hat nämlich einen Theil Weideland zu Wiese anlegen lassen und die Veranstaltung getroffen, daß der jährliche Ertrag an Heu und Grumet im Interesse der Gemeindekasse verkauft wird. Dieses zweckmäßige Verfahren verdient aber hervorgehoben zu werden, da es auch an andern Orten, die sich rücksichts ihres Gemeindevermögens in ähnlichen Verhältnissen befinden wie Hartmannshain, empfohlen werden kann. Darin läge zugleich eine ziemlich ergiebige Quelle zur Verbesserung der Gehalte der Schullehrer, die auf dem Lande großentheils sehr gering besoldet sind, so daß sie die aufstrebende Generation meist unter Kummer und Sorgen heranbilden müssen. Was nützen luxuriös ausgestattete Schullehrer-Seminarien, wenn die Lehrer, die aus ihnen hervorgehen, einer meist traurigen Zukunft entgegen sehen! Ihr Ordner und Lenker der Staaten Deutschlands, verbessert erst die Schulgehalte, und die geschickten Lehrer werden dann von selbst kommen. Gerade deshalb gehen bisweilen die geschicktesten Zöglinge eines Seminars von dem erwählten pädagogischen Berufe wieder ab und wählen einen bürgerlichen Beruf, von welchem sie sich für ihre Person mehr Glück und Zufriedenheit versprechen dürfen. — Die hier im Interesse der Bedürftigen für die Dauer der Wintermonate errichtete städtische Suppenanstalt ist bereits in voller Thätigkeit und hat z. B. gestern über 900 Portionen vertheilt, welche eine Ausgabe von 19 Gulden verursachten. — In Michelstadt, Erbach und andern Orten des Odenwaldes hat man Vorräthe von Lebensmitteln, namentlich Kartoffeln, angeschafft, und zwar aus Rücksicht im Interesse der Armen, an welche sie, bei zunehmender Theuerung zu ermäßigten Preisen abgegeben werden sollen. — Für Arbeiter in Fabriken ist durch die oben erwähnten Herren Lerch und Diehm auch in diesem Betreff ein schönes Beispiel gegeben worden, indem sie einestheils ihre Fabrikarbeiter zur Anlegung einer Sparkasse veranlaßt haben, anderntheils aber auch die zu deren Bekleidung erforderlichen Stoffe aus ihrer Fabrik zu bedeutend ermäßigten Preisen verabfolgen lassen. Hier hätten wir das umgekehrte Truksystem, welches niegends Rebellion gegen die Maschinen und den Reichthum erregen, sondern vielmehr da, wo es bleibend eingeführt ist, Zufriedenheit und Ruhe verbreiten wird.

Darmstadt, 20. Dec.

Die colossalen Statuen des Landgrafen Georg I. und Philipp des Großmüthigen, welche der in Frankfurt lebende Bildhauer J. B. Scholl ausführte, werden bei Eintritt der bessern Jahreszeit auf einem öffentlichen Platz der Residenz aufgestellt. Sie gehören jedenfalls zu den besten plastischen Werken neuester Zeit und werden eine Zierde für unsere Stadt seyn. Sie sind so ausgeführt, daß man die Darstellung geistvoll, edel in Haltung und Bewegung, voll Leben und Thätigkeit nennen darf, und besitzen jene Wahrheit, die man nur bei Meisterwerken findet. Der Generaldirektor der preußischen Museen, Hr. v. Olfers aus Berlin, besuchte bei seiner Durchreise neuerlich das Atelier des Künstlers und sprach sich mit ehrender Anerkennung darüber aus.

Frankfurt a. M.

Das Konzert des Hrn. Hecht findet erst am 29. d. M. statt.

Theater-Anzeige.

Dienstag, 22. Dec. Des Teufels Antheil, komische Oper in 3 Abth., nach dem Französischen des Scribe von C. Gollmick, Musik von Auber.

Mittwoch, 23. Dec. Der Sohn der Wildniß, romantisches Schauspiel in 5 Abth., von Halm. (Gastrolle) Parthenia: Fräul. Heuser, vom Hoftheater zu Mannheim.

Redacteur: J. L. Heller. — Druck und Verlag von Heller und Rohm.

Didaskalia.

Blätter für Geist, Gemüth und Publizität.

Nro. 354. Donnerstag, den 24. December 1846.

Versichere dein Leben.

Erzählung von Ludwig Storch

(Fortsetzung.)

Unterdessen verwandelte sich die Dämmerung in Nacht, und Schaumann stand eben im Begriff, wieder zu gehen, als zwei Fenster des großen bunt gemalten Hauses von Licht erhellt wurden. Er blieb stehen und zog seine Lorgnette hervor; denn da das Haus am Berge viel tiefer lag, als sein Standpunkt, so konnte er das Zimmer ganz übersehen. Er erkannte durch die Gläser deutlich zwei Frauengestalten, in denen er, aus ihren jugendlichen reizenden Gesichtern und aus ihrem schlanken Wuchs und Magerkeit schließend, Mädchen von achtzehn bis zwanzig Jahren zu entdecken meinte. Die Eine, mit goldgelbem Haar, war um die Hälfte des Kopfes größer als die Andere mit dunklem Haar. Die beiden allerliebsten Kinder trieben allerlei lose Streiche und waren unverkennbar sehr lustigen Naturels, vorzüglich die Kleinere, welche bald allein im geräumigen Zimmer herumtanzte, bald die Größere schier gewaltsam mit herum riß und wilde Sprünge machte. Bald darauf artete das Tanzen und Springen in Ringen und Balgen aus, bis die Brünette ihre blonde Gespielin auf das Sopha warf. Hierauf wurde Friede geschlossen, und die Große setzte sich an ein Fortepiano und spielte, und Beide sangen mit hellen, klangvollen Stimmen, die dem Lauscher höchst angenehm in das Ohr tönten, einige schöne Volkslieder. Schaumann fühlte sich durch den Anblick dieser beiden schönen Kinder ungewöhnlich erregt und gleichsam von einem süßen Zauber umstrickt. Er hatte das schöne Geschlecht bis jetzt immer nur aus dem allgemein menschlichen Standpunkte, nie noch aus dem rein gesellschaftlichen, betrachtet; er hatte die Frauen vieler Völker gesehen, aber nie noch in ihren innersten Gemächern, sich dem Zuge der Natur so ganz hingebend, wie diese beiden Mädchen. — Seine unausgesetzte Thätigkeit und die edeln Zwecke derselben hatten ihn bis jetzt abgehalten, sich der weiblichen Jugend mehr als aus allgemeinem Interesse zu nähern; auch hatte in der That noch kein Wesen aus der zarten Hälfte der Menschheit einen tiefen und bleibenden Eindruck auf ihn gemacht, der etwa seiner Ruhe gefährlich geworden wäre, oder den Wunsch nach Besitz der Huldin in ihm wachgerufen hätte. Zum ersten Male begegnete es ihm, daß er die Augen nicht von ein Paar Mädchen abwenden konnte, die ihm sowohl in ihrer Erscheinung als in ihrem Thun und Treiben so anziehend und reizend vorkamen, wie noch keine Andere ihres Geschlechts. Er hatte sich ganz im Anschauen verloren und sich so vergessen, daß er wohl noch länger gestanden haben würde, wenn die beiden Gegenstände seiner ungetheilten Aufmerksamkeit nicht plötzlich sammt dem Lichte das Zimmer verlassen hätten.

Der Beobachter kehrte nach Hause zurück, aber er hatte eine unruhige Nacht; immer schwebten ihm die anmuthigen Gestalten vor, oft glaubte er die Töne ihres Gesanges in seinem Ohr zu vernehmen. Merkwürdig war dabei, daß er durchaus nicht für Eine entschieden war, sondern sich für Jede gleich lebhaft zu interessiren schien.

Am folgenden Tage vergrößerte sich seine Unruhe dergestalt, daß er unwillkürlich aufbrach, den Weg durch das Gäßchen einschlug und wieder über die Mauer schaute. Aber die Zimmer waren leer. Das Giebelhaus auf der linken Seite fiel ihm jetzt wieder in die Augen, und er ging sogleich in die Straße, zu welcher dies Haus gehören mußte, um die vordere Seite desselben auszuforschen. Dies gelang auch nach einigen vergeblichen Fragen. Die Straße war eine dritten oder vierten Ranges, das Haus ziemlich düster und ohne allen Comfort, der Besitzer ein Seifensieder. Karl wurde zu demselben in den hintern kleinen Anbau verwiesen, welcher die Werkstatt enthielt. — Auf seine Anfrage, ob er ihm nicht ein Logis in seinem Hause, am liebsten hinten heraus, vermiethen wolle, sah ihn der Mann groß an und meinte endlich: ein Logis habe er wohl, aber es sey nicht für einem so vornehmen Herrn; hinten hinaus sey aber nur eine Talgkammer. Schaumann ließ sich das Logis zeigen, es war von einem der untersten Beamten eines Gerichtshofes bewohnt und nicht im besten Zustande.

Karl versprach indessen, dasselbe für seine Kosten anständig herrichten zu lassen und für eigene Möbeln zu sorgen, wenn er die Talgkammer als Schlafgemach mit erhalte. Die Einwendungen des Seifensieders wurden durch ein ziemlich hohes Miethgebot beseitigt, und der Mann gab endlich kopfschüttelnd Alles zu. Der Bewohner der Zimmer wurde durch ein Stück Geld entschädigt und Schaumann bestellte sogleich Tüncher und Tapezierer, Schreiner und Schlosser, und betrieb die Sache mit solchem Eifer und klingendem Nachdruck, daß er zum nächsten Montag seine neue Wohnung beziehen konnte. Aus dem Schlafgemach konnte er das ganze bunt gemalte Haus übersehen, und im Zimmer seiner beiden Schönen blieb ihm kein Winkelchen verborgen. Er hütete sich aber wohl, sich am Tage viel am Fenster zu zeigen; auch verbot er seinen Wirthsleuten streng, in der Nachbarschaft auszuplaudern, daß das Gemach nicht mehr die Talgkammer sey. Sobald er aber das neue Logis bewohnte, lag er nicht nur Abends, auch einen großen Theil des Tages auf der Lauer, in der Dunkelheit am offenen Fenster, in der Helle hinter einem wohl aufgestellten Schirm, in welchem er ein rundes Loch von der Größe angebracht, daß seine Lorgnette hinein paßte. Und er sah die beiden holden Kinder bei Tage, er sah sie am Abend, ja mit einer schaurigen Wonne, die ihn durch Mark und Bein rieselte, entdeckte er schon am zweiten Tage, daß neben dem Wohnzimmer der Mädchen ihr Schlafgemach befindlich war, und die unschuldigen Kinder, die sich in ihrem freien Hinterhause gänzlich unbeachtet und unbeobachtet wähnten, vergaßen oft genug die Gardine vorzuziehen, und löschten das Licht nicht eher, als bis sie im Bette lagen. Er konnte mit seinen scharfen Gläsern jeden Zug ihrer Engelsgesichter noch erkennen, wenn ihre in die Nachthauben gesteckten Lockenköpfchen nur allein noch aus den weichen Bettwolken herausschauten. Vorher aber trieben sie meist im Unterröckchen noch allerlei Scherz und Schelmerei mit einander, neckten sich, haschten sich, warfen sich mit Strümpfen und Pantoffeln und dergleichen. Am Tage sah er sie sticken, stricken, zeichnen, schreiben, Musik treiben, sich putzen; endlich bemerkte er auch einmal, daß die Blonde, nachdem sie eine zeitlang emsig geschrieben, das Papier zu einem Briefe zusammenbrach, siegelte und überschrieb. „Gewiß an ihren Geliebten!" zuckte es durch Karls Herz glühend heiß. Bis jetzt hatte er noch nicht an die Möglichkeit gedacht, daß seine Heldinnen Herzensangelegenheiten haben könnten; nun redete ihm seine plötzlich erwachte brennende Eifersucht ein, sie seyen gewiß beide verlobt, und bei so reizenden Mädchen sey ja dies gar nicht anders möglich. Es hätte nicht viel gefehlt, er hätte sich sehr unglücklich gefühlt. Die Marter der Ungewißheit konnte er aber nicht lange ertragen, und sein Vorsatz stand fest, sich so rasch als möglich Licht zu verschaffen. Noch wußte er weder wer sie waren, noch wie sie hießen; ja er schloß nur aus dem, was er sah, daß sie Jungfrauen seyn müßten. Am andern Tage fragte er seine Aufwärterin, wem das große bunte Hinterhaus gehöre?

„Dem Rechnungsrath Zierling."

„Hat er unverheirathete Töchter?"

„Seine Kinder sind verheirathet."

„Wer wohnt noch im Hause?"

„Die beiden alten Fräulein von Kühlborn, zwei Schwestern, und im obersten Stock der Doktor Breithaupt, ein junger Arzt."

„Zu wem gehören denn die beiden jungen Damen, die im Hinterhause wohnen?"

„Das weiß ich nicht."

Karl mußte weitere Schritte thun, um Erkundigungen einzuziehen, und er wählte dazu seine Wäscherin, eine kluge Frau, der er den Auftrag ertheilte, Erkundigungen über die beiden Mädchen im Hinterhause einzuziehen. Nach einigen Tagen erfuhr er denn auch, daß sie Kostgängerinnen der Fräulein von Kühlborn seyen und ein beliebtes Töchter-Institut besuchten; gebürtig seyen sie aus dem sieben Stunden entfernten Gebirgsstädtchen Eisenau; sie seyen Geschwisterkindsmuhmen, und die Kleinere die Tochter des sehr reichen Hammerwerksbesitzers Mauthner und heiße Hannchen; ihre Muhme aber, deren Vater nicht mehr lebe, Christiane Fischer; in acht Tagen begännen die Osterferien, da reiseten die Mädchen nach Hause und kehrten erst vierzehn Tage nach dem Feste wieder zurück. — Die Wäscherin erhielt ein gutes Trinkgeld, und Karl eilte an sein Kammerfenster, um die Namen seiner Geliebten zu flüstern. Sie waren ihm nun schon ein gutes Theil näher gerückt, er wußte, wer und woher sie waren, er kannte ihre Namen. Sein Entschluß stand fest, das Osterfest in Eisenau zuzubringen, doch mehrere Tage früher dahin zu reisen, um durch Geschäftsanerbietungen Gelegenheit zu der ersehnten nähern Bekanntschaft zu suchen.

Da liegt ein weißes helles Haus mit grünen Fensterladen; ein mächtiger Weinstock, der freilich noch nicht grün ist, rankt sich an einem Spalier an der Wand empor; davor ein kleiner Garten, dessen Blumenbeete mit Buchsbaum eingefaßt sind, und der gegen die Straße mit einem grünen Staketen-Spalier begränzt ist. Die rothen Köpfe der Staketen zeugen von etwas bäurischem Geschmack. An der eichenen Thüre glänzen messingene Beschläge und ein Klopfer in Gestalt eines Seepferdes wie pures Gold; die Fenster sind von Spiegelglas, und vor denen des obern Stocks zieht sich ein ebenfalls grünes Blumenbrett mit einem kleinen Staketen-Spalier eingefaßt hin, dessen Köpfe auch wieder roth sind, als wenn sie sich in den Blumendüften berauscht hätten. Das Brett ist mit Aeschen besetzt, die Katzenkraut, Myrthe, Aschenkraut u. dgl. sprossen lassen; auch einige frisch aufgeblühte Kamelien sind darunter. Am mittleren Parterrefenster steht auch ein merkwürdiges Gewächs, zwar keine Blume, aber doch mit einer hochrothen Blüthe; zwar kein Kraut, aber doch stark nach einem Kraute duftend; die Blüthe ist nämlich eine ungewöhnlich dicke und plumpige Nase, und das duftende Kraut ist Tabacksrauch, welcher fort und fort aus dem zu dieser Nase gehörigen breiten Munde hervorqualmt. Und Nase und Mund sind Theile eines gewaltigen breiten Menschenhauptes mit dunkelbraunen hängenden Backen, einem drei oder vierfachen Kinn von ungewöhnlicher Fettfülle und einem Paar kleiner funkelnder Augen. Auf dem Haupte sitzt bis auf die Ohren herabgezogen eine schneeweiße baumwollene Nachtmütze, und darunter sieht man ein sehr feines Hemd von gleicher Farbe; eine kattunene Weste von weißem Grund mit kleinen dunkelgrünen Blümchen, und einer kurzen Jacke von gleichem Stoff, das Muster unbedeutend abgeändert; alles rein und blank und von jenem angenehmen Dufte, der in wohlhabenden Häusern der frischen Wäsche entquillt. Weste und Jacke umspannen einen gut gepflegten Rundbauch; die kurzen dicken Hüften und Oberschenkel sind mit ein Paar schwarzmanschesternen Hosen überzogen, die durch silberne Schnallen an den Seiten fest gehalten werden; die untern Theile zeigen blüthenweiße baumwollene Strümpfe und Klappantoffeln von grünem Saffian. In der rechten Hand hält diese schier unbewegliche Figur ein Weichselrohr, an dem unten ein mächtig großer, silberbeschlagener, prächtig gerauchter Meerschaumkopf sitzt und oben eine Hornspitze, mittels welcher der bezeichnete Mann sich den Tabacksrauch zu Munde führt, um ihn in blauen Kringeln wieder von sich zu geben. Die Augen hält der wohlbeleibte Raucher starr auf die Staketenreihen des Gartens vor ihm geheftet, und es scheint, als zähle er mit unermüdlicher Geduld die rothen Köpfe derselben, und fange, wenn er dies glücklich zu Ende gebracht, immer wieder von vorne an. Wie viel tausendmal er schon die Köpfe gezählt, weiß kein Mensch und er selber nicht; es liegt auch Niemand daran, es zu wissen, am wenigsten ihm selber; genug, er steht von früh acht Uhr bis um zwölf, und Nachmittags von zwei bis um sieben, raucht Taback und widmet sich mit eiserner Ausdauer dem ununterbrochenen Zählen der rothen Staketenköpfe, die seinem eigenen Kopfe nicht allein hinsichtlich der Farbe verwandt sind. Ihm zur Seite auf einem kleinen Tische hat ein großer Bierkrug von koblenzer Geschirr und ein Deckelglas Platz. Im Kruge ist Doppelbier, und der Raucher leert ihn täglich dreimal. Und so treibt er's einen Tag wie den andern. Jedermann wird begreifen, daß das Haus einem reichen Manne gehört, und die Vermuthung liegt nahe, daß der fleißige Kopfzähler dieser Mann selbst ist. Es ist in Wahrheit so. Das Haus liegt in der Hauptstraße des Bergstädtchens Eisenau etwas vornehm abgesondert von andern gemeinen Häusern, und der unermüdliche Arithmetiker ist sein Besitzer, der reiche Herr Eisenfaktor Johann Timotheus Mauthner.

Diesem Hause gegenüber macht sich der größte und beste Gasthof des Städtchens breit, der einen rothen Ochsen im Schilde führt, nebst Kafferhaus und dem Lokal der Casino-Gesellschaft, und der rothe Ochse ist so gemalt, daß er die Mauthner'sche Stakete von außen anglotzt und deren Köpfe zu zählen scheint, wie der Herr Eisenfaktor von innen. Wenigstens geben der rothe Ochse und der Herr Eisenfaktor den ganzen Tag über ein treffliches vis-à-vis ab; der eine läßt sich so wenig in seiner Beschäftigung stören, wie der andere. Nur wenn vor dem rothen Ochsen ein Reisewagen hält, und ein ausgezeichneter Fremde aussteigt, fliegen die Blicke des Eisenfaktors auf einige Minuten über die grünen Staketen hinweg, dann aber trinkt er noch einmal so herzhaft Doppelbier, als wollte er die Fremde, ihm unbequeme

Erscheinung damit aus seinem Kopfe hinwegspülen, und zählt um so fleißiger wieder Staketenköpfe, um das Versäumte nachzuholen.

(Fortsetzung folgt.)

Peter Untersteller, ein Mörder von 15 Jahren.*)

In vielen öffentlichen Blättern ist zu lesen, wie nach der öffentlichen Assisen-Verhandlung vom 17. und 18. Nov. d. J. in Zweibrücken der 15jährige Peter Untersteller wegen Mords verurtheilt wurde. Er ermordete die vierjährige Nachtwächterstochter Barbara Lang, brachte ihr vier Stiche in den Hals, eine Wunde in die Brust und einen Schnitt zwischen den Fingern bei, und da sie noch nicht ganz todt war, bedeckte er das verwundete Kind, dem er die Kleider vom Leibe nahm, mit Stroh in einer Scheune, wo es im Hemde, noch vom Morgen bis zum Abend, unter schrecklichen Qualen lebte, bis es entdeckt wurde und worauf bald der Tod eintrat. Um Barbara Lang gleich einem Schweine abzustechen, hängte er sie an einem Hacken des Rollseiles auf, verband ihr die Augen, verstopfte ihr den Mund und schlachtete sie nach langer Marter. Sie war nach dem Ergebnisse der Untersuchung von gesunder, regelmäßiger Körper-Constitution, die tödtliche Wunde hatte nach dem ärztlichen Gutachten Aehnlichkeit mit dem Stich der Schweine, wo zuerst ein Hautschnitt gemacht, dann der Schnitt in die Tiefe geführt wird, und der 15jährige Mörder war bei vollem Bewußtseyn, bei vollen Geisteskräften, bei voller Unterscheidungskraft, er verübte die That mit kalter Ueberlegung, war nach der That ganz gleichgültig, aß mit gutem Appetit und ging darauf in die Schule und sodann in die Kirche. Bei der öffentlichen Gerichtsverhandlung zeigte er das Benehmen eines verstockten und verschmitzten Menschen, auf die Frage, ob er bereue, beobachtete er hartnäckiges, störrisches Schweigen. Er bewährte, wie ausdrücklich bemerkt ist, ein ganz verwildertes, jeder Regung des Mitleids unzugängliches Gemüth, bloße Mordsucht, kein anderes Motiv, hatte ihn zur That verleitet. Vollkommen überwiesen, wurde er blos, weil er noch nicht 16 Jahre alt war, statt zum Tode, zu 20jährigem Gefängnisse verurtheilt. Nach allen Zeugen-Aussagen, namentlich der seines Pfarrers und seiner frühern und jetzigen Lehrer, war er ein überhaupt störrischer, frecher, unbeugsamer Charakter, dabei von vorzüglichen Verstandesfähigkeiten, von jeher voll von Lust, die Thiere zu quälen, und im Zusammenhange hiemit stand sein geäußerter Wunsch, das Metzgerhandwerk zu erlernen. Einmal trieb er Vieh auf die Weide und ein Ochs kam ihm etwas dick vor. Um ihn wieder dünn zu machen, wie er sagte, zog er ihm die Zunge aus dem Maul und zerrte ihn lange Zeit so auf der Wiese herum. Wenige Tage vor der That sollte der Haushund seiner Mutter abgeschafft werden. Kaum vernahm er es, als er mit Entsetzen eregender Lust das Schindergeschäft zum Gräuel anderer Leute ausübte. Er schlug dem Hund mit einem Holze auf den Kopf, hing ihn lebend an den geschlitzten Hinterfüßen, an einen Stock gespießt, auf, der Hund zappelte, dann schlug er ihn todt, zog ihm mit einem alten Barbiermesser die Haut ab und weidete ihn aus, als ob er ein Metzger wäre, der ein Kalb schlachtet. Das Alles und vieles Andere dieser Art ist in öffentlichen Blättern zu lesen; er wurde von den Geschwornen als schuldig erklärt eines mit Vorbedacht verübten Mordes, und auf eine nach eröffnetem Todesurtheil gehaltene rührende Anrede des Präsidenten, bei der viele Thränen flossen — weinte der Verurtheilte allein nicht. Aus dieser öffentlichen Verhandlung, sowie aus unzähligen andern von mir bereits publicirten Fällen ähnlicher Art, geht gewiß der klare Beweis hervor, daß die Eltern sehr vernünftig und zweckmäßig handeln, wenn sie mit eigener Lust die Mißhandlung der Thiere durch ihre Kinder mitansehen und ihre Kinder unbeschreiblich liebenswürdig hiebei finden: — daß sie nichts Besseres thun können, als ihren Kindern das unübertreffliche Vergnügen des Zusehens beim Schlachten der Ochsen, der Schweine, der Kälber u. dergl. zu gestatten, daß dieses Schlachten überhaupt immer möglichst öffentlich und unter Zulauf des Publikums und der Schuljugend stattfinden soll, und daß es nichts Lächerlicheres gibt, als die Vereine gegen Thierquälerei und nichts Verdienstlicheres und Vernünftigeres, als diesen ultra-sentimentalen und närrischen Vereinen alle möglichen Hindernisse in den Weg zu legen.

Dr. Prener.

*) Aus dem Münchener Tagblatt vom 18. Dec. 1846.

Mannichfaltigkeiten.

Die Zahl der Studirenden auf der Universität Kiel beträgt in diesem Semester nur 191. Aus dem Herzogthum Schleswig sind 76, aus dem Herzogthum Holstein 81, aus dem Herzogthum Lauenburg 8, aus andern Ländern des deutschen Bundes 21, aus Dänemark 2, aus der Schweiz 1, aus Batavia 1 und aus Labrador 1.

In der Gegend von Kiel, namentlich in der Probstei, soll sich wieder eine größere Anzahl von Familien zur Auswanderung nach Nordamerika vorbereiten. Vorzüglich ist es das Jowa-Gebiet, woselbst schon mehrere Familien aus Holstein wohnen, wohin man zu ziehen gesonnen ist.

Man schreibt aus Wien: Neulich hätte ein trauriger Vorfall bald unserm Fürst-Erzbischof Milde das Leben gekostet. Der Kammerdiener des Erzbischofs, der seit einigen Tagen einen auffallenden Trübsinn zeigte, trat jüngst am frühen Morgen mit einem Rasirmesser in der Hand in das Schlafzimmer seines Herrn, um demselben zu verkünden, daß er auf des Messias Geheiß, der ihm im Traume erschienen sey, Sr. Excellenz die Kehle abschneiden müsse. Der bedrohte Kirchenfürst bewahrte sich in diesem kritischen Augenblick die nöthige Besonnenheit und entgegnete nur, daß man sich gegen göttliche Befehle nicht sträuben dürfe; auch sey es Pflicht des Christen, Alles mit Gebet zu beschließen. Zugleich benutzte er jedoch die dadurch gewonnene Zeit, um sich in einem Nebenzimmer abzusperren, worauf der irrsinnige Kammerdiener ergriffen und der Heilanstalt übergeben wurde.

(Verständliches Deutsch.) Vor einigen Jahren war wegen eines am Seminar zu Tübingen stehenden Brunnens Prozeß entstanden und ein alter Pedell um Gutachten befragt worden, worauf dieser folgende Antwort einreichte: „Seit Menschengedenken haben die Herren Seminaristen niemals nicht aus keinem andern Brunnen kein anderes Wasser niemals getrunken, als aus diesem."

Von der Sammlung der Geschichtschreiber der deutschen Urzeit, die „unter dem Schutze König Friedrich Wilhelm's IV. von Preußen" von Pertz, Jakob Grimm, Lachmann, Ranke und Karl Ritter als Mitgliedern der Academie herausgegeben werden, ist jetzt die erste Hälfte des ersten Bandes erschienen. Dieselbe enthält eine recht gefällige Darstellung des ersten Zusammenstoßes der Germanen mit den Römern nach Plutarch und Julius Cäsar von Horkel und wird dem Unternehmen gewiß bald Freunde erwerben.

Als kürzlich der Menagerie-Besitzer S. bei der Fütterung in den Käfig der Hyäne ging und ihre Zahmheit producirte, sagte ein Schusterlehrling: „Das ist nichts! Aber wenn meine Meisterin im Käfig wäre, so würde er sich wohl hüten, hineinzugehen."

(Curiose Rechnung.) Ein Musiker der Stadt Ulm reichte dem Vorstand des dortigen Liederkranzes nach einem Balle nachstehende Rechnung ein: „Conto für musikmachende Dienstleistung der tanzenden Sing-Academie."

Die Wiener Theaterzeitung veröffentlicht folgende Zuschrift an den Redacteur: „Mein Herr! Als Antwort auf einen Artikel, meine Person betreffend, welchen ich in Ihrem schätzbaren Journale gelesen, ersuche ich Sie, bekannt geben zu wollen, daß ich mich von der Bühne entfernt und in das Privatleben zurückgezogen habe, mit dem festen Entschluß, München nicht mehr zu verlassen. Mit Hochachtung Lola Montes. München, den 6. December 1846."

Zu Renningen in Würtemberg erlaubte sich kürzlich der Nachtwächter, als er um 10 Uhr sein übliches: „Hört, ihr Herren" ausrief, die beiden selbstgedichteten Verse hinzuzufügen:

„Zehn Gulden kostet der Scheffel Korn *),
„Nächstens tragen uns're Bauern Sporn"; —

wurde aber wegen seiner inflammatorischen Poesie auf 24 Stunden in den Kasten gesperrt. Wer in der Zwischenzeit die Obhut des guten Städtchens Renningen übernommen, darüber schweigt der Bericht, aus dem wir diese Notiz schöpfen.

Das Virtuosenthum, meint Saphir, könnte man wie beim Handwerke eintheilen, in: Lehrbuben, Gesellen und Meister, nur mit dem Unterschiede, daß da Alles gleich auf die Wanderschaft geht.

Die Theaterdirektion in Nürnberg soll durch die Gastrollen der Fräul. Jenny Lind angeblich 4000 Gulden gewonnen haben!

Korrespondenz

Weimar, 17. Dec.

Kirchliches Leben in Sachsen-Weimar.

Seit den Vorgängen in Sachsen und Preußen erwacht auch in Sachsen-Weimar allmälig ein regerer Sinn für Das, was der evangelischen Kirche fehlt und Noth thut. Nicht allein ist auf Anregung des freisinnigen und thätigen Superintendenten Buhler in Dornburg ein von den beiden Diöcesen Dornburg und Apolda vorläufig ausgegangener Petitionsentwurf im Umlaufe, welcher mehrere die kirchlichen Zustände überhaupt betreffenden Wünsche vor den Landesherrn und Oberbischof bringen soll und zuverlässig allgemeine Beistimmung und Anschließung auf Seiten der Geistlichen finden wird: sondern es wird auch insbesondere der Mangel einer zweckmäßigen Kirchenverfassung immer lebendiger und schmerzlicher empfunden. Zu Anfang des Oct. d. J. kam auf einer Conferenz, die von fast sämmtlichen Geistlichen der Großrudestedter und einigen der Weststedter Diöces besucht war, dieser Gegenstand in einer sehr lebhaften Discussion zur Sprache, die sich an einen vorangegangenen mehrstündigen, höchst gediegenen Vortrag darüber anknüpfte. Auf den vielfachen, wo nicht allgemeinen Wunsch der Anwesenden ist diese Arbeit mit zahlreichen Anmerkungen und näheren Nachweisungen jetzt im Druck erschienen (Presbyterial- und Synodal-Verfassung der protestantisch-evangelischen Kirche. Eine wichtige kirchlich-religiöse Zeitfrage für Geistliche und Nichtgeistliche näher erörtert von Th. Fr. Aug. Birnstiel, Pfarrer in Schloßrippach. Jena, Frommann; 1846. 8. 99 S. Preis: 10 sgl.) Diese verdienstliche Schrift, welche durchaus nicht blos auf das engere Vaterland des Verf. Rücksicht nimmt, sondern werth ist, in weiteren Kreisen beachtet und beherzigt zu werden, auch durch ihre wissenschaftliche Fassung vor der gewöhnlichen Broschürenliteratur sich vortheilhaft auszeichnet und einen bleibenden Werth behauptet, behandelt in drei Abschnitten alle hierher gehörigen Fragen, Klagen, Grundlagen, Vorarbeiten, Bedenken und Gründe für und wider. Sie gibt zuerst eine kurze Geschichte der Presbyterial- und Synodal-Verfassung vom ersten Jahrhunderte an bis auf unsere Zeit, zeigt darin, wie unbeschränkt im apostolischen Zeitalter und weiterhin diese auf natürlichem Rechte beruhende Form der Kirche bestanden habe und gehandhabt worden sey, und bringt die darauf bezüglichen Nachweisungen nicht blos aus dem neuen Testamente, sondern auch aus den apostolischen und den Kirchenvätern, meist mit willkommenen Uebersetzungen oder sonstigen Erläuterungen, bei, macht sodann bemerklich, wie die Anfangs unverkümmerte und für das kirchliche Leben so segensreiche Mitwirkung der Aeltesten und der Laien überhaupt später durch die Anmaßungen und die Herrschsucht des Klerus zurückgedrängt und endlich in der Barbarei des Mittelalters ganz verschwunden sey, und thut zuletzt dar, wie im Zeitalter der Reformation Luther mit seinen Freunden zwar erst unbedingt einer autonomischen Verfassung der Kirche das Wort geredet habe, später jedoch, durch die Unruhen der Carlstädtischen Bilderstürmerei und des Bauernkrieges gegen das sogenannte Volk mißtrauisch gemacht, von jener richtigen Ueberzeugung abgekommen sey und seinen Landesfürsten angelegen habe, sich des Kirchenregimentes anzunehmen. Dieser mit rühmlichem Fleiße gearbeitete Abschnitt dürfte Jeder, der irgend für diese Angelegenheit Interesse hat, nicht ohne vielfache Belehrung, aber auch nicht ohne die Ueberzeugung lesen, daß das Territorialsystem nichts als die Verjährung für sich habe. — Im zweiten Abschnitte behandelt der Verf. mit derselben Umsicht, Unparteilichkeit und Belesenheit die eigenthümliche Beschaffenheit der Presbyterien und Synoden unserer Zeit, mit besonderer Rücksicht der Länder, in denen sie seit längerer oder kürzerer Zeit eingeführt sind, nämlich in Westphalen, der Rheinprovinz, Bayern und Baden, bemerkt das Uebereinstimmende und Abweichende dieser kirchlichen Ordnungen und reiht Wünsche an, in wie weit diese Vorlagen zu benutzen, zu ergänzen und zu verbessern seyn möchten. — Endlich enthält das dritte Kapitel die Angabe und Würdigung der Gründe wider und für eine Presbyterial- und Synodal-Verfassung — ohnstreitig für die Leser jedes Standes die anziehendste Partie der Schrift, weil hier Dinge zur Sprache kommen, welche die tägliche Erfahrung unmittelbar berühren und auch Den interessiren müssen, dem etwa die geschichtlichen Bemerkungen des ersten Abschnittes und die Angaben über anderweite Zustände im zweiten Kapitel ferner lägen. — Der Einsender, der, von jedem persönlichen Motiv sich frei wissend, bei diesen Notizen blos von dem frischen, begeisternden Eindrucke sich hat leiten lassen, der durch diese Schrift auf ihn gemacht worden ist, kann den Wunsch nicht unterdrücken, daß dieselbe eine recht weite Verbreitung finden mag, nicht nur in Sachsen-Weimar, sondern im ganzen deutschen Vaterlande. Denn ihm sind wenige Schriften bekannt, die den fraglichen Gegenstand mit solcher Freimüthigkeit und Gediegenheit behandeln, und nicht eine, die alles hierher Gehörige so kurz und bündig und schlagend zusammenstellt. Möchte nun aber auch die hochherzige Absicht des Verf. durch sie ihrer Erreichung näher geführt und in Geistlichen und Nichtgeistlichen das Gefühl der Nothwendigkeit Dessen, was hier erst als frommer Wunsch ausgesprochen ist, lebendig angeregt werden. Möchten insbesondere Staatsmänner und fürstliche Räthe und die summi episcopi der protestantischen Landeskirchen selbst durch sie zu der Ansicht kommen, daß sie sich den heißen Dank des größten Theiles der evangelischen Christenheit erwerben werden, wenn sie die Hand dazu bieten, daß — wie unlängst ein erhabener Monarch sich äußerte — das Kirchenregiment in die rechten Hände zurückgegeben werde.

*) Der würtembergische Scheffel ist viel kleiner als der bayerische.

Theater-Anzeige.

Mittwoch, 23. Dec. Der Sohn der Wildniß, romantisches Schauspiel in 5 Abth., von Halm. (Gastrolle) Parthenia: Fräul. Dexler, vom Hoftheater zu Mannheim.

Samstag, 26. Dec. Der artesische Brunnen, Zauberposse mit Gesang in 4 Abth., von G. Räder. — Erste Abtheil.: Das Bergmännchen. Zweite Abtheil.: Abd-el-Kader. Dritte Abtheil.: Die Fremdenlegion. Vierte Abtheil.: Die Versöhnung am Nordpol.

Redacteur: J. L. Heller. — Druck und Verlag von Heller und Rohm.

Didaskalia.

Blätter für Geist, Gemüth und Publizität.

Nro. 355. | Freitag, den 25. December | 1846.

Am Christfeste 1846.

Von

Ludwig Hub.

Vom Glockenstuhl der Thürme
Tönt durch die Winterstürme
  Der Gruß der Weihnachtszeit;
Das niedere Getriebe
Verstummt am Fest der Liebe,
  Am hohen Fest der Christenheit.

Es ist der Freund der Armen,
Der Retter voll Erbarmen,
  Dem Dankes Zoll man zahlt.
Hin durch die Nacht der Zeiten
Sieht man ihn leuchtend schreiten,
  Deß Vorbild ewig glänzend strahlt.

Auch heute grüßen wieder
Die alten Jubellieder
  Den Stern von Bethlehem;
Des Priesters Mund verkündigt
Das Wort, das uns entsündigt,
  Doch ist nicht Alles wie vordem.

Heut' mischt den Feierklängen,
Den frommen Dankgesängen
  Ein Trauerton sich bei;
Seit sich auf unsern Fluren
Gezeigt des Mangels Spuren,
  Schallt lauter stets des Elends Schrei.

Des Lebens Sorgen nagen
An Tausenden; sie klagen:
  „Wie lang' bleibt Hülfe fern!"
Und ihre Blicke schauen
Zur Zukunft hin mit Grauen
  Am schönen Ehrentag des Herrn.

Ihr Reichen, auf! schafft heute
Euch wahre Christtagsfreude!
  Sie liegt euch jetzt so nah'.
Wollt ihr den hohen Weisen
Judäa's würdig preisen,
  Gelegenheit ist reichlich da:

Pflanzt lichte Weihnachtsbäume
Hin in des Dürft'gen Räume,
  Der darbt mit Weib und Kind!
Entlocket Freudenthränen
Den Armen, die da wähnen,
  Daß sie von Gott verlassen sind.

Froh juble der Gepreßte!
Es ward am heut'gen Feste
  Gar Vielen Nichts bescheert:
Scheucht von der Armuth Pforte
Den Hunger! Folgt dem Worte,
  Das euch der Nazarener lehrt!

Der Dürft'ge athme freier;
Es sey die hehre Feier
  Durch wahre Lieb' verschönt!
Laßt niederthauen Manna,
Daß froh das „Hosiannah!"
  Aus grambefreiten Herzen tönt.

Die Weihnachtsglocken rufen
Uns zu des Altars Stufen;
  Wir wollen dankend nah'n,
Doch mild uns auch erbarmen!
„Was ihr gethan den Armen",
  Spricht Christus, „habt ihr mir gethan."

Versichere dein Leben.

Erzählung von Ludwig Storch

(Fortsetzung.)

Es war am Freitag vor der Marterwoche, schon hoher Nachmittag, als ein leichter Korbwagen die Straße herabrollte, von einem stattlichen Reiter begleitet. Im Wagen saßen die beiden hübschen Mädchen aus dem rothgemalten Hinterhause in der Residenz, den Kutscher machte ein junger wohlgekleideter Mann, ein Sohn des Herrn Eisenfaktors und folglich des brünetten Hannchens Bruder, Namens Wilhelm, der mit dem Wäglein in die Residenz geschickt worden war, um die beiden Mädchen abzuholen, und der Reiter war Niemand anders als Karl Schaumann. Dieser stieg vor dem Ochsen ab und gab sein Pferd dem Hausknecht. Unterdessen hielt auch das Korbwäglein still und Wilhelm half der Ladung heraus. Schaumann ging also über die Straße und beklomplimentirte die Damen noch einmal mit der galontesten Artigkeit. Wilhelm nöthigte ihn mit etwas Unbehülflichkeit, die in den Augen der Mädchen gegen Schaumanns Gewandtheit stark abstach, in das Vaterhaus einzutreten, was jener natürlich sehr artig ablehnte, dagegen versprach, in den nächsten Tagen in Geschäften seine Aufwartung zu machen. Hierauf grüßte er verbindlichst, verneigte sich auch vor dem starrenden Eisenfaktor, was diesen aus aller Fassung brachte, und verschwand bald darauf im weitgeöffneten Thore des Ochsen. Der Eisenfaktor that einen furchtbaren Zug aus dem Bierkruge und zählte dann ganz desparat, so daß er darüber vergaß Tochter und Nichte zu bewillkommen, bis diese ihn mit Kichern aus seinen arithmetischen Progressionen weckten. Er zog den Kopf zurück in die Stube und sagte mit einer fetten, krächzenden Stimme:

„Nun, seyd Ihr da, Ihr Mädels? Das ist schön! Buh? — Wer war denn der Kerl da? — Buh!"

Die bustenden Töne, welche der Eisenfaktor zwischen jeden Satz schob, entstanden von einem ihm eigenthümlichen Blasen oder Stöhnen, das gleichsam ein Ruhepunkt in seinem schwer einherschreitenden Gedankenzuge und ein Sammeln zu neuen Kraftanstrengungen bildete.

„Ach Onkel!" rief die blonde Jane und bemächtigte sich seiner fetten Hand, um sie zu liebkosen, „wir wissen nicht, wer der hübsche galante Herr ist, und sind selber höchst neugierig, es zu erfahren."

„Ja, ich möchte gleich verkommen!" rief Hannchen lebhaft; „denn was er uns Alles gesagt hat, geht gar nicht mit rechten Dingen zu. Es ist unerhört und unglaublich. Wenn es jetzt noch Zauberer und Hexenmeister gäbe, so wäre er gewiß ein solcher. Wilhelm muß es bezeugen."

Die Frau Eisenfaktorin, eine unschöne, schlichte Frau, so lang und mager, wie ihr Eheherr kurz und dick, von sehr dunklem Teint und mit einer langen spitzen Nase, zusammengeklemmtem Mund und harten Zügen, in einen Kattunüberrock bis an das Kinn gesteckt und auf dem Haupte eine weiße gestickte Haube, war hereingekommen und trug Reisesack und Schachteln — geküßt und begrüßt hatte sie die Mädchen auf der Hausflur schon — eine alte Magd folgte ebenfalls beladen.

„Was ist's denn?" fragte die Frau über ihres Mannes ungewöhnliches Staunen betroffen.

„Ja, was ist's denn?" fragte er ihr nach. „Buh!"

„Denke Dir nur, Onkelchen", ergriff die sanfte Jane wieder das Wort, „in Pferchsdorf will Wilhelm füttern. Wir steigen aus, und die Wirthin führt uns in die Oberstube. Auf der Treppe sagt sie: es sey schon ein hübscher vornehmer Herr drinnen. Wir treten ein; da sitzt der Herr, den Du vorhin gesehen hast, an einem alten Klavier und spielt eine Arie aus der Nachtwandlerin, die ich vorzüglich gern singe. Er erhebt sich und begrüßt uns mit vielem Anstand. Wir waren etwas verlegen, vorzüglich Hannchen."

„Nein, das nicht!" rief diese dazwischen, „aber er sah mich mit so eignen Blicken an, die mich ganz verwirrt machten."

„Genug, er redet uns sehr verbindlich an," fuhr Jane fort, „und sagte zu meiner Verwunderung: Sie reisen in die Osterferien zu Ihren Eltern, meine Damen? Es wird ein heiteres Festwetter geben. — Allerdings, versetzte ich, in die Ferien zu unsern Eltern, und denke dabei: woher weiß der blutfremde Mensch das? denn keine von uns hat ihn je gesehen. Und aus der Residenz kann er nicht seyn, denn sonst kennten wir ihn wenigstens von Ansehen; nicht wahr, Hannchen! Deinen Falkenaugen wäre er nicht entgangen."

„Gewiß nicht!" versetzte Hannchen treuherzig.

„Ich sagte: Lassen Sie sich nicht stören, mein Herr! spielen Sie weiter, wenn ich bitten darf. Wir hören Musik sehr gerne. Mit Freuden, versetzte er, aber eine Liebe ist der andern werth. Sie singen diese Arie vortrefflich. Schenken Sie mir den Genuß, und erlauben Sie, daß ich Sie begleite. Oder noch größer wird mein Vergnügen seyn, wenn Sie beide das Duett aus Figaro singen, das Sie so sehr gut einstudirt haben. Wir schauen uns bestürzt an. Ein ganz fremder junger Mann in einem Wirthshause an der Landstraße weiß Dinge von uns, die nur wenigen von unsern vertrautesten Freundinnen bekannt seyn können. Das ist seltsam! sagte ich endlich, woher wissen Sie denn das? Wir haben doch gar nicht die Ehre Sie zu kennen, und sehen Sie jetzt zum erstenmale in unserm Leben. — Das ist auch gar nicht anders möglich, antwortet er, denn ich komme von Aegypten, wo Sie wahrscheinlich noch nicht waren. Man kann aber doch allerlei lernen; denn die geheime Kunst der alten Priester ist in den Pyramiden noch nicht ganz ausgestorben. Und so weiß ich denn z. B., daß Sie Fräulein Christiane Fischer, und Sie Fräulein Johanne Mauthner sind, beide aus Eisenau, Geschwisterkindsmuhmen, und daß nur Ihr Vater noch lebt, Fräulein Hannchen, aber Beider Mütter; daß Sie in einem Institut in der Residenz sind, fleißig Musik treiben und noch manches Andere. — Wir waren wie aus den Wolken gefallen."

„Ja, und ich fürchtete mich vor ihm," schaltete Hannchen ein. „Er plauderte aber ganz unbefangen fort und sagte: wir sollten uns gar nicht daran kehren, daß er uns und alle unsere Geheimnisse kenne, er werde niemals auch nur den geringsten Gebrauch davon machen, es müßte denn zu unserm Vortheil seyn. Drauf bat er uns, uns nach Eisenau begleiten zu dürfen, da sein Weg auch dahin gehe. Und nun sprach er von Musik, von der Oper in Frankreich und Italien, und erzählte uns so angenehme Sachen von seinen großen Reisen, daß ich in meinem Leben nicht besser unterhalten worden bin. Er speis'te mit uns, und war so artig und höflich, daß Wilhelm ganz von ihm eingenommen ist."

„Ja, Vater," sagte dieser, der nun auch in die Stube gekommen war, „das ist ein Teufelskerl! der weiß Alles, kennt Alles, hat Alles selbst gesehen und gehört, und kann den perfektesten Aufschluß geben. Er ist an allen großen Handelsplätzen gewesen, und hat mir manches Licht über unser Fabrikwesen aufgesteckt. Der leibhaftige Satan muß in ihm stecken."

„Auf dem Wege hat er Janen vollends ganz überzeugt, daß er Alles weiß," kicherte Hannchen. „Da hat er ihr etwas zugeflüstert von Briefschreiben."

Jane war purpurroth und hielt der Muhme den Mund mit der Hand zu.

Die Frau Eisenfaktorin schlug ein großes Wunder auf, die Magd klatschte mit den Händen und gab außerordentliche Töne von sich, die Mädchen schwatzten durcheinander, Wilhelm fluchte und vermaß sich, und der Eisenfaktor, der bis jetzt regungslos vor sich hingestarrt hatte, leerte den Krug in einem Zuge, steckte dann schnell den Kopf wieder zum Fenster hinaus und zählte mit fürchterlicher Hast Staketenköpfe.

Schaumann hatte sich unterdessen im rothen Ochsen ein Zimmer geben lassen, einen frischen Trunk zu sich genommen und war zehn Minuten später schon auf der Straße, um das Städtchen zu beaugenscheinigen. Als er die Straßen durchwandert war, stieg er, seiner Gewohnheit nach, auf den Kirchthurm, um sich die Stadt von hinten, und die Umgegend, so weit es anging, anzusehen und sich möglichst zu orientiren. Er sah da in einem nahen Thale mehrere Eisenhämmer und Oefen liegen, und da diese für seine Lieblingswissenschaft großes Interesse hatten, so beschloß er, sie diesen Abend noch zu besuchen, obgleich die Dämmerung bereits eingetreten war. Munter förderte er seine Schritte das Thal hinauf, dem starken rauschenden Bache entgegen, und stand, ehe es ganz dunkel war, vor dem ersten Hammer, durch dessen offene Thüre ihm der Feuerschein des geschmiedeten Eisens und der glühenden Kohlen im Ofen, vom mächtigen Balge fortwährend angefacht, und ein Heer ausströmender Funken entgegen strahlten. Vertieft in die Schönheit dieses Bildes, blieb er stehen und sah dem geschäftigen Treiben der starken Schmiedeknechte zu. Ein Mann in bequemer Hauskleidung, mit Schreibmaterialien in der Hand, war mehrmals ein- und ausgegangen, und hatte ihn, dem der Schein der Gluth das Gesicht anstrahlte, jedesmal scharf angesehen, ohne daß Schaumann sonderlich darauf achtete. Endlich kam der Aufseher — dieß schien er dem Zuschauer zu seyn — wieder, und blieb nahe bei ihm stehen, um ihn recht genau zu betrachten. Schaumann lächelte über die vermeintliche Neugierde, und fragte: „Sie können mir wohl über den Betrieb dieser Werke vielfachen Aufschluß geben?"

„Karl Schaumann!" sagte der Andere mit herzlicher Freude. „Deine Stimme bestätigt mir es, worüber mich Deine Züge in Ungewißheit ließen."

Karl sah den Sprecher nun seinerseits auch scharf an und erkannte in ihm einen lieben Jugendfreund und Landsmann, mit dem er Jahre lang die Schule besucht hatte. „I, Walter Ortmann!" rief er, und bot jenem die Hand. „Find' ich Dich hier? hast Du Dich in diesen Bergen heimisch gemacht?"

„Ei freilich! Ich bin seit vier Jahren Geschäftsführer der Mauthner'schen Eisenwerke, und führe ein vergnügtes Leben. Doch was treibst Du, was führt Dich hierher?"

„Das will ich Dir alles ausführlich erzählen," versetzte Schaumann plötzlich von einem Gedanken ergriffen, und zog den Jugendfreund bei Seite in die Nacht. Hier befriedigte er mit kurzen Worten dessen Neugierde, erzählte sein Verhältniß zu den beiden Mädchen und die artige Mystifikation, die er sich heute mit ihnen erlaubt hatte, und fügte hinzu: „Nun Walter, unterstütze mich, dieses neckische Spiel weiter zu verfolgen. Du kennst natürlich die Verhältnisse der Familie, zu der Du ja gewissermaßen gehörst, ganz genau, eben so die der meisten übrigen Familien und Personen hier. Jetzt laß uns ganz fremd gegen einander thun; Du unterrichtest mich über Alles. Auch wollen wir eine Zeichensprache verabreden, mittels welcher Du Dich mir in einer Gesellschaft verständlich machen kannst, ohne daß die übrigen Anwesenden etwas von unserm Einverständniß merken. Das giebt einen köstlichen Scherz!"

„Der Tausend! da bin ich gern dabei, meine guten neugierigen Eisenauer recht an der Nase zu führen. Aber sage mir vorerst, in welche der beiden Mädchen hast Du Dich denn eigentlich verliebt?"

„Ja, guter Freund, das weiß ich selbst nicht. Sie gefallen mir beide sehr wohl. Aus der nähern Bekanntschaft wird sich ergeben, welcher ich den Vorzug einräumen werde."

„So will ich Dir nur gestehen," sagte Walter, „daß ich sterblich in Hannchen verliebt bin und mich auch ihrer Zuneigung erfreue. Was man aber so eine Liebschaft nennt, das haben wir nicht zusammen, das würde ihre Mutter, die Frau Eisenfaktorin, auch nicht leiden; denn diese führt das Regiment im Hause und ist, bei ihrem ungeheuren Reichthum, geizig und geldgierig, wie der Satan. Ich bin ihr aber bei weitem nicht reich genug zum Schwiegersohn."

„Also Hannchen hat ihr Theil, und es sey fern von mir, sie Dir abspenstig machen zu wollen; auch bin ich selbst nicht reich. Wie ist's denn mit Christianen? die ist gewiß auch schon versagt; denn sie schreibt oft Briefe."

„Freilich hat sie eine sentimentale Liebschaft mit einem Kandidaten der Theologie, dem Sohne des hiesigen Pfarrers. Die Sentimentalität steht aber dem lebhaften Mädchen schlecht und ist ihrer Natur ganz zuwider. Der Kandidat ist ein Phrasendrechsler, und ich glaube, er unterhält das Verhältniß nur, um schöne Briefe zu schreiben. Der ist leicht aus dem Sattel zu heben. Das ist so eine Schulliebschaft."

„Wo ist denn der Kandidat?"

„Bei'm Grafen Waldstein auf Hohleborn Hauslehrer. Ich hörte vor kurzem, der Graf habe ihm eine Pfarre versprochen, wenn er das Kammermädchen der Frau Gräfin heirathe, und der Herr Kandidat sey gerade nicht abgeneigt; Christianens zwanzigtausend Thaler steckten ihm aber in der Nase."

„Daraus läßt sich schon etwas zu meinen Gunsten machen. Wenn ich die Christiane erringe, mußt Du Hannchen haben. Wir wollen uns einander getreulich in die Hände arbeiten."

„Topp!" rief Walter. „Nun höre! die hintern Fenster des Casino-Lokals im Ochsen gehen auf einen dunkeln offenen Gang hinaus, welcher Abends nicht passirt wird, denn er führt zum Heuboden. Von diesem Gange aus will ich Dir diesen Abend alle hiesigen Notabilitäten im Zimmer zeigen und Dich mit ihren Verhältnissen bekannt machen. Hernach wird Dich Wilhelm Mauthner schon in die Gesellschaft einführen. Ich setze mich Dir gegenüber, daß wir uns immer im Auge haben, und Du stets die Zeichen, die ich Dir gebe, sehen kannst. Das Uebrige ergiebt sich dann von selbst."

Nachdem Ortmann einige Notizen über die Mauthner'sche Familie, namentlich über Wilhelm, gegeben hatte, trennten sich die Freunde, Karl eilte schnell nach dem Städtchen zurück, Walter auf einem andern Wege nach, und im dunkeln Hofe des rothen Ochsen trafen sie wieder zusammen, um den verabredeten Plan auszuführen.

(Fortsetzung folgt.)

Mannichfaltigkeiten.

(Poetische Weihnachtsgabe.) Unter dem einfachen Titel: „Feierklänge von Wilhelm Kilzer, Siegen und Wiesbaden. Friedrich'sche Verlagshandlung," erschienen jüngst poetische Mittheilungen, die ob ihrer Wahrheit der Empfindung und ergreifenden Auffassung des reinen Christusgeistes an das ihnen verwandte Gemüth des längst (1801) heimgegangenen — dem Rec. einst befreundeten — trefflichen Novalis erinnern. Wie bei ihm, so spiegeln sich auch hier Phantasie und Gemüth in allen Dichtungen; beide Dichter sind innig durchdrungen von der heiligen Schönheit der christlichen Religion und scheinen keine Ahnung gehabt zu haben von der widerchristlichen Polemik der Gegenwart auf dem Gebiete — der Liebe!! Die „Feierklänge" zerfallen in fünf Abtheilungen: Gott. Christus. Leben. Natur. Unsterblichkeit. Diese Festgabe möge verdiente Beachtung und Würdigung finden! Fr—ch.

Man ist der überschwänglichen und von dem nun einmal herrschenden Lindfieber dictirten Zeitungsberichte über die glänzenden Triumphe und herrlichen Leistungen der Jenny Lind endlich müde geworden und freut sich daher um so mehr, nun auch einmal eine ruhige, parteilose und auf Gründe gestützte Beleuchtung dieser Sängerin zu begegnen. Eine solche gibt der bekannte und geschätzte Kunstkenner und Theoretiker Dr. Gustav Schilling in Nro. 288 der Allg. Wien. Th.-Z., und jeder besonnene Leser wird ihr um so mehr beistimmen, als sie sine ira et studio geschrieben und keine Verdächtigung, sondern eine prüfende Würdigung der Kunstleistungen der Jenny Lind ist, als sie die Vorzüge derselben anerkennt, aber auch auf ihre Mängel hinweist, und als sie endlich eine sichere und in allen Theilen motivirte Ausgleichung erzielt. Die genannte Abhandlung ist in jeder Hinsicht ausgezeichnet und so überzeugend, daß sie schwerlich mit gleich haltbaren Gründen widerlegt werden dürfte.

Die „Human Society" in Edinburg verlieh einem Hunde, der eine ins Wasser gefallene Frau gerettet hatte, echt englisch einen Halsbandorden von Silber, auf dem die Inschrift prangte: „Von der Human Society dem Hunde Box für die Errettung einer Frau vom Ertrinken in der Nacht des 17. Nov.

1845." Nach mehren Wochen fand man dies Band vertauscht mit einem um den Hals gebundenen Papierstreifen, den man der edlen Society überlieferte, und der die Worte trug: „Wer hat noch Größeres gethan; er ist nicht eitel und überließ deßhalb das prunkende Halsband einer gränzenlos elenden Familie, damit sie es einschmelze und sich durch den Ertrag des Silbers einige Zeit vor dem Hungertode rette." (Hannovr. Morgenz.)

Frankfurter Theater.

Das Donauweibchen. — Iphigenia. — Faust.

Bei den schon öfters angedeuteten verschiedenartigen Anforderungen an eine Bühne wie die unsrige, muß das Repertoir sich in bunten Farben zeigen und sich in allen Gattungen des Drama's und der Oper bewegen, wobei der Uebelstand unvermeidlich ist, daß, auf denselben Brettern und von denselben Individuen dargestellt, heute Klassisches und Erhabenes, morgen Alltägliches und sogar Triviales zur Anschauung kommt. Somit gleicht das Repertoir einem Quodlibet, welches durch die Launen des Zufalls sich nicht selten sonderbar und in starken Contrasten zusammenstellt. Dies ist nun einmal nicht zu ändern und der Theaterbesucher mag sich auswählen, was ihm zusagt, und das Andere Andern überlassen. Wer Vieles bringt, wird Jedem Etwas bringen, und daher muß Mannigfaltigkeit die Devise unserer Bühnenverwaltung bleiben. Es kann nicht in Abrede gestellt werden, daß sie diesem Wahlspruch nachkommt und bei der Anordnung ihres Repertoir's verschiedenen Richtungen des Geschmackes zu genügen sucht. — Das alte „Donauweibchen" ist auch wieder einmal an die Reihe gekommen, und warum nicht? Das schaulustige Publikum hat darin viel zu sehen und was es sieht, ist eben so gut, als was ihm in einem „Weltumsegler wider Willen" oder in einem „Artesischen Brunnen" geboten wird. Man liebt zwar jene Ritter- und Zauberstücke nicht mehr, aber der Geschmack ist, wenn auch ein anderer, doch keineswegs ein besserer geworden. Was übrigens die Musik zum Donauweibchen betrifft, so hört man diese noch immer gerne und ihre mannigfachen Melodien sind leicht faßlich, gefällig und in heiterer Weise ansprechend. Viele unserer modernen Tonsetzer nehmen einen gewaltigen Anlauf, bedienen sich großer Phrasen oder zeigen gelehrte contrapunktische Studien, aber an Melodien und einfacher harmonischer Anmuth fehlt es ihnen. Sie könnten vom guten alten Kauer, dem Componisten des Donauweibchen, Manches lernen. Kauer hat der Bühne gegen 200 Bearbeitungen zu Singstücken und Operetten geliefert, die ihrer Zeit fast alle gefielen, jetzt aber bis auf wenige vergessen sind. War auch ihr musikalischer Kunstwerth nicht groß, so lag doch viel populäres Element und das Talent einer leichten Erfindung in ihnen. Kauer, geb. 1751 und gestorben 1831 in Wien, durchlief eine dornenvolle Lebensbahn und hatte mit Noth und Sorgen aller Art bis an sein Ende zu kämpfen. Das Donauweibchen hat den deutschen Bühnen Tausende eingetragen, während Kauer der Armuth und dem Hunger hingegeben war und als hinfälliger, ja sogar, wie man erzählt, bettelnder Greis starb. So hat das Glück seine Launen und fragt weder nach Talent, noch nach Verdienst, indem es blind und eigenwillig unter die Menge greift. — Fräul. Oswald war als Donauweibchen eine freundliche Erscheinung und wußte die verschiedenen Gestalten, unter denen sie zu erscheinen hat, gehörig auseinander zu halten; auch ihr Gesang war ansprechend. — Im Ganzen machte das Stück wenig Effect, da es nicht mehr an der Tagesordnung ist; jedoch fand die Musik beifällige Aufnahme.

Vom „Donauweibchen" zu Gluck's „Iphigenia" möchte ein schicklicher Uebergang nicht leicht gefunden werden. Diese großartige Tonschöpfung steht hoch über jedem Zeitgeschmack und wird in Ansehen bleiben, so lange es Menschen gibt, welche Großes und Erhabenes verehren und sich über die alltäglichen Anschauungen des Lebens zu erheben vermögen. Gluck's Name ist nicht nur durch das Genie des Meisters verherrlicht, sondern auch dadurch, daß dieser der erste war, welchem es gelang, Musik und Text der Oper zu einem lebendigen Ganzen zu verschmelzen und auf diese Weise die eigentliche dramatische Musik hervorzurufen. Aus der Kunstgeschichte ist bekannt, welche Kämpfe er mit dem verderbten Geschmack seiner Zeit und mit den erbitterten Gegnern seiner neuen Richtung, den Piccinisten, zu bestehen hatte, in welchen er ohne die mächtige Protection einer Königin wahrscheinlich unterlegen wäre. Endlich siegte seine „Iphigenia" (1774) und wurde in Paris während zwei Jahren 170mal gegeben. Heutigen Tages ist Gluck nun anerkannt und Niemand wagt es mehr, seine Größe anzutasten; aber der Kampf zwischen dem guten und schlechten Geschmack dauert fort und wiederholt sich, wenn auch in anderer Gestalt, wie er nie aufhören wird. Darum ist es nothwendig, solche Werke öfters aufzuführen, damit auf die edleren Richtungen der Tonkunst hingewiesen und die Liebe für die ideale Schönheit stets geweckt und erhalten werde. Somit sind derartige Aufführungen immer des besten Dankes werth, so wie sie als Weihestunden unter dem leider vorherrschenden ungeweihten Alltagstreiben einer Bühne erscheinen.

Ein Gleiches gilt in Bezug auf die dramatische Kunst von Göthe's herrlichem „Faust." Wahrlich, dies Werk ist ein tiefer, wundervoller, lebensfrischer Brunnen,

„Aus dem ein Trunk den Durst der Seele stillt."

Jene Alltagsgebilde, welche die Massen anziehen, verlieren ihren Reiz der Neuheit, wenn man sie einmal gesehen und die Fabel ihrer ärmlichen Prosa überblickt hat; aber Göthe's „Faust" geht aus jeder neuen Beschauung nur um so strahlender hervor, gleich einer schönen Gegend, die man mit jedem Besuche immer lieber gewinnt und in welcher man immer neue Aussichten, neue Pfade und neue Blumen entdeckt. Diese Dichtung hat gerade so viele Schönheiten, als sie Verse zählt und ist ein in der Literatur aller Nationen wohl einzig dastehendes Denkmal Dessen, was ein hoher Dichtergeist zu schaffen und was einen Gleichgestimmten zu entzücken vermag. — Die Aufführung anbelangend, so wäre ein Bericht darüber in kurzen Worten nicht abzufassen und es würde die Beleuchtung jeder einzelnen Rolle einen langen Commentar erfordern. So viel ist gewiß, daß wir die Hauptrollen des Faust, des Gretchens und besonders des Mephistopheles hier schon besser gesehen haben und daß sie diesmal, wie auch Einzelnes gelungen seyn möge, doch im Ganzen viel zu wünschen übrig ließen. Uebrigens sey berichtet, daß das dankbare Publikum den Darstellern der genannten drei Rollen reichlichen Beifall spendete und die Herren Breuer und Reger, so wie Fräul. Quint hervorrief. Das Verdienst, mit ihnen kritische Abrechnung zu halten, wollen wir Andern überlassen, um so mehr, als es uns leid seyn würde, irgend einem Beschauer seinen Genuß, wenn er solchen gehabt, nachträglich beeinträchtigt zu haben, und als auch Fleiß und Sorgfalt der Mitwirkenden nicht zu verkennen waren.

W.

Frankfurt a. M.

Freitag den 25. Dec. findet die dritte Quartett-Unterhaltung der Herren Heinrich Wolff, Geißler, Posch und Eisner jun. statt. Die aufzuführenden Quartette sind: 1) von Mozart aus C dur, 2) von Mendelssohn aus E moll, 3) von Beethoven aus F dur (op. 59.)

Charade.

(Zweisylbig.)

Wer durch Verläumdung Andere entehret,
Wer Mitleid fühlet nicht bei fremder Noth,
Wer durch Betrug sein Eigenthum vermehret,
Wer keinem Andern gönnt sein Stückchen Brod,
Wer an der Gluth des Fanatismus schüret,
Wem heilig nicht jed' göttliches Gebot,
Wem Zornes-Flammen in dem Busen brennen,
Den kann man nicht mit Recht die Erste nennen.

Zu finden ist die Zweit' im Pflanzenreiche:
Sie hebt zum Himmel stolz empor ihr Haupt;
Sehr nützlich ist sie noch als eine Leiche,
Und ihr, die immer grün, doch unbelaubt,
Wird, wann das alte Jahr geht auf der Neige,
Gar oft der Theile zartester geraubt;
Meist muß man solchen Frevel erst begehen,
Bevor das schöne Ganze kann entstehen.

Oft glänzender als Gold- und Silbererzen,
Stellt sich das Ganze deinen Blicken dar;
So wie es hoch entzücket junge Herzen,
Erfreut's auch noch den Greis im Silberhaar;
Er fühlt da nicht des Alters Siechthums-Schmerzen,
Nicht die ihm nahgerückte Todtenbahr',
Denn an sein Herz — aus froher Kindheit Tagen —
Erquickliche Erinn'rungs-Flämmchen schlagen.

B. Wilhelm Schellenberg.

Redacteur: J. L. Heller. — Druck und Verlag von Heller und Rohm.

Didaskalia.

Blätter für Geist, Gemüth und Publizität.

Nro. 356. Sonntag, den 27. December 1846.

Versichere dein Leben.

Erzählung von Ludwig Storch

(Fortsetzung.)

Eine Stunde später trat Karl in das Gastzimmer und wurde von Wilhelm Mauthner begrüßt. „Ich erwarte Sie“, sagte der Letztere, „um mir die Ehre von Ihnen auszubitten, Sie in unser Casino einzuführen. Sie treffen da alle angesehenen Männer unseres Städtchens beisammen. Wo waren Sie denn?“

„Ich habe auf meinem Zimmer gearbeitet, denn ich will morgen meinen Geschäftsgang hier beginnen, und da ist mir's recht lieb, wenn ich diese Herren diesen Abend schon kennen lerne.“

„Von welcher Art ist denn Ihr Geschäft?“

„Ich bin Agent eines Triester Handelshauses und handle mit allen Colonial- und Materialwaaren. Nebenbei besorge ich auch eine Agentur der ***schen Lebens-Versicherungsbank.“

„Ueber die Lebens-Versicherungsbank können Sie uns manchen Aufschluß geben. Weder ich noch sonst Jemand in unserm Hause hat einen klaren Begriff von der Sache und wozu sie eigentlich nützt.“

„Das will ich mit Vergnügen; vielleicht diesen Abend schon in der Casino-Gesellschaft, gewiß aber morgen in Ihrem Hause.“

„Sie sind ja ein Allerweltswisser, und wenn mir die Lebens-Versicherungsbank zusagt, so machen wir ein Geschäft. Nun kommen Sie aber, denn die ganze Gesellschaft ist beisammen, ungewöhnlich stark und erwartet Sie. Ich bin ausdrücklich vom Casino beauftragt, Sie einzuführen. Die wunderliche Geschichte mit den beiden Blitzmädels — nun, Sie wissen ja von heute Mittag, die hat sich schon in der ganzen Stadt verbreitet, und Alle sind begierig, den Mann zu sehen, der Alles weiß. Aber gestehen Sie nur, Sie kennen die Mädels schon lange, und mit Ihrer Allwissenheit ist's nun aus.“

„Das wird sich zeigen!“ versetzte Schaumann geheimnißvoll. „Wenn ich auch nicht Alles weiß, so weiß ich doch Vieles, z. B.“ — und nun flüsterte er ihm ins Ohr: „daß Sie ein geheimes zärtliches Verhältniß mit der Tochter des Hüttenmeisters Ihres Vaters haben, daß der Mann dahinter gekommen und in voriger Woche sehr ernstlich mit Ihnen darüber gesprochen und Sie aufgefordert hat, von dem Mädchen zu lassen, weil er nicht Lust habe, darüber sein Brod zu verlieren.“

„Herr, jetzt geht mir aber der Athem aus!“ rief Wilhelm erblassend und vor sich hinstarrend, als sähe er ein Gespenst. „Das kann nicht natürlich zugehen, denn von der Geschichte da weiß in meiner ganzen Familie Niemand ein Wort. Aber da Sie's doch nun einmal wissen, so müssen Sie auch wissen, wie mir zu helfen ist; denn ich kann nicht von der Margareth lassen, und sie nicht von mir, und sollte es uns das Leben kosten. Aber meine Eltern sagen nimmer Ja und Amen dazu, das ist so gewiß wie zwei mal zwei vier ist. Wie ist zu helfen?“

„Ich helfe Ihnen!“ versetzte Schaumann wichtig. „Sie sollen Ihre Margareth haben und Alles wird gut gehen.“

„O, Sie himmlischer Engel! Sie mein bester Freund auf der Welt! — Sehen Sie, im äußersten Nothfall hätte ich meiner Mutter ein heimliches Wörtchen gesagt, das sie ins Bockshorn gejagt hätte. Bei meiner Seele, sie hat etwas auf dem Kerbholze, aber sie ahnt nicht, daß ich es weiß. Ich meine Ihre Erbtheilung mit Ihrem Bruder in Amerika. Nun, wissen Sie es etwa auch?“

„Sie hat ihn übervortheilt, nicht wahr?“ rieth Schaumann.

„Freilich. Sie war die einzige Tochter, hielt dem schwachen Vater die Wirthschaft —“

„Und brachte ein gut Theil bei Seite.“

„So ist's. Sie wissen Alles. Sie hat ihn um einige Tausend Thaler verkürzt. Es blieb ihm nicht verborgen, daher seine Feindschaft.“

„Und seine Auswanderung.“

„Wahrlich, Sie haben recht! Es ist erstaunlich, woher Sie das wissen! Sie sind doch im Besitz eines übernatürlichen Mittels. Ich selber wüßte es nicht, wenn sie's nicht vor einigen Jahren, als sie hart krank darnieder lag, eines Nachts in der Fieberhitze ausgeplaudert hätte. Ich hatte gerade die Wache bei ihr. Das Gewissen schlägt sie, und deshalb ist sie so ein mürrischer Essigkrug.“

„Sie härmt sich manche Nacht, mein Lieber, und ist schwer von ihrer Schuld gedrückt.“

„Ja, ja! sie hat selten Ruhe in der Nacht, und wandert oft im Hause herum, wenn die Andern schlafen. Aber, Herr, wenn Sie nicht freundlich und menschlich aussähen, ich könnte mich vor Ihnen fürchten. Solch ein außerordentlicher Mensch ist mir noch nicht vorgekommen.“

„Fürchten Sie sich nicht! Ich bin ein Mensch wie Sie. Aber ich werde meine Kenntnisse und geistige Macht zu Ihrem und der Ihrigen Besten anwenden. Auch Ihre Mutter hoffe ich von ihrer Gewissensqual zu befreien.“

„Ist's möglich! Nun dann sind Sie ein halber Gott.“

„Nicht doch! Kommen Sie jetzt in die Gesellschaft.“

Wilhelm begleitete den Wundermenschen mit unsäglichem Respekt. Die Thüren thaten sich auf. Alle Köpfe wendeten sich dem Eintretenden entgegen; in allen Zügen die größte Spannung, aller Augen mit dem Ausdruck furchtsamer Neugierde auf Schaumann gerichtet.

„Meine Herren!“ erhob Wilhelm die Stimme pathetisch, „ich gebe mir die Ehre, Ihnen Herrn Schaumann, Agenten eines Triester Hauses, vorzustellen, der zugleich die Geschäfte des Agenten der ***schen Lebens-Versicherungs-Bank in unserer Residenz besorgt, und uns besucht, um hier Bestellungen aufzunehmen.“

Die Vorsteher der Gesellschaft erhoben sich sogleich, um den Gast zu begrüßen; ein kleiner, feiner, zierlich in Schwarz gekleideter Mann in den mittleren Jahren, ein großer, starker, mit rothem Gesicht und mächtigem blonden Backenbart, im grünen Ueberrock und ein beweglich pfiffig aussehender, ebenfalls kleiner Mann mit einer großen Glatze. „Diese drei Herren sind unsere Vorsteher," fuhr Wilhelm fort. „Aber bei Ihrer merkwürdigen Gabe wird es ja kaum nöthig seyn, Ihnen die Herren zu nennen. — Herr Schaumann," wandte er sich prahlerisch zu der horchenden Gesellschaft, in der eine wahre Kirchenstille herrschte, „Herr Schaumann weiß nämlich mehr als andere Menschenkinder, und hat mir davon heute die merkwürdigsten Proben gegeben. Er wußte zwei Geheimnisse von mir, und eins davon habe ich noch keiner Seele anvertraut. Er hat mich noch nie gesehen, ist nie in unserer Gegend gewesen, und kommt eben aus Triest und dem Orient."

„Die Herren werden mich Ihrer Rede nach für einen Hellseher halten," sagte Schaumann scherzend. „Es ist nicht so wichtig, meine Herren, wie Herr Mauthner glaubt. — Eine kleine eigenthümliche Gabe, die ich zuweilen zu meinem und Anderer Vergnügen ausübe; weiter nichts."

„Also läugnen Sie doch nicht, daß etwas daran ist," sagte der kleine Schwarze. „Es wäre interessant, wenn Sie die Güte hätten, uns auch eine kleine Probe Ihres außerordentlichen Talents zu geben. Wir bitten darum."

„Ja, ja, wir bitten darum!" riefen Alle durcheinander.

„Zum Beispiel: wissen Sie, wer ich bin?" fragte der kleine Schwarze.

„Und wenn ich es wüßte, ich würde es nicht sagen, um Aufsehen zu vermeiden. Ich bin heute Nachmittag hier angekommen, um kaufmännische Geschäfte zu machen; ich könnte ja aber leicht in den Ruf eines Charlatans kommen, wenn ich von meinem allerdings ungewöhnlichen Talente Gebrauch machte, das mich heute nur ein Zufall, ein Scherz mit ein paar Damen anwenden ließ. Ich bitte also meine Herren, erlassen Sie mir's."

„Nur eine kleine Probe! Nur ein paar Worte! Wissen Sie wer ich bin? so sagen Sie es gefälligst!"

„Nun, Sie sind der Herr Diakonus Wittig, Pfarrer in Braundorf, aus Wintersee gebürtig."

Der Diakonus riß die Augen auf, die Andern machten Schaafsgesichter.

„Und ich, und ich?" rief der große Grüne.

„Sie sind der Herr Förster Faller, bis jetzt unverheirathet."

Das letzte Wort machte vorzüglich einen starken Eindruck auf die Gesellschaft. Manche fuhren wie elektrisirt auf, die meisten lachten und der Förster fluchte: „Schwerenoth, Herr! Sie sind vom Satan!"

„Sehen Sie!" rief Schaumann. „Ich mag als guter Christ nicht für einen Teufelsbraten gelten. Lassen wir's also!"

„O, ich bitte, mich erst auch! Aller guten Dinge sind drei!" rief der Glatzkopf.

„Meinetwegen! Sie sind der Herr Apotheker Frühjahr, und möchten hier gern eine chemische Fabrik errichten."

Der Apotheker wurde blaß. „Es ist außerordentlich!" schrie er wie besessen. „Ich habe meinen Plan noch nicht drei Menschen mitgetheilt."

Die Herren sahen allzumal aus, als wären sie vor den Kopf geschlagen; Jeder versicherte seinen Nachbar, es sey das Außerordentlichste, was er erlebt. Die Aufregung war allgemein groß. Wenn es aber möglich gewesen wäre, sie zu steigern, so hätte Wilhelm Mauthner dies in's Werk gesetzt, der triumphirend und mit einer schauerlichen Geheimnißthuerei, die nicht allein ihm, sondern auch den Zuhörern eine Gänsehaut hervorrief, umherging und den Einzelnen und kleinen Truppen, die die Köpfe zusammen steckten, zuflüsterte: Nicht vergebens nenne sich dieser Wundermensch Schaumann; denn er durchschaue Jeden, und wisse den geheimsten Gedanken eines Jeden; er habe auch durch seine Schaukunst für jedes Uebel, für jede Verlegenheit Mittel und Wege bei der Hand. Er sey der Inbegriff aller Weisheit, und habe ihm, Wilhelm, heute Rathschläge an die Hand gegeben, die zweifelsohne zu seiner höchsten Zufriedenheit und vollkommenen Glückseligkeit führen müßten. Jeder dachte natürlich gleich an sich, an seine Verlegenheiten, an seine Wünsche, und nahm sich im Stillen vor, den neuen Heiland für sich zu gewinnen.

Dieser wurde unterdessen vom Vorstande zum Ehrenplatz an einem runden Tisch geführt, wo bereits einige Herren saßen. Darunter befand sich auch der Herr Eisenfaktor Mauthner mit seinem großen Meerschaumkopfe, und neben ihm, als Adjutant, Walter Ortmann. Der Eisenfaktor war seit Jahr und Tag nicht in's Casino gekommen. Heute hatte er nicht widerstehen können. Er blies große Dampfwolken von sich und zählte, in Ermangelung der Staketenköpfe, die gläsernen Bierkrüge auf dem Tische. Schaumann kam neben einem zusammengedörrten weißhaarigen, kummervoll aussehenden Männchen zu sitzen, das sich sehr devot vor ihm verneigte und ihm dann zuwisperte: „Ob ich wohl auch die Ehre habe, von Ihnen gekannt zu seyn? Es sollte mir großes Vergnügen machen, in der That absonderliches Vergnügen."

„Wenn das der Fall ist," versetzte Schaumann, indem seine Blicke eine Minute lang auf Ortmanns sich bewegenden Fingern ruhten, „so will ich Ihnen recht gern sagen, daß Sie der Herr Amtsrichter Egner sind."

„Nun hab' ich schon genug. Sie kennen also auch das Malheur, in dem ich stecke. Sie können mir helfen. Doch hier dürfen wir nicht davon reden. Schenken Sie mir die Ehre, morgen mein Gast zu seyn."

„Ihr gehorsamster Diener. — Ei guten Abend verehrtester Herr Eisenfaktor! Sie waren sehr lange nicht im Casino. Es freut mich sehr, Ihre werthe Bekanntschaft zu machen."

Der Eisenfaktor wollte dem Gruße danken, aber er war so verblüfft, daß ihm das Wort in der Kehle stecken blieb. Endlich fing er in höchster Angst und Verlegenheit an, die Krüge laut zu zählen: „Eins, zwei, drei, huh! Woher der Mensch mich kennt! vier fünf, huh! Das ist eine gefährliche Person, sechs, sieben, acht, neun! Das ist ein Unglück für uns!"

Wilhelm war schnell zu ihm getreten und flüsterte ihm zu: „Um Gotteswillen, Vater, beleidigen Sie diesen geheimnißvollen Mann nicht! Das könnte unser Verderben seyn. Ich habe ihn für uns gewonnen. Unterstützen Sie mich. Das wird uns von großem Vortheil seyn."

„Du hast Recht, Wilhelm! Mach's nur so! Huh! Ich bin halb todt vor Schrecken. Eins, zwei, drei, vier, fünf, sechs!"

„Sie besorgen also auch die Agentur einer Lebens-Versicherungs-Gesellschaft?" fragte Ortmann verabredetermaßen höflich. „In Eisenau ist noch Niemand versichert, und ich selbst bin längst mit dem Plane umgegangen. Es hat uns hier wohl an der rechten Belehrung über den Nutzen einer solchen Versicherung gefehlt."

„Und doch ist dieser so bedeutend," entgegnete Schaumann. „Sie können kaum glauben, meine Herren, wie höchst wohlthätiger Natur die stillen Einwirkungen dieser Lebens-Versicherungs-Institute auf fast alle Lebenszweige sind, namentlich auf den geselligen, den geschäftlichen, den wissenschaftlichen. Man hat bis jetzt noch nicht genug erkannt, welch eine mächtige Stütze die Wohlfahrt des Staats und des Hauses an diesen wichtigen Anstalten hat, und ich möchte jedem Menschen aus herzlichster Liebe zurufen: „Versichere Dein Leben!"

(Fortsetzung folgt.)

Doktor Martin Luther über die Ehe zwischen Juden und Christen.*)

Luther spricht an verschiedenen Stellen seiner Schriften über die Ehe; für den Punkt aber, um den es sich im gegenwärtigen Augenblick und in dem erwähnten Artikel handelt, ist besonders die von ihm gehaltene Predigt vom ehelichen Leben interessant, die im 10ten Theil seiner Schriften (pag. 706 ff.) in der Walch'schen Ausgabe steht. Er hebt mit seiner gewöhnlichen Derbheit an: „Wiewohl mir graust, und nicht gern vom ehelichen Leben predige, darum daß ich besorge, wo ich's einmal recht anrühre, wird mir's und Andern viel zu schaffen geben. Denn der Jammer durch päpstliche Gesetze also verwirrt ist, dazu durch hinläßig Regiment, beide päpstlichen und weltlichen Schwerdts, so viel gräulicher Mißbräuche und irriger Fälle sich darin begeben haben, daß ich nicht gern drein sehe, noch gern davon höre. Aber für Noth hilft kein Scheuen; ich muß hinan, die elenden verwirrten Gewissen zuu nterrichten, und frisch drein greifen." Indem er nach diesem Eingang nun untersucht, welche Personen mit einander zur Ehe greifen mögen, spricht er zunächst von dreierlei Menschen, die nicht in den Stand der Ehe zu treten haben. Dann fährt er fort: „Aber über diese dreierlei Menschen hat der Teufel durch Menschen Gott überklügelt und mehr Leute funden, die er aus dem göttlichen und natürlichen Orden hat ausgezogen, nämlich die mit Spinnweb verfaßt sind, das ist: mit Menschengebot und Gelübden, darnach mit vielen eisernen Schlössern und Gittern verschlossen." Somit geht er dazu über, von Schranken zu reden, die dem Verheirathen gestellt würden. Und da sagt er:

„Die fünfte ist Unglauben, nämlich daß ich keine Türkin, Jüdin oder Ketzerin nehmen mag. Mich wundert, daß „sich die Frevelttyrannen nicht in ihr Herz schämen, so öffentlich wider den hellen Text Pauli 1. Cor. 7, 13 sich zu „setzen, da er spricht: Will ein heidnisch Weib oder Mann „bei dem Christengemahl bleiben, soll er sich nicht von ihr „scheiden. Und St. Petrus Epist. 3, 1 sagt, daß die christlichen Weiber sollen guten Wandel führen, daß sie damit „ihre unchristlichen Männer bekehren, wie Monica, St. Augustini Mutter that. Darum wisse, daß die Ehe ein äußerlich leiblich Ding ist, wie andre weltliche Handthierung. Wie „ich nun mag mit einem Heiden, Juden, Türken, Ketzer „essen, trinken, schlafen, gehen, reiten, kaufen, reden und „handeln, also mag ich auch mit ihm ehelich werden und bleiben. Und kehre Dich an die solches „verbieten, nicht. Man findet wohl Christen, die ärger „sind im Unglauben inwendig, und der das mehrere Theil, „denn kein Jude, Heide, Türke oder Ketzer. Ein Heide „ist eben sowohl ein Mann und Weib, von Gott wohl und „gut geschaffen, als St. Peter, St. Paul und St. Lucia; „schweige denn ein loser und falscher Christ."

Ein Commentar über diese Worte scheint nicht nöthig.

Mannichfaltigkeiten.

„Friedel, eine Geschichte aus dem Volksleben, von W. O. von Horn. Darmstadt bei G. G. Lange." — Diese, den Lesern unseres Blattes bekannte ausgezeichnete Erzählung aus dem Volksleben hat aller Orten so viel Beifall gefunden, daß es wünschenswerth und verdienstlich war, sie der Flüchtigkeit eines Tagblattes zu entziehen und sie in einem neuen Gewande erscheinen zu lassen. Diese neue Ausgabe kommt in einem gefälligen Formate, in geschmackvoller Ausstattung und mit zwei Stahlstichen geziert, und wird gewiß recht Vielen eine willkommene Gabe seyn, die sich auch zu Festgeschenken vorzüglich eignen dürfte. Die Wahrheit und Frische ihrer Schilderungen und Charaktere, sowie die ächt populäre Haltung und edle Tendenz stellen sie in die Reihe unserer werthvollsten Volksbücher, und wir glauben sie daher besonders den Volksbibliotheken und dem Bürgerstande als eine geist- und herzerhebende Lektüre bestens empfehlen zu dürfen.

Bei J. H. Keßler in Frankfurt a. M. ist ein sehr eleganter Damen-Almanach für 1847 erschienen. Derselbe enthält zwar weder Novellen noch Gedichte, wohl aber elegante weiße Blätter zur Eintragung von häuslichen und andern Notizen, nach den Tagen des Jahres geordnet und mit vollständigem Kalender versehen, so daß er als ein freundliches Haus- und Familienbüchlein zu empfehlen ist.

Jetzt stellt sich's heraus, daß unser liebes Deutschland trotz aller Noth mitten in der Wolle sitzt. Fremde haben nachgerechnet, daß Deutschland unter allen Ländern die meiste und beste Wolle produzirt, nämlich 48½ Millionen Pfund. Die deutsche Wolle wird wie der Deutsche selbst als besonders sanft und zum mannichfachsten Gebrauch geeignet bezeichnet.

(Straßburg, 18. Dec.) Der Maire hat folgende Verfügung erlassen: 1) Jeder Bäcker ist gehalten, auf das Brod, das er backt, es mag der Taxe unterworfen seyn oder nicht, die Nummer zu drücken, welche seiner Bäckerei beigegeben ist. 2) Jedes Brod, es mag der Taxe unterworfen seyn oder nicht, muß dem Gewicht unterworfen werden, und die Bäcker müssen es in Anwesenheit des Käufers wägen, sie mögen dazu aufgefordert seyn oder nicht. (Unpart.)

Zur Nachahmung für Gesellschaftgeber in diesem schlimmen Winter emfiehlt sich die Ankündigung des Finanzministers von Zeschau, der im Dresdener Anzeiger erklärt, daß er für den bei Winterabendgesellschaften gewöhnlich zu machenden Aufwand eine Summe an Geld der Armencommission übergeben und die Gesellschaften für diesen Winter aufzugeben beschlossen habe.

(Heilbr. Tagbl.)

(Darmstadt, 20. Dec.) Auch die hiesige Armencommission machte heute den Versuch, aus weißen Rüben, sowie aus Dickwurz Brod zu backen. — Das Verhältniß war $^4/_7$ Mehl und $^3/_7$ getrocknete und gemahlene Rüben; das Resultat war herrlich und berechnet sich vorerst der Kostenpunkt auf 18 kr. per 5 Pfd. Dieser Preis wird sich aber bei genauerer Behandlung im Verhältniß zu den gegenwärtigen hohen Fruchtpreisen höchstens auf 15 kr. stellen.

Der niederländische Ingenieurs Singels hat von der russischen Regierung den Auftrog zur Anlegung einer Kettenbrücke über den Dniepr bei Kiew erhalten. Dieselbe wird 2200 Fuß lang werden und 5 Millionen holländische Gulden kosten. Herr Singels ist bereits nach Petersburg gereist, um dem Kaiser den Plan selbst vorzulegen.

(Dorpat, 30. Nov.) Auch hier haben wir die Gefährlichkeit der Schießwolle kennen lernen. Im chemischen Laboratorium war etwa ein Viertelpfund zubereiteter Baumwolle zum Trocknen aufgestellt. Am 27. um 8½ Uhr Morgens, nachdem kurz vorher der Ofen geheizt war, explodirte sie, wahrscheinlich nur durch die zu starke Hitze des Ofens, über dem sie stand, glücklicherweise ohne daß ein Mensch im Zimmer anwesend war. Sämmtliche Fenster, eine Thür und der Ofen wurden zertrümmert, ein weiterer Schaden ist nicht erfolgt.

---

*) Berliner Voss. Ztg.

(Berlin, 17. Dec.) Die „Erinnerungen aus meinem Leben“ vom jetzt in Dessau lebenden tapfern General-Lieutenant, Grafen Henkel v. Donnersmark, werden hier mit sehr großem Interesse gelesen: es befinden sich darin viele werthvolle Aufschlüsse über die ältere und neuere preußische Geschichte. Nicht minder interessant ist die Schilderung Berlins in den Jahren vor der französischen Revolution, welche der neueste Berliner Kalender aus der Feder des hochverdienten Geh. Raths v. Raumer enthält.

Die Hauptstadt des Herzogthums Krain, Laibach, soll ganz mit Holzwürfeln gepflastert werden, der erste großartige Versuch dieser Art im Umkreise der Monarchie, der sich nach den anderwärts gemachten Erfahrungen gemäß, kaum bewähren dürfte. Hr. Wilhelm, ein Speculant erster Größe, der in Laibach und Gratz colossale Gebäude, Coliseen genannt, errichtete, die zu Versammlungen, Bällen, Schlafsälen u. dergl. benutzt werden, hat die Holzlieferung dazu übernommen und ist verbunden, 3000 Kubikklafter dieses Holzes um 18,000 Fl. C.-M. einzuliefern.

Ein Lind-Verrückter in einem vielgelesenen süddeutschen Blatte nennt die gefeierte Sängerin den „weiblichen Rattenfänger aus Hameln.“ Ein solches Compliment ist der „schwedischen Nachtigall“ gewiß noch nicht gesagt worden!

Man schreibt aus Geisenheim vom 18. Dec.: Vergangenen Montag war große Weinprobe auf Schloß Johannisberg. Es waren dazu geladen an die dreißig Experten, Weinhändler, Kellermeister und Gutsbesitzer. Von den 47 erherbsteten Stückfässern wurde nur der dritte Theil, lauter „Auslasen“, erprobt. Es ergab sich nach Vergleichung des allerbesten 42ers, daß der Preis dem 46r gebührt. Zufrieden mit diesem Ergebnisse ging die Weinprober-Gesellschaft heim.

Zur Zeit des Direktoriums erschienen berühmte Frauen in der Pariser Gesellschaft nur mit leichtem durchsichtigen Gaze bekleidet und mit Ringen an den Fingern und den bloßen Füßen. Eines Abends trat Madame R. in einen Salon (leicht gekleidet, da die Formen ihres Körpers leicht erkannt werden konnten, denn Corsets rc. kannte man damals nicht), die anwesenden Stutzer wetteten über das Gewicht dieses Anzugs, und Madame R. begab sich in das Boudoir der Dame vom Hause; das Kleid, die Schuhe, die Blumen im Haare, alles wog — ein Viertelpfund.

Korrespondenz.

Mainz, im Dec.

Veralteten, den Anforderungen der Zeit und dem Geist unseres Jahrhunderts widerstrebenden Sitten, Gewohnheiten und Gebräuchen kräftig entgegen zu arbeiten, muß um so mehr stete Aufgabe eines Jeden seyn, dem es um Aufklärung und Fortbildung zu thun ist, wenn solche zu den mißliebigen und eben nicht ganz unschuldigen gehören. Wie Manches in dieser Beziehung in unserem Jahrhundert bereits geschehen ist, muß allgemein anerkannt werden; aber auch eben so, daß wir damit noch nicht zu Ende sind. Und man muß sich öfter darüber wundern, wie sich hie und da Dies und Jenes ungestört hat erhalten können und noch seine Anhänger und stillen Vertheidiger findet, was anderwärts längst schon verpönt oder von früheren Generationen als nicht zeitgemäß oder schädlich beseitigt und verworfen worden ist. Mit Fug und Recht müssen hieher die früher allgemein stattgehabten, dermalen aber in allen Staaten Deutschlands und den meisten übrigen Staaten Europa's abgeschafften und gesetzlich verbotenen Neujahrgeschenke der Apotheker an Aerzte und Wundärzte gerechnet werden. Man braucht nur wenige der seit einem Jahrhundert erschienenen Verordnungen zu lesen, um die Ueberzeugung zu gewinnen, welche Inconvenienzen, Nachtheile, Unbilligkeiten und Ungerechtigkeiten durch diese Geschenke an einzelnen Apothekern, Aerzten und dem Publikum begangen wurden, um dieselben hervorzurufen und wie gerechtfertigt mithin diese dastehen. Diese sogenannten Neujahrgeschenke haben sich hier nicht nur ungestört erhalten, sondern auch durch Concurrenz, Rivalität und sonstige Verhältnisse von Jahr zu Jahr dermaßen gesteigert, daß es gewiß an der Zeit ist, diese Angelegenheit öffentlich zur Sprache zu bringen. Man fragt sich dabei mit Recht, warum die medizinische Section des hiesigen naturforschenden Vereins, welche fast ausschließlich nur aus Aerzten, Wundärzten und Apothekern besteht, sich nicht schon längst die Aufgabe, dieselben abzuschaffen, gestellt hat. Die Antwort ist nicht schwer. Die Apotheker hüteten sich wohlweislich, diese anzuregen. Denn schon im Jahr 1816 ging von einigen derselben ein solcher Antrag an die damalige Regierung, welche auch denselben in ihren Schutz nahm; allein die Apotheker wurden nicht einig, oder blieben es nicht und den Antragstellern wurde es von Seiten der beleidigten Aerzte so bitterbös entgolten, daß sie es noch Jahre lang in ihren Geschäften empfinden mußten. Ein Theil der Aerzte dagegen befand sich dabei sehr behaglich. Denn von den, von den verschiedenen Apothekern verschiedentlich erhaltenen Geschenken, als Arac, Punschessenz, Malaga, Champagner, Liqueuren, Chocolade, Morsellen, feinen Thee u. s. w., konnten manche Abendgesellschaften gegeben werden; feine Pomade, Zahnpulver reichten für die Toilette lange Zeit, — Räucherpulver, Storax dagegen das ganze Jahr aus. Ein anderer, und zwar der größte Theil derselben, nämlich die weniger oder gar nicht beschäftigten, die daher wenig oder nichts erhielten, wollten sich eben so wenig, wie man zu sagen pflegt, an den Laden legen, als jene wenigen, die, zur Ehre unseres Standes sey es gesagt, diese Geschenke nur mit einem gewissen Schamgefühle entgegennahmen und diese nur, um nicht zu beleidigen, nicht zurückschickten. Mag man nun immerhin den Verordnungen den Vorwurf und überhaupt die Einwendung machen, daß das Geschenkegeben und Geschenkenehmen doch nicht verhütet werden könne, daß z. B. ein Apotheker seinem mit ihm einverstandenen Arzt statt dem Champagner Champagnerthaler geben könne, so hat doch die Erfahrung gelehrt, daß man in andern großen Städten, als Leipzig, Dresden, Berlin, Frankfurt und andern, nichts mehr von Neujahrgeschenken weiß. Diesen schönen Zweck auf's vollkommenste zu erreichen, schlage ich vor, daß wir sämmtlichen Aerzte und Wundärzte freiwillig den Apothekern erklären, daß wir fernerhin es unter der Würde unseres Standes erachten wollen, sogenannte Neujahrgeschenke anzunehmen. Wohl kaum Einer wird sich solcher Vereinigung ausschließen und nur schwierig wird sich dann ein Arzt so weit erniedrigen, seiner gegebenen Erklärung entgegen zu handeln, wobei übrigens sehr zweckmäßig eine deßfalls zu erlassende Verordnung unterstützend zur Seite stehen würde. Und würde endlich doch einmal ein solcher Vogel aus seinem verborgenen Neste ausfliegen, so darf er sicher seyn, an seinen Federn und Gesang bald von dem Publikum erkannt zu werden. Denn wenn ein Arzt es plausibel findet, stets nur Eine Apotheke zu empfehlen, so darf ganz sicher angenommen werden, daß bei hundert Fällen neun und neunzigmal Neujahr- oder sonstige Geschenke daran schuld sind. — Wenn wir auf solche Weise die hiesigen Apotheker von einer nicht unbedeutenden Contribution befreien, die sie sich freiwillig geschaffen haben und von der sie sich bei einiger Uebereinstimmung und bei einigem gegenseitigen Vertrauen leicht selbst hätten befreien können, so glauben wir mit Recht, ihnen zumuthen zu dürfen, daß sie dagegen unseren Stadtarmen einen Zehntheil des ihnen dadurch erwachsenen Vortheils als Neujahrgeschenk widmen werden.

****

Frankfurt a. M.

Hr. A. Simon, Violinist aus Wien, wird am 27. d. M. im Saale des Hauses Mozart eine musikalische Matinée geben, auf welche wir die Musikfreunde aufmerksam machen. Ueber Hrn. A. Simon sprechen sich Wiener Blätter, die uns vorliegen, sehr vortheilhaft aus und bezeichnen ihn als einen tüchtigen, geschmackvollen und eleganten Violinvirtuosen. Besonders wird die brillante und frische Ausführung der bedeutend schwierigen Burleske von Vieuxtemps (Yankee-Doodle), in welcher Hr. S. excellirt, gerühmt. Näheres über besagtes Konzert bringt das Programm.

Theater-Anzeige.

Samstag, 26. Dec. Der artesische Brunnen, Zauberposse mit Gesang in 4 Abth., von G. Räder. — Erste Abtheil.: Das Bergmännchen. Zweite Abtheil.: Abd-el-Kader. Dritte Abtheil.: Die Fremdenlegion. Vierte Abtheil.: Die Versöhnung am Nordpol.

Sonntag, 27. Dec. Die Zauberflöte, große Oper in 2 Abth., Musik von Mozart.

Redacteur: J. L. Heller. — Druck und Verlag von Heller und Rohm.

Didaskalia.

Blätter für Geist, Gemüth und Publizität.

Nro. 357. Montag, den 28. December 1846.

Versichere dein Leben.

Erzählung von Ludwig Storch

(Fortsetzung.)

„Es wäre gewiß allen anwesenden Herren lieb und angenehm“, nahm der Diakonus das Wort, „wenn Sie die Gewogenheit hätten, uns mit Zweck, Vortheil und Verhältnissen einer Lebens-Versicherungsbank bekannt zu machen.“

„Mit Vergnügen. Die Lebens-Versicherungsanstalten sind edle Blüthen einer geregelten Staatsökonomie. Wie diese als bestes Vehikel des Staats das Wohl aller Staatsangehörigen vor Augen hat und befördert, eben so auch die Lebens-Versicherungsanstalt als Staat im Staate. Sie hat sich das specielle Wohl der Familie zum Ziel gesetzt und arbeitet dem höchsten Staatszweck dadurch in die Hände. Denn die Familie ist der Grundstein und Pfeiler des Staats, und wo es um die Familie gut steht, da wird es überall um den Staat gut stehen. Familienwohlfahrt ist also der Hauptzweck. Aber sie gewährt auch noch eine Menge anderer Vortheile, die aus ihrer edlen Natur entspringen. Denn Edles und Gutes erzeugen fort und fort Gutes. So gibt sie dem menschlichen Streben eine bestimmte Richtung, ein großes und edles Ziel. Und wer die Schwäche der menschlichen Natur kennt, wird leicht begreifen, wie hohen Werth es hat, wenn dem charakterlosen Schwanken von Bestrebungen eine feste Richtung nach einem bestimmten Ziele gegeben wird. Und welchen herrlichen Beweggrund hat dieses feste Streben! Den höchsten und schönsten auf Erden und im Himmel: die Liebe. Und gerade weil sie über das Grab hinausreicht, weil diese Liebe erst Denen Früchte trägt, die der Gegenstand derselben sind, wenn ich nicht mehr unter ihnen wandle, erhält sie eine wahrhaft göttliche Weihe. Sie streift allen irdischen Egoismus ab, denn der Liebende schafft nur für Andere, denkt und sorgt nur für Die, welche durch die Bande des Bluts mit ihm verbunden sind. Aber aus diesem gen Himmel steigenden Liebesbaume treiben auch Aeste und Zweige, die auf Erden schon seinem Pflanzer Nutzen bringen. Sie wissen Alle, welch' ein mächtiger Hebel, welch' ein großartiges Förderungsmittel in einem wohlgegliederten Staate das Geld ist. Nicht vergebens hat man es den Nerv der Dinge genannt. Es ist eigentlich das Blut des Staates, der alle Glieder und Theile dieses Körpers mit belebender Wärme durchdringt und die Kräfte gegen einander in die rechte Wirksamkeit setzt. Die besten Unternehmungen können nicht gedeihen, wenn es an Geld fehlt. Geld, Gesundheit und Moralität sind die drei Grundbedingungen aller Wohlfahrt. Kommen Talent und Unternehmungsgeist hinzu, so kann Großes vollbracht und die Menschheit auf ihrem Entwickelungsgange sehr gefördert werden. Die Lebens-Versicherung bietet dem unternehmenden Kopfe, dem die nöthigen irdischen Güter versagt sind, Gelegenheit, sich die Mittel zur Ausführung seiner Pläne zu verschaffen, und was dem Einzelnen nicht gelingen konnte, gelingt jetzt durch Vermittelung einer ganzen Gesellschaft. So sehen Sie also in diesen Anstalten einen zur wohlthätigen Erscheinung gekommenen Drang unserer Zeit, von der unsere Väter nichts ahnten; es ist der Drang nach möglichst großen Verbindungen zur Erreichung großer Zwecke. Verbundene Kräfte erreichen leicht, was einzelnen niemals gelingen kann. Der Entwickelungsprozeß des Weltlebens wird immer großartiger und gewaltiger.“

Alle saßen schweigend und horchend und als Schaumann ebenfalls schwieg, war's todtenstille. Niemand wagte ein Wort.

„Auf specielle Fälle angewendet würde die Sache klarer werden“, sagte endlich der Diakonus.

„Wohl!“ fuhr Schaumann fort. „Ich will annehmen, ein Gelehrter, wie Sie, hat eine große Liebe zu seiner Wissenschaft und möchte stets auf dem Laufenden mit derselben seyn. Dazu muß er jährlich für wenigstens funfzig Thaler Bücher kaufen. Nun hat er aber eine starke Familie, seine Besoldung ist nur sechshundert Thaler stark. Kauft er die Bücher, so schadet er seiner Familie und hinterläßt ihr eine Bibliothek, die nicht um den zehnten Theil des Anschaffungspreises verkauft wird. Angenommen nun, er ist vierzig Jahre alt, so versichert er sein Leben mit fünfzehnhundert Thalern und zahlt dafür jährlich fünfzig Thaler Prämie. Die Police legt er in die Hände eines Kapitalisten, und dieser zahlt dafür die Bücherrechnung. Bald wird der fragliche Gelehrte — ich wette darauf — sich jährlich mit für fünfundzwanzig oder zwanzig Thaler Bücher begnügen und doch mit der Wissenschaft fortgehen; er wird nur die gediegenen, die Hauptwerke kaufen, denn er hat jetzt das schöne Ziel, seiner Familie nach seinem Tode ein hübsches Kapital zu hinterlassen. Nun stirbt er aber schon nach zehn Jahren. Er hat nur fünfhundert Thaler eingezahlt, die Familie erhält funfzehnhundert Thaler. Davon zahlt sie, was für Bücher aufgewendet ist, und ihr bleiben immer noch über tausend Thaler übrig.“

Allen leuchtete der große Vortheil ein.

„Ein Mann, wie der Herr Apotheker, will eine chemische Fabrik errichten. Er ist fest überzeugt, daß die Speculation ihm einst großen Vortheil bringen würde, aber ihm fehlen die Mittel, seinen Plan auszuführen, und seine begüterten Bekannten verstehen nichts von der Sache und haben deßhalb kein rechtes Vertrauen dazu. Er braucht viertausend Thaler; Niemand borgt sie ihm. Da versichert er sein Leben auf zehn Jahre mit viertausend Thaler. Er ist dreißig Jahr alt und zahlt also jährlich sechzig Thaler. Der Kapitalist ist nun für seinen Todesfall gesichert; die Prämie kann leicht berichtigt werden, denn die Apotheke wirft jährlich achthundert Thaler ab; mit sechshundert Thaler werden aber alle Bedürfnisse bestritten. Die Fabrik wird gebaut und ihr Betrieb wirft anfangs fünfhundert Thaler, nach und nach tausend, ja endlich zweitausend Thaler jährlich ab. In zehn Jahren kann das Etablissements-Kapital zurückgezahlt werden, und die Lebens-Versicherung, die nur sechshundert Thaler gekostet hat, ist das Mittel zur Ausführung des guten Plans geworden."

Der Apotheker sprang vom Stuhle auf, ergriff Schaumanns Hand und rief: „Herr, Sie hat der Himmel zu uns gesandt!" Diese Begeisterung theilte sich auch den Uebrigen mehr oder minder mit, und der Eisenfaktor starrte den Wundermenschen so lange und so regungslos an, daß Manche auf die Vermuthung kamen, er zähle ihm die Haare auf dem Kopfe.

Schaumann gab noch manches belehrende Beispiel zum Besten, sprach dann über den Ursprung der Lebensversicherungs-Banken in England, ihre Verpflanzung auf deutschen Boden, und kam so weiter auf seine Reisen und Erfahrungen, die er mit der liebenswürdigsten Bescheidenheit mittheilte, so daß Alle bis nach Mitternacht beisammen blieben — ein unerhörter Fall! — und endlich ganz entzückt ihre Betten suchten.

Am folgenden Morgen wurde in keinem Hause des Städtchens von etwas anderem gesprochen, als von dem räthselhaften Fremdling. Alle Frauen und Mädchen brannten, ihn zu sehen, und Hannchen Mauthner und Christiane Fischer waren Gegenstände allgemeinen Neides. In der Umgegend des rothen Ochsen waren viele Augen auf das Thor desselben gerichtet, um zu erspähen, wenn er heraustrete, und die nöthigen Vorbereitungen auf das Fest kamen sogar in Gefahr. Christiane Fischer erzählte ihrer Mutter mit einer wahren Begeisterung bereits zum zehnten Mal jedes Wort, welches Schaumann gestern gesprochen, und schmückte ihn, ohne daß sie es merkte, mit weit glänzendern Farben aus, als er in der Wirklichkeit besaß. Kaum aber war der Kaffee getrunken, so trat Wilhelm Mauthner mit ungewohnter Feierlichkeit herein, das Auge von freudiger Hoffnung belebt, und berichtete die merkwürdigen Erlebnisse des vergangenen Abends. Mutter und Tochter konnten sich nicht satt hören an der Wundermähr, und als Wilhelm damit schloß, der Letzteren zu sagen, daß Herr Schaumann ihm noch den schönsten Gruß an sie aufgetragen, schlug sie das schöne Auge zu Boden. Es schien, als überkäme sie eine Ahnung, der wunderbare junge Mann sey ihr nicht ganz gleichgültig. Der Gedanke an ihren Candidaten, der ihr plötzlich durch die Seele fuhr, verursachte ihr fast ein unangenehmes Gefühl.

Im Mauthner'schen Hause hatte sich dagegen Ortmann eingefunden, um Hannchen zu begrüßen, und es glückte ihm ihr zuzuflüstern, daß er von Schaumann Alles für ihr Glück hoffe. Er mußte ebenfalls vom vorigen Abend alles erzählen, was Wilhelm schon einmal erzählt hatte, und die Frau Eisenfaktorin fragte mit unverkennbarer Aengstlichkeit, ob er wirklich glaube, daß Schaumann alle Geheimnisse wisse, und der schlaue Geschäftsführer versicherte mit allem Ernst, er sey davon vollkommen überzeugt. Der Eisenfaktor war in der größten Aufregung seines Lebens, und obgleich er noch einmal so viel Doppelbier trank, als gewöhnlich und die Staketenköpfe mit verdoppelter Hast zählte, so wollte doch Alles nichts helfen, und er kam endlich mit großer Anstrengung zu dem wichtigen Schluß, daß dies ein „Teufelskerl" sey, den man fetiren müsse, um ihn bei Gutem zu erhalten. Es wurde demnach im Familienrath beschlossen, den gefährlichen Alleswisser erst zu den Gründonnerstags-Eiern und dann zum Mittagessen auf den ersten Feiertag einzuladen.

Im rothen Ochsen ging's auch lebhaft zu. Schon früh fanden sich Gäste ein, die den seltsamen Kauz sehen mochten, der die Menschen durchschaute wie eine Wasserflasche; die Zweifler wurden laut, die Ueberzeugten und Wundergläubigen stellten die unerhörtesten Behauptungen auf, und hitziger Streit entbrannte.

Bald langte auch früher Besuch bei Schaumann an. Er rauchte noch seine Morgenpfeife, als der Förster bei ihm eintrat.

„Nehmen's nicht übel!" polterte derselbe, „aber es hat mir die ganze Nacht keine Ruhe gelassen. Ich muß mit ihnen über meine Heirathsangelegenheit reden. Sie wissen doch, und gaben mir's gestern Abend deutlich genug zu verstehen."

Schaumann bejahte und bat Platz zu nehmen.

„Sie erlauben, daß ich einen Frühtrunk nehme." Ein Kellner brachte einen Krug Lagerbier, den der Förster hastig leerte, um sich einen zweiten zu bestellen.

„Nun, Sie wissen also, in meinem sechsundvierzigsten Jahre ist mir das Heirathen noch eingefallen. Ja, Gott Amor ist ein loser Bub'. Da hat der Amtsrichter ein allerliebstes Töchterchen, 's ist seine zweite, zwanzig Jahr alt, hübsch und schlank, wie ein junges Reh. Kurz und gut, ich bin auf einmal wie behext, besinne mich kurz, spreche mit dem Vater; wir werden eins. Das Mädel sagt auch ja. Ich will mich aufbieten lassen, kommt mir eine hundsfött'sche Geschichte dazwischen. Der Amtsrichter tritt mich mit einem armen Sündergesicht an, und gesteht mir, daß er eine ziemlich starke Summe bei der Amtskasse geborgt — seine Frau, 's ist die zweite und ein vornehmer Putzteufel aus der Residenz, schlechte Wirthschafterin; er, der alte Esel, vernarrt in sie, kann ihr nichts abschlagen. Da haben Sie die Bescheerung. Genug, er muß abliefern, es fehlen ihm vierhundert Thaler. Ich lasse mich breit schlagen, gebe ihm das Geld aus der Forstkasse, habe ja auch keine Kapitalien. Er will's im nächsten halben Jahre erstatten. Das Blitzmädel aber hat einen Liebhaber, von dem ich nur so obenhin gehört, war Amtsschreiber, ein schmucker Bursche, mit dem geht sie selbige Nacht durch die Lappen und nimmt das Geld mit. Da haben wir die Bescheerung. Aber das Mädel hat sich bei'm Springen aus dem Fenster einen Fuß verstaucht, schleppt sich mit Müh und Schmerz eine halbe Stunde fort und muß endlich im Walde liegen bleiben. Der Mutzje Amtsschreiber geht aber mit dem Gelde von dannen; wir haben nichts wieder von ihm gehört. So steht die Geschichte. Der Amtsrichter sitzt im Pech, ich sitze im Pech; das Mädel hat bereut und dauert mich. Ich hab' ihr vergeben und will sie immer noch zum Altar führen, um ihr den Makel abzuwaschen, so gut es geht. Ich möchte gern helfen. Wie fang' ich es an?"

„Versichern Sie Ihr Leben mit tausend Thaler; Sie haben als sechsundvierzigjähriger Mann jährlich einundvierzig Thaler zu zahlen. Die können Sie doch von Ihrer Besoldung abbringen."

„Wenn's weiter nichts wäre."

„Geben Sie mir eine Anweisung von jährlich einundvierzig Thaler auf ihre Besoldung, und ich verschaffe Ihnen sogleich die vierhundert Thaler auf die Police; ja ich kann Ihnen achthundert Thaler darauf borgen, wenn Sie die vierhundert Thaler Ihres Schwiegervaters noch einmal decken wollen. Sie haben dann freilich auch die Interessen auf dieses Kapital zu zahlen, doch können Sie leicht so viel als Dividende jährlich von der Bank zurück erhalten. Aber Sie hinterlassen Ihrer Familie auch einmal ein kleines Kapital. Das heißt, Sie müssen nach ärztlichem Zeugniß ein gesunder Mann seyn."

„O mir thut keine Ader weh. Also abgemacht. Mir fällt ein Stein vom Herzen. Wie ist das aber mit der Dividende?"

„Da die ***'sche Lebensversicherungs-Bank auf Gegenseitigkeit gegründet ist und also alle Versicherten zugleich Actionaire und Theilhaber am Vortheile der Bank sind, so kommen die Ueberschüsse der Bank bei geringer Sterblichkeit allen Versicherten zu gut und werden ihnen zurückgezahlt. Dies ist die Dividende."

„'Sist eine charmante Einrichtung. Was hab' ich zuerst zu thun?"

„Beantworten Sie die auf diesem Blatte der Deklaration aufgestellten Fragen, von Ihnen und zwei gut rennomirten Männern unterschrieben; bringen Sie dann ein Zeugniß des hiesigen Stadtphysicus, daß Sie gesund sind und einen Taufschein."

„Ich gehe um Alles zu besorgen.“ Aber er verlor sich in die Wirthsstube, um noch einmal zu trinken.

Kaum war er fort, so stand der Apotheker in der Thüre, kratzfüßelte und tischte einen Haufen unnützer Redensarten und Komplimente auf. „Verehrtester Herr, Ihr Beispiel von der chemischen Fabrik gestern Abend paßt ganz auf mich. Ich habe treffliche Entdeckungen gemacht, Erfindungen, sag' ich Ihnen, von Wichtigkeit. Könnte ich sie im Großen ausführen, würde ich nicht nur mir, sondern der Welt großen Nutzen verschaffen. Schon seit vier Jahren trage ich mich mit dem Gedanken, aber Sie wissen, der Prophet gilt nichts im Vaterlande. Die hiesigen Herren Fabrikbesitzer sind zwar sehr reich, aber sie treiben ihr Geschäft nach dem alten Schlendrian, sie denken nicht nach, sie forschen nicht. Und wenn man ihnen auch einen Wink gibt, so moquiren sie sich wohl noch gar. Sie haben Geld genug, was brauchen sie weiter. Aber einen strebsamen Kopf zu unterstützen, das fällt ihnen nicht ein. Wenn man ihnen nicht Haus und Hof zu verschreiben hat, so gehen sie auf nichts ein. Sie haben aber meine gesunkene Hoffnung wieder neu belebt. Verhelfen Sie mir zur Fabrik, und Sie haben sich eine ewig dankbare Seele gewonnen. Ich habe unbegränztes Vertrauen zu Ihnen.“

„Wie viel Kapital bedürfen Sie zur Einrichtung des Geschäfts?“

„Mit dreitausend Thalern richte ich es aus.“

„Wie alt sind Sie?“

„Sechsunddreißig Jahre. Ich sehe zwar älter aus, weil ich die Haare größtentheils verloren habe, aber ich kann's durch Taufschein beweisen.“

„Und sind übrigens gesund?“

„Wie eine Eichel, so daß ich wohl in der ganzen Stadt aus meiner Apotheke am wenigsten brauche, denn ich brauche gar nichts daraus.“

„Gut, ich will Ihnen einen Vorschlag machen. Wenden Sie sich mit einer Bittschrift an den Landesherrn und suchen Sie den Nutzen klar zu machen, welchen die von Ihnen beabsichtigte Fabrik für die hiesige Stadt und das Land haben würde; sprechen Sie mit Bescheidenheit, aber doch mit Selbstvertrauen von Ihren Entdeckungen im Gebiete der Chemie und von der vortheilhaften Anwendung derselben auf die Gewerbe; bitten Sie um ein unverzinsliches Kapital von dreitausend Thalern auf zehn Jahre und erbieten Sie sich, eine Versicherungspolice von diesem Betrage einzulegen. Ich möchte wetten, es geht.“

(Fortsetzung folgt.)

Weihnacht.

Vom Himmel schwebt das heil'ge Kind
Zur kalten Erde nieder,
Und streuet süßes Angebind'
Beim Klang der Engellieder.
Ob starrer Frost die weite Welt
Mit Ketten auch gefesselt hält,
Ein jedes Band soll springen;
Der Liebe wird's gelingen!

Und wie das Heil'ge winket kaum
Mit seinen kleinen Händen,
Da steht der lichte Freiheitsbaum,
Die Blicke rings zu blenden.
Von allen Zweigen nieder lacht
Der Fülle und des Glanzes Pracht;
Was Herzen nur verlangen,
Sieht jedes Auge prangen.

Nicht bei den Großen kehrt es ein,
Nicht in der Königshalle;
Lebend'gen Segen zu verleih'n,
In Hütten und im Stalle.
Wo Armuth betet unterdrückt,
Des Kindes Gegenwart entzückt,
Gibt Kraft zu neuem Leben,
Gibt Glück zum Aufwärtsstreben.

Fern bleibt es dem gelehrten Troß
Mit seinen Gotteswundern,
Die glaubenlos den grünen Sproß'
Mit Gaukelwerk umplundern.
Der Einfalt und dem graden Sinn
War eigen es von Anbeginn;
Feind ist es jeder Lüge,
Flieht alle Winkelzüge..

Du, der Gewalt'gen starker Feind,
Gelehrter Truggespinnste,
Gib, daß die Wahrheitsonne scheint,
Daß niederweh'n die Dünste,
Daß bald vor deines Worts Gewicht
Des Frostes starre Fessel bricht,
In heil'gem Gottvertrauen
Die Völker aufwärts schauen!

O heil'ger Weihnachtstern, ergläng'
Zu uns'rer Lieder Schallen!
Laß einen milden, süßen Lenz
Durch uns're Fluren wallen!
O streue reiches Angebind'
Der Güte aus, du Himmelskind,
Der Gottesfreiheit Samen
In des Allew'gen Namen!

Wilh. v. Waldbrühl.

Mannichfaltigkeiten.

(Wertheim, 18. Dec.) Während allenthalben in Baden für den öffentlichen Verkehr so vieles geschieht, und dieser durch die kostspieligsten Eisenbahn-Anlagen, wozu auch die entferntesten Landestheile concurriren müssen, immer noch mehr erweitert wird, vermissen wir hier nicht nur die erforderlichen Landstraßen, indem sogar die Vicinalwege als Poststraßen mit täglichen Eilwagen und häufigen Extraposten benutzt, und zum großen Nachtheil der Gemeinden als solche von diesen unterhalten werden müssen; sondern es wird uns überdies eine direkte Postverbindung selbst mit dem Inlande noch dadurch verkümmert, daß man, um nach Heidelberg zu kommen, entweder von hier bis zur Poststation Hardheim ein extra Fuhrwerk nehmen, oder in Miltenberg über Nacht bleiben muß. Eine solche Hemmung des öffentlichen Verkehrs, und Belästigung der betreffenden Concurrenz-Gemeinden kann und darf aber länger nicht bestehen: um so weniger, wenn das Bezirksstrafgericht dahier ins Leben tritt. Wir dürfen und müssen daher baldige abhülfliche Maßregeln deßhalb erwarten.

(Augsburg, 24. Dec.) Seit vorgestern haben wir einen außerordentlich tiefen Barometerstand, und gestern Nachmittags fiel das Quecksilber so sehr, daß bei den mit Spiritus gefüllten Instrumenten die Flüssigkeit die Scala weit überstieg.

(Stuttgart, 22. Dec.) In Tübingen wurde am 17. Dec. eine 21jährige Frau wegen Kindsmords zu 10jähriger Zuchthausstrafe verurtheilt. Schwere Aufgabe für den menschlichen Richter, in solchen Fällen dem Buchstaben des Gesetzes zu gehorchen!

Die „A. Allg. Ztg." enthält eine gehaltvolle Abhandlung über das deutsche Theater, welcher wir Nachstehendes entnehmen: „Welche neuen Institutionen zeigen sich denn nun zunächst möglich für unser Theater? Theaterschule und dramaturgische Organisation. Primärunterricht und Secundärunterricht. Die Errichtung von Theaterschulen hat schon lebhafte Fürsprecher gefunden, und in Berlin soll denn auch endlich eine im Entstehen begriffen seyn. Man hat ganz Recht mit der spöttischen Frage: der Schuster braucht Lehrjahre, und der Schauspieler, welcher so viel und so wichtiges können muß, soll wild aufwachsen können? Gewisse Vorschulen sind gewiß sehr wünschenswerth — Schulen für das Handwerkszeug und für die Erweckung des Sinnes. Die Talente entstehen allerdings nicht in solchen Schulen, aber wenn der Pedanterie möglichst vorgebaut wird, so können Diejenigen, welche sich ohne Schule entwickelt hätten, durch die Schule in der Entwicklung gefördert werden. Und jedenfalls wird immerhin ein schätzenswerther Grundstock von geschulter Form gebildet, welcher das Fachwerk eines Theaters leidlich ausfüllen mag. Die Naturalisten oder „Wilden" gewinnen ebenfalls dabei: sie sehen die Elemente eines Styls, den sie ausbilden, wenn er ihnen entspricht, den sie bewußt umgehen, wenn er mit ihrem Talent nicht vereinbar ist."

Am 12. d. arretirte ein Polizeidiener in Göttingen einen Knaben wegen Bettelns. Da derselbe sich weigerte, dem Polizeidiener nach der Stadtwache zu folgen, so versetzte der Polizeidiener dem Knaben einige derbe Schläge mit seinem spanischen Rohr, daß der Knabe bitterlich zu weinen anfing. Kaum sah dieses ein vorübergehender Bürger, so ging er auf den Polizeidiener zu und fragte ihn, mit welchem Rechte er den Knaben prügele. Da der Beamte läugnete, den Knaben geschlagen zu haben, so faßte der Bürger den Polizeidiener beim Arm und führte ihn unter dem Zusammenlauf einer großen Menschenmenge in das Polizei-Bureau, wo er bei der nächsten Gerichtssitzung sein Urtheil empfangen wird.

Korrespondenz.

Köln, 18. Dec.

Die hier durch G. Tonger im vorigen Sommer eröffnete immerwährende Bilderausstellung hat in den letzten Zeiten so viel Beifall durch Zuwachs von Seiten der Maler, wie durch Ankauf von Seiten des Publikums gefunden, daß der Unternehmer genöthigt war, ein geräumigeres, prächtigeres Local dicht neben dem bekannten zu eröffnen, worin jetzt besonders schöne Landschaften, überhaupt Bilder der Düsseldorfer Schule prangen.

Darmstadt, 19. Dec.

Außer der ordentlichen thätigen Fürsorge unserer Armenverwaltung, haben sich die Bedürftigen unserer Stadt während der Dauer der strengen Jahreszeit und der hohen Preise der Lebensmittel einer dreifachen außerordentlichen Unterstützung zu erfreuen, und zwar 1) durch die in raschsteigender Progression in Anspruch genommene städtische Suppenanstalt, 2) durch die den ganzen Tag über erwärmten Säle des alten Realschulgebäudes, wo Arbeiten, besonders weibliche, angenommen und gefertigt werden, und 3) durch den sofort in's Leben tretenden Kreuzer-Verein, der ohne Zweifel einen guten Fortgang nehmen wird. Die letzthin aus wohlthätiger Absicht gegebene, von dem großh. Hofkapellmeister Hrn. Mangold, dem Vorstande des Melomanen-Vereines und Hrn. Dr. Knispel veranstaltete rhetorisch-musikalische Academie, welche Mad. Betty Knispel, geborene Fischer, durch ihre mit großem Beifalle aufgenommenen Gesänge verherrlicht, hat gegen 200 fl. eingetragen, welche, außer andern wohlthätigen Gaben, zu einer Christbescheerung für arme Kinder verwendet werden sollen. — Die jetzt seit 19 Jahren hier bestehende Ludwigs- und Luisen-Stiftung, eine Pensionsanstalt für unverheirathete Töchter, besitzt gegenwärtig ein Vermögen von 195,447 Gulden, welches mehr als hinreichend ist, um nicht nur das jährliche Pensionsbedürfniß vollständig zu decken, sondern auch aus seinem Zinsenertrage ansehnliche Ersparnisse im Interesse der Anstalt zu machen. Bei der heutzutage wachsenden Schwierigkeit, ein Hauswesen zu gründen und zu erhalten, und bei der vom Schicksale erzwungenen Ehelosigkeit vieler Männer ist eine Anstalt, wie unsere Ludwigs- und Luisen-Stiftung, gewiß eine höchst wohlthätige und verdient zur Nachahmung empfohlen zu werden. Kaufmann Göbel zu Manchester, aus dem nahen Großgerau gebürtig, hinterließ derselben ein Legat von nahe 8000 Gulden. — In dem Hoftheater wurden gestern zwei Lustspiele gegeben, unter denen das erste: „Voltaire's Ferien", nach dem Französischen von Herrmann, ein besonders gern gesehenes ist. Fräul. Eppert spielte den jungen Arouet mit dem glücklichsten Humor und hinreißender Wärme. Fräul. Marie Fürst war als Ninon eine sehr einnehmende und bestechende Erscheinung, und Hr. Steck durch seine Manieren und sein hochadeliges Wesen, welches der Unwissenheit des angehenden Academikers zum Firniß diente, ganz geeignet, den edlen gelehrten Marquis von Chateauneuf zu agiren. Hr. Bünte zeigte als Pater Lejay die Ruhe und Kälte des berechnenden Jesuiten, der über die Gegenwart die Zukunft und ihre Interessen nicht vergißt. — Seit ein paar Tagen ist in hiesiger Gegend ein tiefer Schnee gefallen, der die Communication auf den nach dem Odenwalde führenden Straßen schon sehr erschwert hat. — Es heißt, eine von hier nach dem benachbarten Niederramstadt zurückkehrende Frau sey auf dem Wege dahin, in Mitte des Waldes, von zwei Männern angefallen und ihres wenigen Geldes beraubt worden. Man versichert aber auch zugleich, daß sich die beiden Wegelagerer bereits in gefänglicher Haft befänden.

Vilbel, 23. Dec.

Ein weibliches Individuum hat hier und in der nächsten Umgebung verschiedene Leute in spannende Erwartung der Dinge, die da kommen sollen, zu versetzen gewußt. Wahrscheinlich dieselbe fahrende Dame, von der jüngst in einem Artikel der Hanauer Zeitung die Rede war, hat sie nämlich bei diesen Einkehr genommen und ihnen Nachrichten von Angehörigen, Verwandten und Freunden gebracht, die sich in weiter Ferne befinden. Durch genaue Angaben über die Verhältnisse derjenigen Personen, über welche sich diese Nachrichten verbreiteten, täuschend, verkündete sie dem Einen die baldige Ankunft eines Freundes, dem Andern das Angekommenseyn eines Paquets mit Geschenken aus Wien, einem Dritten eines solchen aus Amerika und ernannte sich auch, um die Wahrheit des Gesagten außer Zweifel zu stellen, in der Person eines hiesigen Mannes von öffentlichem Charakter einen Minister ihrer auswärtigen Angelegenheiten, bei welchem Briefe und Paquete niedergelegt seyn sollten. Zum großen Aerger der Betheiligten konnte aber die amtliche Function desselben nur in der Enttäuschung der Betrogenen bestehen.

Auflösung der Charade in Nro. 355.
Christbaum.

Geschichtliche Vorlesung.

Eilfte Vorlesung; Montag, 28., so wie auch Dienstag, 29. Dec.:

Blick auf die Geschichte der Literatur des 18. Jahrhunderts. Voltaire — Montesquieu — Rousseau — Lessing 2c. 2c.

Dr. Heyden.

Theater-Anzeige.

Sonntag, 27. Dec. Die Zauberflöte, große Oper in 2 Abth., Musik von Mozart.

Montag, 28. Dec. (Neu einstudirt): Wilhelm Tell, Schauspiel in 5 Abth., von Schiller. (Gastrolle) Bertha v. Bruneck: Fräul. Quint.

Redacteur: J. L. Heller. — Druck und Verlag von Heller und Rohm.

Didaskalia.

Blätter für Geist, Gemüth und Publizität.

Nro. 358. Dienstag, den 29. December 1846.

Versichere dein Leben.

Erzählung von Ludwig Storch

(Fortsetzung.)

„Das ist ein köstlicher Gedanke! den hat Ihnen Gott eingegeben!“ jubelte der Apotheker. „Ich gehe sogleich an die Arbeit“. Und mit Dankbezeugungen und unzähligen Bücklingen empfahl er sich. Schaumann aber kleidete sich an, um einen Besuch bei den ihm so werthen Mädchen aus dem „bemalten Hinterhause“ zu machen. Er war noch nicht ganz fertig, als Wilhelm hereinstürmte.

„Nun, hochverehrter allwissender Freund!“ rief er, „Sie müssen mir sagen, wie Sie mir helfen, wie Sie mich mit meiner Margareth zusammenbringen wollen.“

„Sagen Sie mir, wie alt ist Ihr Vater?“

„Ein und funfzig. Was hat das aber mit meiner Liebe zu schaffen?“

„Das sollen Sie gleich hören. Wenn Ihre Geliebte ein Vermögen von zweitausend Thalern hätte, würden Ihre Eltern wohl weniger gegen Ihre Verbindung mit derselben seyn.“

„Hm! Sie können Recht haben. Zweitausend Thaler ließen die Mutter wohl schon über die Tochter des Hüttenmeisters hinweg sehen. Wie soll aber Margareth dazu gelangen?“

„Wie hoch würden Sie sich im Geschäfte Ihres Vaters stehen, wenn Sie Theilhaber desselben wären?“

„O, ohne Zweifel auf tausend Thaler jährlich. Ich wollte die Sache noch ganz anders angreifen, als sie jetzt betrieben wird; vorzüglich wenn die Margareth meine Frau wäre. Da sollte gearbeitet werden!“

„So nehmen Sie jährlich hundert Thaler davon und zahlen Sie diese der ***schen Lebens Versicherungsbank für das versicherte Leben Ihres Vaters. Die Police aber schenken Sie Ihrer Geliebten. So wie Ihr Vater die Augen für immer schließt, erhält Margareth zweitausend Thaler, und Ihre Mutter ist zufrieden gestellt.“

„Steh' mir Gott bei, das ist köstlich! Sie müssen mit der Mutter reden. Den Vater will ich schon herumholen.“

„Ja, ich habe ohnedies mit ihr zu reden. — Doch von etwas Anderem! Führen Sie mich doch bei Ihrer liebenswürdigen Cousine Christiane ein.“

„Gefällt Ihnen das Mädchen? Gut erzogen ist sie, und Mosen und Propheten hat sie auch. Ich verschaff' Ihnen die Jane.“

„Sie wissen ja noch nicht, ob Sie mich will. Und dann hat Sie ja auch dem Candidaten Blau versprochen.“

„Der hochgelehrte Narr. Ich kann ihn nicht leiden. Und ich wollte wetten, es ist mit Janen's Liebe nicht weit her. Ich glaube, Sie gefallen ihr besser, ich habe diesen Morgen schon so etwas gemerkt.“

„Wirklich?“

„Bei Gott, Sie sind ihr nicht gleichgültig. — Wenn ich aber nur erst begreifen könnte, woher Sie Alles wissen. Dieses Räthsel wird sich ja auch noch aufklären.“

„Ich denke ja,“ versetzte Schaumann lächelnd. Und nun gingen sie Arm in Arm, passirten die Blicke aus allen Fenstern, und traten bald darauf bei der süß verwirrten Christiane ein, die plötzlich gar nicht mehr so viel plauderte, wie gewöhnlich, und augenscheinlich einen großen Theil ihrer Munterkeit verloren hatte. Wilhelm machte darüber einige nicht allzu zarte Bemerkungen, die das arme Mädchen in die äußerste Verlegenheit brachten. Ihre Mutter lös'te sich fast in Respekt vor Schaumann auf und besetzte den Tisch bis zum Brechen mit allen nur aufzutreibenden Leckerbissen zum Frühstück.

Als Schaumann sich gegen Mittag mit Wilhelm empfahl, las er in Janens Augen, daß er Fortschritte in ihrer Gunst gemacht. Er fühlte aber die zärtlichste Liebe in seinem Herzen für sie entbrennen. Das brünette Hannchen trat in den Hintergrund.

Er stattete nun einen flüchtigen Besuch im Mauthner'schen Hause ab. Der Herr Eisenfaktor konnte kein Wort weiter vorbringen, als: „Freut mich! Buh!“ und zitterte an allen Gliedern. Die Frau war ebenfalls in sichtbarer Verlegenheit. Die Einladung erfolgte, und Schaumann verschob deshalb seine Operationen auf eine spätere gelegnere Zeit. Hannchen aber sagte er ein trostreiches Wörtchen in's Ohr, so daß ihr Gesichtchen vor Verklärung strahlte. Dann eilte er, um der Einladung des Amtsrichters zu genügen. — Eine hübsche kokette Frau, eine angehende Dreißigerin, in sehr gewählter Toilette, stellte sich ihm selbst als Frau Amtsrichterin vor; der Mann war noch im Amte. Die Kinder wurden auch vorgestellt, zwei Töchter aus der ersten Ehe des Amtsrichters, darunter die schöne Sünderin, die dem Förster das Concept so sehr verrückt hatte; drei Söhne waren aus dem Hause, einer auf der Universität, der zweite Soldat, der dritte lernte als Kupferstecher. Die Frau Amtsrichterin war selbst Mutter von vier Kindern, wovon das jüngste drei Jahre alt. In den Zimmern herrschte städtische Eleganz, die Frau verrieth eine Bildung, wie sie in Landstädten selten gefunden wird. Auf dem prächtigen aufgeschlagenen Flügel lagen die neuesten Opern und andere werthvolle Musikalien; in einem höchst eleganten Bücherschranke mit hohen Glasthüren glänzten die beliebtesten Dichterwerke der neuesten Zeit in prachtvollen Einbänden. Diese Dinge, die hübsche, geputzte Frau und die neun lebenden Kinder, gegenüber dem vertrockneten, kraftlosen Amtsrichter, machten Schaumann die ihm vom Förster geschilderten Umstände des Hauses erklärlich. „Sie haben sich einen allerliebsten Scherz mit unsern guten Eisenauern gemacht,“ sagte die Hausfrau in der anmuthigen gefälligen Weise, die jeden Gebildeten wie einen alten Bekannten behandelt. „Diese köstliche Mystifikation hat mir ungemein viel Vergnügen gemacht, ich habe lange nicht so herzlich gelacht, als diesen Morgen über den Köhlerglauben der trefflichen Einwohner von Eisenau, der überzeugt ist, Sie hätten in den ägyptischen Pyramiden die Allwissenheit für ein paar hundert Gulden gelernt, wie etwa die Kaufmannschaft, oder Sie hätten sich dort den Ring Salomonis erhandelt. Ja selbst mein lieber Mann ist gar nicht abgeneigt, an ein Wunder zu glauben; er schwankt nur noch, ob er Sie überhaupt für ein Wesen höherer Art halten soll, oder ob Ihnen eine specielle höhere Offenbarung geworden sey. Ist das nicht lustig?! Ich habe mich wohl gehütet, mit ihm oder sonst Jemand zu streiten, im Gegentheil! ich behauptete dreist, Sie seyen jedenfalls in den höchsten und letzten Grad der Freimaurerei eingeweiht, den nur sehr wenige Taugliche erreichten; Sie hätten in der großen Pyramide des Cheops die Isis unentschleiert gesehen. Es gruſſelte den Leuten vor schauerlicher Wonne bei meinen pathetisch ernsten Worten; sie wurden blaß vor Furcht und Vergnügen, und gewiß ist's den Damen, zu denen ich vorzüglich redete, eiskalt über den Rücken hinabgelaufen."

„Sie setzen dem Scherze die Krone auf, verehrteste Frau."

„Ja, ich habe große Lust, mich Ihnen als Verbündete anzubieten und Sie in die verborgensten Geheimnisse unseres Städtchens einzuführen, um die Eisenauer alle verrückt zu machen. Die Anlage haben sie sämmtlich dazu."

„Der Bund mit Ihnen, schöne Frau, dürfte nicht allein den Eisenauern gefährlich werden." — Ein zärlicher Blick belohnte ihn für die seine Schmeichelei.

„Uebrigens kann ich Sie versichern, daß nur ein Zufall und keinerlei Absicht mir diese improvisirte Rolle zuertheilte; aber sie hat mir Gelegenheit gegeben, vielen Nutzen zu stiften."

„Das ist Weltordnung; der Irthum muß eben so gut zum Fortschritt dienen, wie die Wahrheit. Auch wir hoffen von Ihrer Lebens- und Geschäftsgewandtheit Gutes für uns, wie von einem alten bewährten Freunde."

„Ich werde dieß schöne Vertrauen zu rechtfertigen suchen; meine aufrichtigsten Dienste werden Ihnen geweiht seyn."

Der Herr Amtsrichter trat mit wiederholten tiefen Bücklingen herein und begrüßte den Gast. Die hübsche Frau schien mit dem Ergebniß ihrer Unterhaltung sehr zufrieden und entfernte sich, um den Töchtern beim Arrangement der Tafel beizustehen.

„Der Förster war vor einer Stunde bei mir," begann der Amtsrichter ängstlich, „er hat Sie bereits von der Hauptsache unterrichtet. Erlauben Sie mir, daß ich noch besonders von meinen Umständen rede. Ich habe eine Besoldung von achthundert Thalern, sie hat leider nicht ausgereicht. Meine Kinder erster Ehe haben von ihrem mütterlichen Großvater, der jetzt sechsundsiebenzig Jahre alt ist, ein nicht unbeträchtliches Vermögen zu erwarten, aber er erfreut sich einer festen Gesundheit und kann noch zwanzig Jahre leben, länger als ich. Die Sorge für den ältesten Sohn hat er mir abgenommen; er läßt ihn studiren. Mein Amt ist jetzt in Gefahr; wenn ich das Geld nicht schaffe, werde ich ohne Pension abgesetzt und verfalle dem Elende. Und was soll aus meiner Frau und ihren Kindern erst nach meinem Tode werden? Ich liebe sie so zärtlich, und der Gedanke, daß sie Noth leiden müßten, ist mir unerträglich. Er martert mich Tag und Nacht."

„Ein Kapital von zweitausend Thalern würde nach Ihrem Scheiden Ihrer Familie eine kleine Hülfsquelle bieten."

„O gewiß! Die Kinder könnten davon zu ihrer Selbstständigkeit gebildet werden. Vorzüglich wenn es möglich wäre, den Kassendefect zu decken, so würde meine Frau die Pension erhalten."

„Sie fühlen sich gesund und wohl?"

„Nur mein Herz ist krank vor Kummer."

„Dieser Krankheit ist der Eintritt in die Lebens-Versicherungsanstalt schon gestattet. Glauben Sie wohl, daß Ihr Herr Schwiegervater seinen Enkeln, so lange er lebt, jährlich eine Pension von hundert Thalern zahlen würde?"

„Wenn es ihm recht vorgestellt würde, hege ich keinen Zweifel. Wenn Sie z. B. mit ihm zu reden die Güte hätten. Er wohnt in der Residenz."

„Wohl! Ich werde mir seine Adresse erbitten und mit ihm reden. Sie versichern Ihr Leben, er zahlt die Prämie; stirbt er früher als Sie, so verpflichten sich Ihre Kinder erster Ehe, so lange sie in Ihrem Brode sind, zu gestatten, daß Sie die Prämie von ihrem Vermögen fortzahlen. Wenn Ihre Kinder zweiter Ehe erwachsen und selbstständig sind, so sind sie verpflichtet, diese Prämiengelder ihren ältern Geschwistern zurück zu geben, wenn diese nicht freiwillig darauf Verzicht leisten. Dies ordnen Sie testamentarisch an. Auf diese Weise hinterlassen Sie Ihrer Frau und deren Kindern zweitausend Thaler."

„Aber der Kassendefect?"

„Ich habe mit dem Herrn Förster schon darüber gesprochen. Wir decken ihn durch ein auf seine Police erhobenes Kapital. Wir können es auch auf die Ihrige, wenn Sie die Prämie auf Ihre Besoldung anweisen. Beruhigen Sie sich, es wird jedenfalls arrangirt."

„Nun so gehe ich mit leichterem Herzen zu Tische, und will es mir heute recht schmecken lassen."

Am folgenden Tage, es war Sonntag, besuchte Schaumann seinen Jugendfreund Ortmann. Die Hämmer ruheten, und die Arbeiter gingen geschmückt zur Kirche. Ein süßer Gottesfriede war über das Thal ausgebreitet; die Natur lag in stiller Ahnung des keimenden, treibenden Frühlings. Schaumann schritt voll Andacht am rauschenden Bache hin; er hatte Christianen schon begrüßt und einen frischen Veilchenstrauß von ihr erhalten. An der Thüre des Hammers empfing ihn ein schmuckes knappes Mädchen mit rundem, gesundheit- und freudestrahlendem Gesicht, worin ein Paar prächtige, braune Augen funkelten.

„Ich bin Margareth," sagte sie, „und habe Sie gestern schon in der Stadt gesehen. Ich weiß, daß Sie Wilhelms und mein Glück begründen, und wollte Ihnen schönen Dank sagen. Deshalb bin ich aus der Kirche daheim geblieben, weil ich von Herrn Ortmann hörte, daß Sie heraus zu uns kommen würden. Ach, ich bin ganz selig, seit mir Wilhelm von Ihnen erzählt hat, was Sie für ein gescheiter und edler Mensch sind und sich unserer Sache annehmen wollen, daß wir zusammen kommen."

(Fortsetzung folgt.)

Der Bergfall bei Oberwinter.

Der bedeutende Bergfall, welcher sich am 20. Dec. bei Oberwinter, Unkel gegenüber, ereignete und die Chaussee in einer Länge von 115 Ruthen theils überschüttet, theils zerrissen und in die Höhe gehoben hat, ist für unsere Gegend eine sehr ungewöhnliche Erscheinung. Verwundern kann es daher auch nicht, daß man vielfach zu dessen Erklärung außerordentliche Ursachen in Anspruch genommen und namentlich diese in vulkanischen Wirksamkeiten gesucht hat. Der ganze Hergang ist aber ziemlich einfach, an Ort und Stelle nicht allein in den Veränderungen, welche die Oberfläche erlitten hat, völlig übersichtlich, sondern auch in den Ursachen, welche lediglich auf mechanische Wirksamkeiten zurückzuführen sind, gut erklärbar. Am 21. d. M. ist die Sache von dem Berghauptmann, Dr. von Dechen und dem geh. Bergrath und Prof. Dr. Nöggeroth besichtigt und untersucht worden. Ohne hier in näheres Detail einzugehen, stellen sich die Thatsachen folgendermaßen heraus:

Der Bergfall hat an dem Berge stattgefunden, in welchem seit sehr langer Zeit große Basaltsteinbrüche, vielleicht die ältesten am Rhein, betrieben worden. Die Steinbrüche sind unter dem Namen der Unkeler Brüche allgemein bekannt, der Berg selbst aber heißt der Birgeler Kopf und erhebt sich vom Rheinspiegel auf eine Höhe von 380 Fuß. An dem nach dem Rheine gekehrtem Abhange dieses Berges, welcher durch große Vertiefungen der alten Basaltbrüche mehrfach unterbrochen ist, lagert eine mächtige Thonschicht, und in dieser zeigt sich eine Spalte von der Südseite aufwärts des Berges laufend, dann in ziemlichem Parallelismus mit der Chaussee nach der ganzen Länge des zerstörten und überschütteten Theiles, und endlich wieder an der Nordseite abwärts zu dem Bergfuße gewendet. Diese Spalte liegt oben beiläufig gegen zwei Drittel der Höhe des ganzen Berges, so daß dadurch ein beträchtlicher Theil des vordern Berggehänges gelös't erscheint. Sie ist nicht mehr als eine offen stehende Kluft erkennbar, vielmehr sieht man von der Stelle ab, wo die Spalte in das Terrain gerissen war, eine geneigte, schlüpfrige, fast ebene Thonfläche bis auf 30 bis 40 Fuß herablaufend. Der vor der Spalte gelegene Theil des ganzen Abhanges, mit seiner oberflächlichen Bedeckung, dem Waldboden, mit Sträuchern und Pflanzen, ist über die schlüpfrige Rutschfläche des Thons herunter gesunken, hat sich auf dem Wege in mächtige zusammenhängende Schollen zerschlagen und ist wider den Wänden und hervorragenden Hügeln der großen Steinbruchs-Ausweitungen am untern Abhange liegen geblieben. Diese Massen haben aber auf die von der Chaussee ab einwärts gekehrten Vertiefungen mit einer solchen Last und Kraft gedrückt, daß das vorliegende Gebiet am Fuße des Berges dadurch zusammengepreßt und unter vielfachen Zerspaltungen im eigentlichsten Sinne in die Höhe gehoben worden ist; selbst die Chaussee hat diese Erhebung an der südlichen Seite des zerstörten Theiles mit erlitten; sie ist hier bedeutend in die Höhe gehoben, und auf ihrer Oberfläche in Stücke zerbrochen, welche jetzt nach den verschiedensten Richtungen stark geneigt erscheinen. An andern Stellen, mehr gegen Norden des verheerten Gebietes, haben sich von der Chaussee gegen den Berg zurückliegende Theile des Abhanges als gewaltige und aufgethürmte Massen, durch dieselbe Art des Druckes, über die Staatsstraße verbreitet und aufgethürmt. Sogar eine Masse des Basaltfelsens ist in dieser Weise durch die ihr im Rücken liegenden Bergschollen so in die Höhe gedrückt worden, daß sie sich jetzt in der Gestalt einer Wand über ihrer vormaligen Stelle erhebt; die Basaltsäulen liegen gegen ihren früheren Zusammenhang bedeutend aufgelockert und zum Theil in verschobenen Stellungen über einander. Die Wirksamkeiten von allen diesen Hebungen ergeben sich auf das deutlichste durch die Beobachtung der vielen, im vorderen Theile des Abhanges aufgerissenen, weit klaffenden Spalten, insbesondere aber noch durch den alten Steinbruchsweg, welcher ehemals flach ansteigend gegen den Berg gerichtet war, jetzt aber in seinem vordern Theile nach dem Berge einwärts abfällt und neben welchem auf dem dermaligen Rücken eine steinerne Steinbruchshütte in ihren beiden unversehrt gebliebenen Seitenmauern um 20 Fuß mit in die Höhe gehoben erscheint; so wie auch durch den Umstand, daß zwei starke, aus Basaltblöcken aufgeführte Weinbergsmauern, welche früher in horizontaler Richtung quer gegen den Abhang standen, jetzt ihrer ganzen Länge nach bogenförmig gekrümmt und dadurch an mehreren Stellen zerrissen sind. Das Oberflächengebiet, welches durch diesen Bergsturz verheert worden ist, hat die bedeutende Breite von 115 Ruthen mit einer vielleicht eben so großen Ausdehnung gegen die Richtung des Bergabhanges, so daß ein Areal von etwa 60 Morgen Inhalt umgewälzt und zerstört worden ist. Es hat dasselbe ein Ansehen, wie die von Spalten zerrissenen Gebiete nach dem Erdbeben vom Jahre 1783 in Calabrien, den vorhandenen Schilderungen gemäß, beschaffen gewesen seyn mußten.

Es sind schon im Laufe dieses sehr trockenen Sommers Bewegungen in dem an den Steinbrüchen liegenden Chaussee-Körper bemerkt worden, welche vielfache Ausbesserungen, Ausebenungen und Abtragungen nöthig gemacht haben. Seit dem 15. d. M. haben sich zickzackförmige, der Länge nach laufende Spalten in diesem Theile der Chaussee gezeigt, welche sich zwar immer vermehrt, eine fortdauernde Aufsicht erfordert, aber bei kleinen Ausbesserungen noch verstattet haben, daß die am 20. d. M. frühe des Morgens um 5 Uhr von Koblenz gekommene Schnellpost glücklich hinüber gekommen ist. Unmittelbar nachher haben sich die Massen mit einigem Getöse in Bewegung gesetzt. Um 7 1/2 Uhr haben sich noch Arbeiter in der erwähnten Steinbruchshütte befunden. Gegen Mittag hatten die bewegten Massen diejenige Lage genommen, in welcher wir sie jetzt sehen. Lockere Massen rutschten wohl noch an einzelnen Abhängen herab; aber im Allgemeinen befindet sich die gerutschte, zerrissene und zerspaltene Masse in Ruhe. Zur Erklärung der successiven Vorgänge ist die Bemerkung nicht ohne Bedeutung, daß die Rutschfläche im Thon unter der großen Spalte nicht gänzlich in den letzten Tagen entstanden ist, denn jene Spaltenfläche war einige Fuß unter ihrem oberen Stande mit Schnee bedeckt, der vor länger als acht Tagen gefallen ist.

Am 15. d. M. war Frostwetter und bereits ziemlich viel Schnee gefallen, am Morgen des 18. war das Thermometer auf nahe — 15 Grad gesunken, aber während des Tages stieg die Temperatur so, daß bereits am 19. Thauwetter eintrat, welches noch fortdauert, aber den gefallenen Schnee der vorigen Woche nicht völlig geschmolzen hat. An den zerrissenen Massen war zu bemerken, daß der Frost nicht sehr tief in den Boden eingedrungen war. Die Spalten zeigten überall lockeren Boden, die Rutschflächen im Thon waren naß, schlüpferig und nirgends gefroren. Aus den Bewegungen, welche in dem Chaussee-Körper im Laufe dieses Sommers bemerkt worden sind, aus dem Eintritte größerer Spalten während des Frostwetters möchte zu schließen seyn, daß Quellen an dem unteren Theile der Bewegungen Theil genommen haben, und daß die Hebung, welche sich hier in großen Massen so auffallend gezeigt hat, aus dieser Einwirkung, aus dem Verhältniß festen Basaltes unter der Chaussee zu dem darüber aufgestürzten Boden- und Steinschutt, so wie zu der darauf gelagerten Thon- und Dammerde, und endlich aus dem Drucke der großen, am oberen Theile des Abhanges losgelös'ten Thonschalen hervorgegangen ist.

So weit sich die Verhältnisse übersehen lassen, zeigen sich nirgends Massen, welche eine in der nächsten Zeit weiter gehende Bewegung annehmen lassen. Wenn aber starke Regen eintreten sollten, welche in die sehr aufgelockerten Massen eindringen, so ist es allerdings zu befürchten, daß dieselben weiter über die Chaussee nach den unterhalb derselben gelegenen Weinbergen vordringen werden, und es kann alsdann auch noch ein Theil der Chaussee nördlich von dem Bruche verdeckt werden, indem sich die Spalten noch oberhalb fortziehen.

Der in den letzten Jahren stattgefundene Steinbruchsbetrieb ist zu unbedeutend, als daß in ihm der Grund des Ereignisses gefunden werden könnte: aber im Allgemeinen kann der frühere, bereits viele Jahrhunderte dauernde Betrieb dieser Brüche, die dadurch bewirkte Entblößung großer Wände an dem Abhange, mit die Veranlassung zur Losziehung der großen Schalen des aufgelagerten Thons gegeben haben. (Köln. Z.)

Mannichfaltigkeiten.

(Braunschweig, 22. Dec.) Die Abenteuer einer geflüchteten Nonne gaben seit einigen Tagen den Stoff des Tagesgesprächs. Die Nonne, Marie L., aus Hildesheim gebürtig, 21 Jahr alt und das einzige Kind ihrer dem höheren Handwerkerstande angehörigen Eltern, erzählte etwa, wie folgt. Sie erhielt ihre erste Erziehung in einem Kloster. Die Neigung zum klösterlichen Leben wurde durch ihren Jugendunterricht erweckt und sorgfältig von ihrer Umgebung genährt, so daß sie, als sie das zulassungsfähige Alter erreicht hatte, in ein unweit Telgt bei Münster belegenes Franciscanerinnen-Kloster sich aufnehmen ließ. Die ihr von Jugend auf eingeflößten Grundsätze ließen sie die ärmliche Lebensweise und rauhe Behandlung eine Zeitlang geduldig ertragen, die sie dort zu dulden hatte. Allmählig begann dieser Zustand ihr drückend zu werden; unerträglich aber wurde er ihr, als sie die Erfahrung machte, daß die gröbsten Unsittlichkeiten in ihrem Kloster getrieben und auch ihr zugemuthet wurden. Sie fand Gelegenheit, zu entfliehen. In Hildesheim angekommen, wird ihr von ihrer Mutter die Aufnahme verweigert — ihr Vater war bald nach ihrer Einkleidung gestorben und ihr 1600 Thlr. betragendes väterliches Erbtheil an das Kloster gefallen. Nothbedrängt begibt sie sich nach Hannover, erbittet und erhält Audienz bei Sr. Maj. dem Könige, welcher mit Theilnahme ihre Erlebnisse vernimmt, eine Verwendung für die Rückgabe der an das preuß. Kloster überwiesenen Erbschaft jedoch verweigert, die Bittende übrigens aber an die Kronprinzessin verweiset. Auch diese zeigt sich huldreich gegen die Entflohene und gewährt ihr Unterstützung. Sie faßt den Entschluß, sich nach Berlin zu begeben, um die Gerechtigkeit des hochherzigen Königs von Preußen anzuflehen. Bevor sie jedoch vermag, denselben auszuführen, erliegt ihr durch mehrjährige Entbehrungen aller Art geschwächter Körper den Folgen der Sorgen und Strapazen der Reise, sie erkrankt und liegt einige Tage schwer darnieder. Einigermaßen hergestellt und durch die Wohlthätigkeit der Kronprinzessin in den Stand gesetzt, die Kosten der Krankheit und Weiterreise zu decken, kommt sie mit Empfehlungsschreiben versehen hier in Braunschweig an, findet bei einem Mitgliede der deutschkatholischen Gemeinde freundliche Aufnahme und Unterstützung und verweilt bei demselben zur ferneren Befestigung ihrer zerrütteten Gesundheit einige Tage. Auch von hier aus mit schriftlicher Fürsprache versehen, reisete sie ehegestern nach Berlin ab, und zwar kostenfrei, da ihr die Direktion der Eisenbahn bereitwillig solche erließ. Man ist sehr gespannt auf den Erfolg ihrer Reclamation und der näheren Untersuchung, die dieserhalb jedenfalls angestellt werden wird. Dem Anscheine nach tragen die Angaben des Mädchens das Gepräge der Wahrheit, so herzzerreißend ihre Schilderungen von Dem, was sie selbst und Andere in jenem Kloster zu erdulden gehabt haben, auch waren. (Magd. Ztg.)

Gerechter Zorn.

Der Winter kommt so früh, es schneiet mehr und mehr,
Lauft zum Herrn Stieffel *) gleich: „Was Das für Wirthschaft wär'?"

*) Hr. Professor Stieffel, der Wetterprophet, hat bekanntlich einen gelinden Winter prophezeiet.

Korrespondenz

Berlin, 19. Dec.

Mitten in unsere Weihnachtsfreuden, die für einen Berliner von gutem Ton vornehmlich in dem Besuch der vielen Weihnachts-Ausstellungen und des Weihnachtsmarktes selbst bestehen, schneit es und stürmt es von der vergangenen Nacht her so gewaltig, daß es wahrlich keine Freude seyn muß, mit Hrn. Rellstab die Wanderung fortzusetzen. Wer die Beschreibung der letzteren in der Vossischen Zeitung liest, sollte glauben, von dem Beschauen der herrlichen Sachen, die aller Orten ausgestellt sind, sich nur schwer losreißen zu können. Doch so arg ist es nicht! Es hat wohl kaum etwas Mittelmäßigeres von Weihnachtsausstellungen gegeben, als in diesem Jahr, und namentlich sind die politischen Anspielungen, ferner die Arrangements von Automatengruppen und vieles Andere diesmal so ungeschickt und albern, daß ein Erwachsener, ohne zu erröthen, kaum diese Orte besuchen kann. Und dennoch gibt es Leute genug, die nichts Eiligeres zu thun haben, als die von Rellstab vorgeschriebene Ronde zu machen, und hiermit gewissermaßen eine Pflicht zu erfüllen meinen. — An Konzerten haben wir gegenwärtig auch keinen Mangel; die armen Recensenten mögen wohl bitter klagen! Das jüngste Konzert der Singacademie, eine Aufführung des Oratoriums „David" von Klein, war ausnahmsweise so wenig besucht, daß es für die Mitwirkenden einen traurigen Anblick gewähren mußte, die letzten Bänke so leer zu sehen. Doch liegt der Grund hiervon wohl darin, daß die Solopartieen der Damen während der diesjährigen Saison nicht immer in den besten Händen sich befanden.

Mainz, 18. Dec.

Die hier vor Kurzem zum Erstenmale zur Aufführung gekommene Oper „Catharina Cornaro" von Lachner mußte jeden Musikkenner befriedigen, während der Eindruck auf das größere Publikum nicht so bedeutend war, als man hätte erwarten sollen, obwohl mehrere Stellen mit großem Beifalle aufgenommen wurden. Die Ouvertüre ist wohl der schwächste Theil der ganzen Oper, namentlich ihr Mittelsatz mit seinen abgebrochenen Vorhalten als Absatzformel bei jeder Cäsur. Wir heben besonders hervor: das Quartett am Schlusse des ersten Actes; der ganze zweite Act; das Terzett Marco's und der beiden Banditen im dritten Acte, welches rauschend applaudirt wurde; die Introduction zum vierten Acte und die große Arie Catharina's, so wie die schöne Baßarie des Mitgliedes des Raths der Zehn. Die mise en scène war reich und geschmackvoll. Fräul. Welly sang die anstrengende Partie der Catharina mit der größten Ausdauer; sie fand besonders Beifall in der großen Arie im vierten Acte. Hr. Lehmann, zu dessen Benefiz die Oper gegeben wurde, sang und spielte mit gewohnter Virtuosität; besonders gefielen das Nocturno im zweiten Acte und das Terzett mit den Banditen im dritten Acte, wo Hr. Lehmann seine schöne volltönende Stimme besonders geltend machte. Das zahlreich versammelte Publikum, welches die Verdienste dieses vorzüglichen Sängers, als Regisseur und Tenorist, um unsere Oper wohl zu würdigen weiß, empfing denselben bei seinem Erscheinen mit lebhaften Beifallsbezeugungen. Die schöne Baßarie des Mitglieds des Raths der Zehn wurde von Hrn. Haas recht brav gesungen. Die Posse: „Demoiselle Bock" fiel vorige Woche hier total durch, indessen nicht durch die Schauspieler, sondern durch die gänzliche Gehaltlosigkeit des Stückes selbst; dasselbe Schicksal hatte im vorigen Jahre das „Portrait der Mutter", welches übrigens mit weniger Eclat durchfiel. Zu einer Art von Demonstration gab die am Sonntage stattgefundene Aufführung des „Wilhelm Tell" Veranlassung. Alle auf unsere jetzigen Zustände bezüglichen Anspielungen wurden rauschend applaudirt, ganz besonders aber einzelne Stellen in der Rütli-Scene. Hr. Rennert, Tell, wurde am Schlusse des Stückes gerufen; ausgezeichnet dargestellt wurden Stauffacher und Frau durch Hrn. Reinhardt und Mad. Burg-Bender, so wie Arnold von Melchthal durch Hrn. Blattner.

Frankfurt a. M.

In dem Dienstag den 29. d. M. stattfindenden Konzerte des Hrn. H. Hecht werden außer mehreren Gesangstücken zum Vortrag kommen: Quartett von Mozart (Gmoll) für Pianoforte, Violin, Viola und Violoncello, vorgetragen von den Herren Lutz, Eliason, Mohr und Bockmühl, — Variationen für die Violine, componirt und vorgetragen von Hrn. Eliason, und Hommage à Haendel, Grand Duo für zwei Pianoforte von Moscheles, vorgetragen von Hrn. Rosenhain und Eduard Hecht. Das bereits ausgegebene Programm besagt das Nähere.

Theater-Anzeige.

Montag, 28. Dec. (Neu einstudirt): Wilhelm Tell, Schauspiel in 5 Abth., von Schiller. (Gastrolle) Bertha v. Bruneck: Fräul. Quint.

Dienstag, 29. Dec. Die Entführung aus dem Serail, große Oper in 3 Abth., Musik von Mozart.

Redacteur: J. L. Heller. — Druck und Verlag von Heller und Rohm.

Didaskalia.

Blätter für Geist, Gemüth und Publizität.

Nro. 359. Mittwoch, den 30. December 1846.

Versichere dein Leben.

Erzählung von Ludwig Storch

(Fortsetzung.)

Thränen des Dankes glänzten in Margarethen's Augen, die kostbaren Zeugen eines schönen, natürlichen Gefühls, und als Schaumann dem lieben Mädchen die Hand reichte, fühlte er auch aus seinem Auge den warmen Thau stiller Wonne quillen. Er sprach zu Ortmann: „Es gibt auf Erden kein größeres Glück, als das hohe Gefühl, Andere glücklich zu machen. Mit wie wenig Mitteln gelingt es mir hier, den Pulsschlag vieler Herzen froh zu beflügeln! Gesegnet sey eine Anstalt, wie die Lebens-Versicherungsbank, die so manche Thränen trocknet, so manchen rauhen und dornenvollen Pfad ebnet und verschönt! Durch diese großartige Verbindung zu gemeinsamem Zweck wird die christliche Liebe werkthätig, sie tritt als schöne, helfende That ins Leben. Alle diese Theilnehmer treten zusammen, um sich unter einander zu helfen und zu unterstützen, um sich eine leichtere Sterbestunde zu bereiten. Die Versicherten in Nord und Süd, in Ost und West sind eine große Familie geworden; sie reichen sich im Geiste jenen schönen „Kuß der ganzen Welt", den Kuß der Liebe, der als helfender Engel in das Trauerhaus der Wittwen und Waisen tritt. Laß Dich umarmen, Ortmann! Ich fühle mich so erhoben, so glücklich!"

In freundschaftlicher Unterhaltung flogen ihnen die Stunden. Sie belachten den Scherz, den sie sich mit den Eisenauern erlaubt, und der so viele gute Früchte zu tragen verspreche, und Schaumann gestand dem Freunde, daß er in Christianens Besitz das Ziel seiner heißesten Wünsche finden würde.

„Ich will Dir sagen, wie ich es vorhabe", fuhr er begeistert fort. „Wir Beide versichern uns gegenseitig unser Leben. Sterbe ich zuerst, so erhältst Du das Kapital und betreibst mein Geschäft mit fort, und so umgekehrt; denn wir wollen, wenn Du nichts dagegen hast, ein Compagniegeschäft errichten. Schon eh' ich hierher kam, zog ich genaue Erkundigungen über den hiesigen Bergbau ein und erfuhr, daß er nach dem jetzigen Stande der Wissenschaft weit vortheilhafter betrieben werden kann. Vorzüglich speculire ich auf Braunstein, der hier bedeutend lagern soll und fast noch nicht benutzt wird. Ich kenne die besten Absatzwege dafür. Reussiren wir, so sollen uns die Kenntnisse des Apothekers trefflich zu statten kommen; denn dann heben wir das hiesige Fabrikwesen und beleben die ganze Industrie. Wir versichern auch das Leben unserer Frauen, damit, wenn der Himmel sie uns nehmen sollte, unsere Geschäfte durch Entbehrung ihres Vermögens nicht ins Stocken kommen."

„Du sprichst ja, als wären wir schon über alle Schwierigkeiten hinweg und wären schon wohlconditionirte Ehemänner."

„Laß mich nur machen, der Zufall hat uns glücklich in die Hände gearbeitet. Ich habe einen mächtigen Hebel erhalten, der uns emporhebt. Du bist Deines Hannchens gewiß; ich spreche bald mit Christianen, dann mit der Eisenfaktorin. Gib Acht, sie soll Dir ihre Tochter selbst in die Arme legen."

So bauten die thatkräftigen jungen Männer schöne Pläne in die helle Zukunft auf. Das Leben lag in leichter Perspective vor ihnen, und die Liebe warf ihren rosigen Schein verklärend auf Nähen und Fernen.

Am Gründonnerstage waren die Wittwe Fischer, ihre Tochter Christiane und Schaumann Gäste im Mauthner'schen Hause. Der Letztere hat mehrere Eier künstlich zubereitet, die er unvermerkt beim Eiersuchen im Garten so legte, daß Christiane sie finden mußte. Sie fand sie, und Schaumann bat eins mit ihr theilen zu dürfen. Sie schälte es also und war nicht wenig betroffen, als sie auf dem harten Eiweiß folgenden Spruch las:

Theile das Ei
Und das Herz mit mir!
Sey mir treu,
So wie ich Dir!

„Was ist das!" rief sie. „Wie kann die Schrift in das Ei kommen?"

„Es ist die Stimme meines eigenen Herzens, theure Christiane, die so stark wirkt, daß sie selbst in diesem Ei zum Vorschein kommt. Was haben Sie für eine Antwort darauf?"

„Ach, Herr Schaumann, ich bin ja nicht mehr frei. Sie wissen es ja. Wenn ich noch ein Herz zu verschenken hätte — und doch —" Sie verstummte und sah hocherröthend zu Boden.

„Und doch? — seyn Sie aufrichtig, verhehlen Sie mir nichts."

„Ihre außerordentliche Gabe, Alles zu wissen, würde jedes schöne Gefühl ersticken. Statt Sie zu lieben, würde ich Sie fürchten."

„Also fühlen Sie doch für mich! Ich bin Ihnen nicht gleichgültig? Diese Furcht will ich schnell entfernen. Vernehmen Sie also die Lösung dieses Räthsels!" Und er erzählte ihr von der Besteigung der Mauer, von dem Eindruck, den sie auf ihn gemacht, von seiner Einmiethung in ihre Nachbarschaft, wie er sie belauscht und sich sterblich in sie verliebt. Er hütete sich aber wohl zu gestehen, daß er zwischen ihr und Hannchen geschwankt, sondern er behauptete keck, daß sie es gewesen, die sogleich sein Herz erobert. Ferner berichtete er, daß er den Tag ihrer Abreise ausgekundschaftet, daß er voraus geritten und in Pferchsdorf sie erwartet habe. Sie hörte ihn mit stummem Entzücken zu, süß geschmeichelt von der Liebe und Huldigung eines in jeder Beziehung so ausgezeichneten jungen Mannes, und überließ ihm ihre Hand, die er im Feuer der Erzählung ergriffen und leidenschaftlich an's Herz gedrückt hatte.

„Und der Candidat," schloß Schaumann, „ist Ihrer Liebe nicht würdig; auch lieben Sie ihn so wenig, wie er Sie. Gesteben Sie sich das nur selber. Er aber schwankt zwischen der Pfarre, die ihm die gräfliche Kammerjungfer einbringen soll, und zwischen dem Gelde, das Sie ihm einbringen sollen. Er hat das seinem Vater selbst gestanden, und dieser hat's dem Diakonus geklagt. Vom Diakonus hab' ich's selber."

In des Mädchens Augen glänzten Thränen des edelsten Zornes. „Der Abscheuliche!" sagte sie, und weiter nichts.

„Darf ich hoffen?" drängte Schaumann; da brannte plötzlich ein Kuß auf seinen Lippen, und husch! war das reizende Mädchen hinter dem Busch verschwunden und wieder bei der Gesellschaft. Schaumann stand lange durchzittert vom süßesten Glücke; dann trat er auch wieder in den Familienkreis. Seine Augen suchten Christianens Augen; sie begegneten sich; sie erröthete, aber beider Herzen waren nun einverstanden, und bedeutungsvoll wurde der grüne Donnerstag der schönste und hoffnungsreichste Tag ihres Lebens.

Nach Tische bemerkte Schaumann, daß die Blicke der Eisenfaktorin oft mit dem Ausdrucke eines ängstlichen Verlangens oder einer unwillkürlichen Erwartung auf ihm ruheten. Er benutzte daher die erste Gelegenheit, als ein Spaziergang in den nahen Bergwald beliebt wurde, ihre Hand zu ergreifen und, ungehört von den Uebrigen, zu ihr mit herzlichem Tone zu sagen: „Werthe Frau, ich weiß, Sie haben mir etwas anzuvertrauen, ja, ich weiß auch, was es ist. Es betrifft Ihren Bruder. Da ich also Ihr Geheimniß kenne, so legen Sie alle Besorgnisse ab, sich mir mitzutheilen. Ich weiß Rath und Hülfe zu Ihrer Beruhigung. Wir wollen morgen nach der Kirche zusammen reden. Kein Tag im Jahre ist geeigneter zu solcher Mittheilung, als der Tag des Versöhnungstodes unsers Herrn und Heilandes. Dieser Tod sichert uns Gnade und Vergebung zu, wenn wir aufrichtig bereuen und begangene Fehler nach Kräften gut machen. Lassen Sie uns also morgen unsere Herzen der Gnade Gottes aufthun. Beten wir im Tempel und kehren wir reiner und geläuterter in's Haus zurück. Dann wollen wir das Nöthige unter vier Augen abmachen, und Niemand soll etwas davon ahnen."

Sichtbar ergriffen und mit Staunen und mit Rührung kämpfend, drückte die Frau die Hand des Helfers, und das Auge voll Thränen, sagte sie mit einer freudigen Hast und einem tiefen Seufzer, gleichsam, als sey ihr nach langen Jahren zum erstenmale wieder vergönnt, unter dem Centnergewicht der Schuld auf ihrer Brust, erleichtert aufzuathmen: „Ja, das wollen wir! Sie hat mir Gott gesandt, das erkenn' ich klar und dankbar. —"

Am folgenden Tage hielt der Diakonus eine vortreffliche Predigt über die wahre Vergebung der Sünden durch Reue, Leid und Besserung. Die Eisenfaktorin weinte heftig zur großen Verwunderung ihrer Nachbarinnen, die noch nie ein feuchtes Auge an dieser reichen Frau gesehen hatten. Als sie heim kam, erwartete sie Schaumann schon. Sie führte ihn in ihre Putzstube.

„Die Gnade Gottes hat Ihr Herz weich gemacht und geöffnet," redete sie der junge Mann nicht ohne Rührung an. „Theilen Sie mir nun ohne Rückhalt Alles mit."

„Ich will es," entgegnete sie; „denn ich bin versucht, Sie für einen Engel in Menschengestalt zu halten, für einen Boten des Herrn, daß er mein sündiges Herz bekehre. Wie könnten Sie auch sonst mein Geheimniß wissen, das ich keiner menschlichen Seele noch anvertraut, obgleich es mir wie Feuer auf der Seele gebrannt hat. Meine Bekehrung ist Ihnen bereits gelungen. —"

„Mein Vater hatte mich lieber als meinen Bruder — es waren unser nur zwei Geschwister. Die Mutter hatte ihm heimlich stets viel Geld zugesteckt, dadurch war er verwöhnt, arbeitsscheu, roh, herzlos und im höchsten Grade genußsüchtig geworden. Durch schlechte und lüderliche Streiche führte er den Tod dieser guten und schwachen Mutter herbei, und der Vater litt ihn ferner nicht im Hause. Er war Oekonom und kam in die strenge Zucht eines Pachters; aber er besserte sich nicht. Vielleicht wäre dies der Fall gewesen, wenn mit der Strenge wäre Liebe verbunden worden. In mir hatte sich aber frühzeitig eine große Liebe zum Besitz ausgebildet. Ich sparte alles Geld, ich war geizig. Dabei führte ich die Wirthschaft meines Vaters mit musterhafter Ordnung und pflegte ihn in seiner Krankheit. Diese Neigung und die Erbitterung gegen meinen verdorbenen Bruder erzeugten den Wunsch in mir, mein Vater möchte ihn enterben; aber als ich diesen Gedanken einst anzudeuten wagte, wies ihn die Rechtlichkeit meines Vates mit Unwillen zurück. Ich schwieg nun zwar, aber ich nahm meine geheimen Maßregeln. In der langen Krankheit des Vaters brachte ich nach und nach sechstausend Thaler an Dokumenten und baarem Gelde bei Seite; ich betrog also meinen Bruder um dreitausend Thaler. In meinem Herzen entschuldigte ich diesen Betrug mit dem Raisonnement: er werde dieses Geld doch durchbringen, wie sein übriges Vermögen. Und darin hatte ich allerdings Recht, obgleich meine Schuld dadurch nicht verringert wurde. Nach des Vaters Tode verheirathete er sich mit einem leichtfertigen Frauenzimmer, die bereits Mutter von ihm geworden war, kaufte ein Gut, wirthschaftete schlecht und mußte nach zehn Jahren mit Frau, Kindern und einem kleinen Rest seines Vermögens nach Amerika auswandern. Mein Gewissen erwachte erst in späteren Jahren, aber es hat meine Schuld schwer an mir gerächt. Doch konnte ich aus Furcht vor der Schande es nie über mich gewinnen, irgend einem Menschen ein Bekenntniß zu machen. Auch war das Geld nun im Geschäfte; ich betrachtete es als Eigenthum meiner Kinder. Wie sollte ich es anfangen, eine so bedeutende Summe herauszuziehen, ohne einen neuen Betrug zu begehen? Wäre mein Bruder noch in meiner Nähe gewesen, ich hätte ihm das Geld in einzelnen Posten gegeben; so aber war mir jede Möglichkeit benommen, mein Verbrechen wieder gut zu machen. Dies ist mein Bekenntniß."

„Wohlan!" sagte Schaumann, und ergriff die Hand der weinenden Frau, „nun trösten Sie sich. Ein gnadenreicher Gott kehrt Ihr Vergehen zum Segen. Ja, Sie sind dadurch offenbar zur Wohlthäterin Ihres Bruders und der Kinder desselben bestimmt worden. Hätte er die dreitausend Thaler, um die Sie ihn damals gebracht, erhalten, er würde sie ebenfalls leichtsinnig vergeudet haben, wie sein übriges Vermögen, und seiner Familie wäre davon nichts zu gut gekommen; jetzt wird diese Familie den Genuß davon haben. Sie versichern Ihr Leben mit sechstausend Thalern und verordnen in einem Testamente, daß diese Summe nach Ihrem einstigen Tode Ihrem Bruder, oder, wenn er nicht mehr lebt, dessen Kindern ausgezahlt wird. Mit den Interessen der dreitausend Thaler beträgt Ihre Schuld jetzt schon sechstausend Thaler, bis zu Ihrem Tode kann sie leicht das Doppelte betragen. Sie verschenken also nichts. Die jährlichen Prämien aber zu bezahlen, wird Ihnen ein Leichtes seyn."

„Bis zu welcher Summe kann man sich versichern?" fragte die Frau.

„Bis zu achttausend Thalern."

„Gut, so nehme ich diese. Jedes Jahr am Charfreitag will ich die Prämie bezahlen. O, das ist ein herrlicher Weg, mir eine ruhige Todesstunde zu bereiten! Meine Dankbarkeit kennt keine Gränzen. Ist es möglich, daß ich mich gegen ein Wesen, wie Sie, erkenntlich zeigen kann, o so sagen Sie womit, und wenn es in meinen Kräften steht, so seyn Sie der Erfüllung Ihres Wunsches gewiß!"

„Ja, Sie können es, indem Sie vier Ihnen nahe stehende Herzen glücklich machen. Ihr Sohn Wilhelm liebt die Tochter Ihres Hüttenmeisters, Margarethe, die ihm einst ein Vermögen von zweitausend Thaler bringen wird. Ihre Tochter Hannchen liebt Ihren Geschäftsführer Ortmann, der mit mir zusammen ein einträgliches Geschäft betreiben wird, wenn ich anders so glücklich bin, die Hand Ihrer liebenswürdigen Nichte Christiane zu erhalten.

deren Herz ich mir bereits zu besitzen schmeichle. Geben Sie also die Einwilligung zur Verbindung Ihrer Kinder und unterstützen Sie meine Werbung bei Christianens Mutter."

„O mein Gott! welch ein edler Mensch sind Sie!" rief die Eisenfaktorin. „Sie haben mein Herz verwandelt. Was ich vor acht Tagen nimmer zugegeben hätte, darein willige ich heute mit Freuden. Und Christianens schönes Herz wird das Ihrige belohnen. Ich spreche heute noch mit ihrer Mutter."

„So ist alles in der schönsten Ordnung!" jubelte Schaumann und umarmte die gerührte Frau.

(Schluß folgt.)

Doktor Martin Luther über die Ehe zwischen Juden und Christen.

(Zu dem Aufsatz gleicher Ueberschrift in der Didaskalia Nro. 356, Sonntag den 27. Dec. — Eingesendet.)

Wenn Doktor Luther in dem dortigen Auszug die Mischehe zwischen Juden und Christen billigt, und sich dabei auf den „hellen Text Pauli 1. Cor. 7, 13" beruft: so hat er ihn erweislich mißverstanden und kann uns daher hierin keine Autorität seyn. Wovon redet der Apostel? Von bereits bestehenden Ehen. Er sagt V. 12: „So ein Bruder (ein Christ) ein ungläubiges Weib hat, und dieselbige läßt es ihr gefallen, bei ihm zu wohnen: der scheide sich nicht von ihr." V. 13.: „Und so ein Weib einen ungläubigen Mann hat, und er läßt es ihm gefallen, bei ihr zu wohnen: der scheide sich nicht von ihm." Daraus geht nichts Anderes als der bekannte rechtliche Grundsatz hervor, daß der Religionswechsel eines Ehegatten dem andern keine Befugniß gibt, auf Ehescheidung zu klagen, und so umgekehrt. Wenn ein Ehetheil, Jude oder Heide, Christ wurde, so sollte auch dieser darum kein Recht haben, sich von dem andern, der Jude oder Heide blieb, zu scheiden. Und so verhält sich es noch. Aber von Eingehung einer Ehe zwischen Gläubigen (Christen) und Ungläubigen ist da keineswegs die Rede. Wohl aber in demselben Capitel V 39, wo der Apostel einer Wittwe, die ihren Mann durch den Tod verloren hat, frei stellt, sich wieder zu verheirathen, welchem sie will, jedoch hinzusetzt: „doch daß es in dem Herrn geschehe." Dieser Text ist eben so hell als der obige. „In dem Herrn", das heißt in Christo; folglich soll sie sich nicht an einen Juden oder Heiden, sondern an einen Christen verheirathen. Und so wird nach des Apostels Lehre auch ein Christ nur eine Christin zu heirathen haben, sey sie es von Geburt, oder trete erst jetzt zum Christenthum über. Der Reformator Luther hat also, wenn er das Gegentheil meint, hierin überaus falsch gesehen, und Einsender dieses, der zu dessen Kirche gehört, und ihn sonst sehr hochachtet, scheut sich nicht, es zu behaupten.

Mannichfaltigkeiten.

(Karlsruhe, 21. Dec.) Gestern war das Theater zum Erstenmale mit Gas beleuchtet; das Licht war brillant und das Probexamen wurde ohne allen Anstoß bestanden. Es ist dies aber nicht das einzige Licht, das uns leuchtet, sondern es scheint auch eine größere Helle über unsere Bürgerschaft gekommen zu seyn, was daraus hervorgeht, daß sie durch festes Auftreten ihre Selbstständigkeit zu wahren sucht. (Mannh. J.)

Ein schönes Kunstwerk ist die Medaille, welche auf die erste preuß. Generalsynode bei Loos in Berlin geprägt worden ist. Die Hauptseite stellt den Glauben dar, nach der Darstellung des Andrea Pisano auf der Thür des Baptisteriums zu Florenz, eine sitzende Figur, den Kelch in der einen Hand, in der andern Hand, welche auf der aufgeschlagenen Bibel ruht, ein Kreuz haltend. Die Umschrift ist: 1. Cor. 3, 11. — Die Kehrseite hat die Inschrift: Ein Herr, Ein Glaube, Eine Taufe, Ein Gott und Vater unser Aller. Eph. 4, V. 5—6, und die Umschrift: Preußische Generalsynode zu Berlin 1846.

Der Versuch, in Florida Oelbäume zu pflanzen, ist über alle Erwartung günstig ausgefallen. Der Herausgeber der St. Augustin Zeitung versichert, völlig reife Oliven von der diesjährigen Ernte gesehen zu haben. Da die Einfuhr des Olivenöls alljährlich die Summe von 50,000 Thaler übersteigt, so ist es höchst erfreulich, daß Aussichten vorhanden sind, daß dieser Artikel in nicht ferner Zukunft nicht nur kein Einfuhr-Artikel mehr seyn, sondern ein Ausfuhr-Artikel werden wird.

(St. Petersburg, 16. Dec.) Der Graf Manteuffel in Reval, Direktor des dortigen Theaters, hat seine Insolvenz angezeigt, und auf den öffentlichen Verkauf des Theatergebäudes nebst Zubehör angetragen. Der Schauspieler H. von Vietinghoff, genannt Scheel, wird die Direktion des Theaters in Riga übernehmen.

Der Pfarrer Frommelt in Etzdorf, im Großherzogthum Weimar, hat in Grimma eine Schrift: „Jesuiten-Statistik", herausgegeben, und dabei eine Handschrift der Universitäts-Bibliothek in Jena benutzt, von der er geglaubt, daß sie ein ehemaliger Jesuit, der seinem früheren Treiben entsagt, dort niedergelegt habe.

(München, 18. Dec.) In der hiesigen königl. Glasmalerei-Anstalt war in diesen Tagen das erste der von König Ludwig für den Kölner Dom als Geschenk bestimmten Glasfenster aufgestellt. Es ist, bis auf einige kleine Nachbesserungen, als vollendet zu betrachten und wird im Frühjahr öffentlich ausgestellt werden. Die Zeichnung zum Gemälde dieses Fensters, die Anbetung der heiligen drei Könige, ist von A. Fischer, dem sämmtliche Cartons für dieses schöne Werk übertragen worden sind. Die Ornamente hat Ainmüller entworfen. Je mehr man in und außer Deutschland Versuche sieht, der Glasmalerei von neuem einen Bestand zu gewinnen, desto höher muß man die hiesigen Leistungen halten, die nicht nur, was Erfindung und Styl betrifft, sondern auch in allem Technischen, und vor allem in der Behandlung des Glases und in Kraft und Schönheit der Farbe, bei weitem vor allen andern den Vorzug und den Vergleich mit den besten alten nicht zu scheuen haben. Auch ist dies bekannt und die Aufträge an die Anstalt beweisen es thatsächlich. Unter den neuesten Bestellungen verdient jene für die Schloßkapelle zu Camenz in Schlesien im Auftrag der Prinzessin Albrecht von Preußen besondere Erwähnung; in vier Fenstern werden Gegenstände aus dem alten und dem neuen Testament, nebst den Gestalten der Propheten und Apostel dargestellt werden; die Zeichnungen haben die Herren Müller und Guggenberger übernommen. (Allg. Z.)

Der Constitutionell enthält eine Vergleichung zwischen zwei Reformen, zwischen Cobden und Dr. List, welche beide die industrielle und commerzielle Größe ihres Landes bezweckten, obgleich der Engländer an die Freiheit des Handels, der Deutsche an das Schutzsystem appellirte. Um die Parallele vollständig zu machen, sagt nun die Allg. Z., hätte der Constitutionell noch Cobdens Nationalbelohnung von 100,000 Pfd. St. erwähnen können, woran sich von selbst die Frage knüpfte: was hat Deutschland für seinen Cobden nicht gethan, und was wird es vielleicht für sein Andenken thun?

Die Berliner Jahrbücher für wissenschaftliche Kritik hören mit Ende des Jahres zu erscheinen auf.

Korrespondenz.

Köln, 22. Dec.

Die Geschichte der in der Violine gefundenen Leiche macht jetzt nach den bekanntgewordenen ärztlichen Berichten noch größeres Aufsehen, als zuvor. Der Kreisphysikus bekundet einen Schlaganfall; zwei andere tüchtige Aerzte finden, daß dieser Schlag ein Todschlag gewesen. Hoffentlich wird die Untersuchung den dunkeln Frevel an's Licht ziehen.

Hamburg, im Dec.

Wenn Privatkonzerten hiesiger Gesangvereine im Allgemeinen nicht die öffentliche Anerkennung zu Theil wird, die sie häufig in Betreff ihrer künstlerischen Bedeutung verdienen dürften, so liegt dies eben darin, daß sie, als solche, selten vor das Forum der Oeffentlichkeit gezogen werden, weder durch vorhergegangene Anzeigen in hiesigen Blättern, noch durch nachherige Besprechung, deren Unterlassung wir uns durch die keineswegs zu mißbilligende Zurückhaltung (Scheu) erklären, Leistungen von Dilettanten in Tagesblättern zu besprechen. Dasselbe ist der Fall mit den Privat-Aufführungen des Gesangvereins des Hrn. C. Voigt, der unter dem Namen „Cäcilien-Verein“ früher in St. Georg, nun in Hamburg selbst, seit einigen Jahren besteht und in den beiden letztvergangenen Wintern mehrere Konzerte veranstaltete. Das jüngste Konzert dieses Vereins, welches kürzlich im Saale der „Alten Stadt London“ vor einem durch den Raum der Localität leider sehr beschränkten Zuhörerkreis stattfand, flößte uns eine so hohe Achtung vor dessen trefflichen Leistungen und dem ausgezeichneten Direktionstalente des Hrn. V. ein, daß wir nicht umhin können, von dem üblichen Gebrauche abzuweichen und uns daher durch oben angeführte Gründe nicht abhalten zu lassen, mit wenigen Worten der gerechtesten Würdigung die Aufmerksamkeit aller Musikfreunde diesem Institute zuzuwenden. Schon bei Durchgehung des Programms, das uns die Namen Bach, Cherubini, Haydn, Hauptmann, Mendelssohn, Schubert und Adam vorführte, bemerkten wir mit Vergnügen, daß bei dessen Anordnung eine ernste, höhere musikalische Bildung vorwaltete. Die dadurch angeregten Erwartungen in Betreff der Ausführung eines so würdigen Programms wurden durchgehends befriedigt. Wir enthalten uns hier der Erwähnung der einzelnen Leistungen und bemerken nur, daß über allen Vorträgen bei tadelloser Reinheit und Präcision die ächte Weihe der Kunst waltete, was für den Dirigenten und die Mitwirkenden gleich ehrenvoll ist, für Jenen, insofern er dadurch unbestreitbare Beweise gab seiner Befähigung, in den Geist der betreffenden Compositionen einzudringen; für Diese, insofern sie sich fähig zeigten, die dem Geiste der vorzutragenden Werke angemessenen Intentionen des Dirigenten aufzufassen und wiederzugeben. Wir schließen mit dem Wunsche, daß der „Cäcilien-Verein“ immer weitere Ausdehnung gewinnen, aber auch zugleich, wofür uns übrigens das bisher bewährte Streben des Hrn. V. bürgt, die vom Anfang an eingeschlagene und bis jetzt streng beobachtete Richtung unverrückt verfolgen möge. Die Anerkennung seines Wirkens kann nicht ausbleiben, sie wird sich, wir zweifeln keinen Augenblick daran, wenn auch vielleicht etwas langsam, doch desto fester und sicherer in immer weiterem Kreise verbreiten.

Darmstadt, 22. Dec.

Ueber den nachtheiligen Einfluß der Zündholzfabriken auf die menschliche Gesundheit, worüber in der heutigen Didaskalia aus Nürnberg Mehreres gemeldet wird, hat der französische Arzt Dr. Roussel, auf selbstgemachte Erfahrungen gestützt, ausführlich geschrieben. Als Resultat seiner gemachten Wahrnehmungen führen wir blos an: 1) daß Husten oder Entzündung der Luftröhrenäste (Bronchitis) die am häufigsten vorkommenden Krankheiten unter den Arbeitern in Zündholzfabriken sind, und zwar als Folge der schädlichen Einwirkung der Phosphordämpfe auf die Respirationswerkzeuge; 2) daß aber auch ein anderes, weit schreckliches Uebel bisweilen sich dadurch zeigte, daß erst ein oder mehrere Zähne angegriffen wurden und in Verderbniß geriethen, dann aber der Knochenbrand (Nekrose) an den Kinnbackenknochen sich zu entwickeln begann. Ein Hauptmittel zur Verminderung oder Beseitigung dieser Uebel unter den Fabrikarbeitern jener Gattung findet er in der öfteren Lufterneuerung derjenigen Räume des Fabrikgebäudes, in welchen die Zündhölzer getunkt, aus den Formen genommen oder verpackt werden. Diese Räume sollten, seiner Ansicht nach, von den übrigen Localitäten der Fabrik gänzlich getrennt seyn, damit die den Phosphordämpfen ausgesetzten Arbeiter auf die kleinste Zahl beschränkt werde. Allerdings ist dieser Gegenstand von Wichtigkeit für die Medicinalpolizei, bis jetzt aber, so viel uns bekannt, noch nicht gebührend beachtet worden.

Aus dem Kreise Friedberg, 25. Dec.

In dem benachbarten kurhessischen Badeorte Nauheim, der durch seine warmen, gasreichen Salzquellen den ersten Bädern Deutschlands sich bereits anreihte, hat sich in diesen Tagen eine neue Quelle aufgethan, welche die vorhandenen an Stärke weit übertrifft. Um eine Stelle, an der man vor vier Jahren bis zu 500 Fuß Tiefe vergeblich Bohrversuche angestellt und die man alsdann mit Balken und Erde bedeckt hatte, sah der bei allen Badegästen in freundlicher Erinnerung stehende Badewärter Babel früh Morgens einen eigenthümlichen Dampf verbreitet, dessen Untersuchung ihn zu jenem bedeckten Schachte hinführte. Auf seine Anzeige wurde die Decke weggenommen und es brauf'te den Arbeitern eine mächtige Quelle entgegen, die bald die ganze weite Fläche mit warmer Soole übergoß und die, abgesehen von dem innern Werthe, schon an Pracht und Schönheit in Deutschland nicht ihres Gleichen hat. Je mehr man aber mit frohem Erstaunen die Schätze betrachtet, welche die Natur hier mit verschwenderischer Hand darreicht, desto tiefer muß man beklagen, daß fast nichts geschieht, diese Gaben den Hülfesuchenden auch nur einigermaßen zugänglich zu machen. Während andere Badeorte, deren Quellen an Kraft und nachhaltiger Wirkung denen von Nauheim gar nicht zu vergleichen sind, durch die Sorgfalt der Behörden sogar zu Glanz und Wohlstand gehoben werden, sieht man hier eine Verwahrlosung, die den ankommenden Badegast mit einem Widerwillen erfüllt, der nur durch die zuvorkommende Güte der Bade- und übrigen Beamten allmälig überwunden wird. Ein kleines Kurhaus, mit etwa zehn Badezimmern, so entfernt von der Quelle, daß die dahin geleitete Soole schon eines Zusatzes von gewärmtem Wasser bedarf, eine kleine Lehmhütte neben der Quelle mit vier kellerartigen Badestübchen, sind die Anstalten, welche die Badegäste vorfinden; die Gasbäder aber werden unter freiem Himmel in einem Kasten genommen, aus dem der Badende den Kopf durch eine Oeffnung streckt und so dem Publikum zum ergötzlichen Schauspiele dasitzt. Die ganze Umgebung der Quellen ist eine ausgedehnte Gänseweide, ohne Spur einer Anlage, so beschaffen, daß schon nach bedeutendem Regen die Gäste bis an die Knöchel im Schmutze waden. Und mit welchem mäßigen Kostenaufwande wäre bei der herrlichen Lage des Orts dieser Mißstand in Schönheit zu verwandeln! Sollte die wohlhabende Gemeinde, deren Eigenthum jene Weide ist, ihren eigenen Vortheil verkennen oder versäumen, so sind ja vorgesetzte Behörden vorhanden, die da einschreiten sollen, wo es den Untergebenen an Einsicht oder gutem Willen mangelt. Möchten diese Bemerkungen zur Kenntniß Derer gelangen, welche in höchster und letzter Hand zu entscheiden haben, und ihre wohlwollende Aufmerksamkeit auf einen Zustand lenken, den sie gewiß nicht kennen. Die Hebung der Bade-Anstalt zu Nauheim ist für die kurhessische Regierung nicht nur eine heilige Pflicht gegen die leidende Menschheit, sondern auch eine wahre Ehrensache.

Das Konzert des Hrn. Hecht findet nicht (wie in der gestrigen Didaskalia irrthümlich angezeigt) Dienstag, sondern Mittwoch den 30. d. statt.

Theater-Anzeige.

Dienstag, 29. Dec. Jacob und seine Söhne in Egypten, musikalisches Drama in 3 Abth., nach Alex. Duval, Musik von Méhul.

Donnerstag, 31. Dec. Nehmt ein Exempel d'ran, Lustspiel in einem Act, von Dr. C. Töpfer. (Gastrolle) Die Frau: Fräul. Quint. Hierauf: Der Heirathsantrag auf Helgoland, Lustspiel in 2 Abth., von L. Schneider.

Redacteur: J. L. Heller. — Druck und Verlag von Holzer und Rohm.

Didaskalia.

Blätter für Geist, Gemüth und Publizität.

Nro. 300. | Donnerstag, den 31. December | 1846.

In der Neujahrsnacht. *)

(Aus dem: „Neujahr. Ein Drama oder ein Gedicht, wie man es will, von Carl Schäffer. Darmstadt, Verlag von W. Olweiler. 1846.")

(Es fangen die Glocken an, zu läuten; eine feierliche Musik ertönt von dem Thurme; Volksmassen gehen hin und her und ein Geschrei: „Prost Neujahr" erfüllt die Luft.)

Faust und Mephistopheles kommen.

Faust.

O sey gegrüßt, du ernster Feierton,
Der du die Stille dieser Nacht durchbebst.
Es braus't die Welt in ihren Angeln fort,
Und wechsellos reiht sich der Tag dem Tag
In der Gewohnheit todtem Einerlei.
Du theilst das Leben und die Thaten ab,
Und zwischen Hoffnung und Erinn'rung mitten,
Indeß die Seele losgebunden schweift,
Hebst du des Menschen Brust zum Himmel auf.
Aus tiefem Herzen steigen die Gedanken,
Es regt sich jeder stillverborgne Wunsch
Und jede längstvergess'ne Sehnsucht wieder,
Und Kindertage treten, freundlich mahnend,
Am dunkeln Himmel dieser Nacht herauf.
Da fühlte selig sich das Herz bewegt,
Die ird'sche Sorge schlief, und mächtig drängte
Die freie Seele sich zur Pforte hin,
Durch die geheimnißvoll das neue Jahr
Bei Sternenglanz auf seine Laufbahn tritt.
Dann hing an Sterne träumend sich das Auge
In dieser Nacht und horchte ihrem Gang,
Der Wellen Rauschen an des Stromes Ufer,
Des Windes Weh'n im Wald', und freundlich stieg
Manch' stille Bitte zu den Geistern, die
Geheimnißvoll des Menschen Schicksal weben,
Um Glück und Segen in dem neuen Jahr.
Ja, ernst und feierlich ist diese Stunde;
Ein jedes Wesen, dessen Aug' und Geist
Hinausdringt in die stillen Himmelsräume,
In seines Daseyns dunklem Drang geführt,
In Freud' und Schmerzen bis zu dieser Nacht,
Hebt Herz und Stimm' in ihr, den Herrn zu loben,
So hehr und so geheimnißvoll ist sie.

Mephistopheles.

Dich plagen wieder die Gedanken sehr,
Ich seh' nur eine Nacht wie and're Nächte mehr.

Faust.

Muß denn die Welt aus ihren Fugen reißen,
D'rin sie gefügt in heil'ger Harmonie,
Die Sterne stehen, oder zu der Erde
Aus ihren Himmelsbahnen niederstürzen,
Damit der Mensch ihr Zeichen deuten möge?
Sie wandeln fort nach ewigen Gesetzen
Und gehen weiter, rollend über uns
Von Jahr zu Jahr in unverrücktem Gleis
Die Räume messend, um uns unbekümmert
Und stumm vorüber an der Zeiten Marke.
Doch ist's der Mensch, der an den stillen Gang
Der hohen Boten die Gedanken knüpft,
Und in der Brust den Stummen Sprache leiht,
Wie sie ein fühlend Herz in ihm erweckt,
Daß sie einstimmen in die Harmonie,
Die ihm entgegen aus den Wolken rauscht,
Im stillen Hain, im Wellenschlag des Stroms,
Der einsam an des Ufers Felsen treibt,
Im Morgenroth, in Abendsonnegluth,
In Liedern, d'rin das ganze Weltall klingt,
Wenn neuer Frühling auf der Erde grünt.
So fühlt wie neugeboren jedes Herz
An diesem Tage Lust und altes Lieben,
Und reißt sich von der ird'schen Fessel los
Drin es Gewohnheit gleicher Tage hält,
Und von sich werfend alle Last des Jahr's
Hebt es sein Antlitz froh zum Himmel auf.

Mephistopheles.

Du hast wohl Recht, um es am andern Tag
Im Quark nur tiefer wieder zu begraben.

Faust.

Es kehren wohl die alten Zeiten wieder,
Denn Neues hat die Sonne nicht geseh'n,
Die neuen Tage bringen alte Sorgen,
Und was im alten Jahr den Menschen plagte,
Doch nähren sie gar manche Gluth,
Und manchen Funken in des Geistes Streben,
Und führen zu der Wahrheit Quell
Den Menschen in dem tiefbewegten Leben.

*) Das dramatische Fragment, welchem die hier mitgetheilte Scene entnommen ist, enthält pikante Anspielungen auf die Richtungen der Zeit und beleuchtet manche Abirrung und Verkehrtheit derselben. Der Verfasser bekundet dramatische Befähigung.

Mephistopheles.

Es mag mir wirklich noch nicht lange werden,
Ihn zur Gottähnlichkeit entrückt zu seh'n,
Und dann und wann, komm' ich zur Erden
Ganz freudlos auf ihr umzugeh'n.

Faust.

Es irrt der Mensch, so lang er strebt;
Doch wirst du dich umsonst dagegen stemmen
Und ihn in seinem Weg nicht hemmen.

Mephistopheles.

Es ließe sich darüber Manches reden;
Doch wollen wir die gute Zeit
Und günstige Gelegenheit
Mit solchen Fragen uns nicht tödten.
Am wenigsten mag heut' ich mit dir streiten
Und lieber auf den Blocksberg dich geleiten,
Es ist ein gar zu schöner Platz;
Man sieht die große Welt im Kleinen
Und wie die Menschen friedlich sich vereinen,
Und findet manchen werthen Schatz.

Versichere dein Leben.

Erzählung von Ludwig Storch.

(Schluß.)

Am zweiten Osterfeiertage war große Verlobung im Mauthner'schen Hause, wobei das Geheimniß der Alleswisserei männiglich offenbar wurde. Drei glückliche Paare saßen um den Tisch, und die Eltern waren schier nicht minder glücklich. Die scherzhafte Mystification wurde fröhlich belacht. Schaumann sammelte die nöthigen Dokumente zu den beabsichtigten Lebens-Versicherungen ein und sandte sie ab. — Die Frau Amtsrichterin war zwar etwas weniger freundlich mit ihm, doch gab sie sich Mühe, ihren kleinen Verdruß über die ungeahnte Verbindung nicht merken zu lassen. Als die Policen von der Bank in *** ankamen, wurden in kurzer Zeit die verwickelten Verhältnisse arrangirt, und merkwürdiger Weise sandte auch der flüchtig gewordene Amtsschreiber die mitgenommenen vierhundert Thaler zurück und schrieb dabei, ohne seine Geliebte sey ihm das Geld nichts werth. So war denn plötzlich aller Noth abgeholfen.

Zum schönen Pfingstfeste wurde die dreifache Hochzeit gefeiert. Auf der Tafel stand ein Aufsatz mit der in Blumen ausgeführten Devise: Versichere Dein Leben! Wer hat je glücklichere Bräute gesehen! Selbst der Herr Eisenfaktor war so vergnügt, daß er zum ersten Male seit langer Zeit alles Zählen vergaß. Dagegen war heute das Kopfzählen an Schaumann gekommen. Mit Thränen des Danks und der Rührung im Auge zählte er nämlich im Stillen die Köpfe aller durch ihn glücklich gewordenen Menschen zusammen und las im ebenfalls feuchten Auge seiner schönen Braut seinen Dank.

Das jüngst vergangene Pfingstfest gewährte mir einige höchst genußreiche Tage in Eisenau. Ich war Gast der innigst verbundenen Familien Schaumann, Ortmann und Mauthner. Die Lebens-Versicherungen hatten in der Reihe von Jahren seit der Verbindung der genannten Familien die segensreichsten Früchte getragen, und der treffliche Schaumann wurde nicht nur von seinen Verwandten, sondern von der ganzen Stadt als edler Wohlthäter hoch verehrt. Es waren viele Veränderungen vorgefallen. Von den Versicherten war schon ein Theil vom irdischen Schauplatz abgetreten und die ***sche Bank hatte prompt die Summen ausgezahlt. — Zuerst hatte der Eisenfaktor seine Zählungen eingestellt. Eines Tages hatte er mit Staunen am Fenster bemerkt, daß ihm weder Tabak noch Doppelbier schmeckten, und daß er durchaus nicht im Stande sey, die Anzahl der Staketenköpfe richtig zu summiren. Der Uebergang von seinem Staunen bis zu dem Zustande, wo alles Staunen für immer aufhört, war so unmerklich und still vor sich gegangen, daß er stundenlang eben so regungslos und ohne etwas zu sehen nach dem rothen Ochsen auf dem Gasthofschilde hinüberstarrte, wie dieser nach ihm herüber, und erst zu Mittag die Familie inne wurde, daß ihr Haupt zu sein und zu zählen aufgehört habe. Frau Margareth Mauthner hatte ihrer Schwiegermutter drei Monate später die von *** angekommenen zweitausend Thaler überbracht. — Einige Wochen darauf war der Förster abgetreten, von einem hitzigen Fieber dahingerafft, jedenfalls Folge seines stets großen und nie zu löschenden Durstes. Für seine junge Wittwe hatte die Versicherungssumme den großen Nutzen, daß sich der Amtsschreiber plötzlich wieder einfand, eine Schneidemühle unfern der Stadt anlegte und die nicht sonderlich betrübte Wittwe zur fröhlichsten Frau machte. Die Schneidemühle hatte sechs Sägen und die Familie drei hübsche Kinder: Alles Segen der Lebens-Versicherung des guten seligen Försters. — Zwei Jahre später war ihm sein Schwiegervater, der zusammengetrocknete Amtsrichter, in den Tod gefolgt. Man wußte nicht, ob er aus gänzlicher Abnahme aller Kräfte, oder aus Liebe zu seiner Frau gestorben war. Manche meinten boshaft, aus Freude über den Tod seines Schwiegervaters, des Großvaters seiner Kinder erster Ehe, der zeither auf Schaumann's Veranlassung die Prämie für den Amtsrichter an die Lebensversicherungs-Bank gezahlt, und nun diesen Kindern ein großes Vermögen hinterlassen hatte. Der Schneidemüller Amtsschreiber war über den Zuwachs seiner Habe sehr erfreut und ging damit um, eine englische Fournirmaschine aufzustellen, ja er hatte Pläne, die kunstvolle Maschinerie mit schneidenden, unaufhörlich laufenden Rädern nächstens auf die Schneidemühle selbst anzuwenden. Die Frau Amtsrichterin legte ihr von der Lebensversicherungs-Bank erhaltenes Kapital ebenfalls gut an; sie legte es nämlich sammt ihrem Herzen und ihrer Hand in die Hand eines sehr gebildeten Chemikers, welcher Compagnon des Apothekers geworden war. Dadurch erhielt die neue chemische Fabrik, deren Gebäude sich gar stattlich ausnahmen, neuen Aufschwung. Als ich die Fabrik besuchte, war das Kapital an den Landesfürsten zurückgezahlt; sie beschäftigte eine Menge Menschen, und hatte so weit ausgebreitete Geschäftsverbindungen, daß sie nicht genug Waaren liefern konnte. — Endlich hatte auch die Frau Eisenfaktorin das Zeitliche gesegnet. Ruhig, mit Gott und sich versöhnt, war sie gestorben, Schaumanns Hand fassend, die sie bis zum letzten Athemzuge dankbar gedrückt. Dieser hatte unterdessen durch einen Handelsfreund in New-York den Aufenthalt ihres Bruders ausgemittelt. Er war Besitzer einer Farm in Virginien; seine Kinder waren brave, fleißige Menschen. Die Summe von achttausend Thlr. wurde ihnen in guten Wechseln übermacht, und Schaumann hatte die Freude, aus dem Dankbriefe und dem Berichte seines amerikanischen Freundes zu erfahren, wie gut dieses Kapital zum Nutzen der Familien in neuen Ländern angelegt war.

Das verbundene Handelshaus Schaumann, Ortmann und Mauthner betrieb Bergbau und Eisenfabrikation mit großem Glück. Sehr bedeutenden Gewinn hatten sie durch den Bau auf Braunstein, dessen Verbrauch sich seit zehn Jahren um das Hundertfache gesteigert hatte. Im verwichenen Jahre hatten sie einen neuen großen Schmelzofen mit heißem Gebläse erbaut; an allen Gewerken waren die wichtigsten Verbesserungen angebracht. Statt der mit Tod abgegangenen Glieder der Familie war eine kleine Heerde allerliebster rothwangiger Pausbäcke im schönen Leben angelangt, die munter und froh der Lebensversicherungs-Bank entgegenreifen; denn die drei Väter, in dankbarem Andenken dessen, was ihnen diese herrliche Anstalt für großen Nutzen gebracht, sind entschlossen, jedes ihrer Kinder, so wie sie das fünfzehnte Jahr, als das erste Jahr, welches die Bank versichert, erreicht hat, mit einigen tausend Thalern einzukaufen. Das Geld zu den Prämien haben die Kinder schon auf eine Reihe von Jahren. Denn jedes hat bei seiner Geburt eine Sparbüchse erhalten, worin das Pathengeschenk und später jeder Groschen und Thaler kam, den sie als Geschenk erwarben. Wenn die Büchse voll war, wurde sie geleert und der Inhalt auf die Sparkasse gethan, die Schaumann in Eisenau in's Leben gerufen und unter Aufsicht des Magistrats gestellt hatte. Das Kapital der älteren Kinder war auf diese Weise schon auf einige Hundert Thaler angewachsen. Mit dem fünfzehnten Jahre derselben sollten nun die Prämien von dem Kapital aus der Sparkasse entnommen, die kleinen Ersparnisse und Verdienste aber immer wieder auf die Sparkasse gelegt werden. Eine gleiche Einrichtung hatte Schaumann mit seinen verheiratheten Arbeitern getroffen. Er vermochte sie zuerst, das Branntweintrinken ganz zu lassen, und nach einigen Jahren nahm er gar keinen in Arbeit, der nicht feierlich versprach, keinen Schnaps zu trinken. Die Uebertretung des Versprechens hatte unwiderrufliche Entlassung aus der Arbeit zur Folge. Dagegen mußten sie sich einen wöchentlichen Abzug von acht Groschen, als ungefähr den Betrag des sonst genossenen Branntweins, gefallen lassen. Diese acht Groschen wurden in die Sparkasse gelegt. Sobald auf diese Weise zwanzig oder dreißig Thaler erspart worden waren, wurde das Leben dieser Leute mit dreihundert Thalern, als der geringsten Summe, mit der man sich versichern kann, in der Bank versichert, je nachdem sie in den zwanziger, dreißiger oder vierziger Jahren standen, und deshalb kleinere oder größere Prämien zu zahlen hatten. Manche der Arbeiter hatten aus Liebe zu ihren Familien durch Fleiß über Feierabend es möglich gemacht, sich mit fünfhundert und sechshundert Thalern zu versichern. Der moralische Einfluß dieser trefflichen Einrichtung auf alle diese Leute sprang sogleich in die Augen. Die wilden Leidenschaften waren gebändigt, das Laster der Trunksucht ausgerottet, und Fleiß, Ordnung und Liebe walteten als gute Genien unter ihnen.

Unter den übrigen Bewohnern der Stadt hatte die Lebensversicherungs-Bank für Deutschland ebenfalls viele Theilnehmer gefunden, und die jüngern verständigen Leute beeilten sich sobald als möglich sich zu betheiligen. Der Diakonus kaufte nicht mehr so viele Bücher, und lernte doch alles Neue in der Wissenschaft kennen. Dagegen wanderten jährlich fünfzig Thaler in die Kasse der Lebensversicherungs-Bank, und Frau und Kinder wußten es ihm warmen Dank. Als die Frauen der übrigen Beamten klar in der Sache sahen, ließen sie ihren Männern nicht eher Ruhe, und veranstalteten eine solche Menge von Ersparnissen, bis sie ebenfalls Policen in den Händen hatten.

Aber nicht allein das Familienleben hatte große Vortheile davon, auch den öffentlichen Einrichtungen kam die Versicherung zu statten. So war der Weg von Eisenau nach der Residenz zu sehr schlecht, bis er in eine Chaussee mündete. Der Verkehr Eisenau's hatte schon längst den lebhaften Wunsch hervorgerufen, diesen schlechten Weg in eine gute Chaussee umzuwandeln, allein das städtische Aerar hatte dazu nie die nöthigen Gelder. Da schlug Schaumann dem Magistrate vor, zwei der jüngsten Magistratspersonen sollten sich, jede mit achttausend Thalern, versichern; er, Ortmann und Wilhelm Mauthner schossen das Kapital von sechzehntausend Thalern zu drei Procent Zinsen her auf die Policen, deren Prämien nebst den Zinsen aus der Stadtkasse bezahlt werden sollten. Auf diese Weise kam eine treffliche Chaussee zu Stande, die zur Verwunderung aller Eisenauer nach einigen Jahren an Chausseegeldern schon mehr abwarf, als Prämien und Zinsen betrugen; denn nun begriff die Stadt, daß sie ganz umsonst zu einem so ausgezeichneten Wege kam, der nicht nur den Verkehr sehr beförderte und erleichterte, sondern ihr auch jährlich eine Menge Gäste zuführte, angelockt von dem schönen Gebirge, die sonst von dem bösen Wege hierher zu kommen, abgehalten worden waren.

Eben so wirkte Schaumann dahin, daß die schon lange in Eisenau bestandene Leichenkasse ihre sämmtlichen unter sechzig Jahre alten Mitglieder jedes mit hundert Thalern bei der Lebensversicherungs-Bank versicherte, und die Prämien durch gleiche Beiträge aller Mitglieder zusammen schoß. Dadurch wurde der oft gefühlte Uebelstand vermieden, daß die jüngern Theilnehmer dieses Vereins bei den häufigen Todesfällen der Aelteren weit mehr zu zahlen hatten, als diese, so daß der Verein sich aufzulösen im Begriff war. Durch die Versicherung wurden Alle gleich besteuert; die Dividenten wurden aber auf den Sterbfall Derer, welche über sechzig Jahre alt waren und also nicht versichert werden konnten, auf die Sparkasse gelegt.

So hat sich Eisenau in jeder Beziehung verbessert und verschönt, und alle guten und dankbaren Menschen dort segnen die Stunde, in welcher Schaumann in ihre Stadt gekommen und ihnen auf eine kurze Zeit glauben gemacht hatte, er wisse Alles. Denn gerade dadurch hatten sie schnell unbegränztes Vertrauen zu ihm gefaßt. Er hat ihnen den Beweis gegeben, daß er, wenn auch nicht Alles weiß, aber doch alles Gute will. Ueber seiner Hausthüre sieht man das in Stein gehauene Symbol der ***schen Lebensversicherungs-Bank, eine umgekehrte verlöschende Fackel mit einer aufwärts stehenden daran lehnenden sich entzündenden, hinter jener ein abgestorbener mit Epheu umrankter Baum, an diesem ein blühender Rosenstock. Darüber die Worte: Versichere Dein Leben!

Die Deutschen in Texas.

In dem offiziellen Marschberichte des General Wool, der am 8. Oct. von San Antonio de Bejar her nach zehn Tagereisen am Rio Grande ankam und ihn in den drei folgenden Tagen überschritt, kommt folgende nicht uninteressante Stelle über die deutschen Niederlassungen in Texas vor. (Der Bericht ist von dem begleitenden Ingenieur-Lieutenant Kingsbury abgefaßt.)

„(Erster Tag, 29. September). Durchschritten den Medinafluß, ungefähr 26 Meilen von San Antonio entfernt, um vier Uhr Nachmittags. Dies ist ein schöner Strom, entspringt nordwestlich von San Antonio und ist ein nie versiechender Arm des Flusses dieses Namens. Das Dorf Castroville liegt hier; die Einwohner sind meist Deutsche. Der Platz ist noch in seiner Kindheit und folglich unfähig Vorräthe irgend einer Art in irgend einer bedeutenden Quantität zu liefern. Es heißt, daß mehrere hundert Bushel Korn diesen Sommer aus der Nachbarschaft geliefert wurden. Unser Lager war eine Meile westlich vom Dorfe. Auf der rechten Seite des Flusses war die Weide nicht gut; die Dragonerpferde wurden deshalb über den Fluß gesandt, wo das Gras nicht vom Feuer gelitten hat.

(Zweiter Tag. Morgens.) Durchkreuzten den Quijo gegen 10 Uhr. Entfernung vom Medina ungefähr neun Meilen. Das Land hier ist fruchtbar, und auf demselben hat sich eine kleine deutsche Ansiedelung gebildet, allein ihr Aeußeres gibt keine Anzeichen von Prosperität und die Leute klagen sehr über Kränklichkeit.“ — —

Mannichfaltigkeiten.

Die zweite Auflage des Rotteck-Welckerschen Staatslexicons erscheint rüstig fort. Der Buchstabe F ist fast vollendet, und jede Woche werden fünf Bogen gedruckt. Besonders von Wichtigkeit ist diese zweite Auflage durch die vielen in ihr aufgenommenen neuen Artikel aus der Feder tüchtiger Publicisten, z. B. Mathys u. s. w., welche nebst den wesentlicheren Vervollständigungen für die Besitzer der ersten Auflage auch im besondern Abdruck erscheinen.

(Ein Wunsch.) Der Bau der Main-Neckar-Eisenbahn ist bekanntlich, besonders auf dem großh. hessischen Theile, sehr luxuriös ausgeführt. Wünschenswerth aber wäre es auch, daß in gegenwärtiger Jahreszeit nicht versäumt würde, die Wagen zweiter Klasse mit Fußmatten versehen zu lassen, was Schreiber dieses am 16. d. auf seiner Reise von Mannheim nach Frankfurt um so unangenehmer empfunden hat, als bekanntlich Thüren und Fenster an jenen Wagen sehr schlecht schließen. Mainz, den 19. Dezember 1846. Ein Reisender für Viele.

Von Clemens Brentano sind Mährchen im Buchhandel erschienen. Der Ertrag dafür ist für die Armen bestimmt. Sehr brav! Der Preis der Mährchen ist 9 Gulden. Das ist weniger zu loben. Jedenfalls ist dadurch den Armen unmöglich gemacht, sie zu kaufen. Selbst den ärmeren Leihbibliotheken. Werden so manche vornehme und so manche nicht vornehme Buchhändler nicht einmal von dieser Politik der theuren Bücher-Preise zurückkommen? fragt mit Recht das „Vaterland."

Man hat in den letzten Tagen in der Nähe der Eisenbahn-Station von Lüttich einen Wolf getödtet, den der Hunger bis in eine der Vorstädte dieser Stadt getrieben hatte.

Hr. C. von Frankenstein, Herausgeber und Redakteur des Industrie- und Gewerbeblattes zu Grdz, kündigt eine von ihm gemachte Erfindung im Beleuchtungswesen an, welche er Universalleuchtstoff oder Lunarlicht nennt. Mit Anwendung eines Brenners von eigenthümlicher Konstruktion und Materie steigert er die Lichtintensität jeder gewöhnlichen Oel- oder Gasflamme in dem Grade, daß mit Ersparung von mehr als der Hälfte des Leuchtmateriales ein 5 bis 6 Mal größerer Lichteffekt, bei schwach oder gar nicht leuchtenden Flammen aber die 50- bis 100fache Leuchtkraft hervorgebracht wird. 500 Gasflammen, mit diesem Brenner versehen, erfordern blos eine tägliche Auslage von höchstens einem Gulden K. M. Hr. von Frankenstein, der auf eine Nationalanerkennung Anspruch machen zu können meint, ist bereit, Regierungen oder Gesellschaften das Nähere bekannt zu geben.

Dem Leipziger „Volksblatte", das in der Mannh. Abendzeitung in eben nicht schmeichelhafter Weise charakterisirt wird, ist kürzlich folgender Eulenspiegelstreich gespielt worden, der zwar nur eine neue Auflage eines Spaßes ist, der vor einer Reihe von Jahren von einem jetzt in Wien lebenden witzigen Schriftsteller an dem Herausgeber eines Münchener Lokalblattes verübt worden. Das „Volksblatt" erhält ein Gedicht von Dresden, in welchem es außerordentlich gelobt wird; so recht voll inniger Seligkeit druckt die Redaktion das Gedicht ab, schreibt in einer Anmerkung, Das komme recht aus dem Herzen des Volkes, und schwelgt in der Anräucherung. Da kommt drei Tage später der boshafte „Dorfbarbier" und entdeckt, daß das Gedicht ein Akrostichon ist und die Anfangsbuchstaben lauten: „Nur ein Esel glaubt es!"

In N. bietet ein Weinhändler Weine zum Kaufe an, die er „aus den besten Quellen bezogen."

Dem Doktor und Apotheker W. Keller zu Berlin ist es nunmehr, nachdem von mehreren Andern bereits mit unbefriedigendem Erfolge die Erzeugung eines guten Bieres aus Kartoffeln versucht worden, gelungen, verschiedene Biersorten aus dieser Frucht herzustellen, als z. B. Lagerbier von der Würze und Stärke der englischen, Weiß-, Braun- und Bitter-Bier von der der besten bayerischen. Die Kosten sollen ungefähr die Hälfte der aus Malz gebrauten betragen. Diese Biere werden nur aus Kartoffeln und einem geringen Zusatz von Malzstoff bereitet und bestehen in mehr oder weniger verdünntem Zustande aus Gummi, Zucker, Alkohol, Kohlensäure und Hopfenextract, und wird der Klebergehalt im Malze als stickstoffhaltiger nahrungsfähiger Körper durch den Einweisstoff in der Kartoffel vollständig ersetzt. Die Kartoffelbiere sind also, selbst in Betracht der nährenden Bestandtheile, den besten Malzbieren gleich zu achten. Bestellungen auf diese Biere in Fässern werden Adlerstraße Nro. 5 in Berlin angenommen, auch vermittelt, zufolge einer Bekanntmachung im „Hellweger Anzeiger", den Bezug derselben der Glasfabrikant Theodor Müllensiefen zu Crengeldanz bei Witten, der sich von dieser neuen Erfindung die Unterdrückung des Branntweins verspricht.

Die deutschen Freiheitskriege als Kinderspiel werden von einer Verlagshandlung angekündigt. (Köln. Z.)

Korrespondenz.

Kassel, 27. Dec.

Die von hiesigen Frauen im vergangenen Winter gestiftete Suppenanstalt hat seit einer Woche ihre segensreiche Wirksamkeit wieder begonnen; es werden bis jetzt 300 Arme gespeis't, welche Zahl im künftigen Jahre auf 350 vermehrt werden soll. Denjenigen jüdischen Armen, welchen confessionelle Rücksichten nicht gestatten, an dieser Wohlthat Theil zu nehmen, wird auf Kosten der Anstalt von einem jüdischen Restaurateur unter der besondern Aufsicht des israelitischen Frauenvereins die Suppe verabreicht, wobei das Verhältniß der jüdischen zur christlichen Bevölkerung zum Maßstab genommen ist. Hiernach werden bis jetzt 14 jüdische Arme gespeis't.

Frankfurt, 30. Dec.

Vergangenen Sonntag und Montag Abend fand in dem schön geschmückten Saale der Gesellschaft „Socrates" die bereits in öffentlichen Blättern beregte Christbescheerung für Kinder armer Eltern abermals statt. Reichliche Gaben waren auch diesesmal wieder zugeflossen und es so möglich geworden, ohngefähr 250 — 60 Kindern eine Freude zu bereiten, auf die sie, bei den bedrängten Zeitverhältnissen, wahrscheinlich ganz hätten verzichten müssen. Nothwendige Gegenstände, vorzüglich Kleidungsstücke, Bücher, Schreib- und Rechnen-Materialien, waren auch diesesmal wieder die Hauptbestandtheile der Bescheerung; doch hatten auch einzelne Kinderfreunde die Kleinen mit Spielzeug und Zuckerwerk bedacht. Rührend war es anzusehen, wie die Kinder bei Orgelklängen in das betreffende Local, wo ihnen die erhellten Christbäume freundlich entgegen leuchteten, eingeführt wurden und gar manches Auge der Versammlung, welche auch die Herren Bürgermeister mit ihrer Gegenwart beehrten, füllte sich mit Thränen. (Fr.-Bl.)

Theater-Anzeige.

Donnerstag, 31. Dec. Nehmt ein Exempel d'ran, Lustspiel in einem Act, von Dr. C. Töpfer. (Gastrolle) Die Frau: Fräul. Quint. Hierauf: Der Heirathsantrag auf Helgoland, Lustspiel in 2 Abth., von L. Schneider.

Redacteur: J. A. Heller. — Druck und Verlag von Kohler und Rohm.